सुर्ख़ और स्याह

उपन्यास

मूल फ्रेंच पुस्तक LE ROUGE ET LE NOIR का हिन्दी अनुवाद

सुर्ख़ और स्याह

1930 का इतिवृत्त

स्तान्धाल

अनुवाद

नेमिचन्द्र जैन

राजकमल

विश्व क्लासिक

ISBN : 978-81-267-0718-8

मूल्य : ₹500

पहला संस्करण : 2003
दूसरी आवृत्ति : 2024

प्रकाशक : राजकमल प्रकाशन प्रा.लि.
1-बी, नेताजी सुभाष मार्ग, दरियागंज
नई दिल्ली-110 002

शाखाएँ : अशोक राजपथ, साइंस कॉलेज के सामने, पटना-800 006
पहली मंजिल, दरबारी बिल्डिंग, महात्मा गांधी मार्ग, प्रयागराज-211 001
1, अनमोल सोराबजी संतुक लेन, धोबी तलाव, मरीन लाइंस, मुम्बई-400 002

वेबसाइट : www.rajkamalprakashan.com
ई-मेल : info@rajkamalprakashan.com

आवरण-चित्र : *हेनरी द तूलूस-लोत्रे (1864-1901)*
की पेंटिंग (मोलां रूश्त शृंखला से)

चयन *रामबाबू*
संयोजन *हरीश आनंद*

मुद्रक : बी.के. ऑफसेट
नवीन शाहदरा, दिल्ली-110 032

SURKH AUR SYAH
Novel by Stendhal
Translated by Nemichandra Jain

प्रकाशकीय

नई शताब्दी के प्रवेश-वर्ष में हिन्दी पाठकों के लिए विशेष उपहार के तौर पर हम आधुनिक विश्व-क्लासिकी की तीन शृंखलाएँ प्रस्तुत कर रहे हैं—**धरोहर, परम्परा** और **विरासत**।

धरोहर के अन्तर्गत हम पुनर्जागरण (रेनेसाँ) और प्रबोधनकाल (एज ऑफ एनलाइटेनमेण्ट) के लगभग साढ़े तीन सौ वर्षों के दौरान की उन महानतम साहित्यिक क्लासिकी कृतियों का अनुवाद हिन्दी पाठकों के समक्ष प्रस्तुत करेंगे जो किसी एक देश या राष्ट्र की नहीं बल्कि पूरी मानव-सभ्यता की धरोहर हैं। आधुनिक विश्व-साहित्य के ये प्रारम्भिक कीर्ति-शिखर, वैज्ञानिक तर्कणा और मानव-मुक्ति के भविष्य-स्वप्नों के जन्म और विकास के साक्षी दस्तावेज हैं।

परम्परा के अन्तर्गत उन्नीसवीं शताब्दी की स्वच्छन्दतावादी (रोमाण्टिक) और महान यथार्थवादी कृतियों का प्रतिनिधि चयन प्रस्तुत किया जाएगा जिसमें मुख्यतः, 'बूढ़े यूरोप' और दीर्घ निद्रा से जागते रूस से लेकर अमेरिका की 'नई दुनिया' तक के सभी महत्त्वपूर्ण लेखकों की कृतियाँ शामिल होंगी। इस युगान्तरकारी शताब्दी के साहित्य में उस समय का सजीव चित्र मिलेगा जब मुक्ति-स्वप्नों को पैर टिकाने के लिए यथार्थ की ठोस खुरदरी जमीन मिल रही थी और उड़ान भरने के लिए स्वच्छन्द कल्पना का अनन्त आकाश।

विरासत बीसवीं शताब्दी की श्रेष्ठतम क्लासिकी रचनाओं की शृंखला है। राष्ट्रीय मुक्ति-संघर्षों और सर्वहारा क्रान्तियों के पहले चक्र की जय-पराजय की महागाथा अपने भीतर समेटे हुए, इस शताब्दी ने मानव-सभ्यता की कलात्मक सम्पदा को अतुलनीय रूप से समृद्ध किया है। नये यथार्थ की जटिलता, मानव-चेतना के उन्नत धरातल और उन्नत सामाजिक प्रयोगों ने इस शताब्दी के साहित्य को नई व्यापकता, नई ऊँचाई और अपूर्व वैविध्य प्रदान किया। औपनिवेशिक दासता से लड़ते हुए और मुक्त होते हुए लातिनी अमेरिका, एशिया और अफ्रीका के देशों में बीसवीं शताब्दी में जो साहित्य रचा गया, उसने विश्व-साहित्य को नई ऊष्मा-ऊर्जा देकर नई ऊँचाइयों तक पहुँचाया।

हिन्दी में विश्व-क्लासिकी कृतियों के अनुवाद पहले भी प्रकाशित होते रहे हैं, पर इस दिशा में अब भी बहुत कम काम हुआ है और जो हुआ है, वह भी काफी अव्यवस्थित ढंग से। **राजकमल** से विश्व की प्रसिद्ध कृतियों के अनुवाद पहले भी लगातार छपते रहे हैं। अब हमने इस काम को व्यवस्थित ढंग से, संकल्पपूर्वक, नये

सिरे से हाथ में लिया है। हमारी यह महत्त्वाकांक्षी परियोजना इसके सम्पादकों के एक वर्ष से भी अधिक समय के श्रमसाध्य शोध-अध्ययन का सुफल है और हिन्दी के योग्य-अध्यवसायी अनुवादकों की सहायता से हम इसे कार्यान्वित कर रहे हैं।

हिन्दी में स्तरीय-गम्भीर साहित्य की प्रस्तुति और विचार की संस्कृति के विकास के लक्ष्य से **राजकमल** की प्रतिबद्धता का लगभग आधी सदी पुराना इतिहास रहा है। इन शृंखलाओं का प्रकाशन इसी क्रम में हमारा एक और प्रयास है। हमें हिन्दी पाठकों से विशेष समर्थन-प्रोत्साहन पाने की आशा है। हमारा अनुरोध है कि इस परियोजना के बारे में अपनी राय और सुझाव हमें अवश्य भेजें।

इस शृंखला के बारे में

'परम्परा' शृंखला के अन्तर्गत उन्नीसवीं शताब्दी की महान क्लासिकी कृतियों का एक प्रतिनिधि चयन हिन्दी पाठकों के समक्ष प्रस्तुत करने की हमारी महत्वाकांक्षी योजना है।

उन्नीसवीं शताब्दी की वैचारिक-कलात्मक समृद्धि को यदि थोड़े में बताना हो तो इतना कहकर भी काम चलाया जा सकता है कि वह **बाल्ज़ाक** और **तोल्स्तोय** की शताब्दी थी। इतना यदि अपर्याप्त लगे तो कहा जा सकता है कि वह **बाल्ज़ाक, स्टेण्ढाल, गोंकूर बन्धुओं, ह्यूगो, द्यूमा, फ्लाबेयर, जोला, मोपासां, डिकेन्स, थैकरे, ब्राण्टे बहनों, ऑस्टेन, हार्डी** और **मार्क ट्वेन** की शताब्दी थी; **पुश्किन, गोगोल, बेलिंस्की, चेर्निशेव्स्की, हर्ज़ेन, तुर्गनेव, तोल्स्तोय, दोस्तोयेव्स्की** और **चेखव** की शताब्दी थी; तथा **शेली, वर्ड्सवर्थ, बायरन, कीट्स** और **वाल्ट व्हिटमैन** की शताब्दी थी। मानवीय सारतत्व की यह महान सम्पदा समूचे विश्व की जनता की साझी विरासत है। इससे अपरिचित या वंचित होना किसी भी राष्ट्र या किसी भी भाषा के लिए एक विकट दुर्भाग्य ही होगा। भारतीय राष्ट्रीय जागरण के सांस्कृतिक सूत्रधारों ने बीसवीं शताब्दी के पूर्वार्द्ध में उन्नीसवीं शताब्दी की महान कृतियों को हिन्दी में प्रस्तुत करने का महत्त्वपूर्ण उपक्रम शुरू किया, जो छठे दशक तक जारी रहने के बाद धीरे-धीरे क्षीण पड़ता गया। यह राष्ट्रीय जीवन में क्रमशः चतुर्दिक फैलते गये गतिरोध, निराशा और मोहभंग का ही परिणाम था और द्योतक भी। बाजार की अन्धशक्तियों की सर्वग्रासी जकड़बन्दी ने उत्कृष्ट-गम्भीर साहित्य को उन्नत चेतना वाले आम पाठकों से दूर करने में महत्त्वपूर्ण भूमिका निभाई है। जो अभिजन समाज विश्व-क्लासिकी साहित्य अपने ड्राइंग रूम और स्टडी में सजाकर गौरवान्वित होता है, उसे हिन्दी अनुवादों की जरूरत नहीं है। लेकिन आज समय की इस माँग को जागरूक-प्रबुद्ध हिन्दी समाज शिद्दत के साथ महसूस कर रहा है कि गतिरोध और विपर्यय के वर्तमान दौर में जड़ हो जाने से बचने के लिए हमें जड़ों तक की यात्रा करनी होगी, नये कार्यभारों को पूरा करने के लिए अतीत से प्रेरणा लेनी होगी और अनुभवों की मंजूषा टटोलनी होगी, तथा नये भविष्य-स्वप्नों और जीवन के नवनिर्माण की परियोजनाओं के लिए अपने देश और समूची मानवता की सांस्कृतिक वैचारिक सम्पदा को अपनाना होगा। यह आज के नये क्रान्तिकारी पुनर्जागरण और प्रबोधन के कार्यभारों का एक महत्त्वपूर्ण अंग है।

जिनका आशावाद महज कुछ शुभंकर भविष्यवाणियों से जन्मा था और महज कुछ महान सामाजिक क्रान्तियों के मॉडलों से ईंधन पाकर जीवित था; जो इतिहास को सीधी रेखा में केवल आगे ही बढ़ना देखना चाहते थे; वे आज संशयग्रस्त हैं, संतप्त हैं, किंकर्तव्यविमूढ़ हैं, या "अंत" के बारे में सोच रहे हैं। जो इतिहास की गतिकी को समझते थे या समझने

के लिए सचेष्ट थे, वे वर्तमान समय की अराजकता और गतिरोध में उस उर्वर कोख की शिनाख्त कर रहे हैं जहाँ भविष्य-बीज अँकुरा रहे हैं। उन्हें इतिहास से बहुत कुछ लेना है—वह कलात्मक-सांस्कृतिक सम्पदा भी जो अतीत के महान संघर्षों की धमन-भट्ठी में तपी-ढली थी और जिसे नये मानव के निर्माण में एक संघटक अवयव की भूमिका निभानी थी। **माओ** ने यह अनायास नहीं कहा था कि क्रान्तिकारी परिवर्तन की योजनाओं-परियोजनाओं पर सोचते समय हमारे चिन्तन के केन्द्र में हमेशा इंसान होना चाहिए। **लेनिन** ने युवा सर्वहारा क्रान्तिकारियों को यह राय यूँ ही नहीं दी थी कि उन्हें मानव जाति की समस्त सांस्कृतिक सम्पदा को आत्मसात करना होगा।

नई शताब्दी के निर्माण का काम अपने हाथ में लेने के लिए संकल्पबद्ध अभियंताओं-शिल्पियों को शताब्दी-समीक्षा करनी होगी, आलोचनात्मक विवेक के साथ सिंहावलोकन करना होगा। और इस दृष्टि से उन्नीसवीं शताब्दी भी उतनी ही महत्त्वपूर्ण है जितनी बीसवीं शताब्दी।

आज हम जिस दुनिया को जान रहे हैं और जिसमें जी रहे हैं, उसकी उत्पत्ति अठारहवीं शताब्दी के अन्त और उन्नीसवीं शताब्दी के प्रारम्भ की उन औद्योगिक- राजनीतिक क्रान्तियों से जुड़ी हुई है, जिनकी बदौलत मानव इतिहास के उस समय तक के महानतम रूपान्तरण का सूत्रपात हुआ। इन क्रान्तियों ने पूँजीवादी उद्योगों के प्रसार पर आधारित जिस विशिष्ट सामाजिक-आर्थिक संरचना और सांस्कृतिक-राजनीतिक अधिरचना को जन्म दिया, वही अपने चरम विकसित रूप में आज हमारे सामने मौजूद है। बीसवीं शताब्दी में सर्वहारा क्रान्तियों ने वैकल्पिक ढाँचा खड़ा करने के महान प्रयोग भी किये। सर्वहारा क्रान्तियों की वैचारिक-सांस्कृतिक सम्पदा अक्षुण्ण है और इस विषय पर चर्चा के पर्याप्त आधार हैं कि नई शताब्दी की नई सर्वहारा क्रान्तियों का स्वरूप क्या होगा, पर आज के समय का सच यह है कि असाध्य ढाँचागत संकट का शिकार, घोर मानवद्रोही विश्व-पूँजीवाद हमारे समक्ष खड़ा है और सर्वहारा क्रान्तियों के प्रथम संस्करण पराजित-विघटित हो चुके हैं। पूँजी और श्रम की शक्तियाँ एक बार फिर आमने-सामने खड़ी हैं। आज जो चीज भूमण्डलीय परिघटना के रूप में दीख रही है और विशेषकर भारत और अन्य उत्तर-औपनिवेशिक समाजों में पूँजीवादी रूपान्तरण जो परिदृश्य निर्मित कर रहा है, वह उन्नीसवीं शताब्दी के यूरोप से सादृश्य-निरूपण के लिए काफी आधार उपलब्ध कराता है। समकालीन भारतीय जीवन में डिकेन्स के उपन्यासों के परिवेश तथा बाल्ज़ाक, स्टेण्ढाल और तोल्स्तोय के पात्रों की अनुकृतियों-प्रतिच्छायाओं को ढूँढ़ और पा लेना काफी आसान है, भले ही इतिहास की मार ने इन अनुकृतियों-प्रतिच्छवियों को विकृत-विरूपित कर दिया हो।

विश्व-इतिहास के युगान्तरकारी परिवर्तन पूरे भूमण्डल पर एक साथ घटित नहीं होते। परिवर्तन की धाराएँ अनगिन दृश्य-अदृश्य सूत्रों से परस्पर गुँथी-बुनी होती हैं, पर भविष्य की दिशा निर्धारित करने वाली क्रान्तिकारी घटनाओं के रंचमंच प्रायः यहाँ से वहाँ स्थानान्तरित होते रहते हैं। इसके सुनिश्चित ऐतिहासिक कारण थे (जिनकी चर्चा यहाँ सम्भव नहीं है) कि पुनर्जागरण, प्रबोधन, बूर्ज्वा जनवादी क्रान्तियों और उन्नीसवीं शताब्दी के पूँजीवादी विकास का मुख्य रंगमंच यूरोप बना रहा। लेकिन ये ऐतिहासिक परिघटनाएँ यूरोपीय नहीं, बल्कि विश्व-ऐतिहासिक परिघटनाएँ थीं। क्रान्तिकारी रूपान्तरण की इस पूरी प्रक्रिया में मानववाद, वैज्ञानिक तर्कणा, भौतिकवाद और जनवाद के जिन मूल्यों का जन्म हुआ, वे उन्नीसवीं

शताब्दी के उत्तरार्द्ध तक पिछड़े हुए रूस में भी पहुँच चुके थे और उपनिवेशों में जब राष्ट्रीय मुक्ति के संघर्ष संगठित होने लगे तो उनके झण्डों पर भी मानववाद और जनवाद के नारे अंकित थे।

उन्नीसवीं शताब्दी वह शताब्दी थी जिसने क्रान्ति के अग्रदूत, प्रबोधनकाल के दार्शनिकों के "तर्कबुद्धि के राज्य" और "शाश्वत न्याय" के आदर्शों को बूर्ज्वा राज्य और बूर्ज्वा न्याय की नग्न निर्लज्जताओं में रूपान्तरित होते देखा। इसकी पहली प्रतिक्रिया, कला-साहित्य की दुनिया में, स्वच्छन्दतावाद के रूप में सामने आई। प्रतिक्रियावादी स्वच्छन्दतावाद की धारा बूर्ज्वा-पूर्व सामाजिक प्रणाली का प्रशस्ति-गान करती थी, जबकि **बायरन** और **शेली** जैसे क्रान्तिकारी स्वच्छन्दतावादी कवि पूँजीवाद को ठुकराकर भविष्य की ओर देखते थे। स्वच्छन्दतावाद की यह धारा अठारहवीं शताब्दी के प्रबोधनकालीन यथार्थवाद की तुलना में अत्यधिक गहन-गम्भीर थी। इसने मनुष्य के आन्तरिक जगत का चित्रण करने तथा व्यक्तित्वों के अन्तरविरोधों- विसंगतियों और उनकी "मनोगत अनन्तता" को उद्घाटित करने के साथ ही कला में इतिहासपरतावाद (हिस्टॉरिसिज्म) के सिद्धान्तों को समाविष्ट करने और समान्यजन के जीवन से निकट सम्बन्ध स्थापित करने का भी काम किया।

1830 के दशक में क्रान्तिकारी बूर्ज्वा यथार्थवाद का उत्कर्ष बाल्ज़ाक, स्टेण्ढाल, डिकेन्स आदि की जिस आलोचनात्मक यथार्थवादी धारा के रूप में सामने आया, वह स्वच्छन्दतावाद के साथ जैविक रूप से जुड़ी हुई थी। बूर्ज्वा क्रान्ति की परिणतियों से मोहभंग और पूँजीवादी व्यवस्था का नकार–ये प्रवृत्तियाँ दोनों ही धाराओं के मूल में थीं। कविता की विधा में स्वच्छन्दतावाद की धारा आगे तीन रूपों में विकसित हुई–(i) **पुश्किन, लर्मन्तोव** आदि रूसी कवियों और विभिन्न पूर्वी यूरोपीय कवियों की धारा (ii) **वाल्ट ह्विटमैन** की धारा तथा (iii) **हाइने, वेयेर्थ, फ्रैलिगराथ** आदि प्रारम्भिक सर्वहारा कवियों की धारा।

आलोचनात्मक यथार्थवाद मुख्यतः उपन्यास विधा को अपनाकर आगे बढ़ा। अपनी अलग-अलग विशिष्टताओं के साथ महान यथार्थवादी उपन्यासकारों ने सम्पत्ति-स्वामित्व की दुनिया में संघर्षरत व्यक्तित्वों के बहिर्जगत एवं अन्तर्जगत को, व्यापारियों की धूर्तताओं एवं तिकड़मों को, गरीबों के दुर्भाग्य एवं उजरती गुलामी के नर्क को तथा आने-पाई के ठण्डे पानी में डूबते रागात्मक सम्बन्धों को जीवन्त रूप से और निर्मम वस्तुपरकता के साथ चित्रित किया। उन्नीसवीं शताब्दी के उत्तरार्द्ध में जब पश्चिमी यूरोप के पूँजीवादी समाज में इजारेदारी के लक्षण उत्पन्न हो रहे थे और क्रान्तियों के तूफानों का केन्द्र पश्चिम से पूरब की ओर खिसक रहा था, तब आलोचनात्मक यथार्थवाद भी प्रकृतवाद के रूप में स्खलित-विघटित होने लगा था। इस समय भी वहाँ **जार्ज इलियट** और **मोपासां** जैसे लेखकों के यथार्थवादी लेखन में उदात्त मानववादी आदर्श उपस्थित थे, पर आलोचनात्मक यथार्थवाद की क्रान्तिकारी ऊष्मा और व्यापकता अब मुख्यतः स्थानान्तरित होकर रूस पहुँच चुकी थी जहाँ **तुर्गनेव, चेर्निशेव्स्की, तोल्स्तोय** आदि से लेकर **चेखव** तक क्रान्तिकारी गद्य साहित्य की महान परम्परा विकसित हुई। उधर अमेरिका में **मार्क ट्वेन** माल-मुद्रा की दुनिया की संस्कृति एवं पूर्वाग्रहों पर हर पहलू से मारक चोट करते हुए उन्नीसवीं शताब्दी के यथार्थवादी गद्य का एक नया शिखर निर्मित कर रहे थे।

यही वह समृद्ध परम्परा थी जिसे बीसवीं शताब्दी में **गोर्की, जैक लण्डन, अप्टन सिंक्लेयर** आदि सर्वहारा लेखकों की पहली पीढ़ी ने अर्जित किया और विकसित किया। **रोलां,**

गाल्सवर्दी, **मान** आदि से लेकर **फॉकनर** और **हेमिंग्वे** आदि तक का कृतित्व भी इसी परम्परा का विस्तार है।

आज, इक्कीसवीं सदी की दहलीज पर, समकालीन जीवन के नये यथार्थ और उसमें से फूटती भविष्य की सम्भावित दिशाओं को समझने में तथा सही-सटीक ढंग से रचनाओं में प्रस्तुत करके एक नया यथार्थवाद विकसित करने में, उन्नीसवीं शताब्दी का महान यथार्थवादी साहित्य भी उतना ही सहायक होगा जितना कि बीसवीं शताब्दी का।

कार्ल मार्क्स का विचार था कि "*पूँजीवादी उत्पादन आत्मिक उत्पादन के कुछ रूपों से, उदाहरण के लिए, कला तथा काव्य से शत्रुता रखता है।*" फिर भी यदि उन्नीसवीं शताब्दी के पूँजीवादी समाज में कला-साहित्य का प्रचण्ड विकास हुआ तो इसका कारण यह था कि शोषण का पूँजीवादी स्वरूप उन मानवतावादी आदर्शों के गहन अन्तरविरोध में साथ था, जो सच्चे कलाकारों को प्रेरणा देते थे। कला के प्रति बूर्ज्वा समाज की शत्रुता ने ही साहित्य में पूँजीवाद की आलोचना को जन्म दिया तथा नाटकीय त्रासदीपूर्ण टकरावों से भरे कलात्मक यथार्थ के सृजन का आधार प्रस्तुत किया।

आज पूँजी के दीप्तिमान वैभव की दुनिया की पार्श्वभूमि में जितना गहरा अँधेरा है और घोर मानवद्रोही पूँजीवादी संस्कृति जिस आक्रामकता के साथ समस्त मानवतावादी आदर्शों पर प्रहार कर रही है, उसे देखते हुए यह आशा की जानी चाहिए कि हमारे समय में भी कलेजे के मजबूत और प्रतिभा के धनी कुछ सर्जक व्यक्तित्व आगे आयेंगे जो अपनी लेखनी से पूँजीवादी समाज पर प्रचण्ड प्रहार करेंगे, उसकी प्रखर अन्तर्भेदी आलोचना प्रस्तुत करेंगे और जन समुदाय को अपना नया भविष्य स्वयं रचने का विधान समझायेंगे।

एक नये क्रान्तिकारी पुनर्जागरण और प्रबोधन के समस्त उपक्रम आज इसी दिशा में निर्देशित होने चाहिए। इसके लिए इतिहास को खंगालते हुए, हमें उन्नीसवीं शताब्दी की महान यथार्थवादी रचनाओं से काफी कुछ हासिल करना होगा, यह तय है।

–सम्पादक

स्तान्धाल : यथार्थवाद का प्रवर्तक

अपने कुछ प्रारम्भिक उपन्यासों की विफलता के बाद **बाल्ज़ाक** जब अपनी ऐतिहासिक और महान रचना-यात्रा की नयी शुरुआत **दि वाइल्ड ऐस'ज़ स्किन** उपन्यास से कर रहे थे, ठीक उसी वर्ष यानी 1830 में, **स्तान्धाल** का शाहकार उपन्यास **सुर्ख और स्याह** (Le Rouge et le Noir) प्रकाशित हुआ। प्रायः बाल्ज़ाक की चर्चा यथार्थवाद के प्रवर्तक के रूप में की जाती है। लेकिन इतिहास का तथ्य यह है कि स्तान्धाल भी इस श्रेय का समान रूप से हकदार है। बल्कि यदि कालक्रम की दृष्टि से देखें तो यथार्थवाद का प्रवर्तक स्तान्धाल को ही माना जाना चाहिए क्योंकि उसने यथार्थवादी लेखन की स्पष्ट दिशा बाल्ज़ाक से कुछ वर्ष पहले ही अपना ली थी। यूरोपीय साहित्येतिहास के गम्भीर अध्येता ऐसा मानते भी हैं, लेकिन आम पाठकों के बीच स्तान्धाल का नाम आज भी अपेक्षतया अल्पज्ञात है।

इसका एक कारण शायद यह भी है कि स्तान्धाल की बहुतेरी अप्रकाशित कृतियाँ उसकी मृत्यु के करीब पचास वर्ष बाद प्रकाशित हुईं। उसके जीवनकाल में कम ही आलोचकों ने उसके कृतित्व पर ध्यान दिया। अपनी अनूठी यथार्थवादी शैली और उपन्यासों की संश्लिष्ट, प्रयोगधर्मी मनोवैज्ञानिक बुनावट के चलते सिर्फ प्रबुद्ध पाठकों ने ही उसे सराहा। बाल्ज़ाक और अपने अन्य प्रमुख समकालीनों की तुलना में स्तान्धाल ने बहुत कम लिखा था और उपन्यास से अधिक उसने संगीत एवं कला-विषयक निबन्ध और यात्रा-वृत्तान्त आदि लिखे थे। शासकीय सेवा में रहते हुए सक्रिय जीवन का अधिकांश हिस्सा उसने फ्रांस से बाहर, मुख्यतः इटली में, बिताया था। 1821 से 1830 के बीच जब वह पेरिस में था भी तो सैलों में उसकी ख्याति मुख्यतः एक 'कन्वर्सेशनलिस्ट' और 'पोलेमिसिस्ट' के रूप में थी जो अपने गैरपरम्परागत विचारों एवं तार्किकता के लिए जाना जाता था। उसके सर्वोत्कृष्ट उपन्यास 'सुर्ख और स्याह' और 'पारमा का चार्टरहाउस' (The Charterhouse of Parma) जब छपे तो वह फ्रांस से बाहर था। इन सबके बावजूद, स्तान्धाल के जीवनकाल में कुछ प्रसिद्ध साहित्यिक हस्तियों ने उसकी प्रतिभा का उच्च आकलन किया जिनमें **गोएठे, बाल्ज़ाक** और **मेरिमी** प्रमुख थे। उल्लेखनीय है कि 1830 के दशक में ही **पुश्किन** और **तोल्स्तोय** भी स्तान्धाल के लेखन से परिचित हो चुके थे और उन्होंने उसकी मुक्त कण्ठ से प्रशंसा की थी। उन्नीसवीं शताब्दी के उत्तरार्द्ध में फ्रांस में स्तान्धाल की मानो फिर से खोज हुई। उसकी पाण्डुलिपियों और मोनोग्राफ्स के साथ ही उस पर निबन्धों के प्रकाशन का ताँता-सा लग गया। फ्रांसीसी लेखकों की सभी उत्तरवर्ती पीढ़ियों को उसने प्रभावित किया।

मार्क्स-एंगेल्स के कृतित्व के अध्ययन से ऐसा प्रतीत होता है कि वे स्तान्धाल के उपन्यासों से शायद परिचित नहीं थे। आज यह अनुमान लगाने के पर्याप्त आधार हैं कि

यदि वे स्तान्धाल की 'सुर्ख और स्याह', 'पारमा का चार्टरहाउस' और 'लूसिएं लोवें' जैसे उपन्यासों से परिचित होते तो यथार्थवाद के महान उस्तादों की चर्चा करते हुए बाल्ज़ाक के साथ स्तान्धाल का नाम भी लेते। बहरहाल, अनुमान तो महज अनुमान ही होते हैं। उन्नीसवीं शताब्दी के अन्तिम वर्षों में मार्क्सवादी साहित्य-चिन्तकों की पहली पीढ़ी ने स्तान्धाल के कृतित्व पर विशेष ध्यान दिया और बाल्ज़ाक के साथ ही स्तान्धाल को भी आलोचनात्मक यथार्थवाद के प्रवर्तक के रूप में मान्यता दी जाने लगी। **प्लेखानोव, लुनाचार्स्की, गोर्की, लूकाच, राल्फ फॉक्स, रीज़ोव, वोरोन्स्की, विनोग्रादोव, एहरनबुर्ग, कोनराड, डेला वोल्पे** आदि मार्क्सवादी समालोचकों और लेखकों ने विश्व के महानतम उपन्यासकारों में स्तान्धाल की गणना की और अधिकांश ने उसे उन्नीसवीं शताब्दी के आलोचनात्मक यथार्थवाद का प्रवर्तक माना। उल्लेखनीय है कि स्तान्धाल केवल आयु में ही नहीं, बल्कि अपने लेखन की शुरुआत के समय की दृष्टि से भी बाल्ज़ाक से वरिष्ठ था और बुर्जुआ यथार्थवाद के उद्भव एवं विकास की प्रक्रिया भी बाल्ज़ाक से पहले स्तान्धाल की 1820 के दशक की रचनाओं में देखी जा सकती है।

स्तान्धाल ने बुर्जुआ सत्ता और समाज के शिखर से लेकर तलघरों तक की जो व्यापक और सूक्ष्म जाँच-पड़ताल की, वह पूँजीवाद की ऐतिहासिक-कलात्मक समालोचना के रूप में आज भी समादृत है। आज पूँजीवाद के जिस निरंकुश मानवद्रोही चरित्र एवं आत्मिक रिक्तता तथा मानवीय सारतत्व के तीव्र विघटन की जिस प्रक्रिया के हम साक्षी हो रहे हैं उसकी पड़ताल स्तान्धाल ने बुर्जुआ सभ्यता के ऊर्जस्वी यौवनकाल की शुरुआत में ही की थी। निस्सन्देह, इक्कीसवीं सदी का नया यथार्थवाद स्तान्धाल का यथार्थवाद नहीं हो सकता। लेकिन जीवन को देखने की नयी कला के पथ-सन्धान में हमें, बीसवीं शताब्दी की यथार्थवादी परम्परा के सत्व को अपनाने के साथ ही उन्नीसवीं शताब्दी की जिस विरासत का पुनराविष्कार करना होगा, उसमें स्तान्धाल के कालजयी उपन्यास भी शामिल हैं। यह सचमुच खेदजनक है कि भारत में विश्व-साहित्य के गम्भीर अध्येता विद्वानों के सर्किल के बाहर, आम प्रबुद्ध पाठकों के बीच स्तान्धाल एक लगभग अपरिचित-सा नाम है।

'सुर्ख और स्याह' का प्रकाशन स्तान्धाल से हिन्दी पाठकों की जान-पहचान की शुरुआत भर है। भविष्य में इस परिचय को और प्रगाढ़ बनाना होगा।

स्तान्धाल का वास्तविक नाम **मारी-हेनरी बेयल** था। बाद में लेखन-कर्म के लिए उसने स्तान्धाल नाम रखा। उसका जन्म 23 जनवरी, 1783 को ग्रिनोबल में हुआ था। उसके पिता ग्रिनोबल उच्च न्यायालय में बैरिस्टर थे। स्तान्धाल के पितामह एक प्रबुद्ध मानवतावादी और गणतंत्रवादी थे और पारिवारिक परिवेश पर इसका काफी प्रभाव था जिसने स्तान्धाल की मानस-संरचना में भी एक महत्वपूर्ण भूमिका निभाई।

स्तान्धाल जब सात वर्ष का था तभी उसकी माँ का देहान्त हो गया। इस त्रासदी ने उसके बाल-मन को गहराई से प्रभावित किया। अकेलेपन के गहरे अहसास से जन्मे अन्तर्मुखीपन ने जीवन के सूक्ष्म अवबोधन की उसकी क्षमता को बढ़ाने में विशेष मदद की। पिता हालाँकि उसका बहुत अधिक ख्याल रखते थे, लेकिन घर का माहौल उसे अपने दिलो-दिमाग पर काफी दबाव बनाता प्रतीत होता था। छात्र जीवन में साहित्य और गणित उसकी दिलचस्पी के विषय थे। 1799 में एकोल पालीटेक्नीक की प्रवेश परीक्षा की तैयारी

के लिए वह पेरिस चला आया, लेकिन इसकी असली वजह यह थी कि वह किसी बहाने ग्रिनोबल और "पितृसत्ता की जकड़बन्दी" से निकल भागना चाहता था।

पेरिस आने के पीछे उसकी गुप्त महत्वाकांक्षा एक सफल नाटककार बनने की थी। लेकिन कुछ उच्चपदस्थ रिश्तेदारों के जरिए 1799 में उसे युद्ध मंत्रालय में नौकरी मिल गयी। अगले ही वर्ष फ्रांसीसी सेना में सेकण्ड लेफ्टिनेण्ट की हैसियत से उसे नेपोलियन के इतिहास-प्रसिद्ध इटली-अभियान (1800-02) में हिस्सा लेने का अवसर मिला। सामरिक अभियान के इन अनचाहे अनुभवों ने स्तान्धाल को बुर्जुआ सत्ता-तंत्र और सैन्य-तंत्र के साथ ही अभिजन समाज के खोखले आत्मिक जीवन और बुर्जुआ क्रान्ति के आदर्शों के विकृत मूर्त रूप का साक्षी होने का सुअवसर प्रदान किया। साथ ही, इटली में पीडमॉण्ट, लोम्बार्डी और मिलान जैसी जगहों का चप्पा-चप्पा छानते हुए प्राचीन रोमन सभ्यता और महान पुनर्जागरण की धरती की सांस्कृतिक सम्पदा और भव्य भूदृश्यों से वह चमत्कृत होता रहा और भविष्य के लिए मानो सर्जनात्मक ऊर्जा संचित करता रहा। अनेक महान सर्जकों की ही तरह, युवावस्था की यह यायावरी स्तान्धाल के लेखक-व्यक्तित्व के निर्माण के लिए महत्वपूर्ण सिद्ध हुई। लोक-जीवन और भव्य प्रकृति से सान्निध्य ने स्तान्धाल की रचनात्मक कीमियागीरी को परवान चढ़ाने में विशेष भूमिका निभाई। उसके उपन्यासों के फलक की व्यापकता और चरित्रों के मनोविज्ञान के सूक्ष्म अवलोकन के पीछे पुनर्जागरण की धरती के भूदृश्यों और वहाँ के लोगों की संस्कृति के गहन अध्ययन की महत्वपूर्ण भूमिका थी। इटली से स्तान्धाल का लगाव स्थायी सिद्ध हुआ। आगे चलकर, जीवन का एक बड़ा हिस्सा उसने यहीं बिताया और इटली की पृष्ठभूमि पर अपने सुप्रसिद्ध उपन्यास 'पारमा का चार्टरहाउस' के साथ ही कई कहानियाँ भी लिखीं।

उन्नीस वर्षीय स्तान्धाल 1802 में पेरिस लौट आया। सैन्य सेवा से अवकाश लेकर वह फिर से अध्ययन करने लगा और नियमित थियेटर जाने के साथ ही साहित्यिक बैठकबाजियों में भी शामिल होने लगा। इस बीच उसने साहित्यिक लेखन की कई परियोजनाएँ हाथ में लीं, लेकिन सभी अधूरी रह गयीं। एक आधुनिक मोलिएर बनने का सपना पाले हुए वह नाटक की कक्षाओं में जाने लगा। सपना तो नहीं पूरा हुआ, अलबत्ता वह एक दोयम दर्जे की अभिनेत्री के प्रेम के चक्कर में जरूर पड़ गया और उसका पीछा करते हुए मार्सेई तक चला गया। इस दौरान वह एक डायरी में अपनी अन्तरंग अनुभूतियों और विचारों को नियमित लिखा करता था जो उसकी मृत्यु के बाद उसके **'जर्नल'** के रूप में प्रकाशित हुए।

स्तान्धाल 1806 में फिर से सेना की नौकरी में वापस चला गया। 1806 से 1814 के बीच सेना के क्वार्टरमास्टर के स्टाफ के सदस्य के रूप में काम करते हुए उसने यूरोप के अधिकांश हिस्से का भ्रमण किया। बोरोदिनो के ऐतिहासिक युद्ध और रूस से फ्रांसीसियों के पलायन का भी वह साक्षी बना। यह एक दिलचस्प तथ्य है कि दुनिया का एक महानतम लेखक उस ऐतिहासिक अभियान का भागीदार था जो आगे चलकर एक स्मारकीय कृति ('युद्ध और शान्ति') की विषयवस्तु बना। फ्रांस लौटकर दोफिने में सामरिक प्रतिरोध संगठित करने में उसने महत्वपूर्ण भूमिका निभाई।

स्तान्धाल 1814 में नेपोलियन के पतन के बाद इटली चला गया, जहाँ वह कारबोनेरी आन्दोलन के नेताओं के घनिष्ठ सम्पर्क में रहा। मिलान में रहते हुए वह इतालवी स्वच्छन्दतावादियों और लार्ड बायरन के सम्पर्क में आया। उसका परिचय 'एडिनबर्ग रिव्यू'

से हुआ और इतालवी ऑपेरा की ओर आकर्षित होने के बाद उसने संगीत और चाक्षुष कलाओं के गहन अध्ययन की शुरुआत की। इटली-प्रवास के दौरान ही उसकी प्रारम्भिक पुस्तकें 'हेडन, मोज़ार्त और मेतस्तासियो का जीवन' (Vies de Haydn, de Mozart et Metastase,1814) और 'इटली में चित्रकला का इतिहास' (Histoire de la Penture en Italie, 1817) प्रकाशित हुईं। उसकी यात्रा-पुस्तक '1817 में रोम, नेपल्स और फ्लोरेंस' (Rome, Naples et Florence en 1817) भी इसी दौरान प्रकाशित हुई। इसी पुस्तक का दूसरा संस्करण जब 1826 में प्रकाशित हुआ तो उसने पहली बार अपने लेखकीय नाम स्तान्धाल का प्रयोग किया।

मिलान में स्तान्धाल का प्रवास एक गहरी भावनात्मक निराशा के साथ समाप्त हुआ। मेतिल्दे देम्बोव्स्की नामक स्त्री ने उसका प्रेम प्रस्ताव ठुकरा दिया। मेतिल्दे की स्मृतियाँ जीवनपर्यन्त उसका पीछा करती रहीं। स्तान्धाल अपनी राजनीतिक मित्रताओं के कारण वहाँ कब्जा जमाये आस्ट्रियाई शासकों की निगाहों में खटकने लगा था। नतीजतन, 1821 में उसे मिलान छोड़कर पेरिस वापस आना पड़ा।

स्तान्धाल ने 1821 से 1830 के बीच पेरिस में अत्यन्त सक्रिय सामाजिक और राजनीतिक जीवन बिताया। सैलों के बौद्धिक सर्किलों में उसकी ख्याति एक दक्ष संवादी और शास्त्रार्थी के रूप में थी। उसके गैर-परम्परागत विचारों को विशेष प्रशंसा मिली। प्रसिद्ध लोगों से उसकी मित्रता थी और उसके प्रेम-प्रसंग भी खूब चर्चित हुए। 1822 में स्तान्धाल की एक चर्चित कृति 'प्रेम के बारे में' (De l'amour) प्रकाशित हुई जिसमें अनेकशः व्यक्तिगत अनुभूतियों और पर्यवेक्षणों के आधार पर उसने प्रेम की प्रक्रिया के निस्संग और वस्तुपरक मनोवैज्ञानिक अध्ययन की एक अनूठी कोशिश की थी। समकालीनों ने इस रचना को स्तान्धाल के भावनात्मक अनुभवों और चाहतों की एक प्रच्छन्न आत्मस्वीकृति के रूप में भी पढ़ा। स्तान्धाल के बहुचर्चित पैम्फलेट 'रासीन और शेक्सपीयर' (Racine et Shakespeare) के दो अलग-अलग पाठ 1823 और 1825 में प्रकाशित हुए। इन्हें आज भी फ्रांस के पहले स्वच्छन्दतावादी घोषणापत्रों में गिना जाता है।

उन्नीसवीं शताब्दी के तीसरे दशक में स्तान्धाल के साहित्य-सृजन की प्रकृति अत्यन्त विविधितापूर्ण रही। अंग्रेजी पत्रिकाओं में नियमित लेखन के साथ ही वह जीवनी, उपन्यास, कहानियाँ और यात्रा-वृत्तान्तों के लेखन में लगा रहा। 1823 में उसकी पुस्तक 'रोसीनी का जीवन' (Vie de Rossini), 1827 में उसका पहला उपन्यास 'अर्मान्स' (Armance) और 1829 में यात्रा-वृत्तान्त 'रोम की सैर' (Promenades dans Rome) प्रकाशित हुए। इसी दौरान उसने अपनी दो शाहकार कृतियों में से एक—'सुर्ख़ और स्याह' उपन्यास भी लिखा जो 1830 में प्रकाशित हुआ।

1830 की जुलाई-क्रान्ति के बाद फ्रांस में सवैधानिक राजतंत्र की स्थापना हुई और लूई फिलिप सत्तासीन हुआ। यह घटना स्तान्धाल के जीवन का एक नया मोड़-बिन्दु थी। उसे पोप के राज्य में सिवितावेचिया बन्दरगाह पर फ्रांसीसी कौन्सुल के पद पर नियुक्ति मिली। इस छोटे-से शहर के बोरियत-भरे माहौल में वह एकाकीपन महसूस कर रहा था और प्रशासकीय औपचारिक व्यस्तताओं के चलते नियमित लेखन कर पाना भी सम्भव नहीं हो पा रहा था। नतीजतन, अक्सर ही वह सरकारी कामकाज से पीछा छुड़ाकर रोम चला जाता था। उम्र बढ़ रही थी, स्वास्थ्य गिरता जा रहा था और अकेलेपन का अहसास लगातार सता

रहा था। इन स्थितियों ने स्तान्धाल को आत्मकथात्मक एवं संस्मरणात्मक लेखन की ओर प्रवृत्त किया। उसने इस दौरान एक अहंवादी के संस्मरण' (Souvenirs d'egotisme), 'हेनरी ब्रुलार का जीवन' (Vie de Henri Brulard) नामक उपन्यासिका और एक नये, मूलतः आत्मकथात्मक उपन्यास 'लूसिएं लोवें' (Lucien Leuven) के लेखन की शुरुआत की। ये तीनों ही रचनाएँ अधूरी रहीं और स्तान्धाल की मृत्यु के लगभग पाँच दशक बाद क्रमशः 1892, 1890 और 1894 में प्रकाशित हो सकीं। छपते ही ये पुस्तकें काफी चर्चित हुईं। आज भी इनकी गणना स्तान्धाल की सर्वश्रेष्ठ रचनाओं में की जाती है।

कौन्सुलेट ऑफिस में काम करते हुए स्तान्धाल को रोम में पुनर्जागरण काल में रुग्ण अपराध और भीषण दण्ड की घटनाओं के कुछ महत्वपूर्ण अप्रकाशित दस्तावेजी साक्ष्य मिले, जो आगे चलकर कई कहानियों के आधार बने। 1830 के दशक में लिखी गयी ये कहानियाँ स्तान्धाल की मृत्यु के बाद 1855 में 'इटली के इतिवृत्त' (Chroniques Italiennes) के नाम से प्रकाशित हुई। 1839 में 'इतालवी इतिवृत्त शृंखला' की ही कुछ और कहानियाँ स्तान्धाल ने लिखीं जो सात दशकों के बाद 1912-13 में 'अतिशय अनुग्रह जान ले सकता है' (Trop de faveur teu) शीर्षक से प्रकाशित हुईं।

सरकारी नौकरी से बुरी तरह ऊबा हुआ स्तान्धाल 1836 में लम्बी छुट्टी लेकर पेरिस चला आया जहाँ वह 1939 तक रहा। गिरते स्वास्थ्य के बावजूद वह चार वर्ष तक इस पूरे समय के दौरान लगातार लेखन-कार्य में जुटा रहा। इस दौरान उसने 'एक पर्यटक के संस्मरण' (Memoires d'un touriste, 1838) के साथ ही अपने दूसरे महान उपन्यास 'पारमा का चार्टरहाउस' (1839) का लेखन पूरा किया और एक नये उपन्यास 'लामिएल' (Lamiel) के लेखन की शुरुआत की जिसे पूरा करने का उसे अवसर नहीं मिल सका। यह अधूरा उपन्यास आधी सदी बाद 1889 में प्रकाशित हो सका।

अगस्त, 1839 में स्तान्धाल छुट्टी समाप्त करके फिर से फ्रांसीसी कौन्सुल के तौर पर काम करने सिवितावेचिया वापस चला गया। जनवरी 1840 में उसे दिल का पहला दौरा पड़ा। व्यवस्थित लेखन-कार्य अब असम्भवप्राय हो गया था। लेकिन डायरियाँ और पत्र लिखने का अनवरत सिलसिला जारी रहा। बीमारी गम्भीर होने के बाद अक्टूबर, 1841 में एक बार फिर छुट्टी लेकर उसे पेरिस वापस आना पड़ा। 23 मार्च, 1842 को पेरिस में ही उसे दिल का दूसरा दौरा पड़ा जो जानलेवा सिद्ध हुआ। अपार सम्भावनाओं और अनगिन योजनाओं को मन में लिये हुए और कई अधूरी एवं पूरी अप्रकाशित रचनाएँ तथा डायरियों का एक गट्ठर पीछे छोड़कर यह महान रचनाकार मात्र अट्ठावन वर्ष की आयु में सदा के लिए सो गया।

उपन्यास-विधा के सुप्रसिद्ध अध्येता **मिखाईल बख़्तीन** ने तीन ऐसी विशिष्टताओं को रेखांकित किया है जो उपन्यास को अन्य विधाओं से अलग करती हैं :

"(1) उपन्यास की शैलीगत त्रिविमता, जो उसमें मुखरित होनेवाली बहुभाषीय चेतना से सम्बन्धित होती है; (2) उपन्यास में साहित्यिक बिम्ब के कालिक आयामों में आमूल परिवर्तन; (3) उपन्यास में साहित्यिक बिम्ब की रचना का नया क्षेत्र, वर्तमान (समसामयिकता) की अपूर्णता में उसके साथ अधिकतम सम्पर्क का क्षेत्र।"

कहा जा सकता है कि उपन्यास की ये अभिलाक्षणिक विशिष्टताएँ उसके विकास की विभिन्न अवस्थाओं से होकर ज्यादा से ज्यादा मूर्त हुई हैं। यूरोपीय इतिहास में पुनर्जागरण

काल ऐसी पहली अवस्था था। यह एक निर्णायक मोड़ था जब पितृसत्तात्मक धर्मकेन्द्रित समाज अतीतोन्मुखता के रहस्य की ओर से मुँह मोड़कर मानवकेन्द्रिक हो रहा था और दर्शन एवं कला-साहित्य में सामने मौजूद मनुष्य अपनी सत्ता एवं विचारों की वर्तमानता के साथ विषय-वस्तु बन रहा था। अतीत की स्मृतियाँ यदि थीं भी तो वर्तमान के निमित्त थीं, उसके हितसाधन में निर्देशित थीं। यह समय था जब बन्द दायरों को तोड़कर जातियों और भाषाओं के बीच सम्पर्क और सम्बन्ध स्थापित हो रहे थे। ऐसे ही महान युगान्तरकारी समय में उपन्यास के वास्तविक संस्थापक **राबेले** और **सर्वान्तेस** की कृतियों में हमें इस विधा की उपरोक्त अभिलाक्षणिक विशिष्टताएँ सर्वाधिक मूर्त और ठोस रूप में देखने को मिलती हैं।

पुनः अठारहवीं शताब्दी में, जब प्रबोधनकालीन तर्कणा पुनर्जागरणकालीन मानववाद से संश्लेषित होकर 'स्वतंत्रता-समानता-भ्रातृत्व' के महान आदर्शों के रूप में बुर्जुआ जनवादी क्रान्ति के हाथों में मुक्ति की नयी पताका थमा रही थी, तब **फ़ील्डिंग, रिचर्डसन, स्टर्न, स्विफ़्ट, वोल्तेयर, रूसो** और **दिदेरो** की औपन्यासिक कृतियाँ अलग-अलग ढंग से अपने समय की अपूर्णता से टकरा रही थीं और यह आलोचनात्मक विवेक जाग्रत कर रहीं थीं कि *"श्रेष्ठ से श्रेष्ठ इस दुनिया में भी सब कुछ श्रेष्ठ नहीं है"* (राल्फ फॉक्स)। आनेवाले क्रान्तिकारी भूकम्प के लिए सामाजिक चेतना को जागृत करते हुए इन महान कृतिकारों की कृतियों में हमें उपन्यास की बख़्तीन-प्रवर्तित विशिष्टताएँ अधिक निखरे हुए रूप में देखने को मिलती हैं। महाकाव्यों के प्राचीन युग से साहित्य अब काफी दूर निकल आया था।

उन्नीसवीं शताब्दी में, उपन्यास विधा की उपरोक्त विशिष्टताएँ, अपने उच्चतम और परिष्कृततम रूप में, 1830 के दशक के फ्रांस में **स्तान्धाल** और **बाल्ज़ाक** के लेखन के रूप में उभरकर सामने आयीं। इन दो नामों के समकक्ष यदि कोई और नाम रखा जा सकता है तो वह एकमात्र **तोल्स्तोय** का ही हो सकता है। फ्रांस और ब्रिटेन में **डिकेन्स, थैकरे, फ्लॉबेयर, जॉर्ज इलियट** आदि तथा रूस में **गोगोल, तुर्गनेव, दोस्तोयेव्स्की** आदि मौलिकता और व्यापकता की दृष्टि से निस्सन्देह महान उपन्यासकार थे, लेकिन पूँजीवादी युग की प्रातिनिधिक कला-विधा के रूप में उपन्यास की समस्त सम्भावनाओं को सान्द्रतम रूप में फलीभूत होते हुए स्तान्धाल, बाल्ज़ाक और तोल्स्तोय के कृतित्व में ही देखा जा सकता है।

यह महत्वपूर्ण है कि पुनर्जागरण काल में उपन्यास-विधा के उद्भव के साथ ही हम साहित्य में यथार्थवाद की कुछ बुनियादी अभिलाक्षणिकताओं को, या यूँ कहें कि कुछ मूल संघटक अवयवों को भी प्रकट होते देखते हैं, हालाँकि यह भी सच है कि सत्रहवीं शताब्दी के क्लासिकीवाद के दौर में ये अभिलाक्षणिकताएँ राबेले ओर सर्वान्तेस के उपन्यासों से भी अधिक **शेक्सपियर** के नाटकों में प्रकट हुईं। सत्रहवीं शताब्दी के महान यूरोपीय उपन्यासों में यथार्थवाद का भ्रूण रूप हमें जिस रूप में सबसे स्पष्ट देखने को मिलता है, वह है चरित्रों का सटीक टाइपीकरण (टाइपीफ़िकेशन)। अठारहवीं शताब्दी में प्रबोधनकालीन आदर्शों के प्रभाव में जब पहली बार, वास्तविक अर्थों में साहित्य के जनवादीकरण (डेमोक्रेटाइज़ेशन) की प्रक्रिया शुरू हुई तो यथार्थवाद के कुछ और संघटक अवयव प्रकट हुए। उपन्यास अब समाज के आम लोगों की नियति के एक गद्यात्मक आख्यान के रूप में—वैयक्तिक जीवन के एक महाकाव्य के रूप में एक निश्चयात्मक साहित्यिक शैली का रूप ले चुका था। अठारहवीं शताब्दी के प्रबोधनकालीन यथार्थवाद (जो फिर भी उन्नीसवीं शताब्दी के बुर्जुआ यथार्थवाद की तुलना में "अधबना यथार्थवाद" या "प्रोटो-टाइप यथार्थवाद" ही था) ने समकालीन समाज

के सामान्य जीवन का विश्वसनीय कलात्मक सृजन किया तथा सामाजिक-नैतिक द्वन्द्वों को भी प्रतिबिम्बित किया लेकिन इसमें चरित्रों का ट्रीटमेण्ट नैतिक प्रतिमानों के सन्निकट, या उनके मातहत था। ज्यादातर उपन्यासों में नायक खलनायकों से एकदम पृथक पहचाने जा सकते थे। **फ़ील्डिंग, स्टर्न** और **दिदेरो** के उपन्यास इस मायने में उन्नत और अधिक यथार्थवादी थे कि उनमें व्यक्तित्व संश्लिष्ट तथा द्वन्द्वात्मक एवं अन्तरविरोधी गुणों से युक्त रूप में सामने आते थे। लेकिन जैसा राल्फ फॉक्स ने इंगित किया है, अठारहवीं शताब्दी के उपन्यासकारों की एक खास अपूर्णता यह थी कि सामाजिक जीवन के द्वन्द्वों का विशुद्ध वस्तुगत चित्र उपस्थित करते हुए आत्मिक जीवन की वे अनदेखी-सी करते हैं, *"उनके पात्रों का 'आन्तरिक जीवन' बहुत ही संकुचित या न के बराबर है"* और उनकी कृतियों में 'कैसे' 'क्यों' पर हावी रहता है। इस कमी को उन्नीसवीं शताब्दी के यथार्थवादी उपन्यासकारों ने कुशल ढंग से दूर किया और इस मायने में, विशेषकर स्तान्धाल की रचनात्मकता अद्वितीय है, जिसे प्रायः "मनोवैज्ञानिक यथार्थवाद" का प्रवर्तक भी कहा जाता है। स्तान्धाल और बाल्ज़ाक में, और विशेष तौर पर स्तान्धाल में अन्तर्मुखता और बहिर्मुखता का जो द्वन्द्वात्मक संश्लेषण हुआ है, उसके मूल में यह कारण है कि उनके आलोचनात्मक यथार्थवाद ने प्रबोधनकालीन यथार्थवाद से आगे विकसित होने की प्रक्रिया में स्वच्छन्दतावाद के साथ जैविक सम्बन्ध स्थापित किया। मनुष्य के आन्तरिक जगत को चित्रित करने और व्यक्तित्व की संरचनाओं एवं व्याघातों को उद्‌घाटित करने के मामले में स्वच्छन्दतावाद प्रबोधनकालीन यथार्थवाद की अपेक्षा अत्यधिक गहन-गम्भीर था। बुर्जुआ क्रान्ति से मोहभंग, पूँजीवादी व्यवस्था का अस्वीकरण और जनसम्पृक्तता उसके अन्तर्निहित गुण थे। प्रबोधनकालीन तार्किक, जनवादी आलोचना-दृष्टि के साथ स्वच्छन्दतावाद के इन्हीं गुणों के संश्लेषण ने बुर्जुआ यथार्थवाद को विकास के उस शिखर-बिन्दु तक पहुँचाया, जो सबसे पहले स्तान्धाल और बाल्ज़ाक के कृतित्व के रूप में सामने आया। उपन्यास इस समय तक यथार्थवाद की केन्द्रीय विधा बन चुका था। स्तान्धाल, बाल्ज़ाक और डिकेन्स के उपन्यासों ने बुर्जुआ समाज के व्यापक फलक को चित्रित करते हुए, बाल्ज़ाक के शब्दों में, *"मनोभावों एवं घटनाओं की एक वृहद श्रेणी के ओझल अर्थों को"* उद्‌घाटित करने का काम किया। स्तान्धाल और बाल्ज़ाक प्रवर्तित आलोचनात्मक यथार्थवाद ने सम्पत्तिशालियों के वर्चस्ववाले लाभ-केन्द्रिक समाज में वंचितों की दुर्दशा को, व्यक्तित्व की दावेदारी की जद्दोजहद को, व्यापारियों के षड्‌यंत्रों को, नैतिक प्रतिमानों पर भौतिक समृद्धि के भ्रष्टकारी प्रभावों को, लोगों के बीच के नैसर्गिक सहबन्धों के विनाश को तथा विवाह के एक व्यापारिक सौदे में बदल जाने जैसी परिघटनाओं को अपनी तीक्ष्ण-कुशाग्र आलोचना का निशाना बनाया, लेकिन उसकी आलोचनात्मक स्पिरिट निषेधवादी नहीं थी। उसके सुनिश्चित सकारात्मक आदर्श थे। सक्रिय मानवतावाद और प्रगति में विश्वास उसकी आलोचना की शक्ति थे। यही सकारात्मक पक्ष, कुछ अपवादों को छोड़कर, पश्चिम के अधिकांश यथार्थवादी रचनाकारों के कृतित्व में, उन्नीसवीं शताब्दी के उत्तरार्द्ध में, विघटित होता दीखता है। स्तान्धाल, बाल्ज़ाक और एक हद तक डिकेन्स के कृतित्व में मनुष्य सुनिश्चित आदर्शों के साथ विपरीत परिस्थितियों के विरुद्ध जूझता दिखाई देता है, लेकिन उन्नीसवीं शताब्दी के उत्तरार्द्ध में आलोचनात्मक यथार्थवादी उपन्यासों के अधिकांश पात्र किसी हद तक अलगाव के शिकार लगते हैं, उनके आदर्श यदि हैं भी तो मरियल हैं, उनमें युयुत्सा की कमी है और काफी हद तक व्यापक

सरोकारों की भी, उनका मानववाद उस हद तक सकर्मक नहीं है (या अकर्मक है या कहीं-कहीं है ही नहीं) तथा पूँजीवादी समाज-संस्कृति की उनकी आलोचना में निरुपायता, आत्मसमर्पण और सर्वनकारवाद की प्रवृत्ति ज्यादा से ज्यादा देखने को मिलती है। आलोचनात्मक यथार्थवादी धारा की निरन्तरता बीसवीं शताब्दी में भी बनी रही, लेकिन आम प्रवृत्ति के तौर पर उसकी उपरोक्त नकारात्मकता तब क्रमशः और भी ज्यादा प्रकट और प्रभावी होती चली गयी। प्रगति और पराभव की इस प्रक्रिया को सही ढंग से विश्व-ऐतिहासिक परिप्रेक्ष्य में ही समझा जा सकता है, लेकिन यह अपने आप में एक स्वतंत्र और विस्तृत विषय है।

स्तान्धाल और बाल्ज़ाक निस्सन्देह जीनियस थे। वे कला-क्षेत्र के महामानव थे, लेकिन इस तथ्य की अनदेखी नहीं की जा सकती कि वे अपने युग की उपज थे। उनकी सर्जनात्मक उर्वरा को सक्रिय और फलीभूत करने में देशकाल की भूमिका की अनदेखी नहीं की जा सकती। यह समय था जब फ्रांस में बुर्जुआ क्रान्ति की सफलता के बाद प्रबोधनकालीन आदर्श बुर्जुआ राज्य और संरचना के रूप में रूपान्तरित हुए तो विद्रूप प्रहसन बनकर रह गये। प्रबोधनकालीन आदर्शों के प्रत्ययवादी पहलुओं और आधिभौतिक भौतिकवाद की सीमाएँ प्रकट रूप में सामने थीं। उनके क्रान्तिकारी मानवतावाद को अपना "भोलापन" त्यागकर अब यथार्थ की कठोर-बीहड़ धरती पर खड़ा होना ही था। यही वस्तुस्थिति वैचारिक अधिरचना के क्षेत्र में यूटोपियाई समाजवाद की आधारभूमि बनी और दूसरी ओर कला-साहित्य के क्षेत्र में आलोचनात्मक यथार्थवाद की।

उन्नीसवीं शताब्दी के यूरोपीय यथार्थवाद का अध्ययन करते हुए **जॉर्ज लूकाच** ने यथार्थवादी साहित्य की दो मुख्य अभिलाक्षणिकताओं को रेखांकित किया है। *पहला,* 'टाइप' का सृजन, यानी पात्रों और परिस्थितियों का प्रातिनिधिक होना, यानी उन दोनों में ही सामान्य एवं विशिष्ट को समवायी रूप से संश्लेषित कर देनेवाला एक विशेष संयोग उपस्थित कर देना। और *दूसरा,* रचनाकार की दृष्टि में सही परिप्रेक्ष्य का बने रहना। सही परिप्रेक्ष्य के आधार पर ही जीवन में घटनाओं, प्रवृत्तियों, व्यक्तित्वों और विचारों की बहुलता में से सारभूत तत्वों का चुनाव किया जा सकता है तथा उनकी गतिकी के माध्यम से ऐतिहासिक विकास की मुख्य धाराओं की गतियों और उनकी दिशा का अनुमान लगाया जा सकता है। यही वह विशिष्टता है जो उन्नीसवीं शताब्दी में हमें सर्वोपरि स्तान्धाल, बाल्ज़ाक और तोल्स्तोय के उपन्यासों में देखने को मिलती है।

कलात्मक अधिरचनाओं की उस विशिष्टता के कारणों की चर्चा यहाँ सम्भव नहीं, जिनके चलते पूँजीवाद की वैज्ञानिक-ऐतिहासिक आलोचना-दृष्टि के अभाव के बावजूद, और कभी-कभी प्रतिगामी वैचारिक अवस्थिति के बावजूद (जैसे कि बाल्ज़ाक के मामले में) उन्नीसवीं शताब्दी के (विशेषकर शताब्दी के पूर्वार्द्ध के) यशस्वी यथार्थवादी सर्जक तत्कालीन बुर्जुआ समाज के आन्तरिक द्वन्द्वों को उद्घाटित करने में तथा उसकी प्रखर पक्षधर आलोचना प्रस्तुत करने में सफल हो सके।

स्तान्धाल और **बाल्ज़ाक** ऐसे पहले यथार्थवादी सर्जक थे, जिनके कृतित्व में जीवन का कलात्मक संज्ञान उस कलात्मक सत्य के रूप में सामने आया जो सामाजिक यथार्थ के सारभूत पक्षों को परावर्तित करने के साथ ही उसका एक सत्यतापूर्ण कलात्मक मूल्यांकन भी प्रस्तुत करता था। इसी सह-सम्बन्ध के चलते वे सामने उपस्थित यथार्थ में छिपी हुई प्रगति की

सम्भावनाओं को भी भाँप सके, जो उनके आशावाद का स्रोत था। **एंगेल्स** ने कहा था कि यथार्थवादी कलाकार जीवन का इतिवृत्त प्रस्तुत करने मात्र के बजाय उस पर अपना *"न्याय-निर्णय"* भी प्रस्तुत करता है। **चेर्नीशेव्स्की** का कहना था कि यथार्थवादी कलाकार जीवन पर अपना खुद का *"फैसला"* सुनाता है। स्तान्धाल और बाल्ज़ाक की रचनाओं ने अपने युग के बुर्जुआ जीवन की तफसीलों तक सीमित न रहते हुए उसकी सारवस्तु की पड़ताल की और उसे सजा सुनाई। उनके उस हुक्म की तामील का काम भविष्य में उन सामाजिक शक्तियों ने किया, जिनकी क्रान्तिकारी सम्भावनाओं को वे पहचान नहीं सके थे और उस समय यह सम्भव भी नहीं था। 1848 की क्रान्ति के बाद ये सामाजिक शक्तियाँ जब वर्ग संघर्ष के ऐतिहासिक रंगमंच पर अपनी तूफानी उपस्थिति दर्ज करा रही थीं तो आलोचनात्मक यथार्थवादी लेखकों की अगली पीढ़ी और प्रकृतवादी लेखक उनकी क्रान्तिकारी सम्भावनाओं को पहचानने के बजाय उन्हें "विनाश का अग्रदूत" मानकर आतंकित हो रहे थे। यह इन लेखकों की नहीं, बल्कि बुर्जुआ यथार्थवाद की ऐतिहासिक सीमा थी, और उससे भी बढ़कर, यह स्वयं पूँजीवाद की सीमा थी। राल्फ फॉक्स के शब्दों में, *"जिस पूँजीवाद ने एक पद्धति के रूप में यथार्थवाद को जन्म दिया और उपन्यास की शक्ल में उसे पूर्ण रूप दिया, उसी पूँजीवाद ने अन्त में उन परिस्थितियों को नष्ट भी कर दिया जिनमें कि यथार्थवाद पनप सकता था और मानव के लिए कला के क्षेत्र में, खास तौर से उपन्यास के क्षेत्र में, केवल पंगु या विकृत रूप में ही प्रवेश करने की गुंजाइश छोड़ी।"*

उन्नीसवीं शताब्दी में स्तान्धाल और बाल्ज़ाक ने अपने उपन्यासों के जरिये अपने युग का इतिहास प्रस्तुत करने का जो कार्यभार लिया, उनका सैद्धान्तिक निरूपण अठारहवीं शताब्दी में ही **फ़ील्डिंग** ने काफी हद तक कर दिया था, हालाँकि अपने विचारों को वे अपने उपन्यासों में एक सीमा तक ही अमली जामा पहना सके थे। फ़ील्डिंग ने उपन्यास के महाकाव्यात्मक और ऐतिहासिक चरित्र पर बल देते हुए अपने प्रसिद्ध उपन्यास **'टॉम जोन्स'** की भूमिका में लिखा था कि उपन्यासकार इतिवृत्त नहीं बल्कि इतिहास लिखता है और उसे इतिवृत्त लेखक के बजाय उन लेखकों की पद्धति अपनानी चाहिए *"जिनका लक्ष्य देशों की क्रान्तियों का उद्घाटन करना होता है।"* फ़ील्डिंग ने निरे वर्णन के बजाय कारण-कार्य-सम्बन्ध और स्थितियों के आन्तरिक द्वन्द्व के उद्घाटन पर बल दिया। जीवन की गत्यात्मकता पर उन्होंने यह कहते हुए बल दिया कि मानव का पूर्ण चित्र तभी खींचा जा सकता है जब उसे कर्मरत दिखाया जाये। 'टॉम जोन्स' के ही एक दूसरे अध्याय में उन्होंने लिखा कि उपन्यासकार के भीतर *"आविष्कार और परख"* के गुण होने चाहिए। *"हमारी पहुँच और ज्ञान के अन्तर्गत सभी चीजों के भीतर प्रवेश करने और उनकी मूल भिन्नताओं को पहचानने"* का काम वह इन्हीं के द्वारा करता है।

विलांद ('ऐगाथन') और **ब्लांकेबर्ग ('उपन्यास विषयक अनुभव')** ने एक नये किस्म के उपन्यास निर्माण-विषयक फ़ील्डिंग के इन विचारों को आगे विस्तार दिया और स्तान्धाल तथा बाल्ज़ाक के लेखन-कर्म की शुरुआत के ऐन पहले **हीगेल** ने अपने उपन्यास-सिद्धान्त में निर्दिष्ट अपेक्षाओं के रूप में "पूँजीवाद की शताब्दी" के नये उपन्यास की कुछ महत्वपूर्ण विशिष्टताओं को महत्वपूर्ण ढंग से रेखांकित कर दिया था। हीगेल के अनुसार : (1) उपन्यास को उस अर्थ में "काव्यमय" नहीं होना चाहिए, जिस अर्थ में ललित साहित्य की दूसरी विधाएँ होती हैं; (2) उपन्यास के नायक को महाकाव्य या त्रासदी के नायक की अनुकृति नहीं होना

चाहिए, उसमें सकारात्मक-नकारात्मक, उत्कृष्ट-निकृष्ट, हास्यास्पद-गम्भीर—ये सभी अन्तरविरोधी विशिष्टताएँ होनी चाहिए; (3) नायक को एक तयशुदा, अपरिवर्तनीय चरित्र के रूप में नहीं बल्कि विकासमान, परिवर्तनशील, जीवन द्वारा ढाले जा रहे चरित्र के रूप में दिखाया जाना चाहिए; (4) आधुनिक विश्व में उपन्यास का वही स्थान होना चाहिए जो प्राचीन विश्व में महाकाव्य का था। हीगेल द्वारा सूत्रित इन अपेक्षाओं ने पूँजीवादी समाज की प्रकृति के अनुरूप नये युग की केन्द्रीय विधा—उपन्यास की उस द्वन्द्वात्मकता और गत्यात्मकता की सटीक शिनाख़्त की थी जिन्हें स्तान्धाल और बाल्ज़ाक ने अपनी लेखनी से मूर्त रूप दिया।

अपने समय का इतिहास प्रस्तुत करने और स्थितियों के आन्तरिक द्वन्द्व एवं कारण-कार्य-सम्बन्ध को दिखलाने की सजगता (जैसा कि फ़ील्डिंग ने कहा था) और उपन्यास की उस संरचना का सामंजस्य उन्नीसवीं शताब्दी के पूर्वार्द्ध के महान उपन्यासों में सहज ही देखा जा सकता है, जिसे हीगेल ने निरूपित किया था। स्तान्धाल एक ऐसा ही महान उपन्यासकार था और जनता से (पात्र और पाठक दोनों ही रूपों में) उसकी एकता इतनी सजीव एवं आवयविक थी कि उसने उस जनता के लिए भी लिखा जो अभी पैदा भी नहीं हुई थी। जीवन की गतिकी पर मजबूत पकड़ के चलते उसे सामाजिक विकास की दिशा की इतनी स्पष्ट समझ थी कि वर्तमान के पात्रों के साथ उसके उपन्यासों में भविष्य के पात्र भी मौजूद थे और उसके सामने भविष्य के पाठकों की तस्वीर भी मौजूद थी। राल्फ फॉक्स के शब्दों में, *"महान उपन्यासकारों में सृष्टा, पात्रों और पाठकों के बीच एक प्रकार की सजीव एकता होती है। जहाँ यह एकता नहीं होती, जहाँ लेखक अपनी जनता से पृथक होता है, उसकी उपेक्षा करता है या लेखक की आत्मा इस मामले में अचेत होती है, वहाँ रक्तशून्यता की सम्भावना भी सर्वाधिक रहती है। ऐसा मालूम होता है मानो कल्पना के रसायन में किसी महत्वपूर्ण तत्व का अभाव है जिसने लेखक के चिन्तन को खोखला या उसकी शक्तियों को पंगु बना दिया है। किन्तु कहने की आवश्यकता नहीं कि ऐसा हमेशा या अनिवार्य रूप से नहीं होता। स्तान्धाल की मिसाल हमारे सामने है। हम जानते हैं कि वह सजग और सचेत रूप से, एक ऐसी जनता के लिए लिखता था जिसे अभी जन्म लेना था। वह यह मानता था कि उसकी अपनी पीढ़ी के लोग न तो उसे समझ पायेंगे, और न ही उसकी सराहना कर सकेंगे।"*

और तब हमें यह जानकर आश्चर्य नहीं होता कि स्तान्धाल क्यों अपनी रचनाओं के प्रकाशन को लेकर काफी हद तक लापरवाह था, क्यों बड़े पैमाने पर वह अपनी रचनाएँ अप्रकाशित ही छोड़कर मरा और क्यों उसके जीवनकाल में कुछ महान समकालीनों को छोड़ दें, तो उपन्यासकार के रूप में उसकी महत्ता को लगभग किसी ने नहीं पहचाना। दुनिया के महानतम उपन्यासों में गिनी जानेवाली उसकी दो अद्वितीय कृतियाँ 'सुर्ख़ और स्याह' और 'पारमा का चार्टरहाउस' स्तान्धाल के जीवनकाल में प्रकाशित तो हो चुके थे, पर उनके ऐतिहासिक मूल्य का सही आकलन लगभग आधी सदी बाद ही हो सका।

यर्थाथवाद के सच्चे संस्थापक स्तान्धाल की रचनाओं के वैचारिक क्रम-विकास में हम प्रबोधनकालीन यथार्थवादी प्रवृत्तियों के साथ स्वच्छन्दतावाद के क्रान्तिकारी आवेग का वह जैविक संश्लेषण मूर्त रूप में घटित होते हुए देख सकते हैं जो उन्नीसवीं शताब्दी के पूर्वार्द्ध के आलोचनात्मक यथार्थवाद की एक अहम विशिष्टता थी। यह विशिष्टता **बाल्ज़ाक** की

रचनाओं में भी थी और **पुश्किन, गोगोल** तथा **लर्मन्तोव** में भी इसे लक्षित किया जा सकता है, लेकिन इन सबसे अधिक प्रातिनिधिक रूप में यह स्तान्धाल में थी। स्वच्छन्दतावाद से यथार्थवाद में संक्रमण स्तान्धाल की अपनी खुद की विचार-यात्रा थी।

संगीत और चाक्षुष कलाओं पर स्तान्धाल के प्रारम्भिक लेखन में स्वच्छन्दतावादी सौन्दर्यशास्त्रीय विचारों के प्रभाव को स्पष्टतः देखा जा सकता है, लेकिन विशुद्ध स्वच्छन्दतावादियों से अलग वह क्लासिकीवाद के सकारात्मक पक्षों को भी अपनाने की कोशिश करता दीखता है। स्तान्धाल की सौन्दर्यात्मक अभिरुचि अपने तमाम अन्तरविरोधों के साथ उसकी प्रारम्भिक पुस्तकों—'हेडन, मोज़ार्त और मेतस्तास्यिो का जीवन' तथा 'रोसीनी का जीवन' में भी स्पष्टतः प्रकट होकर सामने आयी है। इटली में अपने प्रारम्भिक प्रवास के दिनों में वह एक ओर इतालवी ऑपेरा 'सिमारोज़ा ऐण्ड रोसीनी' की 'बेल कैण्टो' गायन शैली के स्वर-माधुर्य से प्रभावित हुआ था, तो दूसरी ओर मोज़ार्त और हेडन की क्लासिकी सिम्फ़ॅनिक कला के प्रति भी उसका आकर्षण प्रबल था। संयोगवश, इसी समय वह इतालवी स्वच्छन्दतावादियों और **लॉर्ड बायरन** के सम्पर्क में भी था। 1817 में प्रकाशित अपनी दोनों पुस्तकों—'इटली में चित्रकला का इतिहास' और '1817 में रोम, नेपल्स और फ्लोरेंस' में स्तान्धाल ने सांस्कृतिक-ऐतिहासिक पद्धति की अवस्थिति से प्रत्ययवादी सौन्दर्यशास्त्र की आलोचना की थी और यह विचार रखा था कि कला यथार्थ के अवबोधन और परावर्तन का एक साधन होती है। साहित्य में क्लासिकीवाद और स्वच्छन्दतावाद के प्रश्न पर जारी बहस में स्तान्धाल की सम्पृक्तता उसके पैम्फलेट 'रासीन और शेक्सपीयर' के क्रमशः 1823 और 1825 में प्रकाशित दो संस्करणों में (और उनकी भिन्नता में) भी देखी जा सकती है और उसके विचारों में सतत परिवर्तन की प्रक्रिया को भी लक्षित किया जा सकता है। अपने पैम्फलेट में स्तान्धाल ने शेक्सपीयर की गम्भीर, भावावेगपूर्ण कला को क्लासिकीवाद के बाद के दौर के प्रतिनिधियों के घिसे-पिटे जड़-सूत्रों के बरक्स खड़ा करते हुए *'तीन एकताओं'* के प्रतिष्ठित सिद्धान्त को खारिज करने पर जोर दिया है और एक नये नाट्यशास्त्र की निर्माण की आवश्यकता को रेखांकित किया है जो स्पिरिट की दृष्टि से समकालीन हो। सबसे महत्वपूर्ण यह है कि स्वच्छन्दतावाद का पक्ष लेते हुए भी स्तान्धाल ने उन रूढ़िवादी, पुनरुत्थानवादी स्वच्छन्दतावादियों के विचारों को सिरे से अस्वीकार किया जो मध्ययुगीन जीवन-मूल्यों का आदर्शीकरण किया करते थे।

अठारहवीं शताब्दी की वैज्ञानिक तर्कणा और उन्नीसवीं शताब्दी की भावावेगी संवेदनशीलता के संश्लेषण की प्रक्रिया स्तान्धाल के विचार-जगत में 1820 के दशक के मध्य तक कमोबेश पूरी हो चुकी थी और उसकी प्रारम्भिक आलोचनात्मक यथार्थवादी दृष्टि हमें उसके पहले ही उपन्यास 'अर्मान्स' में देखने को मिलती है जो 1827 में प्रकाशित हुआ। 'अर्मान्स' का स्वरूप, कथानक की एक हद तक जटिलता के बावजूद काफी सुगठित है और इसमें स्तान्धाल की यथार्थवादी पद्धति के सभी गुण मौजूद दिखते हैं। घटनाओं के प्रति एक इतिहास-सम्मत दृष्टि, स्थितियों और चरित्रों का यथार्थवादी ट्रीटमेण्ट, ऊँची सोसाइटी के लोगों की कुसंस्कृत रुचियों एवं कूपमण्डूकता पर तीखा व्यंग्य और मनुष्य के कोमलतम-सूक्ष्मतम भावनाओं-अनुभूतियों की अन्तर्भेदी पड़ताल—स्तान्धाल की पद्धति की आगे चलकर और भी निखरकर आनेवाली ये विशिष्टताएँ उसके इस पहले उपन्यास में ही उभरकर सामने आ गयी दीखती हैं। उपन्यास के नायक की नपुंसकता पुनःस्थापन काल

(नेपोलियन के पतन के बाद से लेकर 1830 की जुलाई-क्रान्ति तक का काल) के दमनकारी फ्रांसीसी अभिजातों और रूढ़ नैतिकतावादी फ्रांसीसी समाज का प्रतीक है। गौरतलब है कि इस उपन्यास के प्रकाशन के दो वर्ष बाद बाल्ज़ाक ने 1829 में अपने उपन्यासों-उपन्यासिकाओं-कहानियों की उस श्रृंखला पर काम करना शुरू किया जिसे आगे चलकर उन्होंने **'ह्यूमन कॉमेडी'** का नाम दिया।

बाल्ज़ाक और स्तान्धाल की यथार्थवादी पद्धति में एक समानता यह थी कि दोनों ने ही प्रायः एक ऐसे युवक को अपना नायक बनाया जो आदर्श या धीरोदत्त होने के बजाय सामान्य गुण-दोषों से युक्त ऊर्जस्वी चरित्र है। वह चरित्र समाज से संघर्ष करता है, इस प्रक्रिया में वह सभी सामाजिक विद्रूपताओं-विसंगतियों से टकराता है, अन्त में उसके सारे विभ्रम समाप्त हो जाते हैं और प्रायः ऐसा भी होता है कि वह समाज द्वारा परास्त कर दिया जाता है। स्तान्धाल और बाल्ज़ाक के नायकों का आदर्शवादी व्यक्तिवाद ऐतिहासिक रूप से प्रगतिशील है जो बुर्जुआ समाज के दमनात्मक अहंवादी परिवेश में अन्ततोगत्वा पराजित हो जाता है। प्रकारान्तर से दोनों ही लेखक इस ऐतिहासिक सत्य को उद्घाटित करते हैं कि बुर्जुआ समाज में किसी अलग-थलग आदर्शवादी व्यक्ति की संकल्प-शक्ति का टूट जाना ही उसकी नियति है और यह कि यह समाज व्यक्ति-स्वातंत्र्य और स्वप्नदर्शिता के लिए सर्वथा अनुपयुक्त है।

बाल्ज़ाक और स्तान्धाल—दोनों की ही इतिहास-दृष्टि में, उनके अलग-अलग राजनीतिक विश्वासों के बावजूद विस्मयकारी समानता है। दोनों ही पुनःस्थापनकालीन फ्रांसीसी समाज के गतिरुद्ध, प्रतिक्रियावादी परिवेश के कटु आलोचक थे और 1830 की जुलाई-क्रान्ति के बाद स्थापित हुए लूई फिलिप के बुर्जुआ संवैधानिक राजतंत्र और तत्कालीन समाज में व्याप्त भ्रष्टाचार, लालफीताशाही, दमन तथा नैतिक-सांस्कृतिक पतन के प्रति भी दोनों का रुख समान रूप से उग्र आलोचनात्मक था। यह एक दिलचस्प तथ्य है कि बाल्ज़ाक ने 'ह्यूमन कॉमेडी' श्रृंखला का नाम पहले (1834 में) **'उन्नीसवीं शताब्दी की जीवनचर्या का अध्ययन'** रखा था और स्तान्धाल ने 1830 में प्रकाशित अपने महान उपन्यास 'सुर्ख और स्याह' का एक उपशीर्षक **'उन्नीसवीं शताब्दी का एक इतिवृत्त'** रखा था।

बाल्ज़ाक और स्तान्धाल की पद्धति और 'ट्रीटमेण्ट' में एक महत्वपूर्ण भिन्नता यह है कि बाल्ज़ाक अपने समय का इतिहास प्रस्तुत करते हुए एक पारंगत अर्थशास्त्री और समाजशास्त्री की तरह गाँवों-शहरों के समाज के पूँजीवादी रूपान्तरण की एक-एक सूक्ष्म तफसील पेश करते हैं। गाँव-शहर के व्यापारी, सूदखोर, बुद्धिजीवी, कारखानेदार, बुर्जुआ किसान, राजनीतिज्ञ तथा स्टॉक एक्सचेंज, राजनीति के गलियारे, बाजार-कस्बे और बड़े नगरों के जीवन का कोई भी पहलू उनसे छूटता नहीं। अपनी श्रृंखला की नब्बे कृतियों के लगभग तीन-चार हजार पात्रों के माध्यम से वे अत्यन्त व्यापक फलक पर पूरे समाज के हर पहलू की सूक्ष्मताओं को चित्रित करते हैं। व्यापकता और सूक्ष्मता के संश्लेषण के मामले में उनका सादृश्य हम **कूर्बे** के **'दि आर्टिस्ट्स स्टूडियो'** जैसे चित्रों से कर सकते हैं। स्तान्धाल की औपन्यासिक कृतियों का संसार बाल्ज़ाक की अपेक्षा काफी छोटा है, अतः वहाँ बड़े पैमाने पर सूक्ष्म विवरणों के संकलन प्रस्तुत करने के बजाय ऐसी कथावस्तु के चयन और कथावस्तु के ऐसे स्थापत्य पर बल है, जो अपने समय, समाज और संस्कृति की संक्षिप्त-सारगर्भित समालोचना प्रस्तुत करने का मन्तव्य पूरा कर दे। बुर्जुआ समाज की पतनशीलता और

बुराइयों को उघाड़कर उनके प्रति नफरत पैदा करने के मामले में **मक्सिम गोर्की** भी स्तान्धाल को अद्वितीय मानते थे।

सामाजिक जीवन की आधारभूत आर्थिक गतियों की पकड़ में जो महारत बाल्ज़ाक को हासिल है, वैसी ही महारत स्तान्धाल को चरित्रों के मनोजगत की गहराइयों में उतरने में हासिल थी। स्तान्धाल को यथार्थवादी धारा में मनोवैज्ञानिक विश्लेषणात्मक धारा का, या यूँ कहें कि *मनोविश्लेषणात्मक यथार्थवाद* का प्रवर्तक कहा जाता है। स्तान्धाल की यह विशिष्टता 'अर्मान्स' में ही स्पष्ट दीखती है। आगे चलकर 'सुर्ख और स्याह' उपन्यास में, विशेषकर इसके नायक जुलिएं सोरेल के चरित्र के बहुपरती अन्तरविरोधों को उभारने में स्तान्धाल ने इस पद्धति का अत्यन्त दक्षता के साथ इस्तेमाल किया है। उल्लेखनीय है कि उपन्यास लेखन शुरू करने से पहले ही, 1822 में, स्तान्धाल ने एक अनूठी मनोवैज्ञानिक प्रबन्ध-रचना 'प्रेम के बारे में' लिखी थी, जिसमें व्यक्तिगत अनुभूतियों-पर्यवेक्षणों के सामान्यीकरण और समाहार के जरिये भावावेगों और प्रेमानुभूति का सामाजिक मनोवैज्ञानिक विश्लेषण प्रस्तुत किया गया था। गौरतलब है कि फ्रायड के पैदा होने से भी तीन दशक पहले मनोवैज्ञानिक विश्लेषण पद्धति का प्रयोग स्तान्धाल ने करना शुरू कर दिया था। और महत्वपूर्ण यह भी है कि फिर भी उसका मुख्य जोर व्यक्तित्व-निर्माण के सामाजिक पहलू पर और सामाजिक यथार्थ की सारवस्तु के उद्‌घाटन पर होता था।

बाल्ज़ाक से स्तान्धाल की यथार्थवादी पद्धति की एक और महत्वपूर्ण भिन्नता दीखती है। घटनाओं-चरित्रों का वस्तुपरक ब्योरा प्रस्तुत करते हुए बाल्ज़ाक की भाषा में भावावेग को प्रायः लक्षित किया जा सकता है। बाल्ज़ाक की भाषा 'साहित्यिक' है। उसमें वर्णन का विस्तार है। स्तान्धाल की भाषा नितान्त अनलंकृत, सटीक, सान्द्र और रूखी है। कहा जा सकता है कि स्तान्धाल 'रुक्ष यथार्थवाद' का प्रणेता था। शैली के इस पहलू की दृष्टि से बाल्ज़ाक की अपेक्षा स्तान्धाल स्वच्छन्दतावाद से अधिक दूर, अधिक आगे खड़ा था। स्तान्धाल की लेखन-शैली में सान्द्रता-सघनता के चलते भी उसके उपन्यास प्रायः कुछ जटिल होते हैं। जटिल इस अर्थ में कि कथाबन्ध के विभिन्न पहलुओं के मन्तव्य तत्काल उद्‌घाटित होते नहीं चलते। इसमें आश्चर्य नहीं कि औसत दर्जे के आलोचकों, अखबारी समीक्षकों और सामान्य पाठकों ने 'सुर्ख और स्याह' जैसी महान कृतियों का महत्व दशकों तक नहीं समझा। आश्चर्य तो स्तान्धाल के आत्मविश्वास पर होता है जो यह मानता था कि वह भविष्य के पाठकों के लिए लिख रहा है।

'सुर्ख और स्याह' के लेखन से पूर्व 1829 में अपने चर्चित यात्रा-वृत्तान्त 'रोम की सैर' के साथ ही स्तान्धाल की एक कहानी 'वानिना वानिनी' प्रकाशित हुई जिसमें इटली के देशभक्तों और कारबोनेरी आन्दोलन का उसने सहानुभूतिपूर्वक चित्रण किया था।

'सुर्ख और स्याह' का प्रकाशन ठीक उसी वर्ष हुआ जिस वर्ष बाल्ज़ाक का उपन्यास 'वाइल्ड ऐस'ज़ स्किन' प्रकाशित हुआ (जिसे बाल्ज़ाक स्वयं अपने कृतित्व का वास्तविक प्रस्थान-बिन्दु मानते थे)। इस उपन्यास के बारे में काफी कुछ चीजें विचित्र और चौंकानेवाली थीं। उपन्यास का प्रकाशन 13 नवम्बर, 1830 को हुआ। कथ्य और शैली की दृष्टि से ही नहीं, बल्कि शाब्दिक अर्थों में भी यह अपने समय से आगे की कृति थी। इसके मुखपृष्ठ पर 1831 की तिथि पड़ी थी और उपन्यास के अन्तर्गत ऐतिहासिक समय-मान (टाइम-स्केल) की पुनर्रचना से प्रतीत होता है कि आखिरी कुछ अध्यायों की घटनाएँ 1831 में घटित होती

हैं। लेकिन उपन्यास मुख्यतः अपनी सामयिकता की दृष्टि से अपने समय से आगे था जैसा कि दो वर्षों बाद **'फ्लोरेण्टाइन लिटरेरी रिव्यू'** में स्वयं ही अनाम समीक्षक के रूप में इस उपन्यास की समीक्षा लिखते हुए स्तान्धाल ने लिखा था, *"लेखक ने उस साहसिक कथा को बयान करने की हिम्मत की है जो 1830 में घटित हुई।"* इससे भी अधिक साहस की बात यह थी कि लेखक ने तत्कालीन फ्रांसीसी समाज की सामाजिक-नैतिक विद्रूपताओं को, अलंकृत परदों से ढँके बुर्जुआ जीवन के वीभत्स यथार्थ को बेलाग-लपेट प्रस्तुत करने का साहस किया जबकि इससे अभिजन समाज में स्वयं उसकी स्थिति संकट में पड़ सकती थी। उपन्यास के लिए कच्चा माल स्तान्धाल ने पेरिस के अपने कुछ उच्चपदस्थ मित्रों से प्राप्त सूचनाओं से, अखबारों से और अपने खुद के अनुभवों से जुटाया था।

उपन्यास में स्वयं राजा से लेकर वलेनो के वर्कहाउस के निवासियों तक, सामाजिक प्रतिनिधियों का एक व्यापक वर्णक्रम पाठक के सामने होता है। ऊपरी तौर पर तो हर सामाजिक संस्तर अलग प्रतीत होता है, लेकिन पाखण्ड, भ्रष्टाचार, स्वार्थपरता, कुटिलता की प्रवृत्तियाँ सर्वव्याप्त हैं। उपन्यास की शुरुआत में स्तान्धाल ने **दांतों** की इस उक्ति को प्रथम आदर्शवाक्य के रूप में दिया है, *"सत्य, केवल सत्य, अपनी समस्त कटुता के साथ"*, और फिर पूरा उपन्यास मानो इस पुरालेख का औचित्य सिद्ध करने में लगा दिया है। किसानी धूर्तता से भरा हुआ, नायक जुलिएं सोरेल का लालची बाप, भरे पेट और चैनभरे जीवन की चाहत रखनेवाले मठवासी, अपने ही देश पर हमले का षड्यंत्र रच रहे प्रतिक्रान्तिकारी अभिजात, अपने फायदे के लिए घृणित अवसरवादी ढंग से राजनीतिक दल बदलते रहनेवाले रेनाल और वलेनो जैसे लोग— उत्तर-नेपोलियनकालीन फ्रांस में जारी घिनौने नाटक के लगभग सभी केन्द्रीय पात्र यहाँ मौजूद हैं। चर्च के सन्दर्भ में शेलां पिरार और शास-बेर्नार सम्मानजनक अपवाद हैं और पुनःस्थापनकालीन पेरिस के बेजान युवाओं के बीच क्रुवासेन्वा कम से कम एक ऐसा इंसान है जो मेतिल्दे की इज्जत की हिफाजत के लिए जान गँवा देता है, लेकिन आम तौर पर पूरा परिदृश्य नितान्त निराशाजनक है। इसके साथ ही वेरियेरे का औद्योगीकरण, मुद्रा की बढ़ती सर्वग्रासी शक्ति, बुर्जुआ नवधनिकों द्वारा पुराने अभिजातों की नकल की भोंडी कोशिशें, ब्रे-ल-होत में मठ के पुनर्निर्माण के पीछे निहित प्रचारवादी उद्देश्य, जानसेनाइटों और जेसुइटों के झगड़े, जेसुइटों की गुप्त सोसाइटी का सर्वव्यापी प्रभाव और धर्म सभा आदि के ब्योरों से स्तान्धाल ने उपन्यास में तत्कालीन फ्रांस की तस्वीर को व्यापक फलक पर उपस्थित किया है। उपन्यास वास्तव में 1830 के फ्रांस का इतिवृत्त लगता है, लेकिन तब फिर यह प्रश्न सहज ही उठता है कि 1830 की जुलाई-क्रान्ति इसमें क्यों नहीं है, जिसके तथाकथित "तीन गौरवशाली दिनों" के दौरान प्रतिक्रियावादी बूर्बों राजा चार्ल्स दसवें को सिंहासनच्युत करके अपेक्षतया उदार माना जानेवाला ऑर्लियांवंशी लूई फिलिप सत्तासीन हुआ और बुर्जुआ राजतंत्र की शुरुआत हुई? सिर्फ उपन्यास की शुरुआत में (किस्सागोई पैदा करने के लिए) कथावस्तु के अंग के तौर पर दिये गये एक विडम्बनापूर्ण "प्रकाशकीय नोट" में यह उल्लेख है कि यह कृति जुलाई की उन महान घटनाओं के पहले लिखी जा चुकी थी, जिनके बाद फ्रांसीसी दिलो-दिमाग कल्पना की रचनाओं के लिए ग्रहणशील नहीं रह गये। यह नोट अपने आप में जुलाई-क्रान्ति पर तेजाबी व्यंग्यात्मक टिप्पणी है। जुलाई-क्रान्ति की चर्चा न करके स्तान्धाल ने यह इंगित किया है कि इस सत्ता-परिवर्तन से फ्रांसीसी समाज की सर्वव्याप्त सामान्य पतनशीलता पर कोई फर्क नहीं पड़नेवाला है। यह

भी अनायास नहीं था कि स्तान्धाल ने उपन्यास के दो उपशीर्षक दिये थे : **'उन्नीसवीं शताब्दी का एक इतिवृत्त'** और **'1830 का एक इतिवृत्त'**। इसके पीछे भी गहरे निहितार्थ थे। सजग इतिहासदृष्टि सम्पन्न स्तान्धाल यह इंगित करना चाहता था कि 1830 के घटना संकुल वर्ष का इतिवृत्त आनेवाले वर्षों सहित पूरी शताब्दी का प्रातिनिधिक इतिवृत्त है, आनेवाले दिनों में भी फ्रांसीसी बुर्जुआ समाज की अधोमुखी यात्रा राजनीतिक परिवर्तनों और भौतिक समृद्धि के बावजूद जारी रहेगी और यह, कि लोभ-लाभ के साम्राज्य का यही विद्रूप नाटक आनेवाले दिनों का भी इतिहास होगा।

बुर्जुआ वर्ग की धनलोलुपता, पादरियों के दकियानूसीपन और अपने वर्गीय-विशेषाधिकारों को बनाये रखने की अभिजातों की निरर्थक कोशिशों को उजागर करते हुए 1815-30 के दौर के फ्रांसीसी समाज के एक व्यापक परिदृश्य की पृष्ठभूमि में स्तान्धाल ने उपन्यास को युवा जुलिएं सोरेल के नाटकीय आन्तरिक द्वन्द्वों पर—उसकी अन्तर्निहित ईमानदारी, आत्मा की महानता एवं उदारता के साथ ही किसी भी तरह से ध्येय-प्राप्ति को तत्पर उसके उग्र, एकनिष्ठ व्यक्तिवाद के आत्मविनाशी चरित्र के चित्रण पर केन्द्रित किया है। जुलिएं सोरेल अपने ऐतिहासिक युग का एक विश्वसनीय प्रातिनिधिक चरित्र है जिसमें एक ही साथ, नायक और प्रतिनायक—दोनों ही के गुण निहित हैं। वह एक अदना बढ़ई का संवेदनशील और कुशाग्र बुद्धिवाला बेटा है। पाखण्डी धनी और ऊँची-ऊँची उपाधियोंवाले व्यक्तित्वहीन लोगों के बीच वह अपनी विशिष्ट जगह बनाने के लिए संघर्ष करता है। अपनी महत्वाकांक्षाओं के लिए और उद्देश्यपूर्ति के लिए वह नैतिकता-अनैतिकता का ख्याल किये बगैर कुछ भी करने को तैयार रहता है। यह खोखले और दम्भी पाखण्डी बुर्जुआ समाज के ऊँचे लोगों के प्रति उसके उस सक्रिय-ऊर्जस्वी व्यक्तिवादी व्यक्तित्व की नैसर्गिक प्रतिक्रिया है जो महज सामान्य परिवार में पैदा होने के चलते एक गुमनाम, मामूली और ढर्रे से बँधी जिन्दगी जीने के लिए तैयार नहीं है। वह उस समाज के विरुद्ध हर तरीके से संघर्ष करता है जहाँ महज कुल और सम्पत्ति के आधार पर पद, सम्मान और विशिष्टता हासिल हुआ करती है। उसके अन्दर की बगावती आग को उस वक्तव्य में भी महसूस किया जा सकता है जो वह अदालत में जजों के सामने रखता है : *"श्रीमन्तगण, मुझे आपके सामाजिक वर्ग का सदस्य होने का सम्मान नहीं हासिल है। मुझमें आप एक किसान को देख सकते हैं जिसने अपने भाग्य की नीचता के विरुद्ध बगावत कर दी है। मैं लोगों को देखता हूँ जो मुझे दण्डित करके वस्तुतः उन युवा लोगों के पूरे समुदाय को हमेशा के लिए दण्डित और निरुत्साहित करना चाहते हैं जिन्हें निम्न और निर्धनताग्रस्त वर्ग में पैदा होने के बावजूद स्वयं को शिक्षित करने का अवसर मिला और जो खुद को उन सर्किलों से जोड़ने का साहस रखते हैं जिन्हें धनी लोगों का दर्प सोसाइटी कहता है..."* जुलिएं सोरेल एक ऐसे समाज के विरुद्ध अकेले संघर्ष का बीड़ा उठाता है जहाँ व्यक्ति के श्रम और योग्यता की कोई कीमत नहीं है, सम्पत्ति के बिना और पद-ओहदे के बिना जहाँ व्यक्ति की कोई पहचान नहीं है, चाहे वह सम्पत्ति या ओहदा किसी भी किस्म के अपराध या भ्रष्टाचरण के द्वारा हासिल किया गया है। ऐसे समाज के विरुद्ध अपनी अकेली लड़ाई में जुलिएं सोरेल नैतिकता- अनैतिकता की चिन्ता किये बगैर लक्ष्य-प्राप्ति के लिए हर साधन अपनाता है।

उपन्यास के शीर्षक 'सुर्ख और स्याह' का लाल रंग सेना का (जिसका चरित्र तत्कालीन सन्दर्भ में प्रगतिशील है) और काला रंग चर्च का (जिसका चरित्र प्रतिक्रियावादी है) प्रतीक

है। साथ ही यह शीर्षक जुलिएं सोरेल के चरित्र के अन्तर्निहित द्वन्द्वों एवं तनावों को तथा सफलता की खोज करते हुए उसके समक्ष मौजूद परस्पर प्रतिकूल विकल्पों की ओर भी इंगित करता है। युवा जुलिएं सोरेल संवेदनशील और मेधावी होने के साथ ही अत्यधिक महत्वकांक्षी भी है। नेपोलियन के पतन के बाद सेना में सत्ता और प्रतिष्ठा की सीढ़ियाँ चढ़ने की सम्भावना नजर नहीं आने पर वह चर्च में ऊँचे पद तक पहुँचने की कोशिश करता है। अपने को वह भावुकता से रिक्त एक अवसरवादी मानता है और आगे बढ़ने के लिए स्त्रियों को फुसलाने-लुभाने का भी रास्ता अपनाता है। पहले वह ऐसा मदाम द रेनाल के साथ करता है जिसके बच्चों का वह ट्यूटर है। इसके बाद वह कुछ समय तक सेमिनरी में बिताता है और फिर प्रान्तों में रहने के बजाय पेरिस का जीवन चुनता है। पेरिस में वह कुलीन महिला मेतिल्दे को अपने मोहजाल में फँसाता है जिसके पिता के वहाँ वह नौकरी करता है। मदाम द रेनाल से जुलिएं ईमानदारी से प्यार करता है, पर उसे अपनी तरक्की में बाधक मानता है। मेतिल्दे जुलिएं को दिल से चाहती है, पर जुलिएं उसके साथ बोरियत महसूस करता है। उसका प्यार उसके लिए महज तरक्की की सीढ़ी है। मदाम द रेनाल जब मेतिल्दे के साथ शादी की उसकी योजना को नाकाम कर देती है तो वह चर्च में उसकी हत्या की कोशिश करता है और इस अभियोग में उसे मृत्युदण्ड मिलता है। मदाम द रेनाल उसे बचाने की कोशिश करती है और जब जुलिएं को गिलोतीन की ओर ले जाया जा रहा होता है तो उसकी (यानी मदाम द रेनाल की) मौत हो जाती है।

जुलिएं सोरेल के जटिल चरित्र और जीवन में परस्पर विरोधी ध्रुवान्तों के अनेक युग्म देखने को मिलते हैं : सुकोमल प्यार या सेक्सुअल जीत, प्रान्तीय जीवन या पेरिस का जीवन, महत्वाकांक्षा और उपलब्धियों में सुखानुभूति या दिवास्वप्नों और आत्म-विकास के जरिये सन्तोष-प्राप्ति–ये असमाधेय द्वन्द्व लगातार उसके मानस में उठते रहते हैं। जुलिएं के चरित्र के श्वेत-श्याम पक्षों के जटिल द्वन्द्व वस्तुतः एक अन्यायी-खोखले- अनैतिक समाज के स्वामियों के विरुद्ध उसके निर्भीक विद्रोह के परावर्तन हैं। ऐसे अनाचारी शक्तिशाली समाज के विरुद्ध अपने एकाकी संघर्ष में किसी भी तरीके को अपनाना वह सर्वथा उचित मानता है। उसकी पराजय किसी किस्म की अनैतिकता की नहीं, बल्कि तंत्र के विरुद्ध एक अकेले आदमी के संघर्ष की अपरिहार्य पराजय है। जुलिएं एक सर्वथा नये किस्म का नायक है। वह महाकाव्यों का धीरोदत्त नायक नहीं है, न ही वह सत्रहवीं-अठारहवीं शताब्दी के उपन्यासों का, खलनायक के समान्तर खड़ा नायक है। वह सामान्य और विशिष्ट के संश्लेषण से संघटित एक प्रतिनिधि चरित्र है। द्वन्द्वात्मकता के मूर्त रूप इस चरित्र के पूर्वज हमें **दिदेरो** के औपन्यासिक पात्रों में एक हद तक नजर आते हैं। जुलिएं के प्रादुर्भाव के ठीक बाद ऐसा ही एक और जटिल द्वन्द्वात्मक चरित्रवाला युवा चरित्र सामने आता है और वह है **बाल्ज़ाक** के उपन्यास **'दि वाइल्ड ऐस'ज स्किन'** का नायक रफाएल दे वालेन्तीन, जो स्वयं से विश्वासघात के बावजूद, उन लोगों के प्रति तिरस्कार का रुख अपनाये रहता है जो जिन्दगी के मालिक बन बैठे थे। लेकिन इतना विश्वासपूर्वक कहा जा सकता है कि अपने नायक के अन्तर्जगत के द्वन्द्वों के मनोविश्लेषण एवं उद्‌घाटन में स्तान्धाल अद्वितीय है। साथ ही, यह महत्वपूर्ण है कि मनोविश्लेषण स्तान्धाल का साध्य नहीं साधन है। उसका मूल लक्ष्य तत्कालीन बुर्जुआ समाज के मानवद्रोही चरित्र का उद्‌घाटन है जो व्यक्तित्व के विघटन का मूल कारण है और जिसके विरुद्ध अकेले व्यक्ति के विद्रोह की तार्किक परिणति आत्मविनाश

के अतिरिक्त और कुछ भी नहीं हो सकती। जुलिएं में सत्ता की उद्दाम कामना है और साथ ही वह सत्ता के पीछे लपकने की प्रवृत्ति के प्रति जुगुप्सा का भाव भी महसूस करता है। यह सांघातिक द्वन्द्व उसे विंनाश की मंजिल तक पहुँचाने का काम करता है।

अपने तीसरे और अपूर्ण उपन्यास 'लूसिएं लोवें' (1834 में लिखित, 1894 और 1929 में प्रकाशित) में स्तान्धाल ने 'सुर्ख और स्याह' के बाद के समय को विषय बनाया। यह कम चर्चित कृति, अधूरी होने के बावजूद स्तान्धाल की एक शानदार रचना है जो जुलाई, 1830 की क्रान्ति के बाद स्थापित लूई फिलिप के बुर्जुआ राजतंत्र के अन्तर्गत फ्रांसीसी समाज की जीवन-चर्या और राजनीति का अत्यन्त मारक व्यंग्यात्मक चित्र और चुभता हुआ विश्लेषण प्रस्तुत करती है। स्तान्धाल के सामाजिक और मनोवैज्ञानिक विश्लेषण के कुछ सर्वोत्कृष्ट नमूने हमें इसमें देखने को मिलते हैं। जुलाई-क्रान्ति के बाद के दैनन्दिन फ्रांसीसी जीवन को यह उपन्यास एक 'ट्रैजी-कॉमिक' प्रहसन के रूप में प्रस्तुत करता है। विरूपण (Grotesque) की अनूठी प्रायोगिक तकनीक इस्तेमाल करते हुए स्तान्धाल ने लूई फिलिप की सरकार के घृणास्पद चरित्र को उजागर किया है जिसके शासनकाल में घूसखोरी, भ्रष्टाचार, भयादोहन, कुत्साप्रचार का घटाटोप सा हो गया था। सेना का चित्रण स्तान्धाल ने एक ऐसे आततायी गिरोह के रूप में किया है जिसका काम विद्रोही मजदूरों को दण्डित करना मात्र रह गया था। उसने उन फ्रांसीसी बुद्धिजीवियों को भी अपने तीखे व्यंग्य का निशाना बनाया है जो मौका आते ही समझौते करने के लिए एकदम तत्पर रहते थे। इस उपन्यास में सामाजिक व्यंग्य की धार पहले से कहीं अधिक तेज है और आलोचना भी कहीं-कहीं प्रचण्ड भर्त्सना तक जा पहुँची है, लेकिन इसके साथ ही पिता-पुत्र के मूलभूत टकराव में दो भिन्न ऐतिहासिक युगों के परस्पर भिन्न 'इथॉस' के टकराव को स्तान्धाल ने अद्भुत सूक्ष्मता एवं कौशल के साथ निरूपित किया है।

'एक अहंवादी के संस्मरण' (1832 में लिखित, 1892 में प्रकाशित संस्मरण) और 'हेनरी ब्रुलार का जीवन' (1835 में लिखित और 1890 में प्रकाशित उपन्यासिका) आत्मकथात्मक लेखन के क्षेत्र में स्तान्धाल की सर्वाधिक मौलिक उपलब्धियाँ हैं। मजेदार विषयान्तरों और जीवन्तता के अतिरिक्त ये दोनों ही कृतियाँ एक कोमल हृदयवाले और अन्दर से असुरक्षित व्यक्ति की आन्तरिक परेशानियों को उद्घाटित करती हैं जिसे कई मुखौटे लगाने पड़ते हैं। इनमें स्तान्धाल के अपने उस द्वन्द्व की शिनाख्त की जा सकती है, जो एक ही साथ एक ऊँचा अधिकारी होने और सामाजिक-राजनीतिक तंत्र का एक संवेदनशील और कटु आलोचक होने के नाते सतत उसके भीतर मौजूद रहा। खास तौर पर, 'हेनरी ब्रुलार का जीवन' विडम्बनात्मक आत्मान्वेषण और आत्म-पुनर्सृजन का एक मास्टरपीस है जिसमें बचपन की स्मृतियाँ लेखन-कर्म के उन्मोचक आनन्द के साथ अत्यन्त खूबसूरती के साथ गुँथी-बुनी हैं। साथ ही, इनं दोनों ही रचनाओं में तत्कालीन फ्रांस के दैनन्दिन जीवन के सटीक चित्र और गहन मनोवैज्ञानिक पर्यवेक्षण देखने को मिलते हैं। इसी दौर की अपनी एक अन्य रचना 'एक पर्यटक के संस्मरण' (1838) में स्तान्धाल ने दैनन्दिन जीवन के चक्करों में मगन होकर जीनेवाले क्षुद्र लोगों को व्यंग्य का निशाना बनाया है। इन्हीं वर्षों के दौरान लिखी गयीं 'इटली के इतिवृत्त' (1855 में प्रकाशित) की अपनी कहानियों में स्तान्धाल ने अपने समय के फ्रांसीसी समाज के मानवविरोधी, बनावटीपनभरे चरित्र पर चोट करने की एक अलग तरकीब ढूँढ़ निकाली है। इनमें उसने पुनर्जागरण काल के महत्वपूर्ण लोगों के व्यक्तित्व और जीवन

को, नैसर्गिक राग-द्वेष और मूलभूत भावनाओं के विस्फोटों को तथा उनके तेजस्वी और सक्रिय मानववाद को चित्रित किया है जो तत्कालीन फ्रांस की हाई सोसायटी में व्याप्त ढोंग-पाखण्ड और धनलोलुपता से कोसों दूर, असम्भवप्रायः मानवीय गुण प्रतीत होते हैं। उसका अन्तिम अधूरा उपन्यास—'लामिएल' (1839-42 में लिखित, 1928 में प्रकाशित) और 'अतिशय अनुग्रह जान ले सकता है' (1839 में लिखित, 1912-13 में प्रकाशित) भी इतालवी इतिवृत्त की कड़ी की ही रचनाएँ प्रतीत होती हैं।

स्तान्धाल का विश्वास 1830 की जुलाई-क्रान्ति के बाद के काल में एकदम दृढ़ हो गया था कि सघन संवेदनाओं, शौर्यपूर्ण कारनामों और सिद्धान्तनिष्ठ व्यक्तित्वों को तत्कालीन फ्रांसीसी समाज में खोजना व्यर्थ है। फ्रांस के ठहरे हुए जीवन की सड़ाँध से अलग सक्रिय स्वाभिमानी लोगों, वीरोचित कार्यों और मानवतावादी विचारों को रचना का विषय बनाने और उनके माध्यम से प्रकारान्तर से फ्रांसीसी समाज की आलोचना प्रस्तुत करने के लिए स्तान्धाल ने पुराने इतालवी पत्रों-दस्तावेजों से और आस्ट्रियाई आधिपत्य के विरुद्ध इतालवी जनता के राष्ट्रीय मुक्ति-संघर्ष से रचना का कच्चा माल जुटाना शुरू किया। टिप्पणियों से डायरियाँ भरती रहीं और इसी प्रक्रिया में उसके दूसरे महान उपन्यास 'पारमा का चार्टरहाउस' की रूपरेखा तैयार हुई। फार्नेस परिवार के कागजात और मोदेना की डची में हुए एक ऐसे विद्रोह के, जिसे स्वयं ड्यूक ने ही उकसाया था, अध्ययन से प्रेरित होकर स्तान्धाल ने इस उपन्यास का खाका तैयार किया। स्तान्धाल ने उपन्यास में उपरोक्त घटनाओं को इटली के नगर-राज्य पारमा में स्थानान्तरित कर दिया और वास्तव में उस छोटे-से पुलिस राज्य की राजनीति और लोकाचार को नेपोलियनी युद्धों के बाद के यूरोप में प्रतिक्रिया के दौर की सामाजिक-राजनीतिक स्थिति के प्रतीकात्मक निरूपण के रूप में प्रस्तुत किया है।

'पारमा का चार्टरहाउस' का स्थापत्य ऐसा प्रयोगात्मक है जो आज डेढ़ शताब्दी बाद भी पाठक को चमत्कृत करता है। पुनर्जागरणकालीन पत्रों-दस्तावेजों, साहित्यिक एवं ऐतिहासिक स्रोतों, हाल की ऐतिहासिक घटनाओं (जैसे इटली में नेपोलियन का शासन, वाटरलू की लड़ाई, मिलान पर आस्ट्रियाई कब्जा) के विभिन्न प्रकार के तत्वों को परस्पर संश्लेषित करते हुए और समकालीन यथार्थ का स्वप्न-सदृश स्थानिक-कालिक रूपान्तरण करते हुए उन्हें उपन्यास की कथावस्तु में विन्यस्त कर दिया गया है। उपन्यास की घटनाएँ मुख्यतः इटली में उन्नीसवीं शताब्दी के प्रारम्भ में पारमा के दरबार में घटित होती हैं। युवा अभिजात फेब्रीस देल दोंगो नेपोलियन का जबर्दस्त प्रशंसक है। वह पेरिस जाकर फ्रांसीसी सेना में शामिल हो जाता है और वाटरलू के युद्ध में हिस्सा लेता है। पारमा लौटने के बाद विशुद्ध भौतिक लाभ के लिए अपनी चाची डचेस दि सांसवेरीना की छत्रछाया में, वह चर्च से जुड़ जाता है। डचेस दि सांसवेरीना पारमा के प्रधानमंत्री, मैकियावेलियन राजनीतिज्ञ काउण्ट मोस्का की मिस्ट्रेस है। एक अभिनेत्री के प्यार में पड़ने के बाद फेब्रीस एक प्रतिद्वन्द्वी की हत्या कर देता है, जेल जाता है, वहाँ से भाग जाता है और फिर उसे क्षमादान मिल जाता है। जेल में किले के गवर्नर की बेटी सेसीलिया कोंती से उसका प्यार हो जाता है जो सेसीलिया की शादी के बाद भी जारी रहता है जब फेब्रीस एक उच्चपदस्थ पादरी और चर्चित धर्मोपदेशक बन चुका है। उन दोनों के बच्चे की, और फिर सेसीलिया की मृत्यु के बाद फेब्रीस रिटायर होकर कार्थूसियन मठ, या पारमा के चार्टरहाउस में चला जाता है और वहीं उसकी मृत्यु होती है।

'पारमा का चार्टरहाउस' में प्रगीतात्मकता और स्तरीय कॉमेडी तथा यथार्थवाद और स्वप्न-सदृश परिवेश के विचित्र किन्तु अंगांग सुसंगत संयोजन से एक बहुपरती कथा-संरचना तैयार की गयी है। एक धरातल पर आजादी के लिए प्यार, और मुक्ति तथा इटली के एकीकरण के लिए स्वाभिमानी बलिदानी देशभक्तों के संघर्ष का प्रभावी चित्रण हुआ है, तो दूसरे धरातल पर उत्तर-नेपोलियनी यूरोप में निरंकुश स्वेच्छाचारिता के प्रभुत्व पर चोट करते हुए उसे एक प्रहसन के रूप में चित्रित किया गया है। एक तीसरा, सतह के नीचे का संस्तर है जहाँ समाज में मान्यताप्राप्त नैतिक मूल्यों को प्रश्नों के कठघरे में खड़ा किया गया है तथा प्यार करने के "मूर्खतापूर्ण कृत्य" के परमाधिकार पर बल दिया गया है। उपन्यास में चरित्रों को सूक्ष्मता के साथ उकेरने पर विशेष बल है। भोला और आदर्शवादी युवा फेब्रीस (खासकर वाटरलू के युद्ध प्रसंग में), उसकी दिलेर और भावप्रवण चाची डचेस दि सांसवेरीना, उदार मैकियावेलियन राजनीतिज्ञ काउण्ट मोस्का, युवा कैदी के प्यार में पड़ जानेवाली मासूम सेसीलिया–इन चरित्रों का अत्यन्त प्रभावशाली चित्रण उपन्यास में हुआ है। अनेकशः रूपों में सान्द्र मानवीय भावावेग उपन्यास की ऐसी केन्द्रीय थीम है जो सतत प्रवाहित अन्तःसलिला की भाँति आद्यन्त उपस्थित रहती है। जेल की मुक्तिदायी चारदीवारी के भीतर युवा नायक को प्यार और मुक्ति की गहन आत्मिक अनुभूति हेाती है। 'पारमा का चार्टरहाउस' में स्तान्धाल ने मनोवैज्ञानिक पर्यवेक्षण-विश्लेषण का उच्च्व परिष्कृत और मौलिक उदाहरण प्रस्तुत किया है। मनोरचना या मानसिक बनावट के स्थिर और सुनिर्धारित होने की परम्परागत धारणा के विपरीत, स्तान्धाल पूरे उपन्यास में कहीं भी अपने पात्रों को परिभाषित नहीं करता। वह उन्हें सतत गत्यात्मक एवं परिवर्तनशील रूप में प्रस्तुत करता है। लेखकीय टिप्पणी या आख्यान के 'इम्प्रोवाइज़ेशनल टोन' जैसे उसके साहित्यिक औजार उसके चरित्रों को अपनी खोज करने की आजादी प्रदान करते हैं।

'पारमा का चार्टरहाउस' के प्रकाशन के बाद स्वयं बाल्ज़ाक ने 1840 में 'ला रिव्यू पारिसिएन' में उसकी समीक्षा लिखी थी जिसमें स्तान्धाल की दुर्दान्त प्रतिभा की प्रशंसा करते हुए उसने लिखा था : *"इसके एक अकेले पृष्ठ में एक पूरी पुस्तक समाहित है।"*

स्तान्धाल ने स्वयं लिखा था : *"एक उपन्यास में मूलभूत बात यह होनी चाहिए कि पाठक जब किसी एक शाम उसे शुरू कर दे तो फिर खतम करने के लिए सारी रात जागता रहे।"* स्तान्धाल के सभी उपन्यास उसकी इस कसौटी पर पूरी तरह से खरे उतरते हैं। मस्तिष्क की असामान्य, पूर्वाग्रह-मुक्त स्वतंत्रता और विचार-प्रवाह की द्वन्द्वात्मक गत्यात्मकता–ये शायद उन केन्द्रीय गुणों में प्रमुख थे जो स्तान्धाल के यथार्थवाद को विशिष्ट बनाते थे। और यही कारण था कि उसके उपन्यास पाठक के विचारों को प्रभावित करने के साथ ही उसकी कल्पना के सीमान्तों को भी विस्तार देते हैं और मनःस्थिति पर एक उन्मोचक प्रभाव डालते हैं। स्तान्धाल ने लिखा था : *"उपन्यास वायलिन के गज के समान होता है, जो ध्वनियों को पाठक की आत्मा में लौटा देता है।"* वह एक ऐसा स्वच्छन्दतावादी था जो स्वच्छन्दतावाद से दूरी रखता था। वह एक भावावेगी तार्किक था, स्वप्नद्रष्टा यथार्थवादी था, काव्यात्मक न्याय-निर्णय की क्षमता से युक्त इतिहासकार था और रुक्ष-सपाट गद्य की प्रगीतात्मकता का उस्ताद था।

'सुर्ख और स्याह' उपन्यास में स्तान्धाल ने लिखा है : *"उपन्यास मुख्य मार्ग पर घूमता एक दर्पण होता है। कभी वह आकाश के नीलेपन को परावर्तित करता है तो कभी पैरों के*

नीचे के कीचड़ के गड्ढों को।" स्वच्छन्दतावाद की स्वप्नदर्शिता और तार्किक वस्तुपरकता का यही संश्लेषण स्तान्धाल के कृतित्व को अद्वितीय बनाता है।

बुर्जुआ विकास के राजपथ पर आधी सदी की यात्रा के बाद गतिरुद्ध भारतीय समाज आज जिस नैतिक-सांस्कृतिक सड़ाँध से बजबजा रहा है, उसे देखते हुए लगता है कि आज के इस यथार्थ को भी स्तान्धाल जैसे ही साहित्यिक पर्यवेक्षक-आलोचक न्यायाधीश की जरूरत है। स्तान्धाल के उपन्यासों को पढ़ते हुए उसका सामाजिक परिवेश बार-बार पाठक की आँखों के सामने आज के भारत को ला खड़ा करता है।

—कात्यायनी
सत्यम

खंड : एक

सच, बस सच
अपने पूरे तीखेपन के साथ।

–दांतों*

* दांतों : (1759-94), फ्रांसीसी क्रांति के नेताओं में से एक। वैसे, स्तान्धाल द्वारा प्रयुक्त ज्यादातर सू की तरह यह भी खुद उसी की रची हुई लगती है। उपन्यास में प्रयुक्त 73 में से सिर्फ 15 सूक्तियाँ या उ वाकई उन लेखकों के पाए गए हैं जिनका नाम उनके साथ दिया गया है।–सं.

1
छोटा-सा नगर

हजारों को ठूँस दो एक साथ
उतना बुरा नहीं।
मगर पिंजरा तो सुन्दर हो।

–हॉब्स

वेरियेर का छोटा-सा नगर फ्राँशकोंते के सबसे सुन्दर स्थानों में से है। उसके लाल खपरैल और नुकीली छतोंवाले सफ़ेद पुते हुए घर एक पहाड़ी के किनारे-किनारे फैले हुए हैं जहाँ हर छोटे-से मोड़ पर चैस्टनट वृक्षों के झुरमुट सशक्त भाव से ऊपर उठे हुए दिखाई पड़ते हैं। नीचे घाटी में दू नदी बहती है। उसकी धारा अब उन प्राचीरों के सैकड़ों फीट नीचे है जिन्हें शताब्दियों पहले स्पेनवासियों ने बनाया था, पर जो अब बहुत दिनों से जीर्ण-शीर्ण अवस्था में पड़ी हैं। शहर के बहुत ऊपर, उत्तरी ओर से उसकी रक्षा करती हुई, वेर्रा पहाड़ की ऊँची-नीची चोटियाँ दिखाई पड़ती हैं। यह पहाड़ जुरा पर्वतमाला की एक शाखा है जिसकी चोटी अक्तूबर का शीत आरम्भ होते ही बर्फ से ढक जाती है।

पर्वत के किनारे से नीचे झपटती हुई एक पहाड़ी धारा कूदकर टूब्ज में विलीन हो जाने के पहले बहुत-से चिराई के कारखानों को गतिमान करती जाती है। यह कोई बहुत महत्त्वपूर्ण उद्योग-धन्धा नहीं है, पर उसमें काम करनेवालों को, जिनका रहन-सहन और रुचियाँ शहरवालों की अपेक्षा सरल देहातियों की-सी अधिक हैं, साधारणतः सुविधापूर्वक आजीविका उपार्जन करने का अवसर मिल जाता है। किन्तु शहर की समृद्धि इन कारख़ानों से नहीं बल्कि उस छपे हुए कपड़े के उत्पादन से है जिसे मुलूज़ वस्त्र कहते हैं। नेपोलियन के पतन-काल से लगातार आज तक वेरियेर का प्रत्येक निवासी जिस समृद्धि के कारण अपने घर के अग्रभाग को फिर से बनाने में सफल हो सका है, उसका कारण यही है।

वेरियेर में प्रवेश करनेवाले के कान एक दैत्याकार भयंकर मशीन के खट-खट शब्द से बहरे हुए बिना नहीं रह सकते। नदी की धारा द्वारा चलनेवाले एक चक्के से जुड़े हुए बीस भारी-भारी घन, जो ऐसे भयंकर शब्द के साथ गिरते और फिर हवा में उठते रहते हैं कि पत्थर की गोल चिकनी बटियाँ काँपने लगती हैं, हर रोज अनगिनत कीलें तैयार करते हैं। पर फ्रांस और स्विट्जरलैंड के बीच के पहाड़ों में से निकलनेवाले यात्री को सबसे अधिक आश्चर्य इस बात से होता है कि इन घनों के बीच लोहे के छोटे-छोटे टुकड़े रखने का अत्यन्त कठोर कार्य करती हैं सुन्दर उत्फुल्ल गुलाबी गालोंवाली युवतियाँ।

यदि आगन्तुक पूछे कि मुख्य सड़क पर आनेवाले प्रत्येक व्यक्ति के कानों को बहरा

बनानेवाली इस मशीन का स्वामी कौन है तो कोई न कोई अवश्य ही उस ज़िले की अपनी ख़ास ज़बान में उसे बता देगा—'अरे, यह तो मेयर साहब की मशीन है !' और यदि वह दू नदी के किनारे से ऊपर पहाड़ी की ओर जानेवाली सड़क पर पलभर रुका रहे तो यह भी बहुत सम्भव है कि उसे अपने महत्त्व के प्रति सजग और ऊपर से अपने कारोबार के मामलों में डूबा हुआ एक लम्बा-सा व्यक्ति सड़क पर चलता दिखाई पड़ जाए।

उसके पास से निकलते ही हर आदमी तुरन्त अपनी टोपी उठाकर उसका अभिवादन करता है। उसके बाल सफ़ेद होने लगे हैं और उसके कपड़े भी फीके भूरे रंग के हैं। उसके कोट का कालर सम्मानसूचक चिह्नों से भरा हुआ है। उसका माथा चौड़ा, नाक लम्बी, पतली और आकृति कुल मिलाकर देखने में सुघड़ लगती है। उसने मुख-मुद्रा ऐसी बना रखी है जिसे छोटे-छोटे अफ़सर उसकी स्थिति के उपयुक्त ही समझते हैं, पर तो भी उसके चेहरे पर एक ऐसा लुभाद ापन है जो अड़तालीस-पचास की अवस्था के व्यक्ति में बहुत कम ही दिखाई पड़ता है।

फिर भी पेरिस के अधिक विशाल जगत् से आनेवाले व्यक्ति को तुरन्त ही यह अनुभव होगा और वह इससे क्षुब्ध होगा कि इस व्यक्ति में कुछ ऐसा है जिससे न केवल वह आत्म-सम्पूर्ण दिखाई पड़ता है बल्कि बहुत ही सीमित और निरुद्योगी भी है। उसे यह भी लगेगा कि अन्ततः ऐसे व्यक्ति की सारी शक्ति इसी बात में लगी रहती है कि दूसरे तो उसका कर्ज़ चुकाते रहें, पर अपने ऊपर कर्ज़ को वह आख़िरी क्षण तक टालता रहे।

वेरियेर के मेयर म. द रेनाल संक्षेप में ऐसे ही व्यक्ति हैं जो सड़क पर धीमे-धीमे दम्भ-भरी चाल से चलते हुए आते हैं और नगरपालिका की इमारत के भीतर चले जाते हैं। यदि दर्शक और भी आगे चले तो सड़क पर कोइ पचास ग़ज बाद ही उसे एक सुन्दर-सा मकान दिखाई पड़ेगा और उसके चारों ओर लगी हुई लोहे की रेलिंग के बीच से उसे एक बड़े भारी शानदार बगीचे की झलक भी दीख जाएगी। उसके पार दूर क्षितिज पर बरगंडी की पहाड़ियाँ दिखाई पड़ती हैं। उनकी पंक्ति से ऐसी आकृति बनती है मानो वह दृष्टि को लुभाने के लिए ही विशेष रूप से बनाई गई हो। यह दृश्य इतना मनोहर है कि देखनेवाला उस छोटे-से नगर की बात ही भूल जाता है, जहाँ क्षुद्र आर्थिक स्वार्थों ने वातावरण को विषाक्त बना रखा है और जिसमें हर आगन्तुक का दम घुटने लगता है।

यह सुन्दर घर अब बनकर लगभग तैयार हो चुका है और उसके हाल ही में कटे हुए पत्थर बड़े नए-नए से लग रहे हैं। आगन्तुक को शीघ्र ही पता चलेगा कि यह घर म. द रेनाल का है जो कीलों के उत्पादन के मुनाफे से बना है। कहा जाता है कि उनके पूर्वज स्पेन के निवासी थे जो चौदहवें लुई द्वारा फ्राँशकोंते पर अधिकार होने से पहले ही इस प्रदेश में आकर बस गए थे।

1815 से उन्हें अपने व्यवसायी होने के कारण कुछ संकोच होने लगा है। उसी वर्ष वह वेरियेर के मेयर हुए थे। दू नदी के किनारे अनेक सीढ़ियों पर फैले हुए उनके शानदार बगीचे की क्यारियों को सहारा देनेवाली दीवारें, उनके घर की भाँति ही, लोहे के व्यवसाय में उनकी दक्षता का ही पुरस्कार है।

फ्रांस के उद्योग-प्रधान शहरों में ऐसे शानदार बगीचे नहीं हैं जैसे न्यूरमबर्ग, फ्रैंकफोर्ट और लिबजीग तथा अन्य जर्मन उद्योग-केन्द्रों में नगर से बाहर दिखाई पड़ते हैं। फ्राँशकोंते में जो व्यक्ति जितनी अधिक दीवारें बनाता है उतना ही अधिक उसके पड़ोसी उसका सम्मान

करते हैं। म. द रेनाल के बगीचे और उसकी दीवारों की प्रशंसा इसलिए और भी अधिक होती है कि जमीन के जिन छोटे-छोटे टुकड़ों पर वह लगा हुआ है, उनमें से कुछेक को उन्होंने सोने के मोल खरीदा था। जहाँ अब चौथी क्यारी की दीवार बन रही है, उस जगह पहले एक चिराई का कारख़ाना था। नया कारख़ाना अब दू नदी के किनारे ही कोई पाँच सौ गज़ हटकर है और शहर में प्रवेश करते ही निस्सन्देह उसकी ओर ध्यान आकर्षित होता है। छत के ऊपर एक साइन-बोर्ड पर बड़े भारी अक्षरों में उसके स्वामी सोरेल का नाम लिखा हुआ है जिस पर नज़र न जाना असम्भव है।

अपने अभिमान के बावजूद मेयर को उस जिद्‌दी और कठिनाई से बात माननेवाले बूढ़े किसान सोरेल के पास कई बार जाना पड़ा था और सोरेल को अपना कारख़ाना किसी दूसरी जगह हटा लेने को तैयार करने के लिए उसे अच्छी-ख़ासी रक़म सोने के सिक्कों में देनी पड़ी थी। जहाँ तक कारख़ाने को चलानेवाली धारा का सवाल है, वह तो सारे शहर की सम्पत्ति थी; किन्तु म. द रेनाल अपने पेरिस के प्रभावशाली मित्रों की कृपा के फलस्वरूप धारा का मार्ग बदलवा देने में भी सफल हो गए थे। यह कृपा उन्हें 182-के चुनावों के बाद प्राप्त हुई थी।

मेयर ने सोरेल को एक के बदले में चार एकड़ ज़मीन दी थी। कारख़ाने की नई जगह दू नदी के किनारे लगभग पाँच सौ गज़ आगे चिराई के काम के लिए कहीं अधिक सुविधाजनक थी। किन्तु सोरेल, जो धनी हो जाने के बाद से बड़ा सोरेल कहलाने लगा था, बड़ा चतुर था। उसने अपने पड़ोसी की अधीरता और ज़मीन के लिए लालच का पूरा-पूरा लाभ उठाया और बदले की ज़मीन से होनेवाले लाभ के अतिरिक्त ऊपर से 6,000 फ्रैंक की रकम भी वसूल कर ली थी।

यह सही है कि इस सौदे की ज़िले के लालबुझक्कड़ों ने बड़ी आलोचना की थी। फिर चार बरस पहले एक दिन इतवार को जब वह मेयर की सज्जा में गिरजाघर से लौट रहे थे तो म. द रेनाल ने बूढ़े सोरेल को अपने बेटों के साथ दूर खड़े देखा और अनुभव किया कि वह उन्हें देखकर मुस्करा रहा है। तुरन्त ही उस मुस्कान का अर्थ मेयर के आगे तीखे रूप में स्पष्ट हो गया और उस क्षण से उन्होंने यह मान लिया कि सौदे में वह मात खा गए थे।

वेरियेर में लोगों का आदर प्राप्त करने के लिए यह आवश्यक है कि दीवारें बनाते समय इटली से लाई हुई कोई ऐसी योजना न स्वीकार की जाए जो हर साल वसन्त ऋतु में पेरिस के रास्ते में जुरा की पहाड़ियों को पार करके जानेवाले संगतराश बता जाया करते हैं। ऐसी नवीनता स्वीकार कर लेने से दीवारें बनानेवाले को हमेशा के लिए स्वीकृत परम्पराओं से विद्रोही मान लिया जाएगा और फ्राँशकोंते में व्यक्ति की प्रतिष्ठा तौलनेवाले बुद्धिमान और चतुर व्यक्तियों की दृष्टि में उसकी प्रतिष्ठा की कोई सम्भावना नहीं बचेगी।

सच बात यह है कि ऐसे सब पंडितों ने ही यहाँ यह क्षोभदायक निरंकुश नियन्त्रण कर रखा है। यही कारण है कि जो व्यक्ति प्रजातन्त्र की नगरी पेरिस में रह चुका है, उसे इन छोटे-छोटे शहरों की ज़िन्दगी असहनीय जान पड़ती है। जनमत का अत्याचार—और वह भी कैसा जनमत !—फ्रांस के इन छोटे-मोटे स्थानों में उसी प्रकार और उतनी ही मूर्खता से शासन करता है जैसा किसी छोटे-से पिछड़े अमरीकी शहर में।

2
मेयर

तो क्या गरिमा का कोई मोल नहीं,
महोदय ? इसका सम्मान करते हैं मूर्ख, विस्मित होते हैं
इससे बच्चे, जलते हैं धनी व्यक्ति, और
नफरत करते हैं सभी बुद्धिमान-जन।

–बार्नेव*

प्रशासक के रूप में म. द रेनाल की प्रतिष्ठा के लिए सौभाग्य की बात यह हुई कि एक सार्वजनिक भ्रमण-स्थान के लिए एक बड़ी भारी सहारे की दीवार की तुरन्त आवश्यकता थी। यह भ्रमण-स्थान नदी के लगभग सौ फीट ऊपर पहाड़ के किनारे-किनारे बना हुआ था जहाँ से ऐसा प्राकृतिक दृश्य दिखाई पड़ता था जिसकी तुलना फ्रांस के सुन्दरतम स्थानों से की जा सकती है। हर वसन्त ऋतु में भारी वर्षा होने पर मिट्टी कट जाने से रास्ते में बड़े गहरे-गहरे गड्ढे हो जाते थे और चलना लगभग असम्भव हो जाता था। यह असुविधा सबको समान रूप से प्रभावित करती थी और इसने म. द रेनाल को ऐसा सुखद अवसर प्रदान कर दिया था कि कोई बीस फीट ऊँची और लगभग दो सौ ग्यारह फीट लम्बी दीवार बनाकर वह अपनी शासन-व्यवस्था के लिए अमर ख्याति अर्जित कर ले। जहाँ तक इस दीवार की मुड़ेल का प्रश्न है, म. द रेनाल को उसके लिए तीन बार पेरिस की यात्रा करनी पड़ी थी क्योंकि तत्कालीन गृहमन्त्री ने इस भ्रमण-स्थान के सुधार की हर योजना के विरोधी होने की घोषणा कर रखी थी। जो हो, अब यह मुड़ेल धरती से अच्छी-भली चार फीट ऊँची खड़ी हो गई है और इस समय भी उसके ऊपर ग्रेनाइट पत्थर के ठोस चौके, मानो भूत और वर्तमान सभी मन्त्रियों की अवज्ञा करते हुए, जड़े जा रहे हैं।

कितनी ही बार मैं उन बड़े-बड़े नीलाभ धूसर पत्थरों के ऊपर झुककर हाल ही में छटे पेरिस के नृत्य और राग-रंग की बात सोचता हुआ दू नदी की घाटी की ओर देखता खड़ा रहा हूँ। आगे पश्चिमी ढलानों पर पाँच या छः अन्य घाटियाँ जैसे टेढ़े-मेढ़े होते हुए पहाड़ों में जा छिपती हैं। इनमें से प्रत्येक में अनगिनत छोटी-छोटी धाराएँ एक झुरम निकलकर दूसरे में गिरती हुई अन्त में नदी से जा मिलती दिखाई पड़ती हैं। इन पहाड़ों में सूरज की किरणें गरम लगती हैं पर जिस समय वहाँ धूप पूरी प्रखरता से उन पर पड़ती हुई दीखती है, उस समय भी यहाँ इस ढालू वीथि पर सुन्दर वृक्षों की छाया पथिक और उसके स्वप्नों की रक्षा करती रहती है।

इन पेड़ों के इतनी जल्दी बढ़ने का और उनके सुन्दर पत्तों के नीले हरे रंग का कारण वह उत्तम समृद्ध मिट्टी है जिसे मेयर ने अपनी सहारा देनेवाली विशाल दीवार के पीछे डलवाने का आदेश दिया था, क्योंकि नगर-परिषद् के विरोध के बावजूद म. द रेनाल ने भ्रमण-स्थान को पहले की अपेक्षा कोई छः फीट चौड़ा बनवाया था। (यद्यपि वह घोर दक्षिणपन्थी हैं और मैं उदारपन्थी, तो भी मैं इसके लिए उनकी प्रशंसा करता हूँ। वेरियेर के

* बार्नेव : (1761-93), स्तांधाल का पारिवारिक मित्र। सवैधानिक राजतन्त्र का पक्षधर ओजस्वी वक्ता।–सं.

अनाथाश्रम के सफल प्रधान म. वालनो की भाँति उन्हें भी इससे यह विश्वास करने का अवसर मिल गया था कि इस वीथि की तुलना सेंट जरे मेंट-आँ-ले की प्रसिद्ध वीथि से की जा सकती है।)

जहाँ तक मेरा प्रश्न है, मुझे 'कूर द ला फिदेलेते' में एक ही चीज़ की कमी दिखाई पड़ती है, यद्यपि उसका नाम उन संगमरमर के पत्थरों पर पढ़ा जा सकता है जो मेयर ने पन्द्रह या बीस स्थानों पर लगवा दिए थे, जिसके लिए उन्हें एक और सम्मान-चिह्न भी प्राप्त हुआ था। मुझे केवल एक बात से आपत्ति है कि स्थानीय अधिकारी अपने चिनार के पेड़ों की काट-छाँट बड़े निर्मम भाव से करते हैं। किसी मकान के पिछवाड़े के साधारण पौधों की भाँति नीचे-नीचे कुचले और छँटे हुए दिखाई देने की बजाय यदि वे इंग्लैंड की भाँति अपने सम्पूर्ण आकार में दिखाई पड़ते तो क्या बात थी ! किन्तु एक निरंकुश मेयर की इच्छा के आगे कोई बस नहीं, और वर्ष में दो बार कम्यून के सारे वृक्ष निर्मम भाव से छाँट दिए जाते हैं। पास-पड़ोस के उदारपन्थी, निस्सन्देह कुछ बढ़ा-चढ़ाकर ही कहते हैं कि जब से नए धर्माधिकारी म. मास्लो को, जिन्हें कुछ बरस पहले बजांसों से फ़ादर शेलां तथा जिले के दूसरे पुरोहितों पर नज़र रखने के लिए भेजा गया था, इस काट-छाँट से आर्थिक लाभ उठाने का चस्का पड़ा तब से नगर-परिषद् द्वारा नियुक्त माली इन पेड़ों को और भी अधिक काटने लगा है।

इटली की लड़ाई का योद्धा बूढ़ा सैनिक डॉक्टर भी सेना से अवकाश ग्रहण करने के बाद वेरियेर में रहने लगा था। मेयर के कथनानुसार वह अपने जमाने में जैकोबिन भी रह चुका था और बोनापार्टपन्थी भी। इन डॉक्टर महोदय ने भी एक बार स्वयं मेयर से बीच-बीच में इन पेड़ों के इस बुरी तरह नष्ट-भ्रष्ट किए जाने की शिकायत की थी।

"मुझे छाया पसन्द है," म. द रेनाल ने उदासीनता से उत्तर दिया था। उनके स्वर में ऐसी दर्पभरी दूरी थी जो किसी सम्मानित सेना (लीजियन ऑफ़ ऑनर) के सदस्य तथा डॉक्टर से बातचीत करने के लिए बहुत ही उपयुक्त थी। "मैं अपने पेड़ों को भी छाया देने के लिए कटवा देता हूँ। मैं तो कल्पना भी नहीं कर सकता कि पेड़ और होता किसलिए है, खासकर जबकि उपयोगी वालनट की भाँति उससे कोई पैसा भी न मिलता हो।"

'पैसा मिलना'—वेरियेर में हर बात को निर्धारित करनेवाला जादू का मन्त्र यही है। वहाँ की तीन-चौथाई से अधिक आबादी के लिए यह अपने आप में एक विचारणीय विषय बना रहता है। इतने सुन्दर दिखाई पड़नेवाले इस छोटे-से शहर में हर बात का असली कारण 'पैसा मिलना' ही है। कोई आगन्तुक यहाँ पहले-पहल आने पर चारों ओर की शीतल गहरी घाटियों से मुग्ध होकर यह कल्पना करने लगता है कि यहाँ के निवासियों का सौन्दर्य-बोध बड़ा सूक्ष्म होगा। यह सही भी है कि वे शहर और उसके चारों ओर की सुन्दरता के विषय में प्रायः चर्चा भी किया करते हैं; इस बात से भी कोई इनकार नहीं कर सकता कि वे उसका मूल्य बहुत अधिक आँकते हैं। पर इसका कारण केवल यही है कि इस सुन्दरता से दर्शक आकर्षित होते हैं जिनके पैसे से सराय के मालिकों की सम्पत्ति में वृद्धि होती रहती है और फिर वे भी बाहर से आनेवाली चीज़ों पर चुँगी देकर नगर की आमदनी को बढ़ाते रहते हैं।

एक दिन शरद् ऋतु में म. द रेनाल 'कूर दि ला फिदेलिते' पर अपनी पत्नी का हाथ पकड़े भ्रमण कर रहे थे। पत्नी से बात करते समय उनके चेहरे की मुद्रा बड़ी गम्भीर थी। पर वह उनकी बात सुनते-सुनते तीन छोटे बालकों की गतिविधि को व्यग्रतापूर्वक देखती चल

रही थीं। उनमें सबसे बड़ा लगभग ग्यारह बरस का जान पड़ता था। वह बार-बार मुड़ेल के बहुत नज़दीक आ जाता था और लगता था कि कहीं वह उसके ऊपर न चढ़ जाए। जब भी वह इस बात का प्रयत्न करता तो एक कोमल-सी आवाज़ उसका नाम पुकारती– 'अडौल्फी' और हर बार बालक अपने महत्त्वपूर्ण प्रयत्न को त्याग देता। मादाम द रेनाल की अवस्था तीस के लगभग होगी पर वह अभी भी बहुत सुन्दर लगती थीं।

"पेरिस से यह जो सज्जन आए हैं," म. द रेनाल क्रुद्ध भाव से कह रहे थे और उनके गाल सदा से अधिक पीले जान पड़ते थे, "इन्हें अपनी करतूत के लिए पछताना पड़ेगा। शातो में मेरे भी दोस्तों की कमी नहीं है..."

किन्तु प्रान्तों के विषय में सौ-दो सौ पन्नों तक आपसे चर्चा करने का उद्देश्य होने पर भी मैं इतना कठोर नहीं बनूँगा कि आपके ऊपर प्रान्तीय चर्चा की लम्बी-लम्बी और सूक्ष्म विवेचनाओं का बोझ लादूँ।

मेयर महोदय को पेरिस के जो सज्जन इतने अप्रीतिकर लग रहे थे, वह म. आप्पेर के अतिरिक्त और कोई न थे। म. आप्पेर दो दिन पहले किसी प्रकार न केवल जेल और अनाथालय में पहुँच गए थे बल्कि मेयर तथा ज़िले के प्रमुख ज़मींदारों द्वारा चलाए जानेवाले एक सार्वजनिक अस्पताल में भी जा धमके थे।

"पर पेरिस के यह सज्जन तुम्हारा क्या नुकसान कर सकते हैं ?" मा. द रेनाल ने कुछ दबी ज़बान से कहा। "गरीबों की सहायता के लिए जो रुपया मिलता है, उसका प्रबन्ध तुम तो इतनी सच्चाई और ईमानदारी से करते हो।"

"वह यहाँ किसी न किसी का दोष निकालने के लिए ही आया है और बाद में वह तमाम उदारपन्थी अखबारों में लेख निकलवा देगा।"

"पर तुम्हें इससे क्या डर ? तुम तो उन्हें पढ़ते ही नहीं।"

"मैं चाहे न भी पढ़ूँ, पर दूसरे लोग तो इस क्रान्तिकारी बकवास के बारे में बताते रहते हैं। इस तरह की चीज़ से बड़ी परेशानी होती है और उसके कारण *भला काम करने में बाधा पड़ती है।*[1] जहाँ तक मेरा सवाल है, मैं इस आदमी को कभी क्षमा नहीं करूँगा।"

3

ग़रीबों की सहायता

एक सदाचारी पुरोहित जो साजिशों से दूर रहता
हो, वरदान है किसी भी गाँव के लिए।

–फ्लोरी*

यहाँ अब मैं आपको सूचित कर देना चाहता हूँ कि वेरियेर के धर्माधिकारी अस्सी बरस के वृद्ध होते हुए भी पहाड़ी हवा के कारण सदा की भाँति ही स्वस्थ और धुन के पक्के व्यक्ति

1. यह एक ऐतिहासिक तथ्य है। (स्तांधाल की टिप्पणी)

* फ्लोरी : (1640-1723), लुई पंद्रहवें का धर्मगुरु।–सं.

थे। उन्हें रात या दिन में किसी भी समय जेल, अस्पताल और अनाथालय तक में जाने का अधिकार प्राप्त था। म. आप्पेर ने इस कौतूहल-भरे छोटे-से शहर में अपने आने का समय बहुत बुद्धिमानी से चुना और वह सवेरे के ठीक छः बजे वेरियेर पहुँचे तथा सीधे धर्माधिकारी के घर जा उपस्थित हुए।

उन्होंने धर्माधिकारी को राज्य के एक बड़े सरदार तथा प्रान्त के सबसे धनी जमींदार मार्कि द ला मोल का पत्र पढ़कर सुनाया जिसे सुनकर फादर शेलाँ विचारमग्न हो गए।

"मैं बूढ़ा आदमी हूँ," उन्होंने आख़िरकार बहुत धीमे से कहा मानो स्वयं अपने आपको बता रहे हों, "और यहाँ के लोग मुझसे स्नेह करते हैं...उन्हें ऐसा साहस नहीं हो सकता।" फिर वह अपने अभ्यागत की ओर बढ़े और वृद्धावस्था के बावजूद उनकी आँखें ऐसे पवित्र तेज से जगमगा उठीं जिससे प्रकट होता था कि थोड़ा-बहुत विपत्तिपूर्ण होते हुए भी भला काम करने में उन्हें प्रसन्नता होती है।

"मेरे साथ चलिए," उन्होंने कहा, "पर कृपा करके मेरा एक अनुरोध मानिएगा कि आप जो कुछ देखें, उसके बारे में जेलर के सामने कुछ न कहें और अनाथाश्रम के कर्मचारियों के सामने विशेष रूप से सावधान रहें।"

म. आप्पेर समझ गए कि वह दयाशील और उदार हृदयवाले व्यक्ति हैं। वह वृद्ध पादरी के पीछे-पीछे चले और जेल, अस्पताल तथा अनाथाश्रम देख आए। वहाँ उन्होंने बहुत-से प्रश्न भी लोगों से पूछे और कुछेक अजीब उत्तर पाने पर भी अपने मुँह से कोई अप्रिय बात न निकलने दी।

यह निरीक्षण कई घंटे तक चला। पादरी ने म. आप्पेर को रात के भोजन के लिए निमन्त्रित किया जिसे वह चिट्ठियाँ लिखने का बहाना करके टाल गए। वास्तव में बात यह थी कि वह अपने साहसी सहयोगी को अधिक उलझन में न डालना चाहते थे। तीन बजे के लगभग दोनों व्यक्तियों ने अनाथाश्रम-निरीक्षण समाप्त किया और फिर जेल की ओर लौटे। वहाँ फाटक पर उनकी जेलर से मुलाक़ात हुई। वह लम्बा-चौड़ा भीमकाय व्यक्ति था जिसकी ऊँचाई छः फीट से अधिक ही होगी। उसके पैर कुछ मुड़े हुए से थे और उसका क्षुद्रतापूर्ण चेहरा भय के कारण विशेष रूप से कुरूप दिखाई पड़ने लगा था।

"ओह !" धर्माधिकारी को देखते ही वह तुरन्त बोल उठा। "आपके साथ जो सज्जन हैं, वह म. आप्पेर ही हैं न ?"

"इससे क्या ?" पादरी ने उत्तर में कहा।

"जी, बात यह है," जेलर ने उत्तर दिया, "मुझे कल ही बड़ा सख़्त हुक्म मिला है—एक पुलिस का सिपाही रात-भर घोड़े पर चलकर यह हुक्म लाया था कि मैं म. आप्पेर को जेल में प्रवेश न करने दूँ।"

"म. न्वारू, मेरे साथ म. आप्पेर ही हैं, यह ठीक है; पर आप यह बात मानते हैं या नहीं कि मुझे इस जेल में, दिन या रात में, किसी समय प्रवेश करने का तथा अपने साथ जिसे चाहूँ लाने का अधिकार है ?"

"हाँ, श्रीमान्," जेलर ने बहुत ही धीमे से कहा और उसका सिर उस बुलडॉग की तरह से लटक गया जो केवल मालिक के डर से अनिच्छापूर्वक आज्ञा का पालन करता है। "पर श्रीमान्, मेरे भी बीवी-बच्चे हैं। अगर किसी ने शिकायत कर दी तो मेरी नौकरी चली जाएगी। इस नौकरी के सिवाय मेरा और कोई सहारा नहीं है।"

"मेरी नौकरी चली जाए तो मुझे भी इतना ही कष्ट होगा," बूढ़े पादरी ने आगे कहा। उनका स्वर अधिकाधिक दुखी होता जा रहा था।

"पर दोनों में कितना अन्तर है !" जेलर ने जल्दी से उत्तर दिया। "सभी जानते हैं, श्रीमान्, कि आपके पास आठ सौ फ्रैंक से अधिक की निजी आमदनी है और घाटी के धूपवाले हिस्से में अच्छी-सी ज़मीन भी है..."

यही हैं वे सब घटनाएँ जिनको वेरियेर के छोटे-से शहर में पिछले दो दिनों से बीसियों अलग-अलग तरीकों से घटा-बढ़ाकर कहा जा रहा था तथा जिनकी चर्चा से हर प्रकार की जघन्य उत्तेजना फैल रही थी। म. द रेनाल का अपनी पत्नी के साथ छोटी-सी चर्चा का विषय भी इस समय यही था।

उस दिन सवेरे अनाथालय के निर्देशक म. वालनो के साथ म. द रेनाल पादरी के घर अपने घोर असन्तोष को प्रकट करने के लिए गए थे। फादर शेलाँ का कोई संरक्षक न था; वह भली भाँति समझ गए कि उनके शब्दों का क्या अभिप्राय है।

"ठीक है, सज्जनो," उन्होंने कहा, "इस भाँति इस इलाके से आजीविका से वंचित किया जानेवाला अस्सी वर्ष की उम्र का मैं तीसरा पादरी होऊँगा। मैं यहाँ छप्पन बरस से रहता आया हूँ। मैंने इस शहर के लगभग सभी निवासियों का नामकरण संस्कार किया है और लगभग प्रत्येक दिन मैं उन नौजवानों के विवाह कराता हूँ जिनके दादाओं के विवाह मैं बहुत वर्षों पहले करा चुका था। वेरियेर मेरे परिवार की भाँति है। पर जब इस अजनबी से मेरी मुलाक़ात हुई, तो मैंने मन-ही-मन में कहा, हो सकता है कि पेरिस से आनेवाला यह व्यक्ति उदारपन्थी हो जो आजकल चारों ओर दिखाई पड़ते हैं, पर वह मेरे शहर के गरीबों अथवा जेल के कैदियों को क्या हानि पहुँचा सकता है !"

यह सुनकर मेयर की, विशेष कर अनाथालय के निर्देशक की भर्त्सना और भी तीखी हो गई और यहाँ तक कि आखिरकार बूढ़े पादरी ने काँपती हुई आवाज़ में कहा, "अच्छी बात है, सज्जनो, आप चाहते हैं तो मेरी जीविका छीन लीजिए, पर मैं रहूँगा इस ज़िले के अन्दर ही। सब जानते हैं कि मेरे पास छोटी-सी जायदाद है, जिससे मुझे आठ सौ फ्रैंक की आमदनी होती है। मैं उस आमदनी में गुजारा कर सकता हूँ। मैं कोई बेईमानी नहीं करता।" उन्होंने ज़रा तीखे स्वर में कहा, "और शायद यही कारण है कि जब लोग मेरी जीविका छीनने की बात करते हैं तो मैं उनसे डरता नहीं।"

म. द रेनाल अपनी पत्नी के साथ हमेशा ही बड़ा अच्छा व्यवहार करते थे, पर जब उन्होंने दबी ज़बान से यह सवाल दोहराया कि 'पेरिस का वह आदमी कैदियों को क्या नुकसान पहुँचा सकता है ?' तो वह उनके ऊपर बरस पड़ने ही वाले थे कि एकाएक वह चीख पड़ीं। उनका मँझला बेटा दीवार की मुंडेर पर चढ़कर दौड़ रहा था, यद्यपि यह दीवार दूसरी ओर की अंगूर की क्यारियों से बीस फीट से भी अधिक ऊँची थी। मा. द रेनाल बालक से कुछ भी कहते डरती थीं कि कहीं वह उनकी बात से चौंककर गिर न जाए। थोड़ी देर बाद बालक ने, जो अपने साहसिक करतब के कारण गर्व से हँस रहा था, पीछे मुड़कर अपनी माँ की ओर देखा और उन्हें इतना भयभीत देखते ही तुरन्त सड़क पर कूद पड़ा और उनके पास दौड़ आया। उसको बहुत डाँट खानी पड़ी।

इस छोटी-सी घटना ने बातचीत का रुख ही बदल दिया।

"मैंने यह पक्का इरादा कर लिया है," म. द रेनाल ने कहा, "कि बढ़ई के बेटे छोटे

सोरेल को मैं अपने यहाँ बच्चों की देखभाल के लिए नौकर रख लूँगा। अब हमारे लिए अकेले उनकी देखभाल करना कठिन हो गया है। यह नौजवान पुरोहित है या होनेवाला है, लैटिन अच्छी तरह से जानता है। वह बच्चों को काम-काज में ठीक से लगाए रखेगा क्योंकि वह स्वयं भी बड़े दृढ़ चरित्र का व्यक्ति है—कम-से-कम धर्माधिकारी का कहना तो यही है। मैं उसे तीन सौ फ्रैंक और खाना दिया करूँगा।''

मेयर ने आगे कहा, ''पहले मुझे उसके चाल-चलन के बारे में थोड़ा-सा शक था क्योंकि उस बूढ़े फ़ौजी डॉक्टर के साथ उसकी बड़ी घनिष्ठता थी जो आकर सोरेल परिवार का रिश्तेदार बनकर उनके यहाँ चिपक गया था। कोई ताज्जुब नहीं कि वह आदमी उदारपन्थियों का जासूस रहा हो हालाँकि वह कहता यही था कि यहाँ की पहाड़ी हवा दमे के लिए बड़ी फ़ायदेमन्द है, पर इसका कोई सबूत नहीं है। वह उस बोनापार्ट की इटलीवाली लड़ाई में लड़ा था और कहते हैं कि एक बार उसने साम्राज्य के विरुद्ध वोट तक दिया था। इस उदारपन्थी ने ही सोरेल को लैटिन सिखाई और उसे बहुत-सी किताबें भी दे गया है। इसीलिए मैं पहले इस लड़के को अपने बच्चों के साथ रखने की कभी कल्पना भी नहीं कर सकता था। पर अभी उसी दिन, हमेशा के लिए झगड़ा होने से एक दिन पहले ही, पादरी ने मुझे बताया कि लड़का पिछले तीन साल से धर्मशास्त्र का अध्ययन कर रहा है। इसलिए वह उदारपन्थी कभी नहीं हो सकता और लैटिन तो वह जानता ही है।''

म. द रेनाल ने पैनी दृष्टि से अपनी पत्नी की ओर देखा और फिर कहने लगे, ''इस व्यवस्था में मुझे एक से अधिक लाभ हैं। यह आदमी वालनों है न, उसे आजकल इस बात का बड़ा घमंड है कि उसने अपनी गाड़ी के लिए दो बढ़िया नौरमन घोड़े खरीद लिए हैं, पर बच्चों के लिए शिक्षक कोई नहीं है।''

''कहीं वह हमसे पहले उसे न अपने यहाँ रख ले।''

''तो तुम्हें मेरी योजना पसन्द है ?'' म. द रेनाल ने मुस्कुराकर अपनी पत्नी को इस उत्तम सूझ के लिए धन्यवाद देते हुए कहा। ''अच्छी बात है, तो यह पक्का रहा।''

''ओहो !'' पत्नी ने कहा, ''तुम कितनी जल्दी अपना इरादा पक्का कर लेते हो !''

''इसका कारण यह है कि मैं चरित्रवाला आदमी हूँ। पादरी भी यह बात भली भाँति समझ गया। पर अब हमें उस चीज़ को छिपाकर नहीं रखना चाहिए। यहाँ आजकल उदारपन्थियों की बड़ी भीड़ है। मुझे पक्का यकीन है कि वे जो कपड़ों के कारखानेदार हैं न, वे सब मुझसे जलते हैं। अच्छी बात है ! वे भी ज़रा देखें कि म. द रेनाल के बच्चे अपने शिक्षक के साथ घूमने के लिए जाते हैं। इसका लोगों पर बड़ा प्रभाव पड़ेगा। मेरे बाबा मुझे अक्सर बताया करते थे कि जब वह छोटे थे तो उनका एक शिक्षक था। इस काम में तीन सौ फ्रैंक का खर्च तो जरूर पड़ेगा पर यह एक ऐसी चीज़ है जिसे समाज में अपनी इज्जत बनाए रखने के लिए ज़रूरी खर्चों में शुमार करना चाहिए।''

इस आकस्मिक निश्चय ने मा. द रेनाल को बड़ी हैरत में डाल दिया। वह ऊँचे कद और सुडौल शरीरवाली महिला थीं और ज़िले की सुन्दरियों में गिनी जाती थीं। किसी भी पेरिस-निवासी की दृष्टि तुरन्त इस बात पर पड़ती कि उनके व्यवहार में एक स्वाभाविक सहजता है और तमाम भाव-भंगिमाओं में बड़ी सजीवता। यह भी सम्भव है कि उनके भोले, उत्सुक और पूर्णतः स्वाभाविक लावण्य से उसके मन में एक प्रकार के हल्के-हल्के इन्द्रियजन्य सुख के विचार भी आते हैं, यद्यपि यदि मा. द रेनाल को अपनी इस सफलता का पता चलता

तो वह निश्चय ही बेहद संकोच अनुभव करतीं। उनके हृदय में दूसरों को रिझाने की भावना अथवा बनावट के लिए कोई स्थान न था। ऐसी अफ़वाह है कि एक बार धनी म. वालनो ने उनसे प्रेम करना चाहा था, पर कोई सफलता नहीं मिली। इससे अत्यन्त शीलवती स्त्री के रूप में उनकी ख्याति और भी बढ़ गई थी क्योंकि म. वालनो लम्बे कद, सुडौल शरीर, लाल रंग और प्रभावशाली काले-काले बालोंवाले नौजवान थे और ऐसा उजड्ड, साहसी और उछल-कूद मचानेवाले व्यक्ति थे जो प्रान्तों में सुन्दर समझे जाते हैं।

वास्तव में मा. द रेनाल बहुत ही संकोची स्वभाव की और बड़ी तुनकमिज़ाज महिला थीं और उन्हें म. वालनो की ऊँची आवाज़ और उनके चंचल तथा धूमधामवाले तरीके बहुत ही अप्रिय लगते थे। वेरियेर में आनन्ददायक समझी जानेवाली चीज़ों के प्रति अपनी अरुचि के कारण उनकी यह ख्याति थी कि उन्हें अपने ऊँचे खानदान का बड़ा अभिमान है। उन्हें स्वयं इस बात का कोई पता न था और जब लोगों ने उनके यहाँ आना-जाना कम किया तो उन्हें इससे प्रसन्नता ही हुई। इस बात को छिपाने में कोई लाभ नहीं कि उनकी परिचित विवाहित स्त्रियाँ उन्हें नीरस और बुद्धू समझती थीं, क्योंकि बात बनाकर अपने स्वामी से मनमानी करा लेने की कला उन्हें न आती थी और इस भाँति वह बजासों अथवा पेरिस से नए से नए फैशन की टोपियाँ खरीदने के अच्छे से अच्छा अवसर गँवा दिया करती थीं किन्तु मा. द रेनाल को इससे कोई शिकायत न थी और उन्हें अपने सुन्दर बाग़ में अकेले घूमते रहना सबसे अच्छा लगता था।

वास्तव में मा. द रेनाल का स्वभाव बच्चों जैसा सरल था। वह अपने पति के गुण-दोषों का फैसला करने का साहस भी कभी न कर सकती थीं और न यह कल्पना कर सकती थीं कि वह नीरस हैं। उनका विश्वास था, यद्यपि वह अपने विचारों को शब्दबद्ध नहीं करती थीं, कि किसी पति-पत्नी में इतने अच्छे सम्बन्ध नहीं होते होंगे। म. द रेनाल के प्रति सबसे अधिक स्नेह वे तब अनुभव करती थीं जब वह उनसे बच्चों के बारे में बातचीत करने लगते थे। म. द रेनाल ने तय किया था कि सबसे बड़े को सेना में भेजेंगे, मँझले को जज बनाएँगे और तीसरे को धर्माध्यक्ष। संक्षेप में म. द रेनाल उन्हें अपने परिचित सभी पुरुषों से कम नीरस लगते थे।

ऐसी पत्नी-सुलभ भावना के लिए उनके पास पर्याप्त कारण थे भी, क्योंकि वेरियेर के मेयर ने अपने चाचा से सुनी हुई कुछ मनोरंजक कहानियों के आधार पर वाक्पटु और सुशिक्षित होने की ख्याति प्राप्त कर रखी थी। बूढ़े कप्तान द रेनाल क्रान्ति से पहले ओर्लेयाँ के ड्यूक के रेजिमेंट में अफसर थे और बाद में पेरिस आने पर राजमहल के निमन्त्रणों में अतिथि हुआ करते थे। वहीं पर उनकी भेंट मादाम द मोंतेसों, प्रसिद्ध मादाम द जांलिस और ड्यूक के परिवार के एक व्यक्ति आविष्कारक म. दुक्रे से भी हुई थी। म. द रेनाल के चुटकुलों में इन सब व्यक्तियों का प्रायः उल्लेख हुआ करता था, यद्यपि धीरे-धीरे ऐसी सूक्ष्म बातों के बार-बार वर्णन से उन्हें अब कुछ उकताहट होने लगी थी और ओर्लेआँ परिवार से सम्बन्धित चुटकुले अब महत्त्वपूर्ण अवसरों पर ही दोहराए जाते थे। बातचीत का विषय पैसा न हो तो म. द रेनाल सदा बहुत शिष्ट और विनम्र रहते थे। इसलिए इस बात के पर्याप्त कारण थे कि उन्हें वेरियेर में सबसे अधिक उल्लेखनीय और अमीराना तबीयत का व्यक्ति समझा जाता था।

4
बाप-बेटे

और अगर ऐसा हुआ
तो क्या गलती मेरी होगी ?

–मैकियावेली

अगले दिन सबेरे छः बजे ढाल पर उतरकर बूढ़े सोरेल के कारख़ाने की ओर जाते हुए वेरियेर के मेयर ने सोचा कि 'मेरी पत्नी में बुद्धि तो ज़रूर है। चाहे मैंने अपना बड़प्पन बनाए रखने के लिए उससे यह बात कही हो, पर सचमुच यह मुझे भी न सूझा था कि यदि मैंने इस लड़के सोरेल को, जिसे सुना है, लैटिन का बहुत अच्छा ज्ञान है, अपने यहाँ न रखा, तो सम्भव है कि अनाथालय के निदेशक महोदय को ही यह बात सूझ जाए और वह मुझसे पहले ही उसे हथिया लें। फिर मैं अपने बच्चों के शिक्षक की बात किस घमंड से सुनाया करूँगा !...अच्छा, मेरा यह काम मिल जाने पर क्या यह लड़का पादरी का काम करेगा ?'

म. द रेनाल इसी सोच-विचार में डूबे हुए थे कि कुछ दूर पर एक किसान दिखाई पड़ा। वह छः फीट लम्बा-ऊँचा आदमी था जो स्पष्ट ही बहुत तड़के से दू के किनारे पड़े हुए लकड़ी के तख़्तों को नापने में बहुत व्यस्त था। मेयर को आते देख वह बहुत खुश नहीं हुआ क्योंकि उन लट्ठों ने रास्ते को रोक रखा था और उन्हें ऐसे वहाँ पड़े रहने देना कानून की दृष्टि से अनुचित था।

वह किसान और कोई नहीं, स्वयं सोरेल था। अपने बेटे के सम्बन्ध में म. द रेनाल के अद्भुत प्रस्ताव को सुनकर उसे बड़ा आश्चर्य हुआ और इससे भी अधिक गहरा सन्तोष हुआ, तो भी वह सारी बात को उसी असन्तोष और मौन उदासीनता के भाव से सुनता रहा जिसके पीछे इन पहाड़ों के निवासी अपनी तीक्ष्ण स्वार्थ-बुद्धि को इतनी चालाकी से छिपाए रखते हैं। स्पेन के अधिकार के ज़माने में ये किसान दास थे और उनके चेहरों पर अभी तक कुछ-कुछ वैसा ही भाव मौजूद है जो मिस्र के किसानों की विशेषता है।

उत्तर में सोरेल ने सबसे पहले तो विस्तारपूर्वक उन सब बातों को दोहराया जो साधारणतः आदर प्रगट करने के लिए कही जाती हैं और जिन्हें उसने कंठस्थ कर रखा था। इन खोखले शब्दों को दोहराते समय उसके चेहरे पर एक ऐसी अजीब-सी मुस्कुराहट थी जो उसके मुख की स्वाभाविक मक्कारी बल्कि शैतानी-भरे भाव को और भी स्पष्ट कर देती थी। साथ ही इन शब्दों को कहते-कहते वह मन-ही-मन यह समझने की कोशिश कर रहा था कि उसके निकम्मे बेटे को यह इतना बड़ा आदमी अपने घर में क्यों रखना चाहता है ! वह स्वयं जुलियें से असन्तुष्ट था, पर उसी के लिए म. द रेनाल खाने के अलावा तीन सौ फ्रैंक प्रति वर्ष का अप्रत्याशित वेतन, यहाँ तक कि कपड़े भी, देने को तैयार थे। यह कपड़ों की बात सोरेल ने ही चतुराई से एकदम अचानक कह दी थी जिसे म. द रेनाल ने उतनी ही तत्परता से स्वीकार किया था।

मेयर इस माँग से बहुत ही प्रभावित हुए। उन्होंने मन-ही-मन सोचा कि 'यह तो स्पष्ट है कि सोरेल मेरे प्रस्ताव से एकदम गद्गद और प्रसन्न नहीं हुआ। इसका अर्थ है कि उसे

किसी और जगह से भी ऐसा प्रस्ताव मिल चुका है। और कौन कर सकता है ऐसा प्रस्ताव, म. वालनो को छोड़कर ?'

म. द रेनाल ने मामले को उसी समय पक्का करने का आग्रह किया पर इसमें उन्हें सफलता न मिली क्योंकि उस बूढ़े मक्कार किसान का मन इस बात के लिए तनिक भी तैयार न था। ऊपर से उसने अपने बेटे से पूछने का बहाना बनाया, यद्यपि इन छोटे-छोटे कस्बों में पैसेवाला बाप अपने बेरोज़गार बेटे से दिखावे के सिवाय कभी कोई बात पूछना ज़रूरी नहीं समझता था।

पानी से चलनेवाले चिराई के कारख़ाने में नदी के किनारे एक बड़ा-सा खुला हुआ छप्पर होता है जिसमें लकड़ी के चार मजबूत खम्भों पर छत डालने के लिए लकड़ी का ही एक ढाँचा बना होता है। छप्पर के बीचोबीच ज़मीन से कोई नौ-दस फीट की ऊँचाई पर चीरनेवाला आरा ऊपर-नीचे चलता दिखाई पड़ता है और एक बहुत ही सरल-सी तरकीब से लकड़ी का लट्ठा उसकी ओर धकेला जाता रहता है। पानी की धारा से चलनेवाले एक पहिए के द्वारा इस दोहरी मशीन के दोनों हिस्से चलते हैं। एक हिस्सा वह है जिससे आरे को ऊपर-नीचे चलाते हैं, और दूसरा वह जिसमें लकड़ी का लट्ठा आरे की तरफ धीरे-धीरे खिसकाया जाता है ताकि उसके तख्ते चीरे जा सकें।

कारख़ाने के समीप पहुँचते ही बूढ़े सोरेल ने जुलियें को बुलन्द और ज़ोरदार आवाज़ में पुकारा, पर किसी ने उत्तर नहीं दिया। उसे केवल अपने बड़े बेटे दिखाई पड़े। वे सब बड़े भारी डील-डौल के लोग थे जो हाथ में बड़ी-बड़ी कुल्हाड़ियाँ लिए हुए चीड़ के बड़े-बड़े लट्ठों को आरे के पास लाने के पहले काटकर चौकोर कर रहे थे। वे सब लट्ठे पर लगे हुए ठीक काले निशान के ऊपर कुल्हाड़ियाँ मार रहे थे, जिससे हर आघात पर बड़े-बड़े टुकड़े उचटकर दूर जा गिरते थे। वे सब अपने काम में इतने डूबे हुए थे कि उन्हें अपने पिता की आवाज़ सुनाई न दी। सोरेल छप्पर की ओर आगे बढ़ा और प्रवेश करके वह व्यर्थ ही जुलियें की तलाश आरे के पास उस जगह करने लगा जहाँ उसे होना चाहिए था, पर वह उसे पाँच-छः फीट और ऊँचाई पर छत में एक कड़ी के ऊपर बैठा दिखाई पड़ा। मशीन के ऊपर होशियारी से नज़र रखने के बजाय वह किताब पढ़ रहा था। बूढ़े सोरेल के लिए इससे अधिक आपत्तिजनक दूसरी चीज़ न हो सकती थी। वह जुलियें को उसके दुबले-पतले शरीर के लिए क्षमा करने को तैयार था जो न केवल कठोर परिश्रम के लिए अनुपयुक्त था बल्कि उसके दूसरे बड़े भाइयों के डील-डौल से इतना भिन्न भी था, पर इस पढ़ने के पागलपन से तो उसके तन-बदन में आग लग जाती थी। वह खुद भी पढ़ना न जानता था।

उसने जुलियें को दो-तीन आवाज़ें दीं, पर सब बेकार। आरे के शोर से भी अधिक अपनी किताब में तल्लीन होने के कारण लड़का अपने पिता की डरावनी आवाज़ न सुन सका। अन्त में बूढ़ा होने पर भी सोरेल फुर्ती से उछलकर चिरते हुए लट्ठे पर चढ़ गया और वहाँ छत को थामनेवाली बल्ली पर एक ज़ोर के थप्पड़ से जुलियें के हाथ की किताब उड़कर नदी में जा गिरी। दूसरा थप्पड़ उतने ही ज़ोर से उसके सिर पर पड़ा जिससे लड़के के हाथ-पैर डगमगा गए। वह दस-पन्द्रह फीट नीचे चलती हुई मशीन के बीच, जहाँ उसके टुकड़े-टुकड़े उड़ जाते, गिरने को ही था कि उसके पिता के बाएँ हाथ ने उसे पकड़कर थाम लिया।

"निकम्मे, आलसी कहीं के ! आरा देखने बिठाओ तो भी हमेशा बेकार की किताबें ही पढ़ता रहेगा ! पढ़नी ही हैं तो शाम को पढ़ा कर, जब वहाँ पादरी के यहाँ जाकर अपना वक्त

बरबाद करता है।"

थप्पड़ों के ज़ोर से जुलियें हक्का-बक्का रह गया था और उसके चेहरे से खून बहने लगा था, तो भी वह जाकर आरे के पास अपने काम पर खड़ा हो गया। शारीरिक कष्ट से भी अधिक अपनी प्यारी पुस्तक के हाथ से चले जाने के कारण उसकी आँखों में आँसू भर आए थे।

"नीचे चल बेवकूफ़, तुझसे कुछ बात करनी है।" इस बार भी मशीन के शोर के कारण जुलियें इस आदेश को न सुन सका। उसका पिता धरती पर उतर आया था और दुबारा मशीन पर चढ़ने की तकलीफ नहीं करना चाहता था, इसलिए वह जाकर वालनट गिराने का लम्बा बाँस उठा लाया और उससे जुलियें के कन्धे पर आघात किया।

जुलियें मुश्किल से नीचे पहुँचा होगा कि उसके पिता उसे धकेलते हुए घर की ओर ले चले। भगवान जाने आज क्या होगा, लड़का मन-ही-मन सोचने लगा। आगे बढ़ते-बढ़ते उसने बड़ी उदासी के साथ उस जगह की ओर देखा जहाँ उसकी पुस्तक गिरी थी। वह उसकी सबसे प्रिय पुस्तक थी–'सेंतेलेन के संस्मरण।'

उसके गाल लाल हो गए थे और आँखें झुकी हुई थीं। वह कुछ नाटे क़द का लड़का था, उम्र यही कोई अठारह-उन्नीस बरस होगी, चेहरे की आकृति कुछ अनगढ़ किन्तु सुकुमार और नाक नुकीली थी। उसकी बड़ी-बड़ी काली आँखें, जिनमें अधिक शान्त क्षणों में एक विचारवान और ज्वलन्त व्यक्तित्व की झलक मिलती थी, इस समय तीव्रतम बर्बर घृणा से चमक रही थीं। उसके गहरे भूरे बालों के लटक आने से माथा बहुत छोटा दिखाई पड़ने लगता था और क्रोध की अवस्था में इस कारण उसकी मुद्रा बड़ी डरावनी और कठोर हो जाती थी। मनुष्य की जितनी भी विभिन्न आकृतियाँ दिखाई पड़ती हैं, उनमें से शायद ही किसी दूसरी को ऐसा विलक्षण व्यक्तित्व मिला हो। उसके दुबले, सुडौल शरीर में फुर्ती झलकती थी। उसकी विचारशील मुद्रा और चेहरे के बेहद फीकेपन के कारण बचपन से ही उसके पिता की यह धारणा हो गई थी कि वह बहुत दिन नहीं जिएगा अथवा जिएगा तो परिवार के ऊपर भार बनकर। घर में सब उसका तिरस्कार करते थे और उसे भी अपने भाइयों और पिता से बड़ी घृणा थी। शहर के मैदान में इतवार के दिन होनेवाले खेलों में वह हमेशा हार जाया करता था।

कुछ ही दिनों से, बल्कि पिछले एक वर्ष से कम ही से, उसके सुन्दर चेहरे के कारण कुछ युवतियाँ उसके विषय में आत्मीयता से चर्चा करने लगी थीं। अपनी दुर्बलता के कारण हर व्यक्ति द्वारा तिरस्कृत होने के फलस्वरूप जुलियें उस बूढ़े फौजी डॉक्टर की पूजा करने लगा था जिसने एक दिन हिम्मत करके मेयर से चिनार के पेड़ों के बारे में बातचीत की थी। वह डॉक्टर कभी-कभी बूढ़े सोरेल को उसके बेटे के दिन-भर के काम के लिए कुछ दे देता और उसे लैटिन भाषा तथा इतिहास पढ़ाया करता था। कम-से-कम जितना इतिहास वह जानता था अर्थात् 1796 की इटली की लड़ाई के बारे में, उसने सब कुछ जुलियें को बता दिया था। जब उसकी मृत्यु हुई तो वह अपना सम्मानित सेनावाला पदक, बचा हुआ आधा वेतन और तीस-चालीस पुस्तकें जूलियें को ही दे गया था। इन्हीं पुस्तकों में से जो जूलियें को सबसे अधिक प्रिय थी, वही अभी-अभी उछलकर उस सार्वजनिक धारा में जा गिरी थी जिसका मार्ग मेयर के प्रभाव के कारण बदल गया था।

जुलियें ने मुश्किल से घर में प्रवेश ही किया था कि उसे अपने कन्धे पर अपने पिता

के सशक्त हाथ के स्पर्श का अनुभव हुआ जिससे वह एकदम निश्चल खड़ा रह गया। एक पल को वह और पीटे जाने की आशंका से काँप उठा।

"मुझे अभी जवाब दो, बिना झूठ बोले।" बूढ़े किसान का स्वर जुलियें के कानों में कर्कश रूप में गूँज उठा। उसके पिता के हाथ ने उसे पकड़कर ऐसे घुमा दिया जैसे किसी बालक का हाथ खिलौने के सिपाही को अपनी ओर घुमाता है। जूलियें की बड़ी-बड़ी काली आँखें आँसुओं से भर गईं और उसने देखा कि बूढ़े मिस्तरी की फीकी भूरी आँखें जैसे उसकी आत्मा की गहराई तक को पढ़ने का प्रयत्न कर रही हैं।

5

सौदेबाजी

उन्हें रोककर उसने बचा लिया गणराज्य को।

--एनियस*

"अब मुझे जवाब दे, बिना झूठ बोले। अभागा, किताबी कीड़ा कहीं का ! म. द रेनाल से तेरी कैसे जान-पहचान हुई ? उनसे तेरी बातचीत कैसे हुई ?"

"मेरी कभी उनसे बातचीत नहीं हुई," जुलियें ने उत्तर दिया। "भैंने गिरजाघर के सिवाय उन्हें कभी देखा भी नहीं।"

"पर उनकी ओर ताका तो है तूने ? ताका है या नहीं, बेहया ?"

"कभी नहीं। आप जानते हैं कि गिरजाघर में मुझे स्वयं भगवान के अतिरिक्त और कोई नहीं दिखाई पड़ता," जुलियें ने हल्के-से ढोंग के भाव से कहा। इसे वह अधिक मारपीट से बचने का सबसे अच्छा उपाय समझता था।

"कोई न कोई बात तो इसमें है ही," मक्कार बूढ़े किसान ने उत्तर दिया और क्षण-भर के लिए एकाएक चुप हो गया। "पर तुझ ढोंगी से कोई बात मेरे पल्ले न पड़ेगी, यह मैं जानता हूँ। जो हो, अब तुमसे मेरा पीछा छूट जाएगा और मेरा आरा कुछ अच्छा ही चल सकेगा। तूने किसी न किसी तरह से पादरी को अथवा किसी और को प्रसन्न कर लिया है जिससे तुझे बड़ा अच्छा काम मिल गया है। जा, और अपना सामान बाँध ले। मैं तुझे म. द रेनाल के घर पहुँचा दूँगा, जहाँ तुझे उनके बच्चों के शिक्षक का काम करना पड़ेगा।"

"उसके लिए मुझे मिलेगा क्या ?"

"खाने का खर्च, कपड़े और तीन सौ फ्रैंक वेतन।"

"मैं किसी का नौकर नहीं होना चाहता।"

"बेवकूफ ! नौकर बनाने की बात कौन कर रहा है ? तू सोचता है, मैं अपने बेटे को नौकर बनने दूँगा ?"

"पर मैं खाना कहाँ खाया करूँगा ?"

---

* एनियस : (239-169 ई.पू.), यहाँ मैक्सीमस कंकटेटर का सन्दर्भ है जिसने आमने-सामने की लड़ाई से बचते हुए अन्ततः हन्नीबाल को हटा दिया था।–सं.

बूढ़ा सोरेल इस प्रश्न के लिए तनिक भी तैयार न था। यह सोचकर कि इसका उत्तर देने में वह कहीं कोई गलत बात न कह बैठे, वह जुलियें के ऊपर और भी जोर से बरस पड़ा, उसे बहुत खरी-खोटी सुनाई और कहा कि वह ऐसा निकम्मा है कि अपना पेट भी नहीं भर सकता। इसके बाद वह उसे वहीं छोड़कर अपने दूसरे बेटों से सलाह करने के लिए चला गया।

थोड़ी ही देर बाद जुलियें ने उन सब लोगों को अपनी-अपनी कुल्हाड़ियों का सहारा लिए हुए आपस में सलाह करते देखा। कुछ देर तक उनकी ओर देखने के बाद और यह समझकर कि उनकी बात का उसे कुछ पता न चल सकेगा, जुलियें आरे की दूसरी ओर अपनी जगह पर जाकर खड़ा हो गया ताकि अचानक फिर उसके ऊपर कोई वार न हो सके। वह इन भाग्य पलट देनेवाले सर्वथा अप्रत्याशित समाचारों के ऊपर विचार करना चाहता था, पर उसे समझदारी का कोई रास्ता न सूझा। उसकी कल्पना पूरी तरह म. द रेनाल के सुन्दर घर में दीखनेवाली वस्तुओं के चित्रों में उलझ गई थी।

वह सोचने लगा कि नौकरों के साथ बैठकर खाने की अपेक्षा तो यहाँ से चल देना ही अच्छा है। पिताजी अवश्य मुझे यह स्वीकार करने को बाध्य करेंगे। इससे तो मर जाना अच्छा है। मेरे पास पन्द्रह फ्रैंक और चार रु. जमा हैं, मैं आज रात को ही भाग जाऊँगा। अगर मैं पगडंडी के रास्ते चलूँ जहाँ किसी पुलिसवाले के देखने का डर नहीं, तो दो ही दिन में बजांसों पहुँच जाऊँगा। वहाँ या तो फौज में भर्ती हो जाऊँगा या आवश्यकता हुई तो स्विट्जरलैंड जा सकता हूँ। मगर इससे उन्नति की सारी आशा धूल में मिल जाएगी। पुरोहित बनने का वह सुनहरा स्वप्न नष्ट हो जाएगा।

नौकरों के साथ बैठकर खाने से यह घृणा जुलियें में जन्मजात न थी। दुनिया में आगे बढ़ने के लिए वह इससे कहीं अधिक अप्रिय कार्य कर सकता था। यह वितृष्णा उसे रूसो की 'आत्मकथा' पढ़कर प्राप्त हुई थी। उसी पुस्तक ने समाज का चित्र मन में बनाने में उसकी कल्पना को सजग किया था। फ्रांस की सेना के सूचना-पत्रों के संग्रह तथा सेंतेलेन के संस्मरणों के साथ-साथ इस पुस्तक से ही उसने अपने आचार-विचार की संहिता तैयार की थी। इन तीन ग्रन्थों की रक्षा के लिए वह अपने प्राण तक देने को तैयार हो जाता। किसी दूसरी पुस्तक पर उसकी कोई आस्था न थी। बूढ़े फौजी डॉक्टर की भाँति वह भी दुनिया की सारी पुस्तकों को झूठी और धोखेबाज़ लोगों द्वारा अपने फायदे के लिए लिखी हुई मानता था। उग्र स्वभाव के अतिरिक्त जुलियें को ऐसी अद्भुत स्मरणशक्ति भी मिली थी जो प्रायः बुद्धूपन के साथ-साथ पाई जाती है। वह भली भाँति जानता था कि उसका भविष्य बूढ़े पादरी शेलाँ को प्रसन्न करने में ही है। इसलिए उसने लैटिन में बाइबल को कंठस्थ कर लिया था। पोप के विषय में म. द मेस्त्र की पुस्तक भी उसे समूची याद थी, यद्यपि दोनों में से किसी पर उसका तनिक भी विश्वास न था।

उस दिन सोरेल और जूलियें एक-दूसरे से बातचीत करने से इस प्रकार बचते रहे मानो दोनों ने आपस में कोई फैसला कर लिया हो। शाम को जूलियें पुरोहित के घर धर्मशास्त्र की शिक्षा लेने के लिए गया पर उसने इस विचित्र प्रस्ताव के विषय में उनसे कोई ज़िक्र करना ठीक न समझा। उसने मन-ही-मन सोचा कि कहीं यह कोई चाल न हो। मुझे ऐसा ही भाव दिखाना चाहिए जैसे मुझे इसकी कोई याद ही नहीं।

अगले दिन सबेरे म. द रेनाल ने बूढ़े सोरेल को बुला भेजा। सोरेल एक-दो घंटे प्रतीक्षा

कराने के बाद अन्त में वहाँ पहुँचा और दरवाजे पर पैर रखते ही उसने सैकड़ों बहाने बनाना, बीच-बीच में झुक-झुककर नमस्कार करना तथा आदरसूचक बात करना शुरू कर दिया। एक के बाद एक तरह-तरह की आपत्तियों का सामना करने के बाद सोरेल अन्ततः यह समझ गया कि उसका बेटा गृहस्वामी और गृहस्वामिनी के साथ ही भोजन किया करेगा और मेहमानों के आने पर अलग कमरे में बच्चों के साथ। मेयर के सर्वथा वास्तविक आग्रह को पहचानकर तथा अपने विस्मय और अविश्वास के कारण सोरेल ने तरह-तरह की कठिनाइयाँ उठाईं और अन्त में अपने बेटे के सोने का कमरा देखना चाहा। वह एक भली भाँति सजा हुआ बड़ा-सा कमरा था, जिसमें एक नौकर तीनों बालकों के पलंग भी लाकर बिछा रहा था।

इस दृश्य से बूढ़े किसान के मन में एकाएक बिजली-सी चमक गई। उसने वहीं और तुरन्त ही साहसपूर्वक यह देखने की माँग की कि उसके बेटे को कपड़े कौन-से दिए जाएँगे। म. द रेनाल ने अपनी मेज़ की दराज़ खोलकर सौ फ्रैंक निकाले।

"लीजिए, यह लेकर म. दुराँ बजाज के यहाँ चले जाइए और उसके लिए एक काले सूट का आदेश दे दीजिए।"

"आपके यहाँ से छोड़ने पर भी यह काला सूट उसी के पास रहेगा ?" अचानक अपनी सारी विनय और शिष्टाचार को भूलकर किसान ने पूछा।

"अवश्य।"

"अच्छी बात है !" सोरेल ने चबा-चबाकर बोलते हुए कहा, "अब तो उसके वेतन के सिवाय और कोई बात तय करने के लिए नहीं बची।"

"क्या !" म. द रेनाल ने कुछ गुस्से से कहा, "उसका फैसला तो कल ही हो गया था। मैं उसे तीन सौ फ्रैंक दूँगा। मेरे विचार से यह रक़म काफ़ी है, बल्कि कुछ अधिक ही है।"

"आपने कहा इतना ही था, इस बात से मुझे इन्कार नहीं," बूढ़े सोरेल ने और भी धीरे-धीरे कहा। और फिर एक अद्‌भुत सूझ के साथ, जिस पर केवल फ्राँशकोंते के किसान से अपरिचित लोगों को ही आश्चर्य होगा। उसने म. द रेनाल को तीक्ष्ण दृष्टि से देखते हुए कहा, "दूसरी जगह हमें इससे कुछ अधिक मिल सकता है।"

ये शब्द सुनते ही मेयर का चेहरा उतर गया; किन्तु उन्होंने अपने आपको सँभाला और लगभग दो घंटे तक बड़ी चतुराई-भरी बातचीत के बाद, जिसमें एक शब्द भी निरुद्‌देश्य न था, किसान की चालाकी ने धनी आदमी की चालाकी पर विजय पाई, क्योंकि धनी आदमी अपनी आजीविका के लिए अपनी चालाकी पर निर्भर नहीं होता। जुलियें की नई जिन्दगी की विभिन्न बातें समुचित रूप में निर्धारित हो गईं। न केवल उसका वेतन चार सौ फ्रैंक तय हुआ बल्कि यह भी निश्चित हो गया कि वह उसे हर महीने के प्रारम्भ में पेशगी मिल जाया करेगा।

"अच्छी बात है !" म. द रेनाल ने कहा, "मैं उसे पैंतीस फ्रैंक दे दूँगा।"

"पूरे छत्तीस फ्रैंक ही कर दीजिए। आप जैसे उदार और धनी व्यक्ति के लिए यह कोई बड़ी बात नहीं।" किसान ने कुछ खुशामद के स्वर में कहा।

"अच्छा, अच्छा !" म. द रेनाल बोले, "बस, अब और कुछ नहीं।"

इस बार क्रोध के कारण उनके स्वर में दृढ़ता आ गई थी। किसान समझ गया कि अब और अधिक दबाने का प्रयत्न व्यर्थ है। उसके बाद म. द रेनाल का पलड़ा कुछ भारी पड़ने लगा। पहले महीने का वेतन बूढ़े सोरेल को देने के लिए वह किसी प्रकार तैयार न हुए, यद्यपि

वह अपने बेटे की ओर से यह रकम ले लेने के लिए बहुत ही उत्सुक था। म. द रेनाल को अचानक याद पड़ा कि इस सौदे में अपनी चतुराई का वर्णन उन्हें अपनी पत्नी के आगे करना होगा।

"और जो सौ फ्रैंक मैंने तुम्हें दिए थे, वे मुझे लौटा दो," उन्होंने कुछ रुष्ट स्वर में कहा, "म. दुराँ पर मेरे कुछ रुपए निकलते हैं। मैं स्वयं तुम्हारे बेटे के साथ जाकर उसके लिए काले सूट का आदेश दे आऊँगा।"

दृढ़ता के इस प्रदर्शन को देखकर सोरेल ने फिर से विनय और सम्मानपूर्वक बातचीत करने में ही बुद्धिमानी समझी। इस सम्मान-प्रदर्शन में कोई चौदह मिनट लग गए। अन्त में यह समझकर कि अब इसके द्वारा भी किसी अन्य लाभ की कोई आशा नहीं बची, उसने विदा माँगी। चलते-चलते उसने अन्तिम अभिवादन के साथ यह भी कहा, "मैं अपने बेटे को अभी आपके महल में भेजता हूँ।" मेयर के अधिकार-क्षेत्र में रहनेवाले व्यक्ति जब उन्हें प्रसन्न करना चाहते तो उनके मकान का इन्हीं शब्दों में उल्लेख करते थे।

कारख़ाने लौटकर सोरेल ने अपने बेटे की तलाश की, पर उसका कोई पता न चला। न जाने क्या हो, इस डर से जुलियें आधी रात को ही घर से चला गया था। वह अपनी पुस्तकें और सम्मानित सेनावाला पदक किसी सुरक्षित स्थान में रखना चाहता था। इसलिए उन सब चीज़ों को साथ लेकर अपने एक मित्र के घर जा पहुँचा था जिसका नाम था फूके। वह अभी नौजवान ही था और इमारती लकड़ी का धन्धा करता था। वेरियेर से थोड़ी ऊँचाई पर पहाड़ी ढाल पर उसका घर था। जब जुलियें लौटा तो पिता ने उसे बुलाया और कहा, "आलसी, निकम्मे लड़के ! भगवान जाने तू कभी इस लायक होगा भी या नहीं कि पिछले इतने वर्षों से तेरे खाने-कपड़े पर जो खर्च करता रहा हूँ, उसे चुका सके। चलो उठाओ अपने चीथड़े और पहुँचो मेयर के घर।"

जुलियें इस बात से ही बहुत चकित था कि फिर से मार नहीं पड़ी, इसलिए वह जल्दी-जल्दी वहाँ से चल पड़ा पर अपने पिता की दृष्टि से ओझल होते ही उसकी चाल धीमी पड़ गई। उसने सोचा कि इस समय जाकर गिरजाघर में प्रार्थना करना उसके ढोंग के लिए लाभदायक सिद्ध होगा।

इस 'ढोंग' शब्द से आपको आश्चर्य होता है ? इस किसान युवक की आत्मा को इस भयानक शब्द तक पहुँचने में बड़ी ही लम्बी यात्रा करनी पड़ी थी।

जुलियें जब बहुत ही छोटा था तो उसने एक बार छठी रेजिमेंट के कुछ दस्तों को इटली से लौटते देखा था। उन्होंने उसके घर की खिड़कियों की लोहे की छड़ों से अपने घोड़े बाँध दिए थे। उनके लम्बे सफ़ेद लबादों, सिर पर घोड़े के बाल की लम्बी काली कलगियों तथा लोहे की टोपियों से वह इतना आकर्षित हुआ था कि उसी समय उसने सैनिक बनने का निश्चय कर डाला था। बाद में उसने बूढ़े फौजी डॉक्टर के मुँह से लोडी के पुल की, आरकोला और रिवोली की लड़ाइयों की कहानियाँ मुग्ध भाव से सुनी थीं और देखा था कि बूढ़े डॉक्टर की आँखें अपने पदक पर नज़र पड़ते ही कैसी चमक उठा करती थीं।

किन्तु जब जुलियें चौदह बरस का हुआ तो वेरियेर में एक गिरजाघर बनने लगा जो उस छोटे-से शहर के लिए बहुत शानदार ही था। उसमें चार संगमरमर के खम्बे थे जिनसे वह विशेष रूप से प्रभावित हुआ था। ये खम्बे सारे जिले में प्रसिद्ध भी हो गए थे क्योंकि उनके कारण न्यायाधीश और बजांसों से आए हुए एक युवक पादरी में, जिसे जेस्विटपन्थी

जासूस समझा जाता था, बड़ी गहरी शत्रुता हो गई थी। उन दिनों कम-से-कम साधारण लोग तो यही सोचने लगे थे कि न्यायाधीश को अपनी नौकरी से हाथ धोना पड़ेगा क्योंकि उसने ऐसे पादरी से झगड़ा मोल लिया था जो लगभग हर पखवाड़े बजांसों जाता था जहाँ लोगों के कथनानुसार वह बिशप महोदय से भी मिला करता था।

इसी बीच इस न्यायाधीश ने, जिसका परिवार बहुत बड़ा था, ऐसे फैसले किए जो स्पष्ट ही अन्यायपूर्ण थे। वे सब-के-सब उन नगर-निवासियों के विरुद्ध थे जो 'कोन्स्तितुस्योनिल' नामक पत्रिका पढ़ा करते थे। इस बात से चर्च के पदाधिकारियों का दल बहुत प्रसन्न हुआ। यह सही है कि उन फैसलों में चार-पाँच फ्रैंक के जुर्माने की सजा ही दी गई थी; पर उन जुर्माना देनेवालों में एक कीलों का कारख़ानेदार भी था जो जुलियें का धर्मपिता था। इस व्यक्ति ने क्रोध में कहा था, "कैसा चोला बदला है ! और यह न्यायाधीश बीस बरस से कितना ईमानदार आदमी समझा जाता था !" तब तक जुलियें के मित्र फौजी डॉक्टर की मृत्यु हो चुकी थी।

उस समय से जुलियें ने नेपोलियन की चर्चा करना एकदम बन्द कर दिया। उसने घोषणा की कि अब तो वह पुरोहित बनेगा। तब से प्रायः ही देखा जाता कि अपने पिता के कारख़ाने में वह धर्माधिकारी की दी हुई लैटिन बाइबल कंठस्थ करता रहता है। नगर के बूढ़े क्यूरे इस दिशा में उसकी प्रगति से बड़े प्रभावित हुए और रोज़ शाम को कुछ समय देकर उसे धर्मशास्त्र पढ़ाने लगे। उनकी उपस्थिति में जुलियें धार्मिक भावनाओं के अतिरिक्त और कोई बात ही प्रकट न करता। इस बात की कौन कल्पना कर सकता था कि उसके इतने पीले और लड़कियों जैसे सुकुमार चेहरे के पीछे असफलता की अपेक्षा हज़ार बार मौत का सामना करने का अटल विश्वास छिपा हुआ है ?

जुलियें के लिए सफल होने का प्रथम और सर्वप्रमुख अर्थ था—वेरियेर से मुक्ति पाना। अपने इस जन्मस्थान से उसे तीव्र घृणा थी। वहाँ की हर वस्तु उसकी कल्पना को जड़, निर्जीव बना देती थी। बहुत छोटी उम्र से ही प्रायः वह प्रबल भावावेग की उत्तेजना अनुभव करता था। वह ऐसे सपनों में डूबा रहता कि एक दिन उसका परिचय पेरिस की सुन्दरियों से होगा जिन्हें अपने किसी न किसी अद्भुत करतब से अपनी ओर आकर्षित करने में वह सफल होगा। जैसे गरीब बोनापार्ट से वह प्रसिद्ध महिला मादाम द बोआर्ने प्रेम करने लगी थी वैसे ही उससे कोई स्त्री क्यों नहीं प्रेम कर सकती ? पिछले बहुत वर्षों से जुलियें ने शायद एक घंटा भी ऐसा न बिताया होगा जब उसने बोनापार्ट जैसे अपरिचित निर्धन अफसर द्वारा अपनी तलवार के जोर से दुनिया पर अधिकार करने की बात न सोची हो। इस विचार से उसे अपने दुर्भाग्य के बड़े असहनीय क्षणों में भी बड़ी सान्त्वना मिलती और जो थोड़ी-बहुत प्रसन्नता उसके पल्ले पड़ती, उसे अधिक आनन्ददायक बना देती।

गिरजाघर के निर्माण और न्यायाधीश के फैसलों की घटनाओं ने बिजली की तरह कौंध कर उसको रास्ता सुझा दिया। उसके मन में एक ऐसा विचार आया जिसके कारण लगातार कई सप्ताह तक वह लगभग पागल जैसा रहा और अन्त में जिसने अत्यधिक भावनाशील स्वभाव के व्यक्तियों की भाँति उसे वशीभूत कर लिया।

उसने सोचा कि जिस समय बोनापार्ट ने अपने आपको आगे बढ़ाया उस समय फ्रांस बाहरी शत्रु के आक्रमण के भय से आक्रान्त था। सैनिक योग्यता उस समय एक अनिवार्य आवश्यकता थी और वही फ़ैशन बन गई। आज हम देखते हैं कि चालीस बरस के पुरोहित

भी एक लाख फ्रैंक वेतन पाते हैं—अर्थात् नेपोलियन के प्रसिद्ध सेनानायकों से भी तीन गुना अधिक। निश्चय ही ऐसे लोग अवश्य होंगे जो उनका समर्थन करते हैं। उदाहरण के लिए अपने न्यायाधीश को ही देखो। वह कितना भला आदमी था और इतना बुजुर्ग ! साथ ही आज तक कितना प्रतिष्ठित और सच्चा व्यक्ति समझा जाता था। वह भी तीस बरस के पुरोहित को अप्रसन्न न करने के भय से ऐसे अन्यायपूर्ण काम करने के लिए बाध्य हो गया। मुझे अवश्य ही पुरोहित बनना चाहिए।

अपनी इस नई-नई प्राप्त धार्मिकता के बीच दो बरस तक धर्मशास्त्र का अध्ययन कर चुकने के बाद एक बार अचानक जुलियें के भीतर सुलगती हुई आग फूट पड़ी। घटना म. शेलाँ के घर हुई। क्यूरे ने अपने अन्य सहयोगियों को दावत दी थी जिसमें उन्होंने जुलियें का परिचय बड़े ही होनहार युवक के रूप में सबसे कराया था। वहीं जुलियें को न जाने क्या सूझा कि वह नेपोलियन की बड़ी लम्बी-चौड़ी असंयत प्रशंसा कर बैठा। बाद में इसके दंडस्वरूप उसने अपना दाहिना हाथ सीने के पास बाँधकर लटका लिया और बहाना किया कि चीड़ के लट्ठे उठाते समय उसका हाथ उतर गया है। अपने हाथ को इस असुविधाजनक अवस्था में उसने दो महीने तक रखा और ऐसा शारीरिक दंड सहन करने के बाद उसने अपने आपको उस भूल के लिए क्षमा कर लिया। ऐसा ही था यह अठारह वर्ष का नवयुवक जो देखने में इतना दुबला-पतला था कि सत्रह का भी मुश्किल से लगता। उसी ने इस समय एक छोटा-सा पुलिन्दा बगल में दबाए वेरियेर के शानदार गिरजाघर में प्रवेश किया।

गिरजाघर इस समय सुनसान और अँधेरा था। एक उत्सव के सिलसिले में भवन की सारी खिड़कियों पर गहरे लाल रंग का पर्दा डाल दिया गया था। इस कारण छनकर आनेवाली सूरज की किरणों का प्रकाश अत्यन्त ही गरिमायुक्त और पवित्र जान पड़ता था। जुलियें एकाएक चौंक पड़ा। इस समय वह गिरजाघर में एकदम अकेला था। वह जाकर सबसे उत्तम दिखाई पड़नेवाले स्थान पर बैठ गया। उसके ऊपर म. द रेनाल का पारिवारिक चिह्न बना हुआ था।

वहीं जुलियें ने एक काग़ज़ का टुकड़ा पड़ा देखा जिस पर कुछ लिखा हुआ था और वह इस प्रकार रक्खा था जैसे पढ़े जाने के लिए ही हो। उसने काग़ज़ पर एक नज़र डाली और ये शब्द लिखे देखे : 'लुई आंरेल के मृत्युदंड और उसके अन्तिम क्षणों का वर्णन जिसे बजांसों में...।'

काग़ज़ फटा हुआ था। काग़ज़ के दूसरी ओर लिखा था : 'पहली बात...।'

यहाँ यह काग़ज़ किसने रखा होगा, जुलियें सोचने लगा। बेचारा अभागा आदमी ! उसने लम्बी साँस लेते हुए मन-ही-मन कहा। उसका नाम भी तो मेरी ही भाँति समाप्त होता है...और उसने काग़ज़ को हाथ में लेकर मसल दिया।

जैसे ही वह चलने के लिए उठा, उसे लगा कि पवित्र जल के बर्तन के समीप जैसे रक्त पड़ा हो। वास्तव में थोड़ा-सा पवित्र जल फैल गया था जो खिड़कियों पर पड़े हुए लाल पर्दों की छाया के कारण रक्त जैसा दिखाई पड़ रहा था।

जुलियें अपने इस अज्ञात भय के लिए लज्जित हो उठा। 'क्या मैं सचमुच कायर ही हूँ ?' उसने मन-ही-मन सोचा। 'अस्त्र उठाओ !'

बूढ़े डॉक्टर की लड़ाई की कहानियों में ये शब्द प्रायः आया करते थे और जुलियें के मन में वीरता की भावना से जुड़े हुए थे। वह उछलकर खड़ा हो गया और द्रुतगति से म.

द रेनाल के घर की ओर चल पड़ा। किन्तु अपने सारे निश्चय के बावजूद घर से बीस फीट पहले उसे ऐसे संकोच का अनुभव होने लगा जिसे दूर करना कठिन हो गया। खुला हुआ लोहे का फाटक उसे बड़ा भारी और रौबदार मालूम हुआ। जो भी हो, जाना तो उसे था ही।

इस घर में आने के कारण केवल जुलियें के हृदय में ही घबराहट न थी। अपने अत्यधिक संकोची स्वभाव के कारण मा. द रेनाल भी एक ऐसे अजनबी की उपस्थिति के विचार से कुछ परेशान थीं जो अपने विशेष प्रकार के कार्य के फलस्वरूप निरन्तर उनके और उनके बच्चों के बीच में पड़ता रहेगा। उनके बालक सभी उन्हीं के कमरे में सोते थे। उस दिन सवेरे जब उनके छोटे-छोटे पलंग शिक्षक के कमरे में ले जाए गए तो वह बहुत देर तक आँसू बहाती रही थीं। उन्होंने अपने पति से इस बात का अनुरोध भी किया कि सबसे छोटे बेटे स्तानिस्लास-जॉविये का पलंग उन्हीं के कमरे में रहने दिया जाए; किन्तु इसमें उन्हें सफलता न मिली थी।

नारी-सुलभ चेतना मा. द रेनाल में अत्यधिक मात्रा में विकसित हो चुकी थी। उन्होंने मन-ही-मन एक अशिष्ट और बेढंगे व्यक्ति का अत्यन्त ही अप्रीतिकर चित्र बनाया जो एकमात्र अपने लैटिन के ज्ञान के कारण उनके बालकों पर डाँट-डपट किया करेगा। वह सोचने लगीं कि एक बर्बर भाषा को लेकर उनके बच्चों पर मार पड़ा करेगी।

6
उकताहट

अब मुझे कुछ नहीं पता कि मैं कौन हूँ,
या मैं क्या कर रहा हूँ।

—मोज़ार्ट (फिगारो)

मा. द रेनाल ड्राइंगरूम से बग़ीचे में जानेवाली खिड़की में से निकल रही थीं। उस समय उनकी मुद्रा से ऐसा सजीलेपन, सन्तोष और उल्लास का भाव प्रकट हो रहा था जो किसी पुरुष की दृष्टि से दूर होने पर उनके लिए सर्वथा स्वाभाविक था। उसी समय उन्होंने सामने के फाटक से एक किसान युवक को प्रवेश करते हुए देखा। वह देखने में अभी बिल्कुल बालक ही लगता था और उसका चेहरा बहुत ही पीला था और उस पर अभी-अभी आँसू बहने के चिह्न मौजूद थे। वह एक साफ़ धुली हुई कमीज़ पहने था और उसकी बगल में बैंगनी रंग की बहुत साफ़-सी तह की हुई जैकट दबी हुई थी।

इस किसान युवक के चेहरे का रंग इतना उजला और उसकी आँखें इतनी सुकुमार थीं कि मा. द रेनाल ने अपने कल्पना-प्रधान स्वभाव के कारण पहले तो यह सोचा कि अवश्य ही कोई स्त्री वेश बदलकर मेयर से कुछ सहायता माँगने आई है। वह फाटक के सामने चुपचाप खड़ा था और स्पष्ट था कि घंटी बजाने के लिए हाथ बढ़ाने का साहस भी उसे नहीं हो रहा था। उसकी यह अवस्था देखकर मा. द रेनाल को बड़ी दया आई। वह उसकी ओर

बढ़ आईं और शिक्षक के आने की सम्भावना से जो दुःख उनके मन में हो रहा था, उसे क्षण-भर के लिए भूल गईं। जुलियें का मुख फाटक की ओर था। इसलिए उसने उन्हें पास आते हुए नहीं देखा। इसी से जब एक कोमल-सा स्वर उसे अपने कान के पास सुनाई पड़ा तो वह चौंक उठा। "यहाँ किसलिए आए हो, बालक ?"

जुलियें झटके के साथ घूमा और मा. द रेनाल के मुख पर बहुत ही सुन्दर सुकुमार भाव देखकर उसका संकोच थोड़ा-थोड़ा जाता रहा। बहुत शीघ्र ही उनके सौन्दर्य से चकित होकर वह सब कुछ भूल गया, यहाँ तक कि अपने वहाँ आने का उद्देश्य भी उसे याद न रहा। मा. द रेनाल ने अपना प्रश्न फिर दोहराया।

"मुझे यहाँ शिक्षक के काम के लिए बुलाया गया है," उसने आख़िरकार कहा। उसे अपने आँसुओं पर बड़ी लज्जा हो रही थी और वह किसी प्रकार उन्हें पोंछ डालने का पूरा-पूरा प्रयत्न कर रहा था।

मा. द रेनाल पल-भर अवाक् रह गईं। वे दोनों बहुत पास-पास खड़े हुए थे और एक-दूसरे की ओर ताक़ रहे थे। जुलियें की आज तक किसी ऐसी सुसज्जित, विशेष कर इतनी चकाचौंध कर देनेवाली सुन्दर रूपवती महिला से, भेंट न हुई थी जिसने उससे इतने स्नेह से बात की हो। मा. द रेनाल उन बड़ी-बड़ी गोल आँसुओं की बूँदों की ओर ताक रही थीं जो इस किसान युवक के गालों पर बीच ही में थम गई थीं और जो पहले इतने पीले लगने के बाद अब इतने गुलाबी लग रहे थे। तुरन्त ही वह एक बालिका के असंयत उल्लास से हँसने लगीं। उन्हें हँसी अपने ऊपर आ रही थी क्योंकि अपने आनन्द की पूरी सीमा का अनुमान करना उनके लिए असम्भव हो उठा था। क्या यही है वह शिक्षक जिसकी उन्होंने मन-ही-मन एक बेढंगे, गन्दे पादरी, उनके बालकों पर डाँट-डपट करने और उन्हें पीटनेवाले पुरोहित के रूप में कल्पना की थी ?

"अच्छा, महोदय," उन्होंने आख़िरकार कहा, "तो आप लैटिन जानते हैं ?"

"महोदय," शब्द से जुलियें इतना आश्चर्यचकित हुआ कि वह पल-भर सोचता हुआ चुप रह गया।

"हाँ, मैडम !" उसने शरमाते हुए कहा।

मा. द रेनाल इतनी प्रसन्न थीं कि उन्होंने जुलियें से यह कहने का साहस कर डाला, "इन बेचारे बच्चों को आप बहुत डाँटे-डपटेंगे तो नहीं, नहीं न ?"

"डाँटू-डपटूँगा !" जुलियें ने विस्मय से कहा। "वह क्यों ?"

"आप उन्हें प्यार से पढ़ाएँगे न...पढ़ाएँगे न, महोदय ?" उन्होंने पल-भर चुप रहने के बाद कहा। उनका स्वर प्रत्येक क्षण अधिकाधिक भावावेग से अभिभूत होता जा रहा था। "आप मुझे वचन देते हैं न ?"

दूसरी बार अपने-आपको 'महोदय' सम्बोधित होते सुनना, और वह भी ऐसी सुसज्जित महिला द्वारा, इतनी गम्भीरतापूर्वक—जुलियें के लिए सर्वथा अप्रत्याशित और कल्पनातीत था। अपनी किशोरसुलभ कल्पना में उसने जिन महलों की रचना की थी, उनमें से प्रत्येक में उसने यही सोचा था कि जब तक वह सुन्दर सैनिक वस्त्र पहने हुए न होगा, कोई वास्तविक महिला तब तक उससे बातचीत करने की कृपा न करेगी। दूसरी ओर जहाँ तक मा. द रेनाल का प्रश्न था, वह जुलियें के रंग की सुन्दरता, उसकी बड़ी-बड़ी काली आँखों और उसके सुन्दर बालों से भरे सिर से पूरी तरह वशीभूत हो गई थीं। जुलियें के बाल इस समय साधारण से

अधिक घुँघराले लग रहे थे क्योंकि दिन-भर की थकान दूर करने के लिए वह अभी-अभी सरकारी फव्वारे के बेसिन में अपना सिर धोकर आया था। मा. द रेनाल को यह जानकर बड़ी प्रसन्नता हुई कि जिस शिक्षक को भाग्य ने उनके ऊपर थोपा है और जिसके कठोर स्वभाव और असंस्कृत व्यवहार की कल्पना से ही उन्हें अपने बालकों के लिए बड़ा भय लग रहा था, उसमें एक किशोर जैसा संकोच है। जिस बात का उन्हें डर था और जो कुछ इस समय उनकी आँखों के सामने उपस्थित था, उन दोनों के अन्तर का मा. द रेनाल जैसी शान्त स्वभाव की महिला के लिए बहुत ही महत्त्व था। धीरे-धीरे जब उनका विस्मय कुछ दूर हुआ तो यह सोचकर उन्हें बड़ा आश्चर्य हुआ कि वह अपने घर के फाटक पर केवल कमीज़ पहने हुए इस युवक के साथ इस प्रकार और वह भी उसके इतने समीप खड़ी हुई हैं।

"भीतर चलिए," उन्होंने जुलियें से कुछ उलझन-भरे स्वर में कहा।

मा. द रेनाल अपने जीवन में पहले कभी भी किसी सम्पूर्णतः आनन्ददायक अनुभव से इतनी अधिक विचलित न हुई थीं, ऐसी त्रासदायक आशंका के बाद ऐसा सुन्दर दृश्य कभी देखने को न मिला था। जिन सुन्दर बालकों को उन्होंने इतने लाड़-प्यार से पाला था, वे किसी गन्दे और अप्रीतिकर पुरोहित के हाथों में न पड़ेंगे।

हॉल में प्रवेश करते-करते ही उन्होंने मुड़कर जुलियें की ओर देखा जो कुछ घबराया-सा उनके पीछे-पीछे आ रहा था। ऐसे सुन्दर घर को देखकर उसका विस्मय-भरा भाव भी मा. द रेनाल को बड़ा अच्छा लगा। उन्हें विश्वास ही न होता था कि वे आँखें किसी शिक्षक की होंगी। उन्हें लगता था कि शिक्षक तो अवश्य ही काला सूट पहननेवाला व्यक्ति होता है।

"किन्तु क्या यह वास्तव में सत्य है, महोदय, कि आप सचमुच लैटिन जानते हैं ?" वह एकाएक फिर रुककर बोलीं। जो कुछ उन्होंने देखा, उससे उन्हें इतनी प्रसन्नता हुई थी कि अचानक उन्हें भय हो आया कि कहीं वह भूल न कर बैठी हों।

उनके शब्दों से जुलियें के अभिमान को ठेस पहुँची और पिछले पन्द्रह मिनट से जिस मोह ने उसे मन्त्रमुग्ध कर रखा था, वह टूट गया।

"हाँ, देवीजी," उसने अपने स्वर में कुछ रुखाई लाते हुए उत्तर दिया। "मैं लैटिन भली भाँति जानता हूँ, लगभग क्यूरे महाशय के बराबर ही; बल्कि कभी-कभी तो उन्होंने मुझसे यह कहने की कृपा भी की है कि मैं कुछ अधिक ही जानता हूँ।"

मा. द रेनाल को लगा कि जुलियें बहुत रूखा और चिड़चिड़ा हो उठा है। वह उनसे कुछ ही दूर पर ठहर गया था। वह मुड़कर उसके पास पहुँचीं और बहुत ही धीमे-धीमे स्वर में बोलीं, "मेरे बच्चे अपना पाठ याद न कर सके तो भी आप पहले कुछ दिनों में उन्हें पीटेंगे तो नहीं ? नहीं पीटेंगे न ?"

ऐसा मधुर और अनुनय-भरा कंठ-स्वर ऐसी सुन्दर महिला के मुख से सुनकर जुलियें तुरन्त यह भूल गया कि उसे अपने लैटिन के विद्वान होने की प्रतिष्ठा की रक्षा करनी है। मा. द रेनाल का मुख उसके समीप आ गया था और एक स्त्री के ग्रीष्मकालीन वस्त्रों की सुगन्ध उसे आ रही थी। एक साधारण किसान युवक के लिए यह बहुत ही अद्भुत अनुभव था। उसका मुख एकदम लाल हो गया और एक लम्बी साँस खींचकर उसने कुछ लड़खड़ाती हुई आवाज़ में कहा, "आप परेशान न हों, देवी जी ! मैं आपके सब आदेशों का पालन करूँगा।"

बच्चों के सम्बन्ध में सारी चिन्ता पूरी तरह दूर होने के बाद ही अब मा. द रेनाल को

एकाएक अनुभव हुआ कि जुलियें देखने में भी कितना सुन्दर है ! उसका लज्जाशील व्यवहार तथा उसके मुख की लगभग लड़कियों जैसी आकृति उन्हें किसी प्रकार असंगत न लगी क्योंकि वह स्वयं भी अत्यन्त संकोची स्वभाव की महिला थीं। पौरुष-सुलभ शक्ति से, जिसे साधारणतः पुरुष के सौन्दर्य का आवश्यक अंग समझा जाता है, उन्हें केवल भय का ही अनुभव होता।

"आपकी उम्र क्या है ?" उन्होंने जुलियें से पूछा।

"जल्दी ही मेरा उन्नीसवाँ वर्ष पूरा होनेवाला है।"

"मेरा सबसे बड़ा लड़का ग्यारह साल का है," मा. द रेनाल ने पूर्णतः आश्वस्त होकर कहा। "वह तो लगभग आपका साथी हो सकता है। उससे तो आप बहस कर सकेंगे। एक बार उसके पिता ने उसे पीटा था तो वह सप्ताह-भर बीमार रहा, यद्यपि मार कोई अधिक नहीं पड़ी थी।"

मुझसे कितना भिन्न है, जुलियें सोचने लगा। मेरे पिता ने तो कल ही मुझे पीटा था। ये धनी लोग कितने तक़दीर वाले होते हैं !

मा. द रेनाल अभी से शिक्षक के मन में आनेवाले सूक्ष्म से सूक्ष्म भाव की कल्पना करने लगी थीं। उन्होंने जुलियें की इस क्षणिक अवस्था के भाव को संकोच समझा और उसे साहस दिलाने का प्रयत्न करने लगीं।

"आपका नाम क्या है ?" उन्होंने ऐसे मधुर मोहक स्वर में पूछा कि जुलियें को ठीक-ठीक कारण समझे बिना ही बड़े तीव्र आकर्षण का अनुभव हुआ।

"मेरा नाम जुलियें सोरेल है, देवीजी ! किसी अजनबी घर में प्रवेश करते समय जीवन में आज पहली बार मैं ऊपर से नीचे तक कँपकँपी का अनुभव कर रहा हूँ। मुझे आपकी कृपा की आवश्यकता है और शुरू के कुछ दिनों में आपको मेरी बहुत-सी बातें क्षमा करनी पड़ेंगी। मैं कभी स्कूल नहीं गया, इतना ग़रीब था। मैंने अपने चचेरे भाई, फौजी डॉक्टर और अपने क्यूरे म. शेलाँ को छोड़कर किसी दूसरे व्यक्ति से कभी कोई बात नहीं की। म. शेलाँ मेरे बारे में आपको अधिक बता सकेंगे। मेरे भाई मुझे सदा मारते-पीटते रहे हैं। यदि वे मेरी कोई बुराई करें तो कृपा करके उनका विश्वास न कीजिए, और देवीजी, मेरी गलतियों के लिए मुझे अवश्य क्षमा कीजिएगा। मैं जान-बूझकर कभी कोई बुराई न करूँगा।"

यह लम्बा व्याख्यान देते-देते जुलियें मा. द रेनाल के मुख के भावों का भी अध्ययन करता जा रहा था और धीरे-धीरे उसका आत्मविश्वास लौट रहा था। निर्दोष लावण्य जब स्वाभाविक गुण के रूप में प्रकट हो और विशेष कर उसे धारण करनेवाला व्यक्ति अपनी इस विशेषता के प्रति बहुत सचेत न हो, तो उसका ऐसा ही प्रभाव होता है। नारी-सौन्दर्य का अच्छा पारखी होने पर भी जुलियें इस समय सौगन्ध खाकर कह सकता था कि उसके सामने खड़ी हुई स्त्री की अवस्था बीस से अधिक नहीं। उसी समय उसके मन में एक साहसिक विचार भी आया कि वह मा. द रेनाल का हाथ चूम ले किन्तु तुरन्त ही वह अपने इस विचार से भयभीत हो उठा। पल-भर बाद वह मन-ही-मन कह रहा था कि एक ग़रीब बढ़ई के लड़के के प्रति इस सम्भ्रान्त महिला के तिरस्कार-भरे भाव को कम करनेवाले तथा लाभदायक काम को न करना बड़ी कायरता की बात होगी। शायद जुलियें को इस बात से भी थोड़ा प्रोत्साहन मिला हो कि पिछले छः महीनों में प्रत्येक रविवार को बहुत-सी नवयुवतियों के मुँह से अपने विषय में वह कई बार यह सुन चुका था कि लड़का देखने

में तो सुन्दर है।

जिस समय उसके भीतर इस प्रकार का तर्क-वितर्क चल रहा था, उस समय मा. द रेनाल उसे बच्चों से व्यवहार के विषय में समझा रही थीं। जुलियें को इस समय अपने ऊपर बड़े कठोर नियन्त्रण की आवश्यकता पड़ी। इसलिए उसके चेहरे का पीलापन फिर लौट आया। उसने कुछ सख्ती से कहा, ''मैं आपके बच्चों को कभी हाथ न लगाऊँगा, देवीजी, मैं भगवान की सौगन्ध खाकर कहता हूँ।''

ये शब्द कहते-कहते उसने साहस करके मा. द रेनाल का हाथ पकड़कर अपने होंठों से लगा लिया। वह उसके इस कार्य से अवाक् रह गईं और पलभर सोचने के बाद उन्हें कुछ धक्का-सा लगा। मौसम गर्म होने के कारण उनकी बाँह शाल के नीचे बिल्कुल नंगी थी और जुलियें के होंठों तक ले जाने में बिल्कुल उघड़ गई थी। एक या दो सेकंड बाद वह अपना रोष तुरन्त ही प्रगट न कर सकने के लिए मन-ही-मन अपने आपको धिक्कारने लगीं।

किसी को बातचीत करते सुनकर म. द रेनाल अपने अध्ययन-कक्ष से बाहर निकल आए और जुलियें से बोले, ''बच्चों से भेंट होने के पहले मुझे आपसे एक आवश्यक बात कहनी है।'' उनका स्वर वैसा ही बड़प्पन-भरा और गरिमायुक्त था जैसा टाउनहॉल में किसी विवाह के अवसर पर नगर के सम्भ्रान्त व्यक्ति के नाते हुआ करता होगा।

वह जुलियें को अपने साथ एक कमरे में ले आए और अपनी पत्नी को भी वहीं रोक लिया, यद्यपि वह इस समय वहाँ से चले जाने के लिए बहुत व्यग्र थीं। द्वार बन्द करने के बाद म. द रेनाल गम्भीरतापूर्वक बैठ गए।

''क्यूरे ने मुझसे कहा है कि तुम बहुत ही शिष्ट और संयत स्वभाव के लड़के हो। ये सब लोग तुम्हारे साथ सम्मानपूर्वक व्यवहार करेंगे और यदि मैं स्वयं भी तुम्हारे काम से सन्तुष्ट हुआ तो बाद में तुम्हारे अपने निजी कारबार जमाने में सहायता कर दूँगा। मैं यह नहीं चाहता कि अब तुम अपने मित्रों और परिवारवालों से अधिक मिलो-जुलो। उनके तौर-तरीके मेरे बच्चों के लिए ठीक न होंगे। यह लो अपना पहले महीने का वेतन छत्तीस फ्रैंक। पर तुम्हें एक बात का वचन देना होगा कि इसमें से एक भी पैसा तुम अपने पिता को न दोगे।''

बूढ़े किसान से भेंट का काँटा अभी तक उनके मन में कसक रहा था। इस मामले में वह उनसे कहीं अधिक चतुर सिद्ध हुआ था।

''अब महोदय, मैंने सबको यह आदेश दिया है कि तुम्हें 'महोदय' कहकर पुकारा करें—और इससे तुम्हें किसी भले आदमी के घर में रहने का लाभ समझ में आएगा। अब, महोदय, यह उचित नहीं है कि मेरे बच्चे आपको यह बंडी पहने देखें। क्या नौकरों ने इनको देखा है ?'' म. द रेनाल ने अपनी पत्नी से पूछा।

''नहीं, अभी नहीं,'' कुछ अत्यन्त ही विचारमग्न मुद्रा में उन्होंने उत्तर दिया।

''अच्छा ही हुआ। लो, यह पहन लो।'' उन्होंने विस्मित नवयुवक की ओर स्वयं अपना एक फ्राक कोट बढ़ाते हुए कहा, ''और चलो, अब हम लोग मदुरां बजाज के यहाँ हो आएँ।''

जब म. द रेनाल घंटे-भर बाद नए शिक्षक को सिर से पैर तक काले कपड़ों में सज्जित करके लौटे तो उन्होंने अपनी पत्नी को ठीक वहीं बैठा पाया जहाँ वह उसे छोड़ गए थे। जुलियें को अपने सामने देखकर वह कुछ प्रकृतिस्थ हो गईं; उसका और भी सूक्ष्मता से अध्ययन करने के बाद उनका सारा भय जाता रहा। जहाँ तक जुलियें का प्रश्न है, उसे चिन्ता

करने का अवकाश ही न था। भाग्य और मानव जाति में अपने समस्त अविश्वास के बावजूद इस समय उसका हृदय एक बालक की भाँति था। उसे लग रहा था कि तीन घंटे पहले गिरजाघर में काँपते हुए खड़े रहने की बात को बरसों बीत चुके हैं। उसने मा. द रेनाल के रुखाई-भरे दूरी के-से भाव को देखा और सोचने लगा कि वह उसके दुस्साहस से अप्रसन्न हैं। किन्तु आज तक के अभ्यास से सर्वथा भिन्न वस्त्रों के सम्पर्क से उसे ऐसे गर्व का अनुभव हो रहा था कि उसकी हर चेष्टा एक विचित्र अक्खड़पन से भरी थी। साथ ही उसके मन में इतनी प्रसन्नता उमड़ रही थी, जिसे छिपाने के लिए भी वह उत्सुक था। मा. द रेनाल एकदम चकित दृष्टि से उसकी ओर देखने लगीं।

"यदि आप चाहते हैं कि मेरे बच्चे और नौकर आपका सम्मान करें तो आपको और अधिक संयत व्यवहार करना चाहिए, महोदय !" म. द रेनाल ने उसे चेतावनी देते हुए कहा।

"इन कपड़ों में मुझे बड़ी बेचैनी हो रही है," जुलियें ने उत्तर दिया। "मैं ग़रीब किसान का बेटा हूँ जिसने बंडी के सिवाय कभी और कुछ नहीं पहना। श्रीमान, यदि आज्ञा दें तो कुछ देर के लिए मैं अपने कमरे में चला जाऊँ ?"

"क्या खयाल है तुम्हारा इस नए आदमी के बारे में ?" म. द रेनाल ने उसके जाने के बाद अपनी पत्नी से पूछा।

अनजाने ही एक प्रकार की स्वाभाविक प्रवृत्तिवश मा. द रेनाल ने अपने पति से सच्ची बात छिपा ली। वह बोलीं, "मुझे तो इतना अच्छा नहीं लगा जितना शायद तुम्हें लगा है। तुम्हारी इतनी सारी कृपा उसे धृष्ट बना देगी और महीने-भर के भीतर ही तुम उसे निकालने के लिए मजबूर हो जाओगे।"

"ठीक है। इसमें क्या, तब निकाल देंगे। अधिक से अधिक सौ फ्रैंक का ही तो ख़र्च है। पर एक बार वेरियेर म. द रेनाल के बच्चों को शिक्षक के साथ जाते देखने का अभ्यस्त तो हो जाएगा। यदि मैं उसे मजूरों वाले वस्त्रों में रहने देता तो यह उद्‌देश्य पूरा न होता। अवश्य ही उसे निकालते समय मैं उस काले सूट को उसे न ले जाने दूँगा जिसका मैं अभी बज़ाज को आदेश देकर आया हूँ। जो बना-बनाया सूट इस समय वह पहने हुए है, वही उसे ले जाने दूँगा।"

जुलियें ने अपने कमरे में जो एक घंटा बिताया, वह मा. द रेनाल को एक मिनट के बराबर लगा। बच्चों को अपने नए शिक्षक के आने का पता चल गया था और उन्होंने अपनी माँ से उसके विषय में प्रश्नों का ताँता लगा रखा था। अन्त में जब जुलियें निकलकर आया तो वह एकदम दूसरा ही व्यक्ति था। उसे देखकर यह कहना तो गलत ही होता कि वह गम्भीर था। उस समय तो वह गम्भीरता की मूर्ति बना हुआ था। जब उसका बच्चों से परिचय कराया गया तो वह उनसे ऐसे स्वर में बोला कि म. द रेनाल भी चकित रह गए।

"मैं यहाँ आपको लैटिन सिखाने के लिए आया हूँ..." उसने अन्त में कहा, "आप जानते हैं कि अपना पाठ किस तरह से सुनाना चाहिए। यह देखिए, पवित्र बाइबल," उसने काली जिल्द की एक छोटी-सी पुस्तक दिखाते हुए कहा, "यह महात्मा जीसस क्राइस्ट की जीवनी है अर्थात् वह भाग है जिसे न्यू टैस्टामेंट कहते हैं। मैं प्रायः आपसे अपना पाठ पढ़कर सुनाने के लिए कहूँगा। अब सुनिए, मैं कैसे पढ़ता हूँ।"

सबसे बड़े बालक अदोल्फ ने पुस्तक ले ली। जुलियें ने कहा, "कोई भी पृष्ठ खोल लीजिए और किसी पैराग्राफ के प्रारम्भ के शब्द बोलिए। प्रत्येक व्यक्ति के आचरण का

निर्देशन करनेवाली इस पवित्र पुस्तक का प्रत्येक शब्द मैं बिना देखे सुना दूँगा।''

अदोल्फ ने पुस्तक खोलकर एक शब्द पढ़ा और जुलियें सारे पृष्ठ को इस आसानी से सुनाने लगा मानो वह फ्रेंच भाषा में बोल रहा हो। म. द रेनाल ने विजय के भाव से अपनी पत्नी की ओर देखा। बच्चे अपने माता-पिता के विस्मय को देखकर समूचे दृश्य को आँख फाड़े देखते रह गए। एक नौकर ड्राइंगरूम के द्वार तक आया किन्तु जुलियें लैटिन बोलता ही रहा। नौकर कुछ देर तो स्तम्भित खड़ा रहा और फिर तुरन्त गायब हो गया। शीघ्र ही मा. द रेनाल की नौकरानी और रसोइन भी द्वार के पास आकर खड़ी हो गईं। तब तक अदोल्फ पुस्तक को आठ विभिन्न स्थानों में खोल चुका था और जुलियें उतनी ही सुगमता से सुनाता रहा था।

''भगवान भला करे ! कैसा छोटा-सा सुन्दर पुरोहित है।'' रसोइन ने विस्मय से कहा। वह बड़े अच्छे स्वभाव की और बड़ी धार्मिक प्रवृत्ति वाली युवती थी।

म. द रेनाल के आत्म-सम्मान को इस बात से कुछ चोट पहुँची। शिक्षक की परीक्षा लेने की बात सोचना तो दूर, इस समय वह अपना दिमाग इसलिए कुरेद रहे थे कि लैटिन के दो-चार शब्द तो याद आ जाएँ। अन्त में होरेस की एक पंक्ति उन्होंने दोहराई। जुलियें बाइबल के अतिरिक्त और अधिक लैटिन न जानता था। उसने कुछ तेवर चढ़ाते हुए उत्तर दिया, ''जिस पवित्र धर्म की सेवा में मैंने अपने-आपको अर्पित कर दिया है, वह मुझे ऐसे अधार्मिक कवि को पढ़ने का आदेश नहीं देता।''

म. द रेनाल ने होरेस की तथाकथित पंक्तियाँ कुछेक और भी सुनाईं और बच्चों को बताने लगे कि होरेस कौन था। किन्तु बालक विस्मय से इतने आक्रान्त थे कि उन्होंने अपने पिता की बात पर कोई ध्यान न दिया। वे जुलियें की ओर ही देखते रहे।

नौकर अभी तक द्वार के पास एकत्र थे। इसलिए जुलियें ने इस परीक्षा को जारी रखना आवश्यक समझा। उसने सबसे छोटे बालक से कहा, ''मास्टर स्तानिस्लास जॉविए, आप भी मेरे लिए पवित्र पुस्तक से कोई उद्धरण चुनिए।''

नन्हें स्तानिस्लास जॉविए के गर्व का कोई ठिकाना न था। उसने एक पैराग्राफ का पहला शब्द लगभग ठीक-ठीक पढ़ा और उसके बाद जुलियें ने समूचा पृष्ठ सुना दिया। म. द रेनाल की विजय को जैसे पूर्ण करने के लिए उसी समय उत्तम नौरमन घोड़ों के स्वामी म. वालनो और उपजिलाधीश म. शार्को द मोजिरों भी आ गए। जुलियें उस समय भी सुना ही रहा था। इस घटना ने जुलियें का 'महोदय' पुकारे जाने का अधिकार ऐसे प्रतिष्ठित कर दिया कि अब नौकर भी उसे उल्लंघन करने का साहस नहीं कर सकते थे।

उस दिन शाम को वेरियेर का हर व्यक्ति म. द रेनाल के घर इस चमत्कार को देखने के लिए उमड़ पड़ा। जुलियें ने अपने रूखे उत्तरों से किसी को अधिक पास न फटकने दिया। उसकी ख्याति इतनी तेज़ी से फैली कि कुछ ही दिनों के भीतर म. द रेनाल को भय लगने लगा कि कहीं कोई और न उसे छीन ले जाए। यह सोचकर उन्होंने जुलियें से प्रस्ताव किया कि दो साल का पट्टा क्यों न लिख लिया जाए।

''नहीं श्रीमान्,'' जुलियें ने कुछ बेरुखी से उत्तर दिया। ''आप यदि मुझे निकालना चाहेंगे तो मुझे जाना ही पड़ेगा। जिस इकरारनामे में सिर्फ़ मुझ पर ही बन्धन हो, आप पर नहीं, वह बराबरी का नहीं हुआ। यह मैं करने को तैयार नहीं।''

जुलियें ने हर बात को इतनी योग्यता से सम्हाला कि महीने-भर के अन्दर ही स्वयं

म. द रेनाल तक उसका आदर करने लगे और क्यूरे से म. द रेनाल तथा म. वालनो का झगड़ा होने के कारण यह बतानेवाला तो कोई था ही नहीं कि जुलियें पहले नेपोलियन का भक्त था। अब वह स्वयं तो नेपोलियन का नाम बड़ी घृणा के साथ ही लेता था।

7
मनोवांछित अनुरक्तियाँ

दिल को छूने का एक ही तरीका है, उसे घायल करना।

—आधुनिक लेखक

बच्चे तो उसके ऊपर लट्टू थे। उसे स्वयं उनसे कोई प्रेम न था—उसका मन तो कहीं और ही था। पर वह उन नन्हे शैतान बालकों की किसी बात से अपना धीरज न खोता था। उसकी बेरुखी, न्यायप्रियता, भावहीनता के बावजूद बच्चे उसे प्यार करते थे क्योंकि उसके आने से घर का उबा देनेवाला वातावरण बहुत कुछ हल्का हो गया था और साथ ही वह शिक्षक भी बहुत अच्छा था। जहाँ तक उसका प्रश्न था, इस प्रतिष्ठित समाज के प्रति विरक्ति और घृणा के अतिरिक्त और कुछ उसके मन में न आता था। वास्तव में वह इस समाज की सबसे निचली सीढ़ी पर था और शायद उसकी समस्त घृणा और विरक्ति का कारण यही रहा हो। बहुत-सी ऐसी शिष्टाचार की दावतें होतीं जिनमें अपने चारों ओर की प्रत्येक वस्तु के प्रति अपनी घृणा पर नियन्त्रण रखना उसके लिए अत्यन्त ही कठिन हो जाता। एक बार सें-लुई के भोज के अवसर पर जब म. वालनो शेखी बघार रहे थे तो वह बड़ी कठिनाई से अपने भावों को वश में कर पाया। बच्चों को देखने का बहाना करके वह तुरन्त बगीचे में चला गया था।

उसने मन-ही-मन कहा कि ईमानदारी की प्रशंसा में कैसे-कैसे गीत ये लोग गाते हैं ! उनकी बातें सुनकर तो लगता है जैसे केवल यही एक गुण संसार में है, और तब भी वे सब किस दीन भाव से उस व्यक्ति का सम्मान करते रहते हैं जिसने गरीबों की सहायता के धन की व्यवस्था हाथ में आने के बाद से अपनी सम्पत्ति को दुगुना-तिगुना कर लिया था। मैं तो शर्त लगाने को तैयार हूँ कि अनाथ बच्चों के धन में से भी वह ज़रूर कुछ न कुछ बनाता होगा—उस अनाथ बच्चों के धन से, जिनका कष्ट अन्य व्यक्तियों के कष्ट से कहीं अधिक पवित्र है। आह ! निर्दयी ! पशु कहीं के ! और मैं भी तो एक प्रकार का अनाथ ही तो हूँ—माँ-बाप, बाप-भाई तथा सारे परिवार से तिरस्कृत और त्यक्त !

सें-लुई की पूजा में कुछ ही दिन पहले एक बार वह क्रूर दिला फिदे लिते के समीप ही वेलवेदे नामक छोटे-से उपवन में अकेला टहल-टहलकर नैतिक पूजा की पुस्तक को ज़ोर-ज़ोर से पढ़ रहा था। वहाँ निर्जन-से रास्ते पर उसे अपने भाई कुछ दूर पर आते हुए दिखाई दिए। उसने उनकी दृष्टि से छिपने का प्रयत्न किया पर सफल न हो सका। उसके सुन्दर काले सूट और अत्यन्त परिष्कृत वेशभूषा तथा उनके प्रति उसके खुल्लमखुल्ला तिरस्कार भाव के कारण उन असभ्य मजूरों की ईर्ष्या इतनी जाग्रत हुई कि उन्होंने मिलकर उसे खूब पीटा और उसे

वहीं खून से लथपथ हाँफता हुआ छोड़ गए।

उसी समय म. द रेनाल तथा म. वालनो उपज़िलाधीश के साथ उस उपवन में भ्रमण के लिए आ निकले और जुलियें को इस प्रकार धरती पर पड़ा देखकर उन्होंने समझा कि वह मर गया है। यह सोचकर उनको इतना धक्का लगा कि इससे म. वालनो की ईर्ष्या जाग उठी।

जुलियें को मा. द रेनाल बहुत सुन्दर लगती थीं किन्तु वह उनकी इस सुन्दरता से ही घृणा करता था क्योंकि उसके कारण ही उसका भविष्य पहले दिन चकनाचूर होते-होते बचा था। उनसे वह यथासम्भव कम ही बोलता। उसे आशा थी कि इस भाँति वह उस भावातिरेक को भूल जाएँगी जिसके कारण वह पहले दिन उनका हाथ चूमने के लिए प्रेरित हो उठा था।

उधर मा. द रेनाल की नौकरानी एलिजा भी युवक शिक्षक से प्रेम करने लगी थी और प्रायः उसके बारे में अपनी मालकिन से बातचीत किया करती थी। एलिजा के प्रेम के कारण एक नौकर जुलियें से घृणा भी करने लगा था। उसने एक दिन नौकर को एलिजा से यह कहते सुना, "जिस दिन से यह चीकट मास्टर इस घर में आया है, मुझसे तो तुम बात ही नहीं करतीं।" जुलियें इस अपमान के योग्य न था, किन्तु सुन्दर नौजवान के स्वाभाविक अभिमान के कारण अब वह अपनी वेशभूषा और बनाव-शृंगार पर अधिक ध्यान देने लगा। इससे म. वालनो की घृणा भी बढ़ उठी। वह खुल्लमखुल्ला कहते थे कि ऐसा बनाव-शृंगार जवान पुरोहित के लिए ठीक नहीं। यद्यपि जुलियें पुरोहित का चोगा नहीं पहनता था, तो भी उसके वस्त्र बहुत कुछ पुरोहितों जैसे ही थे।

मा. द रेनाल ने भी यह अनुभव किया कि जुलियें एलिजा से कुछ अधिक बातचीत करता है। उन्हें पता लगा कि कपड़ों की कमी के कारण जुलियें को बार-बार एलिजा से बातचीत करनी पड़ती है। उसके पास नीचे पहनने के कपड़े इतने कम थे कि उसे प्रायः घर से बाहर धुलवाने पड़ते थे और ऐसे छोटे-छोटे कामों में एलिजा से उसे बड़ी सहायता मिलती थी। मा. द रेनाल को इस बात की कल्पना भी न थी कि जुलियें इतना ग़रीब है और इससे उनका दिल पसीज उठा। उनकी इच्छा हुई कि उसे कुछेक कपड़े उपहार में दे दें; किन्तु ऐसा करने का साहस वह न कर सकीं। अपने मन के इस धर्म-संकट से जुलियें को लेकर उनके मन में पहला कष्टदायक अनुभव हुआ। अब तक जुलियें का नाम उनके लिए शुद्ध स्वर्गिक आनन्द का ही समानार्थक रहा था। उसकी गरीबी के विचार से व्यथित होकर उन्होंने अपने पति से ज़िक्र किया कि क्यों न उसे कुछ कपड़े उपहार में दे दिए जाएँ।

"कैसा वाहियात विचार है !" उन्होंने उत्तर दिया। "क्या ऐसे आदमी को उपहार दिए जाएँ जिससे हम पूरी तरह सन्तुष्ट हैं और जो हमारा काम भली प्रकार कर रहा है ? यदि वह अपनी वेशभूषा की उपेक्षा करने लगे तब अवश्य उसे उत्साहित करने के लिए कुछ आवश्यकता होगी।"

मा. द रेनाल को अपने पति के इस दृष्टिकोण से बड़ी ग्लानि हुई, यद्यपि जुलियें के आने के पहले शायद उनका ध्यान ही इस ओर न जाता। इस छोटे-से पुरोहित के वस्त्रों की संयत किन्तु सुरुचिपूर्ण स्वच्छता को देखकर उनके मन में यह प्रश्न उठे बिना न रहता कि बेचारा किस तरह से अपना काम चलाता होगा ! धीरे-धीरे जुलियें के कामों से धक्का-सा महसूस करने के बजाय उस पर उन्हें तरस आने लगा।

मा. द रेनाल छोटे नगरों में दिखाई पड़नेवाली उन स्त्रियों में से थीं, जो परिचय के शुरू

में एकदम नादान जान पड़ती हैं। उन्हें जीवन का तनिक भी अनुभव न था और वह कभी बातचीत चलाने का प्रयत्न न करती थीं। स्वभाव से कोमल प्रकृति की और अभिमानिनी होने पर भी मनुष्य मात्र में सुख की स्वाभाविक खोज की प्रवृत्ति के वश मा. द रेनाल अधिकांश समय उन अशिष्ट कठोर प्रवृत्तिवाले व्यक्तियों के कार्यों की ओर तनिक भी ध्यान न देती थीं जिनके साथ संयोगवश वह रहने को मजबूर थीं।

यदि उन्हें किसी प्रकार की शिक्षा मिली होती तो उनकी सुरुचि और प्राणवानता से लोग अवश्य प्रभावित होते; किन्तु बहुत धनी परिवार में उत्पन्न होने के कारण उनका लालन-पालन एक मठ में हुआ था जहाँ की धार्मिक स्त्रियाँ सदा पूजा में तल्लीन रहती हैं और उन तमाम फ्रांसवासियों को घृणा की दृष्टि से देखती हैं जो जेस्विट सम्प्रदाय के विरोधी हैं। मा. द रेनाल में इतनी समझ तो थी ही कि मठ में सीखी हुई सारी बातों को वाहियात समझकर भूल जाएँ; किन्तु उनके स्थान पर उन्होंने कोई दूसरी बातें स्वीकार न की थीं जिसके फलस्वरूप अब उन्हें किसी भी प्रकार का ज्ञान न था।

बड़ी भारी सम्पत्ति की उत्तराधिकारिणी होने के कारण बहुत छोटी अवस्था से ही उन्हें प्रशंसा और विभिन्न व्यक्तियों का आदर प्राप्त हुआ था। इसके फलस्वरूप और अपने स्वभाव में गहरा धार्मिक रुझान होने के कारण वह कुछ-कुछ अन्तर्मुखी बन गई थीं। बाहर से वह अपने पति की हर बात को सम्पूर्णतः स्वीकार करती थीं और अपनी इच्छाशक्ति को उन्होंने पूर्णतः अपने पति को सौंप दिया था। यहाँ तक कि वेरियेर में प्रत्येक पति अपनी पत्नी के आगे उनका नाम आदर्श रूप में लेता था जिससे म. द रेनाल भी बड़े आत्म-सन्तोष का अनुभव किया करते थे; किन्तु उनके आन्तरिक जीवन की गतिविधि एक उच्चाकांक्षी आत्मा के आदेशों पर ही चलती थी। अपने गर्व के लिए विख्यात बहुत-सी राजकुमारियाँ अपने इर्द-गिर्द रहनेवाले पुरुषों के कार्यों की ओर जितना ध्यान देती हैं, यह अत्यन्त ही मीठे स्वभाव और विनम्र प्रकृतिवाली महिला अपने पति के शब्दों और कार्यों की ओर उतना भी ध्यान न देती थीं। जुलियें के आने के पहले तक वास्तव में उनका ध्यान अपने बालकों के अतिरिक्त किसी ओर था ही नहीं। उनकी छोटी-मोटी बीमारियाँ, उनके कष्ट, उनकी शिशु-सुलभ प्रसन्नताएँ—इन्हीं सब बातों में उनकी भावना-शक्ति पूरी तरह एकाग्र थी। पिछले सारे जीवन में, विशेष कर जब वह बजांसों के मठ में थीं, उन्होंने परमात्मा के अतिरिक्त अन्य किसी की पूजा को अपने हृदय में स्थान न दिया था।

यदि कभी उनके किसी बालक को ज्वर आ जाता तो यद्यपि वह किसी से कुछ कहती न थीं तो भी उनकी ऐसी अवस्था हो जाती मानो बालक की मृत्यु हो गई हो। अपने इस प्रकार के दुःखों का भेद अपने वैवाहिक जीवन के प्रारम्भ में कुछ दिन तक उन्होंने अपने पति को बताने का प्रयत्न किया था; किन्तु उनके ऐसे प्रयत्नों का स्वागत सदा उच्च अट्टहास, उपेक्षाभरी हँसी अथवा स्त्रियों की मूर्खता-सम्बन्धी किसी उद्धरण के द्वारा ही होता। इस तरह की रसिकता, विशेष कर यदि उनका सम्बन्ध बालकों की बीमारी से हो, तो मा. द रेनाल के हृदय में बर्छी का-सा घाव करती थी। यही बात उन्हें जेस्विट मठ के मीठे-मीठे और खुशामद-भरे प्रशंसा-वाक्यों में अनुभव हुई थी जहाँ उनकी किशोरावस्था बीती थी। उनकी शिक्षा दुःख की पाठशाला में हुई थी। आत्माभिमान के कारण इस प्रकार के दुःख का ज़िक्र वह किसी से, अपनी सहेली मा. देर्विल तक से, नहीं कर पाती थीं। उन्हें सारे पुरुष अपने पति जैसे अथवा म. वालनो अथवा म. शार्को द मोजिरों जैसे ही जान पड़ते थे। धन,

पद अथवा सम्मान-चिह्न सम्बन्धी प्रश्नों को छोड़कर बाकी प्रत्येक वस्तु के प्रति बर्बर कठोरता का भाव तथा स्थूलता, प्रत्येक विरोधी दृष्टिकोण के प्रति अन्धी घृणा—ये प्रवृत्तियाँ उन्हें पुरुष जाति में उतनी ही स्वाभाविक जान पड़तीं जितना उनका ऊँचे जूते अथवा फैल्ट टोपियाँ पहनना। इतने दिनों बाद भी मा. द रेनाल उन धनी लोगों के दृष्टिकोण की अभ्यस्त नहीं हो पाई थीं जिनके साथ उन्हें रहना पड़ता था।

किसान युवक जुलियें की सफलता का यही कारण था। उसके अभिमान और उच्च स्वभाव के साथ समवेदनापूर्ण समानता के कारण वह मन-ही-मन नवीनता के आकर्षण से उद्‌भूत मधुर प्रसन्नता का अनुभव करती थीं। मा. द रेनाल ने शीघ्र ही उसके नितान्त अज्ञान को क्षमा कर दिया था जो वास्तव में उनकी दृष्टि में उसका एक गुण बन गया था। उसके व्यवहार की अशिष्टता को वह दूर करने में सफल हो सकी थीं। साधारण से साधारण विषय पर बातचीत भी, सड़क पार करते हुए किसान की गाड़ी के नीचे दब जानेवाले कुत्ते की चर्चा तक उसके मुख से उन्हें आकर्षक लगती थी। ऐसे दुःखभरे दृश्य को देखकर उनके पति बड़े ज़ोर से हँसे थे जबकि जुलियें की पतली, नुकीली काली भौंहें एकाएक चढ़ गई थीं। धीरे-धीरे वह यह सोचने लगी थीं कि आत्मा की भव्यता और मानवीय करुणा इस तरुण पुरोहित के अतिरिक्त और कहीं नहीं मिल सकती। इन गुणों से उदार हृदयों में जो सहानुभूति और प्रशंसा जागती है, यह सब वह उस युवक के प्रति अनुभव करती थीं।

पेरिस में जुलियें के प्रति मा. द रेनाल के व्यवहार का स्वरूप बहुत शीघ्र ही स्पष्ट हो जाता किन्तु पेरिस में प्रेम उपन्यासों से उपजता है। ऐसे दो या चार उपन्यासों में अथवा किसी गीत की एक-दो कड़ियों में इस युवक शिक्षक और उसकी लजीली मालकिन को अपने परस्पर सम्बन्ध का अर्थ स्पष्ट मिल जाता। इन उपन्यासों में उन्हें एक नाटक की बनी-बनाई भूमिका अथवा अनुकरण के लिए एक आदर्श तैयार मिलता और थोड़ी-बहुत देर बाद अवश्य जुलियें का गर्व उसे इस आदर्श के पीछे चलने को बाध्य करता चाहे उसमें जुलियें को प्रसन्नता न होती अथवा सम्भवतः कुछ हिचक ही होती।

आवेरों अथवा पिरेने के किसी छोटे-से नगर में जलवायु के प्रबल उत्ताप के कारण छोटी से छोटी घटना भी निर्णायक बन जाती; किन्तु हमारे उदासी-भरे प्रदेश में एक निर्धन और महत्त्वाकांक्षी नवयुवक की, जो अपने सूक्ष्म स्वभाव के कारण केवल धन द्वारा ही प्राप्त वस्तुओं की आवश्यकता अनुभव करने लगता है, नित्य ही किसी वास्तविक शीलवती तीस वर्षीय महिला से भेंट होती रहती है जो सदा अपने बाल-बच्चों के ध्यान में डूबी रहती है और जिसे उपन्यासों के अनुकरण करने का कोई अवकाश नहीं। यहाँ हर वस्तु धीमी गति से चलती है। राजधानी से दूर इन प्रदेशों में हर चीज़ धीरे-धीरे होती है—यहाँ हर वस्तु स्वाभाविक रूप में ही सम्भव है।

बहुत बार युवक शिक्षक की निर्धनता की बात सोचकर मा. द रेनाल की आँखों में आँसू आ जाते थे। एक दिन अचानक ही जुलियें ने उन्हें सचमुच रोते देख लिया।

"क्यों मैडम, आप किसी बात से दुखी हैं ?"

"नहीं भाई," उन्होंने उत्तर दिया, "बच्चों को बुला लीजिए। हम लोग घूमने चलेंगे।"

उन्होंने उसकी बाँह का सहारा लिया और उससे ऐसी चिपकी रहीं कि जुलियें को कुछ अजीब भी लगा। आज पहली बार ही उन्होंने उसे इतनी आत्मीयता से सम्बोधन किया था। घूमना समाप्त होते-होते तक जुलियें ने देखा कि उनका चेहरा लज्जा से गहरा लाल हो गया

है। वह और भी धीरे चलने लगी थीं।

"आपसे किसी ने कहा ही होगा," उन्होंने उसकी ओर देखे बिना ही कहा, "कि बजांसों में मेरी एक मौसी रहती हैं जो बहुत धनी हैं। मैं उनकी एकमात्र उत्तराधिकारिणी हूँ। वह हमेशा मुझे कुछ न कुछ उपहार भेजती ही रहती हैं...मेरे बेटे आजकल बहुत प्रगति कर रहे हैं...इतनी प्रगति कर रहे हैं कि मुझे बड़ा आश्चर्य होता है...मैं कितनी कृतज्ञ हूँ आपकी इसके लिए...मेरी इस कृतज्ञता के प्रमाणस्वरूप कुछ उपहार आप मुझसे स्वीकार कर लें तो बड़ी कृपा हो। अपने कपड़ों के लिए कुछ लेने में आपको आपत्ति तो न होगी; किन्तु..." उन्होंने लज्जा से और भी लाल पड़ते हुए कहा। फिर वह चुप हो गईं।

"जी ?" जुलियें ने प्रश्नसूचक दृष्टि से उनकी ओर देखा।

उन्होंने धरती की ओर देखते हुए ही उत्तर दिया, "इस विषय में मेरे पति से कोई चर्चा करने की आवश्यकता नहीं है।"

"मैडम, मैं गरीब का बेटा भले ही हूँ, पर नीच नहीं हूँ," जुलियें ने उत्तर दिया। वह रुककर और सीधा तनकर खड़ा हो गया था। उसकी आँखें क्रोध से जल उठी थीं। "इस बात पर शायद आपने काफी विचार नहीं किया। यदि म. द रेनाल से अपनी आमदनी के सम्बन्ध में कुछ भी छिपाने लगूँ तो मैं खुशामदी चाकर से भी तुच्छ हो जाऊँगा।"

मा. द रेनाल को काटो तो खून नहीं। वह अवाक् हो गईं।

जुलियें कहता गया, "जब से मैं इस घर में आया हूँ, श्रीमान मेयर महोदय ने पाँच बार छत्तीस फ्रैंक मुझे दिए हैं। मैं अपने हिसाब की कॉपी म. द रेनाल को अथवा दुनिया में किसी को भी दिखाने को तैयार हूँ, यहाँ तक कि म. वालनो को भी, जो मुझसे घृणा करते हैं।"

इस विस्फोट के बाद मा. द रेनाल अप्रतिभ काँपती रह गईं और फिर भ्रमण के अन्त तक दोनों में से किसी को बातचीत प्रारम्भ करने के लिए कोई बहाना न सूझ सका।

जुलियें के अभिमानी हृदय के लिए मा. द रेनाल के प्रति किसी प्रकार की प्रेम-भावना का अनुभव करना अधिकाधिक असम्भव होता जा रहा था। जहाँ तक उनका सवाल था, उसकी ऐसी डाँट-डपट् से उनके मन में उसके प्रति और भी अधिक श्रद्धा और सम्मान बढ़ गया था। उसका जो अपमान अनजाने ही उनके द्वारा हो गया था, उसका प्रायश्चित् करने के लिए उन्होंने अपने अत्यन्त गहरे स्नेह-भाव को ऐसे नए रूप में प्रकट किया जिससे पूरे सप्ताह-भर वह बहुत ही प्रसन्न रहीं। किसी हद तक जुलियें का क्रोध भी उससे शान्त हुआ किन्तु कोई व्यक्तिगत रुझान दिखा सकने की स्थिति से वह अभी बहुत दूर था। देखा न ! उसने मन-ही-मन कहा। धनी लोग ही ऐसा कर सकते हैं। पहले अपमान करेंगे और फिर सोचेंगे कि कुछ न कुछ ढोंग रचने से सब ठीक हो सकता है। अपने समस्त निश्चय के बावजूद मा. द रेनाल का हृदय इतना भरा हुआ और अभी तक इतना भोला था कि वह अपने पति को जुलियें से अपने प्रस्ताव और उसके ठुकरा देने के विषय में बताए बिना न रह सकीं।

"क्या !" म. द रेनाल ने बहुत ही क्रुद्ध होकर कहा, "एक नौकर की यह हरक़त तुम सहन कैसे कर सकीं ?"

मा. द रेनाल ने उनके 'नौकर' शब्द के व्यवहार पर आपत्ति की तो उन्होंने आगे कहा, "तुम नहीं जानती कि स्वर्गीय प्रिंस द कोंदे ने अपने दरबारियों का अपनी पत्नी से परिचय कराते हुए क्या कहा था ? उन्होंने कहा था—'ऐसे सारे लोग हमारे नौकर होते हैं।' एक बार

मैंने तुम्हें बजांवाल के संस्मरणों से कुछ अंश पढ़कर सुनाए थे जिसमें इस विषय की सम्पूर्ण जानकारी मिल जाती है कि किसको कितना सम्मान देना चाहिए। जो व्यक्ति कुलीन परिवार का नहीं और तुम्हारे घर में रहता तथा वेतन पाता है, वह तुम्हारा नौकर ही है। मैं जुलियें से इस विषय में बात कर लूँगा और उसे सौ फ्रैंक दे दूँगा।''

''जैसा चाहो। कम-से-कम नौकरों के सामने ऐसा न करो तो अच्छा है।'' मा. द रेनाल ने काँपते हुए कहा।

''हाँ, ठीक है। कहीं वे ईर्ष्या करने लगे तो उचित न होगा।'' उनके पति ने जाते-जाते कहा। मन-ही-मन वह सोच रहे थे कि रक़म कुछ छोटी नहीं है।

दुःख से लगभग संज्ञाशून्य होकर मा. द रेनाल एक कुर्सी में धप्प से बैठ गईं। अब ये जुलियें का और भी अपमान करेंगे और यह सब मेरे ही कारण। अपने पति के व्यवहार से उन्हें बड़ा सदमा-सा पहुँचा था। अपने हाथों में मुँह छिपाकर उन्होंने मन-ही-मन निश्चय किया कि अब कभी अपने मन की बात उनसे न कहेंगी।

उसके बाद जब जुलियें से फिर उनकी भेंट हुई तो वह सिर से पैर तक काँप रही थीं। उनका कंठ ऐसा रुँध गया था कि एक शब्द तक मुख से नहीं निकल रहा था। अपनी इस उलझन में उन्होंने उसके दोनों हाथ पकड़ लिए और उन्हें झकझोरने लगीं।

''अच्छा, देखिए, आप मेरे पति से प्रसन्न तो हैं ?'' उन्होंने आख़िरकार पूछा।

''नहीं क्यों होऊँगा ?'' जुलियें ने कड़वी मुस्कुराहट के साथ उत्तर दिया, ''उन्होंने मुझे सौ फ्रेंक दिए हैं।''

मा. द रेनाल ने कुछ असमंजस में उसकी ओर देखा। ''मुझे अपनी बाँह का सहारा दीजिए,'' आख़िरकार उन्होंने कहा। उनकी आवाज़ में एक ऐसे साहस का स्वर था जो जुलियें ने पहले कभी न सुना था।

मार्ग में वह एक पुस्तकों की दुकान में साहसपूर्वक घुस गईं, यद्यपि उसका मालिक मशहूर उदारपन्थी था। वहाँ उन्होंने दस लुई के मूल्य की पुस्तकें पसन्द करके अपने बेटों को दीं और उन्हें आदेश दिया कि तीनों अपनी-अपनी पुस्तकों पर अपना नाम दुकान से निकलने से पहले ही लिख लें। मा. द रेनाल जुलियें को पहुँचाए हुए दुःख का इस प्रकार साहसपूर्वक प्रायश्चित् कर लेने से प्रसन्न थीं। उधर इस बीच जुलियें दुकान के अन्दर इतनी सारी पुस्तकें देखकर विस्मय से अवाक् था। आज से पहले उसने ऐसे सांसारिक स्थानों में प्रवेश करने का कभी साहस न किया था। उसका दिल बहुत जोर से धड़क रहा था। इसलिए मा. द रेनाल के भावों का अनुमान तो दूर, इस समय वह इस विचार में डूबा हुआ था कि इनमें से कुछेक किताबें धर्मशास्त्र का साधारण विद्यार्थी किस प्रकार अपने लिए जुटा सकता है। कुछ देर बाद उसे अपनी इच्छा पूरी करने का एक उपाय सूझा। थोड़ी चतुराई से समझाने-बुझाने पर म. द रेनाल को इस बात के लिए तैयार किया जा सकता है कि उसके किसी बालक के निबन्ध का विषय प्रान्त के प्रसिद्ध पुरुषों की जीवनी रखा जाए।

महीने-भर के परिश्रम के बाद जुलियें को सफलता मिलती दिखाई दी। यही नहीं, कुछ समय बाद मेयर महोदय से बात करते-करते उनके सामने उसने इससे भी कहीं अधिक कठिन प्रस्ताव रख दिया जिसका अर्थ था एक उदारपंथी पुस्तकालय का सदस्य बनकर उसको आर्थिक सहायता देना। म. द रेनाल इस बात से तो सहमत थे कि उनके सबसे बड़े बेटे को सैनिक शिक्षालय में जिन पुस्तकों के नाम वार्तालाप में सुनने को मिलेंगे, उनसे प्रत्यक्ष

परिचय होना उत्तम है, किन्तु जुलियें ने देखा कि मेयर इससे अधिक आगे बढ़ने को तैयार नहीं हैं। उसे सन्देह हुआ कि इसके पीछे कोई न कोई छिपा हुआ कारण है, किन्तु वह उसका अनुमान न कर सका।

एक दिन उसने म. द रेनाल से कहा, "मैंने सोचा है कि रेनाल जैसे प्रतिष्ठित कुलीन व्यक्ति का नाम एक टुटपुंजिया पुस्तक-विक्रेता के रजिस्टर में होना बहुत अनुचित होगा।" सुनकर म. द रेनाल का चेहरा खिल उठा। जुलियें ने और भी विनम्र स्वर में आगे कहा, "और यदि धर्मशास्त्र के एक गरीब विद्यार्थी का नाम पुस्तकें उधार देनेवाले विक्रेता के रजिस्टर में निकल आया तो यह उसके हित में भी बुरा होगा। उदारपंथियों को तब मेरे ऊपर यह दोषारोपण करने का अवसर मिल जाएगा कि मैं गन्दी पुस्तकें पढ़ता हूँ और कौन जानता है कि वे ऐसी अनुचित पुस्तकों के शीर्षक भी मेरे नाम के साथ न छाप दें।" किन्तु जुलियें असल बात से बहक रहा था। उसने देखा कि मेयर फिर कुछ बेचैन और परेशान नज़र आने लगे हैं। वह चुप हो गया, पर मन-ही-मन उसने कहा कि अब तो आ गया काबू में।

कुछ दिनों बाद म. द रेनाल के सबसे बड़े बेटे ने उन्हीं की उपस्थिति में जुलियें से एक पुस्तक के बारे में कुछ पूछा, जिसका विज्ञापन एक स्थानीय जैकोबिन पत्र 'कोतिद्येन' में निकला था। युवक शिक्षक ने कहा, "श्रीमान्, मेरा एक सुझाव है जिससे जैकोबिन पंथियों को प्रसन्न होने का कोई कारण भी न मिले और साथ ही मुझे अदोल्फ के प्रश्नों का उत्तर देने के लिए आवश्यक सामग्री भी प्राप्त हो जाए। यदि उचित समझें तो आप अपने किसी बहुत ही अदना नौकर का नाम पुस्तक-विक्रेता के यहाँ सदस्यों में लिखवा दें।"

"विचार तो बुरा नहीं है।" म. द रेनाल ने स्पष्ट ही अत्यन्त प्रसन्न होकर कहा।

"पर इस नौकर को भलीभाँति समझा दीजिएगा कि वह कोई उपन्यास न लाए। एक बार ऐसी खतरनाक पुस्तकें घर में आईं तो उनसे नौकरानियों के बल्कि स्वयं नौकरों के बिगड़ने की आशंका है।" जुलियें ने गम्भीर और लगभग विषण्ण भाव से आगे कहा। कुछ लोगों के लिए बहु-इच्छित वस्तुओं की प्राप्ति में सफल होने पर ऐसे भाव बहुत ही स्वाभाविक हो जाते हैं।

"राजनीतिक-प्रचारात्मक साहित्य की बात तो आप भूल ही गए।" म. द रेनाल ने जोड़ा। उनके बच्चों के शिक्षक ने जो होशियारी का रास्ता निकाला था, उसके प्रति अपनी प्रशंसा के भाव को छिपाने के लिए उनके स्वर में एक प्रकार का भारी-भरकमपन आ गया था।

जुलियें का जीवन इस भाँति ऐसी ही छोटी-मोटी सौदेबाजियों में चल रहा था और इन्हीं की सफलता में उसका मन इतना उलझा रहता था कि अपने प्रति मा. द रेनाल के विशेष प्रीति-भाव को वह देख ही न पाता था, जिसे यदि वह चाहता तो उनके हृदय में से सहज ही पढ़ सकता था।

मेयर के घर में उसकी मानसिक अवस्था एक बार फिर वैसी ही हो गई जैसी पिछले जीवन में सदा रहती आई थी। अपने घर की भाँति ही यहाँ भी जिन लोगों के साथ वह रहता था, उनके प्रति उसके मन में तीव्र घृणा थी और साथ ही वे भी उससे घृणा करते थे। प्रत्येक दिन वह उपज़िलाधीश म. वालनो तथा परिवार के अन्य मित्रों की बातें सुनता। वे लोग जिस प्रकार अपनी आँखों के आगे होनेवाली नई से नई घटनाओं का वर्णन करते, उससे जुलियें के आगे स्पष्ट हो जाता कि उनके विचार यथार्थ से कितने दूर हैं।

केवल वही चीज़ उसे प्रशंसा-योग्य लगती जिसकी उसके आसपास के लोग बुराई करते हों। उसके भीतर के भाव सदा यही रहते : कैसे गँवार हैं, कैसे मूर्ख हैं ! और मज़ेदार बात यह थी कि अपने समस्त अभिमान के बावजूद प्रायः वह यह भी न समझ पाता था कि वे लोग बात किस विषय पर कर रहे हैं।

अपने सारे जीवन में खुलकर बातें उसने बूढ़े फौजी डॉक्टर को छोड़कर किसी से न की थीं। उसके जो भी थोड़े-बहुत विचार थे, वे बोनापार्ट की इटली की लड़ाइयों तथा चिकित्सा-सम्बन्धी प्रश्नों के विषय में थे। उसके युवक-सुलभ साहस को अधिक से अधिक कष्टदायक चीरफाड़ के विस्तृत वर्णनों में बड़ा सन्तोष मिलता। वह मन-ही-मन कहता कि मैं तो चूँ तक न करता।

पहली बार जब मा. द रेनाल ने उससे अपने बच्चों के अतिरिक्त किसी अन्य विषय पर बातचीत करने का प्रयत्न किया तो वह डॉक्टरी चीरफाड़ के बारे में कुछ कहने लगा। उनका मुख उतर गया और वह उससे चुप हो जाने का अनुरोध करने लगीं।

ऐसी बातों को छोड़कर जुलियें और कुछ जानता ही न था। इसलिए निरन्तर मा. द रेनाल के साथ रहने पर भी यदि कभी वे दोनों अकेले मिल जाते तो एक अजीब-सा मौन उनके बीच छा जाता। ड्राइंगरूम में उसका व्यवहार चाहे जितना विनम्र होने पर भी प्रत्येक आगंतुक से एक प्रकार की बौद्धिक श्रेष्ठता का भाव जुलियें की आँखों में मा. द रेनाल को सदा दिखाई पड़ता। यदि वह कभी पल-भर के लिए उसके साथ अकेली पड़ जातीं तो उसके प्रत्यक्ष संकोच पर उनका ध्यान गए बिना न रहता। इससे वह बेचैन हो जातीं क्योंकि अपनी नारी-सुलभ सहज ज्ञान से वह यह अनुभव करती थीं कि इस संकोच के पीछे किसी सुकुमार भावना का लेशमात्र भी नहीं है।

भद्र समाज के सम्बन्ध में जुलियें के मन में जो भी विचार थे, वे बूढ़े फौजी डॉक्टर के वर्णनों से प्राप्त किए हुए थे। उनके कारण किसी स्त्री से मिलने पर चुप्पी छा जाती, तो जुलियें को बड़ा अपमानित-सा अनुभव होता, मानो वह चुप्पी उसका अपना ही कोई विशेष दोष हो ! यह अनुभव किसी व्यक्तिगत घनिष्ठ सम्भाषण में सौ गुना त्रासदायक हो उठता था। किसी स्त्री से अकेले में भेंट होने पर पुरुष को क्या कहना चाहिए, इस विषय में उसकी कल्पना बहुत ही रोमांटिक और एकदम बेसिर-पैर की धारणाओं से ठसाठस भरी हुई थी। उनके कारण घबराहट में सदा उसे सर्वथा अनुपयुक्त विचार ही सूझते। उसका मन कल्पनालोक में उन्मुक्त विचरता रहता, किन्तु तो भी वह उस चुप्पी को न तोड़ पाता और यह उसे बहुत ही अपमानजनक लगता। इसीलिए मा. द रेनाल और बच्चों के साथ घूमने जाने पर उसके चेहरे का कठोर भाव उसके अपने तीखे आन्तरिक त्रास से और भी सघन हो जाता।

उसे अपने ऊपर बड़ी तीव्र वितृष्णा होने लगी थी। यदि वह दुर्भाग्यवश किसी प्रकार जबरदस्ती कुछ कहता भी तो उसके मुँह से अधिक से अधिक हास्यास्पद बात ही निकलती। उसका सन्ताप इसलिए और भी बढ़ जाता कि वह अपने इस बेतुकेपन को समझता था और उसे बहुत ही बढ़ा-चढ़ाकर देखता था। किन्तु जो वह नहीं देख पाता था, वे थे स्वयं उसकी अपनी आँखों के भाव। उसकी आँखें इतनी सुन्दर थीं और उनमें एक ऐसा ज्वलन्त व्यक्तित्व झलकता था जो कभी-कभी, चतुर अभिनेताओं की भाँति, सर्वथा अर्थहीन बातों को भी एक अत्यन्त सुखद अर्थ प्रदान कर देता था। मा. द रेनाल ने अनुभव किया था कि अकेले होने

पर वह तब तक कभी कोई सुनने-योग्य अच्छी बात न कह पाता था जब तक किसी अप्रत्याशित घटना के कारण वह अपने-आपको भूल न जाए और सुन्दर प्रशंसात्मक बातें कहने का विचार न छोड़ दे। उनके घर मिलने आनेवाले लोगों में नए और मौलिक विचारों की इतनी कमी रहती थी कि वह जुलियें की बुद्धि की आकस्मिक चमक का सदा हँसकर स्वागत करती थीं।

नेपोलियन के पतन के बाद से प्रान्तों में सौन्दर्य-पूजा अथवा रसिकता का प्रदर्शन एकदम वर्जित माना जाने लगा था। हर व्यक्ति को डर था कि कहीं अपनी नौकरी से न निकाल दिया जाए। दुष्ट लोगों को जेसुइट दल का समर्थन प्राप्त था और पाखंड का शिक्षित समाज में भी बेहद बोल-बाला था। उकताहट और नीरसता के भाव पहले से दुगुने थे और खेती तथा पढ़ाई के अतिरिक्त कोई आनन्द के साधन न बचे थे।

मा. द रेनाल एक धार्मिक और धनी मौसी की उत्तराधिकारिणी थीं और एक कुलीन परिवार के व्यक्ति के साथ सोलह वर्ष की अवस्था में उनका विवाह हो गया था। इसलिए अपने समूचे जीवन में उन्हें प्रेम जैसी वस्तु का कोई अनुभव कभी न हुआ था। बस, सुयोग्य पुरोहित म. शेलां से इस विषय में एक बार उनकी बात हुई थी क्योंकि वह उनके धर्मगुरु थे जो उनके पाप-स्वीकार के भी श्रोता थे। उन्होंने म. वालनो के प्रयत्नों की चर्चा करते हुए प्रेम का ऐसा भीषण चित्र उनके आगे खींचा था कि उस शब्द का जधन्य चरित्रहीनता और लम्पटता के अतिरिक्त अन्य कोई अर्थ वह न समझती थीं। जो थोड़े-बहुत उपन्यास संयोगवश प्राप्त हो जाने पर उन्होंने पढ़े थे, उनमें चित्रित प्रेम-सम्बन्ध को वह अपवादस्वरूप अथवा मानवी प्रकृति के सर्वथा विरुद्ध मानती थीं। इस अज्ञान के कारण ही मा. द रेनाल जुलियें के विषय में निरन्तर सोचते रहने पर भी पूर्णतः सुखी थीं और इस बात से अपने-आपको अपराधी मानने का तनिक भी कोई कारण अनुभव न करती थीं।

8
छोटी-मोटी घटनाएँ

फिर आहें भरी गईं, और भी गहरी थीं वे दबाए जाने से,
और चोरी-चोरी नजरें मिलीं, और भी मीठी थीं वे इस चोरी से,
और गाल जल उठे, हो उठे आरक्त, अकारण ही।

—**डॉन जुआन** से

मा. द रेनाल के स्वभाव की मधुरता में, जिसका सारा श्रेय उनकी अपनी विचारधारा और वर्तमान आनन्दावस्था को था, अपनी नौकरानी एलिजा की बात सोचने पर हल्की-सी चंचलता आ जाती थी। इस नवयुवती को अचानक ही कहीं से कुछ धन प्राप्त हो गया। उसके बाद वह म. शेलाँ के पास गई और उनके आगे अपना सब मनोभाव प्रगट करते हुए स्वीकार कर लिया कि वह जुलियें से विवाह करना चाहती है। पुरोहित अपने मित्र के इस सौभाग्य-संवाद से बड़े प्रसन्न हुए; किन्तु जब जुलियें ने दृढ़तापूर्वक यह घोषणा कर दी कि वह एलिजा के

प्रस्ताव को स्वीकार करने की कल्पना भी नहीं कर सकता तो उन्हें बड़ा आश्चर्य हुआ।

"अपने हृदय की गतिविधि पर भली भाँति ध्यान दो, बेटा," क्यूरे ने कुछ तेवर चढ़ाते हुए कहा, "यदि तुम अपने कर्तव्य के कारण ऐसे सौभाग्यपूर्ण प्रस्ताव को ठुकरा रहे हो तो मैं तुम्हें बधाई देता हूँ। मैं छप्पन वर्ष से वेरियेर के गिरजाघर का पुरोहित हूँ, तो भी लगता है कि मेरी जीविका मुझसे अब छिनने ही वाली है। इससे मुझे दुःख है किन्तु तो भी मेरे पास आठ सौ लिवरे की अलग आमदनी मौजूद है। ये सब निजी बातें मैं तुम्हें इसीलिए बता रहा हूँ कि तुम्हारे मन में पुरोहित के धन्धे के बारे में कोई भ्रम न बना रह जाए। यदि तुम अधिकार-प्राप्त व्यक्तियों के खुशामदी बनने का विचार कर रहे हो तो तुम्हारी आत्मा को नरक के सिवाय और कहीं ठौर नहीं। उसमें तुम्हारी सांसारिक उन्नति भले ही हो जाए किन्तु तुम्हें ऐसे कार्य करने पड़ेंगे जिनसे गरीब और मोहताज लोगों को हानि पहुँचेगी। तुम्हें सरकारी अफसरों की, मेयर की और संक्षेप में हर व्यक्ति की खुशामद करनी पड़ेगी और अपने-आपको उनकी वासनाओं का दास बनाना पड़ेगा। इस प्रकार के व्यवहार को दुनिया चाहे अच्छी शिक्षा का प्रमाण भले ही माने, और यह भी सम्भव है कि साधारण व्यक्ति को यह आत्म-कल्याण के विपरीत न लगे; किन्तु पुरोहित के धन्धे में मनुष्य को इस लोक और परलोक दोनों में से किसी एक की सफलता को चुनना पड़ता है, बीच का कोई रास्ता नहीं। जाओ बेटा, इस बात पर भली भाँति विचार करना और तीन दिन के भीतर मुझे अपना निश्चित उत्तर दे जाना। यह सोचकर मुझे दुख हो रहा है कि तुम्हारी विचारधारा के किसी गहरे दबे हुए अन्तराल में एक ऐसी सुलगती हुई ज्वाला है जो एक पुरोहित के लिए आवश्यक संयम तथा सांसारिक लाभ के प्रति पूर्ण विरक्तता की ओर इंगित नहीं करती। जहाँ तक तुम्हारी बुद्धि का प्रश्न है, मुझे तुम्हारे भविष्य के विषय में बड़ी-बड़ी आशाएँ हैं, पर एक बात मुझे अवश्य कहनी है कि यदि तुमने पुरोहित का काम अपनाया तो मैं तुम्हारे परलोक की बात सोचकर काँप उठता हूँ।" यह बात कहते-कहते उस भले पुरोहित की आँखों में आँसू भर आए।

इस बात से मन में उठनेवाले भावावेग के लिए जुलियें को लज्जा अनुभव हुई। जीवन में पहली बार उसे लगा कि कोई उसे स्नेह करता है। हर्ष से उसकी आँखें भर आईं और अपने आँसुओं को छिपाने के लिए वह वेरियेर के ऊपर फैले हुए घने जंगलों में चला गया।

आखिरकार वह अपने-आपसे भी पूछने लगा कि मेरी ऐसी अवस्था होने का कारण सचमुच क्या है। मुझे लगता है कि मैं इस भले पुरोहित के लिए सौ बार अपना जीवन न्यौछावर कर सकता हूँ यद्यपि उसने अभी-अभी यह सिद्ध कर दिया है कि मैं निरा मूर्ख हूँ। वह ऐसे व्यक्ति हैं जिन्हें मैं कभी दुःख न देना चाहूँगा, पर वह समझ गए हैं कि मैं वास्तव में क्या हूँ। जिस छिपी हुई आग का उन्होंने उल्लेख किया, वह दुनिया में किसी-न-किसी प्रकार सफल होने की मेरी योजना के अतिरिक्त और क्या है। जिस समय मैं पचास लुई प्रति वर्ष के लालच का त्याग करके यह कल्पना कर रहा था कि मेरी धार्मिकता और मेरी सच्ची कर्तव्य-परायणता के सम्बन्ध में उनकी बहुत ही अच्छी धारणा होगी, उसी समय उन्होंने यह कहा कि वह मुझे पुरोहित बनने के योग्य नहीं समझते। जुलियें सोचने लगा कि मैं भविष्य में अपने चरित्र के उन्हीं गुणों पर निर्भर रहूँगा जिनकी मैं प्रतिज्ञा कर चुका हूँ। यह मुझे कौन बता सकता था कि कभी मुझे आँसुओं से भी आनन्द मिलेगा अथवा मैं ऐसे व्यक्ति के प्रति आकर्षित हो सकूँगा जो मुझे मूर्ख से अधिक कुछ नहीं समझता ?

तीन दिन बीतते-बीतते जुलियें को एक ऐसा बहाना सूझ गया जो पहले दिन ही उसके

मन में आ जाना चाहिए था। यह बहाना झूठा अपवाद मात्र था; किन्तु उससे क्या होता है ! उसने क्यूरे के आगे अपने मन का पाप स्वीकार करते हुए बहुत संकोच के साथ यह कहा कि शुरू में इस विवाह के लिए तैयार न होने का कारण ऐसा था जिसे बताना अनुचित होता क्योंकि उससे किसी तीसरे व्यक्ति को क्षति पहुँचने की सम्भावना थी। जुलियें का यह कथन एलिजा के चरित्र पर लगभग सन्देह करने के बराबर था। म. शेलाँ ने अनुभव किया कि यह बात कहते समय जुलियें के व्यवहार में एक ऐसे सांसारिक उत्साह का-सा भाव था जो पुरोहित बनने के इच्छुक नवयुवक के लिए बहुत शोभन न जान पड़ता था।

उन्होंने उससे फिर कहा, "बेटे, वृत्तिहीन पादरी बनने के बजाय एक प्रतिष्ठित और शिक्षित किसान बनना अधिक श्रेयस्कर है।"

जहाँ तक शब्दों का प्रश्न था, जुलियें ने पादरी के इस प्रयत्न का भी बहुत अच्छा उत्तर दिया। उसने अपने उत्तर में ऐसी ही शब्दावली का प्रयोग किया जो धर्मशास्त्र के किसी उत्साही विद्यार्थी को करना चाहिए; किन्तु उसे कहते समय उसके स्वर से तथा उसकी आँखों की अस्वाभाविक चमक से म. शेलाँ कुछ चौंक-से गए।

हमें जुलियें के भविष्य को अन्धकारपूर्ण बताने की आवश्यकता नहीं। वह अपने अनुभव से और ठीक ही, धूर्तता और कपट की भाषा सीख रहा था। उसकी उम्र के लड़के के लिए यह कोई बहुत बुरी बात भी नहीं। जहाँ तक उसके व्यवहार और उसकी भाव-भंगिमा इत्यादि का प्रश्न है, वह अभी तक देहाती लोगों में रहता आया था। इस काल के उत्कृष्ट नमूने देखने का उसे अभी अवसर ही न मिला था। जीवन में जैसे ही उसे इन दुनियादार लोगों के सम्पर्क में आने का अवसर मिला, उसकी भाव-भंगिमाएँ भी उसकी भाषा के अनुरूप प्रशंसनीय हो गई थीं।

मा. द रेनाल को इस बात से बड़ा आश्चर्य था कि उनकी नौकरानी इतना धन पा जाने के बाद भी सुखी नहीं है। उन्होंने देखा कि वह बार-बार क्यूरे के पास जाती है और वहाँ से आँखों में आँसू भरे लौटती है। अन्त में एलिजा ने अपनी मालकिन से भी विवाह की समस्या के बारे में ज़िक्र किया।

सुनते ही उन्हें एकाएक लगने लगा कि वह बीमार हो गई हैं। एक प्रकार के ज्वरग्रस्त व्यक्ति की-सी उत्तेजना के कारण उन्हें नींद न आती। वह केवल ऐसे ही क्षणों में कुछ जीवन्त रहतीं जब उनकी नौकरानी अथवा जुलियें उनकी आँखों के सामने होते। वह इन दोनों की गृहस्थी और उसके सुख के अतिरिक्त और कोई बात सोच ही न पाती थीं। उनकी कल्पना में यह बात बड़े विशद रंग में चित्रित हो उठी थी कि पचास लुई प्रति वर्ष की आमदनी पर इन लोगों को कितनी गरीबी से दिन बिताने पड़ेंगे। जुलियें शायद ब्रे में वकील हो जाए। यह जगह वेरियेर से केवल छह मील की दूरी पर ही थी, जहाँ पर ज़िलाधिकारी भी रहा करता था। तब तो कभी-कभी उनकी भेंट उससे हो सका करेगी।

उन्हें सचमुच यह विश्वास हो चला था कि वह पागल हो जाएँगी। उन्होंने अपने पति से यह बात कह भी दी और अन्त में सचमुच बीमार पड़ गईं। उस दिन शाम को जब एलिजा उनकी देखभाल में लगी थी तो उन्होंने देखा कि वह रो रही है। उस समय वह एलिजा के प्रति बड़े क्षोभ का अनुभव कर रही थीं और कुछ ही देर पहले उसे डाँट भी चुकी थीं। उसे रोते देख उन्होंने उससे क्षमा माँगी पर एलिजा के आँसू दुगुनी तेज़ी से गिरने लगे। वह बोली कि यदि मालकिन की आज्ञा मिल जाए तो वह उन्हें अपना सारा दुःख सुना दे।

"हाँ, हाँ, बताओ।" उन्होंने कहा।

"मालकिन, सच बात यह है कि उसने मुझसे विवाह करने से इनकार कर दिया है। कुछ दुष्ट लोगों ने मेरे बारे में उससे न जाने क्या-क्या कह दिया है और उसने उन पर विश्वास भी कर लिया है।"

"किसने इनकार कर दिया है ?" मा. द रेनाल ने जैसे साँस रोककर पूछा।

"और किसने, म. जुलियें ने, मालकिन !" एलिजा ने सिसकते हुए उत्तर दिया, "पुरोहित बाबा भी इस बारे में उसकी राय बदलने में सफल न हो सके। पादरी बाबा सोचते हैं कि एक भली शीलवती लड़की से विवाह करने में उसे इस कारण आपत्ति नहीं होनी चाहिए कि वह कहीं नौकरानी का काम करती थी क्योंकि आखिरकार म. जुलियें के पिता भी तो बढ़ई ही हैं और मालकिन के यहाँ काम मिलने के पहले वह भी किस तरह अपनी रोजी कमाते थे ?" मा. द रेनाल ने आगे कुछ भी नहीं सुना। हर्षातिरेक के कारण वह लगभग सारी सुध-बुध गँवा बैठी थीं। वह बार-बार उससे पूछने लगीं कि क्या जुलियें ने सचमुच एकदम नाहीं कर दी है और इस बात की कोई सम्भावना नहीं कि वह अपना मत बदल सके ?

अन्त में उन्होंने एलिजा से कहा, "मैं भी एक बार कोशिश करूँगी। मैं स्वयं म. जुलियें से बात करूँगी।"

अगले दिन दोपहर के भोजन के बाद मा. द रेनाल ने अपने प्रतिद्वन्द्वी के पक्ष में पैरवी करने और घंटे-भर तक एलिजा तथा उसकी सम्पत्ति को बार-बार ठुकराए जाने के वचन सुनने का सौभाग्य-लाभ किया।

धीरे-धीरे जुलियें ने बँधे-बँधाए जवाब देने छोड़ दिए और वह मा. द रेनाल के समझदारी-भरे तर्कों का उत्तर बुद्धिमानी और जोश से देने लगा। इतने सारे निराशा-भरे दिनों के बाद हर्ष का जो ज्वार मा. द रेनाल अपने समूचे व्यक्तित्व के भीतर उमड़ता हुआ अनुभव कर रही थीं, उसको न सह सकने के कारण वे एकाएक मूर्च्छित हो गईं। जब उन्हें होश आया और कुछ प्रकृतिस्थ हुईं तो उन्होंने सबको कमरे से बाहर भेज दिया। उनके विस्मय का कोई ठिकाना न था। क्या मैं जुलियें से प्रेम करने लगी हूँ ? आखिरकार उन्होंने मन-ही-मन अपने आपसे यह प्रश्न किया।

यह आविष्कार यदि किसी अन्य अवसर पर होता तो वह उन्हें पश्चात्ताप और तीव्र मानसिक यन्त्रणा के सागर में डुबो देता। इस समय वह उन्हें किसी ऐसे विचित्र दृश्य की भाँति जान पड़ा जिसकी ओर से वह अब तक उदासीन रही हों। पिछले दिनों की यन्त्रणा के कारण उनका हृदय इतना क्लान्त हो गया था कि अब किसी आवेश की कोई क्षमता उनमें न बची थी।

उन्होंने कुछ काम करने का प्रयत्न किया; किन्तु शीघ्र ही उन्हें गहरी नींद आ गई। जागने पर वह इतनी आशंकित न हुईं जितनी होना चाहिए था। परिस्थिति के अँधियारे पक्ष को देख सकने के कारण वह प्रसन्न थीं। स्वभाव से ही सीधी और भोली होने के कारण इस भली महिला ने कभी इस बात का प्रयत्न नहीं किया था कि भावनाओं के किसी नए रूप अथवा दुःख की किसी नई सीमा से किसी प्रकार का भावावेग प्राप्त करे। जुलियें के आने के पहले वह पेरिस से दूर रहनेवाली एक भली पत्नी और माँ के उपयुक्त अनगिनत कर्तव्यों में ही डूबी रहती थीं। मन की भावाकुलता को वह ठीक उसी प्रकार देखती थीं जैसे हम लॉटरी को देखते हैं—अनिवार्य निराशा और केवल मूर्खों द्वारा वांछित सुख के रूप में।

भोजन की घंटी बजी। बच्चों को भीतर लेकर आते हुए जुलियें की आवाज़ सुनकर मा. द रेनाल का मुख गहरा लाल हो उठा। प्रेम में पड़ने के बाद से वह थोड़ी-सी चतुर हो गई थीं। इसलिए अपने मुख की लाली के लिए उन्होंने भारी सिरदर्द का बहाना किया।

"इस मामले में तुम सब स्त्रियाँ एक-सी हो," म. द रेनाल ने अट्टहास करते हुए कहा, "छोटी-छोटी नन्हीं मशीनों की भाँति, जिन्हें निरन्तर मरम्मत की आवश्यकता होती है।"

मा. द रेनाल इस प्रकार के परिहास की अभ्यस्त होने पर भी उनके स्वर से सिहर उठीं। विषय को बदलने के लिए उन्होंने जुलियें की ओर देखा। यदि वह संसार का सबसे कुरूप व्यक्ति होता तो भी उस क्षण वह उन्हें भला ही लगता।

जैसे ही वसन्त के सुहावने दिन आए, म. द रेनाल अपने रहन-सहन को राजदरबार के अनुरूप ढालने और देखने के लिए, वेर्जि नामक एक गाँव में जाकर रहने लगे जो गाब्रियेल के दुःखपूर्ण प्रसंग के लिए प्रसिद्ध हो चुका था। वहाँ के गौथिक गिरजाघर के दर्शनीय ध्वंसावशेषों से थोड़ी ही दूरी पर एक पुराना दुर्ग था जिसके मालिक म. द रेनाल थे। इस दुर्ग में चार मीनारें थीं और त्विलरी उद्यान की भाँति बना हुआ एक बग़ीचा था। बग़ीचे में बहुत-सी फूलों की क्यारियाँ बनी हुई थीं और उसमें आने-जाने के रास्तों के दोनों ओर चैस्टनट के वृक्ष थे जिन्हें वर्ष में दो बार छाँटा जाता था। पास ही एक भ्रमण का मैदान था जिसके चारों ओर सेब के वृक्ष लगे हुए थे। बगीचे के दूसरे किनारे की ओर नौ या दस वालनट के वृक्ष खड़े थे जिनके बड़े-बड़े पत्तों से भरी डालियाँ लगभग अस्सी फीट ऊँची रही होंगी।

म. द रेनाल जब भी अपनी पत्नी से इन वृक्षों की प्रशंसा सुनते तो कहते, "इनमें से हर पेड़ के लिए मुझे कम-से-कम आधे एकड़ की फसल का नुकसान होता है। इनकी छाया में गेहूँ तो पैदा हो ही नहीं सकता।"

इस बार यह दृश्य मा. द रेनाल को ऐसा लगा मानो पहली बार देख रही हों। इसीलिए उनकी प्रशंसा भी भावातिरेकपूर्ण थी। अपने हृदय की भावना के कारण वह बहुत सक्रिय और उत्साहित अनुभव करने लगी थीं। वेर्जि में आने के बाद अगले दिन ही म. द रेनाल तो अपने मेयर पद के कार्य से शहर चले गए, पर मा. द रेनाल ने अपने निजी खर्च पर कुछ मज़दूर काम पर लगाए। जुलियें ने उन्हें यह सुझाया था कि बग़ीचे के चारों ओर ऊँचे-ऊँचे वालनट वृक्षों के नीचे से एक छोटा-सा लाल मिट्टी का रास्ता बना लिया जाए ताकि बच्चे वहाँ सवेरे घूमने जा सकें और उनके जूते ओस से भीगे नहीं। योजना बनने के चौबीस घंटे के भीतर ही प्रारम्भ होकर पूरी भी हो गई। मा. द रेनाल सारे दिन मज़दूरों का निर्देशन करने में जुलियें की सहायता करके बड़ी प्रसन्न होती रहीं।

जब मेयर शहर से वापस लौटे तो वह रास्ते को पूरा बना हुआ देखकर बहुत आश्चर्यचकित हुए। उनके आगमन से मा. द रेनाल को भी आश्चर्य हुआ जो उनके अस्तित्व को ही भूल बैठी थीं। अगले दो महीने तक वह कुछ अप्रसन्नता के भाव से ही इस बात की चर्चा करते रहे कि ऐसा बड़ा परिवर्तन इस भाँति और उनकी सलाह लिए बिना ही कर डाला गया। सन्तोष इतना ही था कि यह काम मा. द रेनाल ने अपने निजी खर्च से करवाया था।

मा. द रेनाल अपना समय अधिकतर बच्चों के साथ बग़ीचे में तितलियाँ पकड़ने के प्रयत्न में बिताती थीं। उन्होंने पारदर्शी जाली के बड़े-बड़े जाल जैसे बना लिए थे जिनमें वह

अभागी तितलियों को पकड़ा करती थीं। उन्होंने जुलियें से उनका एक लम्बा-चौड़ा, भारी-भरकम लैटिन नाम भी सीख लिया था। उन्होंने बजांसों से इस विषय पर गोदार का सुप्रसिद्ध ग्रन्थ मँगवा लिया था जिसमें से जुलियें उन्हें तितलियों के विचित्र स्वभाव के बारे में तरह-तरह की बातें बताया करता था। जुलियें ने उनके लिए पट्ठे का एक डिब्बा-जैसा बना दिया था जिसमें इन तितलियों को निर्ममतापूर्ण पिन के ऊपर लगाकर रख दिया जाता था।

आख़िरकार अब मा. द रेनाल और जुलियें को बातचीत के लिए कुछ विषय मिल गए थे। जुलियें को अब मौन-जन्य भीषण त्रास का भय न था। वे अब निरन्तर और बड़े उत्साह के साथ किन्तु सदा ही बहुत निर्दोष विषयों पर बातचीत करते रहते। व्यस्तता और प्रसन्नता से भरपूर यह सक्रिय जीवन एलिजा के सिवाय सबके लिए रुचिकर था। उसके ऊपर काम का भार बहुत बढ़ गया था। वह मन-ही-मन सोचती कि कार्नीवाल के समय जब वेरियेर में नृत्य-समारोह होता है तब भी मालकिन अपने वस्त्रों के विषय में इतना सोच-विचार नहीं करती थीं। आजकल तो वह अपने कपड़े दिन में दो-तीन बार बदलती हैं।

किसी व्यक्ति की भी निरी प्रशंसा हमारा उद्‌देश्य नहीं है। इसलिए हम यह बात अस्वीकार नहीं करेंगे कि मा. द रेनाल के शरीर की त्वचा अपूर्व थी और वह अपने वस्त्र ऐसे बनवाती थीं जिससे उनकी बाहें और गर्दन तथा कन्धे बहुत कुछ खुले रह सकें। उनका शरीर बहुत सुघड़ और सुडौल था और इस प्रकार के वस्त्र उन पर बहुत फबते थे। "इतनी सुन्दर तो पहले आप कभी नहीं दिखाई पड़ीं," वेरियेर से भोजन के लिए वेर्जि आनेवाले उनके मित्र उनसे कहा करते।

विचित्र बात यह है यद्यपि हम शायद इस पर विश्वास न करना चाहें कि मा. द रेनाल के इन सब प्रयत्नों के पीछे कोई विशेष उद्‌देश्य न था। इसमें उन्हें एक प्रकार का आनन्द मिलता और जुलियें तथा बच्चों के साथ तितलियों का पीछा करने से जो भी समय बचता, उसे एलिजा के साथ अपने लिए वस्त्र बनवाने में लगा देतीं। वेरियेर इस बीच वह केवल एक बार और वह भी मुलू से आए हुए नए ग्रीष्मकालीन गाउन खरीदने के विचार से गईं।

वहाँ से वेर्जि वह एक अन्य युवती के साथ लौटीं जो रिश्ते में उनकी कुछ लगती भी थीं। अपने विवाह के बाद से मा. द रेनाल धीरे-धीरे इन मा. देर्विल के साथ, जो कन्वेंट में उनकी सहपाठिनी थीं, बहुत घनिष्ठ हो गई थीं।

मा. देर्विल को अपनी इस दूर की बहन के अनेक विचित्र विचारों में हँसने की बहुत सामग्री मिलती। "मुझे तो यह बात कभी भी न सूझती," वह कहतीं। मा. द रेनाल जब अपने पति के साथ होतीं तब ये विचित्र-विचित्र कल्पनाएँ—जो पेरिस में बड़ी भारी वाक्-चातुरी में गिनी जातीं—निरी मूर्खता जान पड़तीं जिनसे उन्हें बड़ा संकोच होता था; किन्तु मा. देर्विल की उपस्थिति से उनको बड़ा साहस मिला। प्रारम्भ में तो अपने विचार प्रगट करने में उन्हें बड़ी लज्जा-सी अनुभव होती थी, पर बहुत दिनों तक साथ रहते-रहते मा. द रेनाल की बुद्धि प्रखर हो उठी। सबेरे का लम्बा समय पलक मारते ही बीत जाता था तथा दोनों सखियाँ अत्यन्त ही प्रसन्न बनी रहती थीं; किन्तु इस बार चतुर मा. देर्विल ने अपनी सखी को बहुत ही कम प्रसन्न और सुखी पाया।

जुलियें तो देहात में आकर बिल्कुल बच्चों जैसा हो गया था और तितलियों के पीछे दौड़ने में वह भी उतना ही प्रसन्न रहता था जितने उसके नन्हे छात्र। पिछले दिनों उसने

बड़े अंकुश, चतुराई तथा जोड़-तोड़ का जीवन बिताया था। यहाँ वह अकेला और दूसरे लोगों की नज़रों से दूर था। मा. द रेनाल से तो वह स्वभाव से ही तनिक भी न डरता था। इसलिए यहाँ आकर उसने संसार के सुन्दरतम पर्वतों के बीच जीवन्त होने के आनन्द में, जिसे उसकी अवस्था के लोग इतनी तीव्रता से अनुभव करते हैं, अपने-आपको पूरी तरह बह जाने दिया।

मा. देर्विल के आते ही जुलियें को लगा कि उसका कोई बन्धु आ पहुँचा है। उसने तुरन्त ही उन्हें बड़े-बड़े वालनट के वृक्षों के नीचे से बनाए गए नए रास्ते के छोर से दिखाई पड़ने वाले दृश्यों को दिखाया। वास्तव में वे स्विट्ज़रलैंड और इटली की झीलों के सुन्दरतम दृश्यों से भी यदि श्रेष्ठ नहीं तो उनके बराबर अवश्य थे। कुछ ही फीट बाद शुरू होनेवाले ढाल के ऊपर चढ़ते-चढ़ते ही ओक वृक्षों के जंगलों से घिरी हुई बड़ी-बड़ी चट्टानें आ जाती हैं जो आगे इतनी दूर तक चली गई हैं कि नदी के ऊपर लटकती-सी दिखाई पड़ती हैं। जुलियें इन दिनों बहुत उन्मुक्त और आनन्दमग्न-सा था; बल्कि अपने कल्पना-महल का राजा था। वह दोनों सखियों को पानी में लगभग गिरती हुई-सी इन चट्टानों की चोटी पर ले गया। वे भी ऐसा भव्य दृश्य देखकर विस्मय से विभोर हो उठीं। मा. देर्विल ने कहा, ''मेरे लिए तो यह मोजार्ट के संगीत के समान है।''

पहले जब कभी जुलियें देहात में रहा तो अपने भाइयों की ईर्ष्या और चिड़चिड़े अत्याचारी पिता की उपस्थिति के कारण कभी उसका आनन्द न उठा सका था। वेर्जि में कोई अप्रिय स्मृतियाँ त्रास देने के लिए न थीं; जीवन में पहली बार यहाँ उसका कोई शत्रु न था। म. द रेनाल प्रायः शहर चले जाते। तब वह पढ़ा करता। शीघ्र ही रात को और तब भी उलटे हुए फूलदान के नीचे अपना लैम्प छिपाकर रखने की सावधानी के साथ पढ़ने के बजाय अब वह पढ़ता-पढ़ता ही सो जाता। दिन में भी बच्चों की पढ़ाई के बीच अवकाश मिलता तो वह अपनी उस प्रिय पुस्तक के साथ चट्टानों के बीच जा बैठता, जो उसके लिए आचरण की एकमात्र संहिता और उसके भावाकुल सपनों का विषय थी। उसके पृष्ठों में उसे एक साथ ही सुख, भाव-विभोरता और निराशा के क्षणों में सान्त्वना प्राप्त होती।

स्त्रियों के विषय में नेपोलियन के कुछेक कथनों से और साथ ही उसके राज्यकाल में लोकप्रिय कुछ उपन्यासों के गुण-दोषों के सम्बन्ध में चर्चा से जुलियें के मन में एकदम पहली बार कुछ ऐसे विचार आए जो उसकी आयु के नौजवानों के मन में बहुत पहले ही आ चुकते हैं।

फिर कड़ी गर्मी के दिन आ पहुँचे। अब उन्होंने घर के पास ही एक बड़े भारी नीबू के पेड़ के नीचे सन्ध्या बिताने का अभ्यास डाल लिया। वहाँ सचमुच बहुत अन्धकार-सा रहता था। एक दिन शाम को जुलियें महिलाओं की उपस्थिति में अपनी वाक्पटुता से प्रसन्न होता हुआ बड़े उत्साह से बातचीत कर रहा था। तभी जोश में बातचीत करते-करते बग़ीचे की रँगी हुई लकड़ी की एक कुर्सी पर मा. द रेनाल के हाथ से उसका हाथ छू गया।

मा. द रेनाल ने अपना हाथ जल्दी से हटा लिया; किन्तु जुलियें को अपना हाथ वहाँ से न हटाने का भाव दिखाना अपना कर्तव्य लगा। कर्तव्य पूरा करने के भाव और असफल होने पर हास्यास्पद अथवा हीन अनुभव करने की चेतना के कारण उसके हृदय में आनन्द का लेशमात्र भी न बचा।

9

देहात में एक साँझ

गुएरें का बनाया दीदो का चित्र : खूबसूरत स्केच है।

—स्त्रॉमबेक

अगले दिन सवेरे मा. द रेनाल से भेंट होने पर जुलियें ने विचित्र दृष्टि से उनकी ओर देखा। वह उन्हें ऐसे भाँपने की कोशिश कर रहा था जैसे किसी शत्रु की शक्ति का अनुमान लगा रहा हो। उसकी आँखों के भाव पिछले दिनों की तुलना में इतने भिन्न थे कि मा. द रेनाल अन्यमनस्क हो उठीं। उन्होंने तो उसके प्रति स्नेह-भाव ही दिखाया था, पर वह क्रुद्ध था; वह अपनी आँखें उसकी ओर से न हटा सकीं।

मा. देर्विल की उपस्थिति से जुलियें को बातचीत कम करने और अपने विचारों को मन-ही-मन मथते रहने का अधिक अवसर मिला। दिन-भर वह अपनी साहस देनेवाली अपूर्व पुस्तक को पढ़कर दृढ़ता प्राप्त करने के लिए उत्सुक रहता। उस दिन उसने बच्चों को और भी कम पढ़ाया। फिर जब मा. द रेनाल की उपस्थिति के कारण उसके विचार अपने आत्म-सम्मान की रक्षा के विचार पर केन्द्रित हो गए तो आज शाम को उनका हाथ न छोड़ने का उसने निश्चय कर लिया।

धीरे-धीरे सूरज डूबा और वह क्षण आ पहुँचा। जुलियें का हृदय अजीब तरह से धड़क रहा था। रात हो गई और बड़ी अँधियारी थी। इससे उसने ऐसी प्रसन्नता का अनुभव किया, मानो कोई बड़ा बोझ उसके सीने से हट गया हो ! आसमान घने काले बादलों से लदा हुआ था और लगता था कोई तूफ़ान आनेवाला है। दोनों महिलाएँ उस दिन बड़ी देर तक टहलती रहीं; बल्कि उस दिन उन दोनों का हर कार्य जुलियें को बड़ा विचित्र लगा। वे दोनों मौसम के आनन्द में बिल्कुल डूब गई थीं, जो कुछ सुकुमार और सूक्ष्म प्रवृत्ति के लोगों के लिए प्रेम के आनन्द को और भी बढ़ा देता है।

आख़िरकार सब लोग आकर बैठे। मा. द रेनाल जुलियें के पास बैठी थीं और मा. देर्विल अपनी सखी की बगल में। जुलियें अपने प्रस्तावित कार्य में उलझे होने के कारण चुप था। बातचीत जम नहीं रही थी।

अपने पहले द्वन्द्व-युद्ध के समय भी क्या मैं ऐसे ही काँपूँगा और इतना ही दुःखी अनुभव करूँगा ?—जुलियें ने मन-ही-मन सोचा। उसे अपने तथा दूसरों के ऊपर इतना अधिक अविश्वास था कि वह अपने मन की अवस्था से अपरिचित न रह सका। ऐसे मानसिक त्रास के क्षणों में कोई भी संकट उसे श्रेयस्कर जान पड़ता। वह बार-बार किसी-न-किसी काम से मा. द रेनाल के उठकर भीतर चले जाने की आशा करता। मन पर ऐसे भारी संयम के दबाव के कारण उसकी आवाज़ लड़खड़ा उठी थी। शीघ्र ही मा. द रेनाल की आवाज़ भी काँपने लगी, यद्यपि जुलियें का ध्यान उस ओर न था। इस समय उसके मन में कर्तव्य और संकोच के बीच ऐसा भीषण द्वन्द्व छिड़ा हुआ था कि अपने से बाहर किसी भी बात पर ध्यान देना उसके लिए सम्भव न था।

घर की घड़ी ने पौने दस का घंटा बजाया, पर वह अब भी कुछ करने का साहस न

जुटा पाया था। अपनी इस कायरता से खिन्न होकर जुलियें ने मन-ही-मन कहा, दस का घंटा बजते ही मैं या तो वह कार्य कर डालूँगा जिसका मैं आज दिनभर मन-ही-मन निश्चय करता रहा हूँ या मैं ऊपर अपने कमरे में जाकर अपने मस्तिष्क को उड़ा दूँगा।

व्यग्रतापूर्ण प्रतीक्षा के कुछेक अन्तिम क्षणों के पश्चात्, जिनमें जुलियें भावावेग की अतिशयता के कारण अपना आपा खो बैठा था, घड़ी ने ठीक उसके सिर के ऊपर दस का घंटा बजाया। घंटे की प्रत्येक घातक चोट उसके सीने के भीतर पड़ती और वह ऐसे काँप उठता जैसे उसके शरीर पर आघात लग रहा हो।

आख़िरकार जब दस का घंटा अभी गूँज ही रहा था, उसने अपना हाथ बढ़ाकर मा. द रेनाल का हाथ पकड़ लिया जिसे उन्होंने तुरन्त ही खींच लिया। बिना भलीभाँति सोचे-समझे जुलियें ने दूसरी बार फिर हाथ पकड़ा। स्वयं बहुत विचलित होने पर भी उस हाथ के बर्फ़ीले ठंडेपन से वह चौंक गया। वह उसे बहुत ज़ोर-ज़ोर से दबाने लगा। मा. द रेनाल ने एक बार फिर हाथ खींचने का प्रयत्न किया, पर अन्त में वह यों ही रहा आया।

जुलियें का हृदय आनन्द से उमड़ रहा था, मा. द रेनाल के प्रति प्रेम के कारण नहीं, बल्कि त्रास की उस भीषण अवस्था का अन्त होने के कारण। मा. देर्विल को कोई सन्देह न हो, इस विचार से उसे बातचीत शुरू करने के लिए बाध्य होना पड़ा। उस समय उसका कंठ-स्वर मधुर और सुदृढ़ था। इसके विपरीत मा. द रेनाल के स्वर की तीव्र भावाकुलता से उनकी सखी ने समझा कि वह कुछ अस्वस्थ हैं और इसलिए भीतर चलने का प्रस्ताव किया। जुलियें को इस प्रस्ताव से आशंका हुई। उसने सोचा कि यदि ये ड्राइंगरूम में चली गईं तो मेरी फिर वही अवस्था हो जाएगी जिसमें सारा दिन बीता है। यह हाथ अभी इतने कम समय तक मेरे हाथ में रहा है कि इसे लाभ या जीत नहीं माना जा सकता।

मा. देर्विल ने ड्राइंगरूम में चलने की बात दोहराई तो जुलियें ने अपने हाथ में पड़े हुए हाथ को और भी कसकर पकड़ लिया। मा. द रेनाल कुर्सी से उठते-उठते फिर बैठ गईं और बड़े क्षीण-से स्वर में बोलीं, "तबीयत ठीक तो नहीं है पर यहाँ की खुली हवा बहुत अच्छी लग रही है।"

ये शब्द सुनकर जुलियें के आनन्द की कोई सीमा न रही। वह बातचीत करने लगा और सब बहाने और अहंकार भूल गया। इस समय उसकी बात सुननेवाली दोनों महिलाओं को वह बहुत ही आकर्षक व्यक्ति जान पड़ा, तो भी उसकी इस सद्यःप्राप्त वाक्-पटुता के पीछे साहस की हलकी-सी कमी अभी मौजूद थी। उसे मा. देर्विल के भीतर चले जाने का बड़ा भारी डर लगा हुआ था क्योंकि हवा इतनी जोर से चल रही थी मानो तूफ़ान आनेवाला हो। तब वह मा. द रेनाल के साथ अकेला ही रह जाएगा। वह अपने भीतर एक प्रकार के ऐसे दिशाहीन साहस का अनुभव तो कर रहा था जो कुछ न कुछ कर बैठने के लिए पर्याप्त होता है, पर उनसे छोटी-से-छोटी बात कहना भी उस समय उसे अपनी सामर्थ्य के बाहर लग रहा था। शब्द चाहे जितने मीठे हों पर यदि उन्होंने झिड़क दिया तो पराजय उसकी अवश्य हो जाएगी और जो लाभ अभी-अभी उसने प्राप्त किया था, वह पूरी तरह उससे छिन जाएगा।

सौभाग्यवश उस दिन उसकी बातचीत के उत्साहपूर्ण ओजस्वी स्वर ने मा. देर्विल को बड़ा प्रभावित कर दिया था। वे साधारणतः उसे थोड़ा नीरस समझती थीं और उसके व्यवहार में बालकों जैसी अचकचाहट अनुभव करती थीं। मा. द रेनाल तो अपना हाथ जुलियें की मुट्ठी में होने के कारण और कुछ सोच ही न पा रही थीं; यही बहुत था कि वह जीवित

थीं। उस ऊँचे विशाल नीबू के वृक्ष के बारे में यह किंवदन्ती थी कि साहसी चार्ल्स ने उसे वहाँ लगाया था, उसके नीचे बीतनेवाले ये घंटे उनके लिए बड़े सुख के क्षण थे। वह हर्ष के अतिरेक में डूब नीबू के घने झुरमुटों में हवा की कराह को तथा निचली पत्तियों पर गिरती हुई इक्की-दुक्की मेंह की बूँदों के शब्द को सुनती रहीं।

जुलियें ने एक बात पर ध्यान नहीं दिया जिससे उसे कुछ आश्वासन मिलता। हवा से उन लोगों के पैरों के पास एक फूलदान उलट गया था। मा. द रेनाल जब उसे उठाने के लिए अपनी सखी की सहायता करने उठीं तो उन्हें अपना हाथ खींच लेना पड़ा; किन्तु बैठते ही उन्होंने अपना हाथ फिर इतनी आसानी से जुलियें को पकड़ा दिया मानो यह कोई पहले से निश्चित बात हो।

आधी रात बीते देर हो चुकी थी; आख़िरकार उन लोगों को बग़ीचे से उठकर रातभर के लिए विदा लेनी पड़ी। मा. द रेनाल प्रेम के उस सुख में पूरी तरह डूब गई थीं। उन्हें ऐसी बातों का इतना कम अनुभव था कि इसे लेकर उनके मन में कोई ग्लानि का भाव न उत्पन्न हुआ, बल्कि सुख के कारण उन्हें नींद न आई; किन्तु जुलियें बिल्कुल घोड़े बेचकर सोया। सारा दिन हृदय के भीतर भीरुता और अपमान के बीच चलनेवाले संघर्ष से वह पूरी तरह क्लान्त हो गया था।

सवेरे पाँच बजे उसकी आँख खुली। उस समय उसके मन में मा. द रेनाल का ध्यान तक न था। उन्हें इस बात का पता लगता तो कैसी तीव्र निराशा उन्हें होती ! जुलियें के मन में केवल एक ही विचार था कि उसने अपना 'कर्तव्य', 'वीरतापूर्ण कर्तव्य' पूरा कर डाला है। इस विचार से उसका मन आनन्द से भरपूर था। अपने कमरे को भीतर से बन्द करके और एक सम्पूर्णतः नई प्रसन्नता के साथ वह अपने प्रिय नायक की वीरता के विवरण पढ़ने में डूब गया।

दोपहर के भोजन की घंटी बजी तो उस समय तक नेपोलियन की सेना के बुलेटिन पढ़ते-पढ़ते वह पिछली रात अपनी विजय की बात पूरी तरह भूल चुका था। नीचे ड्राइंग-रूम की ओर जाते-जाते उसने बड़े हलके भाव से मन-ही-मन सोचा कि अब इन महिला से कह देना चाहिए कि मैं तुमसे प्रेम करता हूँ।

किन्तु उन भावसंकुल आँखों की बजाय उसका सामना म. द रेनाल की कठोर मुद्रा से हुआ जो केवल दो घंटे पहले ही वेरियेर से लौटे थे। उन्होंने इस बात पर अपने असन्तोष को छिपाया नहीं कि सवेरे इतनी देर तक बच्चों की चिन्ता किए बिना ही जुलियें किसी और काम में व्यस्त था। यह महापुरुष जब क्रुद्ध होते और अपने क्रोध को प्रगट करना आवश्यक समझते तो उनका रूप बहुत ही बीभत्स हो जाता था।

पति का हर तीखा कड़वा शब्द मा. द रेनाल के हृदय में तीर-सा चुभा। जहाँ तक जुलियें का प्रश्न है, वह तो भावातिरेक में इतना डूबा हुआ था, पिछले कुछेक घंटों से अपनी आँखों के आगे होनेवाली बड़ी-बड़ी घटनाओं में इतना खोया हुआ था कि म. द रेनाल के कठोर शब्दों पर उसका ध्यान ही नहीं जा सका था। अन्त में उसने बड़े संक्षिप्त भाव से उत्तर दिया, "मेरी तबीयत ठीक नहीं थी।"

उसके उत्तर के स्वर से तो वेरियेर के मेयर की अपेक्षा कहीं कम क्रुद्ध व्यक्ति भी भड़क उठता। पलभर को उन्होंने महसूस किया कि उसे इसी क्षण जवाब दे दें। बस, यही सोचकर उन्होंने संयम किया कि काम-काज के मामले में कभी जल्दबाजी नहीं करनी चाहिए।

तुरन्त ही उनके मन में विचार आया कि इस मूर्ख नौजवान ने उनके यहाँ काम करके थोड़ी-सी ख्याति अर्जित कर ली है। निकालते ही कहीं वह वालनो ही उसे रख ले अथवा वह शायद एलिजा से विवाह ही कर ले। जो भी हो, हर हालत में वह यही समझेगा कि कैसा बेवकूफ बनाया।

इन सब समझदारी के विचारों के बावजूद म. द रेनाल की अप्रसन्नता उनकी गाली-गुफ्ता में तो प्रगट हुई ही, जिससे धीरे-धीरे जुलियें की खीज बढ़ती गई। मा. द रेनाल तो जैसे आँसुओं में घुली जा रही थीं। भोजन खत्म होते न होते उन्होंने जुलियें से घूमने चलने का प्रस्ताव किया। वह बड़े घनिष्ठ भाव से उसके हाथ का सहारा लिए हुए चलती रहीं, पर उनकी सारी बातों के उत्तर में जुलियें ने सिर्फ इतना ही कहा, ''सब अमीर लोग ऐसे ही होते हैं।''

म. द रेनाल भी उनके बहुत समीप ही चल रहे थे और उनकी उपस्थिति से जुलियें का क्रोध और भी भड़क उठा था। एकाएक उसने देखा कि मा. द रेनाल उसकी बाँह पर एक बहुत ही विशेष भाव से झुकी हुई हैं। उनके इस काम से वह एकाएक चौंक पड़ा। उसने कुछ झटके के साथ उन्हें दूर धकेल दिया और अपनी बाँह छुड़ा ली।

सौभाग्यवश म. द रेनाल ने उसकी यह नई धृष्टता नहीं देखी जिस पर केवल मा. देर्विल का ही ध्यान गया था। मा. द रेनाल की तो आँखें आँसुओं से भर आई थीं। म. द रेनाल इस समय उस छोटे किसान लड़के को पत्थर मारकर खदेड़ने के काम में लगे हुए थे जो अनधिकार रूप से वहाँ घुस आया था और बग़ीचे के एक कोने को पार करके निकलने की कोशिश कर रहा था।

''म. जुलिये,'' मा. देर्विल ने जल्दी से कहा, ''भगवान के लिए कुछ तो अपने-आप पर काबू रखिए। गुस्सा सबको आता है।''

जुलियें ने ऐसी भावहीन दृष्टि से उनकी ओर देखा जिसमें तीव्रतम घृणा प्रगट होती थी। उस दृष्टि से मा. देर्विल बड़ी चकित हुईं। यदि वह उसका सही भाव भी समझ पातीं तो शायद कहीं अधिक चकित होतीं। उन्हें उस दृष्टि में एक बड़े भयंकर प्रतिशोध की धुँधली-सी आशा के चिह्न दिखाई पड़ते। इसमें कोई सन्देह नहीं कि रोबस्प्येर जैसे व्यक्ति अपमान के ऐसे क्षणों द्वारा ही बनते हैं।

''तुम्हारा यह जुलियें तो बड़ा उद्दंड है। मुझे तो उससे डर लगता है।'' मा. देर्विल ने अपनी सखी के कान में कहा।

सखी ने उत्तर दिया, ''उसका नाराज़ होना भी ठीक है। उसके आने के बाद से बच्चों ने इतनी उन्नति की है कि अगर एक दिन सवेरे उसने न भी पढ़ाया तो इसमें क्या बुराई हुई ? पुरुष बड़े कठोर होते हैं, यह तो तुम भी मानोगी।''

जीवन में पहली बार मा. द रेनाल के मन में अपने पति से कुछ बदला लेने की इच्छा हुई। जुलियें के हृदय में अमीरों के प्रति उमड़ती हुई घृणा बड़ी तीव्रता से फूटनेवाली ही थी कि सौभाग्यवश उसी समय म. द रेनाल माली को बुलाकर उस रास्ते को झाड़ियों द्वारा बन्द करने का आदेश देने में लग गए और ठहर गए। बाकी भ्रमण में अपने प्रति मैत्रीपूर्ण व्यवहार के किसी प्रदर्शन के उत्तर में जुलियें एक भी शब्द न बोला। म. द रेनाल के जाते ही दोनों सखियों ने कहा कि वे थक गई हैं और दोनों ने उसकी एक-एक बाँह का सहारा ले लिया।

जुलियें के चेहरे की उद्धत विवर्णता और दुर्विनीत रुक्षता उसके दोनों ओर चलनेवाली महिलाओं के भाव की तुलना में बड़ी विचित्र लग रही थी। उन दोनों के गाल क्लेश से लाल

हो उठे थे और उनके मुख पर एक प्रकार की व्यग्रता के भाव थे। जुलियें के हृदय में इस समय इन दोनों स्त्रियों और उनके सब सुकुमार भावों के लिए केवल घृणा ही उमड़ रही थी।

क्या अपनी पढ़ाई खतम करने के लिए मेरे पास पाँच सौ फ्रैंक भी नहीं हैं ? आह ! नहीं तो सब मिजाज ठीक कर देता। वह मन-ही-मन सोच रहा था।

ऐसे कठोर विचारों में डूबे रहने के कारण दोनों सखियों के स्नेहपूर्ण शब्दों का जो थोड़ा-बहुत अर्थ उसकी समझ में आया, उससे वह और भी कुपित ही हुआ। उसे लगा कि वे अर्थशून्य, मूर्खतापूर्ण, असमर्थताजन्य—संक्षेप में स्त्रियोचित ही हैं।

मा. द रेनाल बातचीत जारी रखने के उद्‌देश्य से ही कुछ न कुछ कहे जा रही थीं। उन्होंने बताया कि उनके पति वेरियेर से अभी एक किसान से मकई का भूसा खरीदने के लिए लौटे हैं। इस इलाके में मकई के भूसे को गद्‌दों में भरा जाता है।

मा. द रेनाल ने आगे कहा, "अब वह हमारे साथ घूमने के लिए न आ सकेंगे। उन्हें माली और नौकरों को साथ लेकर घर के सब गद्‌दे भरवाने हैं। आज सवेरे उन्होंने पहली मंज़िल के सब गद्‌दे भरवा दिए। अब इस समय दूसरी मंज़िल पर काम हो रहा है।"

जुलियें के चेहरे का रंग उड़ गया। उसने अजीब दृष्टि से मा. द रेनाल की ओर देखा और कुछ चाल बढ़ाकर उन्हें एक तरफ़ खींच लिया। मा. देर्विल ने भी उन्हें रोका नहीं।

"मेरी जान बचाइए," उसने मा. द रेनाल से कहा, "आप ही इस समय मेरी सहायता कर सकती हैं क्योंकि आप तो जानती ही हैं कि म. द रेनाल के निजी नौकर मेरे कट्‌टर दुश्मन हैं। मैडम, आपसे मैं कुछ न छिपाऊँगा। मैंने एक तस्वीर अपने पलंग के गद्‌दे में छिपा रखी है।"

ये शब्द सुनते ही मा. द रेनाल का चेहरा उतर गया।

"मैडम, इस समय केवल आप ही मेरे सोने के कमरे में जा सकती हैं। खिड़की के पास वाले कोने पर गद्‌दे में हाथ डालिएगा, मगर सुनिए, कोई देखने न पाए। वहाँ आपको छोटा-सा चमकदार काला डिब्बा मिलेगा।"

"उसमें तस्वीर है ?" मा. द रेनाल ने पूछा। भावावेग से वह सीधी खड़ी नहीं हो पा रही थीं।

"मैडम, मैं आपसे एक और दया चाहता हूँ। मेरी आपसे प्रार्थना है कि आप भी इस तस्वीर को न देखें। उसमें मेरा एक रहस्य छिपा है।"

"रहस्य !" मा. द रेनाल ने अत्यन्त क्षीण स्वर में दोहराया।

उनका लालन-पालन धन का घमंड करनेवाले और केवल रुपए-पैसे की बात सोचने वाले लोगों के बीच ही होने पर भी प्रेम ने उनके हृदय में उदारता के लिए स्थान बना दिया था। निर्मम रूप से आहत होने पर भी विशुद्ध आत्मोत्सर्ग के स्वर में उन्होंने इस काम को पूरा करने के लिए सारे आवश्यक प्रश्न जुलियें से पूछ लिए।

"छोटा-सा काला और बहुत चमकदार डिब्बा ही है न ?" जाते-जाते उन्होंने पूछा।

"हाँ मैडम," जुलियें ने ऐसे रूखे स्वर में उत्तर दिया जो विपत्ति के समय पुरुषों में स्वाभाविक हो जाता है।

भवन की दूसरी मंज़िल की ओर जाते-जाते मा. द रेनाल का मुख इतना पीला हो गया था मानो कोई अभियुक्त फाँसी के तख़्ते की ओर जा रहा हो। उनकी यातना बढ़ाने के लिए उसी समय उन्हें यह भी लगा जैसे वह अचेत होनेवाली हैं, किन्तु जुलियें की सहायता के

विचार ने उन्हें शक्ति दी। उन्होंने मन-ही-मन कहा कि वह बक्स किसी-न-किसी तरह पाना ही होगा और जल्दी-जल्दी अपने कदम बढ़ाए।

ऊपर पहुँचकर उन्होंने सुना कि उनके पति अपने निजी नौकर से ठीक जुलियें के कमरे में ही बातें कर रहे हैं। सौभाग्यवश वह तभी बच्चों के कमरे में चले गए। मा. द रेनाल ने इतनी जोर से अपना हाथ गद्दे के नीचे डाला कि उनकी उँगली छिल गई। स्वभाव से ही वह इस प्रकार की पीड़ा से बहुत विचलित हो जाती थीं; किन्तु इस समय उन्हें इसका कोई ध्यान न आया क्योंकि ठीक उसी क्षण उनके हाथ में डिब्बे की चिकनी चमकीली सतह का स्पर्श हुआ। वह उसे उठाकर झट से बाहर निकल आईं।

अभी तक उनके मन में एकमात्र भाव यह था कि कहीं उनके पति न देख लें; किन्तु इस भय से मुक्त होते ही डिब्बे को अपने हाथ में देखकर उनकी ऐसी अवस्था हो आई मानो अभी-अभी मूर्च्छित हो जाएँगी। वह सोचने लगीं, तो जुलियें किसी और से प्रेम करता है और मैं यहाँ उस स्त्री का चित्र हाथ में लिये बैठी हूँ !

कमरे के बाहर की ड्योढ़ी में एक कुर्सी पर बैठी हुई मा. द रेनाल ईर्ष्या की सारी यातनाएँ अनुभव कर रही थीं; किन्तु इस समय भी अनुभव के नितान्त अभाव ने उनकी सहायता की, विस्मय ने उनके दुःख को हल्का कर दिया। जुलियें भीतर आया और धन्यवाद का एक शब्द भी कहे बिना, बल्कि कुछ भी बोले बिना ही, उसने झपटकर डिब्बा छीन लिया और अपने कमरे में चला गया, जहाँ उसने डिब्बे को जला डाला। उसका चेहरा पीला पड़ गया था और वह बिल्कुल त्रस्त था। वास्तव में वह उस विपत्ति को भी, जो अभी-अभी उसके सिर से टली थी, अनावश्यक रूप से बढ़ा-चढ़ाकर देख रहा था।

उसने अपने सिर को झटका देते हुए मन-ही-मन सोचा यदि नेपोलियन का चित्र ऐसे आदमी के कमरे में छिपा हुआ मिल जाता जिसने उस शैतान से इतनी घृणा करने का ऐलान कर रखा हो, और वह भी म. द रेनाल को जो नेपोलियन के इतने घोर कट्टर विरोधी हैं और मुझसे इतने नाराज़ हैं, तो क्या होता ? और मूर्खता की चरम सीमा यह थी कि चित्र के पीछे सफेद पट्ठे पर मैंने अपने हाथ से कुछ पंक्तियाँ भी लिख रखी थीं; बल्कि इन समस्त उद्गारों के नीचे तारीख़ें भी पड़ी थीं जिनमें से कुछेक तो दो-एक दिन पहले की ही थीं। क्षण-भर में मेरी सारी प्रतिष्ठा धूल में मिल जाती। डिब्बे को जलता देखकर वह यही सोचता बैठा रहा। मेरी प्रतिष्ठा ही तो मेरी सारी पूँजी है, मेरा सारा जीवन है—यद्यपि हे भगवान, कैसा जीवन है !

एक घंटे बाद थकान और आत्मग्लानि ने उसके हृदय को बहुत ही कोमल कर दिया। जब उसकी मा. द रेनाल से भेंट हुई तो उसने उनका हाथ लेकर उसे ऐसी निश्छलता से चूमा जैसा उसने पहले कभी न किया था। पलभर को उनका मुख हर्ष से लाल हो गया किन्तु उसी क्षण उन्होंने अपने ईर्ष्याजन्य क्रोध में जुलियें को अपने से दूर हटा दिया। जुलियें अपने सद्यःआहत अभिमान के कारण हतबुद्धि-सा रह गया। मा. द रेनाल में उसे केवल एक धनी महिला ही दिखाई पड़ी।

उसने तिरस्कार के भाव से उनका हाथ छोड़ दिया और दूसरी ओर चला गया। वह सोच में डूबा हुआ बाग में जाकर टहलता रहा और शीघ्र ही एक तीखी कड़वी मुस्कान उसके होंठों पर छा गई। मैं यहाँ ऐसे मज़े से टहल रहा हूँ मानो अपने समय का मैं आप मालिक हूँ। बच्चों की कोई चिन्ता नहीं करता। म. द रेनाल को अब अपनी अपमानजनक बातों के लिए

यथेष्ट कारण मिल जाएगा।

इन विचारों से आक्रान्त होकर वह जल्दी से बच्चों के कमरे की तरफ चल दिया। सबसे छोटे बालक से उसे बहुत स्नेह था। उसे थोड़ा-सा दुलार करके उसकी त्रासदायक पीड़ा कुछ हल्की हुई। जुलियें सोचने लगा कि ये नन्हें बालक अभी मुझसे घृणा नहीं करते; किन्तु शीघ्र ही वह अपनी पीड़ा इस भाँति कम हो जाने के लिए अपनी भर्त्सना करने लगा मानो यह भी कोई बड़ी भारी कमज़ोरी हो। उसने मन-ही-मन कहा कि ये बच्चे मेरे साथ वैसा ही स्नेह का व्यवहार करते हैं जैसे वह कल ही आए हुए छोटे पिल्ले के साथ करते होंगे।

10
उच्च हृदय और क्षुद्र सम्पत्ति

भावावेग कितना भी छुपाए, भेद खोल देता है, अपने स्याहपन से भी;
जैसे आसमान का कालापन पता देता है भारी तूफान का।

–डॉन जुआन से

म. द रेनाल एक के बाद एक कमरा देखते हुए अन्त में फिर बच्चों के कमरे में आए। उनके साथ और नौकर भी थे जो गद्दे उठाकर ले जा रहे थे। उनके अचानक प्रवेश से जुलियें का रहा-सहा संयम भी जाता रहा। विवर्ण और सदा से अधिक क्षुब्ध भाव से वह झपटकर उनके सामने पहुँचा। म. द रेनाल एकदम निश्चल खड़े थे और अपने नौकरों की ओर देख रहे थे।

"महोदय," जुलियें ने कहा, "क्या आप सोचते हैं कि मेरे सिवाय किसी अन्य शिक्षक के हाथों आपके बच्चे इतनी उन्नति करते ? यदि नहीं," म. द रेनाल को उत्तर का अवसर दिए बिना ही वह आगे कहता गया, "तो फिर आपको यह शिकायत कैसे हुई कि मैं उनकी उपेक्षा करता हूँ ?"

म. द रेनाल पलभर के लिए भयभीत हो गए, फिर अपने आपको सम्हालते हुए इस किसान युवक के विचित्र स्वर से उन्होंने यह निष्कर्ष निकाला कि अवश्य ही कोई अधिक लाभदायक प्रस्ताव मिलने के कारण यह हमें छोड़कर जाना चाहता है।

जुलियें का क्रोध बोलने के साथ-साथ बढ़ता जा रहा था। उसने कहा, "मैं आपकी सहायता के बिना भी जीवित रह सकता हूँ, महोदय !"

"आपको इतना परेशान देखकर मुझे बड़ा दुःख है," म. द रेनाल ने कुछ-कुछ हकलाते हुए कहा। नौकर कोई दस फीट की दूरी पर बिस्तर ठीक करने में लगे हुए थे।

"मैं यह माँग नहीं कर रहा हूँ, महोदय," जुलियें ने क्रोध से आपा खोते हुए कहा, "ज़रा अपनी कही हुई उन लज्जाजनक बातों को याद कीजिए और वह भी महिलाओं के सामने !"

जुलियें की माँग म. द रेनाल की स्पष्ट समझ में आ गई और उनका मन दो परस्पर विरोधी विचारों के संघर्ष में खिंचने लगा। जुलियें ने क्रोध से लगभग विक्षिप्त होकर कह दिया था, "मैं जानता हूँ, महोदय, कि आपका घर छोड़ने के बाद मुझे कहाँ जाना होगा।"

यह सुनते ही जुलियें के म. वालनो के घर प्रतिष्ठित होने का चित्र म. द रेनाल की

आँखों के आगे नाच गया। उन्होंने एक लम्बी साँस लेते हुए कुछ ऐसी मुद्रा से, मानो किसी डॉक्टर को अत्यन्त कष्टदायक चीरफाड़ के लिए बुलाया जा रहा हो, कहा, "अच्छी बात है, तो आप जो चाहते हैं वही मिलेगा। परसों पहली तारीख है। उस दिन से आपका वेतन पचास फ्रैंक प्रतिमास हो जाएगा।"

जुलियें एकदम अवाक् स्तम्भित रह गया। उसे बड़े ज़ोर से हँसने की इच्छा हुई। उसका सारा क्रोध हवा में उड़ चुका था। वह सोचने लगा कि अभी तक मैं इस दुष्ट से यथोचित घृणा नहीं कर पाया हूँ। निस्सन्देह एक ओछे मन के लिए इससे बड़ी क्षमा-याचना और कोई नहीं हो सकती।

बच्चे मुँह फाड़े इस दृश्य को देख रहे थे। वे तुरन्त दौड़कर बग़ीचे में अपनी माँ से कहने जा पहुँचे कि म. जुलियें बहुत नाराज़ हैं, पर अब उनको पचास फ्रैंक वेतन मिलनेवाला है। अभ्यासवश जुलियें भी उनके पीछे-पीछे चला गया। जाते समय उसने म. द रेनाल पर, जो बहुत ही दुखी भाव से वहाँ खड़े थे, एक नज़र भी नहीं डाली।

मेयर सोच रहे थे कि म. वालनो के कारण मुझे एक सौ साठ फ्रैंक की चपत पड़ गई। सचमुच अब उनसे अनाथाश्रम के ठेके के सम्बन्ध में दो टूक बात कर लेना ज़रूरी हो गया है। पलभर बाद जुलियें फिर मेयर के सामने मौजूद था। वह बोला, "मुझे म. शेलाँ से एक धार्मिक विषय में परामर्श लेना है। मैं आपको यह सूचित करने आया हूँ कि मैं कुछेक घंटे के लिए अनुपस्थित रहूँगा।"

"अरे भाई जुलियें," म. द रेनाल ने बनावटी हँसी हँसते हुए कहा, "चाहो तो दिनभर की या एक दिन की और भी छुट्टी ले लो। वेरियेर जाने के लिए माली का घोड़ा लेते जाना।"

म. द रेनाल मन-ही-मन सोचने लगे कि अब वालनो को जवाब देने जा रहा है। यह ठीक है। अभी वचन नहीं दिया है, पर नौजवान आदमी का गुस्सा अपने आप उतर जाए, यही ठीक है।

जुलियें जल्दी ही चल पड़ा और वेर्जि से वेरियेर के रास्ते में पड़नेवाले घने जंगलों की ओर बढ़ गया। वह म. शेलाँ के घर पर बहुत जल्दी नहीं पहुँचना चाहता था। इस बार कोई झूठा ढोंग-भरा आडम्बर रचने की इच्छा भी उसकी नहीं थी। इसके विपरीत वह अपने हृदय को स्पष्ट रूप से देखने और मन को उद्वेलित करनेवाले अपने सारे भावों को एक बार समझ लेने की आवश्यकता अनुभव कर रहा था।

जैसे ही जंगल में पहुँचकर उसने अपने-आपको दूसरे लोगों की नज़रों से दूर तथा अकेला अनुभव किया, वह मन-ही-मन कह उठा कि मैंने एक रण में विजय प्राप्त की है। सचमुच रण में विजय पाई है, यह विचार आते ही सारी परिस्थिति उसे कहीं अधिक सुहावनी लगने लगी और उसके मन की शान्ति बहुत कुछ लौट आई। वह सोचने लगा तो अब मेरा वेतन पचास फ्रैंक हो गया है। म. द रेनाल सचमुच ही बहुत डरे होंगे, पर किस कारण ?

जिस सौभाग्यवान और प्रभावशाली व्यक्ति के विरुद्ध एक घंटे पहले उसका हृदय क्रोध से उबल रहा था, उसे भयभीत करनेवाले कारणों को सोचते-सोचते उसका मन पूरी तरह शान्त हो गया। पलभर के लिए उसका ध्यान अपने चारों ओर के जंगल की मनोरमता की ओर लौट आया। बहुत दिनों पहले बड़े-बड़े नंगे पत्थर पहाड़ से लुढ़ककर जंगल के बीच आ पड़े थे। चट्टानों जैसे ही ऊँचे लम्बे बीच-वृक्ष अपनी छाया से उस स्थान को अत्यन्त अपूर्व अम्लानता प्रदान कर रहे थे जहाँ केवल तीन फीट दूरी पर ही धूप की तेजी के कारण ठहरना

असम्भव हो जाता।

जुलियें पलभर इन बड़ी-बड़ी चट्टानों के बीच साँस लेने के लिए रुका और फिर आगे बढ़ने लगा। शीघ्र ही एक पतली धुँधली पगडंडी पर चलकर वह एक बड़ी भारी चट्टान के ऊपर जा पहुँचा जहाँ किसी दूसरे व्यक्ति के आने की कोई सम्भावना न थी। इस भौतिक एकान्त की परिस्थिति से उसके मुख पर एक मुस्कान आ गई। ऐसी ही परिस्थिति वह अपने नैतिक क्षेत्र में प्राप्त करने को व्यग्र था। इन ऊँचे-ऊँचे पहाड़ों की निर्मल हवा ने उसके हृदय को एक प्रकार की शान्ति से, बल्कि आनन्द से भर दिया। वेरियेर का मेयर उसकी दृष्टि में अब भी संसार के सभी धनी और पदोन्मत्त व्यक्तियों का प्रतिनिधि था; किन्तु जुलियें को लगा कि हाल ही में जिस घृणा के भाव ने उसे इस प्रकार झकझोर दिया था, उसकी अभिव्यक्ति की सारी तीव्रता के बावजूद उसमें कोई व्यक्तिगत बात नहीं थी। यदि म. द रेनाल से उसका मिलन बन्द हो जाए तो सप्ताह-भर में ही वह उन्हें, उनके विशाल भवन को, उनके गद्दों, उनके बच्चों और उनकी सारी गृहस्थी को एकदम भूल जाएगा। वह सोचने लगा कि न जाने कैसे मैं उन्हें इतना भारी त्याग करने को बाध्य कर सका। क्या साल-भर में पचास क्राउन से भी अधिक ? और उसके पलभर पहले ही मैं उस भयानक संकट से निकला था। एक ही दिन में दो-दो बार विजय ! दूसरी विजय में योग्यता का प्रश्न नहीं—पर यह जानना जरूरी है कि यह हुआ क्यों और कैसे ! शायद कल का समय ऐसी नीरस शोध के लिए पर्याप्त होगा।

उस बड़ी भारी चट्टान के ऊपर खड़े होकर जुलियें ने अगस्त के सूरज की किरणों से प्रज्वलित आकाश को देखा। चट्टान के नीचे वनस्थली में पक्षी चहचहा रहे थे; उनके थमते ही चारों ओर गहन स्तब्धता छा गई। उसके चरणों के तले मीलों तक धरती फैली थी। बीच-बीच में उसकी दृष्टि एक बाज़ पर पड़ जाती जो उसके सिर से ऊपर ऊँची चट्टानों से उड़कर चुपचाप बड़े-बड़े चक्कर काट रहा था। जुलियें की दृष्टि यन्त्रवत् उस शिकारी पक्षी का अनुसरण कर रही थी। उसकी सशक्त किन्तु अक्षुब्ध गतिविधि उसे बड़ी अद्भुत जान पड़ी; उस शान्ति से, उस परम एकान्त से उसे बड़ी ईर्ष्या हुई।

नेपोलियन की नियति ऐसी ही थी—क्या एक दिन उसकी भी ऐसी ही होगी ?

11
एक शाम

जूलिया का ठंडापन भी था भला-सा और उसका छोटा-सा नाजुक हाथ काँपा
जरा-सा खिंच गया वापस प्रेमी के हाथ से, पर छोड़ गया हल्का-सा दबाव,
रोमांचक, और इतना स्निग्ध और कोमल, इतना कोमल कि मन को लगा कहीं
ये शुबहा तो नहीं।

—**डॉन जुआन** से

किन्तु जुलियें को वेरियेर में शक्ल दिखाना तो आवश्यक ही था। क्यूरे के घर से निकलते समय संयोगवश उसकी भेंट म. वालनो से हो गई जिन्हें उसने शीघ्रतापूर्वक अपनी वेतन-वृद्धि

की बात सुना दी।

वेर्जि लौटने पर जुलियें शाम को अँधेरा होने तक बग़ीचे में नहीं गया। दिनभर जिन प्रबल भावावेगों के थपेड़े उसने सहे थे, उनसे उसका मन पूरी तरह क्लान्त था। महिलाओं को याद करके वह सोचने लगा कि उनसे मैं क्या कहूँगा। उसके लिए यह बात समझना कठिन था कि उसकी वर्तमान मानसिक स्थिति उन छोटी-मोटी बातों को ग्रहण करने के लिए सर्वथा अनुकूल है जिनमें साधारणतः स्त्रियों की दिलचस्पी हुआ करती है। प्रायः जुलियें की बातें मा. देर्विल और उनकी सखी तक को दुर्बोध जान पड़ती थीं तथा इसी प्रकार वह भी उनकी बातें आधी-आधी ही समझ पाता था। यह प्रभाव उस तीव्रता का, बल्कि उन प्रबल भावावेगों की गरिमा का था जो इस महत्त्वाकांक्षी नवयुवक के मन को निरन्तर झकझोरती रहती थीं। ऐसे असाधारण व्यक्तित्व के लिए हर रोज़ ही मौसम तूफानी रहता था।

उस दिन शाम को बग़ीचे में आने पर जुलियें उन दोनों सुन्दर युवतियों के विचारों में रुचि लेने के लिए सर्वथा तत्पर था। वे भी बड़ी अधीरता से उसकी प्रतीक्षा कर रही थीं। वह अपने सदा के स्थान पर मा. द रेनाल की बगल में बैठ गया। जल्दी ही अँधेरा घिर आया और उसने उस गोरे हाथ को पकड़ना चाहा जो बहुत देर से पास की एक कुर्सी की पीठ पर रखा था। पर जैसे ही उसने हाथ छुआ, उसे लगा कि कुछ संकोच के बाद उसे थोड़े-से क्षोभ के भाव से खींच लिया गया है। जुलियें इसके लिए तैयार था कि बात को वहीं छोड़ दे और हँसी-खुशी बातचीत करता रहे, पर तभी उसने म. द रेनाल के आने की आहट सुनी।

उस दिन सवेरे की अपमानजनक बातें अभी तक जुलियें के कानों में गूँज रही थीं। वह सोचने लगा कि धन-दौलत से ऊपर तक लदे हुए इस व्यक्ति के प्रति अपने अनादर के भाव को प्रकट करने का इससे अच्छा उपाय और क्या होगा कि मैं उसकी पत्नी का हाथ स्वयं उसकी ही उपस्थिति में पकड़ लूँ। हाँ, यही करूँगा–मैं, जिसके साथ ऐसा तिरस्कारपूर्ण व्यवहार किया गया है।

उस क्षण से उसकी सारी शान्ति, जो वैसे ही उसके स्वभाव के विशेष अनुकूल न थी, पूरी तरह जाती रही। किसी प्रकार मा. द रेनाल का हाथ पकड़ने की व्यग्रतापूर्ण इच्छा के अतिरिक्त और कुछ भी सोचना उसके लिए असम्भव हो गया।

म. द रेनाल बड़े क्रुद्ध भाव से राजनीति की बातें कर रहे थे। वेरियेर के दो-तीन अन्य उद्योगपति, निश्चित रूप से उनसे अधिक धनी हुए जा रहे थे और चुनाव में उनका म. द रेनाल के विरुद्ध खड़े होने का इरादा था। मा. देर्विल उनकी बातचीत सुन रही थीं। जुलियें ने इस बातचीत से चिढ़कर अपनी कुर्सी मा. द रेनाल के और समीप खिसका ली। अँधेरे में उसकी गतिविधि किसी को दिखाई भी न पड़ी। फिर उसने उस खुली हुई सुन्दर बाँह के बहुत समीप अपना हाथ रख दिया। वह बहुत उत्तेजित हो उठा था और उसका मन उसके वश में नहीं था। उसने अपने गाल उस सुडौल बाँह के एकदम समीप रख दिए और उसे अपने होंठों से छूने का भी प्रयत्न करने लगा।

मा. द रेनाल काँप उठीं। उनके पति केवल चार फीट की दूरी पर बैठे थे। उन्होंने जल्दी से अपना हाथ जुलियें को दे दिया और साथ ही उसे अपने पास से थोड़ी दूर भी खिसका दिया। जिस समय म. द रेनाल अचानक ही अमीर बन जानेवाले छोटे लोगों की तथा विशेष कर जैकोबिन पंथियों की तीव्र निन्दा कर रहे थे, उस समय जुलियें अपने हाथ में पड़े हाथ को उत्कट चुम्बनों से भरे दे रहा था, कम-से-कम मा. द रेनाल को ऐसा ही लगा था। यद्यपि

उस बेचारी महिला को उसी दिन इस बात का प्रमाण मिला था कि जिस व्यक्ति की वह इस तरह से अनजाने में ही पूजा करने लगी हैं, वह किसी और से प्रेम करता है। जुलियें की अनुपस्थिति में वह बहुत ही दुःखी थीं और इसने उन्हें बहुत कुछ सोचने को बाध्य कर दिया था।

क्यों ? वह मन-ही-मन सोचने लगीं। क्या मैं उससे प्रेम करने लगी हूँ ? उसके लिए प्रेम का अनुभव कर सकती हूँ ? क्या मैं विवाहित होकर भी प्रेम में पड़ सकती हूँ ? किन्तु तो भी मैंने अपने पति के लिए कभी ऐसा अज्ञात अपरिचित आवेग अनुभव नहीं किया जैसा आजकल करती हूँ, जिसके कारण जुलियें को पलभर के लिए भी भूलना असम्भव हो उठा है। कुल मिलाकर वह बालक ही तो है जो मुझे आदर की दृष्टि से देखता है। अवश्य ही यह मेरी क्षणिक मूर्खता मात्र है। मेरे पति के लिए इसका क्या महत्त्व कि इस नौजवान के प्रति मेरे मन में कैसे भाव हैं ? म. द रेनाल तो जुलियें के साथ मेरी जमीन-आसमान के कुलाबे मिलानेवाली बातें सुनकर उकता ही जाएँगे। वह स्वयं तो केवल अपने व्यवसाय के बारे में ही सोचते रहते हैं। मैं तो उनकी कोई चीज़ उनसे छीनकर जुलियें को नहीं दे रही हूँ।

आज तक सर्वथा अपरिचित भावावेग से विचलित होनेवाले भोले मन की निर्मलता को कलंकित करने के लिए कोई पाखंड इस विचारधारा में न था। यदि वह अपने-आपको धोखा दे भी रही थीं तो पूरी तरह अनजाने में ही; किन्तु साथ ही उनके भीतर कोई शील वृत्ति जाग उठी थी। वह ऐसी ही मानसिक उथल-पुथल में डूबी हुई थीं कि जुलियें बगीचे में आया। उन्होंने उसे बात करते और उसी समय अपने पास बैठ जाते देखा। उनका हृदय मानो उस अभूतपूर्व सुख से पूरी तरह अभिभूत हो उठा जिसने पिछले पन्द्रह दिन से उन्हें मन्त्रमुग्ध की अपेक्षा चकित अधिक कर रखा था। हर चीज़ उन्हें विस्मित करती, तो भी एक-दो पल बाद ही उन्होंने अपने आपसे कहा : क्या जुलियें की उपस्थिति मात्र ही उसके तमाम दोषों को भुला देने के लिए काफ़ी है ? एकाएक उन्हें भय महसूस हुआ और उसी क्षण उन्होंने अपना हाथ खींच लिया।

ऐसे लालसा-भरे चुम्बन उन्होंने जीवन में पहले कभी नहीं पाए थे। इस कारण वह यह भी भूल गईं कि वह शायद किसी अन्य स्त्री से प्रेम करता है। कुछ ही समय में उसके किसी अपराध की बात उनके मन में बाकी न रही। सन्देहजन्य पीड़ा से छुटकारा पाकर और एक प्रकार के कल्पनातीत सुख के अनुभव से उनके हृदय में प्रेम के प्रबल भावातिरेक की, अनियन्त्रित असंगत आनन्द की धारा-सी उमड़ आई।

वह सन्ध्या वेरियेर के मेयर के अतिरिक्त सबके लिए बड़ी आनन्ददायक रही। केवल वही अपने लालची उद्योगपतियों की बात को न भूल सके। जुलियें का ध्यान अब अपनी अज्ञात महत्त्वाकांक्षाओं की खोज में अथवा अत्यन्त ही दुःसाध्य योजनाओं को पूरा करने में न रहा। अपने जीवन में पहली बार उसने सुन्दरता के आकर्षण का अनुभव किया। वह ऐसे अस्पष्ट स्वप्नों में खो गया जो उसके स्वभाव के लिए अपरिचित ही थे। अपनी अपूर्व सुन्दरता से आनन्द देनेवाले हाथ को हलके-हलके दबाते हुए वह अर्द्धचेतन-सी अवस्था में रात की धीमी बयार के कारण खड़खड़ाती हुई नीबू की पत्तियों का स्वर और दू नदी के किनारे बने हुए कारखानों के कुत्तों के भौंकने की आवाज़ सुनता रहा।

किन्तु उसके मन का यह भाव आनन्द का था, अनुराग का नहीं। अपने कमरे में

पहुँचकर उसके विचार केवल एक प्रकार के आनन्द पर केन्द्रित हो गए और वह अपनी प्रिय पुस्तक उठाकर पढ़ने लगा। बीस बरस की आयु में पहुँचकर आदमी के मन में बाहरी दुनिया और उसको प्रभावित करने के विचार अन्य प्रत्येक वस्तु से अधिक महत्त्वपूर्ण बन जाते हैं।

किन्तु शीघ्र ही उसने किताब उठाकर रख दी। नेपोलियन के विजय-अभियान के बारे में सोचते-सोचते उसे अपनी सफलताओं में भी कुछेक नई बातें दीखने लगी थीं। उसने मन-ही-मन कहा कि हाँ, मैंने भी तो एक लड़ाई जीती है। मुझे अपनी इस सफलता का लाभ उठाना चाहिए और पीछे हटते हुए इस घमंडी आदमी के दर्प को चूर कर देना चाहिए। यही है सच्ची नेपोलियन-पंथी रणनीति। इस समय तीन दिन की छुट्टी लेकर फूके से मिलने जाना ठीक होगा। यदि इसने छुट्टी देने से इन्कार किया तो ज़रा धमकाते ही फिर मान जाएगा।

मा. द रेनाल को पलभर भी नींद नहीं आई। उनका मन बार-बार उस अभूतपूर्व सुख की ओर चला जाता था जो उन्हें अपने हाथ के ऊपर जुलियें के जलते हुए चुम्बनों से प्राप्त हुआ था। उन्हें लगता था कि उस क्षण के पहले वह कभी जीवित ही नहीं रही थीं।

एकाएक वह भयानक शब्द—व्यभिचार—उनके मन में कौंध गया। प्रेम के शारीरिक पक्ष के विषय में निम्नतम कोटि के दुराचार से सम्बन्धित घृणिततम विचार उनकी कल्पना में सजीव हो उठे जिनके कारण उनके मन में बनी हुई जुलियें की दिव्य, निर्मल और सुकुमार छवि तथा उससे प्रेम करने के परमानन्द के भाव कलंकित होते हुए जान पड़े। अचानक ही भविष्य के रंग बड़े भयानक लगने लगे। अपना एक अत्यन्त ही घृणास्पद चित्र उनकी आँखों के आगे खिंच गया। यह बहुत ही त्रासदायक क्षण था। उनकी आत्मा सर्वथा अपरिचित प्रदेशों में जा भटकी थी। पहले दिन शाम को उन्होंने ऐसे सुख का अनुभव किया था जो उनके लिए बिल्कुल नया था। अब वह अचानक ही एक मर्मान्तिक पीड़ा में डूब गईं। उनको कल्पना भी न थी कि इतना निर्मम कष्ट भी सहा जाता है। उसके कारण उनकी अवस्था विक्षिप्त-सी हो गई। पलभर के लिए उनके मन में विचार आया कि जाकर अपने पति से अपने प्रेम की बात कह दें। कम-से-कम जुलियें का नाम तो वह अपने होंठों पर ला सकेंगी। सौभाग्यवश तभी उन्हें अपनी एक चाची की दी हुई शिक्षा याद आई। बहुत दिन पहले विवाह के पूर्व उन्होंने समझाया था कि पति तो स्वामी होता है। उसे अपनी सारी बात बताना कितना विपत्तिजनक कार्य है। यह सोचकर और कष्ट को सहन न कर सकने के कारण वह अपने हाथ मलने लगीं।

अपनी परिस्थिति के परस्पर-विरोधी और कष्टदायक चित्रों के कारण उनका मन अनिश्चित भाव से इधर से उधर भटकने लगा। कभी उन्हें प्रेम खो बैठने का भय लगता तो कभी अपने पाप की भयानक कल्पना उन्हें पीड़ा देती। उन्हें लगता मानो अगले दिन सवेरे ही वेरियेर के चौराहे पर उन्हें अपने माथे पर पट्टा लगाकर खड़ा होना पड़ेगा जिससे शहर के सब लोग उनके व्यभिचार की कहानी अपनी आँखों पढ़ सकें।

मा. द रेनाल को जीवन का तनिक भी अनुभव न था। वह पूरी तरह जाग्रत् होतीं तो दोनों बातों के बीच—भगवान की दृष्टि में अपराधी होने और खुलेआम सार्वजनिक तिरस्कार के भयानक प्रदर्शन का कष्ट सहन करने के बीच—किसी अन्तर को न पहचान पातीं।

जब कभी भी व्यभिचार के भयंकर विचार तथा उनकी दृष्टि में उससे सम्बन्धित समस्त लांछनों से उन्हें थोड़ा-बहुत छुटकारा मिलता और वह पहले की भाँति ही निश्चल भाव से

जुलियें के सम्पर्क के मधुर आनन्द की कल्पना करने लगतीं तो जुलियें के किसी अन्य स्त्री से प्रेम करने की कल्पना से वह भयभीत और कातर हो उठतीं। उन्हें अभी तक याद था कि उस स्त्री का चित्र नष्ट हो जाने अथवा उसके दूसरों के हाथों में पड़ने के कारण उसका अपमान होने की सम्भावना से जुलियें का चेहरा कैसा उतर गया था ! उन्होंने पहली बार उसके साधारणतः शान्त और भव्य चेहरे पर भय की छाया देखी थी। उसने उनके प्रति अथवा उनके बच्चों के प्रति कभी ऐसा भावावेग प्रदर्शित नहीं किया था। अन्य समस्त व्यथा के ऊपर इस व्यथा ने उनके लिए ऐसे प्रबलतम दुःख का रूप धारण कर लिया जो मानवात्मा के लिए लगभग असहनीय है। अनजाने ही मा. द रेनाल के मुख से एक चीख निकल गई जिससे उनकी नौकरानी भी चौंक पड़ी। उन्होंने एकाएक अपने पलंग के पास कुछ रोशनी देखी और उसमें एलिजा को पहचान लिया।

"क्या तुम्हीं हो जिसे वह प्यार करता है ?" अपनी विक्षिप्त अवस्था में वह चीखकर बोलीं।

नौकरानी अपनी मालकिन की ऐसी अवस्था देखकर इतनी चकित थी कि सौभाग्यवश इस विचित्र प्रश्न की ओर उसका ध्यान नहीं गया। मा. द रेनाल को एकाएक अपनी असावधानी का ध्यान हुआ। वह बोलीं, "कुछ बुखार जैसा लग रहा है और सिर भी भारी है। तुम मेरे पास ही ठहरो।"

इस आत्म-नियन्त्रण की आवश्यकता ने उन्हें पूरी तरह जगा दिया जिससे उनका दुःख भी कुछ कम हुआ। अर्द्धनिद्रित अवस्था ने जिस विवेक को ढँक लिया था, वह फिर जाग उठा। अपनी नौकरानी की पैनी दृष्टि से बचने के लिए उन्होंने उसे अखबार पढ़कर सुनाने का आदेश दिया। वह एक लम्बा-सा लेख पढ़कर सुनाने लगी और एलिजा के एक-स्वर कंठ को सुनते-सुनते मा. द रेनाल ने इस बात का निश्चय कर डाला कि अगली बार जुलियें से भेंट होने पर वह उसके साथ एकदम विरक्तिपूर्ण व्यवहार करेंगी।

12

एक यात्रा

पेरिस में आपको सजीले लोग मिलते हैं;
प्रान्तों में चरित्रवान लोग मिल सकते हैं।

–सीयेस

अगले दिन सवेरे पाँच बजे, मा. द रेनाल के आने से पहले ही, जुलियें ने तीन दिन की छुट्टी ले ली, पर तभी आशा के विपरीत उसे लगा कि वह उनसे मिलने को उत्सुक है। उसका मन उनके सुन्दर हाथ की स्मृतियों से भरा हुआ था। वह नीचे बाग में बहुत देर तक उनकी प्रतीक्षा करता रहा। जुलियें को यदि सचमुच उनसे प्रेम होता तो वह अवश्य देख लेता कि वह पहली मंज़िल के अधखुले किवाड़ों के पीछे दरवाज़े के काँचों से माथा लगाए खड़ी उसी की ओर ताक रही हैं। आख़िरकार अपने सारे निश्चयों के बावजूद उन्होंने बाग़ में आना ही

तय किया। इस समय उनके मुख पर सदा के पीलेपन के बजाय बड़ी भारी चमक थी। यह भी स्पष्ट था कि सीधे-सच्चे स्वभाव की वह महिला बड़े कष्ट में है। एक सम्भ्रम बल्कि क्रोध के भाव ने उनके मुख की स्वाभाविक गहरी शान्ति को नष्ट कर दिया था। उनके मुख के इसी भाव के कारण वह सदा जीवन की सभी क्षुद्र चिन्ताओं से बहुत दूर लगा करती थीं। इसी भाव के कारण उनका वह अपूर्व मुख इतना लावण्यपूर्ण जान पड़ता था।

जुलियें उनसे मिलने के लिए उत्सुकतापूर्वक आगे बढ़ आया। जल्दी से ओढ़े हुए शाल के नीचे से दीखती हुई उनकी सुन्दर बाँहें उसके मन को मुग्ध कर रही थीं। पिछली रात के आन्तरिक संघर्ष के कारण उनका मुख और भी अधिक संवेदनशील हो उठा था और सवेरे की स्वच्छ हवा से उनके वर्ण की अनूठी सुन्दरता और भी बढ़ गई थी। इस सलज्ज, हृदयस्पर्शी और साथ ही निम्न वर्गों में अप्राप्य विचारों से परिपूर्ण सौन्दर्य से जुलियें के आगे मानो उनके अन्तर की सर्वथा नई ही झाँकी खुल गई। उसकी उत्सुक चकित आँखें पूरी तरह उस लावण्य से अभिभूत हो उठीं। उसे इस बात का तनिक भी ध्यान न रहा कि उसका स्वागत मैत्रीपूर्ण होगा या नहीं। इसलिए उनके मुख के तीव्र विरक्ति के भाव से जुलियें को और भी अधिक विस्मय हुआ। उसे यह भी जान पड़ा मानो उसे अपनी मर्यादा के भीतर रहने की चेतावनी दी जा रही हो।

आनन्दभरी मुस्कान उसके होंठों पर ही विलीन हो गई। वह समाज में, विशेष कर एक धनी और सम्भ्रान्त महिला की दृष्टि में, अपनी स्थिति की बात सोचने लगा। पलभर में उसके मुख पर एक उद्धत तिरस्कार और अपने प्रति क्रोध के अतिरिक्त और कोई भाव न बचा। वह इस बात से मन-ही-मन क्षुब्ध हो उठा कि ऐसे अपमानजनक स्वागत के लिए ही उसने अपने जाने में एक घंटे से अधिक का विलम्ब किया था।

वह मन-ही-मन कहने लगा कि केवल मूर्ख व्यक्ति ही दूसरे लोगों से क्रुद्ध होता है। पत्थर अपने भार के कारण ही नीचे गिरता है। क्या मैं सदा बच्चा ही बना रहूँगा ? मुझे कब यह समझ आएगी कि ऐसे लोगों को अपनी आत्मा का उतना ही अंश बेचना चाहिए जो उनके धन के उपयुक्त हो ?

यदि मैं उनके और स्वयं अपने भी सम्मान का इच्छुक हूँ तो मुझे दिखा देना पड़ेगा कि उनके धन के बदले में अपनी ग़रीबी का सौदा करने के बावजूद मेरी आत्मा उनके दर्प की पहुँच से हज़ारों मील आगे है, इतने उच्च स्तर पर है जहाँ उनकी क्षुद्र कृपा अथवा तिरस्कार का कोई प्रभाव ही नहीं पड़ सकता।

तरुण शिक्षक के मन में जिस समय ये सब भाव एक साथ उमड़े आ रहे थे, उस समय उनके चंचल मुख पर धीरे-धीरे एक प्रबल और आहत अपमान का भाव जमता जा रहा था। मा. द रेनाल यह देखकर बहुत ही व्याकुल हो उठीं। अभिवादन के समय की उदासीनता के बजाय अब उनके मुख पर अनुराग छलक आया जो जुलियें के मुख के भाव में आकस्मिक परिवर्तन से और भी प्रबल हो उठा। सवेरे भेंट होने पर परस्पर स्वास्थ्य अथवा मौसम-सम्बन्धी अर्थहीन शब्दावली एक साथ ही दोनों के होंठों पर सूख गई। किसी प्रकार के भावावेग से आक्रान्त न होने के कारण जुलियें सहज ही यह प्रकट कर सका कि उनके साथ उसका कोई मित्रता का नाता नहीं। अपनी छोटी-सी यात्रा के विषय में कुछ भी कहे बिना ही वह अभिवादन करके वहाँ से चला गया।

वह उसे जाते देखती रहीं। कल रात तक ही उसकी आँखों में कितना स्नेह था ! उनमें

इस समय इतनी तीव्र रोषपूर्ण घृणा को देखकर उनका मन व्याकुल हो उठा था। तभी उनका सबसे बड़ा पुत्र बग़ीचे के दूसरी ओर से दौड़ता हुआ आया और उनके गले में बाँहें डालकर बोला, "हमारी छुट्टी हो गई। म. जुलियें कहीं बाहर जा रहे हैं।"

ये शब्द सुनते ही जैसे उनके हृदय को मृत्यु की हिम-जड़ता ने जकड़ लिया। सदाचार की प्रेरणा के कारण वह व्यथित हो ही चुकी थीं, अब दुर्बलता ने उन्हें और भी अधिक व्यथित कर दिया।

उनका मन परिस्थिति के इस नए रूप से पूरी तरह आक्रान्त हो उठा। पिछली भयानक रात में जितने विवेकपूर्ण निश्चय उन्होंने किए थे, उन सबसे वह बहुत दूर बह आईं। इस समय प्रश्न हृदयहारी प्रेमी के प्रतिरोध का नहीं, बल्कि उसे सदा के लिए गँवा बैठने का था।

दोपहर को भोजन के समय उन्हें आना ही पड़ा। उनकी यातना को बढ़ाने के लिए मा. देर्विल और म. द रेवाल ने जुलियें के सिवाय अन्य कोई बात ही नहीं की। वेरियेर के मेयर को यह लगा था कि जिस दृढ़ता के साथ उसने छुट्टी माँगी, उसमें कुछ असाधारण बात अवश्य थी।

वह सोच रहे थे कि निःसन्देह इस किसान युवक को किसी न किसी से नया प्रस्ताव अवश्य मिला है। पर वह वालनो हों चाहे कोई और, उसे छः सौ फ्रैंक सालाना की चपत ज़रूर लगेगी। कल वेरियेर में जुलियें ने सोचने के लिए तीन दिन का समय माँगा होगा और आज सवेरे मुझे पक्का उत्तर देने से बचने के लिए यह महाशय पहाड़ों की सैर को चल दिए हैं। ऐसे अदना-से मज़दूर का घमंड तो देखो ! उसकी ठसक भी सहन करनी पड़ती है। कैसा जमाना आ गया है !

मा. द रेनाल सोच रही थीं कि मेरे पति तो यह समझते नहीं कि उन्होंने जुलियें को कितना गहरा आघात पहुँचाया है; बस सोचते हैं कि वह हमें छोड़कर जा रहा है। पर मैं क्या करूँ ? ओफ़ ! अब कुछ नहीं हो सकता !

मा. देर्विल के प्रश्नों से बचने और जी भरकर रो सकने के लिए वह सिर में भयंकर दर्द का बहाना करके अपने कमरे में चली गईं।

"औरतों को बस यही काम है।" म. द रेनाल ने कहा, "इन पेचीदा मशीनों में कुछ न कुछ सदा ही बिगड़ा रहता है।" और वह अपनी बात पर आप ही हँसते रहे।

इधर मा. द रेनाल अपने कमरे में ऐसी तीव्र आसक्तिजन्य निर्मम यातना में बेचैन थीं, जिसमें वह संयोगवश उलझ गई थीं। उधर जुलियें सुन्दरतम पहाड़ी दृश्यों के बीच से आनन्दपूर्वक अपने रास्ते चला जा रहा था। उसे वेर्जि के उत्तर की बड़ी पहाड़ी शृंखला को पार करना था। उसका रास्ता विस्तृत फैले हुए बीच-वृक्षों के जंगलों से धीरे-धीरे ऊपर उठकर दू नदी की घाटी के उत्तर में फैले हुए ऊँचे-ऊँचे पहाड़ों के ढलान पर अनगिनत टेढ़ी-मेढ़ी पगडंडियों से भरा था। शीघ्र ही उसे दक्षिण में नदी को घेरनेवाली कम ऊँची पहाड़ियों के पार सुदूर बोजोले और बरगंडी के उपजाऊ मैदान दीखने लगे। यह महत्त्वाकांक्षी युवक इस सौन्दर्य के प्रति अपनी सारी उदासीनता के बावजूद ऐसे विस्तृत और भव्य दृश्य को देखने के लिए बीच-बीच में रुक जाता था।

आख़िरकार वह बड़े पहाड़ की चोटी पर आ पहुँचा। वहीं से एक छोटे रास्ते से उसे उस घाटी में पहुँचना था जहाँ इमारती लकड़ी का व्यापारी उसका युवक मित्र फूके रहता था। जुलियें को उससे अथवा किसी और से मिलने की कोई जल्दी न थी। विशाल पर्वत की चोटी

पर पड़ी हुई नंगी शिलाओं के पीछे शिकारी पक्षी की भाँति छिपकर वह दूर से आनेवाले किसी भी व्यक्ति को देख सकता था।

एक सीधी-सी चट्टान के ढाल पर उसे एक छोटी गुफा-सी दिखी, और वह वहीं जाकर आराम से बैठ गया। वहाँ पहुँचकर उसकी आँखें एक प्रकार के आनन्द से उज्ज्वल हो उठीं और वह मन-ही-मन कहने लगा कि यहाँ कोई मुझे हानि पहुँचाने नहीं आ सकता। एकाएक उसके मन में अपने विचारों को लिख डालने की बड़ी तीव्र इच्छा हुई। यह ऐसा कार्य था जो और कहीं निर्द्वन्द्व भाव से नहीं हो सकता था। एक चौकोर-से पत्थर को उसने डैक्स बनाया और उसकी कलम चल निकली। अपने आसपास की अन्य किसी वस्तु की ओर उसकी दृष्टि न थी। आख़िरकार उसने देखा कि बोजोले के सुदूर पहाड़ों के पीछे सूरज डूबने लगा है।

वह सोचने लगा कि क्यों न रात यहीं बिताई जाए। मेरे पास थोड़ी-सी रोटी भी है--और मैं स्वतन्त्र हूँ। इस विलक्षण शब्द को इतने धीमे से सुनकर भी उसकी आत्मा ऊपर उठ गई। अपने मित्र फूके के साथ भी ढोंग रचने की आदत के कारण वह कभी पूरी तरह स्वतन्त्र न हो पाता था। अपने हाथों पर सिर को टिकाए जुलियें उस गुफ़ा में बैठा रहा। स्वाधीन होने के आनन्द और अनगिनत कल्पनाओं ने उसके मन को अपूर्व उत्साह से भर दिया था। अपने जीवन में ऐसे सुख का अनुभव उसे पहले कभी न हुआ था।

जुलियें खोया-सा प्रदोष बेला की अन्तिम किरणों को धीरे-धीरे बुझते देखता रहा। उस सीमाहीन अन्धकार में वह उन अनगिनत वस्तुओं की कल्पना में डूब गया जो एक बार पेरिस पहुँचने पर उसे मिल सकती थीं। वह सोचता था, वहाँ सबसे पहले तो उसे एक स्त्री मिलेगी जो प्रान्तों में आज तक दिखी हुई सभी स्त्रियों से कहीं अधिक सुन्दर और कहीं अधिक उदात्तमना होगी। जैसे वह तीव्र उत्कटता के साथ उससे प्रेम करेगा वैसे ही वह भी करेगी। यदि कभी वह उससे अलग भी होगा तो केवल और अधिक गौरव प्राप्त करके और भी गम्भीर प्रेम का अधिकार प्राप्त करने के लिए ही।

यदि हम थोड़ी देर के लिए यह मान भी लें कि पेरिस के समाज की अप्रिय वास्तविकता में पला हुआ कोई युवक जुलियें की भाँति ही कल्पनाविलासी हो सकता है, तो भी इस स्थल पर पहुँचकर उसके सुनहले सपनों का संसार व्यंग्य के हिम-स्पर्श से अवश्य टूट जाता; बड़े-बड़े करतब और उनको पूरा करने की आशा शून्य में विलीन हो जाती और उनके स्थान पर केवल इस कठोर सत्य की याद मन में रह जाती : 'अपनी प्रेयसी को छोड़कर जानेवाला व्यक्ति, आह ! अपने साथ दिन में कम-से-कम दो-तीन बार विश्वासघात का संकट अवश्य मोल लेता है !' किन्तु इस किसान युवक को अपने तथा वीरता के बड़े से बड़े कार्य के बीच अवसर के अभाव के अतिरिक्त अन्य कोई बाधा न दिखाई पड़ी।

किन्तु अब धीरे-धीरे दिन के उजाले की जगह रात का सघन अन्धकार घिर आया था। अपने मित्र फूके के घर पहुँचने के लिए अभी उसे कई मील रास्ता तय करना था। उस छोटी-सी गुफा से चलने के पहले जुलियें ने आग जलाकर सावधानी के साथ अपने लिखे हुए सारे काग़ज़ जला दिए। रात को एक बजे जब उसने अपने मित्र के मकान पर पहुँचकर दरवाजा खटखटाया तो उसे बहुत आश्चर्य हुआ। फूके उस समय अपना हिसाब-किताब करने में लगा था। वह एक लम्बे कद, बेडौल-से शरीर, भारी किन्तु नुकीली तीक्ष्ण मुखाकृति, और बहुत लम्बी नाक वाला नौजवान था, किन्तु उसके डरावने रूप के पीछे बहुत करुणा छिपी थी।

''अचानक इस बे-वक्त कैसे ? क्या म. द रेनाल से कोई झगड़ा हो गया ?''

जुलियें ने थोड़े-बहुत आवश्यक परिवर्तनों के साथ पिछले दिन की घटना सुना दी।

''यहाँ मेरे साथ रहो,'' फूके ने कहा, ''तुम तो म. द रेनाल, उपज़िलाधीश म. मोजिरों और पादरी म. शेलाँ को जानते हो और उनके स्वभाव से भली भाँति परिचित हो। ठेके हासिल करने में तुमसे मुझे बहुत मदद मिल सकती है। गणित भी तुम्हारी मुझसे अच्छी ही है। तुम मेरे बही-खाते सम्हाल सकते हो। मेरे इस व्यापार में पैसा बहुत है, पर सारा काम अकेले करना असम्भव है। साथ ही अगर किसी को साझेदार बनाऊँ तो बड़ा डर लगा रहता है कि कहीं वह आदमी बेईमान न निकले। इसीलिए मैं बहुत-से अच्छे-अच्छे फायदे के कामों में भी हाथ नहीं लगाता। महीना-भर भी नहीं हुआ, जब मैंने सेंतामाँ में मिशो को छः हजार फ्रैंक का फायदा करवा दिया, यद्यपि उस दिन वह मुझे छः बरस बाद अचानक ही पौंतार्लिए के एक नीलाम में मिला था। क्यों न वे छः हजार फ्रैंक तुम कमाते ? कम-से-कम तीन हजार तो तुम्हारे हो ही सकते थे। अगर तुम उस दिन मेरे साथ होते तो वह माल मैं ज़रूर खरीद लेता। तो कहो, मेरे साथ साझा करने को तैयार हो न ?''

इस प्रस्ताव से जुलियें का मिजाज बिगड़ गया। उसके धरती-आसमान के सपनों में इससे बहुत व्याघात पड़ा। फूके अकेला रहता था इसलिए होमर के वीरों की भाँति दोनों मित्रों ने स्वयं पकाकर भोजन किया। खाते समय फूके निरन्तर अपने मुनाफे का हिसाब बताकर यह सिद्ध करने का प्रयत्न करता रहा कि उसके लकड़ी के व्यापार में कैसे-कैसे फायदे हैं। फूके जुलियें के चरित्र और उसकी बुद्धि के विषय में पूरी तरह आश्वस्त था।

जब आखिरकार जुलियें को चीड़ की दीवारों से घिरे अपने छोटे-से कमरे में एकान्त मिला तो वह सोचने लगा : यह सच है कि यहाँ रहकर मैं दो-चार हज़ार फ्रैंक की आमदनी कर सकता हूँ और फिर लौटकर सैनिक अथवा पुरोहित में से जिसका भी धन्धा फ्रांस में अधिक फैशनेबल समझा जाता हो, उसे अपना सकता हूँ। यहाँ रहकर जो थोड़ी-बहुत जमा-पूँजी इकट्ठी हो जाएगी, उससे खाने की चिन्ता से भी छुटकारा मिल सकेगा। पहाड़ में अकेले रहकर मैं उन सब विषयों में अपने अज्ञान को भी दूर कर सकूँगा जिनमें दुनियादार आदमी इतनी दिलचस्पी लेते हैं। पर लगता है कि फूके ने ब्याह करने का इरादा बिल्कुल छोड़ दिया है जो बार-बार कहता है कि अकेले रहना कितना कष्टदायक है। इसीलिए वह ऐसे आदमी को साझीदार बनाने के लिए तैयार है जिसके पास व्यापार में लगाने को कोई पैसा नहीं। शायद वह सोचता है कि इस तरह उसे जिन्दगी-भर के लिए कोई संगी मिल जाए।

क्या मैं अपने मित्र को भी धोखा दूँ ? जुलियें कुछ खिन्न भाव से बड़बड़ा उठा। ढोंग और भाईचारे की भावना का सर्वथा अभाव उसमें स्वभाव से ही था; किन्तु इस समय अपने को इतना प्यार करनेवाले व्यक्ति के प्रति हृदयहीनता बरतने की बात वह न सोच सका।

एकाएक जुलियें प्रसन्न हो उठा। उसे अपने मित्र के प्रस्ताव को अस्वीकार करने का उपयुक्त कारण सूझ गया था। क्या मैं अपने जीवन के सात-आठ बरस इस बुरी तरह बरबाद कर दूँ ? तब तक तो मेरी उम्र अट्ठाईस की हो जाएगी ! उस उम्र तक तो बोनापार्ट अपना बड़े से बड़ा काम पूरा भी कर चुका था। मान लो कि इमारती लकड़ी के हर नीलाम के चक्कर काटकर और कुछ धूर्त लोगों से अपना काम निकालकर मैंने कुछ रुपया इकट्ठा कर भी लिया, मगर कौन कह सकता है कि तब तक मेरे भीतर वह पवित्र अग्नि प्रज्वलित बनी रहेगी जिससे इन्सान दुनिया में नाम पैदा करता है ?

अगले दिन सवेरे जुलियें ने फूके को बड़े शान्त भाव से अपना सुचिन्तित उत्तर सुना दिया कि पुरोहित बनने के निश्चय के कारण यह प्रस्ताव स्वीकार करना उसके लिए सम्भव नहीं। फूके ने तो सारी बात पक्की ही समझ ली थी, इसलिए जुलियें का उत्तर सुनकर उसके विस्मय का कोई ठिकाना न रहा।

उसने कई बार जुलियें से कहा, "पर तुमने यह भी सोचा है कि मैं तो तुम्हें अपना साझीदार बनाने को तैयार हूँ; या तुम चाहो तो चार हजार फ्रैंक वार्षिक दे सकता हूँ ? उस पर भी तुम म. द रेनाल के पास वापस जाना चाहते हो जो तुम्हें अपने पैरों तले की धूल से अधिक सम्मान नहीं देते ! पूरे दो सौ लुई मुट्ठी में होने पर फिर तुम्हें पुरोहित बनने से कौन रोक लेगा ? यही नहीं, जिले-भर में तुम्हें सबसे बढ़िया मकान दिलवा दूँगा।" फूके ने अपने स्वर को कुछ धीमा करते हुए कहा, "मैं म. ...,म. ..., और म. ...को जलाऊ लकड़ी पहुँचाता हूँ, जिसमें बढ़िया से बढ़िया ओक की लकड़ी होती है, पर वे मुझे कीमत देते हैं मामूली चीड़ की। यह सब खर्च बड़े काम आता है।"

मगर जुलियें की समझ में यह बात न आई। अन्त में फूके यह समझकर कि इसके दिमाग में कोई खराबी है, चुप हो गया। तीसरे दिन बहुत सवेरे ही जुलियें अपने मित्र से बिदा लेकर बड़े पहाड़ की चट्टानों में दिन बिताने के लिए चल पड़ा। उसे अपनी छोटी-सी गुफा फिर मिल गई, मगर इस बार पहले की-सी शान्ति उसके मन में न थी जो उसके मित्र के प्रस्ताव ने छीन ली थी। वह इस समय हरक्यूलिस की भाँति भले और बुरे के बीच तो नहीं, पर दो अन्य छोरों के बीच झूल रहा था। एक ओर अच्छी-भली आमदनी और आराम के साथ साधारण दुनियादारी की जिन्दगी थी और दूसरी ओर जीवन के अनगिनत सुनहले स्वप्न थे। वह सोचने लगा कि जान पड़ता है, मुझमें वास्तविक चारित्रिक दृढ़ता की कमी है। मैं शायद उस धातु का बना हुआ नहीं हूँ जिसके महापुरुष होते हैं। नहीं तो मुझे यह भय ही क्यों होता कि आठ बरस तक रोटी कमाने के चक्कर में पड़कर मेरे भीतर की वह पवित्र ज्वाला बुझ जाएगी जिसके द्वारा बड़े-बड़े कार्य पूरे किए जाते हैं।

13

खुले काम वाले मोज़े

उपन्यास एक आईना है जिसे रास्ते पर चलते हुए
आप कभी इधर घुमाते हैं, तो कभी उधर।

—सैं-रेयाल

वेर्जि के पुराने गिरजाघर के सुन्दर भग्नावशेषों पर दृष्टि पड़ते ही जुलियें को लगा कि पिछले दो दिनों में मा. द रेनाल की याद उसे एक बार भी नहीं आई। उस दिन जाते समय इस स्त्री ने मुझे यह दिखाना चाहा था कि वह मुझसे कितनी ऊँची है। निस्सन्देह वह यह प्रगट करना चाहती थी कि पहले दिन अपना हाथ मुझे पकड़ लेने दिया, इसका उसे खेद है। जो भी हो, वह हाथ है कितना सुन्दर ! कितना आकर्षण, कितनी उत्कृष्ट गरिमा है उस स्त्री

की मुख-मुद्रा में !

फूके के व्यापार में पैसा कमा सकने की सम्भावना ने जुलियें के चिन्तन को थोड़ी सहजता प्रदान की। चिड़चिड़ेपन के कारण अथवा दुनिया की नज़रों में अपनी ग़रीबी और हीनावस्था की तीखी चेतना के कारण अब उसके विचार इतने अधिक न बहकते थे। उसे लगता था मानो अब वह किसी ऊँचे स्थान पर खड़ा हो जहाँ से ग़रीबी और अमीरी के दोनों छोरों को वह समान भाव से देख सकता है। यह नहीं कि अपनी स्थिति की वह कोई दार्शनिक व्याख्या करने लगा था, किन्तु अब उसकी दृष्टि इतनी अवश्य सुलझ गई थी कि इस छोटी-सी यात्रा के बाद वह अपने-आपको एक भिन्न व्यक्ति अनुभव करे।

मा. द रेनाल ने जब उससे यात्रा का हाल पूछा तो उसे लगा कि वह बहुत ही विचलित हैं।

फूके के साथ जुलियें की तरह-तरह की बातें हुई थीं। किसी समय फूके ने भी अपने विवाह की योजना बनाई थी और वह कई एक दुखद प्रेम-सम्बन्धों का अनुभव कर चुका था। दोनों मित्रों ने इस विषय पर भी अपने-अपने मन का परस्पर आदान-प्रदान किया था। फूके को प्रारम्भ में अपने प्रेम में बड़ा सुख मिला था किन्तु शीघ्र ही उसे पता चला कि अपनी प्रेयसी का कृपापात्र वह अकेला ही नहीं है। इन सब बातों से जुलियें को बड़ा विस्मय हुआ था और साथ ही उसने बहुत-सी नई बातें सीखी भी थीं। अपने मन की कल्पनाओं और आशंकाओं में डूबे रहने के कारण पहले ऐसी किसी बात पर उसका ध्यान ही न जाता था जिससे उसे कोई अन्तर्दृष्टि प्राप्त होती। उसकी अनुपस्थिति में मा. द रेनाल भाँति-भाँति की असहनीय यातनाओं से त्रस्त रही थीं। वह सचमुच अस्वस्थ थीं।

मा. देर्विल जुलियें को आते देखकर बोलीं, "अब देखो, तुम्हारी तबियत ठीक नहीं। इस हालत में बाहर बाग़ में न निकलना। बाहर की नम हवा से तुम्हारी तबियत और भी ख़राब हो जाएगी।"

मा. देर्विल को यह देखकर बड़ा आश्चर्य हुआ था कि उनकी सखी ने, जिसे उसके पति अत्यन्त ही सादे वस्त्र पहनने के लिए डाँटा करते थे, अभी-अभी अपने लिए हाल ही में पेरिस से आए हुए कुछ खुले कामवाले मोजे और कुछ सुन्दर-से छोटे-छोटे स्लीपर खरीद लिए थे। पिछले तीन दिनों से मा. द रेनाल एक बारीक और बहुत सुन्दर कपड़े का गाउन तैयार करवाने में एलिजा के साथ इतनी व्यस्त थीं कि और किसी बात की उन्हें सुध ही न थी। यह गाउन कुछ ही देर पहले तैयार हो पाया था। मा. द रेनाल ने उसे तुरन्त पहन लिया।

मा. देर्विल को अब और कोई सन्देह न रहा। अपनी सखी के रोग के विशिष्ट लक्षणों को पहचान वह मन-ही-मन बोलीं : बेचारी प्रेम में पड़ गई है !

वह मा. द रेनाल को जुलियें से बातचीत करते देखने लगीं। उनके मुख पर कभी पीलापन छा जाता तो कभी वह लज्जा से लाल हो उठता। जब वह तरुण शिक्षक की आँखों में आँखें गड़ाकर उसकी ओर देखतीं तो उनके मन की उद्विग्नता स्पष्ट झलक आती थी। मा. द रेनाल प्रत्येक क्षण यह अपेक्षा कर रही थीं कि वह उनके यहाँ ठहरने न ठहरने की बात साफ-साफ बता देगा। उधर जुलियें का इस विषय में कुछ भी कहने का कोई विचार ही न था; यह विचार तो उसके मन में ही न आया था। तीव्र अन्तर्द्वन्द्व के बाद अन्त में मा. द रेनाल ने मन के सारे आवेग को स्पष्ट प्रकट कर देनेवाले कम्पित स्वर में उससे पूछा, "क्या आप अपने इन छात्रों को छोड़कर कहीं और काम लेने का विचार कर रहे हैं ?"

उनके स्वर की द्विधा और दृष्टि की तरलता जुलियें से छिपी न रही। वह मन-ही-मन कह उठा कि यह स्त्री मुझे प्यार तो करती है, पर इस क्षणिक दुर्बलता से उसके अहंकार को चोट पहुँचती है, इसलिए उसके दूर होने और मेरे न जाने का विश्वास दृढ़ होते ही उसका घमंड फिर लौट आएगा। अपनी पारस्परिक स्थिति के सम्बन्ध में यह विचार जुलियें के मन में पलभर में बिजली की भाँति कौंध गया। उसने अटकते हुए उत्तर दिया, "बच्चे इतने हँसमुख और ऐसे सम्भ्रान्त हैं कि उन्हें छोड़कर जाने में मुझे बड़ा दुःख होगा; किन्तु शायद इसकी आवश्यकता पड़ जाए। आदमी का अपने प्रति भी तो कर्तव्य होता है।"

'ऐसे सम्भ्रान्त' कहते-कहते (यह शब्दावली उसने हाल ही में सीखी थी) जुलियें के मन में तीव्र वितृष्णा का भाव भर आया। वह सोचने लगा कि इस स्त्री की दृष्टि में कम-से-कम मैं तो सम्भ्रान्त नहीं हूँ।

मा. द रेनाल उसकी बुद्धि और रूप के प्रति आदर और प्रशंसा के भाव से उसकी बात सुन रही थीं। उसके कथन में छोड़कर चले जाने की निहित सम्भावना से उनका हृदय व्यथित हो उठा। जुलियें की अनुपस्थिति में उनके जितने मित्र वेरियेर से वेर्जि-भोजन के लिए आए थे, उन सभी में उन्हें इस बात के लिए बधाई देने की होड़-सी लगी रही थी कि उनके पति ने कितना बढ़िया आदमी ढूँढ़कर निकाला है। यह नहीं कि उन्हें बच्चों की उन्नति का कुछ ख्याल था। जुलियें को लैटिन भाषा में बाइबल कंठस्थ होने से ही वेरियेर- निवासियों के मन में आदर का ऐसा ज्वार उमड़ा था जो शायद सौ बरस तक न दूर होता।

जुलियें कभी किसी से बात न करता था, इसलिए उसे इन सब बातों का कुछ पता न था। यदि मा. द रेनाल तनिक भी अपने काबू में होतीं तो वह उसे इस प्रतिष्ठा के लिए बधाई देतीं। इस भाँति एक बार जुलियें के आत्मसम्मान की तुष्टि होने पर वह उनके साथ मधुर और प्रीतिकर व्यवहार करने लगता, विशेष कर इसलिए भी कि उसे उनकी नई पोशाक बड़ी लुभावनी लगी थी।

मा. द रेनाल ने अपने सुन्दर फ्राक तथा जुलियें से उसकी प्रशंसा से प्रसन्न होकर बाग़ में टहलने का प्रयत्न किया; किन्तु शीघ्र ही उन्हें लगा कि वह टहलने लायक स्थिति में नहीं हैं। उन्होंने अपने संगी की बाँह का सहारा लिया किन्तु इससे अधिक शक्ति मिलने की बजाय उनकी रही-सही शक्ति भी जाती रही।

रात घिर आई थी। बैठते ही जुलियें ने अपनी पुरानी सुविधा का उपयोग करके उनकी सुन्दर बाँह को अपने होंठों से छूकर उनका हाथ अपने हाथों में थाम लिया। वह फूके के अपनी प्रेमिकाओं के साथ साहसपूर्ण व्यवहार की बात सोच रहा था, मा. द रेनाल के विषय में नहीं। 'सम्भ्रान्त' शब्द की याद करके अब भी उसका दिल भारी हो जाता था। मा. द रेनाल ने भी उसका हाथ दबाया किन्तु इससे उसे कोई प्रसन्नता न मिली। उस दिन शाम को मा. द रेनाल ने अपने जिन मनोभावों को इस भाँति स्पष्ट प्रकट किया था, उनके लिए गर्व, अथवा कम-से-कम कृतज्ञता, अनुभव करने की बात तो दूर, उनके सौन्दर्य, लावण्य और उनकी निर्व्याज अम्लानता का उसके ऊपर कोई प्रभाव ही नहीं पड़ा था। हृदय की निर्मलता और हर प्रकार की घृणित वासना का अभाव निस्सन्देह यौवन को अधिक स्थायी बना देता है। अधिकांश सुन्दर स्त्रियों के चेहरे का भाव ही पहले वृद्ध होता है।

जुलियें उस दिन समूची शाम कुछ खिन्न-सा रहा। अब तक उसका क्रोध केवल भाग्य और समाज के प्रति था; किन्तु जब से फूके ने उसके सामने अनुचित उपाय से धनी हो जाने

का प्रस्ताव रखा था, उसे अपने ही ऊपर क्षोभ हो रहा था। यद्यपि वह बीच-बीच में एकाध शब्द महिलाओं से कह देता था, पर वास्तव में वह अपने विचारों में ही खोया हुआ था और इसी अवस्था में उसने एकदम अनजाने ही मा. द रेनाल का हाथ छोड़ दिया। उसके इस कार्य से वह महिला बेचारी लगभग विक्षिप्त हो उठी। इस घटना में उन्हें अपने भाग्य का संकेत दिखाई पड़ा।

यदि उन्हें जुलियें के प्रेम का पक्का विश्वास होता तो अपने शील से उन्हें उसका सामना करने का बल मिलता; किन्तु उसे सदा के लिए खो बैठने के भय से काँपकर, अपने आवेग के कारण वह इतनी विवश हो गईं कि उन्होंने स्वयं जुलियें का हाथ थाम लिया जो उसने कुछ आत्म-विस्मृत-सी अवस्था में एक कुर्सी पर पड़ा रहने दिया था। मा. द रेनाल के कार्य ने इस महत्त्वाकांक्षी युवक की विचारमग्नता भंग कर दी। उसकी इच्छा हुई कि इस समय वे सब घमंडी कुलीन लोग यहाँ मौजूद होते जो भोजन के वक्त ऐसी अनुकम्पा-भरी मुस्कान के साथ उसे बच्चों के साथ मेज़ के दूसरे छोर पर बैठे देख रहे थे। उसने सोचा कि यह स्त्री अब मुझसे घृणा नहीं कर सकती, इसलिए अब मुझे उसके सौन्दर्य के प्रति मुग्ध होना चाहिए। अब उसका प्रेमी बनना स्वयं अपने प्रति कर्तव्य है। ऐसा विचार आज से पहले, जब तक वह अपने मित्र की प्रेम-लीलाओं से परिचित न हुआ था, उसके मन में कभी न आ सकता था।

उसके इस आकस्मिक निश्चय ने बड़ा सुखद विषय-परिवर्तन उत्पन्न कर दिया। वह सोचने लगा कि इनमें से कम-से-कम एक स्त्री तो मुझे मिलनी ही चाहिए। उसे लगा कि वह स्वयं मा. देर्विल से प्रेम करना अधिक पसन्द करता। यह नहीं कि वह उसे अधिक आकर्षक लगती थीं बल्कि इसलिए कि वह उसे सदा से एक विद्वान् शिक्षक के रूप में ही जानती थीं, मा. द रेनाल की भाँति बगल में फटी हुई जाकेट दबाए फिरनेवाले गँवई बढ़ई के रूप में नहीं। किन्तु मा. द रेनाल के मन में उसका सबसे सुन्दर चित्र वही था जब वह एक नौजवान मजदूर के रूप में लज्जा से लाल मुख लिए घर के दरवाजे पर असमंजस में खड़ा था और उसे घंटी बजाने का साहस न हो रहा था।

समूची स्थिति पर विचार करने के बाद जुलियें ने सोचा कि उसे मा. देर्विल को जीतने का विचार नहीं करना चाहिए, क्योंकि उसके प्रति मा. द रेनाल के रुझान को वह शायद जानती हैं। इस भाँति दूसरी महिला की ओर ध्यान देने को बाध्य होकर जुलियें सोचने लगा कि इस स्त्री के चरित्र के विषय में मैं क्या जानता हूँ ? केवल इतना ही तो कि जाने के पहले जब मैंने उसका हाथ पकड़ा था तो उसने खींच लिया था; आज जब मैंने अपना हाथ खींचा तो वह स्वयं उसे थामकर दबा रही है। आज तक उसने मेरे प्रति जितनी भी घृणा अनुभव की है, उसका बदला चुकाने का यह बहुत उत्तम अवसर है। भगवान जाने उसके कितने प्रेमी हो चुके हैं ! मुझ पर वह शायद इसीलिए कृपा कर रही है कि हमारे लिए मिलना सहज है।

हाय ! अधिक सभ्य होने का यही परिणाम होता है। बीस बरस की उम्र में एक युवक का हृदय तनिक-सी शिक्षा पाते ही उस सहज उदासीनता से हजार मील दूर हो जाता है जिसके बिना प्रेम प्रायः नीरसतम कर्तव्य से अधिक कुछ नहीं बचता।

जुलियें अपने ओछे अहं में मन-ही-मन तर्क करता रहा कि इस स्त्री के ऊपर सफलता प्राप्त करना मेरा परम कर्तव्य है, क्योंकि मेरे दुनिया में सफलता प्राप्त कर लेने पर कोई मेरे

शिक्षक के कार्य की तुच्छता का जिक्र करेगा तो मैं यह कह सकूँगा कि प्रेम के कारण मैंने यह कार्य स्वीकार किया था।

एक बार फिर जुलियें ने अपना हाथ मा. द रेनाल के हाथ में से खींच लिया और फिर स्वयं ही उसे थामकर दबाया। मध्य रात्रि के समीप जब वे लोग ड्राइंगरूम में वापस जाने लगे तो मा. द रेनाल ने चुपके से उसके कान में कहा, "क्या तुम सचमुच हमें छोड़कर जा रहे हो ?"

जुलियें ने लम्बी साँस लेकर उत्तर दिया, "सचमुच मेरा चला जाना ही ठीक है, क्योंकि मैं तुम्हें इतना अधिक प्यार करने लगा हूँ। यह पाप है...और एक तरुण पुरोहित के लिए पाप भी कैसा !"

मा. द रेनाल इतनी आत्म-विसुध होकर उसकी बाँहों पर झुक आईं कि उन्हें अपने गाल पर जुलियें के मुख की उष्णता अनुभव होने लगी।

इन दोनों व्यक्तियों की रात बिल्कुल ही भिन्न प्रकार से बीती। मा. द रेनाल बड़ी ही उच्छ्वसित अवस्था में थीं और उच्चतम नैतिक कोटि के आनन्द में विभोर हो उठी थीं। यौवन के प्रारम्भ में जब कोई चंचल लड़की प्रेम में पड़ती है तो वह उसमें होनेवाले व्याघातों की अभ्यस्त हो जाती है; आवेग के उपयुक्त अवस्था तक पहुँचते-पहुँचते नवीनता का आकर्षण नहीं बचता। मा. द रेनाल ने कभी कोई उपन्यास तक न पढ़ा था, इसलिए इस आनन्द का हर रूप उनके लिए नया था। उनकी प्रसन्नता किसी उदासी-भरे सत्य से मलिन नहीं होती थी, भविष्य की काली छायाओं से भी नहीं। उन्हें लगता था कि दस साल बाद भी उनका सुख इस क्षण जैसा ही बना रहेगा। म. द रेनाल के समक्ष किए हुए शील और सच्चरित्रता के वचन का ध्यान कुछ दिन पहले तक उन्हें बहुत विचलित किया करता था। अब वह उन्हें व्यर्थ ही लगता। ऐसे विचारों को अब वह किसी धृष्ट अतिथि की भाँति अपने से दूर कर देती थीं। मा. द रेनाल ने मन-ही-मन निश्चय किया कि मैं जुलियें को कोई अन्य स्वतन्त्रता न लेने दूँगी। भविष्य में भी हम पिछले महीनेभर की भाँति ही रहे आएँगे। वह बस केवल मित्र ही रहेगा।

14
कैंचियाँ

सोलह बरस की छोरी की रंगत गुलाब-सी और
ऊपर से लगा ली उसने गालों पे लाली।

—पोलिदोरी*

फूके के प्रस्ताव ने जुलियें की सारी खुशी छीन ली थी। वह कोई भी निश्चय करने में अपने को असमर्थ पा रहा था।

---

* पोलिदोरी : बायरन का डॉक्टर और सचिव।—सं.

हाय !—उसने ठंडी साँस भरी। शायद मुझमें चारित्रिक दृढ़ता की कमी है—मैं नेपोलियन का बड़ा ही अयोग्य सैनिक सिद्ध होता; किन्तु गृह-स्वामिनी के साथ इस छोटे-से षड्यन्त्र से कुछ तो जी हलका होगा।

सौभाग्यवश इस स्थिति में भी उसके हृदय के घनिष्ठतम भावों तथा उसके स्वर की चंचलता के बीच बहुत कम सामंजस्य था। मा. द रेनाल को वह सुन्दर फ्राक पहने देखकर उसे भय हुआ। उसे लगा, जैसे पेरिस वहाँ आ पहुँचा ! उसका अहंकार इस बात की आज्ञा न देता था कि वह कोई बात दैवयोग पर अथवा तात्कालिक सूझ पर छोड़ दे। फूके से सुने हुए गोपन अनुभवों के आधार पर तथा बाइबल में पढ़े हुए प्रेम-सम्बन्धी ज्ञान के सहारे उसने एक बड़ी विस्तृत योजना बना डाली। ऊपर से स्वीकार न करने पर भी वह मन-ही-मन बहुत उत्तेजित था, इसीलिए उसने अपनी योजना को लिखकर रख लिया।

अगले दिन उसे मा. द रेनाल पलभर के लिए ड्राइंगरूम में अकेली मिलीं।

"क्या तुम्हारा जुलियें के अतिरिक्त कोई दूसरा नाम नहीं ?" उन्होंने जुलियें से पूछा।

हमारे नायक को एक ऐसे प्रीतिकर प्रश्न का कोई उत्तर न सूझा। उसकी योजना में ऐसी परिस्थिति सोची ही नहीं गई थी। और यदि उसने योजना बनाने की मूर्खता न की होती तो उसकी प्रखर बुद्धि उसका अच्छा साथ देती—बल्कि आकस्मिक होने के कारण उसका उत्तर कहीं अधिक सजीव होता।

पर अब उसने कोई फूहड़-सा उत्तर दिया और उससे भी कहीं अधिक फूहड़ वह अपने आपको मानता रहा। मा. द रेनाल ने तुरन्त ही उसे इस बात के लिए क्षमा कर दिया। उन्होंने इस फूहड़पन का कारण उसकी लुभावनी सरलता को ही समझा, यद्यपि उनकी दृष्टि से वास्तव में सरलता का भाव ही इस व्यक्ति में नहीं था जिसे सब लोग इतना प्रतिभावान मानते थे।

मा. देर्विल कभी-कभी अपनी सखी से कहा करती थीं, "तुम्हारे उस नौजवान शिक्षक से मुझे भय होता है। लगता है, मानो हर बात को निरन्तर अपने मन में जाँचता रहता है तथा कोई काम बिना किसी उद्देश्य के न करता हो। मुझे तो वह बड़ा कपटी जान पड़ता है।"

मा. द रेनाल को उत्तर न दे पाने के कारण जुलियें मन-ही-मन बड़ा अपमानित अनुभव करता रहा। वह सोचने लगा कि मेरे जैसे व्यक्ति को अपनी असफलता का बदला अवश्य लेना चाहिए। इसलिए एक कमरे से दूसरे में जाते समय एकान्त का लाभ उठाकर मा. द रेनाल को चूम लेना उसने अपना कर्तव्य समझा।

इससे अधिक अदूरदर्शिता तथा दोनों के ही लिए अधिक अरुचिकर कार्य की कल्पना कठिन थी। दोनों में से कोई इसके लिए पहले से तैयार न था। केवल सौभाग्यवश ही किसी ने उन्हें देखा नहीं। मा. द रेनाल ने तो सोचा कि उसका दिमाग़ ख़राब हो गया है। वह भयभीत हो उठीं और इससे भी अधिक विक्षुब्ध हो गईं। उसके इस मूर्खतापूर्ण कार्य से उन्हें म. वालनो की याद आ गई।

वह सोचने लगीं कि उसके साथ अकेले पड़ने पर कैसे बीतेगी।

प्रेम के प्रच्छन्न होते ही उनका शील जाग्रत् हो उठा और उन्होंने अपने बच्चों को हर समय अपने साथ ही रखने का निश्चय किया।

जुलियें का सारा दिन बड़ी खिन्नता में बीता। वह सारे समय अपनी योजना को पूरा

करने के अकुशल प्रयत्न करता रहा। जब भी वह मा. द रेनाल की ओर देखता तो अपनी दृष्टि से ही कुछ न कुछ मनोभाव प्रकट करने का प्रयत्न करता। साथ ही वह इतना मूर्ख भी न था कि अपने आकर्षक लगने तथा इससे भी अधिक मा. द रेनाल को रिझाने के प्रयत्नों की असफलता को न समझ सके।

उसको इस भाँति विचित्र रूप में एक साथ संकोची तथा इतना साहसिक देखकर मा. द रेनाल के विस्मय का ठिकाना न था। वह सोचने लगीं कि शायद यह प्रेम में पड़े हुए विद्वान् व्यक्ति की लज्जाशीलता है। यह सोचकर एकाएक उन्हें अत्यन्त अकथनीय प्रसन्नता हुई। बहुत सम्भव है कि वह स्त्री उससे कभी प्रेम ही न करती हो।

दोपहर को भोजन के बाद मा. द रेनाल ड्राइंगरूम में आईं। म. मोजिरों उनसे मिलने आए थे। वहाँ बैठकर वह फर्श से थोड़े ऊपर उठे हुए एक पर्दे पर कढ़ाई का काम करने लगीं। मा. देर्विल उनके बगल में ही बैठी थीं। तभी ऐसे दिन-दहाड़े हमारे नायक महोदय ने अपना जूता आगे बढ़ाकर मा. द रेनाल के सुन्दर पैर को स्पर्श करना ठीक समझा। उसी समय म. मोजिरों की दृष्टि भी उनके पेरिस से आए हुए सुन्दर स्लिपरों और रेशमी मोज़ों की ओर आकर्षित हुई।

मा. द रेनाल को काटो तो खून नहीं। उन्होंने अपनी कैंची, ऊन का गोला और सलाइयाँ अपने हाथ से गिरा दीं जिससे जुलियें का कार्य ऐसा जान पड़े मानो वह फर्श पर गिरती हुई कैंची को पकड़ने का ही कोई फूहड़ प्रयत्न कर रहा हो। भाग्यवश कैंची इंग्लैंड में शेफील्ड के इस्पात की बनी हुई थी, इसलिए गिरते ही टूट गई। मा. द रेनाल इस स्थिति का लाभ उठाकर बड़ा खेद प्रकट करने लगीं कि यदि जुलियें अधिक समीप होता तो कैंची को गिरकर टूटने से बचा लेता।

वह बोलीं, ''आपने तो मुझसे पहले ही कैंची को गिरते देख लिया था, पर उसे पकड़ने की बजाय जोश में मेरे ऊपर ही लात चलाना शुरू कर दिया।''

उनके इन शब्दों से म. मोजिरों तो धोखा खा गए पर मा. देर्विल नहीं। उन्होंने सोचा कि इस सुन्दर नौजवान के रंग-ढंग बड़े अजीब हैं। प्रान्तीय राजधानी में शिक्षा-दीक्षा के बारे में जो धारणाएँ आदमी की बनती हैं, उनके कारण ऐसी भूल नहीं हो सकती। मा. द रेनाल ने पलभर का अवसर पाकर जुलियें से कहा, ''मेरी आज्ञा है कि आपको सावधानी बरतनी चाहिए।''

जुलियें को अपनी भयंकर भूल समझ में तो आ गई किन्तु इससे वह और भी चिढ़ गया। वह बहुत देर तक सोचता रहा कि 'मेरी आज्ञा है' इन शब्दों का बुरा माने अथवा नहीं। वह सोचने लगा कि जहाँ तक उनके बच्चों की शिक्षा का सम्बन्ध है, वह मुझे आज्ञा दे सकती हैं; किन्तु प्रेम में तो बराबरी का दर्जा होता है। बराबरी के बिना प्रेम सम्भव नहीं—और उसका मन समानता की तलाश में बहक गया। उसने मन-ही-मन कोरनेय की वह पंक्ति दोहराई जो कुछ दिन पहले उसने मा. देर्विल से सीखी थी : *प्रेम समानता की सृष्टि करता है, उसके पीछे नहीं दौड़ता।*

साहसिक प्रेमी की भाँति व्यवहार करने की हठधर्मी के कारण जुलियें, जिसे अभी तक एक भी प्रेमिका का अनुभव न था, सारे दिन नितान्त मूर्ख की भाँति व्यवहार करता रहा। उसे केवल एक ही बात समझदारी की सूझी। अपने आपसे और मा. द रेनाल से रुष्ट होने के कारण वह सन्ध्या को बगीचे के अँधेरे में उनके पास बैठने की कल्पना से ही भयभीत

था। वह मा. द रेनाल से पुरोहित महोदय से मिलने का बहाना करके भोजन के बाद ही घर से बाहर चला गया और उस दिन रात को देर तक नहीं लौटा।

वेरियेर में जुलियें को म. शेलाँ अपना घर बदलते हुए मिले। आख़िरकार उनकी नौकरी छिन गई थी और उनकी जगह म. मास्लों आनेवाले थे। क्यूरे की मदद करते-करते जुलियें तुरन्त फूके को यह लिखने के लिए व्यग्र हो उठा कि यद्यपि पहले चर्च की नौकरी के विचार से उसने उसके प्रस्ताव को अस्वीकार कर दिया था, किन्तु अभी-अभी उसने ऐसा अन्याय देखा है कि शायद कुल मिलाकर चर्च की नौकरी न लेना ही उचित होगा। जुलियें बाद में अपने आपको इस चतुराई के लिए बधाई देता रहा कि उसने पुरोहित की नौकरी छिनने के अवसर का लाभ उठाकर अपने लिए एक नया मार्ग तैयार कर लिया था। यदि उसके देश में वीरता की बजाय सावधानी और हाथ-पैर बचाकर चलने की प्रवृत्ति का ही बोलबाला रहे तो वह व्यवसाय के क्षेत्र को अपना सकता है।

15
मुर्गे की बाँग

लैटिन में प्रेम को कहते एमोर;
सो इस प्रेम का अंजाम होता है मौत,
और चिन्ताएँ जो दिल को कुतर जाती हैं,
*और दुख, पीड़ा, छल, पाप, पश्चात्ताप।**

–मध्यकालीन गीत

जिस दूरदर्शिता का जुलियें को इतना गर्व था वह सचमुच उसके पास होती तो अपने वेरियेर-यात्रा के प्रभाव के लिए वह अगले दिन सवेरे अपने आपको बधाई देता। अनुपस्थिति के कारण उसकी सब भूलें क्षमा हो चुकी थीं। उस दिन फिर वह कुछ चिढ़ा हुआ-सा ही था। शाम होते-होते एक अत्यन्त ही मूर्खतापूर्ण विचार उसके मन में आया जिसे उसने अपनी अपूर्व दुस्साहसिकता के साथ मा. द रेनाल को बता भी दिया।

वे लोग नित्य की भाँति बग़ीचे में जाकर बैठे ही थे कि जुलियें ने पर्याप्त अँधेरा होने की प्रतीक्षा किए बिना ही मा. द रेनाल के कान के पास अपना मुख ले जाकर और उनकी स्थिति को अत्यन्त सन्देहजनक बनाने का खतरा उठाकर उनसे कह दिया, "मैडम, आज रात को दो बजे मैं आपके कमरे में आऊँगा। आपसे मुझे कुछ ज़रूरी बात करनी है।"

जुलियें स्वयं ही काँप रहा था कि कहीं उसकी यह बात स्वीकार न हो जाए। प्रेमी का यह कर्तव्य अब उसके मन पर बड़ा भारी बोझ बन उठा था और यदि वह अपनी सहज प्रवृत्ति के अनुसार कार्य कर पाता तो वह बहुत दिनों के लिए अपने कमरे में चला जाता और उन महिलाओं की सूरत भी कभी न देखता। उसे लगा कि अपनी कल की अति-चतुराई से उसने

* इस छन्द में *एमोर* (प्रेम), *ला मोर* (मौत), *कई मोर* (चिन्ता) और *रिमोर* (पश्चाताप) का तुक मिलाया गया है।–सं.

पिछले दिन की सारी सुन्दर सम्भावनाओं पर पानी फेर लिया है। अब उसे सूझता न था कि सहायता के लिए कौन-से देवी-देवता को याद करे।

जुलियें की इस धृष्टतापूर्ण साहसिक घोषणा का उत्तर मा. द रेनाल ने जिस रोष के साथ दिया, वह सच्चा था और उसमें तनिक भी अत्युक्ति न थी; बल्कि जुलियें को लगा कि उनके संक्षिप्त-से उत्तर में घृणा की भी हल्की-सी ध्वनि थी। उस धीमे-से उत्तर में केवल इतने-से शब्द थे, "तुम्हें शर्म नहीं आती !"

बच्चों से कुछ कहने का बहाना बनाकर जुलियें कुछ देर बाद वहाँ से उठकर चला आया। लौटने पर वह मा. द रेनाल से बहुत दूर मा. देर्विल के पास जाकर बैठा ताकि उनका हाथ थाम सकने की कोई सम्भावना ही न रहे। बातचीत गम्भीर विषयों पर छिड़ गई जिसमें जुलियें ने अच्छी योग्यता का परिचय दिया। बीच-बीच में अवश्य ही वह चुप हो जाता था और अपनी योजना पूरी करने के लिए अपना दिमाग़ कुरेदने लगता था। वह किसी ऐसी चाल की तलाश में था जिससे मा. द रेनाल बाध्य होकर अपने प्रेम के वे सब असंदिग्ध लक्षण फिर से प्रकट करने लगें जिनके कारण केवल तीन दिन पहले ही उसे उनके अपना होने का विश्वास होने लगा था।

अपनी योजना को ऐसी निराशाजनक स्थिति में पाकर जुलियें बहुत ही बेचैन हो उठा था, किन्तु सफलता कहीं अधिक त्रासदायक सिद्ध होती। उस दिन रात को जब वे लोग बाग़ से उठे तो अपनी नैराश्यपूर्ण मानसिक स्थिति के कारण जुलियें को विश्वास हो चुका था कि मा. देर्विल तो मुझे तिरस्कार की दृष्टि से देखती ही हैं, पर शायद मा. द रेनाल का भाव भी इससे कोई विशेष अच्छा नहीं है।

अत्यन्त क्षुब्ध और अपमानित अनुभव करने के कारण जुलियें को नींद नहीं आई। उसका मन इस विचार से कोसों दूर था कि अपनी सब योजनाएँ और इरादे त्यागकर मा. द रेनाल के साथ एक बालक की भाँति प्रत्येक दिन प्राप्त होनेवाली प्रसन्नता से सन्तुष्ट होकर रहा आए।

चतुराई-भरी तरकीबें सोचते-सोचते और पलभर बाद ही उनकी निष्फलता पहचानते-पहचानते वह क्लान्त हो उठा। संक्षेप में दुर्ग़ के बाहर वाली घड़ी में जब दो का घंटा बजा तो वह अत्यन्त ही दुःखी अनुभव कर रहा था।

घड़ी के घंटों ने उसे ऐसे ही जगा दिया जैसे मुर्गे की बाँग ने सन्त पीटर को जगाया होगा। उसे लगा कि उसकी कठोरतम परीक्षा का क्षण आ पहुँचा है। अपने उद्धत प्रस्ताव को मुँह से निकालने के बाद से उसने अभी तक पलभर भी उस पर ध्यान न दिया था—उसका ऐसा निरुत्साह-जनक स्वागत हुआ था !

उसने बिस्तर से निकलते-निकलते सोचा : मैंने कहा था, दो बजे तुम्हारे कमरे में आऊँगा ! मैं भले ही एक किसान के बेटे की भाँति अनुभवहीन और अशिष्ट होऊँ—मा. देर्विल ने यह स्पष्ट करने में कोई कसर न छोड़ी थी—किन्तु कम-से-कम दुर्बल मैं नहीं बनूँगा।

जुलियें का अपने साहस से प्रसन्न होना उचित ही था; इतना संयम पहले कभी उसने नहीं बरता था। दरवाजा खोलते-खोलते उसे लगा, जैसे उसके पैर लड़खड़ा रहे हों और उसे दीवार का सहारा लेना पड़ा।

उसने अपने जूते उतार दिए। चुपके-चुपके मा. द रेनाल के कमरे के द्वार से कान

लगाकर सुनने का प्रयत्न किया। उनके खर्राटों की आवाज़ साफ सुनाई दे रही थी। इस आवाज़ से उसका कष्ट कुछ बढ़ ही गया। अब तो उसके पास मा. द रेनाल के कमरे में न जाने का कोई कारण ही न बचा। किन्तु क्या, हे भगवान ! वहाँ जाकर वह करेगा क्या ? उसके मन में कोई योजना न थी और यदि होती भी तो इस उत्तेजित अवस्था में उसे कार्यान्वित करना असम्भव होता।

इस क्षण उसकी यातना मृत्युदंड के लिए जानेवाले व्यक्ति से हज़ार गुनी अधिक थी। किन्तु अन्त में वह मा. द रेनाल के कमरे की ओर जानेवाले छोटे-से बरामदे में मुड़ गया। काँपते हुए हाथों से उसने दरवाज़ा खोला जिसमें बहुत शोर हुआ।

कमरे में प्रकाश था। मैन्टलपीस के नीचे एक लैम्प जल रहा था। इस नए संकट की तो उसने कल्पना भी न की थी। उसे कमरे में घुसते देखकर मा. द रेनाल अपने बिस्तर से उछलकर उठ आईं। ''दुष्ट !'' उन्होंने तीव्र स्वर में कहा। पलभर के लिए सबकुछ गड़बड़ा गया। जुलियें अपनी निरर्थक योजनाएँ भूल गया और उसका स्वाभाविक रूप लौट आया। उसे लगा कि ऐसी अनुपम सुन्दरी को प्रसन्न न कर सकने से बड़ा दुर्भाग्य कोई दूसरा न होगा। उनकी समस्त भर्त्सनाओं का उत्तर उसने उनके पैरों के समीप बैठकर और उनके घुटनों को अपनी दोनों बाँहों में बाँधकर दिया। उनकी अत्यन्त तीखी बातों को सुनकर अन्त में उसकी आँखों में आँसू भर आए।

कई घंटे के बाद जब जुलियें मा. द रेनाल के कमरे से बाहर निकला तो, यदि उपन्यासों की भाषा में कहें, उसकी कोई अभिलाषा बाकी न बची थी। जिस प्रेम को वह जाग्रत कर सका था तथा उनके लुभावने सौन्दर्य ने जो अप्रत्याशित प्रभाव उसके मन पर डाला था, उसके प्रति जुलियें के मन में बड़ा कृतज्ञता का भाव था। उसने ऐसी विजय प्राप्त की थी जिसे वह अपने आप केवल अपनी ही अकुशल चतुराई द्वारा कभी न पा सकता था।

किन्तु साथ ही आनन्द के अनन्य तथा मधुरतम क्षणों में भी उसके विचित्र अहंकार ने उसे चैन न लेने दिया। तब भी उसकी यही लालसा थी कि वह अपनी इच्छानुसार स्त्रियों को वश में कर लेनेवाले व्यक्ति के रूप में दिखाई पड़े। इसलिए जो कुछ अपने आप ही इतना मोहक था, उसे वह नष्ट करने का अनवरत प्रयत्न करता रहा। जो भाव उसने जाग्रत किए थे और जो पश्चात्ताप उनके उत्कट हर्षोन्माद को तीव्रतर बना रहा था, उसकी ओर ध्यान देने की बजाय वह अपने प्रति कर्तव्य के विचार को ही निरन्तर अपने आगे रखता रहा। उसे भय था कि अपने निश्चित आदर्श से इधर-उधर हटते ही कहीं बाद में उसे बुरी तरह पछताना न पड़े और वह अपनी ही आँखों में सदा के लिए हास्यास्पद न हो जाए। एक शब्द में जिस कारण जुलियें अपने आपको श्रेष्ठतर अनुभव कर रहा था, ठीक वही उसके सामने मौजूद आनन्द के उपभोग में बाधक था। वह उस षोडस-वर्षीया किशोरी की भाँति था जो नाच के लिए जाते समय अपने गालों के लुभावने गुलाबी रंग पर लाली लगाने की मूर्खता करती है।

मा. द रेनाल जुलियें को एकाएक वहाँ देखकर पहले तो बहुत ही भयभीत हुईं पर शीघ्र ही उनके मन को तरह-तरह की निर्मम आशंकाओं ने घेर लिया। जुलियें के आँसुओं तथा हताश भाव ने उन्हें बहुत विचलित कर दिया था। यहाँ तक कि जब वे उसे सर्वस्व समर्पण कर चुकीं तब एकाएक वास्तविक क्षोभ में उन्होंने पहले तो उसे दूर ढकेल दिया और फिर पलभर बाद ही स्वयं उसकी बाँहों में जा गिरीं। इस आचरण में कोई योजना न थी। उन्हें

विश्वास हो गया था कि अब उनके उद्धार की कोई आशा नहीं। इसलिए जुलियें के ऊपर उत्कटतम आलिंगन बरसाकर नरक के भयानक दृश्य से अपनी आँखें मूँद लेना चाहती थीं। संक्षेप में, बस यदि हमारे नायक में उपभोग की क्षमता होती तो उसके सुख में कोई कमी न थी। जिस नारी को उसने अभी वशीभूत किया था, उसके प्रबलतम प्रतिदान की भी नहीं। उनके मन में जो हर्षोन्माद उनकी इच्छा के विरुद्ध ही जाग्रत हो रहा था, वह जुलियें के प्रस्थान से भी चुका नहीं और न वह पश्चात्ताप ही मिटा जो उनकी आत्मा के टुकड़े-टुकड़े किए डाल रहा था।

हे भगवान् ! क्या सुखी होना, किसी का प्रेम प्राप्त करना, इससे अधिक कुछ नहीं है ? अपने कमरे में लौटने पर यही भाव सबसे पहले जुलियें के मन में आया। वह विस्मय और तीव्र उत्तेजना की उसी अवस्था में था जो मनुष्य की चिर-इच्छित वस्तु की प्राप्ति पर होती है। तब लालसा के निरन्तर अभ्यस्त हृदय में कोई लालसा तो नहीं बचती, पर तब कोई स्मृतियाँ भी नहीं होतीं। परेड से लौटे हुए सिपाही की भाँति जुलियें अपने आचरण की छोटी से छोटी बात की प्रत्यालोचना में डूब गया। क्या मैंने अपने प्रति कर्तव्य में कोई कमी दिखाई है ? अपना पार्ट मैंने भली-भाँति अदा किया अथवा नहीं ?

और पार्ट भी कौन-सा ! स्त्रियों को वशीभूत करने में सिद्धहस्त व्यक्ति का !

16
दूसरे दिन

उसने बढ़ाए अपने अधर उसकी ओर, और हाथ से
पीछे कर दीं उसकी उड़ती जुल्फों की उलझी लटें।

—डॉन जुआन से

जुलियें के अहंकार के लिए सौभाग्यवश मा. द रेनाल इतनी अधिक व्याकुल और विस्मित थीं कि एक क्षण में ही उनके सबकुछ हो जानेवाले उस व्यक्ति की मूर्खता को वह न देख सकीं।

सवेरे पौ फटते देख जब उन्होंने उससे जाने के लिए कहा तो अचानक उनके मुँह से निकल पड़ा, "हे भगवान् ! मेरे पति ने कोई आवाज़ भी सुन ली होगी तो मेरा सर्वनाश निश्चित है !"

"क्या तुम्हें पछतावा है ?" जुलियें ने पूछा। कुछ प्रचलित वाक्य सोचने का अवसर मिला तो उसे यही सूझा।

"आह ! इस क्षण तो बहुत है। पर तुमसे परिचय होने का कोई पछतावा मुझे नहीं।"

जुलियें को अपनी प्रतिष्ठा के अनुकूल यही लगा कि वह दिन-दहाड़े और कोई सावधानी बरते बिना ही अपने कमरे को लौटे।

अनुभवी दिखाई पड़ने के मूर्खतापूर्ण विचार के कारण वह अपने छोटे से छोटे कार्य को निरन्तर सोच-समझकर करता था। इसका केवल एक ही लाभ हुआ—जब दोपहर को भोजन

के समय मा. द रेनाल से उसकी फिर भेंट हुई तो उसका व्यवहार संयम और दूरदर्शिता का अपूर्व उदाहरण था।

जहाँ तक मा. द रेनाल का प्रश्न था, जुलियें की ओर देखते ही उनका मुख लज्जा से गहरा लाल हो जाता था और साथ ही उसकी ओर देखे बिना उन्हें मिनट-भर भी चैन न पड़ता था। वह अपनी बेचैनी के बारे में सजग हो उठीं जो उसे छिपाने के प्रयत्न में और भी बढ़ती जा रही थी। जुलियें ने केवल एक बार दृष्टि उठाकर उनकी ओर देखा। किन्तु जब उसने दोबारा उनकी ओर न देखा तो वह सशंक हो उठीं। सोचने लगीं, क्या यह सम्भव है कि अब उसे मुझसे प्रेम नहीं ? उसके लिए मेरी उम्र अधिक है। आह ! मैं उससे दस बरस बड़ी हूँ !

भोजन के कमरे से बाग़ में जाते समय उन्होंने जुलियें का हाथ दबाया। प्रेम के ऐसे अनोखे प्रदर्शन से चकित होकर जुलियें बड़ी भावाविष्ट दृष्टि से उनकी ओर देखने लगा। सवेरे भोजन के समय वह बहुत ही आकर्षक लग रही थीं और अपनी आँखें लगातार नीची रखने पर भी वह उनके सौन्दर्य के विभिन्न पक्षों के विषय में ही निरन्तर सोचता रहा था। उसकी इस स्नेह-भरी दृष्टि से मा. द रेनाल को कुछ सांत्वना मिली। इससे उनकी सारी व्यग्रता तो न मिटी पर अपने पति को लेकर मन में उठनेवाला पश्चात्ताप लगभग पूरी तरह दूर हो गया।

दोपहर को भोजन के समय उनके पति का ध्यान तो किसी बात पर नहीं गया, किन्तु मा. देर्विल को लगा कि जैसे उनकी सखी अब फिसलने ही वाली हो। उस रोज दिनभर एक मित्र के नाते अपने साहसपूर्ण और तीखे वचनों से हर तरह के इंगित द्वारा वह यह प्रकट करती रहीं कि मा. द रेनाल कैसे भयंकर गढ़े की ओर बढ़ी जा रही हैं।

उधर मा. द रेनाल जुलियें के साथ एकान्त में मिलने के लिए तड़प रही थीं। वह उससे पूछना चाहती थीं कि उसे अब भी उनसे प्रेम है या नहीं। साधारणतः उनके स्वभाव की मधुरता कभी कम न होती थी किन्तु उस दिन कई बार उनकी सखी को यह लगते-लगते बचा कि वह उनकी राह में बाधा बन रही है।

उस दिन शाम को बाग़ में मा. देर्विल जानबूझकर मा. द रेनाल और जुलियें के बीच में बैठीं। इसलिए मा. द रेनाल, जो जुलियें का हाथ दबाने और होंठों से लगाने की मधुर कल्पना में दिनभर विभोर रही थीं, जुलियें से एक शब्द भी न कह सकीं।

इस निराशा ने उनकी उत्तेजना को और भी बढ़ा दिया। एक बात का उन्हें बड़ा भारी पछतावा था। पिछली रात जुलियें को अपने कमरे में आने के लिए बुरी तरह डाँटने के कारण उन्हें भय था कि कहीं आज वह आए ही नहीं। वह उस दिन बाग़ से जल्दी ही उठकर अपने कमरे में चली गईं, किन्तु अपनी अधीरता को न दबा सकने के कारण जुलियें के दरवाजे पर कान लगाकर सुनने लगीं। व्यग्रता और लालसा से बेचैन होने पर भी उन्हें उसके कमरे में प्रवेश करने का साहस न हुआ। अपना यह कार्य उन्हें बहुत ही अपमानजनक लग रहा था।

सारे नौकर अभी सोने नहीं गए थे। इसलिए समझदारी ने उन्हें अपने कमरे में लौट आने के लिए लाचार किया। दो घंटे की प्रतीक्षा उन्हें दो शताब्दी की यन्त्रणा जैसी जान पड़ी।

किन्तु जुलियें तो अपने कर्तव्य को अन्त तक पूरा करने पर उतारू था। वह कोई काम बाकी छोड़ने को तैयार न था। जैसे ही एक का घंटा बजा, वह चुपचाप अपने कमरे से निकला

और गृहस्वामी के सो जाने का पक्का पता लगाकर मा. द रेनाल के कमरे में जा पहुँचा। आज उसे अपनी प्रेयसी के सम्पर्क में अधिक सुख मिला क्योंकि आज कर्तव्य की चेतना इतनी प्रबल थी और उसके दोनों आँख-कान देखने और सुनने के लिए उत्सुक थे।

अपनी आयु के विषय में मा. द रेनाल की बात सुनकर जुलियें को कुछ आश्वासन मिला। वह कहने लगीं, "आह ! मैं तुमसे दस बरस बड़ी हूँ। तुम मुझे कैसे प्यार कर सकते हो ?" यह बात उन्होंने लगभग व्यर्थ ही कई बार कही, क्योंकि इस विचार से वह बहुत संत्रस्त थीं। जुलियें उनकी इस व्याकुलता का कारण तो न समझ सका पर उसकी वास्तविकता अवश्य उसे अनुभव हुई। इस कारण हास्यास्पद दिखाई पड़ने का भय उसके मन से लगभग जाता रहा।

यह मूर्खतापूर्ण धारणा भी उसके मन से निकल गई कि अपने कुल की दरिद्रता के कारण वह निम्न कोटि का प्रेमी माना जाता होगा। जिस हद तक जुलियें के हर्षातिरेक से उसकी प्रेयसी की कातरता कम होने लगी उसी हद तक उनका आनन्द और सुख भी तथा उसके साथ ही साथ अपने प्रेमी के विषय में कुछ सोचने की उनकी क्षमता भी लौटने लगी। सौभाग्यवश इस अवसर पर जुलियें के व्यवहार में वैसी कोई रुखी आत्मसजगता न थी जिसके कारण पिछली रात को उनके मिलन में विजय तो थी, आनन्द नहीं। यदि उन्हें जुलियें के व्यवहार में तनिक भी बनावट के चिह्न दीख पड़ते तो इस कष्टदायक ज्ञान से उनका सारा सुख ही सदा के लिए नष्ट हो जाता, क्योंकि यह उन्हें दोनों की आयु के अन्तर का ही दुखद दुष्परिणाम जान पड़ता, क्योंकि यद्यपि मा. द रेनाल ने कभी प्रेम-सम्बन्धी सिद्धान्तों पर कोई विचार न किया था तो भी प्रान्तों में प्रेम की चर्चा छिड़ने पर सम्पत्ति के बाद आयु के अन्तर को लेकर ही लोग सदा अपनी बुद्धि की चतुराई दिखाया करते हैं।

कुछ ही दिनों में जुलियें का समस्त आयु-सुलभ उबलता हुआ जोश लौट आया और वह पूरी तरह प्रेम में सराबोर हो उठा। उसने मन-ही-मन स्वीकार किया कि वह अपूर्व स्नेहमयी हैं, और उनका-सा लावण्य तो दुर्लभ ही है।

अपने कर्तव्य-पालन के विचार को तो अब वह लगभग भूल ही गया। मुक्त भावातिरेक के एक क्षण में उसने अपनी सारी आशंकाएँ तथा भय उनके आगे प्रगट कर दिए। इस आत्मप्रकटीकरण से उनकी भाव-विह्वलता और भी प्रबल हो गई। आनन्दातिरेक में मा. द रेनाल सोचतीं कि मेरा जैसा सौभाग्य किसका होगा ! तभी उन्होंने उस चित्र के बारे में भी पूछ लिया जिसने उन्हें इतना व्याकुल किया था। जुलियें ने सौगन्ध खाकर कहा कि वह चित्र तो एक पुरुष का था।

जब मा. द रेनाल इतनी प्रकृतिस्थ हुईं कि कुछ सोच सकें तो केवल एक आश्चर्य का भाव ही उनके मन में व्याप्त था। क्या सचमुच इतना सुख होता है ? मैं कैसे अभी तक उसके अस्तित्व से भी अनभिज्ञ रही ? आह ! यदि कहीं दस बरस पहले जुलियें से मेरा परिचय हुआ होता ! उस समय तो मैं सुन्दरी मानी ही जा सकती थी !

जुलियें का मन ऐसे सब विचारों से कोसों दूर था। उसका प्रेम अभी तक महत्त्वाकांक्षा का ही दूसरा रूप था। इस प्रेम का केवल यही आनन्द उसके लिए था कि उस जैसे दरिद्र, दुखी और सब लोगों की घृणा के पात्र व्यक्ति को ऐसी सुन्दरी स्त्री प्राप्त है। उसके प्रेम सम्बन्धी क्रियाकलाप, प्रेयसी के लावण्य को देखकर उसके हर्षोन्माद से अन्त में मा. द रेनाल को आयु के अन्तर के विषय में आश्वासन हो गया। यदि उन्हें थोड़ा-सा भी वह व्यावहारिक

ज्ञान होता जो दुनिया के अधिकांश सभ्य देशों में तीस बरस की स्त्री को बहुत पहले ही प्राप्त हो चुकता है, तो वह इस प्रेम की अवधि के लिए अवश्य चिन्तित होतीं, जो केवल विस्मय और सन्तुष्ट आत्मश्लाघा की भावनाओं पर आधारित था।

ऐसे भी क्षण होते थे जब जुलियें अपनी सारी महत्त्वाकांक्षाएँ भूलकर मा. द रेनाल की टोपियों, उनके वस्त्रों तक की प्रशंसा उच्छ्वसित भाव से करने लगता था। उनकी सुरभि को पीने में तो वह कभी थकता ही न था। कभी-कभी वह उनकी शीशे वाली आलमारी खोलता और उसके भीतर व्यवस्थित रूप से रखी प्रत्येक वस्तु की सुन्दरता को सराहता हुआ देर तक खड़ा रह जाता। उसकी प्रेयसी उसका सहारा लेकर उसकी ओर निहारती रहती, किन्तु वह स्वयं साधारणतः विवाह के अवसर पर किसी दुलहिन के उपयुक्त उन सब गहनों तथा अन्य सुन्दर वस्तुओं को ताकता रहता।

इस व्यक्ति से मेरा विवाह भी हो सकता था। कभी-कभी मा. द रेनाल सोचने लगतीं। कैसा उत्साही और ज्वलन्त व्यक्तित्व है ! उसके साथ जीवन कितना रोमांचकर होता !

जहाँ तक जुलियें का प्रश्न है, वह नारी के शस्त्रागार के इन भयंकर आयुधों के इतने समीप पहले कभी नहीं आया था। वह सोचता कि पेरिस में भी इससे सुन्दर कुछ नहीं हो सकता ! ऐसे क्षणों में उसे अपने सुख में कोई बाधा नहीं दीखती थी। अपनी मुग्धता की सच्चाई और अपने प्यार से अपनी प्रेमिका के आनन्दातिरेक—इन दोनों बातों के मिलने से वह प्रायः उन निरर्थक सिद्धान्तों को भूल जाता था जिनके कारण मिलन के प्रारम्भिक क्षणों में वह इतना रूखा और लगभग हास्यास्पद हो उठा था। ऐसे बहुत-से क्षण आते जब अपने सारे ढोंग को छोड़ इस महान नारी के आगे अपना हृदय खोलकर रख देना बहुत ही मधुर लगता, जो उसके अनगिनत छोटे-मोटे लोकाचारों के अज्ञान को देखकर और भी मुग्ध हो जाती थीं। जुलियें को लगता कि उसकी प्रेयसी के सामाजिक स्तर ने उसको भी ऊँचा उठा दिया है।

स्वयं मा. द रेनाल को इस प्रतिभाशाली नवयुवक को, जिसकी भावी उन्नति का सबको विश्वास था, अनगिनत छोटी-छोटी बातें सिखाने में बहुत ही सात्त्विक आनन्द मिलता। यहाँ तक कि उपज़िलाधीश और म. वालनो तक उसकी प्रशंसा करने को मजबूर थे। मा. द रेनाल को वे लोग अपने इस कार्य के कारण कुछ मूर्ख जान पड़ते; किन्तु मा. देर्विल के विचार इससे बहुत भिन्न थे। उन्हें जो कुछ अनुमान हो रहा था, उससे वह बहुत खिन्न थीं। उन्हें लगता था कि उनकी सखी का सिर फिर गया है। उसे भी उनकी समझदारी की सलाह अब अप्रिय लगने लगी थी। इसलिए एक दिन वह बिना कुछ कारण बताए ही वेर्जि से चली गईं और वास्तव में किसी ने उनसे कारण पूछा भी नहीं। मा. द रेनाल ने अवश्य इस पर थोड़े-से आँसू बहाए पर शीघ्र ही उनको अपना आनन्द कुछ बढ़ा हुआ ही लगा क्योंकि सखी के चले जाने से अब उनके लिए सारा दिन अपने प्रेमी के साथ बिताना सम्भव हो गया था।

जुलियें ने अपनी प्रेयसी के मधुर संसर्ग को और भी तत्परता से स्वीकार किया, क्योंकि जब भी वह देर तक अकेला रह जाता तो फूके का अभागा प्रस्ताव उसके मन को चंचल करने लगता। प्रेम करने का उसके जीवन में यह पहला ही अवसर था और इससे पहले उसे भी किसी ने प्यार न किया था। इसलिए इस नए जीवन के प्रारम्भ में ऐसे भी क्षण आए थे जब वह अपने मन को खोल देने के आनन्द से अभिभूत हो उठता था। ऐसे क्षणों में उसकी इच्छा होती कि मा. द रेनाल को अपनी वह महत्त्वाकांक्षा भी बता दे जो अब तक

उसके जीवन की प्रमुख प्रेरणा रही थी। उसकी यह भी इच्छा होती कि फूके के प्रस्ताव ने उसके मन में जो विचित्र प्रलोभन-सा उत्पन्न कर दिया था, उसके विषय में उनकी सलाह ले। किन्तु एक छोटी-सी घटना ने ऐसी निश्छलता असम्भव बना दी।

17

मेयर के प्रधान सहायक

ओ, प्रेम का यह बसन्त
जैसे अप्रैल के खिले दिन का वैभव हो,
दमकता हुआ सूर्य के भरपूर सौन्दर्य से,
और धीरे-धीरे एक बादल ढँक लेता है सबकुछ !

–वेरोना के दो भद्रजन

एक दिन शाम को जुलियें उद्यान-कुँज के दूसरे छोर पर सब विघ्न-बाधाओं से दूर अपनी प्रेयसी के पास सपनों में खोया बैठा था। वह सोच रहा था कि ऐसे मधुर क्षण क्या सदा रहेंगे ? उसका मन पूरी तरह अपनी आजीविका का साधन निश्चित करने की कठिनाइयों में उलझा हुआ था, और उसे जीवन की इस सन्धि-बेला पर बड़ा क्षोभ हो रहा था, जिसमें अल्प साधनोंवाले नौजवानों के लिए शैशव समाप्त होकर यौवन के दुखद प्रारम्भिक दिन शुरू हो जाते हैं।

"आह !" वह जोर से बोल उठा, "नेपोलियन निश्चय ही फ्रांस के तरुणों के लिए देवदूत की भाँति था ! अब कौन उसकी जगह लेगा ? अब उसके बिना मेरे जैसे, अथवा मुझसे कुछ अधिक साधन-सम्पन्न, उन अभागे युवकों का कैसे काम चलेगा जिनके पास अच्छी शिक्षा के लायक तो थोड़े-से पैसे हैं; पर इतने नहीं हैं कि सेना की भरती के लिए अपनी जगह धन देकर किसी दूसरे को तैयार कर सकें अथवा किसी अन्य व्यवसाय में सफल हो सकें ! हम कुछ भी करें," उसने लम्बी साँस लेते हुए कहा, "इस दुर्भाग्य की स्मृति हमें कभी सुखी न होने देगी !"

एकाएक उसने देखा कि मा. द रेनाल के माथे पर बल पड़ गए हैं। उनके चेहरे पर रूखी अवहेलना का भाव था। ऐसे विचार तो नौकर-चाकरों के ही उपयुक्त हैं। सम्पन्नता में लालन-पालन होने के कारण वह स्वभावतः ही जुलियें को अपनी ही भाँति समझती थीं। वह उससे अपने प्राणों से हजार गुना अधिक प्रेम करती थीं और धन में उनकी तनिक भी दिलचस्पी न थी।

जुलियें उनके विचारों को तो न समझ सका किन्तु उनके माथे के तेवरों से वह फिर धरती पर आ टिका। उसने बड़े आत्म-संयम से काम लिया और आगे की बात कुछ इस ढंग से कही जिससे घास पर अपने इतने समीप बैठी इस सम्भ्रान्त महिला को यह लगे मानो वे पिछले वाक्य उसके अपने न थे, बल्कि हाल में अपने व्यापारी मित्र के यहाँ सुने हुए अधार्मिक लोगों के तर्कों के उद्धरण मात्र थे।

"ठीक है, पर ऐसे लोगों से कोई सम्पर्क नहीं रखना चाहिए," मा. द रेनाल ने कहा।

प्रगाढ़ प्रेम के स्थान पर जो रूखेपन का भाव अचानक उनके चेहरे पर उदित हो गया था, वह अभी मिटा न था।

उनके रोष ने, बल्कि उसकी असावधानी पर उनकी खिन्नता ने, जुलियें को बहाए लिए जानेवाले मिथ्या स्वप्नों में पहला धक्का दिया। वह सोचने लगा कि यह कृपालु और मधुर हैं, मेरे लिए इनके मन में बहुत स्नेह भी है, किन्तु इनका पालन शत्रु के घर में हुआ है। इस तरह के लोग अनिवार्य रूप से उन तेजस्वी लोगों से डरते हैं जिनके पास अच्छी शिक्षा पाने के बाद कोई कार्य शुरू करने लायक धन नहीं होता। यदि हम लोगों को इन कुलीनों के साथ समान शस्त्रों से लड़ने का अवसर मिल जाए तो इनका क्या होगा ? उदाहरण के लिए, यदि मैं वेरियेर का मेयर होता और मा. द रेनाल के समान ही सदाशयी और ईमानदार होता, तो मैं कितनी जल्दी म. मास्लों तथा म. वालनो जैसे लोगों और उनके सारे भ्रष्टाचरणों का अन्त कर देता। वेरियेर में तुरन्त न्याय की विजय हो जाती। उनकी कार्य-कुशलता से मेरे मार्ग में कोई बाधा न पड़ती। वे तो किसी काम को गोलमाल किए बिना कर ही नहीं पाते।

उस दिन जुलियें का सुख स्थायित्व के बहुत ही समीप आ पहुँचा था। किन्तु हमारा नायक ईमानदार होने का साहस न कर सका। उसने यदि संघर्ष के मार्ग पर पैर रखा था तो उसमें कूद पड़ने का साहस उसे उसी समय और वहीं दिखाना चाहिए था। मा. द रेनाल जुलियें की बात से कुछ चौंक-सी गई थीं, क्योंकि उनके सभी परिचित सदा यह कहते रहते थे कि निम्न वर्गों के शिक्षा-प्राप्त युवकों के कारण रोबस्पएर के वापस लौटने की सम्भावना विशेष रूप से बढ़ती जा रही है। वह बहुत देर तक जुलियें से खिंची-खिंची-सी रहीं। जुलियें को उनका यह व्यवहार विशेष रूप से तीखा लगा। किन्तु वास्तव में उसकी बातों से उत्पन्न होनेवाले क्षोभ के साथ-साथ ही उनके मन में यह भय भी जाग उठा था कि कहीं उन्होंने उससे कोई बहुत ही अप्रिय बात न कह दी हो। इस अन्तर्द्वन्द्व से उनका मन त्रास से भर उठा। यह त्रास उनके उस मुख पर स्पष्ट झलक आया जो अप्रीतिकर लोगों से दूर होने पर तथा प्रसन्नता के क्षणों में इतना निश्छल और पवित्र लगता था।

जुलियें को अपने सपनों में डूबे रहने का अब और साहस न बचा। मन कुछ शान्त होने और प्रेम का ज्वार तनिक हलका होने पर अब उसे अनुभव होता था कि उसका मा. द रेनाल के कमरे में जाना बुद्धिमानी नहीं है। यह अधिक उपयुक्त होगा कि वही उसके कमरे में आया करें। उन्हें यदि कोई नौकर-चाकर इधर-उधर जाते देख भी ले तो उसके बीसियों कारण बताए जा सकते हैं।

किन्तु इस व्यवस्था में भी कुछेक अड़चनें थीं। जुलियें फूके से कुछ ऐसी किताबें ले आया था जिन्हें वह धर्मशास्त्र के विद्यार्थी होने के नाते कभी भी पुस्तक-विक्रेता से न ले सकता था। उन्हें वह रात को ही खोलने का साहस कर पाता था। विशेष कर दो दिन पूर्व की घटना के पहले रात को इन पुस्तकों को पढ़ते समय किसी भी ऐसे व्यक्ति का आना उसे अच्छा न लगता था जिससे उसके पढ़ने में बाधा पड़े।

अब उसे इन पुस्तकों का एक नया ही अर्थ मिला जिसके लिए वह मा. द रेनाल का आभारी था। उनसे वह अनगिनत छोटी-छोटी बातों के बारे में तरह-तरह के सवाल पूछता रहता था। इन सब विषयों में इतना अज्ञान, अत्यन्त उच्च घराने के अतिरिक्त अन्य किसी युवक के लिए, चाहे उसे अपनी स्वाभाविक बुद्धि पर कितना ही भरोसा क्यों न हो, बहुत ही घातक सिद्ध हो सकता था।

प्रेम की यह शिक्षा और वह भी एक कम पढ़ी-लिखी स्त्री द्वारा, जुलियें के लिए वरदान की भाँति थी, क्योंकि इससे उसे आज के समाज की प्रत्यक्ष झाँकी मिल सकी। ऐसे वर्णनों से जुलियें का मन इस दिशा में भ्रान्त होने से बच गया कि किसी जमाने में, दो हजार वर्ष अथवा साठ वर्ष पहले, वाल्तेर और लुई चौदहवें के युग में, वह समाज कैसा था। अपनी आँखों के आगे से एक पर्दा-सा हटते देखकर उसके हर्ष का ठिकाना न था; आखिरकार वेरियेर में चलनेवाली अनगिनत बातों का रहस्य उसकी समझ में आने लगा।

उसे पता चला कि बजाँसों में ज़िलाधीश के कार्यालय में पिछले दो वर्षों से तरह-तरह की कपटपूर्ण दलबन्दियाँ चल रही हैं, जिनके पीछे पेरिस के बहुत-से प्रमुख व्यक्तियों के पत्रों का हाथ है। सवाल यह था कि म. द म्वारो को, जो ज़िलेभर में सबसे कट्टर धर्म-समर्थक थे, वेरियेर के मेयर का प्रधान सहायक नियुक्त किया जाए अथवा नहीं। उनका मुख्य प्रतिद्वन्द्वी एक बहुत ही धनी कारख़ानेदार था जिसे द्वितीय सहायक के सर्वथा महत्त्वहीन पद पर बिठाने की कोशिशें हो रही थीं।

जुलियें ने म. द रेनाल के घर में भोजन के लिए आनेवाले उच्चवर्गीय लोगों के वार्तालाप में जो बेशुमार अस्पष्ट संकेत-से सुने थे, उनका अर्थ अब उसकी समझ में आ गया। यह सुविधाप्राप्त मंडली मेयर के सहायक का चुनाव करने में बेहद व्यस्त थी, यद्यपि बाकी नगरवासियों को, विशेष कर उदारपंथियों को, ऐसी सम्भावना की हवा तक न लगी थी। यह सवाल इसलिए और भी महत्त्वपूर्ण हो उठा था कि वेरियेर की हाई स्ट्रीट के अब सार्वजनिक राजमार्ग हो जाने के कारण उसका पूर्वी हिस्सा कोई नौ फ़ीट या इससे भी अधिक पीछे हटाया जानेवाला था।

इस सड़क पर म. म्वारो के तीन मकान थे जो सड़क को पीछे हटाने में गिराए जाते। इसलिए यदि वह सहायक मेयर बन जाते और फिर म. द रेनाल के धारा सभा के लिए चुने जाने पर मेयर होते तो यह सम्भव था, इस ओर किसी का ध्यान ही न जाए और सड़क पर आगे को निकले हुए मकानों में छोटी-मोटी हेर-फेर के बाद उन्हें सौ बरस तक और भी वैसे ही रहने दिया जाए। म. म्वारो की सर्वविदित धर्म-परायणता तथा ईमानदारी के बावजूद उनसे निबटना आसान होता क्योंकि उनका परिवार बड़ा था। जिन मकानों को गिराया जाना था, उनमें से नौ वेरियेर के सम्भ्रान्त लोगों के थे।

जुलियें को यह साजिश फोंतन्वा के युद्ध के इतिहास से भी कहीं अधिक महत्त्वपूर्ण जान पड़ी। फोंतन्वा का नाम उसने पहले-पहल फूके द्वारा भेजी हुई एक किताब में पढ़ा था। जुलियें को याद पड़ा कि पाँच बरस पहले जब उसने शाम को म. शेलाँ के घर जाना शुरू किया था तो उसे कितनी ही बातें बड़ी आश्चर्यजनक लगा करती थीं। किन्तु विवेक और विनम्रता धर्मशास्त्र के विद्यार्थी के लिए सबसे आवश्यक गुण समझे जाते हैं, इसलिए वह कभी कोई प्रश्न न पूछ पाया था।

एक दिन मा. द रेनाल जुलियें के शत्रु अपने पति के निजी नौकर को कुछ आदेश दे रही थीं।

"किन्तु मैडम, आज तो महीने का अन्तिम शुक्रवार है !" नौकर ने बड़े विचित्र भाव से उत्तर दिया।

"अच्छी बात है, तो तुम जा सकते हो।" मा. द रेनाल ने कहा।

"अच्छा," जुलियें ने कहा, "तो वह उस गिरजाघर में जा रहा है जो अभी हाल में फिर से प्रतिष्ठित हुआ है ! पर ये लोग वास्तव में वहाँ करते क्या हैं ? यह एक ऐसा रहस्य है जिसे मैं कभी नहीं समझ पाया।"

"वह एक बड़ी अच्छी संस्था है पर बहुत विचित्र भी है।" मा. द रेनाल ने उत्तर दिया। "उसमें स्त्रियों को नहीं आने दिया जाता और जहाँ तक मैं जानती हूँ, वहाँ हर व्यक्ति परस्पर घनिष्ठता का व्यवहार करता है। उदाहरण के लिए, यह नौकर वहाँ म. वालनो से मिले और उनसे घनिष्ठ मित्र के रूप में सम्बोधन करे तो वह व्यक्ति, जो इतना घमंडी और इतना मूर्ख है, उसे वैसे ही शब्दों में उत्तर देगा। यदि तुम सचमुच उस स्थान के बारे में जानने को उत्सुक हो तो मैं म. मोजिरों और म. वालनो से विस्तार से पूछकर बताऊँगी। हम लोग हर नौकर पीछे बीस फ्रैंक देते हैं, और यह केवल इसलिए कि वे लोग एक दिन हमारा गला न काटें !"

समय तीव्र गति से बीतता गया। अपनी प्रेयसी के लावण्य की स्मृति जुलियें के मन को महत्त्वाकांक्षा की काली छायाओं से मुक्त रखती थी। वे दोनों परस्पर-विरोधी दलों के थे। इस कारण उदासी-भरे तथा गम्भीर विषयों पर उनसे कुछ न कहने की आवश्यकता ने अनजाने में ही उसके ऊपर उनके आधिपत्य को और उस सुख को बढ़ा दिया जिसके लिए जुलियें उनका ऋणी था।

कभी-कभी जब बुद्धिमान बालकों की उपस्थिति से बाध्य होकर उन्हें अपना वार्तालाप संयत और आवेगहीन भाषा तक सीमित रखना पड़ता था, तो जुलियें रसमग्न आँखों से उनकी ओर ताकता हुआ दुनिया के कारबार के विषय में उनकी बातें सुनता रहता था। प्रायः सड़कें बनाने अथवा रसद का ठेका प्राप्त करने के सिलसिले में किसी धूर्ततापूर्ण धोखाधड़ी का किस्सा सुनाते-सुनाते मा. द रेनाल का मन कहीं दूसरी ओर भटक जाता और जुलियें उन्हें झिड़कता कि वह उसके साथ भी अपने बच्चों के जैसा ही व्यवहार कर रही हैं; क्योंकि ऐसे भी दिन होते जब वह अपने आपको इस भुलावे में डाले रहतीं कि उसे वह अपने बच्चे की भाँति प्यार करती हैं।

उस क्षण वह उसके तरह-तरह के ऐसे हज़ारों निश्छल प्रश्नों का उत्तर देतीं जिन्हें अच्छे परिवार का पन्द्रह बरस का बालक भी भली-भाँति जानता है; पर दूसरे ही क्षण अपने प्रेमी के रूप में उसके प्रति अपना आदर प्रकट करने लगतीं। कभी-कभी वह उसकी प्रतिभा से भी आशंकित हो उठती थीं। प्रत्येक दिन उन्हें इस युवक पुरोहित में भावी महापुरुष का दर्शन अधिक स्पष्ट होता जाता। कभी वह उसकी पोप के रूप में कल्पना करतीं, कभी फ्रांस के प्रधानमंत्री रिशल्य के रूप में। वह उससे कहतीं, "क्या मैं तुम्हारे पूरे गौरव को देखने के लिए जीवित भी रहूँगी ? इस समय एक महापुरुष तुरन्त ही चाहिए। राज्य और चर्च दोनों को उसकी बड़ी आवश्यकता है।"

18

राजा का आगमन

क्या तुम बस इसी काबिल हो कि तुम्हें जनता की लाश की तरह उठाकर फेंक दिया जाए, जिसमें न आत्मा बची हो और न धमनियों में रक्त ?

—सेंट क्लीमेंट गिरजाघर में बिशप का प्रवचन

तीन सितम्बर को रात में दस बजे हाई स्ट्रीट पर एक घुड़सवार सैनिक के आने से सारा वेरियेर नींद से जाग उठा। सैनिक यह समाचार लाया था कि—"के महाराज आगामी रविवार को वहाँ आनेवाले हैं।" उस दिन मंगलवार था। ज़िलाधीश ने इस बात की अनुमति, बल्कि कहना चाहिए आज्ञा दे दी कि उस अवसर पर राजा को सैनिक सलामी देने के लिए एक सम्मानित सैनिक टुकड़ी तैयार की जाए। वैभव और उत्सव का अधिक से अधिक प्रदर्शन करने की आवश्यकता थी। तुरन्त एक हरकारा वेर्जि भेजा गया। म. द रेनाल उसी रात को वेरियेर लौट आए और उन्होंने देखा कि सारे शहर में धूम मची हुई है। हर आदमी अपने आपको महत्त्वपूर्ण समझता था। जिन लोगों के पास अवकाश अधिक था, उन्होंने राजा के नगर-प्रवेश को देखने के लिए घरों के छज्जे किराए पर ले लिए।

पर सैनिक टुकड़ी का नेतृत्व कौन करे ? म. द रेनाल ने तुरन्त यह सोचा कि हटाई जानेवाली जायदाद के हित में यह बहुत आवश्यक है कि यह नेतृत्व म. म्वारो करें। इससे उन्हें डिप्टी मेयर का पद पाने में सुविधा होगी। म. म्वारो की धर्म-परायणता के विषय में तो किसी को सन्देह न था, वह तो बिल्कुल बेजोड़ थी—पर अपने छत्तीस बरस के जीवन में आज तक कभी वह घोड़े पर न चढ़े थे। वह हर प्रकार से भीरु व्यक्ति थे, जिन्हें घोड़े से गिरने तथा हास्यास्पद दिखाई पड़ने की सम्भावना से एक-सी घबराहट होती थी।

उस दिन सवेरे पाँच का घंटा बजते ही मेयर ने उन्हें बुला भेजा।

"देखिए," उन्होंने कहा, "मैं यह मानकर आपसे सलाह ले रहा हूँ कि नगर के सब भले आदमी जिस पद पर आपको देखना चाहते हैं, उस पर आप नियुक्त हो ही चुके हैं। इस अभागे शहर में कारख़ाने बढ़ रहे हैं; उदारपंथी लोग लखपति होकर अधिकार प्राप्त करने का स्वप्न देखने लगे हैं। वे किसी भी अस्त्र का उपयोग करने से न चूकेंगे। हमें राजा के तथा समूची राजतन्त्रात्मक व्यवस्था के हितों का, और सबसे अधिक पूजनीय चर्च के हितों का ध्यान रखना है। आप ही बताइए कि सैनिक सलामी की टुकड़ी का संचालन किसको सौंपा जाए ?"

घोड़ों से बेहद डर लगने के बावजूद म. म्वारो ने अन्त में इस सम्मान को शहीद की भाँति स्वीकार कर लिया। "मैं अवसर के उपयुक्त व्यवहार करने से पीछे न हटूँगा," उन्होंने मेयर से कहा। अब इस बात के लिए बहुत कम समय बचा था कि सात साल पहले वेरियेर में होकर राज-परिवार के किसी व्यक्ति के निकलने के अवसर पर काम आनेवाली वर्दियों को नया रूप दिया जा सके।

सात बजे मा. द रेनाल जुलियें और बच्चों के साथ वेर्जि से आ पहुँचीं। आते ही उन्होंने देखा कि उनका ड्राइंगरूम उदारदली महिलाओं से भरा हुआ है और वे उदारपंथियों और

राजपंथियों की एकता पर व्याख्यान झाड़ रही हैं। वे सब उनसे यह प्रार्थना करने आई थीं कि वह अपने पति से कहकर उनके पुरुषवर्ग को सम्मानित सेना में स्थान दिलवा दें। उनमें से एक बोली कि यदि मेरे पति को न लिया गया तो दुःख के कारण उनका दिवाला निकल जाएगा। मा. द रेनाल ने इन सब लोगों को बहुत जल्दी ही विदा कर दिया। वह बहुत ही विचारग्रस्त दिखाई पड़ रही थीं।

जुलियें को इस बात से आश्चर्य तथा उससे भी अधिक क्रोध था कि अपनी परेशानी के कारण को वह ऐसा रहस्य क्यों बना रही हैं। वह कटु भाव से सोचने लगा कि इनसे और आशा ही क्या हो सकती थी ! अपने घर में महाराज का स्वागत करने की खुशी में प्रेम दब गया है। यह सब धूमधाम और दौड़धूप उन्हें बड़ी प्रिय है। इन सब बड़ी-बड़ी बातों से छुट्टी मिलते ही फिर मुझे प्यार करने लगेंगी। आश्चर्य की बात यह थी कि इस कारण जुलियें के मन में उनके लिए और भी प्यार उमड़ रहा था।

फर्नीचर तथा सजावटवालों ने उनके मकान पर धावा बोलना शुरू कर दिया था। वह बहुत देर तक मा. द रेनाल से कुछ बात करने का अवसर ढूँढ़ता रहा, पर कोई सफलता न मिली। आख़िरकार वह उसे अपने ही कमरे से निकलती हुई मिलीं। उनके हाथ में उसी का एक कोट था। वहाँ उस समय और कोई न था और जुलियें उनसे बात करने के लिए बहुत उत्सुक था, पर उन्होंने उसकी कोई बात न सुनी और जल्दी से चली गईं। वह सोचने लगा कि ऐसी स्त्री से प्रेम करना घोर मूर्खता है। महत्त्वाकांक्षा ने उसे भी अपने पति की भाँति ही पागल कर दिया है।

पर वास्तव में वह इससे भी अधिक पागल थीं। उनके मन में बड़ी इच्छा थी कि किसी तरह, चाहे एक दिन के लिए ही सही, जुलियें अपने काले कपड़े छोड़कर कोई अन्य वस्त्र पहने। पर जुलियें की अप्रसन्नता के डर से वह कभी उससे इसका ज़िक्र न करती थीं। उन्होंने बड़ी चालाकी से, जो उनकी जैसी सीधी-सरल स्त्री के लिए बड़े आश्चर्य की बात थी, पहले तो म. म्वारो को और फिर म. मोजिरों को जुलियें को सम्मानित सेना में नियुक्त करने के लिए राजी कर लिया था। इस नियुक्ति के लिए पाँच-छः और भी नौजवान उम्मीदवार थे जो बड़े सम्पन्न कारख़ानेदारों के बेटे थे और उनमें से दो तो अपनी धर्म-परायणता के लिए भी प्रसिद्ध थे; किन्तु मा. द रेनाल ने उन सबको छोड़कर जुलियें को नियुक्त करा लिया था।

म. वालनो अपनी गाड़ी नगर की अनन्य सुन्दरी को देकर अपने उत्तम नॉर्मन घोड़ों के लिए प्रशंसा प्राप्त करने की योजना बना रहे थे। पर वह भी एक घोड़ा जुलियें को, जिससे वह सबसे अधिक अप्रसन्न थे, देने को तैयार हो गए। किन्तु सम्मानित सेना के हर व्यक्ति के पास कर्नल के चाँदी के बने हुए स्कन्धालकारों से युक्त सुन्दर नीला कोट या तो अपना ही था या किसी से उसने उधार ले लिया था। सात बरस पहले इन कोटों का प्रदर्शन बड़ा प्रभावशाली सिद्ध हुआ था। मा. द रेनाल चाहती थीं कि जुलियें के लिए एक नया कोट बनवाया जाए किन्तु समय बहुत कम था और केवल चार दिन में ही किसी को बजाँसों भेजकर वर्दी को तलवार-टोपी आदि से, संक्षेप में सम्मानित सैनिक के लिए आवश्यक प्रत्येक वस्तु से, सुसज्जित करवाना था। आश्चर्य की बात यह थी कि वह जुलियें के कपड़े वेरियेर में नहीं बनवाना चाहती थीं। वह उसे और समूचे शहर को आश्चर्यचकित कर देना चाहती थीं।

सम्मानित सेना तथा जनमत के लिए आवश्यक सारी बातें तय हो जाने पर मेयर ने अब एक विशाल धार्मिक समारोह के आयोजन पर ध्यान दिया। महाराज वेरियेर से गुजरते

समय सें क्लेमाँ की प्रसिद्ध अस्थियों के दर्शन के लिए जाना चाहते थे जो नगर से कोई तीन मील की दूरी पर ब्रे-ल-ओ में प्रतिष्ठित थीं। यह आवश्यक था कि इस अवसर पर बहुत-से पुरोहित इकट्ठे हो सकें; पर इसका इन्तज़ाम बड़ा कठिन था क्योंकि म. मास्लों म. शेलाँ की सहायता लेने को किसी तरह राजी न थे। दूसरी ओर मार्कि द ला मोल, जिनके पूर्वज बहुत दिनों से इस प्रान्त के राज्यपाल होते आए थे और जो स्वयं राजा के साथ आनेवाले थे, म. शेलाँ को पिछले तीस साल से जानते थे। यह अनिवार्य था कि वह वेरियेर में आते ही म. शेलाँ के समाचार पूछें और कोई सन्देह होने पर स्वयं जाकर उन्हें उस छोटे से मकान में से ढूँढ़ निकालें जिसमें वह अपने अधिकांश अनुयायियों के साथ जाकर रहने लगे थे। यह तो मुँह पर तमाचे की भाँति लगता।

"यदि म. शेलाँ मेरे पुरोहितों के साथ आए तो मेरी यहाँ भी बदनामी होगी और बजाँसों में भी। जानसेनपंथी ! हे भगवान् !" म. मास्लों ने कहा।

म. द रेनाल ने उत्तर दिया, "आप चाहे जो कुछ कहें, मैं ऐसा कोई काम नहीं कर सकता जिससे वेरियेर की नगरपरिषद् को म. द ला मोल की झिड़की खानी पड़े। आप उन्हें जानते नहीं। दरबार में होने पर तो उनके विचार संयत और सुलझे रहते हैं; किन्तु यहाँ प्रान्तों में उनकी ज़बान बड़ी तीखी हो जाती है और उन्हें हर चीज़ का मज़ाक उड़ाने और लोगों को परेशान करने में बड़ा मज़ा आता है। वह बस मनोरंजन के लिए ही हमें उदारपंथियों की दृष्टि में हास्यास्पद बनाने से न चूकेंगे।"

तीन दिन के सोच-विचार के बाद, शनिवार की रात को जाकर, फादर मास्लों के अभिमान ने मेयर की आशंकाओं के आगे घुटने टेक दिए। म. शेलाँ को बड़े मीठे-मीठे शब्दों में एक पत्र लिखा गया और उनसे अनुरोध किया गया कि वृद्धावस्था तथा अशक्तता होते हुए भी यदि सम्भव हो तो वे ब्रे-ल-ओ की अस्थियों के समारोह में पधारने का कष्ट करें। म. शेलाँ ने अपने सहायक के रूप में जुलियें के लिए भी निमन्त्रण की माँग की। उनकी यह माँग स्वीकार कर ली गई।

इतवार को बहुत सवेरे ही आसपास के पहाड़ी इलाकों से हजारों किसान वेरियेर की सड़कों पे इकट्ठे होने लगे। सूरज पूरी तेज़ी से चमक रहा था। आख़िरकार तीन बजे के लगभग भीड़ में हलचल मची; वेरियेर से कुछ मील दूर एक पहाड़ी के ऊपर एक बड़ी भारी आग जलती हुई दिखाई पड़ने लगी थी जो इस बात की सूचक थी कि महाराज इलाके में प्रवेश कर चुके हैं। तुरन्त ही घंटियाँ बजने लगीं और इस महान घटना की खुशी में नगर की एक पुरानी स्पेनिश तोप फिर से गोले दागने लगी। शहर की आधी आबादी छतों पर चढ़ गई थी। स्त्रियाँ सारी छज्जों पर थीं। सम्मानित सेना एक पंक्ति में आगे बढ़ने लगी। चारों ओर उनकी भड़कीली वर्दियों की प्रशंसा हो रही थी। हर व्यक्ति उनमें अपने किसी न किसी सम्बन्धी अथवा मित्र को पहचान रहा था। म. म्वारो के हाथ हर क्षण अपनी जीन पकड़ने के लिए तैयार दिखाई पड़ते थे और उनकी इस भयभीत मुद्रा पर लोग हँस रहे थे।

किन्तु एक बात ने बाकी सब बातों को नगण्य कर दिया। नवीं पंक्ति में पहला सवार एक दुबला-पतला और बहुत ही सुन्दर नवयुवक था जिसे प्रारम्भ में तो कोई पहचान न सका पर शीघ्र ही कुछ लोगों के मुँह से रोष की चीख निकली और कुछ चकित होकर चुप हो गए। सनसनी सब तरफ़ थी। लोगों ने पहचान लिया कि म. वालनों के नार्मन घोड़े पर चढ़ा हुआ वह नवयुवक और कोई नहीं, बढ़ई का बेटा सोरेल है।

सब लोग, विशेषकर उदारपंथी, मेयर के ऊपर बरस पड़े। क्या यह पुरोहित के कपड़े पहननेवाला मज़दूर छोकरा उनके बेटों को पढ़ाता है, इसीलिए उनकी यह हिम्मत कि अमुक-अमुक धनी कारख़ानेदारों को छोड़कर उसे सम्मानित सेना में नियुक्त कर दें ? एक महाजन की बीवी बोली, ''सब लोगों को मिलकर इस घमंडी कमीने छोकरे की अकल ठिकाने लगानी चाहिए।''

''छोकरा बड़ा धूर्त्त है और तलवार भी बाँधता है,'' महिला की पड़ोसिन ने उत्तर दिया। ''ऐसा दग़ाबाज़ है कि लोगों पर हाथ छोड़ बैठे तो भी कोई ताज्जुब नहीं।''

अभिजात वर्ग के लोगों के विचार और भी खतरनाक थे। महिलाएँ आश्चर्य प्रकट कर रही थीं कि ऐसी भारी रुचिहीनता के पीछे केवल मेयर का ही हाथ है अथवा किसी और का। साधारणतः लोग यह मानते थे कि मेयर को नीच कुलवालों से घृणा है।

जिस समय लोग जुलियें को लेकर तरह-तरह की चर्चाएँ कर रहे थे, उस समय स्वयं जुलियें की खुशी का कोई ठिकाना ही न था। वह स्वभाव से ही साहसी और हिम्मतवाला था, और इस पहाड़ी शहर के अन्य नवयुवकों की अपेक्षा कहीं अधिक विश्वास के साथ घोड़े पर बैठा हुआ था। स्त्रियों की दृष्टि से वह समझ रहा था कि सब उसी के बारे में चर्चा कर रही हैं।

उसकी वर्दी पर लगे हुए पदसूचक अलंकार नए होने के कारण और भी अधिक चमक रहे थे। हर मिनट उसका घोड़ा पिछली टाँगों पर खड़ा हो जाता। उसकी खुशी की कोई सीमा न थी। जिस समय प्राचीन चहारदीवारी के नीचे पहुँचने पर एक छोटी-सी तोप की आवाज़ के कारण उसका घोड़ा पंक्ति से बाहर निकल आया तो उसकी प्रसन्नता का ठिकाना न रहा ! सौभाग्य से वह गिरा नहीं और उस क्षण से अपने आपको एक वीर योद्धा अनुभव करने लगा, मानो वह अब शत्रु के तोपखाने पर आक्रमण का नेतृत्व करनेवाला नेपोलियन की सेना का विशेष अफसर हो।

एक और व्यक्ति की प्रसन्नता इससे भी अधिक थी। मा. द रेनाल ने सबसे पहले तो टाउनहॉल की खिड़कियों से उसे निकलते हुए देखा और फिर अपनी गाड़ी में बैठकर जल्दी-जल्दी लम्बा रास्ता काटकर ठीक उस जगह आ पहुँची थीं जहाँ उसका घोड़ा चौंककर पंक्ति से बाहर निकला था। यह दृश्य देखकर एक पल को तो वह भय से काँप उठी थीं। अन्त में नगर के एक दूसरे दरवाज़े से अपनी गाड़ी को सरपट दौड़ाकर वह उस रास्ते में भी पहुँच गईं जहाँ से होकर महाराज निकलनेवाले थे और धूल के उमड़ते हुए बादलों के बीच सम्मानित सेना के बीस कदम पीछे-पीछे चलती रहीं।

महाराज के सामने मेयर के भाषण के समय दस हजार किसान कंठों ने जोर से कहा, ''महाराज की जय हो !'' एक घंटे-भर पीछे सारे भाषण सुनने के बाद जब महाराज नगर में प्रवेश करने लगे तो छोटी-सी तोप एक बार फिर से दनादन गोले दागने लगी। इसके फलस्वरूप एक दुर्घटना हो गई—गोलन्दाजों के साथ नहीं, वे तो लीपज़ीग और मोंमिराय में अपनी कुशलता का परिचय दे चुके थे। दुर्घटना म. म्वारो के साथ हुई जिनके घोड़े ने उन्हें राजपथ के एक, और केवल एकमात्र कीचड़ के गढ़े के ऊपर सम्पूर्णतः तथा भली-भाँति स्थापित कर दिया था। इससे बड़ी सनसनी मची क्योंकि महाराज की गाड़ी निकलने के पहले वहाँ से उनका उद्धार आवश्यक था।

नए गिरजाघर के सामने महाराज अपनी गाड़ी से नीचे उतरे। गिरजाघर उस दिन तरह-तरह

की लाल लटकनों से सजाया गया था। महाराज को भोजन के बाद फिर अपनी गाड़ी में बैठकर सें क्लेमाँ के प्रसिद्ध अस्थि-अवशेषों की समाधि पर पूजा करने जाना था। वह मुश्किल से गिरजाघर के समीप पहुँचे होंगे कि जुलियें घोड़ा दौड़ाता हुआ म. द रेनाल के घर जा पहुँचा।

वहाँ उसने अपने सुन्दर आसमानी रंग के कोट, सैनिक पद-चिह्न और तलवार को उतार दिया। उन्हें रखते-रखते उसके मुँह से एक लम्बी साँस निकली। फिर उसने अपना मामूली काला सूट पहना और घोड़े पर सवार होकर शीघ्र ही ब्रे-ल-ओ जा पहुँचा, जो एक बड़ी भव्य पहाड़ी के शिखर पर बना था। जुलियें सोचने लगा कि उत्साह ने मानो किसानों की संख्या को और भी बढ़ा दिया है। वेरियेर में वैसे ही चलने की जगह नहीं, किन्तु आज इस प्राचीन गिरजाघर के पास दस हजार से भी अधिक किसान इकट्ठे हैं।

गणतन्त्रीय पार्टी की लूटमार से गिरजाघर आधा टूट-फूट गया था, किन्तु राजतन्त्र की फिर से स्थापना के समय से उसमें बहुत कुछ मरम्मत हो चुकी थी और अब वहाँ दैवी चमत्कार होने की बात कही जाती थी। जुलियें ने शीघ्र ही फादर शेलाँ को ढूँढ़ लिया। उन्होंने पुरोहित के वस्त्र इत्यादि देते समय उसे बहुत डाँटा। जुलियें वस्त्र पहनकर तुरन्त म. शेलाँ के पीछे चला जो उस समय आग्द के तरुण बिशप से भेंट करने जा रहे थे। ये सज्जन मार्कि द ला मोल के भतीजे थे जिनकी नियुक्ति हाल ही में इस स्थान पर हुई थी और जिन्हें महाराज को अस्थि-अवशेष दिखाने का भार सौंपा गया था; किन्तु बिशप का कोई पता ही न था।

सब पादरी अधीर हो रहे थे। वे उस प्राचीन गिरजाघर के अँधेरे गौथिक विहार में अपने प्रधान के आने की प्रतीक्षा कर रहे थे। कोई पौन घंटे तक बिशप के तरुण होने के लिए दुःख प्रगट करने के बाद यह उचित समझा गया कि अध्यक्ष महोदय उनको ढूँढ़कर यह चेतावनी दे दें कि महाराज आने ही वाले हैं और अब सबको इकट्ठे हो जाना चाहिए। म. शेलाँ को उनकी वृद्धावस्था के कारण अध्यक्ष चुना गया था। उन्होंने अपनी अप्रसन्नता के बावजूद जुलियें को अपने साथ आने का आदेश दिया। जुलियें पुरोहिती वस्त्रों में बड़ा सुन्दर लग रहा था। अन्य पादरियों की ही भाँति उसने अपने सुन्दर घुँघराले बालों को किसी न किसी उपाय से एकदम सीधा कर रखा था, यद्यपि असावधानी के कारण सम्मानित सैनिक वाली एड़ उसके पैरों में बँधी रह गई थी जो चोगे के नीचे से कभी-कभी दिखाई पड़ जाती थी। म. शेलाँ इस बात से और भी अधिक अप्रसन्न हो उठे।

बिशप के निवास-कक्ष के समीप पहुँचने पर चमचमाती हुई वर्दीधारी लम्ब-तड़ंग सेवकों ने बड़ी कठिनाई से इस वृद्ध पुरोहित को यह सूचना देने की कृपा की कि बिशप महोदय किसी से नहीं मिलेंगे। जब म. शेलाँ ने उन्हें यह बताने का प्रयत्न किया कि ब्रे-ल-ओ के महान् धर्म संघ के अध्यक्ष होने के नाते उन्हें बिशप महोदय से किसी भी समय मिलने का अधिकार प्राप्त है, तो वे सब सेवक हँसने लगे। सेवकों की इस धृष्टता से जुलियें को बड़ा क्रोध आया। उसने स्वयं इस प्राचीन गिरजाघर की तमाम कोठरियों में जाकर दरवाजे खड़खड़ाने का निश्चय किया। उसके खड़खड़ाने से एक छोटा-सा दरवाजा खुला। उसने भीतर प्रवेश करके पाया कि वह एक छोटी-सी कोठरी में आ पहुँचा है और उसके चारों ओर गले में जंजीरें डाले और काले वस्त्र पहने बिशप महोदय के बहुत-से सेवक इकट्ठे हैं।

उसकी जल्दी देखकर इन लोगों ने सोचा कि उसे स्वयं बिशप ने भेजा होगा, इसलिए उन्होंने उसे जाने दिया। कुछ कदम आगे चलकर वह गौथिक शैली में बने हुए एक विशाल तथा बहुत ही अँधेरे-से कमरे में जा पहुँचा, जिसकी दीवारों पर चारों ओर ओक के काले तख्ते

जड़े हुए थे। एक के अतिरिक्त बाकी खिड़कियों पर नुकीली मेहराबों तक ईंटें चुन दी गई थीं। यह चुनाई भद्दी, प्राचीन लकड़ी के काम की भव्यता की तुलना में बहुत ही भद्दी, लग रही थी। इस बड़े भारी हॉल की दो लम्बी दीवारों पर सुन्दर काठ-खुदाई का काम हो रहा था, जिसमें विभिन्न रंगों की लकड़ी पर सें जॉन के आलोक-दर्शन की समस्त रहस्यकथाएँ अंकित थीं।

इस उदास भव्यता ने, यद्यपि वह ईंटों और सफेद चूने के कारण कुछ कुरूप हो गई थी, जुलियें को बहुत ही प्रभावित किया। वह वहाँ निश्चल और निस्तब्ध खड़ा रह गया। हॉल के दूसरे छोर पर, धूप के प्रवेश के लिए एकमात्र खिड़की के पास, उसे आबनूस में जड़ा हुआ एक दर्पण दिखाई पड़ा। दर्पण से कोई तीन फ़ीट की दूरी पर बैंगनी रंग का पुरोहिती कैसक और रेशमी बेल के किनारे वाला सर्पलाइस पहने, किन्तु एकदम नंगे सिर, एक नवयुवक खड़ा था। यह दर्पण इस स्थान में एकदम अजीब लग रहा था और निःसन्देह वहाँ नगर से लाया गया था।

जुलियें को लगा कि युवक कुछ क्रुद्ध दिखाई पड़ रहा है। अपना दाहिना हाथ उठाए हुए वह दर्पण के सामने बड़ी गम्भीरतापूर्वक आशीर्वाद की मुद्राएँ बना रहा था। जुलियें सोचने लगा कि इस सब का क्या अर्थ है ! क्या यह तरुण पुरोहित कोई प्रारम्भिक विधियाँ पूरी कर रहा है ? शायद वह बिशप का सचिव है।...और वह भी उन अनुचरों की भाँति धृष्ट होगा। हे भगवान् ! किन्तु मेरा बिगड़ता ही क्या है ! प्रयत्न ही कर देखूँ !

वह आगे बढ़ा और धीरे-धीरे समूचे हॉल को, उस एकमात्र खिड़की को अपने दृष्टि-पथ में रखकर, पार करने लगा। उसकी दृष्टि उस व्यक्ति के ऊपर जमी हुई थी जो पलभर विश्राम किए बिना धीरे-धीरे किन्तु निरन्तर आशीर्वाद की मुद्राएँ बनाता जा रहा था।

जैसे-जैसे जुलियें समीप पहुँचा, उसे उस चेहरे का क्रुद्ध भाव अधिकाधिक स्पष्टता के साथ दिखाई पड़ने लगा। उसके बेल लगे हुए सर्पलाइस की बहुमूल्यता ने अनजाने ही उसे विशाल दर्पण से कुछ कदम पहले ही एकदम रोक दिया।

आख़िरकार उसे लगा कि मुझे कुछ तो कहना ही चाहिए; किन्तु उस हॉल की सुन्दरता ने उसे बहुत प्रभावित किया था और कठोर वचन सुनने की प्रत्याशा से वह पहले से ही कुछ अप्रस्तुत-सा अनुभव कर रहा था।

युवक ने दर्पण में उसकी आकृति देखी और उसकी ओर घूमा। एकाएक उसके चेहरे का क्रुद्ध भाव विलीन हो गया और उसने यथासम्भव कोमल स्वर में जुलियें से कहा, "अच्छा बताइए, अब तो ठीक है न ?"

जुलियें चुपचाप खड़ा था। जैसे ही युवक उसकी ओर घूमा, उसने उसके वक्ष पर लगा हुआ क्रास देख लिया था। तो यही हैं आग्द के तरुण बिशप ! कितनी कम उम्र है इनकी, जुलियें सोचने लगा। अधिक-से-अधिक मुझसे सात-आठ साल बड़े होंगे !...और उसे अपने पैरों में बँधी हुई एड़ की याद करके लज्जा अनुभव होने लगी।

"महामान्यवर," उसने कुछ संकुचित भाव से कहा, "मुझे संघ के अध्यक्ष म. शेलाँ ने भेजा है।"

"हाँ-हाँ ! मैंने उनकी बहुत बड़ाई सुनी है," बिशप ने ऐसे विनम्र स्वर में उत्तर दिया कि जुलियें और भी मन्त्रमुग्ध-सा रह गया। "पर आप मुझे क्षमा कीजिए। मैंने आपको वह व्यक्ति समझा था जो मेरा मुकुट लानेवाला था। पेरिस में रखने की असावधानी के कारण

वह ऊपर की ओर से बुरी तरह से टूट गया था। वह बहुत ही अशोभन दिखाई पड़ेगा,'' तरुण बिशप ने कुछ उदासी से कहा, ''और मैं अभी उसी की प्रतीक्षा कर रहा हूँ !''

''यदि श्रीमान् अनुमति दें तो मैं जाकर मुकुट ले आऊँ ?''

जुलियें की सुन्दर आँखों का सदा की भाँति ही प्रभाव पड़ा।

''अवश्य जाकर ले आइए,'' बिशप ने अपूर्व विनम्र स्वर में उत्तर दिया। ''सचमुच मुझे मुकुट तुरन्त चाहिए। संघ के महानुभावों को इस प्रकार प्रतीक्षा कराने का मुझे सचमुच बहुत ही दुःख है।''

हॉल के बीचोबीच पहुँचकर जुलियें ने पीछे मुड़कर देखा, बिशप ने फिर आशीर्वाद की मुद्रा का अभ्यास शुरू कर दिया था। इसका क्या अर्थ होगा ? जुलियें आश्चर्य से सोचने लगा। निस्सन्देह यह कोई धार्मिक विधि होगी जिसे समारोह के पहले करना आवश्यक होता है।

अनुचरों की कोठरी में पहुँचकर उसने मुकुट उनके हाथों में देखा। जुलियें की अधिकारपूर्ण मुद्रा को देखकर उन लोगों ने अनिच्छापूर्वक बिशप का मुकुट उसे दे दिया।

इस भाँति मुकुट ले जाने में जुलियें को एक प्रकार के गौरव का अनुभव हुआ। हॉल में पहुँचकर वह बड़े आदर के साथ मुकुट को लेकर धीमे-धीमे चलने लगा। बिशप उस समय दर्पण के आगे बैठे हुए थे; पर बीच-बीच में अपने थके हुए दाहिने हाथ को आशीर्वाद की मुद्रा में उठाते जाते थे।

जुलियें ने मुकुट पहनने में उनकी सहायता की। मुकुट पहनकर बिशप ने एक बार सिर को झटका दिया।

''आह ! अब न गिरेगा,'' उन्होंने जुलियें से प्रसन्न भाव से कहा। ''अब आप थोड़ी दूर हटकर खड़े होने की कृपा कीजिएगा।''

बिशप शीघ्रतापूर्वक हॉल के बीचोबीच चले गए और फिर सधी हुई चाल से दर्पण की ओर वापस आए। उनके चेहरे पर त्रास का भाव फिर लौट आया था और वह फिर से गम्भीरतापूर्वक आशीर्वाद की मुद्राएँ बनाने लगे थे।

जुलियें चकित-सा निश्चल खड़ा था। उसे इस सबका अभिप्राय जानने की बड़ी तीव्र इच्छा हो रही थी, किन्तु साहस न होता था। एकाएक बिशप रुक गए और उसकी ओर देखते हुए अचानक ही कुछ हल्के-से भाव से कहने लगे, ''क्या ख्याल है आपका मेरे मुकुट के बारे में ? ठीक है न ?''

''ठीक है, श्रीमान् !''

''कुछ पीछे को अधिक नहीं है ? ऐसा हुआ तो बड़ा भद्दा दिखाई पड़ेगा। पर साथ ही अफसर की टोपी की भाँति उसे एकदम आँखों के ऊपर तक भी न होना चाहिए।''

''मुझे तो सचमुच बिल्कुल ठीक दिखाई पड़ रहा है।''

''हमारे महाराज बहुत ही वयोवृद्ध और निस्सन्देह अत्यन्त ही गम्भीर पुरोहितों के अभ्यस्त हैं। मैं नहीं चाहता कि मैं, विशेष कर अपनी आयु के कारण, कम गम्भीर दिखाई पड़ूँ।''

बिशप फिर इधर-उधर टहलने और आशीर्वाद की मुद्राएँ बनाने लगे।

जुलियें को अचानक ही सारी स्थिति समझ में आ गई। स्पष्ट ही यह आशीर्वाद देने का अभ्यास कर रहे हैं।

कुछ पलों बाद उन्होंने कहा, ''मैं अब तैयार हूँ। जाइए और अध्यक्ष तथा संघ के अन्य पुरोहितों को चेतावनी दे दीजिए।''

शीघ्र ही म. शेलाँ तथा अन्य वयोवृद्ध पुरोहित एक भव्य खुदाई के कामवाली दीवार में से होकर, जिसकी ओर जुलियें का ध्यान न था, भीतर आए; किन्तु इस बार वह अपने उचित स्थान पर सबसे पीछे था और द्वार के भीतर एक साथ घुसते हुए पुरोहितों के सिर के ऊपर से उसे बिशप की हल्की-सी झाँकी दिखाई पड़ सकी।

बिशप ने धीरे-धीरे हॉल पार किया। जब वह ड्योढ़ी पर पहुँचे तो अन्य पुरोहित पंक्तिबद्ध हो गए। क्षण-भर की अव्यवस्था के बाद पंक्ति एक स्तुति पढ़ती हुई आगे बढ़ी। बिशप म. शेलाँ तथा एक अन्य अत्यन्त ही वृद्ध पुरोहित के बीच सबसे पीछे थे। जुलियें भी म. शेलाँ के सहायक के रूप में बिशप के एकदम पीछे ही था। वे लोग ब्रे-ल-ओ के गिरजाघर के लम्बे बरामदों को पार करके, जो बाहर खुली हुई चमचमाती धूप के बावजूद अन्धकार और सीलन से भरे हुए थे, विहार के द्वार-मंडप तक जा पहुँचे। जुलियें ऐसे भव्य समारोह को देखकर विस्मय और प्रसन्नता से अवाक् था। बिशप की अल्पवयस्कता को देखकर फिर से जाग्रत होनेवाली उसकी महत्त्वाकांक्षा के और उसकी भावना की सुकुमारता तथा विनम्रता के बीच जुलियें का हृदय वशीभूत करने के लिए होड़-सी चलने लगी। यह विनम्रता म. द रेनाल के अच्छे-से-अच्छे व्यवहार से भी एकदम भिन्न थी। जुलियें सोचने लगा कि समाज के उच्चतम स्तर के जितने समीप आओ उतना ही ऐसा सुन्दर व्यवहार अधिकाधिक मिलता है।

गिरजाघर में उन्होंने बगल के दरवाजे से प्रवेश किया। एकाएक कान के परदे फाड़ देनेवाला शोर उसकी छत में गूँज उठा। जुलियें को लगा कि वह जैसे अभी तुरन्त भरभराकर गिर पड़ेगी। वास्तव में यह उस छोटी-सी तोप के गोलों की आवाज़ थी जो आठ घोड़ों की गाड़ी पर अभी-अभी पहुँची थी और आने के साथ ही लीपजीगी गोलन्दाज़ों ने उससे मिनट में पाँच की रफ़्तार से गोले छोड़ने शुरू कर दिए थे, मानो सामने जर्मन सैनिक पंक्ति बाँधे खड़े हों।

पर इस शोर का जुलियें के ऊपर अब कोई प्रभाव न पड़ा। इस समय वह नेपोलियन अथवा सैनिक गौरव के स्वप्न नहीं देख रहा था। इतनी कम उम्र और आग्द के बिशप ? वह यही सोच रहा था। पर यह आग्द कहाँ है ? और इससे धन कितना मिलता होगा ? शायद दो या तीन हजार फ्रैंक प्रतिवर्ष ?

बिशप महोदय के अनुचर एक बड़ा भारी राजसी चन्दोवा लेकर प्रगट हुए। म. शेलाँ एक खम्भा पकड़े हुए थे, पर वास्तव में उसे जुलियें ने साध रखा था। बिशप उसके नीचे आकर खड़े हो गए। वह अब सचमुच वृद्ध दिखाई पड़ने लगे थे। हमारे नायक के विस्मय का कोई ठिकाना न था। आदमी में चतुरता हो तो क्या नहीं कर सकता, वह सोचने लगा।

आख़िरकार महाराज ने प्रवेश किया। जुलियें को उन्हें बहुत समीप से देखने का सौभाग्य मिला। बिशप ने एक बड़ा स्निग्ध-सा भाषण दिया, साथ ही वह अपने स्वर में हल्का-सा घबराहट का भाव लाना भी नहीं भूले, जिससे महाराजा को बड़ी प्रसन्नता हुई। हम यहाँ ब्रे-ला-ओ के उस समारोह का वर्णन अधिक नहीं करेंगे जिससे एक पखवाड़े तक उस प्रदेश के सारे अख़बार भरे रहते थे। बिशप के भाषण से जुलियें को पता चला कि महाराज साहसिक चार्ल्स के वंशधर हैं।

बाद में जुलियें को इस समारोह में होनेवाले खर्च के हिसाब की जाँच करने का भार मिला। म. द ला मोल ने अपने भतीजे को बिशप तो बनवा ही दिया था, अब वे सारा खर्च

भी स्वयं उठाने को तैयार थे। केवल ब्रे-ला-ओ के समारोह में ही तीन हज़ार आठ सौ फ़्रैंक खर्च हुए थे।

बिशप के भाषण के बाद महाराज ने उत्तर दिया। महाराज चन्दोवे के नीचे आकर खड़े हुए और फिर वेदी के समीप एक गद्दी पर बड़े भक्तिभाव से झुक गए। जुलियें म. शेलाँ के पैरों के पास बैठा था, मानो रोम की सिस्टाईड चैपल में किसी कार्डिनल के समीप बैठा हुआ कोई उनका अंगरक्षक हो। चारों तरफ सुगन्ध की लहरें-सी उमड़ रही थीं। बन्दूकों और तोपों से अनगिनत गोले छूट रहे थे। किसान हर्ष और धार्मिक उत्सव से उन्मत्त थे। ऐसा एक दिन जैकोबिन समाचार-पत्रों के सौ अंकों के काम पर पानी फेर देता है।

जुलियें प्रार्थना में पूरी तरह डूबे हुए महाराज से कोई छः फ़ीट दूर होगा। उसकी पहली बार एक छोटे-से व्यक्ति पर दृष्टि पड़ी जिसके मुख पर प्रखरता और बुद्धिमानी का भाव था और जो किसी प्रकार की सजावट से रहित कोट पहने हुए था, किन्तु उसके इस सादे कोट के ऊपर एक आसमानी रंग का फ़ीता था। वह अन्य समस्त सरदारों से, जिनके कोटों पर ऐसा खचाखच ज़री का काम हो रहा था कि जुलियें के शब्दों में कपड़ा दिखाई तक न पड़ता था, महाराज के सबसे अधिक समीप था। कुछ ही देर बाद जुलियें को पता चला कि यही म. द ला मोल हैं। उसे उनका व्यवहार गर्वोद्धत जान पड़ा। वह सोचने लगा कि यह मार्कि उतने विनम्र न होंगे जितने ये सुन्दर छोटे-से बिशप महोदय हैं। आह, धार्मिक क्षेत्र में आकर व्यक्ति कितना विनम्र और बुद्धिमान हो जाता है ! किन्तु महाराज तो अस्थि-अवशेष देखने आए हैं। पर यहाँ तो कोई अस्थि-अवशेष दिखाई नहीं पड़ते। कहाँ होंगे सें क्लेमाँ ?

पास ही बैठे एक तरुण पुरोहित ने उसे बताया कि वे पूज्य अस्थियाँ भवन में ऊपर की मंजिल में समाधि-कक्ष में रखी हैं। किसी शासनारूढ़ राजा के पधारने पर नियम यह है कि चर्च के निचले पदाधिकारी बिशप के साथ नहीं जाते, किन्तु ज्योंही बिशप समाधि-कक्ष की ओर बढ़े, उन्होंने म. शेलां को बुला लिया। जुलियें भी साहस करके उन्हीं के पीछे-पीछे चल पड़ा।

बहुत-सी सीढ़ियाँ चढ़ने के बाद वे लोग एक अत्यन्त ही छोटे-से द्वार के सामने जा पहुँचे। द्वार की चौखट गौथिक शैली की थी और उसके ऊपर भारी सोने का काम ऐसे चमचमा रहा था मानो एक दिन पहले ही बना हो। इस द्वार के सामने वेरियेर के उच्चतम परिवारों की चौबीस युवतियाँ घुटनों के बल बैठी थीं। द्वार खोलने के बाद स्वयं बिशप भी उन तरुणियों के बीच ही, जो सब की सब बहुत ही सुन्दर थीं, घुटनों के बल बैठ गए। जिस समय बिशप ज़ोर से प्रार्थना कर रहा था तो ऐसा जान पड़ता था कि उसके बेल से सुसज्जित सुन्दर वस्त्रों, आकर्षक विनम्र व्यवहार तथा सलोने तरुण मुख के प्रति इन युवतियों का आकर्षण किसी भाँति मिटता ही न था। हमारे युवक के मन में जो कुछ थोड़ी-बहुत विचारशक्ति थी वह भी इस दृश्य को देखकर जाती रही। तभी अचानक द्वार खुल गया। छोटी-सी चैपल मानो आलोक से प्रज्वलित हो उठी। वेदी के ऊपर आठ-आठ की पंक्ति में रखी हुई अनगिनत मोमबत्तियाँ फूलों के गुच्छों के बीच सजी हुई दिखाई पड़ रही थीं। श्रेष्ठतम धूप की मधुर गन्ध उस पवित्र स्थान के द्वार से उमड़ती-सी चली आ रही थी। इस नई पुती छोटी-सी चैपल की छत बहुत ऊँची थी। बैठी हुई युवतियाँ अपनी विस्मय की चीख को न रोक सकीं। उस स्थान पर उन चौबीस युवतियों, दो पुरोहितों और जुलियें को छोड़कर किसी को नहीं आने दिया गया। शीघ्र हो महाराज आ पहुँचे, उनके पीछे केवल म. द ला मोल और प्रधान दरबारी थे। स्वयं अंगरक्षक

शस्त्राभिवादन की मुद्रा में बाहर ही खड़े रहे थे।

महाराज प्रार्थना की चौकी पर बैठ गए। उसी समय जुलियें को, जो उस सुनहले चौखट से सटा बैठा था, एक युवती की नंगी बाँह के बीच से एक तरुण रोमन सैनिक के वेश में सें क्लेमाँ की मूर्ति वेदी के नीचे ढकी हुई दिखाई पड़ी। उनके गले पर एक बड़ा-सा घाव था, जिससे रक्त बहता हुआ जान पड़ता था। कलाकार ने अपनी कला का अपूर्व प्रदर्शन किया था। अधखुली अलसाई-सी आँखें शोभा से परिपूर्ण थीं, आधे भिंचे हुए किन्तु प्रार्थनारत उनके सुन्दर मुख पर रेखें फूट रही थीं। जुलियें के समीप बैठी हुई युवती की आँखों से इस दृश्य को देखकर आँसू निकल पड़े। एक आँसू जुलियें के हाथ पर भी गिरा।

क्षणभर गहनतम निस्तब्धता में प्रार्थना करने के बाद, जो केवल तीस मील के घेरे में प्रत्येक गाँव में बजनेवाली सुदूर घंटियों से ही भंग होती थी, आग्द के बिशप ने महाराज से कुछ बोलने की अनुमति माँगी। उन्होंने एक छोटा-सा अत्यन्त हृदयस्पर्शी भाषण दिया जिसके शब्द अपनी सहजता के कारण ही और भी मार्मिक थे।

"यीशु-भक्त युवतियो, यह कभी न भूलिएगा," उन्होंने कहा, "कि आपने अभी-अभी संसार के एक महानतम सम्राट को सर्वशक्तिमान और भयंकर ईश्वर के एक सेवक के सामने घुटने टेकते देखा है। ईश्वर के ये सेवक यद्यपि दुर्बल होते हैं और इस संसार में उन्हें यातना देकर समाप्त ही कर दिया जाता है, जैसे कि आपके आगे सें क्लेमाँ के घाव से अभी तक बहते हुए रक्त से प्रगट होगा; किन्तु वे स्वर्ग में पहुँचकर विजयी होते हैं। यीशु-भक्त देवियो, क्या आप इस दिवस को सदा स्मरण रखकर ईश्वर-विमुख व्यक्ति को घृणा का पात्र न मानती रहेंगी ? क्या आप उस महान और भयंकर किन्तु तो भी इतने दयालु ईश्वर के प्रति सदा अनुरक्त न रहेंगी ?" इन शब्दों के साथ बिशप बड़ी अधिकारपूर्ण मुद्रा से खड़े हो गए।

"क्या आप मुझे इस बात का वचन देती हैं ?" उन्होंने एक प्रेरणाप्राप्त व्यक्ति की भाँति बाँहें फैलाए हुए पूछा।

"हम वचन देती हैं।" युवतियों ने आँखों में आँसू भरकर कहा।

"उस महा भयानक ईश्वर के नाम पर मैं आपका वचन स्वीकार करता हूँ।" बिशप ने गहरे गूँजते हुए स्वरों में कहा। समारोह समाप्त हुआ।

स्वयं महाराजा की आँखों में आँसू थे। बहुत देर में जुलियें को इतना पूछने लायक आत्मसंयम प्राप्त हुआ कि बर्गंडी के ड्यूक फिलिप द्वारा रोम से भेजी गई इस सन्त की अस्थियाँ किस स्थान में रखी गई हैं। उसे बताया गया कि वे उस सुन्दर मोम की मूर्ति के भीतर ही छिपी हुई हैं।

महाराज ने कृपा करके उन युवतियों को, जो उनके साथ चैपल में उपस्थित थीं, इस बात की आज्ञा दे दी कि वे एक लाल फीता धारण करें जिसके ऊपर निम्नलिखित शब्द कढ़े हुए थे : 'ईश्वर-विमुख के प्रति घृणा, भगवान् के प्रति निरन्तर भक्ति।'

म. द ला मोल ने किसानों में दस हजार शराब की बोतलें बाँट देने की आज्ञा दे दी। उस दिन रात को वेरियेर में उदारपंथियों ने राजपंथियों की तुलना में सौ गुनी अधिक रोशनी अपने घरों में करने में कोई आपत्ति अनुभव नहीं की। नगर से विदा लेने के पूर्व महाराज म. म्वारो के घर भी पधारे।

19
विचार ही में दुःख है

रोजमर्रा की घटनाओं का विकृत पहलू आपको भावावेगों
की वास्तविक वेदना को देख पाने से रोकता है।

—बार्नेव

म. द ला मोल जिस कमरे में ठहरे थे, उसका असबाब यथास्थान रखने में मदद करते समय जुलियें को एक चार तह मुड़ा हुआ काग़ज़ का टुकड़ा हाथ लगा। पहले पृष्ठ पर नीचे की ओर उसे ये शब्द दिखाई पड़े : 'नाना उपाधि विभूषित, महामान्यवर मार्कि द ला मोल की सेवा में,' इत्यादि-इत्यादि।

वह किसी अत्यन्त ही फूहड़, रसोइयों के-से अक्षरों में लिखा हुआ एक आवेदन-पत्र था, जो इस प्रकार था :

'मान्यवर मार्कि महोदय,

मैं जीवन-भर धार्मिक सिद्धान्तों को माननेवाला व्यक्ति रहा हूँ। मैं सन् '93 के स्मरणीय घेरे के समय गोलाबारी के भीतर ल्यों में था। मैं अपने स्थानीय गिरजाघर में हर रविवार को प्रार्थना में सम्मिलित होता हूँ। मैंने अपने ईस्टर-सम्बन्धी कर्त्तव्यों को पूरा करने में कभी कोई भूल नहीं की है। मेरा रसोइया—क्रान्ति से पहले मेरे यहाँ बहुत-से नौकर थे—प्रत्येक शुक्रवार को मछली पकाता है। वेरियेर में मुझे सभी सम्मान की दृष्टि से देखते हैं और मैं यह कहने का साहस कर सकता हूँ कि यह सम्मान उपयुक्त ही है। जुलूसों में मेरा स्थान क्यूरे महोदय तथा मेयर महोदय के पास चन्दोवे के नीचे होता है। महत्त्वपूर्ण अवसरों पर मैं अपनी खरीदी हुई एक बड़ी मोमबत्ती लेकर चलता हूँ। आपको इस सबके लिखित प्रमाण पेरिस के राजकीय कोष में मिलेंगे। मैं मान्यवर मार्कि महोदय से यह निवेदन करना चाहता हूँ कि मुझे वेरियेर में नीलामघर का भार सौंपा जाए। यह स्थान शीघ्र ही रिक्त होने की सम्भावना है, क्योंकि जो व्यक्ति इस समय इस स्थान पर नियुक्त है, वह बहुत ही बीमार है और इसके अतिरिक्त वह चुनावों में गलत दल को वोट देता है, इत्यादि-इत्यादि।

ह. (द शोलें)'

इस आवेदन-पत्र के एक किनारे पर म. म्वारो के हाथ की एक टिप्पणी थी, जिसकी पहली पंक्ति इस प्रकार थी : ''कल मुझे इसी अत्यन्त योग्य व्यक्ति के विषय में आपसे कुछ निवेदन करने का सौभाग्य प्राप्त हुआ था,' इत्यादि-इत्यादि।

जुलियें सोचने लगा कि यह मूर्ख शोलें भी सुझा रहा है कि मुझे कौन-सा रास्ता अपनाना चाहिए।

वेरियेर में महाराज के आगमन के एक सप्ताह के भीतर ही महाराज, बिशप, मार्कि द ला मोल, दस हजार शराब की बोतलें और घोड़े से लुढ़क पड़नेवाले म. म्वारो—जो किसी सम्मान-प्राप्ति की आशा में महीने-भर से घर से न निकले थे—आदि विषयों पर होनेवाले अनगिनत हास्यास्पद वाद-विवादों, मनगढ़न्त कहानियों और अनगिनत झूठे किस्सों का कोई चिह्न न बचा। केवल एक बात ही बराबर अब भी कही जा रही थी कि बढ़ई के बेटे जुलियें

सोरेल को सम्मानित सेना में इस प्रकार जबर्दस्ती घुसा लेना एकदम अनुचित था। छपे हुए कपड़े के कारख़ानेदारों की बातें जो सवेरे, दोपहर और रात को काफ़े में बैठकर समानता का उपदेश झाड़ा करते थे, अब सुनने योग्य थीं। वह घमंडी और दूसरों को हीन समझनेवाली मा. द रेनाल ही इस अक्षम्य घटना की जड़ में थी और क्यों ? उस नए जवान पादरी सोरेल की सुन्दर आँखों और गुलाबी गालों से सबकुछ प्रकट है।

वेर्जि लौटने के थोड़े ही समय बाद सबसे छोटे लड़के स्तानिस्लास जॉविये को बुखार आ गया। मा. द रेनाल को तुरन्त ही दारुण पश्चात्ताप ने जकड़ लिया। पहली बार उन्होंने अपने प्रेम के लिए स्वयं को अपराधी पाया मानो किसी दैवी चमत्कार से अचानक ही उन्हें अपने पाप का अनुभव हो गया हो। वह स्वभाव से ही बहुत धार्मिक थीं, किन्तु अभी तक उनके मन में यह विचार ही न आया था कि भगवान् की दृष्टि में उनका पाप कितना बड़ा है।

बहुत दिनों पहले कॉन्वेन्ट में पढ़ते समय भगवान् के प्रति उनकी बड़ी गहरी लगन थी। अब इन परिस्थितियों में उन्हें उसका भय अनुभव हुआ। उनके भय में कोई बुद्धिसंगत बात न थी, इसलिए जो आन्तरिक संघर्ष उनके हृदय के टुकड़े किए हुए था, वह और भी भयंकर था। जुलियें ने देखा कि समझाने के प्रयत्न से उनके मन को सान्त्वना मिलने के बजाय वह और भी क्षुब्ध हो उठती हैं। ऐसे तर्कों में उन्हें शैतान की आवाज़ सुनाई पड़ती थी। स्वयं जुलियें को स्तानिस्लास से बहुत प्रेम था। इसलिए उसकी बीमारी के विषय में, जो जल्दी ही बहुत बढ़ गई, उनसे बातचीत करने का उसे अधिकार था। बीमारी के बढ़ते ही मा. द रेनाल का अनवरत पश्चात्ताप इतना बढ़ गया कि उनके लिए नींद भी दूभर हो उठी। अब वह अपना भीषण क्रुद्ध मौन तोड़ती ही न थीं। यदि वह मुँह खोलतीं तो मनुष्य और भगवान् के आगे अपने अपराधों को स्वीकार करने के अतिरिक्त और कुछ न कर पातीं, "मैं तुमसे भीख माँगता हूँ," अकेले में मिलते ही जुलियें उनसे कहता, "कि किसी से कुछ कहना मत। अपनी इस पीड़ा का एकमात्र भागी मुझे ही रहने दो। यदि तुम्हें अब भी मुझसे प्यार हो तो किसी से कुछ मत कहो। तुम्हारी किसी बात से स्तानिस्लास का ज्वर नहीं मिटेगा।"

किन्तु उसके सान्त्वना-भरे शब्दों का कोई प्रभाव न पड़ा। वह नहीं जानता था कि मा. द रेनाल के मन में यह विचार जोर पकड़ गया है कि ईर्ष्यालु ईश्वर के क्रोध को शान्त करने के लिए उन्हें या तो जुलियें से घृणा करनी होगी या अपने बेटे को मरते देखना होगा। यह चेतना कि वह अपने प्रेमी से घृणा नहीं कर सकेंगी, उन्हें इतना दुःखी कर रही थी।

"तुम मेरे पास से चले जाओ," उन्होंने एक दिन उससे कहा, "ईश्वर के नाम पर इस घर को छोड़ दो। तुम्हारी उपस्थिति से ही मेरे बेटे की मृत्यु हो रही है। भगवान् मुझे दंड दे रहा है," उन्होंने बहुत ही धीमे-से कहा। "और वह न्यायी है। उसके न्याय के लिए ही मैं उसकी पूजा करती हूँ। मेरा पाप भयंकर है किन्तु तो भी मैं बिना पश्चात्ताप के जीवित रही। यह इस बात का पहला चिह्न था कि भगवान् ने मुझे त्याग दिया है। मैं तो दोहरे दंड के योग्य हूँ।"

जुलियें बहुत विचलित हो उठा। इसमें न तो उसको कोई ढोंग दिखाई पड़ा और न किसी प्रकार का अतिरंजन। वह सोचने लगा कि इन्हें यह लग रहा है कि मुझे प्यार करने से इनके बेटे की मृत्यु हो जाएगी। किन्तु तो भी बेचारी मुझे अपने बेटे से अधिक प्यार करती हैं। इसमें कोई सन्देह नहीं कि उनके पश्चात्ताप की असलियत यही है जो उन्हें तिल-तिल कर

मार रहा है। इसमें भावना की कितनी भव्यता है, पर ऐसा प्रेम मैं किसी के हृदय में कैसे उत्पन्न कर सका—मैं जो इतना गरीब हूँ, इतना अशिक्षित हूँ, इतना अज्ञानी हूँ और कभी-कभी इतना अशिष्टतापूर्ण व्यवहार करता हूँ ?

एक रात बच्चे का ज्वर बड़ी तीव्र अवस्था में था। लगभग दो बजे सवेरे म. द रेनाल बच्चे को देखने आए। बच्चा ज्वर में तड़प रहा था और अपने पिता को न पहचान सका। एकाएक मा. द रेनाल अपने पति के पैरों पर गिर पड़ीं। जुलियें ने देखा कि वह अब उनसे सारी बात कहकर सदा के लिए अपना सर्वनाश ही करनेवाली हैं। दुर्भाग्यवश म. द रेनाल उनके इस विचित्र व्यवहार से अप्रसन्न हो गए।

"नमस्कार ! मैं अब जा रहा हूँ।" जाने के लिए मुड़ते-मुड़ते उन्होंने कहा।

"नहीं, नहीं, मेरी बात सुनो !" उनकी पत्नी ने उनके सामने घुटनों के बल बैठे हुए उन्हें रोकते-रोकते कहा। "तुम्हें सारी सच्चाई जाननी ही चाहिए। अपने बेटे को मैं ही मारे डाल रही हूँ। मैंने ही उसे जीवन दिया था और अब मैं ही लिए ले रही हूँ। भगवान् मुझे दंड दे रहे हैं। भगवान् की दृष्टि में मैं हत्या की अपराधिनी हूँ। मेरा सर्वनाश और अपमान होना ज़रूरी है—हो सकता है, मेरे बलिदान से भगवान् सन्तुष्ट हो जाएँ।"

यदि म. द रेनाल कुछ कल्पनाशील व्यक्ति होते तो उस दिन उन्हें सब कुछ पता चल जाता। "बे-सिर-पैर के ख़्याल !" अपने पैरों को बाँहों में जकड़ती हुई पत्नी को हटाकर जाते-जाते उन्होंने कहा। "सब बे-सिर-पैर के ख़्याल हैं, और कुछ नहीं।" उन्होंने आगे जोड़ा, "जुलियें, देखो, सवेरा होते ही डाक्टर को बुला लेना।" और वह सोने के लिए वापस चले गए। मा. द रेनाल अर्ध-मूर्च्छित-सी अवस्था में वहीं घुटनों के बल बैठी रह गईं। जुलियें ने सहारा देने की कोशिश की तो उन्होंने उसे बुरी तरह दूर धकेल दिया। जुलियें अवाक् खड़ा रह गया।

तो इसी का नाम है व्यभिचार ! वह मन-ही-मन कह उठा—क्या यह सम्भव है कि यह धोखेबाज पुरोहित—सच कहते हो ? क्या यह सम्भव है कि जो लोग स्वयं इतने पाप करते हैं, उन्हें पाप का सच्चा सिद्धान्त जानने का अधिकार मिला हुआ हो ? कैसा हास्यास्पद विचार है !...

म. द रेनाल के अपने कमरे को लौट जाने के बाद कोई बीस मिनट तक जुलियें अपनी प्रेयसी को निश्चल और लगभग अचेत पड़े देखता रहा। उनका सिर बच्चे के छोटे-से पलंग पर टिका था। उच्चतम स्वभाववाली यह नारी उससे परिचय होने के कारण ही आज इतनी यातना की गहराइयों में पड़ी हुई है। समय तीव्र गति से बीता चला जा रहा था। मैं किस भाँति इनकी सहायता कर सकता हूँ ? कोई न कोई निश्चय मुझे करना ही होगा। केवल मेरे ही हिताहित का प्रश्न अब नहीं बचा। लोगों और उनके मूर्खतापूर्ण निन्दा-अपवाद की मुझे कोई परवाह नहीं किन्तु इनके लिए मैं क्या करूँ ? इन्हें छोड़कर चला जाऊँ ? पर तब यह इस भीषणतम पीड़ा सहने के लिए अकेली रह जाएँगी। यह पति नाम की जो निर्जीव मशीन उनके पास है, उससे तो सहायता के स्थान पर बाधा ही अधिक मिलती है। वह इनसे कोई कठोर बात कह बैठेगा, क्योंकि वह एक कुत्सित स्वभाववाला क्रूर व्यक्ति है। यह कहीं पागल न हो जाएँ, कहीं खिड़की के बाहर न कूद पड़ें...

यदि मैं इन्हें छोड़कर चला गया, यदि मैंने इनके ऊपर अभी नज़र न रखी, तो यह सब कुछ उसे बता देंगी। कौन जानता है कि इनकी सारी जायदाद मिलने की आशा के बावजूद

वह इनके नाम से कहीं कोई अपवाद न फैला दे ! हे भगवान् ! हो सकता है कि यह उस घिनौने जंगली फादर मास्लों को भी सब बता दें जो इस छः वर्ष के बच्चे की बीमारी के बहाने से घर से हटने का नाम नहीं लेता। इसमें भी ज़रूर कोई चाल है। अपने दुःख में यह उस आदमी की असलियत भूल जाती हैं—केवल पुजारी ही इन्हें दिखाई पड़ता है।

''तुम्हें जाना ही पड़ेगा जुलियें,'' अचानक मा. द रेनाल ने आँखें खोलते हुए कहा।

''तुम्हारी सहायता हो तो मैं हजार बार अपनी जान भी देने को तैयार हूँ,'' जुलियें ने उत्तर दिया। ''तुम्हारे लिए इतना अधिक प्रेम मैंने पहले कभी नहीं अनुभव किया था; या यों कहना चाहिए, इस क्षण से मैं तुम्हारे योग्य ही तुम्हारी पूजा करने लगा हूँ। तुमसे पृथक् दूर जाकर मेरी क्या हालत होगी ? खास कर यह जानने के बाद कि तुम्हारे दुःख का कारण मैं ही हूँ ! मेरे दुःख की बात छोड़ो। मैं चला जाऊँगा—हाँ, मैं चला जाऊँगा। पर मेरे चले जाने के बाद, यदि मैं यहाँ तुम्हारी देखभाल करने के लिए तथा तुम्हारे पति और तुम्हारे बीच निरन्तर पड़ने के लिए न रहा तो तुम सब कुछ उनको बता दोगी और अपना सर्वनाश कर लोगी। ज़रा यह बात भी सोचो कि वह बड़ी दुर्दशापूर्वक तुम्हें इस घर से निकाल देगा। सारे वेरियेर में, समूचे बजाँसों में इस बात की चर्चा होगी। सब लोग तुम्हारे विरुद्ध हो जाएँगे। इसकी लज्जा से तुम कभी सिर न उठा सकोगी...।''

''यही तो मैं चाहती हूँ।'' वह चौंक पड़ीं और खड़ी हो गईं, ''मुझे कष्ट सहना होगा। वही उचित है।''

''पर उस भयानक अपवाद से म. द रेनाल भी बरबाद हो जाएँगे।''

''पर अपने को इस भाँति पतित करके ही, कीचड़ में गिराकर ही, शायद मैं अपने बेटे को बचा सकूँ। ऐसा अपमान, और वह भी सबकी दृष्टि में, एक प्रकार का सार्वजनिक दंड ही है। जहाँ तक मेरा दुर्बल हृदय समझ सका है, क्या भगवान् के सामने मेरा यही सबसे बड़ा बलिदान नहीं होगा ?...सम्भव है कि इस लज्जा के कारण वह मेरे ऊपर कृपा करे और मेरा बेटा मुझे लौटा दे ! मुझे इससे बड़ा और कष्टदायक दूसरा कोई बलिदान बताओ, मैं तुरन्त उसे करने को तैयार हूँ।''

''मुझे भी तो दंड मिलना चाहिए। मैं भी तो अपराधी हूँ। क्या तुम्हें यह स्वीकार होगा कि मैं ट्रैपपंथी मठ में जाकर बन्द हो जाऊँ ? उस जीवन की कठोरता शायद तुम्हारे भगवान् को सन्तुष्ट कर सके ! हे ईश्वर ! स्तानिस्लास की बीमारी मेरे ऊपर क्यों नहीं आ जाती !...''

''ओहो, तुम भी उसे प्यार करते हो !'' मा. द रेनाल चौंककर बोलीं और उठकर जुलियें की बाँहों में जा गिरीं। फिर दूसरे ही क्षण भयभीत भाव से उसे दूर धकेल दिया।

फिर वह अपने घुटनों के बल बैठ गईं। ''मुझे तुम पर विश्वास है, तुम पर विश्वास है !'' वह कहती रहीं। ''ओह, मेरे एकमात्र मित्र ! क्यों नहीं तुम ही स्तानिस्लास के पिता हुए ! तब तो बेटे से अधिक तुम्हें प्यार करना इतना भीषण पाप न होता !''

''क्या मुझे इस बात की अनुमति दोगी कि मैं यहाँ रहूँ और अब से तुम्हें भाई की भाँति प्यार करूँ ? यही एक बुद्धिसंगत प्रायश्चित जान पड़ता है। उससे शायद परम पिता का क्रोध भी शान्त हो सके।''

''पर मेरा क्या होगा ?'' वह चीखकर बोलीं, ''मेरा क्या होगा ? क्या मैं तुम्हें भाई की भाँति प्यार कर सकती हूँ ? क्या इस तरह प्यार करना मेरी सामर्थ्य की बात है ?''

जुलियें के आँसू आ गए। "तुम जो कहोगी वही करूँगा, प्रियतमे," वह उनके पैरों पर गिरते हुए बोला। "हाँ, तुम जो भी आज्ञा दोगी उसे मान लूँगा। मेरे लिए अब यही एकमात्र उपाय बचा है। मेरा मन जैसे अन्धा हो गया है। कोई रास्ता नहीं सूझता। तुम्हें छोड़कर जाता हूँ तो तुम अपने पति को सब कुछ बता दोगी—स्वयं अपनी और उनकी दोनों की बरबादी करोगी। ऐसी बदनामी के बाद वह कभी डिप्टी न चुने जा सकेंगे। यदि ठहरता हूँ तो तुम मुझे अपने बेटे की मृत्यु का कारण समझोगी और शोक से प्राण दे दोगी। क्या तुम मेरे चले जाने के परिणाम की परीक्षा करना चाहती हो ? यदि तुम चाहो तो मैं एक सप्ताह के लिए तुमसे अलग होकर अपने दोनों के दोष का दंड स्वयं झेलने को तैयार हूँ, तुम जहाँ कहोगी वहीं जाकर—उदाहरण के लिए ब्रे-ला-ओ के गिरजाघर में—सप्ताह बिताने को तैयार हूँ, पर मेरी सौगन्ध खाओ कि मेरी अनुपस्थिति में तुम अपने पति को कुछ न बताओगी। समझ लो कि यदि तुमने कुछ भी कहा तो मेरा लौटना न होगा।"

उन्होंने जुलियें को यह वचन दे दिया और वह चला गया, किन्तु दो दिन बाद ही उन्होंने उसे फिर बुला भेजा।

"तुम्हारे लौटने तक अपनी सौगन्ध की रक्षा करना मेरे लिए असम्भव है। यदि तुम यहाँ अपनी आँखों के आगे मुझे रोकते न रहे तो मैं अपने पति से सब कुछ कह बैठूँगी। अपने घृणित जीवन का एक-एक घंटा मुझे दिन के बराबर लम्बा जान पड़ता है।"

आख़िरकार उस माँ के ऊपर विधाता की करुणा हुई। धीरे-धीरे स्तानिस्लास का जीवन संकट से निकल आया। किन्तु दुःख का श्रीगणेश तो हो चुका था; विवेक ने उन्हें अपने पाप की मात्रा के प्रति सजग कर दिया था और अब उनके लिए शान्ति से रह सकना असम्भव था। वह अब भी पश्चात्ताप से, और ऐसे पश्चात्ताप से जो इतने निश्छल हृदय के लिए स्वाभाविक था, दुःखी हो उठती थीं। उनका जीवन स्वर्ग और नर्क दोनों ही था—नरक, जब जुलियें उनकी आँखों से ओझल होता और स्वर्ग, जब वह उसके पैरों पर पड़ी होतीं।

"अब मैं अपने आपको अधिक नहीं बहका सकती," वह जिन क्षणों में उसके प्रेम के आगे आत्म-समर्पण करने का साहस कर पातीं तभी उससे कहतीं, "मैं अब इतनी गिर चुकी हूँ कि उद्धार की कोई आशा नहीं। तुम जवान हो। मैंने तुम्हें बहकाया और तुम फँस गए। भगवान् तुम्हें क्षमा कर सकते हैं, पर मेरे लिए कोई आशा नहीं। इसको मैं एक बड़े पक्के प्रमाण से जानती हूँ। मुझे डर लगने लगा है। नरक को सामने देखकर कौन भयभीत न होगा ? पर सब कहने-सुनने के बाद मुझे कोई पछतावा नहीं है। सम्भव होने पर मैं नए सिरे से फिर यही पाप करती। बस भगवान्, मुझे यहाँ इसी जन्म में मेरे बच्चों के द्वारा मुझे दंड न मिले, तो मैं समझूँगी, मैंने भर पाया।" कभी-कभी वह कह उठतीं, "पर तुम जुलियें, कम-से-कम तुम तो सुखी हो ? प्रियतम, तुम्हें लगता है कि मैं तुम्हें काफी प्यार करती हूँ ?"

जहाँ तक जुलियें का प्रश्न था, त्याग के ऊपर आधारित प्रेम की आवश्यकता उसके लिए इतनी अधिक थी कि सन्देह अथवा आहत अपमान इस प्रतिक्षण नवीन होनेवाले इतने विभ्रान्त और इतने महान त्याग के आगे ठहर न पाता था। वह तो मा. द रेनाल की पूजा करने लगा था। यह सोचना व्यर्थ है कि वह कुलीन घराने की हैं और मैं मज़दूर का बेटा हूँ। मुख्य बात यह है कि वह मुझे प्यार करती हैं ! वह मुझे प्रेमी की भूमिका पूरी करनेवाले अनुचर के रूप में नहीं देखतीं। एक बार यह भय दूर होने के बाद जुलियें प्रेम की समस्त हर्षोन्मत्तता और उसकी घातक निश्चिन्तता में डूब गया।

जब कभी भी मा. द रेनाल उसे अपने प्रेम में सन्देह करते हुए पातीं तो कहतीं, "जो थोड़े-बहुत दिन हमारे पास साथ-साथ बिताने को बाकी बचे हैं, उनमें तो कम-से-कम मैं तुम्हें सुखी बना सकूँगी ! हमें जल्दी करनी चाहिए...शायद कल ही मैं तुम्हारी न रहूँ ! यदि विधाता मेरे बच्चों के द्वारा मुझ पर प्रहार करे तो केवल तुम्हीं से प्रेम करने के लिए जीवित रहने का, अथवा इस सत्य से आँखें मूँद लेने का कि मेरे पाप के कारण ही उनके प्राण गए, प्रयत्न करना सब व्यर्थ होगा। ऐसे आघात के बाद मैं जीवित न रह सकूँगी...चाहूँगी तो भी नहीं। मैं पागल हो जाऊँगी। आह ! यदि मैं तुम्हारा पाप अपने ऊपर ले सकती, ठीक वैसे ही जैसे तुमने उदारतापूर्वक स्तानिस्लास के ज्वर को अपने ऊपर लेना चाहा था !"

जुलियें और उसकी प्रेयसी को एक करनेवाले भाव का स्वरूप इस तीव्र नैतिक संकट के कारण एकदम बदल गया। जुलियें का प्रेम अब केवल उनके सौन्दर्य का आकर्षण और स्वामित्व का गर्व मात्र न था। इस समय से उनके सुख में एक बड़ी उच्चता आ गई थी; उन दोनों को जलानेवाली ज्वाला अब अधिक तीव्र थी; उनके भावातिरेक में अब उन्मत्तता की परिपूर्णता थी। दुनिया को शायद उनका सुख और भी बड़ा जान पड़ता किन्तु अब उन्हें अपने प्रेम में प्रारम्भिक दिनों की-सी, जब मा. द रेनाल का एकमात्र भय यह था कि जुलियें कहीं उन्हें कम प्यार न करने लगे, मधुर शान्त, उन्मुक्त आनन्द अथवा सहज प्रसन्नता नहीं मिलती थी, बल्कि कभी-कभी तो उन्हें यह सुख अपराध जैसा जान पड़ता था।

चरम सुख और ऊपर से देखने में परम शान्ति के क्षणों में भी मा. द रेनाल विह्वल भाव से जुलियें का हाथ कसकर जकड़ लेतीं और कहतीं, "हे भगवान् ! मुझे अपने सामने नरक दिखाई पड़ रहा है ! कैसी भीषण यातनाएँ हैं ! किन्तु मैं हूँ उनके योग्य ही।" और वह हाथ और भी कसकर बाँध लेतीं, उससे ऐसे लिपट जातीं जैसे बेल दीवार से लिपटी रहती है।

जुलियें इस क्षुब्ध आत्मा को शान्त करने का व्यर्थ प्रयत्न करता रहता। वह उसका हाथ पकड़कर उसे चुम्बन से भर देतीं; फिर किसी गहरे सोच में डूबकर कह उठतीं, "नरक भी मेरे लिए करुणा की वस्तु होगी, कम-से-कम इस धरती पर तो कुछ दिन उसके साथ शान्तिपूर्वक बिता सकती, किन्तु नरक यहीं, इसी जगह, इसी दुनिया में...मेरे बच्चों की मृत्यु के रूप में...बहुत सम्भव है कि इस मूल्य पर मेरा पाप क्षमा कर दिया जाए...हे सर्वशक्तिमान ईश्वर ! क्षमा के लिए ऐसा मूल्य मुझसे न ले। इन बेचारे बालकों ने तेरा कोई अपराध नहीं किया है। केवल मैं ही दोषी हूँ...मैं ऐसे व्यक्ति को प्यार करती हूँ जो मेरा पति नहीं है।"

फिर जुलियें देखता है कि वह धीरे-धीरे ऊपर से शान्त हो गई हैं। वह अपने आपको काबू में करने का प्रयत्न करतीं—अपने प्रिय के जीवन को विषाक्त करने की उनकी कोई इच्छा न थी। कभी प्रेम, कभी पश्चात्ताप और कभी आनन्द के बीच दिन बिजली की तरह निकलने लगे। जुलियें का सोचने का अभ्यास ही जाता रहा।

एलिजा अपने किसी कानूनी काम के सिलसिले में वेरियेर गई थी। वहाँ उसे पता चला कि म. वालनो जुलियें के ऊपर भरे हुए बैठे हैं। वह स्वयं भी शिक्षक से घृणा करने लगी थी, इसलिए उसके विषय में बहुत कुछ इस व्यक्ति से कहती-सुनती रही।

"सच-सच बताऊँ तो आप मुझे नौकरी से निकलवा देंगे," उसने एक दिन म. वालनो से कहा, "आप मालिक लोग सब मौका पड़ने पर एक हो जाते हैं...हम बेचारे नौकरों के मुँह से कुछ बात निकल जाए तो हमें कभी क्षमा नहीं मिलती...।"

म. वालनो की अधीर उत्सुकता ने चतुराई से इस भूमिका को छोटा कर दिया और फिर

उन्हें कुछ ऐसी बातें पता चलीं जिनसे उनके अभिमान को बड़ी भारी ठेस पहुँची।

यह स्त्री जो ज़िले में सबसे अधिक प्रसिद्ध है, जिसे उन्होंने छः वर्ष से इतनी तरह से प्रसन्न करने के प्रयत्न किए हैं पर जो दुर्भाग्यवश इतनी घमंडी है कि बार-बार अपने तिरस्कार से हर व्यक्ति की उपस्थिति और जानकारी में उन्हें लज्जित और अपमानित करती रही है—इसी स्त्री ने एक शिक्षक वेशधारी मजदूर को अपना प्रेमी बनाना स्वीकार किया ! अनाथाश्रम के संचालक महोदय के पीड़न और अपमान में यह जानकर और भी कोई कसर न रही कि इस प्रेमी की मा. द रेनाल पूजा करती हैं। "म. जुलियें ने तो," नौकरानी ने लम्बी साँस लेते हुए कहा, "उन्हें अपने वश में करने का कोई प्रयत्न ही नहीं किया। मालकिन के मामले में भी वह सदा की भाँति दूर-दूर ही रहते थे।"

एलिजा को इसका यकीन देहात में पहुँचकर ही हुआ, यद्यपि उसका विचार था कि मामला बहुत पहले से चल रहा है। "इसमें कोई शक नहीं कि इसी कारण," उसने प्रतिहिंसा के भाव से कहा, "कुछ दिन पहले म. जुलियें ने मुझसे विवाह करने से इन्कार किया था। और मेरी मूर्खता देखिए कि मैं पहुँची मा. द रेनाल के पास और उन्हें सब बात बताकर शिक्षक से अपनी सिफ़ारिश करने के लिए कहने लगी !"

उसी दिन शाम को म. द रेनाल को अपने दैनिक अख़बार के साथ नौकर से एक लम्बा गुमनाम पत्र मिला, जिसमें उन्हें उनके घर में जो कुछ हो रहा था, उसका विस्तृत हाल बताया गया था। जुलियें ने देखा कि हल्के आसमानी रंग के काग़ज़ पर लिखे हुए इस पत्र को पढ़कर उनका चेहरा फक हो गया और वह उसे बड़ी तीव्र दृष्टि से देख रहे हैं। उस दिन सारी शाम मेयर की उत्तेजना दूर न हुई। जुलियें ने बर्गंडी के सबसे कुलीन परिवारों की वंशावलियाँ माँगकर उन्हें प्रसन्न करने का प्रयत्न भी किया, पर सब व्यर्थ हुआ।

20

गुमनाम पत्र

मन की तरंग की लगाम
ज्यादा मत कसो : कठोरतम व्रत भी बस एक तिनका है
रक्त में धधकती ज्वाला के सामने।

—दि टेम्पेस्ट (शेक्सपीयर)

आधी रात के समय ड्राइंगरूम से चलने के पहले किसी तरह अवसर निकालकर जुलियें ने अपनी प्रेयसी से कहा, "आज रात हम लोग न मिलें तो अच्छा है, तुम्हारे पति को कुछ सन्देह हो रहा है। मैं सौगन्ध खाकर कह सकता हूँ कि जो लम्बी चिट्ठी पढ़कर वह आहें भर रहे थे, वह कोई गुमनाम पत्र है।"

सौभाग्यवश जुलियें ने अपने कमरे में पहुँचकर भीतर से ताला बन्द कर लिया, क्योंकि मा. द रेनाल के मन में यह पागलपन का विचार आया कि यह चेतावनी केवल उनसे न मिलने का बहाना-भर है। वह होश-हवास पूरी तरह खो बैठी थीं और नियत समय पर जुलियें के

कमरे के दरवाज़े पर आ गई। जुलियें ने बरामदे में आहट सुनते ही तुरन्त अपनी रोशनी बुझा दी। कोई उसका दरवाज़ा खोलने का प्रयत्न कर रहा था—मा. द रेनाल अथवा उनके ईर्ष्यालु पति ?

अगले दिन सवेरे रसोइन, जो जुलियें से बड़ी प्रसन्न थी, उसके पास एक किताब लाई, जिसके मुखपृष्ठ पर इटैलियन भाषा में लिखा था : 'पृष्ठ एक सौ बीस पर देखो !' इस लापरवाही पर जुलियें एक बार काँप उठा। पृष्ठ एक सौ बीस खोलते ही उस पर नत्थी किया हुआ एक पत्र उसे मिला, जो जल्दी में लिखा गया था और आँसुओं से भीगा हुआ था। उसमें शब्दों का प्रयोग ठीक-ठीक होने पर भी उनकी लिखावट पर ध्यान न दिया गया था। साधारणतः मा. द रेनाल इस विषय में बड़ी सजग थीं। यह छोटी-सी बात जुलियें के मर्म को छू गई और वह इस भीषण अदूरदर्शिता को आधा भूल गया। पत्र इस प्रकार था :

'तो तुम मुझसे आज रात को मिलना नहीं चाहते ? ऐसे भी क्षण आते हैं जब मैं विश्वास करने लगती हूँ कि मैंने तुम्हारे हृदय को अभी तक गहराई में नहीं पढ़ा। कभी-कभी जैसे तुम मुझे देखने लगते हो, उससे मैं डर जाती हूँ। मुझे तुमसे भय लगता है। हे भगवान् ! क्या इसका यह अर्थ है कि तुमने मुझे कभी प्यार नहीं किया ? यदि यह सच है तो यही उत्तम होगा कि मेरे पति इस प्रेम की बात जान जाएँ और मुझे सदा के लिए अपने बच्चों से अलग कहीं देहात में बन्दिनी बनाकर रख दें। शायद भगवान् की भी यही मर्ज़ी है। मैं तो जल्दी ही मर जाऊँगी—पर तुम एक राक्षस बनोगे !

'तुम मुझे प्यार नहीं करते ? क्या मैंने तुम्हें अपनी मूर्खता से, अपने पछतावों से उबा दिया है ? तुम मुझे बरबाद करना चाहते हो ? मैं तुम्हें एक आसान साधन दिए देती हूँ। जाओ, इस पत्र को वेरियेर में हर व्यक्ति को दिखा दो अथवा केवल वालनो को ही दिखा दो। उसे बता देना कि मैं तुमसे प्रेम करती हूँ। पर नहीं—ऐसी झूठी बात मत कहना। यह कहना कि मैं तुम्हारी पूजा करती हूँ; कि मेरे लिए जीवन उसी दिन शुरू हुआ जब मैंने तुम्हें देखा; कि अपने यौवन के पागल से पागल क्षणों में भी मैंने ऐसे सुख की कल्पना नहीं की थी जिसके लिए मैं तुम्हारी कृतज्ञ हूँ, कि मैंने अपना जीवन तुम्हारे लिए बलिदान कर दिया है और अपनी आत्मा भी तुम्हारे लिए बलिदान कर रही हूँ। तुम जानते हो कि मैं तुम्हारे लिए इससे कहीं ज्यादा बलिदान करती हूँ।

'पर ऐसा आदमी क्या समझेगा कि बलिदान क्या चीज़ है ? उससे कहना—केवल उसे त्रास देने के लिए ही कहना कि मैं सब कुविचारी आदमियों की उपेक्षा करती हूँ। मेरे लिए इस संसार में अब केवल एक ही प्रकार का दुःख बचा है—और वह है कि मुझे जीवित रखनेवाला व्यक्ति मेरी ओर से आँखें फेर ले। यदि मेरा जीवन चुक जाता, यदि मैं उसे बलि चढ़ा सकती, यदि मुझे अपने बच्चों के लिए भय न रहता तो मैं कितनी सुखी रह पाती !

'प्रियतम, इस बात में कोई सन्देह नहीं कि कोई गुमनाम पत्र आया है तो वह उसी घृणित प्राणी ने भेजा होगा जो पिछले छः वर्षों से मेरे पीछे पड़ा है, जो अपनी कर्कश आवाज़ में अपनी घुड़सवारी की कहानियाँ तथा अपनी वीरता के और अपनी सारी विशेषताओं के अन्तहीन वर्णन मुझे सुनाता रहा है।

'क्या सचमुच ही कोई गुमनाम पत्र आया है ? निर्दयी, मैं तुमसे इसी बारे में बात

करना चाहती थी। पर नहीं, तुमने बुद्धिमानी का काम किया है। शायद अन्तिम बार ही तुम्हें अपनी बाँहों में भरकर मैं इस विषय में उतने शान्त और निस्संग भाव से विचार न कर पाती जितना अब अकेले रहकर कर रही हूँ। अब से हमारे सुख के क्षण इतनी आसानी से नहीं आ सकेंगे। क्या उससे तुम दुःखी होगे ? हाँ, शायद जब तुम्हें म. फूके से कोई दिलचस्प किताब न मिले ! मैंने अपना उत्सर्ग कर दिया है। चाहे कोई गुमनाम पत्र आए अथवा न आए, कल मैं अपने पति से कह दूँगी कि मुझे भी ऐसा एक पत्र मिला है, और अब हमें तुम्हें निकालने का कोई आसान-सा रास्ता ढूँढ़ना चाहिए और किसी भी बहाने तुम्हें तुरन्त वापस भेज देना चाहिए।

'आह, प्रिय ! हमें पन्द्रह दिन के लिए या शायद महीने-भर के लिए बिछुड़ना पड़ेगा ! हाँ, यह सही है कि तुम भी मेरे समान ही दुःखी रहोगे; किन्तु इस गुमनाम पत्र के प्रभाव से अपनी रक्षा करने का मेरे पास यही एक उपाय है। मेरे पति को यह पहली बार ऐसा पत्र नहीं मिला है और न मेरे विषय में ही यह पहला है। ओह ! पहले इन पत्रों को देखकर मुझे कितनी हँसी आया करती थी !

'मेरे व्यवहार का एकमात्र उद्देश्य यह होगा कि अपने पति को इस पत्र के म. वालनो द्वारा लिखे होने का विश्वास दिला दूँ। यदि तुम्हें इस घर से जाना पड़े तो वेरियेर छोड़कर न चल देना। मैं ऐसा प्रबन्ध करूँगी कि मेरे पति पन्द्रह दिन वहीं रहा करें, कम-से-कम वहाँ के सारे मूर्खों के आगे यह सिद्ध करने के लिए ही कि उनके और मेरे बीच कोई मनमुटाव नहीं है। वेरियेर पहुँचकर तुम हर व्यक्ति के साथ, उदारपंथियों तक के साथ, मित्रता कर लेना। मैं जानती हूँ कि उनकी सब महिलाएँ तुमसे मिलने के लिए बड़ी उत्सुक होंगी।

'तुम म. वालनो से कोई कहा-सुनी न करना, और न जैसा तुमने एक दिन कहा था, उनके कान ही काटना, बल्कि इसके विपरीत उनसे यथासम्भव मीठा व्यवहार करना। यह बात सारे वेरियेर में फैलाना ज़रूरी है कि अब तुम वालनो अथवा किसी दूसरे के यहाँ बच्चों की शिक्षा का भार लेनेवाले हो।

'यह बात मेरे पति कभी न होने देंगे और मान लो, उन्हें इसके लिए तैयार भी होना पड़ा तो कम-से-कम तुम वेरियेर में तो रहोगे और मैं कभी-कभी तुमसे मिल सकूँगी। मेरे बच्चे भी तुमसे इतने हिल गए हैं, वे भी तुमसे मिल सकेंगे। हे भगवान् ! मुझे लगता है कि मेरे बच्चे तुम्हें प्यार करते हैं, इसलिए मैं उन्हें और भी अधिक प्यार करने लगी हूँ। इस बात का मुझे कैसा पश्चात्ताप है ! न जाने इस सबका कहाँ अन्त होगा ? पर मैं बहक रही हूँ।...जो हो, तुम तो समझते ही हो कि तुम्हारा व्यवहार कैसा होना चाहिए। विनम्र बनना, शिष्ट बनना और उन फूहड़ व्यक्तियों के प्रति कोई घृणा न दिखाना—मैं तुम्हारे पैरों पड़कर भीख माँगती हूँ, वे लोग ही हमारे भाग्य का निपटारा करेंगे। इस बात में क्षण-भर के लिए भी सन्देह न करना कि मेरे पति का तुम्हारे प्रति व्यवहार वही होगा जो जनमत चाहेगा।

'जो गुमनाम पत्र मुझे चाहिए, उसे तैयार करने का जिम्मा तुम्हारा है। तुम्हें दो वस्तुओं की ज़रूरत पड़ेगी, एक धीरज और दूसरी कैंची। मैं एक हल्का आसमानी रंग का कागज़ भेज रही हूँ जो मुझे म. वालनो से मिला था। इसके ऊपर तुम गुमनाम पत्र के शब्द किसी किताब से काटकर चिपका देना। तुम्हारे कमरे की तलाशी होने की सम्भावना है, इसलिए

जिस किताब को इस काम में लाओ, उसे जला डालना। यदि तुम्हें आवश्यक शब्द तैयार न मिलें तो धीरज के साथ एक-एक अक्षर मिलाकर तैयार कर देना। तुम्हारी परेशानी बचाने के लिए मैंने गुमनाम पत्र बहुत छोटा-सा बनाया है। ओफ ! यदि अब तुम मुझे प्यार नहीं करते, जैसाकि मुझे भय होता है, तो मेरा यह पत्र तुम्हें कितना लम्बा लगेगा !'

गुमनाम पत्र इस प्रकार था :

'मैडम,

'मैं आपकी सब करतूतें जानता हूँ, साथ ही उन्हें रोकना जिन लोगों के हित में है, उन्हें भी इसकी सूचना दे दी गई है। मेरे साथ यदि आपकी तनिक भी मित्रता बाकी हो तो मेरी यह सलाह है कि आप इस किसान छोकरे से सारे सम्बन्ध तोड़ लें। यदि आपने ऐसा करने की बुद्धिमानी की तो आपके पति समझेंगे कि उन्हें जो चेतावनी मिली थी वह झूठी थी और हम भी उनको इस भ्रम में रहने देंगे। भूलिए मत कि मैं आपका भेद जानता हूँ। अभागी स्त्री, कुछ तो भय करना चाहिए। अब से आपको मेरे साथ ठीक व्यवहार करना पड़ेगा।'

जुलियें मा. द रेनाल का पत्र आगे पढ़ने लगा।

'जैसे ही तुम इस पत्र के शब्दों को चिपकाना ख़त्म कर चुको (तुमने उसमें म. द वालनो के बातचीत करने का ढंग पहचान लिया न ?) तुम तुरन्त घर से निकल पड़ना। मैं तुमसे आकर मिलूँगी--मैं गाँव तक जाऊँगी और बहुत ही परेशान-सी वापस लौटूँगी। सचमुच ही मैं वैसा ही अनुभव भी कर रही हूँगी। भगवान् ! मैं भी कैसी जोख़िम उठा रही हूँ और यह सब तुम्हारे इस अनुमान के कारण कि कोई गुमनाम पत्र आया है। अन्त में बहुत ही पीड़ित भाव से मैं यह कहकर अपने पति को वह पत्र दे दूँगी कि कोई अपरिचित व्यक्ति इसे मुझे दे गया है। तुम स्वयं बच्चों के साथ घूमने चले जाना और भोजन के समय तक वापस न लौटना।

'हमारे घर के कबूतरख़ाने की चोटी पहाड़ियों के ऊपर से दिखाई पड़ती है। यदि यह मेरी चाल ठीक बैठी तो मैं वहाँ एक सफेद रूमाल लटका दूँगी। अन्यथा वहाँ कुछ न होगा। ओ अकृतज्ञ व्यक्ति, क्या तुम्हारा हृदय इसका कोई उपाय न सुझा सकेगा कि घूमने के लिए निकलने के पहले तुम मुझे बता सको कि मुझे प्यार करते हो ? जो भी हो, एक बात का तुम विश्वास रखना--स्थायी रूप से बिछुड़ने के बाद मैं एक दिन भी जीवित न रहूँगी। आह ! दुष्ट माँ !--इन शब्दों का, प्यारे जुलियें, मेरे लिए कोई अर्थ नहीं बचा है। मैं उन्हें अनुभव ही नहीं करती--इस क्षण तुम्हारे सिवाय मैं कुछ और सोच ही नहीं सकती। ये शब्द मैंने केवल इसीलिए लिखे कि तुम मुझे डाँटो नहीं। आज जब तुम्हें खो बैठने की सम्भावना दिखाई पड़ रही है तो बहाना बनाने से क्या लाभ ! सच ! मेरा हृदय चाहे तुम्हें भयंकर ही दिखाई पड़े पर अपने आराध्य से मैं झूठ क्यों बोलूँ ? मैं अपने जीवन में पहले ही बहुत कुछ धोखेबाज़ी कर चुकी हूँ। तो फिर ठीक है। यदि तुम मुझे अब प्यार नहीं करते तो मैं तुम्हें दोष न दूँगी। अपने इस पत्र को पढ़ने का अब समय नहीं है। तुम्हारे वक्ष की छाया में अभी-अभी जो सुख के दिन मैंने बिताए हैं, उनके लिए प्राण भी देने पड़ें तो भी कुछ नहीं। तुम जानते हो कि मुझे उनका और भी बड़ा मूल्य चुकाना पड़ेगा।'

21

स्वामी से गुप्त चर्चा

आह, कारण है हमारी निर्बलता, हम नहीं :
क्योंकि हम ऐसे ही बने हैं, हम हैं ऐसे ही।

–ट्वेल्थ नाइट (शेक्सपीयर)

घंटे-भर तक जुलियें बच्चों की भाँति खुशी-खुशी शब्दों को काट-काटकर चिपकाता रहा। जैसे ही वह अपने कमरे से निकला कि उसकी बच्चों और उनकी माँ से भेंट हो गई। मा. द रेनाल ने उसके हाथ से पत्र ऐसी सहजता के साथ ले लिया कि वह उनकी निश्चलता पर पलभर को काँप उठा।

"गोंद सूख गया होगा ?" उन्होंने उससे पूछा।

क्या यह स्त्री पश्चात्ताप से इतनी पागल हो गई है ? वह सोचने लगा।

इस क्षण उसके मन में कौन-सी योजनाएँ हैं ? अपने अभिमान के कारण वह पूछ तो न सका, पर शायद वह कभी उसे इतनी आकर्षक न लगी थीं।

"यदि यह प्रयत्न असफल हुआ," उन्होंने उसी अविचलित शान्त भाव से कहा, "तो मेरा सर्वस्व छिन जाएगा। मैं तुम्हें यह एक डिब्बा दे रही हूँ। इसे ले जाकर कहीं पहाड़ों में छिपा देना। एक दिन शायद यही मेरा एकमात्र सम्बल रह जाए।"

उन्होंने उसे सोने और कुछ जवाहरातों से भरा हुआ एक लाल चमड़े का ऐसा डिब्बा दिया जिसमें प्रायः काँच रखा जाता है।

"अब जाओ," उन्होंने कहा।

उन्होंने बच्चों को प्यार किया, छोटे को दो बार चूमा। जुलियें वहाँ निश्चल खड़ा रहा। फिर वह द्रुतगति से उसकी ओर एक बार भी देखे बिना चली गई।

पत्र खोलने के क्षण से म. द रेनाल की यातना का ठिकाना न था। सन् 1816 के बाद से, जब एक बार द्वन्द्व-युद्ध की नौबत आ पहुँची थी, वह कभी इतने कष्टदायक रूप में उत्तेजित न हुए थे; बल्कि शायद गोली लगने की सम्भावना से भी वह इतने संत्रस्त न हुए होते। वह ऊपर से नीचे तक पत्र को देखते रहे। क्या यह किसी स्त्री के हाथ की लिखावट नहीं है ? उन्होंने सोचा। यदि है तो किस स्त्री ने लिखा होगा ? उन्होंने मन-ही-मन वेरियेर की सभी परिचित स्त्रियों के नाम दोहराए पर उनमें से किसी पर भी विश्वास जमा नहीं सके। क्या किसी पुरुष ने यह पत्र बोलकर लिखाया होगा ? कौन है यह पुरुष ? यहाँ भी वही अनिश्चय था। उनके अधिकांश परिचित उनसे ईर्ष्या करते थे, बल्कि निस्सन्देह घृणा करते थे। अपनी पत्नी से पूछूँ, उन्होंने आरामकुर्सी से उठते हुए अभ्यासवश कहा।

हे भगवान् ! ठीक से खड़े होने के बाद ही वह चौंक उठे। अपने माथे को पीटते हुए कहने लगे कि उस पर ही तो सबसे कम विश्वास करना चाहिए ! वही तो इस समय मेरी सबसे बड़ी शत्रु है ! क्रोध से उनकी आँखों में आँसू आ गए।

प्रान्तों में हृदय की कठोरता को बुद्धिमानी समझा जाता है। उसके उचित मुआवजे के रूप में म. द रेनाल को जिन दो व्यक्तियों से इस क्षण सबसे अधिक भय था, वे उनके दो

घनिष्ठतम मित्र ही थे।

वह सोचने लगे कि इनके अतिरिक्त ऐसे दस-बारह आदमी और भी होंगे जो शायद मेरे मित्र हों। एक-एक करके उन्होंने उन सबके बारे में सोचा और मन-ही-मन तौलकर देखते रहे कि उनमें से प्रत्येक से उन्हें कितनी सान्त्वना मिल सकेगी। ओफ़ ! उनमें से तो प्रत्येक ही मेरी इस भीषण दुरावस्था से परम सन्तोष का अनुभव करेगा। वास्तव में यह बात निराधार न थी कि लोग उनसे ईर्ष्या करते थे। नगर के अपने विशाल भवन के अतिरिक्त, जिसे—के महाराज ने उसमें शयन करके सदा के लिए सम्मानित कर दिया था, उन्होंने अपने वेर्जि के मकान को भी सचमुच बहुत ही उत्तम स्थान बना लिया था। इस वैभव के विचार ने पलभर के लिए उन्हें सान्त्वना दी। यह सच है कि यह दुर्ग दस-बारह मील से दिखाई पड़ता है, जबकि पड़ोस के अन्य सब मकान अथवा भावी दुर्ग फीके-फीके और पुराने-से दिखाई पड़ते हैं।

अपने मित्रों में केवल गिरजाघर के व्यवस्थापक की सहानुभूति और आँसुओं का उन्हें पक्का विश्वास था किन्तु वह व्यक्ति एकदम बुद्धू था जो हर बात पर आँसू बहाने लगता था। किन्तु केवल यह व्यक्ति ही उनका एकमात्र अवलम्ब था।

इस यातना से बड़ा दुःख और क्या हो सकता है ! और ऐसा अकेलापन भी कहाँ होगा ? वह क्रोध में चीख उठे। क्या सच ही इस बदनसीबी में सलाह देनेवाला कोई मित्र नहीं, वास्तव में उस दयनीय व्यक्ति ने मन ही मन सोचा। मेरी तो बुद्धि नष्ट हुई जा रही है, मैं जानता हूँ। ओह फाल्कोज़ ! आह दुक्रो ! उनके मुँह से निकल पड़ा। ये उनके बचपन के दो मित्रों के नाम थे, जिनसे उन्होंने अपने घमंडपूर्ण व्यवहार से 1914 में ही झगड़ा कर लिया था।

उनके कुलीन न होने के कारण म. द रेनाल यह चाहते थे कि बचपन से जिस बराबरी का व्यवहार उनके साथ होता आया था, वह अब न रहे। उनमें से एक फाल्कोज़ तो बहुत बुद्धिमान और साहसी व्यक्ति था। वह वेरियेर में एक अख़बारों की दुकान का मालिक था और बाद में प्रान्तीय राजधानी में प्रेस खरीदकर अपना अख़बार भी निकालने लगा था। किसी कारण धर्म-संघ ने उसको बरबाद करने की ठानी तो उसके अख़बार की निन्दा की गई और उसके प्रेस का लाइसेन्स छीन लिया गया। इन दुर्भाग्यपूर्ण परिस्थितियों में उसने दस वर्ष में पहली बार म. द रेनाल को एक पत्र लिखने का साहस किया। वेरियेर के मेयर ने उसे प्राचीन रोमन नागरिक की भाँति यह उत्तर देना अपना कर्त्तव्य समझा : 'यदि बादशाह के प्रधानमन्त्री सलाह लेने का सम्मान मुझे देते तो मैं उनसे यही कहता कि प्रान्त के सब प्रेसवालों को निर्दयतापूर्वक बरबाद कर दिया जाए और छापने के काम को भी तम्बाकू की भाँति ही एकाधिकार में ले लिया जाए।' अपने घनिष्ठ मित्र को ऐसा पत्र लिखने की याद करके, जिसकी उस समय वेरियेर में चारों ओर बड़ी प्रशंसा हुई थी, म. द रेनाल बड़े खिन्न हुए। कौन जानता था कि यह सब धन-दौलत और पदवी-उपाधियों के रहते हुए भी एक दिन वह पत्र लिखने का मुझे खेद होगा ? क्रोध की ऐसी ही भावनाओं के बीच, जो कभी स्वयं अपने प्रति होतीं और कभी अपने चारों ओर के व्यक्तियों के प्रति, म. द रेनाल ने बड़े कष्ट से रात काटी। सौभाग्यवश अपनी पत्नी को छिपकर देखने की बात उन्हें न सूझी।

लुइज की उपस्थिति का मैं अभ्यस्त हो चुका हूँ, उन्होंने मन-ही-मन कहा। वह मेरी सब परेशानियाँ जानती है। यदि कल मुझे फिर से विवाह करना पड़े तो मैं उसकी जगह किसी दूसरे की कल्पना न कर सकूँगा। फिर उन्हें यह सोचकर सन्तोष मिला कि उनकी पत्नी निर्दोष है। इस विचार के लिए किसी दृढ़ निश्चय की आवश्यकता न थी और अधिक अनुकूल लगता

था। आज तक कितनी पत्नियों के विरुद्ध ऐसी बातें नहीं उड़ाई गईं !

पर हे भगवान् ! वह अचानक कह उठे। और कमरे में इधर से उधर उत्तेजित भाव से टहलने लगे। यह कैसे सम्भव है कि वह अपने प्रेमी के साथ मुझे मूर्ख बनाती रहे, मानो मेरा कोई महत्त्व ही नहीं, जैसे मैं कोई निकम्मा आवारा व्यक्ति होऊँ ! लोगों ने शार्मिए के बारे में क्या-क्या नहीं कहा था ! इतनी बुरी तरह से धोखा खानेवाला पति तो और किसी ज़िले में नहीं हुआ। उसका नाम लेते ही क्या आज भी हर आदमी के होंठों पर मुस्कुराहट नहीं आ जाती ? बेचारा अच्छा वकील है पर उसकी भाषण देने की क्षमता को कौन पूछता है ? लोग कहते हैं, 'ओहो ! शार्मिए ! बर्नारवाला शार्मिए,'—इस भाँति उसे उसी व्यक्ति के नाम से याद करते हैं जो उसकी बदनामी का कारण है।

भगवान् की दया से मेरी कोई बेटी नहीं है, म. द रेनाल कभी-कभी सोचने लगते। इसलिए मैं माँ को जो दंड देना चाहता हूँ, उससे मेरे बच्चों के भविष्य को कोई हानि नहीं पहुँचेगी। मैं इस किसान के छोकरे और अपनी पत्नी को अचानक ही चुपचाप पकड़ लूँगा और दोनों को मार डालूँगा। ऐसी हालत में मेरी कहानी के दुःखपूर्ण रूप के कारण शायद हास्यास्पद बनने की सम्भावना कम हो जाए। इस कल्पना से उनको कुछ प्रसन्नता मिली और वह विस्तारपूर्वक इसकी सारी सम्भावनाओं को सोचते रहे। दंड-संहिता मेरी ओर है ही और जो भी हो, धर्म-संघ में तथा जूरियों में मेरे मित्र मेरा साथ देंगे। वह अपने शिकार के छुरे की जाँच करने लगे। था तो वह बहुत तेज, पर रक्त का ध्यान आते ही वह भयभीत हो उठे।

मैं इस बेशर्म शिक्षक को मरम्मत करके निकाल बाहर क्यों न करूँ ? पर इससे वेरियेर में और सारे ज़िले में कैसी बदनामी हो जाएगी ! फाल्कोज़ के अख़बार को दंड मिलने और उसके प्रधान सम्पादक के जेल से निकलने के बाद मैंने उसे एक और काम से भी निकलवाया था जिसमें कोई छः सौ फ्रैंक की आमदनी थी। सुना है कि वह अभागा लेखक बजांसों में मौजूद है। वह इतनी चतुराई से मेरी ऐसी बदनामी कर सकता है कि मैं कभी उस पर मुकदमा भी न चला सकूँ। मुकदमा !...वह बेशर्म शैतान तरह-तरह से यह इंगित करने की कोशिश करेगा कि उसकी बात सच ही है। भले खानदान के आदमी से सब नीच लोग घृणा करते हैं। उन भयंकर पेरिस के अख़बारों में भी मेरा नाम निकलेगा। हे ईश्वर ! कैसा संकट है ! प्राचीन रेनाल परिवार के नाम पर कीचड़ उछलते और उसकी हँसी उड़ाए जाते देखना होगा।...कभी मैं यात्रा करूँ तो नाम बदलकर जाना पड़ेगा। हे ईश्वर ! जिस नाम से मेरी सारी प्रतिष्ठा और शक्ति है, उसी को छोड़ कैसी भयंकर दुर्गति !

यदि मैं अपनी पत्नी को मारूँ नहीं, बल्कि मुँह काला करके घर से निकाल दूँ, तो बजाँसों में उसकी चाची है। वह उसे तुरन्त अपनी सारी जायदाद दे देगी और वह तुरन्त जुलियें के साथ पेरिस चलती बनेगी। वेरियेर में सब लोगों को इसका पता चल जाएगा और वे मुझे बहुत ही मूर्ख समझेंगे।

लैम्प की फीकी पड़ती हुई रोशनी से इस दुःखी व्यक्ति को चेतना हुई कि सवेरा होनेवाला है। वह ताज़ी हवा पाने के लिए बाग में निकल आए। इस समय वह यह निश्चय कर चुके थे कि इस बात को लेकर कोई हल्ला न मचाया जाए, विशेषकर इसलिए कि ऐसे कार्य से उनके वेरियेर के मित्रगण बहुत प्रसन्न होते।

बाग में थोड़ी दूर टहलने से उनका मन थोड़ा शान्त हुआ। नहीं, अपनी पत्नी को नहीं

निकालूँगा। वह मेरे लिए बड़ी काम की है। सचमुच अपनी पत्नी के बिना घर की कल्पना-मात्र से वह सिहर उठे। उनकी एकमात्र रिश्तेदार मार्किज द—कर्कश स्वभाव की मूर्ख वृद्धा थीं।

एकाएक उनके दिमाग में बहुत ही समझदारी की बात आई पर उसे पूरा करने के लिए चरित्र की जितनी दृढ़ता की आवश्यकता थी, वह उस बेचारे आदमी में न थी। उन्होंने सोचा कि यदि मैंने अपनी पत्नी को अपने साथ रखा तो मैं जानता हूँ कि क्रोध के आवेश में एक न एक दिन उसे इस बात के लिए डाँट बैठूँगा। अभिमानिनी तो वह है ही, तुरन्त हमारा सम्बन्ध-विच्छेद हो जाएगा। और यह सब उसकी चाची की जायदाद मिलने से पहले ही हो चुकेगा। लोग तब मेरे ऊपर कितना हँसेंगे ! मेरी पत्नी अपने बच्चों को प्यार करती है, इसलिए अन्त में सारी जायदाद उन्हीं को मिलेगी। जहाँ तक मेरा ख़्याल है, मैं बस वेरियेर के लोगों की चर्चा का पात्र बन जाऊँगा। लोग कहेंगे, 'क्या ? अरे वह तो अपनी पत्नी से भी बदला न ले सका !' क्या यही उचित नहीं है कि मैं सन्देह से ही सन्तोष करूँ और सच्चाई जानने की कोशिश ही न करूँ ? पर इस तरह तो मेरे हाथ बँध जाएँगे और मैं उसे बाद में किसी तरह से डाँट भी न सकूँगा।

पलभर बाद ही म. द रेनाल को फिर एक बार आहत अभिमान ने जकड़ लिया और वह दिमाग कुरेद-कुरेदकर ऐसी प्रत्येक तरक़ीब को याद करने की कोशिश करने लगे जो उन्होंने कैसिनो अथवा वेरियेर में पुरुषों के क्लब में सुनी थी। वहाँ प्रायः ही कोई न कोई चतुर बातूनी व्यक्ति बिलियर्ड का खेल रोककर किसी न किसी धोखा खानेवाले पति का मज़ाक उड़ाता ही रहता था। इस समय ऐसा हँसी-मज़ाक उन्हें निर्मम जान पड़ा !

हे ईश्वर ! इससे तो मेरी पत्नी मर क्यों न गई, वह सोचने लगे। फिर मुझे हँसी का कोई डर न रहता। इससे तो मैं विधुर ही अच्छा था। छः महीने के लिए पेरिस जाकर अच्छे से अच्छे लोगों के बीच समय बिता सकता था।

विधुर होने की इस कल्पना से उन्हें क्षणभर ही सुख मिला। उसके बाद तुरन्त ही उनका दिमाग़ इस आरोप की सच्चाई जानने के साधनों की ओर चला गया। जब रात को सब सो जाएँ तब जुलियें के द्वार के आगे कोई पतली-सी चीज़ क्यों न फैला दी जाए। अगले दिन सवेरे उजाला होने पर वह पैरों के चिह्न साफ़ दीख जाएँगे।

पर इससे क्या होगा ? एकाएक वह क्रोध में चीख पड़े। वह कुतिया एलिजा देख लेगी और शीघ्र ही सारी दुनिया को पता लग जाएगा कि मैं ईर्ष्यालु हूँ।

कैसिनों में सुनी हुई एक अन्य कहानी में एक पति ने अपने दुर्भाग्य का पक्का पता अपनी पत्नी और उसके प्रेमी के दरवाज़े पर मोम द्वारा एक बाल का टुकड़ा चिपकाकर लगाया था। घंटों असमंजस में पड़े रहने के बाद सच्चाई खोजने की यह तरकीब ही उन्हें सबसे अच्छी जान पड़ी और वह उसे काम में लाने का उपाय ही सोच रहे थे कि बाग़ में एक मोड़ पर उन्हें अपनी पत्नी दीख पड़ी जिसकी मृत्यु की कामना वह कर रहे थे।

वह गाँव के गिरजाघर में प्रार्थना सुनने गई थीं और वहीं से लौट रही थीं। कहा जाता था कि यह मौजूदा छोटा-सा गिरजाघर किसी जमाने में वेर्जि के जागीरदार के दुर्ग की चैपल थी। बहुत-से लोग इसे संदिग्ध समझते थे, पर मा. द रेनाल का इसमें पक्का विश्वास था। गिरजाघर जाने का इरादा करते समय एक विचार उनके मन में चक्कर काट रहा था। उनकी आँखों के सामने बार-बार एक अजीब-सा चित्र खिंच जाता कि उनके पति ने बहाना बनाया है कि शिकार खेलते-खेलते गलती से जुलियें मारा गया है और बाद में शाम को उन्हें उसका

हृदय खाने के लिए दिया गया है।

वह मन-ही-मन कहने लगीं कि मेरा भाग्य इस बात पर निर्भर है कि मेरी बात सुनते समय उनके मन में क्या विचार आते हैं। इन पन्द्रह मिनटों के बाद शायद फिर मुझे उनसे बात करने का अवसर ही न मिले। वह उन बुद्धिमान लोगों में से नहीं हैं जो विवेक से चलते हैं। इसलिए मैं अपनी छोटी-सी बुद्धि से भी यह समझ सकती हूँ कि वह क्या करेंगे और क्या कहेंगे। वह हम दोनों के भाग्य का निपटारा करेंगे। यही उनके हाथ में भी है। किन्तु वह बहुत ही विचित्र और सनकी आदमी हैं। क्रोध से अन्धे होने पर उन्हें आँखों के सामने की चीज़ दिखाई नहीं पड़ती। अब मेरा भाग्य उनके विचारों को किसी ओर मोड़ सकने की चतुराई पर ही निर्भर है। हे ईश्वर ! इस समय मुझे बहुत सूझ-बूझ और तीव्र बुद्धि की ज़रूरत है। पर ये मुझे कहाँ मिलेंगी ?

किन्तु जब बाग में पहुँचकर उन्होंने थोड़ी दूरी पर अपने पति को देखा तो मानो किसी जादू से उनका सारा आत्मसंयम लौट आया। उनके बिखरे हुए बालों और अस्तव्यस्त कपड़ों से स्पष्ट था कि वह रातभर सोए नहीं हैं। मा. द रेनाल ने आगे बढ़कर उन्हें वह पत्र दे दिया जिसकी मोहर टूटी हुई थी। वह पत्र खोले बिना ही अपनी पत्नी को बड़ी विक्षिप्त-सी दृष्टि से देखते रहे।

"जरा इस घिनौनी चीज़ पर नज़र तो डालो।" मा. द रेनाल ने अपने पति से कहा। "वकील के बाग़ के पास से निकलते समय एक कुरूप-सा व्यक्ति मुझे यह दे गया। वह कहता था कि तुम्हें जानता है और किसी कारण तुम्हारा बहुत कृतज्ञ है। अब एक बात तुम्हें मेरी खातिर ज़रूर ही करनी पड़ेगी कि म. जुलियें को फौरन कुछ भी सोचे-बिचारे बिना अपने घर वापस भेज दो।" मा. द रेनाल ने सारी बात समय से कुछ पहले ही, किन्तु बहुत जल्दी-जल्दी कह डाली ताकि उसे कहने की डरावनी सम्भावना से मुक्ति मिल जाए।

उसे सुनकर उनके पति को जो हर्ष हुआ, उसे देख वह रोमांचित हो उठीं। जिस तरह से वह उनकी ओर ताक रहे थे उससे यह स्पष्ट था कि जुलियें का अनुमान सही है। इस दुर्भाग्य के ऊपर शोक करने के बजाए उन्होंने मन-ही-मन कहा—'कैसी प्रतिभा है ! परिस्थिति को समझने में कैसी अपूर्व चतुराई है ! और वह भी इतने कम अनुभवी नौजवान के लिए ! धीरे-धीरे वह कहाँ नहीं पहुँच सकता ? अफसोस है कि उस सफलता में वह मुझे भूल जाएगा।'

अपने आराध्य के प्रति इस हल्की-सी प्रशंसा की भावना से उनका आत्मसंयम पूरी तरह लौट आया। उन्होंने अपनी इस योजना के लिए अपने आपको बधाई दी। एक अत्यन्त ही गुप्त मधुर हर्ष से उन्होंने मन-ही-मन कहा कि मैंने अपने आपको जुलियें के अयोग्य सिद्ध नहीं किया।

कुछ कह बैठने के भय से एक शब्द भी बोले बिना म. द रेनाल इस दूसरे गुमनाम पत्र को पढ़ने लगे। पाठक को याद ही होगा कि वह हल्के आसमानी रंग के काग़ज़ पर छपे हुए शब्दों को चिपकाकर तैयार किया गया था। म. द रेनाल थककर चूर थे और वह सोचने लगे कि अवश्य ही कोई मुझे हर प्रकार से मूर्ख बनाने की कोशिश कर रहा है।

इस स्त्री के कारण सदा कोई न कोई अपमान सहना पड़ता है ! वह उन्हें बहुत ही भद्दी गालियाँ देनेवाले थे कि बजाँसों की जायदाद का ध्यान करके अपने आपको रोक लिया; पर किसी न किसी से उसका बदला लेने का भाव उन्हें खाए जा रहा था। उन्होंने दूसरे पत्र को

मसल डाला और इधर से उधर टहलने लगे। उन्हें लग रहा था कि अपनी पत्नी के सामने से दूर हो जाएँ किन्तु थोड़ी ही देर बाद वह बहुत शान्त होकर उनके पास लौट आए।

''हमें जुलियें को निकालने का ही निश्चय करना होगा !'' उन्होंने अपने पति से सीधे-सीधे कहा। ''आख़िरकार वह एक मजदूर का बेटा ही तो है। चाहो तो उसे कुछ मुआवजा दे देना। इसके अलावा वह लड़का होशियार है और कहीं न कहीं उसे नौकरी मिल ही जाएगी–जैसे म. वालनो अथवा म. मोजिरों के यहाँ। इन दोनों ही के बच्चे हैं। इस तरह उसका कोई नुकसान भी न होगा।''

''ठीक मूर्ख औरतों की तरह से तुम बातें कर रही हो !'' म. द रेनाल ने बड़ी डरावनी आवाज़ में कहा। ''औरतों से अक्ल की उम्मीद ही बेकार है ! किसी बुद्धिमानी की बात पर कभी तुम लोगों का ध्यान ही नहीं जाता, पता कैसे हो ? तुम लोगों के मनमौजी खाली दिमाग़ों में तितलियों के पीछे भागने के सिवाय और काम ही क्या है ? यह हमारा दुर्भाग्य है कि तुम लोगों को अपने परिवार में रखना ही पड़ता है...।''

मा. द रेनाल कुछ न बोलीं और वह बहुत देर तक बड़बड़ाते रहे और, जैसा इधर के लोग कहते हैं, अपने क्रोध को हजम करते रहे।

''महाशय,'' अन्त में वह बोलीं, ''मैं उस स्त्री की हैसियत से बोल रही हूँ जिसके सम्मान पर आघात पहुँचा है, अर्थात् उसकी सबसे मूल्यवान वस्तु पर प्रहार हुआ है।''

इस कष्टदायक वार्तालाप के ऊपर ही जुलियें के साथ एक ही घर में रहने की सम्भावना निर्भर थी; किन्तु सारे वार्तालाप में मा. द रेनाल वैसी ही स्थिर रहीं। वह क्रोध में अन्धे पति को सुझाने के लिए सबसे उपयुक्त विचार खोज रही थीं। उनकी सारी अपमानजनक बातों से वह विचलित नहीं हुई थीं–जैसे वे उन्होंने सुनी ही न थीं। उस समय वह केवल जुलियें की ही बात सोच रही थीं। उन्हें केवल यही आशंका थी कि क्या वह मुझसे प्रसन्न होगा ?

अन्त में वह बोलीं, ''सम्भव है कि यह किसान युवक जिसे हमने तरह-तरह की मेहरबानियों और उपहारों से लाद दिया है, निर्दोष हो, किन्तु उसके कारण मेरा बड़ा खुल्लमखुल्ला अपमान हुआ है। इस घिनौने काग़ज़ को पढ़ते ही मैंने निश्चय कर लिया था कि या तो वह इस घर में नहीं रहेगा या मैं न रहूँगी।''

''क्या तुम इस बात का हल्ला मचाकर अपनी और मेरी दोनों की बदनामी कराना चाहती हो ? इससे वेरियेर के लोगों में अच्छी सनसनी मचेगी।''

''यह तो ठीक है। जो समृद्धि की अवस्था तुम्हारी और तुम्हारे परिवार की और तुम्हारे सुचारु प्रशासन द्वारा इस नगर की हुई है, उसके कारण लोग तुमसे ईर्ष्या करते हैं। अच्छा, तो ठीक है।...मैं जुलियें से कहूँगी कि एक महीने की छुट्टी लेकर वह अपने उस कारबारी दोस्त के पास चला जाए जो उसका बड़ा सच्चा हितैषी भी है।''

''कृपा करके आप कुछ न कीजिए,'' म. द रेनाल ने बहुत शान्त स्वर में उत्तर दिया। ''सबसे पहले मैं यह चाहता हूँ कि तुम उससे कुछ बात न करो। तुम गुस्से में कभी न कभी कोई ऐसी बात उससे कह दोगी कि वह मुझसे चिढ़ जाएगा। जानती तो हो कि कितना तुनकमिजाज है।''

''इस लड़के में कोई समझ नहीं है,'' मा. द रेनाल बोलीं। ''वह विद्वान हो सकता है। यह तो तुम्हीं अच्छी तरह समझ सकते हो। पर भीतर से वह ठेठ किसान है। जहाँ तक मेरा सवाल है, जब से उसने एलिजा से विवाह करना अस्वीकार किया, मैंने उसके बारे में सोचना

ही छोड़ दिया। इससे उसके लिए निश्चित आमदनी का साधन पक्का हो जाता। पर उसने केवल इसलिए विवाह करना नामंजूर कर दिया कि एलिजा कभी-कभी चुपचाप म. वालनो से मिलने जाया करती थी।"

"क्या !" म. द रेनाल ने कुछ अतिरंजित से ढंग से अपनी भौंहें चढ़ाते हुए कहा। "क्या जुलियें ने तुम्हें यह बताया था ?"

"नहीं, ठीक इसी भाँति नहीं। मुझसे तो वह सदा चर्च की नौकरी की ही बात करता था। ऐसे साधारण लोगों के लिए सबसे पहला कर्त्तव्य रोटी कमाने का ही है, पर उसने मेरे आगे बहुत साफ़-साफ़ यह ज़ाहिर किया कि एलिजा की गुपचुप मुलाकातें उससे छिपी न थीं।"

"पर मैं स्वयं उनके विषय में कुछ नहीं जानता !" म. द रेनाल ने फिर एक बार बहुत क्रुद्ध भाव से अपने शब्दों पर ज़ोर देते हुए कहा। "मेरे घर में ऐसी-ऐसी बातें होती रहती हैं और मुझे कुछ पता तक नहीं चलता। क्यों ? एलिजा और वालनो के बीच कोई गोलमाल है ?"

"यह तो बहुत पुरानी बात हो गई," मा. द रेनाल ने कहा। "शायद कोई खास गोलमाल नहीं हुआ। यह उन दिनों की बात है जब आपके परम मित्र वालनो साहब वेरियेर के लोगों के यह सोचने से अप्रसन्न न होते कि एक छोटा-सा सुन्दर प्रेम-सम्बन्ध—निस्सन्देह पूर्णतः आदर्शवादी—उनके और मेरे बीच बढ़ रहा है।"

"एक बार मैं भी ऐसी ही कुछ बात सोचने लगा था," एक के बाद एक नए सत्य का आविष्कार करने के साथ-साथ अपने माथे पर घूँसे मारते हुए म. द रेनाल ने क्रुद्ध स्वर में कहा। "और तुमने भी मुझे इस विषय में कुछ नहीं बताया ?"

"सिर्फ इसी कारण कि सुपरिंटेंडेंट साहब का अहंकार कुछ बढ़ गया है। दो मित्रों के बीच अनबन कराना क्या आवश्यक था ? हम लोगों की मित्र-मंडली में ऐसी कौन-सी स्त्री है जिसे उन्होंने थोड़े-बहुत चतुराई-भरे, बल्कि शायद थोड़े-बहुत स्त्रियों को रिझानेवाली बातों से भरे हुए पत्र न लिखे हों ?"

"तो वह तुम्हें भी लिखता है ?"

"अक्सर लिखते हैं।"

"मुझे ये पत्र तुरन्त दिखाओ। मेरा आदेश है।" म. द रेनाल एकदम तनकर खड़े हो गए।

"हरगिज नहीं," मा. द रेनाल ने उदासीनता की सीमा छूनेवाली मृदुलता से उत्तर दिया। "कभी जब तुम्हारा दिमाग़ ठंडा होगा तब दिखा दूँगी।"

"नहीं, अभी फ़ौरन !" म. द रेनाल ने चीखकर कहा। इस समय वह क्रोध से विक्षिप्त थे, किन्तु साथ ही पिछले बारह घंटों में इतने प्रसन्न भी नहीं हुए थे।

"तुम सौगन्ध खाओ," मा. द रेनाल ने बहुत गम्भीरतापूर्वक कहा, "अनाथाश्रम के संचालक से इन पत्रों को लेकर झगड़ा नहीं करोगे ?"

"झगड़ा हो या न हो, अनाथाश्रम तो मैं उससे छीन ही सकता हूँ, पर..." उन्होंने क्रोध से विक्षिप्त स्वर में कहा, "मैं ये पत्र तुरन्त चाहता हूँ।...कहाँ हैं ?"

"मेरी मेज़ की दराज़ में। पर मैं तुम्हें चाबी कभी नहीं दूँगी।"

"मैं तोड़कर खोल लूँगा," उन्होंने कहा और अपनी पत्नी के कमरे की ओर झपटते हुए चले गए।

एक लोहे की छड़ से उन्होंने सचमुच उस खुदाई के कामवाली मूल्यवान सुन्दर मेज़ को तोड़कर खोल डाला। इस मेज़ के ऊपर पहले कभी वह कोई छोटा-सा धब्बा भी देखते तो अपने कोट के किनारे से पोंछ दिया करते थे।

इस बीच मा. द रेनाल ने दौड़कर कबूतरखाने तक पहुँचने के लिए 129 सीढ़ियाँ पार कीं और खिड़की की एक छड़ में एक सफेद रूमाल बाँध दिया। पहाड़ के विशाल जंगल की ओर आँसू-भरी आँखों से ताकते-ताकते उन्हें लगा कि उनसे सुखी स्त्री कोई दूसरी नहीं है। उन्होंने मन-ही-मन कहा कि निस्सन्देह जुलियें वहीं कहीं किसी पेड़ के नीचे इस सुखद संकेत को देखने के लिए प्रतीक्षा कर रहा होगा। देर तक वह कान लगाए सुनती रहीं। फिर चिड़ियों के संगीत और टिड्डों की एक-सी झंकार को बुरा-भला कह उठीं। यह शोर न होता तो ऊँची-ऊँची चट्टानों के पास से आती हुई हर्ष की एक पुकार उन्हें अवश्य सुनाई पड़ जाती। वह ललचाई दृष्टि से उस गहरी हरियाली के दूर तक फैले ढलाव की ओर ताकती रहीं जो पेड़ों की चोटियों के कारण बन गया था और घास के मैदान जैसा चिकना दीख पड़ता था। उन्होंने मन-ही-मन एक गहरे और कोमल भाव से प्रेरित होकर कहा कि उसमें कोई बुद्धि क्यों नहीं है ? क्यों नहीं वह किसी संकेत द्वारा मुझे यह बता देता कि उसका आनन्द भी मेरे बराबर ही है ? कबूतरख़ाने से वह तब तक नीचे नहीं आईं जब तक उन्हें यह भय न लगने लगा कि कहीं उनके पति उन्हें खोजते हुए वहीं न आ पहुँचें।

मा. द रेनाल ने उन्हें भयंकर क्रोध की अवस्था में पाया। वह म. वालनो की शान्तिदायक शब्दावली को पढ़े जा रहे थे जो शायद इतने भाव-विह्वल ढंग से पढ़ने के उपयुक्त न थी।

थोड़ा-सा अवसर पाकर मा. द रेनाल ने कहा, "मुझे फिर भी यही बात ठीक लगती है कि जुलियें को कहीं दूर भेज दिया जाए। लैटिन वह चाहे जितनी जानता हो, कुल मिलाकर वह बड़ा उद्दंड और नासमझ किसान ही है। अपनी शिष्टता दिखाने के लिए वह नित नए अनर्गल और रुचिहीन शब्दों में मेरी प्रशंसा करता रहता है जो शायद वह किसी न किसी उपन्यास से पढ़कर याद करता होगा।..."

"पर वह तो उपन्यास कभी पढ़ता ही नहीं," म. द रेनाल ने आश्चर्य से कहा। "मैंने तो इस बात का पक्का पता लगा लिया था। तुम समझती हो, मैं हर बात में अन्धा रहता हूँ और मुझे पता ही नहीं चलता कि घर में क्या हो रहा है ?"

"पर यदि वे सब हास्यास्पद प्रशंसासूचक वाक्य वह कहीं पढ़ता नहीं है तो खुद बनाता होगा जो और भी बुरा है। उसने अवश्य ही कभी वेरियेर में मेरे साथ ऐसा व्यवहार किया होगा।...और शायद एलिजा के सामने भी उसी स्वर में बातचीत की होगी, जो लगभग म. वालनो के सामने कहने के बराबर ही है।"

अहा ! म. द रेनाल ने मेज़ के ऊपर जोर से घूँसा मारते हुए चीखकर कहा। उनके घूँसे की चोट से मेज़ और कमरा दोनों काँप उठे। "छपा हुआ गुमनाम पत्र और वालनो के पत्र सब एक ही तरह के कागज़ पर थे।"

आख़िरकार !...मा. द रेनाल ने सोचा। उन्होंने इस खोज से अवाक् हो जाने का अभिनय किया और एक भी शब्द अधिक कहने का साहस न पाकर ड्राइंगरूम के दूसरे कोने में एक दीवान पर जा बैठीं।

उस क्षण से लड़ाई में विजय हो चुकी थी। गुमनाम पत्र के कल्पित लेखक के साथ दो शब्द कहने के लिए चल पड़ने से म. द रेनाल को रोकने में उन्हें बड़ी कठिनाई हुई।

"तुम यह क्यों नहीं सोचते," उन्होंने कहा, "कि पर्याप्त प्रमाण के बिना म. वालनो से झगड़ा करना बड़ी भारी भूल होगी ? लोग तुमसे ईर्ष्या करते हैं, पर इसका कारण क्या है ? कारण है तुम्हारी सारी योग्यता, तुम्हारा कुशल प्रशासन, तुम्हारा सुरुचिपूर्ण घर, मेरी शादी का दहेज, और इन सबसे भी अधिक वह जायदाद जो हम लोगों को मेरी चाची से मिलनेवाली है, यद्यपि उसका महत्त्व बहुत ही बढ़ा-चढ़ाकर रखा जाता है। इन सब बातों ने ही तुम्हें वेरियेर में सर्वप्रमुख व्यक्ति बना दिया है।"

"मेरे ख़ानदान को तो तुम भूली ही जा रही हो।" म. द रेनाल ने थोड़ा-सा मुस्कुराते हुए कहा।

"तुम प्रान्त के सबसे विख्यात व्यक्तियों में से हो," मा. द रेनाल ने जल्दी से उत्तर में कहा। "यदि महाराज को खानदान के हिसाब से उचित सम्मान देने की स्वतन्त्रता होती तो निस्सन्देह तुम्हारा स्थान राजसभा आदि में होता। पर तुम ऐसी अपूर्व स्थिति में होकर भी ईर्ष्यालु लोगों को बातें गढ़ने का मौका देना चाहते हो ?"

उन्होंने आगे कहा, "म. वालनो से इस पत्र का ज़िक्र करना वेरियेर में बल्कि बजाँसो और सारे प्रान्त में यह ढिंढोरा पीटने के बराबर होगा कि इस मामूली नौजवान ने, जिसे शायद कुछ जल्दी में एक रैना परिवार के भीतर स्थान मिल गया था, उस सुविधा के दुरुपयोग का मार्ग निकाल लिया है। मान लो, जो पत्र तुमने अभी पढ़े हैं, उनसे यह सिद्ध हो सके कि मैं भी म. वालनो से प्रेम करती थी, तब तो तुम्हें मुझे मार डालना चाहिए। तब तो मैं सौ बार इसके योग्य हूँ। पर उस हालत में भी तुम्हें उनके प्रति कोई क्रोध नहीं दिखाना चाहिए। ज़रा सोचो, हमारे सारे पड़ोसी तुमसे बदला लेने के लिए किसी बहाने की ताक में ही बैठे हैं। 1816 में तुमने कुछ गिरफ़्तारियाँ करवाई थीं। उनमें कोई एक आदमी उसकी छत पर जा छिपा था..."

"मैं केवल यही सोच सकता हूँ कि तुम्हारे मन में मेरे लिए न तो कोई स्नेह है, न आदर।" ऐसी स्मृति से उत्पन्न होनेवाली भारी कड़वाहट के साथ म. द रेनाल ने चीखकर कहा। "और तो भी मुझे सम्मानित नहीं किया गया..."

"मैं यही सोच रही हूँ," मा. द रेनाल ने मुस्कुराते हुए उत्तर दिया, "मैं तुमसे अधिक धनी रहूँगी। बारह वर्ष से मैं तुम्हारी संगिनी भी रही हूँ। इन सब कारणों से मुझे तुम्हारे मामलों में कुछ कहने का अधिकार तो मिलना चाहिए। विशेषकर आज जो घटना हुई है, उसके विषय में तो मिलना ही चाहिए। यदि तुम म. जुलियें को मुझसे अधिक आवश्यक समझते हो," उन्होंने अपनी अप्रसन्नता छिपाए बिना ही आगे कहा, "तो मैं जाकर अपनी चाची के साथ रहने को तैयार हूँ।"

ये शब्द बहुत सोच-समझकर चुने गए थे। उनकी विनम्रता के पीछे दृढ़ता स्पष्ट थी। उनसे म. द रेनाल का निश्चय पूरा हो गया, यद्यपि प्रान्तों के अभ्यास के अनुसार वह बहुत देर तक कुछ न कुछ कहते और अपनी सारी दलीलों को बार-बार दोहराते रहे। आख़िरकार दो घंटे तक बेकार गड़बड़ करने के बाद उस व्यक्ति की शक्ति चुक गई जो सारी रात क्रोध के दौरे से तड़पता रहा था। उन्होंने म. वालनो, जुलियें और एलिजा के साथ अपने व्यवहार के विषय में निश्चय कर लिया।

इस बड़े भारी दृश्य में एक दो-बार म. द रेनाल को इस व्यक्ति पर तरस भी आया जो सचमुच दुखी था और जो पिछले बारह वर्ष से उनका बन्धु और संगी था। किन्तु सच्चा प्रेम

बड़ा स्वार्थी होता है। साथ ही प्रत्येक क्षण उन्हें यह आशा थी कि वह अपने गुमनाम पत्र की बात छेड़ेंगे, पर उसका ज़िक्र उन्होंने नहीं किया। अपनी पूरी सुरक्षा के लिए मा. द रेनाल यह जानना आवश्यक समझती थीं कि इस व्यक्ति को क्या-क्या सुझाया गया है। उनका सारा भाग्य इसी व्यक्ति पर निर्भर था, क्योंकि प्रान्तों में जनमत पति के साथ होता है। शिकायत करनेवाले पति को केवल हँसी का पात्र समझा जाता है। दूसरी ओर पत्नी को यदि पति कोई धन न दे तो उसकी हैसियत पन्द्रह स. रोजाना पानेवाली मजदूरिन की-सी हो जाती है और उस पर भी दयालु से दयालु व्यक्तियों को उसे काम देने में संकोच होता है।

एक तुर्क के हरम में रहनेवाली स्त्री को हर हालत में अपने पति को प्यार करना पड़ता है। वह सर्वशक्तिमान होता है। कोई छोटी-मोटी चतुराई अथवा तिकड़म उसके अधिकार को कम नहीं कर सकती। उसके स्वामी का प्रतिशोध भयंकर रक्तरंजित किन्तु सैनिकोचित उदारतापूर्ण होता है—छुरे का एक वार और सब समाप्त ! किन्तु जब उन्नीसवीं शताब्दी का पति अपनी पत्नी पर प्रहार करता है तो वह सार्वजनिक तिरस्कार के सामाजिक अस्त्र का सहारा लेता है। वह प्रत्येक ड्राइंगरूम के द्वार को उसके लिए बन्द कर देता है।

घर लौटने पर मा. द रेनाल को अचानक किसी बड़े तीव्र संकट का-सा अनुभव हुआ। अपना कमरा उन्हें जिस बुरी हालत में मिला, उससे वह घबड़ा उठीं। उनके सारे बक्सों के ताले तोड़कर खोल डाले गए थे। लकड़ी के फर्श के कई टुकड़े उखड़े पड़े थे। इन्हें मेरे ऊपर कोई तरस नहीं होता ! उन्होंने मन-ही-मन कहा। वह रंगीन लकड़ी का फर्श इन्हें कितना पसन्द था और उसकी क्या दशा कर दी है ! स्वयं उनका बेटा भी उस पर जूते पहने आ जाता था तो क्रोध से लाल हो उठते थे। अब उसे सदा के लिए एकदम बरबाद कर दिया ! यह तोड़-फोड़ देखकर अपनी सहज सफलता के कारण होनेवाली ग्लानि उनके मन से एकदम दूर हो गई।

भोजन की घंटी बजने के कुछ ही क्षण पहले जुलियें बच्चों के साथ वापस लौटा। भोजन समाप्त होने के पहले और नौकरों के जाने के बाद मा. द रेनाल ने उससे बड़ी रुखाई से कहा, "आप वेरियेर में दो सप्ताह बिताना चाहते थे न ? म. द रेनाल आपको छुट्टी देने को तैयार हैं। आप जब चाहें जा सकते हैं। किन्तु ऐसा इन्तजाम करके जाइए कि बच्चों का समय नष्ट न हो। उनकी कापियाँ हर रोज़ आपके पास ठीक करने के लिए भेज दी जाएँगी।"

"मैं एक सप्ताह से अधिक आपको नहीं देना चाहता," म. द रेनाल ने बहुत ही तीखी आवाज़ में कहा।

जुलियें को उनके चेहरे पर एक अत्यन्त ही पीड़ा-ग्रस्त व्यक्ति की यातना स्पष्ट लिखी दिखाई दी।

"अभी तक उनका मन पक्का नहीं हुआ है," जब वह और उसकी प्रेयसी पलभर के लिए ड्राइंगरूम में अकेले रह गए तो उसने कहा। मा. द रेनाल ने संक्षेप में सवेरे से अब तक की घटनाओं का हाल बताया।

"विस्तार से सब रात को बताऊँगी।" वह हँसते हुए बोलीं।

स्त्री की कुटिलता ! जुलियें सोचने लगा। हम पुरुषों को धोखा देने में उन्हें कैसा आनन्द मिलता है ! कैसी सहज प्रवृत्ति से उसके लिए प्रेरित होती हैं ! "प्रेम ने तुम्हें एक साथ ही स्पष्टदर्शी और अन्धा बना दिया है," उसने हल्की-सी रुखाई के साथ कहा। "तुम्हारा आज

का व्यवहार कमाल था, पर क्या आज रात को मिलना बुद्धिमानी होगी ? यह घर दुश्मनों से भरा पड़ा है। ज़रा सोचो, एलिजा मुझसे कितनी नफ़रत करती है !"

"यह नफ़रत बहुत कुछ मेरे प्रति तुम्हारी उदासीनता के समान ही है।"

"उदासीन ही सही, पर फिर भी जिस संकट में मैंने तुम्हें डाल दिया है, उससे तो बचाना ही है। यदि संयोगवश म. द रेनाल ने एलिजा से बात की तो उसके एक ही शब्द से सब कुछ पता चल जाएगा। क्या अजब है कि वह हथियारबन्द होकर मेरे कमरे के पास ही कहीं छिपे रहें ?..."

"क्या ! इतनी भी हिम्मत नहीं !" मा. द रेनाल ने अभिजातवर्गीय स्त्री के दर्प-भरे तिरस्कार के स्वर में कहा।

"अपने साहस पर बहस करके मैं अपने आपको नीचे न गिराऊँगा," जुलियें ने नीरस स्वर में कहा। "वह बड़ा जघन्य काम है। दुनिया मेरे कार्यों से उसकी जाँच करेगी, किन्तु..." उसने उनका हाथ पकड़ते हुए आगे कहा, "तुम कल्पना भी नहीं कर सकतीं कि मैं तुमसे कितना प्रेम करता हूँ और इस निर्मम विदाई के पहले तुमसे पलभर बात करके मैं कितना प्रसन्न हूँ !"

22

1830 के मनुष्य और उनके आचार-विचार

मनुष्यों को वाणी दी गई ताकि वे अपने विचारों को छिपा सकें।

–आर.पी. मालाग्रिडा*

जुलियें मुश्किल से वेरियेर पहुँचा होगा कि वह मा. द रेनाल के प्रति अपने अन्याय के लिए अपनी भर्त्सना करने लगा। यदि दुर्बलता के कारण वह म. द रेनाल के साथ अपना अभिनय सफलतापूर्वक न कर पाती तो मैं उसे मूर्ख समझकर उससे घृणा भी करता; किन्तु उसने तो कूटनीतिज्ञ की तरह से स्थिति को सम्हाला और इधर मैं उस व्यक्ति के साथ सहानुभूति दिखा रहा हूँ जिसे उसने पराजित किया है और जो मेरा भी शत्रु ही है। इसमें एक जघन्य प्रकार का ओछापन है...मेरे अभिमान को शायद इस कारण ठोकर लगी है कि म. द रेनाल पुरुष हैं। मैं भी कितना बड़ा गधा हूँ !

जीविका छिन जाने और घर से निकाल दिए जाने के बाद म. शेलाँ को जगह देने की पास-पड़ोसियों के उदारपंथियों में परस्पर होड़-सी मच गई थी, पर उन्होंने कोई भी जगह लेना स्वीकार न किया था। अब जहाँ वह जाकर रहने लगे थे, वहाँ सारे कमरे उनकी किताबों से ही भर गए थे। जुलियें जाकर अपने पिता के कारखाने से एक दर्जन चीड़ के तख्ते ले आया जिन्हें वह अपने कन्धे पर रखकर हाई स्ट्रीट से निकला जिससे वेरियेर के लोग यह समझें कि वह कितना सच्चा पुरोहित है। अपने एक पुराने साथी से कुछ औजार लेकर शीघ्र

* इतालवी जेसुइट, जिसे उसके विद्रोही लेखन के कारण धर्म अदालत के आदेश से जिन्दा जला दिया गया था।–सं.

ही उसने एक अलमारी-सी बना दी और उसमें म. शेलाँ की किताबें सजा दीं।

"मैं सोचता था कि इस दुनिया के झूठे घमंड ने तुम्हें भी भ्रष्ट कर दिया है," बूढ़े पुरोहित ने आँखों में प्रसन्नता के आँसू भरकर कहा। "पर इस काम से तुम्हारी उस सम्मानित सेना की भड़कीली वर्दी पहनने की बचपनभरी मूर्खता का ठीक-ठीक प्रायश्चित्त हो जाता है जिसके कारण इतने लोग तुम्हारे शत्रु हो गए।"

म. द रेनाल ने जुलियें को अपने घर ठहरने का आदेश दिया था। किसी को इस बात का सन्देह तक न था कि क्या हुआ है। अपने आने के तीसरे ही दिन जुलियें ने देखा, और कोई नहीं, स्वयं म. मोजिरों उसके कमरे में ऊपर चले आ रहे हैं। किन्तु दो घंटे तक लोगों की दुष्टता, सार्वजनिक सम्पत्ति के उपयोग की जिम्मेदारी पानेवाले व्यक्तियों में ईमानदारी की कमी तथा फ्रांस के ऊपर आनेवाले संकट के विषय में नीरस बकवास और लम्बे-चौड़े विलाप सुनने के बाद अन्त में जुलियें को उनके आगमन का सही-सही उद्देश्य हल्का-सा दिखाई पड़ा।

वे लोग कमरे से उठकर सीढ़ियों की दहलीज़ पर पहुँच गए थे और अर्ध-अपदस्थ शिक्षक किसी खुशनसीब जिले के भावी अधिकारी को समुचित सम्मान के साथ द्वार तक पहुँचाने जा ही रहा था कि उन महोदय ने कृपा करके जुलियें की कुशलक्षेम में दिलचस्पी दिखाई और पैसे इत्यादि के बारे में उसके संयम की प्रशंसा करने लगे। अन्त में म. मोजिरों ने जुलियें को अत्यन्त ही गुरुजनोचित ढंग से हृदय से लगाते हुए उससे कहा कि उसे म. द रेनाल की नौकरी छोड़कर एक सरकारी अफसर के घर में काम ले लेना चाहिए। उनके यहाँ भी बच्चे हैं जिन्हें शिक्षा की आवश्यकता है और जो राजा फिलिप की भाँति भगवान् को इसलिए धन्यवाद नहीं देते कि उसने उन्हें ये बच्चे प्रदान किए, बल्कि इसलिए देते हैं कि उन्हें ऐसे स्थान में जन्म दिया जहाँ जुलियें जैसा व्यक्ति रहता है। उनके शिक्षक को आठ सौ फ्रेंक का वेतन मिलेगा जो माहवारी नहीं—शरीफ़ आदमियों के यहाँ कभी यह रिवाज़ नहीं होता—बल्कि तिमाही हिसाब से और सदा पेशगी दिया जाएगा।

जुलियें पिछड़े डेढ़ घंटे से उकताया हुआ-सा किसी बोलने के अवसर की ताक में था। उसने इस मौके को हाथ से न जाने दिया। उसका उत्तर सर्वगुणसम्पन्न था और घात में यथासम्भव लम्बा भी। कोई भी बात स्पष्ट कहे बिना ही उसमें हर बात कह दी गई थी। उसमें एक साथ ही म. द रेनाल तथा वेरियेर के लोगों के प्रति गहरी श्रद्धा और यशस्वी अफसर महोदय के प्रति कृतज्ञता प्रकट की गई थी। इस व्यक्ति को इस बात पर बड़ा आश्चर्य हुआ कि इस लड़के में उनसे भी अधिक बारीकी है। जुलियें से निश्चित उत्तर पाने का उनका कोई प्रयत्न सफल न हुआ। जुलियें को इस बात से बड़ा मजा आया और अपनी क्षमता के उपयोग का अवसर पाकर उसने अपना समूचा उत्तर फिर से एक बार दूसरे ही शब्दों में दोहरा डाला। शायद किसी ओजस्वी वक्तृता देनेवाले मन्त्री ने भी, और संसद के अन्तिम समय में भी, जब अवसर का उपयोग करने की इच्छा से सदस्यगण जागते दिखाई पड़ते हैं, इतनी कम बात इतने अधिक शब्दों में न कही होगी।

म. मोजिरों के घर से बाहर पैर रखते ही जुलियें बेतहाशा हँस पड़ा। अपनी जेस्विट-पंथी वाक्पटुता का लाभ उठाने के उद्देश्य से उसने एक सात पृष्ठों के पत्र में म. द रेनाल को विस्तार से सारी बातें लिखीं और नम्रतापूर्वक उनकी सलाह माँगी। जुलियें सोचने लगा कि इस शैतान ने मुझे उस व्यक्ति का नाम क्यों नहीं बताया जिसने यह प्रस्ताव भेजा है!

अवश्य ही वह म. वालनो होंगे जो मेरे यहाँ वेरियेर में आकर रहने को अपने गुमनाम पत्र का प्रभाव समझते हैं।

पत्र भेजने के बाद जुलियें म. शेलाँ की सलाह लेने के लिए चल पड़ा। वह वैसे ही प्रसन्न था जैसे शरद् ऋतु में किसी दिन सबेरे छः बजे किसी शिकारी को बहुत-सा शिकार हाथ लग जाए। पुरोहित के निवास-स्थान पर पहुँचने के पहले ही भगवान् ने मानो उसे हर्ष का एक और अवसर प्रदान करने के लिए रास्ते में म. वालनो को भी भेज दिया। जुलियें ने उनसे यह बात छिपाने का कोई प्रयत्न नहीं किया कि उसका हृदय दो दिशाओं की ओर खिंच रहा है। उसके जैसे गरीब युवक को तो वास्तव में उसी धन्धे में प्रवृत्त होना चाहिए जिसकी प्रेरणा भगवान् ने उसके हृदय में दी। किन्तु इस अधम संसार में रोजग़ार ही सब कुछ नहीं है। भगवान् के इस उद्यान में योग्यतापूर्वक कार्य करने के लिए, और इतने सारे विद्वान सह-श्रमिकों के सर्वथा अयोग्य न सिद्ध होने के लिए शिक्षा आवश्यक वस्तु है। उतना ही आवश्यक है बजाँसों के मठ में दो अत्यन्त मूल्यवान् वर्ष बिताना। इसके लिए पैसा बचाना सर्वथा आवश्यक होता जा रहा है जो स्पष्ट ही माहवार मिलने और खर्च हो जानेवाले छः सौ फ्रैंक वेतन की तुलना में तिमाही मिलनेवाले आठ सौ फ्रैंक वेतन द्वारा कहीं अधिक सम्भव है। दूसरी ओर भगवान् ने उसको रेनाल परिवार के बालकों की देखभाल का काम सौंपा है और इससे भी अधिक उन लोगों के प्रति उसके हृदय में विशेष स्नेह की प्रेरणा दी है। इससे क्या यह सिद्ध नहीं होता कि उनकी शिक्षा को छोड़कर किसी दूसरे व्यक्ति के बालकों का भार सम्हालना अनुचित है ?

इस प्रकार की वक्तृता में जुलियें को इतनी कुशलता प्राप्त हो गई थी कि अन्त में अपने शब्दों से वह स्वयं ऊब उठा। घर लौटने पर उसे म. वालनो का एक वर्दीधारी नौकर अपनी प्रतीक्षा करता हुआ मिला जो सारे शहर में उसे ढूँढ़ आया था। वह उसी रात को भोजन का निमन्त्रण लेकर आया था।

जुलियें पहले कभी इस व्यक्ति के घर नहीं गया था। कुछ ही दिन पहले तक वह दिन-रात यही सोचता रहता था कि कैसे उसकी जी भरकर ऐसी मरम्मत की जाए कि अदालत में कोई मुकदमा भी न चल सके। निमन्त्रण से प्रगट था कि भोजन एक बजे है, किन्तु जुलियें ने यह अधिक सम्मानजनक समझा कि सुपरिंटेंडेंट महोदय के अध्ययन-कक्ष में साढ़े बारह बजे ही जा पहुँचे। उसने म. वालनो को बहुत-सी फाइलों द्वारा अपने महत्त्व का प्रदर्शन करते हुए पाया। उनके घने काले गलमुच्छों का, सिर के सघन बालों और ऊपर बेतुकी-सी बैठी हुई टोपी का, बड़े भारी पाइप और गढ़ाई के काम वाली चट्टियों का, सीने पर लटकी हुई मोटी-मोटी सोने की ज़ंजीरों का, अथवा अपने आप को स्त्रियों को रिझानेवाला समझनेवाले प्रान्तीय व्यवसायी के सारे ताम-झाम का जुलियें के ऊपर कोई प्रभाव न पड़ा। वह अब भी उनकी मरम्मत करने की बात ही अधिक सोच रहा था।

उसने मा. वालनो से परिचय के सम्मान की प्रार्थना की, किन्तु वह उस समय कपड़े पहनने में व्यस्त थीं इसलिए मिल न सकती थीं। मुआवजे के तौर पर उसने सुपरिंटेंडेंट महोदय को कपड़े पहनते देखने का सौभाग्य-लाभ किया। उसके बाद ये लोग मा. वालनो के कमरे में पहुँचे, जहाँ उन्होंने आँखों में आँसू भरकर अपने बच्चों से उसका परिचय कराया। वह वेरियेर की प्रमुख महिलाओं में से थीं। उनका मुख पुरुषों की तरह से भारी और कठोर था जिस पर इस महान अवसर के सम्मान में उन्होंने लाली भी मली थी। उन्होंने मातृ-सुलभ

करुणा का सम्पूर्ण प्रदर्शन प्रस्तुत किया।

जुलियें को मा. द रेनाल की याद आ गई। अपने सन्देही स्वभाव के कारण उसे केवल तुलना में विपरीत दिखाई पड़नेवाली स्मृतियाँ ही छूती थीं, किन्तु उन स्मृतियों से वह इतना गहरा प्रभावित हुआ कि उसके आँसू आ गए। सुपरिंटेंडेंट महोदय का घर देखकर यह मनःस्थिति और भी तीव्र हो गई। उसे समूचा स्थान दिखाया गया। उसमें प्रत्येक वस्तु नई और प्रचुर मात्रा में थी; हर फर्नीचर के दाम भी उसे बताए गए। किन्तु तो भी जुलियें को वह समस्त एक प्रकार से कुत्सित लगा, ऐसा जिसमें चुराए हुए धन की दुर्गन्ध आती हो। वहाँ प्रत्येक व्यक्ति, स्वयं नौकर तक, मानो घृणा से बचने के लिए साहसिक चेहरा धारण किए हुए जान पड़ते थे।

चुँगी के इंस्पेक्टर, आबकारी के अफ़सर और पुलिस के प्रधान तथा दो या तीन अन्य सरकारी अफ़सर अपनी-अपनी पत्नियों के साथ पधारे। उनके बाद कुछ उदारपंथी दल के धनी सदस्य भी आए। भोजन लगा दिया गया। जुलियें पहले से ही इस सबके प्रति बड़ा विरक्त-सा अनुभव कर रहा था। उसे एकाएक लगा, जैसे भोजन-गृह की दीवार के उस पार कुछ अभागे आदमी बन्दी हों, और उन्हीं के भोजन के राशन को छीनकर वह रुचिहीन विलासिता की सामग्री उसकी आँखों में चकाचौंध करने के उद्देश्य से इकट्ठी की गई हो !

वह सोचने लगा कि वे लोग शायद इस क्षण भूखे होंगे। उसका गला एकदम सूख उठा, उसके लिए कुछ भी खाना कठिन हो गया और बोलना तो लगभग असम्भव हो गया। दस-पन्द्रह मिनट के भीतर ही हालत और भी बिगड़ गई। बीच-बीच में उन्हें किसी कैदी के किसी लोकप्रिय किन्तु कुछ अश्लील गीत की कड़ी सुनाई पड़ जाती थी। एकाएक म. वालनो ने अपने नौकर की ओर देखा। नौकर बाहर चला गया। और उसके बाद गीत फिर सुनाई न पड़ा।

उसी समय एक नौकर जुलियें को हरे गिलास में राइन की शराब दे रहा था। मा. वालनो इस बात की ओर उसका ध्यान दिलाना न भूली थीं कि बाजार में इस शराब की एक बोतल का दाम नौ फ्रैंक है। अपना गिलास हाथ में लिए हुए जुलियें ने म. वालनो से कहा, ''लगता है, उन लोगों ने वह गन्दा गीत बन्द कर दिया।''

''ज़रूर ! मैंने चुप करवा दिया कम्बख्तों को।'' म. वालनो ने बड़े उल्लासपूर्ण भाव से उत्तर दिया।

इन शब्दों को सहन करना जुलियें के लिए कठिन हो गया। अपनी वर्तमान स्थिति के अनुरूप आचरण उसे आ गया था, पर मनोवृत्ति अभी वैसी न हुई थी। ढोंग रचने का काफ़ी अभ्यास होने के बावजूद उसे लगा कि एक बड़ा आँसू उसके गालों पर लुढ़का चला आ रहा है।

उसने आँसू को हरे गिलास के पीछे छिपाने की कोशिश की, पर उस बढ़िया राइन की शराब के साथ न्याय करना उसके लिए एकदम असम्भव हो गया। 'उसे गाने से भी रोक दिया गया', वह लगातार मन-ही-मन दोहराता रहा। हे भगवान्, तू यह सब कैसे सहन करता है ?

भाग्यवश किसी ने उसके असम्भ्रान्त भावावेग पर ध्यान न दिया। चुँगी के इंस्पेक्टर साहब ने एक राजपन्थी गाना शुरू कर दिया था। गीत की मज़ेदार टेक को सब लोग समवेत स्वर में गा रहे थे।

उसे सुनते-सुनते जुलियें की आत्मा उससे कह उठी : यह देखो, ऐसी ही है वह घिनौनी दौलत जो तुम्हें मिलेगी—और वह तुम्हें इन शर्तों और ऐसी संगति से अलग न मिलेगी ! सम्भव है कि तुम्हें बीस हजार फ्रैंक की कोई नौकरी मिल जाए, पर तब अपने पेट में व्यंजन ठूँसते समय तुम्हें किसी अभागे कैदी को गाने से रोकना होगा, उसके तुच्छ-से राशन से चोरी करके तुम बड़ी-बड़ी दावतें दोगे और तुम्हारी दावत के समय वह और भी दुःखी होगा। ओह नेपोलियन, तुम्हारे जमाने में युद्ध का जोखिम उठाकर सौभाग्य के शिखर पर चढ़ना कितना मधुर था ! किन्तु बेचारे गरीब के दुःख को ऐसे कमीनेपन से बढ़ाना !

यहाँ मैं यह अवश्य कहूँगा कि इस स्वगत चिन्तन में जुलियें की जो दुर्बलता प्रकट होती है, उसके विषय में मेरी राय कुछ हल्की पड़ी। वह तो उन ऊपर से विनम्र लगनेवाले षड्यन्त्रकारियों का योग्य सहकर्मी सिद्ध होगा जो हल्की-सी खरोंच के लिए भी दुःख प्रगट किए बिना ही किसी महान देश के आचरण और अभ्यास को बदलने की कामना करते हैं।

जुलियें को बड़ी तीव्रता से अपने पार्ट का स्मरण हुआ। ऐसे महत्त्वपूर्ण लोगों के साथ भोजन में वह केवल आँख मूँदकर चुपचाप स्वप्न देखने के लिए निमन्त्रित नहीं किया गया था।

छपे हुए कपड़े के एक अवकाशप्राप्त कारख़ानेदार ने, जो बजाँसों और उज़ेस की अकादमियों का सदस्य था, मेज़ की दूसरी ओर से उससे पूछा कि उसके बाइबल के अपूर्व अध्ययन के बारे में जो कुछ कहा जाता है, क्या वह सच है ?

तुरन्त ही चारों ओर गहन शान्ति छा गई। मानो किसी जादू से बाइबल की एक नई प्रति दो अकादमियों के विद्वान सदस्य के हाथों में आ पहुँची। जुलियें के उत्तर देने पर कहीं से लैटिन का आधा वाक्य पढ़ा गया, जिसे सुनते ही जुलियें आगे सुनाने लगा। उसकी स्मृति निर्दोष थी और उसके इस करतब की भोजन के समाप्ति-काल के अनुकूल ही बड़े जोर-शोर से प्रशंसा की गई। जुलियें ने महिलाओं के चमकते हुए चेहरे की ओर नज़र डाली। उनमें से कई देखने में बुरी न थीं। चुँगी के संगीत-प्रेमी इंस्पेक्टर की पत्नी पर उसका ध्यान गया।

"मैं सचमुच लज्जित हूँ," उसने उन महिलाओं की ओर देखते हुए कहा, "इन महिलाओं के सामने लैटिन में इतनी देर तक बोलता रहा। यदि म. रोबिनो (अकादमी के सदस्य महोदय का यही नाम था) कोई लैटिन का वाक्य पढ़कर सुनाएँ तो मैं तुरन्त उसका अनुवाद करने का प्रयत्न करूँगा।" शक्ति की इस दूसरी परीक्षा के बाद उसके गौरव का कोई ठिकाना न रहा।

उपस्थित लोगों में कई एक धनी उदारपंथी भी थे जो छात्रवृत्ति के योग्य बच्चों के सुखी पिता थे और जो उसी कारण पिछले धार्मिक समारोह के बाद से अचानक अपना मत बदल चुके थे। इस चतुर राजनीतिक चाल के बावजूद म. द रेनाल कभी उन्हें अपने घर पर निमन्त्रित करने को तैयार न हुए। इसलिए ये महानुभाव जुलियें को केवल उसके नाम से और महाराज के आगमन के दिन उसे घोड़े पर बैठे देखकर ही जानते थे। इस समय उसकी प्रशंसा सबसे अधिक उन्होंने ही की। जुलियें सोचने लगा कि कब ये मूर्ख लोग बाइबल की इस तमाम शब्दावली से थकेंगे जिसका एक भी शब्द ये नहीं समझते ? किन्तु इसके विपरीत उस शैली की विचित्रता से ही उनका मनोरंजन हो रहा था और वे हँस रहे थे। किन्तु जुलियें थक गया।

छः बजने पर वह गम्भीरतापूर्वक खड़ा हो गया और लिग्वोरि के नए धर्मशास्त्र विषयक ग्रन्थ का ज़िक्र करके कहा कि उसका एक अध्याय उसे अगले दिन याद करके म. शेलाँ को सुनाना है। उसने मधुर शिष्ट स्वर में आगे कहा, "क्योंकि मेरा काम ही दूसरों से उनके पाठ कहलवाना और अपना पाठ दोहराना है।"

सब लोग बहुत हँसे। सभी ने उसकी प्रशंसा की। वेरियेर में इस तरह की वाक्-चातुरी ठीक जँचती है। जुलियें खड़ा हो गया, शिष्टता के विरुद्ध होने पर भी बाकी सब लोग भी खड़े हो गए--ऐसा ही होता है प्रतिभा का चमत्कार। मा. वालनो ने उसे पन्द्रह मिनट तक और रोक लिया। उसे बच्चों का धर्मशास्त्र का पाठ सुनना पड़ा। उन्होंने अजीब-अजीब भूलें कीं जिन्हें केवल जुलियें ही समझ सका, पर उसने कुछ न कहा। धर्म के प्रारम्भिक सिद्धान्तों का भी कैसा अज्ञान है ! वह सोचने लगा। आख़िरकार उसने मा. वालनो का झुककर अभिवादन किया और सोचने लगा कि अब छुट्टी मिल जाएगी, पर उसे ला फोंतेन की एक कथा और सुननी पड़ी।

"यह लेखक वास्तव में बहुत ही अनैतिक है," जुलियें ने मा. वालनो से कहा। "उसकी म. जाँ शुआर के बारे में एक कथा है जिसमें उसने हर श्रद्धास्पद वस्तु का मज़ाक उड़ाया है। सभी अच्छे आलोचकों ने उसकी इसके लिए निन्दा की है।"

चलने के पहले जुलियें को भोजन के चार-पाँच निमन्त्रण मिले।

"यह नौजवान तुम्हारे ज़िले का गौरव है," सब मेहमानों ने एक स्वर से कहा। वे तो यहाँ तक कहने लगे कि उसे पेरिस में अध्ययन करने के लिए सार्वजनिक कोष से सालाना अनुदान मिलना चाहिए।

जिस समय भोजन-गृह इस योजना से गूँज रहा था, जुलियें चुपचाप गाड़ी के प्रवेश-द्वार की ओर खिसक गया। "ओफ़ ! सुअर ! गन्दे सुअर कहीं के !" उसने बहुत ही धीमे-धीमे तीन-चार बार कहा और खुली हवा में सन्तोष की साँस ली।

म. द रेनाल के घर में सारी शिष्टता के पीछे तिरस्कार-भरी मुस्कान और श्रेष्ठता के भाव से उसे सदा चिढ़ होती रहती थी। आज वही इस क्षण सम्पूर्णतः एक प्रकार के आभिजात्य का अनुभव कर रहा था। उस तीव्र अन्तर को अनुभव न करना उसके लिए असम्भव था। जाते-जाते वह सोचने लगा कि यदि थोड़ी देर के लिए बेचारे गरीब कैदियों से चुराए हुए धन का और उन्हें गाने से रोकने का सवाल छोड़ भी दिया जाए, तो भी म. द रेनाल के लिए क्या यह सम्भव है कि वह अपने मेहमानों को शराब की प्रत्येक बोतल का दाम बतलाएँ ? और एक यह म. वालनो हैं जो 'तुम्हारा घर' या 'तुम्हारी जायदाद' के बिना अपनी पत्नी से अपने घर-जायदाद तथा अन्य सम्पत्ति का ज़िक्र तक नहीं कर सकते।

भोजन के समय इन्हीं महिला ने, जो सम्पत्ति के अधिकार के प्रति इतनी सजग थीं, अपने एक नौकर को इसलिए बुरी तरह डाँटा था क्योंकि उसने एक शराब का गिलास तोड़कर उनका सेट बिगाड़ दिया था। नौकर ने भी डाँट का उत्तर बहुत ही गुस्ताखी के साथ दिया था।

कैसे-कैसे लोग इकट्ठे थे ! जुलियें सोचने लगा। अपने चोरी के माल में से आधा भी वे मुझे देने को तैयार हो जाएँ, तो भी मैं उनके साथ न रहना चाहूँगा। एक न एक दिन सच्ची बात मेरे मुँह से निकल जाएगी; उन्हें देखकर जो हिकारत का भाव मेरे मन में आता

है, उसे रोकना बहुत कठिन होगा।

तो भी मा. द रेनाल के आदेश की रक्षा के लिए वह इस तरह के कई निमन्त्रणों में सम्मिलित हुआ। जुलियें की लोकप्रियता का कोई ठिकाना न था। उसका सम्मानित सेना की वर्दी पहनने का अपराध क्षमा कर दिया गया, या शायद उसका यह असावधानी का कार्य ही उसकी सफलता का वास्तविक कारण था। शीघ्र ही वेरियेर में इसके सिवाय और कोई चर्चा ही न रही कि देखें, इस विद्वान नौजवान को कौन अपने यहाँ रखता है—म. द रेनाल अथवा अनाथालय के सुपरिंटेंडेंट ?

म. मास्लों को मिलाकर इन तीन व्यक्तियों ने ही बहुत वर्षों से नगर को त्रस्त कर रखा था। मेयर से लोग ईर्ष्या करते थे, उदारपंथी उनसे नाराज़ थे। पर कुल मिलाकर वह ऊँचे खानदान के होने से ऊँची जगह के योग्य समझे जाते थे। पर म. वालनो के पिता ने तो उनके लिए छः सौ फ्रैंक सालाना की आमदनी भी न छोड़ी थी। बचपन में वह गन्दा-सा हरे रंग का कोट पहने घूमा करते थे। उस समय सभी को उन पर बड़ा तरस आता था। आज उनके पास नार्मन घोड़े, सोने की जंजीरें, पेरिस से आनेवाले कपड़े और हर तरह की धन-दौलत मौजूद थी जिसके लिए लोग उनसे ईर्ष्या करते थे।

यह दुनिया जुलियें के लिए एकदम नई थी। इसके उमड़ते हुए सैलाब में जुलियें को एक ईमानदार आदमी भी मिला। वह एक गणितज्ञ था, जिसका नाम था—ग्रो और जो जौकोबिनपंथी समझा जाता था। जुलियें ने यह निश्चय कर लिया था कि जिस बात को वह गलत समझता है, उसे कभी अपने मुँह से न कहेगा। इसलिए म. ग्रो के बारे में वह सन्देह प्रकट करने से अधिक कुछ न कह सका।

वेर्जि से उसके पास बच्चों के अभ्यास की कापियों के मोटे-मोटे पुलिन्दे आते थे। उसको अपने पिता से मिलते रहने का भी आदेश था और इस अरुचिकर आवश्यकता को भी वह पूरा करता रहता था। संक्षेप में उसकी प्रतिष्ठा लगभग फिर से स्थापित होने को ही थी कि एक दिन सवेरे अपने आँखों के ऊपर किसी के दो हाथों को अनुभव करके उसकी नींद खुली।

यह मा. द रेनाल थीं जो अपने बच्चों के साथ शहर आई थीं। किन्तु बच्चों को एक पालतू खरगोश के साथ नीचे छोड़ जल्दी से एक बार में चार-चार सीढ़ियाँ चढ़कर वह आगे-आगे ऊपर जुलियें के कमरे में आ पहुँची। निस्सन्देह यह बहुत ही आनन्द का क्षण था, पर बहुत ही संक्षिप्त। जब तक बच्चे अपने खरगोश को लेकर अपने मित्र को दिखाने के लिए ऊपर पहुँचे, तब तक मा. द रेनाल वहाँ से गायब हो चुकी थीं।

जुलियें ने उन सबका, खरगोश तक का, बड़ा हार्दिक स्वागत किया। उसे लगा, जैसे अपना परिवार उसे फिर से वापस मिल गया हो; उसे अनुभव हुआ कि वह उन बच्चों को प्यार करता है और उनसे गपशप करना कितना सुखद है ! उनके कोमल स्वर और व्यवहार की सहज शिष्टता से वह जैसे विस्मित-सा हो गया। उसे इस बात की आवश्यकता महसूस हुई कि वेरियेर के वातावरण में व्यवहार की जिन अशिष्टताओं और अप्रीतिकर विचारों ने उसे घेर लिया था, उन सबको अपने मन से एकदम निकाल दे। जिन लोगों के यहाँ वह दावतों में जाता था, वे अपने यहाँ बचे हुए पकवानों के बारे में ऐसी भेद की बातें बताया करते थे जो उन्हीं को गिराती थीं और सुननेवालों को ग्लानि से भर देती थीं।

"तुम अच्छे खानदानवालों को सचमुच खर्च करने का अधिकार है," उसने मा. द रेनाल

से कहा और अपनी सब दावतों की कहानी सुनाई।

"तो आजकल तुम्हारा ही फैशन है !" जुलियें के आगमन की सम्भावना में मा. वालनो द्वारा प्रत्येक बार मुख पर लाली मलने की कल्पना से जी खोलकर हँसते हुए वह बोलीं। "जरूर वह तुम्हारे हृदय की ताक में हैं।"

दोपहर का भोजन बड़ी प्रसन्नता से बीता। बच्चों की उपस्थिति यद्यपि देखने से एक प्रकार की बाधा थी तो भी उससे साधारण आनन्द और बढ़ा ही। बेचारे बालकों की तो समझ में न आ रहा था कि जुलियें से फिर मिलने पर अपनी प्रसन्नता को किस प्रकार प्रकट करें।

नौकरों ने उन्हें बता ही दिया था कि उसे म. वालनो के बच्चों को पढ़ाने के लिए दो सौ फ्रैंक अधिक वेतन का लालच दिया जा रहा है। भोजन के बीच ही में स्तानिस्लास-जाँविए ने, जो अपनी हाल की बीमारी के कारण अभी दुर्बल ही था, एकाएक अपनी माँ से पूछा कि उसके खाने-पीने के चाँदी के बर्तन कितने दामों के होंगे ?

"यह क्यों पूछ रहे हो ?"

"मैं चाहता हूँ कि उन्हें बेचकर पैसे म. जुलियें को दे दूँ, जिससे वह हमें छोड़कर न जाएँ।"

स्नेह से जुलियें के आँसू आ गए। उसने स्तानिस्लास को छाती से लगा लिया और उसे अपने घुटनों पर बिठाकर समझाने लगा। उसकी माँ की आँखों में भी आँसू भरे हुए थे। मा. द रेनाल इतनी प्रसन्न थीं कि वह अपने बच्चों को बार-बार चूमने लगीं। ऐसा करने में उन्हें थोड़ा-सा जुलियें का भी सहारा लेना पड़ता था।

अचानक ही दरवाज़ा खुला और म. द रेनाल प्रगट हो गए थे। उनका मुख और उसके ऊपर कठोर अप्रसन्नता का भाव उस सहज आनन्द के वातावरण से, जिसे उनकी उपस्थिति ने नष्ट कर दिया था, विचित्र रूप से भिन्न था। मा. द रेनाल का चेहरा उतर गया। उन्हें लगा कि वह कोई बात अस्वीकार न कर सकेंगी। जुलियें जोर-जोर से म. द रेनाल को स्तानिस्लास की चाँदी के बर्तन बेचने की बात बताने लगा। उसको विश्वास था कि कहानी का स्वागत न होगा।

सबसे पहले तो म. द रेनाल की भौंहें चढ़ गईं जो चाँदी का नाम लेने मात्र से सदा उनके साथ होता था। वह कहा करते थे कि 'इस धातु का ज़िक्र सदा मेरे लिए किसी न किसी खर्च की भूमिका बनता रहा है।' पर यहाँ तो पैसे के मामले के अतिरिक्त भी कुछ था; कुछ ऐसी बात थी जिससे उनका सन्देह बढ़ता था। अपनी अनुपस्थिति में अपने परिवार की इतनी प्रसन्नता एंसे व्यक्ति को कभी भली न लग सकती थी जो ऐसे अजीब मिथ्याभिमान का शिकार था।

उनकी पत्नी उन्हें गर्व के साथ बताने लगी कि जुलियें किस प्रकार चतुराई के साथ सुन्दर ढंग से बच्चों को समझाता है, पर वह बीच ही में बात काटकर बोले, "हाँ, हाँ ! मैं जानता हूँ, मुझे वह अपने बच्चों की दृष्टि में घृणित दिखाने का प्रयत्न करता रहता है। उसके लिए यह बहुत ही आसान है कि मेरी तुलना में वह सौ गुना अधिक अच्छा दिखाई पड़े। आख़िरकार मैं तो उनका अभिभावक और स्वामी हूँ। इस देश में हर वस्तु विधिसम्मत अधिकार को बुरा सिद्ध करती जान पड़ती है। बेचारा फ्रांस !"

मा. द रेनाल अपने पति के अभिवादन में निहित प्रत्येक ध्वनि की परीक्षा करने के लिए न रुक सकीं। उन्हें अभी-अभी जुलियें के साथ समूचा दिन बिता सकने की हल्की-सी

सम्भावना दीख पड़ी थी। उन्हें शहर से बहुत-सी चीज़ें खरीदनी थीं इसलिए उन्होंने घोषणा कर दी कि वह दोपहर का भोजन किसी जलपानगृह में करने का पूरा निश्चय कर चुकी हैं; उनके पति चाहे जो कहें, वह अपनी योजना पर अटल रहेंगी। बच्चे तो जलपानगृह का नाम सुनते ही उछल पड़े थे।

म. द रेनाल अपनी पत्नी को पहली ही दुकान में छोड़कर कुछ लोगों से मिलने चले गए। वापस लौटे तो वह सवेरे से भी अधिक चिढ़े हुए थे। उन्हें विश्वास हो गया था कि सारा शहर केवल जुलियें और उनके बारे में ही चर्चा कर रहा है, यद्यपि वास्तव में अभी तक किसी ने भी विपरीत अथवा सन्देहजनक बात का संकेत न दिया था। मेयर से जो बातें कही गई थीं, वे केवल इस प्रश्न को लेकर थीं कि जुलियें छः सौ फ्रैंक पर उनके साथ रहेगा अथवा अनाथाश्रम के सुपरिंटेंडेंट के आठ सौ स्वीकार करके उनके यहाँ चला जाएगा।

सुपरिंटेंडेंट महोदय ने भेंट होने पर म. द रेनाल के साथ बड़ा रूखा व्यवहार किया। इस व्यवहार के पीछे भी बड़ी चालें थीं। वास्तव में प्रान्तों में शायद ही कोई काम बिना विचारे किया जाता हो। क्योंकि वहाँ लोग इतना कम भावावेग अनुभव करते हैं कि भावनाएँ सतह के नीचे दबी रहती हैं।

म. वालनो, पेरिस से तीन सौ मील दूर की शब्दावली में, एक मनमौजी असंस्कृत व्यक्ति थे यानी वह इस तरह के आदमी थे, जो स्वभाव से ही निर्लज्ज और अशिष्ट होते हैं। 1815 के बाद से उनके जीवन की सफलताओं ने इन स्वाभाविक प्रवृत्तियों को और भी प्रबल कर दिया था। एक प्रकार से वह म. द रेनाल की अधीनता में वेरियेर का शासन चलाते थे। पर वह स्वयं बहुत सक्रिय थे, किसी चीज़ से लज्जित न होते थे, हर व्यक्ति के काम में टाँग अड़ाते थे, हमेशा तैयार रहते थे, लिखते थे, पढ़ते थे। कोई डाँट देता तो ध्यान न देते थे और अपने निजी महत्त्व का कोई दावा न करते थे। इन सब कारणों से धार्मिक लोगों की दृष्टि में उनकी प्रतिष्ठा मेयर के बराबर ही हो गई थी। एक प्रकार से म. वालनो ज़िले के बनियों से कहते : 'अपने बीच से दो सबसे मूर्ख आदमी चुनकर मुझे बताओ;' वकीलों से कहते : 'तुममें दो सबसे अधिक बुद्धू कौन-से हैं ?' स्वास्थ्य अधिकारी से कहते : 'दो एकदम अधकचरे डॉक्टर बताओ।' इस भाँति जब उन्होंने हर धन्धे के सबसे निर्लज्ज व्यक्ति इकट्ठे कर लिए तो उनसे कहने लगे, "आओ, अब हम लोग मिलकर शासन चलाएँ।"

इन लोगों के व्यवहार से म. द रेनाल अवाक् रह जाते थे, पर म. वालनो की मोटी चमड़ीवाली शिष्टता किसी बात का बुरा न मानती थी। जब तरुण फादर मास्लों ने सरेआम उन्हें झूठा कहा, तब भी नहीं। पर अपनी तमाम सफलता के बावजूद म. वालनो को भी इस बात की आवश्यकता पड़ती थी कि छोटे-मोटे अशिष्टता के कार्यों द्वारा इन कठोर सत्यों के विरुद्ध अपने आप को सुरक्षित करते रहें। म. आप्पेर के आगमन से उत्पन्न होनेवाली आशंकाओं ने उनकी कार्रवाइयों को दूना-चौगुना कर दिया था। वह तीन यात्राएँ बजाँसों की कर चुके थे। हर डाक से वह बहुत-सी चिट्ठियाँ लिखते; कुछ पत्र वह उन अज्ञात व्यक्तियों के हाथों भेजते जो अँधेरा होने पर उनसे मिलने आया करते थे। सम्भवतः बूढ़े पादरी म. शेलाँ को नौकरी से निकालकर उन्होंने भूल की थी, क्योंकि उस द्वेषपूर्ण काम से बहुत से धार्मिक व्यक्ति उन्हें बहुत ही दुष्ट आदमी समझने लगे थे। साथ ही इस सेवा ने उन्हें पूरी तरह से प्रधान विकार म. फ्रिलेर के चंगुल में फँसा दिया था जो उन्हें अजीब-अजीब काम करने के लिए सौंपते थे।

जिस समय उन्होंने गुमनाम पत्र लिखने का इरादा किया, उस समय अपनी कूटनीति के फलस्वरूप उनकी यही स्थिति थी। परेशानी बढ़ाने के लिए उनकी पत्नी ने शान के कारण यह घोषणा कर दी कि वह जुलियें को अपने यहाँ रखना चाहती हैं।

म. वालनो समझते थे कि इस स्थिति में अपने पुराने सहयोगी म. द रेनाल से अब स्थायी झगड़ा अनिवार्य है। म. द रेनाल उन्हें डाँटेंगे। इस बात की उन्हें अधिक चिन्ता न थी, किन्तु वह कहीं बजाँसों अथवा पेरिस लिख देंगे तो तुरन्त ही कोई मन्त्री का भतीजा वेरियेर में आ धमकेगा और अनाथाश्रम का भार सम्हाल लेगा। इसलिए जुलियें वाली दावत में कई उदारपंथियों को भी उन्होंने बुलाया था। मेयर के विरुद्ध उन्हें इन्हीं लोगों का सहारा था पर यदि कहीं बीच में चुनाव आ पड़े तो मुश्किल हो जाती। स्पष्ट था कि गलत पार्टी को वोट देकर अनाथाश्रम का काम हाथ में रखना असम्भव होगा। इन सब चतुराइयों और चालबाजियों की कहानी मा. द रेनाल भली-भाँति समझती थीं जो उन्होंने एक दुकान से दूसरी पर जाते-जाते जुलियें को सुना दी थी। इस प्रकार वे लोग क्रमशः 'कूर द ला फिदेलिते' पर आ पहुँचे जहाँ उन्होंने उतनी ही शान्ति से कुछ घंटे बिताए, जैसे वेर्जि में बिताया करते थे।

म. वालनो अपने पुराने संरक्षक के साथ स्थायी झगड़ा टालने की पूरी कोशिश कर रहे थे। उस दिन उनकी तरकीब सफल तो हुई पर उससे मेयर का क्रोध और भी बढ़ गया। जिस समय मेयर ने जलपानगृह में प्रवेश किया, उस समय उनकी मानसिक स्थिति बहुत ही दयनीय थी। पैसे के लोभ के कारण उत्पन्न होनेवाली ओछी से ओछी और लज्जाजनक भावनाओं तथा मिथ्याभिमान के बीच संघर्ष ने उन्हें चूर-चूर कर दिया था। दूसरी ओर उनके बच्चों की प्रसन्नता और आनन्द का कोई ठिकाना न था। इस विसंगति ने उनके क्रोध की रही-सही कसर भी पूरी कर दी।

''तुम लोगों को देखकर तो लगता है कि मेरे परिवार को भी मेरी उपस्थिति पसन्द नहीं।'' उन्होंने भीतर आते-आते कहा। उनकी आवाज़ का स्वर रौबीला था।

इस बात के उत्तर में उनकी पत्नी उन्हें अलग ले जाकर जुलियें को नौकरी से छुड़ा देने की आवश्यकता समझाने लगीं। अभी-अभी जिस सुख का अनुभव वह कर चुकी थीं, उसने उन्हें बड़ी सहजता और मन की शक्ति प्रदान की थी। अपनी जिस योजना पर वह पिछले पन्द्रह दिन से विचार कर रही थीं, उसे कार्यान्वित करने के लिए इसी शक्ति की आवश्यकता थी।

वेरियेर के मेयर बेचारे और भी अधिक उद्विग्न थे कि शहर के लोग उनके पैसे के लालच के कारण उनकी खुल्लमखुल्ला हँसी उड़ा रहे हैं। म. वालनो की उदारता डाकुओं की भाँति मुक्तहस्त थी और पिछले दिनों विभिन्न धार्मिक आयोजनों में जो चन्दा इकट्ठा किया गया था, उसमें उन्होंने जी खोलकर दान दिया था। चन्दा उगानेवालों के रजिस्टरों में म. द रेनाल का नाम वेरियेर के ज़मींदारों की सूची में प्रायः सबसे नीचे रहता था, क्योंकि ये नाम दान की रकम के हिसाब से लिखे जाते थे। म. द रेनाल के यह कहने से भी कोई लाभ न था कि वह कोई मुनाफा नहीं कमाते। धार्मिक संस्थाओं के लोग ऐसी बातों को हँसी का विषय मानने के अभ्यस्त नहीं हैं।

23

पद की चिन्ताएँ

वर्ष भर सिर तानकर चलने के आनन्द के लिए एकाध घंटे की तकलीफ कोई ज्यादा कीमत तो नहीं।

—कास्ती

किन्तु आइए, इसी छोटे-से आदमी को उसकी छोटी-छोटी चिन्ताओं के बीच छोड़ दें ! उसे तो एक अनुचर-वृत्तिवाले आदमी की ज़रूरत थी, उसने एक प्रतिभावान व्यक्ति को क्यों अपने यहाँ रखा ? वह लोगों का चुनाव करना नहीं जानता ? उन्नीसवीं शताब्दी में जब कोई उच्च परिवार का प्रभावशाली व्यक्ति प्रतिभाशाली व्यक्ति से मिलता है तो साधारणतः या उसे मृत्यु-दंड या देश-निकाले अथवा कैद की सज़ा दिला देता है। उसका इस तरह से अपमान करता है कि वह दुःख के कारण स्वयं ही मर जाए; किन्तु संयोगवश इस मामले में परेशानी प्रतिभाशाली व्यक्ति को नहीं है।

फ्रांस के छोटे-छोटे नगरों अथवा न्यूयार्क की भाँति मतदान द्वारा सत्ता पानेवाली सरकार का बड़ा भारी दुर्भाग्य यह है कि वे यह नहीं भूल सकते कि म. द रेनाल जैसे व्यक्ति भी संसार में जीवित हैं। बीस हज़ार की आबादीवाले शहर में ऐसे लोग ही जनमत का निर्माण करते हैं और वैधानिक शासनवाले देशों में जनमत बड़ी भयानक वस्तु है। एक उदार तथा उच्च हृदयवाला व्यक्ति यदि आपसे सौ-दो सौ मील दूर न रहता होता तो आपका मित्र ही होता, पर अब वह आपको अपने शहर के जनमत के आधार पर नापता है जो संयोग से उच्च और धनी परिवार में पैदा होनेवाले और अत्यन्त ही साधारण मूर्ख व्यक्तियों द्वारा बनता है। अपने सहजीवियों से श्रेष्ठ दिखाई पड़नेवाले व्यक्ति की खैर नहीं।

भोजन के बाद ही सारा परिवार फिर वेर्जि के लिए चल पड़ा, किन्तु दो दिन बाद ही जुलियें ने फिर उन्हें वेरियेर में देखा। उन लोगों को आए एक घंटा भी न बीता होगा कि यह देखकर उसे बड़ा आश्चर्य हुआ कि मा. द रेनाल उससे कोई बात छिपा रही हैं। जब भी वह उन लोगों के बीच जा पहुँचता तो वह अपने पति से वार्तालाप बन्द कर देतीं और ऐसा लगता, वह चाहती हैं कि वह वहाँ से चला जाए। जुलियें ने एक से अधिक बार इस चेतावनी की प्रतीक्षा न की, वह भी रूखा और विरक्त हो गया। यह बात मा. द रेनाल की नज़र में भी पड़ी पर उन्होंने इस विषय में कोई बातचीत न चलाई।

इन्हें कोई दूसरा प्रेमी मिल गया है, जुलियें ने सोचा। कल तक ही वह मेरी थीं। कितना स्नेहपूर्ण व्यवहार कर रही थीं ! पर यह इन सब बड़े घर की स्त्रियों का ढोंग है। वे उन राजाओं की भाँति हैं जो उस मन्त्री के साथ अधिक से अधिक कृपा और आदर का व्यवहार करते हैं जिसे घर पहुँचकर काम से निकाले जाने का पत्र मिलनेवाला हो।

जुलियें ने एक बात पर ध्यान दिया कि उसकी उपस्थिति से रुक जानेवाले इन वार्तालाप में वेरियेर के एक बड़े भारी सरकारी मकान का ज़िक्र बराबर आता था, जो नगर के सबसे अच्छे हिस्से में एक गिरजाघर के सामने बना था। मकान पुराना था, पर बहुत ही बड़ा था और उसमें बहुत-से कमरे थे। किन्तु इस मकान में और नए प्रेमी में क्या सामान्य बात हो

सकती है ? जुलियें आश्चर्य से सोचने लगा। अपने दुःख में वह फ्रेंसिस प्रथम की उन सुन्दर पंक्तियों को बार-बार दोहराता रहा जो उसे इस समय ठीक इसीलिए और भी नई जान पड़ रही थीं क्योंकि मा. द रेनाल ने ही वे महीने-भर पहले उसे सिखाई थीं। उस समय कितनी सौगन्धों ने, कितने स्नेहालिंगनों ने इन पंक्तियों को मिथ्या सिद्ध किया था !

स्त्री के दिल का कोई ठिकाना नहीं।

मूर्ख, समझ से काम ले, उसका विश्वास न कर !

म. द रेनाल कुछ जल्दी में बजाँसों चले गए। इस यात्रा का निश्चय दो घंटे के भीतर ही हुआ था और वह बहुत परेशान दिखाई पड़ रहे थे। लौटने पर उन्होंने भूरे काग़ज़ में लिपटा हुआ एक बड़ा भारी बंडल मेज़ पर पटक दिया।

"लो, यह वाहियात काम ख़त्म हुआ," उन्होंने अपनी पत्नी से कहा। एक घंटे बाद जुलियें ने पोस्टर लगानेवाले को इस बड़े पैकेट को ले जाते हुए देखा और वह बड़ी उत्सुकता के साथ उसके पीछे-पीछे चला। वह सोचने लगा कि बड़े मोड़ पर मुझे इस रहस्य का पता चल जाएगा।

वह बड़ी अधीरता के साथ पोस्टर लगानेवाले के पीछे खड़ा होकर प्रतीक्षा करने लगा जो पोस्टर के पीछे अपने बड़े ब्रुश से लेई लगा रहा था। पोस्टर चिपकते ही जुलियें ने पढ़ा कि उस पर एक आम नीलाम का विज्ञापन है। नीलाम उसी घर का होनेवाला था जिसका ज़िक्र म. द रेनाल और उनकी पत्नी के बीच वार्तालाप में जुलियें ने कई बार सुना था। यह घोषणा की गई थी कि अगले दिन दो बजे टाउनहॉल के सभा भवन में तीसरी मोमबत्ती बुझते ही पट्टा लिख दिया जाएगा।

जुलियें को बहुत निराशा हुई। उसे लगा कि वक्त बहुत कम दिया जा रहा है। इतनी जल्दी सब खरीदारों को पता ही कैसे चल सकेगा ? साथ ही इस पोस्टर के ऊपर पन्द्रह दिन पहले की तारीख पड़ी हुई थी। उसने पोस्टर को नगर के तीन अलग-अलग हिस्सों में ऊपर से नीचे तक पढ़ा, पर कुछ अधिक न समझ सका।

फिर वह उस मकान को देखने पहुँचा। उसका रक्षक, जिसका ध्यान उसकी ओर न किया गया था, किसी पड़ोसी से रहस्य-भरे स्वर में कह रहा था, "फायदा क्या है ! वक्त बरबाद करना है। म. मास्लों ने वादा कर दिया है कि वह तीन सौ फ्रैंक में ले लेंगे। और क्योंकि मेयर ने इसे रोकना चाहा तो प्रधान विकार म. द फ्रिलेर ने उन्हें बिशप के महल में बुला भेजा।" एकाएक जुलियें को देखकर दोनों मित्र बहुत संकुचित हो गए और फिर एक शब्द भी न बोले।

नीलाम के समय जुलियें भी वहाँ मोजूद था। कुछ अँधेरे-से कमरे में बड़ी भीड़ थी। पर प्रत्येक व्यक्ति अपने पड़ोसियों को बड़े विचित्र ढंग से ऊपर से नीचे तक देख रहा था। सारी आँखें एक मेज़ पर गड़ी हुई थीं, जहाँ जुलियें ने देखा कि तीन जली हुई मोमबत्तियाँ एक तश्तरी में रखी हैं। नीलाम करनेवाला पुकार रहा था, "तीन सौ फ्रैंक, सज्जनो !"

"तीन सौ फ्रैंक ! यह तो बड़ी ज्यादती है," एक आदमी ने बड़े धीरे-से अपने पड़ोसी से कहा। जुलियें उनके बीच में खड़ा था। "आठ सौ से कम का माल नहीं है। मैं बोली बढ़ाता हूँ।"

"तुम बस अपने सिर मुसीबत मोल लोगे। म. मास्लों और म. वालनो को अपने खिलाफ करके तुम्हें क्या लाभ होगा, बिशप, भयानक प्रधान विकार तथा उनकी बाकी मंडली का तो

कहना ही क्या !"

"तीन सौ बीस फ्रैंक !" दूसरे ने पुकारकर कहा।

"मूर्ख, गधे !" उसके पड़ोसी ने उत्तर दिया। "मेयर का एक जासूस ठीक तुम्हारे बगल में खड़ा है।" उसने जुलियें की ओर इशारा करते हुए जोड़ा। बात किसने कही, यह देखने के लिए जुलियें जल्दी से मुड़ा, पर फ्रांस-कोंते के इन निवासियों में से कोई भी उसकी ओर न देख रहा था। उनके आत्मसंयम से जुलियें का संयम भी लौट आया। इसी समय आखिरी मोमबत्ती भी बुझ गई। और नीलाम करनेवाला अपनी खिंचती हुई-सी आवाज़ में पुकार उठा, "मकान को अगले नौ वर्ष के लिए ज़िलाधीश के दफ्तर के बड़े बाबू म. द सें-जिरो के नाम तीन सौ तीस फ्रैंक में कर दिया गया।"

मेयर के जाते ही लोग टीका-टिप्पणी करने लगे। एक ने कहा, "तीन फ्रैंक ग्रुजो की मूर्खता के कारण और लग गए !"..."पर म. द सें-जिरो वह ग्रुजो से वसूल कर लेंगे।"..."कैसी शर्म की बात है !" जुलियें की बाईं ओर खड़े एक व्यक्ति ने कहा, "मैं खुद इस मकान में एक कारख़ाना खोलने के लिए आठ सौ फ्रैंक देने को तैयार हूँ। और फिर भी मेरे लिए यह सौदा अच्छा ही होता।"

"इस बातचीत से क्या फ़ायदा ?" एक उदारपंथी नौजवान कारख़ानेदार ने जवाब दिया। "क्या म. द सें-जिरो धर्म-संघ के सदस्य नहीं हैं ? क्या उनके चारों बच्चों को छात्रवृत्तियाँ नहीं मिलतीं ? बेचारा ! वेरियेर के कम्यून को उनके वेतन में पाँच सौ फ्रैंक और मिलाने पड़ते हैं।"

"और ज़रा सोचो कि मेयर इसको रोक न सके।" तीसरे आदमी ने कहा। "वह भी कम नहीं हैं, पर वह लोगों की जायदाद इस तरह नहीं हड़पते।"

"हड़पते नहीं हैं ?" एक अन्य व्यक्ति बोला। "नहीं, नहीं ! ऐसे कामों का पैसा एक जगह इकट्ठा होता है और वहाँ से साल के आख़िर में सब लोग अपना-अपना हिस्सा बँटा लेते हैं। पर यहाँ तो यह सोरेल खड़ा है। चलो, चलें।"

जुलियें बड़े बुरे मिज़ाज में घर लौटा और देखा कि मा. द रेनाल बहुत उदास हैं। "तुम नीलाम से आ रहे हो ?" उन्होंने उससे पूछा।

"जी हाँ, आ तो रहा हूँ। और वहाँ मुझे श्रीमान् मेयर महोदय के जासूस समझे जाने का सौभाग्य प्राप्त हुआ !"

"मेरी बात सुनते तो उन्हें शहर से बाहर चले जाना चाहिए था।"

इसी समय म. द रेनाल ने बहुत क्षुब्ध मुद्रा में प्रवेश किया। भोजन भी चुपचाप ही समाप्त हुआ। मा. द रेनाल ने जुलियें को बच्चों के साथ वेर्जि चलने का आदेश दिया। यात्रा बड़ी उदास बीती; मा. द रेनाल अपने पति को सान्त्वना देने का प्रयत्न करती रहीं।

"इन बातों की तो तुम्हें अब आदत डाल लेनी चाहिए।" उन्होंने कहा।

शाम को वे लोग चुपचाप अँगीठी के पास बैठे रहे। आग में चटकती हुई लकड़ी की आवाज़ के सिवाय और कोई शब्द न था। वह ऐसा उदासी का क्षण था जो सुखी से सुखी और घनिष्ठ परिवार में कभी-कभी आ जाता है।

अचानक एक बालक आनन्द से चीख पड़ा : 'घंटी बजी ! कोई घंटी बजा रहा है !"

मेयर ज़ोर से बोले, "यदि यह म. द सें-जिरो मुझे धन्यवाद देकर परेशान करने आए हैं तो मैं उन्हें कुछ सुनाए बिना न रहूँगा। कोई हद है ! उन्हें तो उस आदमी वालनो का

कृतज्ञ होना चाहिए। मेरी तो सिर्फ़ बदनामी ही हुई। यदि उन अख़बारवाले जैकोबिन शैतानों को इस बात का पता चल जाए और वे मुझे उसी थैली का चट्टा-बट्टा बताएँ तो मेरे पास कहने को है ही क्या ?'' उसी समय बड़े-बड़े काले गलमुच्छोंवाले एक सुन्दर-से व्यक्ति ने नौकर के पीछे-पीछे कमरे में प्रवेश किया।

''मेयर महोदय, मैं जरोनिमो हूँ। मैं यह एक पत्र नेपिल्स में राजदूत के सचिव शवालिये द बोवेज़ि से लाया हूँ, जो उन्होंने मुझे चलते समय दिया था। यह कोई नौ दिन पहले की बात है,'' सिनोर जरोनिमो ने मा. द रेनाल की ओर देखते हुए प्रसन्नतापूर्वक कहा, ''मैडम, आपके भाई और मेरे परम मित्र सिनोर द बोवेज़ि ने कहा है कि आप इटैलियन भी बोलती हैं।''

इस नेपिल्स-निवासी की प्रसन्न मुद्रा ने उस उदास सन्ध्या को बहुत ही आनन्दपूर्ण बना दिया। मा. द रेनाल उससे कुछ भोजन करने के लिए बहुत अनुरोध कर रही थीं। जुलियें को जो जासूस शब्द उस दिन दो बार सुनने को मिला था, उसे भुलाने के लिए उन्होंने सारे घर में बड़ी धूमधाम-सी मचा दी।

सिनोर जरोनिमो विख्यात गायक थे और बहुत ही शिष्ट तथा हँसमुख व्यक्ति थे। ये ऐसे दो गुण थे जो अब फ्रांस में एक साथ कठिनाई से पाए जाते हैं। भोजन के बाद उन्होंने मा. द रेनाल के साथ एक गीत गाया और बहुत-सी मज़ेदार कहानियाँ सुनाईं। रात को एक बजे भी जब बच्चों से सोने के लिए कहा गया तो वे तैयार न हुए।

''बस, एक कहानी और !'' सबसे बड़े लड़के ने कहा।

''यह मेरी अपनी कहानी है,'' सिनोर जरोनिमो ने उत्तर दिया। ''आठ वर्ष पहले मैं भी आपकी ही तरह नेपिल्स में पढ़ता था–मेरा मतलब है कि आपकी ही उम्र का था, किन्तु वेरियेर के सुन्दर नगर के विख्यात मेयर के बेटे होने का सौभाग्य मुझे प्राप्त न था।'' यह बात सुनकर म. द रेनाल ने एक लम्बी साँस ली और अपनी पत्नी की ओर देखा।

''सिनोर जिंगारेली,'' नौजवान गायक अपने बोलने के इटैलियन ढंग को और भी अतिरंजित करके बच्चों को जी खोलकर हँसाते हुए कहने लगा, ''बड़े ही कड़े शिक्षक थे। स्कूल में कोई उन्हें पसन्द नहीं करता था। पर वह सदा यह चाहते कि लोग ऐसा व्यवहार करें मानो वे उन्हें बहुत अच्छे लगते हैं। मैं प्रायः बाहर आया करता था। मैं सैन कार्लिनो थिएटर भी जाता, जहाँ देवताओं के योग्य संगीत मुझे सुनने को मिलता था। पर हे भगवान् ! पता नहीं कि कैसे टिकट के लिए आठ सौ सू इकट्ठे कर पाता था ! आठ सौ सू बहुत होते हैं।'' उसने बच्चों की ओर देखते हुए कहा जो ज़ोर-ज़ोर से हँस रहे थे।

''सैन कार्लिनो थिएटर के मैनेजर सिनोर गियोवैन्नोव ने मुझे गाते हुए सुन लिया। मैं उस समय तेरह वर्ष का था। वह कहने लगे–'यह बालक तो बड़ी निधि है'।''

'' 'यहाँ कुछ गाओगे मेरे नौजवान दोस्त ?' उन्होंने मुझसे पूछा।

'' 'मुझे क्या मिलेगा ?'

'' 'चालीस दुकाट हर महीने।' उन्होंने कहा। यह एक सौ साठ फ्रैंक के बराबर हुआ। मैंने तो सोचा कि मेरे लिए स्वर्ग के द्वार खुल गए।

''मैंने गियोवैन्नोव से कहा–'पर जिंगारेली जैसे कठोर आदमी से मुझे छुट्टी कैसे मिलेगी ?'

'' 'वह मेरे ऊपर छोड़ दो।' सिनोर गियोवैन्नोव मुझसे बोले–'सबसे पहले तो एक

छोटी-सी बात प्रतिज्ञा-पत्र पर हस्ताक्षर करने की है।'

"मैंने दस्तख़त कर दिए। उसने मुझे तीन दुकाट दिए। मैंने इतना पैसा पहले कभी देखा भी नहीं था। फिर उन्होंने मुझे बताया कि क्या करना चाहिए।

"अगले दिन सवेरे मैंने भयंकर सिनोर जिंगारेली से भेंट करने की आज्ञा माँगी। उनका बूढ़ा नौकर मुझे भीतर ले गया। 'क्या बात है ?' जिंगारेली ने पूछा। मैंने कहा–'गुरु जी, मुझे अपने बुरे आचरण के लिए बहुत दुःख है। मैं अब कभी रेलिंग के ऊपर चढ़कर स्कूल से बाहर न जाया करूँगा। अब मैं मेहनत भी दुगुनी करूँगा।'

" 'यदि मुझे इतनी सुन्दर भारी आवाज़ के बरबाद होने का भय न होता तो मैं तुम्हें बन्द कर देता, शैतान लड़के, और पन्द्रह दिन तक रोटी और पानी के सिवाय कुछ न देता।'

" 'गुरु जी,' मैंने उत्तर दिया–'मैं अब सारे स्कूल के लिए आदर्श बनूँगा, पर मैं एक कृपा चाहता हूँ। अगर कोई आकर मेरे स्कूल के बाहर कहीं गाने के लिए अनुमति माँगे तो कृपा करके वह स्वीकार न कीजिएगा। बताइए, बताइए, यह कृपा करेंगे न ?'

" 'कौन मूर्ख तुम्हारे जैसे निकम्मे लड़के के लिए आकर यह कहनेवाला है ? क्या तुम मेरी हँसी उड़ाना चाहते हो ? अच्छा, अब चलते बनो, भागो यहाँ से !' उन्होंने कहा–'नहीं तो बताए देता हूँ कि सूखी रोटी पर तुम्हें बन्द कर दूँगा।'

"एक घंटे बाद सिनोर गियोवैन्नोव संचालक महोदय से मिलने आए और उनसे कहा–'मैं आपसे यह कहने आया हूँ कि जरोनिमो को छुट्टी देकर मुझे कुछ धन कमा लेने दीजिए। उसे मेरे थिएटर में गाने की आज्ञा दीजिए तो इन्हीं जाड़ों में मैं अपनी बेटी का विवाह कर सकूँगा।'

" 'उसके जैसे दुष्ट लड़के का आप क्या करेंगे ?' जिंगारेली ने कहा। 'मैं आज्ञा नहीं दूँगा। वह आपको नहीं मिलेगा। इसके अलावा मैं अगर तैयार भी हो जाऊँ तो वह कभी स्कूल छोड़कर नहीं जाएगा। उसने अभी-अभी मेरे आगे नहीं जाने की सौगन्ध खाई है।'

" 'अगर सवाल सिर्फ उसके चाहने न चाहने का है,' गियोवैन्नोव ने अपनी जेब से प्रतिज्ञापत्र निकालते हुए गम्भीरतापूर्वक कहा–'तो यह देखिए। यह रहे उसके हस्ताक्षर।'

यह देखकर जिंगारेली क्रोध से उबलने लगा। उसने अपनी घंटी को ज़ोर से पकड़कर खींचा और क्रोध से विक्षिप्त स्वर में चिल्लाकर कहा–'देखो, ज़रोनिमो को फौरन स्कूल से निकाल बाहर करो।' इस तरह मैं स्कूल से निकाला गया, पर मेरा हँसी के मारे बुरा हाल था। उसी दिन रात को मैंने मोल्टीप्लिको का गीत गाया। गीत में पुंचनैलो विवाह करना चाहता है, वह अपनी उँगलियों पर अपने घर के लिए आवश्यक चीजों को गिनता है और हर बार उसका हिसाब गड़बड़ हो जाता है।"

"अरे, वह गीत हमें सुनाइएगा नहीं ?" मा. द रेनाल ने कहा। जरोनिमो ने गीत सुना दिया और सब लोगों के पेट में हँसते-हँसते बल पड़ गए। सिनोर जरोनिमो दो बजे तक नहीं सोए। अगले दिन सवेरे उन्होंने सारे परिवार को अपने मनोहर व्यवहार, हँसमुख स्वभाव और विनीत आचरण से प्रसन्न करके विदा ली। मस्यु और मादाम द रेनाल ने उन्हें फ्रांस के राजदरबार के लिए आवश्यक परिचय पत्र दे दिए।

तो धोखाधड़ी जहाँ देखो वहीं है, जुलियें सोचने लगा। यह सिनोर जरोनिमो साठ हजार फ्रैंक पारिश्रमिक लेकर लन्दन जा रहे हैं। सेन कार्लिनो के मैनेजर की कुशल बुद्धि के बिना उनकी सुन्दर आवाज़ का कम-से-कम दस साल तक न तो किसी को पता चलता और न

उनकी प्रशंसा होती...। सचमुच रेनाल बनने के बजाए जरोनिमो बनना कहीं अच्छा है। समाज उसे इतना सम्मान नहीं देता, पर उसे ऐसे काम भी नहीं करने पड़ते जैसे आज मुझे करने पड़े। उसकी ज़िन्दगी भी मौज की है।

एक बात से जुलियें कुछ चकित-सा था। वेरियेर में उसने अकेलेपन में जो समय बिताया था उसमें वह सुखी अनुभव करता रहा था। दावतों को छोड़कर और कहीं उसे उदासी अथवा अरुचि का अनुभव नहीं हुआ था। उस निर्जन घर में क्या वह निर्विघ्न अबाध रूप में लिखने, पढ़ने और सोचने में सफल नहीं हुआ था ? और वह भी एक ओछे मस्तिष्क की गतिविधि का अध्ययन करने की, और साथ-साथ उसे मिथ्या शब्दों तथा कार्यों द्वारा धोखा देते रहने की, निर्मम आवश्यकता के कारण प्रत्येक मिनट अपने गौरव के स्वप्नों से घसीटे गए बिना ही।

क्या तब सुख इतना समीप है ? वह सोचने लगा—ऐसे जीवन में खर्च बहुत कम है। मैं चाहूँ तो एलिजा से विवाह कर सकता हूँ या फूके का साझेदार बन सकता हूँ।...पर जो यात्री अभी-अभी पहाड़ की चोटी पर चढ़ने पर वहाँ बैठने में विश्राम के आनन्द का अनुभव करता है, वह यदि वहीं सदा विश्राम करने के लिए बाध्य हो तो क्या सुखी हो सकेगा ?

मा. द रेनाल के मन की ऐसी दशा थी कि वह बड़े भयंकर विचारों से भरा रहता। अपने निश्चय के बावजूद उन्होंने जुलियें को पट्टे के सम्बन्ध में सारी कहानी बता दी थी। क्या अब उसके कारण मैं अपना प्रण भूल जाया करूँगी ? वह सोचने लगीं। अपने पति का जीवन किसी संकट में दिखाई पड़ने पर वह उन्हें बचाने के लिए निस्संकोच अपने प्राण का बलिदान कर देतीं। वह ऐसी उच्चमना और रोमांटिक स्वभाव की स्त्री थीं जिनके लिए सम्भावना होने पर भी उदारता के कार्य को न करने से लगभग उतना ही पश्चात्ताप होता था जितना कोई अपराध करके। किन्तु तो भी ऐसे भीषण यातनापूर्ण दिन भी आते थे जब वह अपने मन से इस चित्र को निकाल नहीं पाती थीं कि यदि किसी प्रकार से वह विधवा हो जाएँ और जुलियें से विवाह कर सकें तो कितना अपूर्ब सुख प्राप्त हो।

जुलियें उनके बेटों को उनके पिता की अपेक्षा कहीं अधिक प्यार करता था और वे भी उसकी समुचित कठोरता के बावजूद उसके भक्त थे। मा. द रेनाल भली-भाँति जानती थीं कि यदि उन्होंने जुलियें से विवाह किया तो उन्हें वेर्जि और उसके उन प्रिय छाया-कुंजों को छोड़कर जाना पड़ेगा। वह तब पेरिस में रहने और बच्चों को इस भाँति शिक्षा देने की कल्पना करने लगतीं कि सब लोग चकित रह जाएँ। उनके बच्चे, वह स्वयं और जुलियें—सभी तब पूरी तरह सुखी हो सकते।

विवाह का, अथवा उन्नीसवीं शताब्दी ने जो कुछ उसे बना दिया है उसका, परिणाम विचित्र है ! जहाँ कहीं विवाह के पहले प्रेम होता भी है, वहाँ विवाहित जीवन की उकताहट से अनिवार्य रूप से प्रेम की हत्या हो जाती है। साथ ही साथ, जैसाकि एक दार्शनिक ने कहा है, इस उकताहट के कारण शीघ्र ही रूखे और कठोर स्वभाव की स्त्री को छोड़कर बाकी उन तमाम धनी व्यक्तियों में जिन्हें काम करना आवश्यक नहीं है, प्रत्येक प्रकार के शान्तिपूर्ण आनन्द के लिए अरुचि उत्पन्न हो जाती है और प्रेमलीला की ओर रुझान पैदा हो जाता है।

इस दार्शनिक दृष्टि से मुझे मा. द रेनाल को क्षमा करने की इच्छा होती है, पर वेरियेर में कोई उन्हें क्षमा न करता था और यद्यपि उन्हें इस बात का कोई सन्देह तक न था, पर

समूचे शहर को उनके इस बदनामी-भरे प्रेम-कांड से अधिक अन्य किसी बात में दिलचस्पी न थी। इस महत्त्वपूर्ण विषय के कारण लोग उस बार की शरद् ऋतु में सदा की अपेक्षा कम ऊबे थे।

शरद् ऋतु और शीतकाल का कुछ भाग जल्दी ही बीत गया। उन लोगों को वेर्जि के जंगलों को छोड़कर आना पड़ा। वेरियेर के सर्वोच्च समाज के लोगों ने जब यह देखा कि उनकी निन्दा का म. द रेनाल पर कोई प्रभाव नहीं पड़ रहा है तो वह कुपित हो उठे। सप्ताह भर के भीतर ही वे गम्भीर लोग, जो अपनी गम्भीरता के कारण ऐसे काम करने में प्रसन्नता का अनुभव करते हैं, बड़े ही संयत शब्दों के द्वारा म. द रेनाल के मन में निर्मम से निर्मम सन्देह उपजाने लगे।

म. वालनो हर कदम बड़ी सावधानी से रख रहे थे। उन्होंने एलिजा को एक दिन एक सम्मानित तथा उच्च परिवार में, जहाँ पाँच स्त्रियाँ थीं, नौकरी दिला दी। एलिजा कहती थी कि इस डर से कि कहीं जाड़ों में उसे कोई काम ही न मिले, वह मेयर के यहाँ की अपेक्षा दो-तिहाई वेतन में ही इस स्थान पर काम करने को तैयार हो गई थी। अचानक इस युवती को एक उत्तम विचार सूझा और उसने अपने भूतपूर्व पादरी म. शेलाँ के और साथ ही नए पादरी के आगे भी, अपना पाप स्वीकार कर लिया। इस भाँति उन दोनों को ही जुलियें के प्रेम-कांड का विस्तार से पता चल गया।

जिस दिन जुलियें वेरियेर पहुँचा, उस दिन सबेरे छः बजे ही फादर शेलां ने उसे बुला भेजा। उन्होंने कहा, "मैं तुमसे केवल कह ही नहीं रहा हूँ, बल्कि भीख माँग रहा हूँ, और यदि आवश्यक हो तो तुम्हें आदेश दे रहा हूँ, कि अब कुछ न बोलो। तुम्हें तीन दिन के भीतर या तो बजाँसों के मठ में अथवा अपने मित्र फूके के पास, जो अभी तक तुम्हारे लिए बहुत अच्छा प्रबन्ध करने को तैयार है, जाना ही पड़ेगा। मैंने सब इन्तज़ाम कर लिया है और सारी व्यवस्था ठीक है। पर वेरियेर तुमको छोड़ना ही पड़ेगा। एक वर्ष तक यहाँ आना भी न होगा।"

जुलियें ने कोई उत्तर नहीं दिया। वह सोच रहा था कि म. शेलाँ आख़िरकार मेरे पिता तो हैं नहीं, वह मेरे लिए जो इतने चिन्तित हो रहे हैं, इसका बुरा मानूँ या नहीं।

"कल इसी समय," उसने आख़िरकार पुरोहित से कहा, "मैं आपसे फिर मिलने की अनुमति चाहता हूँ।"

म. शेलाँ इतने कठोर निश्चय द्वारा आसानी से ऐसे अल्पवयस्क व्यक्ति को काबू में कर लेने की बात सोच रहे थे। उन्होंने उससे बहुत कुछ कहा-सुना। वह अपने मुख के भाव तथा ऊपरी व्यवहार में पूरी तरह विनम्र बने रहे, पर तो भी जुलियें ने अपना मुँह नहीं खोला।

आख़िरकार पुरोहित से छुट्टी पाकर वह मा. द रेनाल को सावधान करने के लिए तेज़ी से घर पहुँचा। वह स्वयं भी बहुत हताशा की स्थिति में थीं। उनके पति अभी-अभी उनसे कुछ साफ़-साफ़ बातें कर चुके थे। अपने चरित्र की स्वाभाविक दुर्बलता के कारण तथा बजाँसों की जायदाद के बल पर उन्होंने मा. द रेनाल को बिल्कुल निर्दोष मानने का निश्चय तो कर लिया था, पर उन्होंने यह भी बतलाया था कि वेरियेर में जनमत की कैसी विचित्र हालत है। अवश्य ही जनमत गलत है, ईर्ष्यालु लोगों ने उसे गलत रास्ते पर लगा दिया है। पर आख़िर आदमी कर ही क्या सकता है ?

एक क्षण के लिए मा. द रेनाल यह सोचने लगीं कि जुलियें यदि म. वालनो का प्रस्ताव

स्वीकार कर ले तो वेरियेर में ही रह सकता है। अब वह सालभर पहले की-सी लजीली और सरल स्त्री न थीं। दुर्निवार भावावेग और पश्चात्ताप ने उन्हें बहुत कुछ सिखा दिया था, पर शीघ्र ही अपने पति की बात सुनते-सुनते उन्हें मन-ही-मन यह निश्चय करना ही पड़ा कि अब कम से कम थोड़े समय के लिए तो वियोग अनिवार्य हो गया है।

वह सोचने लगीं कि मुझसे अलग होकर जुलियें फिर उन महत्त्वाकांक्षाओं के स्वप्नों में डूब जाएगा जो एक निर्धन व्यक्ति के लिए इतने स्वाभाविक होते हैं। और मैं ? हे भगवान् ! मैं तो इतनी धनी हूँ !...जहाँ तक मेरे सुख का प्रश्न है, मेरी सारी धन-दौलत बेकार है। मुझे वह भूल जाएगा। उसके जैसे प्यारे व्यक्ति को अवश्य ही कोई न कोई प्यार करने लगेगा और फिर बदले में वह भी प्रेम करेगा। आह, अभागी स्त्री !...पर मेरे शिकायत करने का कौन-सा कारण है ? भगवान् न्याय ही करता है। मैं पाप से बच न सकी, इसीलिए भगवान् ने मेरी समझ छीन ली। बस, मुझे एलिजा को पैसे देकर अपनी ओर कर लेना चाहिए था, यह काम तो तनिक भी कठिन न था। पर मैंने इस बात पर पलभर भी ध्यान न दिया। प्यार के पागल स्वप्नों में ही डूबी रही। और अब मेरा कोई निस्तार नहीं।

मा. द रेनाल को अपने चले जाने का भयंकर समाचार सुनाते-सुनाते एक बात जुलियें को अनुभव हुई—उन्होंने कोई स्वार्थपूर्ण आपत्ति इस विषय में न उठाई। वह स्पष्ट ही अपने आँसुओं को रोकने का प्रयत्न कर रही थीं।

"इस समय हम लोगों को दृढ़ता की ही सबसे अधिक आवश्यकता है।" उन्होंने जुलियें के बालों की एक लट काटकर रख ली। बोलीं, "नहीं जानती, मैं क्या करूँगी, पर मुझे वचन दो कि यदि मैं मर जाऊँ तो मेरे बच्चों को कभी न भूलोगे। तुम चाहे दूर रहो या कहीं पास में हो, उन्हें भले और सम्माननीय व्यक्ति बनाने का यत्न करना। यदि फिर से क्रान्ति हुई तो सब सम्भ्रान्त कुलीन लोगों की हत्या होगी। जिस किसान की छत पर हत्या हो गई थी, उसके कारण शायद इन बच्चों के पिता को यह देश छोड़कर जाना पड़े। तुम मेरे परिवार की देखभाल करना। लाओ, मुझे अपना हाथ दो। विदा प्रियतम ! ये अब हमारे अन्तिम क्षण हैं। एक बार यह महान बलिदान पूरा हो जाने पर मुझे आशा है कि अपनी प्रतिष्ठा के विषय में सोचने का साहस मुझे मिल सकेगा।"

जुलियें को तीव्र हताशा की उम्मीद थी। विदाई की इस सरलता से वह विचलित हो उठा।

"नहीं। मैं तुम्हारा इस तरह से विदा देना स्वीकार न करूँगा। मैं चला जाऊँगा—लोग चाहते हैं कि मैं चला जाऊँ, तुम स्वयं भी यही चाहती हो। पर जाने के तीन दिन बाद ही मैं रात में आकर तुमसे मिलूँगा।"

मा. द रेनाल को तो जैसे नई ज़िन्दगी मिली। तो जुलियें सचमुच मुझे प्यार करता है, क्योंकि उसने अपने आप ही मुझसे फिर मिलने की बात सोची ! उनके भीषण अवसाद ने एकाएक बदलकर ऐसी आनन्दानुभूति का रूप ले लिया, जैसी उन्होंने जीवन में पहले कभी अनुभव न की थी। हर काम उनके लिए अब आसान हो गया। अपने प्रेमी से फिर मिल सकने की निश्चित सम्भावना ने इन अन्तिम क्षणों की हृदय-विदारक यातना को दूर कर दिया। उस क्षण से मा. द रेनाल के व्यवहार और उनके चेहरे पर उसकी बाह्य अभिव्यक्ति, दोनों ही में उच्चता, दृढ़ता और सम्पूर्ण सहजता आ गई।

कुछ ही देर बाद म. द रेनाल क्रोध से उबलते हुए अन्दर आए। अन्त में उन्होंने अपनी

पत्नी से उस गुमनाम पत्र का ज़िक्र किया जो उन्हें दो महीने पहले मिला था।

"मैं इस पत्र को कैसिनो ले जाऊँगा और वहाँ हर व्यक्ति को दिखाऊँगा। यह उस बेईमान वालनो ने भेजा है जिसे मैंने भिखमंगों की हालत से उठाकर वेरियेर के धनी से धनी व्यक्तियों की पाँत में बिठाया है। मैं पहले उसे खुलेआम शर्मिन्दा करके फिर उसके साथ द्वन्द्व-युद्ध भी करूँगा। यह सचमुच बहुत ज्यादती है !"

हे भगवान् ! सम्भव है कि मैं विधवा ही हो जाऊँ, मा. द रेनाल सोचने लगीं। उसी क्षण उनके मन में यह विचार आया कि इस द्वन्द्व-युद्ध को मैं ही रोक सकती हूँ। यदि मैंने नहीं रोका तो मेरे ऊपर अपने पति की हत्या का अपराध चढ़ेगा।

अपने पति के मिथ्याभिमान को इतनी अधिक चतुराई से उन्होंने पहले कभी नहीं सहलाया था। दो घंटे के भीतर ही वह उन्हें यह समझाने में सफल हो गईं—और वह भी उन्हीं की खोजी हुई बातों के आधार पर—कि उन्हें म. वालनो के प्रति और भी अधिक मित्रता दर्शानी चाहिए और एलिजा को भी फिर अपने यहाँ नौकरी दे देनी चाहिए। मा. द रेनाल के लिए यह बड़े साहस की बात थी कि उन्होंने उस स्त्री से फिर मिलने का निश्चय किया जो उनके सारे दुर्भाग्य का कारण थी, पर यह विचार उन्हें जुलियें से प्राप्त हुआ था।

आख़िरकार दो-तीन बार सही रास्ते सुझाए जाने के बाद, मा. द रेनाल को यह बात स्वयं अपने आप सूझ गई—जो आर्थिक दृष्टि से उनके लिए बहुत ही कष्टदायक थी—कि समूचे वेरियेर को उत्तेजित करनेवाली इस चर्चा और गोलमाल के बीच यदि जुलियें को म. वालनो के बच्चों का शिक्षक बनकर वहाँ रहना पड़ा तो इससे बड़ी दुर्भाग्य की बात कोई दूसरी नहीं होगी। जुलियें के हित में तो स्पष्ट ही यही था कि वह सुपरिंटेंडेंट के प्रस्ताव को स्वीकार कर ले। दूसरी ओर म. द रेनाल की प्रतिष्ठा के लिए यह महत्त्वपूर्ण था कि जुलियें वेरियेर छोड़कर बजाँसों अथवा दिजों के किसी शिक्षामठ में भर्ती हो जाए, पर इसके लिए उसे कैसे तैयार किया जाए और वहाँ पहुँचकर उसकी आजीविका कैसे चले ?

आर्थिक क्षति की तात्कालिक सम्भावना देखकर म. द रेनाल अपनी पत्नी से भी कहीं अधिक हताशा के गर्त में जा गिरे। जहाँ तक मा. द रेनाल का सवाल था, इस वार्तालाप ने उनकी अवस्था ऐसे व्यक्ति की-सी कर दी थी जिसने जीवन से उकताकर धतूरा खा लिया हो। वह मानो किसी स्प्रिंग द्वारा चलता हुआ जान पड़ता है और किसी चीज़ में उसकी रुचि नहीं दिखाई देती। ऐसी ही अवस्था में लुई चौदहवें ने कहा था : 'जब मैं राजा था !' कैसी अद्‌भुत उक्ति है !

अगले दिन सवेरे बहुत तड़के ही म. द रेनाल को एक और गुमनाम पत्र मिला। यह बहुत ही गाली-गलौज की भाषा में लिखा था। हर पंक्ति में भद्‌दी से भद्‌दी शब्दावली में उनकी स्थिति का उल्लेख था। यह किसी ईर्ष्यालु अधीनस्थ व्यक्ति का काम था। इस पत्र से फिर उनके मन में म. वालनो से युद्ध करने का विचार उठा। शीघ्र ही उनके साहस ने उन्हें कुछ न कुछ कर डालने के लिए प्रेरित किया। वह अकेले ही घर से निकले। एक शस्त्र-विक्रेता की दुकान पर पहुँचकर उन्होंने कुछ पिस्तौलें खरीदीं और उन्हें भरवा लिया।

अपने पति के मन के निस्संग आक्रोश ने मा. द रेनाल को भयभीत कर दिया। विधवा होने के जिस भयंकर विचार को उन्होंने इतनी कठिनाई से मन से निकाला था, वह एक बार फिर सिर उठाने लगा। उन्होंने अपने पति के साथ अपने आपको एक कमरे में बन्द कर लिया। घंटे भर तक वह उनसे बातचीत करती रहीं, पर कोई लाभ न हुआ। इस नए गुमनाम

पत्र ने उनके निश्चय को पक्का कर दिया था। अन्त में उन्होंने म. वालनो के कान गरम करने के लिए आवश्यक साहस को इस निश्चय का रूप दिलवाया कि वह एक वर्ष के लिए जुलियें को छः सौ फ्रैंक दे दें। म. द रेनाल उस दिन को हजार बार गालियाँ देते हुए, जब उन्हें अपने घर में शिक्षक रखने का शौक चर्राया था, गुमनाम पत्र को भूल गए।

उन्हें एक विचार से थोड़ी सान्त्वना मिली थी जो उन्होंने अपनी पत्नी को नहीं बताया था। थोड़ी-सी चतुराई के द्वारा और इस नौजवान के रोमांटिक विचारों को देखते हुए उन्हें आशा थी कि वह उसे और भी छोटी रकम द्वारा ही म. वालनो के प्रस्ताव को ठुकराने के लिए तैयार कर लेंगे।

मा. द रेनाल को जुलियें को यह बात समझाने में कहीं अधिक कठिनाई हुई कि यदि वह उनके पति की सुविधा के लिए सुपरिंटेंडेंट की आठ सौ फ्रैंक की नौकरी छोड़ता है, तो उनसे किसी प्रकार का मुआवज़ा स्वीकार करने में कोई लज्जा की बात नहीं।

''किन्तु,'' जुलियें ने हठपूर्वक कहा, ''मेरे मन में तो इस नौकरी को स्वीकार करने का पलभर के लिए भी कोई विचार न था। तुमने मुझे संस्कृत जीवन का अभ्यस्त बना दिया है। उस तरह के लोगों की फूहड़ संस्कारहीनता में तो मेरा दम घुट जाएगा।''

किन्तु निर्मम आवश्यकता के तीखे प्रहार ने जुलियें को घुटने टेकने के लिए लाचार कर दिया। अपने आत्माभिमान के कारण उसके मन में मेयर द्वारा प्रस्तावित रक़म को कर्ज के रूप में स्वीकार करने और पाँच वर्ष के भीतर सूद समेत चुका देने का एक रुक्का लिख देने का विचार आया।

मा. द रेनाल ने कई हजार फ्रैंक पहाड़ों की एक गुफा में छिपाकर रख छोड़े थे। उन्होंने डरते-डरते जुलियें से उन्हें ले जाने का प्रस्ताव किया, पर वह जानती थीं कि इसे रोषपूर्वक अस्वीकार कर दिया जाएगा।

''क्या तुम चाहती हो,'' जुलियें ने कहा, ''तुम्हारे इस प्रेम की स्मृति मुझे सदा गर्हित लगती रहे ?''

आख़िरकार जुलियें वेरियेर से चल पड़ा। जब म. द रेनाल का कुछ धन स्वीकार करने का क्षण आया तो जुलियें को यह त्याग बहुत ही बड़ा जान पड़ा। उसने साफ इन्कार कर दिया, जिससे म. द रेनाल को बड़ी प्रसन्नता हुई। उन्होंने आँखों में आँसू भरकर उसे गले से लगा लिया। जुलियें ने उनसे प्रमाण-पत्र माँगा तो उत्साह में उसकी प्रशंसा करने योग्य कोई शब्द ही उन्हें न सूझ सके। हमारे नायक ने पाँच लुई बचा रखे थे और इतना ही उसका फूके से माँगने का इरादा था।

उसका मन बहुत विचलित हो उठा किन्तु वेरियेर से, जहाँ वह पीछे इतना अधिक स्नेह छोड़ आया था, दो-तीन मील जाने के बाद ही उसके मन में बजाँसों जैसी राजधानी और बड़े भारी सैनिक केन्द्र को देखने की प्रसन्नता के अतिरिक्त और कोई विचार बाकी न रहा।

इन तीनों दिनों के छोटे-से वियोग में मा. द रेनाल प्रेम के एक निर्ममतम छल की शिकार रहीं। जीवन बस सहनीय भर था, उनके और चरम दुःख के बीच जुलियें से उनकी आगामी अन्तिम भेंट मौजूद थी। वह उससे मिलने के घंटे, यहाँ तक कि मिनट, गिनकर समय काट रही थीं। आख़िरकार तीसरे दिन रात उन्होंने दूर से ही उसका पहले से निश्चित संकेत सुना। अनगिनत खतरों को पार करके जुलियें उनके सामने मौजूद था।

उस क्षण से केवल एक विचार ही उनके मन में था—यह अन्तिम मिलन है। अपने प्रेमी

की उत्कटता का प्रतिदान देने के बजाए उनकी अवस्था एक निर्जीव शव जैसी थी। बलपूर्वक यह कहने का प्रयत्न करने पर कि 'मैं तुम्हें प्यार करती हूँ', उनके मुँह से शब्द कुछ इस ढंग से निकलते जिनसे बिल्कुल विपरीत भाव ही प्रकट होता। अनन्त बिछोह के निर्मम विचार को वह किसी प्रकार अपने मन से दूर न कर पाती थीं। अपने सन्देही स्वभाव के कारण जुलियें को पलभर तो यह लगा कि वह उसे भूल चुकी हैं। यह बात जब उसने तीखे शब्दों में कही तो उत्तर में बड़े-बड़े आँसू उनकी आँखों में लुढ़क पड़े और लगभग विक्षिप्त भाव से उन्होंने उसका हाथ पकड़ लिया।

"पर तुम ही बताओ, मैं कैसे तुम्हारी बात का विश्वास करूँ ?" अपनी प्रेयसी के भावहीन प्रतिवादों के उत्तर में जुलियें ने कहा, "तुम मा. देर्विल अथवा किसी परिचित के प्रति भी इससे सौ गुना वास्तविक स्नेह दिखातीं।"

मा. द रेनाल भय और शोक से सुन्न हो गई थीं। उनके मुँह से केवल यही निकला, "मुझसे दुःखी और कोई न होगा...अच्छा होता मैं मर जाती...लगता है, मेरा हृदय जमता जा रहा है..." इससे अधिक लम्बा उत्तर वह उनसे न पा सका।

सवेरा होने के साथ-साथ जब उसका प्रस्थान आवश्यक हो गया तो मा. द रेनाल के आँसू एकदम थम गए। निःशब्द और उसके चुम्बनों के प्रतिदान दिए बिना वह चुपचाप उसे एक रस्सी खिड़की में बाँधते देखती रहीं। जुलियें की इस बात का भी उन पर कोई प्रभाव न हुआ, "अब तो तुम्हारा मनचाहा हो गया। अब से तुम्हें किसी पछतावे की ज़रूरत न पड़ेगी। बच्चों की तनिक-सी भी बीमारी से उनकी मृत्यु का भय अब तुम्हें न सताएगा।"

उन्होंने ठंडे स्वर में उत्तर दिया, "मुझे बहुत दुःख है कि तुम स्तानिस्लास को अन्तिम बार प्यार भी न कर पाए।"

बाद में इस जीवित शव के आलिंगनों में उत्कटता के अभाव ने जुलियें के मन पर बहुत गहरा प्रभाव डाला। बहुत देर तक वह और कुछ सोच ही न सका। उसका हृदय बुरी तरह आहत था। पहाड़ियों में पहुँचने के पहले वह बार-बार मुड़कर वेरियेर के गिरजाघर के शिखर को देखता रहा।

24
प्रान्तीय राजधानी

इतना शोर, इतने सारे व्यस्त लोग ! बीस साल की उम्र और दिमाग में भविष्य के इतने सारे विचार ! प्रेम की राह में इतने सारे खलल !

–बार्नेव

आख़िरकार सुदूर पहाड़ी की चोटी से काली दीवारों की झलक दिखाई पड़ी। यही बजाँसों का दुर्ग था। जुलियें ने एक आह भरते हुए कहा कि यदि मैं इस नगर में इसकी रक्षा के लिए नियुक्त टुकड़ी का लैफ्टिनेंट बनने के लिए प्रवेश कर रहा होता तो स्थिति कितनी भिन्न

होती ! बज़ाँसों न केवल फ्रांस के सुन्दरतम नगरों में से है, उसमें उदारमना और बद्धिमान लोगों की भी कमी नहीं। किन्तु जुलियें एक सीधा-सादा किसान था और प्रसिद्ध लोगों तक पहुँचने का उसके पास कोई साधन न था। उसे फूके से एक सादा-सा सूट मिल गया था जिसे उसने नगर के बाहर पुल पर ही पहन लिया। उसका मन 1674 के घेरे की कहानी से भरा था और वह शिक्षा-मठ में बन्द हो जाने के पहले नगर की प्राचीरों और दुर्ग को एक नज़र देख लेना चाहता था। दो-तीन बार वह सन्तरी द्वारा गिरफ्तार होते-होते बचा, क्योंकि वह उन क्षेत्रों में प्रवेश करने लगता था जहाँ बीस या पन्द्रह फ्रैंक सालाना की रकम प्राप्त करने के उद्‌देश्य से सेना विभाग ने जनता का प्रवेश निषिद्ध कर रखा था। कई घंटे तक दीवारों की ऊँचाई, खाइयों की गहराई और तोप का भयंकर रूप उसके ध्यान को आकृष्ट किए रहा। तभी वह प्राचीरों के किनारे एक सार्वजनिक मार्ग पर किसी बड़े भारी काफ़े के सामने से गुज़रा। वह विस्मय से अवाक् था। दो बड़े-से दरवाज़ों के ऊपर बड़े-बड़े अक्षरों में लिखे हुए काफ़े के नाम को पढ़ना बेकार था--उसे अपनी आँखों पर विश्वास ही न हो रहा था।

आख़िरकार अपने संकोच को दूर करके उसने भीतर प्रवेश करने का साहस किया। भीतर का हॉल कोई तीस या चालीस फीट लम्बा था जिसकी छत कोई बीस फ़ीट चौड़ी होगी। उस दिन हर वस्तु उसे जादू की-सी जान पड़ी।

दो जगह बिलियर्ड का खेल चल रहा था। वेटर पुकार-पुकारकर हार-जीत बता रहे थे। खेलनेवाले दर्शकों की भीड़ के बीच बिलियर्ड की मेज़ के चारों ओर दौड़ रहे थे, हर व्यक्ति के मुख से उमड़ते हुए तम्बाकू के धुंए की बाढ़-सी उन्हें नीले-नीले बादलों में लपेटे ले रही थी। लोगों के ऊँचे कद, गोल कन्धे, भारी-भरकम चाल, बड़ी-बड़ी मूँछें और लम्बे फ्रॉक-कोट जुलियें का ध्यान बरबस अपनी ओर खींच रहे थे। प्राचीन बज़ाँसों के ये कुलीन वंशधर चीखे बिना बात न करते थे और दुर्धर्ष योद्धाओं की मुद्रा बनाए हुए थे। जुलियें मन-ही-मन उन पर मुग्ध होकर बज़ाँसों जैसी बड़ी राजधानी की विशालता और शान के ऊपर विचार करता हुआ निश्चल खड़ा था। उसे किसी प्रकार इतना साहस न हो रहा था कि बिलियर्ड की हार-जीत पुकारते समय इतने निस्संग दिखाई पड़नेवाले उन महानुभावों से अपने लिए एक कॉफ़ी लाने की बात कहे।

किन्तु काफ़े की नौकरानी की दृष्टि देहात के इस सम्भ्रान्त नौजवान के सुन्दर मुख पर पड़ चुकी थी जो अपनी बगल में एक बंडल दबाए अँगीठी से तीन फ़ीट की दूरी पर खड़ा महाराज की एक सुन्दर सफ़ेद प्लास्टर की मूर्ति की ओर एकटक देख रहा था। फ्रांस-कोन्ते की इस लम्बे क़द की युवती का बदन बड़ा सुडौल था और वह काफ़े की प्रतिष्ठा के अनुकूल ही वस्त्र पहने हुए थी। उसने दो बार इतनी धीमी आवाज़ में कि केवल जुलियें ही सुन सके, दोहराया, "कहिए ! फरमाइए !" जुलियें की दृष्टि उन दो बड़ी नीली और बहुत ही पिघलती हुई आँखों से मिली और उसे लगा कि यह शब्द उसी से कहे गए थे।

वह तेज़ी से काउंटर और सुन्दर लड़की की ओर बढ़ा मानो किसी शत्रु का सामना करने के लिए जा रहा हो। किन्तु इस महत्त्वपूर्ण पैंतरे में उसका बंडल छूटकर गिर पड़ा।

हमारे प्रान्तवालों को देखकर पेरिस के स्कूली लड़कों के हृदय में कितनी दया न उमड़ती होगी जो पन्द्रह वर्ष की अवस्था में ही इतने रौब के साथ काफ़े में प्रवेश करना जानते हैं। किन्तु इन लड़कों की पन्द्रह वर्ष की अवस्था में इतनी अच्छी शैली होते हुए भी अठारह में

पहुँचते-पहुँचते वे बहुत ही बुद्धू लगने लगते हैं। प्रान्तों में पाई जानेवाली स्वाभाविक लज्जाशीलता को कभी-कभी दूर किया जा सकता है और तब उससे संकल्प की दृढ़ता प्राप्त होती है। जुलियें अपना संकोच दूर होने से साहस पाकर उस सुन्दर युवती की ओर बढ़ा जिसने उससे बातचीत करने की कृपा की थी और सोचने लगा कि इससे सच-सच बात कह देनी चाहिए।

"मैडम, मैं अपने जीवन में पहली बार अभी-अभी बजाँसों आया हूँ। मुझे कुछ नाश्ते और एक कप कॉफ़ी की ज़रूरत है। पैसा तो मैं दूँगा ही।"

युवती तनिक मुस्कुराई और फिर लज्जा से लाल हो उठी। उसे भय था कि इस सुन्दर युवक को कहीं बिलियर्ड खेलनेवालों के व्यंग्यपूर्ण और हँसी-मजाक के शब्द न सुनने पड़ें। फिर वह भयभीत होकर यहाँ नहीं आएगा।

"यहाँ मेरे समीप ही बैठ जाइए," उसने जुलियें से कहा और कमरे में आगे को निकलते हुए लकड़ी के बड़े भारी काउंटर से दिखाई न पड़नेवाली एक संगमरमर की मेज़ की ओर इशारा किया।

युवती काउंटर पर झुक गई और इस भाँति अपने सुन्दर सुडौल अंगों को दर्शाती रही। जुलियें का ध्यान भी इस ओर गया और उसके विचारों ने एक नया ही मोड़ लिया। सुन्दर नौकरानी ने एक खाली प्याला, चीनी और कुछ नाश्ता उसके सामने रखा और एक वेटर को कॉफ़ी लाने के लिए कहकर वहीं अटकी रही। वह यह भली-भाँति जानती थी कि वेटर के आते ही जुलियें के साथ उसकी गुपचुप बातचीत समाप्त हो जाएगी।

जुलियें सोच में गहरा डूबा हुआ इस चंचल सुकेशिनी सुन्दरी की तुलना अपनी उन स्मृतियों से करता रहा जो उसे परेशान किया करती थीं। अपने पिछले प्रेम-प्रसंग का ध्यान करते ही उसका सारा संकोच दूर हो गया। सुन्दर युवती के पास कुल मिनट-भर का समय था; वह जुलियें की आँखों का अर्थ पहचान गई।

"इन पाइपों के धुएँ से आपको खाँसी आने लगी है। कल आठ बजे के पहले यहाँ नाश्ते के लिए आइए। उस समय मैं सदा ही अकेली होती हूँ।"

"आपका नाम क्या है ?" जुलियें ने सुखद संकोच-भरी आकर्षक मुस्कान के साथ कहा।

"अमांदा बिने।"

"क्या आप मुझे घंटे-भर के भीतर अपने लिए एक छोटी-सी पार्सल भेजने की अनुमति देंगी ?"

सुन्दरी अमांदा पलभर सोचने लगी।

"मेरे ऊपर नज़र रखी जाती है। आपकी बात से मेरे मुसीबत में पड़ने का डर है, तो भी मैं अपना पता एक कार्ड पर लिखे देती हूँ जिसे आप अपनी पार्सल पर लगा दीजिएगा। भेजने में डरिए मत।"

"मेरा नाम है जुलियें सोरेल," उसने कहा। "बजांसों में न मेरा कोई रिश्तेदार है, न मित्र।"

"ओहो, समझ गई," उसने प्रसन्नतापूर्वक कहा। "आप कानून पढ़ने आए हैं ?"

"अफसोस ! नहीं," जुलियें ने उत्तर दिया। "मैं शिक्षा-मठ में जा रहा हूँ।"

अमांदा के मुख पर तीव्र निराशा के बादल छा गए। उसने एक वेटर को बुलाया। अब

उसे इस बात का साहस हो आया था। वेटर ने जुलियें की ओर देखे बिना ही उसके लिए कॉफ़ी ढाल दी।

अमांदा काउण्टर पर पैसा ले रही थी। जुलियें को उससे बात कर सकने के साहस पर गौरव का अनुभव हुआ। उधर एक बिलियर्ड की मेज़ पर कोई झगड़ा शुरू हो गया। खिलाड़ियों द्वारा एक-दूसरे पर झूठ बोलने के आरोप की चीख-पुकार के बड़े कमरे में गूँजने से ऐसा शोर मच गया कि जुलियें चकित रह गया। अमांदा सपनों में खोई दृष्टि नीचे किए हुए थी।

''आप यदि चाहें,'' जुलियें ने अचानक साहस के साथ उससे कहा, ''तो मैं कहूँगा कि आपका चचेरा भाई हूँ।''

इस अधिकारपूर्ण स्वर से अमांदा प्रसन्न हुई। यह यों ही कोई व्यक्ति नहीं है, वह सोचने लगी। उसने जुलियें की ओर देखे बिना ही जल्दी से कहा, ''मैं स्वयं दिजों के पास जांलिस की हूँ। कहिए कि आप भी जांलिस के हैं और मेरी माँ के चचेरे भाई हैं ?''

''अवश्य।''

''गर्मी के दिनों में हर वृहस्पतिवार को सवेरे पाँच बजे मठ के छात्र इस काफ़े के पास से निकलते हैं।''

''यदि आपको मेरी याद रहे तो मेरे निकलने के समय अपने हाथों में फूलों का गुच्छा लिए रहिएगा।''

अमांदा विस्मय से उसकी ओर देखने लगी। उसकी दृष्टि ने जुलियें के साहस को और भी उकसा दिया, तो भी यह कहते-कहते उसका मुँह लज्जा से लाल हो उठा, ''लगता है, मैं बहुत ही बुरी तरह आपके प्रेम में पड़ गया हूँ।''

''कृपा करके थोड़ा धीमे-धीमे बोलिए।'' युवती बोली।

जुलियें ने वेर्जि में पढ़े हुए किसी एक पुराने उपन्यास के कुछ वाक्य याद करने की कोशिश की। उसकी स्मरणशक्ति ने उसका साथ दिया। पिछले दस मिनट से वह अमांदा से उस उपन्यास के उद्धरणों में ही बातें कर रहा था। वह आनन्द से विभोर थी। वह स्वयं अपने साहसपूर्ण प्रेमालाप से प्रसन्न हो रहा था कि अचानक फ्रांस-कोन्ते की इस सुन्दरी के मुख पर हिम जैसी जड़ता का भाव छा गया। उसका कोई एक प्रेमी काफ़े के द्वार से अभी-अभी प्रवेश कर रहा था।

वह सीटी बजाता हुआ काउंटर तक आया और जुलियें को घूरने लगा। जुलियें की कल्पना सदा दो छोरों की ओर चलती थी। इसलिए इस समय द्वन्द्व-युद्ध के सिवाए और कोई विचार उसे न सूझा। उसका चेहरा एकदम पीला पड़ गया और वह अपनी टोपी उतारकर तथा आत्मविश्वास का भाव धारण करके अपने प्रतिद्वन्द्वी को गौर से देखने लगा। प्रतिद्वन्द्वी का सिर गिलास में ब्रांडी डालने के कारण थोड़ा झुका हुआ था। इस बीच अमांदा ने आँखों ही द्वारा जुलियें को अपनी नज़र नीची कर लेने का आदेश दिया। उसने युवती की बात मान ली और दो मिनट तक वह जहाँ का तहाँ निश्चल खड़ा रहा। उसका चेहरा फक था और वह दृढ़तापूर्वक यही सोच रहा था कि अब क्या होनेवाला है। उस समय वह सचमुच बहुत सुन्दर लग रहा था।

प्रतिद्वन्द्वी जुलियें की आँखों से चकित हो गया था। उसने अपना ब्रांडी का गिलास एक घूँट में समाप्त किया, एक-दो बात अमांदा से कही, और अपने दोनों हाथ बड़े भारी ओवरकोट

की जेबों में ठूँसे जुलियें की ओर देखता तथा सीटी बजाता हुआ विलियर्ड की मेज़ की ओर चला गया। जुलियें क्रोध से तड़पकर उछल पड़ा, पर उसकी समझ में न आया कि वह कैसे बदला ले। उसने अपना छोटा-सा बंडल रख दिया और फक्कड़पन के भाव से विलियर्ड की मेज़ की ओर चला।

उसकी अधिक दूरदर्शी आत्मा व्यर्थ ही यह कहती रह गई कि यदि बजाँसों में आते-आते ही तुम द्वन्द्व-युद्ध लड़ोगे तो चर्च में तुम्हारा प्रवेश तो समाप्त ही है। होता है तो हो जाए, उसने सोचा। कोई यह तो नहीं कहेगा कि मैंने कोई अपमान बर्दाश्त किया।

उसके साहस की ओर अमांदा का भी ध्यान गया; उसके सीधे-सच्चे व्यवहार से यह बहुत ही भिन्न था। पलभर में ही वह ओवरकोटवाले लम्बे युवक से उसे कहीं अच्छा लग उठा। वह खड़ी होकर किसी सड़क चलनेवाले को अपनी आँखों से अनुसरण करती हुई जल्दी से जुलियें और विलियर्ड की मेज़ के बीच पहुँच गई।

"इन सज्जन को इस तरह घूरकर न देखिए, यह मेरी बहन के पति हैं।"

"मुझे इससे क्या मतलब ? वह मुझे घूर रहा था।"

"क्या आप मुझे क्लेश पहुँचाना चाहते हैं ? उसने आपकी ओर देखा अवश्य है; हो सकता है कि वह आपसे बात भी करे। मैंने उससे कह दिया है, आप मेरी माँ के रिश्तेदार हैं और अभी-अभी जांलिस से आए हैं। वह भी फ्रांसकोन्ते का है और बर्गंडी की सड़क पर डोल से आगे कभी नहीं गया। इसलिए उससे आप चाहे जो कह सकते हैं, किसी बात का भय नहीं है।"

जुलियें अभी तक हिचक रहा था। काफ़े की नौकरानी होने से अमांदा का झूठ का कोष बड़ा सम्पन्न था, उसने तुरन्त कहा, "निस्सन्देह उसने आपकी ओर घूरकर देखा था, पर उसी समय वह मुझसे पूछ रहा था कि आप कौन हैं। उसका सबके साथ ही ऐसा अक्खड़ व्यवहार है। उसका उद्‌देश्य आपका अपमान करना नहीं था।"

जुलियें की आँखें तथाकथित भगिनी-पति को खोजने लगीं। वह दूरवाली मेज़ पर किसी खेल का टिकट खरीद रहा था। जुलियें ने उसे ऊँची आवाज़ में कहते सुना, "मेरी बारी है !" वह अमांदा के पास से झपटकर विलियर्ड की मेज की ओर बढ़ा। अमांदा ने उसकी बाँह पकड़ ली। "आओ, पहले मेरे पैसे दे दो।" वह बोली।

ठीक कहती है, जुलियें ने सोचा। उसे भय है कि मैं कहीं बिना पैसे दिए ही न चला जाऊँ। अमांदा भी उतनी ही घबराई हुई थी और उसका मुख लाल हो उठा था। यथासम्भव धीरे-धीरे उसे रेजगारी लौटाते-लौटाते वह उससे फुसफुसाकर कहे जा रही थी, "यहाँ से चले जाओ। नहीं तो मुझे तुम फिर अच्छे न लगोगे—वैसे मुझे तुम बहुत ही अच्छे लगे हो।"

जुलियें सचमुच बाहर चला आया, पर बहुत ही धीरे-धीरे। वह मन-ही-मन कह रहा था कि क्या इस उजड्ड आदमी की खबर लेना मेरा कर्त्तव्य नहीं है ? इस अनिश्चय में वह घंटे भर तक काफ़े के बाहर प्राचीर के नीचेवाली सड़क पर खड़ा उस आदमी के निकलने की राह देखता रहा। जब वह नहीं आया तो जुलियें चल दिया।

बजाँसों में आए उसे कुछ ही घंटे हुए थे, और इसी बीच वह अपने एक आत्मसंघर्ष पर विजय पा चुका था। बूढ़े सैनिक सर्जन ने अपनी गठिया के बावजूद उसे थोड़ी-बहुत तलवार चलाने की भी शिक्षा दी थी। अपने क्रोध को कार्यान्वित करने के लिए जुलियें के पास बस कुल यही जमा-पूँजी थी। किन्तु यदि उसे कान पर घूँसा लगाने के अतिरिक्त किसी

अन्य उपाय से अपना क्रोध प्रकट करना आता अथवा वह यह बता सकता कि मारपीट होने पर उसका बड़े डीलडौल वाला प्रतिद्वन्द्वी उसकी मरम्मत करके वहीं पटक देगा या नहीं, तो उसे कोई परेशानी न होती।

जुलियें सोचने लगा कि संरक्षक अथवा धन से हीन मेरे जैसे गरीब आदमी के लिए शिक्षा-मठ और जेल के बीच कोई विशेष अन्तर नहीं है। मुझे अपने ये कपड़े किसी सराय में उतारकर अपना काला सूट पहन लेना चाहिए। यदि मैं किसी समय मठ से घंटे-दो-घंटे के लिए निकल सका तो अपने इन वस्त्रों को पहनकर फिर मा द. अमांदा से मिल सकूँगा। ये सब तर्क बहुत ठीक थे, पर बहुत-सी सरायों के सामने से निकलने पर भी किसी में प्रवेश करने का साहस वह न कर सका।

आख़िरकार जब वह दूसरी बार ऐम्बैसैडर होटल के सामने से निकला तो उसकी व्यग्र आँखें एक भारी-भरकम और गहरे रंगवाली मोटी स्त्री की आँखों से मिलीं जो अभी काफी तरुण थी और बहुत हँसमुख तथा प्रसन्न दिखाई पड़ती थी। वह उसके पास पहुँचा और उसे अपनी कहानी सुना दी।

"अवश्य, अवश्य, मेरे सुन्दर-से छोटे पुरोहित महोदय !" सराय की मालकिन ने कहा। "मैं आपके कपड़ों की देखभाल करूँगी और अक्सर ब्रुश से उनकी धूल झाड़ दिया करूँगी। इन दिनों में अच्छे कपड़े के कोट को ऐसे ही छोड़ना ठीक नहीं।" वह चाबी लेकर उसे एक कमरे में ले गई और जो कुछ वह छोड़े जा रहा था, उसे एक काग़ज़ पर लिख लेने को कहा।

"भगवान् भला करे ! इस वेश में आप बहुत सुन्दर दिखाई पड़ते हैं। म. सोरेल !" उसके नीचे उतरकर रसोईघर में आने पर मोटी स्त्री उससे बोली, "और हालाँकि सब लोग पचास सू देते हैं, पर मैं आपसे बीस ही लूँगी, क्योंकि आपसे ज्यादा लेना ठीक नहीं।"

"मेरे पास बीस लुई हैं।" जुलियें ने कुछ गौरव के साथ कहा।

"ओह, भगवान् के लिए जरा धीरे-धीरे बोलिए।" भली मकान-मालकिन ने कुछ डर के स्वर में कहा। "बजाँसों में बड़े ठग हैं। वे पलक मारते ही सब चुरा ले जाएँगे। और देखिए, किसी काफ़े में मत जाइएगा। सब गुंडों से भरे रहते हैं।"

"सचमुच ?" जुलियें ने कहा। इस संवाद से वह कुछ सोच में पड़ गया था।

"मेरे घर को छोड़कर और कहीं न जाइए। यहाँ आपको, मैं कहे देती हूँ, सच्ची मित्रता भी मिलेगी और बीस सू में अच्छा भोजन भी। मैं समझती हूँ कि यह कोई कम बात नहीं है। अब चलिए, मेज़ पर बैठिए। मैं स्वयं आपको खाना परोसती हूँ।"

"इस समय मुझसे कुछ न खाया जाएगा," जुलियें ने कहा, "मैं बहुत उत्तेजित हूँ और आपके घर से मैं सीधा शिक्षा-मठ जा रहा हूँ।"

उस भली स्त्री ने उसकी जेबों को भोजन से भरे बिना उसे वहाँ से न जाने दिया। आख़िरकार जुलियें अपने भयावने गन्तव्य की ओर चल पड़ा। मकान-मालकिन ने दरवाजे पर खड़े होकर उसे ठीक-ठीक रास्ता बता दिया।

25

शिक्षा-मठ

तीन सौ छत्तीस लोगों का खाना 83 सांटीम के भाव से,
तीन सौ छत्तीस लोगों की ब्यालू 38 सांटीम के भाव से,
उपयुक्त लोगों को चाकलेट; कितना मुनाफा होगा मेरे
प्रस्ताव से—और उनके वाले से ?

—बजाँसों का वालनो

बहुत दूर से उसे सुनहला लोहे का क्रास दरवाज़े के ऊपर दिखाई पड़ गया। वह उसी ओर धीरे-धीरे चला। उसे लगता था कि उसके घुटने जवाब दिए दे रहे हैं। तो धरती पर साक्षात् नरक यही है, वह सोचने लगा, जहाँ से मैं कभी न निकल सकूँगा ! अन्त में निश्चय करके उसने घंटी बजाई। घंटी की आवाज़ ऐसी गूँज उठी मानो किसी उजड़े घर में बज रही हो।

कोई दस मिनट बीतने पर काले कपड़े पहने हुए एक पीले-से चेहरेवाला व्यक्ति उसे अन्दर ले जाने के लिए आया। इस दरबान का चेहरा अजीब साँचे में ढला हुआ था। उसकी आँखों की बाहर निकली हुई हरी-हरी पुतलियाँ बिल्ली की पुतलियों की भाँति गोल थीं; भौंहों की कठोर रेखा से लगता था कि वह किसी प्रकार के करुण भाव के सर्वथा अयोग्य है; उसके पतले होंठ बाहर निकले हुए दाँतों पर अर्धवृत्ताकार फैल गए थे। कोई अपराध का चिह्न उसके मुख पर न था, परन्तु ऐसी एक संवेदनहीनता थी, जिससे अल्प-वयस्क लोगों को इतना भय लगता है। जल्दी से एक निगाह में जो मात्र भाव उस लम्बे दाम्भिक मुख पर जुलियें हल्का-सा देख सका, वह ऐसी प्रत्येक बात के लिए तीव्र घृणा का था जिसका स्वर्ग से कोई सम्बन्ध न हो।

जुलियें ने यत्नपूर्वक अपनी दृष्टि उठाई और अपने हृदय की धड़कनों के साथ-साथ काँपती हुई आवाज़ में कहा कि मैं शिक्षा के प्रधान म. पिरार से मिलना चाहता हूँ। एक शब्द भी बोले बिना उस व्यक्ति ने पीछे आने का संकेत किया। एक चौड़े जीने से चढ़कर वे दुमंज़िलें पर पहुँचे। जीने की रेलिंग लकड़ी की थी और बीच से झुकी हुई सीढ़ी दीवार के सामने की ओर इतनी टेढ़ी थी कि लगता था, मानो अभी गिर पड़ेगी। थोड़ी-सी कठिनाई के बाद एक छोटा-सा दरवाज़ा खुला। उसके ऊपर काले रंग से पुता हुआ एक बड़ा-सा क्रॉस लगा हुआ था। दरबान उसे एक नीची छतवाले कमरे में ले गया जिसकी सफ़ेद पुती हुई दीवारों पर दो बड़ी-बड़ी तस्वीरें लगी थीं जो अधिक पुरानी होने के कारण काली पड़ गई थीं। वहाँ जुलियें को अकेला छोड़ दिया गया। उसके निरुत्साह का ठिकाना न था। उसका हृदय जोर-जोर से धड़क रहा था; इस समय यदि उसे रोने का साहस हो सकता तो बड़ी प्रसन्नता होती। घर में मौत का-सा सन्नाटा छाया हुआ था।

कोई पन्द्रह मिनट बीतने के बाद डरावने चेहरेवाला दरबान कमरे के दूसरे छोर पर एक दरवाज़े में से प्रगट हुआ और कुछ बोलने की कृपा किए बिना ही उसे आगे आने का आदेश दिया। अब उसने एक इससे भी बड़े कमरे में प्रवेश किया। रोशनी का ठीक-ठीक प्रबन्ध इसमें भी न था। इसकी भी दीवारें सफेद पुती हुई थीं पर उसमें कोई फर्नीचर नहीं था। केवल

दरवाज़े के पास एक कोने में जुलियें ने चलते-चलते एक लकड़ी का पलंग, दो तिनके की सीटवाली दो कुर्सियाँ और एक बिना गद्दीवाली लकड़ी की आराम-कुर्सी देखी।

कमरे के ठीक दूसरे छोर पर छोटी-सी खिड़की के समीप, जिसके काँचों पर पीला रंग पुता था और जिस पर गन्दी हालत में एक-दो फूलदान सुशोभित थे, उसने फटे हुए कौसक में मेज़ पर बैठे एक व्यक्ति को देखा। वह कुछ क्रुद्ध जान पड़ता था और एक-एक करके काग़ज़ के छोटे-छोटे टुकड़े उठाता जाता था तथा प्रत्येक के ऊपर एक-दो शब्द लिखकर क्रम से अपनी मेज़ पर लगाता जाता था। जुलियें की उपस्थिति पर उसने कोई ध्यान न दिया। वह कमरे के बीचोबीच निश्चल-सा खड़ा रह गया। दरबान उसे वहीं छोड़कर पीछे का दरवाज़ा बन्द करता हुआ बाहर चला गया था।

इस तरह दस मिनट बीत गए। फटे कपड़ोंवाला व्यक्ति अब भी लिखे जा रहा था। जुलियें के मन में आतंक और उत्तेजना ऐसी थी कि लगता था, अभी-अभी फर्श पर गिर पड़ेगा। कोई दार्शनिक शायद गलती से कहता : 'सुन्दरता को प्यार करने के लिए बने हुए स्वभाव पर कुरूपता का ऐसा ही तीखा प्रभाव पड़ता है।'

आख़िरकार लिखनेवाले आदमी ने अपना सिर उठाया। जुलियें की नज़र पलभर बाद इस पर पड़ी और जब उसने उस डरावनी दृष्टि को अपनी ओर उन्मुख देखा तो मानो उस दृश्य से आहत होकर वहीं निश्चल खड़ा रह गया। जुलियें की घबराई हुई आँखें मुश्किल से इतना ही पहचान सकीं कि कोई लम्बा छोटा-सा मुख है जिस पर माथे को छोड़कर सब जगह लाल दाग़ हैं, तथा माथे के ऊपर मौत का-सा पीलापन है। लाल गालों और सफेद माथे के बीच दो ऐसी छोटी-छोटी काली आँखें उसकी ओर ताक रही थीं जो शायद बड़े से बड़े हिम्मतवाले के हृदय में भय का संचार करने के लिए पर्याप्त थीं। वह लम्बा-चौड़ा माथा भँवर जैसे काले बालों की मोटी लटों में जड़ा हुआ था।

"पास आओगे या नहीं ?" आख़िरकार उस आदमी ने अधीरतापूर्वक कहा।

जुलियें डगमगाता हुआ आगे बढ़ा और अन्त में काग़ज़ के टुकड़ों से भरी हुई उस छोटी-सी मेज़ से कोई तीन फीट दूर किसी तरह जाकर खड़ा हो गया। उसका चेहरा ऐसा पीला पड़ गया था जैसा पहले शायद कभी न हुआ हो और उसे भय था कि कहीं अभी न गिर पड़े।

"और पास..." उस आदमी ने कहा।

जुलियें और आगे बढ़ा। उसके हाथ ऐसे आगे फैले हुए थे मानो वह कोई सहारा खोज रहा हो।

"तुम्हारा नाम ?"

"जुलियें सोरेल।"

"तुम बहुत देर से आए।" उससे कहा गया, और वह भयानक दृष्टि फिर उसके ऊपर जम गई।

जुलियें उस दृष्टि को सहन न कर सका और मानो अपने आपको सम्हालने के लिए हाथ फैलाता हुआ धड़ाम से फर्श पर गिर पड़ा। उस आदमी ने घंटी बजाई। जुलियें की केवल देखने की तथा हिलने-डुलने की शक्ति ही नष्ट हुई थी; उसने आते हुए पैरों की चाप सुनी।

उसे उठाकर एक छोटी-सी आरामकुर्सी में बिठा दिया गया। उसने इस डरावने आदमी को दरबान से यह कहते हुए सुना, "ज़ाहिर है कि यह मिर्गी के दौरे से गिरा था। और क्या

चाहिए !"

जब जुलियें की आँखें खुलीं तो लाल मुखवाला व्यक्ति फिर लिखने लगा था; दरबान जा चुका था। मुझे बहादुर बनना चाहिए, हमारे नायक ने मन-ही-मन कहा। सबसे बड़ी बात यह है कि अपने भावों को छिपाना चाहिए। उसे बड़ी जोर की मतली-सी आने लगी थी। ऐसी भयंकर बात हो गई तो भगवान जाने ये लोग मेरे बारे में क्या सोचें? आख़िरकार उस आदमी ने लिखना बन्द करके जुलियें पर नज़र डालते हुए कहा, "क्या तुम अब इतनी ठीक हालत में हो कि मेरे सवाल का जवाब दे सको ?"

"हाँ महोदय !" जुलियें ने क्षीण-सी आवाज़ में उत्तर दिया।

"ओहो ! कैसे सौभाग्य की बात है !"

उस व्यक्ति के कपड़े काले थे। वह खड़ा होकर अपनी मेज़ की दराज़ में बड़ी अधीरता से कोई चिट्ठी ढूँढ़ने लगा। दराज खुलने के साथ चीं-चीं बोल उठी। पत्र पाने के बाद वह धीरे-धीरे बैठ गया, और जुलियें की बची-खुची जान भी छीन लेनेवाली दृष्टि से उसे देखते हुए बोला, "म. शेलाँ ने तुम्हारी सिफारिश की है। वह उस क्षेत्र के सबसे अच्छे पुरोहित थे। अगर कोई ईमानदार आदमी होता है तो वह हैं तथा पिछले तीस वर्ष से मेरे मित्र हैं।"

"ओहो, तो म. पिरार से बातचीत का सौभाग्य मुझे मिल रहा है ?" जुलियें ने बहुत ही क्षीण आवाज़ में कहा।

"जाहिर है।" प्रधान ने क्रुद्ध भाव से उसकी ओर देखते हुए कहा।

उसकी छोटी-छोटी आँखों की चमक और भी तीखी हुई और उसके मुख के दोनों छोर एक विचित्र भाव से हिले। वह कुछ ऐसा भाव था कि मानो कोई बाघ अपने शिकार को खाने के पहले उस आनन्द की कल्पना से प्रसन्न हो रहा हो।

"शेलाँ का पत्र छोटा-सा है," उसने मानो अपने आप से ही कहा। "आजकल थोड़ा लिखना ही बड़ा कठिन है।"

वह पत्र को ज़ोर से पढ़ने लगा। म. शेलाँ ने लिखा था : "आपके पास जुलियें सोरेल को भेज रहा हूँ, जिसका मैंने कोई बीस वर्ष पहले धार्मिक संस्कार किया था। वह एक बढ़ई का बेटा है जो धनी है पर उसे कुछ नहीं देता। जुलियें हमारे प्रभु के उद्यान का उल्लेखनीय सेवक सिद्ध होगा। उसमें स्मरणशक्ति अथवा बुद्धि की कमी नहीं है और वह विचारशील भी है। पर प्रश्न यही है कि क्या अन्त तक वह इसी कार्य को अपनाए रहेगा ? क्या वह इसके प्रति सच्चा है ?"

"सच्चा !" फादर पिरार ने विस्मय के भाव से जुलियें की ओर देखते हुए दोहराया, किन्तु उनके मुख का भाव अब पहले की अपेक्षा मानवीय भावना से कम शून्य था। "सच्चा !" उन्होंने अपनी आवाज़ को धीमी करते हुए फिर कहा और पत्र आगे पढ़ने लगे।

"मैं जुलियें सोरेल के लिए आपसे एक छात्रवृत्ति चाहता हूँ। अवश्य ही परीक्षा में वह उपयुक्त निकलेगा। मैंने उसे थोड़ा-सा, और वह भी बोसुआरनो और पल्यूरी जैसे पुराने ढंग के भले लोगों का, धर्मशास्त्र पढ़ाया है। यदि यह बालक आपको योग्य न जान पड़े तो उसे मेरे पास वापस भेज दीजिए। अनाथाश्रम के सुपरिंटेंडेंट, जिन्हें आप भली-भाँति जानते हैं, उसे अपने बच्चों को पढ़ाने के लिए आठ सौ फ्रैंक देने को तैयार हैं। भगवान् की कृपा से मेरे मन में अब शान्ति है। उस भयंकर आघात का अब मैं अभ्यस्त हो चला हूँ।"

फादर पिरार ने हस्ताक्षर पढ़ते-पढ़ते अपना स्वर धीमा कर लिया और 'शेलाँ' शब्द को

एक ठंडी साँस के साथ कहा।

"वह शान्ति से हैं," उन्होंने कहा। "उनके गुण सचमुच इस पुरस्कार के उपयुक्त हैं। यदि अवसर आ पड़े तो भगवान् मुझे भी ऐसी ही शान्ति प्रदान करें !" ऊपर की ओर देखते हुए उन्होंने क्रॉस का चिह्न बनाया। इस पवित्र चिह्न को देखकर जुलियें के मन में वह भयंकर आतंक कुछ कम हुआ, जिसने इस घर में प्रवेश करने के क्षण से ही उसकी नस-नस को जड़ीभूत कर रखा था।

"यहाँ इस पवित्रतम आजीविका के लिए तीन सौ बीस विद्यार्थी हैं," आख़िरकार फादर पिरार ने एक ऐसे स्वर में कहा जो कठोर था, पर करुणाहीन नहीं। "उनमें से कोई सात या आठ फादर शेलाँ जैसे व्यक्तियों की सिफारिशों से आए हैं। इस भाँति तुम तीन सौ इक्कीस में से नवें होंगे। किन्तु मेरे संरक्षण का अर्थ पक्षपात अथवा किसी प्रकार का असंयम नहीं, बल्कि तुम्हारी अधिक चिन्ता और तुम्हारे दुर्गुणों के प्रति अधिक कठोरता ही होगा। जाओ, और वह दरवाज़ा बन्द कर दो।" जुलियें ने चलने का प्रयत्न किया और वह गिरा नहीं। उसने देखा कि जिस दरवाज़े से वह भीतर गया था, उसके पास ही एक खिड़की है जिसमें से बाहर मैदान का दृश्य दिखाई देता है। वह पेड़ों की ओर ताकने लगा। उन्हें देखकर उसका जी कुछ हल्का हुआ। उसको लगा मानो कोई पुराने मित्र दीख गए।'

"क्या तुम लैटिन बोल सकते हो ?" उसके लौटने पर फादर पिरार ने पूछा।

"जी हाँ, अति उत्तम फादर !" जुलियें ने उत्तर दिया। उसकी चेतना थोड़ी-थोड़ी लौट रही थी। अवश्य ही पिछले डेढ़ घंटे में उसे फादर पिरार से कम उत्तम कोई दूसरा व्यक्ति न लगा था।

वार्तालाप लैटिन में चलता रहा। पुरोहित की आँखों का भाव अधिकाधिक कोमल होने लगा; जुलियें का आत्मसंयम भी लौट रहा था। वह सोचने लगा कि भलाई के इन बाहरी चिह्नों से प्रभावित हो जाना मेरी कितनी बड़ी कमज़ोरी है ! शायद यह आदमी भी म. मास्लों की भाँति ही पक्का शैतान निकलेगा। जुलियें ने अपना सारा धन अपने जूते में छिपा रखने के लिए अपने आपको बधाई दी।

फादर पिरार ने धर्मशास्त्र में जुलियें की परीक्षा ली और उसके विस्तृत ज्ञान से चकित हुए। पवित्र धर्म-ग्रन्थों के विषय में प्रश्न पूछने पर तो उनका आश्चर्य और भी बढ़ा; किन्तु जब वह धर्म-गुरुओं के ग्रन्थों में प्रतिपादित सिद्धान्तों पर आए तो उन्होंने देखा कि जुलियें को सें जेरोम, सें तोगुस्तिन, सें बोनावांतुर, सें वाज़िल, के नाम तक पता न थे।

फादर पिरार सोचने लगे कि इसमें प्रोटेस्टेण्ट पंथ के लिए घातक झुकाव मौजूद है जिसके लिए मैं हमेशा शेलाँ की आलोचना करता रहा हूँ। एक लम्बी परीक्षा के बाद जुलियें को अनुभव हुआ कि फादर पिरार की कठोरता केवल ऊपरी ही है और सचमुच यदि शिक्षा-मठ के प्रधान ने पिछले पन्द्रह वर्षों से अपने छात्रों के साथ कठोरतापूर्वक व्यवहार करने का नियम न बना रखा होता तो वह इस समय अवश्य जुलियें को छाती से लगा लेते। उसके उत्तरों में ऐसी दृष्टि-तीक्ष्णता, ऐसी सूक्ष्मता और ऐसी सुस्पष्ट बुद्धि के प्रमाण मिलते थे।

उन्होंने मन-ही-मन कहा कि इसका मस्तिष्क तो विवेकी और साहसिक है, किन्तु शरीर दुर्बल है।

"क्या तुम अक्सर इस भाँति गिर पड़ते हो ?" उन्होंने जुलियें से फ्रैंच में पूछा।

"मेरे जीवन में यह पहला ही अवसर है।" जुलियें ने बच्चों की तरह लज्जा से लाल

होते हुए कहा। "दरबान के चेहरे को देखकर मैं बुरी तरह हार गया था।"

फादर पिरार करीब-करीब मुस्कुरा उठे। "यही है दुनिया के झूठे बड़प्पन और अभिमान का प्रभाव। तुम हँसते हुए चेहरे देखने के अभ्यस्त हो जो वास्तव में ऐसे थिएटर के समान हैं जिनमें झूठ का अभिनय होता रहता है। सत्य बड़ी कठोर वस्तु है। पर क्या हम नीचे रहनेवालों का यह कर्त्तव्य नहीं कि स्वयं कठोर बनें ? तुम्हें अपनी आत्मा में इस एक बुराई के प्रति—बाहर की झूठी सुन्दरता के प्रति, अत्यधिक मोह के प्रति—बहुत सजग होना चाहिए।

"यदि तुम्हारी सिफारिश," फादर पिरार ने बड़ी प्रसन्नता के साथ फिर से लैटिन भाषा में बोलते हुए कहा, "मैं फिर कहता हूँ कि यदि तुम्हारी सिफारिश फादर शेलाँ जैसे व्यक्ति ने न की होती तो मैं तुमसे इस दुनिया की झूठी भाषा में बातचीत करता जिसके तुम बहुत अभ्यस्त जान पड़ते हो। ऐसी छात्रवृत्ति का मिलना जिसमें तुम्हारे सारे खर्च शामिल हों, बहुत ही कठिन वस्तु है। किन्तु छप्पन वर्ष तक धर्म-कार्य में लीन रहने के बाद भी यदि फादर शेलाँ शिक्षा-मठ में एक छात्रवृत्ति भी न दिलवा सकें तो फिर उनकी योग्यता का क्या पुरस्कार होगा ?"

इतना कहने के बाद फादर पिरार ने जुलियें को कभी किसी गुप्त सभा अथवा संघ में उनकी अनुमति के बिना शामिल न होने का आदेश दिया।

"मैं अपने सम्मान की सौगन्ध खाकर वचन देता हूँ..." जुलियें ने एक सुसंस्कृत व्यक्ति के उन्मुक्त उत्साह से कहा।

शिक्षा-मठ के प्रधान पहली बार मुस्कुराए। बोले, "यह शब्दावली यहाँ नहीं चल सकती। उसमें बहुत कुछ दुनियादार लोगों के उस झूठे सम्मान की ध्वनि है जिसके कारण वे ऐसी-ऐसी भूलें और प्रायः अपराध तक कर बैठते हैं। तुम्हारी मेरे प्रति आज्ञाकारिता परम पवित्र पोप के आदेश के कारण है। मैं तुम्हारा धार्मिक उच्चाधिकारी हूँ। मेरे प्यारे बेटे, इस स्थान पर सुनना ही आज्ञा मानना है। तुम्हारे पास कितना धन है ?"

(अब मतलब की बात आई ! जुलियें ने सोचा। 'मेरे प्यारे बेटे' का रहस्य यही है।)

"पैंतीस फ्रैंक, फादर।"

"इस धन का तुम जो भी प्रयोग करो, उसको सावधानी से लिखते जाना। तुम्हें मुझको इसका हिसाब देना होगा।"

यह कष्टदायक बैठक तीन घंटे तक चली। जुलियें ने दरबान को बुलाया।

"जुलियें सोरेल को 103 नं. कोठरी में पहुँचा दो।" फादर पिरार ने उस आदमी से कहा। यह बड़ी भारी कृपा की बात थी कि जुलियें को अकेला कमरा दिया जा रहा था। "उनका बक्स वहाँ पहुँचा दो।" उन्होंने आगे कहा।

जुलियें ने दृष्टि नीची करते ही अपना बक्स अपने सामने रखा पहचान लिया। तीन घंटे तक वह उसे देखकर भी यह अनुभव नहीं कर पाया था कि वह उसी का है।

कोठरी नं. 103 आठ फुट लम्बी और आठ फुट चौड़ी और मकान की सबसे ऊपर की मंज़िल पर थी। जुलियें ने देखा कि उसमें से नगर की प्राचीरें दिखाई पड़ती हैं और उनके पार वे सुन्दर मैदान हैं जिन्हें दू नदी ने नगर से काट दिया था।

कितना सुन्दर दृश्य है ! जुलियें कह उठा, पर इन शब्दों को कहते-कहते उसके मन में वे भाव न थे जो इन शब्दों से प्रगट होते थे।

बजाँसों आने के बाद से इस थोड़े से समय में उसने जैसे-जैसे तीव्र अनुभव किए हैं,

उनसे उसकी शक्ति पूरी तरह चुक गई थी। वह अपने कमरे की एकमात्र काठ की कुर्सी पर खिड़की के पास बैठ गया और उसे गहरी नींद आ गई। उसने न तो भोजन की घंटी सुनी, न सन्ध्या प्रार्थना की। किसी दूसरे को भी उसकी याद नहीं आई। जब अगले दिन सवेरे सूरज की पहली किरण के साथ वह जागा तो उसने अपने आपको फर्श पर पड़ा हुआ पाया।

26
दुनिया

मैं इस धरती पर अकेला हूँ, कोई मेरे बारे में सोचने की जहमत नहीं उठाता। जिन्हें भी मैं देखता हूँ दौलत कमाते, उनमें ऐसी निर्लज्जता और कठोर-हृदयता है जो मैं अपने में नहीं पाता। वे मेरी सहजता और भले स्वभाव के कारण मुझसे नफरत करते हैं। आह ! मैं जल्द ही मर जाऊँगा, या तो भूख से या फिर लोगों को इतना कठोर-हृदय पाने के दुख से।

–एडवर्ड यंग

उसने जल्दी अपने कपड़ों पर ब्रुश फेरा और नीचे पहुँचा। उसे देर हो गई थी, जिसके लिए एक सहायक शिक्षक ने उसे बुरी तरह डाँटा। बहाना बनाने की कोशिश के बजाए जुलियें बाँहें क्रॉस की मुद्रा में रखकर और बड़े पश्चात्ताप के स्वर में बोला, "फादर, मैंने पाप किया, मैं दोष स्वीकार करता हूँ।"

इस प्रथम उपस्थिति का बड़ा भारी प्रभाव पड़ा। जानकार विद्यार्थियों ने देखा, इस व्यक्ति की अपने धन्धे की जानकारी मामूली बातों से कहीं अधिक है। जुलियें ने पाया कि वह सबकी उत्सुकता का केन्द्र बना हुआ है किन्तु लोगों को उसके पास से मौन और संयम के अतिरिक्त और कुछ न मिला। आचरण के जो नियम उसने अपने लिए बनाए थे, उनके अनुसार अपने तीन सौ बीस सहपाठियों को वह अपना शत्रु समझता था। और उसकी दृष्टि में सबसे बड़े शत्रु थे फादर पिरार।

कुछ दिन बाद जुलियें को अपने पाप-स्वीकार के कोई व्यक्ति चुन लेने के लिए एक सूची दी गई। हे भगवान् ! ये लोग मुझे समझते क्या हैं ? वह सोचने लगा। क्या वे सोचते हैं कि मैं कुछ जानता ही नहीं ? उसने फादर पिरार को ही चुना।

किन्तु यह अनजाने में ही एक बड़ा निर्णयकारी निश्चय हो गया था। एक अल्पवयस्क विद्यार्थी ने, जो पहले दिन से ही अपने को जुलियें का मित्र कहने लगा था, उसे बताया कि यदि उसने उप-प्रधान म. कास्तानेद को चुना होता तो शायद अधिक बुद्धिमानी होती।

छोटे विद्यार्थी ने झुककर उसके कान में कहा, "फादर कास्तानेद म. पिरार के शत्रु हैं, जिनके जानसेनपंथी होने का सन्देह किया जाता है।"

अपने आपको बहुत सावधान समझने पर भी हमारे नायक के शुरू-शुरू के सारे काम

इसी भाँति बहुत ही गलत हुए। उसमें प्रबल आत्मविश्वास था जो उसके जैसे कल्पना-प्रधान व्यक्ति के लिए स्वाभाविक ही था। उसके कारण बहककर उसने इच्छा को ही कार्य समझ लिया और अपने आपको ढोंग रचने में बहुत चतुर समझ बैठा। उसकी मूर्खता इतनी बढ़ गई कि वह दुर्बल व्यक्तियों की इस कला में अपनी सफलता के लिए अपनी निन्दा कर उठा।

अफसोस ! मेरा एकमात्र अस्त्र यही है ! उसने मन-ही-मन कहा। किसी दूसरे युग में मैं अपनी आजीविका ऐसे कार्यों द्वारा अर्जित करता जो शत्रु की आँखों के आगे होते हैं और अपना महत्त्व अपने आप प्रकट कर देते हैं।

कोई नौ-दस विद्यार्थियों को सें थेरेसा अथवा सें फ्रांसीस स्वप्न दर्शन दिया करते थे, इसलिए उन्हें बड़ा विशिष्ट समझा जाता था। किन्तु यह एक बड़ा रहस्य माना जाता था जिसे उनके मित्र सदा छिपाए रखते थे। सन्तों का दर्शन प्राप्त करनेवाले ये बेचारे नौजवान स्वयं लगभग सदा एक चिकित्सालय में रहा करते थे। कोई सौ के लगभग ऐसे थे जिनमें स्वस्थ निष्ठा और अटूट परिश्रम दोनों पाए जाते थे। ये इतना परिश्रम करते कि बीमार पड़ जाते, पर तो भी कुछ अधिक न सीख पाते थे। दो या तीन ऐसे थे जो अपनी वास्तविक प्रतिभा के कारण सबसे अलग दिखाई पड़ते थे। इन्हीं में एक शाज़ेल नाम का विद्यार्थी भी था। किन्तु न तो जुलियें को वे सब अच्छे लगते थे और न जुलियें उन्हें।

तीन सौ बीस विद्यार्थियों में से बाकी केवल ऐसे गँवार लोग थे, जो दिन-भर रटे जानेवाले लैटिन शब्दों को ठीक से समझ भी न पाते। लगभग सभी किसानों के बेटे थे जो मिट्टी खोदने के बजाय मुट्ठी-भर लैटिन शब्द पढ़कर रोजी कमाना अधिक पसन्द करते थे। यह सब देखने के बाद ही जुलियें को शुरू के कुछ दिनों में ही शीघ्र सफलता प्राप्त करने का विश्वास हो गया था। वह सोचता था कि प्रत्येक व्यवसाय में ही बुद्धिमान लोगों की आवश्यकता होती है, क्योंकि आख़िरकार काम तो पूरा करना ही पड़ता है। नेपोलियन के अधीन मैं एक सार्जेंट बनता। इन भावी पुरोहितों के बीच मैं प्रधान विकार बनूँगा।

वह यह भी सोचता कि ये बेचारे बचपन से ही मेहनत करने को लाचार रहे और यहाँ आने के पहले तो खट्टा दूध और काली रोटी खाकर गुजारा करते आए हैं। अपने घरों में उन्हें साल में पाँच-छः बार से अधिक गोश्त खाने को न मिलता होगा। युद्ध को विश्राम का समय समझनेवाले रोमन सैनिकों की भाँति ये असंस्कृत किसान शिक्षा-मठ में मिलनेवाली सुविधाओं पर ही मुग्ध हैं।

उनकी बुझी हुई-सी आँखों में जुलियें को भोजन के बाद शारीरिक क्षुधा की तृप्ति अथवा भोजन के पहले शारीरिक सुख की आशा के अतिरिक्त और कोई भाव कभी न दीख पड़ता था। जुलियें को अपनी प्रतिभा का सिक्का ऐसे ही लोगों के बीच जमाना था। किन्तु जो बात जुलियें न जानता था, और जो किसी ने उसे बताई भी न थी, वह यह थी कि धर्म-सिद्धान्त, चर्च का इतिहास आदि विषयों में प्रथम स्थान प्राप्त करना उनकी आँखों में मिथ्या गौरव के पाप के अतिरिक्त कुछ न था।

वाल्तेर के दिनों से ही फ्रांस की चर्च ने यह समझ लिया था कि उसकी प्रधान शत्रु पुस्तकें ही हैं। उनकी दृष्टि में हृदय का समर्पण ही सब कुछ था। जब अध्ययन में सफल होना पवित्र कर्त्तव्य होने पर भी सन्देहजनक माना जाता था ! यह ठीक भी था क्योंकि श्रेष्ठ बुद्धिवाले व्यक्ति को नया रास्ता पकड़ने से कौन रोक सकता है ? लड़खड़ाती हुई चर्च पोप को ही अपना मुक्तिदाता मानकर उससे चिपकी हुई है। केवल पोप ही आत्म-दर्शन के प्रयत्नों

का गला घोंट सकता है और अपने पवित्र वैभव तथा समारोहों द्वारा सांसारिक स्त्री-पुरुषों के रुग्ण और क्लान्त मन को प्रभावित कर सकता है।

जुलियें को ये सब सत्य आधे-आधे समझ में आते थे जिन्हें मठ में बोला जानेवाला प्रत्येक शब्द मिथ्या प्रमाणित करता रहता था। इसलिए उसे तीव्र अवसाद ने घेर लिया। उसने कठोर परिश्रम करके शीघ्र ही पुरोहित के लिए उपयोगी ऐसी बहुत सारी बातें सीख लीं जो उसकी दृष्टि में झूठी थीं और जिनमें उसकी कोई रुचि न थी।

तो क्या मुझे सारी दुनिया ने भुला दिया है ? वह सोचने लगा। वह यह न जानता था कि फादर पिरार ने उसके नाम से आए हुए दो-एक पत्रों को फाड़कर फेंक दिया था। इन पत्रों पर दिजों की डाक मोहर थी और उनमें भाषा के अपूर्व संयम के बावजूद एक अत्यन्त प्रबल भावावेग छलकता दीखता था। ऐसा लगता था मानो प्रेम के साथ-साथ गहरा पश्चात्ताप भी मौजूद हो। फादर पिरार ने सोचा कि चलो अच्छा ही है, इस नौजवान ने कम-से-कम किसी अधार्मिक स्त्री से तो प्रेम नहीं किया !

एक दिन फादर पिरार ने ऐसा ही एक पत्र खोला तो वह आँसुओं से भीगा जान पड़ा। पत्र बहुत ही करुण था :

'ईश्वर ने आख़िरकार मेरे ऊपर कृपा की है कि मैं अपने पाप के स्वामी से नहीं—वह तो सदा मेरे लिए संसार में सबसे प्रिय ही रहेगा--बल्कि स्वयं पाप से घृणा कर सकूँ। प्रियतम, मैंने अपना बलिदान पूरा कर दिया है—तुम देख ही सकोगे कि आँसुओं के बिना नहीं। जिन लोगों के प्रति मेरा कर्त्तव्य है और जिनमें तुम्हें भी इतना प्रेम है, उसकी मुक्ति कामना की विजय हुई। वह न्यायपूर्ण किन्तु भयंकर ईश्वर अब माता के अपराधों के लिए बच्चों का बदला न लेगा। विदा, जुलियें—लोगों से अपने व्यवहार में सदा न्याय का पालन करना !'

पत्र का अन्त पढ़ने में न आता था। उसमें पता दिजों का था, यद्यपि यह आशा भी प्रगट की गई थी कि जुलियें कभी उसका उत्तर न देगा; अथवा ऐसा उत्तर देगा जिसे सदाचार के मार्ग पर लौटी हुई स्त्री बिना लज्जित हुए पढ़ सके।

शिक्षा-मठ में भोजन का ठेकेदार सेन्टीम प्रति व्यक्ति के हिसाब से खाना देता था जो कोई बहुत अच्छा न था। इस कारण जुलियें के विषाद का प्रभाव उसके स्वास्थ्य पर भी पड़ने लगा। तभी एक दिन सवेरे अचानक फूके उसके कमरे में आ धमका।

"राम-राम करके भीतर पहुँचा हूँ," उसने कहा। "सच कहता हूँ, बस तुम्हीं से मिलने के लिए कम से कम पाँच बार बजाँसों आ चुका हूँ, पर हर बार मुझे दरवाज़ा बन्द मिला। तब मैंने मठ के आगे एक आदमी को तैनात किया। पर तुम कभी बाहर क्यों नहीं जाते ?"

"अपनी शक्ति की परीक्षा कर रहा हूँ।"

"तुम बहुत ही बदले हुए लग रहे हो। चलो किसी तरह तुमसे भेंट तो हुई। यह भी पाँच-पाँच फ्रैंक के दो सुन्दर चाँदी के सिक्कों की कृपा है। अब सोचता हूँ कि मैं कितना मूर्ख हूँ कि पहली ही बार उन्हें प्रस्तुत क्यों न किया।"

दोनों मित्रों के बीच वार्तालाप समाप्त ही न होता था। पर फूके के एक प्रश्न से जुलियें के चेहरे का रंग बदल गया। "अच्छा, तुमने भी कुछ सुना ? तुम्हारे छात्रों की माँ तो बहुत ही धार्मिक हो गई हैं।" उसने बड़ी लापरवाही से यह बात कही थी और अनजाने में ही एक भाव-प्रवण व्यक्ति के सबसे प्रिय स्थल पर प्रबल आघात कर दिया था।

उसने आगे कहा, "सच कहता हूँ दोस्त, वह बहुत ही अधिक धार्मिक हो गई हैं। सुना

है, आजकल वह तीर्थ-यात्रा के लिए जाने लगी हैं। पर म. मास्लों के लिए इतने दिनों से फादर शेलाँ के ऊपर जासूसी करने के बाद भी यह बड़ी लज्जा की बात है कि मादाम द रेनाल उनसे कोई सरोकार नहीं रखतीं। अपने पाप स्वीकार करने के लिए वह या तो दिज़ों जाती हैं या बजाँसों।"

"बजाँसों आती हैं ?" जुलियें ने कहा और उसका रोम-रोम लज्जा से लाल हो उठा।

"हाँ, अक्सर..." फूके ने प्रश्नसूचक दृष्टि से उत्तर दिया।

"तुम्हारे पास 'कोंस्तितुस्योनेल' पत्रिका की कोई प्रतियाँ हैं ?" हठात् जुलियें ने कहा।

"क्या कहा तुमने ?" फूके ने पूछा।

"पूछ रहा हूँ कि तुम्हारे पास 'कोंस्तितुस्योनेल' की प्रतियाँ हैं ?...यहाँ एक प्रति के तीस सू देने पड़ते हैं।"

"क्या ? यहाँ भी उदारपंथी हैं ? शिक्षा-मठ में भी ? बेचारा फ्रांस !" फादर मास्लों की पाखंडपूर्ण मीठी आवाज की नकल करते हुए फूके ने कहा।

हमारे नायक पर इस भेंट का बड़ा गहरा असर पड़ा होता; किन्तु अगले ही दिन वेरियेर के एक छोटे-से लड़के के एक वाक्य से उसे एक बड़ी महत्त्वपूर्ण बात का पता चला। शिक्षा-मठ में आने के बाद से जुलियें अपने आचरण में एक के बाद एक गलत कदम उठाता आया था। वह बड़ी कड़वाहट के साथ अपने ऊपर हँसा।

वास्तव में वह जीवन के महत्त्वपूर्ण कार्यों को तो बड़ी चतुराई से करता था किन्तु छोटी-छोटी बातों पर ध्यान न देता था। मठ में चतुर लोग केवल छोटी-छोटी बातों पर ही ध्यान देते हैं। परिणामस्वरूप उसके सब सहपाठी उसे स्वतन्त्र विचारवाला मानने लगे थे। बहुत सारे छोटे-छोटे कार्यों ने यह बात प्रकट कर दी थी।

उनकी दृष्टि में सबसे बड़ा और घृणित अपराध तो यह था कि अधिकारियों तथा गुरुजनों का अन्धानुकरण करने के बजाए वह स्वयं विचार करना और अपने लिए स्वयं निर्णय करना अधिक पसन्द करता था। फादर पिरार से उसे कोई सहायता न मिल सकी थी। पाप-स्वीकार के समय के अतिरिक्त उन्होंने उससे कभी एक शब्द भी न कहा था और वहाँ भी वह कुछ कहने के बजाए सुनते ही अधिक थे। यदि उसने फादर कास्तानेद को चुना होता तो परिस्थिति बहुत ही भिन्न हुई होती।

जैसे ही जुलियें को अपनी इस मूर्खता का पता चला, उसकी उकताहट भाग गई। वह इस क्षति की पूरी मात्रा जानने का यत्न करने लगा और इस उद्देश्य से उसने अपने उस दर्पपूर्ण तथा हठी मौन को थोड़ा-सा ढीला किया जिसके द्वारा वह अपने सहपाठियों को अपने से दूर रखा करता था। इससे उन्हें अपना बदला लेने का अवसर मिल गया। उसके मैत्री करने के प्रयत्नों का ऐसे तिरस्कार से स्वागत किया गया जो लगभग खिल्ली उड़ाने के बराबर था। उसे अनुभव हुआ कि शिक्षा-मठ में आने के बाद से, विशेषकर मनोरंजन के समय में, ऐसा एक भी घंटा न बीता होगा जिसमें उन्होंने उसके पक्ष अथवा विपक्ष में कोई न कोई निष्कर्ष न निकाला हो, जब या तो उनके शत्रुओं की संख्या न बढ़ी हो अथवा सचमुच भले अथवा कम असंस्कृत विद्यार्थी की सद्भावना उसे न प्राप्त हुई हो। इसलिए जिस क्षति को उसे पूरा करना था, वह बड़ी भारी थी और काम अत्यन्त ही कष्टसाध्य था। अब से जुलियें सावधान रहने लगा। अब उसे अपना एक नया ही रूप लोगों के मन में जमाना था।

उदाहरण के लिए, अपनी आँखों के नियन्त्रण में उसे बड़ी कठिनाई होती थी। यह

अकारण ही नहीं है कि ऐसे स्थानों में आँखें सदा नीचे ही रखी जाती हैं। जुलियें सोचने लगा कि मैं वेरियेर में हर चीज़ मानकर चला करता था। सोचता था कि जीवन का उपभोग कर रहा हूँ, पर वास्तव में जीवन के लिए तैयारी भर कर रहा था। अब यहाँ मैं यथार्थ संसार में हूँ, और जब तक मैं अपना कर्त्तव्य पूरा नहीं करता तब तक इसी प्रकार चारों ओर शत्रुओं से घिरा रहूँगा। प्रत्येक मिनट ढोंग बनाए रखना कितना अधिक कठिन है ! उसके हरक्युलिस के प्रयत्न भी फीके पड़ जाते हैं। आधुनिक युद्ध का हरक्युलिस सिक्सटस पंचम जैसा व्यक्ति होगा जिसकी विनम्रता पन्द्रह वर्षों तक लगातार ऐसे चालीस कार्डिनलों को धोखा देती रही जो उसके यौवनकाल में उसे एक घमंडी और अनियन्त्रित युवक के रूप में जान चुके थे।

तो यहाँ विद्वत्ता का कोई मूल्य नहीं ! उसने घृणा और खेद के साथ मन-ही-मन कहा। धर्मशास्त्र, चर्च का इतिहास इत्यादि विषयों के ज्ञान में उन्नति का केवल ऊपरी महत्त्व है। इन विषयों पर कही जानेवाली प्रत्येक बात मेरे जैसे मूर्खों को फँसाने के लिए है। अफसोस ! मेरी एकमात्र विशेषता मेरी इतनी शीघ्र उन्नति में, इस बकवास को सच मान लेने की योग्यता में ही थी। क्या ये लोग सचमुच इस बकवास का सही मूल्य समझते हैं ? क्या वे मेरी भाँति इसके विषय में निर्णय करते हैं ? और मैं बुद्धू की भाँति इसका घमंड करता रहा ! अपने वर्ग में प्रथम स्थान प्राप्त करने का केवल एक ही लाभ हुआ है कि मैंने बहुत-से जानी दुश्मन पैदा कर लिए हैं। शाज़ेल मुझसे ज्यादा अच्छा विद्यार्थी है पर वह अपने निबन्ध में एक-दो ऐसी भूलें कर डालता है कि उसका नाम सूची में पाँचवाँ होता है। यदि वह कभी प्रथम आता भी है तो कुछ लापरवाही के कारण ही। ओफ ! म. पिरार का इस विषय में एक शब्द, केवल एक ही शब्द, मेरे लिए कितना उपयोगी होता !

जिस क्षण से जुलियें को अपनी गलती का पता चला, वह सारा लम्बा-चौड़ा भजन, पूजा-पाठ, जिससे उसका जी इस बुरी तरह ऊबता था, उसके लिए बहुत ही रोचक और आकर्षक कार्य बन गया। अपने बारे में गम्भीरतापूर्वक विचार करने और उससे भी अधिक अपनी क्षमताओं को बढ़ा-चढ़ाकर न देखने का निश्चय करने के बाद जुलियें ने अन्य छात्रों की भाँति तुरन्त ही अपने जीवन के प्रत्येक क्षण को महत्त्वपूर्ण कार्यों से, दूसरे शब्दों में सच्चे ईसाई होने का प्रमाण देनेवाले कार्यों से, भर डालने की चेष्टा नहीं की। शिक्षामठों में तो उबला हुआ अंडा भी इस प्रकार खाया जाता है जिससे धार्मिक जीवन की प्रगति सूचित होती है।

सबसे पहले तो जुलियें ने वह स्थिति प्राप्त करने का प्रयत्न किया जिसमें तरुण छात्र के आचरण से अपने हाथ-पैर-आँखें चलाने के ढंग से, यद्यपि सांसारिक वस्तुओं से अनुराग प्रगट नहीं होता, तो भी अभी ऐसा कोई चिह्न इनमें नहीं पाया जाता जिनसे दूसरी दुनिया के अथवा इस दुनिया की निस्सारता के विचारों में पूरी तरह डूबा रहना प्रकट हो।

जुलियें को निरन्तर बरामदे की दीवारों पर कोयले से लिखे ऐसे वाक्य दिखाई पड़ते : 'अनन्त काल तक परमानन्द अथवा नरक में उबलते हुए तेल की चिरन्तनता के सामने साठ वर्ष की परीक्षा क्या चीज़ है ?' अब वह ऐसी बातों को घृणा की दृष्टि से न देखता था; वह समझ गया था कि इन चीज़ों को उसे निरन्तर अपनी आँखों के सामने रखना चाहिए। वह मन-ही-मन कहता कि जीवन-भर मैं और करूँगा क्या ? धर्म-प्राण व्यक्तियों को स्वर्ग की सीटें ही तो बेचूँगा ! ऐसा स्थान उनको दृष्टिगोचर किस प्रकार होगा ? मेरे और साधारण व्यक्ति के बाह्य रूप में अन्तर के द्वारा ही।

कई महीने तक लगातार प्रयत्न करने के बाद भी जुलियें के विचारशील दिखाई पड़ने में कमी न आ सकी। न तो उसकी आँखों की गतिविधि से और न उसके मुख से सम्पूर्ण श्रद्धा का वैसा भाव प्रकट होता था जो हर वस्तु में विश्वास करने और बलिदान की सीमा तक हर वस्तु का समर्थन करने को तत्पर हो। यह देखकर जुलियें क्षुब्ध हो उठा था कि इस तरह के काम में फूहड़ से फूहड़ और असंस्कृत से असंस्कृत किसान भी उसे परास्त कर देता है। उनके विचारशील न लगने के तो बहुत ही उपयुक्त कारण थे।

किसी भी बात का विश्वास करने और उसे सहन करने के लिए तीव्र और उत्कट अन्ध-श्रद्धा का भाव धारण करने के लिए उसने कोई भी कष्ट उठा न रखा। इटली के मठों में ऐसा मुख प्रायः देखा जाता है और हमारे जैसे साधारण लोगों के लिए वेर्सिनो ने अपने धार्मिक चित्रों में उसके उत्कृष्ट नमूने छोड़े हैं। बड़े-बड़े समारोहों के अवसर पर छात्रों को सासेज तथा गोभी का अचार खाने को मिलता था। भोजन के समय जुलियें के पड़ोसी देखते कि वह ऐसी उत्तम वस्तुओं में कोई आनन्द नहीं लेता। यह उसका बड़ा अपराध था। उसके सहपाठियों को इसमें अत्यन्त मूर्खतापूर्ण ढोंग के घृणित लक्षण जान पड़े। "जरा उस घमंडी को देखो," वे लोग कहते, "ऐसा बन रहा है मानो उसे ये व्यंजन अच्छे ही नहीं लगते ! सासेज और गोभी का अचार ! शरम भी नहीं आती ! बड़ा आदमी बनता है ! शैतान का प्यारा !"

जुलियें इन सब बातों से अत्यन्त ही निरुत्साहित होकर कभी-कभी कह उठता, मेरे इन सहपाठी किसान युवकों के लिए उनका अज्ञान ही उनकी सबसे बड़ी शक्ति है। अपने साथ जितने सारे सांसारिक विचार लेकर मैं मठ में आया, और जिन्हें लाख कोशिश करने पर वे मेरे मुख पर पढ़ ही लेते हैं, उनसे इन लोगों को छुड़ाने के लिए किसी शिक्षक को परिश्रम नहीं करना पड़ता।

शिक्षा-मठ में आनेवाले गँवार से गँवार किसान को वह ऐसे ध्यान से देखता मानो उससे ईर्ष्या कर रहा हो। जिस समय जाकेट उतारकर उन्हें काला कैसक पहनाया जाता तो उस समय उनकी सारी शिक्षा धन के प्रति अगाध और असीम श्रद्धा तक ही सीमित होती।

बाल्तेर की कहानियों के नायकों की भाँति ऐसे छात्रों के लिए सारा सुख सचमुच अच्छे भोजन में ही होता है। जुलियें ने देखा कि उनमें से प्रत्येक के मन में उत्तम वस्त्र पहननेवाले के प्रति जन्मजात आदर का भाव है। इसीलिए हमारी अदालतों में पदानुसार होनेवाले न्याय की कद्र ये लोग जानते हैं। वे प्रायः एक दूसरे से कहा करते हैं कि 'इन बड़े लोगों के साथ कानूनी लड़ाई लड़ने में किसी को क्या लाभ हो सकता है ?' ऐसी हालत में सबसे धनी व्यक्ति अर्थात् सरकार के लिए उनके आदर का तो फिर अनुमान किया ही जा सकता है। फ्रांसकोंते के इन किसानों की नज़र में ज़िलाधीश के नाम के उल्लेखमात्र पर सम्मानपूर्वक न मुस्कुरा पड़ना दुस्साहसिकता का ही दूसरा नाम है और गरीब आदमी को दुस्साहसिकता का दंड तुरन्त रोटी छिनने के द्वारा मिलता है।

प्रारम्भ में एक प्रकार की घृणा से जुलियें का दम घुटता था, अब उसका हृदय करुणा से भर गया था। ऐसा प्रायः होता था कि उसके सहपाठियों के पिता जाड़े के दिनों में शाम को घर लौटने पर रोटी-आलू आदि कुछ न पाते थे। जुलियें सोचता था कि ऐसी हालत में इसमें आश्चर्य की बात ही क्या है कि उन्हें सबसे सुखी व्यक्ति वही लगे जिसे भरपेट भोजन मिलता हो या जिसके पास उत्तम वस्त्र हों ? मेरे साथियों का धन्धा निश्चित है, अर्थात्

धार्मिक सिद्धान्तों में वे इस प्रकार के सुख की उत्तम भोजन और शीतकाल के लिए एक गरम सूट के सुख की निरन्तरता देखते हैं।

जुलियें ने एक छात्र को अपने मित्र से कहते सुना, "सिक्सटस पंचम भी तो गड़रिया था, फिर उसकी भाँति मैं क्यों नहीं पोप बन सकता ?"

मित्र ने उत्तर दिया, "पोप केवल इटलीवाले ही बनते हैं, पर निःसन्देह हम लोगों में से प्रधान विकार कैनन और बिशप के पद के लिए तो लोग चुने ही जाएँगे। शालों के बिशप ठठेरे के पुत्र हैं; मेरे पिता भी ठठेरे हैं।"

एक दिन धर्मशास्त्र की कक्षा में से बीच ही में म. पिरार ने जुलियें को बुला भेजा। बेचारे को उस शारीरिक और नैतिक वातावरण से भाग सकने के कारण बड़ी प्रसन्नता हुई।

जुलियें को अध्यक्ष से वैसा ही स्वागत मिला जिससे शिक्षा-मठ में प्रवेश करने के पहले दिन वह इतना भयभीत हो गया था।

"कृपा करके यह बताइए कि इस ताश के पत्ते पर क्या लिखा है ?" उन्होंने जुलियें की ओर ऐसे देखते हुए कहा कि उसे लगा मानो वह धरती में गड़ जाएगा।

जुलियें ने पढ़ा : 'अमांदा बिने, काफे द ला जिराफ़, आठ बजे से पहले। कहना कि जोलिस से आए हो और मेरी माँ के चचेरे भाई हो।' जुलियें को अपने संकट की भयंकरता का अनुमान हुआ। फादर कास्तानेद की खुफिया पुलिस ने यह पता उसके पास से चुरा लिया था।

"जिस दिन मैं यहाँ आया, मैं काँप रहा था," उसने फादर पिरार के माथे की ओर देखते हुए उत्तर दिया क्योंकि उनकी डरावनी आँखों का सामना करने का साहस उसमें न था। "म. शेलाँ ने मुझसे कहा था कि यह स्थान हर प्रकार की झूठी निन्दा और ईर्ष्या का गढ़ है; अपने सहपाठी पर जासूसी करने और उसके विरुद्ध खबरें देने को यहाँ प्रोत्साहन दिया जाता है। भगवान की यही मर्ज़ी है कि तरुण पुरोहित जीवन को यथार्थ रूप में देखकर इस संसार और उसके झूठे गौरव के प्रति घृणा से प्रेरित हो।"

"अच्छा, तो तुम अपनी यह वक्तृता की कला मेरे ऊपर भी आजमाओगे ?" फादर पिरार ने क्रोध से उबलते हुए कहा। "शैतान कहीं के !"

"वेरियेर में," जुलियें ने नीरस स्वर में कहा, "मेरे भाइयों को मुझसे ईर्ष्या करने का कोई कारण मिल जाता था तो वे मुझे पीटते थे।"

"जो मैं पूछता हूँ, उसका जवाब दो; जो पूछता हूँ, उसका !" फादर पिरार ने लगभग आपे से बाहर होते हुए कहा।

तनिक भी भयभीत हुए बिना जुलियें ने अपनी कहानी शुरू की।

"जिस दिन मैं बजांसों आया तो दोपहर के लगभग मुझे भूख लगी और मैं एक काफ़े में गया। मेरा हृदय ऐसी अपवित्र जगह के लिए घृणा से भरपूर था, पर मैंने सोचा कि सराय की अपेक्षा यहाँ मुझे भोजन में कम पैसा देना पड़ेगा। मुझे अनुभवहीन देखकर एक महिला को जो मालकिन जान पड़ती थी, मेरे ऊपर तरस आया। उन्होंने मुझसे कहा—'बजाँसों बदमाशों का अड्डा है। मुझे आपके लिए भय होता है। यदि कोई मुसीबत आ पड़े तो मेरे ऊपर भरोसा कीजिएगा। मेरे घर पर आठ बजे से पहले सूचना भेजिएगा। यदि मठ के दरबान आपका सन्देशा लेने से इन्कार करें तो कहिएगा, आप जालिस में पैदा हुए हैं और मेरी माँ के चचेरे भाई हैं...' "

"तुम्हारी इस बकवास की सच्चाई की जाँच की जाएगी," फ़ादर पिरार ने कहा। उनके लिए अपने स्थान पर बैठे रहना कठिन हो गया और वे उठकर इधर-उधर टहलने लगे। 'अपने कमरे में वापस जाओ।'

जुलियें के साथ-साथ एक पुरोहित उसके कमरे तक गया। जुलियें ने अपनी कोठरी में जाकर भीतर से किवाड़ बन्द कर लिए, फिर वह अपने उस सन्दूक को देखने लगा जिसके तल में उसने यह कार्ड छिपा रखा था। सन्दूक से कोई चीज़ ग़ायब तो न थी, पर सब इधर-उधर हो गई थीं। चाबी तो वह सदा अपने साथ रखता था। जुलियें सोचने लगा कि अच्छी तकदीर थी जो अपनी मूर्खता के जमाने में भी मैं कभी बाहर न गया। म. कास्तानेद तो प्रायः मुझे जाने की छुट्टी दिया करते थे। उनकी कृपा का रहस्य अब समझ में आता है। मैं शायद यह बेवकूफ़ी कर बैठता कि कपड़े बदलकर सुन्दरी अमांदा से मिलने चला जाता। फिर तो बरबादी में कोई कसर ही न रहती। जब ये लोग इस प्रकार जानकारी प्राप्त करने की ओर से निराश हो गए तो उन्होंने मेरे विरुद्ध शिकायत कर दी।

दो घंटे बाद अध्यक्ष ने उसे फिर बुलाया। उन्होंने अब कुछ कम कठोर स्वर में उससे कहा, "तुम मुझसे झूठ तो न बोले, पर इस पते को अपने पास रखना ऐसी गलती है जिसकी गम्भीरता तुम नहीं समझ सकते। अभागे लड़के ! दस वर्ष बाद भी उसका तुम्हारे विरुद्ध उपयोग किया जा सकता है।"

27

जीवन का प्रथम अनुभव

वर्तमान क्षण, कसम खुदा की, मालिक की कश्ती है।
उस पर कहर टूटे जो इसे हाथ लगाए।

–दिदेरो

आशा है, पाठक इस बात के लिए मुझे क्षमा करेंगे कि जुलियें के इस काल के जीवन का वर्णन बहुत विस्तार से नहीं दिया जा रहा है। इसका यह अर्थ नहीं कि उसके विषय में हमारी जानकारी कम है, बल्कि असलियत इसके ठीक विपरीत ही है। किन्तु शिक्षा-मठ में जो कुछ उसने देखा, उसका रंग शायद इतना गहरा है कि जिन हल्के रंगों का चित्रण हम इन पृष्ठों में करते आए हैं वह उसके अनुरूप न हो। हमारे समकालीन लोग जब कुछ चीजों से दुःखी होते हैं तो उन्हें सिहरे बिना याद तक नहीं कर पाते, जिससे हर प्रकार का आनन्द, यहाँ तक कि कहानी पढ़ने का आनन्द भी, नष्ट हो जाता है।

जुलियें अपने बनावटी व्यवहार के प्रयत्नों में अधिक सफल न हो सका था। बीच-बीच में उसे निराशा बल्कि सर्वथा निरुत्साह का अनुभव होता। लगता कि वह असफल है और असफल भी उस अत्यन्त ही निकम्मे व्यवसाय में। बाहर से हल्की-सी सहायता भी उसे नया साहस देने के लिए पर्याप्त होती क्योंकि बाधाएँ बहुत बड़ी न थीं। पर वह अटलांटिक महासागर में टूटे हुए जहाज की भाँति एकदम अकेला था।

वह सोचता कि यदि मैं सफल भी हो गया तो मुझे सारा जीवन इस बुरी संगत में ही बिताना पड़ेगा। इन पेटू लोगों के साथ जिनके सिर में भोजन के समय आमलेट निगलने के अतिरिक्त और कोई विचार ही नहीं आता, अथवा फादर कास्तानेद जैसे लोगों के साथ जिनके लिए कोई अपराध असम्भव नहीं ! इन लोगों को अधिकार अवश्य मिलेगा। पर हे भगवान् ! किस कीमत पर !

मैं हर जगह पढ़ता हूँ कि मनुष्य का संकल्प बड़ी शक्तिशाली चीज है; पर क्या वह ऐसी निराशा को जीतने में समर्थ है ? महापुरुषों का काम आसान था। संकट चाहे जितना भयंकर हो, उन्हें उसमें सौन्दर्य तो मिलता था; मेरे चारों ओर की इस कुत्सा को मेरे सिवाए और कौन समझ सकता है !

यह उसके जीवन का सबसे संकटपूर्ण क्षण था। बजाँसों में स्थित उत्तम रेजीमेण्टों में से किसी में भी भर्ती होना कितना आसान है ! या वह लैटिन का शिक्षक ही हो जाता है उसे निर्वाह के लिए बहुत अधिक न चाहिए। पर तब उसके आगे कोई निश्चित उद्देश्य न रहता, उसकी कल्पना को प्रेरणा देनेवाला कोई भविष्य न रहता ! वह तो मौत के बराबर होता। उसके एक उदासी-भरे दिन का विस्तृत विवरण सुनिए।

मान लीजिए एक दिन सबेरे उसने सोचा कि दूसरे किसानों से भिन्न होने के लिए मैं प्रायः अपने आपको बधाई देता रहता हूँ। इतने दिनों के अनुभव से मैं यह समझ चका हूँ कि भिन्नता घृणा को जन्म देती है। यह महान् सत्य उसको अपनी एक बड़ी भारी असफलता से प्राप्त हुआ था।

एक बार समूचे सप्ताह तक परिश्रम करके उसने एक प्रतिष्ठित छात्र से मैत्री स्थापित की। वह उसके साथ सहन में टहलता हुआ चुपचाप उसकी जी उबा देनेवाली बकवास को सुन रहा था। एकाएक मौसम में तूफान के चिह्न नजर आए और बिजली कड़कने लगी। यह देखते ही धार्मिक विद्यार्थी ने बड़ी उजड्डता से उसे एक तरफ ढकेलते हुए कहा, "देखो सुनो, दुनिया में हर एक आदमी अपनी चिन्ता करता है। मैं बिजली से मरना नहीं चाहता। वाल्तेर की भाँति तुम्हारे जैसे नास्तिक के ऊपर भी भगवान बिजली गिरा सकता है।"

क्रोध से उसके दाँत भिंच गए और वह खुली हुई आँखों से बिजली से आलोकित आकाश को देखने लगा। जुलियें का हृदय चीख उठा। तूफान में सोने की चेष्टा करूँ तो मैं अवश्य ही उसके उपयुक्त हूँ ! एक और रिरियाते ढोंगी को जीतने के लिए आगे बढ़ो !

चर्च के इतिहास पर फादर कास्तानेद की कक्षा की घंटी बजी। इन किसान युवकों को, जो अपने पिताओं के कठोर परिश्रम और दरिद्रता से इतने भयभीत थे, उस दिन पुरोहित ने यह सिखाया कि सरकार के पास, जिसे वे इतना भयानक समझते थे, कोई अपनी वास्तविक अथवा न्यायोचित शक्ति नहीं। जो कुछ है भी वह उसे धरती पर भगवान के प्रतिनिधि द्वारा सौंपी हुई है।

"अपने जीवन की पवित्रता और अपनी आज्ञाकारिता द्वारा पोप की स्नेहमयी करुणा के योग्य बनो। 'उसके हाथ में छड़ के समान' बनकर तुम्हें ऐसा गौरवशाली स्थान प्राप्त होगा, जहाँ से तुम्हें बन्धनहीन चरम अधिकार मिल सकेगा। वह ऐसी अभेद्य स्थिति है जिसके लिए एक-तिहाई धन सरकार देती है और बाकी दो-तिहाई तुम्हारे उपदेशों से शिक्षित होनेवाले भक्तगण।"

व्याख्यान के बाद बाहर आते समय उसने देखा कि म. कास्तानेद सहन में रुककर अपने

चारों ओर घेरा बनाए खड़े हुए विद्यार्थियों से बातचीत कर रहे हैं। वह कह रहे थे, ' यह बात बिल्कुल सही है कि पुरोहित का मूल्य स्वयं उसकी योग्यता के अनुसार ही होता है। मैंने स्वयं पहाड़ी इलाकों में ऐसे स्थान देखे हैं जिनमें ऊपरी आमदनी नगरों की अपेक्षा कहीं अधिक है। अंडे, मक्खन तथा अन्य अनगिनत सुखद वस्तुओं को छोड़ भी दें तो भी पैसा कम नहीं। और उन सब इलाकों में धर्माधिकारी अनिवार्य रूप से सर्वप्रमुख व्यक्ति होता है। ऐसा कोई उत्तम भोज नहीं जिसमें वह निमन्त्रित न होता हो और जहाँ उसका जी खोलकर आदर-सत्कार न किया जाता हो।''

म. कास्तानेद के कमरे के बाहर जाते ही विद्यार्थी अलग-अलग मंडलियों में बँट गए। जुलियें को उनमें से किसी में शामिल न किया गया। वह नक्कू-सा अकेला रह गया। उसने देखा कि प्रत्येक मंडली में एक छात्र सिक्का हवा में उछाल रहा है, अगर उसने चित या पट ठीक बता दिया तो उसके साथी यह नतीजा निकालते थे कि उसे जल्दी ही कोई अच्छी आमदनीवाला इलाका मिल जाएगा।

उसके बाद किस्से-कहानियों का दौर चला। किसी नौजवान पुरोहित ने, जिसे नियुक्त हुए मुश्किल से सालभर हुआ होगा, बूढ़े क्योरे की नौकरानी को कोई पालतू खरगोश भेंट में दे दिया। इससे उसे क्योरे के साथ जाकर रहने का अवसर मिल गया और फिर कुछ ही दिनों बाद क्योरे की मृत्यु होने पर वह उसका स्थान प्राप्त करके आनन्द से रहने लगा। एक दूसरे पुरोहित ने किसी बूढ़े पंगु क्योरे के भोजन के समय नित्य उपस्थित होकर और उसकी सहायता करके एक अत्यन्त समृद्ध मंडी में स्थान प्राप्त कर लिया था। हर व्यवसाय के अन्य सभी नौजवानों की भाँति शिक्षा-मठ के छात्र भी ऐसी प्रत्येक छोटी से छोटी पर तनिक भी असाधारण और कल्पना को उत्तेजित करनेवाली परिस्थिति के प्रभाव को बढ़ा-चढ़ाकर देखते थे।

मुझे ऐसी बातचीत के प्रभाव से दूर रहना चाहिए, जुलियें ने सोचा। विद्यार्थी यदि सासेज अथवा आराम की जिन्दगी के विषय में बातचीत न करते तो फिर धार्मिक सिद्धान्तों के अन्य सांसारिक पक्षों को लेकर, जैसे बिशप और जिलाधिकारी, मेयर तथा स्थानीय पुरोहित के बीच झगड़ों को लेकर बहस छिड़ जाती। जुलियें ने देखा कि एक दूसरे ईश्वर का विचार रूप धारण कर रहा है, ऐसे ईश्वर का जो पहले की अपेक्षा कहीं अधिक शक्तिशाली और भयोत्पादक है। यह दूसरा ईश्वर पोप था। छात्रों को जब विश्वास हो जाता कि फादर पिरार उनकी बातें न सुन रहे होंगे, तो वे साँस रोककर आपस में कहते कि यदि पोप फ्रांस के प्रत्येक जिलाधीश और प्रत्येक मेयर की नियुक्ति का कष्ट नहीं करते तो इसका कारण यही है कि उन्होंने यह काम फ्रांस के बादशाह को ही चर्च का ज्येष्ठतम पुत्र घोषित करके सौंप दिया है।

इन्हीं दिनों जुलियें को म. द मेस्त्र के पोप-सम्बन्धी ग्रन्थ का लाभ उठाकर कुछ आदर प्राप्त करने का विचार सूझा। निस्सन्देह उसने अपने सहपाठियों को अपने ज्ञान से चकित कर दिया, पर वह और भी दुर्भाग्य की बात हुई। स्वयं उनके मतामत को उनसे अधिक योग्यतापूर्वक प्रस्तुत कर सकने के कारण उसने उन्हें रुष्ट कर दिया। फादर शेलाँ ने अपनी ही भाँति जुलियें के मामले में भी बड़ी नासमझी से काम लिया था। उन्होंने उसे इस बात का तो अभ्यस्त कर दिया था कि किसी विषय पर सही-सही विचार करे और अर्थशून्य शब्द-मात्र से सन्तुष्ट न हो जाए। किन्तु उन्होंने उसे यह न बताया था कि कम प्रतिष्ठावाले व्यक्ति के लिए ऐसी आदत अपराध है, क्योंकि कुशलतापूर्वक तर्क कर सकने की क्षमता

से लोग रुष्ट होते हैं।

इसलिए जुलियें की वाक्-क्षमता को एक नया अपराध गिना गया। उसके सहपाठियों ने बहुत सोच-विचार के बाद केवल एक विशेषण में उसके कारण अनुभव होनेवाले सारे कष्ट को केन्द्रित कर डाला। उन्होंने उसका नाम, विशेषकर उस शैतानी तर्कबुद्धि के कारण जिसका उसको इतना घमंड था, मार्टिन लूथर रखा।

बहुत-से छात्रों का रंग उजला था और वे देखने में जुलियें की अपेक्षा अधिक सुन्दर थे। किन्तु उसके हाथ गोरे थे और उसे सफाई की कुछ ऐसी आदतें थीं जिन्हें वह छिपा नहीं पाता था। जिस मनहूस और नीरस स्थान में भाग्य ने उसे ला पटका था वहाँ यह बात किसी प्रकार भी अच्छी न समझी जाती थी। वे किसानों के बेटे स्वयं कभी न नहाते थे और कहते थे कि उसका चाल-चलन ठीक नहीं है।

हमें भय है कि हम पाठक को अपने नायक की अनगिनत मुसीबतों के वर्णन से थका न दें। उदाहरण के लिए उसके एक जोशीले सहपाठी ने उससे लड़ने की ठानी। फलस्वरूप उसे इस बात के लिए लाचार होना पड़ा कि एक लोहे का कम्पास सदा साथ रखे और अपनी भाव-भंगिमा द्वारा यह प्रकट करता रहे कि अवसर पड़ने पर वह उसका उपयोग भी करेगा। एक गुप्तचर जितनी आसानी से शब्दों की सूचना दे सकता है, वैसे भावभंगिमा की नहीं।

28

जुलूस

हर दिल भावुक हो उठा था। इन संकरी गोथिक सड़कों पर
मानो परमेश्वर प्रत्यक्ष हो उठा था, जो हर ओर से सजी थीं और
श्रद्धालुओं ने जिन पर पर्याप्त बजरी बिछा रखी थी।

--एडवर्ड यंग

जुलियें बेकार ही विनम्र और बुद्धू दिखाई पड़ने की कोशिश करता रहा। वह किसी को प्रसन्न न कर सका। वह था ही इतना भिन्न। वह मन-ही-मन सोचता कि यहाँ के सारे शिक्षक तो बड़ी ही प्रखर बुद्धिवाले लोग हैं और बीसियों लोगों में से छाँटकर चुने गए हैं। फिर उन्हें मेरी यह विनम्रता क्यों नहीं अच्छी लगती ? केवल एक व्यक्ति उसकी विश्वासशील दिखाई पड़ने की प्रवृत्ति का कुछ आवश्यकता से अधिक लाभ उठाता जान पड़ता था। वह था फादर शा-बर्नार, जिनके जिम्मे गिरजाघर में धार्मिक समारोहों का काम सुपुर्द था। वह पिछले पन्द्रह वर्षों से पद-वृद्धि की आशा में इस काम को करते आते थे। साथ ही वह शिक्षा-मठ में धार्मिक व्याख्यान-कला की शिक्षा देने भी आते थे।

अपनी अदूरदर्शिता के दिनों में जुलियें प्रायः ही इस विषय में कक्षा में प्रथम आया करता था। फादर शा ने इस बहाने उससे मित्रता प्रकट करना शुरू किया। और व्याख्यान समाप्त होने पर जब वे बाहर आते तो उसका हाथ पकड़कर बाग़ में एक-दो चक्कर लगाया करते थे।

इनके मन में क्या है ? जुलियें मन-ही-मन सोचता। उसे इस बात से बड़ा ताज्जुब होता था कि वह पुरोहित घंटों तक उसके साथ गिरजाघर के वस्त्रों इत्यादि के सम्बन्ध में बातें करते रहते थे। गिरजाघर में अन्त्येष्टिकालीन वस्त्रों के अतिरिक्त गोटा जड़े हुए सत्रह विशेष पूजा के वस्त्र थे। उन्हें राष्ट्रपति की विधवा मादाम द रुबांप्रे से बड़ी आशाएँ थीं। इन महिला की अवस्था नब्बे वर्ष की थी और वह कम-से-कम पिछले सत्तर वर्ष से अपने विवाह के समय के उत्तम लियों रेशम के तथा जरी के कामवाले गाउन सावधानी से रखे हुए थीं।

"जरा कल्पना करो," फादर शा चलते-चलते एकाएक रुककर और अपनी आँखें ज़ोर से खोलकर कह उठते, "जो वस्त्र अपने आप सीधे खड़े रहते हैं," उनमें कितना सोना होगा। बजाँसों में यह आम तौर पर विश्वास किया जाता है कि मादाम द रुबांप्रे की वसीयत से गिरजाघर के कोष में बड़े समारोहों के उपयुक्त पाँच-छः जोड़े विशेष वस्त्रों के अतिरिक्त दस जोड़े पूजा के वस्त्रों की भी वृद्धि हो जाएगी। फादर शा आवाज़ को धीमी करके आगे कहते, "मैं तो बिल्कुल यह कहता हूँ कि शायद मादाम द रुबांप्रे आठ सुन्दर चाँदी के दीपस्तम्भ भी गिरजाघर को दे जाएँगी। कहा जाता है कि इन दीपस्तम्भों को बर्गंडी के ड्यूक साहसिक चार्ल्स ने इटली में खरीदा था जिनके एक प्रिय मित्र मादाम द रुबांप्रे के पूर्वज थे।"

जुलियें सोचता कि पुराने कपड़ों की इस लम्बी-चौड़ी गाथा सुनाने में इस आदमी का आख़िर मतलब क्या है ? युगों से वह चालाकी से कोई मतलब की बात कहने की कोशिश कर रहा है, पर अभी तक उसका कोई नामोनिशान नहीं। उसे अवश्य ही मुझ पर तनिक भी विश्वास नहीं ! वह दूसरों की अपेक्षा अधिक धूर्त है। अन्य लोगों का भेद एक पखवाड़े के अन्दर आसानी से पता चल जाता है। ठीक समझ गया ! यह आदमी अपनी महत्त्वाकांक्षा के कारण पन्द्रह वर्ष से दुःख उठा रहा है।

एक दिन शाम को कक्षा के बीच में ही से जुलियें को फादर पिरार ने बुलाया और कहा, "कल कोर्पस क्रस्टी का भोज है। फादर शा-बर्नार चाहते हैं कि तुम गिरजाघर सजाने में उनकी सहायता कर दो। जाओ, और जो वे कहें, करो।" फादर पिरार ने उसे वापस बुलाकर करुणाभरी दृष्टि से देखते हुए कहा, "यह मैं तुम्हारे ऊपर छोड़ देता हूँ कि तुम इस अवसर का लाभ उठाकर नगर में सैर करते हो या नहीं।"

"मेरे छिपे हुए शत्रु हैं।" जुलियें ने उत्तर दिया।

अगले दिन बहुत सवेरे ही जुलियें गिरजाघर के लिए चल पड़ा। रास्तेभर उसने अपनी आँखें धरती पर जमाए रखीं। सड़कों को देखकर और शहर की धूमधाम और हलचल को अनुभव करके उसका मन कुछ हरा हो गया। हर जगह लोग जुलूस के लिए अपने मकानों के अग्र भाग को सजा रहे थे। इस समय शिक्षा-मठ में बिताया हुआ सारा समय उसे एक क्षण से अधिक न जान पड़ा। वह वेर्जि की बात सोच रहा था और यह भी कि शायद सुन्दरी अमांदा बिने से भेंट हो जाए। उसका काफ़े बहुत दूर न था। थोड़ी दूर से उसे फादर शा-बर्नार को अपने प्रिय गिरजाघर की सीढ़ियों पर देखा। वह तगड़े बदन, दमकते हुए चेहरे और स्पष्ट मुद्रा वाले व्यक्ति थे। उस दिन वह बहुत ही प्रसन्न थे।

"मैं तुम्हारी ही प्रतीक्षा कर रहा था बेटे," जुलियें के दिखाई पड़ते ही उन्होंने कहा। "अच्छा हुआ, तुम आ गए। आज का काम लम्बा भी है और परिश्रम का भी। चलो, हम

लोग अपना पहला कलेवा करके अपने आपको तैयार कर लें। दूसरा दस बजे होगा।''

''मैं इस बात के लिए बहुत चिन्तित हूँ, श्रीमान कि मुझे एक क्षण के लिए भी अकेला न छोड़ा जाए,'' जुलियें ने गम्भीरतापूर्वक कहा और फिर सिर के ऊपर घड़ी की ओर इशारा करते हुए बोला, ''कृपा करके यह देखें कि मैं यहाँ पाँच बजने में एक मिनट पर आ पहुँचा हूँ।''

''ओहो, तो तुम शिक्षा-मठ के उन छोटे-छोटे दुष्ट लोगों से डरते हो ! उनकी बात सोचना मूर्खता है,'' फादर शा ने कहा। ''दोनों ओर बाड़ में काँटे होने से क्या सड़क कम सुन्दर हो जाती है ? पथिक काँटों को डाल पर सूखने के लिए छोड़कर अपने मार्ग पर बढ़ते ही जाते हैं। पर चलो, आओ, काम पर लगें। चलो, काम पर लगें।''

फादर शा की यह बात ठीक थी कि काम बड़ी मेहनत का है। एक दिन पहले ही गिरजाघर में बड़ा भारी अन्त्येष्टि-समारोह हो चुका था इसलिए पहले से कोई तैयारी न हो पाई थी। अब उन्हें एक दिन के केवल सवेरे के समय में ही सारे गौथिक खम्बों को और पूजागृह के मार्ग तक मध्य भाग को कोई तीस फीट की ऊँचाई तक एक लाल कपड़े से ढँकना था। बिशप ने पेरिस से डाकगाड़ी द्वारा चार सजानेवाले भेजे थे। पर ये महानुभाव हर काम तो अपने आप कर नहीं सकते थे और बजाँसों के सहयोगियों को प्रोत्साहित करने के बजाए उन पर हँसकर उनके काम को और भी बिगाड़े दे रहे थे।

जुलियें ने देखा कि उसे स्वयं सीढ़ी पर चढ़ना होगा। उस समय उसके बदन की फुर्ती बड़ी काम आई। स्थानीय सजानेवालों के काम के निर्देशन का भार उसने अपने ऊपर ले लिया। फादर शा उसे एक सीढ़ी से दूसरी पर फुदकते देखकर बड़े प्रसन्न हुए।

जब सारे खम्भे बूटीदार कपड़े से ढँक गए तो फिर ऊँची वेदी के बड़े भारी मंडप की चोटी पर बड़े-बड़े पंखों के गुच्छे लगाने का काम बाकी रह गया। वहाँ आठ ऊँचे-ऊँचे इटली के संगमरमर के मरोड़े हुए से खम्भे लकड़ी के सुनहरी कामवाले शानदार छत्र के भार को सम्हाले थे, किन्तु इस चँदोवे के बीचोबीच पहुँचने के लिए एक पुरानी लकड़ी की कार्निस पर चलकर जाना ज़रूरी था जो जमीन से चालीस फीट की ऊँचाई पर थी और जो सम्भवतः कीड़ों द्वारा खाई हुई थी।

इस ऊँचाई ने पेरिस के सजानेवालों की उफनती हुई हँसी पर ठंडा पानी डाल दिया था। वे बस नीचे खड़े-खड़े उसकी ओर ताकते थे। उसके बारे में बहुत-कुछ कहते-सुनते भी थे पर चढ़ना शुरू न करते थे। जुलियें ने पंखों का एक गुच्छा छीना और तेज़ी से सीढ़ियों पर चढ़ गया और चँदोवे के बीचोबीच पहुँचकर मुकुट के रूप में पंखों को बड़ी सुन्दरता से सजा दिया।

उसके सीढ़ियों के नीचे उतरते ही फादर शा-बर्नार ने उसे अपनी बाँहों में भर लिया। ''बहुत उत्तम !'' उसे भले पुरोहित ने उच्छ्वसित भाव से कहा, ''मैं बिशप महोदय से इसकी चर्चा करूँगा।''

दस बजे का भोजन बहुत ही आनन्ददायक रहा। फादर शा ने अपने गिरजाघर को इतना सुन्दर सजा हुआ कभी न देखा था।

उन्होंने जुलियें से कहा, ''प्यारे बेटे, मेरी माँ इस पूजनीय गिरजाघर में कुर्सियाँ भाड़े पर दिया करती थीं। इसलिए एक प्रकार से इस बड़े भारी भवन में ही मेरा पालन-पोषण हुआ है। रोबस्प्येर के आतंक-राज ने हमें बरबाद कर दिया। मैं उस समय केवल आठ ही वर्ष का

था, तो भी मैं पूजाओं में चुपके से पुरोहित की सहायता किया करता था और पूजा के दिन मुझे भोजन मिला करता था। पूजा के वस्त्रों को तह करके रखने में मेरे बराबर कोई होशियार न था। मैं उनके गोटे के काम को कभी मुड़कर फटने न देता था। जब से नेपोलियन ने धार्मिक पूजा होने की फिर से अनुमति दी, तभी से मैं इस प्राचीन भवन में हर कार्य के संचालन का आनन्द उठाता रहा हूँ। वर्ष में पाँच बार मेरी आँखें इस सुन्दर सजावट को देखती आई हैं, पर आज जैसा सुन्दर कभी नहीं सजाया गया—बूटेदार कपड़ा न तो इतनी सुन्दरता के साथ लटकाया गया और न खम्भों पर इस भाँति लपेटा गया।''

आज यह मुझे अपना भेद ज़रूर बता देगा, जुलियें ने सोचा। आज यह अपने हृदय की बात कहने की मनःस्थिति में है। पर उस व्यक्ति ने इतने उत्तेजित होने पर भी कोई अनुचित बात न कही। जुलियें सोचने लगा कि इस आदमी ने कठोर परिश्रम किया है, वह प्रसन्न है और शराब की एक बूँद तक उसने न छुई है। कैसा अद्‌भुत व्यक्ति है ! मेरे लिए आदर्श ! उसे तो पदक मिलना चाहिए ! (यह शब्दावली उसने बूढ़े सैनिक सर्जन से सीख ली थी।)

गिरजाघर की घंटियाँ बजीं तो जुलियें के मन में विचार आया कि वह भी पुरोहित के वस्त्र पहनकर बिशप के पीछे राजसी जुलूस में चले। ''पर चोर, बेटे चोर !'' फादर शा ने कहा। ''उनकी बात तो तुमने सोची ही नहीं। जुलूस गिरजाघर से जाएगा; पर तुम और मैं यहाँ रखवाली करेंगे। खम्भों के चारों ओर लिपटी हुई सुन्दर झालर में से गज़-दो गज़ गायब न हो तो बड़ी तकदीर समझना। यह भी मादाम द रुबांप्रे की दी हुई है। उन्हें यह अपने पड़दादा से मिली थी। एकदम सच्चे सोने की है बेटे,'' फादर शा ने उसके कान में बहुत ही उत्तेजित स्वर में कहा, ''और तनिक भी मिलावट नहीं। तुम्हें मैं उत्तरी हिस्से में निगरानी के लिए रखूँगा और देखो, छोड़कर कहीं मत जाना। मैं दक्षिण की तरफ रहूँगा। पाप-स्वीकार करनेवालों पर खास तौर से नज़र रखना, वहीं पर चोरों की भेदिया औरतें नज़र बचने की ताक में रहती हैं।''

उनकी बात खत्म होने के साथ-साथ घड़ी ने पौने बारह की घंटी बजाई। उसी समय गिरजाघर का बड़ा घंटा भी बज उठा। वह देर तक बजता रहा और उसकी गहरी गूँजती हुई गम्भीर आवाज़ ने जुलियें की कल्पनाशक्ति को जाग्रत करके उसे धरती से ऊपर उठा दिया। सें जोन की पोशाक पहने हुए छोटे-छोटे बच्चों द्वारा वेदी के आगे बिखेरी हुई गुलाब की पँखुड़ियों तथा धूप-बत्ती की गन्ध ने उसके भावातिरेक को और भी तीव्र कर दिया।

इस घंटे की गहन गम्भीर आवाज़ से जुलियें के मन में पचास सेंतीम की मज़दूरी पर काम करनेवालों और शायद पन्द्रह या बीस धर्म-प्राण पूजा करनेवालों के अतिरिक्त अन्य कोई विचार नहीं पैदा होना चाहिए था। उसे घंटे के रस्से और लकड़ी के ढाँचे की टूट-फूट का और उससे उत्पन्न होनेवाले खतरों का, जो हर दो सौ वर्ष में एक बार अवश्य नीचे ढह पड़ता है, ध्यान आना चाहिए था। उसे इस बात पर विचार करना चाहिए था कि किस प्रकार इन घंटा बजानेवालों की मज़दूरी कम करके चर्च के समृद्ध साधनों से कोई कृपा या सुविधा उन्हें अधिक दी जाए।

ऐसे सब बुद्धिमानी के विचारों के बजाए जुलियें की आत्मा घंटे के समृद्ध मन्द स्वर पर ऊपर उठकर कल्पना के अनगिनत लोकों में विचरने लगी थी। वह कभी न तो अच्छा पुरोहित बन सकेगा और न अच्छा प्रशासक। इस प्रकार भावावेश में डूबनेवाले लोग अधिक

से अधिक केवल कलाकार ही बन सकते हैं।

इस जगह जुलियें का अहंकार साफ-साफ प्रगट हो जाता है। उसके कोई पचास सहपाठी पुरोहितों के प्रति सार्वजनिक घृणा और प्रत्येक झाड़ी के पीछे घात लगाए बैठे जेकोबिनवाद की जानकारी के फलस्वरूप जीवन यथार्थता से परिचित होने के कारण गिरजाघर के विशाल घंटे की आवाज़ सुनकर घंटा बजानेवालों की मजदूरी के अतिरिक्त और कोई बात न सोचते। वे एक गणितज्ञ की-सी सूक्ष्मता से इस प्रश्न पर विचार करते कि घन्टे बजानेवालों को जितना पैसा दिया जाता है, उसे देखते हुए जनता के मन में उत्पन्न होनेवाला भावावेश समुचित है अथवा नहीं। यदि जुलियें गिरजाघर के सांसारिक हितों का ध्यान करता तो उसकी कल्पना भी इसी ओर जाती कि किस प्रकार भवन की व्यवस्था में चालीस फ्रैंक की बचत की जाए और पच्चीस सेंतीम बचाने के अवसर को किस प्रकार हाथ से निकल जाने दिया जाए।

इस बीच जुलियें उस चमचमाती हुई धूप में बजाँसों की सड़कों पर चला जा रहा था। बीच-बीच में वह नगर के प्रभावशाली व्यक्तियों द्वारा एक-दूसरे की होड़ में बनाई गई चमकदार वेदियों के सामने ठहरता। इधर गिरजाघर में गहन निस्तब्धता छाई हुई थी। उसके भीतर हल्के-से अँधेरे और सुखद शीतलता का साम्राज्य था; हवा अभी भी फूलों और धूपबत्ती की गन्ध से महक रही थी।

गिरजाघर के लम्बे गलियारों की शीतलता, मौन और नितान्त निर्जनता ने जुलियें के विचारों को और भी मधुर बना दिया। उसे फादर शा द्वारा व्याघात होने का भी डर न था, क्योंकि वह गिरजाघर के दूसरे भाग में व्यस्त थे। उसकी आत्मा को घेरे रहनेवाला सांसारिक खोल हट गया था और वह उत्तरी गलियारों में धीरे-धीरे इधर-उधर टहलकर निगरानी कर रहा था। इस बात से उसे और भी अधिक शान्ति थी कि पाप-स्वीकारकर्ताओं में कुछेक धार्मिक स्त्रियों के अतिरिक्त और कोई न था। उसकी आँखें अन्ध-भाव से चारों ओर ताक रही थीं।

तभी दो सुसज्जित वस्त्रोंवाली महिलाओं को देखकर उसकी तन्द्रा टूटी। उनमें से एक पाप-स्वीकार की मुद्रा में झुकी हुई थी और दूसरी उसके पास ही पूजा की चौकी पर। वह उनकी ओर बिना कुछ देखे ताकने लगा। किन्तु साथ ही, चाहे अपने कर्तव्य की स्पष्ट चेतना के कारण हो अथवा इन महिलाओं के सरल सुसंस्कृत शैली के वस्त्रों से प्रभावित होने के कारण हो, उसका ध्यान इस बात पर भी गया कि पाप-स्वीकार कक्ष में कोई पुरोहित नहीं है। वह सोचने लगा कि यह सम्भ्रान्त महिलाएँ यदि भक्त हैं तो किसी वेदी के सामने क्यों नहीं बैठी हैं; या उच्च वर्ग की होने पर भी किसी एक बालकनी में सामने की सीटों पर क्यों नहीं जा बैठीं। वह पोशाक कितनी सुन्दर कटी हुई है ! लटकती हुई वह कितनी सुन्दर लग रही है ! उन्हें देखने के प्रयत्न में उसने अपनी चाल धीमी कर दी।

इस गम्भीर मौन को जुलियें के पैरों की चाप ने भंग कर दिया। उसे सुनकर पाप-स्वीकार की मुद्रा में झुकी हुई स्त्री ने अपना सिर थोड़ा-सा घुमाया। अचानक उसके मुख से एक ज़ोर की चीख निकली और वह मूर्छित हो गई। मूर्छित होने के साथ ही वह महिला पीछे की ओर गिरी; उसकी सखी जो पास ही थी, झपटकर उसकी सहायता के लिए आई। उसी क्षण जुलियें की पीछे की ओर गिरनेवाली महिला के कन्धों पर दृष्टि गई। उन पर बड़े-बड़े सच्चे मोतियों की एक माला पड़ी थी जिससे वह बहुत परिचित था। जिस समय उसने मादाम द रेनाल

के बालों को पहचाना तो उसके मन की अवस्था क्या हुई ! वही तो हैं ! उनके सिर को सहारा देकर गिरने से बचानेवाली महिला मा. देर्विल थीं। कुछ खोया-सा जुलियें आगे को झपटा; यदि वह सहारा न देता तो मादाम द रेनाल अपने साथ अपनी सखी को भी गिरा लेतीं। उनका माथा और एकदम भावहीन पीला चेहरा उसके कन्धे से आ टिका। उसने मादाम देर्विल की सहायता से उस सुन्दर मस्तक को बेंत की गद्दीवाली कुर्सी पर टिका दिया और स्वयं घुटनों के बल बैठ गया।

अब मादाम देर्विल ने मुड़कर उसे देखा और पहचान लिया। "चले जाइए, महाशय, चले जाइए !" उन्होंने उससे तीव्रतम क्रोध के स्वर में कहा। "यह बहुत ही आवश्यक है कि वह आपको फिर न देखने पाएँ। आपको देखते ही उनका इतना भयभीत हो उठना अनिवार्य है—आपके आने के पहले वह कितनी सुखी थीं ! आपका आचरण निकृष्ट है। तुरन्त चले जाइए ! यदि आपमें थोड़ी-सी भी भलमनसी है तो यहाँ से हट जाइए !"

ये शब्द ऐसे अधिकार के भाव से कहे गए थे और इस क्षण जुलियें इतना दुर्बल अनुभव कर रहा था कि वह वहाँ से हटकर चला आया। मादाम देर्विल के बारे में वह सोचने लगा कि यह तो सदा ही मुझसे घृणा करती रही हैं।

उसी क्षण जुलूस के सबसे आगेवाले पुरोहितों की प्रार्थना का आनुनासिक स्वर गिरजाघर में गूँज उठा। वे लोग लौट आए थे। फादर शा-बर्नार ने जुलियें को कई बार पुकारा, पर उसे सुनाई न पड़ा।

अन्त में पुरोहित स्वयं खम्भे के पीछे आए जहाँ जुलियें अर्ध-मूर्छित-सी अवस्था में खड़ा था।

"तुम कुछ बीमार लग रहे हो, बेटे," फादर शा ने उसे इतना पीला और चलने में लगभग असमर्थ देखकर कहा। "तुमने आज बड़ी मेहनत की है।" पुरोहित ने उसे अपनी बाँहों का सहारा दिया। "आओ, इस छोटी-सी चौकी पर बैठ जाओ जो पवित्र जल देनेवाले के लिए रखी गई है। तुम मेरे पीछे छिपे रहना।" वे लोग बड़े पश्चिमी द्वार के पास खड़े थे। "शान्त हो जाओ, बिशप महोदय के आने में अभी पूरे पन्द्रह मिनट बाकी हैं। थोड़ा हिम्मत से काम लो; जब वह इधर से निकलेंगे तो मैं तुम्हारी सहायता करूँगा, क्योंकि अपनी उम्र के बावजूद मुझमें जोश और ताकत दोनों हैं।"

पर जब बिशप उधर से निकले तो जुलियें इतना काँप रहा था कि फादर शा ने उनसे उसका परिचय कराने का विचार छोड़ दिया।

"अधिक दुःखी होने की बात नहीं है," उन्होंने कहा। "फिर कोई अवसर निकालेंगे।"

उस दिन उन्होंने कोई दस पौंड मोमबत्तियाँ शिक्षा-मठ के गिरजाघर को भेजीं। उनका कहना था कि जुलियें ने मोमबत्तियों को बुझाने में जो सावधानी और तत्परता दिखाई, उसके कारण ही यह बचत हुई है। इससे अधिक असत्य बात दूसरी न हो सकती थी। बेचारा लड़का स्वयं ही एकदम बुझा हुआ था। मादाम द रेनाल को देखने के बाद से उसके मन में एक भी विचार तक न आया था।

29

आगे की ओर पहला क़दम

वह अपने समय को समझता था, वह अपने इलाके को समझता था, और अब वह अमीर है।

–दि प्रीकर्सर*

गिरजाघर की इस घटना ने जुलियें को जिस विचार-मग्नता की गहराइयों में डुबो दिया था उनसे वह अभी पूरी तरह निकल भी न पाया था कि एक दिन सवेरे कठोर फादर पिरार ने उसे बुला भेजा।

''फादर शा-बर्नार ने मुझे एक पत्र लिखा है, जिसमें उन्होंने तुम्हारी बहुत बड़ाई की है। मैं तुम्हारे साधारण आचरण से काफ़ी सन्तुष्ट हूँ, पर तो भी तुम बहुत ही लापरवाह और जल्दबाज़ हो। अब तक यह भी प्रगट है कि तुम्हारे हृदय में करुणा और साहस भी है। जहाँ तक बुद्धि का प्रश्न है, वह तुम्हारे पास औसत से ज्यादा है। कुल मिलाकर मुझे तुम्हारे भीतर ऐसी चिनगारी दिखाई पड़ती है जिसे बुझने नहीं देना चाहिए।

''पन्द्रह वर्ष के कठोर परिश्रम के बाद मुझे अब यह स्थान छोड़ना पड़ेगा। मेरा यह अपराध है कि मैंने इस शिक्षा-मठ के निवासियों को धार्मिक विश्वास की स्वतन्त्रता दे रखी है और अपने पाप-स्वीकार में जिस गुप्त संस्था का तुमने उल्लेख किया था, उसका न तो मैंने समर्थन किया है न उसके कार्य में बाधा डाली है। जाने के पहले मैं तुम्हारे लिए कुछ कर जाना चाहता हूँ। यदि तुम्हारे पास वह अमांदा बिने का पत्र न मिला होता तो मैं दो महीने पहले ही कुछ करता, क्योंकि तुम योग्य हो। मैं तुम्हें पुराने और नए टैस्टामेंट का सहायक शिक्षक बना रहा हूँ।''

कृतज्ञता के भाव से प्रेरित होकर जुलियें के मन में सचमुच यह विचार आया कि घुटनों के बल बैठकर भगवान् को धन्यवाद दे; पर उसने एक अधिक सच्ची प्रेरणा के अनुसार कार्य किया। उसने आगे बढ़कर फादर पिरार का हाथ थाम लिया और उसे अपने होंठों से लगा लिया।

''तुम क्या सोच रहे हो ?'' अध्यक्ष ने क्रुद्ध भाव से कहा, किन्तु जुलियें की आँखें उसके कार्य से भी अधिक मुखर थीं।

फादर पिरार विस्मित भाव से उसकी ओर देखने लगे। उनकी अवस्था उस व्यक्ति की-सी थी जो वर्षों से उच्च भावनाओं को देखने का अभ्यस्त हो चुका हो। इस स्नेह-प्रदर्शन ने उन्हें विचलित कर दिया; उनका गला रुँध गया।

''हाँ बेटे, सचमुच मुझे तुमसे स्नेह हो गया है। भगवान् जानता है कि यह मेरी इच्छा के विरुद्ध ही है। मुझे तो न्यायी होना चाहिए और मेरे मन में किसी के प्रति घृणा अथवा स्नेह का भाव न आना चाहिए। तुम्हारा जीवन बहुत कष्ट में बीतेगा। मुझे तुम्हारे भीतर ऐसी चीज़ दिखाई पड़ती है जो साधारण लोगों को रुष्ट करती है। ईर्ष्या और निन्दा तुम्हारे पीछे पड़ी रहेंगी। भाग्य तुम्हें जहाँ भी ले जाए, तुम्हारे सहयोगी तुमसे घृणा किए बिना न रहेंगे।

* तत्कालीन पेरिस का लोकप्रिय अखबार।

यदि वे प्रेम का बहाना भी करें तो वह केवल और भी सफलता से धोखा देने के लिए ही होगा। इसका केवल एक ही उपाय है—केवल परमात्मा से सहायता की याचना करो, जिसने तुम्हें अहंकार के दंड-स्वरूप ही घृणा किए जाने का भाग्य दिया है। अपने आचरण को निर्दोष बनाना...तुम्हारे लिए मैं केवल यही उपचार देख सकता हूँ। यदि सत्य में तुम्हारी निष्ठा अटूट बनी रही तो कभी न कभी तुम्हारे शत्रु अवश्य पराजित होंगे।"

जुलियें ने बहुत दिनों से ऐसा स्नेहपूर्ण कंठ-स्वर न सुना था, इसलिए उसकी कमजोरी को क्षमा कर देना चाहिए—उसके आँसू बह निकले। अध्यक्ष ने अपनी बाँहें उसकी ओर फैला दीं। यह क्षण दोनों के लिए ही बहुत मधुर था।

जुलियें के हर्ष का ठिकाना न था। यह उसकी पहली पदवृद्धि थी; उसके लाभ बहुत थे। इन लाभों को वही समझ सकता है जिसने महीनों पलभर एकान्त के बिना अधिक से अधिक अप्रिय और अधिकांशतः असहनीय लोगों के घनिष्ठ सम्पर्क में बिताए हों। उनकी चीख-पुकार किसी भी कोमलवृत्तिवाले व्यक्ति को विक्षिप्त करने के लिए पर्याप्त थी। ये अच्छे-भले खाते-पीते किसान यह समझ ही न पाते थे कि अपने उमड़ते हुए हर्ष को कैसे अपने भीतर रखें। जब तक वे अपने फेफड़ों की शक्तिभर न चीख लेते तब तक उन्हें यह हर्ष अधूरा ही लगता था।

जुलियें अब अन्य लोगों से एक घंटे बाद अकेला अथवा लगभग अकेला ही भोजन करता था। उसे बाग की एक चाबी भी मिल गई थी और वहाँ एकान्त में टहलना सम्भव हो गया था।

यह देखकर उसे बड़ा अचरज हुआ कि अब उससे कम घृणा की जाती है। उसने तो सोचा था कि उनकी घृणा अब और भी बढ़ जाएगी। उसकी यह भीतरी इच्छा कि उससे कोई एक शब्द भी न बोले, इतनी स्पष्ट थी कि इसी कारण बहुत लोग उसके शत्रु हो गए थे। पर अब यह किसी निरर्थक घमंड का चिह्न न मानी जाती थी। उसके उजड्ड सहपाठी अब इसे उसकी प्रतिष्ठा के अनुकूल ही मानते थे। विशेषकर उसके अल्पवयस्क साथियों में तो, जो अब उसके छात्र हो गए थे और जिनके साथ वह बहुत ही शिष्टता का व्यवहार करता था, यह घृणा विशेष रूप से कम हो गई थी। धीरे-धीरे कुछ लोग तो उसका पक्ष भी लेने लगे; उसे मार्टिन लूथर कहना बुरा समझा जाने लगा।

किन्तु उसके मित्रों अथवा शत्रुओं का नाम लेने से क्या लाभ ? ऐसी बातें कुत्सित हैं, बल्कि सच होने के कारण अधिक कुत्सित हैं। किन्तु जनता के आचरण के शिक्षक यही लोग हैं तथा उनके बिना उसकी क्या अवस्था होगी ? क्या अख़बार कभी भी पुरोहित का स्थान ले सकते हैं ?

जुलियें की इस पदवृद्धि के बाद से शिक्षा-मठ के अध्यक्ष अन्य व्यक्तियों की उपस्थिति के बिना कभी कोई शब्द उससे न कहते। यह आचरण गुरु और छात्र दोनों के ही हित में समझदारी का काम था; किन्तु साथ ही यह शक्ति की परीक्षा भी थी। पिरार एक कठोर जानसेनपन्थी थे और उनका यह एक निश्चित सिद्धान्त था कि यदि कोई व्यक्ति आपको योग्य जान पड़े तो उसकी इच्छाओं तथा उसके समस्त कार्यों के रास्ते में बाधाएँ प्रस्तुत करनी चाहिए। यदि उसकी योग्यता वास्तविक है तो वह इन बाधाओं से बच निकलने का मार्ग आसानी से ढूँढ़ निकालेगा।

यह शिकार का मौसम था। फूके ने शिक्षा-मठ में एक सुअर और एक बारहसिंघा ऐसे

भेजा मानो वह उसका कोई रिश्तेदार हो। ये मरे हुए पशु रसोईघर के रास्ते में रख दिए गए, जहाँ भोज के लिए जानेवाले सब छात्र उन्हें देखते थे। इस उपहार को लेकर लोगों के मन में बड़ा कौतूहल हुआ। मरा हुआ होने पर भी सुअर से छोटे छात्रों को भय लगता था। वे हाथ बढ़ाकर उसके दाँत छूकर देखते। सप्ताह भर तक किसी ने दूसरे विषय पर बात न की।

इस उपहार ने जुलियें को समाज के सम्माननीय अंश का सदस्य बनाकर ईर्ष्या पर घातक प्रहार किया। अब जुलियें के चारों ओर धन का आलोक था और वह श्रेष्ठतर व्यक्ति बन गया था। शाज़ेल तथा अन्य महत्त्वपूर्ण विद्यार्थी उसके प्रति मैत्री-भाव दर्शाने लगे; बल्कि उनका बहुत कुछ शिकायत का-सा भाव था कि अपने धनी परिवार के होने की बात जुलियें ने उन्हें पहले से क्यों न बताई और इस भाँति उनसे धन के असम्मान का अपराध करवा दिया।

उन्हीं दिनों फौजी भर्ती शुरू हुई जिससे शिक्षा-मठ के विद्यार्थी के नाते जुलियें मुक्त था। इस परिस्थिति से वह बहुत अधिक विचलित हुआ। वह सोचने लगा कि यह क्षण हमेशा के लिए हाथ से निकला जा रहा है। बीस वर्ष पहले मेरे लिए एक वीर का जीवन इस क्षण से शुरू होता।

एक दिन वह शिक्षा-मठ के बाग में अकेला टहल रहा था कि उसने कुछ राज-मिस्त्रियों को बातें करते सुना।

"अब तो मुझे जाना ही पड़ेगा !" एक ने कहा। "नई भर्ती का हुक्म हुआ है।"

" 'उसके' राज में मज़दूर भी अफ़सर क्या, बल्कि जनरल तक हो सकते थे...ऐसा हुआ भी था !"

"अब ज़रा जाकर देखो ! अब तो भिखमंगों को छोड़कर कोई भर्ती नहीं होता। जिसके पास जरा भी पैसा है, वह मजे में घर में बैठा है।"

"गरीब, गरीब ही रहता है, समझे !"

"अच्छा, क्या यह सच है कि वह मर गया ?" तीसरे मिस्त्री ने कहा।

"बड़े लोग ही यह कहते हैं। वे सब 'उससे' डरते थे।"

"उन दिनों की बात ही और थी ! उसके जमाने में काम की कैसी तरक्की हुई ! ज़रा सोचो कि उसके अपने मार्शलों ने ही उसके साथ बुराई की ! यह दगा नहीं तो और क्या है ?"

इस वार्तालाप से जुलियें को थोड़ा-सा सन्तोष मिला। उसने आगे चलते-चलते मन-ही-मन दोहराया :

"वही एक राजा साधारण जनता को याद है !"

परीक्षा का समय आ पहुँचा। जुलियें ने अत्यधिक निपुणता के साथ उत्तर दिए। उसने देखा कि शाज़ेल भी अपनी सारी विद्वत्ता प्रकट करने का प्रयत्न कर रहा है।

पहले दिन सुप्रसिद्ध प्रधान विकार म. द फ्रिलेर द्वारा नियुक्त परीक्षक इस बात से बड़े चिन्तित हुए कि उन्हें फादर पिरार के प्रिय शिष्य जुलियें सोरेल को हर विषय में प्रथम अथवा द्वितीय स्थान देना पड़ा। शिक्षा-मठ में इस बात पर शर्तें बदी जाने लगीं कि सारी परीक्षा में जुलियें को पहला स्थान मिलेगा, जिसके फलस्वरूप उसे बिशप महोदय के साथ भोजन करने का भी सौभाग्य प्राप्त होगा।

किन्तु धर्म-गुरुओं से सम्बन्धित परीक्षा के दिन एक कठोर परीक्षक ने जुलियें से सें

जेरोम और सिसरो के विषय में प्रश्न पूछने के बाद होरेस वर्जिल तथा अन्य धर्मद्वेषी लेखकों की चर्चा छेड़ दी। अपने सहपाठियों के अनजाने में ही जुलियें ने इन लेखकों की बहुत-सी रचनाएँ कंठस्थ कर रखी थीं। अपनी सफलता से फूलकर वह यह भूल गया कि वह कहाँ बैठा है और शिक्षक के बार-बार अनुरोध करने पर उसने होरेस की बहुत-सी कविताएँ सुना दीं और उनका सुन्दर अर्थ भी बताया। बीस मिनट तक उसे इस भाँति बुलवाने के बाद परीक्षक ने अचानक अपना स्वर बदला और ऐसी धर्मद्वेषी बातों पर इतना समय नष्ट करने और ऐसे निरर्थक तथा घातक विचार प्राप्त करने के लिए उसे बुरी तरह डाँटा।

"आप ठीक कहते हैं, महोदय ! मैंने बहुत ही मूर्खतापूर्ण कार्य किया है।" जुलियें ने विनम्रतापूर्वक स्वीकार किया। वह समझ गया कि मैं चाल में फँस गया हूँ।

परीक्षक की इस तिकड़म को शिक्षा-मठ में सभी ने अनुचित कहा; किन्तु फादर फ्रिलेर को जुलियें को एक सौ अट्ठानवेवाँ स्थान देने में कोई संकोच नहीं हुआ। उस धूर्त व्यक्ति ने बड़ी चतुराई से बजाँसों के धर्म-संघ का जाल तैयार किया था और उसकी सरकारी रिपोर्टों से न्यायाधीश, ज़िला अधिकारी, बल्कि सेना के सारे अफसर तक काँपते थे, उसे इस प्रकार अपने जानसेनपंथी शत्रु पिरार को क्लेश पहुँचाकर बड़ी प्रसन्नता हुई।

पिछले दस वर्षों से वह उनसे शिक्षा-मठ छीनने का निरन्तर प्रयत्न करता आया था। फादर पिरार स्वयं ही उन्हीं सिद्धान्तों का अनुसरण करते थे जो उन्होंने जुलियें को बताए थे। वे ईमानदार थे, धार्मिक थे, षड्यन्त्र से अनभिज्ञ थे और कर्त्तव्यपरायण थे। किन्तु भगवान् ने अपने क्रोध में उन्हें धृष्टता से रुष्ट होनेवाला और तीव्रतापूर्वक घृणा करनेवाला स्वभाव दिया था। ऐसा तेजस्वी स्वभाव उन भयंकर अपमानों पर शान्त न रह सकता था। यदि उन्हें यह विश्वास न होता कि विधाता ने उन्हें जिस स्थान पर भेजा है, वहाँ वे उपयोगी हो सकते हैं, तो वह अभी तक सौ बार अपना त्यागपत्र दे चुके होते। वे मन-ही-मन कहा करते थे कि यहाँ रहकर मैं जेस्वीटवाद और मूर्तिपूजा की वृद्धि को रोक रहा हूँ।

परीक्षा के दिनों में उन्होंने कोई दो महीने से जुलियें से बात तक न की थी; किन्तु जब परीक्षा फल के सरकारी घोषणा-पत्र में उन्होंने अपने ऐसे छात्र के नाम के आगे एक सौ अट्ठानबे की संख्या लिखी देखी जिसे वे अपनी संस्था का गौरव मानते थे, तो वे एक सप्ताह तक बीमार पड़े रहे। इस कठोर व्यक्ति को सन्तोष केवल इसी बात का था कि उन्होंने अपनी देखभाल की सारी शक्ति जुलियें के ऊपर केन्द्रित कर दी। उन्हें इससे भी बड़ी प्रसन्नता हुई कि जुलियें के मन में न तो क्रोध था, न बदला लेने की योजना और न निराशा।

कुछ सप्ताह बाद जुलियें को अचानक एक पत्र मिला। उस पर पेरिस की मोहर थी, जिसे देखकर वह चौंक पड़ा। वह सोचने लगा कि आख़िरकार मादाम द रेनाल को अपने वचनों की याद आई। किसी व्यक्ति ने, पॉल सोरेल के हस्ताक्षर से और अपने आपको उसका रिश्तेदार बताते हुए, उसके नाम पाँच सौ फ्रैंक की हुंडी भेजी थी। पत्र में आगे यह भी लिखा था कि यदि जुलियें सर्वश्रेष्ठ लैटिन लेखकों का अध्ययन करता रहा और अपने अध्ययन में सफलतापूर्वक उन्नति करता रहा, तो यह रकम उसे हर वर्ष भेजी जाया करेगी।

अवश्य उन्हीं ने भेजा है, इस तरह की कृपा वही कर सकती हैं ! इस बात से बहुत ही विचलित होकर जुलियें ने सोचा। वह मुझे सान्त्वना देना चाहती हैं—पर एक स्नेह का शब्द क्यों नहीं लिख भेजतीं ?

पर वह भ्रम में था। मादाम द रेनाल, मादाम देर्विल का कहना मानकर पूरी तरह अपने

गहरे पश्चात्ताप में डूबी हुई थीं। अपने सारे संकल्पों के बावजूद वह प्रायः उस असाधारण व्यक्ति के बारे में सोचा करती थीं जिसने उनके जीवन में ऐसी उलट-पुलट कर दी थी, पर उसे लिखने की बात वह कभी न सोच सकती थीं।

यदि हम शिक्षा-मठ की भाषा का प्रयोग करें तो हम इन पाँच सौ फ्रैंक की प्राप्ति को एक चमत्कार मान सकते हैं और कह सकते हैं कि वे स्वयं म. द फ्रिलेर के पास से आए थे जिनके माध्यम से भगवान् यह कृपा जुलियें के ऊपर कर रहे थे।

ऐसी किंवदन्ती है कि म. द फ्रिलेर बारह वर्ष पहले एक बहुत छोटे-से थैले में अपनी समूची सम्पत्ति बन्द किए बजाँसों आए थे। इस समय उनकी गिनती ज़िले के सबसे धनी ज़मींदारों में होती थी। अपने इस उत्तरोत्तर समृद्धि के जीवन में उन्होंने एक ऐसी जायदाद का भी आधा हिस्सा खरीदा था जिसका दूसरा आधा म. द ला मोल को किसी वसीयत से मिला था। इस सिलसिले में इन दोनों प्रभावशाली व्यक्तियों के बीच बड़ी भारी मुकदमेबाज़ी हुई। पेरिस में अपनी सारी प्रतिष्ठा और राजदरबार में महत्त्वपूर्ण स्थान के बावजूद मार्कि द ला मोल ने यह अनुभव किया कि ज़िलाधीशों तक को बनाने-बिगाड़नेवाले प्रधान विकार के साथ झगड़ा करना विपत्तिजनक है, पर फिर उन्हें भी कुछ ज़िद हो गई। उन्होंने यह भी सोचा कि न्याय तो मेरी ही ओर है—क्या कहने हैं न्याय के ! सच पूछा जाए तो ऐसा कौन-सा न्यायाधीश है जिसे अपने किसी बेटे या भतीजे को समाज में आगे नहीं बढ़ाना है ?

आप लोगों में से अन्धे से अन्धे व्यक्ति की आँखें खोलने के लिए मैं यह बता देना चाहता हूँ कि अपने अनुकूल निर्णय प्राप्त करने के एक सप्ताह के भीतर ही फादर फ्रिलेर बिशप की गाड़ी में बैठकर स्वयं अपने वकील के लिए सम्मानित सेना का पदक लेकर पहुँचे थे। म. द ला मोल अपने विपक्ष के इस रवैए से कुछ चौंके और अपने वकील को मात खाते देखकर उन्होंने म. शेलाँ से परामर्श किया। म. पिरार का नाम उन्होंने ही मार्कि को बताया था।

हमारी कथा के प्रारम्भ के समय म. पिरार के साथ मार्कि के सम्बन्ध कई वर्ष पुराने हो चुके थे। फादर पिरार ने अपनी समूची स्वभावगत तीव्रता इस मामले पर लगा दी। वकीलों से मिलकर, मुकदमे का अध्ययन करके और मार्कि के पक्ष को न्यायपूर्ण पाकर वह उनके वकील की भाँति ही सर्वशक्तिमान विकार के विरुद्ध खुल्लमखुल्ला मैदान में उतर आए। प्रधान विकार इस अदना जानसेनपंथी की धृष्टता से बड़े क्रुद्ध हुए।

"जरा इन दरबारी सामन्तों को तो देखो जो इतने शक्तिशाली होने का दावा करते हैं !" म. द फ्रिलेर अपने घनिष्ठ मित्रों से कहते। "म. द ला मोल ने अपने बजाँसों के प्रतिनिधि को कोई छोटा-सा सम्मान-पदक भी नहीं भेजा और अब उसकी नौकरी छिन गई तो भी पत्ता भी नहीं हिला। लोगों के पत्रों से मुझे पता चला है कि यह जमींदार महोदय हर सप्ताह शाही मोहर के संरक्षक के ड्राइंगरूम में, वह चाहे कोई भी हो, अपना नीला फीता लगाए हाजरी देते हैं !" फादर पिरार के सारे परिश्रम के बावजूद और न्यायमन्त्री तथा उनके अफसरों के साथ बहुत अच्छे सम्बन्ध होने पर भी, छः साल की दौड़-धूप के बाद म. द ला मोल केवल इतना कर पाए कि मुकदमा पूरी तरह से हारने से बाल-बाल बचे।

पर इस मामले को दोनों ने बड़ा जी लगाकर चलाया था। उस सिलसिले में फादर पिरार के साथ निरन्तर होनेवाले पत्र-व्यवहार के कारण अन्त में मार्कि को पुरोहित की विशेष प्रकार की बुद्धि अच्छी लगने लगी। दोनों की सामाजिक स्थिति में पर्याप्त अन्तर होने पर भी

धीरे-धीरे उनके पत्रों का स्वर अधिकाधिक मित्रतापूर्ण होता गया। पुरोहित मार्कि को लिखते कि किस प्रकार निरन्तर तरह-तरह के अपमान द्वारा उन्हें अपना त्यागपत्र देने के लिए बाध्य किया जा रहा है। जुलियें के विरुद्ध जो गन्दी चाल चली गई, उससे क्रुद्ध होकर उन्होंने मार्कि को उसकी कहानी भी लिखी।

बहुत धनी होने पर भी मार्कि द ला मोल तनिक भी कंजूस न थे। इतने दिनों की जान-पहचान होने पर भी वह फादर पिरार को इस मुकदमे के सम्बन्ध में होनेवाले डाक-खर्च के पैसे तक स्वीकार करने के लिए भी कभी राजी न कर सके थे। इसलिए पुरोहित के प्रिय शिष्य को पाँच सौ फ्रैंक भेजने का विचार मन में आते ही वह उछल पड़े।

इस धन के साथ जो पत्र भेजा गया था, उसे म. द ला मोल ने स्वयं अपने हाथ से लिखने का कष्ट किया था। इससे पुरोहित के बारे में वह और भी सोचने लगे थे।

एक दिन पुरोहित को एक छोटा-सा पत्र मिला, जिसमें एक बहुत ज़रूरी काम से तुरन्त बजाँसों के बाहर एक सराए में पहुँचने का आमन्त्रण था। वहाँ उनकी म. द ला मोल के एक प्रबन्धक से भेंट हुई।

''मार्कि महोदय के आदेश से मैं उनकी गाड़ी आपके लिए लाया हूँ,'' उस व्यक्ति ने कहा। ''उन्हें आशा है कि इस पत्र को पढ़ने के बाद आप चार-पाँच दिन के भीतर ही पेरिस के लिए चल सकेंगे। समय हो तो मैं इस बीच जाकर फ्रांस-कोंते में मालिक की जमींदारी का निरीक्षण कर आऊँगा। उसके बाद जब आप कहेंगे हम लोग पेरिस के लिए चल पड़ेंगे।''

पत्र बहुत ही संक्षिप्त था। उसमें लिखा था :

'प्रिय महोदय, इन सब प्रान्तीय चिन्ताओं को फाड़-फटकारकर दूर कीजिए और यहाँ पेरिस में आकर शान्ति की साँस लीजिए। मैं अपनी गाड़ी आपके पास भेज रहा हूँ जिसे चार दिन तक आपके निर्णय की प्रतीक्षा का आदेश है। मैं स्वयं मंगलवार तक पेरिस में आपका इन्तज़ार करूँगा। आप अपने मुँह से हाँ भर कह दीजिए और मैं पेरिस के पास-पड़ोस में ही उत्तम से उत्तम स्थान आपके लिए ठीक कर दूँगा। आपके भावी इलाके के सबसे धनी निवासी ने आपको कभी देखा नहीं है, पर वह आपका इतना भक्त है कि आपको यकीन न होगा। वह व्यक्ति है—मार्कि द ला मोल।'

फादर पिरार शत्रुओं से भरे हुए इस शिक्षा-मठ को, जिसमें उन्होंने पिछले पन्द्रह वर्षों में अपना सर्वस्व लगा दिया था, कितना प्रेम करते थे, इसका उन्हें भी अनुमान न था। म. द ला मोल का पत्र उनके लिए एक अत्यन्त ही कष्टदायक किन्तु आवश्यक ऑपरेशन के लिए किसी सर्जन के आकस्मिक आगमन के समान था। यहाँ से उनका निकाला जाना तो निश्चित ही था। उन्होंने मार्कि के प्रबन्धक से तीन दिन के भीतर मिलने की व्यवस्था कर ली।

अगले अड़तालीस घंटों में वह बड़े ही अनिश्चय में डूबे रहे। अन्त में उन्होंने एक पत्र म. द ला मोल के लिए लिखा और फिर एक बिशप के लिए। यह पत्र कुछ लम्बा तो ज़रूर था पर वह धार्मिक शैली का एक उत्कृष्ट नमूना था। उसमें प्रयुक्त शब्दावली से अधिक निर्दोष अथवा अधिक वास्तविक आदरपूर्ण शब्दावली ढूँढ़ना कठिन होता तो भी इस पत्र में, जिससे म. द फ्रिलेर को अपने संरक्षक के आगे घंटे-दो घंटे के लिए बड़ी परेशानी होने की सम्भावना थी, वे सब शिकायतें और छोटी-छोटी अपमानजनक घटनाएँ प्रस्तुत कर दी गई थीं, जिन्हें छः वर्ष तक सहन करने के बाद अब उनके कारण फादर पिरार यह स्थान छोड़ने

को बाध्य हो रहे थे। यहाँ तक कि उनकी लकड़ी चुराई जाने, उनके कुत्ते को ज़हर दे देने जैसी छोटी-छोटी बातें भी गिना दी गई थीं।

पत्र समाप्त करने के बाद उन्होंने जुलियें को जगाने के लिए भेजा जो शाम को आठ बजे से ही अन्य सब छात्रों की भाँति सो चुका था।

"जानते हो, बिशप का महल कहाँ है ?" उन्होंने उससे सर्वोत्तम प्राचीन लैटिन में पूछा। "यह पत्र बिशप महोदय के पास ले जाओ। यह छिपाना बेकार है कि मैं तुम्हें भेड़ियों के बीच भेज रहा हूँ। अपनी आँखों और कानों को खुला रखना; पर खबरदार, अपने उत्तरों में कोई झूठ बात न कहना। साथ ही यह भी याद रहे कि तुमसे प्रश्न करनेवाले सम्भवतः तुम्हें नुकसान पहुँचाकर प्रसन्न हों। मुझे बहुत खुशी है बेटे, कि मेरे जाने से पहले यह अनुभव तुम्हारे लिए सुलभ हो रहा है, क्योंकि अब यह तो न छिपाऊँगा कि तुम्हारे हाथ मैं अपना त्याग-पत्र भेज रहा हूँ।"

जुलियें निश्चल खड़ा रह गया। फादर पिरार से उसे बहुत प्रेम था। समझदारी की आवाज़ ने बेकार ही उसे चेतावनी दी कि इस व्यक्ति के जाते ही यहाँ का जेस्विटपंथी गुट तुम्हारी नौकरी छीन लेगा और शायद तुम्हें निकाल बाहर भी करे।

पर अपने बारे में वह सोच ही न रहा था। उसकी उलझन इस कारण थी कि वह अपने मन की बात बहुत शिष्टता के साथ कहने के लिए शब्द खोज रहा था और उसका दिमाग़ काम न करता था।

"तो फिर तुम क्या जा नहीं रहे हो ?"

"जी, मैंने लोगों के मुँह से सुना है कि अपने इतने दिनों के कार्य में आपने कुछ बचाया नहीं। मेरे पास सौ फ्रैंक हैं।" जुलियें ने कुछ संकुचित भाव से कहा, पर उसके आँसुओं ने उसे आगे कुछ न कहने दिया।

"इसका भी ध्यान रखा जाएगा," भूतपूर्व अध्यक्ष ने रूखे स्वर में कहा। "जाओ, बिशप के यहाँ जाओ। देर हो रही है।"

उस दिन शाम को संयोगवश म. द फ्रिलेर स्वयं बिशप के ड्राइंगरूम में तैनात थे। बिशप महोदय ज़िलाधीश के साथ भोजन कर रहे थे। जुलियें ने पत्र स्वयं म. द फ्रिलेर के ही हाथों में दिया यद्यपि वह उन्हें पहचानता न था।

उन्हें बिशप के नाम के पत्र को बेधड़क खोलते देखकर उसे बड़ा आश्चर्य हुआ। शीघ्र ही प्रधान विकार के सुन्दर चेहरे पर पहले तो तीव्र सन्तोष-मिश्रित विस्मय का भाव प्रकट हुआ और फिर वह पहले से भी अधिक गम्भीर हो गया। उनके पत्र पढ़ते समय जुलियें उनके चेहरे की सुन्दरता से आकर्षित होकर उसका अध्ययन करता रहा। उनकी मुखाकृति के कुछ अंशों में, यदि अत्यधिक चतुरता स्पष्ट प्रकट न होती तो उनका चेहरा कहीं अधिक गम्भीर दिखाई पड़ता। अब उस सुन्दर चेहरे के स्वामी यदि पलभर के लिए भी असावधान होते तो उससे कपट का भाव प्रकट हुए बिना न रहता। उनकी बहुत प्रमुख-सी नाक एकदम सीधी रेखा में बाहर को निकली हुई थी और उसके कारण बगल से देखने पर उनकी आकृति एकदम एक लोमड़ी जैसी जान पड़ती थी। इस समय उनके सुरुचिपूर्ण वस्त्र जुलियें को बहुत अच्छे लगे जो उसने पहले कभी किसी पुरोहित को पहने नहीं देखा था।

यह उसे बहुत बाद में पता चला कि आबे द फ्रिलेर की विशेष योग्यता किस बात में थी। वह अपने बिशप को प्रसन्न करना जानते थे जो पेरिस की ज़िन्दगी के लिए सर्वथा

उपयुक्त, खुशमिज़ाज, बूढ़े व्यक्ति थे और अपने बजाँसों-निवास को देश-निकाला समझते थे। बिशप की आँखें बहुत खराब थीं और उन्हें मछली खाने का बड़ा शौक था। म. द फ्रिलेर बिशप महोदय की मेज़ पर परोसी जानेवाली हर मछली के काँटे निकाल दिया करते थे।

जुलियें चुपचाप आबे को दूसरी बार पत्र पढ़ते देखता रहा। तभी एकाएक दरवाज़ा खुला और बहुत सुन्दर वर्दी पहने एक नौकर जल्दी से वहाँ से निकल गया। जुलियें मुश्किल से दरवाज़े की ओर घूम ही पाया होगा कि उसने एक छोटे कद के वृद्ध व्यक्ति को बिशपोचित क्रॉस धारण किए हुए देखा। उसने उन्हें घुटनों के बल बैठकर प्रणाम किया। बिशप ने स्निग्ध मुस्कान से उसकी ओर देखा और आगे चले गए। सुन्दर आबे उनके पीछे-पीछे चले और जुलियें ड्राइंगरूम के पवित्र ठाट-बाट को इत्मीनान से देखकर चकित होने के लिए अकेला रह गया।

बजाँसों के बिशप की अवस्था कोई पैंसठ वर्ष की होगी। दीर्घकालीन विदेश-निवास की कठिनाइयों से उनकी आत्मा तप तो बहुत चुकी थी, परन्तु अभी बुझी न थी। उन्हें इस बात की तनिक भी चिन्ता न थी कि अगले दस वर्ष के भीतर क्या होगा।

"अभी-अभी मैंने शिक्षा-मठ के किसी विद्यार्थी को देखा जो बड़ा प्रखर और मेधावी लग रहा था। वह कौन है ?" बिशप ने पूछा। "क्या मेरे नियमों के अनुसार उसे इस समय तक सो न जाना चाहिए ?"

"यह तो पूरी तरह जागा हुआ है, मैं विश्वास दिलाता हूँ श्रीमान् ! वह एक बढ़िया समाचार लेकर आया है—आपके ज़िले के एकमात्र बचे हुए जानसेनपंथी के त्यागपत्र का। उन भयंकर फादर पिरार को भी आख़िरकार इशारा पहचानना आ गया।"

"जो हो !" बिशप ने हँसते हुए कहा, "मुझे विश्वास है कि उस जैसा आदमी तुम्हें और न मिलेगा। मैं उसकी बहुत कद्र करता हूँ। इसीलिए मैं कल उसे अपने साथ भोजन के लिए बुला रहा हूँ।"

प्रधान विकार ने फादर पिरार के उत्तराधिकारी के विषय में एक-दो शब्द कहने का प्रयत्न किया पर बिशप महोदय इस समय काम-काज की बातों के लिए तैयार न थे। उन्होंने कहा, "किसी दूसरे की नियुक्ति के पहले जरा यह तो पता चले कि यह क्यों छोड़ रहे हैं। उस विद्यार्थी को मेरे पास बुलाओ—बच्चों के मुँह में सच्चाई निवास करती है।"

जुलियें की पुकार हुई। वह सोचने लगा कि अब दो परीक्षकों से सामना होगा। इतना साहस उसने पहले कभी न अनुभव किया था।

जिस समय उसने प्रवेश किया, उस समय दो सेवक, जो स्वयं म. वालनों से अधिक सुन्दर वस्त्र पहने हुए थे, बिशप महोदय के कपड़े उतार रहे थे। बिशप महोदय ने सोचा, म. पिरार की चर्चा चलाने के पहले जुलियें से उसकी पढ़ाई-लिखाई के बारे में कुछ पूछना चाहिए। धर्म-सिद्धान्त सम्बन्धी प्रश्नों के उत्तर सुनकर वह चकित रह गए। शीघ्र ही वह वाङ्मय पर आए और वर्जिल होरेस आदि की चर्चा करने लगे। जुलियें ने सोचा कि इन्हीं नामों ने मुझे एक सौ अट्ठानवे वाँ स्थान दिलाया था। इससे अधिक अब मेरा कोई क्या बिगाड़ेगा—क्यों न जो जानता हूँ उसे कहूँ ! बिशप महोदय स्वयं वाङ्मय के अच्छे ज्ञाता थे। वे जुलियें की जानकारी से बहुत प्रसन्न हुए।

ज़िलाधीश के भोजन के समय किसी विख्यात युवती ने मारि माग्दालेन के ऊपर एक कविता सुनाई थी। इसलिए बिशप साहित्यिक चर्चा के लिए तैयार ही बैठे थे और वह फादर

पिरार तथा काम-काज की अन्य बातें भूलकर जुलियें के साथ यह चर्चा करने लगे कि होरेस अमीर था या गरीब। बिशप ने स्वयं उसकी कई कविताएँ सुनाईं पर कभी-कभी जब उनकी स्मृति धोखा दे जाती तो जुलियें बहुत ही विनम्र भाव से समूची कविता को शुरू से अन्त तक सुना देता था। इस बात से बिशप बहुत प्रभावित हुए कि जुलियें की आवाज़ कभी बातचीत के स्वर से इधर-उधर न बहकती थी। वह लैटिन की बीस या तीस पंक्तियाँ ऐसे दुहरा जाता मानो शिक्षा-मठ में होनेवाली घटनाओं के बारे में बातचीत कर रहा हो। वर्जिल और सिसरो के बारे में भी विस्तार से बातचीत हुई। अन्त में बिशप इस तरुण छात्र की प्रशंसा का लोभ सँवरण न कर सके।

"इससे अधिक उपयुक्तता के साथ अध्ययन शायद ही कोई और कर सके।" उन्होंने कहा।

"श्रीमान्," जुलियें ने कहा, "आपके शिक्षा-मठ में आपकी इस प्रशंसा के उपयुक्त एक सौ सत्तानबें व्यक्ति मौजूद हैं।"

"यह कैसे ?" बिशप ने इस संख्या से चकित होकर पूछा।

"मैंने श्रीमान् से जो कुछ निवेदन किया है, उसके समर्थन में सरकारी प्रमाण प्रस्तुत कर सकता हूँ। शिक्षा-मठ की वार्षिक परीक्षा में मुझे ठीक इन्हीं विषयों पर उत्तर देने के कारण एक सौ अट्ठानवे वाँ स्थान मिला था जिनके लिए आपने मेरी प्रशंसा करने की कृपा की।"

"ओह ! तो तुम ही हो फादर पिरार के प्रिय शिष्य !" बिशप ने म. द फ्रिलेर पर एक नज़र डालकर हँसते हुए कहा। "यह तो मुझे पहले ही समझ लेना चाहिए था, पर युद्ध में हर काम न्यायपूर्ण होता है ! क्या यह सच नहीं है, मेरे नौजवान दोस्त," उन्होंने जुलियें से कहा, "कि तुम्हें नींद से उठाकर यहाँ भेजा गया है ?"

"जी श्रीमान् ! मैं केवल एक बार शिक्षा-मठ से बाहर अकेला गया हूँ, और वह कोर्पस क्रिस्टी के अवसर पर गिरजाघर को सजाने में फादर शा-बर्नार की सहायता के लिए गया था।"

"बहुत उत्तम," बिशप ने कहा। "क्या, चँदोवे के ऊपर परों के गुच्छे रखने का साहस दिखानेवाले भी तुम्हीं थे ? उससे हर वर्ष मेरा हृदय काँपता है; मुझे सदा भय रहता है कि वे कहीं किसी आदमी की बलि न ले लें। तुम बहुत उन्नति करोगे, मेरे नौजवान दोस्त ! पर मैं नहीं चाहता कि पेट की चिन्ता में तुम्हारा प्रतिभापूर्ण जीवन यों ही समाप्त हो जाए।"

बिशप के आदेश पर बिस्कुट और मलागा शराब लाई गई, जिसके साथ न्याय जुलियें ने भी किया और उससे भी अधिक आबे द फ्रिलेर ने, जो जानते थे कि लोगों को जी भरकर भोजन कराना बिशप को अच्छा लगता है।

दिन के ऐसे अन्त से बिशप अधिकाधिक प्रसन्न हो रहे थे। कुछ देर के लिए उन्होंने चर्च के इतिहास की चर्चा छेड़ दी। पर जुलियें को उस विषय में अनभिज्ञ पाकर वह कोन्सतान्तिनयुगीन सम्राटों के नैतिक आचरण की बात करने लगे। मूर्ति-पूजा-युग के अन्तिम दिनों में भी उसी प्रकार सन्देह और अशान्ति पाई जाती थी जैसे उन्नीसवीं शताब्दी में दुखी और क्लान्त व्यक्तियों को खिन्न करती रहती है।

बिशप ने देखा कि जुलियें टैसिटस का नाम तक नहीं जानता। उन्हें जुलियें के इस स्पष्ट उत्तर से बड़ा आश्चर्य हुआ कि शिक्षा-मठ के पुस्तकालय में इस लेखक की कोई भी पुस्तक नहीं है।

"यह तो बड़ा अच्छा हुआ," बिशप ने उत्साहित होकर कहा। "तुमने मुझे एक कठिनाई से उभार लिया है। पिछले दस मिनट से मैं यही सोच रहा हूँ कि तुम्हारे कारण मुझे आज जो आनन्द मिला है, और वह भी सचमुच बहुत ही अप्रत्याशित रूप में, उसके लिए तुम्हें कैसे धन्यवाद दूँ। अपने शिक्षा-मठ में मैंने ऐसे सुपठित विद्यार्थी की आशा न की थी। मैं तुम्हें टैसीटस की रचनाएँ भेंट करना चाहता हूँ, यद्यपि ऐसा उपहार सर्वथा नियमानुकूल नहीं है।"

बिशप ने सुन्दर जिल्दवाले आठ ग्रन्थ मँगवाए और पहले खंड के मुख-पृष्ठ पर स्वयं अपने हाथों से लैटिन में जुलियें सोरेल के नाम भेंट भी लिख दिया। बिशप को अपनी लैटिन भाषा के ज्ञान पर बड़ा गर्व था। अन्त में उन्होंने समूचे वार्तालाप से सर्वथा भिन्न और अत्यन्त ही गम्भीर स्वर में उससे कहा, "यदि तुमने अपना आचरण ठीक रखा, तो नौजवान, एक दिन तुम्हें मेरे क्षेत्र में अच्छी-से-अच्छी आजीविका मिल सकेगी जो मेरे महल से दो-तीन सौ मील से अधिक दूर न होगी, पर तुम्हें अपना चाल-चलन ठीक करना पड़ेगा।"

रात के बारह बजते-बजते जुलियें बहुत ही विस्मय की अवस्था में अपनी पुस्तकों से लदा-फँदा महल से चला। बिशप महोदय ने फादर पिरार के विषय में उससे एक शब्द भी न कहा था। उनके अत्यन्त ही शिष्ट व्यवहार से जुलियें को सबसे अधिक आश्चर्य हुआ था। ऐसे स्वाभाविक सम्भ्रम के साथ-साथ इतनी नागरता की उसने कल्पना भी न की थी। कुछ अधीरता के साथ प्रतीक्षा करते हुए फादर पिरार से फिर भेंट होने पर यह अन्तर उसको और भी तीव्रता से अनुभव हुआ।

"क्या कहा उन लोगों ने ?" उसके तनिक समीप आते ही आबे ने जोर से चिल्लाकर पूछा। बिशप ने जो कुछ कहा था, उसको लैटिन में अनुवाद करके बताने में जुलियें कुछ घबरा उठा। यह देखकर भूतपूर्व अध्यक्ष ने अपने साधारण कठोर स्वर में अत्यधिक कर्कश भाव से कहा, "फ्रेंच में ही कहो और तनिक भी घटाए-बढ़ाए बिना बिशप के शब्द ही मुझे बताओ।"

वह टैसीटस के सुन्दर ग्रन्थों के पन्ने पलटने लगे। ऊपर से लगा कि उनके सुनहरे किनारों को देखकर वह चौंक उठे हैं। "एक बिशप द्वारा किसी नौजवान छात्र के लिए यह बड़ी विचित्र-सी भेंट है, है न ?" उन्होंने कहा।

बहुत विस्तार से सारा हाल सुनने के बाद जब उन्होंने अपने प्रिय शिक्षक को अपने कमरे में वापिस लौटने की आज्ञा दी तो उस समय दो बजे थे।

"टैसीटस का पहला खंड, जिमसें बिशप ने अपने हाथों से समर्पण लिखा है, मेरे पास छोड़ जाओ," उन्होंने उससे कहा। "लैटिन की यह अकेली एक पंक्ति मेरे जाने के बाद से तुम्हारे लिए इस घर में विद्युत वाहक का-सा काम करेगी; क्योंकि, बेटे, मेरे उत्तराधिकारी उस क्रुद्ध बाघ का सा व्यवहार करेंगे जो देखते ही किसी को फाड़ खाने के लिए तैयार हो।"

अगले दिन सवेरे जुलियें ने देखा कि उसके साथी बड़े ही अजीब ढंग से उससे बात कर रहे हैं। इस बात से वह और भी आत्मस्थ हो गया। वह सोचने लगा कि यह फादर पिरार के त्याग-पत्र का प्रभाव है। मठ में प्रत्येक व्यक्ति यह बात जानता है और मैं उनका प्रिय शिष्य समझा जाता हूँ। इस व्यवहार के पीछे अवश्य कोई न कोई अपमानजनक बात होगी, किन्तु वह कोई ऐसी बात न पा सका। इसके विपरीत उसे जो भी मिलता, उसकी आँखों में कहीं घृणा न दिखाई पड़ती थी। अन्त में एक बहुत ही अल्पवयस्क छात्र ने उससे हँसते

हुए कहा, ''टैसीटस की सम्पूर्ण रचनाएँ !''

इन शब्दों को सुनकर सारे विद्यार्थी, मानो एक-दूसरे से होड़ करते हुए, बिशप महोदय से ऐसा अपूर्व उपहार पाने के लिए ही नहीं बल्कि दो घंटे तक उनसे वार्तालाप करने का सौभाग्य प्राप्त करने के लिए जुलियें को बधाई देने लगे। उस विषय में छोटी से छोटी बात तक का लोगों को पता था। उस क्षण से ईर्ष्या सदा के लिए समाप्त हो गई। हर व्यक्ति बहुत ही दयनीय ढंग से उसकी खुशामद करने लगा। फादर कास्तानेद, जिन्होंने एक दिन पहले ही उसके साथ बहुत बुरी तरह व्यवहार किया था, आकर उसकी बाँह पकड़कर बातें करने लगे और उसे भोजन के लिए निमन्त्रित कर दिया। अपने चरित्र की एक घातक विशेषता के कारण इन अशिष्ट लोगों के उजड्डपन से जुलियें को बहुत कष्ट पहुँचा। अब उनकी खुशामद से आनन्द के बजाए उसे वितृष्णा हुई।

दोपहर के लगभग फादर पिरार ने अपने विद्यार्थियों से विदा ली; किन्तु उनका अन्तिम भाषण भी यथावत् कठोर ही था। उन्होंने कहा, ''आप लोग सांसारिक सम्मान चाहते हैं, हर प्रकार की सामाजिक सुविधा, अधिकार, न्याय और व्यवस्था की उपेक्षा और सब लोगों से अशिष्टतापूर्ण व्यवहार करना चाहते हैं अथवा आप परम मुक्ति की कामना करते हैं ? आप में से अल्प से अल्प बुद्धिवाला व्यक्ति भी यदि आँखें खोले तो इन दोनों रास्तों के बीच अन्तर पहचान सकता है।''

उनके जाते ही कुछ भक्तगण गिरजाघर में प्रार्थना करने चले गए। शिक्षा-मठ में किसी ने भूतपूर्व अध्यक्ष के भाषण पर विशेष ध्यान न दिया। ''वह निकाले जाने के कारण बहुत झुँझलाए हुए हैं,'' सब तरफ लोग यही कह रहे थे। एक भी छात्र ऐसा सरल हृदय न था जो ऐसी नौकरी से इच्छापूर्वक त्यागपत्र देने की बात में विश्वास करता जिसमें बड़े-बड़े ठेकेदारों से इतने सम्पर्क का अवसर मिलता था।

फादर पिरार बजाँसों की सबसे बढ़िया सराय में ठहरे और क़ाम-काज के बहाने से, जो वास्तव में था नहीं, दो दिन वहीं रुके रहे। बिशप ने उन्हें भोजन के लिए बुलाया था जिसमें प्रधान विकार की खीज से आनन्द लेने के लिए उन्होंने फादर पिरार को अपने उत्तम से उत्तम रूप में प्रकट होने का अवसर दिया। भोजन अभी समाप्त भी नहीं हुआ था कि पेरिस से यह विचित्र समाचार मिला कि फादर पिरार पेरिस से कोई बारह मील की दूरी पर एक सुन्दर स्थान में नियुक्त हो गए हैं। बिशप ने उन्हें सच्चे दिल से बधाई दी। इस सब मामले में उन्हें ईमानदारी की झलक ही दिखाई दी जिससे उनकी प्रसन्नता बढ़ गई और आबे की योग्यता के विषय में उनकी राय और भी उत्तम हो गई। उन्होंने फादर पिरार को लैटिन में एक बहुत ही अच्छा प्रमाणपत्र भी दिया और जब आबे द फ्रिलेर ने कुछ आपत्ति करने का साहस किया तो उन्हें आदेश देकर चुप कर दिया।

शाम को बिशप यह अपूर्व समाचार लेकर मार्कि द रुवांप्रे के घर गए। बजाँसों के उच्च समाज के लिए यह बड़े आश्चर्य की बात थी। हर आदमी फादर पिरार की इस उन्नति के विषय में तरह-तरह की अटकलें लगा रहा था। लोग यहाँ तक कहने लगे थे कि वह अब बस बिशप होने ही वाले हैं। सूक्ष्मदर्शी लोग यह विश्वास करने लगे थे कि म. द ला मोल मन्त्री नियुक्त हो गए हैं। उस दिन बहुत लोग आबे द फ्रिलेर के रौब दिखाने पर मुस्कुरा उठे थे।

अगले दिन सवेरे फादर पिरार के पीछे सड़कों पर एक भीड़-सी जमा हो गई। दुकानदार

अपनी-अपनी दुकानों से उठकर दरवाज़ों पर उनसे मिलने आते। पहली बार उनका विनम्रतापूर्वक स्वागत हुआ। उस कठोर जानसेनपंथी को इन सब बातों को देखकर बहुत ही क्रोध हुआ। म. द ला मोल के लिए जो वकील उन्होंने चुने थे, उनके साथ देर तक परामर्श करके वह पेरिस के लिए चल पड़े।

उनके दो-तीन पुराने सहपाठी गाड़ी तक उन्हें पहुँचाने आए और उस पर बने हुए शस्त्र-चिह्न की प्रशंसा करते रहे। फादर पिरार मूर्खतावश उनसे यह कह बैठे कि पन्द्रह वर्ष तक शिक्षा-मठ का अध्यक्ष रहने के बाद मैं केवल पाँच सौ फ्रैंक लेकर बजांसों से जा रहा हूँ। इन मित्रों ने आँखों में आँसू भरकर उन्हें हृदय से लगाया, पर बाद में एक-दूसरे से कहने लगे, "भला आदमी यह झूठ न बोलता तो क्या होता !"

धन के प्रेम में अन्धे लोगों के लिए यह समझना असम्भव है कि फादर पिरार अपनी आन्तरिक सच्चाई के कारण ही छः वर्ष तक मारि आलाको, जेस्विटपंथियों और बिशप के साथ संघर्ष में टिके रह सके थे।

30
महत्त्वाकांक्षी व्यक्ति

कुलीनता का सिर्फ एक रूप है : ड्यूक की उपाधि;
मार्क्विस की उपाधि तो बकवास है, ड्यूक शब्द सुनकर
लोग बरबस मुड़कर देखने लगते हैं।

–एडिनबर्ग रिव्यू

मार्कि द ला मोल द्वारा फादर पिरार के स्वागत में वे सब छोटी-छोटी ज़मींदाराना बातें न थीं जो ऊपर से बड़ी विनम्रतापूर्ण दिखाई पड़ने पर भी समझदार व्यक्ति के लिए इतनी असहनीय होती हैं। उनमें समय भी नष्ट होता है और मार्कि इस समय राज-काज के बड़े-बड़े मामलों में इतने उलझे हुए थे कि इसके लिए उनके पास समय न था। पिछले छः महीनों से वह महाराज और राष्ट्र को एक ऐसा मन्त्रिमंडल स्वीकार करने के लिए तैयार करने का प्रयत्न कर रहे थे जो कृतज्ञ होकर उन्हें ड्यूक बना सके।

पिछले कई वर्षों से मार्कि अपने बजाँसों के वकील से फ्रांसकोंते वाले मुकदमे के सम्बन्ध में साफ-साफ रिपोर्ट की माँग कर रहे थे, पर यह प्रसिद्ध वकील महोदय स्वयं ही ठीक से मामले को न समझते थे; तो उन्हें कैसे समझाते ? फादर पिरार ने जो एक छोटा-सा काग़ज़ उनके सामने रखा, उससे सब बात साफ-साफ प्रकट हो गई।

पाँच मिनट के भीतर ही सारी परम्परागत शिष्टता की बातें तथा व्यक्तिगत कुशल-क्षेम आदि सम्बन्धी प्रश्न समाप्त करके मार्कि ने कहा, "देखिए, अपनी इन तमाम तथाकथित सुविधाजनक परिस्थितियों में मुझे दो छोटी-छोटी बातों के लिए समय नहीं मिलता जो सचमुच बहुत महत्त्वपूर्ण हैं। ये बातें हैं मेरे परिवार के और स्वयं अपने मामले। मैं अपने खानदान की धन-सम्पत्ति के विषय में बहुत ध्यान रखता हूँ। और मैं उनको बहुत कुछ बढ़ा भी सका

हूँ। मैं अपने आनन्द और मनोरंजन का भी ध्यान रखता हूँ और यह सबसे महत्त्वपूर्ण चीज़ है—कम-से-कम मेरी नज़रों में।'' फादर पिरार की आँखों में एक विस्मय का भाव देखकर उन्होंने जोड़ा। पर्याप्त सहज बुद्धि होने पर भी फादर पिरार को एक बूढ़े आदमी द्वारा अपने मनोरंजन और आनन्द की ऐसी खुल्लमखुल्ला चर्चा से आश्चर्य हुआ।

''निस्सन्देह पेरिस में भी परिश्रमी लोग हैं,'' मार्कि ने आगे कहा, ''पर वे केवल पाँचवीं मंज़िल के ऊपर अकेले टँगे हुए हैं। जैसे ही किसी आदमी से उनका परिचय होता है, वे तुरन्त दूसरी मंज़िल पर एक फ्लैट चुनते हैं और उसकी पत्नी दावत का दिन चुनती है। फलस्वरूप न तो कुछ काम-काज होता है और न समाज में आगे बढ़ने के अलावा अन्य किसी बात का प्रयत्न। काम चलाने लायक धन मिलते ही सबसे पहले उनकी नज़र इसी बात पर जाती है।

''मेरे मुकदमों के लिए, और वास्तव में अलग से प्रत्येक मुकदमे के लिए, मेरे ऐसे वकील हैं जो सचमुच परिश्रम करके अपने आपको मारे डाल रहे हैं। उनमें से एक तो परसों ही तपेदिक से मरे हैं। किन्तु जहाँ तक मेरे साधारण काम का सवाल है, क्या आप मेरा विश्वास करेंगे कि पिछले तीन वर्षों से मैंने ऐसे आदमी की खोज करना तक छोड़ दिया है जो मेरे पत्र लिखने के साथ-साथ इस बात पर भी गम्भीरतापूर्वक विचार करने की कृपा करें कि वह आखिर कर क्या रहा है ? यह सब एक प्रकार की भूमिका ही समझिए।

''मेरे मन में आपके लिए बहुत इज्जत है और यद्यपि आज पहली बार आपसे भेंट हो रही है, तो भी मुझे यह कहने की हिम्मत है कि आप मुझे अच्छे लगते हैं। क्या आप आठ हजार फ्रैंक अथवा इससे दुगने वेतन पर मेरा सेक्रेटरी बनना पसन्द करेंगे ? मैं आपको विश्वास दिलाता हूँ कि तब भी मुझे लाभ ही होगा। और इस बात का मैं प्रबन्ध कर दूँगा कि यदि ऐसा दिन आ जाए कि हम दोनों एक-दूसरे को न निभा सकें तो आपकी वर्तमान नियुक्ति आपके लिए खुली रहे।''

फादर पिरार ने इस प्रस्ताव को अस्वीकार कर दिया, किन्तु वार्तालाप के अन्त होते-होते तक मार्कि की बहुत ही वास्तविक कठिनाई को देखकर उनके मन में एक विचार आया।

''मैं एक गरीब नौजवान को शिक्षा-मठ में छोड़ आया हूँ। यदि मैं भूल नहीं करता हूँ तो वहाँ उसे बहुत कष्ट मिलनेवाला है। यदि वह सीधा-सादा साधु होता तो अब तक अकेली कोठरी में रहने का दंड पा गया होता। अभी तक यह नौजवान लैटिन और धर्मशास्त्र के अतिरिक्त और कुछ नहीं जानता; पर यह सम्भव नहीं है कि एक दिन धर्मोपदेशक अथवा आध्यात्मिक परामर्शदाता के रूप में वह बहुत योग्यता का प्रदर्शन करे। यह तो मैं नहीं जानता कि वह कैसा निकलेगा, पर उसके भीतर पवित्र अग्नि अवश्य है और वह दूर तक पहुँचेगी। यदि कोई ऐसा बिशप हमारे यहाँ होता जो आपकी तरह सोचता-विचारता होता तो मैं उसे उनके सुपुर्द कर देता।''

''यह नौजवान कैसे परिवार का है ?''

''वह उधर पहाड़ी इलाके के किसी बढ़ई का बेटा माना जाता है, पर मुझे लगता है कि वह किसी अमीर आदमी की अवैध सन्तान है। उसके पास एक दिन किसी छद्म-नाम से पाँच सौ फ्रैंक की हुंडी भी आई थी।''

''ओहो ! आपका मतलब जुलियें सोरेल से है !'' मार्कि ने कहा।

"आप उसका नाम कैसे जानते हैं ?" फादर पिरार ने आश्चर्य से पूछा। इस प्रश्न से उनका चेहरा लाल हो उठा था। मार्कि ने यह दिखाते हुए कि मानो इस प्रश्न से उन्हें कुछ संकोच हो रहा है, उत्तर दिया, "यह बात मैं आपको नहीं बताऊँगा।"

"जो हो," फादर पिरार ने कहा, "आप उसे अपना सेक्रेटरी बना सकते हैं। वह उत्साही भी है और समझदार भी। संक्षेप में इस प्रयोग की परीक्षा की जा सकती है।"

"क्यों नहीं !" मार्कि ने कहा। "पर वह कहीं ऐसा तो न निकलेगा कि ज़िलाधीश अथवा किसी अन्य व्यक्ति से घूस लेकर मेरे ऊपर जासूसी करने लगे ? मेरी एकमात्र आपत्ति यही है।"

फादर पिरार के इस विषय में बहुत कुछ आश्वासन देने के बाद मार्कि ने एक हजार फ्रैंक का एक नोट निकाला और कहा, "यह जुलियें सोरेल को उसके यात्रा-खर्च के लिए भेज दीजिए और उसे फौरन बुला लीजिए।"

"यह समझना आसान है कि आप पेरिसवासी हैं," फादर पिरार ने कहा। "आपको पता नहीं कि हम बेचारे प्रान्तों के निवासियों को, विशेष कर उन पुरोहितों को जिनसे जेस्विटपंथी प्रसन्न नहीं हैं, कितना अत्याचार सहना पड़ता है। वे लोग जुलियें सोरेल को आने न देंगे; एक से एक बढ़िया बहाना बनाना वे लोग खूब जानते हैं; कहेंगे कि वह बीमार है, अथवा चिट्ठी ही डाक में खो जाएगी, इत्यादि-इत्यादि।"

"अच्छी बात है, एक दिन मैं मन्त्री महोदय से बिशप के लिए एक चिट्ठी ले लूँगा।" मार्कि ने कहा।

"एक बात की चेतावनी देना तो मैं भूल ही गया," आबे ने कहा। "यह नौजवान गरीब घराने में पैदा होने पर भी बड़ा स्वाभिमानी है। उसके स्वाभिमान को ठेस पहुँचाने से लाभ न होगा, बल्कि यह उसे और भी बुद्धू बना देगा।"

"यह तो मुझे बहुत पसन्द है," मार्कि ने कहा। "मैं उसे अपने बेटे का साथी बना दूँगा—ठीक होगा न ?"

कुछ दिनों बाद जुलियें को एक अपरिचित लिखावट में शालों की डाक-मोहर का एक पत्र मिला। उसमें बजाँसों के एक व्यापारी के नाम हुंडी थी और तुरन्त पेरिस में उपस्थित होने का आदेश दिया गया था। पत्र के ऊपर कोई बनावटी नाम था। जुलियें उसे खोलते ही चौंक उठा, तेरहवें शब्द के ऊपर स्याही की एक बूँद गिरी हुई थी। फादर पिरार के साथ यही तो संकेत निश्चित हुआ था।

एक घंटे के भीतर ही जुलियें की फिर बिशप के महल में बुलाहट हुई जहाँ उसका बहुत ही स्नेह से स्वागत किया गया। होरेस के उद्धरण के बीच में बिशप महोदय ने उसकी बहुत प्रशंसा करते हुए कहा कि पेरिस में बड़ा उच्च अवसर उसे मिलनेवाला है। इन सब बातों के लिए अपनी कृतज्ञता प्रकट करने के बाद जुलियें को कुछ और अधिक स्पष्ट जानकारी की आवश्यकता थी। पर वह कुछ न कह सका; क्योंकि उसे तो कुछ पता ही न था। बिशप महोदय उसके ऊपर बड़े दयालु रहे। महल के एक किसी छोटे धर्माधिकारी ने मेयर के नाम एक पत्र लिखा जो स्वयं अपने हाथ से हस्ताक्षर करके एक पासपोर्ट लेकर तुरन्त आया जिस पर यात्री के नाम का स्थान खाली छोड़ दिया गया था।

उस दिन आधी रात के पहले ही जुलियें फूके के घर पर मौजूद था। वह दूरदर्शी व्यक्ति अपने मित्र के इस भविष्य से प्रसन्न होने से अधिक विस्मित था।

"इस सबका नतीजा यह होनेवाला है," उदारपंथी फूके ने कहा, "कि तुम्हें कोई ऐसी सरकारी नौकरी मिलेगी जिसमें कोई न कोई अनुचित काम करने को तुम्हें लाचार होना पड़ेगा और फिर अख़बार तुम्हारी मरम्मत करेंगे। तुम्हारे लज्जाजनक स्थिति में होने के समाचार मेरे पास भी पहुँचेंगे। देख लो, पैसे के लिहाज़ से भी जमे हुए लकड़ी के कारोबार में सौ लुई कमाना सरकारी नौकरी के पाँच हजार फ्रैंक से ज्यादा अच्छा है, फिर वह नौकरी चाहे सोलोमन बादशाह की ही क्यों न हो। अपने कारबार में आदमी अपना मालिक आप होता है।"

जुलियें को इस सलाह में एक प्रतिष्ठित देहाती-निवासी व्यक्ति के संकुचित विचारों के अतिरिक्त और कुछ न दीखा। इतने दिनों बाद उसे महान घटनाओं के केन्द्र में उपस्थित होने का अवसर मिला था। पेरिस को वह बुद्धिमान, एक-दूसरे के विरुद्ध चालें चलनेवाले, पूरी तरह ढोंगी, किन्तु बजाँसों और आग्द के बिशप की भाँति शिष्ट व्यक्तियों का नगर मानता था। वहाँ पहुँचने की प्रसन्नता ने हर बात को उसकी आँखों के आगे से ओझल कर दिया था। उसने अपने मित्र से कहा कि फादर पिरार के पत्र के कारण अब उसके आगे कोई रास्ता ही न रह गया है।

अगले दिन बारह बजे के लगभग वह वेरियेर पहुँचा। उस समय उसकी प्रसन्नता का ठिकाना न था और उसे मादाम द रेनाल से फिर मिलने की आशा थी।

सबसे पहले वह अपने अभिभावक फादर शेलाँ से मिलने गया जहाँ उसका बड़ी कठोरता से स्वागत हुआ।

"तो तुम्हारा विचार है कि तुम किसी बात के लिए मेरे कृतज्ञ हो ?" म. शेलाँ ने उसके अभिवादन का उत्तर दिए बिना ही कहा। "तुम मेरे साथ भोजन करो। इस बीच कोई व्यक्ति जाकर तुम्हारे लिए घोड़ा किराए पर तय कर देगा और उसके बाद तुम्हें किसी से मिले बिना ही वेरियेर से रवाना हो जाना पड़ेगा।"

"आपके वचन मेरे लिए आज्ञा के समान हैं," जुलियें ने शिक्षा-मठ के विद्यार्थी के स्वर में उत्तर दिया। और उन लोगों ने धर्मशास्त्र और वाङ्मय के अतिरिक्त किसी विषय पर बात न की।

घोड़े पर वह तीन मील तक गया। उसके बाद वह चुपके से एक जंगल में घुस गया। दिन बीतने पर उसने घोड़ा वापस भेज दिया और बाद में एक किसान के घर में पहुँचकर उसे एक सीढ़ी बेचने तथा थोड़ी दूर तक सीढ़ी को ले चलने के लिए तैयार कर लिया।

वेरियेर के 'कूर द ला फिदेलिते' के समीप एक जंगल के पास किसान उससे विदा लेते हुए मन-ही-मन कहने लगा—'या तो यह कोई सेना से भगोड़ा होगा या कोई चोरी का सामान ले जानेवाला, पर उसमें नुकसान ही क्या है ? मुझे तो सीढ़ी की अच्छी कीमत मिल गई। और यह भी नहीं कि मैंने ज़िन्दगी में कोई ऐसा काम किया न हो।'

रात बड़ी अँधेरी थी। कोई एक बजे सवेरे के लगभग जुलियें ने सीढ़ी सहित वेरियेर में प्रवेश किया। वह तुरन्त ही उतरकर नदी की धार में जा पहुँचा, जो म. द रेनाल के सुन्दर बगीचों में से कोई दस फीट की गहराई से जाती है और जिसके चारों ओर दीवार-सी बनी हुई है। सीढ़ी की सहायता से जुलियें आसानी से ऊपर चढ़ गया। रखवाली करनेवाले कुत्ते कहाँ होंगे, वह सोचने लगा। सारा सवाल यही है। तभी कुत्ते भौंक उठे और उसकी ओर

झपटते हुए आए पर उसके धीमे से सीटी बजाते ही वे दुम हिलाते हुए उसके पास खड़े हो गए।

फिर वह एक के बाद एक वीथि को आसानी से पार करता हुआ, यद्यपि लोहे के सब दरवाज़े बन्द थे, ठीक मादाम द रेनाल के शयनकक्ष की खिड़की के नीचे जा पहुँचा। यह खिड़की बगीचे की तरफ और धरती से करीब नौ-दस फीट की ऊँचाई पर थी। खिड़की के दरवाज़ों में छोटा-सा पान के आकार का छेद था जिसे जुलियें भली-भाँति जानता था। यह देखकर जुलियें बहुत चिन्तित हुआ कि उस छेद में से भीतर की कोई रोशनी नहीं आ रही थी।

हे भगवान् ! उसने मन-ही-मन कहा। इसका मतलब है कि मादाम द रेनाल आज रात को इस कमरे में नहीं हैं ! और कहाँ सोई होंगी ? हैं तो सब लोग वेरियेर में ही, क्योंकि कुत्ते यहीं हैं; पर यदि इस अँधेरे कमरे में म. द रेनाल अथवा किसी अजनबी से भेंट हो गई तो बड़ी मुसीबत हो जाएगी।

ऐसी अवस्था में लौटना ही बुद्धिमानी की बात होती पर इस सम्भावना से ही जुलियें विचलित हो उठा। अगर कोई अजनबी हुआ तो मैं सिर पर पैर रखकर भाग निकलूँगा और सीढ़ी यहीं छोड़ दूँगा। पर अगर वह स्वयं यहीं हुईं तो मेरा कैसा स्वागत होगा ? पश्चात्ताप और तीव्र धर्म-भक्ति ने आजकल उनके मन को घेर लिया है, इसमें तो कोई सन्देह नहीं। किन्तु उन्हें कुछ तो मेरी याद है ही, क्योंकि हाल ही में उन्होंने मुझे एक पत्र लिखा था। इस दलील ने उसका निश्चय पक्का कर दिया। काँपते हुए हृदय से किन्तु साथ ही उनसे मिलने अथवा मर जाने के दृढ़ निश्चय से, उसने मुट्ठी भर कंकड़ दरवाज़े के ऊपर फेंके, पर कोई उत्तर नहीं। उसने सीढ़ी खिड़की के किनारे टिका दी और दरवाज़े को अपने हाथ से पहले हल्के-हल्के और बाद में कुछ अधिक ज़ोर से थपथपाने लगा। उसे लगा कि चाहे जितना अँधेरा हो, गोली का निशाना तो मुझे कोई बना ही सकता है। पर इस विचार के साथ ही यह पागलपन का कार्य उसके लिए साहस का प्रश्न बन गया।

यह कमरा आज अवश्य खाली है, वह सोचने लगा, अन्यथा इसमें सोनेवाला व्यक्ति अब तक अवश्य जाग गया होता। अब इतनी सावधानी की कोई आवश्यकता नहीं, अब तो बस इतना ही ध्यान आवश्यक है कि दूसरे कमरे में सोऐ हुए लोग न जाग पड़ें।

वह नीचे उतरा, अपनी सीढ़ी एक किवाड़ के सहारे रख फिर चढ़ा और अपना हाथ पान की शक्लवाले छेद में डाल दिया। सौभाग्यवश जल्दी ही उसका हाथ उस तार पर पहुँच गया जिससे दरवाज़ा अटका हुआ था। उसने तार को ज़ोर से खींचा। यह देखकर उसकी खुशी का कोई ठिकाना न था कि कुंडी खुल गई। उसने थोड़ा-सा दरवाज़ा खोलकर अपना सिर भीतर किया और दो-तीन बार धीमी आवाज़ में दोहराया, "मित्र हूँ।"

वह कान लगाकर सुनने लगा। कमरे की गहन निस्तब्धता किसी चीज़ से भी भंग न हुई; किन्तु अँगीठी में आधा उलटा हुआ कोई दिया भी तो न था। यह तो अच्छा चिह्न नहीं !

गोली के निशाने से होशियार ! पलभर को वह सोचने लगा। फिर उसने अपनी उँगलियों से खिड़की पर थपथपाया; कोई उत्तर नहीं। वह और भी ज़ोर से थपथपाने लगा। शीशों को तोड़ना पड़ा तो भी मैं न मानूँगा, वह सोचने लगा। बहुत ज़ोर से खटखटाते हुए एकाएक उसे लगा कि कमरे के अन्धकार में कोई सफ़ेद छाया-सी चल रही है। आख़िरकार—अब इसमें कोई सन्देह नहीं रहा था—उसने एक छाया को बहुत ही धीरे-धीरे अपनी ओर बढ़ते हुए

देखा। जिस काँच में से वह झाँक रहा था उसी से सटे हुए एक गाल के ऊपर अचानक उसकी नज़र पड़ी।

वह चौंक पड़ा और थोड़ा-सा पीछे हट गया। पर रात इतनी अँधेरी थी कि इतने पास से भी वह मादाम द रेनाल को न पहचान सका। उसे लगा कि अभी-अभी कोई भय से चीख उठेगा। जहाँ सीढ़ी रखी हुई थी, वहीं कुत्तों के हल्के-से गुर्राने की आवाज़ भी उसे सुनाई पड़ी। "मैं हूँ, मित्र," उसने काफ़ी ज़ोर से दोहराया। कोई उत्तर नहीं। सफेद छाया गायब हो गई थी। "दया करो, मुझे अन्दर आने दो। तुमसे बहुत आवश्यक बातें करनी हैं। मैं बहुत ही दुःखी हूँ !" उसने ऐसे खटखटाया मानो काँच तोड़ देगा।

हल्की-सी तीखी आवाज़ सुनाई पड़ी और खिड़की की कुंडी खुल गई। उसने किवाड़ का एक पल्ला पीछे को हटाया और कमरे में कूद पड़ा। सफेद छाया पीछे हट गई। उसने छाया की बाँहें पकड़ लीं; कोई स्त्री ही थी। उसके सारे साहसपूर्ण विचार पलभर में गायब हो गए। सचमुच ही वह हुईं तो क्या कहेंगी ! एक हल्की-सी चीख से जब उसे विश्वास हुआ कि मादाम द रेनाल ही हैं तो उसके मन की कैसी अवस्था थी !

उसने उन्हें अपनी बाँहों में भर लिया। वह काँप रही थीं और बड़ी कठिनाई से उसे अपने से दूर धकेल सकीं।

"अभागे आदमी ! तुम क्या कर रहे हो ?" वह चीखकर बोलीं।

भावावेश से रुँधे हुए कम्पित गले से शब्द कठिनाई से निकल रहे थे। जुलियें को लगा कि उनके स्वर का रोष सच्चा है।

"मैं चौदह महीने के निर्मम वियोग के बाद तुमसे मिलने आया हूँ।"

"फौरन इस कमरे से निकल जाओ और मुझे छोड़ दो। आह ! म. शेलाँ, आपने मुझे क्यों उसे लिखने से रोका। मैं इस भयंकर स्थिति से बच जाती।" उन्होंने सचमुच असाधारण बल से उसे पीछे धकेल दिया। "मुझे अपने अपराध का पश्चात्ताप है," भाव-विह्वलता से फटती हुई आवाज़ में उन्होंने कहा। "भगवान् ने कृपा करके मुझे क्षमा कर दिया है। तुम इस कमरे से निकल जाओ, फौरन !"

"चौदह महीने की यातना के बाद अब तुमसे बात किए बिना मैं नहीं जाऊँगा। मुझे बताओ कि इतने दिनों तुम क्या करती रहीं ? ओफ ! मैंने तुम्हें इतना प्यार तो किया ही है कि ये सब बातें मुझे बता सको ! मैं सब कुछ जानना चाहता हूँ।"

उसकी आवाज़ में अधिकार के स्वर से मादाम द रेनाल अपनी इच्छा के विपरीत भी विवश हो उठीं। छूटने के सारे प्रयत्नों के बावजूद जुलियें अभी तक उन्हें दृढ़तापूर्वक अपने आलिंगन में बाँधे था, अब उसने अपनी बाँहें कुछ ढीली कर दीं। इस बात से मादाम द रेनाल थोड़ी-सी आश्वस्त हुईं।

"मैं सीढ़ी को ऊपर खींच लेता हूँ," जुलियें ने कहा। "कोई नौकर शोर से जागकर गश्ती देने निकले भी तो उसे कुछ पता न चले।"

"ओफ ! यह न करो," उन्होंने वास्तविक क्रोध में कहा, "बल्कि इसके बजाए इस कमरे से चले जाओ। मैं इन्सान की क्या परवाह करती हूँ ? पर भगवान् तो इस दृश्य को देख रहा है। वही मुझे इसकी सज़ा देगा। तुम उस भावना का नीचतापूर्ण लाभ उठा रहे हो जो किसी समय मेरे मन में तुम्हारे लिए थी, पर आज नहीं। आप मेरी बात सुन रहे हैं, म. जुलियें ?" पर वह धीरे-धीरे सीढ़ी ऊपर खींच रहा था जिससे कोई शोर न हो।

"क्या तुम्हारे पति आजकल यहीं हैं ?" उसने कहा। उसका इरादा उन्हें चिढ़ाने का नहीं था बल्कि पुराने अभ्यासवश अनजाने ही उसके मुँह से ये शब्द निकले।

"कृपा करके मुझसे इस तरह बात न करो, नहीं तो मैं अभी अपने पति को बुला लूँगी, उसका जो भी परिणाम हो। तुम्हें यहाँ से एकदम न भगा देने का अपराध तो मैं कर ही चुकी हूँ। मुझे तुम्हारे ऊपर तरस आता है," उन्होंने उसके अभिमान पर चोट करने का प्रयत्न करते हुए कहा। वह जानती थीं कि इससे वह बहुत जल्दी आहत होता है।

स्नेहपूर्ण शब्दों के ऐसे पूर्ण परित्याग से, इतने सुकुमार बन्धनों को, जिन पर उसे अब भी भरोसा था, इस भाँति तोड़ने से जुलियें के प्रेम की उत्कट विह्वलता मूर्च्छा की सीमा तक जा पहुँची।

"क्या ! क्या यह सम्भव है कि तुम अब मुझे प्यार नहीं करतीं ?" उसने ऐसे आत्मीय स्वर में कहा जिसे सुनकर विचलित न होना कठिन था। उन्होंने कोई उत्तर नहीं दिया। जुलियें फूट-फूटकर रोने लगा था। सचमुच उसके भीतर बोलने की शक्ति तक न बची थी।

तो जो एकमात्र व्यक्ति मुझे प्यार करता था, उसने भी इस भाँति एकदम भुला दिया है ! वह सोचने लगा। अब और जीवित रहने में लाभ ही क्या है ? किसी पुरुष से सामना होने का भय दूर होते ही उसका सारा साहस खत्म हो चुका था। प्रेम के सिवाय अन्य प्रत्येक वस्तु उसके हृदय से निकल चुकी थी।

वह बहुत देर तक चुपचाप रोता रहा। उसने उनका हाथ पकड़ लिया; उन्होंने हाथ खींचना चाहा, किन्तु कई बार प्रयत्न करने के बाद फिर उसे जुलियें के हाथों में ही रहने दिया। अँधेरा बहुत गहरा था। वे दोनों धीरे-धीरे जाकर पलंग पर बैठ गए।

चौदह महीने पहले स्थिति कितनी भिन्न थी ! जुलियें सोचने लगा। उसके आँसू और भी तेज़ी से गिरने लगे। अनुपस्थिति इसी भाँति अनिवार्य रूप से समस्त मानवीय भावनाओं को नष्ट कर देती है।

"कम-से-कम इतना बताने की कृपा तो करो कि तुम्हें हुआ क्या है ?" उनके मौन से संकुचित होकर जुलियें ने आख़िरकार कहा। उसका गला आँसुओं से रुँधा जाता था।

"इसमें तो कोई सन्देह ही नहीं," मादाम द रेनाल ने कड़ी आवाज़ में, जिसमें कठोरता और जुलियें के ऊपर दोषारोपण की ध्वनि थी, उत्तर दिया, "कि तुम्हारे जाने के पहले मेरे अनुचित चाल-चलन की बात शहर में फैल चुकी थी। तुम्हारे व्यवहार में कितनी लापरवाही थी ! कुछ दिनों बाद जब मैं बहुत ही निराश हो चुकी थी तो वह भले आदमी फादर शेलाँ मुझसे मिलने आए। बहुत देर तक वे मुझसे पाप-स्वीकार कराने का वृथा प्रयत्न करते रहे। एक दिन उन्हें मुझे दिजों के गिरजाघर में, जहाँ मेरा प्रथम धार्मिक संस्कार हुआ था, ले चलने का विचार सूझा। वहाँ उन्होंने ही बात चलाने का साहस किया..." आँसुओं से मादाम द रेनाल का कंठ रुँध गया। "कैसा लज्जा का क्षण था वह ! मैंने सब कुछ स्वीकार कर लिया। इस स्नेहालु व्यक्ति ने इतनी कृपा की कि अपना क्षोभ प्रकट करके मेरी यातना और न बढ़ाई। उन दिनों मैं प्रतिदिन तुम्हारे लिए पत्र लिखा करती थी जिन्हें भेजने का साहस मुझे न होता था। मैं उन्हें होशियारी से छिपाकर रखती और जब भी बहुत दुःखी होती तो अपने कमरे को भीतर से बन्द करके उन्हें बार-बार पढ़ती थी।

"अन्त में फादर शेलाँ ने मुझे इस बात के लिए तैयार कर लिया कि उन पत्रों को मैं उनके संरक्षण में रख दूँ...। एक या दो जो अधिक समझदारी से लिखे गए थे, वे तुम्हें भेजे

ही जा चुके थे। तुमने तो मुझे कोई जवाब तक नहीं दिया।"

"पर शिक्षा-मठ में तो मुझे तुम्हारा कोई पत्र नहीं मिला—कभी नहीं, सौगन्ध खाता हूँ !"

"हे भगवान् ! उन्हें बीच में किसने चुराया होगा ?"

"तुम इस बात से मेरे दुःख का अनुमान लगा सकती हो कि गिरजाघर में उस दिन तुम्हें देखने के पहले मैं यह तक न जानता था कि तुम जीवित भी हो अथवा नहीं।"

"जो हो, भगवान् ने कृपा करके मुझे यह पहचानने की समझ दी कि मैंने भगवान् के प्रति, अपने बच्चों के प्रति और अपने पति के प्रति कैसा पाप किया है। यद्यपि यह ठीक है कि मेरे पति ने मुझे कभी इतना प्यार नहीं किया जितना उन दिनों मैं समझती थी कि तुम करते हो..."

जुलियें ने बिना कुछ सोचे-समझे एकदम बेबस होकर उन्हें हृदय से लगा लिया; किन्तु मादाम द रेनाल ने उसे पीछे धकेला और काफ़ी दृढ़ता के साथ आगे कहती गई, "मेरे योग्य मित्र म. शेलाँ ने मुझे समझाया कि विवाह द्वारा मैं म. द रेनाल को अपना सारा प्रेम, वे सब भावनाएँ समर्पित करने का वचन दे चुकी हूँ, जिन्हें मैं विवाह के समय जानती तक न थी और तुम्हारे साथ उस घातक सम्बन्ध के पहले जिनका मैंने कभी अनुभव तक न किया था।...अपने उन सर्वाधिक प्रिय पत्रों का परित्याग कर देने के बाद मेरा जीवन यदि सुख से नहीं तो कम-से-कम बहुत कुछ शान्ति से कट रहा है। उसमें बाधा न डालो। मेरे मित्र बनो...तुमसे बड़ा मित्र मेरा दूसरा नहीं।"

जुलियें ने उनके हाथ को चुम्बनों से भर दिया; उन्होंने अनुभव किया कि वह अभी भी रो रहा है।

"रोओ मत," उन्होंने कहा, "इससे मुझे बहुत कष्ट होता है...अब तुम बताओ कि तुम क्या करते रहे ?" जुलियें के मुँह से कोई शब्द न निकला। "मैं जानना चाहती हूँ कि शिक्षा-मठ में तुम्हारा जीवन कैसा था," उन्होंने दोहराया। "और फिर तुम यहाँ से चले जाओ।"

बिना सोचे-समझे कि वह क्या कह रहा है, जुलियें उन्हें वे तमाम अनगिनत साज़िशों और ईर्ष्या की कहानियाँ सुनाने लगा जिनका उसे शुरू-शुरू में सामना करना पड़ा था। फिर उसने अपने सहायक शिक्षक होने के बाद से अधिक शान्तिपूर्ण जीवन की बात कही।

"ठीक उसी समय," उसने आगे कहा, "उस लम्बे मौन के बाद, निस्सन्देह जिसका उद्देश्य मुझे यह अनुभव कराना था कि तुम मुझे प्यार नहीं करतीं और मेरी ओर से उदासीन हो गई हो..." मादाम द रेनाल ने उसके दोनों हाथ अपने हाथों में दबाए। "ठीक उसी समय तुमने मुझे पाँच सौ फ्रैंक भेजे थे।"

"मैंने तो कभी नहीं भेजे !" मादाम द रेनाल ने कहा।

"चिट्ठी पर पेरिस की मोहर थी और सब सन्देह बचाने के लिए पॉल सोरेल के हस्ताक्षर थे।"

इस बात पर उस चिट्ठी के भेजनेवाले के सम्बन्ध में थोड़ी-सी चर्चा होती रही। मानसिक दृष्टि से परिस्थिति धीरे-धीरे बदल गई। अनजाने में ही मादाम द रेनाल और जुलियें के स्वर की कृत्रिमता कम हो गई थी और उनका वह घनिष्ठ स्नेह-भाव फिर से लौट आया था। अँधेरा इतना गहन था कि वे एक-दूसरे को देख न पाते थे, किन्तु उनकी आवाज़ सब कुछ कह रही थी। जुलियें ने अपनी प्रेयसी की कमर में बाँहें डाल दीं यद्यपि इससे उनके

फिर भड़क उठने की आशंका बहुत थी। उन्होंने जुलियें की बाँह को हटाना चाहा पर उसी समय अपनी कहानी के किसी रोचक प्रसंग को छेड़कर उसने उनका ध्यान चतुराई से बँटा दिया। उसकी बाँहें मानो भूली हुई सी उसी स्थान पर पड़ी रहीं।

पाँच सौ फ्रैंक वाले पत्र के सम्बन्ध में बहुत सारी अटकलें लगाने के बाद जुलियें अपनी कहानी आगे सुनाने लगा। धीरे-धीरे उसका आत्मनियन्त्रण फिर से लौट रहा था, पर अपने विगत जीवन की चर्चा में इस क्षण उसकी तनिक भी रुचि न थी। उसका समूचा ध्यान इसी बात पर केन्द्रित था कि इस भेंट का अन्त क्या होगा। बीच-बीच में उसे तीखे स्वर में 'यहाँ से चले जाओ !' भी सुनाई पड़ता रहता था।

यदि मुझे आज निकाल दिया गया तो कैसी लज्जा की बात होगी, उसने मन-ही-मन कहा। इसका ज़हर मेरे सारे जीवन को विषाक्त कर देगा। वह कभी मुझे पत्र न लिखेंगी। भगवान् जाने मैं इस तरफ फिर कब लौटूँगा ! उस क्षण से जुलियें के मन में जो थोड़ी-बहुत आध्यात्मिकता थी, वह भी निकल गई। वह उसी कमरे में बैठा हुआ था जहाँ उसे इतना सुख मिला था। जिस स्त्री की वह पूजा करता था, वह इस क्षण उसके समीप और लगभग उसके आलिंगन में थी। उस गहन अन्धकार में भी कुछ पलों से उसे लग रहा था कि वह रो रही हैं। तीव्रता से उठते-गिरते वक्ष से उनकी सिसकियाँ स्पष्ट थीं। ऐसे समय में भी वह अभागा व्यक्ति लगभग उसी प्रकार भावहीन, निस्संग और रूखा होकर जोड़-तोड़ में लग गया, जैसे वह शिक्षा-मठ के अहाते में अपने अधिक प्रबल सहपाठियों के किसी निर्मम परिहास के बाद लग जाया करता था।

जुलियें वेरियेर छोड़ने के बाद से अपनी कहानी को गढ़कर दुखभरी बनाकर सुनाने लगा। उसकी बात सुनकर मादाम द रेनाल कुछ सोच में डूब गईं। एक वर्ष बीत गया, और इस बात का कोई भी चिह्न न था। किसी को इसका स्मरण है। मैं स्वयं ही उसे भूली जा रही थी, तो भी उसके मन में एकमात्र विचार वेर्जि के सुखद दिनों का ही था ! उनकी सिसकियाँ और भी बढ़ गईं। जुलियें ने देखा कि उसकी कहानी सफल हुई है। यह समझकर कि अब आखिरी दाँव खेलने का मौका आ गया है, उसने अचानक ही पेरिस के पत्र का ज़िक्र कर दिया।

"मैं अब बिशप से भी विदा ले आया हूँ।"

"क्या ? तुम अब बजाँसों नहीं लौट रहे हो ? हम लोगों को सदा के लिए छोड़कर जा रहे हो ?"

"हाँ," जुलियें ने दृढ़तापूर्वक उत्तर दिया। "हाँ, मैं इस स्थान से सदा के लिए नाता तोड़ रहा हूँ। यहाँ तो उस व्यक्ति ने भी मुझे भुला दिया जिससे मैंने जीवन में सबसे अधिक प्यार किया था। अब मैं इस स्थान का कभी मुँह भी न देखूँगा। मैं पेरिस जा रहा हूँ।"

"पेरिस जा रहे हो !" मादाम द रेनाल ने कुछ ज़ोर से भावाविष्ट स्वर में कहा। आँसुओं से उनका कंठ रुँध गया था जिससे उनकी तीव्र यातना स्पष्ट प्रकट थी। जुलियें को ऐसे ही प्रोत्साहन की आवश्यकता थी। वह ऐसा काम करनेवाला था जो उसके सर्वथा प्रतिकूल पड़ता। कुछ दिखाई न पड़ सकने के कारण इस चीख के पहले वह यह न जान सका था कि उसके शब्दों का क्या प्रभाव हुआ है। अब उसके मन में कोई हिचक न रही; भविष्य में पछताने के भय से उसका पूरा आत्मनियन्त्रण फिर से लौट आया था। उसने खड़े होते हुए रूखे स्वर में कहा, "हाँ मैडम ! मैं आपको सदा के लिए छोड़कर जा रहा हूँ। भगवान्

आपको सुखी रखें--नमस्कार !" वह खिड़की की तरफ बढ़ा और उसे खोलने भी लगा। तभी मादाम द रेनाल झपटकर उसकी बाँहों में जा गिरीं।

इस भाँति तीन घंटे के वार्तालाप के बाद जुलियें को वह वस्तु प्राप्त हो सकी जिसकी पहले दो घंटों में उसे इतनी उत्कटता के साथ लालसा थी। यदि मादाम द रेनाल का प्यार पहले जाग पाता और पश्चात्ताप को कुछ पहले भूल सकी होतीं तो वह क्षण चरम सुख का होता; किन्तु इस भाँति चतुराई द्वारा प्राप्त करने से वह केवल आनन्द बनकर रह गया। जुलियें अपनी प्रेयसी के समस्त आग्रह के बावजूद रोशनी जलाने का पक्का निश्चय कर चुका था।

"तो क्या तुम चाहती हो कि मैं तुम्हें देखे बिना ही चला जाऊँ ?" उसने कहा। "उन सुन्दर आँखों में झलकनेवाला प्रेम क्या मुझसे हमेशा के लिए छिन गया ? इस सुन्दर हाथ का गोरापन अनदेखा ही रहेगा ? तनिक सोचो, मैं सम्भवतः तुमसे बहुत लम्बे समय के लिए अलग हो रहा हूँ।"

इस विचार से मादाम द रेनाल के आँसू निकल आए और वह उसे किसी बात के लिए मना न कर सकीं। किन्तु वेरियेर के पूरब में पहाड़ियों पर फर वृक्षों के पीछे सुबह की लाली फूटने लगी थी। जुलियें प्रेम और सुख में अपने होश-हवास खो बैठा था। इसलिए उसने विदा लेने के बजाय मादाम द रेनाल से अनुरोध किया कि वह उसे दिनभर अपने कमरे में ही छिपाए रखें और वह अगले दिन रात को जाए।"

"क्यों नहीं," उन्होंने कहा, "इस घातक पुनरावृत्ति ने मेरा सारा आत्म-सम्मान छीन लिया है और मुझे सदा के लिए दुःखी बना दिया है।" उन्होंने उसे अपनी बाँहों में भर लिया और बोलीं, "मेरे पति का व्यवहार मेरे साथ अब वैसा न रहा--उन्हें कुछ न कुछ सन्देह अवश्य है। उन्हें यकीन है कि इस मामले में मैंने उन्हें धोखा दिया है। इसलिए वह मुझसे सदा रुष्ट रहते हैं। यदि उन्होंने हल्का-सा भी शब्द सुन लिया तो मेरा सर्वनाश निश्चित है। वह मुझ अभागिन पापिन को घर से निकाल देंगे।"

"आह ! यह तो फादर शेलाँ की शब्दावली है।" जुलियें ने कहा। "मेरे शिक्षा-मठ जाने के पहले तुम मुझ से ऐसी बातें नहीं करती थीं। तब तुम मुझे प्यार करती थीं।"

जिस आत्मसंयम से जुलियें ने ये शब्द कहे, उसका पुरस्कार भी उसे मिला। उसने देखा कि उसकी प्रेयसी अचानक घर में अपने पति की उपस्थिति से उत्पन्न होनेवाले जोखिम की बात बिल्कुल भूल गईं। इस समय उन्हें उससे भी बड़ी जोखिम यह जान पड़ी कि जुलियें को उनके प्रेम में सन्देह हो। दिन का प्रकाश बढ़ता ही जा रहा था और कमरे को आलोकित कर रहा था। वह लावण्यमयी नारी कुछ ही घंटों पहले पूर्णतः परमात्मा के भय और कर्त्तव्य-परायणता से आक्रान्त थी। इस समय वह फिर एक बार उसकी बाँहों में और लगभग उसके चरणों में पड़ी थी। एक वर्ष की अविच्छिन्न पति-परायणता द्वारा शुद्ध निश्चय भी उसके साहस के आगे टिक न सके थे। जुलियें ने आज तक केवल इसी नारी को प्यार किया था और आज उसे इस भाँति अपने समक्ष पाकर उसके अभिमान को अपूर्व सन्तोष और तृप्ति का अनुभव हुआ।

थोड़े ही देर में घर में से और आवाज़ें आने लगीं और मादाम द रेनाल एक ऐसी बात से चिन्तित हो उठीं जिस पर उन्होंने विचार ही न किया था।

"वह दुष्ट एलिजा अभी इस कमरे में आती होगी;" उन्होंने अपने प्रेमी से कहा। "इस

बड़ी भारी सीढ़ी का क्या किया जाए ? इसे कहाँ छिपाएँ ? अच्छा, ठीक है, मैं इसे ऊपर छत पर ले जाकर रख दूँगी।'' उन्होंने अचानक एक प्रकार की शिशु-सुलभ उत्सुकता से कहा।

''पर तुम्हें नौकर के कमरे में होकर जाना पड़ेगा।'' जुलियें ने विस्मय से कहा।

''मैं सीढ़ी को बरामदे में रखकर नौकर को बुला लूँगी और उसे किसी काम से भेज दूँगी।''

''अगर उसने बरामदे में निकलते समय सीढ़ी को देख लिया तो उससे क्या कहोगी, यह तो सोच लो।''

''हाँ, प्रिय,'' मादाम द रेनाल ने उसे प्यार करते हुए कहा। ''और देखो, यदि मेरे पीछे एलिजा कमरे में आ जाए तो जल्दी से पलंग के नीचे छिप जाना।''

जुलियें को इस आकस्मिक उत्साह से कुछ आश्चर्य हुआ। वह सोचने लगा कि वास्तविक ठोस विपत्ति की सम्भावना ने उन्हें निश्चिन्त बना दिया है; क्योंकि वह अपना पश्चात्ताप भूल गई हैं। सचमुच कितनी श्रेष्ठ स्त्री है ! आह, इस हृदय के ऊपर राज्य करना भी कितना महान् है ! जुलियें मन्त्र-मुग्ध हो उठा।

मादाम द रेनाल ने सीढ़ी उठाई। स्पष्ट ही वह उनके लिए बहुत भारी थी। जुलियें उनकी मदद के लिए आगे बढ़ा। वह उनके उस सुन्दर शरीर को प्रशंसा-भरी दृष्टि से देख रहा था जो देखने में तनिक भी सशक्त न लगता था। तभी अचानक उन्होंने अकेले ही सीढ़ी उठा ली और उसे ऐसे ले चलीं मानो कोई कुर्सी ले जा रही हों ! उसे जल्दी से बरामदे में दीवार के सहारे रखकर उन्होंने नौकर को बुलाया और उसे कपड़े पहनने का समय देने के लिए ऊपर कबूतरखाने की तरफ चली गईं।

जब वह पाँच मिनट बाद बरामदे में वापिस आईं तो सीढ़ी वहाँ नहीं थी। कहाँ गई ? यदि जुलियें घर में मौजूद न होता तो इस संकट से वह तनिक भी न घबरातीं, पर अब यदि उनके पति ने सीढ़ी को देख लिया, तो ? इस घटना के तो बड़े डरावने परिणाम हो सकते हैं। वह सारे घर में ऊपर-नीचे दौड़कर देखती फिरीं, पर अन्त में सीढ़ी उन्हें छत पर मिली जहाँ नौकर ने उसे छिपा दिया था। यह परिस्थिति अजीब थी, कुछ दिन पहले वह इससे भयभीत हो उठतीं।

चौबीस घंटे बाद जुलियें के चले जाने पर क्या होगा, इससे क्या ? तब क्या प्रत्येक वस्तु ही त्रास और पश्चात्तापदायक न बन उठेगी ? उनके मन में धुँधला-सा विचार था कि अब अपना जीवन समाप्त कर देना चाहिए...पर उससे भी क्या होता ? एक निर्मम वियोग के बाद वह मिला है। मैं तो सोचने लगी थी कि अब कभी भेंट न होगी। पर एक बार फिर मैं उसे देख रही हूँ। और मेरे पास पहुँचने के लिए उसने क्या-क्या नहीं किया है !

सीढ़ी की घटना सुनाने के बाद उन्होंने जुलियें से पूछा, ''यदि नौकर मेरे पति को बता दे कि उसे सीढ़ी यहाँ मिली थी, तो मैं उनसे क्या कहूँगी ?'' वह पलभर सोचने लगीं।

''जिस किसान ने तुम्हें सीढ़ी बेची है, उसका पता लगाने में उन्हें चौबीस घंटे तो लगेंगे ही।'' फिर वह जुलियें की बाँहों में बँध गई और उसे एक उत्कट आलिंगन से भर लिया। ''आह ! यदि ऐसे ही मौत आ जाती !'' उसके मुख को चुम्बनों से भरते हुए उन्होंने कहा। दूसरे ही क्षण हँसकर बोलीं, ''पर तुम्हें मैं भूखों न मरने दूँगी।''

''अच्छा, आओ, पहले मैं तुम्हें मादाम देर्विल के कमरे में छिपा दूँ। उस पर सदा ताला पड़ा रहता है,'' उन्होंने कहा और बरामदे के छोर पर जाकर देखने लगीं कि कोई आ तो

नहीं रहा है। जुलियें दौड़कर उस कमरे में चला गया। "देखो, अगर कोई दरवाज़ा खटखटाए भी तो तुम न खोलना," उन्होंने उसे बन्द करके ताला लगाते हुए कहा। "वैसे भी शायद बच्चे ही एक दूसरे को खेल में खोजते हुए भले ही आएँ।"

"उन्हें बग़ीचे में खिड़की के नीचे ले आना ताकि मैं भी देख सकूँ," जुलियें ने कहा। "और उनसे बातचीत भी करना।"

"हाँ, हाँ, जरूर !" जाते-जाते मादाम द रेनाल ने कहा।

वह जल्दी ही संतरे, बिस्कुट और मलागा शराब की बोतल लेकर लौटीं। रोटी वह चुराकर न ला सकीं।

"तुम्हारे पति क्या कर रहे हैं ?" जुलियें ने पूछा।

"वह कुछ किसानों से बैनामे लिखा रहे हैं।"

आठ बज चुके थे और घर में बहुत धूमधाम होने लगी थी। यदि वह दिखाई न पड़ीं तो लोग उनको हर जगह ढूँढ़ने निकलेंगे। वह लाचार होकर उसके पास से चली गईं। पर जल्दी ही वापस लौटीं और सावधानी के विपरीत उसके लिए एक प्याला काफ़ी भी लेती आईं। वह इस भय से काँप रही थीं कि कहीं वह भूखों न मर जाए। कलेवे के बाद वह बच्चों को उस कमरे की खिड़की के नीचे ले आईं। वे अब पहले से लम्बे दीख रहे थे, पर या तो वे देखने में पहले से कम सुन्दर और छोटे लगने लगे थे या सम्भवतः उसके विचारों में ही परिवर्तन हो गया था। मादाम द रेनाल उनसे जुलियें के बारे में ही बातचीत करने लगीं। सबसे पहले बड़े बालक के उत्तर से अपने पिछले शिक्षक के लिए मैत्री और दुःख झलकता था, किन्तु छोटे दोनों उसे लगभग भूल गए थे।

उस दिन सवेरे म. द रेनाल कहीं बाहर नहीं गए। वह निरन्तर घर में ही ऊपर-नीचे आते-जाते तथा किसानों से आलू के सौदे करते रहे। भोजन के समय तक मादाम द रेनाल को अपने बन्दी के लिए एक क्षण का भी समय न मिल सका। भोजन की घंटी बजने के बाद मादाम द रेनाल को उसके लिए एक प्लेट गरम शोरबा लाने की सूझी। जिस समय वह चुपके-चुपके और बहुत सावधानी से प्लेट लिए हुए उसके कमरे के पास आ रही थीं तो उनका उसी नौकर से सामना हो गया जिसने सवेरे सीढ़ी छिपाई थी। वह भी बरामदे में बहुत ही चुपचाप चल रहा था जैसे कोई आवाज़ सुन रहा हो। सम्भवतः जुलियें ज़ोर-ज़ोर से कमरे में टहल रहा होगा। नौकर थोड़ा-सा सकपकाकर चला गया। मादाम द रेनाल साहस के साथ जुलियें के कमरे में चली गईं। इस घटना की बात सुनकर वह काँप उठा।

"तुम्हें भय लगता है ?" वह बोलीं। "जहाँ तक मेरा सवाल है, मैं तो पलक झपकाए बिना बड़े से बड़े संकट का सामना करने को तैयार हूँ। मुझे केवल एक ही भय है। तुम्हारे जाने के बाद जब मैं अकेली रह जाऊँगी, तब क्या होगा ?" और वह जल्दी से चली गईं।

आह ! जुलियें भावाभिभूत होकर सोचता रहा कि इस महान् नारी को केवल पश्चात्ताप का ही सबसे बड़ा भय है !

आख़िरकार सन्ध्या हुई। म. द रेनाल कैसिनों चले गए। मादाम द रेनाल ने सिर में बहुत दर्द होने का बहाना बना दिया। वह जल्दी ही बिस्तर पर जाकर पड़ रहीं और एलिजा की छुट्टी दे दी। कुछ देर बाद उठकर उन्होंने जुलियें को कमरे में बुला लिया।

वह सचमुच ही भूख से अधमरा हो रहा था। मादाम द रेनाल भंडारघर से उसके लिए कुछ रोटी लाने चली गईं। जुलियें ने एक ज़ोर की चीख सुनी। मादाम द रेनाल ने लौटकर

बताया कि जैसे ही वह अँधेरे में भंडारघर में पहुँचीं और रोटी की आलमारी खोलने लगीं तो उनके हाथ से किसी स्त्री के हाथ का स्पर्श हुआ। वह एलिजा थी, जिसकी चीख जुलियें ने अभी-अभी सुनी थी।

"वह वहाँ क्या कर रही थी ?"

"शायद मिठाई चुरा रही थी या सम्भवतः हमारे ऊपर जासूसी कर रही हो !" मादाम द रेनाल ने एकदम लापरवाही से उत्तर दिया। "पर तकदीर से मुझे कुछ मिठाई और रोटी मिल गई।"

"यहाँ तुमने क्या छिपा रखा है ?" जुलियें ने उनकी जेबों की ओर इशारा करते हुए कहा।

मादाम द रेनाल बिल्कुल ही भूल चुकी थीं कि भोजन के समय से ही उनमें रोटी भरी हुई थी।

जुलियें ने उत्सुकतापूर्वक, बड़ी उत्कटता के साथ उन्हें अपनी बाँहों में कस लिया। इतनी सुन्दर वह उसे कभी न लगी थीं। वह भाव-मग्न होकर सोच रहा था कि शायद पेरिस में भी मुझे इससे अधिक उत्तम स्वभाव की स्त्री न मिलेगी। उनके व्यवहार में ऐसी प्रेमाभिव्यक्ति की अनभ्यस्त नारी का सहज संकोच प्रकट था; साथ ही उसमें वह सच्चा साहस भी स्पष्ट था जो केवल किसी अन्य तथा अत्यधिक भयंकर संकट से भयभीत व्यक्ति में ही होता है।

जुलियें अभी बड़ी तृप्ति से भोजन कर ही रहा था और उसकी प्रेयसी उसके अल्प भोजन के विषय में उसका मज़ाक उड़ा रही थी कि कमरे का दरवाज़ा एकाएक बड़ी ज़ोर से भड़भड़ा उठा। म. द रेनाल आ पहुँचे थे।

"तुमने दरवाज़ा भीतर से बन्द क्यों कर रखा है ?" उन्होंने बाहर से ज़ोर से कहा। जुलियें मुश्किल से सोफे के नीचे खिसकने का समय पा सका।

"क्या तुमने अभी तक कपड़े नहीं बदले ?" म. द रेनाल ने प्रवेश करते हुए कहा, "यहाँ भोजन कर रही हो और भीतर से दरवाज़ा बन्द कर रखा है !"

और कोई अवसर होता तो म. द रेनाल के इन शब्दों से मादाम द रेनाल बहुत परेशान हो उठतीं, पर इस समय वह जानती थीं कि तनिक-सा झुकते ही उनके पति को जुलियें दिख जाएगा। म. द रेनाल सोफे के ठीक सामने उसी कुर्सी पर बैठ गए जिस पर पलभर पहिले जुलियें बैठा था।

मादाम द रेनाल का सिर-दर्द का बहाना हर बात के लिए पर्याप्त था। म. द रेनाल उन्हें कैसिनों में अपने विलियर्ड में जीतने की लम्बी दास्तान सुनाने लगे। तभी मादाम द रेनाल की तीन फीट दूर एक कुर्सी पर रखी जुलियें के टोपी पर नज़र पड़ी। तनिक भी घबराए बिना वह अपने कपड़े उतारने लगीं और ठीक मौके पर पति के पीछे जाकर अपने वस्त्र उस कुर्सी के ऊपर डाल दिए।

आख़िरकार म. द रेनाल चले गए। वह जुलियें से अपने शिक्षा-मठ के जीवन की कहानी फिर से दोहराने का अनुरोध करने लगीं। "कल मैं तुम्हारी बात ठीक से सुन नहीं रही थी—उस समय तो मैं तुम्हें यहाँ से निकाल देने के लिए अपने आप को समझा-बुझा रही थी।"

आज तो वह असावधानी की मूर्ति बनी हुई थीं। वे लोग बड़ी ज़ोर-ज़ोर से बातें कर रहे थे। सवेरे दो बजे के लगभग दरवाज़े पर बड़ी ज़ोर की खटखट हुई। म. द रेनाल फिर

आए थे।

''जल्दी दरवाज़ा खोलो और मुझे अन्दर आने दो,'' उन्होंने कहा। ''घर में चोर घुसे हैं। सें-जियाँ को आज सवेरे एक सीढ़ी मिली थी।''

''अब अन्त आ गया,'' मादाम द रेनाल ने जुलियें से चिपककर कहा, ''वह हम दोनों को मारने आ रहे हैं, उन्हें चोरों की बात का विश्वास नहीं। मैं तुम्हारी बाँहों में ही मरूँगी और जीवन की अपेक्षा मेरी मौत अधिक सुखी होगी।'' उनके पति क्रुद्ध हो रहे थे पर उन्हें कोई उत्तर न दिया। जुलियें को उन्होंने कड़े उत्कट आलिंगन में बाँध रखा था।

''स्तानिस्लास की माँ को तो बचाना होगा,'' जुलियें ने आदेशपूर्ण स्वर में कहा। ''मैं वस्त्र बदलने के कमरे की खिड़की से सहन में उतरकर बगीचे में भाग जाऊँगा। कुत्ते मुझे पहचानते हैं। मेरे कपड़ों का बंडल बनाकर जितनी जल्दी हो सके, तुम बग़ीचे में फेंक देना। इस बीच उन्हें दरवाज़ा तोड़ने दो और देखो, कोई बात स्वीकार न करना, मेरी आज्ञा है। निश्चित होने की अपेक्षा उनका सन्देह करते रहना कहीं अच्छा है।''

''कूदने से तुम्हारी जान न बचेगी।'' उनका एकमात्र उत्तर और एकमात्र चिन्ता केवल यही थी।

वह उसके साथ-साथ वस्त्र बदलने के कमरे में आईं और फिर उसके कपड़ों को भी छिपा दिया। अन्त में जब उन्होंने दरवाज़ा खोला तो उनके पति क्रोध से उबल रहे थे। एक शब्द भी कहे बिना उन्होंने कमरे में चारों ओर नज़र डाली, फिर वस्त्र बदलने के कमरे को देखकर चले गए। जुलियें के कपड़े नीचे डाल दिए गए जिन्हें लेकर वह जल्दी से बगीचे के नीचे की ओर दू नदी की दिशा में भाग निकला। दौड़ते-दौड़ते उसने गोली की सनसनाहट और कहीं से बन्दूक चलने की आवाज़ सुनी।

यह म. द रेनाल नहीं हैं, वह सोचने लगा। उनको ऐसा निशाना लगाना नहीं आता। कुत्ते चुपचाप उसके साथ-साथ दौड़ रहे थे। दूसरी गोली ने एक कुत्ते का पंजा तोड़ दिया, और वह बड़े दर्दनाक ढंग से चिल्लाने लगा। जुलियें वीथि की दीवार कूद गया और कोई पचास कदम तक उसके नीचे-नीचे छिपकर दौड़ता रहा और फिर दूसरी दिशा में तेजी से भागा। उसने परस्पर पुकारती हुई आवाज़ें सुनीं और साफ-साफ अपने शत्रु म.द रेनाल के निजी नौकर को गोली चलाते हुए देखा। उसी समय एक किसान भी दौड़ आया और अन्धा होकर बग़ीचे के दूसरी ओर दनादन गोलियाँ छोड़ने लगा; किन्तु जुलियें अब तक नदी के किनारे पहुँच चुका था। अब उसने अपने कपड़े पहन लिए। घंटे भर बाद वह वेरियेर से तीन मील दूर जिनेवा की सड़क पर था। वह सोच रहा था कि यदि किसी को कोई सन्देह भी हुआ तो पेरिस की सड़क पर मेरी तलाश करेगा।

खंड : दो

वह सुन्दर नहीं है, उसने गालों पर
लाली नहीं लगाई है।

–सैं.-बोव

1
देहाती जीवन के आनन्द

ओ ग्राम्य जीवन, कब देख पाऊँगा मैं तुम्हें ?

—वर्जिल

"आप निस्सन्देह पेरिस मेल की प्रतीक्षा कर रहे हैं ?" जिस सराय में जुलियें कुछ नाश्ते के लिए ठहरा था, उसके मालिक ने पूछा।

"आज या कल—मुझे कोई विशेष जल्दी नहीं है।" जुलियें ने उत्तर दिया।

उदासीनता के इस प्रदर्शन के बीच ही डाक ले जानेवाली घोड़ा-गाड़ी आ पहुँची। उसमें दो आदमियों के लिए जगह खाली थी।

"अरे, फाल्कोज़, तुम !" एक जिनेवागामी यात्री ने जुलियें के साथ-साथ ही सवार होनेवाले एक अन्य यात्री से कहा।

"मैं सोचता था," फाल्कोज़ ने कहा, "कि तुम तो लियों के पास-पड़ोस में ही रोन नदी के किनारे सुन्दर घाटी में बस गए हो।"

"क्या कहने हैं बसने के ! मैं तो भाग रहा हूँ !"

"सचमुच ! भाग रहे हो ? तुम, सें-जीरो, इतने शरीफ दिखाई पड़नेवाले, तुमने भी कोई अपराध कर डाला ?" फाल्कोज़ ने हँसते हुए कहा।

"बस, यही समझो। मैं प्रान्तों की इस गन्दगी से भाग रहा हूँ। तुम तो जानते ही हो कि मुझे शीतल जंगल और शान्त खेत अच्छे लगते हैं—तुम तो अक्सर मेरे ऊपर रोमांटिक होने का आरोप लगाते रहे हो। मैं अपनी ज़िन्दगी में राजनीति का नाम तक न लेना चाहता था, और अब राजनीति ही मुझे यहाँ से भगाए दे रही है।"

"पर तुम्हारी पार्टी कौन-सी है ?"

"कोई नहीं—यही तो मुसीबत है। मेरी राजनीति का निचोड़ यह है : मुझे संगीत से प्रेम है, चित्रों से प्रेम है; बढ़िया पुस्तक मेरे जीवन की प्रमुख घटना होती है। चवालीस के करीब पहुँच गया और अब कितने दिन जीना है ? पन्द्रह-बीस—ज्यादा से ज्यादा तीस वर्ष। मेरा विचार है कि तीस वर्ष में मन्त्रिगण आज की अपेक्षा कुछ अधिक चतुर हो जाएँगे, पर कुल मिलाकर इतने ही भले आदमी रहेंगे। अंग्रेज़ों का इतिहास इस मामले में मुझे अपने भविष्य का सूचक जान पड़ता है। तब भी अपने विशेष अधिकारों को बढ़ाने की चिन्ता में लगा हुआ राजा और विधानसभा के सदस्य बनने के महत्त्वाकांक्षी लोग मौजूद होंगे—और वे इसे उदारपंथी विचार रखना और जनता का हितैषी होना कहेंगे। मिराबो ने जो ख्याति और हजारों फ्रैंक अर्जित किए थे, उससे इस प्रान्त के धनी व्यक्तियों के सो जाने में बाधा पड़ेगी। उग्र

दक्षिणपन्थी तब भी सामन्त अथवा राजा के दरबारी बनने की लालसा के शिकार रहेंगे। हर व्यक्ति चाहेगा कि राज्य के जहाज को चलाने में उसका भी कुछ न कुछ हाथ रहे; क्योंकि यह धन्धे का काम है। क्या किसी सीधे-सादे यात्री को छोटी-सी जगह कभी न मिलेगी ?''

''बिल्कुल ठीक, बिल्कुल ठीक। तुम्हारे जैसे शान्तिप्रिय व्यक्ति के लिए तो उसमें बड़ा आनन्द रहा होगा। क्या पिछले चुनाव के कारण तुम्हें यहाँ से भागना पड़ रहा है ?''

''मेरी मुसीबत और भी पुरानी है। चार वर्ष पहले मैं चालीस का था और मेरे पास पाँच लाख फ्रैंक थे। आज मेरी उम्र चार वर्ष अधिक है और सम्भवतः वे पाँच लाख फ्रैंक गायब हैं। रोन के समीप मौंतफ्लरीवाले मकान से मुझे इतना ही नुकसान होनेवाला है। कैसी बढ़िया स्थिति है !

''पेरिस में मैं उस अन्तहीन भड़ैती में, जिसे आप उन्नीसवीं शताब्दी की सभ्यता कहते हैं, अभिनय करते-करते उकता गया था। मैं सहज, शान्त और सरल ज़िन्दगी के लिए बेचैन था। इसलिए मैंने रोन के पास पहाड़ियों में एक जायदाद खरीदी। इससे बढ़िया और क्या बात हो सकती थी ?

''छः महीने तक गाँव के धर्माधिकारी और देहाती ज़मींदार मेरी खुशामद में लगे रहे; मैं उन्हें प्रायः भोजन के लिए निमन्त्रित करता रहता था। मैं उनसे कहता—'पेरिस मैं छोड़ आया। इसलिए अब ज़िन्दगी में कभी राजनीति की चर्चा नहीं सुनूँगा। आप तो जानते ही हैं, मैं कभी अख़बार भी नहीं मँगवाता। डाकिया जितनी कम चिट्ठियाँ लाए उतना ही मुझे अधिक सन्तोष होता है।'

''पर धर्माधिकारी इसके लिए तैयार न थे। शीघ्र ही मेरे खिलाफ़ तरह-तरह की अर्जियाँ और दावे न जाने क्या-क्या शुरू हो गए ! मैं दो-तीन सौ फ्रैंक सालाना गरीबों के लिए देना चाहता था। यह रकम मुझे सें जोसिफ अथवा कुमारी मेरी की गिल्ड जैसी तरह-तरह की धार्मिक संस्थाओं को देने की सलाह दी गई। मैंने इन्कार किया; तो वे मुझे सैकड़ों तरह से गालियाँ देने लगे। मैंने मूर्खता यह की कि इस बात से चिढ़ गया। मेरे लिए पहाड़ियों की सुन्दरता का आनन्द उठाने के लिए सवेरे उठकर बाहर जाना कठिन हो गया। जैसे ही मैं घर से बाहर पैर रखता, कोई न कोई ऐसी बेहूदा बात हो जाती जो मुझे सपनों की दुनिया से घसीटकर मनुष्यों और उनके द्वेषपूर्ण तरीकों की बुरी तरह याद दिला देती।

''उदाहरण के लिए धार्मिक त्यौहारों के अवसर पर मेरे खेतों को इसलिए आशीर्वाद न दिया जाता क्योंकि धर्माधिकारियों की दृष्टि में उनका स्वामी एक अधार्मिक व्यक्ति था। किसी बूढ़ी धार्मिक किसान औरत की गाय मर गई तो वे लोग कहने लगे कि यह पेरिस से आनेवाले एक नास्तिक पतित व्यक्ति के तालाब के कारण हुआ है। हफ्तेभर बाद मैंने देखा कि उस तालाब की सारी मछलियाँ मरी हुई ऊपर तैर रही हैं। किसी ने उन्हें चूने का ज़हर दे दिया था। मतलब है कि मुझे हर तरह से दुःखी और परेशान किया गया। स्थानीय न्यायाधिकारी आदमी भला था, पर नौकरी जाने के डर से हमेशा मेरे ख़िलाफ़ फैसला देता था। शान्तिपूर्ण खेत मेरे लिए नरक बन गए। एक बार पता लगा कि धर्माधिकारी ने, जो गाँव के धर्म-संघ का प्रधान भी होता है, मुझे संघ से बाहर करने का ऐलान किया और उदारपंथियों के प्रधान, एक अवकाशप्राप्त फौजी कप्तान, ने इस बात में मेरा समर्थन न किया। फिर तो सब मेरे ऊपर टूट पड़े, यहाँ तक कि वह मिस्त्री भी, जिसे मैंने साल भर तक रोजी दिलाने में मदद की थी, और वह लोहार भी, जो जब भी मेरा हाल ठीक करने

आता तो कुछ न कुछ बेईमानी ज़रूर करता और फिर बच भी निकलता।

"कुछ लोगों का समर्थन प्राप्त करने के लिए और कम-से-कम अपने कुछ मुकदमे जीतने के लिए मैं उदारपंथी हो गया। पर जैसा तुमने कहा, तभी चुनाव आ पहुँचे और वे लोग मुझ से वोट माँगने लगे..."

"किसी ऐसे व्यक्ति के लिए जिसे तुम जानते न थे ?"

"नहीं, नहीं, ऐसे व्यक्ति के लिए जिसे मैं अच्छी तरह से जानता था। मैंने इन्कार कर दिया। इससे बड़ी धृष्टता और क्या हो सकती थी ? उसी क्षण से उदारपंथी भी मेरे दुश्मन हो गए और मेरी स्थिति असहनीय हो उठी। मुझे पक्का यकीन है कि धर्माधिकारी यदि मेरे ऊपर नौकरानी की हत्या करने का आरोप लगाता तो भी दोनों पार्टियों के कम से कम बीस गवाह खड़े हो जाते जो अपनी आँखों से मुझे अपराध करते देखने की सौगन्ध खा जाते।"

"तो तुम देहात में रहने पहुँचे थे पर अपने पड़ोसियों की बात सुनने को तैयार न थे ? इससे बड़ी गलती और क्या हो सकती थी !"

"जो हो, मैंने वह भूल सुधार ली है। मौंतफ्लरी अब बिकाऊ है। मैं पचास हज़ार फ्रैंक का नुकसान उठाने को तैयार हूँ, पर मेरी खुशी का कोई ठिकाना नहीं। ढोंग और छोटी-छोटी परेशानियों के इस नरक से तो पीछा छूटेगा। एकान्त और देहाती शान्ति की खोज मैं अब नहीं करूँगा। एकमात्र जहाँ वे फ्रांस में पाई जाती हैं—यानी शांजेंलिजे के किसी चौमंज़िलें मकान में। और साथ ही मैं इस विचार में भी डूबा हुआ हूँ कि लरूल जिले के निवासियों में पवित्र रोटी वितरण करके मैं अपना राजनीतिक जीवन फिर से क्यों न शुरू करूँ ?"

"बोनापार्ट के ज़माने में ऐसी परेशानी तुम्हें न होती।" फाल्कोज़ ने कहा। उसकी आँखें क्रोध और खेद से चमक उठी थीं।

"हो सकता है, पर वह तुम्हारा बोनापार्ट फिर कैसे हार गया ? आज मुझे जो कुछ भी सहना पड़ता है, सब उसी का दोष है।"

यह बात सुनकर जुलियें ने अपने कान और भी ध्यान से उस तरफ लगा दिए। पहले शब्द से ही वह समझ गया था कि यह बोनापार्ट-पंथी फाल्कोज़ म. द रेनाल का वही बचपन का दोस्त है जिससे 1816 में उनका झगड़ा हो गया था। और यह सें जिरो ज़िलाधीश के दफ्तर में काम करनेवाले उन्हीं बड़े बाबू का भाई होगा जो सस्ते दामों में कम्यून से मकान लेने के काम में इतने दक्ष थे।

"यह सब तुम्हारे बोनापार्ट की ही करतूत है," सें-जिरो कहे जा रहा था, "कोई भला आदमी जो किसी के लेने में हो न देने में, जिसकी चालीस की अवस्था हो और पाँच लाख फ्रैंक जिसकी गाँठ में हों, प्रान्तों में कहीं भी आराम से जिन्दगी नहीं बिता सकता। पुरोहित और सामन्त मिलकर उसे निकाल बाहर कर देंगे।"

"ओहो ! उसकी बुराई न करो," फाल्कोज़ ने कहा, "उसके तेरह वर्ष के राज़ में फ्रांस की जितनी इज्ज़त विदेशों में हुई, वैसी कभी न हो सकी। उस समय लोग जो भी काम करते थे, उसमें एक तरह की महानता होती थी।"

"तुम्हारे सम्राट," चवालीस वर्ष के व्यक्ति ने उत्तर दिया, "या तो लड़ाई के मैदान में महान थे या 1802 में, जब उन्होंने माली हालत में सुधार किया। पर उसके बाद से उनकी हरकतों का क्या अर्थ था ? वही सब दरबारी, वही ठाट-बाट, वही त्विलरी में दावतें—राजशाही की सारी निकम्मी बातें फिर मौजूद थीं। यह ठीक है कि यह उन बातों का अधिक

परिष्कृत रूप था तथा सौ-दो सौ साल और भी चल सकता था। आज के सामन्त और पुरोहित पुराने रूप को ही फिर से अपना रहे हैं, पर उनके पास वह शक्ति नहीं है जिससे लोगों को वे यह सब स्वीकार करने के लिए बाध्य कर सकें।''

''तुम्हारे भीतर का पत्रकार फिर बोल रहा है !''

''कौन छीन रहा है आज मुझसे मेरी जायदाद ?'' पत्रकार ने क्रुद्ध स्वर में पूछा, ''वे ही पुरोहित जिन्हें नेपोलियन ने फिर से प्रतिष्ठित किया। डॉक्टरों, वकीलों, ज्योतिषियों के विषय में तो राज्य यह नहीं सोचता कि वे किस प्रकार अपनी आजीविका उपार्जन करते हैं। पर पुरोहितों को भी इसी भाँति केवल नागरिक मानने के बजाय नेपोलियन ने उन्हें फिर से पुरानी प्रतिष्ठा प्रदान कर दी। यदि तुम्हारे बोनापार्ट ने नए बैरन और काउन्ट न बनाए होते तो कोई घमंडी सामन्त आज बाकी बचता नहीं। उस सबका तो फैशन ही हट गया था। पुरोहितों के बाद इन छोटे-छोटे देहाती सरदारों ने ही मुझे सबसे अधिक कष्ट दिया और उदारपंथी बनने को बाध्य किया।''

इस वार्तालाप का कोई अन्त ही न था। इस विषय में तो फ्रांस के निवासी आधी शताब्दी तक और उलझे रहेंगे। सें-ज़िरो यही दोहराता रहा कि किस प्रकार प्रान्तों में रहना असम्भव है। बीच में कुछ संकोच के साथ जुलियें ने म. द रेनाल का नाम उदाहरण के तौर पर लिया।

''कमाल है महाशय, आप तो बेहद सीधे जान पड़ते हैं,'' फाल्कोज़ ने चौंककर कहा। ''वह तो निहाई बनने से बचने के लिए बड़ा भारी हथौड़ा बन गया है, पर आजकल वालनो उसे पछाड़ने में लगा है। आप जानते हैं उस शैतान को ? असली माल है ! यदि किसी दिन म. द रेनाल को निकालकर म. वालनो को उनकी जगह बैठा दिया जाए तो उनका क्या हाल होगा ?''

''फिर कोई उसकी बात न पूछेगा,'' सें-ज़िरो ने कहा। ''आप वेरियेर से परिचित जान पड़ते हैं ? जो हो, बोनापार्ट ने ही—भगवान् उसका बुरा करे !—उसने और उसकी तमाम राजसी टीमटाम ने ही रेनालों और शेलाओं का शासन सम्भव बनाया जिसने अब वालनो और मास्लों जैसे लोगों का राज्य स्थापित कर दिया है।''

इस वार्तालाप के निराशा-भरे राजनीतिक रुझान से जुलियें को विस्मय हुआ और उसका ध्यान अपने आशक्तिपूर्ण स्वप्नों से हट गया। पेरिस के इस दूरागत प्रथम रूप से वह बहुत प्रभावित न हुआ। उसकी कल्पना ने भावी जीवन के जो स्वप्न बना रखे थे, उनका वेरियेर में पिछले चौबीस घंटों की स्मृति के साथ संघर्ष चल रहा था। उसने मन-ही-मन सौगन्ध खाई कि यदि धर्माधिकारियों की अदूरदर्शिता के कारण फ्रांस में फिर से लोकतन्त्र की स्थापना हुई और सामन्तों के ऊपर अत्याचार शुरू हुआ तो वह अपनी प्रेयसी के बच्चों का साथ कभी न छोड़ेगा और उनके लिए हर वस्तु का त्याग करने को उद्यत रहेगा।

वह आश्चर्य से सोचने लगा कि उस दिन रात वेरियेर में पहुँचने पर मादाम द रेनाल के कमरे की खिड़की के सहारे सीढ़ी टिकाने के बाद यदि उस कमरे में किसी अजनबी अथवा स्वयं म. द रेनाल से भेंट हो जाती तो क्या होता ? किन्तु तो भी उन पहले दो घंटों का आनन्द कितना अपूर्व था जब उसकी प्रेयसी सचमुच उसे वहाँ से भगा देना चाहती थी और वह अँधेरे में उनकी बगल में बैठा हुआ उनसे अनुनय कर रहा था ! ऐसी स्मृतियाँ जुलियें जैसे व्यक्ति के हृदय में जीवन भर मँडराती रहेंगी। अपनी प्रेयसी से इस भेंट का बाकी अंश उसके मन

में कोई चौदह महीने पूर्व प्रेम के प्रारम्भिक दिनों की स्मृतियों के साथ गड्डमड्ड हो गया था।

एकाएक गाड़ी के थमने से जुलियें की विचार-निद्रा टूटी और वह चौंका। गाड़ी ने रू ज्यां-ज़ाक-रुस्सों, में प्रवेश किया था। उसने उतरकर एक किराए की गाड़ी को बुलाया। ''मुझे मात्मेज़ों जाना है।'' उसने कहा।

''इस समय, महाशय, वहाँ आपको क्या काम है ?''

''इससे तुम्हें कोई मतलब नहीं, चलो !''

समस्त सच्चे भावावेश में अपने अतिरिक्त और कुछ विचारने की शक्ति नहीं होती। मुझे लगता है कि इसी कारण पेरिस में, जहाँ आपके पड़ोसी सदा आपका इतना अधिक ध्यान माँगते हैं, भावावेश इतने अनुपयुक्त लगते हैं। मैं मात्मेज़ों को देखकर होनेवाले जुलियें के भावावेश का वर्णन न करूँगा। उसकी आँखों में आँसू भर आए थे। उन गन्दी सफेद दीवारों के बावजूद, जो उसी वर्ष बनाई गई थीं और जिन्होंने पार्क को अलग-अलग टुकड़ों में बाँट दिया था, वह कितना सुन्दर था ! जी हाँ, भावी पीढ़ियों की भाँति जुलियें के लिए भी आर्कोला, सेंतेलेना और मात्मेज़ों के बीच कोई चुनाव सम्भव न था।

उस दिन शाम को किसी थिएटर में प्रवेश करने के पहले जुलियें बहुत देर तक हिचकिचाता रहा। पतन के इस स्थान के विषय में उसके मन में बड़ी विचित्र धारणाएँ थीं। गहरे सन्देह के कारण जीवित वर्तमान के पेरिस को अच्छा मानने में उसे कठिनाई हो रही थी; अपने नायक द्वारा छोड़े हुए स्मारकों ने ही उसे प्रभावित किया था। वह सोचने लगा कि मैं पाखंड और षड्यन्त्र के केन्द्र इस नगर में आ पहुँचा हूँ। यहाँ आबे द फ्रिलेर के संरक्षकों का ही बोलबाला है !

वहाँ पहुँचने के तीसरे दिन शाम को उसकी फादर पिरार से मिलने के पहले ही हर वस्तु को देख लेने की योजना के ऊपर उसके कौतूहल ने विजय पा ली। आबे ने रूखे स्वर में उसे बताया कि मार्कि द ला मोल के घर में उसे कैसा जीवन बिताना होगा !

''कुछ महीनों के बाद भी यदि तुम उपयोगी सिद्ध न हुए तो तुम्हें शिक्षा-मठ लौटना होगा। यद्यपि इस बार सामने के द्वार से प्रवेश कर सकोगे। तुम्हें मार्कि के घर में ही रहना है। उनकी गिनती फ्रांस के सबसे बड़े सामन्तों में होती है। तुम्हें काले वस्त्र पहनने होंगे, पुरोहित की भाँति नहीं, बल्कि शोकग्रस्त व्यक्ति की भाँति। सप्ताह में तीन बार तुम्हें अपने धर्मशास्त्र के अध्ययन को जारी रखने के लिए एक शिक्षा-मठ भी जाना होगा, जिसके लिए मैं तुम्हें एक परिचय-पत्र दे दूँगा। रोज़ बारह बजे दिन को तुम्हें मार्कि के पुस्तकालय में बैठना होगा जहाँ वह तुम्हें अपने मुकदमों तथा अन्य कामकाज के सम्बन्ध में पत्र लिखने के काम में लगाना चाहते हैं। मार्कि को जो पत्र मिलते हैं, उनके एक किनारे पर वह संक्षिप्त टिप्पणी लिख देते हैं जिससे यह ज्ञात हो जाता है कि वह उस पत्र का कैसा उत्तर चाहते हैं। मैंने उन्हें इस बात का आश्वासन दिया है कि तीन महीने के भीतर ही तुम इन पत्रों का ऐसा उत्तर तैयार करने लगोगे कि मार्कि के पास यदि तुम बारह पत्र ले जाओ तो उनमें से कम-से-कम आठ या नौ पर वे अपने हस्ताक्षर तुरन्त कर सकें। रोज शाम को आठ बजे तुम उनकी लिखने की मेज को व्यवस्थित करोगे और दस बजे तुम्हें छुट्टी मिल जाएगी।

''यह सम्भव है,'' फादर पिरार ने आगे कहा, ''कि कोई बूढ़ी स्त्री अथवा मिष्टभाषी व्यक्ति यह इशारा करे कि यदि तुम मार्कि के पास आनेवाले पत्र उसे दिखा दो तो तुम्हें बहुत लाभ हो सकता है, या वे सीधे-सीधे तुम्हें बहुत-सा सोना देने का प्रस्ताव ही करें...।''

"ओह !" जुलियें ने कहा। उसका चेहरा लज्जा से लाल हो उठा।

"यह बड़े आश्चर्य की ही बात है," फादर पिरार ने कड़वी मुस्कुराहट के साथ कहा, "कि गरीबी और शिक्षा-मठ की एक वर्ष की ज़िन्दगी के बावजूद तुम्हारे मन में इतना सच्चा क्षोभ अभी बाकी है। सच, तुम बहुत ही अन्धे रहे होगे।"

"क्या यह इसके रक्त में है ?" फादर पिरार ने बहुत ही धीमे से मानो अपने आप से कहा, फिर वह जुलियें की ओर देखते हुए बोले, "अजीब बात यह है कि मार्कि तुम्हें जानते हैं—पता नहीं कैसे ! शुरू में वह तुम्हें सौ लुई वेतन देंगे। वह मनमौजी व्यक्ति हैं—यही उनका मुख्य दोष है। बचपने के काम करने में वह तुमसे होड़ करेंगे; पर यदि वह तुमसे सन्तुष्ट हो गए तो तुम्हारा वेतन आठ हजार फ्रैंक तक हो सकता है।

"पर यह बात तुम भली-भाँति जानते हो," आबे ने तीखे स्वर में आगे कहा, "कि यह सब धन वह तुम्हें प्रेम के कारण नहीं दे रहे हैं। तुम्हें अपनी उपयोगिता स्वयं सिद्ध करनी होगी। यदि मैं तुम्हारे स्थान पर होता तो कम-से-कम बोलता और जिस विषय को न जानता, उसके बारे में कभी मुँह ही न खोलता।

"और हाँ, देखो," फादर पिरार ने कहा, "मैंने तुम्हारे लिए कुछ जानकारी भी इकट्ठी कर रखी है। म. द ला मोल के परिवार के विषय में बताना तो मैं भूल ही रहा था। उनकी दो सन्तानें हैं—एक कन्या और एक उन्नीस वर्षीय पुत्र जो बहुत ही ठाट-बाट का और एकदम सनकी नौजवान है। उसे पता नहीं कि घंटेभर बाद वह क्या करेगा। वह बुद्धिमान भी है और वीर भी; स्पेन की लड़ाई में उसने भाग लिया था। मार्कि को आशा है—पता नहीं किस कारण...कि कौंतनौर्वेर से तुम्हारी मित्रता हो जाएगी। मैंने उन्हें बताया था कि तुम लैटिन अच्छी जानते हो। सम्भवतः वह सोचते हैं कि तुम उनके बेटे को सिसरो या वर्जिल पर आधारित कुछ एक तैयार वाक्य सिखा दोगे।

"मैं तुम्हारी जगह होता तो इस नौजवान को कभी अपनी हँसी न उड़ाने देता; उसके मित्रता के निमन्त्रणों को, जो हल्के-से व्यंग्यपूर्ण होने पर भी सर्वथा शिष्ट होंगे, स्वीकार करने के पहले मैं इस बात की प्रतीक्षा करता कि वह उन्हें एक से अधिक बार दोहराएँ। यह बात मैं तुमसे छिपाना नहीं चाहता कि कौंत द ला मोल तुम्हारे निम्न मध्यवर्गीय परिवार के होने के कारण शुरू में तुम्हें हीनता की दृष्टि से देखेंगे। उनके पूर्वज राज-दरबार से सम्बद्ध थे और राजनीतिक षड्यन्त्र में भाग लेने के कारण उन्हें 26 अप्रैल, 1574 को प्लास द ग्रेव में वध किए जाने का सम्मान मिला था। तुम स्वयं वेरियेर के एक बढ़ई के बेटे हो और साथ ही उसके पिता के यहाँ नौकर। इस अन्तर को भली-भाँति तौल लेना और मोररि की पुस्तक में इस परिवार का इतिहास पढ़ लेना। इस घर में भोजन के लिए आनेवाले सारे पिट्ठू इस ग्रन्थ का बीच-बीच में उल्लेख करते रहते हैं।

"कौंत नौर्वेर के हँसी-मज़ाक का जवाब देने में सावधानी बरतना। वह सेना में मेजर हैं और राज्य के भावी सामन्त—बाद में मुझसे आकर शिकायत न करना।"

"ऐसा जान पड़ता है," जुलियें ने गहरा लाल पड़ते हुए कहा, "कि मुझे हीन समझनेवाले व्यक्ति को मुझे उत्तर ही न देना चाहिए।"

"तुम्हें उस प्रकार के तिरस्कार का अभी कोई अनुभव नहीं है। वह केवल अतिरंजित प्रशंसा में ही प्रकट होती है। मूर्ख व्यक्ति उस प्रशंसा को सच मान बैठता है। पर यदि तुम इस दुनिया में उन्नति करना चाहते हो तो उसे सच ही मानकर चलना चाहिए।"

"यदि किसी दिन यह सब बरदाश्त के बाहर हो जाए," जुलियें ने कहा, "और यदि मैं अपनी 108 नं. की कोठरी को वापस जाना चाहूँ तो क्या यह अकृतज्ञता समझी जाएगी ?"

"निस्सन्देह," फादर पिरार ने उत्तर दिया, "इस घर के सब खुशामदी तुम्हारी बुराई करेंगे। पर मैं स्वयं तुम्हारा पक्ष लूँगा और कहूँगा कि तुम्हारा निर्णय मेरे कहने से हुआ है।"

जुलियें फादर पिरार के तीखे और लगभग द्वेषपूर्ण स्वर से बहुत दुःखी हुआ। उसके कारण उनके अन्तिम उत्तर का प्रभाव लगभग नष्ट हो गया। सच बात यह है कि जुलियें के प्रति अपने स्नेह के कारण आबे के मन में बड़ा आन्तरिक संघर्ष था और वह एक प्रकार के धार्मिक भय के साथ ही दूसरे व्यक्ति के जीवन में इतने सीधे-सीधे हस्तक्षेप करते थे।

"तुम्हारी मादाम द ला मोल से भेंट होगी," उन्होंने उसी रूखे स्वर में आगे कहा, मानो कोई कष्टदायक कर्त्तव्य निभा रहे हों ! "वह ऊँचे कद की सुन्दर महिला हैं, धार्मिक अहकांरिणी, अत्यन्त विनम्र और उससे भी अधिक महत्त्वहीन। वह वृद्ध दुक् द शोन की पुत्री हैं जो अपने अभिजात पूर्वग्रहों के लिए इतने प्रसिद्ध हैं। यह महिला एक प्रकार से उस वर्ग की स्त्रियों में पाई जानेवाली मुख्य विशेषताओं की प्रतिमूर्ति हैं। वह स्वयं कभी अपने इस मत को नहीं छिपातीं कि जिन लोगों के पूर्वजों ने धार्मिक युद्धों में भाग लिया वही श्रेष्ठ और महत्त्वपूर्ण हैं। सम्पत्ति इससे बहुत पीछे कहीं आती है। क्या इससे तुम्हें आश्चर्य होता है ? यह कोई प्रान्तीय शहर नहीं है।

"उनके ड्राइंगरूम में तुम बहुत-से सामन्तों को राजाओं के विषय में बड़ी तुच्छता के भाव से चर्चा करते हुए पाओगे। जहाँ तक मादाम द ला मोल का प्रश्न है, वह जब भी किसी राजकुमार और विशेष रूप से किसी राजकुमारी का नाम लेती हैं, तो सम्मानपूर्वक अपनी आवाज़ को धीमा कर लेती हैं। मैं तुम्हें इस बात की सलाह न दूँगा कि तुम उनके सामने फिलिप अथवा हेनरी आठवें को राक्षस कहो। वे लोग बादशाह थे और इसलिए उन्हें तुम्हारे और मेरे जैसे छोटे परिवारों में जन्म लेनेवाले व्यक्तियों से सम्मान पाने का अतर्क्य अधिकार है। किन्तु हम लोग पुरोहित हैं," म. पिरार ने कहा, "वह तुम्हें इसी रूप में मानेंगी; इस पद के कारण वह हम लोगों को अपनी मुक्ति के लिए आवश्यक उच्चवर्गीय सेवक समझती हैं।"

"मुझे लगता है," जुलियें ने कहा, "मैं पेरिस में अधिक दिन न ठहर सकूँगा।"

"वह जो भी हो, किन्तु इस बात का ध्यान रहे कि हमारे धन्धे में कोई व्यक्ति इन सामन्त-सरदारों की सहायता के बिना आगे नहीं बढ़ सकता। तुम अपने चरित्र की उस विशेषता के कारण, जिसे कम-से-कम मैं ठीक-ठीक बताने में असमर्थ हूँ, यदि तुमने उन्नति न की तो तुम क्लेश पाओगे। तुम्हारे लिए कोई बीच का रास्ता नहीं है। अपने आपको धोखा न देना। लोगों की किसी बात से तुम्हारा प्रसन्न न होना तुरन्त प्रकट हो जाता है। अपने इस मिलनसार देश में यदि तुम ऐसी स्थिति प्राप्त न कर सके जिसमें लोग तुम्हारा सम्मान करें तो तुम्हारे लिए दुःख अनिवार्य है।

"मार्कि द ला मोल के इस मनमौजीपन के बिना बजाँसों में तुम्हारा क्या हाल होता ? एक दिन तुम समझोगे कि तुम्हारे लिए जो कुछ वह कर रहे हैं, वह कितना असाधारण है; और यदि तुम अमानुषिक पशु नहीं हो तो तुम चिरकाल तक उनके और उनके परिवार के कृतज्ञ रहोगे। तुम्हारे जैसे ही ग़रीब और तुम से अधिक विद्वान पुरोहित पेरिस में न जाने कितने हैं जिन्हें प्रार्थना के लिए पन्द्रह और सोर्वोन्न में उपदेश देने के लिए दस सू मिलते हैं। याद है, पिछले जाड़ों में मैंने तुम्हें उस धूर्त कार्डिनल दुव्वा के प्रारम्भिक जीवन के बारे

में क्या बताया था ? क्या अपने अहंकार में तुम यह सोचते हो कि तुम उससे भी अधिक प्रभावशाली हो ?

"उदाहरण के लिए, मैं स्वयं तो शान्त स्वभाव का मध्यम दर्जे का व्यक्ति हूँ। मैंने शिक्षा-मठ में ही जीवन के अन्तिम दिन बिताने का विचार किया था, पर मैंने यह मूर्खता की कि शिक्षा-मठ से आत्मीयता अनुभव करने लगा। जिस समय मैंने अपना त्याग-पत्र भेजा था, उन दिनों मैं निकाला ही जानेवाला था। जानते हो, मेरे पास उस समय कुल कितनी सम्पत्ति थी ?–कुल मिलाकर पाँच सौ बीस फ्रैंक, न कम न अधिक। और कोई भी नहीं, मित्र तथा परिचित भी मुश्किल से दो या तीन। म. द ला मोल ने ही, जिन्हें मैंने कभी देखा भी न था, इस संकट से मुझे उबारा। उनके मुँह से एक शब्द निकलने की देर थी कि मुझे ऐसी जगह नियत कर दिया गया जहाँ के निवासी खाते-पीते हैं और बड़े-बड़े दोष अपेक्षाकृत बहुत कम हैं। अब अपने काम को देखते हुए जो वेतन मुझे मिलता है, उससे मुझे लज्जा होती है। इतने विस्तार से ये सब बातें मैं तुम्हें इसलिए सुना रहा हूँ कि तुम्हारे इस माथे में कुछ अक्ल आए।

"बस, एक शब्द और–दुर्भाग्यवश मैं कुछ ज्यादा झगड़ालू हूँ। यह सम्भव है कि हम दोनों में आपस में बोलचाल बन्द हो जाए। यदि मार्किज के अहंकारपूर्ण व्यवहार अथवा उनके पुत्र के द्वेष-पूर्ण हँसी-मजाक के कारण यहाँ रहना तुम्हारे लिए सचमुच असहनीय हो जाए तो मेरी सलाह है कि तुम पेरिस के सौ मील के भीतर ही, और दक्षिण की अपेक्षा उत्तर की ओर, किसी शिक्षा-मठ में अपना अध्ययन पूरा करना। उत्तर में सभ्यता अधिक है और मैं यह स्वीकार करता हूँ," उन्होंने अपने स्वर को धीमा करते हुए कहा, "कि पेरिस के समाचार-पत्रों के समीप होने के कारण छोटे-छोटे अत्याचारियों के हृदय में भय बना रहता है।

"यदि हमें एक-दूसरे के सम्पर्क से आनन्द मिलता रहा और तब म. द ला मोल के घर में रहना तुम्हारे लिए कठिन हो तो मैं तुम्हें अपने यहाँ क्यूरे बना सकता हूँ और वहाँ जो कुछ मिलता है, उसमें से आधा तुम्हें दे सकता हूँ। बजाँसों में तुमने जो वह अद्‌भुत प्रस्ताव किया था, उसके कारण इतना बल्कि इससे भी अधिक का मैं तुम्हारा ऋणी हूँ," उन्होंने जुलियें के कृतज्ञता-प्रकाश को बीच ही में काटते हुए कहा। "उस समय यदि पाँच सौ बीस फ्रैंक के स्थान पर मेरे पास कुछ भी न होता तो तुम्हारे प्रस्ताव के फलस्वरूप मेरी जान बच जाती।"

फादर पिरार की आवाज़ का वह काटनेवाला स्वर गायब हो चुका था। यह देख जुलियें को बहुत संकोच हुआ कि उसकी आँखों में आँसू उमड़े आ रहे हैं। वह अपने बन्धु के हृदय से लगने के लिए बेचैन हो उठा। यथासम्भव पुरुषोचित स्वर में ये शब्द बरबस उसके मुँह से निकल पड़े, "मेरे पिता जन्म से ही मुझसे घृणा करते रहे, यह मेरा सबसे बड़ा दुर्भाग्य है; पर अब मैं अपने भाग्य की कभी निन्दा नहीं करूँगा। आप जैसा बन्धु मुझे मिल गया है।"

"अच्छी बात है, अच्छी बात है" फादर पिरार ने कुछ संकोच से कहा और फिर शिक्षा-मठ के अध्यक्ष के योग्य शब्दावली में वह बोले, "तुम्हें बेटे, भाग्य का नहीं, बल्कि विधाता का उल्लेख करना चाहिए।"

गाड़ी ठहर गई। कोचवान ने एक बड़े भारी द्वार पर खटखटाने का पीतल का डंडा

उठाया। यह द ला मोल भवन था। सड़क से आने-जानेवालों को किसी सन्देह का अवसर न देने के लिए उसका नाम दरवाज़े के ऊपर एक काले संगमरमर के पत्थर पर पढ़ा जा सकता था।

यह ऐश्वर्य-प्रदर्शन जुलियें को अच्छा न लगा। ये लोग जैकोबिनों से कितना डरते हैं ! उन्हें हर झाड़ी के पीछे रोबस्प्येर अपना दंड-शस्त्र लिए दीखता है–कभी-कभी तो इतना अधिक कि हँसते-हँसते दम निकलने लगता है। किन्तु तो भी वे अपने निवासस्थान का विज्ञापन ऐसे करते हैं कि यदि क्रान्ति हो जाए तो लोग आसानी से उन्हें ढूँढ़ लें और लूटें। यह बात उसने फादर पिरार को भी सुना दी।

"आह बेटे, देखता हूँ, जल्दी ही मुझे तुम्हें अपना क्यूरे बनाना पड़ेगा। कैसा भयंकर विचार तुम्हारे मन में उदित हुआ है !"

"मुझे तो इससे सरल कोई बात नहीं सूझती।" जुलियें ने कहा।

अनुचर की गम्भीरता और विशेषकर अहाते की स्वच्छता से वह आश्चर्यचकित रह गया। सूरज तेज़ी से चमक रहा था।

"कैसा अद्‌भुत स्थापत्य है !" उसने अपने बन्धु से कहा।

वह फौबूर सें-जेर्मे एक बड़े निजी मकान की ओर संकेत कर रहा था। उस तरह के मकान वोल्तेर की मृत्यु के आस-पास के युग में बनाए गए थे और उनका अग्रभाग बड़ा साधारण लगता था। शायद प्रचलित रुचि और सौन्दर्य में इतनी भारी दूरी कभी न उत्पन्न हुई हो।

2

समाज में प्रवेश

एक हास्यास्पद और दिल को छू लेनेवाली याद है : वह बैठक जहाँ अठारह बरस की उम्र में मैं पहली बार दाखिल हुआ था; सोसायटी में, अकेले और बिना किसी संरक्षक के ! किसी स्त्री की नजर से मैं सहम जाता था। मैं उन्हें खुश करने की जितनी भी कोशिश करता, मेरा व्यवहार उतना ही बेढब होता जाता। मैं हर चीज को उलटा किए जा रहा था; या तो मैं बेवजह किसी के सामने अपना दिल खोल देता था; या किसी को सिर्फ इस वजह से अपना दुश्मन मान बैठता कि उसने मुझे कठोर दृष्टि से देखा था। लेकिन फिर भी, मेरे शर्मीलेपन के कारण हुई भयंकर परेशानियों के बीच, वाकई कितना बढ़िया दिन था वह !

–कांट

जुलियें अहाते के बीचोबीच मुँह फाड़े खड़ा देखता रह गया।

"ज़रा समझदारी से काम लो," फादर पिरार ने कहा, "पहले तो ऐसी भयंकर बातें सोचने लगे और अब बिल्कुल बच्चों जैसे बन गए। क्या तुम होरेस का यह कथन भूल गए

कि कभी उत्साह का प्रदर्शन न करो ? जरा सोचो कि ये सब नौकर-चाकर तुम्हें यहाँ ऐसे खड़े देखकर तुम्हारी कितनी हँसी उड़ाएँगे ? उन्हें लगेगा कि उन्हीं के दर्जे के किसी आदमी को अनुचित रूप से उनके ऊपर नियुक्त कर दिया गया है। भले स्वभाव की आड़ में उचित सलाह देने और ठीक दिशा दिखाने के बहाने वे तुम्हें किसी न किसी भयंकर भूल में फँसाने का प्रयत्न करेंगे।''

''मैं भी देखूँगा कैसे करते हैं,'' जुलियें ने अपने होंठ काटते हुए कहा। उसका पुराना सारा विश्वास लौट आया था।

प्रिय पाठको, पहली मंजिल के जिन स्वागत-कक्षों में होकर इन दो व्यक्तियों को मार्कि के अध्ययन-कक्ष तक पहुँचने के लिए जाना पड़ा, वे आपको जितने शानदार लगते उतने ही उदासी-भरे भी जान पड़ते। यदि कोई आपसे उनमें इसी रूप में रहने का प्रस्ताव करता तो आप शायद उसे अस्वीकार ही कर देते। वे लम्बी-लम्बी जमुहाइयों और नीरस तर्क-जाल के प्रदेश हैं। जुलियें उन्हें देखकर मन्त्रमुग्ध-सा था। वह सोचने लगा कि ऐसे ऐश्वर्य के स्थान में रहनेवाले लोग कैसे दुःखी हो सकते हैं।

अन्त में वे इस सुन्दर भवन के एक सबसे कम आकर्षक कमरे के पास आ पहुँचे, जिसमें धूप मुश्किल से प्रवेश कर पाती थी। वहाँ उन्होंने एक दुबले-पतले और प्रखर दृष्टिवाले व्यक्ति को देखा जिसने हल्के-से सुनहले रंग के नकली बाल लगा रखे थे। फादर पिरार ने जुलियें की ओर मुड़कर उसका परिचय कराया। यही थे मार्कि। वह इतने सौजन्यपूर्ण दिखाई पड़ रहे थे कि जुलियें को उन्हें पहचानने में बड़ी कठिनाई हुई। इस समय वह ब्रे-ल-ओ के आबे के अहंकारी स्वामी नहीं थे। जुलियें को लगा कि उनके कृत्रिम केशों में बहुत अधिक बाल हैं और इस धारणा के फलस्वरूप वह तनिक भी अप्रतिभ न हो पाया।

हेनरी तृतीय के मित्र के ये वंशधर पहले तो उसे बड़े खराब कपड़े पहने हुए जान पड़े। वह दुर्बलकाय व्यक्ति थे और उनके हाथ-पैर हिलते-डुलते रहते थे; किन्तु जुलियें ने शीघ्र ही यह अनुभव किया कि मार्कि में समक्ष व्यक्ति को प्रिय लगनेवाली विनम्रता स्वयं बजाँसों के बिशप से भी कहीं अधिक है।

यह भेंट तीन मिनट से भी कम चली। बाहर जाते-जाते फादर पिरार ने जुलियें से कहा, ''तुम मार्कि की ओर ऐसे ताक रहे थे मानो कोई चित्र हो। यहाँ जिन बातों को ये लोग आचार-व्यवहार कहते हैं, उनके विषय में मैं अधिक नहीं जानता—शीघ्र ही तुम मुझसे कहीं अधिक जान जाओगे—किन्तु निस्सन्देह तुम्हारी दृष्टि की साहसिकता मुझे थोड़ी-सी अविनीत जान पड़ी।''

वे लोग फिर गाड़ी में बैठ गए, कोचवान ने पीछे के परदे गिरा दिए। फादर पिरार जुलियें को लेकर एक बड़े भारी स्वागत-कक्ष में पहुँचें जहाँ उसने देखा कि कोई फर्नीचर नहीं है। वह एक शानदार घड़ी की ओर देख रहा था जिसकी आकृति का विषय उसकी राय में बहुत ही अश्लील था। तभी एक बहुत ही सुन्दर दिखाई पड़नेवाले महानुभाव मुस्कुराते हुए उसकी ओर आए। जुलियें ने तनिक-सा चौंककर अभिवादन किया।

सज्जन ने मुस्कुराते हुए अपना हाथ उसके कन्धे पर रखा। जुलियें चौंक पड़ा और क्रोध से लाल होकर पीछे हट गया। अपनी समस्त गम्भीरता के बावजूद फादर पिरार के हँसते-हँसते पेट में बल पड़ गए। वह सज्जन दर्जी थे।

''अब दो दिन के लिए तुम्हें आज़ादी है,'' फादर पिरार ने बाहर जाते-जाते कहा, ''उससे पहले तुम्हें मादाम द ला मोल के आगे प्रस्तुत नहीं किया जा सकता। इस आधुनिक बेबीलोन में तुम्हारे निवास के प्रारम्भिक दिनों में कोई और व्यक्ति एक लड़की की भाँति तुम्हारी निगरानी रखता; पर तुम्हें यदि बरबाद ही होना है तो अपने आपको तुरन्त ही बरबाद कर लो जिससे मुझे उस दुर्बलता से मुक्ति मिल जाए जो मैं तुम्हारे प्रति दिखा रहा हूँ। परसों सवेरे यह दर्जी तुम्हारे लिए दो सूट लाएगा। पाँच फ्रैंक तुम उस नौजवान को देना जो ये कपड़े लाएगा और तुम्हें पहनाकर देखेगा। और हाँ, देखो, इन पेरिस-निवासियों को अपनी आवाज़ न सुनने देना। जहाँ तुमने एक भी शब्द कहा, और उन्हें तुम्हें हास्यास्पद बनाने का मौका मिला। इस काम में ये लोग विशेष रूप से निपुण हैं। परसों दोपहर को मेरे घर पहुँच जाना। अब जाओ, और चाहे जैसे अपना सत्यानाश करो। एक बात तो मैं भूल ही रहा था; जाकर इन पतों के ऊपर अपने लिए कुछ जोड़े जूते, कमीज़ें और एक टोपी खरीद लेना।''

जुलियें उन पतों के हस्ताक्षरों को देखने लगा।

''ये मार्कि के हाथ के लिखे हुए हैं,'' फादर पिरार ने कहा। ''वह बड़े कर्मठ व्यक्ति हैं। उनका हर बात पर पहले से ही ध्यान जाता है और वह आदेश देने की अपेक्षा स्वयं काम करना अधिक पसन्द करते हैं। वह तुम्हें इसी प्रकार की परेशानियों से छुट्टी पाने के लिए अपने यहाँ रख रहे हैं। क्या तुममें इतनी प्रत्युत्पन्न बुद्धि है कि जिन बातों का यह बुद्धिमान व्यक्ति केवल संकेत करे, उनको तुम भली-भाँति पूरा कर सको ? इस बात का उत्तर भविष्य देगा—बस, तुम सावधान रहना !''

जुलियें दिए हुए पतों पर पहुँचा पर कहीं उसने एक शब्द भी मुँह से नहीं निकाला। उसने अनुभव किया कि उसके साथ बड़ा सम्मानपूर्वक व्यवहार किया जा रहा है और जूते बनानेवाले ने अपने हिसाब के खाते में उसका नाम लिखा—'म. जुलियें द सोरेल।'

पेरलाशेज़ के कब्रिस्तान में एक बहुत ही तत्पर व्यक्ति ने, जो अपने भाषण में और भी अधिक उदार था, मार्शल की समाधि दिखाने के लिए अपनी सेवाएँ प्रस्तुत कर दीं। राज-काज की दूरदर्शिता के कारण मार्शल को समाधि-लेख का सम्मान न मिल सका था। किन्तु जब इन उदारपंथी महोदय ने आँखों में आँसू भरकर जुलियें को हृदय से लगाने के बाद बिदा ली तो जुलियें की घड़ी भी उससे विदा ले चुकी थी। इस अनुभव से और भी समृद्ध होकर जब दो दिन बाद वह फादर पिरार के सम्मुख उपस्थित हुआ तो उन्होंने बड़ी कठोर दृष्टि से उसे देखा।

''जान पड़ता है कि तुम अब बड़े दम्भी और दिखावटी व्यक्ति बनने ही वाले हो,'' फादर पिरार ने सख्ती के साथ कहा। वास्तव में वह बहुत सुसज्जित दिखाई पड़ रहा था, किन्तु आबे पर स्वयं प्रान्तीय धारणाओं का इतना अधिक प्रभाव था कि वह जुलियें की चाल में अभी भी एक प्रकार की सरलता को न पहचान सके जिसे प्रान्तों में सुन्दर और प्रभावपूर्ण दोनों ही समझा जाता है। जब मार्कि ने जुलियें को देखा तो उन्होंने फादर पिरार से भिन्न रूप में इन बातों को ग्रहण किया और बोले, ''यदि म. सोरेल कुछ दिन नृत्य सीखें तो आपको कोई आपत्ति तो न होगी ?''

आबे विस्मय से जड़ीभूत हो गए।

''नहीं,'' उन्होंने अन्त में उत्तर दिया, ''जुलियें पुरोहित नहीं हैं।''

मार्कि स्वयं जुलियें के साथ एक छोटे-से जीने पर एक बार में दो-दो सीढ़ियाँ चढ़ते हुए

ऊपर गए और वहाँ उसे घर से लगे हुए बड़े भारी बग़ीचे की ओर खुलनेवाले एक आरामदेह छोटे-से कमरे में टिका दिया। उन्होंने उससे पूछा कि बज़ाज के यहाँ से उसने कितनी कमीज़ें खरीदी हैं।

"दो," इतने बड़े आदमी को ऐसी छोटी-छोटी बातें पूछते देखकर जुलियें ने कुछ अप्रतिभ भाव से उत्तर दिया।

"बहुत ठीक," मार्कि बहुत ही गम्भीर और एक प्रकार के संक्षिप्त आदेशपूर्ण स्वर में बोले जिससे जुलियें कुछ सोच में पड़ गया। "बहुत ठीक ! बाईस और खरीद लीजिए। यह रहा आपका पहले तिमाही का वेतन।"

नीचे उतरकर मार्कि ने एक बुजुर्ग-से व्यक्ति को बुलाया और कहा, "आर्सेन, तुम म. सोरेल की देखभाल करना।" कुछ ही मिनट बाद जुलियें ने एक सुन्दर पुस्तकालय में प्रवेश किया। वह उसके लिए बड़े ही हर्ष का क्षण था। कोई अचानक ही उसके इस भावावेश को देख न ले, इसलिए वह एक कोने में चला गया और वहाँ खड़ा होकर किताबों की चमचमाती ज़िल्दों की ओर बड़े गद्‌गद भाव से देखता रहा। मैं इन सब पुस्तकों को पढ़ सकूँगा, उसने सोचा। यहाँ रहना मुझे कैसे बुरा लग सकता है ? म. द ला मोल ने जो कुछ मेरे लिए अभी-अभी कर दिया है, उसका सौवाँ भाग करके म. द रेनाल जीवनभर लज्जित अनुभव करते रहते।

पर देखूँ, वे चिट्ठियाँ कौन-सी हैं जिनकी मुझे नकल करनी है। यह काम पूरा करके जुलियें ने पुस्तकों को छूने का साहस किया। वोल्तेर के एक संस्करण को देखकर तो वह खुशी से लगभग पागल हो उठा। उसने पहले जाकर दरवाज़ा खोल दिया और उसके बाद एक-एक करके अस्सी ज़िल्दों को खोलकर देखने का आनन्द लेने लगा। उनकी जिल्दें बहुत ही सुन्दर और बढ़िया थीं जिन्हें लन्दन के सबसे प्रसिद्ध जिल्दसाज़ ने अपनी बढ़िया से बढ़िया कारीगरी के नमूने के रूप में तैयार किया था। उसके विस्मय को आसमान तक ले जाने को यही काफ़ी था।

घंटे-भर बाद जब मार्कि ने आकर पत्र देखे तो वह इस बात से बड़े चकित हुए कि जुलियें ने कुछ शब्द ग़लत लिखे थे। तो फिर जो कुछ आबे ने मुझसे इसके ज्ञान के बारे में कहा था, वह परियों की कहानी भर था ! मार्कि ने बहुत ही निराश होकर उससे अत्यन्त कोमल स्वर में कहा, "आपको शायद शब्दों के विषय में पूरा भरोसा नहीं ?"

"जी हाँ, यह ठीक है," जुलियें ने कहा। उसने यह तनिक भी न सोचा कि उसकी यह बात कितनी हानिकारक सिद्ध होगी। वह अपने प्रति मार्कि के सौजन्य से बहुत ही प्रभावित हो गया था। उससे उसे म. द रेनाल के दम्भी व्यवहार की याद आती थी।

तो फ्रांसकोंते के इस नौजवान आबे के साथ मेरा यह प्रयोग केवल समय नष्ट करना है, मार्कि ने सोचा। मुझे तो एक विश्वसनीय व्यक्ति की आवश्यकता थी !

वह उसे शब्दों को सही-सही लिखने के बारे में समझाने लगे। "पत्रों की नकल के बाद जिन शब्दों के विषय में आपको पक्का यकीन न हो, उन्हें शब्द-कोश में देख लिया कीजिए।"

छः बजे मार्कि ने उसे बुला भेजा। जुलियें के बूटों की ओर उन्होंने प्रत्यक्ष कष्ट के साथ देखा और कहा, "एक बात की मुझसे भूल हो गई। मैंने आपको यह नहीं बताया था कि प्रतिदिन साढ़े पाँच बजे आपको सब कपड़े पहनकर तैयार हो जाना चाहिए।"

जुलियें उनका अभिप्राय समझे बिना उनकी ओर देखने लगा।

"मेरा मतलब है कि आपको जूते और मोज़े पहन लेने चाहिए। आर्सेन आपको इसकी याद दिला देगा। आज मैं आपकी ओर से कोई बहाना बना दूँगा।"

बातचीत समाप्त करते ही म. द ला मोल जुलियें को सुनहरे कामवाले चमचमाते हुए ड्राइंगरूम में ले गए। ऐसे अवसरों पर म. द रेनाल सदा जल्दी-जल्दी कदम बढ़ाकर द्वार से स्वयं पहले निकलने का प्रयत्न किया करते थे। अपने पिछले संरक्षक के क्षुद्र अहंकार के कारण ही इस समय जुलियें का पैर मार्कि के पैर पर पड़ गया जिससे उसकी गठिया में पीड़ा हो उठी। आह ! यह तो इतना फूहड़ भी है, मार्कि ने सोचा। उन्होंने उसका परिचय एक रौबदार लम्बे कद की महिला से कराया। यही मार्किज़ थीं। उसे लगा कि वह कुछ घमंडी हैं। वेरियेर ज़िले के उप-ज़िलाधीश की पत्नी मादाम द मोजिरों भी इसी प्रकार सें-शार्ल के औपचारिक भोज में उपस्थित हुआ करती थीं। ड्राइंगरूम के अनुपम ऐश्वर्य से घबरा जाने के कारण जुलियें ने सुना नहीं कि म. द ला मोल क्या कह रहे हैं। मार्किज ने तो मुश्किल से उसके ऊपर एक नज़र डाली थी। उपस्थित लोगों में कुछ पुरुष भी थे जिनमें आग्द के बिशप को देखकर, जिन्होंने कुछ महीने पहले ब्रे-ल-ओ के उत्सव में उससे बातचीत करने की कृपा की थी, जुलियें को अपूर्व प्रसन्नता हुई। जुलियें जिस भाँति पिघलती हुई नज़रें कुछ सकुचाता-सा इस तरुण धर्माधिकारी की ओर डाल रहा था, उससे वह निस्सन्देह कुछ भयभीत था और प्रान्तों के इस आगन्तुक को पहचानने के लिए तनिक भी उत्सुक न था।

ड्राइंगरूम में एकत्र पुरुष सभी जुलियें को अपने व्यवहार में कुछ वक्र और खिंचे हुए-से जान पड़े। पेरिस मे लोग बहुत धीमी आवाज़ में बात करते हैं और क्षुद्र बातों पर ज़ोर नहीं देते।

कोई साढ़े छः बजे के लगभग एक बहुत ही दुर्बल और गोरे मूँछवाले नौजवान ने प्रवेश किया। उसका सिर बहुत ही छोटा था।

"तुम सदा हम लोगों से प्रतीक्षा करवाते हो," मार्किज ने कहा जिनका हाथ वह युवक चूम रहा था।

जुलियें समझ गया कि यही कौंत द ला मोल हैं। वह उसे पहली ही दृष्टि में बहुत आकर्षक व्यक्ति जान पड़े। वह सोचने लगा कि क्या सचमुच इसी व्यक्ति के अप्रिय हास-परिहास से उसे यह स्थान छोड़कर जाना पड़ेगा ?

काउन्ट नौर्बेर को अच्छी तरह देखने पर जुलियें का ध्यान इस बात की ओर गया कि उन्होंने बूट और एड़ पहन रखे हैं। वह सोचने लगा कि शायद हीन दर्जे का व्यक्ति होने के कारण ही मेरे लिए जूते पहनना ज़रूरी है। सब लोग एक मेज़ पर बैठ गए। जुलियें ने सुना कि मार्किज ने कुछ ऊँचे स्वर में कोई तीखी बात कही। ठीक उसी समय अत्यन्त हल्के सुनहरे केशों और सुडौल शरीरवाली एक युवती पर उसका ध्यान गया जो आकर उसके सामने बैठ गई थी। वह उसे अच्छी न लगी। पर ध्यान से देखने पर जुलियें को अनुभव हुआ कि इतनी सुन्दर आँखें उसने पहले कभी न देखी थीं। उनमें से अत्यन्त ही नीरस स्वभाव स्पष्ट झलकता था। बाद में उसे निश्चय हो गया कि उन आँखों का भाव उकताहट का है; वे प्रत्येक व्यक्ति को आलोचना की दृष्टि से देखती हैं किन्तु साथ ही दूसरे लोगों को प्रभावित करने के प्रति सचेष्ट हैं।

मादाम द रेनाल की आँखें भी बहुत सुन्दर थीं, वह सोचने लगा—सब लोग इसके लिए उनकी प्रशंसा करते थे; पर उनमें इन आँखों जैसी कोई बात न थी। जुलियें दुनिया और उसके तौर-तरीकों के बारे में इतना कम जानता था कि मादम्वाजेल मातिल्द की आँखों में—उसने उन का यही नाम पुकारा जाते सुना—बीच-बीच में चमक उठनेवाली ज्वाला विदग्धता की चमक है, इस बात को पहचान सके। मादाम द रेनाल या तो अपनी भावना की ज्वाला से चमकती थीं या किसी नीच कार्य की कहानी सुनकर जाग्रत होनेवाले क्षोभ से।

भोजन समाप्त होते-होते जुलियें को मादाम द ला मोल की सुन्दरता के वर्णन के लिए एक शब्द सूझ गया। ये चिनगारियाँ छोड़नेवाली आँखें हैं, उसने मन-ही-मन कहा। अन्यथा वह बहुत कुछ अपनी माँ के अनुरूप थीं जो उसे अधिकाधिक अरुचिकर लग रही थीं। उसने उनकी ओर देखना छोड़ दिया। दूसरी ओर काउन्ट नौर्बेर हर दृष्टि से उसे प्रशंसा के योग्य जान पड़ते थे। जुलियें उनसे इतना मुग्ध था कि धनी अथवा अपने से अधिक सम्भ्रान्त होने के लिए उनसे ईर्ष्या अथवा घृणा करने की बात भी उसे न सूझी।

जुलियें को लगा कि मार्कि ऊबे हुए दिखाई पड़ रहे हैं। भोजन के दूसरे दौर के समय उन्होंने अपने पुत्र से कहा, ''नौर्बेर, तुम्हें म. जुलियें सोरेल की देखभाल करनी पड़ेगी, जिन्हें मैंने अभी-अभी अपने पास नियुक्त किया है, और जिन्हें यदि सम्भव हुआ तो मैं आदमी बना देने की आशा करता हूँ।''

''यह मेरे सेक्रेटरी हैं,'' मार्कि ने अपने पास बैठे हुए व्यक्ति से कहा, ''पर यह अभी शब्द ठीक-ठीक लिखने में घबड़ा जाते हैं।''

सब लोग जुलियें की ओर देखने लगे। उसने कुछ अत्युक्तिपूर्ण ढंग से ही नौर्बेर का अभिवादन किया किन्तु कुल मिलाकर लोगों को उसका रूप-रंग पसन्द आया।

मार्कि ने जुलियें की शिक्षा के सम्बन्ध में अवश्य कोई उल्लेख किया होगा, क्योंकि एक अतिथि ने उससे होरेस के विषय में बातचीत शुरू कर दी। जुलियें सोचने लगा कि होरेस की चर्चा से ही बजाँसों के बिशप प्रभावित हुए थे। लगता है, ये लोग और किसी लेखक को जानते ही नहीं।

उसी क्षण से उसका आत्मविश्वास पूरी तरह लौट आया। यह परिवर्तन उसके इस निश्चय के कारण भी आसान हो गया कि नारी के रूप में मादाम द ला मोल का उसकी दृष्टि में कभी कोई महत्त्व न हो सकेगा। शिक्षा-मठ के समय से ही वह पुरुषों के बुरे से बुरे व्यवहार से टक्कर लेता रहा था और आसानी से किसी व्यक्ति की धमकी से भयभीत न होता था। यदि ड्राइंगरूम इतना अधिक ऐश्वर्यपूर्ण तथा सुसज्जित न होता तो वह अपने आत्मविश्वास का और भी अधिक उपभोग कर पाता। वास्तव में आठ फीट ऊँचे दो दर्पण वहाँ लगे हुए थे जिनमें वह बीच-बीच में होरेस के विषय में प्रश्न करनेवाले व्यक्ति की ओर देखता जाता था और जिससे वह अभी तक कुछ सम्भ्रम-त्रस्त-सा अनुभव करता था। प्रान्तों का निवासी होने पर भी उसके वाक्य बहुत लम्बे-चौड़े न होते थे। उसकी आँखें सुन्दर थीं जिनमें उसकी उत्सुक किन्तु झिझक-भरी लज्जाशीलता के कारण, जो अच्छा प्रत्युत्तर दे सकने पर प्रसन्नता का रूप ले लेती थीं, और भी अधिक चमक भर जाती थी। लोगों को वह अच्छा व्यक्ति जान पड़ा। इस तरह की बातचीत ने उस गम्भीर भोजन को कुछ दिलचस्प भी बना दिया। मार्कि ने इशारे से जुलियें के प्रश्नकर्त्ता को और भी सख्ती से प्रश्न करने का अनुरोध किया। वह सोच रहे थे कि क्या यह व्यक्ति सचमुच कुछ पढ़ा-लिखा है !

जुलियें अपनी समझ से सोच-सोचकर उत्तर देता रहा। उसकी भीरुता अब इतनी तो कम हो ही चुकी थी कि उसके उत्तरों में ठीक-ठीक विदग्धता तो नहीं--वह तो पेरिस की ज़बान न बोलनेवाले व्यक्ति के लिए असम्भव है–किन्तु मौलिक विचार अवश्य प्रकट न हो सके। यद्यपि वे विचार न किसी सौष्ठव के अथवा उपयुक्तता के साथ प्रकट नहीं हो रहे थे, तो भी इतना तो स्पष्ट ही था कि लैटिन में वह पूरी तरह से पारंगत है।

जुलियें का प्रतिद्वन्द्वी एक ऐतिहासिक अकादमी का सदस्य था जो संयोगवश लैटिन भी जानता था। उसे जुलियें उत्तम मानववादी जान पड़ा और लज्जित करने का भय न रहने से अब वह उसे सचमुच परेशान करने की कोशिश करने लगा। आख़िरकार वाद-विवाद की तेज़ी में जुलियें भोजन-गृह के वैभव और ऐश्वर्य को भूल गया और ऐसे लैटिन कवियों के विषय में अपने विचारों का प्रतिपादन करने लगा जो उसके प्रश्नकर्त्ता ने कभी न पढ़े थे। सुशिक्षित व्यक्ति होने के नाते उसने जुलियें की इसके लिए प्रशंसा की। सुखद संयोगवश चर्चा इस बात पर चलने लगी कि होरेस धनी था अथवा दरिद्र–शापेल की भाँति हँसमुख, मनमौजी और आनन्दकामी, तथा मोलियेर और ला-फौन्ते का मित्र था अथवा बेचारा गरीब राज-कवि था जो लार्ड बाइरन की निन्दा करनेवाले सदे की भाँति दरबार से सम्बद्ध था और बादशाह के जन्म-दिवस पर गीत लिखा करता था। लोग आगस्टस और जार्ज चतुर्थ के ज़माने में समाज की अवस्था के विषय में चर्चा करने लगे। इन दोनों युगों में ही सामन्त-वर्ग सर्व-शक्तिमान था; किन्तु रोम में उसकी शक्ति मेसीनास जैसे साधारण योद्धा ने छीन ली थी, जबकि इंग्लैंड में सामन्त वर्ग ने जार्ज चतुर्थ की स्थिति बहुत कुछ वेनिस के प्रधान अधिकारी जैसी बना दी थी। इस वाद-विवाद से मार्कि उस नीरसता से छुटकारा पाते हुए जान पड़े जिसमें भोजन के प्रारम्भ के समय वह ऊब के कारण फँस गए थे।

सदे, लार्ड बाइरन, जार्ज चतुर्थ आदि आधुनिक नाम जुलियें पहली बार सुन रहा था और उनका उसके लिए कोई अर्थ न था किन्तु इस बात पर सभी का ध्यान गया कि जब भी रोम में होनेवाली घटनाओं का ज़िक्र होता जिनका ज्ञान होरेस, मार्शल, टेसीटस आदि के ग्रन्थों से प्राप्त किया जा सके, तो जुलियें की श्रेष्ठता में कोई सन्देह न रहता था। उसने बजाँसों के बिशप के साथ होनेवाले अपने उस प्रसिद्ध वार्तालाप के भी बहुत-से विचार निस्संकोच होकर यहाँ लोगों के सामने रखे और उनकी भी कम प्रशंसा नहीं हुई।

जब वे लोग कवियों के बारे में चर्चा करते-करते उकता गए तो मार्किज ने, जो अपने पति को दिलचस्प लगनेवाली हर वस्तु की प्रशंसा करती थीं, जुलियें की ओर देखने की कृपा की। "यह नौजवान आबे अपने अपटु व्यवहार के बावजूद शायद विद्वान व्यक्ति जान पड़ता है," मार्किज के पास बैठे हुए अकादमी-सदस्य ने कहा; उसकी यह बात कुछ-कुछ जुलियें के कान में भी पड़ी। गृहस्वामिनी के स्वभाव के अनुरूप ऐसे ही घिसे-पिटे शब्द अधिक थे। जुलियें के विषय में उन्होंने इस कथन को अपना लिया और अकादमी-सदस्य को भोजन के लिए निमन्त्रित करने के लिए अपने आपसे प्रसन्न हो उठीं। उन्होंने सोचा कि म.द ला मोल को भी वह मनोरंजक लगा है।

प्रथम चरण

यह विशाल घाटी चमकदार रोशनियों और हजारों लोगों से भरी थी, मेरी आँखें चुँधिया गईं। उनमें से एक भी मुझे नहीं जानता, सब के सब मुझसे श्रेष्ठ हैं। मेरा सिर चकरा रहा है।

–राहना

अगले दिन बहुत सवेरे जब जुलियें पुस्तकालय में बैठा चिट्ठियों की नकल कर रहा था तो माद. मातिल्द ने पुस्तकों के पीछे बहुत चतुराई से छिपे हुए एक छोटे-से निजी द्वार से वहाँ प्रवेश किया। जुलियें इस तरकीब से बड़ा प्रसन्न हुआ किन्तु माद. मातिल्द उसे वहाँ देखकर बहुत ही चकित और कुछ अप्रतिभ-सी हो गईं। वह अपने बालों में घुँघराले करनेवाले कागज़ लगाए हुए थीं। जुलियें को वह बहुत ही कठोर, अहंकारिणी और लगभग पुरुषों जैसी जान पड़ीं। माद. द ला मोल ने अपने पिता के पुस्तकालय से चुपचाप पुस्तकें ले जाने की व्यवस्था कर रखी थी, पर पुस्तकालय में जुलियें की उपस्थिति के कारण उनका उस दिन सवेरे का अभियान व्यर्थ हो गया था। यह उन्हें विशेष रूप से कष्टदायक लग रहा था, क्योंकि वह वोल्तेर के 'बेबीलोन की राजकुमारी' नामक ग्रन्थ का दूसरा भाग देने के लिए आई थीं। साक्रे-कर की प्रसिद्ध राजभक्ति तथा धर्म-समर्थक शिक्षा के लिए यह उपयुक्त प्रमाणपत्र था ! उन्नीस वर्ष की अवस्था में ही इस बिचारी लड़की को किसी उपन्यास में दिलचस्पी लेने के लिए कुछ नमक-मिर्च और वाक-पटुता की आवश्यकता पड़ने लगी थी।

तीन बजे के लगभग काउन्ट नौर्बेर पुस्तकालय में आए। वह कोई अख़बार देखने वहाँ आए थे ताकि उस दिन शाम को राजनीति के बारे में चर्चा कर सकें। जुलियें के अस्तित्व की तो बात भी वह भूल गए थे। इसलिए उसे वहाँ देखकर वह बहुत प्रसन्न हुए। उनका व्यवहार एकदम समुचित था। उन्होंने जुलियें से घोड़े पर सैर के लिए चलने का प्रस्ताव रखा।

''पिताजी ने हम लोगों को भोजन के समय तक की छुट्टी दे दी है।''

जुलियें का ध्यान 'हम लोगों' के उपयोग पर गया और यह उसे अच्छा लगा।

उसने कहा, ''देखिए, यदि अस्सी फ़ीट ऊँचे पेड़ को काटने का, उसकी डालियों को छाँटने का और चीरकर उसके तख्ते बनाने का प्रश्न हो तो मैं यह कहने का साहस कर सकता हूँ कि मैं यह काम ठीक से कर लूँगा, पर जहाँ तक घोड़े पर सवारी का सवाल है, यह तो मेरे जीवन में छः बार से अधिक न हुआ होगा।''

''ठीक है, आज सातवीं बार सही !'' नौर्बेर ने कहा।

भीतर ही भीतर जुलियें–के राजा के वेरियेर आगमनवाली घटना का स्मरण कर रहा था और वह वास्तव में अपने आपको बहुत अच्छा घुड़सवार समझता था; किन्तु ब्वा द बुलों से वापस लौटते समय जुलियें एक गाड़ी से बचने के प्रयत्न में रु दु वास के ठीक बीचोबीच जा पड़ा और उसके कपड़े कीचड़ में सन गए। सौभाग्य से उसके पास दो सूट थे। भोजन के समय मार्कि ने बातचीत चलाने के उद्देश्य से उसकी घुड़सवारी का वृत्तान्त पूछा। नौर्बेर ने जल्दी से संक्षेप में स्वयं उत्तर दे दिया।

"काउन्ट मेरे ऊपर मेहरबान हैं," जुलियें ने कहा, "मैं उनका बहुत कृतज्ञ हूँ और उनकी कृपा की बहुत कद्र करता हूँ। उन्होंने कृपा करके मुझे सबसे सीधा और सबसे उत्तम दिखाई पड़नेवाला घोड़ा दिया था; पर आखिर वह मुझे उस पर बाँध तो सकते ही न थे। इस असावधानी के कारण मैं पुल के पास उस भयंकर लम्बी सड़क पर ठीक बीचोबीच जा गिरा।" मा द. मातिल्द ने फूटती हुई हँसी को रोकने का व्यर्थ-सा प्रयत्न किया और फिर बड़े कौतूहल से बाकी हाल पूछने लगीं। जुलियें ने परिस्थिति को बहुत ही सरलता और एक प्रकार की अनजान सुघड़ता से सम्हाल लिया।

"इस नौजवान पुरोहित से मुझे बड़ी आशाएँ हैं," मार्कि ने अकादमी-सदस्य से कहा। "ऐसे अवसर पर प्रान्तवाला इतनी सरलता दिखा सके ! यह बात न तो पहले कभी देखी गई और न बाद में कभी दिखाई पड़ेगी। और फिर वह अपने इस दुर्भाग्य की कहानी महिलाओं के सामने सुनाने में भी नहीं चूकता !"

जुलियें ने इस दुर्घटना के विषय में अपने सभी श्रोताओं को इतना आश्वस्त कर दिया कि माद. मातिल्द भोजन समाप्त होते-होते इस दुर्भाग्यपूर्ण घटना के सम्बन्ध में अपने भाई से प्रश्न पूछने लगीं। यह चर्चा बहुत देर तक चलती रही और बीच-बीच में कई बार जुलियें की आँखें भी उनसे मिलीं। उसने उन्हें सीधे ही उत्तर देने का भी साहस किया, स्वयं उन्होंने भी कई प्रश्न सीधे उससे पूछे थे। अन्त में वे तीनों जंगल में दूर किसी गाँव के तीन नौजवान निवासियों की भाँति एक साथ हँसने लगे।

अगले दिन जुलियें ने धर्मशास्त्र के दो व्याख्यान सुने और बाद में अपने पत्र नकल करने के काम पर आ पहुँचा। पुस्तकालय में उसने अपनी जगह के पास ही एक नवयुवक को देखा जिसकी वेश-भूषा उत्तम थी, किन्तु जो देखने में बहुत क्षुब्ध लग रहा था और उसकी आकृति पर ईर्ष्या की छाप थी।

तभी मार्कि अन्दर आए।

"आप यहाँ क्या कर रहे हैं म. तांबो ?" उन्होंने आगन्तुक से कठोर स्वर में पूछा।

"मैंने सोचा..." युवक ने एक कुत्सित प्रकार की मुस्कान के साथ उत्तर दिया।

"नहीं, आपने कुछ सोचा नहीं। यह आपका प्रयोगात्मक कार्य है, यह मैं समझता हूँ, पर बहुत ही अविचारपूर्ण।"

तांबो क्रोध में उठ खड़ा हुआ और वहाँ से चला गया। वह मादाम द ला मोल के मित्र अकादमी सदस्य का भतीजा था और लेखक बनना चाहता था। अकादमी सदस्य ने मार्कि से कहकर उसे उनका सेक्रेटरी बनवा दिया था। तांबो साधारणतः एक अलग से कमरे में काम करता था। जब उसने जुलियें को मिलनेवाली सुविधाओं की बात सुनी तो उसने भी उनका उपभोग करना चाहा और इसलिए वह अपनी कलम, दवात और कागज़ लेकर उस दिन सबेरे पुस्तकालय में बैठने के लिए आ पहुँचा था।

चार बजे जुलियें ने थोड़ी-सी हिचकिचाहट के बाद काउन्ट नौर्बेर के कमरे में जाने का साहस किया। वह उस समय घुड़सवारी के लिए जाने की तैयारी कर रहे थे। उसके आने से उन्हें थोड़ा-सा संकोच हुआ। "मैं सोचता हूँ," उन्होंने जुलियें से कहा, "कि शीघ्र ही आप घुड़सवारी के स्कूल जाएँगे। और कुछ ही सप्ताह में आपके साथ घोड़े पर सैर करने के लिए जाने में मुझे बड़ी ही प्रसन्नता होगी।"

"आपने जो कुछ कृपा मेरे ऊपर की है, उसके लिए मैं अपना आभार प्रकट करना

चाहता था।" जुलियें ने कहा। "विश्वास कीजिए," उसने बहुत गम्भीरता से जोड़ा, "मैं जानता हूँ कि मैं आपका कितना ऋणी हूँ। यदि मेरे फूहड़पन से मेरा घोड़ा जख़्मी न हुआ हो और किसी अन्य व्यक्ति को उसकी जरूरत न हो तो मैं आज सवारी करना चाहूँगा।"

"अच्छी बात है, किन्तु यह आपकी अपनी जिम्मेदारी होगी। आपको सावधान करने के लिए जितनी आपत्तियाँ हो सकती थीं, मैंने वे सब बता दी हैं। क्योंकि अब चार बजे हैं और समय बिल्कुल नहीं है।"

एक बार घोड़े पर बैठने के बाद जुलियें ने पूछा, "गिरने से बचने के लिए मुझे क्या करना चाहिए ?"

"बहुत कुछ," नौर्बेर ने ज़ोरों से हँसते हुए उत्तर दिया, "जैसे, उदाहरण के लिए, अपने शरीर को पीछे की ओर झुका लेना चाहिए !"

जुलियें तेज़ गति से दुलकी में चल पड़ा। वे प्लास लुई सोलह जा पहुँचे।

"अच्छा जनाब, यहाँ पर अब बहुत-सी गाड़ियाँ हैं और बहुत ही लापरवाही से चलानेवाले भी !" नौर्बेर ने कहा। "एक बार आप ज़मीन पर गिर पड़ें तो वे आपके ऊपर होकर गाड़ियाँ निकाल ले जाएँगे। रास खींचकर अपने घोड़े के मुँह खराब करना आवश्यक न समझेंगे।"

बीसियों बार नौर्बेर को लगा--जुलियें अब गिरा, अब गिरा। पर अन्त में सैर बिना किसी दुर्घटना के समाप्त हो गई। घर लौटने पर उन्होंने अपनी बहन से कहा, "एक साहसिक और लापरवाह घुड़सवार से मिलिए !"

भोजन के समय उन्होंने अपने पिता से भी जुलियें के साहस की प्रशंसा की। उसकी उस दिन की घुड़सवारी थी भी प्रशंसा की बात। सवेरे ही काउन्ट नौर्बेर ने अस्तबल में साइसों को जुलियें के घोड़े से गिरने की घटना को लेकर तरह-तरह की मज़ाक करते हुए सुना था।

पर सारे सौजन्य के बावजूद जुलियें शीघ्र ही इस परिवार के बीच एकदम अकेला अनुभव करने लगा। उनके सारे तौर-तरीके और आदतें उसे विचित्र लगतीं और वह हर तरह की भूल कर बैठता। उसकी गलतियाँ सब नौकरों के लिए हँसी का अवसर बनती थीं।

फादर पिरार अपने काम पर चले गए थे। वह सोचते थे कि जुलियें यदि ऐसा ही कमजोर है तो उसका नष्ट होना ही ठीक है। और यदि उसमें सचमुच कोई अपनी प्रतिभा है, तो वह अपना रास्ता अपने आप ढूँढ़ लेगा।

4
द ला मोल भवन

वह यहाँ क्या कर रहा है ? क्या वह मजा ले रहा है ? या शायद
वह किसी का प्रिय पात्र बनने की कोशिश कर रहा है ?

–रोंसार

यदि द ला मोल भवन के विशाल ड्राइंगरूम में हर वस्तु जुलियें को विचित्र लगती, तो काले वस्त्र पहननेवाला यह विवर्ण नौजवान भी वहाँ के हर व्यक्ति को बड़ा ही विचित्र जान पड़ता।

मादाम द ला मोल ने अपने पति से प्रस्ताव किया कि जब कोई महत्त्वपूर्ण व्यक्ति उनके यहाँ भोजन पर आए तो जुलियें को किसी न किसी काम से बाहर भेज देना चाहिए।

"मैं अपने प्रयोग को बिल्कुल अन्त तक करके देखने के लिए उत्सुक हूँ," मार्कि ने उत्तर दिया। "फादर पिरार का आग्रह है कि जिस व्यक्ति को हम अपने बीच लाते हैं, उसके आत्मसम्मान को कुचलने का प्रयत्न करना अनुचित है, आदमी उसी का सहारा ले सकता है, जिसमें थोड़ी-बहुत प्रतिरोध की शक्ति हो। यह व्यक्ति कुछ अजीब इसीलिए लगता है कि उसका रूप-रंग अपरिचित है; बाकी तो वह बहरा भी है और गूँगा भी।"

अपनी स्थिति को ठीक से समझने के लिए मुझे इस ड्राइंगरूम में आनेवाले व्यक्तियों के नाम और उनके चरित्र के बारे में एक-दो शब्द लिख लेना चाहिए, जुलियें ने सोचा।

उसने अपनी सूची में परिवार के पाँच-छः मित्रों के नाम लिखे जो यह सोचकर कि किसी न किसी अजीब कारण से मार्कि ने उसे अपनी छत्र-छाया में ले रखा है, प्रायः उससे परिचय बढ़ाने की कोशिश किया करते थे। ये लोग भी हर ऐरे-गैरे की खुशामद न करते थे। उनमें ऐसे भी लोग थे जो मार्कि के दुर्व्यवहार को तो सहन कर लेते, पर मादाम द ला मोल के एक कठोर शब्द पर भी विद्रोह कर बैठते।

जहाँ तक गृह-स्वामी और स्वामिनी का प्रश्न था, उनके चरित्र के मूल में अत्यधिक ऊब और अत्यधिक अहंकार ही थे ! वे लोग अपनी उकताहट से बचने के लिए दूसरे लोगों को ठेस पहुँचाने के इतने अभ्यस्त हो चुके थे कि किसी को सच्चा मित्र बनाना कठिन था; किन्तु तो भी तीव्र उकताहट के इक्के-दुक्के अवसरों को छोड़कर उनका व्यवहार सदा पूरी तरह शिष्ट रहता था।

जुलियें के प्रति लगभग पैतृक स्नेह दर्शानेवाले पाँच-छः पिट्ठू द ला मोल भवन आना छोड़ देते तो मार्किज को तो बहुत दिनों तक कोई बात करनेवाला न मिलता; और उनकी स्थिति की महिला की दृष्टि में ऐसे अकेलेपन से अधिक डरावनी वस्तु दूसरी नहीं—वह तो सामाजिक अपमान का चिह्न है।

अपनी पत्नी के साथ मार्कि का व्यवहार सर्वथा उपयुक्त होता था। वे सदा इस बात का ध्यान रखते कि उनकी पत्नी का ड्राइंगरूम समुचित रूप से अतिथियों से सुसज्जित रहे—सामन्त सरदारों से नहीं क्योंकि नए-नए बने हुए सामन्त उन्हें न तो इतने अभिजात लगते कि उन्हें अपने घर मित्रों के रूप में बुला सकें और न इतने रोचक कि हीन आधार पर उनका स्वागत कर सकें।

जुलियें को इन सब रहस्यों का पता बहुत बाद में चला। मध्यवर्गीय परिवारों में साधारणतः सरकारी नीतियों के ऊपर ही बातचीत चला करती है, किन्तु मार्कि की हैसियत के लोगों के घर में असाधारण परिस्थिति के अवसरों को छोड़कर इस विषय को कभी नहीं छुआ जाता।

उकताहट के इस युग में मनोरंजन की आवश्यकता का लोगों के ऊपर इतना असर है कि लोग जिस दिन भोजन के लिए निमन्त्रित होते, उस दिन भी मार्कि के ड्राइंगरूम से जाते ही सारे अतिथि एक के बाद एक चलने लगते। यदि आप स्वतः पुरोहित, राजा और किसी सरकारी पदाधिकारी की हँसी न उड़ाएँ; यदि आप बेरांजे, विरोधी पक्ष के समाचार-पत्रों, वोल्तेर, रूसो अथवा भाषण की स्वाधीनता में विश्वास करनेवाले किसी व्यक्ति की प्रशंसा न करें, और इस सबसे अधिक यदि आप राजनीति की चर्चा न करें तो जो जी चाहे वह

बात करने की स्वाधीनता थी।

इस ड्राइंगरूम संविधान के विरुद्ध न तो लाख क्राउन की आय का और न सेंतेस्प्रि के नीले फीते का जोर चल सकता था। कोई तनिक-सा भी जीवन्त विचार यहाँ अत्यधिक अनुपयुक्त समझा जाता था। सारे फैशन, निर्दोष व्यवहार और दूसरों को प्रसन्न करने की चिन्ता के बावजूद उकताहट हर चेहरे पर लिखी नज़र आती थी। जो नौजवान वहाँ अपना सम्मान प्रकट करने के उद्देश्य से आते, वे इस डर से कि कहीं कोई अपना निजी विचार रखने अथवा कोई वर्जित पुस्तक पढ़ लेने का सन्देह अपने विषय में न पैदा कर दें, रोजिनी अथवा मौसम के बारे में दो-एक बहुत सुरुचिपूर्ण बातें कहकर चुप हो जाते थे।

जुलियें ने अनुभव किया कि बातचीत साधारणतः दो बाइकाउन्ट और पाँच बैरन ही, जिन्हें म. द ला मोल देश-परित्याग के समय से जानते थे, जीवित रखा करते थे। इनमें से प्रत्येक महानुभाव की छः से लगाकर आठ सौ पौंड की आमदनी थी; उनमें से चार 'कोतिद्येन' और तीन 'गाजेत द फ्रांस' के हिमायती थे। उनमें से एक व्यक्ति प्रत्येक दिन उस शातो की कहानी अवश्य सुनाता जिसमें 'विस्मयजनक' शब्द का प्रयोग बड़ी उदारता से किया जाता था। जुलियें ने देखा कि वह पाँच सम्मान-चिह्न पहनते हैं, बाकी लोगों के पास केवल तीन ही थे।

इसके विपरीत बाहरवाले कमरे में दस नौकर दिखाई पड़ते थे और बरफ तथा चाय लगातार हर पन्द्रह मिनट बाद सबके सामने पेश करते रहते थे। आधी रात के लगभग शैम्पेन के साथ कुछ भोजन हुआ करता था।

यही कारण था कि जुलियें कभी-कभी आख़िर तक ठहरना चाहता; बाकी तो वह समझ ही न पाता था कि इस चमक-दमकवाले ड्राइंगरूम में साधारणतः चलनेवाली बातचीत को कोई भी व्यक्ति गम्भीरतापूर्वक कैसे सुन सकता है। कभी-कभी वह स्वयं बोलनेवालों की ओर देखने लगता कि उन्हें अपने शब्द हास्यास्पद लग रहे हैं अथवा नहीं। वह सोचता कि म. द मेस्त्र, जिसके ग्रन्थ मुझे कंठस्थ हैं, इन लोगों से सौ गुना अच्छा वार्तालाप जानते थे, और तो भी वह मुझे बहुत ही नीरस लगते हैं।

इस दमघोंटू वातावरण पर केवल जुलियें का ही ध्यान जाता हो, यह बात नहीं। कुछ लोग लगातार बरफ खाकर सान्त्वना पाते रहते और कुछ लोग बाद में यह कह सकने के गौरव से कि मैं अभी-अभी द ला मोल भवन से आया हूँ जहाँ पता चला कि रूस इत्यादि-इत्यादि।''

परिवार के एक खुशामदी मित्र से जुलियें को पता चला कि कोई छः महीने पहले ही मादाम द ला मोल ने उस बेचारे बेरन ल बुर्गिओं को जो राजशाही की दोबारा स्थापना के दिनों से अब तक उप-ज़िलाधीश ही थे, उनकी बीस वर्ष की निरन्तर दौड़-धूप और खुशामद के पुरस्कारस्वरूप, ज़िलाधीश बनवा दिया था।

इस महान घटना ने इन सब महानुभावों के उत्साह में नई जान डाल दी थी। उसके पहले वह बहुत छोटी-सी बात से भी नाराज हो जाते; अब वे किसी भी बात का बुरा न मानते थे। उनके प्रति कोई उपेक्षा कभी जानबूझकर न होती थी। पर दो या तीन बार भोजन की मेज पर जुलियें मार्कि और उनकी पत्नी के बीच ऐसा वार्तालाप सुन चुका था जो उनके समीप ही बैठे हुए व्यक्तियों के प्रति बहुत ही निर्मम था। ये दोनों व्यक्ति कभी इस बात को छिपाते न थे कि शाही गाड़ियों में चलनेवालों के वंशधरों के अतिरिक्त सब लोग तिरस्कार के ही

योग्य हैं। जुलियें ने यह भी देखा कि 'धर्म-युद्ध' ही एक ऐसा शब्द था जिसे सुनकर उन लोगों के मुख पर आदर और गम्भीरता का भाव प्रकट होता था। साधारणतः उनके आदर में भी एक प्रकार का कृपा-भाव सदा विद्यमान रहता था।

इस सब वैभव और उकताहट के बीच जुलियें की दिलचस्पी केवल म. द ला मोल में थी। उनसे एक दिन यह सुनकर उसे प्रसन्नता हुई कि बेचारे ल बुर्गिओं की उन्नति में उनका तनिक भी हाथ न था। यह मार्किज के प्रति विनम्रता के कारण ही उन्होंने कहा था; सच्ची बात जुलियें को फादर पिरार से मालूम हो चुकी थी।

एक दिन आबे जुलियें के साथ मार्कि के पुस्तकालय में म. द फ्रिलेर के मुकदमे के बारे में कामकाज कर रहे थे। एकाएक जुलियें ने कहा, "सर, क्या प्रतिदिन मार्किज महोदया के साथ भोजन करना मेरे काम का अंश है या वे मुझे कृपा करके बुला लेती हैं ?"

"यह तो अभूतपूर्व सम्मान है !" फादर पिरार ने बेहद आश्चर्य से चौंककर उत्तर दिया। "अकादमी-सदस्य म. न--जो पिछले पन्द्रह वर्ष से यहाँ हाजिरी लगाते हैं, यह सम्मान अपने भतीजे म. तांबों के लिए अभी तक कभी न पा सके।"

"जहाँ तक मेरा सवाल है, मेरे काम का यही सबसे दुखदायी भाग है। इससे तो मुझे शिक्षा-मठ में भी कम उकताहट होती थी। मैं तो बीच-बीच में माद. द ला मोल को भी जम्हाइयाँ लेते देखता हूँ, वह तो परिवार के इन मित्रों के स्नेह-सम्भाषणों की अभ्यस्त हो चुकी होंगी। मुझे तो भय होता है कि कहीं नींद न आ जाए। क्या आप कृपा करके मुझे इस बात की आज्ञा दिलवा देंगे कि मैं चालीस सू खर्च करके किसी छोटे-से होटल में जाकर भोजन कर लिया करूँ ?"

हीन स्थिति से उठकर उच्च पद पर पहुँचनेवाले सभी व्यक्तियों की भाँति आबे भी किसी बड़े सामन्त के साथ भोजन करने के सम्मान को भली-भाँति पहचानते थे। वह जुलियें को यह बात समझा ही रहे थे कि किसी हल्के-से शब्द से उन्होंने पीछे मुड़कर देखा। माद. द ला मोल उनकी बातें सुन रही थीं। जुलियें का मुख लाल हो गया। वह वहाँ कोई पुस्तक ढूँढ़ने आई थीं और सारी बातें उनके कान में पड़ गई थीं। इससे उनके मन में जुलियें के प्रति थोड़ा-सा आदर हुआ। उन्होंने सोचा कि कम-से-कम यह आदमी इस बूढ़े आबे की भाँति इस संसार में दयनीय होकर नहीं आया है ! हे भगवान ! यह आबे भी कितना कुरूप है !

भोजन के समय जुलियें को माद. द ला मोल की ओर देखने का भी साहस न हुआ, पर उन्होंने उससे कुछ बातें कहने की कृपा दिखलाई। उस दिन बहुत-से लोगों के आने की आशा थी और माद. द ला मोल ने उससे भोजन के बाद ठहरने का अनुरोध किया। पेरिस की युवतियाँ एक खास उम्र के लोगों को, विशेषकर यदि वे बहुत सुन्दर वेशभूषा में न हों, पसन्द नहीं करतीं। यह देखने के लिए जुलियें को किसी विशेष बुद्धि की आवश्यकता न थी कि म. ल बुर्गिओं के दल के जो लोग ड्राइंगरूम में रह जाते, वे ही साधारणतः माद. द ला मोल की पैनी वाग्विदग्धता के लक्ष्य बना करते थे। उस दिन वह, पता नहीं दिखावे के तौर पर अथवा सचमुच ही, नीरस लोगों के बारे में बहुत तीखे व्यंग्य से बातचीत करती रहीं।

माद. द ला मोल एक छोटी-सी मंडली की केन्द्र थीं जो रोज शाम को मार्किज की बड़ी भारी आराम कुर्सी के पीछे एकत्र होती थी। उनमें थे मार्कि द क्रवाज़न्वा, कौंत द केलुस, विकौंत द लुज़ और दो या तीन अन्य तरुण अफ़सर जो नौर्बेर अथवा उनकी बहन के मित्र थे। ये सज्जन बड़े भारी नीले सोफ़े पर बैठते थे। फुलझड़ी छोड़ती हुई मातिल्द के ठीक सामने

सोफ़े जैसी नीची बेंत की कुर्सी पर चुपचाप जुलियें बैठा हुआ था। इस छोटी-सी जगह के लिए सब खुशामदी पिट्ठू लालायित रहते थे। नौर्बेर ने अपने पिता के इस युवक सेक्रेटरी से उस दिन शाम को सीधी बातचीत करके और दो-एक बार नाम लेकर बुलाकर उसे वहाँ रहने का उचित बहाना प्रदान किया था।

उस दिन माद. द ला मोल ने उससे उस पहाड़ी की ऊँचाई पूछी जिस पर बजाँसों का दुर्ग बना हुआ है। जुलियें के लिए यह बताना असम्भव था कि वह पहाड़ी मौमार्त्र से ऊँची थी अथवा नीची। छोटी-सी मंडली के लोग जो कुछ भी कहते, उस पर प्रायः वह दिल खोलकर हँस पड़ता; पर उसे लगा कि उसमें उन लोगों के समान सूझ नहीं है। उसके लिए वह एक विदेशी भाषा के समान थी जिसे वह समझता तो था पर बोल नहीं सकता था।

उस दिन मातिल्द की मित्र-मंडली ड्राइंगरूम में आनेवाले लोगों के विरुद्ध लगातार मोर्चा जमाए रही। परिवार के मित्रों को पहले चुना जाता था क्योंकि वे अधिक परिचित थे। यह स्वाभाविक ही था कि जुलियें ध्यान से सब बातें सुन रहा था; उनका हँसी-मज़ाक का ढंग और विषयवस्तु दोनों ही उसके लिए रोचक थे।

"ओहो, म. देकुलि आ गए," मातिल्द ने कहा। "उन्होंने अपने नकली केश उतार दिए हैं। क्या वह अपनी प्रतिभा के बल ज़िलाधीश बनने का स्वप्न देख रहे हैं ? आज वह अपने उस गंजे सिर का प्रदर्शन कर रहे हैं, जो उनका दावा है, बड़े ऊँचे-ऊँचे विचारों से ठसाठस भरा है।"

"उनकी सारी दुनिया में जान-पहचान है," मार्कि द क्रवाज़न्वा ने कहा। "वह मेरे कार्डिनल चचा के घर भी तशरीफ़ लाते हैं। वह अपने प्रत्येक मित्र के विषय में किसी भी झूठी बात को वर्षों तक चालू रखने में समर्थ हैं और उनके मित्र कोई दो-तीन सौ तो हैं ही। मित्रता बढ़ाना वह जानते हैं—यह उनकी खास खूबी है। जैसे यहाँ दिखाई पड़ रहे हैं, वैसे ही धूल-धूसरित वह किसी मित्र के द्वार पर भी जाड़े के दिनों में सवेरे ठीक सात बजे दिखाई पड़ सकते हैं।

"बीच-बीच में वह किसी न किसी से झगड़ा मोल ले लेते हैं और फिर उस झगड़े को बनाए रखने के लिए सात-आठ चिट्ठियाँ लिखते हैं। उसके बाद समझौता हो जाता है तो सद्भावना से परिपूर्ण सात-आठ चिट्ठियाँ फिर लिखते हैं। पर जब वह अपने हृदय में कुछ न छिपानेवाले ईमानदार निश्छल व्यक्ति की तरह अपना हृदय आपके सामने खोलकर रखते हैं तब उनका जवाब नहीं। कोई काम निकालना हो तो आम तौर पर वह यही करते हैं। मेरे चचा के एक प्रधान विकार म. देकुलि के जीवन की कहानी बड़े मज़े से सुनाते हैं। एक दिन मैं उन्हें आपसे मिलाने के लिए ले आऊँगा।"

"जो हो, मुझे आप इन सब कहानियों पर यकीन करते न पाइएगा," कौंत द केलुस ने कहा। "यह केवल महत्त्वहीन व्यक्तियों के बीच व्यावसायिक ईर्ष्याभर है।"

"म. देकुलि का इतिहास में उल्लेख होगा," मार्कि द क्रवाज़न्वा ने उत्तर दिया। "उन्होंने आबे द प्राद, म. द ताल्लेराँ और म. पोज़ो दि बोर्गी के साथ मिलकर फिर से राजतन्त्र की स्थापना की है।"

"इस आदमी ने लाखों के वारे-न्यारे किए हैं।" नौर्बेर ने कहा, "पर मेरी समझ में नहीं आता कि वह यहाँ मेरे पिता के अपमानजनक और अक्सर निर्मम मज़ाक सुनने के लिए क्यों आता है ? अभी उसी दिन उन्होंने मेज़ के दूसरे छोर से पुकारकर कहा था—'अपने मित्रों

के साथ तुमने कितनी बार विश्वासघात किया है ?' "

"किसी न किसी के साथ विश्वासघात कौन नहीं करता ?" माद. द ला मोल ने कहा।

"अरे ! वह कुख्यात उदारपंथी म. सेंक्लेर भी यहाँ मौजूद हैं !" कौंत द केलुस ने नौर्बेर से कहा। "इस घर में वह किस चक्कर में आया है ? जाऊँ, ज़रा उससे बात करूँ तो कुछ पता चले। कहते हैं, वह बहुत ही चतुर आदमी है।"

"पर आपकी माँ से उसे कैसा स्वागत मिलनेवाला है ?" म. द क्रवाज़न्वा ने कहा। "उसके ऐसे मर्यादाहीन विचार हैं। वह इतना उदार है और इतना स्वाधीन...।"

"जरा देखो, देखो," माद. द ला मोल ने कहा, "वह रहा तुम्हारा स्वाधीन आदमी—म. देकुलि के सामने धरती पर झुककर उनका हाथ पकड़ता हुआ। मुझे तो लगा कि वह उसे अपने होंठों से लगानेवाला है।"

"तब तो सरकार से म. देकुलि का सम्बन्ध बड़ा अच्छा जान पड़ता है।" म. द क्रवाज़न्वा ने कहा।

"सेंक्लेर यहाँ अकादमी में चुने जाने के लिए आया है," नौर्बेर ने कहा। "देखो, क्रवाज़न्वा, वह बैरन ल—को झुककर अभिवादन कर रहा है।"

"यदि घुटनों के बल बैठकर प्रणाम करता तो कम तुच्छ लगता," म. देलुज़ बोले।

"भाई सोरेल," नौर्बेर ने कहा, "तुम तो इतने बुद्धिमान व्यक्ति हो, यद्यपि अभी-अभी पहाड़ों से आए हो, तुम इस बात का ख्याल रखना कि किसी के सामने इन बड़े भारी कविजी की तरह न झुको, स्वयं भगवान् के आगे भी नहीं।"

"आह ! वाक्पटुता की मूर्त्ति, म. ल बारों बातों आ गए।" माद. द ला मोल ने नौकर के पुकारने की हल्की-सी नकल करते हुए कहा।

"आपके नौकर तक उस पर हँसते हैं, जान पड़ता है," म. द केलुस बोले। "बारों बातों—क्या नाम है !"

" 'नाम में क्या धरा है !' " जैसा वह हम लोगों से उस दिन कह रहे थे," मातिल्द ने उत्तर दिया। "जरा दुक्द बुय्यों के आने की प्रथम घोषणा की कल्पना कीजिए। बस, लोगों के अभ्यस्त होने की बात है।"

जुलियें सोफ़े के पास से हट आया। ऐसे सुकुमार परिहास के सूक्ष्म मिठास का आनन्द अभी उसके लिए नया था। इसलिए वह सोचता था कि यह परिहास किसी ऐसे कारण पर आधारित होना चाहिए कि हर मज़ाक पर हँसा जा सके। उसे इन लोगों की बातों में हर वस्तु की निन्दा करने की प्रवृत्ति के अतिरिक्त और कुछ न दिखाई पड़ा और इससे उसे आघात-सा लगा। उसकी मिथ्या—अथवा शायद अंग्रेज़ों की सी—विनयशीलता—यहाँ तक थी कि वह इसमें ईर्ष्या देखता था, किन्तु यह निस्सन्देह भूल थी।

वह सोचने लगा कि काउन्ट नौर्बेर को मैंने देखा है कि अपने कर्नल की बीस पंक्तियों का पत्र लिखने के पहले तीन बार नकल करते हैं। वह यदि म. सेंक्लेर की भाँति एक पृष्ठ भी जीवन में लिख लें तो बड़े भाग्य की बात है।

उसकी महत्त्वहीनता के कारण जुलियें के इधर-उधर जाने पर कोई ध्यान न देता था। इसलिए वह बहुत-से लोगों के पास पहुँच जाता था। वह बारों बातों की बात सुनने के लिए धीरे-से उनके पीछे-पीछे गया। वह मेधावी व्यक्ति इस समय कुछ चिन्तित दिखाई पड़ रहा था और जुलियें ने देखा कि एक-दो तीखे वाक्य कह चुकने के बाद ही वह कुछ थोड़ा

प्रकृतिस्थ हुआ। जुलियें को लगा कि इस तरह के व्यक्ति को फैलने होने के लिए अवकाश की आवश्यकता होती है।

बैरन संक्षेप में अपनी बात न कह सकते थे। उनकी वाग्विदग्धता को चमकने के लिए छः-छः पंक्तियोंवाले कम-से-कम चार वाक्यों की आवश्यकता होती थी।

"यह आदमी बात नहीं करता, भाषण देता है," किसी ने जुलियें के पीछे से कहा। उसने मुड़कर देखा तो किसी ने उसके पीछे खड़े हुए व्यक्ति को कौंत शाल्वे कहकर पुकारा। यह सुनकर वह आनन्द से रोमांचित हो उठा। कौंत शाल्वे अपने युग के परम मेधावी व्यक्तियों में गिने जाते थे। जुलियें ने उनका नाम सेतेंलेन के संस्मरणों में और नेपोलियन द्वारा लिखाए गए इतिहास के अंशों में पढ़ा था। कौंत शाल्वे की बात बड़ी संक्षिप्त होती थी; उनकी उक्तियाँ बिजली की भाँति चमकती हुई, सुनिर्दिष्ट, सशक्त और गम्भीर होती थीं; किसी विषय पर उनके बोलते ही चर्चा एक कदम आगे बढ़ जाती थी। वह विषय से सम्बन्धित तथ्यों को प्रस्तुत करते थे। उन्हें बोलते हुए सुनना बड़े आनन्द की बात थी। किन्तु राजनीतिज्ञ के रूप में अनास्थावादी और निर्लज्ज थे।

"मैं स्वयं अपने दिमाग को खुला हुआ रखता हूँ," वह तीन सम्मानचिह्न धारण करनेवाले एक सज्जन से उनका स्पष्ट ही मज़ाक उड़ाते हुए बोले, "छः सप्ताह पहले मेरी जो राय थी वही आज भी हो, यह आप क्यों चाहते हैं ? यदि ऐसा होता तो मेरी राय मेरे ही ऊपर हावी हो जाती।"

चार गम्भीर दिखनेवाले नौजवान उन्हें घेरे खड़े थे। इस बात पर उनके कुछ तेवर चढ़ गए। ऐसे लोगों को हँसी-मज़ाक पसन्द नहीं होता। काउन्ट ने देखा कि वह कुछ ज़्यादा बढ़ गए हैं। सौभाग्यवश तभी उनकी दृष्टि उस बाहर से निश्छल पर भीतर से धूर्त व्यक्ति म. बाल्लां पर पड़ गई और वह उनसे बातचीत में लग गए। यह समझकर कि अब बेचारा बाल्लां बलि का बकरा बना, लोगों ने चारों ओर से उन्हें घेर लिया। म. बाल्लां ने बेहद कुरूप होते हुए भी, एकमात्र साहस और नैतिकता के बल पर, और समाज में अवर्णनीय प्रथम प्रयास के बाद, एक बहुत धनी महिला से विवाह किया था जिनकी मृत्यु हो गई। तब उन्होंने दूसरी से विवाह किया। वह भी बहुत धनी थीं, पर लोगों से मिलती-जुलती न थीं। अब वह बड़ी विनम्रतापूर्वक सात हजार लिब्र की आय उपभोग करते थे और उनके अपने खुशामदी मौजूद थे। कौंत शाल्वे तनिक भी तरस खाए बिना इन सब बातों की चर्चा उनसे कर रहे थे। जल्दी ही उनके चारों ओर कोई तीस लोगों का घेरा बन गया। वे सब के सब, यहाँ तक कि अपनी पीढ़ी और ज़माने की आशा समझे जानेवाले गम्भीर नौजवान भी, मुस्कुरा रहे थे।

यह म. द ला मोल के यहाँ क्यों आते हैं, जहाँ स्पष्ट ही वह सबके परिहास का केन्द्र हैं ? जुलियें सोचने लगा। वह म. पिरार से जाकर कारण पूछने लगा। इस बीच म. बाल्लां भाग निकले।

"ठीक," नौर्बेर ने कहा। "मेरे पिता का एक जासूस तो गया; बस वह पंगु नाप्ये रह गया है।"

क्या यही उत्तर है इस पहेली का ? जुलियें ने सोचा। किन्तु तो फिर म. बाल्लां को मार्कि यहाँ क्यों बुलाते हैं ? कठोर फादर पिरार कमरे के एक किनारे भौंहें चढ़ाए खड़े नौकर द्वारा अतिथियों के आगमन की घोषणाएँ सुन रहे थे।

"अरे, यह तो चोरों का अड्डा जान पड़ता है," उन्होंने बासिलियों की भाँति कहा, "यहाँ

तो मुझे बदनाम लोगों के सिवाय कोई आता ही दिखाई नहीं पड़ता ?"

असल बात यह थी कि फादर पिरार उच्च समाज से परिचित तो न थे किन्तु अपने जानसेनपंथी मित्रों से उन्होंने उन व्यक्तियों के विषय में बहुत सही-सही जानकारी हासिल कर ली थी। ड्राइंगरूमों में लोग या तो प्रत्येक दल की सेवा में बड़ी भारी चतुरता के कारण अथवा लज्जाजनक उपायों से उपार्जित सम्पत्ति के कारण, प्रवेश पाते हैं। कुछ देर तक तो वह अपने हृदय की उदारता के फलस्वरूप जुलियें के उत्सुक प्रश्नों का उत्तर देते रहे, पर फिर एकाएक चुप हो गए। उन्हें बार-बार प्रत्येक व्यक्ति के बारे में बुराई करने से बड़ा सन्ताप हुआ; इसे उन्होंने अपना एक पाप समझा। गरम स्वभाव के और जानसेनपंथी होते हुए भी उदारता को सच्चे ईसाई का कर्त्तव्य मानने के कारण समाज में उनका जीवन निरन्तर संघर्षपूर्ण रहता था।

"फादर पिरार का चेहरा कैसा कुरुप है !" जब जुलियें सोफे की ओर लौटा तो मादाम द ला मोल कह रही थीं।

जुलियें को यह सुनकर क्षोभ हुआ, किन्तु बात सच्ची थी। म. पिरार निस्सन्देह उस कमरे में सबसे ईमानदार व्यक्ति थे। अन्तरंग के संघर्ष से विकृत और सूजे हुए से मुख के कारण वह उस समय बहुत ही कुरूप लग रहे थे। इसके बाद भी चेहरे जो कुछ कहते हैं, उस पर विश्वास किया जाए ! जुलियें सोचने लगा। जिस समय फादर पिरार की विवेकवान आत्मा अपने किसी छोटे-से पाप के कारण पश्चात्ताप कर रही होती है, तभी वह इतने भयंकर दिखाई पड़ते हैं, जबकि उस आदमी नाप्ये के चेहरे पर जो शायद कोई गुप्तचर ही है, कैसे निर्मम और शान्तिपूर्ण परमानन्द की छाप है ! इन दिनों फादर पिरार ने अपनी वर्तमान स्थिति की आवश्यकताओं को स्वीकार करते हुए एक निजी नौकर रख लिया था और अब वह बहुत समुचित वस्त्रों में आते थे।

जुलियें को एक बात बड़ी विचित्र-सी लगी; सारी आँखें द्वार की ओर लगी हुई थीं, लोग चुप होकर बहुत धीमे-धीमे बातें कर रहे थे। नौकर ने सुप्रसिद्ध बारों द तोल्लि के आगमन की घोषणा की, जिनका नाम पिछले चुनाव के बाद से सबकी ज़बान पर था। जुलियें ने कुछ आगे बढ़कर उन्हें भली-भाँति देखा। बैरन एक मतदाता कॉलेज के अध्यक्ष थे, उन्होंने एक पार्टी के मतदान-पत्रों के साथ कुछ चमत्कारपूर्ण खेल भी कर दिखाया था। यद्यपि मुआवज़े के तौर पर उन्होंने वहाँ एक ऐसे नामवाला मतदान-पत्र रख दिया था जो उन्हें पसन्द था। कुछ मतदाताओं का ध्यान इस अपूर्व उपाय की ओर गया और उन्होंने बारों द तोल्लि को जाकर जल्दी से बधाई भी भेज दी थी। वह भले आदमी अपने इस अध्यवसाय से अभी तक पीले पड़े हुए थे। कुछ दुष्ट लोगों ने शायद 'कैद की सजा' जैसे शब्दों का भी उच्चारण किया था। म. द. ला मोल ने बेरुखी से उनका स्वागत किया। बेचारे बैरन जल्दी ही उल्टे पाँव लौट गए।

"यहाँ से उसके जल्दी चले जाने का अर्थ है कि वह प्रसिद्ध जादूगर म. कौंते से मिलने गया होगा !" कौंत शाल्वे ने कहा, जिस पर सब लोग हँस पड़े।

एक ओर कभी मुँह न खोलनेवाले बड़े-बड़े सामन्तों और अधिकांशतः बदनाम तथा तिकड़मी लोगों की मंडली जमी हुई थी; किन्तु ये सब लोग बड़े बुद्धिमान थे और आजकल म. द ला मोल के मन्त्री बनने की सम्भावना के कारण एक के बाद एक उनके ड्राइंगरूम में इकट्ठे होते रहते थे। इन्हीं के बीच तरुण तांबों ने अपना पहला अभियान प्रारम्भ किया।

यदि उसे अभी तक दृष्टि की सूक्ष्मता प्राप्त न हुई थी, तो जैसा प्रकट होगा, इस कमी को वह अपने वार्तालाप के जोशीले स्वर द्वारा पूरा कर लिया करता था।

"इस आदमी को दस वर्ष की सज़ा क्यों नहीं दे दी जाती ?" जब जुलियें इस मंडली के समीप पहुँचा तो तांबो यही कह रहा था। "साँपों को तो जमीन के नीचे गहरे तहखाने में बन्द करके रखना चाहिए, उनका तो अँधेरे में ही अकेले मरना ठीक है। नहीं तो उनका विष बढ़ते-बढ़ते बहुत ही ख़तरनाक हो जाता है। एक हज़ार का जुर्माना उनके ऊपर करने से क्या लाभ ? शायद वह गरीब हों, पर यह तो और भी अच्छा है; तब तो उनकी पार्टी इस जुर्माने को भर देगी। उनको तो पाँच सौ फ्रैंक का जुर्माना और दस साल की सख्त कैद की सज़ा होनी चाहिए।"

हे भगवान् ! ये लोग किस राक्षस के बारे में बात कर रहे हैं ? अपने सहयोगी के स्वर की तीव्रता और आवेशपूर्ण मुखमुद्रा पर विस्मित होते हुए जुलियें ने सोचा। अकादमी-सदस्य के भतीजे का छोटा-सा पतला दुर्बल चेहरा इस समय बेहद कुरूप लग रहा था। जुलियें को जल्दी ही पता चला कि वह युग के महानतम कवि बेरांजे के विषय में बात कर रहा है।

"ओफ ! दुष्ट कहीं के !" आधा ज़ोर से और आधा मन-ही-मन जुलियें ने कहा और उसकी आँखें उदारतापूर्ण आँसुओं से गीली हो गईं। ओफ ! दुष्ट भिखमंगे कहीं के ! एक दिन तुम्हें इन शब्दों की कीमत चुकानी पड़ेगी ! साथ ही उसने सोचा, यह विचार ही उस पार्टी की एकमात्र आशा है जिसके एक नेता मार्कि भी हैं। और जहाँ तक उस प्रतिभावान व्यक्ति का प्रश्न है, जिसकी यह निन्दा कर रहा है, यदि वह अपने आपको बेच देता, मैं नहीं कहता कि म. द नेर्वाल के निकम्मे मन्त्रालय को, बल्कि मोटे तौर पर ऐसे किसी भी मन्त्री को जिन्हें हम एक के बाद एक आते देख रहे हैं—यदि वह अपने आपको बेच सकता तो न जाने कितने सम्मान-पुरस्कार उसे अब तक न मिल चुके होते ?

फादर पिरार ने कमरे के दूसरे छोर से जुलियें को आने का इशारा किया।; म. द ला मोल ने अभी-अभी उनसे कोई बात कही थी, पर जुलियें आँखें नीची किए हुए एक बिशप की दुखभरी कहानी सुन रहा था। जब तक वह खाली होकर अपने मित्र के पास पहुँच सके तब तक उन्हें उस नीच नौजवान तांबो ने घेर लिया था। वह दुष्ट फादर पिरार से इसलिए घृणा करता था कि उनके कारण ही जुलियें को इतनी सुविधाएँ मिलती हैं; अब वही उनकी खुशामद करने पहुँचा है।

"कब हमें मृत्यु उस भ्रष्टाचार के जरा-जर्जर शरीर से मुक्ति दिलाएगी ?" उस तुच्छ साहित्यकार ने ऐसे ही बाइबल के-से ओजपूर्ण शब्दों में इस समय उस विख्यात व्यक्ति लॉर्ड हौलैंड का उल्लेख किया। जीवित व्यक्तियों के जीवन-चरित्र की पूरी-पूरी जानकारी इस व्यक्ति की विशेष प्रतिभा थी और वह इस समय उन तमाम लोगों के जीवनचरित्र पर जल्दी से एक नज़र डाल रहा था जिनकी लन्दन के नए बादशाह के राज में उच्च पद प्राप्त करने की सम्भावना थी।

फादर पिरार पास के एक कमरे की ओर बढ़े। जुलियें भी उनके पीछे-पीछे वहीं पहुँचा।

"मैं एक बात की चेतावनी तुम्हें दे दूँ कि मार्कि को लिक्खाड़ लोगों से कोई प्रेम नहीं है, उनसे वह बहुत चिढ़ते हैं। तुम्हारे लिए लैटिन और ग्रीक भाषाओं की, और यदि सम्भव हो तो मिस्र तथा फारसवासियों के इतिहास की जानकारी करना अच्छ होगा; इसके लिए वह तुम्हें विद्वान मानकर तुम्हारा सम्मान करेंगे। पर फ्रेंच भाषा में और विशेष कर अपने पद से

उच्च किसी गम्भीर विषय के ऊपर, एक पृष्ठ भी लिखा तो वह तुम्ह कलमघसीटू पुकारेंगे और तुमसे नाराज हो जाएँगे। यह कैसे सम्भव हुआ कि एक बड़े सामन्त के घर में रहकर भी तुम वह बात नहीं जानते जो दुकूद कास्त्री ने दालांबेर और रूसों के बारे में कही थी : 'ऐसे लोग हर चीज़ में दखल रखना चाहते हैं, यद्यपि उनकी आमदनी साल में एक हज़ार क्राउन की भी नहीं ?' ''

शिक्षा-मठ की भाँति ही यहाँ भी हर बात का पता लोगों को चल जाता है, जुलियें ने सोचा। उसने नौ या दस बहुत ज़ोरदार पृष्ठों की बूढ़े फ़ौजी डॉक्टर के विषय में एक प्रकार की प्रशस्ति-सी लिखी थी जिसने, उसके कथनानुसार, उसे आदमी बना दिया था। यह छोटी-सी नोटबुक वह सदा ताले में बन्द रखता था। वह ऊपर पहुँचा और अपनी पांडुलिपि को जलाकर नीचे ड्राइंगरूम में लौट आया। विख्यात धूर्त सब जा चुके थे, केवल सम्मान-चिह्न धारण करनेवाले रह गए थे।

मेज़ के चारों ओर, जिसे अभी-अभी नौकरों ने लगाकर रखा था, कोई तीस या पैंतीस वर्ष की अवस्थावाली सात या आठ महिलाएँ बैठी थीं। वे सब बहुत कुलीन, बहुत धार्मिक और बहुत शिष्ट थीं। तभी एक मार्शल की विधवा, प्रसिद्ध मादाम द फेर्वाक ने अपनी देरी के लिए क्षमा-याचना करते हुए कमरे में प्रवेश किया। आधी रात बीत चुकी थी; वह जाकर मार्क़िज़ के पास बैठ गईं। उनकी आँखों और चेहरे का भाव ठीक मादाम द रेनाल जैसा था। जुलियें बहुत ही विचलित हो उठा।

माद. द ला मोल की मंडली में अभी भी कुछ लोग मौजूद थे और उनके मित्रगण बेचारे कौंत द तालेर की हँसी उड़ाने में व्यस्त थे। वह उस प्रसिद्ध यहूदी के इकलौते बेटे थे जो जनसाधारण के ऊपर अत्याचार करनेवाले राजाओं को कर्ज देकर धन बटोरने के लिए प्रसिद्ध था। यहूदी हाल ही में अपने पुत्र के लिए एक लाख क्राउन प्रतिमास की आमदनी और इतना सुप्रसिद्ध नाम छोड़कर मरा था !

ऐसी विचित्र स्थिति में या तो चरित्र की सरलता अथवा बड़ी भारी मानसिक दृढ़ता की आवश्यकता थी। दुर्भाग्यवश कौंत अपने खुशामदी लोगों की चाटुकारिता से फूले हुए उनके हाथों में कठपुतली के समान थे।

म. द केलुस का कहना था कि किसी ने उन्हें माद. द ला मोल से विवाह का प्रस्ताव करने की बात सुझा दी थी। आजकल माद. द ला मोल से मार्कि द क्रवाजन्वा, जो एक दिन एक लाख लिब्र की आमदनीवाली जागीर के स्वामी होनेवाले थे, घनिष्ठता बढ़ा रहे थे।

"अरे बेचारे के ऊपर अपनी निज की इच्छा होने का दोष न तो लगाओ !" नौर्बेर ने तरस-भरे स्वर में कहा।

इस बेचारे कौंत द तालेर में सबसे बड़ी कमी इच्छा-शक्ति की ही थी। इस दृष्टि से शायद वह एक अत्यन्त ही योग्य बादशाह साबित होते; किन्तु हर व्यक्ति से सलाह लेने पर भी उनमें किसी सलाह को अन्त तक मान सकने का साहस न था।

केवल उनका मुख ही, जैसा माद. द ला मोल शायद कहतीं, किसी को भी बेशुमार आनन्द देने के लिए पर्याप्त था। उस पर सदा घबराहट और असन्तोष का एक विचित्र सम्मिश्रण झलकता रहता था; पर बीच-बीच में अपने महत्त्व की भागती हुई झलक भी स्पष्ट दिखाई दे जाती, और साथ ही ऐसा अधिकार का भाव भी दिखाई पड़ता जो फ्रांस के सबसे धनी व्यक्ति के विशेष कर देखने में सुन्दर और अभी तक छत्तीस वर्ष से भी कम अवस्थावाले

व्यक्ति के मुख पर होना चाहिए।

"इस आदमी में एक तरह की दबी हुई धृष्टता मौजूद है।" म. द क्रवाजन्वा कहते। कौंत द केलुस, नौर्बेर तथा मूँछोंवाले दो-तीन अन्य नौजवान जी भरकर उसकी खिल्ली उड़ाते रहे; पर अन्त में जब एक बजने लगा तो उसे वहाँ से चलता कर दिया।

"क्या आपने अपने प्रसिद्ध अरबी घोड़ों को इस मौसम में दरवाज़े पर खड़ा कर रखा है ?" नौर्बेर ने उनसे पूछा।

"नहीं, यह नई जोड़ी है, कम कीमत की। बाईं तरफवाले घोड़े का दाम पाँच हज़ार फ्रैंक है और दाईं तरफवाले का केवल सौ लुई। पर यकीन कीजिए कि उसको सिर्फ रात में ही ले जाया जाता है और वह भी इसलिए कि उसकी दुल्की दूसरी के साथ बहुत सच्ची बैठती है।" वह चले गए और दूसरे लोगों ने भी एक-दो मिनट बाद हँसते-हँसते विदा ली।

जाते-जाते सीढ़ी पर उनकी हँसी सुनकर जुलियें सोचने लगा कि मुझे अपनी परिस्थिति के ठीक विपरीत छोर को देखने का अवसर मिल गया है। मेरे पास बीस लुई सालाना की आमदनी भी नहीं है, और मैं ऐसे आदमी के साथ मौजूद हूँ जिसकी तीस लुई प्रति घंटे की आमदनी है, और ये लोग उस पर भी हँसते हैं...ऐसे दृश्य से आदमी में ईर्ष्या का रोग दूर हो जाता है।

5

समझदारी और एक धार्मिक महिला

नयापन लिए कोई भी विचार वहाँ अशिष्टता की तरह लगता है, लोग इस कदर आदी हो गए हैं बेजान शब्दों के। कहर टूटे उस पर जो बोलने में नयापन पैदा करे।

–फोब्ला

कई महीनों की परीक्षा के बाद जब परिवार के कारिन्दे ने तीसरी तिमाही का वेतन जुलियें के हाथ में रखा तो उसकी स्थिति यही थी। म. द ला मोल ने अपनी नार्मंडी और ब्रिटानी की जमींदारी की देखभाल उसके सुपुर्द कर दी थी। उसका एक विशेष कार्य यह था कि वह म. द फ्रिलेर के साथ प्रसिद्ध मुकदमे के सम्बन्ध में, जिसके बारे में म. पिरार ने उसे सब कुछ बता रखा था, पत्र-व्यवहार करता रहे।

मार्कि के पास जो भी कागज-पत्र आते, उनके हाशिए में वह संक्षिप्त टिप्पणियाँ लिख दिया करते थे। उनके आधार पर जुलियें पत्र लिखता जिनमें से अधिकांश पर मार्कि बिना कुछ कहे हस्ताक्षर कर दिया करते थे। धर्मशास्त्र के स्कूल में उसके शिक्षक पढ़ने में मन न लगाने की तो शिकायत करते पर तो भी उसे अपना सबसे मेधावी छात्र मानते थे। इन सब कार्यों को जुलियें दलित महत्त्वाकांक्षा की समस्त शक्ति के साथ लगकर करता जिसके कारण पेरिस आने के समय उसके चेहरे पर जो प्रफुल्लता थी, वह जल्दी ही गायब हो गई थी। नए शिक्षा-मठ में उसके पीले गालों को उसके सहपाठी एक गुण समझते थे। बजाँसों

के विद्यार्थियों की अपेक्षा ये लोग उसे कम द्वेष करनेवाले और पैसे के आगे घुटने टेकने के लिए कम उद्यत जान पड़े; वे लोग तो उसे क्षय रोग से ग्रस्त समझते थे।

मार्कि ने उसे एक घोड़ा दे दिया था, पर इस डर से कि कोई विद्यार्थी उसे सवारी करते देख न ले, जुलियें ने उनसे कह दिया था कि डॉक्टरों ने उसे इस व्यायाम का आदेश दिया है। फादर पिरार उसे कई जानसेनपंथी परिवारों में ले गए थे। वहाँ जुलियें बड़ा विस्मित हुआ। उसके मन में धर्म पाखंड और पैसा के लालच से जुड़ा हुआ था। उसे इन लोगों की कठोर धार्मिकता बड़ी अच्छी लगी जो निरन्तर नौन-तेल लकड़ी की चिन्ता में न पड़े रहते थे। एक नई दुनिया उसकी आँखों के आगे खुली। जानसेनपंथियों में उसका परिचय एक काउन्ट आल्तामिरा से भी हुआ। वह छः फीट लम्बे उदारपंथी तथा धार्मिक व्यक्ति थे और अपने देश में उनके लिए मृत्यु-दंड घोषित हो चुका था। स्वाधीनता-प्रेम और ईश्वर-प्रेम के इस विचित्र समन्वय से वह बड़ा प्रभावित हुआ।

काउन्ट नौर्बेर के साथ उसकी अधिक घनिष्ठता न हो सकी थी। उन्होंने पाया था कि जब उनके कुछ मित्र उसकी खिल्ली उड़ाने लगते तो वह बड़े तीखे उत्तर दे दिया करता था। दो एक बार अशिष्टता हो जाने के कारण जुलियें ने माद. द ला मोल से एक भी शब्द न कहने का नियम बना लिया था। घर में हर व्यक्ति उससे शिष्टतापूर्ण व्यवहार करता, पर उसे लगता कि वह उन लोगों की दृष्टि में कुछ गिर गया है। अपनी प्रादेशिक सहज-बुद्धि से इस स्थिति को उसने इस कहावत द्वारा समझ लिया कि घर का जोगी जोगिया आन गाँव का सिद्ध। शायद पहले की अपेक्षा उसकी दृष्टि अब अधिक स्पष्ट हो गई थी या शायद पेरिस की नागरिकता के लुभावनेपन का जादू अब टूट चुका था। जैसे ही उसका काम खत्म होता, वह बड़ी ही तीव्र असहनीय ऊब का अनुभव करता। सभ्य समाज में बरती जानेवाली उस अपूर्व शिष्टता का, जो इतनी नपी-तुली और सामाजिक स्थिति के अनुकूल ही कम या अधिक होती है, ऐसा ही विनाशकारी प्रभाव पड़ता है। तनिक भी संवेदनशील हृदय इस चाल की असलियत तुरन्त समझ जाता है।

निस्सन्देह प्रान्तों के निवासियों में पाए जानेवाले फूहड़पन और अशिष्टता की निन्दा होना आवश्यक है; पर वहाँ लोगों के उत्तरों में एक प्रकार की आत्मीयता होती है। द ला मोल भवन में जुलियें के आत्मसम्मान पर कभी आघात न होता; किन्तु प्रायः दिन बीतते-बीतते वह रुआँसा हो जाता। प्रान्तों में यदि काफ़े में प्रवेश करते समय आपके साथ कोई दुर्घटना हो जाए तो वहाँ बैरा आपके मामले में कुछ दिलचस्पी अवश्य दिखाएगा। यदि इस दुर्घटना में आपके आत्माभिमान को चोट पहुँचानेवाली कोई बात हो तो वह दस बार उसी को दुहराता रहेगा जिससे आपको कष्ट हो रहा है। पेरिस में लोग इतने शिष्ट तो हैं कि अपनी हँसी को छिपा लें, पर वहाँ आप सदा अजनबी बने रहते हैं।

यहाँ उन छोटी-छोटी बहुत-सी घटनाओं का उल्लेख बेकार है जिनके कारण जुलियें यदि एक प्रकार से उपहास के अनुपयुक्त न होता तो हास्यास्पद समझा जाता। अपनी अनर्थक तीक्ष्ण संवेदनशीलता के कारण वह अनगिनत भूलें करता। उसके सारे मनोरंजन एक तरह के भावी अनिष्ट का सामना कर सकने के लिए तैयारी के उपाय थे—वह प्रतिदिन पिस्तौल चलाने का अभ्यास करता और एक अत्यन्त प्रसिद्ध तलवार शिक्षक का बहुत ही प्रतिभावान छात्र गिना जाने लगा था। पहले जब एक मिनट भी खाली मिलने पर वह उसे पढ़ने में लगाया करता था। अब वह तुरन्त घुड़सवारी के स्कूल में पहुँचकर दुष्ट से दुष्ट घोड़े की माँग करता।

जब भी वह घुड़सवारी के शिक्षक के साथ बाहर जाता तो अनिवार्य रूप से घोड़े से गिरता।

मार्कि उसके अध्यवसाय, काम के प्रति लगन, उसके मौन और उसकी बुद्धिमत्ता के कारण उसे उपयोगी समझते थे और धीरे-धीरे उन्होंने अपने कारोबार के सारे छोटे-बड़े पेचीदा मामले उसके सुपुर्द कर दिए थे। अब कभी अपनी उच्च महत्त्वाकांक्षा से उन्हें थोड़ा-बहुत अवकाश मिलता, मार्कि स्वयं अपने कामकाज की बड़ी चतुराई से देखभाल करते। कहाँ क्या हो रहा है, इसका पता रखने की स्थिति में होने के कारण उनके अनुमान प्रायः सच्चे बैठते। वह जायदाद और जंगल खरीदते थे, पर क्रुद्ध भी बहुत ही जल्दी होते थे। सैकड़ों लुई वह यों ही लुटा देते और थोड़े-से फ्रैंकों के लिए मुकदमा चलाते। अभिमानी धनी लोग अपने कारबार से मनोरंजन चाहते हैं, लाभ नहीं। मार्कि को एक ऐसे प्रधान सचिव की आवश्यकता थी जो उनके रुपए-पैसे के मामले को स्पष्ट और सुबोध ढंग से व्यवस्थित रख सके।

मादाम द ला मोल स्वभाव से सावधान होने पर भी कभी-कभी जुलियें की हँसी उड़ाने लगतीं। उच्च कुलों की महिलाओं को समझदारी से उत्पन्न होनेवाली प्रतिक्रियाओं से विशेष रूप से डर लगता है। यह उन्हें शिष्टता के बिल्कुल विपरीत जान पड़ता है। दो या तीन बार स्वयं मार्कि ने जुलियें का पक्ष लिया। वह कहते, "तुम्हारे ड्राइंगरूम में वह चाहे जितना हास्यास्पद लगे पर अपनी मेज़ पर वह बहुत ही उपयोगी व्यक्ति है।" उधर जुलियें सोचता कि उसने मार्किज का रहस्य पहचान लिया है। जैसे ही बारों द ला जुमात प्रवेश करते, वह प्रत्येक वस्तु में दिलचस्पी लेने लगती थीं। ये महोदय बहुत ही नीरस व्यक्ति थे जिनके चेहरे पर कभी कोई भाव न दिखाई पड़ता। छोटे कद के, दुर्बल कुरुप और बहुत सजे-धजे रहनेवाले ये सज्जन प्रायः अपने दिन शातों में बिताया करते थे और साधारणतः किसी विषय में कुछ न कहते। उनका यह अपना खास रंग-ढंग था। यदि मादाम द ला मोल उन्हें अपनी बेटी का पति बनाने में सफल हो जातीं तो जीवन में पहली बार उन्हें बड़ी भारी प्रसन्नता प्राप्त हुई होती।

6

महत्त्व का प्रश्न

उनका उच्च मिशन है राष्ट्रों के दैनिक जीवन की छोटी-मोटी घटनाओं पर चुपचाप फैसले सुनाना। उनकी बुद्धिमत्ता इस बात में है कि मामूली घटनाओं पर भारी गुस्सा भड़कने से रोकें, भले ही प्रसिद्धि के पंखों पर दूर-दूर तक यात्रा करने के दौरान इन घटनाओं की शक्लो-सूरत बिगड़ गई हो।

—ग्रेशियस

इस जीवन के लिए अजनबी होने पर भी जुलियें अभिमानवश कभी कोई बात पूछता न था। यह देखते हुए उसने बहुत-सी भयंकर भूले नहीं कीं। एक दिन अचानक जोरों से वर्षा होने के कारण उसे रू सेंतोंनोरे में एक काफ़े में जाना पड़ा। वहाँ कीमती कपड़े का ओवरकोट

पहने एक लम्बे कद का नौजवान उसकी एकटक दृष्टि से चकित होकर बहुत-कुछ उसी भाँति उसे घूरने लगा, जैसे बहुत दिन पहले बजाँसों में माद. अमांदा के प्रेमी ने घूरा था।

जुलियें उस अपमान की उपेक्षा करने के लिए प्रायः अपनी भर्त्सना करता रहता था। इस समय उसने इस नौजवान से तुरन्त इसका कारण पूछा। उत्तर में उस व्यक्ति ने और भी गन्दी अपमानजनक बातें कह डालीं। काफ़े के सब लोग उनके चारों ओर इकट्ठे हो गए। राह चलते लोग भी द्वार के सामने ठहर गए। पक्के प्रादेशिक की भाँति जुलियें सदा अपनी जेब में पिस्तौलें लेकर चला करता था। इस समय उसने अपनी जेबों में हाथ डालकर उन्हें ज़ोरों से पकड़ लिया; किन्तु बुद्धिमानी उसने इतनी ही की कि बस, बीच-बीच में वह यही शब्द दोहराता रहा, "आपका पता, महाशय ? मैं आपको नीच समझता हूँ।"

जिस आग्रह से वह इन शब्दों को बार-बार दुहराए जा रहा था, उससे अन्त में वहाँ भीड़ पर प्रभाव पड़ा। "यह भी क्या बात है ! वह आदमी जो लगातार ज़बान चलाए जा रहा है, अपना पता क्यों नहीं दे देता ?" ओवरकोटवाले व्यक्ति ने यह बात कई बार सुनने पर अपने पाँच-छः कार्ड जुलियें के मुख पर फेंक दिए। सौभाग्यवश उनमें से कोई उसे लगा नहीं क्योंकि उसने यह निश्चय कर रखा था कि यदि उसके बदन से हाथ नहीं लगाया गया तो वह अपनी पिस्तौलों का इस्तेमाल न करेगा। वह आदमी वहाँ से चला गया पर जाते-जाते भी वह बीच-बीच में पीछे मुड़कर उसे अपना घूँसा दिखाता और गाली-गुफ़्ता बकता गया।

जुलियें का पसीना छूट रहा था, तो यह नीच व्यक्ति मुझे इतना उत्तेजित कर सकता है ! उसने मन-ही-मन कहा। इस अपमानजनक भावुकता से मैं कैसे अपना पीछा छुड़ा सकता हूँ ?

द्वन्द्व-युद्ध के लिए अपना सहायक वह कहाँ खोजे ? उसका एक भी मित्र न था। कुछ लोगों से उसकी जान-पहचान अवश्य हुई थी पर वे सभी कोई पाँच-छः सप्ताह तक उससे मिलने-जुलने के बाद अनिवार्य रूप से ठंडे पड़ गए थे। मैं तो असामाजिक प्राणी हूँ, उसने सोचा, और अब मुझे इसका निर्मम दंड मिल रहा है। अन्त में उसने त्येवें नाम के एक अवकाश-प्राप्त लेफ्टिनेन्ट के पास जाने का विचार किया जिसके साथ वह प्रायः तलवार चलाने का अभ्यास किया करता था। जुलियें ने उससे सब सच्ची-सच्ची बात कही।

"मैं तुम्हारा सहायक बनने के लिए पूरी तरह तैयार हूँ," त्येवें ने कहा, 'पर एक शर्त है। यदि तुम अपने विपक्षी को आहत न कर सके तो तुम्हें वहीं तुरन्त मेरे साथ लड़ना पड़ेगा।"

"ठीक है," जुलियें ने बहुत ही प्रसन्न होते हुए कहा और वे लोग कार्ड के ऊपर दिए हुए पते पर फौबूर सें जेर्में में म. सी. द बोव्वाज़ि को ढूँढ़ने चल पड़े।

उस समय सवेरे के सात बजे थे। जब वह अपना नाम भेजने लगा तो अचानक जुलियें को ख़्याल आया कि यह व्यक्ति कहीं मादाम द रेनाल का वह सम्बन्धी न हो जो पहले कहीं रोम या नैपिल्स के दूतावास में था और जिसने गायक जेरोनियों को एक परिचय-पत्र दिया था। जुलियें ने लम्बे कदवाले नौकर को पहले दिन अपने ऊपर फेंके गए एक कार्ड के साथ अपना भी एक कार्ड दे दिया।

उसे और उसके सहायक को कोई पौन घंटे तक प्रतीक्षा करनी पड़ी। अन्त में उन्हें एक बेहद सजे हुए कमरे में ले जाया गया जहाँ नौजवान एक दर्जी के मॉडल की भाँति सजा हुआ मौजूद था। उसकी मुखाकृति सौन्दर्य के ग्रीक आदर्श की भाँति सम्पूर्णता और निर्जीवता की

प्रतिमूर्ति थी। उसके अत्यन्त ही छोटे सिर पर बहुत सुन्दर केश थे जिन्हें बहुत सावधानी से घुँघराला बनाया गया था और एक भी बाल इधर-उधर निकला हुआ न था। लेफ्टिनेंट ने सोचा कि अपने बालों को इस भाँति घुँघराले करने के लिए ही इस नालायक पिल्ले ने हम लोगों को बिठाए रखा। उसका धारीदार ड्रेसिंग गाउन, सवेरे पहनने की पैन्ट, संक्षेप में कढ़ी हुई चट्टियों तक, हर वस्तु उपयुक्त और अपूर्व रूप में सुन्दर थी। उसके मुखाकृति के सौम्य अभिजात साँचे से यह स्पष्ट था कि विचार उसके पास कम हैं पर सब समुचित ही हैं। वास्तव में वह एक ऐसा आदर्श मिलनसार आदमी दिखाई पड़ता था जो बहुत गम्भीर हो और जिसे अप्रत्याशित वस्तु तथा उपहास से बड़ा भय लगता हो।

लेफ्टिनेन्ट ने जुलियें को बता दिया था कि किसी के मुँह पर कार्ड फेंककर मारने के बाद उसे इतनी देर तक बिठाए रखना और भी अपमान की बात है। इसलिए वह बड़े रौब के साथ म. द बोव्वाज़ि के कमरे में घुसा चला गया। उसका इरादा उद्धत होने का था, पर साथ ही वह सुशिक्षित भी दिखाई पड़ना चाहता था।

पर वह म. द बोव्वाज़ि के विनम्र व्यवहार से उनके शिष्टाचार, आत्म-महत्त्व और आत्मनिर्दोष के मिश्रित भाव से, और उस वातावरण के विस्मयजनक ऐश्वर्य से इतना चकित हुआ था कि पलक मारते ही उद्धत होने का विचार उसके मन से गायब हो गया। यह तो वह व्यक्ति न था। वह एक उजड्ड आदमी को ढूँढ़ता हुआ वहाँ आया था। उसके बजाय एक ऐसे प्रतिष्ठित व्यक्ति से सामना होने के कारण उसका विस्मय इतना अधिक था कि उसे एक शब्द भी कहने के लिए न सूझा। अपने उन फेंके गए कार्डों में से एक उनकी ओर बढ़ा दिया।

"यह मेरा ही नाम है।" उस फैशनेबल आदमी ने कहा जिसके मन में सात बजे सवेरे जुलियें को काला कोट पहने देखकर कोई विशेष आदर का भाव नहीं उत्पन्न हुआ था। "किन्तु सच कहता हूँ, मैं समझा नहीं..."

इन अन्तिम तीन शब्दों के उच्चारण का उसका ढंग ऐसा था कि जुलियें फिर गरम हो उठा। "मैं आपसे द्वन्द्व-युद्ध करने के लिए आया हूँ, महाशय !" उसने कहा और जल्दी से सारी परिस्थिति बता दी।

म. शार्ल द बोव्वाज़ि गम्भीरतापूर्वक विचार करने के बाद जुलियें के कोट के कटाव से कुछ प्रसन्न हुए। उसकी बात सुनते-सुनते उन्होंने सोचा कि यह निश्चित ही स्तौव के यहाँ का है। वह वेस्टकोट भी बहुत सुरुचिपूर्ण है। बूट भी ठीक हैं, पर इस समय सवेरे यह काला सूट ! उन्होंने सोचा कि शायद गोली से बचने के लिए पहना गया हो।

यह बात सूझते ही उनकी वह निर्दोष विनम्रता और शिष्टता लौट आई और वह जुलियें से लगभग बराबरी का-सा व्यवहार करने लगे। यह वार्तालाप कुछ लम्बा था और मामला कुछ पेचीदा। पर अन्त में जुलियें प्रमाणों को अस्वीकार न कर सका। उसके सामने बैठा हुआ शिष्ट और सुशिक्षित व्यक्ति किसी भी प्रकार से उस अपमान करनेवाले गँवार व्यक्ति से न मिलता था।

जुलियें को वहाँ से हटने की इच्छा ही नहीं हो रही थी; वह अपनी बात समझाने में और भी देर लगाता रहा और इस बीच शवालिये द बोव्वाज़ि के आत्मविश्वास पर ध्यान देता रहा। जुलियें के उन्हें सीधे-सीधे 'मस्यु' कहकर पुकारने से कुछ अप्रतिभ होकर उन्होंने अपना नाम शवालिये द बोव्वाज़ि बताया था।

जुलियें को उनकी गम्भीरता अच्छी लगी जिसमें हल्का-सा अहंकार भी मिला हुआ तो था, पर क्षणभर भी अलग से अनुभव न होता था। जिस तरह से वह शब्दों के उच्चारण में अपनी जीभ को घुमाते थे, उससे जुलियें बड़ा चकित हुआ...पर कुल मिलाकर इन सबमें ऐसी कोई बात न थी जिससे झगड़े के लिए प्रोत्साहन मिल सके।

वह तरुण कूटनीतिज्ञ बड़े सौजन्य से युद्ध के लिए प्रस्तुत हो गया। पर लेफ्टिनेन्ट महोदय ने, जो पिछले एक घंटे से अपनी जाँघों पर हाथ रखे और पैर फैलाए बैठे थे, यह निश्चय किया कि उनके मित्र म. सोरेल ऐसे व्यक्ति नहीं हैं कि जर्मन ढंग से केवल इस कारण किसी दूसरे से झगड़ा करने लगें कि किसी ने उस व्यक्ति के कार्ड चुरा लिए हों।

जुलियें जब उस घर से निकला तो उसका मिजाज़ बहुत ख़राब था। शवालिये द बोव्वाज़ि की गाड़ी सीढ़ियों के सामने अहाते में खड़ी थी। नज़र उठाने पर जुलियें ने कोचवान को पहचान लिया। पिछले दिन उसी ने उसका अपमान किया था। फौरन जुलियें ने उसके मोटे कोट को पकड़कर उसे सीट से घसीट लिया और अपने बेंत से उसकी कस के मरम्मत की। यह सब काम जैसे पलक मारते ही हो गया। दो नौकरों ने अपने साथी को बचाने की कोशिश की। वे जुलियें पर घूँसा चलाने आए तो उसने तुरन्त अपनी जेब से पिस्तौल निकालकर दाग़ दी। पिस्तौल देखते ही वे सब सिर पर पैर रखकर भागे। इस सारे काम में एक मिनट से भी कम समय लगा होगा।

शवालिये द बोव्वाज़ि बहुत ही हास्यास्पद गम्भीरता के साथ और अपने अभिजात स्वर को दोहराते हुए नीचे आए, "यह क्या ? यह क्या ?" स्पष्ट ही वह सारा मामला समझने को बहुत उत्सुक थे, पर उनकी कूटनीतिज्ञोचित गम्भीरता उन्हें अधिक कौतूहल प्रकट न करने देती थी। जब वे सारी बात समझ चुके तो उनके मुख पर खासी उपेक्षा तथा एक कूटनीतिज्ञ के लिए आवश्यक हल्की-सी परिहासपूर्ण संयत मुखमुद्रा के बीच संघर्ष-सा चल रहा था।

लेफ्टिनेन्ट महोदय ने अनुभव किया कि म. द बोव्वाज़ि की लड़ने की इच्छा है; बड़ी चतुराई से उन्होंने अपने मित्र की पहल रखने के लिए कहा, "अब तो द्वन्द्व-युद्ध के लिए अवसर उपस्थित हो गया।"

"यही समझना चाहिए।" कूटनीतिज्ञ ने उत्तर दिया।

"इस बदमाश को फौरन निकाल बाहर करो," उन्होंने अपने नौकरों से कहा। "तुममें से कोई गाड़ी सम्हाल ले।" उन्होंने गाड़ी का दरवाज़ा खोला। शवालिये महोदय ने इस बात पर ज़ोर दिया कि जुलियें और उनके सहायक पहले बैठें। वे लोग अब म. द बोव्वाज़ि के किसी मित्र को ढूँढ़ने पहुँचे, जिन्होंने एक निराला स्थान सुझा दिया। रास्ते में बातचीत बिल्कुल अवसरोचित थी। केवल राजनीतिज्ञ का ड्रेसिंग गाउन पहने होना ही थोड़ा साधारण से भिन्न लगता था।

जुलियें सोचने लगा कि ये लोग सच्चे सामन्त होते हुए भी उतने नीरस नहीं हैं जितने म. द ला मोल के यहाँ आमन्त्रित व्यक्ति होते हैं। और इसका कारण भी समझ में आता है; ये लोग अपने वार्तालाप में थोड़ी-सी आत्मीयता भी आने देते हैं। इस समय किन्हीं नर्तकियों का जिक्र छिड़ा हुआ था। इस सिलसिले में उन लोगों ने ऐसी-ऐसी सरस कहानियाँ सुनाईं जिनसे जुलियें और उसके सहायक एकदम अनभिज्ञ थे। जुलियें इतना मूर्ख न था कि उन्हें पहले से सुने होने का बहाना करता। उसने बड़े ढंग से अपना अज्ञान स्वीकार कर लिया। इस निश्छलता से शवालिये के मित्र बड़े प्रसन्न हुए और वे उन कहानियों को और

भी विस्तार तथा बड़े रोचक ढंग से सुनाने लगे।

एक बात पर जुलियें का आश्चर्य अन्त तक कम न हो सका। रास्ते में गाड़ी एक वेदी के सामने ठहरी जो कौर्पस क्रिस्टी के जुलूस के लिए सड़क के बीचोबीच बनाई जा रही थी। वे लोग बहुत-सी मज़ाक की बातें करने लगे। उनके कथनानुसार क्यूरे किसी आर्च बिशप का लड़का है। मार्कि द ला मोल ड्यूक बनने के आकांक्षी थे; उनके घर पर ऐसी बात कहने का साहस कभी कोई नहीं कर सकता था।

द्वन्द्व-युद्ध एक क्षण में समाप्त हो गया। जुलियें की बाँह में गोली लगी। उस पर ब्रान्डी में रूमाल डुबाकर बाँध दिया गया और शवालिये ने बड़े शिष्टाचारपूर्वक जुलियें से अनुरोध किया कि वह उन्हीं की गाड़ी में घर तक चले। द ला मोल भवन का नाम लेते ही युवक राजनीतिज्ञ और उसके मित्र ने एक-दूसरे की ओर देखा। जुलियें की गाड़ी भी प्रतीक्षा कर रही थी, पर सुयोग्य लेफ्टिनेन्ट की अपेक्षा इन महानुभावों का वार्तालाप उसे कहीं अधिक रोचक लग रहा था।

हे भगवान् ! बस, यही होता है द्वन्द्व-युद्ध में ? जुलियें सोचने लगा। अच्छी तकदीर थी कि वह कोचवान फिर मिल गया ! किसी काफ़े में दूसरी बार ऐसा अपमान सहना कितने दुर्भाग्य की बात होती ! उन लोगों का मनोरंजक वार्तालाप बन्द ही न होता था। जुलियें ने अनुभव किया कि कूटनीतिज्ञों के रंग-ढंग में भी आख़िरकार फायदा तो है ही।

तो अब अभिजातवर्गीय वार्तालाप का कोई अनिवार्य अंग नहीं है। उसने सोचा। ये लोग कौपर्स क्रिस्टी के जुलूस के विषय में भी मज़ाक कर सकते हैं, बड़ी से बड़ी ख़तरनाक कहानियाँ भी ऐसी सरसता से विस्तारपूर्वक सुना सकते हैं। वास्तव में इनमें केवल एक ही चीज़ की कमी है, और वह है राजनीति के विषय में ठीक-ठीक विचार। किन्तु यह अभाव उनके आकर्षक व्यवहार और उनकी बातचीत की निपुणता से पूरा हो जाता है। जुलियें ने उन लोगों के प्रति बड़े आकर्षण का अनुभव किया। वह सोचने लगा कि यदि इन लोगों से और अधिक मिलना-जुलना हो सकता तो कितना अच्छा होता !

विदा होते ही शवालिये द बोव्वाज़ि जल्दी से पूछताछ के लिए चल पड़े, पर उन्हें बहुत अधिक सफलता न मिली। वह इस व्यक्ति के बारे में जानने को बहुत उत्सुक थे। पर क्या उसके घर मिलने जाना उचित होगा ? जो कुछ थोड़ी-बहुत जानकारी उन्हें मिली थी, वह बहुत प्रोत्साहित न करती थी।

"यह तो बड़ी भयानक बात है," उन्होंने अपने सहायक से कहा। "मैं यह किसी तरह से स्वीकार न करूँगा कि जिस व्यक्ति से मैंने द्वन्द्व-युद्ध किया है वो केवल म. द ला मोल का सेक्रेटरी मात्र है, और वह भी केवल इसलिए कि मेरे कोचवान ने मेरे कार्ड चुरा लिए थे।"

"यह तो निश्चित है कि इस कहानी से हँसी उड़ने की पूरी सम्भावना है।"

उसी दिन शाम को शवालिये द बोव्वाज़ि और उनके मित्र ने चारों ओर यह बात फैला दी कि म. सोरेल, जो वैसे बहुत ही आकर्षक युवक हैं, म. द ला मोल के किसी घनिष्ठ मित्र के जारज पुत्र हैं। यह बात चारों ओर फैल जाने के बाद वह नौजवान कूटनीतिज्ञ और उनके मित्र एक-दो बार जुलियें से मिलने भी आए क्योंकि उसे एक पखवाड़े तक चोट के कारण अपने कमरे में बन्द रहना पड़ा। जुलियें ने उनके सामने स्वीकार किया कि उसने जीवन में केवल एक बार ही ऑपेरा देखा है।

"यह तो बड़ी भयंकर बात है," उन्होंने कहा, "कोई भी कभी और कहीं नहीं जाता।

अब ठीक हो जाएँ तो 'कौंत ओरि' सुनने के लिए ऑपेरा अवश्य जाइएगा।''

ऑपेरा में शवालिये द बोव्वाज़ि ने उसका परिचय प्रसिद्ध गायक जेरोनियो से कराया जो उन दिनों बहुत प्रसिद्ध हो रहा था।

जुलियें तो शवालिये की लगभग पूजा करने लगा था। आत्मसम्मान, रहस्यपूर्ण आडम्बर और यौवनसुलभ मूर्खता के इस सम्मिश्रण ने उसे मन्त्रमुग्ध कर दिया था। शवालिये थोड़ा-सा हकलाते भी थे; क्योंकि उन्हें प्रायः एक ऐसे महापुरुष से मिलना पड़ता था जो इस दुर्बलता से पीड़ित थे। जुलियें ने ऐसे मनोरंजक तथा हास्यास्पद रंग-ढंग और प्रान्तों के फूहड़ लोगों के लिए अनुकरणीय निर्दोष आचार-व्यवहार एक ही व्यक्ति में एक साथ पहले कभी न देखे थे।

वह प्रायः शवालिये द बोव्वाज़ि के साथ ऑपेरा में दिखाई पड़ता। इस सम्पर्क से लोगों में उसकी चर्चा होने लगी।

''अच्छा !'' म. द ला मोल ने एक दिन उससे कहा, ''तो अब तुम फ्रांस-कौंते के किसी धनी महानुभाव के जारज पुत्र हो, जो मेरे भी घनिष्ठ मित्र हैं !''

जुलियें ने प्रतिवाद करने का प्रयत्न किया कि वह अफवाह उसने नहीं फैलाई है, पर मार्कि ने उसकी बात को बीच में ही काट दिया।

''म. द बोव्वाज़ि एक बढ़ई के बेटे के साथ द्वन्द्व-युद्ध करना नहीं चाहते थे।'' जुलियें ने कहा।

''जानता हूँ, जानता हूँ,'' म. द ला मोल ने कहा। ''यह मेरे ऊपर है कि मैं इस कहानी को कुछ विश्वसनीयता प्रदान करूँ अथवा न करूँ, यद्यपि यह मुझे भी सुविधाजनक तो लगती है, पर मुझे तुमसे एक अनुग्रह की याचना करनी है जिसमें तुम्हारा कुल आधा घंटे से अधिक समय न लगा करेगा। ऑपेरा के दिन तुम वहाँ जाकर बरामदे में खड़े होकर उच्च समाज के लोगों को निकलते हुए देखा करो। मुझे अब भी तुममें कुछ-कुछ प्रान्तीय तौर-तरीके दिख जाते हैं। उनसे तुम्हारा पीछा छूटना चाहिए। इसके अलावा महत्त्वपूर्ण लोगों को कम-से-कम शक्ल से भी न जानना भी बुरी बात है। उनके पास कोई संवाद लेकर भेजने का काम भी मुझे पड़ सकता है। जाओ, टिकटघर पर जाकर अपना नाम बताना। वहाँ तुम्हारे लिए एक पास तैयार है।''

7

गठिया का दौर

और मुझे पदोन्नति दे दी गई, इसलिए नहीं कि मैं इसके काबिल
था, बल्कि इसलिए क्योंकि मेरे उस्ताद को गठिया था।

—बर्तोलोत्ती

पाठक को शायद इस उन्मुक्त और लगभग मैत्रीपूर्ण स्वर से आश्चर्य हो, क्योंकि हम यह कहना भूल गए हैं कि इसी बीच तीन सप्ताह तक मार्कि को गठिया के दौरे से घर पर रहना

पड़ा था।

माद. द ला मोल अपनी माँ के साथ इयेर में अपनी नानी के पास गई हुई थीं। काउन्ट नौर्बेर केवल क्षण-दो क्षण के लिए ही अपने पिता से मिलने आते। उनके परस्पर सम्बन्ध बहुत अच्छे थे, पर एक-दूसरे से बात करने को कुछ न था। म. द ला मोल को केवल जुलियें के साथ ही रहना पड़ा तो वह इस बात से चकित हुए कि इस युवक के पास विचारों की कमी नहीं। वह उससे दैनिक समाचार पढ़वाकर सुनते और शीघ्र ही तरुण सेक्रेटरी दिलचस्प अंशों को अपने आप चुनने लगा। एक नए पत्र से मार्कि को घृणा थी और उन्होंने उसे न पढ़ने की सौगन्ध खा रखी थी, यद्यपि उसके बारे में वे नित्यप्रति बातचीत करते रहते। इस बात पर जुलियें को बड़ी हँसी आती। मार्कि ने वर्तमान स्थिति से परेशान होकर जुलियें से लिवी पढ़कर सुनाने को कहा। उन्होंने पाया कि उसका तात्कालिक अनुवाद बहुत ही रोचक होता है।

एक दिन अत्युक्तिपूर्ण विनम्रता के स्वर में, जिससे प्रायः जुलियें का धीरज जाता रहता था, मार्कि ने उससे कहा, "भाई सोरेल, यदि अनुमति दो तो मैं तुम्हें एक नीला कोट भेंट करूँ। यदि तुम उसे पहनकर मेरे पास आओ तो मैं तुम्हें कौंत द रे का छोटा भाई, अर्थात् मेरे पुराने मित्र ड्यूक का पुत्र समझा करूँगा।"

जुलियें ठीक-ठीक समझ न सका कि मामला क्या है, पर उसी दिन शाम को वह नीला कोट पहनकर आया। मार्कि ने उससे बराबरी का व्यवहार किया। जुलियें का हृदय इतना उदार तो था ही कि वास्तविक विनम्रता को पहचान सके, पर वह उसकी सूक्ष्मता को न समझ पाता था। मार्कि की इस सनक के पहले भी उसे निश्चित रूप से लगता था कि जितनी शिष्टता और आदर के साथ उसका स्वागत हुआ है, उससे अधिक होना असम्भव है। कैसा अनुपम उपहार है ! जुलियें ने कोट को देखकर सोचा। जब वह जाने लगा तो मार्कि ने इस बात के लिए क्षमा माँगी कि गठिया के कारण वह उसे द्वार तक छोड़ने न जा सकेंगे।

जुलियें के मन को एक विचित्र विचार ने घेर लिया। क्या वह मेरी हँसी उड़ा रहे हैं ? वह फादर पिरार से परामर्श लेने पहुँचा। उन्होंने उत्तर में यों ही कुछ कहकर दूसरी बात छेड़ दी। अगले दिन सवेरे जुलियें मार्कि के पास अपना काला कोट पहने और एक पोर्टफोलियो तथा हस्ताक्षर कराने के लिए चिट्ठियाँ लेकर आया। इस समय उसका स्वागत पुराने ही ढंग से हुआ। शाम को नीला कोट पहनकर आने पर फिर स्वर एकदम बदला हुआ था और बिल्कुल पिछले दिन की भाँति ही अत्यधिक सौजन्यपूर्ण था।

"तुम एक बेचारे बीमार वृद्ध व्यक्ति से मिलने आने में उकताते तो नहीं हो ?" मार्कि ने कहा। "अच्छा, तो तुम मुझे अपने जीवन की तमाम छोटी-छोटी घटनाएँ भी सुनाओ, पर निश्छल भाव से और स्पष्टतापूर्वक तथा मनोंरजक ढंग से सुनाने के अतिरिक्त अन्य किसी विचार के बिना ही, क्योंकि मनोंरजन अवश्य होना चाहिए।" मार्कि ने कहा। "जीवन में सच्ची वस्तु वही है। कोई व्यक्ति हर रोज युद्ध-क्षेत्र में मेरे प्राणों की रक्षा नहीं कर सकता और न मुझे रोज़ दस लाख की सम्पत्ति भेंट कर सकता है; पर यदि यहाँ मेरे पास रिवारोल बैठा हो तो वह प्रत्येक दिन मुझे एक घंटे के कष्ट और उकताहट से छुटकारा दिला सकता है। मैं विदेश-निवास के दिनों में हैम्बर्ग में उसे अच्छी तरह से जानता था।"

मार्कि जुलियें को रिवारोल और हैम्बर्ग के लोगों की कहानियाँ सुनाने लगे, जहाँ उसके एक विदग्ध कथन का अभिप्राय समझने के लिए चार-चार आदमियों को मिलकर प्रयत्न

करना पड़ता था।

म. द ला मोल इस नौजवान पुरोहित के साथ अकेले पड़ गए थे; वह जैसे गुदगुदाकर उसमें सजीवता उत्पन्न करना चाहते थे। उन्होंने जुलियें के अभिमान को कुरेदकर उसकी वास्तविक क्षमता को उजागर करने का प्रयत्न किया। जुलियें ने केवल दो बातों को छोड़कर बाकी सारी कहानी उन्हें सुनाने का निश्चय किया—एक तो उस नाम के प्रति अपनी अन्धभक्ति जिसे सुनते ही मार्कि का पारा चढ़ जाता था, और दूसरे, अपने भीतर धार्मिक श्रद्धा का नितान्त अभाव जो एक भावी क्यूरे के लिए अशोभन था। शवालिये द बोव्वाज़ि के साथ होनेवाली घटना भी बड़े उपयुक्त अवसर पर आई। रू सेंतेंनोरे के काफ़े में कोचवान द्वारा उसे गन्दी-गन्दी गालियाँ दिए जाने के दृश्य के ऊपर तो मार्कि इतना हँसते रहे कि उनकी आँखों में आँसू आ गए। स्वामी और अनुचर के बीच यह एकदम निश्छल सम्बन्ध के दिन थे।

म. द ला मोल को इस विचित्र व्यक्तित्व में बड़ी दिलचस्पी हो गई थी। शुरू-शुरू में तो वह जुलियें की विचित्रताओं को इसलिए प्रोत्साहित करते थे कि उनसे कुछ मनोरंजन हो; पर शीघ्र ही उन्हें इस बात में अधिक आनन्द आने लगा कि व्यक्तियों तथा वस्तुओं के विषय में इस युवक के अपरिपक्व विचारों को बहुत ही मीठे ढंग से ठीक करते जाएँ। मार्कि सोचने लगे कि प्रान्तों से पेरिस आनेवाले लोग यहाँ की हर चीज़ की प्रशंसा ही करते हैं। यह आदमी हर चीज़ से घृणा करता है। उन लोगों में बनावटीपन बहुत अधिक होता है, इसमें जितना आवश्यक है उतना भी नहीं है, इसलिए मूर्ख लोग उसे मूर्ख समझते हैं।

उस साल जाड़ों के तीव्र शीत के कारण गठिया का यह दौर बहुत दिनों तक बल्कि कई महीनों तक चला।

लोग तो एक छोटे कुत्ते तक से प्रेम करने लगते हैं, मार्कि ने सोचा; इस तरुण पुरोहित के प्रति स्नेह में लज्जित होने की क्या बात है ? यह मौलिक ढंग का व्यक्ति है। मैं उससे बेटे की तरह व्यवहार करूँ तो इसमें हानि ही क्या है ? मेरे मन की सनक यदि बनी ही रही तो भी मेरी वसीयत में अधिक से अधिक पाँच सौ लुई के एक हीरे का ही तो खर्च है।

अपने आश्रित के चरित्र की दृढ़ता एक बार पहचान लेने के बाद मार्कि उसे हर रोज़ किसी न किसी नए काम का भार सौंपने लगे। जुलियें को यह देखकर बड़ा भय हुआ कि वह कभी-कभी एक ही बात के बारे में परस्पर-विरोधी आदेश दे दिया करते थे। इससे वह किसी दिन बड़ी मुसीबत में न पड़ जाए। उसके बाद से जुलियें सदा एक कापी लेकर मार्कि के पास आता, जिसमें सब निर्णय लिख लिए जाते और मार्कि उस पर हस्ताक्षर कर देते। जुलियें ने एक क्लर्क और रख लिया था जो अलग-अलग कामों से सम्बन्धित आदेशों की एक विशेष कापी में नकल कर लेता था, जिसमें सब पत्रों की नकलें भी रखी जाती थीं।

शुरू-शुरू में यह प्रस्ताव बेहद वाहियात जान पड़ा; किन्तु दो महीने के भीतर ही मार्कि को इसके लाभ समझ में आने लगे। जुलियें ने यह भी प्रस्ताव किया कि किसी बैंक का कोई क्लर्क नियुक्त कर लिया जाए जो जुलियें की देखभाल में होनेवाली जायदादों से सम्बन्धित आमदनी और व्यय का हिसाब-किताब दोहरी पद्धति के अनुसार रखा करे।

इन सब उपायों से मार्कि की आँखें इस हद तक खुलीं कि वह दो-तीन नए कारोबारों में अपने दलाल की सहायता के बिना ही, जो उन्हें ठग रहा था, अपने आप निर्णय करने में सफल हुए।

"तीन हजार फ्रैंक तुम अपने लिए ले लो।" एक दिन उन्होंने अपने तरुण मन्त्री से कहा।

"पर इससे लोग कहीं मेरे आचरण का गलत अर्थ न लगाएँ।"

"तो फिर तुम क्या चाहते हो ?" मार्कि ने कुछ चिढ़कर पूछा।

"मेरी इच्छा है कि आप कृपा करके बाकायदा समझौते के रूप में इस बात को अपने हाथ से इस कापी में लिख दें। इसके अनुसार मुझे तीन हजार फ्रैंक की रकम मिलेगी। वैसे भी यह सब बहीखातों की सूझ फादर पिरार की है।" मार्कि ने उतनी ही उकताहट के भाव से, जैसा मार्कि द मोंकाद म. प्वास्सों से हिसाब-किताब की बात सुनते समय अनुभव किया करते होंगे, समझौता लिख दिया।

शाम को जब जुलियें अपना नीला कोट पहनकर आता तो काम-काज की बात बिल्कुल न होती। मार्कि की इन कृपाओं से हमारे नायक के निरन्तर आहत होनेवाले आत्मसम्मान को इतनी सान्त्वना मिली कि शीघ्र ही वह अपनी इच्छा के बावजूद इस हँसमुख वृद्ध के प्रति एक तरह का स्नेह-सा अनुभव करने लगा। यह नहीं कि जुलियें में उस प्रकार की कोई सूक्ष्म संवेदनशीलता थी, जो पेरिस में चलती है; किन्तु उसमें मानवीय भावना का अभाव न था और बूढ़े फौजी डॉक्टर की मृत्यु के बाद से किसी ने उससे इतनी आत्मीयता से बातचीत न की थी। उसे इस बात से बड़ा विस्मय हुआ कि उसके स्वाभिमान का जैसा सौजन्यपूर्ण आदर मार्कि करते थे, वैसा उसे बूढ़े डॉक्टर से भी कभी न मिला था। अन्त में उसे यह अनुभव हुआ कि मार्कि को अपने नीले फीते का जितना गर्व था, उससे कहीं अधिक डॉक्टर को अपने क्रॉस का था। मार्कि एक बड़े भारी सामन्त के पुत्र थे।

एक दिन सवेरे जब वह अपना काला सूट पहनकर काम-काज के सिलसिले में आया था तो जुलियें मार्कि को इतना मनोरंजक लगा कि उन्होंने उसे दो घंटे तक रोके रखा और उनका दलाल जो बहुत-से नोट लाया था, उन्हें उसे देने का आग्रह करते रहे।

"म. मार्कि, मुझे आशा है कि यदि मैं आपसे कुछ शब्द कहने की प्रार्थना करूँ तो आप उसे अविनीत न समझेंगे ?"

"तुम्हारे मन में जो भी है, कहो।"

"क्या आप मुझे उदारतापूर्वक इस उपहार को अस्वीकार करने की अनुमति देंगे ? यह उपहार काला सूट पहननेवाले व्यक्ति के प्रति नहीं है, और इससे वे सम्बन्ध एकदम नष्ट हो जाएँगे जो आपने नीले सूटधारी व्यक्ति के साथ बनाए रखने का अनुग्रह किया है।" उसने बहुत आदरसहित झुककर अभिवादन किया और मार्कि की ओर देखे बिना ही कमरे के बाहर चला गया।

इस घटना से मार्कि बहुत चकित हुए। उस दिन शाम को फादर पिरार को भी यह बात सुनाई।

"एक बात मैं आज आपके सामने अवश्य स्वीकार करूँगा। मुझे जुलियें के जन्म के विषय में सब कुछ पता है और मैं आपको यह अधिकार देता हूँ कि आप इस रहस्य को गुप्त न रखें।"

मार्कि सोचने लगे कि आज सवेरे उसका व्यवहार सचमुच बड़ा उच्च था और अब मैं उससे सचमुच उच्चकुलीन व्यक्ति की भाँति व्यवहार करूँगा।

इसके कुछ ही समय बाद मार्कि अपने कमरे से उठकर चलने-फिरने योग्य हो गए।

"जाओ, दो महीने लन्दन की सैर कर आओ।" उन्होंने जुलियें से कहा। "विशेष पत्रवाहक और अन्य संवाददाता मेरे पास आनेवाले पत्रों को मेरी टिप्पणियों के साथ तुम्हारे पास पहुँचा दिया करेंगे। तुम प्रत्येक पत्र का उत्तर लिखकर और बन्द करके मेरे पास वापस भेजते रहना। मैंने हिसाब लगा लिया है कि पाँच दिन से अधिक विलम्ब इसमें न हुआ करेगा।"

गाड़ी में बैठकर कैले की ओर यात्रा करते-करते जुलियें चकित भाव से सोचने लगा कि जिस तथाकथित काम के लिए वह जा रहा है, वह कितना बेकार है।

हम यहाँ उस तीव्र विरक्ति, बल्कि लगभग घृणा, के भाव का वर्णन न करेंगे जिसे लेकर उसने लन्दन की भूमि पर पैर रखा। बोनापार्ट के लिए उसके पागल उत्साह से आप भली-भाँति परिचित हैं। वहाँ उसे हर अफसर सर हडसन लो और हर सामन्त लॉर्ड वैथर्स्ट दिखाई पड़ता, जो दस वर्ष तक पद-लाभ का पुरस्कार पाने के लिए सेंतेलेना के लज्जाजनक अपमान का ओदश दे रहे हों।

लन्दन में आख़िरकार उसका दम्भ और सज्जाप्रियता के चरम रूप से परिचय हुआ। उसकी मित्रता कुछ रूसी तरुण सामन्तों से हो गई जिन्होंने उसे सब कुछ दिखाया।

"तुम्हें तो भाग्य ने इसके उपयुक्त बनाकर भेजा है, भाई सोरेल !" वे लोग उससे कहते। "ऐसी भावहीन तटस्थता कि लगे मानो रोजमर्रा की बातों से हज़ारों मील दूर हैं, जिसे प्राप्त करने का हम लोग इतना अधिक प्रयत्न करते रहते हैं, स्वयं प्रकृति ने तुम्हें दे रखी है।"

"तुम अभी समझते नहीं कि तुम किस युग में रह रहे हो," प्रिन्स कोरासौफ ने उससे कहा, "लोग जो कुछ तुमसे आशा करें, हमेशा उसके ठीक विपरीत कार्य करो। सच कहता हूँ, आज के युग का एकमात्र धर्म यही है। न मूर्ख बनो और न बनावटी, क्योंकि तब लोग मूर्खता और बनावट की अपेक्षा करने लगेंगे और तुम इस सिद्धान्त का पालन न कर सकोगे।"

एक दिन फिट्जफोक के ड्यूक के ड्राइंगरूम में, जहाँ प्रिन्स कोरासौफ और जुलियें को भोजन पर निमन्त्रित किया गया था, उसकी बड़ी धाक बँधी। आमन्त्रित लोगों से घंटे भर तक प्रतीक्षा करवाई गई। प्रतीक्षा करनेवाले बीस व्यक्तियों में से जुलियें ने जैसा व्यवहार किया, वह आज तक लन्दन के दूतावास में नौजवान सचिवों द्वारा उद्धृत किया जाता है। उसके व्यवहार की रोचकता सर्वथा बेजोड़ थी।

जुलियें प्रसिद्ध दार्शनिक फिलिप वेन से मिलने के लिए बहुत उत्सुक था, जो लॉक के बाद से लन्दन का एकमात्र दार्शनिक था। उसके शौकीन मित्रों ने उसे बहुत समझाया पर वह न माना। वेंन सात बरस से जेल में था। जुलियें सोचने लगा कि इस देश में अभिजात वर्ग से खिलवाड़ नहीं हो सकता। और इस सब के ऊपर वेन को अपमानित किया जा रहा है, उसे गालियाँ दी जा रही हैं, इत्यादि।

जुलियें नें उसे बड़े जोश में पाया; सामन्त वर्ग के क्रोध से वह बड़ा मुदित जान पड़ता था। जेल से चलते समय जुलियें ने सोचा कि लन्दन में मज़ेदार व्यक्ति बस यटी दिखाई पड़ा।

"अत्याचारियों के लिए सबसे उपयोगी विचार," वेन ने उससे कहा था। "भगवान् की कल्पना है।"...उसका बाकी दर्शन इतना निष्ठाहीन है कि हम उसका उल्लेख यहाँ नहीं करेंगे।

फ्रांस लौटने पर म. द ला मोल ने उससे पूछा, "लन्दन से तुम मेरे लिए कौन-कौन से

मनोरंजक विचार लेकर आए हो ?'' वह चुप रहा। ''अच्छा, तुम कौन-कौन-से विचार लाए हो—मनोरंजक हो या न हों ?'' मार्कि ने तीव्र स्वर में फिर पूछा।

''सबसे पहले,'' जुलियें ने कहा, ''बुद्धिमान से बुद्धिमान अंग्रेज भी दिन में एक घंटे के लिए पागल हो जाता है। आत्महत्या का राक्षस, जो उन लोगों का राष्ट्रीय देवता है, उसके ऊपर सवार रहता है।

''दूसरे, इंग्लैंड में पैर रखते ही बुद्धि और प्रतिभा का मूल्य पच्चीस प्रतिशत कम हो जाता है।''

''तीसरे, दुनिया में लन्दन के दृश्य से अधिक सुन्दर, अधिक विस्मयकारी और अधिक हृदयस्पर्शी और कुछ नहीं।''

''अब मेरी बारी है।'' मार्कि ने कहा।

''सबसे पहले, तुमने रूसी दूतावास में जाकर यह क्यों कहा कि फ्रांस में पच्चीस वर्ष की आयुवाले तीन लाख नौजवान युद्ध के लिए बुरी तरह उतावले हैं ? तुम समझते हो, इससे बादशाह के प्रति समुचित सम्मान प्रकट होता है ?''

''अपने प्रमुख कूटनीतिज्ञों से बात करते समय क्या कहना चाहिए और क्या नहीं, यह जानना असम्भव है। उन्हें गम्भीर चर्चा प्रारम्भ करने का रोग है। यदि आप समाचार-पत्रों की घिसी-पिटी बातें कहें तो आपको मूर्ख समझा जाएगा। यदि आप कोई बात सच्ची और मौलिक कह डालें तो वे चौंक पड़ते हैं और फिर उन्हें कोई उत्तर नहीं सूझता। बस, अगले दिन सवेरे सात बजे प्रथम सचिव का एक सन्देश आ धमकता है कि आपने अशिष्टता बरती है।''

''बहुत अच्छे !'' मार्कि ने हँसते हुए कहा। ''पर बुद्धिमान नौजवान, मैं शर्त बदता हूँ कि तुम अभी तक नहीं समझे हो कि तुम्हें लन्दन किसलिए भेजा गया था।''

''क्षमा कीजिए,'' जुलियें ने उत्तर दिया। ''मैं वहाँ सम्राट के राजदूत के साथ, जो विनय और शिष्टता की प्रतिमूर्ति हैं, सप्ताह में एक बार भोजन करने के लिए भेजा गया था।''

''तुम वहाँ यह प्राप्त करने के लिए भेजे गए थे,'' मार्कि ने उसे दिखाते हुए कहा। ''मैं यह तो नहीं चाहता कि तुम अपने काले कोट का परित्याग करो। नीले कोटवाले व्यक्ति के साथ जो आनन्ददायक सम्बन्ध मेरा बन गया है, उसका मैं अभ्यस्त हो चुका हूँ। अगला आदेश मिलने तक यह बात समझ लो : जब मैं तुम्हें यह क्रॉस पहने हुए देखूँगा तो तुम्हें दुकूद रे का सबसे छोटा बेटा और अपना ऐसा मित्र मानूँगा, जो अनजाने ही पिछले महीनों से कूटनीति के काम में लगा हुआ है। कृपा करके यह ध्यान रहे,'' मार्कि ने बहुत गम्भीर होकर और जुलियें के कृतज्ञता-प्रदर्शन को बीच में ही काटकर कहा, ''कि तुम्हें अपनी स्थिति से ऊपर उठाने की मुझे कोई इच्छा नहीं है। वह संरक्षक के लिए भी अनुचित है और आश्रित के लिए भी। जब तुम मेरे मुकदमों से उकता जाओगे या मेरे काम में तुम्हारी कोई उपयोगिता न बचेगी, तो मैं तुम्हारे लिए वैसी ही अच्छी-सी आजीविका का प्रबन्ध कर दूँगा, जैसी हमारे मित्र फादर पिरार को प्राप्त है। इससे अधिक कुछ नहीं।'' मार्कि ने बहुत रूखे स्वर में जोड़ा।

इस क्रॉस ने जुलियें के स्वाभिमान को बहुत सन्तुष्ट किया। अब वह कहीं अधिक खुलकर बातचीत करने लगा। बात-बात में अपमानित अनुभव होनेवाला कम हो गया। ऐसी बातों से, जिनमें थोड़ी-बहुत अशिष्टतापूर्ण अभिप्राय देखा जा सकता है और जो बातचीत के उत्साह में कभी भी किसी के मुँह से निकल सकती हैं, अब वह कम परेशान होता।

अपने क्रॉस के कारण उसे एक और व्यक्ति के पधारने का आनन्द मिला। बारों द वालनो अपनी पद-प्राप्ति के लिए मन्त्री को धन्यवाद देने पेरिस आए थे तो उससे भी मिलने आए और उससे अच्छा सम्पर्क बना गए। अब वह म. द रेनाल के स्थान पर वेरियेर के मेयर नियुक्त होनेवाले थे।

जब म. द वालनो ने उससे यह कहा कि अभी-अभी म. द रेनाल के जैकोबिन होने का पता चला है तो उसे भीतर ही भीतर बड़ी ज़ोर की हँसी आई। असलियत यह थी कि जो नए चुनाव होनेवाले थे, उनमें यह नए बने हुए बैरन महोदय सरकार द्वारा समर्थित उम्मीदवार थे और ज़िले के केन्द्रीय मतदाता क्षेत्र में, जो वास्तव में कट्टर राजपंथियों का गढ़ था, म. द रेनाल का समर्थन उदारपंथी कर रहे थे।

जुलियें ने मादाम द रेनाल के समाचार पाने की भी कोशिश की, पर सफलता न मिली। लगता था, बैरन महोदय को अपनी पिछली प्रतिद्वन्द्विता अभी याद है और उन्होंने कोई संकेत स्वीकार नहीं किया। अन्त में उन्होंने आनेवाले चुनाव में जुलियें से उसके पिता की वोट की माँग की। जुलियें ने लिखने का वचन दे दिया।

''भाई शवालिये साहेब, आपको सचमुच मार्कि द ला मोल महोदय से मेरा परिचय कराना चाहिए।''

कराना तो ज़रूर चाहिए, जुलियें ने सोचा—पर कैसा धूर्त है !

''सच बात यह है कि,'' उसने उत्तर दिया, ''मैं द ला मोल भवन में इतना सामान्य व्यक्ति हूँ कि किसी का परिचय कराने का भार नहीं ले सकता।''

जुलियें ने मार्कि को सारी बात बताई। उसी दिन शाम को उसने उन्हें वालनो की सारी करतूतें और 1814 से उसके कार्य और साधारण आचरण का भी विवरण सुनाया।

''न केवल कल तुम इस नए बैरन का मुझसे परिचय कराओगे,'' मार्कि ने गम्भीरतापूर्वक उत्तर दिया, ''बल्कि परसों मैं उसे भोजन के लिए भी निमन्त्रित करूँगा। वह हमारा नया ज़िलाधीश बनेगा।''

''लेकिन उस हालत में,'' जुलियें ने कुछ रूखे स्वर में उत्तर दिया, ''अनाथाश्रम के संचालक की जगह मेरे पिता को मिलनी चाहिए !''

''बहुत अच्छे !'' मार्कि ने फिर प्रसन्न होते हुए कहा। ''मंजूर ! मैं तो उपदेश की आशा कर रहा था। तुम अब तरक्की कर रहे हो !''

म. द वालनो ने जुलियें को बताया कि वेरियेर के लाटरी ब्यूरो के रक्षक की हाल ही में मृत्यु हो गई। जुलियें ने सोचा कि यदि यह जगह उस बूढ़े मूर्ख म. द शोलें को, जिसकी अर्जी उसे एक बार म. द ला मोल के ठहरने के कमरे में पड़ी मिली थी, दे दी जाए, तो बहुत मज़ा रहेगा। जब वित्तमन्त्री को उसके लिए एक पत्र पर हस्ताक्षर कराते समय जुलियें ने मार्कि को वह आवेदन-पत्र पढ़कर सुनाया तो मार्कि जी खोलकर हँसे।

म. द शोलें अभी नियुक्त ही हुए थे कि जुलियें को पता चला कि ज़िले के विधानसभा के सदस्यों ने इस स्थान की माँग प्रसिद्ध गणितज्ञ म. ग्रो के लिए की है। इस उदारहृदय व्यक्ति की केवल चौदह सौ फ्रैंक की आमदनी थी और वह छः सौ फ्रैंक प्रतिवर्ष लाटरी ब्यूरो के भूतपूर्व रक्षक को अपने परिवार का पालन करने के लिए उधार दिया करते थे।

जुलियें अपने कार्य पर चकित था। कोई विशेष बात नहीं है, उसने मन-ही-मन कहा। यदि मैं उन्नति करना चाहता हूँ तो अभी बहुत-से अन्याय मेरे द्वारा होंगे। विशेष कर यदि

मैं सुन्दर भावुक शब्दावली से उन्हें ढक भी सकूँ। बेचारे म. ग्रो ! इस क्रॉस के योग्य वह हैं, और मिला यह मुझे है। जिस सरकार ने यह मुझे प्रदान किया है, उसकी इच्छाओं के अनुरूप ही मैं चलूँगा।

8

राजसम्मान और प्रतिष्ठा

'तुम्हारे पानी से मुझे ताजगी नहीं मिलती', प्यासे जिन्न ने कहा। 'जो भी हो, पूरे दिआरबेकिर में यह सबसे ठंडा कुआँ है।'

–पेलिको

एक दिन जुलियें सेन नदी के किनारे स्थित विल्लक्वे की सुन्दर जमींदारी से लौटा। म. द ला मोल अपनी सब ज़मींदारियों की अपेक्षा इसी में अधिक दिलचस्पी लिया करते थे, क्योंकि केवल वही सुप्रसिद्ध बोनीफास द ला मोल की अपनी थी। उसने लौटकर देखा कि मार्किज और उनकी पुत्री अभी-अभी इयेर से लौट आई हैं।

जुलियें अब बाकायदा सुसज्जित नवयुवक था और पेरिस की जिन्दगी की कला को समझने लगा था। उसने माद. द ला मोल के प्रति पूरी-पूरी उदासीनता दिखाई। उसने यह भाव तनिक भी न दिखाया कि किसी समय वह इतने उत्साह से उसके घोड़े से गिरने का विवरण पूछा करती थी।

माद. द ला मोल को वह कुछ अधिक लम्बा और अधिक विवर्ण जान पड़ा। उसकी आकृति अथवा वेशभूषा में तो प्रान्तीयता के कोई चिह्न न बचे थे; पर उसके वार्तालाप में अभी यह बात न थी–अभी तक उस पर कुछ न कुछ अत्यधिक गम्भीरता, अत्यधिक कट्टरता की छाप थी। इन अत्यधिक बौद्धिक गुणों के बावजूद और अपने स्वाभिमान की कृपा से उसमें कोई हीनता का चिह्न न था, बस इतना ही लगता था कि अभी तक वह बहुत-सी वस्तुओं को महत्त्वपूर्ण मानता है, तो भी इतना स्पष्ट था कि वह अपने वचन का पालन करनेवाला व्यक्ति है।

"उसमें स्पर्श के हल्केपन की कमी है, बुद्धि की नहीं," माद. द ला मोल ने अपने पिता से जुलियें को क्रॉस देने के लिए कुछ अप्रसन्न होते हुए कहा। "भाई तुमसे पिछले अठारह महीनों से इसके लिए माँग करते रहे हैं, और वह ला मोल परिवार के हैं !"

"हाँ, किन्तु जुलियें में अप्रत्याशित कार्य करने की प्रतिभा है। जिस ला मोल का तुम जिक्र करती हो, उसमें यह बात कभी नहीं पाई गई।"

तभी दुक् द रे के आने की घोषणा हुई।

मातिल्द को बुरी तरह से जम्हाइयाँ आ रही थीं; इस आदमी की सूरत से ही उसे पुराने ज़माने की पच्चीकारियों और अपने पिता के ड्राइंगरूम के पुराने परिचित चेहरों की याद आ गई। पेरिस की जिस जिन्दगी में वह नए सिरे से प्रवेश कर रही थी, उसकी एक अत्यन्त उकताहट-भरी तस्वीर उसने मन में बनाई। और इयेर में वह पेरिस के लिए बेचैन थी।

अभी मैं बस उन्नीस की हूँ ! उसने सोचा। सुनहरे किनारों के ग्रन्थ रचनेवाले बुद्धू लोग इसे आनन्द की आयु कहा करते हैं। वह अपनी अनुपस्थिति में ड्राइंगरूम की मेज़ पर इकट्ठे होनेवाले नौ-दस हाल ही में प्रकाशित काव्य-ग्रन्थों को देखने लगी। दुर्भाग्यवश म. द क्रवाजन्वा, द केलुस, द लुज़ आदि अपने सभी मित्रों से उसमें बुद्धि अधिक थी। वह भली-भाँति कल्पना कर सकती थी कि वे लोग उससे प्रोवांस के सुन्दर आकाश, कविता, दक्षिण इत्यादि के बारे में क्या-क्या कहेंगे।

वे अपूर्व सुन्दर आँखें, जिनमें अत्यन्त ही गहरी ऊब बल्कि उससे भी अधिक कभी आनन्द मिलने के विषय में दुराशा का राज्य था, जुलियें पर आ टिकीं। वह बाकी सब लोगों की भाँति तनिक भी न था।

"म. सोरेल," उसने जुलियें से उस तीखी तेज़ आवाज़ में कहा जिसमें कोई नारी-सुलभ मृदुलता न थी और जिसमें उच्च वर्गों की स्त्रियाँ जान-बूझकर बोला करती हैं, "म. सोरेल, क्या आप आज रात को म. द रे के बॉल-नृत्य में आ रहे हैं ?"

"मादम्वाज़ेल, मुझे ड्यूक महोदय से परिचित होने का सौभाग्य प्राप्त नहीं।"

"उन्होंने मेरे भाई से आपको लाने के लिए कहा है। यदि आप चलें तो मुझे विल्लक्वे की ज़मींदारी के बारे में भी सब बात बता सकेंगे; वसन्त ऋतु में वहाँ हम लोगों के जाने की भी कुछ बात चल रही है। मैं जानना चाहती हूँ कि वहाँ का घर रहने लायक भी है या नहीं और वह स्थान क्या सचमुच ही इतना सुन्दर है जितना लोग कहते हैं। कितनी प्रतिष्ठाएँ इतनी झूठ-मूठ बन जाया करती हैं !"

जुलियें ने कोई उत्तर न दिया।

"मेरे भाई के साथ बॉल में आइएगा।" मातिल्द ने बहुत ही संक्षिप्त भाव से कहा।

जुलियें ने झुककर अभिवादन किया, तो एक बॉल-नृत्य के बीच भी मुझे परिवार के हर व्यक्ति को अपने काम-काज का हिसाब देना पड़ेगा ! क्या ये लोग मुझे अपने कामकाज के लिए अलग पैसे नहीं देते ? अपने चिड़चिड़े स्वभाव के कारण उसने यह भी सोचा कि भगवान जाने कि जो कुछ मैं बेटी से कहूँ, उससे उसके पिता, भाई और माता की योजनाओं में बाधा तो न पड़ेगी !

यह तो बिल्कुल पूरा राजदरबार है। यहाँ तो अपने आपको बिल्कुल नगण्य बनाना ज़रूरी है, और साथ ही किसी को शिकायत का मौका भी न मिले !

इस लम्बी लड़की से मुझे कितनी चिढ़ छूटती है ! वह सोचने लगा। तभी मातिल्द की माँ ने उसे अपनी कुछ सहेलियों से परिचय कराने के लिए बुला लिया था। वह हर फैशन को इतना बढ़ा-चढ़ाकर करती है ! गाउन कन्धे से खिसका जा रहा है...गई थी उस समय से अब पीली भी अधिक लग रही है।...उसके बाल कितने फ़ीके हैं...क्या उसके गोरेपन के कारण ऐसा लगता है ? लगता है, जैसे भीतर से धूप चमकी पड़ रही हो !...उसके अभिवादन में, लोगों की ओर देखने में कितना घमंड टपकता है ! कैसी राजसी भंगिमाएँ हैं ! मातिल्द ने अभी-अभी ड्राइंगरूम से जाते-जाते अपने भाई को अपनी ओर बुलाया था।

काउन्ट नौर्बेर जुलियें के पास बढ़ आए। "भाई सोरेल," उन्होंने कहा ,"म. द रे के बॉल-नृत्य में चलने के लिए तुम कहाँ मिलोगे ? उन्होंने मुझसे विशेष रूप से तुम्हें लाने को कहा था।"

"मुझे भली-भाँति पता है कि इस कृपा के लिए मुझे किसका कृतज्ञ होना चाहिए।"

जुलियें ने बहुत ही विनीत अभिवादन सहित कहा।

नौर्बेर ने जिस सौजन्य और आत्मीयता के स्वर में बात कही थी उसमें कोई आपत्ति की गुंजाइश न पाकर जुलियें अपने चिड़चिड़ेपन के कारण अपने उत्तर के ढंग पर ही अपने आपको कोसने लगा। उसे लगा कि उसके उत्तर में एक प्रकार का दयनीयता का भाव था।

रात को बॉल-नृत्य में पहुँचने पर वह द रे भवन के ऐश्वर्य और वैभव से बड़ा प्रभावित हुआ। प्रवेश-द्वार के पास का प्राँगण गहरे लाल रंग के सुनहरे सितारों-जड़ें वितान से ढँका था और बहुत ही सुन्दर लग रहा था। वितान के नीचे समूचा प्राँगण सन्तरे के वृक्षों और फूली हुई कनेर के कुँज जैसा जान पड़ता था। वृक्षों के गमलों को सावधानी से नीचे दबा देने के कारण कनेर और सन्तरे के पौधे धरती से फूटते हुए लगते थे। गाड़ी निकलने के रास्ते पर बालू फैला दी गई थी।

हमारे इस प्रान्तवासी नायक पर इन सब बातों का बड़ा गहरा प्रभाव पड़ा। उसे ऐसे वैभव की कल्पना भी न थी। पलभर में उसकी उत्तेजित कल्पना चिड़चिड़ेपन से हज़ारों मील ऊपर उड़ गई। बॉल-नृत्य के लिए जाते समय गाड़ी में काउन्ट नौर्बेर बड़े प्रसन्न थे पर उसका मन अप्रिय बातों से भरा था। किन्तु प्राँगण में प्रवेश करते ही दोनों की स्थिति में एकदम परिवर्तन हो गया।

नौर्बेर का ध्यान ऐसी एक-दो छोटी-छोटी बातों पर अटक गया था जिन पर इस सब ऐश्वर्य में ध्यान न दिया जा सका था। वह प्रत्येक वस्तु के मूल्य का हिसाब लगाने लगा और जुलियें ने देखा कि जैसे-जैसे कुल जोड़ बढ़ता गया वैसे ही वैसे, एक प्रकार के ईर्ष्या-भरे रोष का भाव उसकी बातों में झलकने लगा और अन्त में वह बहुत चिढ़कर गुमसुम हो गया।

जुलियें तो विस्मय से मन्त्रमुग्ध और अत्यधिक भावावेश से कुछ भयभीत-सा पहले स्वागत कक्ष में पहुँचा जहाँ नृत्य चल रहा था। दूसरे कमरे के द्वार पर भीड़ लगी थी और इतने लोग आ-जा रहे थे कि आगे बढ़ना असम्भव था। इस दूसरे कमरे को ग्रेनेडा में अलहाम्ब्रा के रूप में सजाया गया था।

"यह तो तुम भी मानोगे कि इस बॉल-नृत्य की रानी वही है।" एक मूँछोंवाले नौजवान ने कहा जिसका कन्धा जुलियें की छाती में चुभ रहा था।

"जाड़ों में माद. फूर्मो सबसे सुन्दर समझी जाती थीं; अब वह भी समझती हैं कि उनका स्थान दूसरा है," उसके पड़ोसी ने उत्तर दिया। "जरा देखो, कैसा मजेदार चेहरा बना रही हैं !"

"रिझाने के लिए अपने सारे मन्तर चला रही हैं। देखो, दिखाई पड़ता है कि अकेला नाचना शुरू करते ही उसकी मुस्कुराहट कैसी मधुर हो जाती है ! वाह-वाह, कोई जवाब नहीं !"

माद. द ता मोल को अपनी विजय के आनन्द पर पूरा काबू जान पड़ता है। अपनी जीत को वह भली-भाँति पहचानती भी है। ऐसा लगता है मानो डर रही हो कि कहीं किसी को लुभावनी न लगने लगूँ।

"क्यों नहीं, ज़रूर ! सम्मोहन की सारी कला ही इसी बात में है।"

जुलियें व्यर्थ ही इस मोहनी स्त्री की एक झाँकी पाने का प्रयत्न करता रहा। उससे लम्बे सात-आठ व्यक्तियों के कारण उसे कुछ भी नहीं दीख रहा था।

‘‘उस ऊँचे दर्जे की लापरवाही में भी बड़ी भारी अदा है।’’ मूँछोंवाले नौजवान ने उत्तर दिया।

‘‘और वे बड़ी-बड़ी नीली आँखें, जैसे ही लगता है भेद खुला, तुरन्त धीमे से नीची हो जाती हैं ! सच ! इससे अधिक चतुराई मुश्किल है !’’

‘‘जरा देखो, उसके सामने सुन्दरी फूर्मो कितनी साधारण लग रही है !’’ तीसरे ने कहा।

‘‘इस उदासीन भाव का अर्थ है : ‘यदि मेरे योग्य पुरुष तुम्हीं होते तो तुम्हारे लिए मैं अपने आपको कितना आकर्षक बना सकती’ !’’

‘‘और इस अपूर्व मातिल्द के योग्य होगा कौन ?’’ पहले ने पूछा। ‘‘कोई सुन्दर, चतुर, गठीला-सजीला, वीर और अधिक से अधिक बीस वर्ष का राजकुमार।’’

‘‘रूस के सम्राट का कोई जारज बेटा, जिसके लिए विवाह के विचार से कोई न कोई राज्य ढूँढ़ लिया जाएगा; या सीधे-सीधे कहें तो कौंत द तालेर, जो सजे-बजे किसान जैसे लगते हैं...’’

आख़िरकार दरवाज़े से भीड़ हटी, जुलियें ने भीतर प्रवेश किया। इन गुड़ियों जैसे सजे हुए पिल्लों को यदि इतनी अपूर्व जान पड़ती है तो उसे ध्यान से देखने की तकलीफ तो करनी ही चाहिए, उसने सोचा। यही समझ सकूँगा कि ऐसे लोगों का आदर्श क्या है।

वह मातिल्द की नज़र पाने का यत्न ही कर रहा था कि वह उसकी ओर देख उठी। जुलियें सोचने लगा कि कर्त्तव्य का बुलावा आ गया, पर मुख के अतिरिक्त उसके भीतर कहीं कोई खीज न थी। कौतूहल से प्रेरित होकर वह बड़ी प्रसन्नता के साथ आगे बढ़ा। मातिल्द का बहुत ही नीचे कन्धोंवाला गाउन उसे इतना आकर्षक लग रहा था जो उसके आत्माभिमान के लिए बहुत गौरवपूर्ण न था। इस सौन्दर्य के पीछे यौवन है, उसने सोचा। पाँच-छः नौजवान, जिनमें कुछ-एक वे भी थे जिन्हें जुलियें ने द्वार पर बात करते हुए सुना था, उसके और मातिल्द के बीच खड़े थे।

‘‘आप तो महाशय,’’ वह बोली, ‘‘आप तो यहाँ जाड़ों भर थे। आप मुझे बताइए, क्या यह बॉल मौसम भर में सबसे सुन्दर नहीं है ?’’ उसने कोई उत्तर न दिया।

‘‘यह कुलीं नृत्य मुझे बहुत ही अच्छा लगता है और ये महिलाएँ बहुत सुन्दर नाच भी रही हैं।’’ वे सब नौजवान यह देखने के लिए पीछे घूमे कि जिस सौभाग्यशाली व्यक्ति से वह कोई न कोई उत्तर पाने पर अमादा है, वह है कौन ! उत्तर कोई उत्साहवर्धक न था।

‘‘मैं इसका अच्छा पारखी नहीं, मादम्वाज़ेल ! मेरा जीवन तो कलम घिसने में बीतता है। ऐसा शानदार बॉल मैंने यह पहला ही देखा है।’’

मूँछोंवाले नौजवान सब एकदम चौंक गए।

‘‘आप बुद्धिमान व्यक्ति हैं, म. सोरेल,’’ उसने और भी घनिष्ठता के साथ कहा, ‘‘आप इन सब नृत्यों, समारोहों को जाँ-जाक रुस्सो की भाँति दार्शनिक दृष्टि से देखते हैं। ऐसी मूर्खताएँ आपको चकित करती हैं, लुभाती नहीं।’’

एक बात से जुलियें की गगनचारी कल्पना रुक गई और उसके मन से सारा भ्रम दूर हो गया। उसके होठों पर ऐसा अवज्ञा का भाव छा गया जो शायद आवश्यकता से कुछ अधिक ही था।

‘‘जाँ-जाक रुस्सो,’’ उसने उत्तर दिया, ‘‘जब उच्च समाज का निर्णायक बन बैठता है तो मैं उसे मूर्ख के अतिरिक्त और कुछ नहीं समझता। वह समाज के इस अंश को समझता

न था और उसे ऐसे अनुचर की दृष्टि से देखता था जिसे अपनी वास्तविक स्थिति से ऊपर उठने का अवसर मिला हो।''

''उसने 'सामाजिक कर्त्तव्य' जैसी पुस्तक लिखी है।'' मातिल्द ने कुछ श्रद्धा के स्वर में कहा।

''पर वह जहाँ एक ओर प्रजातन्त्र की स्थापना और राजसी अधिकार और विशेष सुविधाओं के अन्त का उपदेश देता है, वहीं दूसरी ओर किसी ड्यूक द्वारा किसी मित्र को घर पहुँचाने के लिए अपनी भोजनोपरान्त पद्धति में परिवर्तन से प्रसन्नता से फूला नहीं समाता।''

''हाँ, हाँ ! मोंतमोराँसी में दुक् द लुग्जाँबूर पेरिस के रास्ते पर म. क्वाँदे के साथ दूर तक गए थे...'' किताबी ज्ञान के पहले आनन्ददायक स्वाद से पूरी तरह उल्लसित होकर मा. द मातिल्द ने उत्तर दिया। वह करीब-करीब राजा फेरेट्रीयस के अस्तित्व का पता लगानेवाले अकादमी-सदस्य की भाँति ही अपने ज्ञान के नशे में डूब गई।

जुलियें की दृष्टि कठोर और पैनी ही बनी रही। मातिल्द ने क्षणभर के लिए जोश का अनुभव किया था, पर अपने संगी की बेरुखी से वह एकदम अप्रतिभ हो गई। उसे और भी आश्चर्य इस कारण हुआ कि यह प्रभाव प्रायः वही दूसरे लोगों पर उत्पन्न किया करती थी।

मार्कि द क्रवाजन्वा उत्सुकतापूर्वक माद. द ला मोल की ओर बढ़े। वह पलभर के लिए कोई तीन फ़ीट की दूरी पर रुक गए; क्योंकि भीड़ के कारण पास तक पहुँचना असम्भव हो रहा था। वह अपने बीच की बाधाओं पर मुस्कुराते हुए उनकी ओर देखने लगे। मातिल्द की चचेरी बहन मार्किज द रुब्रे अपने पति की बाँह पर झुकी हुई उनके पास ही खड़ी थी। उनके विवाह को पन्द्रह दिन ही हुए थे। मार्कि द रुब्रे भी अल्पवयस्क ही थे और उनके मुख से प्रेम का अपूर्व भाव प्रकट हो रहा था। उनकी अवस्था उस व्यक्ति की-सी थी जिसे परिवार के वकीलों द्वारा ही पूरी तरह निर्धारित होने वाले समुचित विवाह-सम्बन्ध के बाद यह पता चले कि उसकी सहचरी सर्वथा देवी है। म. द रुब्रे एक बहुत ही वृद्ध चचा की मृत्यु पर ड्यूक होनेवाले थे।

मार्कि द क्रवाजन्वा भीड़ में से न निकल सकने के कारण मातिल्द की ओर देख-देखकर मुस्कुरा रहे थे। तभी उसने अपनी बड़ी-बड़ी स्वर्गोपम नीली आँखें उठाकर उनके तथा उनके पड़ोसियों पर टिका दीं। वह सोचने लगी कि इन सब लोगों से अधिक जी को उबानेवाला और क्या हो सकता है ! इस क्रवाजन्वा को ही देखो जो मुझसे विवाह करने की आशा लगाए है। वह हँसमुख है, मिलनसार है और म. रुब्रे की भाँति ही सुशील और शिष्ट भी है। इसके सिवाय कि इन लोगों को देखते ही मेरा जी घबराने लगता है, ये सब लोग बहुत ही अच्छे हैं। वह भी मेरे साथ बॉल-नृत्य में ऐसी ही तृप्ति-भरी मुद्राएँ बनाया करेगा। विवाह के एक वर्ष के भीतर ही गाड़ी, घोड़े, गाउन, पेरिस से साठ मील की दूरी पर कोठी—मेरे पास सब कुछ मौजूद होगा, संक्षेप में वह सब सरंजाम होगा जिसके कारण दूसरों को—जैसे उदाहरण के लिए कौंतेस द र्‌वाबिल को—खूब कुढ़न हो। और फिर उसके बाद ?...

मातिल्द सोच-सोचकर ही ऊबने लगी। मार्कि द क्रवाजन्वा कुछ देर में उसके पास पहुँच गए, पर वह उनकी बात सुने बिना अपने ही स्वप्नों में डूबी रही। उनके शब्द नृत्य के धड़कते हुए मर्मर में डूब गए। उनकी आँखें यन्त्रवत् जुलियें का अनुसरण कर रही थीं जो एक सम्भ्रमपूर्वक किन्तु स्वाभिमान तथा क्षुब्ध भाव से दूसरी ओर चला गया था। इस सब उमड़ती

हुई भीड़ से अलग कोने में काउन्ट आल्तामिरा दिखाई पड़े जिनके लिए, जैसाकि पाठक जानते ही हैं, उनके देश में मृत्युदंड की घोषणा हो चुकी थी। चौदहवें लुई के राज्य में, उनके एक पूर्वज ने किसी एक प्रिन्स द कोंति से विवाह किया था; इस बात की स्मृति ने उन्हें धर्म-संघ के गुप्त अनुचरों के हाथों थोड़ी-सी सुरक्षा प्रदान कर दी थी।

मृत्युदंड के अतिरिक्त और कोई वस्तु मुझे मनुष्य को सम्मान प्रदान करती नहीं दिखाई पड़ती, मातिल्द ने सोचा। केवल यही एक ऐसी वस्तु है जो खरीदी नहीं जा सकती।

आहा, मैंने कैसी बढ़िया बात कही है ! दुःख यही है कि पहले सूझती तो इसकी कुछ बड़ाई होती ! इतनी सुरुचि मातिल्द में मौजूद थी कि पहले से सोचे हुए सुन्दर वाक्य को बातचीत में लाना अच्छा न समझती थी। साथ ही उसमें गर्व भी इतना कम न था कि अपनी चतुराई से प्रसन्न न होती। उकताहट के बजाय उसका चेहरा खिल उठा। मार्कि द क्रवाजन्वा ने, जो अभी तक उससे कुछ न कुछ कहे जा रहे थे, इसे अपनी सफलता का चिह्न समझा और उन्होंने अपना वाक्चातुर्य दूना कर दिया।

मेरी इस उक्ति में कोई चिड़चिड़े मिजाजवाला व्यक्ति क्या दोष निकाल सकता है ? मातिल्द सोचने लगी। अपने आलोचकों को मैं यह उत्तर दूँगी : बैरन अथवा वाइकाउन्ट का पद—उसे खरीदा जा सकता है; क्रॉस—अरे, वह तो यों ही मिल जाता है; मेरे भाई को अभी-अभी मिला है और उसने किया ही क्या है ? सेना में पदोन्नति—वह तिकड़म से हो सकती है। दस साल तक गैरीसन में काम अथवा युद्ध-मन्त्री से कोई रिश्ता होने पर कोई भी नौर्बेर की भाँति घुड़सवार सेना का मेजर बन सकता है। बड़ी भारी सम्पत्ति ! इसके मिलने में अभी तक सबसे अधिक कठिनाइयाँ हैं, इसीलिए उसे आज भी बहुत बड़ी चीज़ माना जाता है। कैसी अजीब बात है ! किताबों में जो कुछ लिखा है, उस सब से विपरीत !...पर सम्पत्ति प्राप्त करनी हो तो म. रोथ्सचाइल्ड की पुत्री से विवाह कर लीजिए।

मेरा यह कथन सचमुच ही बहुत गहरा है। मृत्युदंड एकमात्र ऐसी वस्तु है जिसे अभी तक किसी ने माँगा नहीं।

"क्या आप काउन्ट आल्तामिरा को जानते हैं ?" उसने म. द क्रवाजन्वा से पूछा।

उसके प्रश्न पूछने में ऐसी ध्वनि थी मानो वह किसी सुदूर स्थान से अभी-अभी लौटी हो और इस प्रश्न का उन सब बातों से इतना क्षीण सम्बन्ध था, जो बेचारे मार्कि पिछले पाँच मिनट से उससे कह रहे थे कि उनका हँसमुख स्वभाव भी कुछ देर के लिए तो एकदम विचलित हो गया। पर वह बहुत ही तत्पर बुद्धि के व्यक्ति थे और इस विषय में उनकी बड़ी ख्याति भी थी।

मातिल्द कुछ सनकी है, उन्होंने सोचा। यह एक खराबी ज़रूर है—पर उसके पति को समाज में कितना उत्तम स्थान प्राप्त होगा ! पता नहीं, मार्कि यह कैसे करते हैं; यह प्रत्येक पार्टी के बढ़िया से बढ़िया लोगों के मित्र नज़र आते हैं। उन्हें कभी नीचा देखना ही नहीं पड़ता। इसके अतिरिक्त मातिल्द की यह सनक प्रतिभा भी तो मानी जा सकती है। उच्च कुल और पर्याप्त सम्पत्ति होने पर प्रतिभा हास्यास्पद नहीं समझी जाती और फिर कितनी विशिष्टता उसमें है ! जब भी चाहती है, वह वाक्पटुता, चारित्रिक दृढ़ता और वार्तालाप में निपुणता का ऐसा अपूर्व मिश्रण प्रस्तुत करती है कि उसका संग इतना आनन्ददायक हो उठता है।...

एक साथ ही दो काम भली-भाँति करना कठिन होने के कारण मार्कि ने मातिल्द को

खोए-से भाव से उत्तर दिया मानो कोई पाठ दोहरा रहे हों। "बेचारे आल्तामिरा को कौन नहीं जानता !" वह बोले और मातिल्द को उनके विचित्र और असफल षड्यन्त्र की कहानी सुनाने लगे।

"वाहियात है !" मातिल्द ने जैसे अपने आप से कहा, "पर कुछ किया तो है ! मैं किसी 'पुरुष' से मिलना चाहती हूँ; उन्हें मेरे पास ले आइए।" उसने मार्कि से कहा जो एकदम हतबुद्धि-से हो गए थे।

काउन्ट आल्तामिरा माद. द ला मोल के गर्वीले और लगभग उद्धत व्यवहार के बड़े स्पष्ट प्रशंसकों में से थे। वह उसे पेरिस की सर्वश्रेष्ठ सुन्दरियों में गिनते थे।

"किसी राजसिंहासन पर वह कितनी सुन्दर दिखाई पड़ेंगी !" उन्होंने म. द क्रवाजन्वा से कहा और उनके साथ-साथ सहज ही मातिल्द की ओर बढ़ आए। इस दुनिया में ऐसे लोगों की कमी नहीं जिनके लिए 19वीं शताब्दी के षड्यन्त्र करने जैसी बुरी बात कोई दूसरी नहीं; उसमें उन्हें जैकोबिनवाद की दुर्गन्ध आती है। और एक असफल जैकोबिन से अधिक विरक्तिकर दूसरा कौन हो सकता है ?

मातिल्द ने म. द क्रवाजन्वा की ओर ऐसे देखा मानो वह आल्तामिरा की कुछ-कुछ हँसी उड़ा रही हो, पर उनकी बात वह बहुत प्रसन्नता के साथ सुनती रही। बाल-नृत्य तथा एक षड्यन्त्रकारी—दोनों परस्पर बहुत ही विरोधी हैं, उसने सोचा। इस काली मूँछोंवाले षड्यन्त्रकारी में वह विश्राम करते हुए सिंह की समानता खोजना चाहती थी, पर उसे शीघ्र ही पता चला कि उनके मन में केवल एक ही दृष्टिकोण के लिए—उपयोगितावादी सिद्धान्त की अत्यधिक प्रशंसा के लिए—स्थान है।

तरुण काउन्ट केवल उन्हीं बातों पर ध्यान देते थे जिनसे उनके देश को दो सभाओंवाली सरकार प्राप्त हो सके। इसीलिए जब उन्होंने पेरू के किसी जनरल को कमरे में प्रवेश करते देखा तो वह बॉल-नृत्य की सर्वश्रेष्ठ सुन्दरी मातिल्द को प्रसन्नतापूर्वक छोड़कर चले गए। मेतेर्निक द्वारा संगठित योरप से निराश होकर बेचारे आल्तामिरा अब यह सोचने लगे थे कि जब दक्षिण अमेरिका के राज्य प्रबल और शक्तिशाली हो जाएँगे तो वे मिस मिराबो के सिद्धान्त की योरप में स्थापना कर देंगे।

मूँछोंवाले नौजवानों की उमड़ती हुई भीड़ ने मातिल्द को चारों ओर से घेर लिया था। वह यह स्पष्ट समझ गई थी कि आल्तामिरा पर उसका जादू नहीं चला और उनके प्रस्थान से वह कुछ चिढ़ी-सी थी। उसने देखा कि पेरू के जनरल से बात करते-करते उनकी काली आँखें चमक उठी हैं। माद. द ला मोल सारे फ्रेंच नौजवानों की ओर ऐसी गहन गम्भीरता से देखने लगी जिसकी उसका कोई प्रतिद्वन्द्वी नकल न कर सकता था। वह सोचने लगी कि सम्पूर्ण अवसर प्राप्त होने पर भी इनमें से कौन मृत्युदंड के उपयुक्त कार्य कर सकता है ?

जिस विचित्र दृष्टि से वह उनकी ओर देख रही थी, उससे कम बुद्धिवाले तो प्रसन्न हुए, पर बाकी लोग बड़ी बेचैनी अनुभव करने लगे। उन्हें भय हुआ कि अब कोई ऐसा विस्फोट होनेवाला है जिससे बचाव करना कठिन हो जाएगा।

मातिल्द सोच रही थी कि उच्च कुल में जन्म लेने से मनुष्य में ऐसी सैकड़ों विशेषताएँ उत्पन्न होती हैं जिनके अभाव से मुझे क्लेश होता है—जैसे जुलियें ही है—पर उससे आत्मा के वे गुण मर जाते हैं जिनके बिना कोई मृत्युदंड का भागी नहीं बनता।

तभी किसी ने पास में ही कहा, "यह काउन्ट आल्तामिरा सां नज़ारो–पिमांतेल के राजा के दूसरे पुत्र हैं। किसी पिमांतेल ने ही कौंरादि को बचाने का यत्न किया था जिसका 1268 में वध हुआ। उनकी गिनती नेपिल्स के उच्चतम परिवारों में होती है।"

मातिल्द सोचने लगी कि यह मेरे सिद्धान्त का उत्तम प्रमाण है–उच्च कुल में जन्म मनुष्य से आत्मा की वह महानता छीन लेता है जिसके बिना लोग मृत्युदंड के भागी नहीं बन सकते। लगता है, आज मेरे भाग्य में बकवास करना ही बदा है। मैं भी बस केवल स्त्री हूँ, मेरे लिए भी नाचना ही उत्तम है। उसने क्रवाजन्वा की प्रार्थना स्वीकार कर ली जो पिछले एक घंटे से नृत्य के लिए अनुनय कर रहे थे। दर्शन से अपना ध्यान हटाने के लिए मातिल्द ने अपनी पूरी मोहिनी बिखेर दी ; म. द क्रवाजन्वा के आनन्द का कोई ठिकाना न था।

किन्तु न तो नृत्य, न राजदरबार के एक सुन्दरतम पुरुष को प्रसन्न करने की इच्छा और न कोई अन्य वस्तु ही मातिल्द का ध्यान बँटा सकती थी। आज के नृत्य की रानी वही थी; वह यह जानकर भी उदासीन ही बनी रही।

क्रवाजन्वा जैसे प्राणी के साथ मुझे कैसी फीकी जिन्दगी बितानी पड़ेगी ! घंटे-भर बाद जब वह उसके साथ अपने स्थान पर वापस लौटी तो सोचने लगी कि यदि छः महीने तक बाहर रहने के बाद भी मुझे ऐसे नृत्य में आनन्द नहीं मिला, जिससे पेरिस की सारी स्त्रियों में ईर्ष्या जाग्रत होती, तो मेरे लिए आनन्द फिर कहाँ होगा ? मैं यहाँ चुने हुए लोगों के आदर और सम्मान के बीच खड़ी हूँ, हाल ही में बने थोड़े-से सामन्तों और एक-दो जुलियें जैसे लोगों को छोड़कर मध्य-वर्ग का एक भी व्यक्ति यहाँ मौजूद नहीं। भाग्य ने मुझे कौन-सी सुविधा नहीं दी है ? प्रतिष्ठा, धन, सम्पत्ति, यौवन–संक्षेप में, सुख के अतिरिक्त सभी कुछ !

किन्तु मेरी सबसे संदिग्ध विशेषताएँ ठीक वही हैं जिनके बारे में लोग मुझसे लगातार चर्चा करते हैं। मुझमें वाक्पटुता है, या कम-से-कम ऐसा मेरा विश्वास है, क्योंकि स्पष्ट ही मुझसे सब लोग डरते हैं। यदि कोई किसी गम्भीर विषय पर चर्चा चलाने का साहस करता है तो पाँच मिनट की बातचीत के बाद वह हाँफता हुआ मेरी ही बात को कुछ ऐसे ढंग से कहता है मानो उसने कोई बड़ी भारी खोज की हो ! मैं सुन्दर हूँ। मुझे यह सुविधा प्राप्त है जिसके लिए मादाम द स्ताल अपना सर्वस्व त्याग करने के लिए तैयार हो जातीं; किन्तु तो भी सत्य यह है कि मैं ऊब से मरी जा रही हूँ। यह बात कैसे मान लूँ कि अपना नाम छोड़कर मार्कि द क्रवाजन्वा का नाम ग्रहण कर लेने पर मैं कम ऊबूँगी ?

वह लगभग रुआँसी हो आई, पर क्या वह हर तरह से उपयुक्त नहीं है ? सुशिक्षित व्यक्ति की मूर्ति ? उसकी ओर देखते ही कोई न कोई बढ़िया चतुराई-भरी बात अपने आप सूझने लगती है। वह बहादुर है।...पर यह आदमी सोरेल बड़ा अजीब व्यक्ति है, वह सोचने लगी; और उसकी आँखों में जो अभी तक निस्तेज-सी पड़ी थीं, अचानक क्रोध झलक आया। मैंने कह दिया था कि मुझे कोई बात कहनी है, पर तो भी उसने दोबारा आने की कृपा नहीं दिखाई !

9
बॉल-नृत्य

शानदार पोशाकें, चमकदार मोमबत्तियाँ, इत्र की भीनी-भीनी खुशबुएँ : इतनी सारी खूबसूरत बाँहें और ऐसे प्यारे कन्धे; फूलों के गुलदस्ते, रोसीनी की मस्ती भरी धुनें, सिसेरी की पेंटिंग्स ! उफ़, मैं अपनी सुध-बुध खो रहा हूँ !

—उज़ेरी का सफरनामा

"कुछ चिढ़ी हुई दिखाई पड़ रही हो," मार्किज द ला मोल ने मातिल्द से कहा। "ख़बरदार, बॉल में यह अनुचित है !"

"सिर में दर्द होने लगा है," मातिल्द कुछ विरक्त स्वर में बोली, "यहाँ है भी बड़ी गरमी।"

उसी क्षण मानो माद. द ला मोल के कथन को प्रमाणित करने के लिए वृद्ध बारों द तोलि अचेत होकर फर्श पर गिर पड़े; उन्हें उठाकर बाहर ले जाया गया। कुछ लोगों ने मिरगी रोग का नाम लिया; घटना बड़ी अप्रिय लगी।

मातिल्द ने इस ओर कोई ध्यान न दिया। उसकी यह पुरानी आदत थी कि वह वृद्धों तथा मनहूस ढंग का वार्तालाप करनेवाले लोगों की ओर नज़र उठाकर देखती भी न थी। मिरगी-सम्बन्धी इस चर्चा से बचने के लिए वह नाचने लगी। वास्तव में वह मिरगी थी भी नहीं, क्योंकि दो दिन बाद ही बैरन फिर ठीक हो गए थे।

पर म. सोरेल अभी तक नहीं आए, नाचना बन्द करने पर उसने फिर एक बार मन-ही-मन कहा। उसकी आँखें जुलियें की खोज में इधर-उधर भटकने लगीं। तभी वह उसे एक दूसरे कमरे में दिखाई पड़ा। अजीब बात यह थी कि इस समय उसकी स्वाभाविक नीरस दुर्बोधता का भाव उसके मुख पर न था; इस समय वह अंग्रेज जैसा न दिखाई पड़ रहा था।

अरे, वह तो काउन्ट आल्तामिरा से बातचीत कर रहा है ! मातिल्द ने मन-ही-मन कहा। उसकी आँखें एक तीखी आग से प्रज्वलित हैं। वह छद्मवेशी राजकुमार जैसा दिखाई पड़ रहा है; उसकी दृष्टि सदा से भी अधिक गर्वपूर्ण है।

जुलियें आल्तामिरा से बातचीत करता हुआ उसी ओर बढ़ता आ रहा था जहाँ मातिल्द खड़ी थी। वह उसकी ओर एकटक देखने लगी मानो उसकी आकृति में वे उच्च गुण खोज रही हो जिनके कारण मनुष्य मृत्युदंड का भागी होने का सम्मान अर्जित करता है।

"हाँ," वह काउन्ट आल्तामिरा से कह रहा था, "डैंटन सचमुच पुरुष था !"

हे भगवान् ! क्या यह दूसरा डैंटन हो सकता है, मातिल्द ने अपने आप से कहा। पर इसका चेहरा तो इतना पवित्र है, वह आदमी डैंटन कैसा कुरुप लगता था, शायद वह कोई कसाई था। जुलियें अभी उसके बहुत समीप था। उसने बेझिझक उसे बुला लिया।

"डैंटन कसाई नहीं था ?" उसने जुलियें से पूछा। अपने प्रश्न पर वह गर्व अनुभव कर रही थी। किसी लड़की के लिए ऐसी बात पूछना बहुत ही असाधारण बात थी।

"क्यों, हाँ-हाँ, कुछ लोगों की दृष्टि में अवश्य था," जुलियें ने बहुत ही प्रच्छन्न तिरस्कार

के भाव से उत्तर दिया। उसकी आँखें अभी तक आल्तामिरा के साथ वार्तालाप से चमक रही थीं। "किन्तु उच्च कुलवालों के दुर्भाग्यवश वह मेरा-सु-सेन में वकील भी था।" उसने कुछ द्वेष के साथ आगे कहा, "इसका यह अर्थ है मादम्वाजेल कि उसने अपना जीवन बहुत-कुछ उन सामन्तों की भाँति आरम्भ किया था जो यहाँ आज दिखाई पड़ रहे हैं। यह सच है कि सुन्दर लोगों की दृष्टि से डैंटन में एक बड़ा भारी दोष था—वह बहुत ही कुरूप था।"

अपने अन्तिम शब्द उसने जल्दी-जल्दी और ऐसे विचित्र स्वर में कहे थे जो निस्सन्देह सौजन्य से बहुत विपरीत था।

जुलियें पलभर प्रतीक्षा करता रहा। उसके शरीर का उर्ध्व भाग हल्का-सा झुका हुआ था और उसके मुख का भाव एक प्रकार की गर्वपूर्ण विनम्रता का था जो मानो कह रहा हो : 'मैं आपको उत्तर देने का वेतन पाता हूँ, और मैं अपने वेतन पर निर्भर हूँ।' उसने मातिल्द को देखने के लिए अपनी आँखें ऊपर न उठाईं। जहाँ तक मातिल्द का प्रश्न था, वह अपनी सुन्दर आँखों को असाधारण रूप से खोले और उसके ऊपर गड़ाए ऐसे देख रही थी मानो उसकी क्रीतदासी हो ! यह मौन कुछ देर चला तो अन्त में जुलियें ने उसकी ओर ऐसे ही देखा जैसे कोई नौकर आदेश की प्रतीक्षा में अपने मालिक की ओर देखता है। उसकी दृष्टि मातिल्द की दृष्टि से मिली, जो अभी तक एक विचित्र-सी भाव से उसकी ओर ताक रही थी, किन्तु उसने बहुत ही शीघ्रता से अपनी दृष्टि फेर ली।

जो व्यक्ति स्वयं इतना सुन्दर है, वह कुरूपता की ऐसी प्रशंसा करे ! मातिल्द ने अपने स्वप्नों से जागकर सोचा। पलभर के लिए भी अपनी चिन्ता नहीं ! वह केलुस या क्रवाजन्वा की भाँति नहीं है। इस सोरेल में कुछ-कुछ वही भाव है जो मेरे पिता में किसी बॉल-नृत्य में नेपोलियन की नकल करते समय आ जाया करता है। वह डैंटन को एकदम भूल गई थी। मैं अवश्य ही आज बहुत ऊबी हुई हूँ। उसने अपने भाई की बाँह पकड़ ली और उसे बॉलरूम में चारों ओर अपने साथ चलने के लिए बाध्य करने लगी जिससे वह बहुत चिढ़ गया। मातिल्द को अभी-अभी यह सूझा था कि दंडित व्यक्ति के साथ जुलियें के वार्तालाप का अनुसरण करे।

भीड़ बड़ी भारी थी, तो भी उसने उन लोगों को ढूँढ़ लिया। जब वह उन लोगों से दो फीट की दूरी पर रह गई तो उसने देखा कि आल्तामिरा आगे बढ़कर बरफ ले रहे हैं। वह आधे जुलियें की ओर मुड़े हुए उससे बात भी करते जा रहे थे। जैसे ही वह बरफ उठाने लगे कि एक सुनहली बेल से सुसज्जित बाँह उनके पास ही बरफ उठाने के लिए आगे बढ़ी। उस सुनहली बेल से आकर्षित होकर वह समूचे उस महत्त्वपूर्ण व्यक्ति की ओर घूम गए, पर तुरन्त ही हल्का तिरस्कार का-सा भाव उनकी उज्ज्वल चतुराई-भरी आँखों में भर आया।

"आप देखते हैं उन सज्जन को ?" उन्होंने जुलियें के कान में कहा, "ये हैं प्रिन्स दारासेलि,—के राजदूत जिन्होंने आज सवेरे आपके विदेशमन्त्री म. द नेरवाल से मुझे उनके सुपुर्द कर देने की प्रार्थना की है—वही जो व्हिस्ट खेल रहे हैं। म. द नेरवाल इसके लिए कुछ-कुछ तैयार भी हैं; क्योंकि 1816 में हमने भी आपको दो या तीन षड्यन्त्रकारी वापस लौटा दिए थे। यदि इन लोगों ने मुझे मेरे बादशाह को सौंप दिया तो चौबीस घंटे के भीतर ही मुझे फाँसी पर लटका दिया जाएगा और उन मूँछोंवाले सुन्दर सज्जनों में से ही कोई न कोई मुझे गिरफ़्तार करेंगे।"

"नीच, बर्बर !" जुलियें ने कुछ उच्च स्वर में चीखकर कहा।

मातिल्द से उनके वार्तालाप का एक अक्षर भी न छूटा। उसकी सारी उकताहट भाग चुकी थी।

"कुल मिलाकर इतने नीच नहीं हैं," काउन्ट आल्तामिरा ने उत्तर दिया। "मैंने अपने बारे में आप से इसलिए कहा था कि सत्य का एक बिशद चित्र आपके सम्मुख उपस्थित कर सकूँ। प्रिन्स दारासेलि को देखिए। हर पाँच मिनट में उनकी आँखें अपने सुनहरे सम्मान-चिह्न की ओर चली जाती हैं। अपने वक्ष पर लटके हुए प्रतिष्ठा के प्रमाणपत्र को देखने का उनका आनन्द अभी मिटा नहीं है। बेचारा असल में एक तरह से भग्नावशेष के अतिरिक्त और कुछ नहीं है। एक शताब्दी पहले यह सम्मान-चिह्न विशेष प्रतिष्ठा की वस्तु समझी जाती थी, पर तब यह उनकी पहुँच के बाहर होता। आज कोई दारासेलि के सिवाय उच्च कुल का व्यक्ति इससे रोमांचित नहीं होगा। और वह तो उसे प्राप्त करने के लिए एक समूचे नगर को फाँसी लगवाने के लिए भी तैयार हो जाएगा।"

"उसने इस सम्मान के लिए क्या यही मूल्य चुकाया होगा ?" जुलियें ने निश्चल भाव से पूछा।

"नहीं, ठीक यही नहीं," आल्तामिरा ने कुछ रूखे स्वर में उत्तर दिया। "सम्भवतः अपने ज़िले के कोई तीस उदारपंथी समझे जानेवाले अमीर ज़मींदारों को नदी में फिंकवाया होगा।"

"कैसे पशु हैं !" जुलियें ने दोहराया।

माद. द ला मोल तीर्व कौतूहल से आगे झुकी हुई उसके इतने समीप आ गई कि उसके सुन्दर केश लगभग उसके कन्धे को छू उठे।

"आप अभी बहुत नौजवान हैं !" आल्तामिरा ने उत्तर दिया। "मैंने आपसे कहा था कि प्रोवांस में मेरी एक विवाहित बहन थीं। वह अब भी सुन्दर, स्नेहमयी और बड़ी सुकुमार हैं। वह अपने परिवार में उत्तम माँ हैं जो अपने सारे कर्त्तव्य पूरे करती हैं और अधिक टीमटाम दिखाए बिना ही धार्मिक हैं।"

यह बात किस उद्देश्य से कही जा रही है, माद. द ला मोल ने सोचा।

"वह सुखी हैं," काउन्ट आल्तामिरा ने आगे कहा, "ऐसे ही वह 1815 में भी थीं। उस समय आँतीबे उनकी ज़मींदारी में उनके घर में ही छिपा हुआ था; पर जिस क्षण उन्होंने मार्शल के वध का समाचार सुना, वह नाचने लगी थीं !"

"मुझे तो यकीन नहीं होता !" जुलियें ने अवाक् होकर कहा।

"दलबन्दी की भावना ऐसी ही होती है," आल्तामिरा ने उत्तर दिया। "उन्नीसवीं शताब्दी में कोई सच्चा जोश नहीं बचा। यही कारण है कि लोग फ्रांस में इतने ऊबे रहते हैं। बड़े से बड़ा अत्याचार किया जाता है, पर निष्ठुरता के उद्देश्य से नहीं।"

"यह तो और भी बुरी बात है।" जुलियें ने कहा। "जब लोग अपराध करते हैं तो कम-से-कम उन्हें उसमें कुछ आनन्द तो मिलना चाहिए। उनकी यही एक अच्छाई हो सकती है, और ऐसे सब कारणों के अतिरिक्त उनका कोई अन्य औचित्य तनिक भी नहीं माना जा सकता।"

माद. द ला मोल अपने प्रति अपने कर्त्तव्य को बिल्कुल भूलकर एकदम सीधे आल्तामिरा और जुलियें के बीच में धँस पड़ी थीं। उनके भाई जो उनकी आज्ञा मानने के अभ्यस्त थे, उन्हें अपनी बाँह का सहारा दिए हुए थे। उन्होंने अब अपनी दृष्टि कमरे में दूसरी ओर घुमाई ताकि संकोच का अनुभव न हो और यह जान पड़े कि मानो भीड़ के कारण वहाँ आ पड़े हैं।

"बिल्कुल ठीक," आल्तामिरा ने कहा। "लेकिन लोग हर काम–अपराध तक–बिना आनन्द के ही कर डालते हैं। और फिर उन्हें इस बात की याद तक नहीं रहती कि उन्होंने क्या कर डाला है। मैं इस बॉल-रूम में शायद दस व्यक्ति ऐसे बता सकता हूँ जिनके ऊपर हत्यारे होने का आरोप लगाया जा सकता है, पर इस बात को वे भी भूल गए हैं, और दुनिया भी।

"इनमें से बहुतों के कुत्ते का पंजा भी टूट जाए तो उनकी आँखों में आँसू आ जाते हैं। पेरलासेज़ में जब, आपके पेरिसवासियों के कथनानुसार, समाधियों पर फूल बिखराए जाएँगे, तो कहा जाएगा कि मृत व्यक्तियों में संसार का हर गुण मौजूद था, और लोग हेनरी चतुर्थ के युग में जीवित उनके प्रपितामह के महान् करतबों की चर्चा करेंगे। यदि प्रिन्स दारासेलि की कृपा के बावजूद मुझे फाँसी न मिली और मैं पेरिस में अपने भाग्य का उपभोग करता रहा तो मैं कभी आपको ऐसे नौ-दस हत्यारों के साथ भोजन करने के लिए निमन्त्रित करूँगा जिनका लोग सम्मान करते हैं और जिन्हें स्वयं कोई पछतावा नहीं है।

"इस दावत में आप और मैं ही केवल ऐसे व्यक्ति होंगे जिनके हाथ रक्तरंजित नहीं हैं, किन्तु मुझे एक खूनी राक्षस और जैकोबिनपंथी होने के कारण, और आपको भद्र समाज में धृष्टतापूर्वक पैर रखनेवाले नीच जाति के व्यक्ति के रूप में, घृणा की दृष्टि से देखा जाएगा।"

"इससे अधिक सच्ची कोई बात नहीं हो सकती," माद. द ला मोल ने बीच में ही कहा।

आल्तामिरा चकित होकर उनकी ओर देखने लगे, जुलियें ने नज़र उठाना भी आवश्यक नहीं समझा।

"याद रखिए," आल्तामिरा ने अपनी बात जारी रखी, "जिस क्रान्ति का नेतृत्व मेरे कन्धों पर आ पड़ा था वह असफल हुई, किन्तु यह केवल इस कारण कि मैं तीन व्यक्तियों के सिर काटे जाने और अपने कब्जे में तिजोरी में से सत्तर या अस्सी लाख की रकम के अपने समर्थकों में बाँटे जाने के पक्ष में न था। मेरे बादशाह, जो आज मुझे फाँसी पर लटकाने के लिए इतने आतुर हैं और जो क्रान्ति से पहले मेरे साथ मित्रता बल्कि आत्मीयता का व्यवहार करते थे, मुझे अपने राज्य का बड़ा भारी सम्मान प्रदान कर देते यदि मैं उन तीन व्यक्तियों का वध हो जाने देता और उस तिजोरी के रुपए को बँटवा देता; क्योंकि उस हालत में मुझे थोड़ी-बहुत सफलता मिली ही होती और मेरे देश में किसी न किसी प्रकार का विधान बन गया होता...दुनिया का ऐसा ही कारोबार है...शतरंज के खेल की तरह।"

"उस समय आप," जुलियें ने उत्तर दिया, "इस खेल को समझे न थे, किन्तु अब..."

"आपका मतलब है, मैं वे सिर कटवा देता, इसका जवाब मैं आपको तब दूँगा," आल्तामिरा ने कुछ उदास होकर कहा, "जब आप द्वन्द्व-युद्ध में किसी व्यक्ति को मार चुके होंगे जो कुल मिलाकर किसी बधिक के हाथों उसकी हत्या कराने से कहीं कम कुत्सित कार्य है।"

"जहाँ तक मैं समझता हूँ," जुलियें ने कहा, "साधनों का औचित्य साध्य से है। यदि एक नगण्य व्यक्ति होने के बजाय मेरे हाथ में सत्ता होती तो मैं चार की ज़िन्दगी बचाने के लिए तीन को अवश्य फाँसी दिलवा देता।"

उसकी आँखों में शहादत की आग और मानवीय बुद्धि के मिथ्या अहंकार के प्रति घृणा स्पष्ट प्रकट थी। उसकी दृष्टि पास ही खड़ी हुई माद. द ला मोल से मिली और उसकी घृणा

सौजन्यतापूर्ण शिष्टता का रूप लेने के बजाय और भी बढ़ती हुई जान पड़ी। इससे मातिल्द को बड़े जोर का धक्का लगा, किन्तु जुलियें को अपने मन से दूर करना अब उसके बस की बात न रही थी।

वह आहत और कुपित भाव से अपने भाई को साथ लेकर आगे बढ़ गई। मुझे कुछ प्रहार-शक्ति प्राप्त करनी चाहिए और बहुत नाचना चाहिए, उसने मन-ही-मन कहा। मैं अब अच्छे से अच्छा नाचनेवाला संगी ढूँढूँगी और जैसा भी बने, वैसे सबको प्रभावित करूँगी। ठीक, कौंत द फेरवाक् मौजूद है जो अपनी धृष्टता के लिए प्रसिद्ध है। उसने उसका आमन्त्रण स्वीकार कर लिया और वे दोनों नाचने लगे। वह सोचने लगी कि यह तो अभी देखना है कि हम दोनों में से कौन अधिक धृष्ट हो सकता है, किन्तु उसे जी भरकर मूर्ख बनाने के लिए मुझे उसको बातचीत में तो लगाना ही होगा। थोड़ी ही देर में बाकी सारे लोग केवल नाचने का बहाना भर करने लगे। कोई भी मातिल्द के चुभते हुए एक भी प्रत्युत्तर को खोना नहीं चाहता था। म. द फेरवाक् अप्रतिभ थे और विचारों के स्थान पर केवल सुन्दर शब्दों के अतिरिक्त अन्य कुछ न प्रस्तुत कर सकने के कारण उनकी भौंहें चढ़ी जा रही थीं। मातिल्द चिढ़ी हुई होने के कारण इतनी निर्मम थी कि उसने उन्हें अपना शत्रु बना लिया। वह सवेरा होने तक नाचती रही और अन्त में बुरी तरह थककर बॉल-रूम से चली गई। किन्तु गाड़ी में अपनी बची हुई थोड़ी-बहुत शक्ति को वह अपने आपको पूरी तरह उदास और दुःखी बनाने में ही लगाती रही। जुलियें ने उसका तिरस्कार किया था और वह उस तिरस्कार का बदला न ले पाई थी।

जुलियें का सुख तो चोटी पर था। अनजाने ही वह संगीत, फूलों, सुन्दर स्त्रियों, सामान्य वैभव के ज्वार में बहा जा रहा था। इन सबसे अधिक वह स्वयं अपने लिए गौरव की कल्पना और मानव जाति की स्वाधीनता के सपनों में डूबा हुआ था। उसने आल्तामिरा से कहा, "कितना सुन्दर बॉल-नृत्य है ! किसी चीज़ की कमी नहीं।"

"विचार की कमी है," आल्तामिरा ने उत्तर दिया। उनके चेहरे पर वह घृणा का भाव झलक आया था जो यह स्पष्ट प्रकट होने के कारण और भी अधिक तीखा लगता है कि सौजन्य के कारण इस घृणा को छिपाना भी आवश्यक कर्त्तव्य है।

"आप तो यहाँ मौजूद हैं। क्या इसे विचार, बल्कि षड्यन्त्रकारी विचार की उपस्थिति न माना जाएगा ?"

"यहाँ मैं अपने नाम के कारण हूँ; किन्तु आपके यहाँ ड्राइंगरूमों में विचार से घृणा की जाती है। उसे कभी संगीत-भवन के गान के स्तर से ऊपर न उठाना चाहिए, तभी उसकी बड़ाई होती है। जो व्यक्ति सोचता है, उसे तो आपके यहाँ आस्थाहीन कहा जाता है, विशेषकर यदि उसके उत्तरों में कोई जोश और भौतिकता भी हो। क्या यही उपाधि आपके एक न्यायाधीश ने क्यूरे को प्रदान न की थी ? आपने उसे और बैरांजे को जेल में बन्द किया था। आपके यहाँ जिस व्यक्ति में भी तनिक-सी बुद्धि है उसे धर्म-संघ पुलिस के हवाले कर देता है और अच्छे से अच्छे लोग इस पर ताली बजाते हैं।

"इसका कारण यही है कि आपका यह पुराणपंथी समाज शिष्टाचार को सबसे बड़ा समझता है।...आप लोग कभी रणोपयुक्त शूरवीरता से ऊपर न उठेंगे। आपके यहाँ बहुत-से मुरा होंगे, पर एक भी वाशिंगटन नहीं। मुझे फ्रांस में अहंकार के अतिरिक्त और कुछ नहीं दीखता। मौलिक बात कहनेवाले व्यक्ति के मुँह से सहज ही कोई तीखी बात भी निकल

सकती है, जिसके कारण उसके आतिथेय अपने को उपमानित अनुभव करते हैं।"

जुलियें काउंट की गाड़ी में ही घर जा रहा था। उनकी यह बात समाप्त होते-होते गाड़ी द ला मोल भवन जा पहुँची। जुलियें को यह षड्यन्त्रकारी बेहद अच्छा लगा था। आल्तामिरा ने उसकी बहुत प्रशंसा की थी जो स्पष्ट ही गहरे विश्वास से उत्पन्न हुई थी। "आपको फ्रांसवासियों की-सी हल्की-फुल्की बुद्धि नहीं मिली है," उन्होंने उससे कहा था, "और आप उपयोगिता के सिद्धान्त को समझते हैं।"

संयोगवश केवल दो दिन पहले ही जुलियें ने म. काशीनीर द लाबीं द्वारा लिखित 'मारिनो फालियरो' नामक एक दुःखान्त नाटक देखा था। हमारा विद्रोही नायक सोचने लगा कि क्या इजरायल बरतूसियों में वेनिस के तमाम सामन्तों से अधिक चारित्रिक दृढ़ता नहीं थी ? किन्तु तो भी ये लोग शार्लमां से सौ वर्ष पहले सन् 700 से प्रतिष्ठित सामन्त माने जाते हैं। म. द रे के इस बॉल-नृत्य में उपस्थित सामन्त अधिक से अधिक तेरहवीं शताब्दी में बने होंगे। जो हो, वेनिस के वे तमाम सामन्त कुलीन होते हुए भी इतने शिथिल और इतने दुर्बल चरित्रवाले हैं; उनके बीच इजरायल बरतूसियो ही ऐसा व्यक्ति है जिसकी याद बनी रहती है।

षड्यन्त्र सामाजिक अस्थिरता द्वारा प्रदत्त प्रत्येक पद-सम्मान को निरर्थक बना देता है। ऐसी परिस्थिति में व्यक्ति का सम्मान इसी बात से निर्धारित होता है कि वह मृत्यु का सामना किस ढंग से करता है। ऐसे समय बुद्धिगत श्रेष्ठता का महत्त्व भी कुछ कम हो जाता है। वालनो और रेनालों के इस युग में आज डैंटन क्या होता ? किसी सरकारी वकील का सहायक भी नहीं। मैं क्या कह रहा हूँ ? वह अपने आपको धर्म-संघ को बेच देता, बल्कि मन्त्री बन जाता, क्योंकि इतना बड़ा आदमी होकर भी डैंटन चोरी पर उतर आया था। मेराबो ने भी अपने आप को बेचा था। नेपोलियन ने भी इटली से लाखों की सम्पत्ति लूटी, नहीं तो वह भी दरिद्रता के चक्कर में आ जाता। केवल ला फायेत ने कभी चोरी नहीं की। चोरी क्या आवश्यक ही है ? अपने आपको बेचना क्या इतना अनिवार्य है ? जुलियें मन-ही-मन प्रश्न करने लगा। इस प्रश्न ने उसे झकझोर दिया। बाकी रात उसने क्रान्ति का इतिहास पढ़ने में बिताई।

अगले दिन सवेरे पुस्तकालय में पत्रों की नकल करते-करते काउन्ट आल्तामिरा के वार्तालाप के अतिरिक्त और किसी बात में उसका ध्यान ही न जाता था।

बहुत देर तक सोचते रहने के बाद वह अपने आप से बोला कि वास्तव में यदि स्पेन के उदारपंथियों ने थोड़े-बहुत अपराध कर डाले होते तो इतनी आसानी से न मिटाए जा सकते। वे डींगे हाँकनेवाले बड़बड़ाते हुए बालक थे...मेरी ही भाँति ! एकाएक मानो चौंककर जागता हुआ-सा जुलियें बोल पड़ा।

मैंने अपने जीवन में ऐसा कौन-सा काम किया है कि मैं उन लोगों के विषय में अच्छे-बुरे का फैसला करने बैठूँ जिन्होंने जीवन में कम-से-कम एक बार तो योजना बनाने का, कुछ कर गुजरने का सहस किया था ? मैं तो ऐसे व्यक्ति की भाँति हूँ जो भोजन की मेज़ से उठते-उठते कहता है : 'मैं कल भोजन न करूँगा, पर उससे मेरे आज की भाँति ही उत्साही और तत्पर होने में कोई बाधा न पड़ेगी।' कौन जानता है कि किसी बड़े कार्य के बीच आदमी को कैसा अनुभव होता है ?

ये सब उच्च विचार अचानक माद. द ला मोल के अप्रत्याशित आगमन से भंग हो गए।

वह डैंटन, मेराबो और कार्नो जैसे लोगों के श्रेष्ठ गुणों के प्रति, जिन्होंने कभी पराजय स्वीकार न की थी, अपने भक्ति-भाव से इतना उत्तेजित था कि उसकी आँखें माद. द ला मोल पर टिकी होने पर भी वह उनके बारे में सोच तक न रहा था। उसने उनका अभिवादन भी नहीं किया था, बल्कि उसने वास्तव में उनको देखा तक न था। जब आख़िरकार उसकी बड़ी-बड़ी खुली हुई आँखें उनकी उपस्थिति के प्रति सजग हुईं तो उनकी ज्योति बुझ गई। माद. द ला मोल ने कुछ तिक्तता के साथ ही यह बात अनुभव की।

इस बात से कोई लाभ न हुआ कि उन्होंने उससे वेलि के फ्रांस के इतिहास का एक खंड माँगा जो आल्मारी के सबसे ऊपरवाले खाने में था; जुलियें को उसके लिए बड़ी सीढ़ी लानी पड़ी। वह सीढ़ी ले आया और पुस्तक ढूँढ़कर दे दी, पर तो भी उनकी ओर उसका ध्यान न गया। सीढ़ी वापस ले जाते समय जल्दी में उसकी कुहनी आलमारी के एक शीशे से टकरा गई। फर्श पर बरसते हुए काँच के टुकड़ों ने अन्त में उसे जगा दिया। उसने जल्दी से माद. द ला मोल से क्षमा माँगी। वह बस विनम्र होने की कोशिश कर रहा था, अधिक कुछ नहीं। माद. द ला मोल यह स्पष्ट समझ गईं कि उनके आने से उसके विचारों में बाधा पड़ी है, और उनसे बात करने के बजाय वह अपने उन सपनों में खोए रहना कहीं अधिक पसन्द करता।

कुछ देर उसे एकटक ताकते रहने के बाद वह धीरे-धीरे कमरे से बाहर चली गई। जुलियें उसे जाते देखता रहा। उसके इस समय के वस्त्रों की सादगी की पिछली रात के वस्त्रों के ऐश्वर्यपूर्ण वैभव से तुलना करने में जुलियें को बड़ा आनन्द आ रहा था। उसके मुख के भावों का अन्तर भी उतना ही तीव्र था। दुक् द रे के बॉल-नृत्य में इतनी उद्धत दिखाई पड़नेवाली इस युवती के चेहरे का भाव इस समय जैसे अनुनयपूर्ण था। जुलियें ने मन-ही-मन कहा कि सचमुच काले गाउन से उसकी रूपाकृति का सौन्दर्य और भी बढ़ जाता है। पर वह शोक-सूचक काले वस्त्र क्यों पहने है ?

वह सोचने लगा कि इस शोकावस्था का कारण पूछने में कोई और भयंकर भूल न हो जाए। जुलियें अपने हृदय को झकझोर देनेवाले सपनों से पूरी तरह जाग चुका था। उसने सोचा कि आज अपने लिखे सारे पत्रों को फिर से पढ़ लेना चाहिए। पता नहीं कितने शब्द छूटे हों, कितनी मूर्खतापूर्ण भूलें हुई हों। वह पहला पत्र पढ़ने का प्रयत्न ही कर रहा था कि उसने अपने बहुत पास रेशमी वस्त्रों की सरसराहट सुनी। वह तेज़ी से घूमा; माद. द ला मोल उसकी मेज़ से कोई दो फीट दूर खड़ी हँस रही थी। इस भाँति दूसरी बार विघ्न पड़ने से जुलियें क्रुद्ध हो उठा।

मातिल्द अभी-अभी इस बात को तीव्रता से पहचान चुकी थी कि इस युवक के लिए उसका कोई महत्त्व नहीं। उसकी हँसी अपने इस संकोच को छिपाने के लिए ही थी जिसमें वह सफल हुई।

"जाहिर है, आप कोई बड़ी दिलचस्प बात सोच रहे हैं, म. सोरेल ! क्या उसका सम्बन्ध काउंट आल्तामिरा के किसी षड्यन्त्र से है ? कृपा करके मुझे भी बताइए। मैं सुनने को बेचैन हूँ। किसी से कहूँगी नहीं। सौगन्ध खाती हूँ, नहीं कहूँगी !" यह कहते-कहते वह स्वयं ही अपने शब्दों पर चकित हो उठी। क्या एक नौकर से अनुनय ! उसका संकोच बढ़ गया; उसने हल्के-से ताच्छल्य के साथ आगे कहा, "आप तो साधारणतः बड़े ठंडे रहते हैं, ऐसी क्या बात हो गई कि आप इतने भावाविष्ट, माइकेल एंजिलो के पैगम्बरों की भाँति दिखाई पड़ रहे हैं ?"

इस तीखे और कुछ-कुछ उद्धत प्रश्न से जुलियें बड़ा आहत हुआ और उसका विक्षिप्त उत्साह फिर से जाग्रत हो उठा।

"क्या डैंटन का चोरी करना ठीक था ?" उसने बहुत ही रूखे स्वर में और ऐसे ढंग से कहा जो प्रत्येक क्षण अधिकाधिक असंयत होता जा रहा था। "पीमों के, स्पेन के क्रान्तिकारियों को क्या अपराध करके जनता के साथ विश्वासघात करना चाहिए था ? क्या उन्हें सेना का हर पद और प्रत्येक क्रॉस ऐसे आदमियों को दे देना चाहिए था जो उसके उपयुक्त न थे ? क्या इन क्रॉस धारण करनेवालों को राजतन्त्र फिर से स्थापित होने का भय न होता ? क्या उन्हें तूरीं के राजकोष को इस भाँति लुटा देना चाहिए था ? संक्षेप में, मादम्वाजेल," उसने मातिल्द की ओर बड़े ही भयोत्पादक भाव से बढ़ते हुए कहा, "क्या जो व्यक्ति इस संसार से अज्ञान और अपराध को दूर करना चाहता है, उसे एक तूफान की भाँति बिना सोचे-विचारे दुष्कार्यपूर्ण जीवन बिताना चाहिए ?"

मातिल्द भयभीत हो उठी। वह उसकी तीखी दृष्टि का सामना न कर सकी और एक-दो कदम पीछे हट आई। पलभर उसने जुलियें की ओर देखा और फिर अपने भय से लज्जित होकर हल्के पैरों पुस्तकालय से बाहर चली गई।

10

रानी मार्गरित

ओ प्रेम, ऐसा कौन-सा पागलपन है जिसमें आनन्द ढूँढ़ने के लिए तुम हमें प्रेरित नहीं कर सकते।

—एक पुर्तगाली नन के पत्र

जुलियें ने अपने पत्र पढ़ डाले। जैसे ही भोजन की घंटी उसके कानों में पड़ी, उसने मन-ही-मन कहा : इस पेरिस की गुड़िया को मैं कितना हास्यास्पद लगा हूँगा ! अपने मन की बात उससे कहना कितनी बड़ी मूर्खता हुई ! पर शायद वह इतनी बड़ी मूर्खता नहीं थी। इस अवसर पर सत्य बोलना मेरे उपयुक्त ही था।

किन्तु आख़िर क्यों वह मुझसे ऐसे निजी मामले में प्रश्न पूछ रही थी ? उसका ऐसे सवाल पूछना सचमुच बड़ी धृष्टता है। यह तो शिष्ट व्यवहार नहीं। डैंटन के विषय में मेरे विचारों का उस नौकरी से कोई सम्बन्ध नहीं जिसके लिए उसके पिता मुझे वेतन देते हैं।

भोजन-गृह में प्रवेश करने के साथ ही मातिल्द को गहरे शोक-सूचक वस्त्र पहने देखकर उसके मिजाज का सारा चिड़चिड़ापन गायब हो गया। इस बात से वह और भी अधिक प्रभावित इसलिए हुआ कि परिवार में और किसी ने काले कपड़े नहीं पहन रखे थे।

भोजन के बाद उसका मन उन तमाम उत्साह-भरी कल्पनाओं से सर्वथा मुक्त हो चुका था जिन्होंने उसे सारे दिन आक्रान्त कर रखा था। सौभाग्यवश लैटिन जाननेवाले अकादमी-सदस्य भी उस दिन भोजन के लिए आए हुए थे। यदि मातिल्द के शोक-सूचक

वस्त्रों के विषय में पूछना अनुचित हो तो मेरे पूछने पर यह व्यक्ति मुझे मूर्ख बनाने की कोशिश शायद न करेगा।

मातिल्द एक बड़े अनोखे भाव से उसकी ओर देख रही थी। जुलियें सोचने लगा कि ये ही हैं इन स्त्रियों को रिझाने का रंग-ढंग। मादाम द रेनाल़ ठीक ही कहा करती थीं। आज सवेरे मैंने उसके साथ न तो अच्छा व्यवहार किया और न उसकी बातचीत करने के शौक में साथ दिया। इसीलिए मेरा मूल्य बढ़ गया है। निस्सन्देह कभी न कभी मुझे इसकी कीमत चुकानी पड़ेगी। बाद में उसका यह तिरस्कार-भरा अहंकार मुझसे अवश्य बदला लेगा। ख़ैर, करे, उसका जो जी चाहे। उस बिछुड़ी हुई नारी से यह कितनी भिन्न है ! कितना भोला लावण्य था उसका ! कितनी सरलता ! मैं उसके विचारों को उससे भी पहले समझ जाता था। मुझे जैसे वे आकार धारण करते दीख जाते थे। उसके हृदय में मेरा एकमात्र विरोधी था उसका अपने बच्चों की मृत्यु का भय। यह स्नेह बहुत ही स्वाभाविक था, जो इतना त्रासदायक होने पर भी मुझे कितना प्यारा लगता था ! मैं बिल्कुल मूर्ख हूँ। पेरिस के विषय में मैंने जो धारणा बना रखी थी, उसके कारण मैं उस महान् स्त्री को भली-भाँति समझ न सका।

हे भगवान् ! कितना अन्तर है ! यहाँ मुझे क्या मिला ? आत्मीयताहीन उद्धत दम्भ, आत्मश्लाघा का सूक्ष्म से सूक्ष्म रूप—और कुछ नहीं।

लोग मेज़ से उठने लगे थे। जुलियें ने सोचा कि अकादमी-सदस्य को किसी और के पल्ले न पड़ने देना चाहिए। बाग में जाते-जाते वह उसके पास पहुँचा और एक विनीत तथा आरोपभरे भाव से 'हेरनानी' की सफलता पर उसके क्रोध में वह भी सम्मिलित हो गया।

"यदि कहीं बिना मुकदमे लोगों को गिरफ्तार करने का ज़माना होता, तो उसे इस बात का साहस न होता !" अकादमी-सदस्य ने तालमा के उपयुक्त मुद्रा में चीखकर कहा।

फूलों के बारे में बात करते-करते जुलियें ने वर्जिल के 'ज्योर्जिकस' से एक-दो पंक्तियाँ उद्धृत कीं और कहा कि आबे दलील के काव्य का कोई जवाब नहीं। संक्षेप में हर प्रकार से अकादमी-सदस्य की खुशामद करने के बाद उसने यथासम्भव उदासीनता के साथ कहा, "शायद माद. द ला मोल को अपने किसी चाचा से कोई उत्तराधिकार मिला जान पड़ता है, जिसके शोक में उन्होंने काले वस्त्र पहन रखे हैं।"

"क्या ! आप तो घर के ही आदमी हैं," अकादमी-सदस्य ने चलत-चलते एकाएक रुककर कहा, "और आप उनके इस पागलपन के बारे में नहीं जानते ? सच पूछिए तो अजीब बात है कि उनकी माँ इन बातों की आज्ञा देती हैं। पर देखिए, किसी से कहिएगा नहीं। चरित्र की दृढ़ता इस घर के लोगों की विशेषता नहीं। माद. द ला मोल में वह इन सबसे अधिक है, इसीलिए वह मनमानी करती हैं। आज तीस अप्रैल है !" अकादमी-सदस्य ने बोलना बन्द करके बड़ी जानकारी के भाव से जुलियें की ओर देखा। जुलियें भी जितना बन पड़ा उतनी बुद्धिमत्ता दिखाते हुए मुस्कुराया।

पर वह मन-ही-मन आश्चर्य कर रहा था कि मनमानी करने, काले कपड़े पहनने और तीस अप्रैल में परस्पर क्या सम्बन्ध हो सकता है ? सचमुच मैं बहुत ही बुद्धू हूँ।

"मैं यह स्वीकार करता हूँ..." उसने अकादमी-सदस्य से कहा। उसकी आँखों में अभी भी प्रश्न थे।

"चलिए, बगीचे में थोड़ा घूमें !" अकादमी-सदस्य ने एक लम्बी और अच्छे वाक्यों से परिपूर्ण कहानी सुना सकने की सम्भावना से प्रसन्न होकर कहा।

"क्या आप सचमुच यह कहना चाहते हैं कि आप नहीं जानते कि 30 अप्रैल, 1574 को क्या हुआ था ?"

"कहाँ ?" जुलियें ने विस्मय से कहा।

"प्लास द ग्रेव में ?"

जुलियें ऐसा चकित था कि इस नाम से भी उसके ज्ञान में कोई वृद्धि न हुई। कोई दुःखभरी बात सुनने की प्रत्याशा और कौतूहल ने उसकी आँखों में वह चमक पैदा कर दी थी जो कहानी सुनानेवाले को अपने श्रोताओं में बहुत ही प्यारी लगती है। अकादमी-सदस्य ऐसे अछूते कानवाले श्रोता को पाने से पुलकित होकर विस्तारपूर्वक जुलियें को सुनाने लगे कि किस भाँति 30 अप्रैल, 1574 को बोनिफास द ला मोल का, जो अपने युग के सुन्दरतम पुरुष माने जाते थे, अपने मित्र आनिबाल द कोकोनास्सो के साथ जो पिएमो के एक सम्भ्रान्त व्यक्ति थे, प्लास द ग्रेव में वध हुआ था। ला मोल नावार की रानी मार्गरित के प्रेमी थे और इस कारण वह लोगों के मन में बसे हुए थे। यह ध्यान रहे," अकादमी-सदस्य ने आगे कहा, "कि माद. द ला मोल का नाम मातिल्द-मार्गरित है।" साथ ही ला मोल दुक् दालाँसों के प्रिय-पात्र थे और अपनी प्रेयसी के पति नावार के राजा के, जो बाद में हेनरी चतुर्थ हुए, बड़े घनिष्ठ मित्र थे। 1574 में उन दिनों राजदरबार सें-जेर्मे में था जहाँ बेचारे राजा चार्ल्स नवें मृत्यु-शय्या पर पड़े थे। ला मोल अपने उन मित्रों को उड़ा ले जाना चाहते थे, जिन्हें कातरिन द मेदिसि ने राजदरबार में बन्दी बना रखा था। वह कोई दो सौ घुड़सवारों को लेकर सें-जेर्मे की दीवारों के नीचे पहुँच गए, जिससे दुक् दालाँसों को भय हुआ और ला मोल को तुरन्त बधिक के हाथों सौंप दिया गया।

"सात-आठ वर्ष पहले जब माद. द ला मोल केवल बारह वर्ष की थीं, उन्होंने स्वयं मुझे बताया था—क्योंकि लड़की में दिमाग है, और क्या दिमाग है !..." अकादमी-सदस्य ने आसमान की ओर अपनी आँखें उठाते हुए कहा। "इस राजनीतिक दुर्घटना में नावार की रानी मार्गरित ने उन्हें सबसे अधिक प्रभावित किया, जो प्लास द ग्रेव में एक मकान में छिपी हुई प्रतीक्षा कर रही थीं। उन्होंने साहसपूर्वक बधिक से अपने प्रेमी का सिर मँगवा भेजा था जिसे वह उसी दिन आधी रात को अपनी गाड़ी में रखकर मौंमार्त्र की पहाड़ी के नीचे एक गिरजाघर में अपने हाथों दफनाने के लिए ले गई थीं।"

"नहीं-नहीं, यह सम्भव नहीं हो सकता !" जुलियें ने बहुत ही विचलित होकर कहा।

"आप जानते ही हैं कि माद. ला मोल अपने भाई को तिरस्कार की दृष्टि से देखती हैं, क्योंकि उन्हें प्राचीन इतिहास की इन बातों से कोई दिलचस्पी नहीं है और वह तीस अप्रैल को शोक-सूचक वस्त्र नहीं पहनते। इस प्रसिद्ध वध के जमाने से और ला मोल की कोकोनास्सो के साथ--जो इटली निवासी होने के कारण आनिबाल कहलाता था—घनिष्ठ मित्रता की स्मृति में इस परिवार के लोगों ने उनका नाम धारण कर रखा है। और यह आदमी कोकोनास्सो," अकादमी-सदस्य ने अपनी आवाज़ को धीमा करते हुए कहा, "स्वयं चार्ल्स नवें के कथनानुसार, 24 अगस्त, 1572 के क्रूरतम हत्यारों में से था। पर यह कैसे सम्भव है, भाई सोरेल, कि इस घर के सदस्य होकर भी आप इन सब बातों से अनभिज्ञ हैं ?"

"तो यही कारण होगा कि भोजन के समय माद. द ला मोल ने अपने भाई को दो बार आनिबाल कहकर पुकारा था। मैंने सोचा कि मुझसे सुनने में भूल हुई।"

"वह एक प्रकार की भर्त्सना थी। यह अजीब ही है कि मार्किज ऐसी मूर्खताओं की

आज्ञा देती हैं।...उस लड़की के पति को कुछ बड़ी बेढब बातों का सामना करना पड़ेगा !''

इन शब्दों के साथ-साथ पाँच-छः व्यंग्यपूर्ण बातें भी कही गईं। जुलियें अकादमी-सदस्य की आँखों में द्वेषपूर्ण निन्दा की चमक देखकर स्तब्ध रह गया। वह सोचने लगा कि हम दो नौकर अपने स्वामी की बुराई में लगे हैं। पर इस अकादमी-सदस्य की किसी भी बात से मुझे आश्चर्य न होना चाहिए।

एक दिन पहले ही जुलियें ने उसे मार्किज के आगे घुटनों के बल बैठे गिड़गिड़ाते देखा था। वह कहीं दूर किसी कस्बे में रहनेवाले अपने किसी भतीजे के लिए तम्बाकू के लाइसेंस की भीख माँग रहा था। उस दिन शाम को माद. द ला मोल की एक नौकरानी ने, जो किसी ज़माने में एलिजा की भाँति आजकल जुलियें की ओर विशेष ध्यान देने लगी थी, उसे बताया कि उसकी स्वामिनी के ये शोक-सूचक वस्त्र केवल दिखावे के लिए नहीं हैं। वह सचमुच इस ला मोल से प्रेम करती हैं जो अपने युग की सबसे अधिक वाक्पटु और बुद्धिमान रानी का प्रतिष्ठित प्रेमी था और जिसने अपने मित्रों की स्वाधीनता के लिए जान दे दी थी। और मित्र भी कैसे ! राजा हेनरी चतुर्थ और अन्य सगे-सम्बन्धी राजकुमार !

जुलियें मादाम द रेनाल के व्यवहार की सर्वथा अकृत्रिम सरलता का अभ्यस्त था। उसे पेरिस की तमाम स्त्रियों में बनावट के अतिरिक्त और कुछ न दिखाई देता था और तनिक भी खिन्न होने पर उसे कहने के लिए कभी कोई बात तक न सूझती थी। माद. द ला मोल इसमें एक अपवाद सिद्ध हुईं।

उच्च कुल की महिलाओं में पाए जानेवाले सौन्दर्य को अब वह हृदय की कठोरता नहीं मानता था। माद. द ला मोल कभी-कभी भोजन के बाद ड्राइंगरूम की खुली हुई खिड़कियों के सामने उसके साथ इधर से उधर टहलती रहतीं और लम्बी-लम्बी चर्चा चला करती। एक दिन उन्होंने उसे बताया कि वह दोबियें का इतिहास और ब्रांतोम पढ़ रही हैं। जुलियें सोचने लगा कि जिसके पिता वाल्टर स्कॉट के उपन्यास नहीं पढ़ने देते, उसका ये पुस्तकें पढ़ना कितना अजीब है।

एक दिन हार्दिक प्रशंसा के आनन्द से छलछलाती आँखों से उन्होंने उसे हेनरी तृतीय के राज्य में एक युवती के अनोखे कर्त्तव्य की कहानी सुनाई, जिसके विषय में उन्होंने हाल ही में 'मेम्वार द लेत्वाल' में पढ़ा था। अपने पति की विश्वासघातकता का पता चलते ही उस स्त्री ने उसे छुरा भोंककर मार डाला था।

इससे जुलियें के अहंकार को बड़ी तुष्टि मिली। जिस स्त्री का सब लोग इतना आदर करते थे और जो अकादमी-सदस्य के कथनानुसार घर पर राज्य करती थी, वह उससे ऐसे बातचीत करने लगी थी मानो उसे मित्र समझती हो !

कुछ और विचार करने पर जुलियें ने सोचा कि मैं भूल कर रहा हूँ। यह मित्रता नहीं है। मैं तो किसी दुःखान्त नाटक के विश्वासपात्र के समान हूँ—बातचीत करने के लिए उसे कोई न कोई चाहिए। यह परिवार मुझे विद्वान समझता है। मैं जाकर ब्रांतोम दोबियें और लेत्वाल पढ़ूँगा। तब मैं माद. द ला मोल के चुटकुलों की सच्चाई पहचान सकूँगा। ऐसे निरीह विश्वासपात्र की भूमिका से छुटकारा पाना ज़रूरी है।

एक साथ ही इतने गरिमायुक्त और सहज व्यक्तित्ववाली इस लड़की के साथ उसकी बातचीत धीरे-धीरे अधिकाधिक दिलचस्प होती गई। वह अपना विद्रोही नागरिक का दुःखभरा पार्ट अदा करना भूल गया। उसने देखा कि वह सुपठित भी है और तर्कसंगत बातचीत भी

कर सकती है। बाग़ के वार्तालाप में प्रकट होनेवाले उसके मतामत ड्राइंगरूम में खुल्लमखुल्ला कही जानेवाली बातों से बहुत भिन्न होते थे। कभी-कभी तो वह उसके साथ इतने उत्साह और खुलेपन से बातें करती थी जो उसके साधारण उद्धत और नीरस व्यवहार से एकदम भिन्न जान पड़ता था।

"लीग-युद्धों का युग फ्रांस का वीर-युग है," उसने जुलियें से एक दिन कहा; उसकी आँखें बुद्धिमत्ता और उत्साह से चमक रही थीं। "उस समय प्रत्येक व्यक्ति किसी विशेष लक्ष्य को सामने रखकर अपनी पार्टी की विजय के लिए लड़ा था, आपके सम्राट के युग की भाँति किसी क्षुद्र क्रॉस की प्राप्ति के लिए नहीं। आप सहमत होंगे कि उसमें अहंकार और ओछापन बहुत कम था। मुझे उस युग से प्रेम है।"

"और बोनिफास द ला मोल उसका नायक था।" उसने मातिल्द से कहा।

"कम-से-कम उसे ऐसा प्यार मिला जैसा प्यार मिलना शायद मधुर होता है। आज के ज़माने की कौन-सी स्त्री अपने मृत प्रेमी के मस्तक को छूनेमात्र से भय से संकुचित न हो उठेगी ?"

मादाम द ला मोल ने अपनी पुत्री को भीतर पुकारा। ढोंग तभी तक उपयोगी है जब तक वह छिपा रहे, और जैसा आप देखते हैं, जुलियें ने नेपोलियन के प्रति अपने आदर की बात किसी हद तक माद. ला मोल को बता दी थी।

इस मामले में इन लोगों को हमसे कहीं अधिक सुविधा प्राप्त है, बाग़ में अकेले रह जाने पर जुलियें सोचने लगा। इनके पूर्वजों का इतिहास इन्हें कुत्सित भावनाओं से ऊपर उठा देता है; उन्हें कभी रोटी कमाने की बात भी नहीं सोचनी पड़ती ! कैसी शोचनीय अवस्था है ! उसने कुछ तिक्तता के साथ सोचा। मैं ऐसे उच्च विषयों पर चर्चा करने योग्य नहीं हूँ। दो कौर रोटी के लिए आवश्यक एक हज़ार फ्रैंक की आय भी न होने के कारण मेरा जीवन बस ढोंग होकर रह गया है।

"अब आप क्या सपना देख रहे हैं, जनाब ?" मातिल्द दौड़ती हुई लौटी और पूछने लगी।

जुलियें आत्म-तिरस्कार से उकता चुका था। गर्व में आकर उसने निश्छल भाव से अपने मन की बात बता दी। इतनी धनी लड़की से अपनी दरिद्रता की चर्चा करने में उसका चेहरा लज्जा से गहरा लाल हो उठा। अपने स्वर के दर्प से उसने यह स्पष्ट करने का प्रयत्न किया कि वह कुछ माँग नहीं रहा है। मातिल्द को वह इतना सुन्दर पहले कभी नहीं लगा था; उसे उसके चेहरे पर इस समय एक ऐसी सहृदयता और उन्मुक्तता का भाव दीख पड़ा जिसका उस पर प्रायः प्रभाव रहता था।

महीने-भर के बाद एक दिन जुलियें द ला मोल भवन के उद्यान में सोच में डूबा हुआ टहल रहा था। उस दिन उसके मुख पर हीनता की चेतना से अन्तर्मुखी हो जानेवाले गर्व की कठोर छाप न थी। वह अभी-अभी माद. दला मोल को ड्राइंगरूम के द्वार तक पहुँचाकर लौटा था जिसका कहना था कि भाई के साथ दौड़ने में उनके पैर में चोट आ गई है।

वह मेरी बाँह पर बहुत ही विचित्र ढंग से झुकी हुई थी, जुलियें ने मन-ही-मन कहा। क्या मैं एकदम गधा हूँ अथवा सचमुच मैं उसे अच्छा लगने लगा हूँ ? जब मैं उसे ऐसी बातें सुनाने लगता हूँ जिनसे अपने गर्व के कारण मुझे कष्ट होता रहता है तो भी वह कितनी कोमलता से मेरी बात सुनती रहती है ! वह जो बाकी हर व्यक्ति के साथ इतना दर्पपूर्ण

व्यवहार करती है ! ड्राइंगरूम में वे लोग यदि उसके चेहरे का यह भाव देख लें तो बहुत ही आश्चर्यचकित हों। यह तो बिल्कुल निश्चित है कि मेरे सिवाय और किसी के साथ वह ऐसा कोमल और आत्मीयता का भाव नहीं अपनाती।

जुलियें ने प्रयत्न किया कि इस विचित्र मैत्री को अतिरंजित करके न देखे। अपने मन में वह उसकी तुलना एक सशस्त्र विराम-सन्धि से करता। प्रत्येक दिन मिलने पर पिछले दिन की आत्मीयता के साथ बातचीत शुरू करने के पहले वे दोनों ही एक-दूसरे से पूछते-से जान पड़ते : 'आज हमलोग मित्र रहेंगे अथवा शत्रु ?' जुलियें यह समझ चुका था कि यदि उसने इस अहंकारी लड़की को एक बार भी अपना अपमान कर लेने दिया तो फिर खैर नहीं। यदि उससे झगड़ा होना ही है तो क्या यही अधिक उत्तम न होगा कि मैं अपने स्वाभिमान की रक्षा के लिए प्रारम्भ से ही झगड़ा शुरू कर दूँ ? अपने स्वाभिमान की तनिक-सी भी उपेक्षा करते ही तिरस्कार के लक्षण प्रकट होने लगेंगे। फिर उस तिरस्कार के विरोध से कोई लाभ न होगा।

यदि कभी वे लोग झल्लाए हुए होते तो मातिल्द बहुत बार उसके साथ उच्च सम्भ्रान्त महिलाओं की भाँति आचरण करने लगती। इन प्रयत्नों में वह अपूर्व कौशल दिखाती, किन्तु जुलियें बड़े रूखेपन से उसका प्रत्युत्तर देता।

एक दिन उसने बीच में ही मातिल्द की बात काटकर कहा, "क्या माद. द ला मोल को अपने पिता के सेक्रेटरी को कोई आदेश देना है ? उसे ऐसे आदेशों को सावधानी से और सम्मानपूर्वक पूरा करना होगा। किन्तु इसके अतिरिक्त उसे उनसे और कुछ नहीं कहना है। उसे अपने विचार बताने के लिए कोई वेतन नहीं मिलता।"

इन परिस्थितियों के तथा जुलियें के मन में उठनेवाले विचित्र सन्देहों के कारण उसकी वह उकताहट जाती रही जो इस ड्राइंगरूम में उसे सदा हुआ करती थी। इतना वैभवपूर्ण होने पर भी इस ड्राइंगरूम में हर बात से भय लगा करता था। वहाँ किसी भी बात को मज़ाक में लेना अनुचित समझा जाता था।

यदि वह मुझसे प्रेम करने लगी है तब तो बड़ा मज़ा आएगा, जुलियें ने सोचा। किन्तु प्यार चाहे करती हो या न करती हो, इसमें सन्देह नहीं कि मैंने एक ऐसी बुद्धिमान लड़की से मित्रता की है जिससे सारा घर, और सबसे अधिक मार्कि द क्रवाजन्वा थर-थर काँपते हैं। वह युवक बहुत ही शिष्ट, इतना सौजन्यतापूर्ण और इतना वीर है; उच्च कुल तथा सम्पत्ति की वे सभी सुविधाएँ उसे प्राप्त हैं जिनमें से यदि एक भी मुझे प्राप्त होती ! वह इस लड़की के प्रेम में पागल है और उससे विवाह करनेवाला है। उन तमाम पत्रों को ही देखो जो म. द ला मोल ने इस सम्बन्ध में दोनों ओर के वकीलों को लिखवाए हैं ! और मैं जो उस समय कलम हाथ में लिए ऐसी प्राचीन आधीन में बैठा रहता हूँ, दो घंटे बाद यहाँ बगीचे में उस हँसमुख और मिलनसार युवक से जीत जाता हूँ, क्योंकि कुल मिलाकर इतना तो स्पष्ट ही है कि उसकी अपेक्षा वह मुझे अधिक पसन्द करती है। उससे शायद अपने भावी पति के रूप में भी वह घृणा करने लगी है। इतना घमंड तो उसमें है ही। तो फिर मेरे ऊपर जो कृपा वह करती है, वह केवल एक विश्वासपात्र सेवक के रूप में ही।

किन्तु नहीं, या तो मैं पागल हूँ या वह मुझसे प्रेम करने लगी है। मैं आपको जितना ही रूखा और सम्भ्रमपूर्ण दिखाने का प्रयत्न करता हूँ उतना ही वह मुझे अधिक खोजती है। यह हठ भी हो सकती है अथवा केवल एक दिखावा भी; पर जब कभी मैं अचानक ही आ पड़ता हूँ तो उसकी आँखें कैसी चमक उठती हैं ! क्या पेरिस की स्त्रियाँ इस हद तक नाटक

रच सकती हैं ? पर मुझे क्या परवाह ! इस समय बाहरी परिस्थितियाँ मेरी ओर हैं। मैं क्यों न उनका पूरा लाभ उठाऊँ ? हे भगवान्, कितनी लावण्यमयी है वह ! वे बड़ी-बड़ी नीली आँखें, जो प्रायः मेरी ओर ताकती रहती हैं, पास से दिखने पर कितनी सुखद लगती हैं ! इस साल की यह वसन्त ऋतु पिछले साल से कितनी भिन्न है जब मैं तीन सौ गन्दे, कुत्सित विचारोंवाले ढोंगी लोगों के बीच केवल अपने चरित्र की दृढ़ता के कारण हिम्मत बाँधे इतनी दरिद्रता में जीवन बिता रहा था। उस समय मैं स्वयं उन्हीं के समान पापी हो गया था।

सन्देह और अविश्वास के क्षणों में जुलियें सोचता : यह लड़की मुझे मूर्ख बना रही है; उसने अपने भाई के साथ साँठ-गाँठ करके मुझे किसी जाल में फँसाना तय किया है। पर वह प्रायः अपने भाई की उत्साहहीनता के प्रति तो इतनी घृणा दिखाती है ! कहती है कि वह बस बहादुर है, और कुछ नहीं। उसके मन में एक भी ऐसा विचार नहीं जिससे प्रचलित फैशन के विरुद्ध जाने का साहस प्रकट होता हो। हमेशा मुझे ही उसकी रक्षा के लिए खड़ा होना पड़ता है। उन्नीस साल की लड़की ! क्या इस उम्र की लड़की ढोंग के स्व-निर्धारित नियमों का इतनी कुशलता के साथ हर मिनट पालन करती रह सकती है ?

दूसरी ओर जब माद. द ला मोल की बड़ी-बड़ी नीली आँखें एक विचित्र से भाव से एकटक मेरी ओर देखने लगती हैं तो काउन्ट नौर्बेर सदा खिसक जाते हैं। यह बात अवश्य सन्देहजनक है। क्या घर के एक नौकर के ऊपर अपनी बहन की ऐसी कृपा से उन्हें क्रुद्ध न होना चाहिए ? मैंने सुना है कि दुक् द शोन मुझे नौकर ही कहते हैं। यह बात याद आते ही जुलियें के मन में अन्य सब भावों का स्थान क्रोध ने ले लिया। क्या यह केवल एक बूढ़े सनकी ड्यूक का पुराने ढंग की शब्दावली से प्रेममात्र ही है ?

जो भी हो, वह है बड़ी सुन्दरी ! जुलियें ने बाघ जैसी दृष्टि से कहा। मैं उसे लेकर यहाँ से उड़ जाऊँगा—और मेरे इस पलायन में बाधा डालनेवालों की ख़ैर नहीं !

जुलियें का सारा ध्यान इस एक विचार पर केन्द्रित हो गया; अब उसे और कोई बात ही न सूझती। उसके दिन घंटों की भाँति बीतने लगे।

दिन में जब भी वह किसी गम्भीर बात पर अपना ध्यान जमाने की कोशिश करता तो उसका मन कहीं न कहीं बहक जाता; पन्द्रह मिनट बाद वह अचानक जागता और फिर भी धड़कते हुए हृदय तथा परेशान मस्तिष्क से केवल एक ही स्वप्न में डूबा रहता : क्या वह मुझसे प्रेम करती है ?

11

एक लड़की की शक्ति

मैं उसके सौन्दर्य को सराहता हूँ, पर उसके मस्तिष्क से भय खाता हूँ।

—मेरिमी

जो समय जुलियें मातिल्द के सौन्दर्य को बढ़ा-चढ़ाकर देखने अथवा एक ऐसे अहंकार के विरुद्ध उत्तेजित होने में, जो उसके परिवार में स्वाभाविक था किन्तु जिसे वह उसके कारण

भूली जा रही थी, लगता था, उसे यदि वह ड्राइंगरूम में होनेवाली गतिविधि के अध्ययन में लगाता तो वह यह आसानी से समझ जाता कि अपने आसपास के प्रत्येक व्यक्ति के ऊपर मातिल्द के प्रभुत्व का असली स्वरूप क्या है । माद. द ला मोल अपने को अप्रसन्न करनेवाले को एक तीक्ष्ण उक्ति द्वारा दंड देना जानती थीं। उनकी ये उक्तियाँ इतनी सहज ही कही जाती थीं, इतनी सुचिन्तित होती थीं, ऊपर से इतनी विनम्र होती थीं तथा ऐसी अवसरोचित होती थीं कि उनसे आहत होनेवाला व्यक्ति जितना ही उन पर विचार करता उतना ही और अधिक आहत अनुभव करता था। इस प्रकार जिन लोगों के अभिमान को वह ठेस पहुँचातीं, उनके प्रति थोड़ा-थोड़ा करके असह्य रूप से निष्ठुर हो जाती थीं।

अपने परिवार द्वारा इच्छित बहुत-सी वस्तुओं का उनके लिए कोई महत्त्व न था। इस कारण उनकी नज़रों में वह सदा ही शान्त और संयत दिखाई पड़ती थीं। अभिजातवर्गीय ड्राइंगरूमों का ज़िक्र वहाँ से चले आने के बाद ही सुखद लगता है, पर बस इतना ही; प्रथम परिचय के अवसर के अतिरिक्त केवल सौजन्य का कभी कोई मूल्य नहीं। यह बात जुलियें को आनन्द के ऐसे रोमांच तथा आश्चर्य के पहले आघात के बाद ही समझ में आ गई थी। वह सोचने लगा कि सौजन्य अथवा शिष्टता उस चिड़चिड़ेपन के अभाव के अतिरिक्त अन्य कोई वस्तु नहीं है जो बुरे लालन-पालन के कारण उत्पन्न होती है। मातिल्द प्रायः ऊबी हुई रहती थी, शायद वह कहीं भी ऊबी रहती। ऐसे अवसरों पर किसी व्यंग्योक्ति को तीक्ष्णतर बनाना उसके लिए मन-बहलाव और वास्तविक आनन्द का साधन बन जाता था।

अपने विख्यात रिश्तेदारों अथवा अकादमी-सदस्य तथा पाँच-छः अन्य हीन कोटि के प्रशंसकों की तुलना में अधिक मनोरंजक आखेट प्राप्त करने के लिए ही शायद उसने मार्कि द क्रवाजन्वा, कौंत केलुस तथा दो-तीन अन्य उच्चकुलीन युवकों को कुछ-कुछ आशा दे रखी थी। उसके निकट वे उसकी तीक्ष्ण वाक्पटुता के लक्ष्यों के अतिरिक्त अधिक कुछ न थे।

हमें मातिल्द से स्नेह है, इसलिए यह बात हमें दुःख के साथ स्वीकार करनी पड़ती है कि उसे इनमें से बहुत-से युवकों के पत्र मिला करते थे और कभी-कभी वह भी उनके उत्तर दिया करती थी। यह बात हम तुरन्त कह देना आवश्यक समझते हैं कि इस युग के रीति-रिवाज़ों की दृष्टि से यह युवती अपवाद थी। साधारणतः सेक्रेड हार्ट मठ के छात्रों पर असावधानी का आरोप नहीं लगाया जा सकता।

एक बार मार्कि द क्रवाजन्वा ने उन्हें पहले दिन लिखा हुआ एक ऐसा पत्र मातिल्द को वापस किया जो किसी के हाथ में पड़ जाने से मातिल्द के लिए बड़ा अशोभन सिद्ध होता। उन्होंने सोचा कि सावधानी के ऐसे अपूर्व प्रदर्शन द्वारा वह अपने उद्‌देश्य की प्राप्ति में अधिक सफल होंगे; पर मातिल्द को अपने पत्र-व्यवहार में असावधानी ही सबसे अधिक अच्छी लगती थी। जोखिम का काम करने में उसे आनन्द आता था। इस घटना के बाद छः सप्ताह तक फिर वह उनसे बोली तक नहीं।

इन युवकों के पत्रों में उसे बड़ा मज़ा आता था, पर उसका कहना था कि वे सब एक से होते हैं; सदा उनमें गम्भीरता तथा अधिक से अधिक विषादपूर्ण प्रेम का उल्लेख होता है।

"पत्रों में हर व्यक्ति," वह अपनी चचेरी बहन से कहती, "ऐसा आदर्श सज्जन दिखाई पड़ता है मानो इसी क्षण पवित्र प्रदेश के लिए चल पड़ेगा। इससे अधिक नीरस बात की तुम कल्पना कर सकती हो ? और जीवनभर उसे ऐसे ही पत्र मिलते रहेंगे ! इस प्रकार के पत्र केवल बीस वर्ष में एक बार, तत्कालीन लोकप्रिय रुचि के अनुसार बदलते हैं। साम्राज्य के

दिनों में वे अवश्य ही इससे कम फीके रहे होंगे। उस समय इन तमाम दुनियादार लोगों ने भी एक या दो काम अवश्य ऐसे देखे अथवा किए थे जिनमें कोई न कोई महानता रही हो। मेरे चाचा—दुक् द न—ने वाग्रां में युद्ध में हिस्सा लिया था।

"तलवार चलाने में कौन-सी बुद्धि की आवश्यकता है ?" मातिल्द की चचेरी बहन माद. द सेंतेरेदिते ने कहा। "किन्तु जब भी इन लोगों के लिए ऐसा अवसर आ पड़ता है तो वे कितनी बार इसकी चर्चा करते हैं !"

"मुझे ऐसी कहानियों में बड़ा आनन्द आता है। किसी वास्तविक युद्ध में नेपोलियन के किसी युद्ध में जिसमें दस हज़ार सैनिक मारे गए हों, मौजूद रहा होना भी साहस का प्रमाण है। सिर पर विपत्ति मोल लेने से आत्मा उदात्त होती है और उस ऊब से रक्षा करती है जिसमें मेरे सारे प्रशंसक डूबे हुए जान पड़ते हैं। यह ऊब उड़कर लगनेवाली बीमारी है। उनमें किसके मन में साधारण से भिन्न कोई कार्य करने का विचार है ? वे सब मुझे प्राप्त करने के इच्छुक हैं।--अच्छा कर्त्तव्य है ! मैं धनी हूँ और मेरे पिता अपने जमाई को आगे बढ़ने में सहायता करेंगे। ओफ़ ! यदि वह कोई ऐसा जमाई ढूँढ़ निकालते जो थोड़ा-बहुत दिलचस्प भी होता !"

मातिल्द के चीज़ों को सजीव, तीक्ष्ण और चित्रात्मग ढंग से देखने के कारण, जैसा आप देख सकते हैं, उसकी बातचीत पर बहुत बुरा प्रभाव पड़ा था। उसके सुशिष्ट मित्रों को उसके कथन प्रायः ही रुचिविहीन जान पड़ते थे। यदि वह कम आकर्षक होती तो शायद यह स्वीकार कर लिया जाता कि उसकी उग्र भाषा में स्त्री-सुलभ सुकुमारता का अभाव है।

वह स्वयं ब्वा द बुलों में एकत्र होनेवाले सुन्दर घुड़सवारों के प्रति बहुत ही निर्मम थी। वह अपने भविष्य की कल्पना किसी आतंक भाव से नहीं, क्योंकि वह अत्यधिक तीव्र भावावेग होता, बल्कि एक प्रकार की विरुचि के भाव से किया करती थी जो उसकी उम्र की लड़की के लिए बहुत ही असाधारण था।

उसे किस बात की कमी थी ? सम्पत्ति, उच्च कुल, बुद्धि और सौन्दर्य आदि गुण भाग्य ने उसके ऊपर मुक्त हस्त से बिखेरे थे। ऐसा अन्य लोग भी कहते थे और वह स्वयं भी इसमें विश्वास करती थी।

फैबूर सें-जेर्मे की इस अपार वैभवशालिनी तथा अधिक से अधिक ईर्ष्या की पात्र युवती ने जब जुलियें के साथ टहलने में आनन्द अनुभव करना शुरू किया तो उसके विचार कुछ इसी प्रकार के थे। वह जुलियें के गर्व से चकित हो जाती थी। साधारण गरीब परिवार के इस व्यक्ति की चतुराई से उसे विस्मय होता था। वह सोचती कि फादर मौरी की भाँति ही वह अवश्य ही बिशप पद प्राप्त करेगा।

शीघ्र ही जिस सच्चे अकृत्रिम विरोध से हमारा नायक उसके बहुत-से विचारों का स्वागत करता था, उसमें मातिल्द का मन उलझने लगा। वह इसके ऊपर विचार करती। पर जब अपनी चचेरी बहन को इन वार्तालापों को विस्तार से सुनाने लगती तो उसे अनुभव होता कि वह उनके स्वरूप को पूरा-पूरा नहीं अभिव्यक्त कर पाती है।

एक दिन एक आकस्मिक विचार ने उसे जैसे प्रबुद्ध कर दिया। कल्पनातीत आनन्दातिरेक से उसने मन में कहा कि शायद मुझे प्रेम में पड़ने का सौभाग्य प्राप्त हो गया है। मैं प्रेम करने लगी हूँ, यह स्पष्ट है ! मेरी जैसी अल्पवयस्क और सुन्दर बुद्धिमती लड़की को प्रेम में स्फूर्ति न मिलेगी तो और कहाँ मिलेगी ? मैं चाहे जितना प्रयत्न करूँ, क्रवाजन्वा, केलुस अथवा उनके जैसे किसी भी व्यक्ति के प्रति कभी कोई प्रेम का अनुभव न कर पाऊँगी।

वे लोग एकदम सम्पूर्ण हैं, शायद अत्यधिक सम्पूर्ण हैं ! संक्षेप में उनसे मैं ऊब जाती हूँ।

वह उपन्यासों में पढ़े प्रेम के सारे वर्णनों को मन-ही-मन दोहराने लगी। स्पष्ट ही 'महान प्रेम' के अतिरिक्त अन्य किसी भाव का तो कोई प्रश्न ही न था; कोई क्षुद्र-सा प्रेमकांड उसकी जैसी अवस्था और कुल की लड़की के लिए अनुपयुक्त होता। वह प्रेम केवल उसी वीरतापूर्ण भाव को कहती थी, जो फ्रांस में हेनरी तृतीय तथा बासोंपेर के काल में पाया जाता था। ऐसा प्रेम कभी भी बाधाओं के आगे क्षुद्रता के साथ घुटने न टेकता था; इसके विपरीत व्यक्ति से बड़े-बड़े काम करा लेता था। वह सोचने लगी, कैसे दुर्भाग्य की बात है कि आजकल कातरिन द मेदिसि अथवा लुई तेरहवें का जैसा कोई वास्तविक राज-दरबार नहीं। मैं अपने आपको प्रत्येक अधिक से अधिक साहसपूर्ण और अधिक से अधिक महान कार्य करने के लिए समर्थ अनुभव करती हूँ। लुई तेरहवें जैसा कोई उच्चात्मा राजा मेरे पैरों पर आहें भर रहा हो तो मैं क्या नहीं कर सकती ! जैसा बारों द तोलि प्रायः कहा करते हैं, मैं उसे बाँदे ले जाती जहाँ से वह अपना राज्य फिर से जीतकर प्राप्त करता; फिर विधान का अन्त हो जाता...जुलियें इसमें मेरी सहायता करता। उसमें किस बात की कमी है ? यश की और धन की ! यश वह उपार्जित कर लेता; धन उसे प्राप्त हो जाता।

क्रवाजन्वा को किसी चीज़ का अभाव नहीं। वह जीवनभर एक ड्यूक से अधिक और कुछ न हो सकेगा—आधा राजपंथी और आधा उदारपंथी; ऐसा जीव जो कभी निश्चय नहीं कर सकता, जो सदा दोनों छोरों से बचता रहता है, और परिणामस्वरूप सदा दूसरी पंक्ति में दिखाई पड़ता है।

ऐसा कौन-सा महान कार्य है जो प्रारम्भ करते समय किसी न किसी सीमान्त पर न जान पड़े ? पूरा होने पर ही वह साधारण कोटि के लोगों को सम्भव दीखने लगता है। हाँ, प्रेम ही अपने सारे चमत्कारों के साथ मेरे हृदय पर अधिकार कर रहा है। मैं यह बात उस आग से अनुभव करती हूँ जो मेरी नसों में जाग उठी है। इस देन का नियति पर मेरा ऋण था। वह किसी व्यक्ति पर अपने सारे वरदान व्यर्थ ही नहीं बिखेरती। मेरा सुख भी मेरे उपयुक्त ही होगा। मेरा कोई भी दिन पिछले दिन के अनुरूप न हुआ करेगा। अपनी सामाजिक स्थिति से इतने नीचे व्यक्ति से प्रेम करना अपने आप में एक उच्च हृदय और साहसिक आत्मा को प्रकट करता है। पर अभी देखना है, क्या वह इसके उपयुक्त बना रहेगा ? दुर्बलता का पहला चिह्न देखते ही मैं उसका त्याग कर दूँगी। मुझ जैसी ऊँचे कुल की लड़की को और ऐसी साहसपूर्ण प्रवृत्ति के रहते हुए, जिसका लोग-बाग प्रायः मुझसे उल्लेख करते रहते हैं (यह उसके पिता का कथन था), मूर्ख और नासमझ की भाँति व्यवहार नहीं करना चाहिए।

मार्कि द क्रवाजन्वा से प्रेम करना क्या ऐसा ही कार्य न होगा ? वह मेरी उन चचेरी बहनों के सुख का ही नया संस्करण होगा, जिनसे मैं इतनी नफरत करती हूँ। मैं पहले से ही जानती हूँ कि बेचारे मार्कि मुझसे क्या कहेंगे और उत्तर में उनसे मुझे क्या कहना पड़ेगा। यह कैसा प्रेम है जिससे दूसरे को जम्हाई आने लगती है ? इससे तो आदमी धार्मिक ही बन जाए तो अच्छा। मुझे भी अपनी छोटी से छोटी बहन की भाँति अपने विवाह के स्वीकृति-पत्र पर हस्ताक्षर करने का दिखावा करना पड़ेगा और मेरे सारे कुलीन नाते-रिश्तेदार, यदि दूसरे पक्ष के वकील द्वारा एक दिन पहले ही जोड़ी गई शर्त के कारण अप्रसन्न न हुए, तो भावुकता का प्रदर्शन करेंगे।

12
क्या वह दूसरा डैंटन है ?

हमेशा कगार पर रहना : ऐसा था सुन्दरी मार्गरीत द वलुआ का व्यक्तित्व; वह मेरी मौसी थी जिसने जल्दी ही नवार के राजा से विवाह कर लिया, जिसे अब हम हेनरी चतुर्थ के नाम से फ्रांस पर राज करते देख रहे हैं। हर वक्त कुछ न कुछ दाँव पर लगाए रहना इस खुशमिजाज राजकुमारी के व्यक्तित्व की कुंजी था; वैसे ही, जैसे वह झगड़ों और फिर सुलह के बीच जीती थी जिनका सिलसिला सोलह वर्ष की आयु में उसके भाइयों के साथ शुरू हो गया था। अब भला एक युवा स्त्री के पास दाँव पर लगाने के लिए होता ही क्या है ? उसकी सबसे मूल्यवान वस्तु : उसकी प्रतिष्ठा, जो जीवन-भर के लिए उसके सम्मान का आधार होती है।

–चार्ल्स नवें के जारज पुत्र ड्यूक द'एंजूलेम के संस्मरण

जुलियें और मेरे बीच किसी स्वीकृत-पत्र पर हस्ताक्षर आवश्यक न होगा, किसी पारिवारिक वकील की आवश्यकता न पड़ेगी; यहाँ हर वस्तु वीरोचित परिमाण में होगी, हर वस्तु अकस्मात् ही प्रकट होगी। यदि वह उच्चकुल का होता तो मेरा प्रेम मार्गरित द वाल्वा के अपने युग के सबसे विख्यात तरुण ला मोल के प्रति प्रेम से किसी तरह हल्का न पड़ता। क्या यह मेरा अपना दोष है कि आजकल राज-दरबार के नौजवान इतने रूढ़िवादी हैं और तनिक भी असाधारण साहसपूर्ण कार्य की सम्भावना से ही पीले पड़ जाते हैं ? उनके लिए यूनान अथवा अफ्रीका का छोटा-सा अभियान ही बड़ी भारी साहसिकता है लेकिन तब भी वह सेना का साथ छोड़कर एक कदम भी आगे नहीं बढ़ सकते। अकेले पड़ते ही वे भयभीत हो उठते हैं, बदवीं के भालों से नहीं, बल्कि हँसी उड़ाने के डर से और यह भय उन्हें पागल-सा बना देता है।

इसके विपरीत मेरा जुलियें केवल अकेले ही कार्य करना पसन्द करता है। इस विशिष्ट मानव में दूसरे लोगों से उपहार अथवा सहायता प्राप्त करने का हल्के से हल्का विचार भी नहीं आता। वह दूसरे लोगों से घृणा करता है, और यही कारण है कि मैं उससे घृणा नहीं करती।

यदि जुलियें गरीब होने पर भी सामन्त कुल का होता तो मेरा उससे प्रेम करना एक अत्यन्त ही अशोभन, मूखर्तापूर्ण कार्य, एक साधारण अनुचित विवाह-सम्बन्ध से अधिक और कुछ न होता। यह मैं कभी नहीं चाहती। इसमें ऐसी कोई बात ही नहीं जो महान प्रेम में पाई जाती है—बड़ी से बड़ी बाधाओं को दूर करने की आवश्यकता और परिणाम के विषय में घोर अनिश्चय।

माद. द ला मोल अपनी इस सुन्दर तर्कावली से स्वयं ही इतनी प्रभावित हुईं कि अगले दिन बिना कुछ सोचे-समझे उन्होंने मार्कि द क्रवाजन्वा और अपने भाई के आगे जुलियें की प्रशंसा के गीत गाने शुरू कर दिए। उनकी वाक्‌विदग्धता इतनी ऊँची पहुँच गई कि वे लोग चिढ़ गए।

'ऐसे क्षमतावान युवक से ज़रा होशियार रहना !'' उसके भाई ने कहा। ''क्रान्ति फिर से हुई तो वह हम सबके सिर उड़वा देगा।''

सीधा उत्तर देने के बजाय मातिल्द अपने भाई तथा मार्कि द क्रवाजन्वा के क्षमता से भयभीत होने का मज़ाक उड़ाने लगी, जो वास्तव में अप्रत्याशित से सामना होने तथा आकस्मिक घटनाओं के बीच हतबुद्धि हो जाने के भय के अतिरिक्त और कुछ न था।

''सर्वदा, सज्जनो, सर्वदा वही हँसी उड़ाने का भय ! यह ऐसा राक्षस है जो दुर्भाग्यवश 1816 में मर चुका है।''

''हँसी उड़ाने का डर,'' म. द ला मोल कहा करते, ''ऐसे देश में सम्भव नहीं जहाँ दो पार्टियाँ हों।'' उनकी बेटी उनका अभिप्राय समझती थी।

''और इसलिए, सज्जनो,'' उसने जुलियें के शत्रुओं से कहा, ''आप लोग जीवनभर भय से त्रस्त रहेंगे और बाद में आपको पता चलेगा कि जिससे आप डरते थे, वह भेड़िया नहीं, केवल एक छाया थी।''

इसके बाद शीघ्र ही मातिल्द उनके पास से चली गई। अपने भाई की बात से वह विचलित हो उठी थी और बड़ी बेचैनी का अनुभव कर रही थी। पर जब अगले दिन सबेरे उसकी नींद खुली तो उस कथन में उसे सर्वोच्च प्रशंसा ही दृष्टिगोचर हुई।

वह सोचने लगी, इस युग में जब जीवन-शक्ति भर चुकी है; इसी से उसकी जीवन-शक्ति से इन लोगों को डर लगता है। मैं अपने भाई की बात उसे सुनाऊँगी, देखूँ वह क्या उत्तर देता है; पर मैं ऐसा क्षण चुनूँगी जब उसकी आँखें चमक रही हों। उस समय वह मुझसे झूठ नहीं बोल सकता।

क्या वह दूसरा डैंटन हो सकता है ? उसने देर तक धुँधले-से विचारों में डूबे रहने के बाद मन-ही-मन कहा। अच्छा, मान लो, क्रान्ति फिर हुई तो उसमें क्रवाजन्वा और मेरे भाई का क्या हाथ होगा ? उनके लिए तो सब पहले से ही निर्धारित है—भव्य आत्मसमर्पण ! वे लोग साहसी भेड़ें बनेंगे और मूक भाव से अपने गले कटवाएँगे ! मरते समय भी उन्हें केवल इसी बात का भय होगा कि कहीं कोई अशिष्टता न झलक आए, पर मेरा प्यारा जुलियें मुझे गिरफ़्तार करने के लिए एक आनेवाले जैकोबिन का भेजा उड़ा देगा, विशेषकर यदि भाग निकलने की तनिक भी आशा हुई। कम-से-कम उसे अशिष्ट दिखाई पड़ने का कोई भय नहीं है।

इस अन्तिम विचार ने उसे कुछ उदास कर दिया। उसकी कुछ दुखद स्मृतियाँ जाग पड़ीं जिससे उसका सारा साहस जाता रहा। इससे उसे म. द केलुस, द क्रवाजन्वा, द लुज और अपने भाई की व्यंग्योक्तियों की याद आ गई। ये सब सज्जन जुलियें के ऊपर पुरोहित-सुलभ बनावटी विनम्रता का आरोप लगाने में एकमत थे।

पर एकाएक उसकी आँखें हर्ष से चमक उठीं और वह मन-ही-मन कहने लगी कि उनके इस निर्मम परिहास के तीखेपन और उसकी पुनरावृत्ति से यह सिद्ध होता है कि उनकी सारी बातों के बावजूद जुलियें इस शीतकाल में मिलनेवाले सभी व्यक्तियों से विशिष्ट है। उसके दोषों अथवा उसके हास्यास्पद रंग-ढंग से क्या आता-जाता है ? उसमें महानता है इसीलिए इतने उदार और हँसमुख स्वभाव के लोग भी उससे इतना घबराते हैं। निस्सन्देह वह गरीब है और पुरोहित बनने के लिए अध्ययन करता रहा है। ये लोग अफसर हैं और इन्हें अध्ययन की कोई आवश्यकता नहीं; जीवन उनके लिए अधिक आसान है।

उसके चिरन्तन काले सूट की बुराइयों के और चेहरे के पुरोहिताना भाव के बावजूद,

जो उस बेचारे को भूखों न मरने के लिए धारण करना आवश्यक है, इस बात में तनिक भी सन्देह नहीं कि ये सब लोग उसकी योग्यता से भयभीत रहते हैं। और फिर उसका पुरोहिताना भाव तो मेरे साथ अकेले में कुछ ही मिनटों बाद उसके चेहरे से जाता रहता है। साथ ही कोई ऐसी बात कहने पर, जो उनकी समझ से बड़ी सूक्ष्म और मौलिक हो, क्या उनकी दृष्टि सदा जुलियें के ऊपर नहीं होती ? यह बात मैंने बहुत स्पष्ट देखी है। यह बात भी वे लोग भली-भाँति जानते हैं कि जब तक स्वयं उसी से कोई प्रश्न न पूछा जाए, वह उनसे कभी नहीं बोलता। केवल मुझसे ही वह कोई बात कभी-कभी कहता है। मुझे वह उच्च विचारोंवाली समझता है। वह उनको आपत्तियों का उत्तर केवल उतना ही देता है जितना सौजन्यवश आवश्यक है और फिर तुरन्त ही उनके साथ एक सम्मानपूर्ण दूरी स्थापित कर लेता है। पर मेरे साथ घंटों बहस करता है और जब तक मैं तनिक-सी भी आपत्ति करती रहती हूँ तब तक अपने विचारों के विषय में आश्वस्त अनुभव नहीं करता। जो भी हो, इस बार कोई द्वन्द्व-युद्ध नहीं हुए; जुलियें ने अपने शब्दों द्वारा ही ध्यान आकर्षित किया है। पिता जी तो ऐसे श्रेष्ठतर बुद्धिवाले व्यक्ति हैं जो हमारे परिवार के वैभव को और बढ़ाएँगे। जुलियें के लिए उनके मन में बहुत आदर है। बाकी सब लोग उससे घृणा करते हैं, किन्तु माँ के धार्मिक मित्रों के अतिरिक्त अन्य कोई उसे हीन दृष्टि से नहीं देखता।

कौंत द केलुस को घोड़ों का बड़ा भारी शौक था, कम-से-कम वह ऐसा दिखाते ही थे। अपना अधिकांश समय वह तबेलों में ही बिताते, और दोपहर को प्रायः वहीं भोजन करते थे। अपने इस बड़े शौक तथा कभी न हँसने की आदत के कारण उनके सभी मित्र उनकी बड़ी प्रशंसा किया करते थे। इस छोटी-सी मंडली के वह चमकते हुए सितारे थे।

अगले दिन जैसे ही वे लोग मादाम द ला मोल की आरामकुर्सी के पीछे इकट्ठे हुए, तो जुलियें को अनुपस्थित पाकर म. द ला केलुस ने क्रवाजन्वा और नौर्बेर के समर्थन से, अकारण ही और माद. द ला मोल को देखते ही जुलियें के विषय में उनकी अच्छी धारणा के ऊपर बड़ी जोरों से आक्रमण कर दिया। मातिल्द को इस सूक्ष्म चाल की मील भर दूर से ही गंध आ गई थी और वह इससे बहुत प्रसन्न थी।

वह सोचने लगी कि ये सब के सब एक ऐसे व्यक्ति के विरुद्ध जुट पड़े हैं जिसे साल में दस लुई भी नहीं मिलते और जो प्रश्न किए बिना सीधे उनकी बातों का उत्तर भी नहीं दे सकता। काला कोट पहने रहने पर भी ये लोग उससे डरते हैं। यदि वह सैनिक सम्मान-चिह्न धारण किए होता तो न जाने क्या हालत होती !

उस दिन मातिल्द की वाक्विदग्धता का कोई जवाब न था। पहले ही आक्रमण के बाद उसने केलुस और उसके समर्थकों को अपने तीखे व्यंग्य-वाणों से आच्छादित कर दिया। जब इन प्रतिष्ठित अफसरों के परिहास की अग्नि बुझ गई, तो उसने म. केलुस से कहा :

"यदि कल फ्रांसकौंते के पहाड़ों के किसी बूढ़े खबीस सज्जन को अचानक पता चले कि जुलियें उनका जारज पुत्र है और वह उसे एक नाम तथा कुछ हज़ार फ्रैंक प्रदान कर दें, तो सज्जनो, छः सप्ताह के भीतर ही उसकी मूँछें भी आप लोगों जैसी हो जाएँगी। छः महीने के भीतर ही वह भी आप लोगों की भाँति ही अफसर हो जाएगा और तब उसके चरित्र की महानता किसी परिहास का विषय नहीं रहेगी। मैं देख रही हूँ, भावी ड्यूक महोदय जी, कि आप उस पुरानी निकम्मी दलीलों का सहारा लेने पर मजबूर हैं—प्रान्तीय सामन्तों से राजदरबारी सामन्तों की श्रेष्ठता। किन्तु यदि मैं निष्ठुर होकर जुलियें के पिता को स्पेन का

कोई ड्यूक बना दूँ, जो नेपोलियन के समय में बजाँसों में युद्धबन्दी था और जो अब मृत्यु-शैया पर आत्मानुताप के फलस्वरूप उसे अपना पुत्र स्वीकार करता है, तो फिर आपकी क्या हालत होगी ?"

अवैधता की ये सब कल्पनाएँ म. केलुस तथा म. द क्रवाजन्वा को बहुत सुरुचिपूर्ण जान पड़ीं। मातिल्द की दलीलों में उन्हें बस यही बात दीखी।

नौर्बेर अपनी बहन के प्रभाव में चाहे जितना रहा हो, पर इस समय मातिल्द के शब्दों का अर्थ इतना स्पष्ट था कि उसकी मुख-मुद्रा गम्भीर हो गई जो उसके मुस्कुराते हँसमुख चेहरे के तनिक भी उपयुक्त न थी। उसने मातिल्द से दो-एक बात कहने का साहस किया।

"तुम्हारी तबियत कुछ खराब है ?" मातिल्द ने कुछ गम्भीर होकर उत्तर दिया। "परिहास का उत्तर उपदेश द्वारा देने लगे हो तो सचमुच ही बहुत अस्वस्थ होगे। तुमसे नीति-उपदेश ! क्या कहीं का ज़िलाधीश बनने की तैयारी है ?"

बहुत जल्दी ही मातिल्द कौंत द केलुस की दुखी मुद्रा, नौर्बेर के कोप और म. द क्रवाजन्वा के मूक हताश भाव को भूल गई। उसे एक ऐसे विषय में निश्चय करना था जिसने उसके मन को पूरी तरह वशीभूत कर लिया था।

जुलियें मेरे साथ तो कोई कपट नहीं करता, उसने मन-ही-मन कहा। इस उम्र में और हीनता तथा तीव्र महत्त्वाकांक्षा से उत्पन्न होनेवाले क्लेश की अवस्था में उसे नारी के प्रेम की आवश्यकता है। वह नारी शायद मैं ही हूँ, किन्तु उसमें तो मैं प्रेम का कोई चिह्न ही नहीं देखती। अन्यथा वह तो स्वभाव से ही इतना साहसिक और निर्भीक है कि अवश्य मुझसे प्रेम की बात करता।

उस क्षण से इस अनिश्चय ने, इस आन्तरिक आत्ममन्थन ने मातिल्द के जीवन के हर क्षण को घेर लिया; और जब भी जुलियें उससे बात करता तो इसके लिए उसे कोई न कोई नया तर्क मिल जाता। फलस्वरूप ऊब के वे सारे दौर गायब हो गए जो उसे निरन्तर त्रस्त करते रहते थे।

वह एक ऐसे सुयोग्य और बुद्धिमान व्यक्ति की बेटी थी जिसके मन्त्री हो जाने और फिर पुरोहित वर्ग को उनकी वन-भूमि लौटा देने की बहुत सम्भावना थी। इसलिए सेक्रेड हार्ट कनवेन्ट में उसकी बेहद खुशामद होती थी। ऐसे दुर्भाग्य का कोई उपचार नहीं। लोगों ने उसे यह मानने को बाध्य कर दिया था कि अपने परिवार तथा धन-सम्पत्ति इत्यादि के कारण उसे अन्य लड़कियों की अपेक्षा अधिक सुखी होना ही चाहिए। राजकुमारों के भीतर की ऊब का, और उनकी तमाम मूर्खताओं का उद्‌गम यही है।

इस विचार के घातक प्रभाव से मातिल्द भी न बच सकी थी। कोई भी लड़की चाहे जितनी बुद्धिमान क्यों न हो, दस वर्ष की उम्र में एक समूचे कनवेन्ट की खुशामद के घातक प्रभाव से नहीं बच सकती, विशेषकर जब उस खुशामद का आधार ठीक ही जान पड़े।

जैसे ही उसे निश्चय हुआ कि वह जुलियें से प्रेम करने लगी है, उसकी सारी ऊब जाती रही। अब वह प्रत्येक दिन इस महान् भावावेग में पड़ने के निश्चय के लिए अपने आपको बधाई देती। वह सोचती कि इस मनोरंजन में बड़ी जोखिमें हैं, पर यह तो और भी अच्छा है ! हज़ार गुना अच्छा है !

ऐसे महान् प्रेम के बिना ही मैं एक लड़की के जीवन के सर्वोत्तम अंश में भी, सोलह से लगाकर बीस वर्ष की अवस्था में भी ऊब के कारण तिल-तिल घुलती रही हूँ। मेरे जीवन

के सर्वोत्तम वर्ष बाध्य होकर अपनी माँ के मित्रों की अनर्गल बकवास सुनने में नष्ट हो गए हैं। मैंने सुना है कि 1792 में कोंबले में लोग आचरण के बारे में भी इतने कठोर न थे जितने आज ये लोग अपने वार्तालाप में हुआ करते हैं।

जिन दिनों मातिल्द इन गम्भीर संशयों से दुःखी थी, उन्हीं दिनों जुलियें को उसकी अटकी हुई निगाहों का अर्थ समझने में कठिनाई हो रही थी। निस्सन्देह वह काउंट नौर्बेर के व्यवहार में बढ़ती हुई बेरुखी को, म. द केलुस, द लुज और क्रवाजन्वा के व्यवहार में तीव्र दर्प को स्पष्ट पहचान रहा था। इसका वह अभ्यस्त भी था। कभी-कभी यह संकट उसके ऊपर उस दिन पड़ता जब वह अपनी हैसियत से अधिक प्रखरता दिखा पाता था। यदि मातिल्द विशेष रूप से उसे न बुलाती होती और इस मंडली की हर बात के लिए उसके मन में अत्यधिक कौतूहल न होता, तो जब भोजन के बाद ये मूँछोंवाले तेज नौजवान मातिल्द के साथ बगीचे में जाने लगते, उस समय वह उनका अनुसरण कभी न करता।

सच, यह बात अब अपने आप से छिपाना असम्भव है, जुलियें ने सोचा, कि माद. द ला मोल विचित्र ढंग से मेरी ओर देखती हैं। किन्तु जिस समय उनकी सुन्दर नीली आँखें संयमहीन होकर मेरी ओर ताकती होती हैं, तब भी उनकी गहराइयों में स्थिर आत्मसंयम, आलोचना और द्वेष स्पष्ट दिखाई पड़ता है। क्या यह किसी प्रकार भी प्रेम हो सकता है ? मादाम द रेनाल की आँखों का भाव कितना भिन्न हुआ करता था !

एक दिन भोजन के बाद जुलियें, जो म. द ला मोल के साथ उसके कमरे में चला गया था, जल्दी-जल्दी बग़ीचे की ओर लौट रहा था। तभी साहसपूर्वक मातिल्द की मंडली की ओर बढ़ते-बढ़ते उसने ऊँचे स्वर में कुछ बातें सुनी। मातिल्द अपने भाई को चिढ़ा रही थी। जुलियें को स्वयं अपना नाम भी दो बार सुनाई पड़ा। पर उसके वहाँ पहुँचते ही मंडली पर गहरा सन्नाटा छा गया और उसे तोड़ने के सारे प्रयत्न बेकार सिद्ध हुए। माद. द ला मोल और उनके भाई तो इतने अधिक उत्तेजित थे कि उनके लिए वार्तालाप का दूसरा विषय सोचना ही कठिन था। म. द केलुस, म. द क्रवाजन्वा, म. द लुज और उनके एक अन्य मित्र जुलियें के प्रति बेहद बेरुखी धारण किए रहे। अन्त में वह उन लोगों को छोड़कर चला आया।

13

एक षड्यन्त्र

अगर किसी कल्पनाशील व्यक्ति के दिल में थोड़ी भी आग हो,
तो असम्बद्ध बातें और यूँ ही हुई मुलाकातें भी उसे पक्के सबूत
जान पड़ते हैं।

–शिलर

अगले दिन फिर उसने नौर्बेर और उसकी बहन को अपने विषय में बातचीत करते हुए पकड़ लिया। आज भी उसके आते ही पहले दिन की भाँति ही मौत का-सा सन्नाटा छा गया। उसके सन्देह की कोई सीमा न रही। क्या ये सब लोग मुझे मूर्ख बनाने का जाल रच रहे हैं ? यह

तो मानना ही पड़ेगा कि एक बेचारे सेक्रेटरी से माद. द ला मोल के प्रेम करने की अपेक्षा यह कहीं अधिक सम्भव जान पड़ता है। पहली बात तो यही है कि क्या इस तरह के लोग कर भी सकते हैं ? उनकी तो विशेषता ही धोखाधड़ी है। ये लोग वार्तालाप में मेरी थोड़ी-सी श्रेष्ठता से ईर्ष्या करने लगे हैं। ईर्ष्या, यह उनकी अन्य दुर्बलता है। इस मंडली की हर बात एकदम शीशे की तरह साफ़ है। माद. द ला मोल केवल इसीलिए मेरे ऊपर कृपा दिखाती हैं कि एक दिन वह अपने भावी पतिदेव को मेरा तमाशा दिखा सकें।

इस निर्मम सन्देह ने जुलियें की मनोदशा पूरी तरह बदल दी। इस विचार से उसके मन में धीमे-धीमे उगता हुआ प्रेम का अंकुर सहज ही नष्ट हो गया। यह प्रेम केवल मातिल्द के अपूर्व सौन्दर्य पर, बल्कि उसके राजसी व्यवहार और वस्त्रों के विषय में अनूठी अभिरुचि पर आधारित था। इस मामले में जुलियें अभी तक नौसिखिया था। लोगों का कहना है कि यदि कोई चतुर किसान किसी भाँति समाज के उच्चतम स्तर पर पहुँच जाए तो दुनियादार सुन्दर स्त्री ही उसे सबसे अधिक विस्मित करती है। पिछले कुछ दिनों से जुलियें जो स्वप्न देखने लगा था, वे किसी भाँति भी मातिल्द के चरित्र के कारण न थे। इतना वह भली-भाँति समझता था कि मातिल्द के चरित्र की कोई जानकारी उसे नहीं है। जो कुछ उसे दिखाई पड़ता था, वह बाहरी दिखावा भी हो सकता था।

उदाहरण के लिए, मातिल्द रविवार के दिन प्रार्थना में जाना कभी न टालती थी; लगभग प्रतिदिन वह अपनी माँ के साथ गिरजाघर जाती थी। यदि द ला मोल भवन के ड्राइंगरूम में कोई असावधान व्यक्ति, यह भूलकर कि वह कहाँ है, किसी प्रकार राजतन्त्र अथवा चर्च के वास्तविक अथवा काल्पनिक हितों की तनिक भी हँसी उड़ाने लगता तो मातिल्द तुरन्त बेहद कठोर हो जाती थी। उसके मुख पर, जो साधारणतः इतने आकर्षक रूप में सजीव रहता था, तुरन्त ही एक पुराने पारिवारिक चित्र का-सा भावहीन दर्प छा जाता था।

साथ ही जुलियें यह बात भी निश्चित जानता था कि वह वोल्तेर के दर्शन विषयक ग्रन्थों में से एक-दो सदा अपने कमरे में रखती है। प्रायः वह स्वयं उस सुन्दर और मज़बूत जिल्दवाले संस्करण के एक या दो खंड चुपचाप पढ़ने के लिए ले जाया करता था। किसी को इस बात का पता न चले, इस उद्देश्य से पास में रखी हुई अन्य जिल्दों को थोड़ा-थोड़ा खिसकाकर रख दिया करता था, पर शीघ्र ही उसे लगा कि और भी वोल्तेर पढ़ रहा है। तब उसने शिक्षा-मठ में सीखी तरकीब का सहारा लिया; उसने दो-एक घोड़े के बाल उन खंडों में रख दिए जो उसके अनुमान से माद. द ला मोल की रुचि के थे। वे जिल्दें हफ्तों ग़ायब रहतीं।

म. द ला मोल का पुस्तक-विक्रेता उन्हें तरह-तरह के झूठे संस्मरण ग्रन्थ भेजता रहता था। इससे असन्तुष्ट होकर उन्होंने जुलियें को आदेश दिया कि कोई भी सनसनीदार किताब निकले तो वह जाकर खरीद लाए; किन्तु इस विष को समूचे घर में फैलने से रोकने के लिए सेक्रेटरी को आदेश था कि इन पुस्तकों को वह स्वयं मार्कि के कमरे में एक छोटी-सी आलमारी में रख दिया करे। जुलियें को शीघ्र ही पता चल गया कि नई पुस्तकों में से कोई तनिक भी राजतन्त्र और चर्च के विरुद्ध होती तो उसके गायब होने में देर नहीं लगती थी। उनको पढ़नेवाला नौर्बेर नहीं था।

जुलियें अपनी इस खोज के महत्त्व को अतिरंजित करके माद. द ला मोल को मेक्यावेलि की-सी छल-नीति का श्रेय देने लगा। यह तथाकथित दुष्टता उसकी दृष्टि में एक प्रकार का आकर्षण, बल्कि मातिल्द के मस्तिष्क का एकमात्र आकर्षण थी। ढोंग और शीलपूर्ण

वार्तालाप की मात्रा अधिक हो जाने पर वह ऐसी ही चरम अतिरंजनापूर्ण बातों में पड़ जाता था। उसकी कल्पना इतनी सुलग उठी कि वह प्रेम में बिल्कुल बह गया।

माद. द ला मोल के लावण्य की अपूर्वता, उनके वस्त्रों की सुन्दर रुचि, उनके हाथ के गोरेपन, उनकी बाँहों के सौन्दर्य, उनकी गतिविधियों की सहज निर्भीकता के स्वप्नों में अपने आप को खो देने के बाद ही उसने अनुभव किया कि वह प्रेम में पड़ गया है। फिर मानो इस सम्मोहन मन्त्र को पूरा करने के लिए वह उनकी कातरिन द मेदिसि के रूप में कल्पना करने लगा। उनका जो चरित्र उसने मान रखा था, उसके लिए कोई भी बात अधिक गहरी अथवा अधिक अपराधपूर्ण न थी। मासलों, फ्रिलेर, कास्तानेद आदि का आदर्श यही था जिन्हें वह भी बचपन में प्रशंसा की दृष्टि से देखता था। संक्षेप में उसके लिए यह पेरिस का आदर्श था।

इससे अधिक हास्यास्पद कोई बात कभी किसी ने सुनी है कि पेरिसीय-चरित्र में गहराई अथवा अपराधवृत्ति होती है ?

सम्भव है, यह तिगड्डा मुझे मूर्ख बना रहा हो, जुलियें सोचता। यदि पाठक को मातिल्द की निगाहों के जवाब में जुलियें के मुख की गम्भीर बेरुखी अभी तक नहीं दीखी है तो वह अभी उसके चरित्र से विशेष परिचित नहीं हो पाया है। उसके व्यवहार से चकित होकर माद. द ला मोल ने दो-तीन अवसरों पर मित्रता का आश्वासन देना चाहा भी तो कड़वे व्यंग्य द्वारा उसका प्रतिरोध हुआ।

इस आकस्मिक विचित्र व्यवहार से आहत होकर इस लड़की का स्वभाव से ही आवेगहीन, ऊबा हुआ और केवल मानसिक बातों के प्रति संवेदनशील हृदय ऐसा भाव-विह्वल हो उठा जो उसकी प्रकृति के अनुकूल था। किन्तु साथ ही मातिल्द में स्वाभिमान भी बहुत था। इसीलिए इस प्रेम-भाव के उत्पन्न होने के साथ-साथ; जिसके कारण उसका सारा सुख दूसरे के ऊपर निर्भर हो उठा था, गहरा अवसाद भी उसके मन में घिरने लगा।

पेरिस आने के बाद से जुलियें ने काफी प्रगति कर ली थी। अब उसे यह समझने में देर न लगी कि यह उकताहट का शुष्क अवसाद नहीं है। अब वह पहले की भाँति सन्ध्या के आमन्त्रणों, नाटकों और हर प्रकार के मन-बहलाव के लिए उत्सुक होने के बजाय उनसे बचती रहती थी।

फ्रांसवासियों द्वारा गाए जानेवाले संगीत से मातिल्द बुरी तरह ऊबती थी; किन्तु जुलियें ने, जो अन्त तक ऑपेरा में उपस्थित रहना अपना कर्त्तव्य मानने लगा था, यह देखा कि अब वह वहाँ अधिक से अधिक बार जाने लगी है। उसे यह भी अनुभव हुआ कि किसी समय उसके हर कार्य में पाया जानेवाला उसका वह अपूर्व सन्तुलन कुछ-कुछ कम हो गया है। वह कभी-कभी अपने मित्रों को ऐसे तीखे परिहासों द्वारा उत्तर देती जो लगभग अपमानजनक होते। जुलियें को लगा कि वह म. द क्रवाजन्वा को भी नापसन्द करने लगी हैं। वह सोचने लगा कि आदमी को सचमुच ही धन का बहुत ही लोभ होगा, नहीं तो वह ऐसी लड़की को, वह चाहे जितनी अमीर क्यों न हो, अवश्य छोड़ देता ! जुलियें स्वयं पुरुष की मर्यादा पर होनेवाले इन प्रहारों से क्षुब्ध होकर उसकी ओर अधिकाधिक उदासीन होता गया। कभी-कभी यह नौबत आ जाती कि वह उसे कुछ अशिष्टतापूर्ण उत्तर दे बैठता।

किन्तु मातिल्द का स्नेह-प्रदर्शन कभी-कभी इतना स्पष्ट होता और जुलियें को वह देखने में इतनी सुन्दर लगती कि लाख निश्चय करने के बाद भी वह उसके जाल में करीब-करीब फँस ही जाता।

इन दुनियादारी युवक-युवतियों की चतुराई और धीरज की अन्त में मेरी अनुभवहीनता के ऊपर अवश्य विजय होगी, वह मन-ही-मन कहता। मुझे यहाँ से चल देना चाहिए ताकि इस सबसे छुट्टी मिले। मार्कि ने अभी-अभी उसे अपने निम्न लांगदोक के इलाके की कई छोटी-छोटी जमींदारियों और जायदादों के प्रबन्ध का भार सौंपा था। वहाँ एक बार जाना आवश्यक था; म. द ला मोल कुछ अनिच्छापूर्वक राजी हो गए। उच्चतम महत्त्वाकांक्षाओं के मामलों को छोड़कर जुलियें अब उनका अभिन्न अंग बन गया था।

यात्रा की तैयारी करते-करते जुलियें सोचने लगा कि कुल मिलाकर ये लोग अपनी चाल में मुझे फँसा नहीं सके। इन सज्जनों की जो हँसी माद. द ला मोल उड़ाती हैं, वह चाहे वास्तविक हो मुझे फँसाने के लिए, मैंने उसका खूब मज़ा लिया है। यदि इस बढ़ई के बेटे के विरुद्ध कोई षड्यन्त्र नहीं है तो माद. द ला मोल मेरे लिए एक रहस्य हैं; पर वह जितनी मेरे लिए हैं उतनी ही म. द क्रवाजन्वा के लिए भी हैं। उदाहरण के लिए कल ही उनका क्रोध निस्सन्देह वास्तविक था और मुझे अपने कारण एक ऐसे नौजवान को अपमानित होते देखने का आनन्द मिला जो उतना ही धनी और सम्भ्रान्त है जितना मैं गरीब और साधारण। यह मेरी सबसे बड़ी विजय है। लांगदोक के मैदानों में डाकगाड़ी में यात्रा करते-करते इस बात की याद से ही बड़ा आनन्द आता रहेगा।

उसने अपने प्रस्थान का समाचार गुप्त रखा था, किन्तु मातिल्द को यह भली-भाँति मालूम हो चुका था कि वह अगले दिन एक लम्बे अर्से के लिए पेरिस छोड़कर जा रहा है। उसने बड़े भीषण सिर-दर्द का बहाना किया और कहा, ड्राइंगरूम के बन्द वातावरण में वह और भी बढ़ रहा है। वह कुछ देर तक बाग़ में टहलती रही और नौर्बेर, मार्कि द क्रवाजन्वा, केलुस, द लुज़ तथा उस दिन आमन्त्रित कुछ अन्य युवकों को अपने तीखे व्यंग्य-बाणों से इतना संत्रस्त किया कि वे लोग हारकर चले गए। जुलियें की ओर वह अजीब-सी दृष्टि से देखती रही।

सम्भवतः यह दृष्टि बस अभिनय मात्र है, जुलियें सोचने लगा। पर वह जल्दी चलती हुई साँस, वह सब उत्तेजना—सब बकवास है ! मैं ऐसी बातों को क्या समझूँ ? यह सब उस अनुपम सूक्ष्मता का ही अंग है जिसमें पेरिस की स्त्रियाँ इतनी पटु हैं। जिन जल्दी चलती हुई साँसों ने मुझे करीब-करीब विचलित कर दिया है, वे शायद इस लड़की ने लेओंतीन फे से सीखी होंगी, जिसकी वह इतनी भक्त है।

वे लोग अकेले रह गए; बातचीत स्पष्ट ही उखड़ी-उखड़ी-सी थी। नहीं ! जुलियें के मन में मेरे लिए कोई भाव नहीं, मातिल्द ने सचमुच बड़े मानसिक सन्ताप की अवस्था में मन-ही-मन कहा।

जब वह उससे विदा होने लगा तो एकाएक मातिल्द ने कसकर उसकी बाँह पकड़ ली। "आज रात में आपको मेरा एक पत्र मिलेगा," उसने ऐसी लड़खड़ाती हुई आवाज़ में कहा कि जुलियें मुश्किल से सुन सका। इससे वह बहुत ही विचलित हुआ।

"मेरे पिताजी, आपकी सहायता का बहुत ही आदर करते हैं," मातिल्द ने आगे कहा, "कल आप मत जाइए; कोई न कोई बहाना कर दीजिए।" और वह जल्दी से भाग गई।

उसका रूप बहुत ही लुभावना था। उसके पैर से अधिक सुन्दर पैर की कल्पना भी कठिन थी; उसके दौड़कर चले जाने में ऐसी अपूर्व शोभा थी कि जुलियें मन्त्रमुग्ध-सा रह गया। किन्तु उसके आँखों से ओझल होते ही जो विचार जुलियें के मन में आया, उसका

किसे अनुमान हो सकता था—जिस राजसी स्वर में उसने कहा कि 'मत जाइए,' उससे वह चिढ़ गया। लुई पन्द्रहवाँ भी मृत्यु-शय्या पर अपने मुख्य चिकित्सक के ऐसे ही स्वर से इतना क्षुब्ध हुआ था, और लुई पन्द्रहवाँ तो कोई नया सामन्त न था।

घंटे-भर बाद एक नौकर ने जुलियें को पत्र लाकर दिया। पत्र में सीधा-सीधा प्रेम-निवेदन ही था।

शैली तो अधिक बनावटी नहीं है, जुलियें ने मन-ही-मन कहा। वह इस प्रकार साहित्यिक समीक्षा द्वारा उस आनन्द को संयत करने का यत्न कर रहा था जिसके कारण उसके गाल संकुचित हो उठे थे और बरबस हँसी फूट रही थी।

"और इस भाँति मुझे," उसने अचानक प्रबल भावावेग से उच्छ्वसित होकर कहा, "मुझे, एक गरीब किसान को, एक उच्चकुल की भद्र महिला से प्रेम-निवेदन प्राप्त हुआ है।"

"जहाँ तक मेरा प्रश्न है, मैंने अपने व्यवहार में कोई गलती नहीं की," उसने अपनी प्रसन्नता की लगाम को यथासम्भव खींचते हुए आगे कहा। "मैंने अपने चरित्र की दृढ़ता को सुरक्षित रखा है। मैंने यह कभी नहीं कहा कि मैं प्रेम करता हूँ।"

वह मातिल्द की लिखावट का अध्ययन करने लगा। वह सुन्दर छोटे-छोटे अंग्रेजी ढंग के अक्षर लिखती थी। अपने इस लगभग विक्षिप्तता के आनन्द को कुछ देर भूलने के लिए उसे किसी न किसी शारीरिक कार्य की आवश्यकता थी।

'तुम्हारे जाने के कारण मैं लिखने को लाचार हो गई हूँ...तुम्हारा आँखों से ओझल होना मैं किसी भी भाँति न सहन कर सकूँगी...'

तभी किसी नई खोज की भाँति एक आकस्मिक विचार जुलियें के मन में आया। इससे उसका मातिल्द के पत्र का अध्ययन रुक गया और उसकी खुशी कुछ बढ़ गई। वह ज़ोर से कह उठा, "म. द क्रवाजन्वा की तुलना में भी मुझे अच्छा समझा गया है...मुझे, जो गम्भीर बातों के अतिरिक्त और कुछ कहता ही नहीं! और वह क्रवाजन्वा तो कितना सुन्दर है, मूँछोंवाला! आकर्षक वर्दी भी पहनता है! और साथ ही कोई न कोई अवसरोचित चतुराई-भरी बात भी सदा कहता है!"

जुलियें के लिए यह अपूर्व प्रसन्नता का क्षण था। वह खुशी से पागल-सा बग़ीचे में घूमता रहा।

बाद में वह ऊपर अपने कार्यालय में पहुँचा और मार्कि द ला मोल से भेंट का प्रबन्ध किया जो सौभाग्यवश अभी बाहर नहीं गए थे। उसने बहुत आसानी से नार्मंडी से आए हुए कुछ स्टाम्प लगे दस्तावेज़ दिखाकर यह सिद्ध कर दिया कि इस समय कुछ अन्य महत्त्वपूर्ण मुकदमों के कारण लांगदोक की यात्रा स्थगित करना अत्यन्त आवश्यक है।

"अच्छा हुआ, तुम नहीं जा रहे हो," काम-काज की बातचीत समाप्त होने पर मार्कि ने कहा। "मुझे तुम्हें यहाँ आसपास देखना अच्छा लगता है।" जुलियें कमरे से बाहर चला गया, उनके इस अन्तिम कथन से वह कुछ संकोच में पड़ गया था।

और मैं इसी व्यक्ति की बेटी को पथभ्रष्ट करनेवाला हूँ! फलस्वरूप शायद मार्कि द क्रवाजन्वा से उसका विवाह असम्भव हो जाए, जिसके ऊपर उन्होंने अपनी भविष्य की सारी आशाएँ केन्द्रित कर रखी हैं। वह स्वयं ड्यूक न भी बनें तो कम-से-कम उनकी बेटी को तो राज-दरबार में डचेज का आसन मिला करेगा। अचानक जुलियें सोचने लगा कि मातिल्द के पत्र के बावजूद, मार्कि को अभी-अभी बताए गए कारणों के रहते भी, वह तुरन्त लांगदोक

के लिए चल पड़े। सदाचार की यह बिजली जैसी कौंध बहुत शीघ्र ही बुझ गई।

वह मन-ही-मन सोचने लगा कि मेरे जैसे साधारण व्यक्ति का इतने बड़े परिवार पर तरस खाना कितनी भली बात है और मुझी को दुक् द शोन घरेलू नौकर कहते हैं ! मार्कि अपनी इस अगाध सम्पत्ति को कैसे बढ़ाते हैं ? अगले दिन किसी आकस्मिक परिवर्तन की सम्भावना का पता चलते ही अपनी कुछेक हुंडियों को बेचकर ! और मैं, जिसे नियति ने सौतेली माँ की भाँति निम्नतम स्थिति में डाल रखा है, जिसे केवल उदार हृदय तथा एक हज़ार फ्रैंक से भी कम की आमदनी प्रदान की है, जो मेरे खाने-पहनने के लिए भी पर्याप्त नहीं है–सच पूछिए तो रोज के भोजन के लिए भी काफ़ी नहीं है–वही मैं, क्या सामने परोसी हुई थाली को ठुकरा दूँ ? साधारणता के जिस जलते हुए मरु-प्रदेश में ऐसे कष्ट के साथ संघर्षपूर्वक चल रहा हूँ उसमें प्यास को बुझाने के लिए सामने उमड़ते शीतल निर्मल जल-स्रोत की ओर से आँखें फेर लूँ ? कसम से, मैं इतना गधा नहीं हूँ। स्वार्थपरता की इस मरु-भूमि में, जिसे लोग जीवन कहते हैं, हर आदमी को अपनी ही चिन्ता करनी चाहिए।

और उसे वे सब तिरस्कार-भरी निगाहें याद आईं जो माद. द ला मोल और विशेष रूप से उसकी सखियाँ उसकी ओर डाला करती थीं। मार्कि द क्रवाजन्वा के ऊपर विजय प्राप्त करने के आनन्द ने उसके भीतर जागती हुई सदाचार की भावना को एकदम खदेड़ दिया।

उसको क्रुद्ध करने में कितना मज़ा आएगा, जुलियें ने सोचा। अब मैं कितने आश्वासन के साथ उसे अपनी तलवार से आहत कर सकूँगा ! उसने ऐसी मुद्रा बनाई मानो सचमुच तलवार का वार कर रहा हो। आज से पहले मैं केवल एक कृपाकांक्षी विद्वान् मात्र था जो थोड़े-से साहस का अनुचित नीचतापूर्ण लाभ उठा रहा था। इसके बाद मैं अब उसकी बराबरी का हूँ।

"हाँ," उसने असीम आनन्द के साथ धीरे-धीरे और समझ-समझकर ज़ोर से कहा। मार्कि के और मेरे गुण अलग-अलग तोल लिए गए हैं और विजय जुरा के ग़रीब बढ़ई के हाथ लगी है।"

"ठीक," उसने आगे कहा। "यह रहा उत्तर के ऊपर मेरा हस्ताक्षर। मादम्वाजेल द ला मोल, आप यह न समझ बैठिएगा कि मैं अपनी हैसियत भूल रहा हूँ। मैं यह आपको साफ-साफ अनुभव करा दूँगा कि आप एक बढ़ई के बेटे के लिए सन्त लुई के साथ जिहाद में जानेवाले विख्यात गी द क्रवाजन्वा के वंशधर के साथ विश्वासघात कर रही हैं।"

जुलियें का आनन्द उसके भीतर समाता न था। वह लाचार होकर बग़ीचे में चला गया। उसे लग रहा था कि उसके अपने कमरे में साँस लेने के लिए बहुत कम स्थान है।

वह बार-बार यही दोहरा रहा था : "मुझे, जुरा के एक ग़रीब किसान को ! मुझे, जिसको महीने के तीसों दिन यही काला कोट पहनने का अभिशाप मिला हुआ है ! ओफ़ ! बीस वर्ष पहले मैं भी उन्हीं की भाँति फौजी वर्दी पहनता होता ! उन दिनों मेरे जैसा व्यक्ति या तो मारा जाता था या तीस वर्ष की उम्र में जनरल हो जाता था।" उस पत्र ने, जिसे उसने कसके अपनी मुट्ठी में दबा रखा था, उसे एक वीर योद्धा का-सा आकार और भाव प्रदान कर दिया था। यह सही है कि आजकल इस काले कोट से आदमी को चालीस वर्ष की उम्र में बोवे के बिशप महोदय की भाँति एक लाख फ्रैंक की वृत्ति और नीला फीता प्राप्त हो सकता है।

"खैर, जो भी हो," उसने मैफिस्टोफिलीस की भाँति हँसते हुए अपने आप ही कहा, "मुझमें उनसे अधिक बुद्धि है; मैं अपने ज़माने की वर्दी चुनना जानता हूँ।" उसे अपनी

महत्त्वाकांक्षा और अपनी पुरोहितों जैसी आदतों से कुछ अधिक लगाव अनुभव होने लगा। कितने ही कार्डिनल मुझसे ग़रीब परिवार के होकर भी बड़े ऊँचे पद तक पहुँचे हैं ! उदाहरण के लिए मेरा ही देशवासी ग्रांवेल।

धीरे-धीरे जुलियें की यह उत्तेजना कम हो गई; दूरदर्शिता सतह पर उभर आई। उसने अपने शिक्षक तार्तुफ की भाँति, जिसका पाठ उसने कंठस्थ कर रखा था, अपने आप से कहा :

''मैं इन शब्दों को सच्चा मान सकता हूँ...
किन्तु मैं ऐसी आकर्षक मीठी बातों का विश्वास तब तक न करूँगा
जब तक जिसकी कृपा के लिए मैं बेचैन हूँ,
वह स्वयं आकर मुझे आश्वासन न दे कि वह झूठ नहीं बोल
रही है।

''तार्तुफ भी एक स्त्री के कारण बरबाद हुआ था और वह भी भला आदमी था।...हो सकता है, मेरा उत्तर लोगों को दिखाया जाए।...ठीक है, इसका भी उपाय है,'' उसने अपने शब्दों को ठहर-ठहरकर उच्चारण करते हुए और एक दबी हुई तीव्रता के साथ कहा। ''अपने पत्र को हम सुन्दरी मातिल्द के पत्र के सबसे चुभते हुए शब्दों से ही प्रारम्भ करेंगे।

''हाँ, किन्तु यदि म. द क्रवाजन्वा के चार अनुचर मेरे ऊपर टूट पड़ें और मूल पत्र को छीन ले जाएँ, तो ? नहीं ! मैं भली-भाँति शस्त्र-सज्जित हूँ, और वे जानते ही हैं कि मुझे नौकरों पर गोली चला देने का अभ्यास है।

''मान लीजिए, उनमें से एक हिम्मत करके मेरे ऊपर झपट ही पड़ता है, क्योंकि उसे सौ नेपोलियन के ईनाम का आश्वासन मिला है। मुझे तमाम उचित कानूनी कार्रवाई द्वारा जेल में बन्द कर दिया जाता है। मैं पुलिस की अदालत में पेश किया जाता हूँ और न्यायाधीश की ओर से न्याय और औचित्य का पूरा-पूरा दिखावा बनाए रखने के बाद मुझे फोंतां और मागालों के साथ पुआसि में रहने की सज़ा मिलती है। वहाँ मैं चार सौ भिखमंगों गुंडों के साथ सोने के लिए बाध्य होता हूँ।...और मैं ऐसे लोगों पर तरस खाऊँ !'' वह उछलकर खड़ा हो गया और ज़ोर से बोला। ''गरीब लोग जब इनके चंगुल में फँस जाते हैं तो इन्हें तरस आता है ?'' म. द ला मोल के प्रति जिस कृतज्ञता के कारण वह अनचाहे ही अभी तक संत्रस्त अनुभव कर रहा था, उसने इन शब्दों के साथ अपनी दम तोड़ दी।

''ठीक है मेरे सम्भ्रान्त सज्जनो, मैं आपकी इस धूर्तता को भली-भाँति समझता हूँ। शिक्षा-मठ में फादर मासलों अथवा म. कास्तानेद भी इससे अधिक चतुराई न दिखा सकते थे। आप लोग मुझे फुसलानेवाले पत्र को छीन ले जाएँगे और मैं कोलमार में कर्नल कारों का दूसरा खंड बन जाऊँगा।

''किन्तु महाशयो, पलभर ठहरिए, मैं इस पत्र को भली-भाँति मोहरबन्द लिफाफ़े में रखकर फादर पिरार के पास सुरक्षित रखने के लिए भेजे देता हूँ। वह ईमानदार आदमी हैं; जानसेनपंथी और इस भाँति हर प्रकार के आर्थिक प्रलोभनों से दूर। हाँ, पर यदि उन्होंने पत्र खोल दिया तो ?...यह पत्र मुझे फूके के पास भेजना चाहिए।''

यह बात स्वीकार करनी पड़ेगी कि इस समय जुलियें की आँखों की दृष्टि भयानक थी। उसके चेहरे का भाव घृणित था; उससे खुल्लमखुल्ला अपराधवृत्ति के अतिरिक्त और कोई बात न प्रकट होती थी। इस समय वह उन अभागे लोगों की प्रतिमूर्ति बना हुआ था जो समूचे समाज से शत्रुता मोल लिए रहते हैं।

"हथियार उठाओ !" घर के सामने एक छलाँग में सारी सीढ़ियाँ पार करते हुए जुलियें ने कहा। वह सड़क के किनारे पत्र लिखनेवाले की दुकान में पहुँचा; वह व्यक्ति डर गया। "इसे नकल कर दो।" उसने उसे माद. द ला मोल का पत्र देते हुए कहा।

जितनी देर में उस व्यक्ति ने अपना काम पूरा किया उतने में जुलियें स्वयं एक पत्र फूके को इस बहुमूल्य धरोहर को सुरक्षित रखने की प्रार्थना करते हुए लिखने लगा। तभी एकाएक बीच ही में यह सोचकर वह रुक गया कि कहीं डाकखाने के गुप्तचर मेरा पत्र खोलकर उन लोगों को न दे दें ! यह विचार आते ही वह जाकर एक प्रोटेस्टैन्ट पुस्तक-विक्रेता से एक बड़ी भारी बाइबल खरीद लाया और उसकी जिल्द में होशियारी से मातिल्द के पत्र को छिपाकर रख दिया। इसके बाद पुस्तक को भली-भाँति काग़ज़ में लपेटकर उसने वह छोटा-सा पार्सल फूके के एक कर्मचारी के नाम से भेज दिया जिसे पेरिस में कोई भी नहीं जानता था।

यह सब करने के बाद वह बड़े हल्के हृदय से द ला मोल भवन वापस लौटा। "अब अपना-अपना पार्ट शुरू हो !" उसने कमरे को भीतर से बन्द करके अपना कोट उतारकर फेंकते हुए कहा।

उसने मातिल्द को लिखा था : 'क्या मादम्वाजेल, स्वयं माद. द ला मोल अपने पिता के सेवक आर्सेन के हाथों जुरा के एक गरीब बढ़ई के पास, निस्सन्देह उसकी सरलता का मज़ाक उड़ाने के लिए ही ऐसा फुसलानेवाला पत्र भेजती हैं।'

और उसने मातिल्द के पत्र से ऐसे सब वाक्यांश अपने पत्र में नकल कर दिए जिनमें अर्थ अधिक से अधिक स्पष्ट था।

उसका पत्र शवालिये द बोव्वाज़ि की कूटनीतिज्ञ शैली को भी मात करता था। अभी केवल दस ही बजे थे। जुलियें आनन्द और अपनी शक्ति के नशे में डूबा हुआ, जो उसके जैसे दरिद्र व्यक्ति के लिए बहुत ही नया था, इटेलियन ऑपेरा देखने चला गया। वहाँ उसने अपने मित्र जरोनिमो का गाना सुना। संगीत ने उसे पहले कभी इतना प्रभावित न किया था। वह देवता हो गया था।

14

एक लड़की के विचार

कैसी परेशानी है ! रातों की नींद उड़ गई ! हे भगवान ! क्या मैं खुद को घृणित बनाने जा रही हूँ ?
वह खुद ही मुझसे घृणा करेगा। पर वह जा रहा है, वह दूर जा रहा है।

–अल्फ्रेड द मुसे

मातिल्द उसे पत्र आन्तरिक संघर्ष के बिना न लिख पाई थी। जुलियें की ओर उसके रुझान का प्रारम्भ चाहे जो रहा हो, बहुत शीघ्र ही उसने मातिल्द के गर्व पर विजय पा ली थी।

जब से उसे होश था, उसके हृदय का एकमात्र स्वामी यह गर्व ही रहा था। यह भावहीन तिरस्कार-भरा हृदय पहली बार प्रबल भावनाओं से विवश हुआ था। किन्तु उसके गर्व को बस में करने के बाद भी यह प्रेम-भाव अभी तक गर्व द्वारा निर्मित अभ्यासों का अनुचर था। दो महीनों के संघर्ष और नवीन संवेदनाओं ने एक प्रकार से उसके समूचे नैतिक व्यक्तित्व को नए सिरे से ढाल दिया था।

मातिल्द सोचती थी कि सुख उसकी आँखों के सामने है। इस स्वप्न को, जो साहसिक हृदय में श्रेष्ठ बुद्धि के साथ जुड़ने पर सर्वशक्तिमान हो जाता है, आत्मगौरव और कर्तव्य के तमाम साधारण विचारों के विरुद्ध बड़ा लम्बा संघर्ष करना पड़ा। एक दिन सवेरे सात की घंटी बजते ही वह अपनी माँ के कमरे में जाकर उनसे अनुरोध करने लगी कि उसे विलेक्वे चले जाने दिया जाए। मार्किज ने उसकी बात का उत्तर देना भी आवश्यक न समझा और उसे जाकर सोने की सलाह दी। दुनियादारी और स्वीकृत विचारों के प्रति सम्मान का यह अन्तिम प्रयत्न था।

किसी प्रकार का अनुचित व्यवहार कर बैठने अथवा केलुस, लुज, कूवाजन्वा आदि लोगों द्वारा अटल समझे जानेवाले विचारों के विरुद्ध होने का भय उसे बहुत कम था; यह उसे कभी न लगता था कि ऐसे लोग उसके मन को समझने के लिए बने हैं। कोई गाड़ी अथवा जमींदारी खरीदने का प्रश्न होता तो वह उनसे सलाह भी लेती। उसे सबसे बड़ा भय इस बात का था कि कहीं जुलियें उससे अप्रसन्न न हो जाए।

कभी-कभी वह आश्चर्य से सोचती कि कहीं उसके व्यक्तित्व की श्रेष्ठता भी बाहरी दिखावामात्र न हो ! चरित्र के अभाव से उसे बड़ी चिढ़ थी। अपने चारों ओर के नौजवानों से उसकी एकमात्र शिकायत यही थी। जितनी ही चतुराई के साथ वे फैशन से भिन्नता अथवा उसे मानकर भी उसे अपनाने में असमर्थता की वे हँसी उड़ाते, उतने ही वे उसकी आँखों में अधिक गिरते रहते।

वे लोग बहादुर थे, बस। परन्तु वे किस प्रकार बहादुर हैं ? कभी-कभी वह अपने आपसे प्रश्न करती। द्वन्द्व-युद्ध में ? किन्तु द्वन्द्व-युद्ध तो आजकल बस औपचारिक ही रह गया है। हर बात पहले से पता रहती है। यहाँ तक कि गिरते समय आदमी को क्या कहना होगा ! घास पर पड़े हुए, अपना हाथ अपने हृदय पर रखकर विरोधी के लिए उदारतापूर्ण क्षमा और किसी सुन्दरी महिला के लिए कोई सन्देश और यह महिला भी या तो काल्पनिक होती है, या ऐसी जो उसके मृत्यु के दिन सन्देह के डर से बॉल-नृत्य में जाती है।

चमचमाते शस्त्रास्त्रों से सुसज्जित घुड़सवार दस्ते के आगे कोई भी आदमी संकट का सामना कर सकता है—पर क्या एकान्त का संकट भी, जो इतना विचित्र, अप्रत्याशित और वास्तव में कुत्सित होता है ?

हाय ! मातिल्द सोचने लगी, हेनरी तृतीय के राजदरबार में ही ऐसे लोग हुआ करते थे जो चरित्र से जितने महान् थे उतने ही जन्म से भी ! ओफ़ ! यदि जुलियें जारनाक अथवा मोंकोंतुर में काम कर चुका होता तो मेरे मन में कोई सन्देह न रहता। शक्ति और साहसपूर्ण कार्यों के उस युग के फ्रांसवासी दर्जी की दुकान पर रखी हुई मूरतों जैसे न थे। युद्ध का दिन लगभग सबसे कम परेशानी का दिन हुआ करता था।

उनका जीवन मिस्र की ममी की भाँति भीतर के खोल तक सीमित नहीं था जो सबके और सर्वदा एक से होते हैं। हाँ, उन दिनों कातरिन द मेदिसि के निवासस्थान ओतेल द

स्वास्वों से अकेले घर जाने में भी, आजकल अल्जिये के लिए चल पड़ने से कहीं अधिक सच्चे साहस की आवश्यकता होती थी। पुरुष का जीवन अनगिनत जोख़िमों से भरा रहता था। अब सभ्यता तथा पुलिस के प्रधान ने सारी जोख़िमें समाप्त कर दी हैं तो अप्रत्याशित के लिए कोई गुंजाइश ही न बची है। यदि अप्रत्याशित हमारे विचारों में प्रकट होता है तो लोगों को उसके विरुद्ध पर्याप्त उक्तियाँ नहीं मिलतीं; यदि वह घटनाओं में प्रकट होता है तो भय के कारण हमारी नीचता की कोई हद नहीं रहती। भय के कारण हम जो भी पागलपन कर बैठें, उसके लिए बहाने ढूँढ़ लिए जाते हैं। यह पतित और नीरस युग है ! यदि बोनिफास द ला मोल सन् 1793 में अपने कटे हुए सिर को कब्र से उठाकर देखते कि उनके सत्रह वंशधर वध से दो दिन पहले भेड़ों की भाँति ले जाए जा रहे हैं, तो वह क्या कहते ? मृत्यु तो निश्चित थी, किन्तु अपनी रक्षा करना और कम-से-कम एक-दो जैकोबिनों को मार डालना शिष्टता के विरुद्ध समझा जाता था ! आह ! बोनिफास द ला मोल के दिनों में फ्रांस के वीरतापूर्ण युग में जुलियें सेना में मेजर होता और मेरा भाई औचित्य का आदर्श तथा अपने होंठों पर सावधानी और आँखों में समझदारी धारण करनेवाला नौजवान पुरोहित।

कुछ महीने पहले मातिल्द किसी अप्रचलित बनावट के व्यक्ति से मिलने के विषय में निराश हो चुकी थी। समाज के कुछेक युवकों को पत्र लिखने में उसे थोड़ा-बहुत आनन्द मिला करता था। यह अशोभन साहसिकता किसी युवती के लिए अत्यन्त नासमझी की बात मानी जाती थी। इसके कारण यह आशंका थी, वह म. द क्रवाजन्वा की, उसके पिता की और दुक् द शोन तथा उसके समस्त परिवार की नज़रों में कहीं गिर न जाए, जो प्रस्तावित विवाह-सम्बन्ध को टूटते देखकर यह जानना चाहते कि इसका कारण क्या है। उन दिनों ऐसा ही एक पत्र लिखने के बाद मातिल्द को एक रात नींद नहीं आई थी; किन्तु तो भी उसके यह पत्र केवल उत्तर भर थे।

और आज उसे यह कहने का साहस है कि वह प्रेम करती है। वह समाज के निम्नतम स्तर के एक व्यक्ति को पहले (कैसा भयानक शब्द है !) लिख रही है।

यदि इन परिस्थितियों का पता चल जाता तो उसकी हमेशा के लिए बदनामी पक्की थी। उसकी माँ से मिलने आनेवाली कौन-सी स्त्री उसका पक्ष लेने का साहस करेगी ? ड्राइंगरूमों के भीषण तिरस्कार के तीव्र आघात को हल्का करने के लिए वे लोग कैसे-कैसे चतुराई भरे शब्द ढूँढ़ेंगे !

किसी पुरुष से बात करना ही काफ़ी चौंकानेवाली बात है—पर लिखना ! कुछ ऐसी भी चीज़ें होती हैं जिन्हें कभी लिखा नहीं जाता ! नेपोलियन ने जब बेलें के पतन की बात सुनी तो चौंककर यही कहा था। यह बात उसे जुलियें ने ही बताई थी, मानो उसे पहले से ही शिक्षा दिए दे रहा हो !

पर यह सब भी अभी तक इतना विशेष कुछ न था। मातिल्द के संताप के अन्य कारण थे। समाज के ऊपर होनेवाले भीषण प्रभाव की, अपनी जाति के विरुद्ध चलने के कारण सार्वजनिक घृणा उत्पन्न करनेवाले अमिट कलंक की चिन्ता छोड़कर मातिल्द अब ऐसे व्यक्ति को पत्र लिख रही थी जो क्रवाजन्वा, लुज़ और केलुस जैसे लोगों से एकदम भिन्न है।

यदि वह उसके साथ साधारण रूढ़िगत सम्बन्ध भी स्थापित कर रही होती तो भी जुलियें के चरित्र की गहराई और उसकी अगम्य रहस्यमयता बड़ी डरावनी जान पड़ती; पर वह तो उसे अपना प्रेमी, शायद अपना स्वामी, बनाने जा रही थी !

यदि कभी उसे मेरे ऊपर पूरा अधिकार प्राप्त हो गया तो वह मुझसे कौन-सी चीज़ की माँग न करेगा ? ठीक है, मेदेआ की भाँति मन-ही-मन कहूँगी : 'इन सभी संकटों के बीच मेरा निजत्व तो मेरे पास है ही !'

उसे विश्वास था कि जुलियें के मन में कुल की उच्चता के लिए कोई आदर नहीं है। इससे भी बुरी बात यह है कि शायद उसके मन में मेरे लिए कोई प्रेम नहीं !

उन भयानक सन्देह के क्षणों में स्त्री-सुलभ अभिमान के विचार प्रबल हो जाते। मातिल्द अधीर होकर कहने लगती, मेरी जैसी लड़की के भाग्य में हर चीज़ असाधारण ही होने को है। तब बचपन से ही उसके भीतर कूट-कूटकर भरा हुआ स्वाभिमान उसके शील के विरुद्ध सक्रिय हो उठता। ठीक इसी स्थिति में जुलियें के प्रस्ताव ने समय से पूर्व ही प्रश्न को तात्कालिक बना दिया। (ऐसे चरित्र सौभाग्यवश बहुत कम ही होते हैं।)

उस दिन रात को बहुत देर से जुलियें दुष्टतापूर्वक एक बहुत ही भारी सन्दूक मजदूर के सिर पर रखवाकर नीचे ले गया। इस काम के लिए उसने उस नौकर को ही बुलाया जो मा. द ला मोल की नौकरानी को रिझाने में लगा था। उसने मन-ही-मन कहा कि हो सकता है, इस चाल का कोई परिणाम न निकले; किन्तु यदि यह सफल हुई तो वह सोचेगी कि मैं चला गया हूँ। अपनी इस चालाकी से बहुत ही प्रसन्न होकर वह सो गया।

मातिल्द की उस रात पलक भी न लगी।

अगले दिन जुलियें बहुत सवेरे ही किसी के उठने के पहले ही घर से चला गया, पर आठ बजते-बजते लौट आया।

उसने मुश्किल से पुस्तकालय में प्रवेश किया होगा कि माद. द ला मोल दरवाजे पर दिखाई दीं। उसने अपना जवाब उनके हाथों में पकड़ा दिया। उसने उनसे बातचीत करनी चाही; कम-से-कम इससे अधिक सुविधाजनक अवसर मिलना कठिन था। पर माद. द ला मोल ने उसकी कोई बात न सुनी और वह पत्र लेकर गायब हो गईं। जुलियें इससे प्रसन्न ही हुआ, उसे समझ में नहीं आ रहा था कि उनसे क्या कहेगा।

वह सोचने लगा कि यदि ये सब काउन्ट नौर्बेर के साथ तय करके रचा जानेवाला खेल नहीं है तो फिर यही हो सकता है कि मेरी बेरुखी ने इस बड़े घर की लड़की के मन में कोई विचित्र प्रकार का प्रेम जाग्रत किया है। यदि उस बड़ी भारी कपड़े की गुड़िया के प्रति मैं अपने मन में कोई स्नेह उत्पन्न हो जाने दूँ तो मुझसे बड़ा मूर्ख और कोई न होगा। इस विचार ने उसे पहले से भी अधिक रूखा और सावधान बना दिया।

वह सोचता रहा कि जो युद्ध अभी शुरू होनेवाला है, उसमें परिवार की उच्चता का गर्व मेरे-उसके बीच युद्धोपयोगी टेकरी का काम करेगा। हम दोनों को इसी स्थल पर अपने-अपने पैंतरे दिखाने होंगे। मैंने पेरिस में ठहरे रहकर बड़ी भूल कर दी। अपना जाना टाल देने से मेरी स्थिति कुछ कमजोर पड़ गई है और अगर यह सब निरी चाल है तो मेरे लिए खतरा भी हो सकता है। मेरे चले जाने में क्या डर था ? यदि वे लोग मुझे मूर्ख बनाने का जाल रच रहे हैं तो उससे वे ही मूर्ख बनते। और यदि उसका मेरे प्रति यह स्नेह किसी प्रकार सच्चा है तो मेरी अनुपस्थिति से वह सौ गुना और बढ़ता।

माद. द ला मोल के पत्र से जुलियें के आत्माभिमान को इतना सन्तोष मिला था कि इन घटनाओं के ऊपर प्रसन्न होने में वह वहाँ से चले जाने की आवश्यकता पर गम्भीरतापूर्वक विचार करना बिल्कुल भूल गया था।

अपनी भूलों के प्रति बड़े तीव्र रूप में सजग होना उसके चरित्र की बड़ी घातक विशेषता थी। अपनी इस भूल के कारण वह बहुत ही दुखी हो गया। उसने इस हल्की-सी पराजय से पहले की अनोखी विजय के बारे में सोचना भी छोड़ दिया। तभी करीब नौ बजे माद. द ला मोल फिर पुस्तकालय के द्वार की देहली पर प्रकट हुईं और उसके सामने एक पत्र फेंककर जल्दी से चली गईं।

लगता है कि यह पत्रों के रूप में उपन्यास बननेवाला है, उसने पत्र को उठाते-उठाते कहा। शत्रु एक चाल चल रहा है। मैं अपनी ओर से बेरुखी और सदाचारिता से काम लूँगा।

पत्र में एक ऐसे दर्पपूर्ण स्वर में निश्चित उत्तर माँगा गया था जिसने उसकी आन्तरिक आनन्दवृत्ति के लिए ईंधन का काम किया। वह अपने उत्तर में दो पन्नों तक उन सब लोगों को रहस्य में डाले रखने का आनन्द उठाता रहा जो उसे मूर्ख बनाने के लिए जाल रच रहे थे। अन्त में उसने अगले दिन सवेरे पेरिस से प्रस्थान करने की घोषणा भी कर दी।

पत्र लिखने के बाद उसने सोचा कि इसे देने के लिए बगीचा ही ठीक रहेगा और वह बाहर निकल आया। वह माद. द ला मोल के कमरे की खिड़की की ओर ऊपर देखने लगा। उनका कमरा पहली मंजिल पर था, पर बीच में एक बड़ी-सी नीची छतवाली मंज़िल भी थी। पहली मंज़िल की छत इतनी ऊँची थी कि जब जुलियें पत्र हाथ में लेकर नीबू के पेड़ोंवाले रास्ते से चला तो माद. द ला मोल की खिड़की से दिखाई न पड़ता था। सुन्दर ढंग से छँटे हुए नीबू के पेड़ों से एक मेहराब-सी बन गई थी जो ऊपर से दिखाई पड़ने में बाधक होती थी। क्या !--जुलियें ने मन-ही-मन क्रुद्ध भाव से कहा। एक और मूर्खता ! यदि ये लोग मेरा मज़ाक बना रहे हैं तो पत्र लेकर इस भाँति दिखाई पड़ना शत्रु की चाल में फँस जाने के बराबर है।

नौर्बेर का कमरा अपनी बहन के कमरे के ठीक ऊपर ही था। और नीबू के पेड़ों की डालियों से बनी हुई गली से जुलियें के बाहर निकलते ही काउन्ट और उसके मित्र उसकी सारी गतिविधि देख सकते थे।

माद. द ला मोल खिड़की के काँच के पीछे दिखाई पड़ीं। जुलियें ने अपना पत्र उन्हें दिखाया तो उन्होंने अपना सिर हिला दिया। तुरन्त जुलियें अपने कमरे की ओर चल पड़ा। सीढ़ियों पर उसकी सुन्दरी मातिल्द से भेंट हुई जिसने बहुत ही सहज भाव से और हँसती हुई आँखों से उसके हाथ से पत्र छीन लिया।

बेचारी मादाम द रेनाल को छः महीने की घनिष्ठता के बाद भी जब मेरा पत्र मिला था तो कितना प्रेम उनकी आँखों में था ! जुलियें सोचने लगा। मुझे विश्वास है कि शायद एक बार भी उन्होंने मुझे ऐसी हँसती हुई आँखों से न देखा होगा।

अपनी बाकी प्रतिक्रिया उसने इतनी स्पष्टता से समझने का यत्न नहीं किया। क्या वह अपने उद्देश्यों में किसी हल्की वस्तु के कारण लज्जित है ? पर वह आगे सोचने लगा कि उनके सवेरे के वस्त्रों की सुन्दरता में, उनके रूप के सामान्य सौन्दर्य में भी कितना अन्तर है ! कोई भी सुरुचिसम्पन्न व्यक्ति माद. द ला मोल को तीस फीट की दूरी से देखकर भी एक ही नज़र में यह बता सकता है कि वह समाज के कौन-से स्तर की हैं। कम-से-कम यह तो एक निश्चित गुण उनमें है ही।

जुलियें मन-ही-मन इस भाँति उपहास-सा करता रहा, परन्तु अपने विचारों में छिपी हुई सारी बातों को स्वीकार नहीं किया। मादाम द रेनाल के आगे उसके कारण कोई मार्कि

क्रवाजन्वा परित्याग करने को न था। वहाँ उस नीच आदमी उपज़िलाधीश म. शार्को को छोड़कर. जो वास्तविक मौगिरों परिवार के अभाव में अपने आप को म. द मौगिरों कहता था, कोई और उसका प्रतिद्वन्द्वी न था।

पाँच बजे जुलियें को तीसरा पत्र मिला जो पुस्तकालय के द्वार में से उसके पास फेंका गया था। माद. द ला मोल इस बार भी तुरन्त ही चली गई थीं। कैसा लिखने का खब्त है, जबकि बातचीत करना इतना आसान है, उसने हँसकर मन-ही-मन कहा। इतना तो स्पष्ट है कि शत्रु मेरे पत्र और बहुत-से पत्र, प्राप्त करने को व्यग्र हैं! उसे पत्र खोलने की कोई जल्दी न थी; वह सोचता था कि कुछ और सुन्दर-सुन्दर से वाक्य होंगे। पर जब उसने उसे पढ़ा तो उसका चेहरा पीला पड़ गया उसमें केवल आठ पंक्तियाँ थीं।

'मैं तुमसे बात करना चाहती हूँ; आज ही रात को जैसे ही एक बजे, तुम बाग़ में आ जाना। दीवार के पास माली की लम्बी सीढ़ी पड़ी हुई है। उसे मेरी खिड़की के सहारे टिकाकर मेरे कमरे में ऊपर चढ़ आना। रात में चाँदनी तो होगी; पर कोई हर्ज नहीं।'

15
क्या यह कोई जाल है ?

आह ! एक बड़ी योजना बना लेने और उस पर अमल के बीच
की अवधि कितनी क्रूर होती है ! कैसे भय उपजते हैं बैठे-बैठे !
कैसी हिचकिचाहट, कैसे-कैसे विचलन ! जीवन लगा होता है
दाँव पर !–
इससे भी बढ़कर कुछ होता है दाँव पर : प्रतिष्ठा !

–शिलर

अब तो मामला गम्भीर होता जा रहा है, जुलियें ने सोचा और थोड़ा-थोड़ा स्पष्ट भी। यह सुन्दर और सम्भ्रान्त महिला मुझसे पुस्तकालय में ऐसी स्वतन्त्रता से बात कर सकती है कि, भगवान भला करें, जिसकी कोई सीमा नहीं। मार्कि वहाँ इसलिए नहीं आते कि मैं कहीं उन्हें हिसाब-किताब न दिखाने लगूँ।...म. द ला मोल और काउन्ट नौर्बेर ही यहाँ आते हैं, और वे दोनों लगभग सारे दिन बाहर रहते हैं। उनके लौटने के समय का ध्यान रखना आसान है; किन्तु तो भी वह सुन्दर मातिल्द, जिसका पाणिग्रहण किसी सिंहासनासीन राजा के लिए भी सौभाग्य की बात होगी, चाहती है कि मैं एक भीषण दुस्साहसिकता का काम कर डालूँ ?

यह तो स्पष्ट है कि वे सब मुझे बरबाद करना चाहते हैं, या कम-से-कम मुझे मूर्ख बनाना चाहते हैं। सबसे पहले तो उन्होंने मुझे पत्रों द्वारा बरबाद करने की कोशिश की; पर वे बहुत संयत सिद्ध हुए। ठीक है, अब उन्हें मेरा कोई ऐसा काम चाहिए जो दिन की तरह साफ हो। ये सब महापुरुष या तो मुझे एकदम बुद्धू समझते हैं या बेहद अहंकारी। गोली मारो ! ऐसी चमकती हुई चाँदनी में इस तरह की सीढ़ी पर धरती से कोई पच्चीस फीट की ऊँचाई पर पहली मंज़िल तक चढ़कर जाना, पास-पड़ोस के घरों से भी लोगों को मुझे देखने

में कोई कठिनाई न होगी। कितना सुन्दर लगूँगा मैं उस सीढ़ी पर ! जुलियें अपने कमरे में पहुँचकर अपने सन्दूक में सामान रखने लगा। बीच-बीच में वह सीटी बजाता जाता था। उसने पत्र का उत्तर दिए बिना ही चले जाने का निश्चय कर लिया था।

किन्तु इस बुद्धिमानी के निश्चय से उसे शान्ति तनिक भी न मिली थी। सन्दूक बन्द हो जाने के बाद एकाएक उसे सूझा कि यदि संयोगवश मातिल्द ने सच्चे हृदय से यह लिखा होगा तो फिर उसे मैं घोर कायर जान पड़ूँगा। नीच कुल का तो मैं हूँ ही। अपने कार्यों में मुझे आवश्यकता होते ही किसी छल-कपट के बिना श्रेष्ठतम खरे गुणों का प्रदर्शन करना चाहिए; मेरे कार्य ऐसे हों जो अपनी प्रशंसा अपने आप करें।

वह कोई पन्द्रह मिनट तक इस बात पर विचार करता रहा। इस बात से इन्कार करने से क्या लाभ ? उसने अपने आप से कहा। वह मुझे कायर ही समझेगी। मैं न केवल उच्च समाज की प्रमुख स्त्री से हाथ धो बैठूँगा, बल्कि एक ड्यूक के बेटे और स्वयं भावी ड्यूक म. क्रवाजन्वा को अपने कारण परित्यक्त होते देखने के परम आनन्द से भी वंचित हो जाऊँगा। वह कैसा सुन्दर नौजवान है, जिसमें वे सब गुण मौजूद हैं जो मुझमें नहीं हैं... प्रत्युत्पन्न बुद्धि, उच्चकुल, धन-सम्पत्ति...

इसका मुझे जिन्दगी भर पछतावा रहेगा। मातिल्द के कारण नहीं, प्रेमिकाओं की क्या कमी है, किन्तु जैसा बूढ़ा डौन डीगो कहता है, 'सम्मान केवल एक ही है।' सम्मान के कारण उत्पन्न होनेवाले पहले ही संकट से मैं पीछे हटा जा रहा हूँ, इतना तो बिल्कुल ही स्पष्ट है। मा. द बोव्वाज़ि के साथ वह द्वन्द्व-युद्ध तो बस मज़ाक ही था। यह एकदम अलग बात है। सम्भव है, कोई नौकर मुझे पास से गोली मार दे, पर उसमें इतना खतरा नहीं। ऐसे तो मैं अपना सम्मान गँवा बैठूँगा।

"मामला गम्भीर हुआ जा रहा है, उस्ताद," उसने गैस्कन लहज़े और आनन्द के भाव से कहा। "सम्मान दाँव पर लगा है। मेरे जैसे व्यक्ति को जिसे भाग्य ने इतना हीन बनाया है, फिर कभी ऐसा अवसर नहीं मिलेगा। स्त्रियों के विषय में मुझे और बहुत सफलताएँ मिलेंगी, पर वे सब छोटी घटनाएँ ही होंगी।"

वह बहुत देर तक इसी भाँति सोचता हुआ अपने कमरे में तेज़ी से इधर से उधर टहलता रहा। बीच-बीच में वह एकाएक रुक जाता। उसके कमरे में कार्डिनल रिशल्य की संगमरमर की बहुत ही सुन्दर मूर्ति रखी थी; उसकी आँखें अपने आप ही उसकी ओर खिंच गईं। उसे लगा कि मूर्ति कठोर भाव से उसकी ओर देख रही है, मानो एक फ्रांसीसी में स्वाभाविक साहसिकता की इतनी कमी के लिए उसकी भर्त्सना कर रही हो। किन्तु हे महापुरुष, क्या आपके युग में मैं एक पल के लिए भी हिचकिचाता ?

अन्त में जुलियें ने सोचा, मान भी लिया जाए कि यह सारा का सारा जाल है, पर यह तो बहुत ही भयंकर जाल है और किसी नवयुवती के लिए बहुत ही बदनामी का कारण हो सकता है। वे लोग जानते हैं कि मैं चुप रहनेवाला आदमी नहीं हूँ। इसलिए उन्हें मेरी हत्या ही करनी पड़ेगी। 1574 में, बोनिफास द ला मोल के ज़माने में, यह सब बहुत ठीक था; पर आज केला मोल कभी ऐसा साहस नहीं कर सकते। ये लोग अब वैसे न रहे। माद' द ला मोल से इतने लोग ईर्ष्या करते हैं; कल ही चार सौ ड्राइंगरूम उनकी लज्जा की कहानी से, और वह भी कितनी प्रसन्नता के साथ गूँजते हुए सुनाई पड़ेंगे।

नौकर-चाकर तक इस बात की चर्चा करने लगे हैं कि मेरे ऊपर विशेष कृपा-दृष्टि है।

मैं जानता हूँ, मैंने अपने कानों उनकी बातें सुनी हैं।

किन्तु दूसरी ओर उसके पत्र !...शायद वे सोचते हों कि मैंने उन्हें अपने पास रख छोड़ा है; अचानक ही कमरे में आकर मुझे पकड़ लेने से उनके हाथ पड़ जाएँगे। मुझे दो, तीन, चार—कौन जानता है, कितने लोगों का सामना करना पड़ेगा ? पर वे सब आदमी उन्हें मिलेंगे कहाँ से ? पेरिस में ऐसे भाड़े के टट्टू मिलेंगे कहाँ जो जबान काबू में रख सकें ? वे सब कानून से डरते हैं...समझ गया ! केलुस, लुज़, क्रवाजन्वा आदि ही रहेंगे। अवसर और मेरी दुर्गति के तमाशे का आकर्षण रहेगा ही ! जनाब सेक्रेटरी साहब, आबेलार की दुर्गति की कुछ याद नहीं !

अच्छी बात है, जो भी हो ! आप लोगों को भी तो यों ही छुटकारा न मिलेगा। मैं फार्सालिया में सीजर के सैनिकों की भाँति आपके चेहरों पर प्रहार करूँगा। जहाँ तक पत्रों का सवाल है, मैं उन्हें सुरक्षित स्थान में रख सकता हूँ।

जुलियें ने अन्तिम दोनों पत्रों की नकलें कीं और उन्हें पुस्तकालय में वोल्तेर की सुन्दर-सी जिल्द में भीतर छिपा दिया। असली पत्रों को वह स्वयं डाक से भेजने के लिए चला गया।

लौटने पर उसने आश्चर्य और विस्मय से कहा, "अब मैं किस पागलपन में बहा जा रहा हूँ ?" पिछले पन्द्रह मिनट से उसने इस बात पर गम्भीरतापूर्वक विचार ही न किया था कि रात को उसे क्या करना होगा।

किन्तु यदि मैंने इससे बचने की कोशिश की तो बाद में आजीवन मैं अपने आप से घृणा करता रहूँगा। जिन्दगी-भर यह मामला सन्देह का विषय बना रहेगा और मेरे लिए ऐसे सन्देह से बढ़कर त्रास दूसरा नहीं। अमांदा के प्रेमी के मामले में मेरी यही हालत नहीं हुई थी ? शायद खुल्लमखुल्ला अपराध करके उसके लिए अपने आपको क्षमा करना मेरे लिए अधिक आसान है; एक बार स्वीकार कर लेने के बाद मैं उसे बिल्कुल भूल सकता हूँ।

अरे ! यह बड़े सौभाग्य की बात है कि इतने भीड़-भड़ाके में से मुझे ही एक ऐसे व्यक्ति के प्रतिद्वन्द्वी बनने का अवसर मिल रहा है जो फ्रांस के एक उच्चतम वंश का है। फिर भी मैं लापरवाही से अपने आपको उससे हीन सिद्ध कर दूँ ! आख़िरकार नहीं जाना कायरता तो है ही ! "इस एक शब्द ने सब निश्चित कर दिया," जुलियें ने उछलकर खड़े होते हुए कहा। "इसके अतिरिक्त वह है कितनी सुन्दर !"

यदि इसमें कोई छल-कपट नहीं है तो यह मेरे लिए कितनी जोख़िम उठा रही है !... यदि केवल मज़ाक ही है तो, सज्जनो, इसका भार मेरे ऊपर है कि इसे सच्चा कर दिखाऊँ। यही मैं करूँगा।

किन्तु यदि कमरे में प्रवेश करते ही वे मुझे पकड़कर मेरे हाथ-पैर बाँध लें, तो ? हो सकता है कि उन्होंने कोई ऐसा फन्दा ही लगा रखा हो !

यह तो द्वन्द्व-युद्ध है, वह हँसते-हँसते मन-ही-मन कहने लगा, इसमें हर वार का जवाबी वार भी है ही, जैसा मेरे तलवार के शिक्षक कहा करते हैं; किन्तु भगवान् जब यह निर्णय करते हैं कि अन्त आ पहुँचा, तो वह दो में से एक को अपना बचाव भूल जाने के लिए बाध्य कर देते हैं। इसके अतिरिक्त उन लोगों के उत्तर के लिए यह चीज़ भी तो मेरे पास है। उसने अपनी ज़ेबी पिस्तौलें निकाल लीं; और देखने लगा कि पूरी भरी तो हैं।

अभी कई घंटे की प्रतीक्षा बाकी थी। किसी तरह समय बिताने के लिए जुलियें फूके

को पत्र लिखने लगा।

'मेरे दोस्त, साथ के पत्र को कोई दुर्घटना होने पर ही खोलना, तभी जब तुम सुनो कि मेरे साथ कोई अजीब घटना घट गई है। उस हालत में, जो पांडुलिपि मैं भेज रहा हूँ, उसमें से नाम काटकर और उसकी आठ प्रतिलिपियाँ बनाकर मासेय, बोर्दो, लियों, ब्रुसेल्स इत्यादि के अख़बारों में भेज देना। दस दिन बाद इस पांडुलिपि को छपाकर उसकी पहली प्रति मार्कि द ला मोल को भेजना और उसके पन्द्रह दिन बाद बाकी प्रतियों को वेरियेर की सड़कों पर बँटवा देना।'

अपने कार्य का औचित्य प्रकट करनेवाले इस संक्षिप्त से स्मृति-पत्र में, जो वर्णनात्मक ढंग से लिखा गया था और जिसे दुर्घटना की स्थिति के सिवाए फूके को न खोलने का आदेश था, जुलियें ने यथासम्भव इस ढंग से सारी बात लिखी थी कि माद. द ला मोल के ऊपर कम-से-कम आँच आए, किन्तु साथ ही उसने अपनी स्थिति भी बहुत सुनिश्चित शब्दों में प्रकट कर दी थी।

जुलियें अपने छोटे-से पैकेट पर मोहर ही लगा रहा था कि भोजन की घंटी बजी। उसका दिल जोरों से धड़क उठा। अभी-अभी रची हुई कहानी में डूबे होने के कारण उसकी कल्पना केवल दुःखभरी भावनाओं से ही पूरी तरह आक्रान्त थी। वह मन-ही-मन नौकरों द्वारा पकड़े जाने, गला दबाए जाने और मुँह में कपड़ा ठूँसकर तहख़ाने में ले जाए जाने की कल्पना करता रहा था। वहाँ उनमें से कोई एक उसकी निगरानी करता रहेगा और यदि उच्च परिवार के सम्मान के लिए किसी दुखद अन्त की आवश्यकता पड़ी तो किसी ऐसे विष का सहारा आसानी से लिया जा सकेगा जिसका कोई चिह्न तक नहीं दिखाई पड़ सके। फिर बाद में यह कहकर कि उसकी मृत्यु किसी बीमारी से हुई है, उसके मृत शरीर को उसके कमरे में पहुँचा दिया जाएगा।

किसी नाटककार की भाँति, अपनी ही कहानी से विचलित होकर जुलियें ने जब भोजन-गृह में प्रवेश किया तो वह सचमुच कुछ भयभीत-सा था। वह पूरी वर्दियाँ पहने नौकरों को देखकर उनके चेहरे की आकृति का अध्ययन करने लगा। उनमें से कौन लोग आज के कार्य के लिए चुने गए होंगे ? वह आश्चर्य से सोचने लगा। इस परिवार में हेनरी तृतीय के राजदरबार की स्मृतियाँ इतनी उपस्थित रहती हैं, इतनी बार याद की जाती हैं कि किसी प्रकार के संकट का अनुभव होते ही ये लोग अन्य व्यक्तियों की अपेक्षा अधिक दृढ़तापूर्वक कार्य करेंगे। वह माद. द ला मोल की ओर देखने लगा, मानो उनकी आँखों में पढ़ना चाहता हो कि उनका परिवार क्या योजना बना रहा है। उनका मुख पीला था और उसे लगा कि उनके चेहरे पर कोई बिल्कुल मध्ययुगीन-सा भाव है। ऐसी गरिमा कभी उसने उनके मुख पर न देखी थी। वह सचमुच सुन्दर और महिमामयी लग रही थीं। उसने मन-ही-मन कहा कि इनके चेहरे का यह पीलापन भी इनकी योजना की गहराई का सूचक है।

भोजन के बाद वह कुछ देर तक बाग़ में अटका रहा, पर कोई लाभ न हुआ। माद. द ला मोल वहाँ नहीं आईं। उस समय वह यदि उनसे बातचीत कर पाता तो उसके हृदय से एक भारी बोझ हट जाता।

क्यों न इस बात को स्वीकार कर लिया जाए ? वह भयभीत है। मन-ही-मन निश्चय कर चुकने के कारण इस भावना को उसने किसी लज्जा के बिना ही स्वीकार कर लिया। यदि कार्य के अवसर पर मुझमें आवश्यक साहस मौजूद रहा तो इस बात से क्या आता-जाता

है कि मैं इस समय क्या अनुभव कर रहा हूँ ? वह स्थिति का अनुमान करने और सीढ़ी का वजन जाँचने के लिए चला गया।

लगता है, मेरे भाग्य में इसी साधन का उपयोग बदा है !...वेरियेर की भाँति यहाँ भी ! उसने हँसककर सोचा। किन्तु कितना अन्तर है ! उसने लम्बी साँस ली। उस समय मेरे मन में उस व्यक्ति के प्रति कोई सन्देह नहीं था जिसके लिए मैं वह संकट उठा रहा था। और फिर संकट में भी कितना अन्तर था !

म. द रेनाल के बगीचे में मारे जाने में किसी बदनामी की आशंका न थी। वहाँ मेरी मृत्यु को रहस्यमय सिद्ध करना बहुत आसान था। यहाँ पर द शोन भवन, द केलुस भवन, द रे भवन इत्यादि में, संक्षेप में हर जगह, लोग-बाग कैसी-कैसी घृणित कहानियाँ न गढ़ेंगे ! भावी पीढ़ियाँ वर्षों तक मुझे राक्षस समझती रहेंगी।

या शायद दो-तीन वर्ष तक, उसने अपने ऊपर हँसते हुए कहा। किन्तु इस विचार से वह विचलित हो उठा। मेरे कार्य को उचित ठहराने वाला कौन होगा ? मेरी मृत्यु के बाद यदि फूके उस पुस्तिका को प्रकाशित भी कर दे तो उससे बदनामी ही और होगी। लोग कहेंगे कि देखो ! एक परिवार में इसे आश्रय मिला और उसके बदले में, वहाँ मिलनेवाली हर तरह की सुविधा और कृपा के पुरस्कार में इसने वहाँ होनेवाली घटनाओं को लेकर पुस्तिका छपा दी ! एक स्त्री के सम्मान पर प्रहार कर डाला ! ओफ़ ! इससे तो मूर्ख ही बनूँ। हज़ार बार वही अच्छा है !

वह शाम बड़े त्रास में बीती।

16

रात को एक बजे

यह बाग बहुत विशाल था, और कुछ ही वर्ष पहले बड़ी सुरुचि के साथ बनवाया गया था। लेकिन यहाँ के वृक्ष सौ वर्ष से भी ज्यादा पुराने थे। यहाँ कुछ देहात की झलक मिलती थी।

—मेसिंजर

वह फूके को अपने पिछले आदेशों को रद्द कर देने के लिए लिखने ही जा रहा था कि घड़ी में ग्यारह बजे। उसने कुछ शोर के साथ अपने दरवाज़े के ताले में चाबी को घुमाया, मानो वह भीतर से ताला बन्द कर रहा हो। उसके बाद वह चुपके से यह देखने के लिए बाहर निकल आया कि क्या हलचल है; विशेषकर चौथी मंज़िल पर जहाँ नौकर रहते हैं, वहाँ क्या हो रहा है। कोई असाधारण बात उसे दिखाई न पड़ी। मा. द ला मोल की एक नौकरानी ने दावत दी थी और सारे नौकर इस समय पीने-पिलाने में लगे थे। जुलियें सोचने लगा कि आज रात के अभियान के लिए चुने जानेवाले लोग इस भाँति हँसते हुए नहीं दिखाई पड़ते; वे कहीं अधिक गम्भीर होते।

अन्त में वह बग़ीचे के एक अँधेरे-से कोने में चला गया। यदि इन लोगों का इरादा

अपनी योजना को घर के नौकरों से भी छिपाने का है तो मेरे ऊपर चुपके से हमला करने के लिए तैनात आदमी बग़ीचे की दीवार लाँघकर ही आएगा।

यदि म. द क्रवाजन्वा ठंडे दिमाग और सहज बुद्धि से इस योजना का संचालन कर रहे हैं तो वे यह अवश्य अनुभव करेंगे कि उस बेचारी युवती के कमरे में प्रवेश करने से पहले ही मुझे पकड़ लेना कहीं अधिक सम्मानजनक होगा।

उसने एकदम सैनिक सावधानी के साथ पूरी स्थिति का पता लगाने की कोशिश की। उसने सोचा कि मेरा सम्मान दाँव पर लगा है। यदि मुझसे कोई भूल होगी तो मैं यह कहकर अपने आपको क्षमा नहीं कर सकूँगा कि मैंने यह बात सोची न थी।

मौसम एकदम शान्त और खुला हुआ था। कोई ग्यारह बजे के लगभग चाँद उग आया था और साढ़े बारह पर तो बग़ीचे की ओर मकान का सारा हिस्सा पूरी तरह आलोकित हो उठा था।

यह लड़की बिल्कुल पागल है, जुलियें सोचने लगा। एक बजा तो काउन्ट नौर्बेर की खिड़की में अभी रोशनी थी। जुलियें कभी अपने जीवन में इतना भयभीत न हुआ था। उसे इस कार्य के केवल संकट ही दीख रहे थे, उत्साह उसके मन में तनिक भी न था।

वह उस बड़ी भारी सीढ़ी को लेने के लिए चल पड़ा, फिर पाँच मिनट तक इस प्रतीक्षा में रहा कि अब भी मातिल्द अपने आदेश को रद्द कर दे। एक बजकर पाँच मिनट पर उसने सीढ़ी को उसकी खिड़की के सहारे टिका दिया। फिर भी कोई आक्रमण न हुआ तो विस्मित-सा चुपचाप पिस्तौल हाथ में लिए ऊपर चढ़ने लगा। पास पहुँचते ही खिड़की बहुत ही धीमे से खुल गई।

''तो तुम आ गए,'' मातिल्द ने उससे भाव-विह्वल स्वर में कहा। ''मैं घंटे भर से तुम्हारी गतिविधि को देख रही हूँ।''

जुलियें बड़ा संकुचित अनुभव करने लगा। उसकी समझ में नहीं आ रहा था कि कैसा व्यवहार करे, प्रेम तो उसके हृदय में बिल्कुल था ही नहीं। अपनी घबराहट में साहसिक होने के विचार से उसने मातिल्द को आलिंगन करने का प्रयत्न किया।

''नहीं, नहीं !'' उसने जुलियें को झटके-से अपने से दूर करते हुए कहा।

इस भाँति अलग किए जाने पर एक प्रकार की मुक्ति-सी अनुभव करके, उसने अपने चारों ओर नज़र डाली। चाँदनी इतनी निर्मल थी कि उसके कारण माद. द ला मोल के कमरे में पड़नेवाली छायाएँ काफ़ी काली थीं। हो सकता है कि वहाँ बहुत-से लोग छिपे हों जो मुझे दीख नहीं रहे हैं।

''अपने कोट की बगलवाली जेब में तुमने क्या छिपा रखा है ?'' मातिल्द ने बातचीत का कोई विषय पाने से प्रसन्न होकर कहा। वह विचित्र रूप से संत्रस्त थी। अच्छे परिवार की नवयुवती के लिए सर्वथा स्वाभाविक संकोच और आत्मगोपन के भाव फिर से प्रबल हो उठे थे और उसे कष्ट दे रहे थे।

''मेरे पास हर तरह के हथियार और पिस्तौलें हैं।'' जुलियें ने भी कुछ कहने का अवसर पाने से कुछ आश्वस्त होकर उत्तर दिया।

''सीढ़ी तो हटा दो।'' मातिल्द ने कहा।

''सीढ़ी बहुत ही बड़ी है, गिरने से कहीं नीचे ड्राइंगरूम अथवा निचली मंज़िल की खिड़कियाँ न टूट जाएँ।''

"खिड़कियाँ टूटना तो ठीक नहीं," मातिल्द ने साधारण वार्तालाप का स्वर अपनाने का व्यर्थ प्रयत्न करते हुए कहा।

"सीढ़ी को रस्सी से बाँधकर नीचे लटकाया जा सकता है। मेरे कमरे में हमेशा बहुत-सी रस्सियाँ रहती हैं।"

यही है प्रेम करनेवाली स्त्री ! जुलियें ने सोचा। कैसे इसे यह कहने का साहस होता है कि प्रेम करती हूँ ? इसकी ये सब सावधानियाँ और सहज बुद्धि इस बात को स्पष्ट प्रकट करती हैं कि मैंने मूर्खतावश ही यह सोच रखा था कि मैं म. द क्रवाजन्वा के ऊपर विजय प्राप्त कर रहा हूँ; वास्तव में मैं उनका उत्तराधिकारी बन रहा हूँ, पर इससे आता-जाता भी क्या है ? मैं भी तो कोई उससे प्रेम नहीं करता। मार्कि के ऊपर इस मानी में तो मेरी जीत है ही कि अपना कोई उत्तराधिकारी होने मात्र से ही वह बहुत क्रुद्ध होंगे, और इससे तो उनके क्रोध का कोई ठिकाना ही न रहेगा कि वह उत्तराधिकारी मैं हूँ। कल शाम को काफ़े तोर्तोनी में वह कैसे घमंड के साथ मेरी ओर देख रहे थे, जैसे मुझे पहचानते ही न हों ! बाद में जब बच न सके तो कितनी धृष्टता के साथ उन्होंने मेरा अभिवादन किया था ! जुलियें ने सीढ़ी के सबसे ऊपरवाले डंडे में रस्सी बाँध दी थी और अब वह उसे धीरे-धीरे नीचे लटका रहा था। वह झरोखे में काफ़ी आगे को झुक गया था ताकि सीढ़ी खिड़कियों से न टकराए। वह सोचने लगा कि यदि मातिल्द के कमरे में कोई सचमुच छिपा हो तो मुझे मारने का यह अवसर बहुत अच्छा है, पर सब जगह गहरी निस्तब्धता छाई हुई थी।

सीढ़ी ज़मीन पर जा टिकी। जुलियें ने उसे दीवार के सहारे उगे पौधों के बीच गिरा दिया।

"मेरी माँ को," मातिल्द ने कहा, "कल जब अपने सुन्दर पौधे कुचले हुए दिखाई पड़ेंगे तो वह क्या कहेंगी !...यह रस्सी भी नीचे फेंक दो," उसने एकदम शान्त स्वर में कहा। "यदि किसी ने झरोखे से रस्सी लटकी हुई देखी तो इसका बहाना बनाना कठिन हो जाएगा।"

"और मैं जाऊँगा कैसे ?" जुलियें ने नौकरानी की देहती बोली की नकल करते हुए कहा।

"दरवाज़े से," मातिल्द इस सूझ से प्रसन्न होकर बोली। ओफ़ ! यह व्यक्ति मेरे प्रेम के लिए कितना उपयुक्त है, उसने सोचा। जुलियें ने रस्सी को भी गिरा दिया। तभी मातिल्द ने कसकर उसकी बाँह पकड़ ली। पलभर को जुलियें को लगा जैसे किसी शत्रु ने उसे दबोच लिया हो और वह अपनी कटार निकालकर झटके के साथ घूमा। मातिल्द को लगा था कि कहीं कोई खिड़की खुली। वे दोनों निश्चल साँस रोके खड़े रहे। चमकती हुई खिली चाँदनी उन पर बरस रही थी। कोई आवाज़ फिर सुनाई न पड़ी तो उनकी आशंका जाती रही।

अब नया संकोच शुरू हुआ, जो दोनों ओर ही बहुत अधिक था। जुलियें आश्वस्त हो चुका था कि दरवाज़े की कुंडी-चटखनी सब बन्द हैं। उसकी बहुत इच्छा हुई कि पलंग के नीचे भी देख ले, पर साहस न हुआ—एक-दो नौकर वहाँ भी छिप सकते हैं।

मातिल्द तीव्र संकोच की यातना में डूब गई। वह अपनी स्थिति की कल्पना करके घबरा उठी थी।

"मेरे पत्रों का तुमने क्या किया ?" उसने आख़िरकार पूछा।

यदि वे सब सज्जनवृन्द सुन रहे हों तो उनकी सारी योजनाओं को बेकार करना तथा लड़ाई से बचने का कैसा उत्तम अवसर है ! जुलियें ने सोचा।

"पहला तो एक बड़ी भारी प्रोटेस्टेंट बाइबल में छिपा है," उसने कहा, "जिसे पिछली रात की डाक यहाँ से बहुत दूर लिए जा रही है।"

यह बात उसने बहुत साफ़-साफ़ और इस ढंग से कही कि यदि दो बड़ी-बड़ी महोगनी की आलमारियों में भी जिन्हें देखने का उसे साहस न हुआ था, कोई छिपा हो तो भली-भाँति सुन ले।

"बाकी दोनों भी डाक में ही हैं और उसी रास्ते जा रहे हैं।"

"हे भगवान् ! पर इन सब सावधानियों की क्या ज़रूरत थी ?" मातिल्द ने विस्मित होकर पूछा।

मुझे झूठ बोलने की क्या आवश्यकता है ? जुलियें ने सोचा और उसने अपने सारे सन्देह उसके आगे स्वीकार कर लिए।

"तो यह कारण है तुम्हारे पत्रों की स्नेहहीनता का, प्रिय !" मातिल्द ने स्नेह से भी अधिक तीव्र उत्तेजना के स्वर में कहा।

जुलियें को यह सूक्ष्म अन्तर न दिख सका। उसके 'प्रिय' शब्द के व्यवहार से उसका होश-हवास जाता रहा। कम-से-कम उसके सारे सन्देह तो गायब हो ही गए। उसने साहस करके इस लड़की को अपनी बाँहों में कसकर भर लिया। कितनी सुन्दर थी वह और उसके भीतर कितनी आदर की भावना जाग्रत करती थी ! इस बार उसको आधा ही दूर हटाया गया।

उसने अपनी स्मरणशक्ति का सहारा लिया, जैसा बहुत दिन पहले उसने बजाँसों में अमांदा बिने के साथ किया था और 'नूवेल एल्वा' से बहुत-से सुन्दर-सुन्दर वाक्य कह डाले।

"तुम्हारे भीतर एक पुरुष का हृदय है, प्रियतम," जुलियें के शब्दों की ओर बहुत अधिक ध्यान दिए बिना ही वह बोली, "मैं स्वीकार करती हूँ कि मैं तुम्हारे साहस की परीक्षा ले रही थी। पहले सन्देह और फिर दृढ़ निश्चय से तुम, मैंने सोचा था, उससे भी कहीं अधिक निर्भीक सिद्ध होते हो।" मातिल्द प्रयत्न करके अपने स्वर को आत्मीय बना रही थी। स्पष्ट ही अपने शब्दों की अपेक्षा बातचीत के इस अपरिचित ढंग की ओर उसका कहीं अधिक ध्यान था।

इस सर्वथा स्नेहशून्य प्रेमालाप से जुलियें को पहले क्षण के बाद कोई आनन्द न मिला। वह अपने मन में सुख के इस अभाव पर चकित था। अन्त में उसने विवेक का सहारा लिया। यह अत्यत ही गर्वीली लड़की, जो कभी किसी की जी खोलकर प्रशंसा नहीं करती, इस समय मेरा आदर कर रही है। इस तर्क की सहायता से आत्म-श्लाघा के ऊपर आधारित सुख उसे मिला। यह सही है कि इसमें आत्मा का वह भावातिरेक न था जो उसने कई बार मादाम द रेनाल के संसर्ग में प्राप्त किया था। प्रेम के इस प्रथम क्षण में उसकी भावनाओं में स्नेह का लेशमात्र न था। यह तीव्र सुख महत्त्वाकांक्षा का था, और जुलियें सबसे पहले एक महत्त्वाकांक्षी व्यक्ति ही था। वह फिर उसे सुनाने लगा कि किन-किन लोगों पर उसे सन्देह हुआ था और उसने कौन-कौन-से साधन बरते थे। यह बताते-बताते भी वह यही सोच रहा था कि अपनी विजय का पूरा-पूरा लाभ किस भाँति उठाया जाए।

मातिल्द अभी तक संकुचित अनुभव कर रही थी और उसके मुख पर ऐसा भाव था जैसा अपने किसी कार्य से स्तम्भित हो जानेवाले व्यक्ति के मुख पर होता है। वह बातचीत का कोई विषय पाकर प्रसन्न हो उठी। वे लोग एक-दूसरे से फिर मिलने के साधनों और उपायों की चर्चा करते रहे। जुलियें को अपनी बुद्धि और वीरता तथा साहस की चर्चा में बड़ा आनन्द आता था। अपनी बातचीत में उन गुणों—इनेसो के और भी प्रमाण प्रस्तुत किए।

उन लोगों को अत्यन्त ही तीक्ष्ण दृष्टिवाले लोगों से मुकाबला करना था। युवक तांबो तो निस्सन्देह ही गुप्तचर है; किन्तु मातिल्द और उसमें भी चालाकी की कमी न थी। इससे अधिक आसान और क्या हो सकता है कि वे पुस्तकालय में मिलकर सभी व्यवस्था ठीक कर लिया करें ?

"मैं घर के किसी भी भाग में कोई भी सन्देह पैदा किए बिना ही आ-जा सकता हूँ, बल्कि स्वयं मा. द ला मोल के कमरे तक में," जुलियें ने कहा। बेटी के कमरे में पहुँचने के लिए उनके कमरे से निकलना बिल्कुल आवश्यक था। किन्तु यदि मातिल्द सदा सीढ़ी से ही आना ठीक समझती हो तो वह इस साधारण-सी जोखिम को भी खुशी-खुशी उठाने को तैयार है।

उसकी बात सुनते-सुनते मातिल्द को उसके विजय के-से भाव से कुछ धक्का लगा। तो अब यह मेरा स्वामी है ! पश्चात्ताप से जलते हुए उसने सोचा। जो भयंकर मूर्खता वह कर बैठी थी उससे वह काँप उठी। सम्भव होता तो इस समय वह जुलियें का और अपना, दोनों का नाम-निशान तक मिटा देती। बीच-बीच में जब उसकी इच्छाशक्ति पश्चात्ताप की भावना को शान्त भी कर पाती तो संकोच और आहत लज्जा की भावनाएँ उसको अत्यन्त ही दुःखी कर देती थीं। इस समय जिस भयंकर मानसिक त्रास का वह अनुभव कर रही थी, उसकी उसने क्षणभर के लिए भी कल्पना न की थी।

अन्त में उसने मन-ही-मन कहा कि जो भी हो मुझे उससे बातचीत तो करनी ही चाहिए। यह तो एक साधारण नियम की बात है, अपने प्रेमी से बात तो सभी करते हैं। और फिर अपने इस कर्त्तव्य को पूरा करने के लिए और ऐसे स्नेह के भाव से, जो स्वर की अपेक्षा शब्दों में अधिक था, उसने जुलियें को बताया कि पिछले कुछ दिनों में उसे लेकर कैसे-कैसे निश्चय उसने कर डाले हैं।

उसने निश्चय किया था कि यदि जुलियें उसके आदेशानुसार माली की सीढ़ी द्वारा उसके कमरे में आने का साहस कर सका तो वह सम्पूर्णतः उसकी हो जाएगी; किन्तु ऐसी सुकुमार स्नेहभरी बात कभी किसी ने शायद इससे अधिक विरक्तिपूर्ण और औपचारिक स्वर में न कही होगी। वह किसी के मन को भी प्रेम के विचारमात्र से घृणा से भर देने के लिए काफ़ी था। एक अविचारी नवयुवती के लिए कैसा नैतिक पाठ है ! क्या ऐसे एक क्षण के लिए अपने समूचे भविष्य को नष्ट करना उचित है ?

बहुत देर तक असमंजस में पड़े रहने के बाद मातिल्द आख़िरकार उसके लिए एक स्नेहमयी और प्यार करने योग्य प्रेमिका बन गई। मातिल्द की यह हिचकिचाहट दूर से देखनेवाले को तीव्र असंदिग्ध घृणा से उत्पन्न लग सकती थी, क्योंकि एक स्त्री की कर्त्तव्य-चेतना इतनी दृढ़ संकल्प-शक्ति के आगे भी बड़ी कठिनाई से परास्त होती है।

सच बात यह है कि उनके भावावेग कुछ-कुछ बनावटी थे। उत्कट प्रेम अभी उनके लिए यथार्थ की अपेक्षा आदर्श ही अधिक था, जिसका अनुकरण करने का वे यत्न कर रहे थे।

माद. द ला मोल को विश्वास था कि वह अपने तथा अपने प्रेमी दोनों के प्रति एक कर्त्तव्य का पालन कर रही हैं। उन्होंने मन-ही-मन कहा कि बेचारे लड़के ने कितना भारी साहस दिखाया है ! मुझे उसे सुखी बनाना चाहिए, नहीं तो इससे मेरे ही चरित्र की दुर्बलता प्रकट होगी; किन्तु साथ ही यदि वह अनन्त काल तक दुःख उठाने के मूल्य पर भी अपनी इस निर्मम बाध्यता से मुक्त हो सकती तो खुशी-खुशी स्वीकार कर लेती।

अपनी भावनाओं के ऊपर इतना भीषण अत्याचार होने पर भी उसने अपनी जीभ पर पूरा नियन्त्रण बनाए रखा। इस रात्रि के आनन्द को नष्ट करने के लिए कोई पछतावा, कोई अप्रिय बात उसके मुख पर न आई।

जुलियें को यह रात सुखी से अधिक विचित्र लग रही थी। हे भगवान ! वेरियेर में उसके अन्तिम चौबीस घंटों से यह कितनी भिन्न है ! उसने मन-ही-मन बहुत ही अन्यायपूर्वक कहा कि पेरिस के इन सुन्दर तौर-तरीकों ने हर वस्तु को यहाँ तक कि प्रेम को भी, भ्रष्ट करने का रहस्य खोज निकाला है।

महोगनी की एक बड़ी भारी आलमारी के भीतर सीधा खड़ा-खड़ा वह इन्हीं सब सोच-विचारों में डूब गया था, जहाँ उसे बगल में मादाम द ला मोल के कमरे से कोई आहट सुनाई पड़ते ही झट से प्रवेश करना पड़ा था। मातिल्द अपनी माँ के साथ प्रार्थना के लिए चली गई, नौकरानियाँ भी शीघ्र ही कमरे से बाहर निकल गईं और जुलियें भी उनके आने के पहले आसानी से वहाँ से निकल आया।

तुरन्त वह अपने घोड़े पर सवार होकर पेरिस के पास ही जंगल के सबसे एकान्त स्थल के लिए चल पड़ा। वह सुख से कहीं अधिक विस्मय अनुभव कर रहा था। बीच-बीच में जो सुख का भाव उसके मन में भर जाता, वह उस तरुण लेफ्टिनेन्ट के भाव की भाँति था जो अपने किसी विस्मयकारी करतब के कारण प्रधान सेनापति द्वारा युद्ध-क्षेत्र में ही कर्नल बना दिया गया हो। उसे लगता कि वह किसी बड़ी भारी ऊँचाई पर जा पहुँचा है; एक दिन पहले जो स्थल उससे बहुत ऊँचा था, आज वह उसके बराबर है अथवा उससे बहुत ही नीचे चला गया है। धीरे-धीरे ज्यों-ज्यों वह पेरिस से दूर पहुँचता गया, त्यों-त्यों उसका सुख बढ़ता गया।

यदि उसके मन में स्नेह का कोइ लेश न था तो इसका कारण यही था कि मातिल्द ने अपने समस्त व्यवहार में उसके प्रति केवल कर्तव्य का ही पालन किया था। उस रात्रि की घटनाओं में उसके लिए उपन्यासों में वर्णित चरम आनन्द की बजाय अनुभव होनेवाले दुःख और ग्लानि के अतिरिक्त अन्य कोई बात अप्रत्याशित न थी।

क्या मुझसे भूल हो गई ? उसने मन-ही-मन प्रश्न किया। क्या यह सम्भव है कि मैं उसे प्यार नहीं करती ?

17

पुरानी तलवार

अब मैं गम्भीर हो जाना चाहता हूँ क्योंकि इन दिनों हँसी को माना जाता है संजीदगी और दुर्गुण पर सद्गुण के मजाक को कहा जाता है जुर्म।

–डॉन जुआन से

भोजन के समय वह नीचे नहीं उतरी। शाम को वह पलभर के लिए ड्राइंगरूम में आई भी तो उसने जुलियें की ओर नहीं देखा। यह व्यवहार उसे बड़ा विचित्र लगा। वह सोचने लगा,

मैं उच्च समाज के इन तौर-तरीकों को जानता ही नहीं; वह अवश्य कोई न कोई अच्छा-सा बहाना इस सबके लिए बना देगी। किन्तु तो भी तीव्र कौतूहल से प्रेरित होकर वह मातिल्द के मुख के भाव का अध्ययन करने लगा और यह बात उससे छिप न सकी कि वह बहुत ही विरक्त और निर्मम दिखाई पड़ रही है। स्पष्ट ही यह वह स्त्री नहीं है जिसने पिछली रात को आनन्द के इतने तीव्र आवेश का अनुभव किया था अथवा अनुभव करने का बहाना किया था।

अगले दिन तथा उसके भी अगले दिन मातिल्द की विरक्ति वैसी ही बनी रही। उसने जुलियें की ओर एक बार भी नहीं देखा। वह उसके अस्तित्व से भी अनभिज्ञ जान पड़ती थी। जुलियें तीव्र उद्विग्नता में घुला जा रहा था और पहले दिन जिस विजय के भाव ने उसे अनुप्राणित किया था, उससे वह अब सैकड़ों मील दूर था। वह आश्चर्य से सोचने लगा कि क्या इसे अचानक ही सदाचार का फिर स्मरण हो आया है, पर मातिल्द जैसी गर्वीली स्त्री के लिए यह बहुत ही मध्यवर्गीय शब्द था।

साधारणतः वह धर्म में कोई विश्वास नहीं प्रकट करती, जुलियें ने सोचा। उसे वह अपने वर्ग के हितों के लिए उपयोगी-भर मानती है। किन्तु क्या यह सम्भव नहीं है कि केवल स्त्री-सुलभ सुकुमारता के कारण ही वह अपनी इस भूल के लिए दुखी है ? जुलियें को विश्वास हो गया था कि यही उसका पहला प्रेम है।

किन्तु दूसरे ही क्षण वह अपने आप से कहता कि इतना तो निश्चित पड़ेगा कि उसके सारे व्यवहार में कोई बात कौशलहीन अथवा स्नेहपूर्ण न थी। इससे अधिक दर्पयुक्त तो मैंने पहले उसे कभी नहीं देखा। क्या यह सम्भव है कि अब वह मुझसे घृणा करने लगी है ? यह बात भी उसके सर्वथा अनुकूल ही होगी कि एक नीच कुल के व्यक्ति के लिए इतना त्याग करने के कारण पछता रही हो।

जुलियें पुस्तकों तथा वेरियेर की स्मृतियों से उत्पन्न पूर्वग्रहों के फलस्वरूप एक ऐसी स्नेहमयी प्रेयसी की अनोखी कल्पनाओं में डूबा हुआ था जो अपने प्रेमी को सुखी करने के क्षण से अपने अस्तित्व के विषय में पलभर भी नहीं सोचती; उधर मातिल्द का स्वाभिमान भीषण रूप से उसके विरुद्ध प्रज्वलित हो उठा था।

पिछले दो महीनों से उसे ऊबने से छुटकारा मिल चुका था। जुलियें को इस बात की तनिक भी कल्पना न थी कि उसके अनुकूल सबसे बड़ी परिस्थिति नष्ट हो चुकी है।

तीव्रतम शोक में डूबी हुई मातिल्द सोच रही थी कि मैंने अपने लिए एक स्वामी जुटा लिया है। हो सकता है, वह सम्मान की मूर्ति हो ! बड़ी अच्छी बात है; पर यदि मैंने उसके स्वाभिमान को कोई भी ठेस पहुँचाने की कोशिश की तो वह हमारे सम्बन्धों की बात को प्रकट करके इसका बदला लेगा। मातिल्द ने आज तक कोई प्रेमी न बनाया था। इसलिए जीवन के जिन क्षणों में अपने कठोर से कठोर हृदय में भी जब सुकुमार कल्पनाएँ जागने लगती हैं, वे उसके लिए अत्यन्त ही कड़वी और दुखदायी चिन्ता से विषाक्त हो उठे थे।

मैं बुरी तरह उसके चंगुल में फँस गई हूँ, क्योंकि वह आतंक का सहारा लेता है, और यदि मैंने उसके साथ कठोरता बरती तो वह मुझे बड़ा भीषण दंड दे सकता है। यह विचार अपने आप में ही मातिल्द को जुलियें के अपमान के लिए प्रेरित करने को पर्याप्त था; क्योंकि उसके चरित्र का प्रधान गुण साहस था। इस विचार के अतिरिक्त कि यह अपने समूचे अस्तित्व को जोखिम में डाल रही है, अन्य कोई बात न तो उसे किसी प्रकार से विचलित

कर सकती थी और न उस छिपी हुई उकताहट की भावना से छुटकारा दिला सकती थी जो बराबर ऊपर छलक आया करती थी।

तीसरे दिन भी जब माद. द ला मोल ने किसी प्रकार भी जुलियें की ओर न देखा तो वह भोजन के बाद, स्पष्ट ही उनकी इच्छा के विरुद्ध, उसके पीछे-पीछे विलियर्ड रूम में जा पहुँचा।

"महाशय जी," वह लगभग अनियन्त्रित क्रोध से बोली, "आप शयद यह विश्वास करने लगे हैं कि आपको मुझ पर बड़े पक्के अधिकार प्राप्त हो चुके हैं, नहीं तो मेरी इतनी स्पष्ट इच्छा के विरुद्ध आप मुझसे बात करने का प्रयत्न न करते।...आप जानते हैं कि दुनिया में आज तक कभी किसी को यह करने की हिम्मत नहीं हुई ?"

अनजाने में ही एक-दूसरे के प्रति ऐसी तीव्र घृणा से उत्तेजित इन दो प्रेमियों की बातचीत बहुत ही रोचक थी। दोनों में से किसी के स्वभाव में धीरज न था और दोनों ही सभ्य समाज के व्यवहार के अभ्यस्त थे। इसलिए बहुत शीघ्र ही दोनों एक-दूसरे को बिल्कुल ही स्पष्ट शब्दों में सचेत करने लगे कि उनके मित्रतापूर्ण सम्बन्ध सदा के लिए और पूरी तरह टूट चुके हैं।

"मैं सौगन्ध खाता हूँ कि मैं आपके इस भेद को सदा छिपाकर रखूँगा," जुलियें ने कहा। "यदि मुझे इस बात का डर न होता कि एकदम बोलना बन्द कर देने से आपकी प्रतिष्ठा पर आघात पहुँचेगा तो अब मैं आपसे कभी एक शब्द भी न कहता।" उसने सम्मानपूर्वक झुककर अभिवादन किया और चला गया।

जुलियें अपने निर्धारित कर्त्तव्य को किसी भी कठिनाई के बिना पूरा करने लगा। वह इस विश्वास से बहुत दूर था कि उसे माद. द ला मोल से प्रेम है। निस्सन्देह तीन दिन पहले जब वह उस बड़ी भारी महोगनी की आलमारी में छिपा था तब उसके मन में कोई भी प्रेम न था; किन्तु जैसे उसे लगा कि उसका मातिल्द से सदा के लिए झगड़ा हो गया है तो उसके हृदय में बड़ी शीघ्रता से परिवर्तन होने लगा।

उसकी निर्मम स्मरणशक्ति उस रात की छोटी से छोटी घटना को फिर से सजीव करने लगी, जिसमें वास्तव में तो वह इतना अविचलित ही रहा था। इस स्थायी सम्बन्ध-विच्छेद की घोषणा के बाद दूसरी रात को तो जुलियें लगभग विक्षुब्ध हो उठा और यह स्वीकार करने को बाध्य हो गया कि वह माद. द ला मोल से प्रेम करने लगा है। यह जानते ही उसके भीतर बड़ा भीषण संघर्ष छिड़ गया। उसकी सारी भावनाएँ उल्टी-सीधी हो उठीं। दो दिन में ही यह अवस्था आ पहुँची कि म. क्रवाजन्वा के साथ उद्धत व्यवहार करने के बजाय वह उन्हें आँखों में आँसू भरकर हृदय से लगा लेने को तैयार हो उठा था।

दुख से निरन्तर परिचय के कारण उसकी सहज बुद्धि जाग्रत हुई। उसने लांगदोक जाने का निश्चय किया, और अपना सामान बक्स में सजाकर डाकघर की ओर चल पड़ा।

जब घोड़ागाड़ी के कार्यालय में पहुँचकर उसे पता चला कि विचित्र संयोग से अगले दिन एक सीट तुलु मेल में खाली है तो उसका दिल बैठने लगा। उसने वह सीट बुक करा ली और मार्कि को अपने जाने की सूचना देने के लिए द ला मोल भवन लौटा।

म. द ला मोल कहीं बाहर गए हुए थे। जीवित से अधिक मृत जैसी अवस्था में वह उनकी प्रतीक्षा करने के लिए पुस्तकालय में पहुँचा, पर वहाँ माद. द ला मोल को देखकर उसकी क्या दशा हो गई ?

उसे आते देखकर मातिल्द ने ऐसा अप्रिय भाव मुख पर धारण कर लिया जिसे गलत समझना असम्भव था। अपने दुख से विह्वल होकर और आश्चर्य से हतबुद्धि-सी अवस्था में जुलियें ने दुर्बलता के कारण उससे अत्यन्त स्नेह-भरे स्वर में कहा, "तो तुम अब मुझे प्यार नहीं करतीं ?"

"पहले ही आगन्तुक के आगे अपना समर्पण कर बैठने के लिए मैं बहुत ही दुखी हूँ," मातिल्द ने अपने ऊपर तीव्र क्रोध से रोते हुए कहा।

"पहले ही आगन्तुक को !" जुलियें चीखकर बोला और वह पुस्तकालय में एक दर्शनीय वस्तु की भाँति रखी हुई मध्ययुग की पुरानी तलवार की ओर झपटा।

माद. द ला मोल से बात कहते समय उसे अपना दुख तीव्रतम जान पड़ रहा था, किन्तु जब उसने उन्हें लज्जा के आँसू बहाते देखा तो वह सौ गुना बढ़ गया। यदि वह उनको जान से मार सकता तो बहुत ही सुखी होता।

जैसे ही उसने तलवार को कुछ कठिनाई के साथ उसकी प्राचीन म्यान से खींचा वैसे ही मातिल्द इन नई सनसनीदार घटना से प्रसन्न होकर उसकी ओर गर्व के साथ बढ़ी; उसके आँसू बन्द हो गए थे।

जुलियें के आगे अपने आश्रयदाता म. द ला मोल का चित्र स्पष्ट खिंच गया। उन्हीं की बेटी की हत्या ? कैसी जघन्य बात है ! उसने ऐसी मुद्रा बनाई मानो तलवार को फेंक देगा। वह सोचने लगा कि अवश्य ही यह लड़की मेरे इस अति-नाटकीय आचरण पर बहुत हँसेगी। यह सोचते ही उसका आत्मसंयम लौट आया। वह कौतूहल-भरी दृष्टि से उस पुरानी तलवार को देखने लगा, मानो देख रहा हो कि उस पर कहीं जंग तो नहीं लगी है। फिर उसे म्यान में बन्द करके बड़ी स्थिरता के साथ काँसे की चमकीली कील से यथास्थान लटका दिया।

इस समूचे कार्य में, जो अन्त में बहुत धीमा पड़ गया था, कोई एक मिनट का समय लगा होगा। माद. द ला मोल विस्मित-सी उसकी ओर ताक रही थीं, तो मैं अभी-अभी अपने प्रेमी के हाथों मरते-मरते बची हूँ ! वह सोचने लगीं। इस विचार ने उन्हें चार्ल्स नवें और हेनरी तृतीय के युग के सर्वश्रेष्ठ दिनों में पहुँचा दिया था।

वह जुलियें के सामने निश्चल खड़ी रही और उसे ऐसी दृष्टि से ताकती रही जिनमें अब घृणा का कोई लेश भी न था। यह तो मानना ही पड़ेगा कि उस समय वह बहुत ही मोहिनी लग रही थी। निश्चय ही वह पेरिस की गुड़िया से कितनी भिन्न लगती थी ! (इस शहर की स्त्रियों के बारे में जुलियें यही कहा करता था।)

मैं फिर अब उसके प्यार में डूबने ही वाली हूँ, मातिल्द सोचने लगी; और तब वह तुरन्त ही फिर अपने आपको मेरा स्वामी समझने लगेगा। ठीक अभी-अभी मैं दृढ़तापूर्वक बात करके उसके मन से यह विचार दूर कर पाई हूँ। वह तेज़ी से वहाँ से चली गई।

हे ईश्वर ! कितनी सुन्दर है, जुलियें उसे जल्दी से जाते देखकर सोचने लगा। यही स्त्री केवल तीन-चार दिन पहले ऐसे उत्कट प्यार से मेरी बाँहों में सिमट गई थी...! अब वे क्षण कभी वापस नहीं आएँगे ! और यह सब मेरा ही दोष है। ऐसे असाधारण क्षण में भी, जिसका मेरे साथ इतना गहरा सम्बन्ध था, मैं उसकी ओर से आँख मूँदे रहा !...मानता हूँ, मैं बेहद ठस और चिड़चिड़ा स्वभाव लेकर पैदा हुआ हूँ।

मार्कि लौट आए। जुलियें जल्दी से अपने जाने के समाचार सुनाने उनके पास पहुँचा।

"कहाँ जा रहे हो ?" म. द ला मोल ने कहा।

"लांगदोक।"

"नहीं, नहीं, तुम्हारे भाग्य में कुछ ऊँचा काम बदा है; जाना ही हुआ तो तुम उत्तर की ओर जाओगे...सैनिक भाषा में कहें तो तुम अब से इस मकान में ही नज़रबन्द हो। मेहरबानी करके एक बार में दो-तीन घंटे से अधिक के लिए यहाँ से कहीं मत जाना। मुझे किसी क्षण भी तुम्हारी आवश्यकता पड़ सकती है।"

जुलियें ने झुककर अभिवादन किया और कुछ भी कहे बिना चला गया। मार्कि बहुत चकित रह गए, पर उसके लिए एक भी शब्द बोलना असम्भव हो रहा था। और उसने अपने कमरे को भीतर से बन्द कर लिया। वहाँ वह अपने भाग्य की भीषण निष्ठुरता को इच्छानुसार बढ़ा-चढ़ाकर देखने के लिए स्वतन्त्र था।

तो अब मैं कहीं जा भी नहीं सकता ! वह सोचने लगा। भगवान् जाने, मार्कि कितने दिनों तक मुझे पेरिस में रखनेवाले हैं ! हे ईश्वर ! मेरा क्या होगा ? कोई ऐसा मित्र भी नहीं जिससे सलाह ले सकूँ। फादर पिरार तो मुझे पहला वाक्य भी पूरा नहीं करने देंगे। काउन्ट आल्तामिरा मुझे किसी न किसी षड्यन्त्र का सदस्य बनने का प्रस्ताव करेंगे।

और इधर मैं पागल हुआ जा रहा हूँ। मुझे अनुभव होने लगा है कि मैं बिल्कुल पागल हूँ। मुझे कौन सलाह दे सकता है, मेरा क्या होगा ?

18
कडुवे क्षण

और उसने मुझसे स्वीकार किया सब कुछ ! उसने छोटी से छोटी तफसील भी बताई ! मुझ पर टिकी उसकी प्यारी आँखों ने बता दिया कि वह उस दूसरे को कितना- प्यार करती है !

–शिलर

माद. द ला मोल को अपने हर्षातिरेक में इस चरम आनन्द के सिवाय और कुछ सूझता ही न था कि वह अभी-अभी मृत्यु के मुँह से लौटी हैं। वह सोचने लगीं : क्योंकि वह मुझे अभी मार डालनेवाला था इसलिए वह मेरा स्वामी होने के योग्य है। ऐसे तीव्र भावावेग को प्राप्त करने के लिए कितने सारे सुन्दर और दुनियादार नौजवानों को पिघलाकर एक करने की आवश्यकता होगी ?

इतना तो मानना ही पड़ेगा कि जब वह कुर्सी पर चढ़कर तलवार को ठीक उसी प्रकार रखने लगा जैसे घर सजानेवालों ने उसे पहले से रखा था, तो वह बहुत ही सुन्दर दीख रहा था। कुल मिलाकर उसे प्यार करना ऐसी पागलपन की बात नहीं !

उस क्षण यदि सुलह का कोई सम्मानपूर्ण उपाय सूझ जाता तो वह खुशी-खुशी स्वीकार कर लेती। उधर जुलियें अपने कमरे में सुरक्षित रूप में बन्द होकर बड़ी तीव्र यातना में तड़प रहा था। अपनी बदहवासी में वह कभी-कभी जाकर मातिल्द के पैरों पर गिरने की बात सोचता। यदि एक कोने में छिपकर बैठे रहने के बजाय वह घर में तथा बाहर बगीचे में

भटकता होता, ताकि कोई अवसर मिलने पर उसका लाभ उठा सके, तो शायद एक ही क्षण में उसका यह तीखा दुःख हर्षातिरेक का रूप धारण कर लेता।

पर बुद्धि की यह ऐसी तीक्ष्णता, जिसके अभाव के लिए हम उसे दोष दे रहे हैं, तलवार खींचने के उस उदात्त कार्य को असम्भव बना देती जिसके कारण माद. द ला मोल को इतना सुन्दर जान पड़ा था। यह जुलियें के लिए हितकर अनियन्त्रित कल्पना दिनभर बनी रही; मातिल्द बार-बार मन-ही-मन उन क्षणों का लुभावना चित्र बनाती रही जिनमें उसने जुलियें को प्यार किया था और बड़े पछतावे के साथ उनकी याद करती रही।

वह सोचने लगी, वास्तव में वह बिचारा लड़का कहता होगा कि उसके लिए मेरा प्रेम उस दिन रात को एक बजे कोट की जेबों में पिस्तौलें भरे हुए सीढ़ी से चढ़कर आने के समय से सवेरे आठ बजे तक ही रहा। उसके पन्द्रह मिनट बाद ही सें-वालेर में प्रार्थना सुनते-सुनते मुझे सूझा था कि अब वह अपने आपको मेरा स्वामी समझकर मुझे डरा-धमकाकर अपनी आज्ञा मनवाएगा।

भोजन के बाद माद. द ला मोल ने जुलियें से बचने के बजाय उससे बातचीत की और अपने साथ बग़ीचे में चलने का आग्रह करने लगी। जुलियें ने यह आदेश मान लिया। यह परीक्षा अभी तक नहीं हुई थी। मातिल्द अनजाने में ही अपने मन में जुलियें के लिए फिर से जाग्रत होते हुए प्रेम के आगे झुक रही थी। उसे जुलियें के साथ चलते-चलते उन हाथों के ऊपर कौतूहल-भरी निगाहें डालने में, जिन्होंने उस दिन सवेरे उसे मार डालने के लिए तलवार खींच ली थी, बहुत ही आनन्द आ रहा था।

इस कार्य के तथा पिछली तमाम घटनाओं के बाद बातचीत के पुराने सब विषयों का उठना तो सम्भव ही न था।

धीरे-धीरे मातिल्द बहुत ही घनिष्ठ और आत्मीयतापूर्ण शब्दों में उसे अपने हृदय की अवस्था बताने लगी। इस तरह के वार्तालाप में उसे एक विचित्र प्रकार का उत्कट आनन्द अनुभव हुआ। यहाँ तक कि म. द क्रवाजन्वा, म. द केलुस इत्यादि के प्रति अपने क्षणिक झुकाव की चर्चा भी उसने जुलियें से कर दी।

"क्या ! म. द केलुस भी !" जुलियें ने चीखकर कहा। एक परित्यक्त प्रेमी की तीव्र ईर्ष्या उसके शब्दों में फूट पड़ी। मातिल्द ने भी यह देखा और वह इससे अप्रसन्न न हुई।

वह हृदय के गहनतम सत्य को उजागर करनेवाले स्वर में अपनी पिछली भावनाओं का विस्तृत और अत्यन्त सजीव वर्णन सुनाकर उसे तड़पाती रही। जुलियें समझ गया कि वह आँखों के सामने उपस्थित बातों का वर्णन कर रही है और यह अनुभव करके उसे दुख हुआ कि बोलने के साथ-साथ वह भी मानो अपने हृदय के रहस्य से परिचित होती जा रही है।

ईर्ष्या का दुख इससे अधिक नहीं हो सकता। यह सन्देह कि आपकी प्रेयसी किसी अन्य को प्यार तो नहीं करती, अपने आप में ही बड़ी कड़वी चीज़ है, पर यदि वह स्वयं ही विस्तार से उस प्यार का वर्णन करे तो निस्सन्देह यह दुख की चरम सीमा है।

जुलियें ने अपने आपको केलुस, क्रवाजन्वा तथा ऐसे ही अन्य व्यक्तियों से बहुत ऊँचा मान लिया था। इस कारण इस समय उसे कितना बड़ा दंड मिला ! अब वह अत्यन्त तीव्र और हार्दिक दुख के साथ उनके छोटे से छोटे गुण को बढ़ा-चढ़ाकर देखने लगा ! कितनी तीव्र सदाशयता के साथ वह अपने आपसे घृणा कर उठा !

मातिल्द इस समय उसे बहुत ही प्यारी लग रही थी; शब्दों में इतनी शक्ति नहीं कि

उसके प्यार की तीव्रता को प्रकट कर सकें। उसके साथ-साथ चलते हुए और नज़र बचाकर उसके हाथों, बाँहों और उसके राजसी व्यक्तित्व को देखते हुए स्नेह और दुख से विह्वल होकर उसे ऐसा लग रहा था कि उसके पैरों पर गिर पड़े और रोकर कहे : 'मुझ पर तरस खाओ !'

वह सोचने लगा कि यह नारी जो इतनी सुन्दर है, जो अन्य स्त्रियों से इतनी श्रेष्ठ है, और जो कभी मुझे प्यार करती थी, अब निस्सन्देह ही म. द केलुस से प्रेम करने लगेगी।

जुलियें माद. द ला मोल की निश्छलता पर अविश्वास नहीं कर सकता था; उनकी हर बात में सत्य की छाप एकदम स्पष्ट थी। जुलियें के त्रास को मानो सब तरह से असह्य बनाने के लिए बीच-बीच में मातिल्द, किसी समय म. केलुस के प्रति अनुभूत भावनाओं पर मन को केन्द्रित करने के फलस्वरूप, इस समय उनका ऐसा वर्णन करने लगती मानो वह आज भी उनसे प्रेम करती हो। निस्सन्देह उसकी आवाज़ के स्वर में प्रेम की गूँज स्पष्ट थी। जुलियें को भी वह साफ़ सुनाई पड़ी।

यदि उसके हृदय के भीतर पिघला शीशा भर गया होता तो भी उसकी पीड़ा इतनी तीव्र न होती। यातना की ऐसी चरम अवस्था में वह बिचारा युवक यह कैसे समझ पाता कि उसके साथ बातचीत करने के कारण ही माद. द ला मोल को म. द केलुस या म. द लुज के प्रति किसी समय की हल्की-सी प्रेम-भावना की स्मृति में इतना आनन्द आ रहा है ?

जुलियें के तीव्र संताप को शब्दों द्वारा प्रकट करना असम्भव था। वह उन्हीं नीबू के कुंजों में दूसरों से प्रेम के वर्णन सुन रहा था, जहाँ कुछ ही दिन पहले वह उसके कमरे में जाने के लिए रात को एक बजे तक इन्तज़ार करता रहा था। कोई मनुष्य इससे अधिक दुख सहन नहीं कर सकता।

यह अत्यन्त निष्ठुर घनिष्ठता पूरे सप्ताह भर चली। उससे बातचीत करने का अवसर मातिल्द कभी-कभी स्वयं ढूढ़ती हुई जान पड़ती और कभी-कभी ऐसा लगता कि अवसर अपने आप मिल जाए तो उसे कोई आपत्ति नहीं होगी। एक प्रकार के पीड़ादायक आनन्द से वे बराबर एक ही विषय पर बातचीत करते और मातिल्द उससे अन्य पुरुषों के प्रति अनुभव की हुई भावनाओं का वर्णन करती रहती। वह उससे अपने लिखे हुए पत्रों की बात कहती; बल्कि उसके लाभ के लिए वह उन पत्रों के शब्द तक बता देती—यहाँ तक कि समूचे वाक्य उसके आगे उद्धृत कर देती। इस सप्ताह के अन्तिम दिनों में तो यह लगने लगा था कि वह एक प्रकार के द्वेषपूर्ण आनन्द से जुलियें का अध्ययन कर रही है। उसकी यातना से उसे तीव्र परितृप्ति मिलती।

यह तो स्पष्ट ही है कि जुलियें को जीवन का कोई अनुभव न था; उसने कोई उपन्यास भी नहीं पढ़े थे। यदि वह केवल कुछ कम बेढंगा और संकोची होता और ठंडे दिमाग़ से इस लड़की से, जिसे वह इतना प्यार करता था और जो उसे इस तरह की बातें सुना रही थी, यह कह सकता कि माना, मैं इन सज्जनों के योग्य नहीं हूँ, पर तो भी तुम प्यार तो मुझे ही करती हो...। तो शायद वह प्रसन्न हुई होती कि आख़िरकार जुलियें ने उसके मन की बात पहचान ली। कम-से-कम उस हालत में सफलता पूरी तरह इस बात पर निर्भर करती कि जुलियें ने कितनी शालीनता से और किस अवसर पर यह बात कही। जो भी हो, वह इस स्थिति से, जो अब मातिल्द को नीरस जान पड़ने लगी थी, सफलतापूर्वक और लाभ सहित निकल आया।

"तो अब तुम मुझे प्यार नहीं करतीं, यद्यपि मैं अब भी तुम्हारी पूजा करता हूँ !" एक

दिन जुलियें ने प्रेम और दुख से बेचैन होकर उससे कहा। इससे बड़ी गलती वह और दूसरी नहीं कर सकता था।

उसकी बात ने पलभर में ही उस सारे आनन्द को नष्ट कर दिया जो माद. द ला मोल उसे अपने हृदय की अवस्था सुनाकर अनुभव कर रही थीं। अब उन्हें आश्चर्य होने लगा था कि उनकी बातों से जुलियें को क्रोध क्यों नहीं आता। बल्कि जिस समय जुलियें ने अपनी मूर्खतापूर्ण बात कही, उस समय वह यह कल्पना करने लगी थी कि अब वह उससे प्रेम नहीं करती। वह सोच रही थी कि अवश्य ही गर्व ने उसके प्रेम को बुझा दिया है। वह ऐसा व्यक्ति नहीं है कि केलुस, लुज और क्रवाजन्वा जैसे लोगों को अपने से श्रेष्ठ माना जाता देखता रहा और कुछ न बोले। नहीं, मैं अब कभी उसे अपने पैरों में गिरा हुआ नहीं देखूँगी !

पिछले दिनों में सहज दुख के कारण जुलियें कई बार इन सब लोगों के गुणों की प्रशंसा कर चुका था; बल्कि बहुत-कुछ बढ़ा-चढ़ाकर ही कहता रहा था। यह सूक्ष्म अन्तर माद. द ला मोल की निगाह से छूटा न था। वह इससे चकित तो हुई थीं, किन्तु इसका कारण न समझ सकी थीं। जुलियें का पागल विक्षिप्त हृदय अपने प्रतिद्वन्द्वी की प्रशंसा करके, जिसे वह समझता था कि उसकी प्रेयसी प्यार करती है, उसके सुख में स्वयं सुखी होना चाहता था।

उसके एकदम सच्चे किन्तु बहुत ही मूर्खतापूर्ण कथन ने सारी परिस्थिति को एक क्षण में ही बदल दिया। अपने प्रति जुलियें के प्रेम का पक्का विश्वास होते ही मातिल्द उसे एकदम अनादर की दृष्टि से देखने लगी।

यह असामयिक कथन जुलियें के मुख से निकलते समय मातिल्द उसके साथ टहल रही थी। उसे सुनते ही वह तुरन्त उसे वहाँ छोड़कर चल दी; जाते समय उसकी दृष्टि से बहुत ही डरावना धिक्कार बरस रहा था। ड्राइंगरूम में पहुँचने के बाद उसने फिर उस दिन एक बार जुलियें की ओर नज़र उठाकर भी न देखा। अगले दिन जुलियें के प्रति धिक्कार की भावना ने उसके हृदय को पूरी तरह घेर लिया। जिस प्रवृत्ति के कारण पिछले सप्ताहभर वह जुलियें को अपना घनिष्ठतम मित्र मानकर इतना आनन्द अनुभव करती रही थी, उसका अब लेशमात्र भी न बचा था। अब तो जुलियें की सूरत से भी उसे चिढ़ होने लगी, बल्कि मातिल्द को उससे एक प्रकार की अरुचि-सी अनभव हुई; उसकी दृष्टि अकस्मात् भी जुलियें पर पड़ते ही उसके भीतर जो तीव्र अनादर की भावना उमड़ती, उसे शब्दों में प्रकट करना कठिन है।

मातिल्द के हृदय में पिछले सप्ताहभर होनेवाली इस उथल-पुथल को जुलियें तनिक भी न समझ सका था, पर अब उसके धिक्कार को वह पहचान गया। उसमें इतनी समझ तो थी ही कि जहाँ तक भी बनता, अब वह उसके सामने ही न पड़ता और स्वयं कभी उसकी ओर आँख उठाकर भी न देखता।

किन्तु उसके सम्पर्क से अपने आपको पूरी तरह काट लेना सरल कार्य न था। वह एक प्रकार की तीव्र यातना का अनुभव मन में करता। उसे लगता कि उसका दुख इससे और भी बढ़ गया है। वह सोचता कि साहस इससे आगे नहीं जा सकता। वह अपना समय घर की सबसे ऊपर की मंज़िल पर एक छोटी-सी खिड़की में बैठकर बिता देता। खिड़की की झिलमिली सावधानी से बन्द रहती। जब भी माद. द ला मोल बाग़ में आतीं तो कम-से-कम उनकी एक झलक उसे अवश्य मिल जाती।

जब वह वहाँ उन्हें म. द केलुस, म. द लुज अथवा किसी ऐसे व्यक्ति के साथ घूमते देखता जिनके प्रति थोड़े-बहुत प्रेम की भावना वह उसके आगे स्वीकार कर चुकी थीं, तो

उसके मन पर कैसी बीतती ?

जुलियें को दुख की ऐसी तीव्रता का पहले कोई अनुभव न हुआ था। उसे लगता कि वह अभी-अभी चीख पड़ेगा। उसका दृढ़ हृदय आघात से इतना विक्षिप्त हो उठा था कि विश्वास करना कठिन था।

मा. द ला मोल के सिवाए अन्य कोई भी विचार उसे घृणित लगता। सरल से सरल पत्र भी उससे न लिखे जाते।

"तुम्हारी बुद्धि खराब हो गई है।" मार्कि ने एक दिन उससे कहा।

जुलियें काँप उठा कि कहीं उसकी वास्तविक दशा का पता न चल जाए। इसलिए कहने लगा कि तबीयत ठीक नहीं है और मार्कि को इसका विश्वास भी हो गया। सौभाग्यवश भोजन के समय मार्कि आगामी यात्रा के विषय में उसे कुछ बताते रहे। मातिल्द को लगा कि यह यात्रा शायद बहुत लम्बी होगी। जुलियें कई दिनों से उसके सामने पड़ने से बचता रहा था। और उन बुद्धिमान नौजवानों में अब यह शक्ति न थी कि उसे अपने सपनों से बाहर खींचकर उसका दिल बहला सकें, यद्यपि उनके पास वे सब चीज़ें मौजूद थीं जो इस अत्यन्त पीले तथा उदास मुखवाले व्यक्ति में, जिसे वह कभी प्यार करती थी, नहीं थी।

वह मन-ही-मन सोचती कि कोई भी साधारण लड़की अपनी पसन्द का आदमी उन्हीं लोगों में से चुनती जो ड्राइंगरूम में सबका ध्यान आकर्षित करते हैं; किन्तु प्रतिभा की एक विशेषता यह भी है कि वह अपने विचारों को उस रास्ते कभी नहीं भटकने देती जिस पर सब साधारण लोग चलते रहते हैं।

जुलियें जैसे व्यक्ति की संगिनी बनकर, जिसके पास धन-दौलत के अतिरिक्त किसी वस्तु की कमी नहीं है, उसकी ओर निरन्तर सबका ध्यान आकर्षित होगा। मैं जीवन में कभी भी उपेक्षित न रहूँगी। मेरे दूसरे भाई-बहन क्रान्ति से इतना डरते हैं कि डर के मारे वह कोचवान को डाँट नहीं सकते। इसके विपरीत मैं क्रान्ति में हिस्सा लूँगी, बल्कि बड़ा हिस्सा लूँगी, क्योंकि मेरे मनोनीत व्यक्ति में चरित्र भी है और असीम महत्त्वाकांक्षा भी। उसे किस बात की कमी है ? मित्र की ? धन की ? यह तो मैं उसे दे सकती हूँ। किन्तु अनजाने ही उसने जुलियें को ऐसा हीन कोटि का व्यक्ति मान लिया था जिसे अपनी इच्छानुसार प्यार किया जा सकता है।

19

इटैलियन ऑपेरा

ओ, प्रेम का यह बसन्त जैसे अप्रैल के खिले दिन का वैभव हो,
दमकता हुआ सूर्य के भरपूर सौन्दर्य से और धीरे-धीरे एक
बादल ढँक लेता है सब कुछ !

—शेक्सपीयर

मातिल्द का ध्यान भविष्य की कल्पनाओं और उसमें अपने महत्त्वपूर्ण स्थान की आशाओं

पर केन्द्रित होते ही अब उसे जुलियें के साथ पिछले दिनों की नीरस आध्यात्मिक चर्चाओं की याद आने लगी। ऐसे उच्च विचारों से क्लान्त होकर वह कभी-कभी उन सुख के क्षणों के लिए भी व्याकुल हो उठती जो उसे जुलियें के सहवास में प्राप्त हुए थे। पर इन क्षणों की स्मृतियाँ उठते ही अनिवार्य रूप से पश्चात्ताप उसे घेर लेता जिससे कभी-कभी तो वह विह्वल हो जाती।

फिर वह सोचने लगती कि यदि मुझ जैसी लड़की मन में प्रेम अनुभव करती है तो किसी सुयोग्य व्यक्ति के अतिरिक्त अन्य किसी के लिए अपने कर्त्तव्य को भूल जाना उचित नहीं। कोई यह तो न कहेगा कि उसकी सुन्दर मूँछों अथवा घोड़े पर सवारी करने के सुन्दर ढंग पर मैं फिसल पड़ी; बल्कि फ्रांस के भविष्य के विषय में उसकी गम्भीर चर्चाओं ने इंग्लैंड की 1688 की राज्य-क्रान्ति तथा हमारे देश में निकट भविष्य में सम्भाव्य घटनाओं के बीच समानता के विषय में उसके विचारों ने ही मुझे आकर्षित किया। वह अपने पश्चात्ताप को शान्त करने के लिए आगे कहती, ठीक है, मैं अपना सर्वस्व दे बैठी, मैं दुर्बल स्त्री हूँ, किन्तु कम-से-कम किसी बाह्य आकर्षण से तो मैं पथभ्रष्ट नहीं हुई।

यदि इस देश में फिर से क्रान्ति हो तो यह क्यों सम्भव नहीं है कि जुलियें सोरेल रोलां की भूमिका पूरी करे और मैं मादाम रोलां की ? मुझे वह महिला मादाम द स्ताल से अधिक पसन्द है। हमारे युग में अनैतिक आचरण बाधा सिद्ध होगा। निश्चय ही कोई मुझे दूसरी बार दुर्बलता का दोष न दे सकेगा; मैं तो लज्जा से मर ही जाऊँगी।

यहाँ यह बता दें कि मातिल्द के सारे विचार उतने ही गम्भीर न थे जैसे हमने यहाँ लिख दिए हैं। वह जुलियें की ओर देखती और उसके साधारण से साधारण कार्य में भी लुभावनी सुन्दरता अनुभव करती।

वह सोचती कि निस्सन्देह उसके मन के इस विचार को तो मैंने पूरी तरह मिटा दिया है कि उसे मेरे ऊपर कोई छोटे से छोटा अधिकार भी है। बेचारे ने एक सप्ताह पहले जिस दुख और तीव्र भाव-विह्वलता से अपने प्रेम का ज़िक्र किया था उससे कम-से-कम इतना तो सिद्ध होता ही है। मैं मानती हूँ कि इतने आदर और प्रेम-भरे कथन से मेरा क्रुद्ध हो जाना बहुत ही अजीब था। क्या मैं उसकी पत्नी नहीं हूँ ? उसका वह कथन बहुत ही स्वाभाविक था, बल्कि मानती हूँ कि बहुत ही प्यारभरा था। मैंने उससे बड़ी ही निष्ठुरतापूर्वक उन फैशनेबल नौजवानों के प्रति अपने झूठमूठ रुझान और अपनी ज़िन्दगी से होनेवाली उकताहट की चर्चा की थी। इन सब नौजवानों से जुलियें को कितनी ईर्ष्या है, किन्तु उस बेसिर-पैर की लम्बी-चौड़ी चर्चा के बाद भी वह मुझे प्यार करता है। आह ! यदि वह किसी तरह जान पाता कि इन सब लोगों से मेरे लिए कोई डर नहीं। उसकी तुलना में वे सब मुझे कितने एक ही साँचे में ढले हुए फीके और बीमार पुतलों जैसे लगते हैं।

इन्हीं सब बातों पर विचार करते-करते मातिल्द अपने एलबम के एक पृष्ठ पर यों ही कुछ लकीरें भी खींचती जा रही थी। अभी-अभी जो एक आकृति पूरी हुई थी, उसे देखकर वह एकदम चकित और प्रसन्न हो उठी। यह तो बहुत कुछ जुलियें से मिलती है ! तो भगवान् का यही आदेश है ! प्रेम का कैसा चमत्कार है ! वह भावातिरेक में बोल उठी। बिल्कुल अनजाने में ही मैंने उसका चित्र बना डाला है।

वह भागकर अपने कमरे में पहुँची और भीतर से दरवाज़ा बन्द करके जुलियें का चित्र बनाने में जुट गई। पर अब वह उससे न बन सका, वह अकस्मात् बना हुआ पहला रेखाचित्र

ही सबसे ठीक था। मातिल्द इस बात से मुग्ध हो उठी। उसे इसमें महान् प्रेम का स्पष्ट प्रमाण दिखा।

वह अपने एलबम से बहुत देर तक उलझती रही और जब मार्किज ने उसे इटैलियन ऑपेरा में चलने के लिए बुलाया, तभी उठी। इस समय उसके मन में एक ही विचार था कि किसी तरह जुलियें पर नज़र पड़ जाए ताकि अपनी माँ से वह उसे भी साथ चलने के लिए आमन्त्रित करने को कह सके।

पर वह कहीं दिखाई न दिया। महिलाओं के बॉक्स में कुछ बहुत ही नीरस लोग थे। ऑपेरा के पहले अंक में मातिल्द अपने प्रेमी के बारे में तीव्र और अतिरेकपूर्ण भाव-विह्वलता के साथ स्वप्न बुनती बैठी रही। किन्तु दूसरे अंक में एक बहुत ही सुन्दर प्रेम-गीत ने उसके हृदय को छू लिया। ऑपेरा की नायिका कह रही थी : 'उसकी इतनी अधिक पूजा करने के लिए मुझे दंड मिलना चाहिए, मैं उससे बहुत अधिक प्यार करती हूँ।'

इस अपूर्व गीत को सुनते ही दुनिया की अन्य प्रत्येक वस्तु मातिल्द की चेतना में से विलीन हो गई। पुकारने पर भी वह उत्तर न देती; माँ ने डाँटा तो वह उनकी ओर दृष्टि तक न घुमा सकी। उसका भावातिरेक तीव्र प्रेम-विह्वलता के उस स्तर पर पहुँच गया था कि उसकी तुलना केवल उन उत्कट भावनाओं से ही की जा सकती थी जो पिछले कुछ दिनों में जुलियें उसके प्रति अनुभव करता रहा था। गीत इतना मधुर और सुन्दर था और उसका भाव मातिल्द की अपनी स्थिति के इतना अधिक अनुरूप था कि जुलियें की याद के अतिरिक्त केवल वही उनके मन में समाया हुआ था। अपने संगीत-प्रेम के कारण उसकी उस रात को वैसी ही अवस्था हो गई जो जुलियें को याद करते समय अनिवार्य रूप से मादाम द रेनाल की हो जाया करती थी। मस्तिष्क में उपजनेवाले प्रेम में हृदय में अनुभव होनेवाले प्रेम की अपेक्षा निस्सन्देह बुद्धि-चातुर्य अधिक सूक्ष्म होता है, किन्तु उसमें उत्साह के क्षण बहुत ही दुर्लभ हैं। ऐसा प्रेम अपने आपको बहुत जानता है और निरन्तर अपनी आलोचना करता रहता है। मन को बहकाने की बात तो दूर, वह स्वयं ही पूरी तरह सुचिन्तित विचारों पर निर्मित होता है।

घर लौटने पर मादाम द ला मोल के बहुत-कुछ कहने के बावजूद मातिल्द ने बहाना किया कि उसे बुखार है और वह बाकी रात उस गीत को अपने पियानों पर बराबर बजाती रही और उस सुन्दर धुन के शब्दों को गाती रही।

इस रात-व्यापी पागलपन के परिणामस्वरूप वह यह कल्पना करने लगी कि उसे अपने प्रेम पर विजय प्राप्त हो गई है।

(यह पृष्ठ इस लेखक की प्रतिष्ठा को एकाधिक प्रकार से हानि पहुँचाएगा। हिमवत जड़ीभूत हृदय उस पर अनौचित्य का आरोप लगाएँगे। वह पेरिस के ड्राइंगरूमों में चमकनेवाले युवक-युवतियों का यह कहकर अपमान नहीं करना चाहता कि उनमें से एक भी मातिल्द के चरित्र को गिरानेवाली पागल प्रवृत्तियों का शिकार हो सकता है। यह चरित्र पूरी तरह काल्पनिक है और उन सामाजिक रीति-रिवाजों से बिल्कुल अलग रचा गया है जिनके कारण उन्नीसवीं शताब्दी इतिहास की अन्य सब शताब्दियों से इतनी भिन्न समझी जाएगी।

निश्चय ही इस शीतकाल में बॉल-रूमों को सुशोभित करनेवाली युवतियों में दूरदर्शिता की कमी न थी।

और मेरे विचार से उनके ऊपर कोई यह दोष भी नहीं लगाया जा सकता कि उन्होंने

बड़ी भारी धन-दौलत, घोड़े, जायदाद अथवा समाज में सुखद स्थिति को दृढ़ करनेवाली किसी भी वस्तु को विशेष रूप से ठुकरा दिया। इन सब सुविधाओं को नितान्त नीरस मानने के बजाय वे आम तौर पर उन्हें अपनी चिर-संचित अभिलाषाओं का केन्द्र बनाती रहती हैं, और यदि उनके हृदय में कभी कोई प्रेम उमड़ता भी है तो वह इसी तरह की वस्तुओं के लिए ही होता है।

इसी प्रकार जुलियें जैसे थोड़ी-बहुत प्रतिभावाले नौजवानों के जीवन में भी मुख्य हाथ प्रेम का नहीं होता। ये नौजवान बड़ी दृढ़ता और हठ के साथ किसी न किसी मंडली से अपने आपको जोड़ते हैं और यदि वह मंडली सफल होती है तो फिर समाज की अच्छी से अच्छी वस्तुएँ उनके लिए अनायास ही सुलभ हो जाती हैं। जो अध्ययनशील व्यक्ति किसी मंडली से सम्बद्ध नहीं है, उसको कोई पूछनेवाला नहीं। उसकी छोटी-छोटी संदिग्ध सफलताएँ भी उसके विरुद्ध ही गिनी जाएँगी और श्रेष्ठतर गुणवाले लोग उन सफलताओं को उससे छीनकर उसके ऊपर विजयी होंगे।

महाशय जी, उपन्यास तो राजमार्ग पर चलता हुआ दर्पण है। कभी उसमें आपको आसमान का गहरा नीलापन दिखाई पड़ता है, कभी नीचे सड़क पर बने हुए कीचड़ के गढ़े। जो आदमी दर्पण लेकर चलता है, उस पर आप अनैतिक होने का आरोप लगाएँगे। उसके दर्पण में कीचड़ दिखाई पड़ी तो आप दर्पण को दोष देंगे। उचित तो यह है कि आप उस राजमार्ग को दोष दें जिस पर गढ़ा बना हुआ है, और उससे भी अधिक सड़कों और राजमार्गों के इन्स्पेक्टरों को जो वहाँ पानी को ठहरकर कीचड़ बनने देते हैं।

अब इस प्रकार इस बात पर सहमत होने के बाद कि मातिल्द जैसा चरित्र हमारे नीतिवान और दूरदर्शिता-प्रेमी युग में असम्भव है, मेरा इस बात का भय कुछ कम हो गया है कि इस सुन्दर लड़की की मूर्खताओं के वर्णन से आपको अधिक कष्ट होगा।)

अगले दिन वह निरन्तर विक्षिप्त प्रेम पर अपनी विजय का आश्वासन प्राप्त करने के अवसर ढूँढ़ती रही। उसका मुख्य उद्देश्य था कि जुलियें के प्रति अधिकाधिक अप्रिय व्यवहार कर सके; किन्तु उसकी कोई गतिविधि जुलियें की आँखों से छिपी न रह सकी।

जुलियें स्वयं इतना दुखी था और उससे भी अधिक इतना उत्तेजित था कि भावना के ऐसे जटिल रूप के अर्थ को समझना उसके लिए कठिन था, और उसमें से अपने हित की बात पहचानना तो और भी असम्भव था। इसलिए वह मातिल्द के व्यवहार का शिकार हो गया; शायद उसका दुख इतना गहन कभी न हुआ था। उसके कार्यकलाप उसके मस्तिष्क के नियन्त्रण से इतने बाहर थे कि यदि कोई चिड़चिड़ा दार्शनिक उससे यह कहता कि 'अपने लिए उपयोगी परिस्थितियों का जल्दी से जल्दी लाभ उठाने का प्रयत्न करो; पेरिस के इस उच्चजातीय प्रेम में एक ही भाव-दशा दो दिन से अधिक नहीं टिकती;' तो यह बात उसकी समझ में न आती; किन्तु अधिक से अधिक उत्तेजित होने पर भी जुलियें को अपने सम्मान का ध्यान बराबर था। उसका पहला कर्त्तव्य विवेक का था, इतना वह समझता था। किसी से सलाह माँग सकने में, किसी भी व्यक्ति को अपने दुख-दर्द की कहानी सुना सकने में, उसे वैसा ही सुख मिलता जैसा जलते हुए रेगिस्तान में चलनेवाले यात्री को आकाश से हिमशीतल जल की बूँद मिलने से होता है। पर वह अपने संकट को समझता था; उसे भय था कि किसी के कोई प्रश्न पूछते ही कहीं आँसुओं की धार के साथ बाकी सब कुछ भी उसके मुँह से न निकल जाए। इसलिए वह अपने कमरे को भीतर से बन्द करके बैठा रहा।

उसने मातिल्द को बहुत देर तक बाग़ में टहलते देखा। आख़िरकार जब वह चली गई तो वह उतरकर वहाँ पहुँचा और उस गुलाब के पेड़ के पास जा खड़ा हुआ जिससे उसने एक फूल तोड़ा था।

रात अँधेरी थी और यहाँ खुलकर अपने दुःख को प्रकट कर सकता था, किसी के देखने का डर वहाँ नहीं था। अब उसे यह विश्वास हो गया था कि माद. द ला मोल उन नौजवान अफसरों में से ही किसी को प्यार करती हैं जिनसे वह अभी-अभी इतनी हँस-हँसकर बातें कर रही थीं। कभी उन्होंने उसे भी प्यार किया था, पर अन्त में वह उसकी अयोग्यता पहचान गई थीं।

और सचमुच, मैं हूँ ही किस योग्य ? उसने पूरे-पूरे विश्वास के साथ मन-ही-मन कहा। कुल मिलाकर मैं बहुत ही नीरस व्यक्ति हूँ, साधारण, दूसरों को उबा देनेवाला तथा बिल्कुल निकम्मा। अपने जिन-जिन अच्छे गुणों को वह कभी इतने उत्साह से प्यार करता था, इस समय वह उन सबसे बेज़ार था। इस विकृत कल्पना की अवस्था में वह जीवन की व्याख्या करने लगा। उच्च कोटि का व्यक्ति प्रायः यही भूल करता है। कई बार आत्महत्या का विचार भी उसके मन में आया। यह कल्पना बड़ी आकर्षक लगती थी। वह चरम आनन्दपूर्ण विश्राम की, मरुभूमि के ताप में प्यास से मरते हुए व्यक्ति को हिमशीतल जल मिलने की कल्पना थी।

मेरे प्रति उसके मन का तिरस्कार मेरी मृत्यु से और भी बढ़ जाएगा ? वह चीख उठा। अपनी कैसी स्मृति मैं पीछे छोड़ जाऊँगा !

दुःख के गहरे गर्त में पड़े व्यक्ति के लिए साहस के सिवाय और कोई सहारा नहीं। जुलियें में इतनी बुद्धि न थी कि अपने आपसे कह सके : मुझे साहसी होना चाहिए। पर जैसे ही उसने नज़र उठाकर मातिल्द के कमरे की खिड़की की ओर देखा तो झिलमिलियों में से उसे दिखाई पड़ा कि वह रोशनी बुझा रही है। वह अपने मन में उस सुन्दर कमरे की कल्पना करने लगा जिसको उसने जीवन में हाय ! बस एक बार ही देखा। उसकी कल्पना और आगे नहीं गई।

घड़ी ने एक का घंटा बजाया। उसे सुनने से लेकर मन-ही-मन यह कहने में कि मैं सीढ़ी से ऊपर जा रहा हूँ, क्षणभर ही लगा होगा।

यह जैसे प्रतिभा की कौंध थी; पक्के ठोस कारण तो सब बाद में ध्यान में आए। जो दुरवस्था मेरी इस समय है, उससे बुरी और क्या होगी ! उसने मन-ही-मन कहा। वह सीढ़ी लेने के लिए दौड़ पड़ा; माली ने उसे जंजीर से बाँध रखा था। जुलियें इस समय किसी अमानवीय शक्ति से प्रेरित था। उसने अपनी जेबी पिस्तौल को तोड़कर हथौड़ा बनाया और उससे जंजीर की कड़ी को टेढ़ा कर डाला। कुछ ही क्षणों में उसकी बाधा दूर हो गई और उसने सीढ़ी ले जाकर मातिल्द की खिड़की से टिका दी।

वह क्रुद्ध होगी, अपनी घृणा से मुझे आक्रान्त कर देगी, पर उससे क्या ? मैं उसे प्यार करूँगा, एक अन्तिम चुम्बन, और फिर अपने कमरे में जाकर अपने जीवन का अन्त कर दूँगा...मरने से पहले मेरे होंठों को उसके गालों का स्पर्श तो मिल जाएगा।

सीढ़ी के ऊपर वह मानो उड़ा चला गया। उसने धीमे से झिलमिली को थपथपाया; एक दो सैकिंड में ही मातिल्द ने उसकी आवाज़ सुन ली। उसने झिलमिली खोलने की कोशिश की, पर सीढ़ी बीच में थी। जुलियें खिड़की खुली रहने के लिए लगे हुए लोहे के एक हुक

से लटक गया और कई बार नीचे गिर पड़ने की जोख़िम उठाकर भी उसने एक झटका देकर सीढ़ी को थोड़ा-सा खिसका दिया। मातिल्द ने झिलमिली खोल दी।

वह कमरे में जीवित से अधिक मृत जैसा आकर गिरा।

"तो तुम हो प्रिय !" मातिल्द ने कहा और उसकी बाँहों में बँध गई।

जुलियें के सुख की तीव्रता का वर्णन कौन कर सकता है ? मातिल्द की खुशी भी लगभग उसके बराबर ही थी।

वह उससे अपने ही विरुद्ध बातें कहने लगी, उसके आगे अपने ऊपर अभियोग लगाती रही।

"मुझे मेरे भयंकर गर्व के लिए सज़ा दो," वह उससे बोली और उसे इतने कसकर चिपटा लिया कि जुलियें का दम घुटने लगा। "तुम मेरे स्वामी हो, मैं तुम्हारी दासी हूँ। मैं घुटनों के बल बैठकर तुमसे भीख माँगती हूँ, मेरे विद्रोह के लिए मुझे क्षमा कर दो।"

वह उसकी बाँहों से फिसलकर पैरों पर गिर पड़ी। "हाँ प्रियतम, तुम मेरे स्वामी हो," प्रेम और हर्ष के उन्माद में वह बराबर यही दोहराती रही। "मेरे ऊपर चिरकाल तक राज करो, तुम्हारी दासी जब भी विद्रोह करना चाहे, उसे कठोर दंड दो।"

दूसरे ही क्षण वह उसके आलिंगन से छूटकर एक मोमबत्ती जलाने लगी। जुलियें ने बहुत ही कठिनाई से उसे अपने एक ओर के बालों को काट डालने से रोका।

"मैं सदा अपने आपको यह याद दिलाना चाहती हूँ कि मैं तुम्हारी बाँदी हूँ," वह बोली। "यदि मेरा गर्हित दर्प कभी मुझे बहका ले जाए तो तुम यह बालों की लट दिखाकर कहना : 'अब सवाल प्रेम का नहीं है; इससे कोई मतलब नहीं कि इस समय तुम्हारे हृदय में कौन-सा भाव आ रहा है। तुमने तो मेरी आज्ञा मानने की सौगन्ध खाई है, इसलिए तुम्हें मेरी आज्ञा माननी ही पड़ेगी।' "

किन्तु ऐसे विक्षिप्त और उन्मादपूर्ण आनन्द और सुख का वर्णन छोड़ देना ही बुद्धिमानी है।

जुलियें का आत्मसंयम उसके सुख के बराबर ही था। जब बग़ीचे के पार चिमनियों के ऊपर पूरब में उषा झाँकने लगी तो उसने मातिल्द से कहा, "मुझे सीढ़ी से ही लौटना चाहिए। इसके लिए जो त्याग मुझे करना पड़ेगा, वह तुम्हारे योग्य ही है। मैं अपने आपको कुछ घंटों के ऐसे अभूतपूर्व सुख से वंचित कर रहा हूँ जो मनुष्य के लिए सर्वथा दुर्लभ है। यह त्याग तुम्हारी प्रतिष्ठा के लिए ही है; यदि तुम मेरे हृदय को पहचानती हो तो समझोगी कि मैं अपनी भावनाओं के साथ कितना अत्याचार कर रहा हूँ। क्या मेरे प्रति तुम्हारा प्यार सदा ऐसा ही बना रहेगा ? पर सम्मान का आह्वान सुनाई पड़ रहा है और वह पर्याप्त है। एक बात मैं तुम्हें बता दूँ कि हमारी पहली भेंट के बाद सन्देह केवल चोरों के विरुद्ध ही नहीं हुआ है। म. द ला मोल ने बग़ीचे में चौकीदार रखवा दिए हैं। म. क्रवाजन्वा तो हर समय गुप्तचरों से घिरे रहते हैं, रोज़ रात में वह जो भी करते हैं, उसका पता चल जाता है...।"

यह सुनकर मातिल्द बड़े ज़ोर से हँसी। उसकी माँ और एक नौकरानी जाग गई। एकाएक उसे दरवाज़े पर किसी की आवाज़ सुनाई पड़ी। जुलियें मातिल्द की ओर देखने लगा। नौकरानी को डाँटते समय उसका चेहरा पीला पड़ गया था। अपनी माँ से उसने एक शब्द भी नहीं कहा।

"किन्तु यदि वे खिड़की खोल बैठीं तो सीढ़ी दिख जाएगी।" जुलियें ने कहा।

उसने एक बार फिर मातिल्द का आलिंगन किया; जल्दी से सीढ़ी पर पहुँचा, और उतरा नहीं बल्कि खिसककर नीचे आ गया; पलभर में वह धरती पर था।

तीन सेकंड बाद सीढ़ी नीबुओं के नीचे थी और मातिल्द का सम्मान सुरक्षित था। होश आने पर जुलियें ने अपने आपको आधा नंगा और खून से लथपथ पाया। जल्दी से नीचे उतरने में उसका बदन कई जगह से छिल गया था।

सुख की तीव्रता ने उसकी समस्त चरित्र-शक्ति को फिर से लौटा दिया। उस समय यदि बीस आदमी भी उसके सामने होते तो उन पर निहत्थे अकेले ही आक्रमण करने में भी उसे प्रसन्नता होती। सौभाग्यवश उसकी सैनिक वीरता की परीक्षा का अवसर नहीं आया। उसने सीढ़ी यथास्थान रख दी और उसे जंजीर से पहले की भाँति ही बाँध दिया। लौटकर वह मातिल्द की खिड़की के नीचे सुन्दर फूलों की क्यारी में बने सीढ़ी के निशानों को मिटाना भी न भूला।

जिस समय वह अँधेरे में नरम मिट्टी के ऊपर हाथ फेरकर निशान मिटा रहा था, उसे लगा, उसके हाथ पर कोई चीज़ गिरी। मातिल्द ने एक ओर के अपने साारे बाल काटकर डाल दिए थे।

वह खिड़की पर ही खड़ी थी और काफ़ी ज़ोर से बोली, "देखो, तुम्हारी दासी तुम्हारे लिए क्या भेज रही है। यह मेरी चिरन्तन आधीनता का स्मरण-चिह्न है। आज से मैं अपने विवेक के प्रयोग का परित्याग करती हूँ; प्रियतम, मेरे स्वामी तुम्हीं हो।"

जुलियें बहुत ही भाव-विह्वल हो उठा। उसकी तीव्र इच्छा हुई कि फिर से सीढ़ी ले आए और चढ़कर उसके कमरे में पहुँच जाए पर अन्त में विवेक का पलड़ा भारी पड़ा।

बग़ीचे से घर में प्रवेश करना आसान काम न था। वह एक तहखाने के दरवाज़े को तोड़कर अन्दर आया। भीतर उसे अपने कमरे का द्वार भी यथासम्भव चुपचाप तोड़कर खोलना पड़ा। उत्तेजना में वह अपनी सारी चीज़ें उस छोटे-से कमरे में ही छोड़ आया था जहाँ से उसे ऐसी जल्दी में भागना पड़ा था। इनमें उसके कोट की जेब में पड़ी हुई उसकी चाभी भी थी। वह सोचने लगा कि कहीं मातिल्द उन सब कपड़ों को छिपाना न भूल जाए !

आख़िरकार थकान ने सुख के ऊपर काबू पा लिया और सूरज उगने के साथ-साथ वह गहरी नींद में सो गया। दोपहर को भोजन की घंटी बजने पर वह बड़ी कठिनाई से उठा और तैयार होकर भोजन-गृह में पहुँचा। थोड़ी देर बाद मातिल्द भी अन्दर आई। सब ओर से इतनी सम्मानित-समादृत नारी की आँखों में प्यार के आलोक की किरण देखकर जुलियें के चित्त को बड़ी शान्ति मिली, पर शीघ्र ही अपनी दूरदर्शिता के कारण उसे संकट की सम्भावना दिखाई दी।

समय न मिलने के बहाने मातिल्द ने अपने बाल जान-बूझकर विशेष ढंग से बाँध रखे थे। जुलियें उसे देखते ही समझ गया कि पिछली रात बाल काटकर उसने कितना बड़ा त्याग किया है। यदि उसके सलोने मुख की सुन्दरता भी किसी भाँति नष्ट हो सकती होती तो मातिल्द वह भी कर बैठती। उसके सुन्दर हल्के-सुनहले बाल एक ओर से इतने अधिक कट गए थे कि कोई आध इंच से अधिक न बचे थे।

भोजन के समय मातिल्द का सारा व्यवहार अदूरदर्शिता के इस पहले कार्य के अनुरूप ही था; बल्कि ऐसा लगता था मानो जुलियें के प्रति अपना पागल प्रेम सब पर जता देना उसने अपना कर्त्तव्य मान लिया हो। पर भाग्यवश म. द ला मोल और मार्किज उस दिन एक

अन्य बात में उलझे हुए थे। निकट भविष्य में ही कुछ लोगों को नीला फीता मिलनेवाला था। पता चला था कि उस सूची में म. द शोन का नाम नहीं है। भोजन खत्म होने के पहले मातिल्द ने जुलियें से बातचीत करते-करते एक बार उसे स्वामी कहकर सम्बोधित कर डाला। लज्जा से उसका रोम-रोम लाल हो उठा।

संयोगवश अथवा मादाम द ला मोल की योजनावश उस दिन मातिल्द को एक मिनट के लिए भी अकेले रहने का अवसर न मिला; किन्तु शाम को भोजन-गृह से ड्राइंगरूम जाते-जाते अवसर पाकर उसने जुलियें से कहा, "इसे मेरा काम न समझ बैठना, पर ममी ने अभी-अभी निश्चय किया है कि अब से उनकी एक नौकरानी रात को मेरे कमरे में सोया करेगी।"

दिन बिजली की तरह निकल गया; जुलियें सुख के शिखर पर था। अगले दिन सवेरे सात बजे से ही वह पुस्तकालय में जा बैठा। उसे उम्मीद थी कि माद. द ला मोल अवश्य वहाँ आएँगी। उसने उनके लिए एक बहुत लम्बा पत्र लिख रखा था।

पर दोपहर को भोजन के पहले मातिल्द से उसकी भेंट न हो सकी। उस दिन उसके बाल बहुत ही सावधानी से बने हुए थे; बड़ी अद्भुत चतुराई से कटे हुए बालों के स्थान को छिपा दिया गया था। मातिल्द ने एक-दो बार जुलियें की ओर देखा पर उसकी आँखों का भाव शान्त और शिष्टतापूर्ण था; अब जुलियें को 'स्वामी' कहकर पुकारने की कोई आवश्यकता न थी।

विस्मय से जुलियें की साँस रुक गई...क्या अब उसे अपने किए पर पछतावा हो रहा है ?

गम्भीरतापूर्वक विचार करने पर मातिल्द अब इस निश्चय पर पहुँची थी कि जुलियें यदि एकदम साधारण व्यक्ति नहीं, तो कम-से-कम साधारण लोगों से इतना भिन्न भी नहीं है कि उसके लिए ये सब मूर्खताएँ की जाएँ। कुल मिलाकर प्रेम की बात उसके मन में तनिक भी न थी; प्रेम से उस दिन वह कुछ उकताई हुई थी।

जुलियें के हृदय की प्रतिक्रियाएँ उस समय सोलह वर्ष के बालक के समान थीं। उसे लग रहा था कि भोजन कभी समाप्त ही न होगा; पूरे समय भयंकर सन्देह, विस्मय और निराशा एक-एक करके उसे दबोचते रहे।

जैसे ही अशिष्ट हुए बिना मेज़ से उठना सम्भव हुआ, वह उठा और तुरन्त अस्तबल की ओर झपटा; उसने स्वयं ही घोड़े पर जीन कसी और बैठकर सरपट चल पड़ा। उसे भय था कि कहीं कोई दुर्बलतापूर्ण कार्य न कर बैठे। म्यूदों के जंगलों में घोड़े को सरपट दौड़ाते हुए उसने मन-ही-मन कहा कि अब शरीर को थकाकर हृदय को मार डालना ही उचित है। मैंने ऐसा कौन-सा काम किया है, ऐसी कौन-सी बात कही है जो ऐसे अपमान के योग्य समझा जाऊँ ?

घर लौटने पर उसने सोचा कि आज मुझे न कुछ करना चाहिए और न कुछ कहना चाहिए; आत्मा की भाँति ही शरीर से भी मृत होना चाहिए। जुलियें अब जीवित नहीं, उसका शव ही अब तक बेचैनी से डोल रहा है।

20
जापानी फूलदान

उसका हृदय समझ ही नहीं पा रहा था कि कितना तीव्र है उसका दुख। लेकिन जैसे-जैसे उसके सोचने की शक्ति लौटी, उसने अनुभव किया कि कितना गहरा है उसका दुर्भाग्य। उसके लिए जीवन का सारा आनन्द खत्म हो चुका, वह केवल हताशा की तीखी चुभन को महसूस कर सकता है जो उसे चीरे डाल रही है। लेकिन शारीरिक पीड़ा की बात करने का क्या अर्थ है? किस शारीरिक कष्ट की तुलना की जा सकती है उसकी पीड़ा से?

—ज्याँ पॉ

भोजन की घंटी बज रही थी, जुलियें को बस कपड़े बदलने का ही समय मिल सका। मातिल्द ड्राइंगरूम में ही थी और अपने भाई तथा म. द क्रवाजन्वा से आग्रहपूर्वक अनुरोध कर रही थी कि वे लोग शाम को मार्शल की विधवा मादाम द फेरवाक् के यहाँ न जाएँ।

उन्हें लुभाने और आकर्षित करने के लिए उसने कोई बात न उठा रखी। भोजन के बाद म. द लुज, म. द केलुस और उनके कई एक मित्र आ पहुँचे। आज माद. द ला मोल को देखकर कोई भी यह कहता कि भ्रातृ-प्रेम के साथ-साथ कठोरतम रूढ़ियों का पंथ उन्होंने फिर से अपना लिया है। मौसम बहुत ही सुन्दर होने पर भी उन्होंने आग्रह किया कि बग़ीचे में न चला जाए। लगता था, उन्होंने निश्चय कर रखा है कि मादाम द ला मोल की आराम-कुर्सी के पास से किसी को हटने न देंगी। जाड़ों की भाँति ही नीला सोफ़ा मंडली का केन्द्र बना रहा।

बाग़ से मातिल्द को विरक्ति हो गई थी, या कम-से-कम बिल्कुल अरुचिकर तो लग ही रहा था—उसके साथ जुलियें की स्मृति जुड़ी हुई थी।

दुःख मन को जड़ कर देता है। हमारे नायक ने मूर्खता यह की कि वह उस छोटी-सी बेंत की कुर्सी पर जम गया जहाँ उसने पहले ऐसी शानदार विजय के दृश्य देखे थे। उस दिन उससे कोई एक शब्द भी न बोला। वहाँ उसकी उपस्थिति पर शायद किसी का ध्यान ही न गया। या शायद इससे भी अधिक खराब स्थिति थी। माद. द ला मोल के जो मित्र सोफे पर उसके पास बैठे थे, उन्होंने उसकी ओर से पीठ मोड़ रखी थी, कम-से-कम जुलियें को ऐसा ही लगा।

इस समय दरबार में मेरे ऊपर कृपा नहीं है। उसने उन लोगों पर नज़र रखने का निश्चय किया जो उपेक्षा द्वारा उसका अपमान करने की कोशिश कर रहे थे।

म. द लुज के चाचा राजमहल में एक महत्त्वपूर्ण पद पर थे। फलस्वरूप यह सुन्दर युवक अफसर हर आगन्तुक के साथ बातचीत इस दिलचस्प समाचार के साथ शुरू करता कि उसके चाचा सात बजे सें-क्लू चले गए थे और रात को वहीं रहेंगे। यह समाचार देखने में बहुत ही सहज ढंग से लाया जाता, पर कभी छूटता न था।

म. द क्रवाजन्वा को दुःख भरी कठोर दृष्टि से देखते हुए जुलियें का ध्यान इस ओर गया कि अच्छे स्वभाव के इस हँसमुख युवक का जादू-टोने में बड़ा ही विश्वास था। छोटी

से छोटी घटना का भी कोई सरल और एकदम स्वाभाविक कारण बताते ही वह खिन्न और चिड़चिड़ा हो जाता। जुलियें सोचने लगा कि इसमें कुछ-कुछ पागलपन का लटका है। जैसा प्रिन्स कोरासौफ ने बताया था, यह चरित्र सम्राट ऐलेक्जेंडर से बहुत मिलता-जुलता है। पेरिस में प्रथम वर्ष में बेचारा जुलियें अभी-अभी शिक्षा-मठ से निकलकर आने के कारण और इन हँसमुख नौजवानों की नई-नई चाल-ढाल से प्रभावित होने के कारण उनकी प्रशंसा ही कर पाता था। उनका वास्तविक चरित्र तो अब उसके आगे ठीक-ठीक उभर रहा था।

एकाएक उसे अनुभव हुआ कि यहाँ बैठकर मैं बहुत ही हीन कार्य कर रहा हूँ; किन्तु इस छोटी-सी बेंत की कुर्सी से इस भाँति कैसे उठा जाए कि बहुत भद्दा न लगे। उसने अपनी पहले से ही कहीं और उलझी हुई कल्पना-शक्ति से कोई नया उपाय सोचने की कोशिश की। उसे एकमात्र भरोसा अपनी स्मरण-शक्ति का ही था, जो ऐसे साधनों में तनिक भी समृद्ध न थी। बेचारा लड़का अभी तक दुनिया के रंग-ढंग से कम ही अभ्यस्त था। इसलिए जब आख़िरकार वह ड्राइंगरूम से जाने लगा तो उसके ढंग में कुछ ऐसा भद्दापन था जो खटकता था। उसके समूचे ढंग से दुःख टपक रहा था। पौन घंटे से वह निम्न स्तर के दीन व्यक्ति की भाँति वहाँ बैठा था, जिससे किसी को अपने मन की बात छिपाने तक की ज़रूरत न थी।

किन्तु इस बीच उसने अपने प्रतिद्वन्द्वी को पैनी दृष्टि से देखा जिससे अपने दुर्भाग्य को वह बहुत अतिरंजित न कर पाया। अपने गर्व की रक्षा के लिए अभी भी उसके पास दो दिन पूर्व की घटना की स्मृति मौजूद थी। बगीचे में अकेले जाते-जाते वह सोचने लगा कि ये लोग मुझसे और चाहे जिन बातों में श्रेष्ठ हों, उनमें से किसी को मातिल्द से कभी वह दान नहीं मिला है जो मुझे वह अपने जीवन में दो बार दे चुकी है।

उसकी बुद्धि और आगे नहीं गई। वह उस असाधारण नारी के चरित्र को तनिक भी न समझ सका जो पिछले दिनों संयोगवश उसके समस्त सुख की एकछत्र स्वामिनी बन गई थी।

अगले दिन भी वह अपने आपको और अपने घोड़े को बहुत बुरी तरह थकाकर चूर कर देने के कार्य में ही लगा रहा। उस दिन शाम को उसने नीले सोफे के समीप जाने का कोई प्रयत्न नहीं किया।

उसका ध्यान इस बात की ओर भी गया कि घर में काउन्ट नौर्बेर ने भेंट होने पर उसकी ओर नज़र तक न डाली। वह सोचने लगा कि इस सहज शिष्ट व्यक्ति को ऐसा व्यवहार करने में अपने साथ बड़ा अत्याचार करना पड़ता होगा।

इस अवस्था में नींद जुलियें के लिए वरदान सिद्ध होती। शारीरिक थकान के बावजूद अत्यन्त ही लुभावनी-सी स्मृतियाँ उसकी समग्र कल्पना को आच्छादित करने लगीं। उसमें यह देखने की बुद्धि न थी कि घोड़े पर बैठकर पेरिस के चारों ओर के जंगलों में दूर-दूर तक भटकने का प्रभाव केवल उस पर ही पड़ता है, किसी भाँति भी मातिल्द के मन या हृदय पर नहीं तथा वह यह भी न देख रहा था कि इस प्रकार अपने भाग्य का निपटारा वह नियति के हाथों सौंप रहा है।

उसे लगता था कि इस दुःख में केवल एक ही चीज़ से उसे सांत्त्वना मिल सकती है ओर वह है मातिल्द से बातचीत। पर वह उससे कौन-सी बात कहने का साहस करेगा ?

एक दिन सवेरे सात बजे वह इसी सोच-विचार में डूबा था कि उसने मातिल्द को पुस्तकालय में आते देखा।

"मुझे पता चला है, महाशय जी, आप मुझसे बातचीत करना चाहते हैं।"

"हे भगवान् ! यह तुमसे किसने कहा ?"

"बस, जानती हूँ, इससे क्या आता-जाता है कि कैसे ? यदि आपमें सम्मान की भावना न हो तो आप मेरा सर्वनाश कर सकते हैं, या कम-से-कम इसका प्रयत्न तो कर ही सकते हैं। पर एक तो मैं ऐसे संकट को वास्तविक नहीं समझती और दूसरे, उसके कारण मैं सत्य से आँखें नहीं मोड़ सकती। मुझे आपसे कोई प्रेम नहीं; मेरी विक्षिप्त कल्पना ने मुझे धोखा दिया।"

जुलियें प्रेम और दुःख से विक्षिप्त-सा तो था ही, इस भयंकर आघात के उत्तर में वह अपनी सफाई देने की कोशिश करने लगा। इससे अधिक मूर्खतापूर्ण कोई बात नहीं हो सकती थी। प्रसन्न न कर सकने की कोई क्या सफाई दे सकता है ? किन्तु उसके कार्यों के ऊपर विवेक का कोई अंकुश न बचा। एक प्रकार की अन्ध-प्रवृत्ति उसे अपने भाग्य के निपटारे को कुछ देर के लिए ही सही, टाल देने को प्रेरित कर रही थी। उसे लगता था कि जब तक वह कुछ न कुछ कहता रहेगा तब तक मानो अन्त रुका रहेगा। मातिल्द ने उसके शब्दों को नहीं सुना, उसकी आवाज़ से ही उसे चिढ़ हो रही थी। वह सोच भी न सकती थी कि उसकी बात बीच में से काटने का साहस जुलियें को कैसे हुआ।

शील-चेतना-जन्य पश्चात्ताप आहत अभिमान की प्रतिहिंसा से उस दिन मातिल्द भी उतनी ही दुखी थी। वह इस भयंकर विचार से एक प्रकार से टूक-टूक हुई जा रही थी कि एक तुच्छ कृषक-पुत्र पुरोहित को उसने अपने ऊपर इतना अधिकार दे डाला। अपने दुर्भाग्य को अतिरंजित करके देखने पर वह सोचने लगती, यह तो अपने किसी दरबान के साथ पक्षपात कर बैठने के बराबर है।

अभिमानी और साहसी व्यक्तियों के लिए अपने प्रति क्रोध से दूसरों के प्रति भयंकर विक्षोभ के बीच केवल एक ही कदम की दूरी है। ऐसी परिस्थिति में उन्हें प्रचंड रोष-भाव से बड़ी गहरी प्रसन्नता मिलती है।

पलभर में ही माद. द ला मोल जुलियें के ऊपर तीव्रतम धिक्कार की वर्षा करने लगीं। उनकी सूझ और उपज असीम थी। यह सूझ और उपज दूसरों के स्वाभिमान को निर्मम होकर आहत और पीड़ित करने की कला में ही अधिक से अधिक खुलकर प्रकट होती थी।

जीवन में पहली बार जुलियें का अपने विरुद्ध तीव्रतम घृणा से उदीप्त श्रेष्ठतर बुद्धि के कार्यों से सामना हुआ। उस क्षण में अपने बचाव की क्षीणतम इच्छा के बजाय वह स्वयं आत्म-तिरस्कार की स्थिति में पहुँच गया था। मातिल्द की ये तिरस्कारपूर्ण बातें बड़ी चतुराई के साथ इस उद्देश्य से कही जा रही थीं कि अपने विषय में जुलियें की कोई भी अच्छी धारणा हो तो नष्ट हो जाए। उन्हें सुनकर उसे सचमुच यही लगा कि मातिल्द की बात ही सही है तथा वह और भी कहे तो अच्छा है।

मातिल्द के दर्प को इसमें बहुत परितोष मिल रहा था, क्योंकि इस प्रकार वह कुछ दिन पहले उत्पन्न होनेवाले जुलियें के प्रति अन्धप्रेम के लिए अपने आपको तथा उसे दंड दे रही थी।

जो निष्ठुरतापूर्ण बातें वह इतने आनन्द के साथ उससे कह रही थी, वे उसे आज पहली ही बार नहीं सूझी थीं। वह तो केवल उन्हीं बातों को दोहरा रही थी जो पिछले एक सप्ताह से उसके हृदय में आरोप लगानेवाला वकील कहता रहा था। उसके प्रत्येक शब्द से जुलियें का भयंकर सन्ताप सौ गुना बढ़ जाता था। उसने भागने का प्रयत्न किया; पर माद. द ला

मोल ने बड़े अधिकार के साथ उसकी बाँह को पकड़ लिया।

"कृपा करके यह तो सोचिए," उसने मातिल्द से कहा, "कि आप बहुत ज़ोर से बोल रही हैं। आपकी बात दूसरे कमरे में सुनाई पड़ेगी।"

"उससे क्या होता है !" माद. द ला मोल ने गर्व के साथ उत्तर दिया, "मुझसे यह कहने का साहस किसे होगा कि उसने मेरी बात सुनी है ? मैं आज सदा के लिए आपके उस क्षुद्र घमंड का इलाज कर देना चाहती हूँ जिसके कारण शायद आपके मन में मेरे बारे में कोई धारणा बन गई हो।"

आखिरकार जब जुलियें लाइब्रेरी से निकला तो वह इतना चकित था कि उसे अपना दुख भी इतनी तीक्ष्णता से अनुभव नहीं हो रहा था। "तो यह मामला है ! अब वह मुझे प्यार नहीं करती !" यह बात वह बार-बार दोहराता रहा। इसे वह ज़ोर-ज़ोर से कहता मानो अपने आपको अपनी स्थिति की सूचना दे रहा हो। अब तो ऐसा लगता है कि वह तो मुझे हफ्ते दस दिन के लिए प्यार करके छुट्टी पा गई, पर मैं उसे जीवनभर प्यार करता रहूँगा। क्या यह सच हो सकता है कि केवल कुछ ही दिन पहले उसका मेरे हृदय में कोई भी, एकदम कोई भी, स्थान न था ?

मातिल्द का हृदय परितृप्त अभिमान के आनन्द से उमड़ रहा था। वह उससे सदा के लिए सम्बन्ध-विच्छेद करने में सफल हो गई। इतने भारी लगाव के ऊपर ऐसी सम्पूर्ण विजय की कल्पना ने उसे एकदम प्रसन्न कर दिया। वह सोचने लगी कि अब यह सज्जन सदा के लिए समझ जाएँगे कि इन्हें मेरे ऊपर न तो कोई अधिकार प्राप्त है, न कभी होगा। वह इतनी प्रसन्न थी कि उस क्षण वह सचमुच यह अनुभव करने लगी कि अब उसे जुलियें से तनिक भी प्यार नहीं रहा।

ऐसे भयंकर अपमान के बाद जुलियें से कम भाव-प्रवण व्यक्ति के लिए तो प्रेम असम्भव ही हो जाता। माद. द ला मोल ने एक क्षण के लिए भी अपने हित की बात भूले बिना जुलियें से कुछ ऐसी अप्रिय बातें कह डाली थीं जो ठंडे दिमाग से याद करने पर भी इतनी सच्ची जान पड़ती हैं।

इस आश्चर्यजनक अनुभव से जुलियें ने सबसे पहला निष्कर्ष तो यह निकाला कि मातिल्द के गर्व की कोई सीमा नहीं। उसे पक्का विश्वास हो गया कि उनके सम्बन्ध सदा के लिए टूट गए; फिर भी अगले दिन भोजन के समय वह उसकी उपस्थिति में संकोच और घबराहट दोनों ही अनुभव करता रहा। आज तक यह दोष उसमें कभी किसी ने न पाया था। छोटी और बड़ी हर तरह की परिस्थिति में वह यह निश्चित पहचान लेता था कि वह क्या चाहता है तथा उसे क्या करना चाहिए, और वह उसे पूरा भी कर डालता था।

उस दिन भोजन के बाद मादाम द ला मोल ने उससे एक राजविरोधी किन्तु दुर्लभ पुस्तिका माँगी जो उनके देहात का पुरोहित उसी दिन सवेरे चुपचाप उनके लिए लाया था। एक किनारे रखी हुई मेज की दराज से निकालते-निकालते जुलियें ने नीली चीनी के एक अत्यन्त ही भौंडे किन्तु प्राचीन फूलदान को गिरा दिया।

मादाम द ला मोल दुख से चीखकर खड़ी हो गईं और आगे बढ़कर अपने प्रिय फूलदान के टुकड़ों को देखने लगीं। वह बोलीं, "यह प्राचीन जापानी फूलदान था जो मुझे मेरी पड़दादी आबेस्स द शैल्ल से मिला था। जब ओरल्यां ड्यूक राज्य-संचालक थे, उस समय डच लोगों ने उन्हें भेंट किया था और वही उन्होंने बाद में अपनी बेटी को दे दिया था..." मातिल्द भी

अपनी माँ के पीछे-पीछे वहाँ चली आई थी। वह बेहद भद्दे कुरूप नीले फूलदान के टूटने से बड़ी प्रसन्न हुई। जुलियें चुप रहा और बहुत अधिक परेशान भी न हुआ। उसने माद. द ला मोल को अपने बहुत समीप खड़ा देखा।

वह उनसे बोला, "यह फूलदान सदा के लिए नष्ट हो गया, यही हाल उस भावना का भी है जिसने कभी मेरे हृदय को वश में कर रखा था। उसके कारण मुझसे जो भी मूर्खताएँ हुईं, उनके लिए कृपया मेरी क्षमा-याचना स्वीकार करें।" इतना कहकर वह कमरे के बाहर चला गया।

उसे जाते हुए देखकर मादाम द ला मोल ने कहा, "उसके ढंग से तो यह लगता है कि उसे बड़ा घमंड है और जो कुछ किया है, उससे प्रसन्न भी है।"

उनके शब्द मातिल्द के हृदय में सीधे उतर गए। उसने मन-ही-मन कहा कि ठीक है, मेरी माँ ने ठीक ही समझा है; सचमुच वह यही अनुभव करता है। इसके बाद उसके मन से दो दिन पहले के उस वार्तालाप की सारी खुशी गायब हो गई। उसने ऊपरी शान्ति के साथ मन-ही-मन कहा, ठीक है, सब झगड़ा मिटा। मुझे भी बड़ी भारी शिक्षा मिल गई। मुझसे भयंकर और अपमानजनक भूल हुई है। उससे मुझे अब जीवन-भर समझ मिलती रहेगी।

मैंने सच बात क्यों नहीं कही ? जुलियें सोचने लगा। इस पागल लड़की के लिए मैं जो प्रेम अनुभव करता हूँ, वह अभी तक मुझे क्यों त्रास दे रहा है ?

उसने सोचा था कि यह प्रेम मर जाएगा, पर इसके बजाय वह और भी तेजी से बढ़ने लगा। वह मन-ही-मन कहता : यह ठीक है कि वह बिल्कुल पागल हैं, पर क्या वह इस कारण कम प्यारी लगती है ? उससे अधिक सुन्दर कोई और हो सकता है ? सभ्यता जो भी सूक्ष्म से सूक्ष्म आनन्द प्रदान करती है, वह क्या पूरी तरह माद. द ला मोल में वर्तमान नहीं है ? पिछले सुख की इस स्मृति ने जुलियें के मन को आच्छादित कर लिया और विवेक के सारे बाँध तोड़ दिए। ऐसी स्मृतियों के विरुद्ध विवेक का संघर्ष व्यर्थ ही होता है; उसके कठोर उपायों से उनका आकर्षण बढ़ता ही है।

पुराने जापानी फूलदान टूटने के चौबीस घंटे बाद जुलियें निश्चित रूप से अत्यन्त ही दुखी व्यक्ति था।

21

गुप्त पत्र

जो भी मैं वर्णन कर रहा हूँ, मैंने देखा है; और यदि इसे देखते समय मैंने धोखा खाया भी हो, तो निश्चय ही आपको बताते समय मैं धोखा नहीं दे रहा हूँ।

—लेखक के नाप पत्र

मार्कि ने उसे बुला भेजा। म. द ला मोल का कायाकल्प-सा हुआ जान पड़ता था, उनकी आँखें बहुत ही चमक रही थीं।

"कुछ अपनी स्मरणशक्ति के बारे में बताओ," उन्होंने जुलियें से कहा। "सुना है कि वह बहुत ही अद्‌भुत है ! क्या तुम चार पृष्ठ कंठस्थ करके उन्हें लन्दन जाकर सुना सकते हो—एक भी शब्द इधर से उधर किए बिना ?"

मार्कि कुछ क्रुद्ध भाव से उस दिन के 'कोतिदेन' के पन्ने उलट-पलट रहे थे और व्यर्थ ही एक बहुत ही गम्भीर मुख-मुद्रा को हल्का बनाने का प्रयत्न कर रहे थे। जुलियें ने ऐसा भाव उनके मुख पर कभी न देखा था। जिन दिनों वे फ्रिलेर के मुकदमे पर विचार करते थे, उन दिनों भी नहीं।

अब तक जुलियें सभ्य समाज के आचार-व्यवहार से काफ़ी परिचित हो चुका था। वह जानता था कि उसे मार्कि से हल्के कंठ-स्वर पर पूरा-पूरा विश्वास करने का भाव दिखाना चाहिए।

"'कोतिदेन' का यह अंक शायद बहुत रोचक नहीं है, किन्तु यदि आप आदेश दें तो कल मैं इसे शुरू से आख़िर तक याद करके सुना दूँगा।"

"क्या, विज्ञापन तक ?"

"बिल्कुल ठीक-ठीक, और एक भी शब्द छोड़े बिना।"

"क्या तुम मुझे इसका पक्का वचन देते हो ?" मार्कि ने अचानक गम्भीर होकर कहा।

"हाँ श्रीमान, केवल असफल होने का भय मेरी स्मृति को भले ही धुँधला कर दे।"

"कल मैं तुमसे यह बात पूछना भूल गया था। मैं तुमसे सौगन्ध खाने को कभी न कहूँगा कि जो कुछ तुम सुननेवाले हो, उसे कभी किसी के आगे दोहराना मत; मैं तुम्हें इतना अधिक जानता हूँ कि यह कहकर तुम्हारा अपमान नहीं करूँगा। मैंने तुम्हारी ओर से आश्वासन दे दिया है, और अब मैं तुम्हें एक कमरे में ले चलूँगा जहाँ बारह व्यक्ति इकट्ठे होंगे। तुम्हें प्रत्येक व्यक्ति की बातों को लिख लेना होगा।

"घबराओ नहीं, बातचीत बे-सिर-पैर की नहीं होगी। सब व्यक्ति बारी-बारी से बोलेंगे, यद्यपि किसी औपचारिक-क्रम से नहीं," मार्कि ने अपने स्वाभाविक पैने तथा चतुरतापूर्ण ढंग से आगे कहा। "हम लोगों की बातचीत के कोई बीस पन्ने बनेंगे। फिर तुम मेरे साथ यहाँ वापस आओगे और हम लोग उन बीस पृष्ठों का सार चार में तैयार करेंगे। 'कोतिदेन' के अंक की बजाय कल सवेरे तुम मुझे याद करके सुनाओगे। उसके बाद तुरन्त ही तुम्हें यहाँ से रवाना होना पड़ेगा। तुम इस प्रकार यात्रा करोगे मानो कहीं सैर के लिए जा रहे हो। तुम्हारा उद्‌देश्य यह होगा कि किसी का भी ध्यान आकर्षित किए बिना ही अपने गन्तव्य पर पहुँच जाओ। वहाँ तुम्हारी एक बहुत ही महत्त्वपूर्ण व्यक्ति से भेंट होगी। उस जगह तुम्हें और भी अधिक कुशलता की आवश्यकता पड़ेगी। तुम्हें उस व्यक्ति के आस-पास एकत्रित सभी लोगों को धोखा देना पड़ेगा; क्योंकि उसके मन्त्रियों अथवा सेवकों में हमारे शत्रुओं के गुप्तचर मौजूद हैं जो हमारे प्रतिनिधियों को बीच ही में रोककर पकड़ लेने की घात में लगे रहते हैं।

"तुम्हारे पास एक ऐसा परिचय-पत्र होगा जिसकी ओर साधारणतः किसी का ध्यान न जा सके। जब वह सज्जन तुम्हारी ओर देखें तो तुम मेरी इस घड़ी को निकालकर उसमें समय देखने लगोगे। यह मैं तुम्हें यात्रा के लिए दे दूँगा। लो, इसे अभी से पहन लो और मुझे अपनी दे दो, कुछ तो काम खत्म हो जाए।

"जो चार पृष्ठ तुम यहाँ से याद करके ले जाओगे, उन्हें तुम्हारे सुनाने पर ड्यूक स्वयं अपने हाथ से लिख लेने की कृपा करेंगे। जब यह पूरा हो जाए, और खबरदार, उसके पहले

नहीं, तब तुम, यदि ड्यूक महोदय पूछें तो, उस सभा का हाल सुना देना जिसमें अब तुम चलनेवाले हो।

"यात्रा में एक बात के कारण तुम्हें कोई उकताहट न होने पाएगी, और वह यह कि पेरिस और ड्यूक के महल के बीच ऐसे बहुत लोग होंगे जो म. सोरेल के ऊपर गोली चलाकर अपने को धन्य समझेंगे। यदि ऐसा हुआ तो यह कार्य पूरा न हो सकेगा और बहुत विलम्ब हो जाने की सम्भावना रहेगी क्योंकि हमें तुम्हारी मृत्यु का पता ही कैसे चलेगा ? इतना उत्साह तुम भी कहाँ से लाओगे कि हमें पहले से सूचना भेज दो !

"अब जल्दी से जाकर अपने लिए सारा सामान खरीद लाओ," मार्कि ने गम्भीर मुद्रा से आगे कहा। "अपने आपको दो वर्ष पूर्व के वस्त्रों में सुसज्जित करना। आज शाम को तुम्हें थोड़ा मैला-कुचैला दिखाई पड़ना चाहिए। इसके विपरीत यात्रा के समय तुम्हें अपने साधारण वस्त्र पहनने होंगे। क्या इससे तुम्हें आश्चर्य हुआ और क्या अपने सन्देह के फलस्वरूप तुम इसका कारण समझ गए ? हाँ, मेरे नौजवान दोस्त, आज रात को जिन महत्त्वपूर्ण व्यक्तियों से तुम मिलनेवाले हो, उनमें से बहुत सम्भव है, कोई तुम्हारे बारे में समाचार भेज दे, जिसके परिणामस्वरूप कोई शायद तुम्हें किसी आरामदेह सराय में भोजन के साथ-साथ अफीम खिलाने की कोशिश करने लगे।"

"शायद यह अधिक अच्छा होगा," जुलियें ने कहा, "कि कोई सौ मील आगे जाकर फिर लौटा जाए और सीधा रास्ता न अपनाया जाए। हम लोग शायद रोम की ही चर्चा कर रहे हैं..."

मार्कि के मुख पर ऐसी दर्पपूर्ण अप्रसन्नता छा गई जो जुलियें ने इतने तीव्र रूप में ब्रे-ल-ओ के बाद कभी न देखी थी।

"यह आपको तभी पता चलेगा, महाशय, जब मैं बताना उचित समझूँगा। सवाल मुझे पसन्द नहीं।"

"वह प्रश्न नहीं था," जुलियें ने क्षमा-याचना करते हुए कहा। "सौगन्ध खाकर कहता हूँ, श्रीमान, कि मैं मन-ही-मन सबसे सुरक्षित मार्ग की कल्पना करने लगा था, और मेरे विचार अचानक ही मेरे मुख से निकल पड़े थे।"

"हाँ, लगता है, तुम्हारा मन कहीं बहुत दूर था। यह न भूलो कि एक राजदूत को विशेष कर तुम्हारी अवस्था के राजदूत को, यह नहीं दिखाना चाहिए कि वह जबरदस्ती गोपनीय बातें जानना चाहता है।"

जुलियें बहुत ही दुखी हुआ। उससे भूल हो गई थी। स्वाभिमानवश वह इसका भी कोई कारण खोजने लगा किन्तु कुछ सूझा नहीं।

"यह बात भी समझो," म. द ला मोल ने आगे कहा, "कि आदमी कोई मूर्खता कर बैठने के बाद सदा अपने हृदय की दुहाई देता है।"

एक घंटे बाद जुलियें मार्कि के कमरे के बाहर बैठक में बहुत ही मामूली सस्ते कपड़े पहने, एक मटमैला-सा रूमाल गले में बाँधे और बहुत-कुछ एक दीन-हीन व्यक्ति की मुद्रा बनाए मौजूद था। उसे देखते ही मार्कि ज़ोर से हँस पड़े और जुलियें का दोष-मार्जन पूरा हो गया।

म. द ला मोल सोचने लगे यदि यह नौजवान भी मुझे धोखा दे तो मैं और किसका भरोसा कर सकता हूँ ? फिर भी काम के समय किसी न किसी का भरोसा तो करना ही

होता है। मेरे बेटे और उसके योग्य मित्रों में साहस और वफादारी तो लाखों से अधिक है। यदि लड़ने का अवसर आए तो वे राजसिंहासन की सीढ़ियों पर अपने प्राण दे देंगे। वे लोग हर काम करना जानते हैं...इस समय जो आवश्यक है, उसके अतिरिक्त। मुझे उसमें एक भी ऐसा नहीं दिखता जो चार लम्बे-लम्बे पृष्ठों को कंठस्थ करके दो-तीन सौ मील की यात्रा इस भाँति कर सके कि किसी को उसके पीछे लगने का अवसर ही न मिले। नौर्बेर अपने पूर्वजों की भाँति प्राण दे सकता है, पर इतना तो एक नया रंगरूट भी जानता है...।

मार्कि विचारों में खोए सोचते रहे। शायद प्राण देने का अवसर आने पर यह लड़का सोरेल भी उसके समान ही योग्य सिद्ध हो...।

"चलो, गाड़ी में बैठें !" मार्कि ने मानो किसी उलझन से बचने के प्रयत्न में कहा।

"श्रीमान," जुलियें ने कहा, "जब मेरा यह कोट बदला जा रहा था, उस समय मैंने आज के 'कोतिदेन' का पहला पृष्ठ याद कर डाला।"

मार्कि ने अख़बार ले लिया और जुलियें ने समूचा पृष्ठ एक भी शब्द भूले बिना सुना दिया। ठीक, मार्कि ने सोचा। उस समय वह बड़ी ही कूटनीतिज्ञ की-सी मनोदशा में थे। वह मन-ही-मन कह उठे कि इस बीच उस लड़के का मार्ग की सड़कों पर तनिक भी ध्यान नहीं गया है।

आख़िरकार वे एक विशाल और कुछ अँधेरे-से कमरे में जा पहुँचे जिसकी दीवारें कुछ तो लकड़ी के तख़्तों से और कुछ हरी मखमल से जड़ी हुई थीं। कुछ क्रुद्ध दिखनेवाले एक नौकर ने एक बड़ी भारी भोजन की मेज़ अभी-अभी कमरे के बीचोबीच रखी थी जिसे उसने किसी मन्त्रालय के पुराने, स्याही के धब्बों से भरे हुए, बड़े भारी हरे कपड़े से ढँककर कॉन्फरेंस की मेज़ बना दिया था।

गृहस्वामी एक लम्बा-चौड़ा भारी बदन का व्यक्ति था जिसका नाम नहीं बताया गया। उसके मुख के भाव से और बातचीत करने के ढंग से जुलियें ने अनुमान लगाया कि वह व्यक्ति जल्दी ही किसी बात का बुरा नहीं मानता होगा।

मार्कि का इशारा पाकर जुलियें मेज़ के निचले छोर पर जाकर बैठ गया, और अपनी घबराहट को छिपाने के लिए कुछ कलमें बनाने लगा। अपनी आँखों के कोनों से उसने कोई सात वक्ता गिने किन्तु वह उनकी पीठ के सिवाय और कुछ न देख सका। उनमें से दो म. द ला मोल से बराबरी के दर्जे से बातचीत कर रहे थे और बाकी कमोवेश आदर के साथ।

एक अन्य व्यक्ति ने कमरे में घोषणा के बिना ही प्रवेश किया। जुलियें को यह अजीब लगा। कमरे में आनेवाले किसी व्यक्ति का नाम नहीं बताया जाता। क्या यह सावधानी मेरे सम्मान में बरती जा रही है ? आगन्तुक के स्वागत के लिए सब लोग उठ खड़े हुए। वह कमरे में उपस्थित तीन व्यक्तियों के समान ही एक अत्यन्त प्रमुख सम्मान-चिह्न धारण किए था। सब लोग बहुत धीमी आवाज़ में बोल रहे थे। आगन्तुक के बारे में कोई धारणा बनाने के लिए उसकी मुखाकृति और साधारण वेशभूषा के अतिरिक्त और कोई साधन न था। वह नाटे कद और भूरे बदन का व्यक्ति था। उसके मुख का रंग कुछ लाल और आँखें चपकती हुई थीं जिनमें जंगली सुअर की भयंकर क्रूरता के अतिरिक्त और कोई भाव न था।

उसी समय सर्वथा भिन्न प्रकार के एक अन्य व्यक्ति के आगमन से जुलियें का ध्यान

एकदम बँट गया। यह नया व्यक्ति लम्बे कद का और दुबला-पतला था; उसने तीन या चार वेस्टकोट पहन रखे थे। उसकी आँखें स्निग्ध और मुख-भंगिमाएँ सुसंस्कृत थीं।

यह तो ठीक बजाँसों के पुराने बिशप का-सा चेहरा है, जुलियें ने सोचा। अवश्य ही यह कोई चर्च का आदमी है। उसकी उम्र पचास-पचपन से अधिक न होगी, पर देखने में वह बहुत ही बुजुर्ग लग रहा था।

आग्द के तरुण बिशप भी आ पहुँचे और जब उपस्थित व्यक्तियों पर नज़र डालते-डालते उनकी आँखें जुलियें पर आकर टिकीं तो वह बहुत ही चकित जान पड़े। ब्रे-ल-ओ के समारोह के बाद से उनकी जुलियें से कोई बातचीत न हुई थी। उनकी आश्चर्यभरी दृष्टि से जुलियें को संकोच भी हुआ और कुछ क्रोध भी आया। क्या किसी व्यक्ति से पहले से परिचय हमेशा मेरे विरुद्ध ही पड़ेगा ? ये सब बड़े-बड़े सामन्त-सरदार जिन्हें मैंने पहले कभी नहीं देखा, मुझे तनिक भी भयभीत नहीं करते, पर इस तरुण बिशप की नज़र मुझे बरफ की तरह ठंडा किए देती है। यह तो मानना ही पड़ेगा कि मैं बहुत ही विचित्र और बहुत ही अभागा व्यक्ति हूँ।

कुछ ही देर बाद बहुत ही साँवले रंग का एक छोटा-सा आदमी बड़े शोरगुल और टीमटाम के साथ आया और उसने दरवाजे के पास पहुँचते ही बोलना शुरू कर दिया। उसके मुख का रंग कुछ फीका था और वह पागल-सा दिखाई पड़ता था। बकबक की इस अनथक मशीन के आते ही उससे बचने के लिए लोगों ने कई अलग-अलग मंडलियाँ-सी बना लीं।

जैसे-जैसे वह लोग अंगीठी के पास से दूर हटते गए, वे मेज़ के निचले छोर के समीप आते गए, जहाँ जुलियें बैठा था। अब वह और भी संकोच अनुभव करने लगा क्योंकि लाख प्रयत्न करने पर भी अब उनकी बातें न सुनना उसके लिए असम्भव था। वे लोग खुलकर बातें कर रहे थे और अपने अल्प अनुभव के बावजूद वह उन बातों का पूरा महत्त्व समझ रहा था। वह सोचने लगा कि उसके आगे बैठे हुए इन प्रमुख व्यक्तियों को भी तो अपनी बातें गोपन रखने की चिन्ता होगी।

यथासम्भव धीरे-धीरे काम करने पर भी जुलियें अब तक कोई बीस कलमें बना चुका था। शीघ्र ही यह उपाय अब काम न देगा। वह व्यर्थ ही म. द ला मोल की ओर आदेश के लिए देखने लगा। मार्कि तो उसे बिल्कुल भूल गए थे।

मैं यहाँ बहुत ही हास्यास्पद काम कर रहा हूँ, जुलियें कलमें काटते-काटते सोचने लगा। किन्तु ऐसा तुच्छ चेहरा होने पर भी जिन लोगों को इतने महत्त्वपूर्ण कार्य दूसरों के द्वारा अथवा स्वयं अपने द्वारा सुपुर्द किए जाते हैं, वे अवश्य ही बहुत तीक्ष्ण होंगे। लोगों की ओर देखने का मेरा ढंग कुछ बहुत ही कौतूहलपूर्ण और आदररहित होता है जिससे उनके अप्रसन्न होने का डर है। पर यदि मैं अपनी आँखें बिल्कुल नीची ही किए रहूँ तो शायद यह लगेगा कि मैं उनकी बातों को मन में भरता जा रहा हूँ।

उसका संकोच बहुत ही अधिक था क्योंकि वह कुछ बेहद असाधारण बातें सुन रहा था।

22

वाद-विवाद

गणतन्त्र : सार्वजनिक हित के लिए सर्वस्व त्याग देनेवाले हर व्यक्ति के पीछे हजारों और लाखों ऐसे हैं जिनका एकमात्र अनुभव है बस निजी आनन्द और झूठी शान। पेरिस में किसी व्यक्ति का सम्मान उसके गुणों से नहीं, उसकी चाल-ढाल और रुतबे से होता है।

–नेपोलियन

नौकर ने जल्दी से आकर घोषणा की : "महामान्यवर दुक् द...।"

"चुप रहो, बेवकूफ !" ड्यूक ने प्रवेश करते हुए कहा। ये शब्द उन्होंने जिस अच्छे ढंग और राजसी गरिमा के साथ कहे, उससे जुलियें यह अनुभव किए बिना न रह सका कि नौकर पर क्रुद्ध होने की जानकारी इन महापुरुष से अधिक किसी में सम्भव नहीं। जुलियें ने अपनी आँखें उठाईं और फिर तुरन्त उन्हें नीचा कर लिया। उसने इस आगन्तुक के महत्त्व को इतना ठीक-ठीक समझा था कि उसे भय हुआ कि कहीं उसकी दृष्टि धृष्टतासूचक न समझी जाए।

ड्यूक की अवस्था पचास के लगभग होगी। वह बड़े ठाठदार कपड़े पहने थे और ऐसे चल रहे थे मानो नीचे स्प्रिंग लगे हों। उनका माथा छोटा तथा नाक बड़ी थी और चेहरे की गोलाइयाँ प्रमुख रूप में आगे को निकली हुई जान पड़ती थीं। किसी के लिए भी एक साथ इतना उच्च और इतना नगण्य दिखाई पड़ना कठिन था। उनके आते ही सभा की कार्रवाई शुरू हो गई।

जुलियें द्वारा आगन्तुकों की इस शरीर-रचना-सम्बन्धी जाँच-पड़ताल में म. द ला मोल की आवाज़ से अचानक बाधा पड़ी।

"आज्ञा दीजिए, आबे सोरेले को आप लोगों के सम्मुख प्रस्तुत करूँ," मार्कि कह रहे थे। "इन्हें अद्भुत स्मरणशक्ति मिली है। कोई एक घंटे पहले ही मैंने इनसे उस कार्य का जिक्र किया था जिसका सम्मान शायद इन्हें दिया जाए और इन्होंने अपनी स्मरण-शक्ति के प्रमाणस्वरूप 'कोतिदेन' का पहला पृष्ठ कंठस्थ कर लिया है।"

"आह, उस बिचारे न–के विषय में समाचार पढ़ा," गृहस्वामी ने कहा। उन्होंने जल्दी से अख़बार उठा लिया और जुलियें की ओर कुछ ऐसे भाव से देखते हुए बोले जो महत्त्वपूर्ण से अधिक हास्यास्पद था, "तो सुनाइए, महाशय !"

चारों तरफ सन्नाटा छा गया और सब आँखें जुलियें पर जा टिकीं। उसने अपना पाठ इतनी कुशलता के साथ सुनाया कि बीस पंक्तियों के बाद ही ड्यूक बोले, "बस, काफ़ी है।" जंगली सुअर की-सी आँखोंवाला आदमी बैठ गया। वही सभा का अध्यक्ष था; क्योंकि उसने बैठते ही जुलियें को एक छोटी मेज़ दिखाकर उसे अपने पास ले आने के लिए कहा। जुलियें सब आवश्यक लेखन-सामग्री लेकर वहाँ जम गया। हरे कपड़े के चारों ओर बैठे हुए बारह व्यक्ति थे।

"म. सोरले," ड्यूक ने कहा, "कृपया दूसरे कमरे में चले जाइए, हम अभी आपको बुला लेंगे।"

गृहस्वामी बहुत ही उद्विग्न हो उठे। ''खिड़कियों की झिलमिलियाँ बन्द नहीं हैं,'' उसने अपने पड़ोसी के कान में धीमे से कहा। ''आप खिड़की से न झाँकिएगा,'' वह जुलियें को कुछ मूर्खतापूर्ण ढंग से पुकारकर बोला। अब मैं षड्यन्त्र के बीचोबीच आ फँसा हूँ, जुलियें सोचने लगा। भाग्यवश यह प्लास द ग्रेव को ले जानेवाला षड्यन्त्र नहीं। और यदि उसमें जोखिम हो भी तो मार्कि का मेरे ऊपर इतना ऋण तो है ही, बल्कि शायद इससे भी अधिक है। मेरी मूर्खताओं से शायद एक दिन उन्हें बहुत दुःख मिलनेवाला है। यदि मैं उनका कोई प्रायश्चित्त कर सकूँ तो मुझे बड़ी खुशी हो।

अपनी मूर्खताओं और अपने दुःख के विषय में सोचते-सोचते ही वह अपने परिवेश की ओर ऐसे ताकने लगा कि उसे कभी भूल न सके। तभी उसे याद पड़ा कि मार्कि ने अपने नौकर को सड़क का नाम नहीं बताया था और वह भाड़े की गाड़ी में यहाँ आए थे, जो वह साधारणतः कभी नहीं करते।

जुलियें को बहुत देर तक अपने विचारों में डूबे रहने का अवसर मिला। वह एक ड्राइंगरूम में था जिसमें सुनहरी काम की बड़ी-बड़ी पट्टियोंवाली लाल मखमल की लटकनें थीं। किनारे की मेज़ पर एक बड़ी-सी हाथीदाँत की ईसामसीह की मूर्ति थी और मेंटलपीस पर सुनहरे किनारे की बढ़िया जिल्दवाली म. द मेस्त्र की पुस्तक 'दु पाप' रखी हुई थी। जुलियें ने उसे खोल लिया जिससे यह न लगे कि वह बातें सुन रहा है। बीच-बीच में अगले कमरे से आनेवाली आवाज़ें बड़ी ऊँची हो जातीं। आख़िरकार दरवाज़ा खुला और उसका नाम पुकारा गया।

''सज्जनो, याद रखिए,'' अध्यक्ष कह रहे थे, ''इस क्षण से हम दुक द—की उपस्थिति में बातचीत कर रहे हैं।'' फिर वह जुलियें की ओर इशारा करके बोले, ''यह सज्जन पुरोहित बनने की अभिलाषी हैं और हमारे उद्देश्य में आस्था रखते हैं। इन्हें अपनी अद्भुत स्मरणशक्ति की सहायता से हमारे कम-से-कम महत्त्व के कथन को भी दोहराने में कोई कठिनाई न होगी।

''अब इसके बोलने की बारी हैं।'' उन्होंने बुजुर्ग दिखाई देनेवाले सज्जन की ओर इशारा करके कहा जो तीन-चार वेस्टकोट पहने थे। जुलियें को लगा कि उनका नाम वेस्टकोटवाले सज्जन रखना भी बहुत स्वाभाविक होता। वह कागज लेकर विस्तार से लिखने लगा।

(यहाँ लेखक की बड़ी इच्छा थी कि एक पृष्ठ खाली छोड़ दिया जाए। प्रकाशक का कहना है कि यह बहुत शोभन न लगेगा और ऐसी हल्की-फुल्की किताब के लिए अशोभनता का अर्थ है मृत्यु।

लेखक ने उत्तर में कहा : 'राजनीति सत्य के गले में बँधे पत्थर के समान है जो छः महीने के भीतर ही उसे डुबाकर मार डालेगी। कल्पना-प्रधान वस्तुओं के बीच में राजनीति संगीत-समारोह के बीच पिस्तौल की आवाज़ के समान है। उसमें शोर तो कान फाड़ देनेवाला होता है पर स्वर नहीं होता। किसी साज़ के साथ उसकी स्वर-संगति नहीं बैठती। यह राजनीति की चर्चा मेरे आधे पाठकों को बुरी तरह अप्रसन्न कर देगी और बाकी आधे, जो अपने सवेरे के अख़बार में इससे कहीं अधिक सशक्त और विस्तृत राजनीति का घूँट पी चुके होंगे, उससे उकता जाएँगे।'

'यदि आपके पात्र राजनीति की बात न करते,' मेरे प्रकाशक ने उत्तर दिया, 'तो वे 1830 के फ्रांसवासी नहीं, और फिर आपकी पुस्तक दर्पण नहीं मानी जा सकती, जैसा कि आपका

दावा है।)

जुलियें की लिखित रिपोर्ट छब्बीस पृष्ठों की थी। यहाँ मैं उसका एक फीका-सा संक्षिप्त रूप प्रस्तुत कर रहा हूँ क्योंकि सदा की भाँति मैं उन निरर्थक बातों को छोड़ देने के लिए बाध्य हूँ जिनके आधिक्य से बड़ा धक्का-सा लगता और उन पर मुश्किल से विश्वास किया जाता।

वेस्टकोट और बुजुर्ग भाववाले सज्जन (शायद वह कोई बिशप थे) बार-बार मुस्कुराते थे और तब उनकी आँखें अपनी झपकती हुई पलकों के चौखटे में एक अत्यन्त ही असाधारण चमक और अपेक्षाकृत कम अस्पष्ट भाव धारण कर लेतीं। इन्हीं सज्जन को ड्यूक की उपस्थिति में सर्वप्रथम बोलने को कहा गया था; पर कौन-से ड्यूक ? जुलियें आश्चर्य से सोचने लगा। जो हो, उनसे कहा गया कि वह और प्रधान सोलिसिटर की भाँति सभा के विचारों को प्रस्तुत कर दें। पर जुलियें को लगा कि उन्हें निश्चय और सुस्पष्ट निष्कर्षों का अभाव-सा अनुभव हो रहा है, जिसका आरोप न्यायाधीशों पर प्रायः लगाया जाता है। वाद-विवाद के दौरान में ड्यूक ने उन्हें इसके लिए कोंचा भी।

नीति और दर्शन-सम्बन्धी बहुत-से वाक्यों के बाद वेस्टकोटवाले सज्जन बोले, "उस महान् देश इंग्लैंड ने उस महापुरुष चिरस्मरणीय पिट के निर्देशन में क्रान्ति को ध्वस्त करने के लिए चार अरब फ्रैंक खर्च किए थे। यदि यह सभा एक दुखद विषय के स्पष्ट उल्लेख की अनुमति मुझे दे तो मैं कहूँगा कि इंग्लैंड यह बात भली-भाँति नहीं समझता कि बोनापार्ट जैसे व्यक्ति के साथ, विशेषकर जब उसका विरोध करने के लिए मुट्ठीभर सदिच्छाओं के अतिरिक्त और कुछ अपने पास न हो, व्यक्तिगत सम्पर्क के अतिरिक्त और कोई निश्चित उपाय नहीं है...।"

"ओफ़ ! हत्या की प्रशंसा में एक और भाषण !" गृहस्वामी ने कुछ चिन्तित होकर कहा।

"अपने इन भावुक वचनों से हमें बचाइए !" अध्यक्ष क्रुद्ध भाव से बोले और उसकी जंगली सुअर जैसी आँखें एक बर्बर चमक से प्रज्वलित हो उठीं। "कृपया आप अपनी बात जारी रखें।" उन्होंने वेस्टकोटवाले सज्जन से कहा। अध्यक्ष का माथा और गाल क्रोध से लाल हो उठा था।

वक्ता ने आगे कहा, "वह महान् देश इंग्लैंड आज कुचला हुआ पड़ा है क्योंकि प्रत्येक अंग्रेज को अपनी रोज की रोटी का मूल्य चुकाने के पहले उन चार अरब फ्रैंक का सूद भी चुकाना पड़ता है जो जैकोबिन पंथियों के विरुद्ध खर्च हुए थे; और आज उसके पास पिट जैसा व्यक्ति भी नहीं है..."

"उसके पास विलिंगडन के ड्यूक तो हैं," एक सैनिक सज्जन बड़े रोष से बोले।

"कृपया चुप रहिए, सज्जनो," अध्यक्ष चीखे। "यदि हम लोगों में अभी तक असहमति है तो म. सोरेल को बुलाने से कोई लाभ नहीं हुआ।"

"यह तो सभी जानते हैं कि हमारे माननीय मित्र के पास विचारों की कमी नहीं," ड्यूक ने कुछ चिढ़कर और बीच में टोकनेवाले के ऊपर एक नज़र डालते हुए कहा। यह सज्जन पहले नेपोलियन की सेना में एक जनरल थे। जुलियें समझ गया कि यह किसी व्यक्तिगत और बहुत ही क्रोध दिखानेवाली बात की ओर संकेत है। सब लोग मुस्कुरा दिए; जनरल साहब क्रोध से उबलते दिखाई पड़े।

"अब पिट जैसा व्यक्ति नहीं है, सज्जनो," वक्ता कुछ ऐसे भाव से कहने लगे मानो अपने श्रोताओं को समझदारी की बात मनवा सकने में हताश हो चुके हैं। "और यदि इंग्लैंड में नया पिट होता भी, तो किसी राष्ट्र को एक ही उपाय से दो बार धोखा नहीं दिया जा सकता।..."

"यही कारण है कि एक विजेता जनरल का, एक अन्य बोनापार्ट का फ्रांस में फिर से उत्पन्न होना असम्भव है।" सैनिक सज्जन ने बीच ही में फिर टोका।

इस बार न तो अध्यक्ष ने और न ड्यूक ने कोई अप्रसन्नता दिखाने का साहस किया यद्यपि जुलियें को लगा कि उनकी आँखों में इसकी तीव्र इच्छा स्पष्ट झलक रही है। उन्होंने अपनी आँखें नीची कर लीं और ड्यूक ने ऐसी लम्बी साँस से ही सन्तोष कर लिया जो सबको सुनाई पड़ जाए।

किन्तु वक्ता को क्रोध आ गया था।

"आप चाहते हैं कि मैं जल्दी से बात खत्म कर दूँ," उन्होंने क्रुद्ध स्वर में कहा। जुलियें जिस हँसमुख मुद्रा और वाक्संयम को उनके चरित्र का स्वाभाविक अंग मान रहा था, वह पूरी तरह गायब हो गया। "आप चाहते हैं कि मैं जल्दी से चुप हो जाऊँ। मैं तो यही प्रयत्न कर रहा था कि यहाँ किसी व्यक्ति के कानों को कोई कष्ट न पहुँचे, चाहे वह कितना ही बड़ा क्यों न हो। किन्तु आप उसके लिए कोई आभार नहीं मानना चाहते। अच्छी बात है, तो सज्जनो, मैं संक्षेप में ही कहूँगा।

"और मैं दो टूक भी कहूँगा। लन्दन के पास इस अच्छे उद्देश्य के लिए एक छदाम भी नहीं है। यदि स्वयं पिट भी लौट आए तो वह अपनी सारी प्रतिभा के बावजूद इंग्लैंड के छोटे-छोटे जमींदारों की आँखों में धूल झोंकने में कामयाब न हो सकेगा, क्योंकि वे जानते हैं कि वाटरलू के छोटे-से अभियान में ही उनका एक अरब धन खर्च हो गया था। आप साफ-साफ सुनना चाहते हैं तो सुनिए," वक्ता ने अधिकाधिक उत्तेजित होकर कहा। "अपनी मदद अपने आप कीजिए, क्योंकि लन्दन के पास आपकी मदद के लिए एक पैसा भी नहीं है और यदि इंग्लैंड आपको पैसा नहीं देता तो आस्ट्रिया, रूस, प्रशिया इत्यादि के पास तो केवल साहस है, पैसा नहीं, वे फ्रांस के विरुद्ध एक-दो अभियान से अधिक नहीं चला सकते।

"यह कहा जा सकता है कि जैकोबिनपंथियों ने जो नौजवान सैनिक इकट्ठे किए हैं वे पहली मुठभेड़ में ही पराजित हो जाएँगे, किन्तु तीसरी में (यद्यपि यह कथन आप लोगों की पूर्वग्रही दृष्टि में क्रान्तिकामी समझा जाएगा) आप लोगों को 1794 के सैनिक लाने पड़ेंगे, जो 1792 के किसान-बटालियनों में न थे।"

तीन-चार लोगों ने एक साथ ही बीच में टोका।

"महाशय," अध्यक्ष ने जुलियें से कहा, "आप दूसरे कमरे में जाकर अब तक लिखी हुई रिपोर्ट की साफ-साफ नकल कर डालिए।" जुलियें बड़ी अनिच्छा के साथ कमरे से गया। वक्ता ने अभी-अभी उन्हीं सम्भावनाओं की चर्चा शुरू की थी जिनके बारे में वह प्रायः सोचा करता था। वह सोचने लगा, इन लोगों को डर है कि मैं इनकी बातों पर हँसूँगा।

जब उसे फिर से बुलाया गया तो म. द ला मोल बोल रहे थे। वह ऐसी सच्चाई के भाव से बोल रहे थे कि जुलियें को, जो उन्हें जानता था, बहुत ही मजेदार लगा।

"...हाँ, सज्जनो," वह कह रहे थे, "इस अभागी जाति के लिए विशेष रूप से यह कहा जा सकता है; वह देवता बनेगी, मेज बनेगी या हाथ धोने का बेसिन बनेगी ?"

" 'यह देवता बनेगी !' कथाकार का कहना है। सज्जनो, ऐसी और महान और गहरी कहावत आप ही लोगों पर लागू होती जान पड़ती है। अपनी सहायता स्वयं कीजिए, और हमारा महान देश फ्रांस फिर एक बार वैसा ही हो जाएगा जैसा हमारे पूर्वजों ने उसे बनाया था और जैसा हमारी आँखों ने भी उसको लुई सोलहवें की मृत्यु के पहले तक देखा था।

"लन्दन को, अथवा कम-से-कम उसके बड़े-बड़े सामन्त-सरदारों को, इस घृणित जैकोबिनवाद से उतनी ही घृणा है जितनी हमें है। लन्दन के स्वर्ण के बिना आस्ट्रिया, प्रशिया अथवा रूस कोई भी दो या तीन से अधिक अभियान नहीं चला सकता। क्या उतने में उसी प्रकार से सैनिक अधिकार हो सकेगा जैसा वह था जिसे म. द रिशल्य ने 1817 में ऐसे मूर्खतापूर्वक नष्ट कर दिया ? मैं ऐसा नहीं समझता।"

यहाँ किसी ने फिर बीच में टोका, पर वह बाकी लोगों की 'चुपचुप !' की आवाजों में डूब गया। इस बार भी बाधा जनरल महोदय ने ही डाली थी जो नीला फीता प्राप्त करने के लिए बहुत उत्सुक थे और इसलिए इस गुप्त पत्र की रचना में आगे बढ़कर भाग लेना चाहते थे।

"मैं ऐसा नहीं सोचता," जब शोर बन्द हो गया तो म. द ला मोल ने दोहराया। उन्होंने 'मैं' शब्द पर ऐसे दर्प के साथ जोर दिया कि जुलियें मुग्ध हो उठा। यह अच्छा हाथ रहा, उसने मार्कि के शब्दों को लिखने में उतनी ही तेज़ी से कलम चलाते हुए मन-ही-मन सोचा। एक ही यथास्थान शब्द द्वारा मार्कि ने बागी जनरल की बीस लड़ाइयों का नाम-निशान मिटा दिया।

"नया सैनिक कब्जा," मार्कि बहुत ही सधे शब्दों में कहते गए, "केवल विदेशियों द्वारा होने की सम्भावना ही नहीं है।" 'ग्लोब' में गरमागरम लेख लिखनेवाले नौजवानों में आपको तीन-चार हज़ार ऐसे कैप्टेन मिल जाएँगे, क्लेवर, औच जूर्दा, पिचैगू जैसे लोग भी निकल आएँ, चाहे उतने उत्साही भले ही न हों।

"हम लोग उसकी शानदार स्मृति को जीवित रखने में असफल रहे," अध्यक्ष ने कहा, "हमें उसे अमर कर देना चाहिए था।"

"फ्रांस में दो पार्टियों की आवश्यकता है," म. द ला मोल ने आगे कहा, "नाममात्र की दो पार्टियाँ नहीं, बल्कि बिल्कुल साफ-साफ एक दूसरे से अलग और भिन्न। हमें यह तो मालूम रहे कि हमें कुचलना किसे है। एक ओर तो पत्रकार, जनमत, संक्षेप में समूची नई पीढ़ी और उसके सारे प्रशंसक हों। यदि नई पीढ़ी स्वयं अपनी दर्पपूर्ण बकवास की आवाज़ से ही घबराई रहती है, तो हमें बजट से सम्बन्धित होने के कारण कुछ सुविधाएँ प्राप्त हो जाती हैं।"

यहाँ फिर किसी ने टोका।

"महाशय," म. द ला मोल ने बड़ी तिरस्कार-भरी सहजता के साथ टोकनेवाले से कहा, "आपको सम्बन्धित होने से आपत्ति है, ठीक है। आप तो बजट द्वारा मिले हुए चालीस हज़ार और नागरिक विभाग से मिले हुए अस्सी हज़ार फ्रैंक उड़ाते हैं।

"अच्छा, महाशय, आप मुझे बाध्य कर रहे हैं तो मैं साहस करके आपका ही उदाहरण लेता हूँ। आपको अपने सन्त लुई के पीछे धर्मयुद्ध में जानेवाले पूर्वजों की भाँति ही, उन एक लाख बीस हज़ार फ्रैंक के बदले में कम-से-कम एक रेजीमेन्ट, एक कम्पनी, बल्कि आधी ही कम्पनी तो दिखानी चाहिए, फिर उसमें चाहे किसी जीवित या मृत उद्देश्य के लिए लड़कर जान देनेवाले पचास सिपाही ही क्यों न हों। आपने सिर्फ भाड़े के टट्टू इकट्ठे किए हैं जिनसे

विद्रोह होने पर स्वयं आपको भय लगेगा।

"जब तक आप प्रत्येक ज़िले में पाँच सौ वफ़ादार आदमियों की सेना स्वयं तैयार नहीं करते, तब तक सिंहासन, चर्च और सामन्तवर्ग के किसी भी दिन नष्ट होने की आशंका है। ये वफ़ादार आदमी ऐसे होने चाहिए जिनमें न केवल फ्रांसीसियों की बहादुरी और साहस हो बल्कि स्पेनवासियों की-सी दृढ़ता भी हो।

"इस सेना के आधे भाग में हमारे बेटे-भतीजे, संक्षेप में अच्छे खानदान के लोग होने चाहिए। उनमें से प्रत्येक के बगल में ऐसा व्यक्ति न हो जो 1815 की पुनरावृत्ति होने पर तिरंगा उड़ाने को तैयार हो जाए, बल्कि अच्छा-भला, ईमानदार, कातलिनो जैसा सरल और स्पष्टवादी किसान हो। हमारा खानदानी नौजवान उसे हमारे सिद्धान्तों की शिक्षा देगा; बल्कि यदि वह खानदानी नौजवान का सौतेला भाई हो तो और भी अच्छा है। हम लोगों को चाहिए कि प्रत्येक ज़िले में ऐसे पाँच सौ जवानों की वफ़ादार सेना तैयार करने के लिए अपनी आमदनी का पाँचवाँ हिस्सा अर्पित करें, तब आप विदेशी सेना का भरोसा कर सकते हैं। यदि प्रत्येक ज़िले में पाँच सौ सहधर्मियों के मिलने का भरोसा न हो तो कोई विदेशी सैनिक कभी दिजों तक भी न आएगा।

"दूसरे देश के शासक आपकी बात तभी सुनेंगे जब उन्हें आप यह समाचार दे सकें कि बीस हज़ार हथियारबन्द सैनिक उनके लिए फ्रांस के द्वार खोलने को सन्नद्ध हैं। आप कहेंगे कि यह सेवा बड़ी कठिन है। सज्जनो, अपने प्राणों के लिए यह कीमत हमें चुकानी ही पड़ेगी। अख़बारों की स्वतन्त्रता और सामन्त रूप में हमारे अस्तित्व के बीच आमरण युद्ध छिड़ा हुआ है। कारखानेदार या किसान हो जाइए, अथवा अपनी बन्दूक सम्हाल लीजिए। भीरु भले ही बनें, किन्तु मूर्ख न बनिए। अपनी आँखें खोलिए।

"अपनी सेना में पंक्तिबद्ध हो जाइए, मैं जैकोबिन गीत के शब्दों में आपसे कहता हूँ। तब कोई उच्चात्मा गुस्तेवस अडौल्फस मिल जाएगा जो राजतन्त्रीय सिद्धान्तों के संकट को देखकर अपने देश से हज़ार मील आपकी सहायता के लिए दौड़ेगा और आपके लिए वही दार्य करेगा जो गुस्तेवस अडौल्फस ने प्रोटेस्टेन्ट राजाओं के लिए किया था। क्या आप चिरकाल तक कुछ भी किए बिना सिर्फ बातें ही करते रहेंगे ? पचास वष के भीतर योरप में राजाओं के बजाय सिर्फ प्रजातन्त्रों के प्रधान ही रह जाएँगे। राजा के साथ-साथ ही पुरोहित और सामन्त भी मिटेंगे। मुझे तो केवल मैली-कुचैली जनता की खुशामद करते हुए 'उम्मीदवारों' के अतिरिक्त भविष्य में और कुछ नज़र नहीं आता।

"यह कहने से कोई लाभ नहीं कि इस समय फ्रांस में ऐसा कोई प्रतिष्ठित जनरल नहीं है जिसे सब जानते हों और प्रेम करते हों; कि सेना केवल राजतन्त्र और चर्च की हितों की रक्षा के लिए ही संगठित है; कि उसके सब पुराने सेनानायक निकाल दिए गए हैं, जबकि प्रशिया और आस्ट्रिया की प्रत्येक रेजीमेन्ट में ऐसे पाँच सौ बिना कमीशन वाले अफसर हैं जो लड़ाई का मैदान देख चुके हैं।

"निम्न-मध्यवर्ग के दो लाख नौजवान दिलोजान से युद्ध के लिए आतुर हैं...।"

"इन अप्रिय सत्यों की चर्चा अब हमें बन्द करनी चाहिए," किसी महत्त्वपूर्ण व्यक्ति ने संभ्रम के साथ कहा। स्पष्ट ही वह सज्जन चर्च के कोई बड़े पदाधिकारी थे, क्योंकि म. द ला मोल नाराज होने के बजाय प्रसन्नता के साथ मुस्कुराए। जुलियें के लिए यह इंगित पर्याप्त था।

"इन अप्रिय सत्यों की चर्चा अब हमें बन्द करनी चाहिए और, सज्जनो, निष्कर्षों पर आ जाना चाहिए। जिस आदमी को अपने घाव से सड़े हुए पैर को कटवाना है, उसका अपने डॉक्टर से यह कहना कि 'यह पैर बिल्कुल ठीक हालत में है,' बहुत ही अनुपयुक्त होगा। सज्जनो, मुझे इस कथन के लिए क्षमा करेंगे कि—के महान् ड्यूक ही हमारे डॉक्टर हैं।" अब तो सारा भेद खुल गया, जुलियें ने सोचा। आज रात को मुझे--की ओर कूच करना है।

23

धर्माधिकारी, वनभूमियाँ, स्वाधीनता

हर प्राणी का पहला नियम होता है आत्मरक्षा और जीवन। आप धतूरे के बीज बोते हैं पर सोचते हैं कि आप मक्के की फसल पकती हुई देखेंगे।

—मैकियावेली

वह सज्जन अपनी बात कहे जा रहे थे। इतना तो स्पष्ट था कि वह अपने विषय को भली-भाँति जानते हैं। एक प्रकार की सुनिश्चित मृदु ओजस्विता से, जो जुलियें को बहुत ही सुखद लगी, उन्होंने निम्नलिखित महान् सत्यों की स्थापना की :

"(1) इंग्लैंड के पास हमारी सहायता के लिए एक कौड़ी भी नहीं है; वहाँ आजकल किफायत और हयूम का फैशन है। इस समय 'सन्त लोग' भी हमें धन न देंगे और मिस्टर ब्राउहम तो हमारे मुँह पर हँसेंगे।

"(2) इंग्लैंड के स्वर्ण के बिना योरप के शासकों से दो से अधिक अभियान करवा सकना असम्भव है; और मध्यवर्ग के विरुद्ध दो अभियान काफी न होंगे।

"(3) फ्रांस में एक सशस्त्र पार्टी की स्थापना की आवश्यकता है जिसके बिना योरप में राजतन्त्र के अन्य समर्थक इन दो अभियानों का खतरा भी उठाने को तैयार न होंगे।

"चौथी बात मैं आपके सामने यह रखना चाहता हूँ कि धर्माधिकारियों के बिना फ्रांस में सशस्त्र पार्टी की स्थापना असम्भव है। सज्जनो, मैं आपसे यह बात साहसपूर्वक कहता हूँ क्योंकि मैं इसे सिद्ध कर सकता हूँ। हमें धर्माधिकारियों को हर वस्तु देने को प्रस्तुत होना चाहिए क्योंकि रात-दिन अपने कार्य में संलग्न रहने के कारण और ऐसी उच्च योग्यतावाले व्यक्तियों के निर्देशन में चलने के कारण जो तूफान की पहुँच के बाहर हैं और आपके देश की सीमा से हज़ार मील दूर हैं...।"

"ओ हो, रोम !" गृहस्वामी ने जोर से कहा।

"जी हाँ, महाशय, रोम !" कार्डिनल गौरव के साथ बोले। "आपके बचपन के दिनों में चाहे जैसे चतुराई-भरे मज़ाक प्रचलित रहे हों, पर आज 1830 में, मैं साहस के साथ कह सकता हूँ कि रोम के निर्देशन में चलनेवाले धर्माधिकारी ही एकमात्र ऐसे हैं जिनका निम्न-वर्ग से सम्पर्क बना हुआ है। पचास हज़ार पुरोहित अपने अधिकारियों द्वारा नियत दिन पर एक-से ही शब्द दोहराते हैं, और जनता, जिसमें से ही आख़िरकार सिपाही आते हैं, दुनिया की तमाम

छोटी-छोटी कविताओं की अपेक्षा अपने पुरोहितों की बात से कहीं अधिक प्रभावित हो सकती है।'' (इस व्यक्तिगत आक्षेप से थोड़ी-सी कानाफूसी होने लगी।)

''धर्माधिकारियों के पास आपसे श्रेष्ठतर बुद्धि मौजूद है,'' कार्डिनल ने अपना स्वर ऊँचा करते हुए आगे कहा, ''फ्रांस में सशस्त्र पार्टियों की स्थापना जैसे महत्त्वपूर्ण सवाल पर आपने जितने भी कदम उठाए हैं, वे सब हमीं लोगों द्वारा उठाए गए हैं।'' यहाँ उन्होंने तथ्य प्रस्तुत करना शुरू कर दिया...। 'वाँदे को अस्सी हज़ार बन्दूकें किसने भेजी,' इत्यादि इत्यादि ?

''जब तक धर्माधिकारियों को उनकी वनभूमियों से वंचित रखा जाएगा तब तक उनके पास कुछ नहीं है; किन्तु तो भी लड़ाई आरम्भ होते ही वित्तमन्त्री ने अपने कर्मचारियों को लिखा कि पुरोहितों के अतिरिक्त और किसके पास धन नहीं है। हृदय से, फ्रांस धर्महीन है और युद्ध से प्रेम करता है। जो भी उसे युद्ध प्रदान करे, वह दुगना लोकप्रिय होगा, क्योंकि, प्रचलित शब्दावली में कहें तो, युद्ध का अर्थ है--जैस्विटपंथियों को भूखों मार डालना। युद्ध चलाने का अर्थ है--उस बेहद घमंडी जाति फ्रांसीसी को विदेशी हस्तक्षेप से मुक्ति दिलाना।''

कार्डिनल की बात लोगों ने मनोयोग से सुनी...। उन्होंने कहा, ''यह आवश्यक है कि म. द नेर्वाल मन्त्रालय छोड़ें। उनके नाम से व्यर्थ ही लोगों को बहुत क्षोभ होता है।''

यह सुनते ही सब लोग उठ खड़े हुए और एक साथ बोलने लगे। जुलियें ने सोचा कि ये लोग अब फिर उसे कमरे से बाहर भेज देंगे; किन्तु दूरन्देश अध्यक्ष तक जुलियें की उपस्थिति को, बल्कि उसके अस्तित्व तक को, भूल गए थे। सारी आँखें एक ही व्यक्ति की ओर लगी थीं जिसे जुलियें ने पहचान लिया था। वह स्वयं प्रधानमन्त्री म. द नेर्वाल थे जिन्हें उसने दुक् द रे के बॉल-नृत्य में देखा था।

जैसा संसद के विषय में समाचार-पत्र कहा करते हैं, यहाँ भी शोर-गुल चोटी पर पहुँच गया था; पर कोई पन्द्रह मिनट बीतते-बीतते एक बार फिर अपेक्षाकृत शान्ति छा गई।

तब म. द नेर्वाल खड़े हुए और कुछ मसीहाई अन्दाज़ में बोलने लगे। उन्होंने विचित्र स्वर में कहा, ''आपके सामने यह घोषणा करने का मेरा कोई इरादा नहीं है कि मुझे अपने पद से प्रेम नहीं। सज्जनो, मुझे यह बताया गया है कि मेरे नाम के कारण जैकोबिनपंथियों की शक्ति दुगनी हो जाती है और वे शान्त विचारों के लोगों को भी हमारे विरुद्ध भड़काने में सफल हो जाते हैं। इसलिए मैं अपने पद का त्याग खुशी-खुशी करना चाहूँगा; पर भगवान् की लीला थोड़े लोगों की समझ में आती है, और सज्जनो,'' उन्होंने कार्डिनल से आँखें मिलाते हुए कहा, ''मेरे सामने एक लक्ष्य है। भगवान् ने मुझे आदेश दिया है : 'या तो तुम सूली पर चढ़ोगे, या फ्रांस में पूर्ण राजतन्त्र की स्थापना करके संसद की दोनों सभाओं को वही स्थिति प्रदान करोगे जो उसे लुई पन्द्रहवें के काल में प्राप्त थी।' सज्जनो, मैं यह कार्य पूरा करूँगा।'' उन्होंने बोलना बन्द कर दिया और अपने स्थान पर बैठ गए। चारों ओर गहरा सन्नाटा छा गया।

कैसा बढ़िया अभिनेता है ! जुलियें ने सोचा। उसकी भूल यही थी, जो वह लगभग सदैव ही करता था कि दूसरे लोगों को बहुत अधिक चतुर मान बैठता था। ऐसे रोचक वाद-विवाद से, और सबसे अधिक उसकी ईमानदारी से, उत्तेजित होने के कारण म. द नेर्वाल सचमुच उस समय अपने लक्ष्य में विश्वास करने लगे थे। उनमें साहस पर्याप्त होने पर सहज बुद्धि की बहुत कमी थी।

'मैं यह कार्य पूरा करूँगा' आदि सुन्दर शब्दों के बाद जो सन्नाटा छाया, उसमें बारह

बज गए। जुलियें को लगा, घड़ी की आवाज़ में एक प्रकार की अन्त्येष्टिकालीन गम्भीरता है। वह बहुत विचलित हो उठा।

वाद-विवाद फिर और भी अधिक जोश के साथ, और विशेष रूप से अविश्वसनीय भोलेपन के साथ, शुरू हो गया। कभी-कभी जुलियें सोचने लगता कि ये लोग उसे अवश्य ज़हर देकर मरवा डालेंगे। एक साधारण आदमी के सामने ये लोग ऐसी बातें कह कैसे रहे हैं ?

दो बजे, तब भी उनकी बातचीत चल ही रही थी। गृहस्वामी बहुत देर पहले ही सो गए थे। इसलिए म. द ला मोल ने लाचार होकर घंटी बजाई और नई मोमबत्तियाँ मँगवाईं। म. द नेर्वाल पौने दो बजे के लगभग ही चले गए थे। जितनी देर वह वहाँ थे, लगातार पास ही टँगे हुए दर्पण में जुलियें के चेहरे को गौर से देखते रहे थे। उनके प्रस्थान ने सबको आश्वस्त कर दिया।

जिस समय नई मोमबत्तियाँ लाई जा रही थीं, तब वेस्टकोटवाले व्यक्ति ने अपने पड़ोसी के कान में फुसफुसाकर कहा, "भगवान जाने, यह आदमी महाराज से क्या-क्या कहेगा ! वह चाहे तो हमें बहुत ही मूर्ख सिद्ध कर सकता है, और हमारे भविष्य की योजनाओं पर पानी फेर सकता है।

"यह तो तुम्हें मानना ही पड़ेगा कि उसका यहाँ आना उसके असाधारण अहंकार, बल्कि उसकी धृष्टता का प्रमाण है। मन्त्री होने के पहले वह यहाँ आया करता था, पर मन्त्रिपद हर चीज़ को बदल देता है, आदमी के अन्य सब रूझानों को खत्म कर देता है, यह बात तो उसे समझनी चाहिए थी।"

मन्त्री महोदय के जाते ही बोनापार्ट के जनरल ने अपनी आँखें बन्द कर लीं। अब वह अपने स्वास्थ्य और लड़ाई के घावों की चर्चा करने लगा, फिर घड़ी देखी और विदा लेकर चला गया।

"मैं शर्त बदने को तेयार हूँ," वेस्टकोटवाले सज्जन ने कहा, "कि जनरल मन्त्री के पीछे-पीछे गया है। वह यहाँ की उपस्थिति के लिए कोई न कोई बहाना निकाल लेगा और ऐसा भाव दिखाएगा कि हमारा चाहे जो कर सकता है।"

जब अधसोया नौकर मोमबत्तियाँ बदल चुका तो अध्यक्ष ने कहा, "सज्जनो, अब हमें गम्भीरतापूर्वक विचार करना चाहिए। एक दूसरे को समझाते रहने से कोई लाभ नहीं। अब हमें उस पत्र के रूप पर विचार कर लेना चाहिए जो अड़तालीस घंटे के भीतर ही हमारे विदेशी मित्रों के सम्मुख होगा। यहाँ पर मन्त्रियों का भी कुछ उल्लेख हुआ है। म. द नेर्वाल के जाने के बाद अब हम कह सकते हैं कि हमें मन्त्रियों की क्या परवाह है ? उन्हें हम अपनी इच्छानुसार झुकने को मजबूर कर लेंगे।"

कार्डिनल ने बड़े भेद-भरे ढंग से मुस्कुराकर अपना समर्थन प्रकट किया। "मुझे लगता है कि अपनी स्थिति को संक्षेप में रखना बहुत ही आसान काम है," आग्द के तरुण बिशप ने ऐसे स्वर में कहा जिससे बड़ी ही तीखी कट्टरता की दबी हुई भीतरी आग प्रकट होती थी। अभी तक वह चुप ही रहे थे; पर जुलियें ने देखा था कि उनकी आँखें, जो शुरू में शान्त और कोमलतापूर्ण थीं, पहले घंटे के विवाद में ही प्रज्वलित हो उठी थीं। अब उनका हृदय विसूवियस ज्वालामुखी के लावा की भाँति बह निकला।

उन्होंने कहा, "1806 से 1814 तक इंग्लैंड ने केवल एक ही भूल की; उसने नेपोलियन के साथ सीधे और व्यक्तिगत रूप से टककर न ली। जैसे ही उस आदमी ने ड्यूक और

चैम्बरलेन बनाए, जैसे ही उसने राजसिंहासन की फिर से स्थापना की, तो भगवान ने जो लक्ष्य उसको सौंपा था वह पूरा हो गया था; अब उसके विनाश की घड़ी आ गई थी। पवित्र धर्मग्रन्थों में हमें एक से अधिक स्थान पर शिक्षा दी गई है कि अत्याचारियों के विनाश का क्या उपाय है।" (यहाँ पर बहुत-से लैटिन के उद्धरण भी उन्होंने दिए।)

"सज्जनो, आज हमें किसी व्यक्ति विशेष का नाश नहीं करना है—समूचे पेरिस का प्रश्न है। सारा फ्रांस पेरिस की नकल करता है। प्रत्येक जिले में पाँच सौ व्यक्तियों को शस्त्र देने से क्या लाभ होगा ? यह बड़ा जोख़िम का काम है जो कभी पूरा न हो पाएगा। समूचे फ्रांस को ऐसे काम में उलझाने से क्या लाभ है जो केवल पेरिस की ही अपनी विशेषता है ? केवल पेरिस ने ही, अपने समाचार-पत्रों और अपने ड्राइंगरूमों के द्वारा, मुसीबत बुलाई है। इस आधुनिक बेबीलोन का नाश होना ही उचित है।

"चर्च और पेरिस के बीच इस प्रतिद्वन्द्विता का अन्त होना चाहिए। ऐसा नाटकीय निष्कर्ष वास्तव में राजतन्त्र के सांसारिक हित में भी है। बोनापार्ट के राज्यकाल में पेरिस को एक शब्द भी कहने का साहस क्यों नहीं हुआ था ? यह सें-रौश के तोपखाने से पूछिए।"

म. द ला मोल के साथ जुलियें जब वहाँ से निकला तो सबेरे के तीन बजे थे। मार्कि कुछ लज्जित और थके हुए-से लग रहे थे। जुलियें के साथ बातचीत में पहली बार उनके स्वर में कुछ अनुनय का-सा भाव था। उन्होंने उससे वचन माँगा कि उत्साह के जिस अतिरेक को देखने का उसे संयोगवश अवसर मिला है उसे वह कभी किसी के आगे प्रकट न करेगा। "हमारे विदेशी मित्र जब तक इन नौजवान गरमदलियों के विषय में कुछ जानकारी प्राप्त करने पर बहुत जोर न दें, तब तक उनसे इस बात का कोई ज़िक्र न करना। यदि सरकार का पतन हो जाए तो इससे इन लोगों का क्या बिगड़ेगा ? ये लोग तो कार्डिनल बन जाएँगे और जाकर रोम में आश्रम खोज लेंगे। रक्त तो देहात के मकानों में हमारा बहेगा।"

जुलियें की छब्बीस पन्ने की रिपोर्ट के आधार पर जो गुप्त पत्र मार्कि ने बनाया, वह सवा पाँच के पहले तैयार नहीं हो सका।

"मैं थककर चूर हूँ," मार्कि ने कहा, "जैसा तुम्हें इस पत्र से ही साफ पता चल जाएगा। अन्त तक पहुँचते-पहुँचते इसमें स्पष्टता नहीं रही। मैं इससे जितना असन्तुष्ट हूँ उतना जीवन में अपने किसी काम से नहीं हुआ। देखो भाई, उन्होंने आगे कहा, "तुम भी जाकर कुछ देर लेट रहो। कहीं तुम्हें कोई उड़ा न ले जाए, इस डर से मैं तुम्हें कमरे में बन्द करके बाहर से ताला लगा दूँगा।"

अगले दिन मार्कि जुलियें को पेरिस से कुछ दूर पर एक निर्जन-से मकान में ले गए। वहाँ पर उन्हें कुछ अजीब-से लोग मिले जिन्हें जुलियें ने पुरोहित समझा। उसे छद्म-नाम से एक पासपोर्ट दे दिया गया जिस पर गन्तव्य स्थान का नाम स्पष्ट लिखा था। अभी तक जुलियें यही बहाना करता आया था कि उसे इस नाम का पता नहीं है। वह अकेला ही गाड़ी में बैठकर चल पड़ा।

मार्कि को उसकी स्मरणशक्ति के बारे में कोई दुविधा न थी; जुलियें पत्र को कई बार उन्हें मुँहजबानी सुना चुका था, पर उन्हें उसके बीच ही में पकड़ लिए जाने का बड़ा डर था।

"इस बात का विशेष ध्यान रखना कि फैशनेबल और मूर्ख सैलानी के अतिरिक्त तुम कुछ और न जान पड़ो," जुलियें ड्राइंगरूम से बाहर जाने लगा तो उन्होंने बड़े स्नेह से उससे

कहा, "हमारी कल रात की सभा में शायद दो या तीन रंगे सियार अवश्य रहे होंगे।"

यात्रा तो तेज़ थी पर उसका मन बड़ा उदास हो रहा था। मार्कि की नज़र से ओझल होते ही वह गुप्त पत्र और अपने उद्देश्य को एकदम भूल गया और मातिल्द का तिरस्कार ही उसके विचारों में मँडराता रहा।

मेत्ज के आगे एक गाँव में पोस्टमास्टर आया और कहने लगा कि घोड़े नहीं हैं। उस समय रात के दस बजे थे। जुलियें ने बहुत ही क्रुद्ध होकर भोजन के लिए आदेश दिया। वह सामने के द्वार से बाहर निकलकर चुपचाप धीरे-धीरे अस्तबल के अहाते में जा पहुँचा। उसे सचमुच वहाँ कोई घोड़ा नहीं दिखाई पड़ा।

किन्तु उस आदमी का ढंग बड़ा अजीब था, जुलियें सोचने लगा। उसकी वे अजीब-सी आँखें मुझे बड़े गौर से देख रही थीं।

वह किसी बात को आँख मूँदकर ठीक नहीं माने ले रहा था। भोजन के बाद उसके मन में भाग निकलने का विचार आया और बाहर के रंग-ढंग समझने के लिए वह अपने कमरे से निकलकर रसोईघर में आकर आग तापने लगा। वहाँ प्रसिद्ध गायक सिनोर जैरोनिमो को देखकर उसकी खुशी का कोई ठिकाना नहीं रहा।

उसने एक आरामकुर्सी आग के पास रखवा ली थी और उसी में बैठा हुआ वह जोर-जोर से कराह रहा था और अपने चारों ओर बैठे हुए जर्मन किसानों की अपेक्षा स्वयं अपने आपसे ही अधिक बातचीत करता जा रहा था।

"ये लोग मुझे बरबाद कर देंगे," उसने जुलियें से कहा। "मैंने कल मयांस में गाने का वादा कर रखा है। वहाँ सात शासनारूढ़ राजा मेरा गाना सुनने के लिए इकट्ठे हैं, पर चलो, बाहर कुछ हवा खा आएँ !" उसने अर्थपूर्ण निगाहों से देखते हुए कहा।

सड़क पर कोई तीस गज चलने के बाद एकान्त पाकर उसने जुलियें से कहा, "जानते हो, यहाँ क्या हो रहा है ? यह पोस्टमास्टर गुंडा है। यहाँ पर टहलते-टहलते मैंने एक छोटे-से लड़के को एक फ्रैंक देकर सब बात का पता लगा लिया है। गाँव के दूसरे छोर पर अस्तबल में एक दर्जन से भी अधिक घोड़े हैं। ये लोग किसी पत्र-वाहक अथवा अन्य व्यक्ति को रोकने के चक्कर में जान पड़ते हैं।"

"सचमुच ?" जुलियें ने बड़े भोलेपन के साथ कहा।

इस चाल का पता लगाना ही काफी न था; वहाँ से किसी तरह निकल चलना भी ज़रूरी था; पर यह जुलियें और उसके मित्र नहीं कर सके। "चलो, सवेरे तक इन्तज़ार करें।" गायक ने अन्त में कहा। "इन्हें हम लोगों पर शक हो रहा है। कल सवेरे हम बढ़िया से नाश्ते का आदेश देंगे और जब तक ये उसे तैयार करें, हम लोग बाहर सैर के लिए निकल पड़ेंगे, फिर कुछ घोड़े किराए पर लेकर चुपचाप भाग निकलेंगे और अगले स्टेशन पर पहुँच जाएँगे।"

"और आपका सामान ?" जुलियें ने पूछा। वह सोचने लगा था कि कहीं जैरोनिमो को ही उसे पकड़ने के लिए न भेजा गया हो ! उन्हें भोजन करके सोने के लिए जाना पड़ा। जुलियें अभी पहली ही नींद में था कि अपने कमरे में बड़ी लापरवाही से दो व्यक्तियों के बात करने की आवाज़ से उसकी आँख खुल गई।

उसने पोस्टमास्टर को पहचान लिया; उसके हाथ में एक चोर लालटेन थी। रोशनी उस समय उस बक्स की ओर थी जो जुलियें अपने साथ लाया था। पोस्टमास्टर के बगल में ही एक दूसरा व्यक्ति था जो बड़े इत्मीनान से खुले हुए सन्दूक को टटोल रहा था। जुलियें को

केवल उसके कोट की काली आस्तीनें दिखाई पड़ीं जो बदन पर बहुत चुस्त थीं।

यह तो कैसक है, अपने तकिए के नीचे रखी हुई पिस्तौल को चुपचाप हाथ में लेते हुए उसने सोचा।

"उसके जाग उठने का कोई डर नहीं है, पुरोहित जी," पोस्टमास्टर ने कहा। "हमने उसे आपकी तैयार की हुई शराब ही दी है।"

"यहाँ तो कहीं कोई काग़ज़ नहीं दिखाई पड़ते," क्यूरे ने उत्तर दिया। "बहुत सारे कपड़े, तेल-फुलेल और ऐसी ही बेकार छोटी-मोटी चीज़ें हैं। यह तो कोई सैर के लिए निकला हुआ मनमौजी सैलानी जान पड़ता है। पत्र-वाहक शायद वह दूसरा आदमी होगा, जो इटैलियन लहजे में बातचीत करता है।"

दोनों आदमी जुलियें के यात्रा-कोट की जेबें तलाश करने के लिए उसके पास आ गए। उन्हें चोर समझकर मार डालने का उसे बड़ा लालच हुआ। इसकी बड़ी इच्छा उसे हुई—पर मन-ही-मन उसने कहा कि यह बड़ी मूर्खता होगी, मेरा उद्देश्य अधूरा रह जाएगा।

उसके कोट की तलाशी लेने के बाद पुरोहित ने कहा, "यह कोई कूटनीतिज्ञ नहीं है।" और उसने बाहर चले जाने की बुद्धिमानी की।

जुलियें मन-ही-मन कह रहा था कि इसने मेरा बिस्तर छूने की कोशिश की तो पछताएगा ! पास आकर कहीं छुरा भोंक दे, तो ? यह मैं नहीं होने दूँगा।

पुरोहित ने सिर घुमाया तो जुलियें ने अपनी आँखें खोल लीं। उसके विस्मय का ठिकाना न था ! फादर कास्तानेद ! और सचमुच, इन दोनों के बहुत ही धीमे-धीमे बातें करने पर भी उसे शुरू से ही लगा था कि उनमें से एक की आवाज़ वह पहचानता है। जुलियें की बड़ी तीव्र इच्छा हुई कि संसार को नीचतम दुष्ट से छुटकारा दिला दे।...

पर मेरा उद्‌देश्य ? उसने अपने आपको याद दिलाया।

पुरोहित अपने संगी के साथ बाहर चला गया। पन्द्रह मिनट बाद जुलियें ने जाग पड़ने का बहाना किया। उसने लोगों को पुकारकर घरभर को जगा दिया।

"मुझे ज़हर दिया गया है," उसने ज़ोर से कहा। "बेहद दर्द हो रहा है।" वह जैरोनिमो की सहायता के लिए जाने का कोई बहाना चाहता था। वह शराब में मिलाए गए ज़हर से अर्धमूर्च्छित अवस्था में पड़ा था।

ऐसी ही किसी अजीब-सी चाल के भय से जुलियें ने भोजन के साथ कुछ चाकलेट भी ली थी जो वह अपने साथ ही पेरिस से लेता आया था। जैरोनिमो को वह इतना अधिक न जगा सका कि उसे वहाँ से चल पड़ने के लिए राजी कर सकता।

"मुझे अगर नेपिल्स का पूरा राज्य भी मिल जाए तो मैं इस समय निद्रा के अपूर्व आनन्द को छोड़ने के लिए तैयार नहीं।" गायक ने कहा।

"और सात शासनारूढ़ राजा ?"

"उन्हें प्रतीक्षा करने दो।"

जुलियें अकेला ही चल पड़ा और अन्य किसी दुर्घटना के बिना ही उस महत्त्वपूर्ण व्यक्ति के घर जा पहुँचा। एक पूरी सुबह उनसे भेंट कर सकने के असफल प्रयत्नों में बीत गई। सौभाग्यवश चार बजे के लगभग ड्यूक ने बाहर भ्रमण का निश्चय किया। जुलियें ने उन्हें पैदल ही घर से निकलते हुए देखा तो वह बेहिचक उनसे भीख माँगने के बहाने उनकी ओर बढ़ा। जब वह उनसे कोई दो फीट की दूरी पर रह गया तो उसने मार्कि की दी हुई घड़ी

निकाली और उसका बहुत प्रदर्शन किया। "कुछ दूर रहकर मेरे पीछे-पीछे आओ," उसकी ओर नज़र डाले बिना ही उससे कहा गया।

कोई पौन मील चलने के बाद ड्यूक अचानक एक काफ़ी हाउस में घुस गए। इस घटिया दर्जे की सराय के एक कमरे में जुलियें को अपने चार पृष्ठ ड्यूक को सुनाने का सौभाग्य मिला। जब वह सुना चुका तो उससे कहा गया, "फिर से और थोड़ा धीरे-धीरे सुनाओ।"

ड्यूक कुछ लिखते भी गए। "पैदल ही गाड़ी के अगले स्टेशन तक चले जाओ। अपना सामान और गाड़ी यहीं छोड़ दो और किसी न किसी तरह स्त्रासबूर पहुँचो। इस महीने की बाईसवीं तारीख़ को (उस दिन दस थी) साढ़े बारह बजे यहीं इसी काफ़ी हाउस में आ जाना। इस समय यहाँ से आधे घंटे के पहले न निकलना। किसी से कुछ कहना मत !"

जुलियें को बस यही शब्द सुनने को मिले। वे उनके मन में अधिक से अधिक श्रद्धा उत्पन्न करने के लिए पर्याप्त थे। तो दुनिया का कारबार इस तरह से चलता है ? वह सोचने लगा। यदि इस महान् राजनीतिज्ञ ने तीन दिन पहले उन गरम-दली बकवासी लोगों की बातें सुनी होतीं तो यह क्या कहते ?

स्त्रासबूर पहुँचने में जुलियें को दो दिन लगे। वह जानता था कि वहाँ उसे करना तो कुछ है ही नहीं, इसलिए वह लम्बा चक्कर लगाता हुआ वहाँ पहुँचा। यदि वह शैतान फादर कास्तानेद मुझे पहचान लेता तो फिर आसानी से पीछा छोड़नेवाला जीव न था...और मुझे मूर्ख बनाने और मेरे उद्देश्य को भ्रष्ट करने में उसे कितनी प्रसन्नता होती !

फादर कास्तानेद उत्तर सीमान्त पर धर्मसंघ के गुप्तचरों के मुखिया थे। उन्होंने उसे नहीं पहचाना और स्त्रासबूर के जैस्विटपंथियों ने भी अपने सारे उत्साह के बावजूद जुलियें के ऊपर कोई नज़र न रखी, क्योंकि अपने बड़े भारी नीले कोट के कारण वह एक ऐसे नौजवान सैनिक जैसा दिखाई पड़ता था जो अपनी साज-सज्जा के बारे में बहुत चिन्तित रहता है।

24
स्त्रासबूर

मोहकता ! तुममें है प्रेम की समस्त ऊर्जा, दुख सहने की इसकी समस्त शक्ति। बस इसके अद्भुत आनन्द, इसकी मीठी खुशियाँ तुम्हारे दायरे से बाहर हैं। उसे सोते हुए देखकर मैं नहीं कह सका : वह मेरी है, अपनी परियों जैसी सुन्दरता और मीठी कमजोरियों के साथ!

–शिलर

स्त्रासबूर में जुलियें को एक सप्ताह बिताना पड़ा। मन बहलाने के लिए वह सैनिक गौरव और अपने देश के प्रति कर्त्तव्य के विचारों में डूबा रहता। तो क्या वह सचमुप प्रेम-पीड़ित है ? उसे तनिक भी समझ में न आता था, किन्तु अपने संत्रस्त हृदय में वह पाता कि मातिल्द उसके सुख की भाँति ही उसके विचारों की भी सम्पूर्ण स्वामिनी है। हताशा के गर्त में डूबने से बचने के लिए उसे अपनी समस्त मानसिक शक्ति की आवश्यकता थी। किसी ऐसे विषय

की कल्पना करना जिसका माद. द ला मोल से कोई सम्बन्ध न हो, उसकी शक्ति के बाहर था। पिछली बार जब ऐसी भावनाएँ मादाम द रेनाल के कारण उसके मन में जाग्रत हुई थीं, तो महत्त्वाकांक्षा और मिथ्या अहंकार की छोटी-छोटी सफलताओं से वह मन बहला लिया करता था; किन्तु मातिल्द ने सब कुछ अपने में समा लिया था। वह उसे अपने भविष्य में हर स्थान पर दिखाई पड़ती थी।

इस भविष्य में जुलियें को हर जगह असफलता ही नज़र आती। वह व्यक्ति जो वेरियेर में आत्मविश्वास से ऐसा भरपूर दिखाई पड़ा करता था, आज ऐसे तीव्र आत्म-तिरस्कार में डूबा हुआ था।

तीन दिन पहले वह फादर कास्तानेद को मारने के लिए लालायित था; स्त्रासबूर में यदि कोई बच्चा भी उससे झगड़ा करने लगता तो वह बच्चे का ही पक्ष लेता। जब वह अपने अतीत के सारे विरोधियों और खुल्लमखुल्ला शत्रुओं की बात सोचने लगा तो उसे अनुभव हुआ कि भूल सदा स्वयं उसकी अपनी ही हुआ करती थी।

यह उचित ही था कि उसकी जो कल्पना-शक्ति किसी समय भविष्य के स्वर्ण-स्वप्नों की रचना में लगी रहती थी, आज वही उसकी सबसे बड़ी शत्रु थी।

यात्री होने के कारण भयंकर एकान्त ने इस तीखी कल्पना की शक्ति को और भी बढ़ा दिया था। इस समय कोई मित्र कैसी बड़ी निधि होता ! किन्तु जुलियें सोचने लगा कि क्या इस संसार में कोई भी ऐसा हृदय है जो मेरे लिए धड़कता हो ! और यदि कोई मित्र मिल भी जाए तो क्या सम्मान की यह माँग नहीं है कि मैं चिरकाल तक मौन ही रहूँ ?

उस दिन वह इसी उदास मनःस्थिति में केल के चारों ओर देहात में भटक रहा था। यह राइन नदी के किनारे बसी हुई छोटी-सी मंडी है जो दसे और गूवियों सें-सीर के नाम से अमर हो गई है। एक जर्मन किसान ने उसे वे सब छोटी-छोटी धाराएँ, सड़कें और राइन नदी के छोटे-छोटे द्वीप दिखाए जिन्हें इन महान सेनापतियों की वीरता ने इतना प्रसिद्ध बना दिया है।

जुलियें ने बाएँ हाथ में घोड़े की लगाम थामकर दाएँ में वह शानदार नक्शा खोल रखा था जो 'मार्शल सें-सीर के संस्मरण' नामक पुस्तक में मिलता है। तभी किसी की प्रसन्नताभरी किलकारी सुनकर उसने सिर उठाया।

सामने उसके लन्दन के मित्र प्रिन्स कोरासौफ खड़े थे जिन्होंने कुछ ही महीने पहले उसके आगे भव्य मूर्खता के मौलिक सिद्धान्त प्रतिपादित किए थे। इस महान कला के प्रति अपनी पुरानी भक्ति के परिणामस्वरूप कोरासौफ, जो अभी-अभी स्त्रासबूर पहुँचे थे, जो केल में पिछले एक घंटे से अधिक न बिता पाए थे और जिन्होंने अपने जीवन में 1796 के घेरे के विषय में एक पंक्ति भी कभी न पढ़ी थी, ये सब बातें जुलियें को समझाने लगे। जर्मन किसान विस्मित होकर उनकी ओर ताक उठा, क्योंकि उसे इतनी जानकारी तो थी ही कि प्रिन्स की भयंकर भूलों को पहचान सके। जुलियें का मन इस किसान के विचारों से हज़ारों मील दूर था। वह आश्चर्य से इस सुन्दर नौजवान की ओर देख रहा था और उसकी घुड़सवारी में निपुणता की मन-ही-मन प्रशंसा कर रहा था।

कैसा सुखी स्वभाव है ! उसने सोचा। उसके वस्त्र कितने चुस्त हैं, बाल कितने सुन्दर कटे हुए हैं ! आह ! यदि मैं भी ऐसा ही होता तो तीन दिन तक प्यार करने के बाद वह मेरी ओर से इतनी अधिक विरक्त न हो जाती।

केल के घेरे का वर्णन समाप्त करने के बाद प्रिन्स ने जुलियें से कहा, ''अरे तुम तो बिल्कुल ट्रैपपंथी लग रहे हो। गम्भीरता का जो सिद्धान्त मैंने तुम्हें लन्दन में बताया था उसे तुमने बहुत बुरी तरह अपना डाला है। उदास मुद्रा कभी सदाचरण नहीं मानी जा सकती; आवश्यकता ऊबे हुए दिखाई पड़ने की है। उदास होने का अर्थ है कि तुम्हें किसी ऐसी चीज़ की चाह है जो तुम्हारे पास नहीं है अथवा कोई ऐसी बात है जिसमें तुम्हें सफलता नहीं मिली। यह तो अपनी हीनता स्वीकार कर लेने के बराबर है। दूसरी ओर यदि तुम ऊबे हुए हो तो इसका अर्थ हुआ कि जो व्यक्ति तुम्हें व्यर्थ ही प्रसन्न करने का प्रयत्न कर रहा है वह तुमसे हीन है। भले आदमी, सोचो तो सही कि कितनी भारी भूल तुम कर रहे हो।''

जुलियें ने एक क्राउन उस किसान के आगे फेंक दिया जो मुँह फाड़े उनकी बातें सुन रहा था।

''बहुत ठीक !'' प्रिन्स ने कहा, ''यह हुई शान की बात ! कितने ऊँचे दर्जे की उपेक्षा प्रकट होती है ! सचमुच, बहुत अच्छे !'' और अपने घोड़े को सरपट दौड़ा दिया। जुलियें मन्त्रमुग्ध-सा उनके पीछे चला।

आह, यदि मैं ऐसा होता तो वह कभी क्रवाजन्वा को मुझसे अच्छा न समझती ! प्रिन्स की मूर्खताओं से ज्यों-ज्यों उसके विवेक को धक्का लगता त्यों-त्यों उनको न ग्रहण कर सकने के कारण वह अपने आपसे अधिक घृणा करने लगता और उनमें हिस्सा न ले सकने के कारण अपने आप को और भी अधिक अभागा समझता। आत्मविद्रूप इससे आगे नहीं जा सकता।

प्रिन्स को वह सचमुच उदास जान पड़ा। उन्होंने उससे कहा, ''अच्छा, यह बताओ कि क्या अपना सारा धन गँवा बैठे हो, या किसी छोटी-मोटी अभिनेत्री के प्रेम में पड़ गए हो ?''

रूसी लोग फ्रांसवासियों के रंग-ढंग की नकल तो करते हैं, पर सदा उनसे पचास वर्ष पीछे रहते हैं। वे लोग अभी लुई पन्द्रहवें के युग तक ही पहुँच पाए हैं।

इस प्रेम-सम्बन्धी परिहास से जुलियें की आँखों में आँसू आ गए। इस भले मिलनसार व्यक्ति से सलाह क्यों न लूँ ? उसने अचानक ही सोचा। वह प्रिन्स से बोला, ''मैं सचमुच प्रेम में पड़ गया हूँ, बल्कि सच पूछो तो एक तिरस्कृत प्रेमी हूँ। पड़ोस के एक शहर में रहनेवाली एक सुन्दर स्त्री ने तीन दिन तक प्रेम करने के बाद मुझे ठुकरा दिया है और यह परिवर्तन मुझे मारे डाल रहा है।''

उसने एक छद्म नाम से मातिल्द का चरित्र और व्यवहार प्रिन्स को कह सुनाया।

''और आगे कहने की आवश्यकता नहीं,'' प्रिन्स ने कहा। ''अपने चिकित्सक की योग्यता में तुम्हें विश्वास दिलाने के लिए कहानी मैं ही पूरा किए देता हूँ। इस युवती के पति के पास बहुत अधिक सम्पत्ति है अथवा इससे भी अधिक सम्भव यह है कि वह स्वयं जिले के किसी बहुत बड़े खानदान की है। इतने भारी गर्व का कोई न कोई कारण तो होना ही चाहिए।''

जुलियें ने स्वीकृति में सिर हिलाया; बोलने लायक उसके हृदय में साहस ही न बचा था।

''बहुत ठीक,'' प्रिन्स ने कहा, ''अब तुम्हें फौरन ही तीन कड़वी गोलियाँ गले से उतारनी पड़ेंगी।

''पहले, तुम्हें रोज़ जाकर मादाम—से मिलना चाहिए। क्या नाम है उनका ?''

''मादाम द दुब्वा।''

''नाम भी क्या है !'' प्रिन्स ने बेतहाशा हँसते हुए कहा। ''भाई, माफ करना, तुम्हारे लिए तो यह नाम बहुत ही अपूर्व होगा। तुम्हें मादाम द दुब्वा से रोज बिला नागा मिलना

चाहिए, और इस बात की सावधानी बरतनी चाहिए कि उन्हें तुम विरक्त और अप्रसन्न न जान पड़ो। इस युग के महान् सिद्धान्त को याद रखो—लोग जो आशा करते हैं, उसके विपरीत बनो। उनके सामने अपने आपको ठीक वैसे ही रखो जैसे तुम उनकी कृपा होने के एक सप्ताह पहले तक थे।''

''आह! उस समय तो मैं शान्त था,'' जुलियें ने हताश भाव से कहा, ''मैं समझता था कि मैं उसके ऊपर तरस खा रहा हूँ...।''

''परवाना शमा से ही जलता है,'' प्रिन्स ने आगे कहा, ''यह बात दुनिया के शुरू से चली आ रही है।

''तो सबसे पहले, तुम उससे हर रोज़ मिलो।

''दूसरे, उसकी मंडली की किसी अन्य स्त्री के प्रति रूझान दिखाना शुरू करो, पर अपने व्यवहार में किसी प्रकार के आवेश का प्रदर्शन किए बिना ही, समझ गए? मैं तुमसे छिपाऊँगा नहीं, तुम्हारा पार्ट है जरा कुछ कठिन ही। तुम्हें झूठ-मूठ बहाना बनाना है। पर अगर तुम्हारा भेद खुल गया तो सब काम मिट्टी समझो!''

''उसमें इतनी अधिक बुद्धि है, और मुझमें इतनी कम है। मेरा उबरना कठिन है।'' जुलियें ने उदासी के साथ कहा।

''नहीं, बात यह है कि मैंने जितना सोचा था, तुम उससे कहीं अधिक प्रेम में हो। मादाम द दुब्वा भगवान् के यहाँ से बहुत ऊँची पदवी अथवा बहुत अधिक धन पानेवाली तमाम स्त्रियों की भाँति केवल अपने आप को ही प्यार करती हैं। वह तुम्हारी ओर देखने के बजाय अपनी ओर देखती हैं और इसलिए तुम्हें पहचानती नहीं। दो-तीन बार उन्होंने जो तुम्हारे प्रति प्रेम-प्रदर्शन किया है, वह इस कारण कि अपनी कल्पना के जोर से उन्होंने तुममें अपने सपनों के नायक की झलक देखी है; तुम्हारे असली रूप को नहीं समझा—पर भाई सोरेल, ये सब तो प्रारम्भिक बातें हैं—तुम क्या बिल्कुल स्कूली बालक हो?''

''भगवान् की कसम! चलो, इस दुकान में चलें! यहाँ एक सुन्दर-सा काला गुलूबन्द है। ऐसा लगता है बर्लिंगटन स्ट्रीट के जॉन एंडरसन के यहाँ का बना हुआ हो। मेरे ऊपर दया करके उसे ले लो और जो वाहियात काली रस्सी तुमने अपने गले में लपेट रखी है, उसे जल्दी से जल्दी फेंक दो।

''और अब,'' स्त्रासबूर के सबसे सुन्दर वस्त्र-विक्रेता की दुकान से निकलते-निकलते प्रिन्स ने कहना शुरू किया, ''मादाम द दुब्वा की मित्रमंडली किस प्रकार की है? हे भगवान्! क्या नाम पाया है! नाराज़ न होना भाई सोरेल, मुझसे रहा ही नहीं जाता...। हाँ, तो फिर तुम किसकी तरफ रूझान दिखाओगे?''

''एक बहुत ही अमीर व्यापारी की बेटी के साथ जो बड़ा सदाचार का ढोंग रचती है। उसकी आँखें अपूर्व सुन्दर हैं जो मुझे बहुत ही अच्छी लगती हैं। निस्सन्देह वह जिले में सबसे महत्त्वपूर्ण स्त्री है, पर अपने सारे ठाटबाट के बावजूद यदि कोई व्यापार अथवा दुकानदारी का नाम भी ले दे तो उसका मुँह लज्जा से लाल हो जाता है और वह घबरा उठती है। दुर्भाग्यवश उसके पिता स्त्रासबूर के सबसे प्रसिद्ध व्यापारी थे।''

''इस भाँति यदि कोई 'उद्योग' शब्द मुँह से निकाल दे,'' प्रिन्स ने हँसते हुए कहा, ''तो इस बात का पक्का यकीन है कि वह सुन्दरी अपने बारे में सोचने लगेगी, तुम्हारे बारे में नहीं। यह हास्यास्पद विशेषता सचमुच दिव्य है और बहुत ही उपयोगी भी। इसके कारण

तुम उसकी सुन्दर आँखों के आगे पलभर के लिए भी अपना होशहवास खोने से बचे रहोगे। तुम्हारी सफलता निश्चित है।''

जुलियें मार्शल की विधवा मादाम द फेरवाक की बात सोच रहा था जो अक्सर द ला मोल भवन आया करती थीं। वह एक सुन्दरी विदेशिनी महिला थीं जिन्होंने मार्शल से उनकी मृत्यु के एक वर्ष पहले ही विवाह किया था। उनके सारे जीवन का इसके अतिरिक्त अन्य कोई लक्ष्य ही न जान पड़ता था कि लोगों को उनके एक व्यापारी की बेटी होने की बात याद न रहे। पेरिस में महत्त्वपूर्ण व्यक्तियों में अपनी गिनती कराने के लिए वह धार्मिक लोगों में प्रमुख बन चुकी थीं।

जुलियें सचमुच प्रिन्स से बहुत प्रभावित हुआ। उनके विचित्र रंग-ढंग पाने के लिए वह क्या नहीं देने को तैयार हो जाता ! दोनों मित्रों के बीच वार्तालाप खत्म ही न होता था। कोरासौफ तो बिल्कुल ही भावविह्वल था; कभी किसी फ्रांसीसी ने इतनी देर तक उसकी बात न सुनी थी। वह प्रसन्न होकर सोचने लगा कि इस भाँति आख़िरकार अपने शिक्षकों को शिक्षा देकर मैंने अपने लिए एक श्रोता भी जुटा लिया है।

''तो फिर तय रहा,'' उसने जुलियें से दसवीं बार दोहराया, ''कि जब मादाम द दुब्वा के सामने इस व्यापारी की बेटी से बात करो तो भावावेग का लेशमात्र भी न हो। दूसरी ओर जब लिखो तो ऐसा लगे मानो प्रेम की ज्वाला में जले जा रहे हो। इन धार्मिक बननेवाली स्त्रियों को प्रेम-पत्र पढ़ने में बड़ा आनन्द आता है; वह एक प्रकार से क्षणभर के लिए लगाम ढीली कर देने के बराबर है। इसमें कोई बनावट नहीं, उस समय उन्हें अपने हृदय की बात सुनाने का साहस होने लगता है; इसलिए दो पत्र रोज़ !''

''नहीं-नहीं, कभी नहीं !'' जुलियें ने हिम्मत हारते हुए कहा। ''तीन वाक्य सोचने की अपेक्षा मैं खल्लड़ में कूटा जाना अधिक पसन्द करूँगा। मैं तो भई, एक लाश की भाँति हूँ। मुझसे अब और कुछ पाने की आशा न करो। मुझे तो सड़क के किनारे ही मरने दो।''

''पर यह किसने कहा कि तुम खुद पत्र सोचकर लिखो ? मेरे सन्दूक में प्रेम-पत्रों के छः ग्रन्थों की पांडुलिपियाँ मौजूद हैं। उनमें हर प्रकार के स्त्री-चरित्र के योग्य पत्रं पड़े हैं। उसमें ऐसे भी हैं जो किसी प्रकार न डिगनेवाली स्त्री को भी लिखे जा सकते हैं। क्या कालिस्की ने रिचमंड में टैरेस पर--तुम तो जानते हो उस जगह को, लन्दन से कोई दस मील की दूरी पर है—इंग्लैंड की सर्वश्रेष्ठ क्वेकर सुन्दरी से प्रेम नहीं किया था ?''

जब रात को दो बजे जुलियें ने अपने मित्र से विदा ली तो उसका दुख बहुत कुछ कम था।

अगले दिन प्रिन्स ने एक नकल करनेवाले को बुला भेजा और दो दिन के भीतर ही जुलियें को तिरपन प्रेम-पत्र मिल गए जिन पर बाकायदे क्रम-संख्या पड़ी हुई थी और जो पवित्र से पवित्र और गम्भीर से गम्भीर शीलवती के हृदय को पिघला देने के उद्देश्य से रचे गए थे।

''चौवनवाँ इसलिए नहीं है,'' प्रिन्स ने कहा, ''क्योंकि कालिस्की को तभी उसके काम पर भेज दिया गया था, पर तुम तो मादाम द दुब्वा के हृदय पर प्रभाव डालना चाहते हो। इसलिए यदि यह व्यापारी की बेटी तुम्हारे साथ दुर्व्यवहार करे तो इससे तुम्हें क्या ?''

वे दोनों हर रोज साथ-साथ घुड़सवारी के लिए जाते थे; प्रिन्स को जुलियें बहुत ही भा गया था। अपनी इस आकस्मिक मैत्री का कोई वास्तविक प्रमाण दे सकने की इच्छा से अन्त

में उन्होंने जुलियें से अपनी मास्को की एक सम्पत्तिशालिनी चचेरी बहन के साथ विवाह का प्रस्ताव भी कर दिया। उन्होंने कहा, "एक बार विवाह हो जाने के बाद मेरी जान-पहचान और अपने उस क्रॉस के कारण तुम दो वर्ष में कर्नल बन जाओगे।"

"पर यह क्रॉस नेपोलियन का दिया हुआ नहीं है...बल्कि उसके ठीक विपरीत।"

"इससे क्या होता है ?" प्रिन्स ने कहा। "चलाया तो उसी ने था न ! यह आज भी योरपभर में सर्वोच्च सम्मान-चिह्न है।"

जुलियें शायद इस प्रस्ताव को स्वीकार कर ही लेता, पर तभी कर्त्तव्य के आह्वान ने उसे वहाँ से बुला लिया। उसने कोरासौफ से विदा लेते समय पत्र लिखने का वचन दिया। उसे गुप्त पत्र का उत्तर मिल गया और वह जल्दी से पेरिस लौट पड़ा। पर उसे वहाँ पहुँचे दो दिन से अधिक न हुए होंगे कि फ्रांस और मातिल्द को छोड़कर जाने का विचार उसे मौत से भी अधिक त्रासदायक जान पड़ने लगा। उसने मन-ही-मन कहा कि मैं कोरासौफ के लाखों-करोड़ों से तो शादी न करूँगा, पर उसकी सलाह पर चल कर देखूँगा।

वह सोचने लगा कि आख़िरकार स्त्रियों को फुसलाना ही तो उसका धन्धा है। उसकी उम्र इस समय तीस वर्ष की है, यानी पन्द्रह वर्ष से उसने और किसी बात पर ध्यान ही नहीं दिया। यह भी नहीं कहा जा सकता कि उसमें बुद्धि की कमी है। वह होशियार भी है और सावधान भी। ऐसे स्वभाव के व्यक्ति के लिए उत्साह और कविता असम्भव वस्तुएँ हैं। वह अनुभवी मध्यस्थ है। इस कारण भी उसके भूल करने की सम्भावना कम है।

मैं अब अवश्य मादाम द फेरवाक से प्रेम-प्रदर्शन करूँगा। उनसे थोड़ा-सा ऊबने की सम्भावना अवश्य है, पर मैं उन सुन्दर आँखों क़ी ओर ताकता रहा करूँगा, जो मुझे सबसे अधिक प्यार करनेवाली आँखों से इतनी अधिक मिलती हैं। वह विदेशिनी भी हैं; इसलिए एक नए चरित्र को अध्ययन करने का मौका मिलेगा।

मेरा सिर फिर गया है, मैं तो डूबते हुए व्यक्ति के समान हूँ। मुझे अपनी समझ पर भरोसा करने के बजाय किसी मित्र की सलाह पर चलना चाहिए।

25
सदाचार

लेकिन अगर मैं इस आनन्द को इतनी दूरदर्शिता और होशियारी के साथ जाँचने लगा, तो मेरे लिए यह आनन्द रह ही नहीं जाएगा।

–लोपे डि वेगा

पेरिस लौटने के बाद और मार्कि द ला मोल के अध्ययन कक्ष से निकलते ही, जो उसके द्वारा लाए हुए समाचारों से बहुत उद्विग्न जान पड़ते थे, हमारा नायक तुरन्त काउन्ट आल्तामिरा से मिलने चल पड़ा। यह सुन्दर परदेशी, मृत्युदंड पाने के महत्त्व के अतिरिक्त, बड़े गम्भीर व्यक्ति भी थे और सौभाग्यवश बहुत धार्मिक भी। ये दो गुण और इन सबसे भी अधिक काउन्ट का बड़ा ऊँचा खानदान, मादाम द फेरवाक की रुचि के एकदम अनुकूल

थे, इसलिए वे प्रायः उनसे मिला-जुला करती थीं।

जुलियें ने गम्भीरतापूर्वक उनसे कहा कि वह मादाम द फेरवाक से बेहद प्रेम करने लगा है।

"पर वह तो बहुत ही सदाचारिणी और शीलवती स्त्री है," आल्तामिरा ने उत्तर दिया। "बस, उनमें कुछ जैस्विटपंथी झुकाव अधिक है। कोई-कोई दिन तो ऐसे होता है कि मैं उनके प्रत्येक शब्द का अर्थ अलग से तो समझता हूँ, पर समूचे वाक्य का कोई मतलब समझ में नहीं आता। उनकी बात सुनकर प्रायः यह लगता है कि मुझे फ्रेंच भाषा इतनी नहीं आती जितना लोग कहते हैं। इस मेल-जोल से तुम्हारे बारे में चर्चा भी अधिक होगी और दुनिया की नज़रों में तुम्हारा महत्त्व भी बढ़ जाएगा, पर चलो, बुस्तोस से चलकर मिलें!" काउन्ट ने कहा। उनका दिमाग व्यवस्थित ढंग का था। "वह पहले मादाम द फेरवाक के आगे प्रेम-प्रदर्शन कर चुका है।"

डौन डीगो बुस्तोस ने बिल्कुल एक वकील की भाँति अपनी ओर से कोई बात कहे बिना ही उनसे बहुत विस्तार से सब बातें पूछीं। उसका चेहरा गोल-मटोल और मोटे साधुओं जैसा था, जिस पर काली मूँछें और अनुकरणीय गम्भीरता सदा विद्यमान रहती थी।

"मैं सब समझता हूँ," आख़िरकार उसने जुलियें से कहा। "प्रश्न स्पष्ट है कि मादाम द फेरवाक ने किसी को प्रेमी बनाया है अथवा नहीं? और इसलिए तुम्हारी सफलता की कोई आशा है अथवा नहीं? इसका यह अर्थ तो है ही कि मुझे कोई सफलता नहीं मिली। अब आज मुझे इस बात का कोई दुख भी नहीं। इसलिए मैं मन-ही-मन यह सोच लिया करता हूँ कि वह प्रायः क्रुद्ध रहा करती हैं, और, जैसाकि मैं अभी-अभी तुम्हें बताऊँगा, वह बहुत ही प्रतिहिंसापूर्ण भी हैं।

"मैं यह नहीं समझता कि उनके स्वभाव में वैसी तीव्रता है जो प्रतिभा का एक चिह्न होती है और जो हर क्रिया को एक प्रकार के आवेग से कान्तिपूर्ण बना देती है। इसके विपरीत उनके अपूर्व सौन्दर्य और अत्यन्त ही आकर्षक मुखवर्ण का कारण डच लोगों की शान्त और जड़ प्रकृति ही है।"

जुलियें इस स्पेनवासी की मन्थर गति और जड़ता से अधीर हो रहा था। बीच-बीच में एक-दो संक्षिप्त से शब्द उसके मुँह से निकल ही पड़ते।

"आप मेरी बात सुनना चाहते हैं?" डौन डीगो बुस्तोस ने गम्भीरतापूर्वक पूछा।

"क्षमा कीजिए, मैं बहुत ध्यान से ही सुन रहा हूँ।" जुलियें ने कहा।

"तो मादाम द फेरवाक को घृणा का बड़ा मर्ज है। वह निर्मम भाव से ऐसे लोगों के पीछे पड़ी रही हैं जिन्हें उन्होंने देखा तक नहीं—वकील, कोले जैसे गीत लिखनेवाले गरीब साहित्यिकों इत्यादि के पीछे। आपने वह गीत सुना है न? 'पोली से प्रेम करना मूर्खता है...' इत्यादि।"

और इसके बाद जुलियें को शुरू से आख़िर तक पूरा गाना सुनना पड़ा। स्पेनवासी फ्रेंच गीत गाने का अवसर पाने से बड़ा प्रसन्न था।

इस सुन्दर गीत को शायद ही कभी किसी ने इससे अधिक अधीरता से सुना हो। गीत पूरा होने पर डौन डीगो बुस्तोस ने जुलियें से कहा, "मादाम द फेरवाक ने 'एक दिन सराय में कामदेव' नामक गीत के लेखक को नौकरी से निकलवा दिया था।

जुलियें यह सोचकर काँप उठा कि अब यह गाना भी सुनना पड़ेगा, डौन डीगो उसका

विश्लेषण करके सन्तुष्ट हो गया। वह सचमुच ही गन्दा और घटिया दर्जे का गीत था।

"जब मादाम द फेरवाक इस गाने को लेकर नाराज़ होने लगीं," डौन डीगो ने कहा, "तो मैंने उन्हें समझाया कि उनकी जैसी महिला को वास्तव में इस तरह की मूर्खतापूर्ण चीज़ें पढ़नी ही नहीं चाहिए। धर्म और सदाचार की चाहे जितनी उन्नति हो जाए, फिर भी फ्रांस में कलारी का साहित्य सदा बना रहेगा। जब उन्होंने आठ सौ फ्रैंक पानेवाले लेखक को निकलवा दिया तो मैंने उनसे कहा—'होशियार रहिएगा, आपसे इस बिचारे तुक्कड़ पर अपने अस्त्रों से प्रहार किया है, कहीं वह अपनी तुकबन्दियों द्वारा आपने बदला न ले। वह सदाचार के ऊपर ही कोई गीत बना देगा। बड़े-बड़े ड्राइंगरूम तो आपके पक्ष में होंगे पर जो लोग हँसी-मज़ाक पसन्द करते हैं वे सब उसके गन्दे मज़ाकों को दोहराएँगे।' आप जानते हैं जनाब, मादाम द फेरवाक ने उत्तर में मुझसे क्या कहा ? कहने लगीं—'सारा पेरिस भगवान की सेवा के लिए मुझे बलिदान होते देखेगा। फ्रांस के लिए यह नया ही दृश्य होगा। उससे जनसाधारण सच्चे सामन्त वर्ग का आदर करना सीखेंगे। वह मेरे जीदन की सुन्दरतम घड़ी होगी।' यह बात कहते-कहते उनकी आँखें इतनी सुन्दर लग उठी थीं जितनी पहले कभी न लगी थीं।"

"सचमुच ही उनकी आँखें बहुत सुन्दर हैं।" जुलियें ने भावोच्छवास से कहा।

"जाहिर है कि आप प्रेम-पीड़ित हैं...इसलिए," डौन डीगो बुस्तोस गम्भीरतापूर्वक आगे कहने लगे, "उनका ऐसा स्वभाव तो नहीं है कि अपने आप ही प्रतिहिंसा की ओर झुकता हो, पर फिर भी यदि वह लोगों को हानि पहुँचाती हैं तो यह केवल इसीलिए कि वह बहुत दुखी हैं। मुझे तो किसी न किसी गहरी आन्तरिक पीड़ा का सन्देह होता है। यह भी तो सम्भव है कि वह अब अपनी इस सदाचारिता से उकता उठी हों।"

स्पेनवासी पूरे एक मिनट तक चुपचाप उसकी ओर ताकता रहा।

"यही तो सारा सवाल है," उसने गम्भीरतापूर्वक कहा, "और इसी से आपको थोड़ी-बहुत आशा हो सकती है। जिन दो वर्षों में मैं अपने आपको उनका तुच्छतम सेवक घोषित करता रहा, उन दिनों मैंने इस बात पर बहुत विचार किया था। तरुण प्रेमी महाशय, आपका समूचा भविष्य इस महान् समस्या पर ही लटका हुआ है। क्या वह ऐसी स्त्री है जो अब अपने सदाचार से तंग आ चुकी है, अथवा वह इसलिए निष्ठुर है कि वह स्वयं ही बहुत दुखी है ?"

" "अथवा," आख़िरकार आल्तामिरा ने अपने मौन को तोड़ते हुए कहा, "क्या वह भी हो सकता है जो मैं बीसियों बार पहले ही तुमसे कह चुका हूँ; अर्थात् विशुद्ध रूप में फ्रांसीसी स्त्री का मिथ्याभिमान मात्र। अपने उस कपड़े के प्रसिद्ध व्यापारी पिता की स्मृति ही इस स्वभावतः कठोर और क्षुब्ध हृदय को दुखी करती रहती है। उसके सुख का केवल एक ही रास्ता हो सकता है कि वह तोलेदो में रहकर एक ऐसे पाप-स्वीकारकर्त्ता का पीड़न सहन करती रहे जो प्रतिदिन उसे नरक के खुले हुए मुख का दर्शन कराए।"

चलते समय डौन डीगो ने जुलियें से कहा, "आल्तामिरा ने बताया है कि आप हमीं लोगों में से हैं। एक दिन आप स्वतन्त्रता-प्राप्ति में हमारी सहायता करेंगे। इसलिए मैं इस छोटे-से मन-बहलाव में आपकी सहायता करने को तैयार हूँ। मारेशाल की शैली से परिचित हो जाना आपके लिए उपयोगी होगा। ये चार पत्र उन्हीं के हाथ के लिखे हुए हैं।"

"मैं उन्हें नकल करके आपको वापस कर दूँगा।" जुलियें ने कहा।

"और आज के वार्तालाप का एक शब्द भी आप कभी किसी से न कहेंगे।"

"कभी नहीं, वचन देता हूँ !" जुलियें ने कहा।

"तो भगवान आपकी सहायता करें !" स्पेनवासी ने कहा और वह जुलियें तथा आल्तामिरा को चुपचाप सीढ़ियों तक पहुँचा गया।

इस दृश्य ने हमारे नायक को थोड़ा उत्साहित किया, वह मुस्कुरा उठा। उसने मन-ही-मन सोचा तो धार्मिक आल्तामिरा भी मुझे व्यभिचार की इस योजना में सहायता दे रहे हैं।

डौन डीगो बुस्तोस के गम्भीर वार्तालाप के बीच भी जुलियें लगातार ओतेल देलिग्र की घड़ी के घंटों की ओर ध्यान लगाए हुए था।

भोजन का समय समीप आ रहा था। आज इतने दिनों के बाद फिर वह मातिल्द को देखेगा ! घर पहुँचकर उसने बड़ी सावधानी के साथ कपड़े पहने।

सीढ़ियों से उतरते-उतरते उसने सोचा कि बड़ी भूल हो गई। प्रिन्स के नुस्खे को मुझे पूरी तरह काम में लाना चाहिए। यह सोचकर वह फिर ऊपर लौटा और सादे से सादा यात्रा का लिबास पहनकर नीचे उतर आया।

अब प्रश्न यह है कि मैं उसकी ओर किस प्रकार देखूँ। उस समय सिर्फ साढ़े पाँच बजे थे, और भोजन छः बजे था। वह ड्राइंगरूम में पहुँचा पर वहाँ देखा कि अभी कोई नहीं आया है। नीले सोफे को देखते ही उसके आँसू आ गए। शीघ्र ही उसके गाल जल उठे। उसने मन-ही-मन क्रुद्ध होकर सोचा कि मुझे इस मूर्खतापूर्ण संवेदनशीलता को थकाकर दूर कर देना चाहिए नहीं तो यह मेरा भेद खोल देगी। उसने दिखावे के लिए एक अख़बार ले लिया और ड्राइंगरूम से बाग तक दो-तीन चक्कर लगा आया।

एक बड़े भारी ओक वृक्ष के पीछे भली-भाँति छिपकर तथा भय से काँपते हुए उसने माद. द ला मोल की खिड़की की ओर आँखें उठाने का साहस किया। वह कसकर बन्द थी। वह लगभग धरती पर लुढ़ककर बहुत देर तक ओक के सहारे टिका रहा। फिर डगमगाते हुए पैरों से माली की सीढ़ी को खोजने चल पड़ा।

जंजीर की जो कड़ी उसने जबर्दस्ती खोल डाली थी—हाय, वह कितनी भिन्न परिस्थितियाँ थीं !—उसकी अभी तक मरम्मत नहीं हुई थी। पागलपन में आकर जुलियें ने उसे होंठों से लगा लिया।

बहुत देर तक ड्राइंगरूम और बग़ीचे के बीच भटकते रहने से जुलियें बहुत बुरी तरह थक गया। यह एक प्रारम्भिक सफलता थी जिसे वह भी भली-भाँति समझता था। अब मेरी आँखें निर्जीव-सी रहेंगी और मेरा भेद न खोल सकेंगी, वह सोचने लगा। एक-एक करके अतिथि ड्राइंगरूम में आने लगे। जब भी दरवाजा खुलता तो जुलियें के हृदय को असहनीय धक्का लगता।

सब लोग मेज के आगे बैठ गए। माद. द ला मोल सदा की भाँति प्रतीक्षा करवाने के बाद आख़िरकार प्रकट हुईं। जुलियें को देखते ही उनका मुख लज्जा से गहरा लाल हो उठा। उन्हें उसके लौटने के समाचार अभी तक न मिले थे। प्रिन्स कोरासौफ के आदेशानुसार जुलियें उनके हाथों की ओर देखने लगा; वे काँप रहे थे। यह देखकर वह स्वयं बहुत ही विचलित हो उठा, सौभाग्यवश वह केवल थका हुआ ही दिखाई पड़ा।

म. द ला मोल तो उसकी प्रशंसा के गीत गा रहे थे। कुछ ही देर बाद मार्किज उससे बोलीं और उसके क्लान्त दिखाई पड़ने के विषय में स्नेह से कुछ कहा। जुलियें लगातार अपने आपसे कह रहा था : मुझे माद. द ला मोल की ओर बहुत अधिक नहीं देखना चाहिए और

न उनसे बचने की ही कोशिश करनी चाहिए। मुझे सचमुच ही वैसा दिखाई पड़ना चाहिए जैसाकि मैं अपने दुखद पराभव से एक सप्ताह पहले था। उसे इस विषय में अपनी सफलता पर सन्तुष्ट होने का अवसर मिला और वह ड्राइंगरूम में ही रहा आया। आज पहली बार गृहस्वामिनी की ओर ध्यान देने के बाद उसने उपस्थित पुरुषों को बातचीत में लगाने और समस्त वार्तालाप को रोचक बनाए रखने का यथासम्भव प्रयत्न किया।

उसके सौजन्य का पुरस्कार भी मिला; आठ बजे के लगभग मादाम द फेरवाक के आने की घोषणा हुई। जुलियें चुपचाप खिसक गया और कुछ ही देर बाद बहुत ही सावधानी के साथ वस्त्र पहनकर लौट आया। मादाम द ला मोल आदर की इस अभिव्यक्ति से बहुत ही पुलकित हो उठीं और उन्होंने अपनी प्रसन्नता दिखाने के लिए उसकी यात्रा का ज़िक्र मादाम द फेरवाक से किया। जुलियें मार्शल की विधवा के पास इस ढंग से जा बैठा कि मातिल्द उसकी आँखों को न देख सके। कला के समस्त नियमों के अनुसार इस भाँति बैठने के बाद मादाम द फेरवाक ही उसके तीव्र विस्मय का परम केन्द्रबिन्दु बन गईं। प्रिन्स कोरासौफ ने जो तिरपन पत्र उसे भेंट किए थे, उनमें से पहला इस भावना के महत्त्व से ही प्रारम्भ होता था।

मारेशाल ने बताया कि वह इटैलियन ऑपेरा देखने जा रही हैं। जुलियें भी जल्दी से वहीं जा पहुँचा, जहाँ उसकी भेंट शवालिये द बोव्वाज़ि से हो गई जो उसे मादाम द फेरवाक के बगल में ही राजमहल के पुरुषों के लिए सुरक्षित स्थान में ले गए। जुलियें निरन्तर उन्हीं की ओर ताकता रहा। घर लौटते समय वह मन-ही-मन सोचने लगा कि मुझे इस आक्रमण की डायरी रखनी चाहिए, नहीं तो मैं कुछेक घटनाओं की गिनती ही भूल जाऊँगा। उसने जबर्दस्ती ही इस नीरस विषय पर दो-तीन पृष्ठ लिखे। मज़ेदार बात यह है कि इस भाँति वह माद. द ला मोल को लगभग भूल ही गया।

उसकी अनुपस्थिति में मातिल्द स्वयं भी उसे करीब-करीब भूल गई थी। वह सोचने लगी थी कि आख़िरकार वह बहुत ही साधारण आदमी है, पर उसका नाम मुझे सदा अपने जीवन की सबसे बड़ी भूल की याद दिलाता रहेगा। मुझे सच्चे मन से सदाचार और शीलोचित व्यवहार के प्रचलित आदर्शों का पालन करना चाहिए; उन्हें भूलते ही स्त्री के सर्वस्व छिन जाने का भय रहता है। अब उसने मार्कि द क्रवाजन्वा के साथ विवाह-सम्बन्ध की चर्चा में भी कुछ रुचि दिखाई। वह तो इस बात से खुशी से पागल हो उठे। उन्हें यह जानकर बहुत ही आश्चर्य होता कि मातिल्द की जिस मनोदशा से वह इतने गौरव का अनुभव कर रहे थे, वह उसके भीतर एक प्रकार की उदासीनता की भावना से उत्पन्न हुई थी।

किन्तु जुलियें को देखते ही माद. द ला मोल के सारे विचार बदल गए। उन्होंने मन-ही-मन कहा कि वास्तव में और सचमुच ही यही व्यक्ति मेरा पति है। यदि मैं सचमुच सदाचारिणी बनना चाहती हूँ तो मुझे इसी व्यक्ति से विवाह करना चाहिए।

वह जुलियें की ओर से बड़े दुख के भाव की, तरह-तरह की अनुनय-विनय की आशा कर रही थी। इसलिए उसने अपने उत्तर भी सब तैयार कर रखे थे क्योंकि उसे पक्का विश्वास था कि मेज से उठने पर वह अवश्य उससे दो-एक शब्द कहने का प्रयत्न करेगा। किन्तु इसके विपरीत वह ड्राइंगरूम में ही जमा बैठा रहा। उसने बग़ीचे की ओर एक बार नज़र तक न डाली—भगवान ही जानता है कि कितनी कठिनाई से वह यह कर सका था ! माद. द ला मोल सोचने लगी कि अब सारी सफाई तुरन्त हो जाना ही ठीक है। वह अकेली ही बग़ीचे

में चली गईं, पर जुलियें का फिर भी कोई पता नहीं। मातिल्द आकर ड्राइंगरूम की खिड़की के पास टहलने लगी। उसने देखा कि जुलियें बड़ी तन्मयता के साथ मादाम द फेरवाक को रोन नदी के किनारे के ढालों पर बने हुए पुराने किलों के खंडहरों के बारे में बता रहा था। कुछ ड्राइंगरूमों में जिस भावुकतापूर्ण चित्रात्मक शैली को वाक्-चातुर्थ कहा जाता है, उसमें अब वह भी पारंगत हो उठा था।

इस समय प्रिन्स कोरासौफ यदि पेरिस में होते तो उन्हें सचमुच ही अपने ऊपर बड़ा गर्व होता। इस समय स्थिति ठीक वैसी ही थी जैसी उन्होंने भविष्यवाणी कर दी थी। अगले दिनों में भी जुलियें ने जैसा व्यवहार दिखाया, वह भी उन्हें समुचित ही जान पड़ता।

राजदरबार के कुछ शक्तिशाली सदस्यों के षड्यन्त्र के फलस्वरूप कुछ नीले फीतों का वितरण होने को था। मादाम द फेरवाक का कहना था कि उनके दादा को यह सम्मान मिलना चाहिए; मार्कि द ला मोल ऐसी ही माँग अपने ससुर के लिए कर रहे थे। इसलिए दोनों ने मिलकर प्रयत्न करने का निश्चय किया और मारेशाल लगभग प्रतिदिन द ला मोल भवन आने लगीं। उन्हीं से जुलियें को पता चला कि मार्कि अब मन्त्री होने ही वाले हैं। वह तीन वर्ष के भीतर ही विधान को धूमधाम के बिना रद्द करने के उद्देश्य से एक बहुत ही चतुराई-भरी योजना कामारिला के आगे रख रहे थे।

म. द ला मोल के मन्त्री होने पर जुलियें के भी बिशप होने की आशा थी; किन्तु ऐसे सब बड़े-बड़े हित उसकी आँखों से ऐसे छिपे हुए थे मानो उन पर कोई परदा पड़ा हो ! उसकी कल्पना बहुत ही अस्पष्ट रूप में और वह भी किसी सुदूर भविष्य में ही उन्हें देखती थी। जिस भीषण पीड़ा का रोग उसे लग गया था, उसके कारण जीवन में उसकी सारी रुचि माद. द ला मोल के साथ अपने सम्बन्ध में ही केन्द्रित हो गई थी। वह हिसाब लगाता रहता था कि पाँच-छः साल के निरन्तर प्रयत्न के बाद वह शायद फिर उनका प्रेम प्राप्त कर सके।

यह तो स्पष्ट ही है कि उसका वह अत्यधिक शान्त मस्तिष्क अब बिल्कुल विवेकशून्य हो उठा था। किसी जमाने में जो सब गुण उसमें प्रमुख रूप में पाए जाते थे, उनमें से अब थोड़ी-सी दृढ़ता ही बाकी बची थी। प्रिन्स कोरासौफ ने जिस व्यवहार की योजना उसके लिए बनाई थी, उसका वह बड़ी दृढ़ता के साथ पालन कर रहा था। प्रत्येक दिन वह मादाम द फेरवाक की कुर्सी के पास बैठता पर उनसे कहने के लिए एक शब्द भी उसे न सूझता था।

मातिल्द को प्रेम-मुक्त दिखने का नाटक रचने के लिए जो आत्मपीड़न उसे करना पड़ता था, उसमें उसके हृदय और मस्तिष्क की सारी शक्ति चुक जाती थी। मारेशाल की बगल में वह लगभग निर्जीव-सा बैठा रहता था जैसा तीव्र शारीरिक यातना की अवस्था में होता है। उसकी आँखों की सारी चमक गायब हो गई थी।

मादाम द ला मोल का दृष्टिकोण कभी भी अपने पति के मतामत को दोहराने के अतिरिक्त अन्य कुछ न होता था। इसलिए पिछले कुछ दिनों से वह जुलियें के गुणों को आसमान पर चढ़ाए हुए थीं।

26

पवित्र प्रेम

बेशक एडेलीन के हाव-भाव में भी
वह शान्त अभिजात सुरुचि
जो कभी पार करती नहीं सन्तुलन की विषुवत रेखा
जैसे कोई मन्दारिन यदि कुछ भी नहीं पाता है प्रिय
तो भी उसके हाव-भाव बताते हैं कि उसने जो भी देखा
वह लगा उसे अत्यन्त ही प्रिय।

–डॉन जुआन से

मादाम द फेरवाक सोचती थीं कि इस सारे खानदान के लोगों के विचारों में ही थोड़ा-सा पागलपन का लटका है। और कुछ नहीं तो ये लोग अपने इस छोटे-से पुरोहित के पीछे ही पागल हैं जिसे चुपचाप देखने और बात सुनते रहने के अतिरिक्त और कुछ नहीं आता, यद्यपि यह सच है कि उसकी आँखें बड़ी आकर्षक हैं।

उधर जुलियें को मारेशाल का व्यवहार उस अपूर्व शान्ति का लगभग निर्दोष आदर्श जान पड़ता जिसमें पूरी-पूरी शिष्टता भी है और साथ ही किसी प्रकार के तीव्र भावावेग को अनुभव करने की असमर्थता भी। किसी भी अप्रत्याशित मुद्रा अथवा प्रवृत्ति से, किसी प्रकार के आत्मनियन्त्रण के अभाव से मादाम द फेरवाक को वैसा ही धक्का लगता जैसा अपने से निम्न कोटि के व्यक्तियों के प्रति व्यवहार में राजसी गौरव के अभाव से लगता। तनिक-सी भी संवेदनशीलता उनकी दृष्टि में एक प्रकार की नैतिक उन्मत्तता जैसी जान पड़ती जिसके लिए आदमी को लज्जित होना पड़ता है और जो उच्चकुलीन व्यक्तियों के लिए बहुत अनुपयुक्त है। उन्हें अन्तिम शाही शिकार की चर्चा में बड़ी प्रसन्नता होती थी और उनकी प्रिय पुस्तक थी–'दुक् द सें-सिमों' के संस्मरण; विशेष कर उसके वंशावली विषयक अंश का जिक्र वह प्रायः किया करती थीं।

जुलियें जानता था कि जिस प्रकार ड्राइंगरूम में प्रकाश की व्यवस्था थी उसे देखते हुए किस जगह से मादाम द फेरवाक का-सा सौन्दर्य सबसे अच्छा लगता है। वह उनसे पहले ही वहाँ पहुँच जाता और बड़ी सावधानी के साथ कुर्सी को इस तरह घुमाकर रखता कि मातिल्द पर उसकी दृष्टि न पड़े। जुलियें के उससे बचने के इन निरन्तर प्रयत्नों को देखकर एक दिन मातिल्द नीले सोफे को छोड़कर मार्किज की कुर्सी के पास रखी हुई छोटी-सी मेज़ पर आ बैठी। अब जुलियें मादाम द फेरवाक की टोपी के किनारों के नीचे से उसे बहुत समीप से देख सकता था। जिन आँखों ने उसके भाग्य को बस में कर रखा था, उन्हें इतने समीप से देखकर पहले तो उसे भय लगा, फिर उसकी वह साधारण उदासीनता बड़े तीव्र झटके के साथ टूट गई। वह बातचीत करने लगा और बहुत ही सुन्दर ढंग से बातचीत करने लगा।

बात वह अवश्य मारेशाल से कह रहा था, किन्तु उसका एकमात्र लक्ष्य मातिल्द के हृदय को प्रभावित करना था। वह इतना उत्तेजित हो उठा कि अन्त में मादाम द फेरवाक की समझ

में ही न आया कि वह कह क्या रहा है।

यह उसकी पहली सफलता हुई। यदि जुलियें को कहीं अन्त में जर्मन रहस्यवाद से भरा हुआ, उच्च कोटि की धार्मिकता का अथवा जैस्विटपंथी भावनाओं से परिपूर्ण कोई वाक्य सूझ जाता तो मारेशाल उसे तुरन्त ही वहीं ऐसे लोगों की सूची में शामिल कर लेतीं जो सर्वोच्च कोटि के होते हैं और अपने युग का पुनरुद्धार करने के लिए जन्म लेते हैं।

उधर माद. द ला मोल ने सोचा कि अब इसकी रुचि इतनी बिगड़ गई है कि वह मादाम द फेरवाक से भी इतनी देर तक और इतने उत्साह के साथ बातचीत करने लगा है, इसलिए अब मैं उसकी कोई बात न सुनूँगी। इसलिए उस दिन बाकी समय में उन्होंने भी अपने प्रण का पालन किया यद्यपि उन्हें इसमें थोड़ी कठिनाई हुई।

आधी रात के समय जब मातिल्द हाथ में एक मोमबत्ती लेकर अपनी माँ को उनके कमरे तक पहुँचाने जा रही थी, तो मादाम द ला मोल सीढ़ी पर ही खड़ी हो गई और खुल्लमखुल्ला जुलियें की तारीफों के पुल बाँधने लगीं। इससे मातिल्द का मिजाज़ एकदम खराब हो गया। उसके लिए सोना असम्भव हो उठा। केवल एक ही विचार उसको सान्त्वना देता था : वह तो ठीक ही है कि जिस व्यक्ति को मैं तुच्छ समझती हूँ, वह मारेशाल को बहुत ही योग्य जान पड़े।

जुलियें क्रियाशील हो उठने के कारण अब इतनी यातना नहीं अनुभव कर रहा था। उसकी दृष्टि रूसी चमड़े के उस बैग पर पड़ी जिसमें प्रिन्स कोरासौफ ने वे तिरपन पत्र बन्द करके उसे भेंट किए थे। जुलियें ने पहले पृष्ठ के नीचे एक टिप्पणी लिखी देखी : पहली भेंट के एक सप्ताह बाद पहला पत्र भेजना चाहिए।

अरे, मुझे तो देर हो गई ! जुलियें ने चौंककर सोचा। मादाम द फेरवाक से मेरी पहली मुलाकात को तो बहुत दिन हो गए। वह तुरन्त इस पहले प्रेम-पत्र को नकल करने बैठ गया। पत्र में सदाचार की प्रशस्तियाँ भरी पड़ी थीं और वह बेहद नीरस था। सौभाग्यवश जुलियें को दूसरे ही पृष्ठ पर नींद आ गई।

कुछ घंटों बाद धूप सिर पर पड़ने से उसकी आँखें खुलीं; वह मेज़ पर सिर टिकाए सो रहा था। उसके लिए जीवन का सबसे दुखदायी क्षण प्रतिदिन सवेरे होता जब जागते ही उसे अपनी यातना का नए सिरे से अनुभव होने लगता था, परन्तु उस दिन अपने पत्र की नकल पूरी करते-करते वह लगभग हँस रहा था। वह मन-ही-मन सोच रहा था कि क्या ऐसे भी नौजवान होते हैं जो इस तरह से लिख सकें ? उसने गिनकर देखा कि कई वाक्य नौ-नौ पंक्तियों के हैं। मूल पत्र के नीचे पेन्सिल से लिखी हुई एक टिप्पणी थी : 'इस पत्र को स्वयं ले जाकर दो और काला गुलुबन्द तथा नीला ओवरकोट पहनकर और घोड़े पर सवार होकर जाओ। पत्र नौकर को कुछ लज्जित भाव से, और आँखों में गहरी उदासी के साथ देना। यदि किसी नौकरानी पर दृष्टि पड़ जाए तो जल्दी से अपनी आँखें पोंछकर दो-एक शब्द उससे भी कहना।' यह सब बड़ी सावधानी के साथ पूरा किया गया।

द फेरवाक भवन से लौटते-लौटते जुलियें सोचने लगा कि मैं बड़ा साहस का काम कर रहा हूँ। अपने सदाचार के लिए इतनी प्रसिद्ध महिला को पत्र लिखने की हिम्मत ! अब मेरी अधिक से अधिक उपेक्षा होगी। पर इसमें मजा भी मुझे खूब आएगा। कुल मिलाकर इस प्रकार का नाटक ही तो मैं पसन्द करता। हाँ, सचमुच उस घृणित जीव को जिसे मैं 'स्वयं' कहता हूँ, उपहास से अपमानित करके मुझे सचमुच बहुत प्रसन्नता होगी। यदि मैं अपने

'स्वयं' से कोई सलाह करूँ तो बहककर कोई न कोई अपराध कर बैठूँगा।

पिछले महीनेभर से जुलियें के लिए दिन में सबसे अधिक सुख का क्षण वह होता जब वह लौटकर अपने घोड़े को अस्तबल में पहुँचाता। कोरासौफ ने खासतौर से यह हिदायत कर दी थी कि उपेक्षा करनेवाली प्रेयसी की ओर किसी भी बहाने न ताके; किन्तु उसके घोड़े की चाल को और नौकर को बुलाने के लिए अस्तबल के दरवाज़े पर जुलियें का चाबुक फटकारने के ढंग को मातिल्द भली-भाँति पहचानती थी और उन्हें सुनते ही वह कभी-कभी अपनी खिड़की के परदे के पीछे आकर खड़ी हो जाती थी। परदे की मलमल इतनी बढ़िया थी कि जुलियें को उसके आरपार दिखाई पड़ता था। अपनी टोपी के किनारों के नीचे से खास ढंग से देखने पर मातिल्द की आँखों को देखे बिना ही उसकी एक झलक जुलियें को मिल जाया करती थी। वह अपने आपको समझाता कि मातिल्द को भी तो मेरी आँखें न दिखती होंगी। इसलिए इस प्रकार उसकी एक झलक पा लेना उसे देखना नहीं कहा जा सकता।

उस दिन शाम को मादाम द फेरवाक ने उसके साथ ऐसा व्यवहार किया मानो जो दार्शनिक, रहस्यवादी तथा धार्मिक प्रबन्ध वह इतनी उदासी के भाव से सवेरे नौकर को दे आया था, वह उन्हें मिला ही न हो। पिछले दिन शाम को संयोगवश जुलियें को अपने वार्तालाप को ओजस्वी बनाने का रहस्य हाथ आ गया था। आज भी वह इस तरह से बैठा कि मातिल्द की आँखें दिखती रहीं। मातिल्द भी मारेशाल के आते ही नीला सोफा छोड़कर चली आई थी। इसका अर्थ था अपनी नित्य की मित्रमंडली को छोड़कर आना और उसकी इस नई सनक पर म. द क्रवाजन्वा बहुत क्षुब्ध दिखाई पड़ रहे थे। उनके इतने सुस्पष्ट दुख को देखकर जुलियें को थोड़ा-सा चैन मिला।

भाग्य की इस अप्रत्याशित कृपा के फलस्वरूप उसका वार्तालाप बड़ा ही प्रभावशाली हो उठा। चूँकि अहंकार उन हृदयों में भी प्रवेश पा जाता है जो कठोरतम शैली और सदाचार के मन्दिर बनते हैं, इसलिए उस दिन अपनी गाड़ी में बैठते-बैठते मादाम द फेरवाक सोचने लगीं कि मादाम द ला मोल ठीक ही कहती हैं; यह युवक पुरोहित वास्तव में बहुत प्रतिभावान है। शुरू के कुछ दिनों में मेरी उपस्थिति से वह भयभीत हो गया होगा। सच बात यह है कि इस घर में जिन लोगों से भेंट होती है, वे सब बड़ी ही हल्की तबियत के लोग हैं। वहाँ जो भी सदाचार दिखाई पड़ता है, वह आयु के कारण है और उसके प्रकट होने में काल के हिम-शीतल हस्त की बहुत आवश्यकता पड़ी है। इस युवक को भी यह अन्तर तो दिखाई पड़ा होगा। वह लिखता भी अच्छा है। उसने अपने पत्र में मुझसे परामर्श की भी प्रार्थना की है, किन्तु मुझे भय है, कहीं यह प्रार्थना अपनी वास्तविक प्रतिभा को न समझने के कारण ही न हो।

तो भी कितने धर्म-परिवर्तन इसी भाँति प्रारम्भ नहीं होते ? एक बात बड़ी शुभ है कि आज तक जिन सब युवकों के पत्र मुझे मिलते रहे हैं, उनसे इसके लिखने की शैली में कितना अन्तर है। पुरोहित बनने के इस तरुण आकांक्षी की गति में एक प्रकार की ओजस्विता, मन की गहन गम्भीरता और निष्ठा को न देख सकना असम्भव है। निस्सन्देह उसमें मासलों के गुण मौजूद हैं।

27

चर्च के उच्चतम पद

सेवा ! प्रतिभा ! गुण ! उँह ! अरे शामिल हो जाओ किसी की मण्डली में।

—टेलेमाकस

इस भाँति जुलियें के नाम के साथ बिशप-पद का विचार पहली बार एक ऐसी स्त्री के मस्तिष्क में आया जो चर्च के सर्वश्रेष्ठ पदों के वितरण का अधिकार आगे-पीछे प्राप्त करने ही वाली थी। जुलियें के विचार इस क्षण अपने वर्तमान दुखदायी अवस्था से भिन्न ऐसी किसी स्थिति तक पहुँचने में असमर्थ थे। हर चीज़ से उसकी यातना बढ़ती ही थी। उदाहरण के लिए, स्वयं अपना कमरा उसके लिए असह्य हो उठा था। रात में जब वह मोमबत्ती लिए अपने कमरे में लौटता तो कमरे का हर सामान, प्रत्येक वस्तु उसे अपनी यातना के किसी नए पक्ष के विषय में कठोर स्वर से सूचित करती हुई जान पड़ती थी।

उस दिन शाम को उसने ऐसे उत्साह के साथ अपने कमरे में प्रवेश किया जैसा बहुत दिनों से उसे अनुभव न हुआ था। मन-ही-मन उसने कहा कि मुझे बड़े कठोर परिश्रम का दंड मिला है। दूसरा पत्र शायद पहले जैसा नीरस न हो।

पर वह उससे भी अधिक नीरस निकला। वह जो कुछ भी नकल कर रहा था, वह उसे इतना वाहियात जान पड़ा कि वह उन शब्दों के अर्थ पर ध्यान देना छोड़ यन्त्रवत नकल करने लगा।

वह सोचने लगा कि इसमें तो मुन्स्टर की सन्धियों के सरकारी दस्तावेज़ों से भी ज़्यादा शब्दाडम्बर है, जिसे उसके कूटनीति के शिक्षक ने लन्दन में उसे नकल करने को दिया था।

इसी सिलसिले में उसे मादाम द फेरवाक के उन पत्रों की याद आई जो उसे स्पेनवासी सज्जन डौन डीगो बुस्तोस ने दिए थे। अभी तक उन पत्रों की मूल प्रतिलिपि उसने लौटाई न थी। इस समय उसने उन्हें ढूँढ़कर निकाला। वे भी युवक रूसी सामन्त के पत्रों की भाँति ही उलझे हुए और पेचीदा थे। वे एकदम और पूरी तरह से अस्पष्ट थे। उनमें सब कुछ कहने का और कुछ भी न कहने का प्रयत्न किया गया था। संसार की निस्सारता, मृत्यु, अनन्तता इत्यादि के ऊपर उच्चतम विचारों के जमघट में उसे केवल एक ही वास्तविक चीज़ दिखाई पड़ी कि कहीं कोई हँसी न उड़ाए।

जिस स्वागत-भाषण का संक्षेप में हमने यहाँ उल्लेख किया है, वह एक पखवाड़े तक बराबर दोहराया जाता रहा। जुलियें का जीवन बस ऐसे ही एकरस कार्यों तक सीमित रह गया था : धार्मिक ज्ञान-लाभ की एक प्रकार की टीका को नकल करते-करते सो जाना, अगले दिन जाकर उदास मुद्रा में पत्र दे आना, लौटकर मातिल्द के वस्त्रों की झलक देखने की आशा में घोड़े को अस्तबल तक पहुँचा देना, कामकाज देखना और जिस दिन मादाम द फेरवाक द ला मोल भवन न आएँ, उस दिन ऑपेरा पहुँच जाना। यदि मादाम द फेरवाक मार्किज से मिलने आती थीं तो सरसता अधिक रहती थी। तब जुलियें मारेशाल की टोपी के किनारों के नीचे से मातिल्द की आँखों की झलक पा जाता और उसकी वाक्चातुरी में चार-चाँद लग

जाते। उसकी चित्रात्मक और भावुक शब्दावली अधिकाधिक प्रभावशाली और आकर्षक होती जा रही थी।

वह यह बात भली-भाँति समझता था कि उसकी बातें मातिल्द को एकदम वाहियात लगती होंगी, पर वह उसे अपनी सुन्दर शब्दावली से प्रभावित करने का यत्न करता रहता। वह सोचता था कि जितनी अधिक झूठी बातें कहूँगा उतना ही उसको अधिक प्रसन्न कर सकूँगा और फिर उसने बेहद साहसिकता के साथ प्रकृति के कुछ पक्षों के विषय में बढ़ा-चढ़ाकर कहना शुरू कर दिया। वह यह बात बहुत जल्दी ही समझ गया था कि मारेशाल की नज़रों में अत्यन्त साधारण व्यक्ति न दिखाई पड़ने के लिए यह बहुत ही आवश्यक है कि सरल और बुद्धिसंगत विचारों से एकदम बचकर चला जाए। जिन दो उच्चकुलीन महिलाओं को प्रसन्न करने वह निकल पड़ा था, उनकी आँखों में दृष्टिगोचर उत्साह अथवा उदासीनता के अनुसार ही या तो वह अपनी बात कहता रहता अथवा अपनी कल्पना की उड़ान को रोक लेता।

कुल मिलाकर आज उसे अपना जीवन उन दिनों की अपेक्षा कम भयावह जान पड़ता था जब वह कुछ न करता था।

एक दिन शाम को वह सोचने लगा कि यह मेरा पन्द्रहवाँ पत्र है। पहले चौदह नियमपूर्वक मादाम द फेरवाक के हाथों सौंप दिए गए हैं। शीघ्र ही उनकी मेज के पत्र रखने के सब स्थान भर जाएँगे; किन्तु इस सौभाग्य के बाद भी वह मुझसे वैसा ही व्यवहार करती हैं मानो मैंने उन्हें कभी कोई पत्र न लिखा हो ! इस सबका क्या अन्त होगा ? क्या मेरी इस एकान्त-निष्ठा से वह भी उतना ही ऊबती होंगी जितना मैं उससे ऊबता हूँ ? यह तो कहूँगा कि कोरासौफ का यह रूसी मित्र अपने जमाने में बड़ा ही भयंकर व्यक्ति रहा होगा। इससे अधिक सांघातिक नीरसता की कल्पना करना कठिन है।

जुलियें की अवस्था उस सीमित बुद्धिवाले व्यक्ति की भाँति थी जो संयोगवश किसी महान सेनापति के सम्पर्क में आ पड़े। उस रूसी युवक ने एक अंग्रेज तरुणी के हृदय के विरुद्ध जो आक्रमण चलाया था, उसका रहस्य जुलियें की समझ में तनिक भी न आता था। पहले चालीस पत्रों का उद्‌देश्य केवल यही था कि उसे पत्र लिखने की हिम्मत करने के लिए क्षमा मिले। इसका अभिप्राय यह था कि उन सुन्दर और भली महिला को, जो सम्भवतः जिन्दगी से बुरी तरह ऊबी हुई थीं, ऐसे पत्र पाने की आदत पड़ जाए जो उनके साधारण रोज़मर्रा के जीवन से कुछ कम नीरस हो।

एक दिन सवेरे एक पत्र उसे लाकर दिया गया। उसने तुरन्त मादाम द फेरवाक के पारिवारिक चिह्न को पहचान लिया और पत्र की मोहर उसने ऐसी उत्सुकता के साथ तोड़ी जो स्वयं उसे ही कुछ दिन पहले असम्भव जान पड़ती। उसमें केवल भोजन के लिए निमन्त्रण था।

उसने जल्दी से प्रिन्स कोरासौफ के आदेशों की शरण ली। दुर्भाग्यवश जिस मामले में उस रूसी युवक को सरल और बुद्धिगम्य होना चाहिए था, वहाँ वह दोरा की भाँति निरर्थक था। जुलियें की समझ में ही न आया कि मार्शल की विधवा के साथ भोजन करते समय कैसा नैतिक दृष्टिकोण अपनाए।

उनका ड्राइंगरूम बहुत ही शानदार था जिसमें त्विलरीज की गालरी द द्यान का-सा सुनहला काम था और लकड़ी के दिलेदार जड़ाव पर तैलचित्र बने हुए थे। इन चित्रों पर बीच-बीच में हल्के रंगों के धब्बे-से थे। बाद में जुलियें को पता चला कि गृहस्वामिनी को

चित्रों के ये विषय अश्लील जान पड़े थे, इसलिए उन्होंने चित्रों को बदलवा लिया था। हमारा नैतिक युग ! वह सोचने लगा।

ड्राइंगरूम में उसे तीन ऐसे महत्त्वपूर्ण व्यक्ति दिखाई पड़े जो उस गुप्त पत्रवाली सभा में भी थे। उनमें से एक—के बिशप, मारेशाल के चचा थे और कहा जाता था कि वह अपनी भतीजी की कोई बात टालते न थे। एक उदासी-भरी मुस्कान के साथ जुलियें सोचने लगा कि मैंने कितनी अधिक उन्नति कर ली है और इस सबका मेरे ऊपर कितना कम प्रभाव है। आज मैं—के प्रसिद्ध बिशप के साथ एक ही मेज पर भोजन कर रहा हूँ।

भोजन कुछ साधारण भाव से ही बीता और वार्तालाप ऐसा था कि आदमी का धीरज चुक जाए। जुलियें सोचने लगा कि वह सब किसी रद्दी-सी पुस्तक की विषय-सूची के समान है। मानव-चिन्तन के समस्त महत्त्वपूर्ण विषयों की चर्चा साहसपूर्वक प्रारम्भ की जाती है, किन्तु तीन मिनट तक सुनिए तो तुरन्त यह प्रश्न आपके मन में आएगा कि दोनों में कौन-सा अधिक बड़ा है—वक्ता का कट्टर आत्मविश्वास अथवा उसका भयंकर अज्ञान !

निस्सन्देह पाठक अकादमी-सदस्य के भतीजे और नए-नए प्रोफेसर तथा साहित्यिक ताँबो को भूल गए होंगे, जिसने द ला मोल भवन के ड्राइंगरूम में अपनी निन्दा-भरी चर्चा द्वारा प्रत्येक व्यक्ति के मन को विषाक्त करने का भार अपने ऊपर ले लिया था।

इसी छोटे-से व्यक्ति से जुलियें को पहली बार यह विचार मिला कि मादाम द फेरवाक उसके पत्रों का उत्तर चाहे न दें, पर उनको प्रेरित करनेवाली भावना से वह सम्भवतः अप्रसन्न न होंगी। म. ताँबों का काला हृदय जुलियें की शान्ति से टुकड़े-टुकड़े हुआ जा रहा था, किन्तु दूसरी ओर एक व्यक्ति चाहे वह योग्य हो चाहे मूर्ख, एक साथ दो स्थानों पर उपस्थित नहीं हो सकता। ताँबो सोचने लगा कि यदि म. सोरेल मादाम द फेरवाक के प्रेमी हो जाएँ तो वह उन्हें चर्च में कोई महत्त्वपूर्ण पद दिलवा देंगी और द ला मोल भवन में उनसे मुझे छुटकारा मिल जाएगा।

फादर पिरार भी द फेरवाक भवन में सफलता के लिए जुलियें को लम्बे उपदेश लिखकर भेजते थे। उस कठोर जानसेनपंथी और जैस्विटवाद तथा राजतन्त्र के सिद्धान्तों के समर्थक के और समाज-सुधार की योजनाओंवाली, सदाचारिणी मादाम द फेरवाक के ड्राइंगरूम के बीच एक प्रकार की साम्प्रदायिक प्रतिद्वन्द्विता मौजूद थी।

28

मानो लेस्को

अब उसे विश्वास हो गया था कि उसके पिछले तौर-तरीके मूर्खता और गदहपने से भरे थे; अब वह सफेद को काला और काले को सफेद कहता था और बखूबी अपना काम चला रहा था।

—लिख्तेमबर्ग

रूसी आदेशों में इस बात का कड़ा विधान था कि जिस व्यक्ति को पत्र लिखे जा रहे हैं,

उससे बातचीत होने पर उसकी किसी बात का विरोध नहीं करना चाहिए। किसी भी कारणवश पक्के भक्त और प्रशंसक के रूप को न त्यागना चाहिए। प्रत्येक पत्र के पीछे यही धारणा थी।

एक दिन ऑपेरा में मादाम द फेरवाक के बॉक्स में जुलियें 'मानो लेस्को' के बैले की बड़ी प्रशंसा करने लगा। इसका एकमात्र कारण यह था कि उसे वह बेहद नीरस जान पड़ा था। उसकी बात सुनकर मारेशाल कहने लगीं कि आवे प्रोवोस्त के उपन्यास की तुलना में यह बैले बहुत घटिया है।

क्या ? जुलियें चकित और प्रसन्न होकर सोचने लगा कि ऐसे उच्च आचार-विचार वाली महिला एक उपन्यास की प्रशंसा कर रही है ! मादाम द फेरवाक सप्ताह में दो-तीन बार उन सब लेखकों के प्रति अपना तीव्र तिरस्कार प्रकट कर दिया करती थीं जो इस प्रकार की कुत्सित रचनाओं द्वारा अपने आप ही इन्द्रिय-सुख की ओर दौड़नेवाली नई पीढ़ी को भ्रष्ट करने का प्रयत्न करते रहते हैं।

मादाम द फेरवाक ने आगे कहा, "मैंने सुना है कि अनैतिक और हानिकारक लेखकों की कोटि में मानो लेस्को का स्थान उच्चतम माना जाता है। लोगों का कहना है कि उसमें अपराधी हृदय की दुर्बलताओं का चित्रण इतनी सच्चाई के साथ किया गया है कि वह बहुत ही गम्भीर लगता है, तो भी तुम्हारे बोनापार्ट ने सैंतेलेना में उसे चाकरों के लिए लिखा हुआ उपन्यास घोषित किया था।"

यह सुनते ही जुलियें तुरन्त पूरी तरह सतर्क हो उठा। अवश्य कोई न कोई मारेशाल से मेरी चुगली करता रहा है। उसी ने उनसे नेपोलियन के लिए मेरी भक्ति का जिक्र किया होगा। इस बात से वह इतनी रुष्ट हैं कि अपने क्रोध को प्रकट कर देने का लोभ भी सँवरण न कर सकीं।

इस जानकारी से वह बड़ा प्रसन्न हो उठा और इसने उसे विनोदपूर्ण भी बना दिया। ऑपेरा के बाद विदा लेते समय मारेशाल बोलीं, "याद रखिए महाशय जी, मुझसे प्रेम करनेवालों को बोनापार्ट से प्रेम नहीं करना चाहिए। अधिक से अधिक वे उसे नियति का अभिशाप मान सकते हैं। जो भी हो, उस व्यक्ति में इतनी समझ न थी कि श्रेष्ठ साहित्य को पहचान सके।"

'मुझसे प्रेम करनेवालों को !' जुलियें ने मन-ही-मन दोहराया। या तो इसका कोई अर्थ नहीं है या सबकुछ है। भाषा का यह रहस्य हम प्रान्तों के निवासी नहीं समझते और मारेशाल के लिए एक बहुत लम्बा-सा पत्र नकल करते-करते उसे मादाम द रेनाल की बहुत याद आई।

अगले दिन मारेशाल ने उससे बहुत ही बनावटी उदासीनता के साथ पूछा, "अच्छा, यह बताइए कि कल शायद ऑपेरा से जाने के बाद लिखे हुए अपने पत्र में आपने लन्दन और रिचमंड का ज़िक्र कैसे किया था ?"

जुलियें बड़ा चौंका। उसने पत्र की एक-एक पंक्ति को बिना कुछ सोचे-समझे नकल कर दिया था और स्पष्ट ही मूल में लिखे हुए 'लन्दन' और 'रिचमंड' के स्थान पर 'पेरिस' और 'सैं-क्लू' लिखना भूल गया था। उसने दो-तीन बार कुछ कहना शुरू किया पर अपना वाक्य पूरा न कर सका। उसे लगा कि वह अभी-अभी विवश होकर जोरों से हँस पड़ेगा। अन्त में उचित शब्द ढूँढ़ते-ढूँढ़ते एकाएक उसे यह बात सूझी—'मानव मन के उदात्ततम और उच्चतम हितों की चर्चा से उत्तेजित होकर मेरा मन आपको लिखते समय शायद कुछ बहक

गया होगा।'

वह सोचने लगा कि अब तो मेरा प्रभाव पड़ने लगा है। इसलिए आज अगर इस नीरसता से कुछ छुट्टी ले लूँ तो भी कोई हर्ज नहीं। वह जल्दी ही द फेरवाक भवन से चला आया। रात को मूल पत्र में उसे वह स्थल शीघ्र ही मिल गया जहाँ नौजवान रूसी ने रिचमंड और लन्दन का ज़िक्र किया था। जुलियें को यह देखकर बड़ा आश्चर्य हुआ कि यह पत्र बहुत ही भावपूर्ण था।

उसकी बातचीत के ऊपरी हल्केपन और उनके पत्रों की लगभग इलहामी गम्भीरता के बीच इतने तीव्र अन्तर के कारण ही उसकी ओर विशेष रूप से ध्यान आकर्षित हो रहा था। उसके वाक्यों की लम्बाई मारेशाल को विशेष रूप से अच्छी लगती थी। यह उस पापी वोल्तेर द्वारा प्रचलित उच्छृंखल अस्थिर शैली न थी यद्यपि हमारा नायक अपनी बातचीत से सहज बुद्धि के सारे चिह्न दूर रखने में कोई प्रयत्न बाकी न छोड़ता था, तो भी उसमें कुछ न कुछ राजतन्त्र-विरोध और अधार्मिकता की ऐसी ध्वनि होती थी जो मादाम द फेरवाक से छिपी न रह पाती थी।

वह साधारणतः ऐसे लोगों से घिरी रहती थीं जो बेहद सदाचारी तो होते थे किन्तु कोई भी नया विचार न प्रकट कर पाते थे। इसलिए यह महिला ऐसी ही बात से प्रभावित होती थीं जिसमें कोई न कोई नवीनता हो, किन्तु साथ ही वह उससे चौंकने का प्रदर्शन करना भी अपना कर्त्तव्य समझती थीं। इस दुर्बलता को वह 'इस तुच्छवृत्ति वाले युग का लक्षण' मानती थीं।

किन्तु ऐसे ड्राइंगरूमों में तभी जाना सार्थक है जब कोई काम सिद्ध करना हो। जैसा नीरस जीवन जुलियें इन दिनों बिता रहा था, वह पाठकों से भी निस्सन्देह छिपा न होगा। यह हमारी यात्रा का ऊजड़ प्रदेश ही है।

जुलियें का समय फेरवाक-कांड में लगने के सारे दौरान में माद. द ला मोल को उसके विषय में कुछ न सोचने के लिए बड़ा दृढ़तापूर्वक प्रयत्न करना पड़ा। उनका हृदय तीव्रतम अन्तर्द्वन्द्व से टुकड़े-टुकड़े हुआ जा रहा था। कभी-कभी उन्हें लगता कि मैं इस गुमसुम नौजवान से घृणा करती हूँ; किन्तु तो भी अपनी इच्छा के विरुद्ध उन्हें उसका वार्तालाप बहुत ही आकर्षक लगता। उन्हें सबसे अधिक आश्चर्य उसकी बातों के झूठेपन से होता। वह मारेशाल से ऐसा एक शब्द भी नहीं कहता था जो या तो एकदम झूठ न हो अथवा कम-से-कम उसके अपने दृष्टिकोण से, जिसे मातिल्द हर विषय के सम्बन्ध में इतनी भली-भाँति जानती थी, पूरी तरह भिन्न न हो। इस चाणक्यनीति से वह बड़ी प्रभावित हुई। वह सोचने लगी कि कितनी गहरी सूक्ष्मता है ! वैसी ही भाषा बोलनेवाले दम्भी मूर्खों अथवा ताँबो जैसे साधारण धूर्तों से यह कितना भिन्न है !

किन्तु जुलियें के दिन बहुत ही बुरे बीत रहे थे। रोज़ शाम को मारेशाल के ड्राइंगरूम में उपस्थित होना उसके लिए अधिक से अधिक कष्टदायक कर्त्तव्य को पालन करने के बराबर था। रोज़ नाटक रचने के प्रयत्न से अन्त में उसके मन की सारी शक्ति चुक गई। प्रायः रात को द फेरवाक भवन के बड़े भारी सहन को पार करते-करते वह केवल चरित्र की दृढ़ता और तीखी बुद्धि के कारण ही अपने मन को नितान्त हताशा के गर्त में गिरने से बचा पाता था।

वह सोचने लगता कि शिक्षा-मठ में भी मैंने निराशा पर विजय पाई थी, यद्यपि उस समय

मेरे सामने भविष्य कैसा भयंकर था ! उस समय तो स्थिति यह थी कि भाग्य बने अथवा बिगड़े, हर हालत में मुझे अपना समूचा जीवन संसार के घृणित और निकृष्टतम अंश के घनिष्ठ सहवास में बिताना पड़ेगा। किन्तु उसके केवल ग्यारह महीने के बाद ही मैं अपनी आयु के युवकों में सबसे दुखी व्यक्ति था।

किन्तु प्रायः यह सब सुन्दर युक्तियाँ भयंकर वास्तविकता के आगे निरर्थक सिद्ध होतीं। मातिल्द से उसकी दोपहर तथा रात को भोजन के समय नित्य ही भेंट होती। म. द ला मोल उसे जो अनगिनत चिट्ठियाँ लिखते थे, उनसे वह यह जानता था कि मातिल्द का विवाह म. द क्रवाजन्वा से अब होने ही वाला है। वह सज्जन अभी से द ला मोल भवन में दिन को दो बार पधारने लगे थे। एक ठुकराए हुए प्रेमी की ईर्ष्याभरी नजरों से उनका कोई भी काम छिप न पाता था।

जब भी उसे लगता कि माद. द ला मोल अपने उस प्रणयाकांक्षी के साथ स्नेहपूर्ण व्यवहार कर रही हैं तो अपने कमरे पर लौटने पर वह बड़े प्यार के साथ अपनी पिस्तौलों को देखने लगता था।

वह भी मन-ही-मन कहता, ओफ़ ! कितनी बुद्धिमानी की बात हो कि मैं अपने वस्त्रों से पहचान के चिह्न अलग करके, पेरिस से पचास-साठ मील किसी निर्जन वन में जाकर इस असहनीय जीवन को समाप्त कर दूँ। इस जिले में अजनबी होने के कारण मेरी मृत्यु दस-पन्द्रह दिन तो छिपी ही रह जाएगी और फिर पन्द्रह दिन बीतने के बाद कौन मेरे लिए सोच करेगा !

युक्ति बहुत ही बुद्धि-संगत थी। किन्तु अगले ही दिन दस्तानों और गाउन की आस्तीन के बीच मातिल्द की बाँह की एक झलक हमारे तरुण दार्शनिक को निर्मम स्मृतियों के अथाह जल में डुबो देती और उसके जीवन का मोह चुकने न पाता। तब वह कह उठता कि ठीक है कि मैं इस रूसी नीति का अन्त तक पालन करूँगा; किन्तु वह अन्त क्या होगा ?

जहाँ तक मारेशाल का प्रश्न है, इतना निश्चित है कि इन तिरपन पत्रों को नकल करने के बाद और न लिखूँगा। इन पिछले छह सप्ताहों के इस कष्टदायक नाटक का या तो मातिल्द के ऊपर कोई प्रभाव न पड़ेगा या कम-से-कम क्षणभर के लिए उसका क्रोध शान्त हो जाएगा। हे भगवान ! मेरी तो खुशी के कारण मौत ही हो जाएगी ! इस दिशा में आगे सोचना उसके लिए असम्भव हो जाता।

एक बार जब वह बहुत देर तक सोच में डूबे रहने के बाद इस तर्क को आगे बढ़ाने में सफल हो गया तो सोचने लगा कि बस, मुझे एक दिन का सुख प्राप्त होगा और फिर उसकी कठोरता नए सिरे से शुरू हो जाएगी। सचमुच मुझमें उसे प्रसन्न करने की क्षमता ही नहीं है। इसके बाद मेरे पास कोई साधन न बचेगा और मैं सदा के लिए बेबस, लाचार और असहाय हो जाऊँगा।

जैसा उसका चरित्र है, उसमें कभी कोई गारन्टी हो सकती है ? हाय ! मेरे व्यवहार में ही उच्चता की कमी है, मेरा बोलने का ढंग भारी और नीरस है ! हे भगवान् ! मैं जैसा हूँ, वैसा क्यों हूँ ?

29

उकताहट

खुद को अपने भावावेगों के हवाले कर देना, अच्छी बात है; पर ऐसे भावावेगों के सुपुर्द हो जाना जो हमने महसूस ही नहीं किये ! ओ दुर्भाग्यशाली उन्नीसवीं शताब्दी !

–जिरोदे

जुलियें के प्रारम्भिक पत्रों को निरानन्द भाव से पढ़ने के बाद अब मादाम द फेरवाक को उनमें बड़ा रस मिलने लगा था; किन्तु एक चीज़ से उनको बड़ा दुख होता था। वह सोचतीं कि यदि म. सोरेल सचमुच पुरोहित होते तो कितना अच्छा होता ! तब उनसे एक प्रकार की घनिष्ठता सहज हो जाती। उनके क्रॉस और साधारण वस्त्रों के कारण तरह-तरह के ऐसे बेरहम सवाल उठने की सम्भावना रहती है जिनका जवाब देना मुश्किल होगा। उन्होंने अपने विचार को पूरा नहीं किया। यदि आगे सोचतीं तो उनके विचार शायद इस प्रकार के होते कि कोई द्वेषी व्यक्ति शायद यही मान ले और इस बात का प्रचार कर दे कि म. सोरेल मेरे कोई रिश्ते के गरीब भाई हैं, राष्ट्रीय सेना की सेवा के लिए सम्मानित कोई व्यापारी हैं।

जुलियें से प्रथम भेंट के पहले तक मादाम द फेरवाक को अपने नाम के आगे 'मारेशाल' लिखने से बड़ी प्रसन्नता हुआ करती थी। उसके बाद से उनके शीघ्र ही आहत होनेवाले कुंठाग्रस्त मिथ्याभिमान और एक नए भावावेग के बीच संघर्ष चलने लगा था।

मारेशाल कभी-कभी सोचतीं कि जुलियें को पेरिस के पास ही किसी क्षेत्र में प्रधान विकार बनाना कितना आसान होगा ! किन्तु केवल म. सोरेल और उससे भी अधिक म. द ला मोल का सेक्रेटरी मात्र ! यह तो बहुत ही कष्टदायक है !

जीवन में पहली बार हर वस्तु से भयभीत होनेवाली यह आत्मा अपनी मर्यादा और सामाजिक श्रेष्ठता के अहंकार के अतिरिक्त किसी अन्य विषय से प्रभावित होने लगी। उनके बूढ़े नौकर का भी ध्यान इस बात पर गया कि जब भी वह उस उदास मुखवाले सुन्दर नौजवान का कोई पत्र लेकर आता है तो नौकरों की उपस्थिति में साधारणतया उनके मुख पर झलकनेवाला असन्तोष का भाव तुरन्त गायब हो जाता है।

उनके जीवन की एकमात्र महत्त्वाकांक्षा बाहरी दुनिया को प्रभावित करने की थी जिसके लिए उनके हृदय के भीतर कोई वास्तविक उत्साह न था।

जब से उन्होंने जुलियें के विषय में सोचना शुरू किया था तब से इस जीवन की उकताहट इतनी असह्य हो उठी थी कि किसी दिन उस अजीब नौजवान के साथ एक घंटा बिता लेना इस बात के लिए काफ़ी था कि अगले समूचे दिन किसी नौकरानी के साथ किसी प्रकार का दुर्व्यवहार न हो। उसकी बढ़ती हुई प्रतिष्ठा पर चतुराई से लिखे जानेवाले गुमनाम पत्रों का कोई प्रभाव न पड़ा था। ताँबो ने व्यर्थ ही म. द लुज, म. द क्रवाजन्वा, म. द केलुस इत्यादि को दो-तीन ऐसी धूर्ततापूर्ण बदनामी की बातें गढ़कर सुना दी थीं जिन्हें इन महानुभावों ने सच्चाई की जाँच किए बिना ही खुशी-खुशी सब जगह प्रचलित कर दिया था। मादाम द फेरवाक का मन ऐसे कुत्सित उपायों का सामना करने में समर्थ न था। वह मातिल्द

को अपने सन्देह बतातीं जो सदा उन्हें सान्त्वना देती रहती थी।

एक दिन तीन बार यह पूछने के बाद कि कोई पत्र तो नहीं आया है, मादाम द फेरवाक ने एकाएक स्वयं जुलियें के पत्रों का उत्तर देने का निश्चय किया। यह एक प्रकार से उकताहट की ही विजय थी। दूसरा पत्र लिखते-लिखते मारेशाल इस चेतना से लगभग हतबुद्धि हो उठी कि वह 'म. सोरेल, द्वारा म. ल मार्कि द ला मोल' जैसे छुद्र पते को स्वयं अपने हाथ से लिख रही हैं।

''आप कुछ अपना पता लिखे हुए लिफाफे मुझे ला दीजिए।'' एक दिन उन्होंने कुछ तीखेपन के साथ जुलियें से कहा।

जुलियें सोचने लगा कि तो अब मैं एक प्रकार के सेवक प्रेमी के रूप में नियुक्त हो गया। उसने कौतूहल से झुककर कुछ ऐसा मुँह बनाया कि वह मार्कि के वृद्ध सेवक आरसेन की भाँति दिखाई पड़ने लगा।

उसी दिन शाम को वह अपने साथ कुछ लिफ़ाफे लेता आया और अगले दिन सवेरे उसे तीसरा पत्र मिला। उसने पाँच-छः पंक्तियाँ प्रारम्भ कीं और दो-तीन अन्त की पढ़ीं। चार पृष्ठों का समूचा पत्र बहुत ही छोटे और टेढ़े-मेढ़े अक्षरों में लिखा हुआ था।

क्रमशः मारेशाल को रोज़ लिखने का अभ्यास पड़ गया। उत्तर में जुलियें रूसी पत्रों की ही नकल करके भेजता रहता। शब्दाडम्बरपूर्ण शैली का यही लाभ है कि मादाम द फेरवाक को अपने पत्रों तथा उनके उत्तरों के बीच किसी सम्बन्ध के अभाव से तनिक भी आश्चर्य न होता था।

इधर ताँबो अपनी स्वेच्छा से ही जुलियें के कार्यों पर नज़र रखने लगा था। यदि वह मारेशाल को किसी तरह यह सूचित कर सकता कि जुलियें उनके पत्रों को बिना खोले ही अपनी दराज़ में फेंक देता है तो उनके अभिमान को कितनी ठेस लगती !

एक दिन सवेरे नौकर मारेशाल का एक पत्र जुलियें को देने के लिए पुस्तकालय में जा रहा था कि रास्ते में उसकी मुलाकात मातिल्द से हो गई। उसने देखा कि कोई ऐसा पत्र आया है जिस पर जुलियें के हस्ताक्षरों में ही पता लिखा है। नौकर के जाते ही वह पुस्तकालय के भीतर पहुँची। पत्र अभी तक मेज के कोने में पड़ा था, क्योंकि काम में बहुत व्यस्त होने के कारण जुलियें ने उसे अपनी दराज में नहीं रखा था।

''यह मैं बिल्कुल नहीं बर्दाश्त कर सकती,'' मातिल्द ने झपटकर पत्र उठाते हुए कहा, ''तुम मुझे, अपनी पत्नी को, एकदम भूले जा रहे हो। महाशय जी, आपका व्यवहार बेहद खराब है !''

इतना कहते-कहते अपने कार्य के अ़नौचित्य से चकित होने से स्वाभिमान के कारण उसका गला रुँध गया और आँखें डबडबा आईं। पलभर में ही जुलियें को लगा कि उसे साँस लेने में भी कठिनाई हो रही है।

जुलियें इतना विस्मित और अवाक् था कि इस घटना के समूचे अनोखेपन और सुख को वह ठीक-ठीक ग्रहण न कर सका। उसने मातिल्द को पकड़कर बिठाया; वह लगभग उसकी बाँहों में आ रही।

जिस क्षण उसे इस कार्य का अर्थ समझ में आया, उसके आनन्द का ठिकाना न रहा। किन्तु दूसरे ही क्षण कोराशौफ के ध्यान ने उसे घेर लिया। एक ही शब्द द्वारा सर्वनाश हो सकता है। यह नीतिजन्य बन्धन इतना कष्टदायक था कि उसकी बाँहें कठिन हो आईं। वह

सोचने लगा कि इस सुन्दर समर्पित देह को अपने हृदय से लगाने के लोभ में मुझे न पड़ना चाहिए, नहीं तो यह तुरन्त ही मुझसे घृणा करके कठोर व्यवहार करने लगेगी। कैसा भीषण चरित्र है !

मातिल्द के चरित्र को दोषी ठहराते हुए भी ठीक इसी कारण उसके प्रति सौ गुना प्यार भी उसे अनुभव हुआ। उसे लगा, मानो वह किसी साम्राज्ञी को अपनी बाँहों में भरे हुए है।

जुलियें की भावहीन विरक्ति ने मातिल्द के हृदय को चीरे डालनेवाले आहत अभिमान की धार को और भी तीखा कर दिया। उस क्षण ऐसे आत्म-संयम से वह बहुत दूर थी कि जुलियें की आँखों के वास्तविक भाव को पढ़ सके अथवा पढ़ने का प्रयत्न कर सके। उसे उसकी ओर देखने तक का साहस न हुआ; तिरस्कार का भाव देखने की आशंका से ही वह काँप उठी। जुलियें की ओर से मुख फेरे निश्चल बैठी हुई वह ऐसी तीव्रतम पीड़ा से संतप्त थी जिसे केवल अभिमान और प्रेम के लिए ही मानव-हृदय सहन करने को बाध्य होता है। सुध-बुध खोकर वह कैसी अदूरदर्शिता कर बैठी थी !

मैं कितनी अभागिन हूँ कि मेरे ऐसे खुल्लमखुल्ला प्रेम-प्रदर्शन की भी उपेक्षा हो गई और वह उपेक्षा भी किसके द्वारा ? पीड़ा से विक्षिप्त अभिमान ने सुझाया—अपने पिता के एक नौकर द्वारा !

"यह मैं बिल्कुल नहीं सहन करूँगी," वह जोर से कह उठी और क्रोध से तड़पकर एकाएक उसने जुलियें की मेज की दराज खोल ली। दराज में ठीक वैसे ही नौ-दस पत्र और भी पड़े हुए थे जैसा एक अभी-अभी नौकर दे गया था। उन्हें देखकर वह आघात से जड़ीभूत-सी हो गई। सभी लिफाफ़ों पर उसने जुलियें की कमोवेश छिपाई हुई लिखावट पहचान ली।

वह क्रोध से चीख उठी, "तो न केवल वह तुम्हारे लिए पागल है बल्कि तुम उससे घृणा भी करते हो ! तुम, एक अदना से आदमी, मारेशाल द फेरवाक से घृणा करते हो !"

फिर एकाएक वह जुलियें के पैरों पर गिरकर बोली, "आह, मुझे क्षमा करो, प्रिय ! चाहो तो मुझसे घृणा करो, पर मुझे प्यार करो। तुम्हारे प्रेम से वंचित होकर मैं अब और जीवित न रह सकूँगी।" और वह एकदम मूर्छित होकर गिर पड़ी।

जुलियें सोचने लगा कि आख़िरकार यह अभिमानिनी नारी आज मेरे पैरों में पड़ी है !

30

ऑपेरा में

जैसे आसमान का कालापन
पता देता है भारी तूफ़ान का

—डॉन जुआन से

इस भावाविष्ट स्थिति में जुलियें सुखी से अधिक विस्मित था। मातिल्द के अपमानजनक वचनों से रूसी नीति की बुद्धिमानी पूर्णतया स्पष्ट थी। 'कम कहो, कम करो'—इसी में मेरी

मुक्ति का एकमात्र मार्ग है।

उसने एक भी शब्द कहे बिना मातिल्द को उठाकर फिर से कोच पर लिटा दिया। धीरे-धीरे आँसुओं से उसका कंठ रुँध गया।

अपने पर संयम रखने के लिए वह मादाम द फेरवाक के पत्र हाथ में लेकर धीरे-धीरे उनकी मोहरें तोड़ने लगी। मारेशाल की लिखावट पहचानकर वह एकाएक चौंक पड़ी और पत्रों को बिना पढ़े हुए ही उलटने-पलटने लगी। उनमें से अधिकांश छः पन्नों के थे।

''कुछ तो जवाब दो,'' मातिल्द ने अन्त में बहुत ही अनुनय-भरे स्वर में जुलियें की ओर देखे बिना ही कहा। ''तुम अच्छी तरह जानते हो कि मैं अभिमानिनी हूँ। यह मेरी स्थिति का, और बल्कि मैं स्वीकार करती हूँ कि मेरे चरित्र का, बड़ा दुर्भाग्यपूर्ण परिणाम है, तो मादाम द फेरवाक ने मेरे पास से तुम्हारा हृदय चुरा लिया है ? क्या उन्होंने भी वे सब त्याग किए हैं जो अपने घातक प्रेम के कारण मैं तुम्हारे लिए कर चुकी हूँ ?''

उत्तर में जुलियें केवल मौन ही रहा। वह सोच रहा था कि किस अधिकार से यह मुझसे ऐसे रहस्य के उद्घाटन की माँग करती है जो किसी भी सम्मानवाले व्यक्ति के लिए अनुचित है ?

मातिल्द ने पत्रों को पढ़ने का प्रयत्न किया पर आँसुओं से रुँधी हुई आँखों के कारण यह असम्भव हो गया। पिछले महीनेभर से वह भयंकर यातना सहन कर रही थी। पर अभिमान के कारण अपने मन का यह भाव स्वयं अपने ही आगे स्वीकार करना भी उसके लिए सम्भव न था। वर्तमान विस्फोट केवल संयोगवश ही हुआ था; क्षणभर के लिए ईर्ष्या और प्रेम ने अहंकार पर विजय पाई थी। वह कोच पर उसके पीछे पास ही बैठी हुई थी। जुलियें को उसके बाल और अलाबास्टर जैसी सफेद गर्दन दिखाई पड़ी। पलभर के लिए वह अपना सारा कर्तव्य भूल गया और उसे अपनी बाँहों में भरकर हृदय से लगा लिया।

मातिल्द ने धीरे-धीरे उसकी ओर सिर घुमाया। जुलियें उसकी आँखों में गहन दुख के भाव को देखकर चकित हो उठा। वह भाव इतना गहन था कि उन आँखों के सहज भाव को पहचानना उसके लिए असम्भव हो उठा। उसे लगा कि उसकी शक्ति जवाब दे रही है; साहस का जो अभिनय वह जबर्दस्ती कर रहा था वह इस क्षण असम्भव था।

दूसरे ही क्षण जुलियें सोचने लगा कि यदि मैंने प्रेम प्रकट करके अपने आपको इस सुख में बह जाने दिया तो ये आँखें शीघ्र ही तीव्रतम विरक्ति और घृणा से भर उठेंगी। इसी बीच क्षीण स्वर में मातिल्द अपने उन सब कार्यों के लिए पश्चात्ताप प्रकट किए जा रही थी जो अपने प्रबल अभिमान के कारण उससे बन पड़े थे। उसका स्वर ऐसा निस्तेज था मानो कुछ भी कहने की शक्ति ही उसमें न बची हो।

''मेरा भी तो स्वाभिमान है,'' जुलियें ने उससे कहा। उसके शब्द इतने धीमे थे मानो होंठों से निकल ही न रहे हों, और उसके मुख पर एक तीव्र शारीरिक क्लान्ति की छाया स्पष्ट थी।

मातिल्द कुछ झटके के साथ उसकी ओर मुड़ी। जुलियें की आवाज़ सुनने के सुख की उसने लगभग आशा ही छोड़ दी थी। तभी उसे अपना तिरस्कार-भरा व्यवहार याद आया। इस क्षण वह कोई भी ऐसा असाधारण अविश्वसनीय कार्य करने को खुशी-खुशी तैयार हो जाती जिससे यह सिद्ध हो सकता कि वह उसे कितना अधिक प्यार करती है और अपने आपसे कितनी अधिक घृणा।

"सम्भवतः उस स्वाभिमान के कारण ही," जुलियें ने आगे कहा, "तुमने क्षणभर के लिए मुझे कुछ विशेष समझा होगा। और निश्चित ही उस पुरुषोचित साहसपूर्ण दृढ़ता के लिए ही तुम आज मेरा आदर कर रही हो। हो सकता है कि मैं मारेशाल से प्रेम करने लगा हूँ..."

मातिल्द चौंक पड़ी; उसके मुख पर एक विचित्र-सा भाव झलक आया मानो अभी-अभी उसे सज़ा सुनाई जानेवाली हो ! उसके मुख का यह भाव जुलियें से छिपा न रहा; उसका साहस फिर ढीला पड़ने लगा।

ओफ ! अपने मुख से निकलनेवाले शब्द उसे निरर्थक ध्वनियों जैसे, कहीं दूर से आते हुए कोलाहल जैसे, सुनाई पड़े। वह सोच रहा था कि यदि मैं किसी प्रकार उन चम्पई गालों को ऐसे चुम्बनों से भर सकता कि पता न चले !...

"हो सकता है कि मैं मारेशाल से प्रेम करने लगा हूँ," वह कहता गया। किन्तु उसका स्वर क्षीणतर होता जा रहा था; "किन्तु निश्चय ही मेरे पास इस बात का कोई प्रमाण नहीं है कि उन्हें भी मेरे प्रति कोई स्नेह है।"

मातिल्द उसकी ओर ताकने लगी। जुलियें उस तीक्ष्ण दृष्टि के आगे टिका न रहा, कम-से-कम यही लगा कि उसके मुख ने उसके हृदय का भेद नहीं खोला है। उसके हृदय के गहनतम अन्तराल में उस समय मातिल्द के लिए प्रबल प्रेम उमड़ रहा था। इतनी उत्कटता के साथ प्यार का अनुभव उसने कभी न किया था; इस समय वह मातिल्द के समान ही प्रेम-विभोर था। यदि मातिल्द में इस समय इतनी हिम्मत और स्थिरता होती कि चतुराई से काम ले सके तो अवश्य ही जुलियें उसके पैरों पर गिर पड़ता और इस निरर्थक ढोंग को छोड़ने की सौगन्ध खा लेता।

जुलियें में केवल इतनी ही शक्ति थी कि कुछ न कुछ बोलता जाए, ओफ ! कोरासौफ, तुम यहाँ इस समय क्यों नहीं हो ? मुझे इस समय तुम्हारी सलाह की कितनी अधिक आवश्यकता है ! उसके हृदय में बराबर यही बात उठ रही थी।

ऊपर से उसने कहा, "और कुछ नहीं तो कृतज्ञता के कारण ही मुझे मारेशाल से आत्मीयता अनुभव करनी चाहिए। उन्होंने मुझे ऐसे समय में सान्त्वना दी, अपनापन दिखाया, जब चारों ओर से मेरा तिरस्कार किया जा रहा था। शायद मुझे उन सब भाव-प्रदर्शनों में कोई भी आस्था न रखनी चाहिए जो निस्सन्देह बड़े आनन्ददायक तो थे, किन्तु सम्भवतः क्षणिक भी थे।"

"आह ! दयामय ईश्वर !" मातिल्द कह उठी।

"अच्छी बात है ! तुम मुझे क्या आश्वासन दोगी ?" जुलियें सजग और भावाविष्ट स्वर में कहने लगा। लगता था, जैसे क्षणभर के लिए कूटनीति के सावधानी भरे सारे उपाय उसने छोड़ दिए हों। "इसका क्या आश्वासन है, कौन-सा देवी-देवता मुझे इस बात का वचन देगा कि जो स्थिति तुम मुझे प्रदान करने के लिए इस क्षण तैयार हो, वह दो दिन से अधिक बनी रहेगी ?"

"मेरे प्रेम की उत्कटता और तुम्हारे प्यार के अभाव में मेरी पीड़ा।" मातिल्द ने उसकी ओर मुड़कर उसका हाथ पकड़ते हुए कहा।

इस भाँति झटके के साथ मुड़ने के कारण उसके वस्त्र थोड़े-से अस्तव्यस्त हो गए; जुलियें को उसके सुन्दर कन्धे दिख उठे। उसके हल्के-से बिखरे हुए बालों को देखकर एक अन्य अपूर्व स्मृति उसके मन में कौंध गई।

वह समर्पण करने के लिए उद्यत हो उठा। फिर सोचने लगा कि जल्दबाजी का एक शब्द ही निराशा के अनगिनत लम्बे दिनों को फिर लौटा लाने के लिए काफी होगा। मादाम द रेनाल अपनी इच्छानुसार कार्य करने के लिए कारण ढूँढ़ लेती थीं; उच्च समाज की यह नवयुवती अपने हृदय को केवल तभी विचलित होने देती है जब बहुत ही प्रबल कारणों से उसे यह विश्वास हो जाए कि उसका भावविह्वल होना उचित है।

यह सत्य पलक मारते उसे दीख गया और पलक मारते ही उसका साहस वापस लौट आया। उसने मातिल्द के हाथों में से अपना हाथ छुड़ा लिया और बहुत ही सम्भ्रमपूर्वक उससे हटकर बैठ गया। मानवीय साहस इससे आगे नहीं जा सकता। इसके बाद वह कोच पर चारों ओर बिखरे मादाम द फेरवाक के पत्रों को इकट्ठा करने लगा और बड़ी ही निर्मम तथा तीव्र निष्ठुरता के साथ बोला, "माद. द ला मोल, कृपा करके मुझे इस विषय में कुछ विचार करने का अवसर दें।"

वह जल्दी से उठकर पुस्तकालय से बाहर चला गया; मातिल्द ने दरवाजों के बन्द किए जाने की आवाज़ सुनी।

वह मन-ही-मन कह उठी कि कैसा जंगली है, तनिक भी विचलित नहीं हुआ ! पर यह मैं क्या कह रही हूँ ! जंगली ! वह सचमुच बुद्धिमान है, दूरदर्शी है और दयालु है। गलती मेरी ही है और इतनी अधिक है कि कल्पना नहीं की जा सकती।

यह मनःस्थिति दूर न हुई। मातिल्द उस दिन लगभग सुखी थी; क्योंकि वह सम्पूर्णतः और पूरे मन से प्रेमासक्त थी। उस समय कोई यही कहता कि इस हृदय को अहंकार ने—और वह भी कैसे अहंकार ने !—कभी पीड़ित नहीं किया।

उस दिन शाम को जब नौकर ने मादाम द फेरवाक के आने की घोषणा की तो वह चौंक उठी; नौकर की आवाज में उसे एक प्रकार की डरावनी गूँज सुनाई पड़ी। मारेशाल की सूरत भी सहन करना उसके लिए कठिन हो गया और वह कमरे से बाहर चली गई। जुलियें अपनी इस कष्टसाध्य विजय में विशेष गौरव का अनुभव कर रहा था और उसे भय था कि कहीं उसकी आँखें कोई भेद न खोल दें। इसलिए उस दिन उसने द ला मोल भवन में भोजन ही नहीं किया।

संघर्ष का क्षण दूरतर होने के साथ-साथ उसका प्रेम और सुख शीघ्रता से बढ़ने लगा। उसे अपना व्यवहार अनुचित लगने लगा था। वह सोचने लगा कि मैं कैसे अपने आप पर संयम रखूँ ? यदि अब वह मुझसे प्रेम करना छोड़ दे तो क्या होगा ! उस अभिमानी आत्मा में एक क्षण भी परिवर्तन करने के लिए काफ़ी है और इतना तो मानना ही पड़ेगा कि मैंने उसके साथ बड़ा दुर्व्यवहार किया है।

शाम को उसे लगा कि इटैलियन ऑपेरा में मादाम द फेरवाक के बॉक्स में जाना बहुत आवश्यक है। उन्होंने विशेष रूप से उसे निमन्त्रित किया था। मातिल्द को वहाँ उसकी उपस्थिति अथवा अनुपस्थिति का अवश्य पता चल जाएगा। इस ठोस दलील के बावजूद शुरू में उसे इतने साहस का अनुभव न हो रहा था कि किसी से मिले-जुले। उसे भय था कि बातचीत करते ही उसका आधा सुख उससे छिन जाएगा।

दस का घंटा बजा; अब तो उसका वहाँ जाना सर्वथा आवश्यक हो गया। सौभाग्यवश मारेशाल का बॉक्स स्त्रियों से भरा हुआ था और उसे दरवाज़े के पास एक ऐसी सीट मिली जो उनकी टोपियों से पूरी तरह छिपी हुई थी। इस स्थान ने उसे एक हास्यास्पद स्थिति से

बचा लिया; ऑपेरा में एक गीत को सुनकर उसकी आँखें आँसुओं से भर उठी थीं। इन आँसुओं पर मादाम द फेरवाक की भी दृष्टि पड़ी। उसकी आकृति की साधारण पुरुषोचित दृढ़ता से ये आँसू इतने विपरीत थे कि उस महिला के इतने दिनों से अहंकार के विनाशकारी तत्त्वों में डूबे हुए हृदय को भी उस पर तरस हो आया। उनके हृदय में जो थोड़ा-बहुत नारीत्व बचा था, उसने उन्हें उससे बातचीत करने के लिए प्रेरित किया। उस समय वह स्वयं अपने स्वर को सुनकर प्रसन्न होना चाहती थीं।

"आपने ला मोल महिलाओं को देखा ?" उन्होंने जुलियें से पूछा। "वे लोग तीसरी सीढ़ी पर हैं।" जुलियें तुरन्त ही सिर निकालकर उस ओर ताकने लगा। उसे मातिल्द दिख पड़ी; उसकी आँखें भी आँसुओं से चमक रही थीं।

आज तो उनका ऑपेरा आने का दिन नहीं है, जुलियें सोचने लगा। कितनी उत्सुकता है !

मातिल्द ने किसी तरह से अपनी माँ को ऑपेरा आने के लिए राजी कर लिया था यद्यपि जिस बॉक्स में वह बैठी हुई थी, वह परिवार के एक भक्त द्वारा बड़ी उत्सुकतापूर्वक प्रस्तुत किया गया होने पर भी बहुत अच्छा न था। किन्तु मातिल्द की यह देखने की बड़ी इच्छा थी कि जुलियें वह शाम मारेशाल के साथ बिताता है अथवा नहीं।

31

'भय बिन होय न प्रीत'

तो यह है आपकी सभ्यता का चमत्कार ! आपने प्रेम को एक मामूली चीज में बदल दिया है।

—बार्नेव

जुलियें जल्दी से मादाम द ला मोल के बॉक्स में पहुँचा, जहाँ सबसे पहले उसकी नज़र मातिल्द के आँसुओं से भीगे नयनों पर पड़ी। वह संयमहीन होकर रो रही थी; बॉक्स में दो-तीन परिचितों के अतिरिक्त और कोई महत्त्वपूर्ण व्यक्ति न था। मातिल्द ने अपना हाथ जुलियें के हाथ पर रख दिया; लगता था मानो वह अपनी माँ का सारा भय भूल चुकी है। आँसुओं से लगभग रुँधे हुए कंठ से वह जुलियें से केवल एक ही शब्द कह सकी : "आश्वासन !"

वह स्वयं बहुत ही भाव-विह्वल हो रहा था। उसने अपनी आँखों को ऐसा ढँक लिया मानो उन फानूसों की चकाचौंध से बचा रहा हो जो तीसरी पंक्ति के बॉक्सों में लटके हुए थे। उसने सोचा कि चाहे जो हो, मुझे इससे बातचीत न करनी चाहिए। यदि मैं बोला तो मेरी भावनाओं की गहराई में उसे कोई सन्देह न रह जाएगा, मेरी आवाज़ सारा भेद खोल देगी और अभी पूरे सर्वनाश का डर है ही।

सुबह की अपेक्षा इस समय उसका आन्तरिक संघर्ष कहीं अधिक पीड़ाजनक था, क्योंकि उसके हृदय को भावना की तीव्रता अनुभव करने का अवकाश मिल चुका था। किन्तु मातिल्द के अहंकार को विजयी होने का अवसर देने में उसे डर लगता था। इसीलिए प्रेम और प्रबल

लालसा से विक्षिप्तप्राय होने पर भी उसने दृढ़तापूर्वक कुछ न कहने को अपने आपको बाध्य किया।

मेरे विचार में यह उसके चरित्र की एक श्रेष्ठतम विशेषता है। जिस व्यक्ति में आत्मसंयम की ऐसी क्षमता है, वह दूर तक जा सकता है।

माद. द ला मोल ने जुलियें से अपने साथ ही घर चलने का आग्रह किया। सौभाग्यवश उस समय बड़े जोर की वर्षा हो रही थी। किन्तु मार्किज ने उसे अपने सामने बिठा लिया और निरन्तर बिना रुके हुए बातचीत करती रहीं; उनकी बेटी से बात करने का उसे कोई अवसर ही न मिला। लगता था मानो मार्किज जुलियें के सुख का ध्यान करके ही ये सब कर रही हैं। अब अत्यधिक भावविह्वलता प्रकट करके सर्वनाश कर लेने का भय न होने से उसने उन्मुक्त होकर अपने भावावेग के आगे समर्पण कर दिया।

अपने कमरे में पहुँचते ही जुलियें ने घुटनों के बल बैठकर प्रिन्स कोरासौफ द्वारा दिए हुए प्रेम-पत्रों को बार-बार चूमा।

ओफ ! अद्‌भुत व्यक्ति ! वह विक्षिप्त भाव से पुकार उठा। मैं तुम्हारा कितना अधिक ऋणी हूँ ! धीरे-धीरे उसका आत्मसंयम लौट आया। वह अपनी तुलना उस जनरल से करने लगा जो किसी महायुद्ध का पूर्वार्द्ध अभी-अभी जीत चुका हो। वह सोचने लगा कि विजय वास्तविक है और बड़ी भारी है। पर कल क्या होगा ? एक क्षण में ही सब कुछ नष्ट हो सकता है।

एक तीव्र भावना के वशीभूत होकर उसने नेपोलियन के सैंतेलेना में लिखाए गए संस्मरण निकाल लिए और दो घंटे तक वह उन्हें पढ़ता रहा। केवल उसकी आँखें ही उन पृष्ठों को पढ़ रही थीं। पर इससे क्या, वह जबर्दस्ती ही पढ़ता रहा। जिस समय वह ऐसे अजीब-से काम में अपने आपको लगाए हुए था, उस समय उसका मस्तिष्क और हृदय उच्चतम कार्यों के आकाश में उड़ रहे थे किन्तु वह स्वयं उनसे अवगत न था। वह सोचने लगा, मातिल्द का यह हृदय मादाम द रेनाल से कितना अधिक भिन्न है, पर उसके विचार और आगे न गए।

एकाएक अपनी पुस्तक को फेंकते हुए वह चीख उठा, "भय बिन होय न प्रीत।" शत्रु तभी तक मेरी आज्ञा मानेगा जब तक उसे मेरा डर रहे; तब उसे मेरे तिरस्कार का साहस न होगा। वह हर्षोन्मत्त भाव से अपने कमरे में इधर से उधर टहलने लगा, यद्यपि सच पूछा जाए तो उसका आनन्द प्रेम से अधिक अभिमान के कारण था।

"भय बिन होय न प्रीत !" वह गर्व के साथ बार-बार दोहराता रहा और उसका गर्व उचित ही था। वह सोच रहा था, चरम आनन्द के क्षणों में भी मादाम द रेनाल को सदा सन्देह रहता था कि मेरा प्रेम स्वयं उनके प्रेम के बराबर है अथवा नहीं। यहाँ मुझे एक दैत्य को वश में करना है, इसलिए वश करने का कर्त्तव्य मेरा ही है ?"

वह भली-भाँति जानता था कि अगले दिन सवेरे आठ बजे ही मातिल्द पुस्तकालय में आ जाएगी। वह वहाँ नौ बजे तक नहीं आया। प्रेम से सुलगते रहने पर भी उसने अपने हृदय पर नियन्त्रण रखा। शायद एक भी मिनट ऐसा न बीता होगा जब उसने मन-ही-मन यह न दोहराया हो : 'उसके मन का निरन्तर इस भयंकर सन्देह से ग्रस्त रहना ठीक है कि क्या वह मुझे प्यार करता है ?' वह जानता था कि अपने ऊँचे खानदान और अपने मिलनेवालों की खुशामद के कारण वह कुछ आवश्यकता से अधिक गर्वीली हो गई है।

पुस्तकालय में पहुँचकर उसने देखा कि वह निस्तेज और स्थिर भाव से कोच पर बैठी हुई है। लगता था, जैसे तनिक भी हाथ-पैर हिलाने की सामर्थ्य उसमें न बची हो। उसने अपना हाथ जुलियें की ओर बढ़ाते हुए कहा, "यह सच है, प्रियतम, मैंने तुम्हें अप्रसन्न कर दिया है। क्या तुम सचमुच मुझसे नाराज हो ?"

जुलियें ने ऐसे सहज स्वर की आशा न की थी। उसके लिए अपने आपको वश में रखना लगभग असम्भव हो उठा।

"तुमने आश्वासनों की इच्छा प्रकट की थी," उसने पलभर के मौन के बाद, जिसके तोड़े जाने की उसे हल्की-सी आशा थी, आगे कहा, "यह ठीक है, तो चलो मेरे साथ भाग चलो, हम लोग लन्दन चले जाएँगे। उसके बाद मैं फिर कहीं मुँह दिखाने लायक न रहूँगी...!" उसने बड़ी मुश्किल से साहस करके अपना हाथ जुलियें के हाथ से खींचकर अपनी आँखें ढँकी। स्त्री-सुलभ लज्जा और संकोच की भावनाएँ उसके हृदय में उमड़ आई थीं। अन्त में एक लम्बी साँस लेते हुए वह फिर बोली, "ठीक है ! मुझे कहीं मुँह दिखाने लायक न रहने दो। यह सबसे बड़ा आश्वासन है।"

जुलियें सोचने लगा कि कल मैं सुखी था क्योंकि अपने प्रति कठोर होने का साहस मुझमें मौजूद था। पलभर चुप रहकर वह किसी प्रकार अपने हृदय को इतना वश में कर सका कि भावहीन स्वर में कह सके : 'लन्दन चल पड़ने के बाद, और, तुम्हारे ही शब्दों में, किसी को मुँह दिखाने के काबिल न रहने के बाद भी इसका आश्वासन कौन देगा कि तुम मुझे प्यार करती ही रहोगी ? इसका क्या भरोसा है कि गाड़ी में मेरी उपस्थिति तुमको असहनीय न लग उठेगी? मैं कोई हृदयहीन पशु नहीं हूँ; तुम्हारी बदनामी से मुझे और भी अधिक दुख ही होगा। बाधा तुम्हारी सामाजिक स्थिति की नहीं, बल्कि दुर्भाग्यवश तुम्हारे अपने चरित्र की है। क्या तुम्हें अपने ऊपर इतना भरोसा है कि मुझे एक सप्ताह तक प्यार करती रहोगी ?'

(जुलियें सोचने लगा, आह, और कुछ नहीं तो यह एक सप्ताह के लिए, बस एक ही सप्ताह के लिए, मुझे प्यार करे ! मैं इतने में ही आनन्द से पागल हो जाऊँगा। भविष्य की मुझे क्या चिन्ता है, स्वयं जीवन की भी मुझे क्या चिन्ता है ? और यह स्वर्गिक सुख मैं चाहूँ तो इसी क्षण प्राप्त हो सकता है, यह पूरी तरह मेरे ऊपर निर्भर है।)

मातिल्द ने देखा कि वह गहरे सोच में डूबा हुआ है।

"तो मैं एकदम तुम्हारे अयोग्य हूँ ?" उसने जुलियें का हाथ पकड़ते हुए कहा।

जुलियें ने उसे हृदय से लगा लिया किन्तु तुरन्त ही कर्तव्य के लौहहस्त ने उसके हृदय को जकड़ लिया। वह सोचने लगा कि यदि इसे पता चल गया कि मैं इसे इतना प्यार करता हूँ तो मैं उसे गँवा बैठूँगा। और अपने आपको उसकी बाँहों से अलग करने के पहले उसने समस्त पुरुषोचित सम्मान का भाव फिर से धारण कर लिया था।

उस दिन तथा बाद के दिनों में वह अपने इस परम आनन्द की प्रबलता को छिपाने में सफल रहा। ऐसे भी क्षण होते जब वह उसे अपनी बाँहों में भरने के सुख से भी अपने आपको वंचित रखता। दूसरी ओर कभी-कभी आनन्द का निर्बन्ध उन्माद समझदारी के ऊपर विजयी हो जाता।

बगीचे में एक फूलों का कुंज था जिसके पीछे सीढ़ी रखी रहा करती थी। किन्हीं दिनों जुलियें यहीं खड़ा होकर मातिल्द की खिड़की की ओर ताकता रहता और उसकी बेवफाई के लिए सिर धुनता रहता था। पास में ही एक बड़ा भारी ओक का वृक्ष था जिसके बड़े

भारी तने के पीछे छिपकर वह लोगों की नजरों से बचा रहा करता था।

एक दिन वह मातिल्द के साथ इस जगह के पास से निकला जिसे देखते ही उसे अपने पिछले दुख की तीव्रता इतने स्पष्ट रूप में याद आ गई। पिछली निराशा और वर्तमान आनन्दातिरेक के बीच अन्तर इतना प्रबल था कि वह उसके जैसे स्वभाव के लिए असहनीय हो उठा। उसकी आँखों में आँसुओं की बाढ़-सी आ गई और अपनी प्रेयसी के हाथों को होंठों से लगाते हुए उसने कहा, ''यहीं मैं तुम्हारा ध्यान करते-करते दिन बिताता था, यहीं से मैं खिड़की की ओर देखता हुआ घंटों उस सुखद क्षण की प्रतीक्षा करता रहता था जब तुम्हारा यह हाथ उसे खोल दे।''

उसके मन का बाँध पूरी तरह टूट गया। उसने मातिल्द के आगे उन दिनों की अपनी पीड़ा की सारी गहराई ऐसे सच्चे रंगों में चित्रित की जिन्हें कोई मन से नहीं बना सकता। बीच-बीच में ऐसे भी संक्षिप्त उल्लेख आ जाते थे जिनसे इस वर्तमान सुख का आभास मिलता जिसने उस भयंकर पीड़ा का अन्त कर दिया था।

हे भगवान, मैं कर क्या रहा हूँ ! अचानक होश में आकर जुलियें सोचने लगा। मैं तो सब किए-कराए पर पानी फेरे दे रहा हूँ।

अपने तीव्र भय में उसे अभी से ही माद. द ला मोल की आँखों में कम प्यार दिखने लगा था। यह केवल भ्रम ही था, किन्तु जुलियें के मुख का भाव अचानक ही बदल गया, सारा चेहरा मौत जैसा सफेद पड़ गया। पलभर के लिए उसकी आँखों की ज्योति खो गई और तीव्र तथा प्रबलतम प्रेम के स्थान पर हल्का-सा द्वेषपूर्ण अहंकार क्षणभर के लिए तेज़ी से उसकी आँखों में झलक आया।

''क्या बात है, प्रियतम ?'' मातिल्द ने उद्विग्न होकर बड़े प्यार से पूछा।

''मैं झूठ बोल रहा हूँ,'' जुलियें ने कुछ चिड़चिड़े स्वर में कहा, ''मैं तुमसे झूठ बोल रहा हूँ। मुझे इसका बड़ा पश्चात्ताप है। भगवान जानता है कि मैं तुम्हारी इतनी अधिक इज्जत करता हूँ कि तुमसे झूठ नहीं बोल सकता। तुम मुझसे प्रेम करती हो, फिर मुझे तुम्हें खुश करने के लिए वक्तृताएँ रचने की कोई ज़रूरत नहीं।''

''हे ईश्वर ! तो पिछले दस मिनट से जो मनोहारिणी बातें तुम मुझसे कह रहे हो वे सब क्या केवल सुन्दर वक्तृताएँ ही थीं ?''

''मुझे सचमुच उनके लिए बहुत ही दुख है। वे मैंने बहुत दिन पहले एक ऐसी स्त्री के लिए तैयार की थी जो मुझसे प्रेम करती थी, पर मुझे उससे बड़ी विरक्ति होती थी...मेरे चरित्र का यह सबसे भारी दोष है। मैं तुम्हारे आगे यह स्वीकार करता हूँ। मुझे क्षमा कर दो।''

मातिल्द के गालों पर कड़वे आँसू बह पड़े।

जुलियें ने आगे कहा, ''जब भी कभी कोई आघात पहुँचानेवाली वस्तु पलभर के लिए मुझे अनमना कर देती है तो मेरी अभागी स्मरणशक्ति मुझे कुछ न कुछ सहारा देती है और मैं उसका अनुचित लाभ उठाने लगता हूँ।''

''तो मैंने अनजाने में ही कोई ऐसा काम कर दिया है जिससे तुम्हें आघात पहुँचा है ?'' मातिल्द ने लुभावनी सरलता से कहा।

''यह मुझे याद है कि एक दिन जब तुम इस कुंज के पास से निकली थीं तो तुमने एक फूलों का गुच्छा तोड़ लिया था। म. द लुज ने वह गुच्छा तुम्हारे हाथों से लेकर अपने पास रख लिया था। मैं एक-दो कदम पीछे ही था।''

''म. द लुज ? असम्भव,'' मातिल्द ने ऐसे गर्व के साथ कहा जो उसके लिए स्वाभाविक ही था। ''ऐसे काम मैं कभी नहीं करती।''

''मुझे पक्का याद है कि तुमने किया था।'' जुलियें ने तीव्र स्वर में उत्तर दिया।

''ठीक है, तुम कहते हो तो अवश्य सच होगा,'' मातिल्द ने उदास भाव से अपनी आँखें नीची करके कहा। उसे पक्का विश्वास था कि पिछले कई महीनों से उसने म. द लुज को ऐसा कोई व्यवहार न करने दिया था।

जुलियें अकथनीय स्नेह से उसकी ओर देखने लगा। वह मन-ही-मन कह उठा कि नहीं, इसका प्यार तनिक भी कम नहीं हुआ है।

उस दिन शाम को मातिल्द ने मादाम द फेरवाक के प्रति उसके झुकाव के लिए हँसते-हँसते उसकी खबर ली। नई-नई सामन्त-वर्ग में प्रवेश करनेवाली महिला के प्रति एक साधारण व्यक्ति का प्रेम ! उसके बालों से खेलते हुए वह बोली, ''शायद केवल उस प्रकार के हृदय ही ऐसे हैं जिन्हें मेरा जुलियें प्रज्वलित नहीं कर सकता, पर उसने तुम्हें पक्का शौकीन व्यक्ति बना दिया है।''

जिन दिनों जुलियें अपने आपको मातिल्द की घृणा का पात्र समझने लगा था, उन्हीं दिनों में उसकी गिनती पेरिस के सबसे सुसज्जित व्यक्तियों में होने लगी थी। किन्तु तो भी इस प्रकार के अन्य व्यक्तियों की अपेक्षा उसमें एक खूबी थी, एक बार अपने वस्त्र पहन लेने के बाद वह उनकी फिर तनिक भी चिन्ता न करता था।

मातिल्द एक बात से बड़ी चिन्तित थी। जुलियें अब भी उन रूसी पत्रों को नकल करके मारेशाल को भेजता रहता था।

32
बाघ

आह ! क्यों ये ही चीजें, कुछ और क्यों नहीं ?

–बोमार्शे

एक अंग्रेज़ पर्यटक ने ज़िक्र किया है कि किस प्रकार वह एक बाघ के साथ मित्र की भाँति रहा करता था; उसने बाघ का पालन किया था और उससे बड़ा लाड़ भी करता था, किन्तु साथ ही वह एक भरी हुई पिस्तौल भी सदा अपनी मेज पर तैयार रखता था।

जब तक ऐसी स्थिति न होती कि मातिल्द उसकी आँखों का भाव पढ़ सके तब तक जुलियें अपने इस सुख में कभी भी पूरी तरह आत्मविस्मृत न होता था। वह बीच-बीच में उससे कुछ कठोर शब्द कहने के कर्तव्य का नियमित रूप से पालन करता।

किन्तु मातिल्द के व्यवहार की कोमलता और उसके प्रति प्रगाढ़ स्नेह भाव ऐसा था कि जुलियें स्वयं ही चकित था। धीरे-धीरे यब वह स्थिति आने लगी कि उसे अपना आत्मनियन्त्रण खो बैठने का भय लगा तो वह साहस करके अचानक ही कहीं बाहर चला गया।

मातिल्द के लिए यह प्यार का पहला अनुभव था। जो जिन्दगी उसे कछुवे की गति से

रेंगती जान पड़ती थी, अब उसी में मानो पर लग गए।

किन्तु उसके आत्माभिमान को व्यक्त होने का कोई न कोई मार्ग मिलते रहना भी आवश्यक था। इसीलिए उसने अपने आप को सारे प्रेम-जन्य संकटों में साहसपूर्वक डालने का निश्चय किया। जुलियें बहुत सतर्क रहता था; किन्तु जब भी किसी प्रकार की आशंका दिखाई पड़ती तो मातिल्द उसकी बात न मानती थी। साथ ही उसके आगे विनम्र और आज्ञाकारिणी होते हुए भी दूसरे लोग, सगे-सम्बन्धी अथवा नौकर-चाकर, उसके समीप आते तो वह उनके साथ और भी तीव्र अहंकार के साथ व्यवहार करती थी।

शाम को ड्राइंगरूम में साठ व्यक्तियों के बीच में भी वह जुलियें को अलग बुलाकर उससे चुपचाप देर तक बातें करती रहती थी।

एक दिन ताँबो उनके पास आकर जम गया। मातिल्द ने उससे पुस्तकालय में जाकर स्मालेट की रचनाओं का वह खंड ले आने का अनुरोध किया जिसमें 1688 की क्रान्ति का हाल दिया हुआ है। उसे हिचकिचाते देखकर वह बोली, "जल्दी की कोई जरूरत नहीं है।" यह बात उसने ऐसे अपमानजनक तिरस्कार-भरे स्वर में कही जिससे जुलियें के हृदय को बड़ा चैन मिला।

'तुमने उस शैतान के मुख का भाव देखा ?" उसने मातिल्द से पूछा।

"उसके चचा ने इस ड्राइंगरूम में दस-बारह वर्ष से हाजिरी बजाई है, नहीं तो मैं उसे तुरन्त निकाल बाहर करती।"

म. द क्रवाजन्वा, म. द लुज तथा अन्य लोगों के साथ मातिल्द का व्यवहार बाहर से अत्यधिक शिष्टतापूर्ण होते हुए भी वास्तव में बहुत ही खिजानेवाला था। वह इस विषय में जुलियें से कही हुई बातों के लिए प्रायः पछताती रहती थी, विशेष कर इसलिए और भी अधिक कि अब उसे यह बताने का साहस न होता था कि इन लोगों के प्रति अपने अत्यन्त ही निर्दोष व्यवहार को उसने बहुत ही बड़ा-चढ़ाकर जुलियें को बताया था।

प्रतिदिन मन-ही-मन दृढ़ निश्चय करने पर भी अपने स्त्री-सुलभ स्वाभिमान के कारण वह जुलियें से यह न कह पाती : 'केवल तुमसे बातचीत करने के कारण ही मुझे अपनी उस दुर्बलता के वर्णन में आनन्द मिलता था कि जब कभी किसी संगमरमर की मेज पर अचानक ही पलभर के लिए म. द क्रवाजन्वा के हाथ से मेरा हाथ छू गया तो मैंने उसे तुरन्त हटाया नहीं।'

इन सब सज्जनों से पल-दो पल बात करते ही उसे तुरन्त जुलियें से कोई न कोई बात पूछने की याद आ जाती और इस बहाने वह उसे अपने पास ही बिठाए रखती।

उसे पता चला कि वह गर्भवती है और उसने बड़ी खुशी-खुशी यह समाचार जुलियें को सुनाया।

"अब भी तुम्हें मुझ पर शक है ? क्या यह आश्वासन नहीं है ? अब तो मैं सदा के लिए तुम्हारी पत्नी हूँ।"

इस घोषणा से जुलियें को बड़ा गहरा विस्मय हुआ। वह अपने व्यवहार के निर्धारित सिद्धान्तों को लगभग भूल गया। यह बेचारी लड़की अपने आपको मेरे लिए बरबाद किए दे रही है; अब मैं उसके साथ जान-बूझकर विरक्ति और अपमान का व्यवहार कैसे करूँ ? यदि दूरदर्शिता की भयानक आवाज उसे सुनाई भी पड़ती, तो भी उसे मातिल्द से कोई ऐसी कठोर बात कहने की इच्छा न होती जिसे वह अपने अनुभव से ही प्रेम के स्थायी होने के

लिए इतना अनिवार्य समझने लगा था।

"मैं अपने पिता को लिखने की बात सोच रही हूँ," मातिल्द ने एक दिन उससे कहा। "वह मेरे लिए पिता से भी अधिक हैं–मेरे बन्धु भी हैं। इसलिए यह मेरे और तुम्हारे दोनों के लिए अशोभन होगा कि मैं एक पल के लिए भी उन्हें धोखे में रखूँ।"

"हे भगवान ! तुम क्या करनेवाली हो ?" जुलियें ने भयभीत होकर कहा।

"अपना कर्त्तव्य," मातिल्द ने उत्तर दिया। उसकी आँखें हर्ष से चमक रही थीं।

उसे अनुभव हुआ कि उसके हृदय में अपने प्रेमी से अधिक साहस है।

"पर वह मुझे बेइज्जत करके घर से निकाल देंगे।"

"यह उनका अधिकार है, तुम्हें इसे स्वीकार करना पड़ेगा। तुम मुझे अपनी बाँह का सहारा देना और हम लोग खुले खजाने के सामने के दरवाजे से बाहर निकल चलेंगे।"

जुलियें अवाक् था, उसने मातिल्द से एक सप्ताह रुकने का अनुरोध किया।

"यह मैं नहीं कर सकती," मातिल्द ने उत्तर दिया। "मेरी इज्जत का सवाल है। मैं अपना कर्त्तव्य जानती हूँ। वह मुझे तुरन्त ही पूरा करना होगा।"

"अच्छी बात है, तो यह मेरा आदेश है कि तुम अभी रुको," जुलियें ने दृढ़तापूर्वक कहा। "तुम्हारी इज्जत सुरक्षित है, मैं तुम्हारा पति हूँ। इस गम्भीर कदम से हम दोनों की स्थिति बदलना अनिवार्य है। यह बात मैं अपने अधिकार को समझकर ही कह रहा हूँ। आज मंगल है; अगले मंगल को दुक् द रे के यहाँ निमन्त्रण है। उस दिन शाम को जब म. द ला मोल घर लौटेंगे तो नौकर उन्हें वह महत्त्वपूर्ण पत्र हाथ में देगा...। उनकी एक बड़ी लालसा है कि तुम्हें किसी तरह डचेज बनवा दें, यह बात मैं पक्की तौर पर जानता हूँ। जरा सोचो, उन्हें कितना सन्ताप होगा !"

"तुम्हारा मतलब है कि उनके क्रोध और बदले की चिन्ता करूँ ?"

"अपने उपकारकर्त्ता के लिए मेरे मन में तरस भले ही आए, उन्हें दुख पहुँचाने के विचार से तीव्र कष्ट का अनुभव भले ही हो, किन्तु मैं डरता नहीं हूँ और कभी किसी व्यक्ति से नहीं डरूँगा।"

मातिल्द मान गई। जब से उसने जुलियें को अपनी हालत के बारे में बताया था तब से आज पहली बार उसने इतने अधिकार के स्वर में बात की थी। इतनी आत्मीयता से उसने मातिल्द को कभी प्यार न किया था। मातिल्द की अवस्था से अवसर पाकर उसके स्वभाव के सुकुनार अंश ने उसे इस बात के लिए लाचार कर दिया कि वह कोई कटु बात न कहे, पर वह म. द ला मोल से सारी बात कह देने के विचार से बहुत उद्विग्न हो उठा था। क्या अब उसे मातिल्द से अलग होना पड़ेगा ? और विदा के समय मातिल्द का दुख चाहे जितना तीव्र क्यों न हो, पर उसके जाने के महीने भर बाद भी क्या उसे जुलियें की याद रहेगी ?

लगभग इतना ही भय उसे मार्कि की डाँट-फटकार का था।

उस दिन शाम को उसने मातिल्द को अपनी उद्विग्नता का दूसरा कारण बताया और फिर प्रेम में विह्वल होकर पहला भी कह डाला।

मातिल्द का मुँह पीला पड़ गया।

"क्या छः महीने के वियोग से तुम्हें सचमुच बहुत दुख होगा ?" उसने जुलियें से पूछा।

"बेहद दुख, और एकमात्र ऐसा दुख जिससे मैं घबराता हूँ।"

मातिल्द की खुशी का ठिकाना न था। अभी तक जुलियें अपना अभिनय इतनी सफलता

के साथ करता आया था कि मातिल्द अपने प्रेम को जुलियें से अधिक गहरा समझती थी।

आख़िरकार वह मंगलवार भी आ पहुँचा। आधी रात को घर लौटने पर मार्कि को एक पत्र मिला जिस पर यह हिदायत लिखी थी कि लिफाफे को वह स्वयं ही और केवल तभी खोलें जब कोई और उपस्थित न हो। पत्र इस प्रकार था :

'पिताजी,

हमारे बीच का प्रत्येक सामाजिक बन्धन टूट चुका है, केवल प्राकृतिक बन्धन ही बाकी है। मेरे पति के बाद आपसे अधिक इस संसार में मुझे कोई प्यारा नहीं और न कभी होगा। मेरी आँखें आँसुओं से भर उठती हैं और मैं सोचने लगती हूँ कि मैं आपको कितना दुख दे रही हूँ। पर इस ख्याल से कि मेरी लज्जा सब पर प्रकट न हो और आपको सब कुछ सोचने और उसके अनुसार कार्य करने के लिए पर्याप्त अवसर मिल जाए, मैं अब इस बात को आपके सामने प्रकट किए बिना और नहीं रह सकती। मैं जानती हूँ कि आपका मुझ पर कितना स्नेह है। यदि उस स्नेह से प्रेरित होकर आप मुझे छोटा-सा सालाना भत्ता दे सकें तो मैं अपने पति के साथ जहाँ आप कहेंगे, उदाहरण के लिए स्विट्ज़रलैंड में, जाकर रहने लगूँगी। उसका नाम इतना अपरिचित है कि वेरियेर के एक बढ़ई की पुत्रवधू मादाम सोरेल के नाम से कोई आपकी पुत्री को न पहचानेगा। यही है वह नाम जिसे लिखने में मुझे इतनी कठिनाई हुई है। मुझे जुलियें के लिए भय है जिससे आप उचित ही इतने क्रुद्ध होंगे। पिताजी, यह ठीक है कि मैं डचेज न हो पाऊँगी; पर यह बात मैं उसके प्रेम में पड़ते समय भी जानती थी। उसके प्रेम में मैं ही पहले पड़ी, मैंने ही उसे बहकाया। मैंने इतना स्वाभिमान आपसे ही प्राप्त किया है कि मेरा मन किसी भी कुत्सित बात पर नहीं ठहरता। इस बात से कोई लाभ न हो सका कि आपको प्रसन्न करने के उद्देश्य से मैं म. द क्रवाजन्वा से विवाह के प्रस्ताव पर सोच-विचार करती रही; पर आपने सच्ची योग्यता को मेरी आँखों के आगे क्यों उपस्थित किया ? इयेर से लौटने पर स्वयं आप ही ने मुझसे कहा था : यह लड़का सोरेल ही एकमात्र मनोरंजक व्यक्ति मुझे लगता है। इस पत्र से आपको जो कष्ट होगा उससे वह बेचारा मेरे बराबर ही बल्कि सम्भवतः मुझसे अधिक ही दुखी है। पिता के रूप में आपकी नाराज़ी मैं नहीं रोक सकती; पर एक बन्धु के नाते तो आप मुझे प्यार कीजिएगा।

जुलियें सदा मेरा सम्मान करता था। यदि कभी-कभी वह मुझसे कुछ बोलता था तो वह केवल आपके प्रति अपनी गहरी कृतज्ञता के कारण, क्योंकि अपने चरित्र के स्वाभाविक आत्माभिमान के कारण अपने से ऊँची स्थितिवाले किसी व्यक्ति को काम के सिवाए वह कभी कोई उत्तर नहीं देता। सामाजिक स्थिति की भिन्नता की उसे तीखी और जन्मजात समझ है। अपने सर्वश्रेष्ठ बन्धु के आगे यह बात स्वीकार करते हुए मुझे लज्जा होती है, और यह बात मैं कभी किसी और से न कह सकूँगी कि मैंने ही एक दिन बगीचे में कसकर उसकी बाँह पकड़ ली।

अब से चौबीस घंटे के भीतर आपको उसकी उपस्थिति से अप्रसन्न होने का कोई कारण न रहेगा। मेरा दोष अक्षम्य है। यदि आप चाहें तो जुलियें की आपके प्रति गहन श्रद्धा और आपको अप्रसन्न करने के प्रति उसके दुख का आश्वासन मैं स्वयं आपके पास पहुँचा दूँगी। उसे फिर अपनी आँखों से देखना आपके लिए आवश्यक नहीं; मैं ही जहाँ वह चाहेगा उसके पास चली जाऊँगी। यह उसका अधिकार है और मेरा कर्तव्य; वह मेरे बच्चे का पिता है। यदि आप अपने स्नेहवश हमें छः हज़ार फ्रैंक भी जीविका के लिए देने की कृपा करें तो मैं

उन्हें कृतज्ञतापूर्वक स्वीकार करूँगी। यदि नहीं तो जुलियें बजाँसों में लैटिन भाषा और साहित्य के शिक्षक का काम लेना चाहता है। आज वह चाहे जितने निम्न स्थान से शुरू करे, मुझे विश्वास है कि वह उन्नति करेगा। उसके साथ मुझे अज्ञात रहने का भय नहीं है। यदि क्रान्ति हुई तो मुझे विश्वास है कि उस समय वह महत्त्वपूर्ण कार्य पूरा करेगा। क्या आप यह बात मुझसे विवाहाकांक्षियों में से किसी और के लिए कह सकते हैं ? उनके पास बड़ी-बड़ी जायदादें हैं। पर इसमें मुझे आकृष्ट होने का तनिक-सा भी कारण नहीं दिखता। मेरे जुलियें को यदि दस लाख फ्रैंक और मेरे पिता का संरक्षण प्राप्त हो तो वह वर्तमान व्यवस्था में भी बड़ा ऊँचा स्थान प्राप्त कर सकता है...।'

मातिल्द जानती थी कि मार्कि एकदम पहली बार में जो कुछ सूझ जाए वही कर बैठते हैं, इसीलिए उसने आठ पृष्ठों का लम्बा पत्र लिखा था।

जिस समय म. द ला मोल इस पत्र को पढ़ रहे थे, उस समय जुलियें सोच रहा था कि मैं क्या करूँ ? एक तो मेरा कर्तव्य क्या है और दूसरा मेरा हित किसमें है ? मैं उनका बहुत ही अधिक ऋणी हूँ। उनकी कृपा के बिना मैं कहीं छोटा-मोटा तिकड़मी धूर्त बना रहता और इतना धूर्त भी न हो पाता कि बाकी लोग मुझसे घृणा न करें और मेरे पीछे न पड़े रहें। उन्होंने मुझे दुनियादारी सिखाई है। अब मेरे तिकड़म के काम एक तो कम होंगे और दूसरे कम धूर्ततापूर्ण होंगे। यदि वह मुझे दस लाख की सम्पत्ति दे देते तो वह भी इस दान से कम होती। उन्हीं की कृपा से मुझे यह क्रॉस और कूटनीति विभाग में कार्य करने का अवसर मिला जिसके कारण मैं अपने बराबरवालों से ऊपर उठ सका।

यदि वे अपनी कलम से मेरे आगे के व्यवहार की बात लिखने लगे तो क्या लिखेंगे ?...

म. द ला मोल के बूढ़े नौकर के आने से जुलियें के विचारों में बाधा पड़ी।

"मार्कि ने आपको तुरन्त आने का आदेश दिया है, आप चाहे जैसे कपड़े पहने हों।" जुलियें के साथ-साथ चलते-चलते उसने बहुत ही धीमे से आगे कहा, "सरकार इस समय क्रोध से पागल हैं, जरा होशियार रहिएगा।"

33

अनिश्चित मस्तिष्क का नरक

> *इस हीरे की कटाई में, एक लापरवाह जौहरी ने इसके सबसे चमकदार कोनों को हटा डाला। मध्य युग में—अरे, क्या कह रहा हूँ मैं—रिशलू के जमाने में भी, फ्रांसीसियों में मजबूत इच्छाशक्ति होती थी।*
>
> **—मिराबो**

मार्कि भयंकर क्रोध की अवस्था में थे। शायद अपने जीवन में पहली बार ये सामन्त महोदय असभ्य होने का अपराध कर रहे थे। उन्होंने जो भी गाली मुँह पर आई, उसकी जुलियें पर

बौछार कर दी। हमारा नायक चकित था और भीतर ही भीतर सुलग रहा था, पर अन्त तक उसका कृतज्ञता का भाव अविचलित रहा। वह सोचने लगा कि यह व्यक्ति कितनी सारी सुन्दर-सुन्दर योजनाएँ, हृदय के भीतर संचित अभिलाषाएँ पलभर में धूल में मिलते देख रहा है ? पर उन्हें उत्तर देना मेरा कर्तव्य है; मौन रहने से उनका क्रोध और भी बढ़ेगा। तार्तुफ के पार्ट से उसे एक उत्तर सूझ गया।

"मैं कोई देवता नहीं हूँ...मैंने आपकी भली-भाँति सेवा की है और आपने उदारतापूर्वक मुझे उसके बदले में धन दिया है—मैं सचमुच कृतज्ञता अनुभव करता हूँ पर मेरी उम्र केवल बाईस वर्ष की है। इस घर में कोई मेरे मन को नहीं समझता, केवल आपको और उस प्रिय व्यक्ति को छोड़कर !"

"अभागे शैतान !" मार्कि ने चीखकर कहा। "प्रिय ! प्रिय ! जिस दिन वह तुम्हें प्रिय लगी थी उसी दिन तुम्हें यहाँ से कूच कर देना चाहिए था।"

"मैंने कोशिश की थी; उसी समय मैंने आपसे कहा था कि मुझे लांगदोक जाने दीजिए।"

मार्कि क्रोध में इधर-उधर टहलते-टहलते थककर और दुख से अभिभूत होकर एक आरामकुर्सी में थप से बैठ गए। जुलियें ने उन्हें अपने आप ही बड़बड़ाते सुना, "आदमी सचमुच में बदमाश नहीं है !"

"नहीं, आपके लिए तनिक भी नहीं हूँ," जुलियें ने उनके पैरों पर गिरते हुए कहा। पर फिर उसे अपनी इस प्रेरणा पर बड़ी लज्जा हुई और वह तुरन्त ही उठ खड़ा हुआ।

मार्कि सचमुच आपे से बाहर थे। यह देखते ही वह फिर एक बार जुलियें के ऊपर ऐसी-ऐसी अपमानजनक गालियों की वर्षा करने लगे जो किसी गाड़ीवान के मुख से अधिक शोभा देती हैं। इन गालियों की नवीनता से शायद उनका ध्यान बँट रहा था।

क्या मेरी बेटी मादाम सोरेल कहलाएगी ? क्या मेरी बेटी डचेज न बनेगी ? जब भी ये दो विचार एक-दूसरे से इतने भिन्न रूप में उनके सामने आते तो वह व्यथित हो उठते और उनका मन अपने काबू में न रहता। जुलियें को भय हुआ कि वह कहीं मारपीट न कर बैठें।

धीरे-धीरे जैसे-जैसे मार्कि अपने इस दुर्भाग्य से अभ्यस्त हो चले, वैसे ही वैसे जुलियें के ऊपर उनकी गालियों की वर्षा अधिक संयत होती गई।

"आपको चले जाना चाहिए था, महाशय," उन्होंने कहा। "आपका यही कर्तव्य था... आपसे नीच कोई न होगा..."

जुलियें मेज के पास जाकर लिखने लगा :

'बहुत दिनों से मेरी जिन्दगी दुर्वह हो रही है। आज मैं उसका अन्त कर रहा हूँ। मैं मार्कि महोदय से प्रार्थना करता हूँ कि मेरी असीम कृतज्ञता के साथ-साथ उनके मकान में मेरी मृत्यु से होनेवाली परेशानी के लिए मेरी क्षमा-याचना स्वीकार करें।'

"श्रीमान, इस काग़ज़ को पढ़ने की कृपा करें...मुझे मार डालिए," जुलियें ने कहा, "अथवा अपने निजी नौकर से मुझे मरवा डालिए। इस समय सवेरे का एक बजा है। मैं बगीचे में दूसरे छोर पर दीवार के किनारे टहलता रहूँगा।"

"जहन्नुम में चले जाओ !" उसे कमरे से जाते देखकर मार्कि ने चीखकर कहा।

मैं समझता हूँ, अपने नौकर द्वारा मेरी हत्या कराने में उन्हें कोई खेद न होगा। ठीक है तो मार डालें वह मुझे, मैं उन्हें इतना सन्तोष देने को तैयार हूँ...पर भगवान, मुझे जीवन

से प्रेम है। अपने बेटे के प्रति भी तो मेरा कर्तव्य है।

यह विचार इस समय पहली बार उसकी कल्पना में इतने सुस्पष्ट रूप में प्रकट हुआ। पहले दो-तीन मिनट तक बाग़ में घूमते-घूमते वह केवल अपने संकट की ही बात सोच रहा था, पर अब इस विचार ने उसके मन को पूरी तरह घेर लिया।

इस सर्वथा नए लगाव ने उसे दूरदर्शी व्यक्ति बना दिया। वह सोचने लगा कि इस अग्निशर्मा व्यक्ति से निपटने के लिए मुझे सलाह की आवश्यकता है। उन्हें अच्छा-बुरा कुछ नहीं सूझता, वह कुछ भी कर सकते हैं। फूके बहुत दूर है, इसके अतिरिक्त वह मार्कि जैसे व्यक्ति के मन की भावनाओं को समझ भी न सकेगा।

काउन्ट आल्तामिरा...पर उनसे क्या मैं सदा इस विषय में चुप रहने की आशा कर सकता हूँ ? मेरी सलाह की माँग कोई निश्चित कार्य न होना चाहिए, नहीं तो परिस्थिति और भी जटिल हो उठेगी। हाय ! कठोर फादर पिरार के अतिरिक्त और कोई नहीं सूझता...उनका मन जानसेनवाद के कारण संकुचित है। कोई जैस्विटपंथी धूर्त अधिक अनुभवी और मेरे लिए अधिक उपयुक्त हो सकता है...इसके अतिरिक्त फादर पिरार तो इस अपराध का जिक्र करते ही मुझे मार बैठें तो भी ताज्जुब नहीं।

इस समय भी तार्तुफ की चतुराई ने जुलियें की सहायता की। वह कह उठा, अच्छा, ठीक है। मैं जाकर उनके आगे सब स्वीकार कर लूँगा। यह अन्तिम निर्णय उसे बगीचे में पूरे दो घंटे तक टहलते रहने के बाद सूझा। किसी गोली का अचानक ही निशाना बनने का अब उसे ख़्याल ही न था। नींद से वह गिरा पड़ रहा था।

अगले दिन बहुत सवेरे जुलियें पेरिस से काफी दूर उस कठोर जानसेनपंथी का द्वार खटखटा रहा था। यह देखकर उसे बड़ा अश्चर्य हुआ कि उसकी बातें सुनकर फादर पिरार बहुत अधिक नहीं चौंके।

"शायद इसमें थोड़ा-सा दोष मेरा भी है," फादर पिरार ने क्रोध से अधिक बेचैनी के साथ कहा। "मुझे स्वयं ही इस प्रेम-कांड का सन्देह हुआ था। अभागे लड़के, तुम्हारे प्रति स्नेह के कारण मैं यह बात उस लड़की के पिता से न कह सका..."

"अब वह क्या करेंगे ?" जुलियें ने बड़ी व्यग्रता से पूछा।

(उस क्षण उसे आबे के प्रति बड़ा स्नेह अनुभव हुआ और उनसे किसी प्रकार का झगड़ा उसे बहुत ही कष्टदायक लगता।)

"मुझे तीन रास्ते नज़र आते हैं," जुलियें ने कहा। "एक तो यह कि म. द ला मोल मेरी हत्या करवा सकते हैं।" और उसने आबे को उस पत्र की भी बात बता दी जिसमें अपनी आत्महत्या की बात लिखकर वह मार्कि के पास छोड़ आया था। "दूसरे, यह भी सम्भव है कि काउन्ट नौर्बेर मुझे द्वन्द्व-युद्ध के लिए चुनौती देकर उसमें मुझे गोली से मार डालें।"

"पर क्या तुम वह चुनौती स्वीकार करोगे ?" आबे ने क्रोध में खड़े होकर कहा।

"आप मेरी पूरी बात तो सुन लीजिए। मैं अपने उपकारकर्ता के बेटे पर कभी गोली न चलाऊँगा। तीसरे, वह मुझे यहाँ से दूर भेज सकते हैं। यदि वह मुझसे कहें कि एडिनबरा अथवा न्यूयार्क चले जाओ तो मैं तुरन्त आज्ञा का पालन करूँगा। तब वे लोग माद. द ला मोल की हालत को छिपा सकते हैं; पर मैं उन्हें किसी भी हालत में अपने बच्चे की हत्या न करने दूँगा।"

"इस बात में तो कोई सन्देह ही नहीं कि उस व्यक्ति का पहला विचार यही होगा।"

पेरिस में मातिल्द की हालत बड़ी शोचनीय थी। उसने लगभग सात बजे अपने पिता से भेंट की थी। उन्होंने उसे जुलियें का पत्र दिखा दिया था और वह भय से काँप रही थी कि कहीं जुलियें अपने जीवन का अन्त करना ही महान कार्य न समझ बैठे और वह भी मेरी अनुमति के बिना ! वह क्रोध-मिश्रित दुख से सोचने लगी।

"यदि वह जीवित न रहा तो मैं भी मर जाऊँगी," उसने अपने पिता से कहा। "और उनकी मृत्यु का कारण आप ही होंगे...सम्भवतः आपको इससे प्रसन्नता हो...पर मैं उसकी दिवंगत आत्मा की सौगन्ध खाकर कहती हूँ कि मैं तुरन्त शोकसूचक वस्त्र धारण कर लूँगी और उसकी विधवा पत्नी होने की खुलेआम घोषणा कर दूँगी। मैं मादाम सोरेल के नाम से अन्त्येष्टि-पत्र भी भेज दूँगी, आप भरोसा रखिए। आप न तो मुझे दुर्बल पाएँगे...और न कायर।"

प्रेम ने उसे पागल कर दिया था। उधर म. द ला मोल भी उसकी बातें सुनकर हक्का-बक्का थे।

अब वह सारी परिस्थिति को अधिक बुद्धिसंगत दृष्टि से देखने लगे। दोपहर को भोजन के समय मातिल्द नहीं आई। मार्कि को लगा जैसे उनके मन से बड़ा भारी बोझ उतर गया और इस बात से वह बहुत ही प्रसन्न हुए कि उसने अपनी माँ से कुछ भी न कहा।

कोई दोपहर के लगभग जुलियें वापस लौटा; सहन में उसके घोड़ों की टापें बजीं। वह घोड़े से उतरा तो मातिल्द ने उसे बुला भेजा और लगभग अपनी नौकरानी के सामने ही उसको बाँहों में बाँध लिया। इस भाव-प्रदर्शन से जुलियें बहुत प्रसन्न न हुआ। वह फादर पिरार से बहुत देर तक मन्त्रणा करके बहुत ही कूटनीतिपूर्ण मनःस्थिति को लेकर लौटा था। विभिन्न सम्भावनाओं पर विचार करते-करते उसकी कल्पनाशक्ति कुछ धुँधली पड़ गई थी। मातिल्द ने आँखों में आँसू भरकर सूचित किया कि उसने जुलियें का आत्महत्या की घोषणा का पत्र पढ़ लिया है।

"मेरे पिता का मन कहीं फिर न बदल जाए। यदि तुम मुझे प्रसन्न करना चाहते हो तो तुरन्त विलेक्वि के लिए रवाना हो जाओ। चलो, घोड़े पर सवार होकर इन लोगों के मेज से उठने के पहले ही यहाँ से चल दो।"

जुलियें की भावहीन आश्चर्यभरी मुद्रा वैसी ही रही तो मातिल्द की आँखों से आँसुओं की धारा बह निकली। वह उसे बाहुबन्धन में कसकर बाँधते हुए उत्तेजित स्वर में कहने लगी, "अब इस मामले को मेरे हाथ में छोड़ दो। तुम भली-भाँति जानते हो कि मैं अपनी इच्छा से तुमसे अलग नहीं होना चाहती हूँ। तुम मेरी नौकरानी के नाम से भीतर लिफाफे में मोहरबन्द पत्र रखकर भेजना और पता किसी अपरिचित लिखावट में लिखना। जहाँ तक मेरा सवाल है, मैं तुम्हें पोथियाँ लिखकर भेजूँगी। अच्छा, विदा ! अब तुरन्त चले जाओ !"

उसके अन्तिम शब्दों से जुलियें आहत हो उठा, पर उसने आज्ञा का पालन किया। वह सोचने लगा कि उत्तम से उत्तम क्षण में भी इन लोगों को मुझे आहत करने का कोई न कोई उपाय मिल ही जाता है।

मातिल्द अपने पिता की दूरदर्शितापूर्ण योजनाओं का दृढ़तापूर्वक विरोध करती रही। उसने एक के अतिरिक्त अन्य किसी आधार पर बातचीत करने से एकदम इन्कार कर दिया। आधार केवल यही हो सकता था कि वह मादाम सोरेल बने और या तो अपने पिता के साथ पेरिस में रहे अथवा अपने पति के साथ स्विट्जरलैंड में गरीबी में दिन बिताए। चुपके-चुपके

प्रसव के प्रस्ताव को उसने बिल्कुल ठुकरा दिया...' इसमें तो बदनामी और अपमान दोनों की सम्भावनाएँ हैं। विवाह के दो महीने बाद मैं अपने पति के साथ विदेश-यात्रा के लिए चली जाऊँगी और फिर यह प्रकट करना सहज है कि हमारा बच्चा उचित समय पर ही पैदा हुआ है।

शुरू में इस बात से मार्कि बेहद भड़क उठे, किन्तु मातिल्द के निश्चय से डगमगाकर वह अन्त में अनिश्चित-से हो उठे।

एक अपेक्षाकृत अधिक संयत मनःस्थिति में उन्होंने अपनी बेटी से कहा, "देखो, यह एक हशेयर सार्टिफिकेट है जिससे दस हजार लिब्र सालाना की आमदनी होती है। इसे तुरन्त अपने जुलियें को भेज दो और कुछ ऐसा इन्तज़ाम करने को कहो कि फिर मेरे लिए इसे वापस लेना सम्भव न रहे।"

जुलियें भली-भाँति जानता था कि मातिल्द को आदेश देने का कितना शौक है। उसकी बात मानकर उसने कोई सवा सौ मील की अनावश्यक यात्रा कर डाली और विलेक्वि पहुँचकर किसानों के हिसाब-किताब की देखभाल करने लगा। मार्कि के इस उपहार के कारण उसे फिर पेरिस लौटना पड़ा। अब उसने जाकर फादर पिरार के यहाँ शरण ली जो उसकी अनुपस्थिति में मातिल्द के सबसे उपयोगी सहायक बन गए थे। जब भी मार्कि उनसे इस विषय में कुछ भी पूछते तो वे यही सिद्ध करते कि सार्वजनिक विवाह के अतिरिक्त अन्य कोई उपाय भगवान की दृष्टि में पाप होगा।

"और भाग्यवश," आबे ने आगे कहा, "इस विषय में सांसारिक बुद्धिमता धर्म के अनुकूल ही है। माद. द ला मोल का जैसा उग्र स्वभाव है, उसे देखते हुए क्या आपको आशा है कि अपनी इच्छा के विरुद्ध किसी बात को वह छिपाकर रख सकेंगी ? यदि आप सीधे-सीधे सार्वजनिक विवाह का रास्ता न अपनाएँगे तो समाज बहुत दिनों तक इस विचित्र सम्बन्ध की चर्चा करता रहेगा। प्रत्येक बात साफ-साफ तनिक भी वास्तविक अथवा ऊपरी रहस्यमयता के बिना ही कही जानी चाहिए।"

"यह तो ठीक है," मार्कि ने गम्भीरतापूर्वक विचार करते हुए कहा। "इस उपाय द्वारा विवाह के तीन दिन के बाद उसकी चर्चा केवल निठल्ले लोग भले ही करें। हमें जैकोबिनपंथियों के विरुद्ध किसी महत्त्वपूर्ण कानून की घोषणा का लाभ उठाकर उसके कोलाहल में चुपचाप यह काम कर डालना पड़ेगा।"

म. द ला मोल के दो-तीन मित्र भी फादर पिरार की राय से सहमत थे। उनकी दृष्टि में मातिल्द का दृढ़ चरित्र ही सबसे बड़ी कठिनाई थी; किन्तु इन सब उत्तम युक्तियों के बावजूद मार्कि अपनी बेटी को डचेज बनाने की आशा छोड़ देने के अभ्यस्त न हो पाते थे।

उनकी स्मृति और कल्पना तरह-तरह की ऐसी तिकड़मों और चालबाजियों से भरी रहती थी जो उनके जवानी के दिनों में आसानी से सम्भव हुआ करती थी। आवश्यकता के आगे सिर झुकाना, कानून से डरकर चलना, उन्हें अपनी स्थिति के व्यक्ति के लिए वाहियात भी लगता था और असम्मानपूर्ण भी। पिछले दस वर्षों से अपनी बेटी के भविष्य को लेकर जिन सुनहले सपनों का जाल वह मन-ही-मन बुनते आए थे, उनका उन्हें अब महँगा मूल्य चुकाना पड़ रहा था। इसकी किसे कल्पना हो सकती थी ? वह मन-ही-मन कहते। ऐसी अभिमानिनी लड़की, इतनी प्रखर बुद्धिमती और अपने कुल के विषय में मुझसे भी अधिक गर्वीली ! ऐसी कि जिसके साथ विवाह करने की प्रार्थना, उसके वयस्क होने के पहले ही, फ्रांस के सभी

विख्यात लोग कर चुके थे।

दूरदर्शिता के सब विचार छोड़ने पड़ेंगे। यह ज़माना ही हर चीज़ को नष्ट कर देने का है ! हम लोग बरबादी की ओर बढ़ रहे हैं !

34
बुद्धिमान व्यक्ति

अपने घोड़े पर चलते हुए नगर प्रशासक ने खुद से कहा : मैं मंत्री क्यों नहीं बन सकता, या मंत्रिमंडल का प्रमुख या ड्यूक क्यों नहीं ? मैं ऐसे युद्ध करूँगा...मैं वैसे कूटनीति चलाऊँगा...मैं नीचे से उठनेवालों को कैद करा दूँगा...

–ल ग्लोब

मन के ऊपर दस साल के सुखद दिवा-स्वप्नों का साम्राज्य किसी युक्ति से नष्ट नहीं होता। मार्कि को क्रुद्ध होना तो अनुचित लगता पर क्षमा करना भी उनके लिए कठिन हो रहा था। कभी-कभी वह सोचने लगते कि यदि जुलियें किसी तरह संयोगवश मर जाए...। इस भाँति उनकी मुरझाई हुई कल्पना उन बे-सिर-पैर की बातों में डूबी रहकर सान्त्वना पाती रहती थी जिसके कारण फादर पिरार की समझदारी की सलाह का प्रभाव नगण्य हो जाता था। एक महीना इसी तरह बीत गया और परिस्थिति में कोई अन्तर नहीं आया।

राजनीतिक विषयों की भाँति ही इस पारिवारिक माभले में भी मार्कि को अचानक नए विचार सूझते जिनको लेकर तीन दिन तक वह बड़े उत्साहित रहते। इस बीच उन्हें कोई ठोस युक्तियों पर आधारित योजना अच्छी न लगती, बल्कि ऐसी ही युक्ति उन्हें पसन्द आती जो उनकी तत्कालीन योजना का समर्थन करती हो। तीन दिन तक वह किसी कवि के से प्रज्वलित उत्साह से परिश्रम करके वातावरण को अपने अनुकूल बनाने का यत्न करते रहते; चौथे दिन के बाद फिर वह उसका नाम तक न लेते थे।

जुलियें पहले तो मार्कि के इस टालनेवाले ढंग से बड़ा परेशान हुआ; किन्तु साथ ही थोड़े समय के बाद वह अनुभव करने लगा कि इस मामले में म. द ला मोल के आगे कोई निश्चित योजना नहीं है।

मादाम द ला मोल और बाकी घरवाले यह विश्वास करते थे कि जुलियें ज़मींदारी के इन्तज़ाम के लिए प्रान्तों का दौरा कर रहा है; वास्तव में वह फादर पिरार के घर में छिपा हुआ था और लगभग प्रत्येक दिन मातिल्द से मिला करता था। मातिल्द प्रायः प्रत्येक दिन सवेरे एक घंटा पिता के साथ बिताती पर कभी-कभी हफ्तों तक वे केवल उस एक विषय पर कोई चर्चा न करते जिसने उनके समूचे मन को आच्छादित कर रखा था।

एक दिन मार्कि ने उससे कहा, "मैं यह नहीं जानना चाहता कि वह कहाँ है, पर यह पत्र तुम उसके पास भिजवा देना।"

मातिल्द ने पत्र लेकर पढ़ा :

'मेरी लांगदोक की ज़मींदारी से बीस हज़ार छः सौ फ्रैंक की आमदनी है। इसमें मैं दस हज़ार छः सौ अपनी बेटी को और दस हज़ार म. जुलियें सोरेल को देता हूँ। यह तो कहने की आवश्यकता ही नहीं कि स्वयं जायदाद भी मैं दे रहा हूँ। इसके दो अलग-अलग दस्तावेज़ तैयार कराकर उन्हें कल मेरे पास ले आना। उसके बाद हमारे बीच कोई सम्पर्क न रहेगा। ओफ ! महाशय, मुझे इसकी कभी आशा न थी !

मार्कि द ला मोल'

''बहुत-बहुत धन्यवाद,'' मातिल्द ने प्रसन्नता से कहा। ''हम लोग जाकर आंगें और मारमांद के बीच सातो देगीलों में रहने लगेंगे। सुना है कि वह इलाका इटली जैसा ही सुन्दर है।''

इस सूचना से जुलियें को बड़ा आश्चर्य हुआ। अब वह वैसा कठोर और रूखा व्यक्ति न रहा था जैसा हम उसे देखते आए हैं। उसके सारे विचार अपने बच्चे के भविष्य को चिन्ता में सिमट गए थे। इस अप्रत्याशित सम्पत्ति ने, जो उसके जैसे गरीब व्यक्ति के लिए बहुत भारी थी, उसे महत्त्वाकांक्षी बना दिया। वह छत्तीस हज़ार फ्रैंक की आमदनी से अपनी और अपनी पत्नी की स्थिति की कल्पना करने लगा। मातिल्द की तो सारी भावनाएँ अपने पति की पूजा में केन्द्रित हो गई थीं—अपने स्वाभिमान के कारण जुलियें को वह सदा इसी नाम से स्मरण करती थी। उसकी एकमात्र बड़ी महत्त्वाकांक्षा यही थी कि उसका वह विवाह स्वीकृत हो जाए। वह अपना सारा समय अपनी उस दूरदर्शिता को अतिरंजित करके देखने में ही बिताती थी जो उसने एक श्रेष्ठ व्यक्ति के साथ अपना भाग्य जोड़ देने में दिखाई थी। उसके मन में सबसे आगे व्यक्तिगत योग्यता ही थी।

लगभग निरन्तर वियोग, अनगिनत कामकाज की बातें, प्रेमालाप के लिए दोनों के पास समय का अभाव—इन सबने मिलकर जुलियें की उस दूरदर्शिता की नीति के सुप्रभाव को पूरा कर दिया जो उसने कुछ दिन पहले अपनाई थी। अन्त में मातिल्द बेहद अधीर हो उठी कि जिस व्यक्ति से वह सचमुच प्रेम करने लगी थी, उससे मिलने का इतना कम अवसर मिलता है।

एक बार चिढ़कर उसने अपने पिता को एक पत्र लिखा :

'मार्कि द ला मोल की बेटी को समाज में जो सुविधाएँ मिलती हैं, उनकी बजाय मैंने जुलियें को श्रेष्ठतर समझा। यह अब स्वयं ही प्रमाणित है। सामाजिक प्रतिष्ठा और तुच्छ अहंकार के ये सुख मेरे लिए कोई अर्थ नहीं रखते। शीघ्र ही मुझे अपने पति से अलग रहते छः सप्ताह हो जाएँगे। अगले बृहस्पतिवार के पहले मैं अपने पिता का घर छोड़कर चली जाऊँगी। आपने कृपा करके हमें धनी बना दिया है। श्रद्धेय फादर पिरार के अतिरिक्त मेरा रहस्य और कोई नहीं जानता। मैं उन्हीं के पास जाऊँगी और वही हमारा विवाह करा देंगे। उसके एक घंटे के बाद ही हम लोग लांगदोक् के लिए चल पड़ेंगे और आपकी आज्ञा के बिना कभी पेरिस न आएँगे। मुझे दुख केवल इसी बात का है कि इस सबसे मेरे और आपके नाम को लेकर लोगों में तरह-तरह की चर्चाएँ फैलेंगी। कहीं मूर्ख लोगों के तीखे वचनों से भैया नौर्बेर जुलियें से कोई झगड़ा तो न कर बैठेंगे ? मैं अच्छी तरह जानती हूँ कि ऐसी स्थिति में मैं जुलियें को किसी तरह रोक न सकूँगी। उसके हृदय के भीतर एक विद्रोही छिपा हुआ है। प्यारे पिता, मैं आपसे हाथ जोड़कर प्रार्थना करती हूँ कि अगले बृहस्पतिवार को फादर पिरार के गिरजाघर में हमारे विवाह में सम्मिलित होने के लिए आप भी अवश्य आएँ। उससे

हर तरह की द्वेषपूर्ण कहानी की धार नष्ट हो जाएगी और आपकी एकमात्र पुत्री तथा उसके पति का जीवन सुरक्षित हो जाएगा, इत्यादि-इत्यादि।''

इस पत्र से मार्कि को अजीब तरह के धर्मसंकट का अनुभव हुआ। अब तो उन्हें कोई न कोई निश्चय करना ही पड़ेगा। अपनी सुपरिचित विचार-पद्धति से, मोटी अक्ल के मित्रों की राय से, अब कोई काम न चलेगा।

इन विचित्र परिस्थितियों में उनके चरित्र की सुनिश्चित विशेषताओं ने, जो उनके यौवन की घटनाओं से निर्धारित हुई थीं, उनके मन को पूरी तरह वश में कर लिया। देशान्तरित व्यक्ति के जीवन के दुखद अनुभवों ने उन्हें कल्पना-प्रधान व्यक्ति बना दिया था। दो वर्ष तक बहुत धन-सम्पत्ति और दरबार में उच्चतम सम्मान का उपभोग करने के बाद उन्हें 1793 में देशान्तरण के भयंकर दुखों का सामना करना पड़ा था। इस कठोर पाठशाला ने बाईस वर्ष के युवक हृदय में बड़े-बड़े परिवर्तन कर दिए थे। वास्तव में वह अपनी वर्त्तमान सम्पत्ति के बीच प्रवासी की भाँति रहते थे, उसके नियन्त्रण में बसनेवाले व्यक्ति नहीं। किन्तु जिस कल्पनाशक्ति ने उनके हृदय की स्वर्ण के घातक विष से रक्षा की थी, उसी ने उन्हें अपनी बेटी को किसी बड़े सम्मान से विभूषित देखने की प्रबल इच्छा के वशीभूत भी किया था।

पिछले छः सप्ताहों में मार्कि की बीच-बीच में जुलियें को धनी बना देने की इच्छा होती। गरीबी उन्हें जघन्य वस्तु जान पड़ती, स्वयं अपने लिए, म. द ला मोल के लिए, असम्मानजनक और अपनी बेटी के पति के लिए असम्भव। वह वैसे भी अपना धन खुले दिल से लुटाते रहते थे। पर दूसरे ही दिन उनकी कल्पना एक अन्य दिशा में दौड़ पड़ती और उन्हें लगता कि जुलियें धन की इस मूक भाषा को समझकर इस बात के लिए तैयार हो जाएगा कि वह अपना नाम बदलकर कहीं दूर अमरीका में जा बसे और मातिल्द को यह लिख दे कि उसके लिए वह मर गया। म. द ला मोल इस पत्र को मानकर ही चलते और फिर अपनी बेटी के चरित्र पर उसके प्रभाव की कल्पना करने लगते...

जिस दिन मातिल्द के वास्तविक पत्र से उनके ये सब स्वप्न टूटे, उस दिन बहुत देर तक जुलियें को मार डालने की सम्भावना पर विचार करने के बाद अब वह उसके लिए किसी बड़े भारी महत्त्वपूर्ण कार्य के सपनों में व्यस्त थे। वह सोच रहे थे कि वह उन्हीं की किसी एक ज़मींदारी का नाम धारण कर लेगा; और क्यों न वह स्वयं अपना सामन्ती वंश-परम्परागत नाम उसको प्रदान कर दें ? स्वयं उनके ससुर दुक् द शोन अपने इकलौते बेटे के स्पेन में मारे जाने से कई बार उनसे कह चुके थे कि वह अपना पद नौर्बेर को दे देना चाहते हैं।...

मार्कि सोचते कि इस बात से तो इन्कार नहीं किया जा सकता कि जुलियें में काम-काज के लिए बड़ी अद्‌भुत क्षमता है, साहसिक हृदय है और शायद विलक्षणता भी...पर उसके चरित्र में कहीं कोई डरावनी चीज़ भी छिपी हुई है। उसके बारे में यह प्रभाव सभी लोगों पर पड़ता है, इसलिए इसमें कुछ तो सार होना ही चाहिए। (इस सत्य को पकड़ने में जितनी कठिनाई होती, मार्कि का कल्पनाशील मन उससे उतना ही भयभीत होने लगता।) मेरी बेटी ने ही उस दिन इस बात को बड़े उत्तम ढंग से अपने उस पत्र में प्रकट किया था : 'जुलियें किसी ड्राइंगरूम अथवा किसी मंडली-विशेष का व्यक्ति नहीं है।' उसने मेरे कोई अन्य सहारा बनाने की कोशिश नहीं की है, और यदि मैं उसे निकाल दूँ तो उसके पास कोई साधन नहीं। किन्तु क्या इसका यह अर्थ है कि समाज की वर्तमान अवस्था से वह अनभिज्ञ है ?...दो-तीन बार मैं उससे कह

चुका हूँ : 'ड्राइंगरूमों को छोड़कर अन्य किसी समाज की सदस्यता का प्रयत्न करने में कोई वास्तविक लाभ नहीं...'

नहीं, उसकी विशेष प्रतिभा छोटी बातों में उलझनेवाले धूर्त वकीलों जैसी नहीं हैं जो कभी एक भी मिनट अथवा अवसर नहीं बरबाद करते...दूसरी ओर मैं देखता हूँ कि उसका मन तरह-तरह के अनुदार विचारों से भरा हुआ है। मेरी तो कुछ समझ में नहीं आता...क्या वह इन विचारों को अपनी भावनाओं की बाढ़ के विरुद्ध बाँध लगाने के लिए दोहराता रहता है ?

जो भी हो, एक चीज़ तो दिन की तरह साफ है और वह यह कि उसे घृणा और तिरस्कार सहन नहीं होता। इस बात से उसके ऊपर मेरा थोड़ा-बहुत काबू अवश्य होता है।

यह सही है कि वह कुलीनता का भक्त नहीं; उसके मन में हमारे लिए कोई स्वाभाविक आदर नहीं है–यह एक दोष है–किन्तु शिक्षा-मठ में रहे हुए व्यक्ति का हृदय तो धन-दौलत और सुख-सुविधा के भाव से ही अधीर होना चाहिए; वह स्वयं बहुत ही अलग तरह का व्यक्ति है और तिरस्कार किसी कीमत पर सहन नहीं कर सकता।

अपनी बेटी के पत्र से लाचार होकर म. द ला मोल ने तुरन्त निश्चय की आवश्यकता को अनुभव किया। संक्षेप में सारा सवाल यह है : क्या जुलियें की धृष्टता इतनी बढ़ चुकी है कि वह मेरी बेटी से यह समझकर प्रेम करता है कि वह मुझे सबसे अधिक प्रिय है और मेरी एक लाख क्राउन की आमदनी है ?

मातिल्द तो ठीक इसके विपरीत बात ही कहती है...नहीं, जुलियें महाशय, इस बारे में मैं किसी भ्रम में नहीं रहना चाहता।

क्या उसका प्रेम सच्चा और स्वतः स्फूर्त है अथवा अपने आपको उच्च स्थान पर पहुँचाने की इच्छामात्र है ? मातिल्द की बुद्धि बड़ी प्रखर है। वह शुरू से ही समझती थी कि मुझे ऐसा कोई सन्देह हुआ तो फिर खैर नहीं। इसीलिए उसने मुझसे यह बात कही कि पहले प्रेम उसी ने करना शुरू किया...।

जरा कल्पना कीजिए कि ऐसे उच्च चरित्र की लड़की इतना होश-हवास खो बैठी कि शारीरिक सम्बन्ध पर उतर आई ! एक दिन बगीचे में उसकी बाँह का सहारा लिया ! कैसी भयंकर बात है ? मानो उसके पास अपना प्रेम प्रकट करने के इससे कम अशोभन उपाय न थे ! बहाना बनाना अपना दोष स्वीकार करने के बराबर है। मुझे मातिल्द पर भरोसा नहीं होता...

उस दिन मार्कि के विचार सदा की अपेक्षा निर्णय की ओर अधिक उन्मुख थे, तो भी पुरानी आदत आसानी से नहीं जाती। उन्होंने अपनी बेटी को पत्र लिखकर और समय लेने का निश्चय किया। आजकल घर के एक हिस्से से दूसरे हिस्से तक पत्र-व्यवहार ही चला था। आमने-सामने अपनी बेटी से बातचीत करने का साहस उन्हें न होता था। उन्हें भय था कि वह अचानक ही उसकी बात मानकर सारे मामले को खत्म न कर बैठें। उन्होंने पत्र लिखा :

'कोई दूसरी मूर्खता अब न करो। मैं इस पत्र के साथ म. द ला शवालिये जुलियें सोरेल द ला वेर्ने के नाम लेफ्टिनेन्ट बनाए जाने का आज्ञा-पत्र भेज रहा हूँ। तुम्हीं देखो मैं उसके लिए क्या कर रहा हूँ। मेरा विरोध न करो और न मुझसे कोई प्रश्न ही पूछो। उसे चौबीस घंटे के भीतर ही स्त्रासबूर पहुँचने को कहो जहाँ उसकी रेजीमेंट नियुक्त है। साथ में बैंक

का ड्राफ्ट भी भेज रहा हूँ। मेरी आज्ञा का पालन होना चाहिए।'

मातिल्द के प्रेम और आनन्द की कोई सीमा न थी। अपनी सफलता का पूरा लाभ उठाने की इच्छा से उसने तुरन्त उत्तर लिखा :

'म. द ला वेर्ने को यदि यह पता चलता कि आप कृपा करके उनके लिए क्या-क्या कर रहे हैं तो वह कृतज्ञता से विह्वल होकर आपके पैरों पर गिरते, पर इस सब उदारता के बीच मेरे पिता अपनी बेटी को भूले जा रहे हैं। आपकी बेटी का सम्मान संकट में है। थोड़ी-सी असावधानी से उस पर ऐसा दाग पड़ने का डर है जिसे बीस हजार क्राउन की आमदनी भी न मिटा सकेगी। मैं यह पत्र म. द ला वेर्ने के पास तब तक न भेजूँगी जब तक आप मुझे इस बात का आश्वासन न दें कि अगले महीने के भीतर ही मेरा विवाह विलेक्वि में खुलेआम कर दिया जाएगा। मैं आपसे भीख माँगती हूँ कि इस अवधि को बढ़ाइए मत। उसके बाद आपकी बेटी लोगों के सामने मादाम द ला वेर्ने के अतिरिक्त अन्य किसी नाम से न उपस्थित हो सकेगी। प्यारे पापा, सोरेल के नाम से मेरी रक्षा करने के लिए आपको कैसे धन्यवाद दूँ ? इत्यादि इत्यादि।'

इसका उत्तर एकदम अप्रत्याशित था।

'मेरी आज्ञा का पालन करो, नहीं तो मैं सब कुछ वापस लेता हूँ। अधीर लड़की, कुछ तो डरो। मैं अभी तक भी यह नहीं जानता कि तुम्हारा जुलियें किस तरह का आदमी है और तुम तो मुझसे भी कम जानती हो। उसे स्त्रासबूर जाने दो और उससे कहो कि होशियारी से रहे। मैं पन्द्रह दिन के भीतर ही तुम्हें अपनी इच्छा की सूचना दे दूँगा।'

इस दृढ़तापूर्ण उत्तर से मातिल्द को बड़ा विस्मय हुआ। 'मैं जुलियें को नहीं जानता,' पत्र के इन शब्दों को लेकर वह दिवा-स्वप्न में डूब गई जो शीघ्र ही अत्यन्त मनोहर कल्पनाओं के साथ टूट गया; पर वह अपनी कल्पनाओं को सच समझती थी। मेरे जुलियें का मन ड्राइंगरूमों की गन्दी वर्दी पहननेवाला नहीं, और मेरे पिता ठीक उसी बात के कारण उस पर अविश्वास करते हैं जो उसका साहस प्रमाणित करती है।

तो भी यदि मैं उनकी इस विचित्र इच्छा को पूरा न करूँ तो खुल्लमखुल्ला कहा-सुनी की सम्भावना है। किसी तरह की बदनामी हुई तो समाज में मेरी प्रतिष्ठा कम हो जाएगी और फलस्वरूप शायद मैं जुलियें की नज़रों से भी गिर जाऊँ। बदनामी के बाद गरीबी के दस वर्ष ! केवल गुण के लिए ही पति चुनने की मूर्खता को अगाध सम्पत्ति द्वारा ही हास्यास्पद होने से बचाया जा सकता है। यदि इस अवस्था में मैं अपने पिता से दूर रही तो वह शायद मुझे भूल जाएँगे। नौर्बेर शायद किसी सुन्दर चालाक लड़की से शादी कर लेगा। चौदहवाँ लुई भी अपने बुढ़ापे में डचेज द बूगो के वश में हो गया था...

इसलिए उसने पिता की बात मानने का ही निश्चय किया, किन्तु उसने जुलियें को अपने पिता के पत्र की सारी बातें न बताईं। उसे डर था कि अपने विचित्र स्वभाव के कारण कहीं वह और मूर्खता न कर बैठे।

उस दिन शाम को जब उसने जुलियें को बताया कि वह लेफ्टिनेन्ट बनाया गया है तो उसकी खुशी का कोई ठिकाना न था। जो लोग उसकी जीवनव्यापी महत्त्वाकांक्षा से परिचित हैं और अपने बच्चे के प्रति उसके वर्तमान प्रबल स्नेह को जानते हैं, वे उसके इस आनन्द को समझ सकते हैं। अपने नाम को इस भाँति बदलते देखकर उसके विस्मय की सीमा न रही। वह सर्वथा अवाक् था।

वह सोचने लगा कि आख़िरकार मेरी कहानी अपनी परिणति पर पहुँच रही है, और इसका सारा श्रेय कुल मिलाकर मुझी को है। वह मातिल्द की ओर देखते हुए मन-ही-मन कहने लगा कि आज मुझे इस भयंकर अहंकारिणी स्त्री का प्रेम प्राप्त है। उसका पिता उसके बिना नहीं रह सकता और न वह मेरे बिना रह सकती है।

35

तूफ़ान

ओ मेरे भगवान, मुझे औसतपना दे दे !

–मिराबो

उसका मन विचारों में डूबा हुआ था; मातिल्द की विह्वल प्रेमाभिव्यक्ति के बदले में वह केवल आधे मन से शामिल हो पाता। वह प्रायः चुप और खोया हुआ-सा रहता। मातिल्द को वह पहले कभी इतना महान और इतना प्रिय न लगा था। उसे जुलियें के स्वाभिमान से बड़ा भय लगता था कि उसके कारण कहीं सारी स्थिति बिगड़ न जाए।

वह हर रोज़ सवेरे फादर पिरार को घर आते देखती थी। यदि उसकी सहायता से जुलियें किसी प्रकार उसके पिता के मन की बात का पता लगा सके तो कितना अच्छा हो ! क्या यह सम्भव नहीं कि किसी क्षणिक प्रेरणा के वश होकर मार्कि ने जुलियें को भी एक पत्र लिखा हो ? ऐसे सौभाग्य के बाद जुलियें इतना कठोर क्यों रहता है ? किन्तु उससे पूछने का साहस मातिल्द को न होता था।

उसे साहस न होता था ! उसे, मातिल्द को ! उस क्षण से उसके मन में जुलियें के प्रति एक प्रकार का अस्पष्ट अकथनीय लगभग आतंक का-सा भाव भर गया। पेरिस के उस आवश्यकता से अधिक भावहीन वातावरण में पले हुए व्यक्ति के लिए प्रेम की जितनी विह्वलता अनुभव करना सम्भव है, वह सारी मातिल्द अनुभव करती थी।

अगले दिन सवेरे जुलियें फादर पिरार के यहाँ पहुँचा। पास ही के डाक-स्टेशन से एक पुरानी-सी किराए की गाड़ी को खींचते हुए दो घोड़े अहाते में आकर खड़े हो गए।

"ऐसी गाड़ियों का आजकल चलन नहीं रहा," कठोर आबे ने कुछ नीरस स्वर में उससे कहा। "म. द ला मोल ने तुम्हारे लिए यह बीस हज़ार फ्रैंक भेजे हैं, उन्हें आशा है कि तुम यह धन एक वर्ष में खर्च कर सकोगे। केवल इतना ध्यान रखना कि कहीं अपने आपको हास्यास्पद न बना बैठो।" बेचारे पुरोहित को यही लगता था कि एक नवयुवक को इतनी बड़ी रकम देना उसे पाप करने का अवसर देने के अतिरिक्त और कुछ नहीं है।

"मार्कि ने यह भी कहा है : 'म. जुलियें द ला वेर्ने को यह धन अपने पिता से प्राप्त हुआ है, जिसके बारे में अधिक विस्तार से कुछ बताना आवश्यक नहीं। म. द ला वेर्ने शायद वेरियेर के एक बढ़ई म. सोरेल को कुछ उपहार भेजना उचित समझें, जिन्होंने बचपन में उनकी देखभाल की थी।'–इस कार्य का भार मैं लेने को तैयार हूँ," आबे ने आगे कहा। "मैंने आख़िरकार म. द ला मोल को इस बात के लिए तैयार कर लिया है कि वह उस

जैस्विटपंथी म. द फ्रिलेर से समझौता कर लें। उसका पराभव निश्चित रूप से हमारी शक्ति के बाहर है। इस समझौते की एक निहित शर्त यह भी होगी कि बजाँसों में एकछत्र राज करनेवाला यह व्यक्ति तुम्हारे कुलीन घराने में जन्म होने की बात चुपचाप स्वीकार कर ले।"

जुलियें के लिए अब अपनी उत्तेजना को वश में रखना सम्भव न रहा; उसने आबे को हृदय से लगा लिया, उसे अनुभव हुआ कि अब उसे पहचाना जा रहा है।

"तुम क्या सोच रहे हो ?" आबे ने उसे दूर हटाते हुए कहा।... "इस सांसारिक अहंकार का क्या अर्थ है ? सोरेल और उसके बेटों से मैं अपनी ओर से यह प्रस्ताव करूँगा कि जब तक मैं उनसे सन्तुष्ट हूँ तब तक उन्हें अलग-अलग पाँच सौ फ्रैंक सालाना मिलता रहेगा।"

इस बीच जुलियें स्थिर और विरक्त हो उठा था। उसने बहुत ही अस्पष्ट शब्दों में और अपने आप को किसी शर्त से बाँधे बिना आबे को धन्यवाद दिया। क्या यह सचमुच सम्भव है कि मैं उस भयंकर नेपोलियन द्वारा पहाड़ों में निर्वासित किसी बड़े सामन्त का जारज पुत्र हूँ ? प्रत्येक क्षण यह विचार उसको कम-से-कम असम्भव लगता।...अपने पिता के प्रति मेरी घृणा शायद इसी कारण से है।...मैं कोई राक्षस नहीं हूँ !

इस आत्मसंवाद के कुछ ही दिनों बाद सेना की सबसे प्रसिद्ध पन्द्रहवीं हसार रेजीमेंट स्त्रासबूर के परेड के मैदान में पंक्तिबद्ध खड़ी थी। शवालिये द ला वेर्ने आल्सास के सर्वोत्तम घोड़े पर सवार थे जिसके लिए उन्हें छः हजार फ्रैंक खर्च करने पड़े थे। उन्होंने सीधे लेफ्टिनेन्ट की हैसियत से सेना में प्रवेश किया था। किसी अज्ञात रेजीमेंट के हाज़िरी रजिस्टर को छोड़कर वह कभी द्वितीय लेफ्टिनेन्ट न रहे थे।

उसकी भावहीन मुद्रा ने, उसकी कठोर और लगभग निर्मम आँखों, पीले चेहरे तथा अटल आत्मनियन्त्रण ने शुरू से ही उसकी धाक जमा दी थी। उसके व्यवहार की शिष्टता निर्दोष तथा अकृत्रिम थी और उसने पिस्तौल तथा तलवार चलाने में अपनी कुशलता के विषय में अत्यधिक बनावट के बिना ही सबको अवगत करा दिया था। इसके फलस्वरूप थोड़े ही समय में उसका मज़ाक उड़ाने का विचार एकदम लोगों के मन से निकल गया। पाँच-छः दिन तक आश्चर्य में पड़े रहने के बाद रेजीमेंट के आधे लोग उसके पक्ष में हो गए। दूसरों का मजाक उड़ानेवाले पुराने अफसर कहने लगे, "इस युवक के पास यौवन के अतिरिक्त और सब कुछ है।"

स्त्रासबूर से जुलियें ने वेरियेर के भूतपूर्व क्योरे म. शैलाँ को एक पत्र लिखा। वह अब बहुत ही वृद्ध हो चुके थे।

'मुझे विश्वास है कि आपको इस बात का पता चल गया होगा और आप इससे प्रसन्न हुए होंगे कि अब मेरे परिवार ने मुझे धनी बना दिया है। मैं आपके पास पाँच सौ फ्रैंक भेज रहा हूँ। मेरी आपसे प्रार्थना है कि आप इन्हें मेरा नाम लिए बिना ही चुपचाप ही उन दुखी लोगों में बँटवा दें जो उतने ही गरीब हैं जितना एक दिन मैं था और जिनकी निस्सन्देह आज भी आप उसी भाँति सहायता कर रहे होंगे जैसे एक दिन मेरी करते थे।'

जुलियें अहंकार का नहीं, महत्त्वाकांक्षा का नशा अनुभव कर रहा था, तो भी वह अपनी बाहरी रूपरंग और वेशभूषा पर काफ़ी ध्यान रखता। उसके घोड़े, उसकी तथा उसके नौकरों की वर्दियाँ ऐसी साफ-सुथरी और चमकती हुई रहतीं कि उन्हें देखकर किसी बड़े भारी अंग्रेज सामन्त को भी ईर्ष्या होती। उसे लेफ्टिनेन्ट हुए दो ही दिन हुए थे, पर वह अभी यह सोचने

लगा था कि सब बड़े-बड़े सेनानायकों की भाँति अधिक से अधिक तीस वर्ष की उम्र में प्रधान सेनापति बनने के लिए तेईस वर्ष की उम्र में लेफ्टिनेन्ट से कुछ अधिक बनना आवश्यक है। अपने तथा अपने बेटे के गौरवपूर्ण भविष्य के अतिरिक्त और कोई विचार उसके मन में न आता था।

अनियन्त्रित महत्त्वाकांक्षा की इन भावनाओं के बीच ही अचानक द ला मोल भवन से एक नौकर एक पत्र लेकर आ पहुँचा। मातिल्द ने लिखा था :

'सत्यानाश हो गया ! जल्दी से जल्दी यहाँ आओ। कोई उपाय बाकी न छोड़ना, उचित हो तो भागकर चले आना। यहाँ आकर एक गाड़ी में मेरे लिए--सड़क के किनारे बगीचे के छोटे-से दरवाज़े के पास प्रतीक्षा करना। मैं बाहर आकर तुम्हें सब बात सुनाऊँगी। हो सकता है कि मैं तुम्हें बगीचे के अन्दर भी ले जा सकूँ। सर्वनाश हो चुका है--शायद सदा के लिए, पर मुझ पर भरोसा रखना, बड़ी से बड़ी विपत्ति में भी तुम मुझे दृढ़ और वफादार पाओगे। मैं तुम्हें प्यार करती हूँ।'

कुछ ही मिनटों में जुलियें ने अपने कर्नल से छुट्टी ली और घोड़े पर सवार होकर तेजी से चल पड़ा। पर अपनी भयंकर व्यग्रता के कारण मेज़ से आगे घोड़े पर यात्रा करना उसके लिए सम्भव न रहा। उसने एक घोड़ा-गाड़ी ले ली और बहुत तेजी से द ला मोल भवन उद्यान के छोटे द्वार के पास, नियत स्थान पर जा पहुँचा। दरवाजा खुला और पलभर में ही लोगों के कहने-सुनने की बात भूलकर मातिल्द आकर उससे लिपट गई। सौभाग्यवश उस समय सवेरे के पाँच बजे थे और सड़क बिल्कुल निर्जन थी।

"सर्वनाश हो गया ! मेरे आँसुओं से डरकर मेरे पिता बृहस्पतिवार की रात को चले गए। कहाँ गए, कोई नहीं जानता। यह रहा उनका पत्र। लो, पढ़ लो।" और वह भी आकर जुलियें के साथ गाड़ी में बैठ गई। पत्र में लिखा था :

'धन के कारण तुम्हें फुसलाने की योजना के अतिरिक्त मैं और सब कुछ क्षमा कर सकता था। अभागी लड़की, भीषण सत्य यही है। मैं अपने सम्मान की सौगन्ध खाकर कहता हूँ कि मैं उस आदमी से विवाह करने की अनुमति कभी तुम्हें न दूँगा। यदि वह फ्रांसीसी सीमा के बाहर विदेश में, बल्कि बेहतर हो अमरीका में, रहने को तैयार हो जाए तो मैं उसे दस हज़ार फ्रैंक सालाना देने को तैयार हूँ। मैंने कुछ सूचना मँगवाई थी; उसके जवाब में जो पत्र आया है, वह पढ़ना। इस निर्लज्ज व्यक्ति ने स्वयं मुझसे मादाम द रेनाल को पत्र लिखकर पूछने के लिए प्रेरित किया था। इस व्यक्ति के बारे में मैं तुम्हारी एक पंक्ति भी पढ़ने को तैयार नहीं हूँ। मुझे तुम और पेरिस दोनों से घृणा हो गई है। मेरा अनुरोध है कि जो कुछ निकट भविष्य में होनेवाला है, उसको एकदम गुप्त रखो। इस दुष्ट आदमी को खुले दिल से और स्वाधीनतापूर्वक छोड़ दोगी तो तुम्हारे पिता तुम्हें वापस मिल जाएँगे।"

"मादाम द रेनाल का पत्र कहाँ है ?" जुलियें ने भावहीन स्वर में पूछा।

"यह रहा। समाचार देने के पहले मैं तुम्हें उसे न दिखाना चाहती थी।" वह पत्र इस प्रकार था :

'महाशय, धर्म और नीति के पवित्र उद्देश्य के प्रति जो मेरा कर्त्तव्य है उसी से बाध्य होकर मैं यह दुखद कार्य कर रही हूँ। एक अटल सिद्धान्त मुझे आदेश दे रहा है कि एक अधिक लज्जाजनक अपराध को रोकने के लिए मैं अपने पड़ोसी के साथ बुराई करूँ। ऐसा करने में मुझे जो दुख है, उसकी अपेक्षा कर्तव्य का भाव कहीं अधिक है। महोदय, यह बहुत

ही सही है कि जिस व्यक्ति के विषय में आपने सम्पूर्ण सत्य मुझसे जानना चाहा है उसके आचरण का हेतु समझना अथवा उसे किसी सम्मानपूर्ण हेतु के योग्य मानना आपको कठिन लगा हो। बुद्धिमानी और धर्म दोनों की ही यह माँग थी कि मैं सत्य के थोड़े-से अंश पर परदा डालना उचित समझती; पर जिस आचरण के बारे में आप जानना चाहते हैं वह वास्तव में बहुत ही निन्दनीय है, इतना निन्दनीय है कि मेरे लिए कहना कठिन है। वह एक गरीब और लालची इन्सान है। उसने बड़ा भारी ढोंग रचकर और एक दुर्बल एवं दुखी स्त्री को पथभ्रष्ट करके अपनी उन्नति और महत्त्व-प्राप्ति का प्रयत्न किया था। यह बात कहना मेरा दुखद कर्त्तव्य है कि मेरे विचार में म. जु–के कोई धार्मिक सिद्धान्त नहीं हैं। मैं सच्चे हृदय से इस बात में विश्वास करती हूँ कि किसी भी परिवार में उसकी सफलता का एक ढंग यह है कि घर की सबसे प्रभावशाली स्त्री को पथभ्रष्ट करे–उदासीनता की आड़ में और उपन्यासों की शब्दावली का प्रयोग करके। उसका सबसे बड़ा और एकमात्र उद्देश्य यह होता है कि किसी प्रकार गृहस्वामी और उसकी धन-सम्पत्ति के ऊपर पूरा-पूरा काबू कर ले। वह जहाँ से भी जाता है, वहाँ दुख और चिरकालीन पश्चात्ताप ही छोड़कर जाता है, इत्यादि, इत्यादि, इत्यादि।'

पत्र बहुत ही लम्बा था और उस पर बीच-बीच में आँसुओं के धब्बे थे; किन्तु वह निश्चय ही मादाम द रेनाल के हाथ का लिखा हुआ था; वह साधारण से भी अधिक सावधानी से लिखा गया था।

पत्र पूरा पढ़ चुकने के बाद जुलियें ने कहा, ''मैं म. द ला मोल को दोष नहीं दे सकता। उनकी बात ठीक भी है और बुद्धिमानी की भी। कौन-सा पिता अपनी प्यारी बेटी ऐसे आदमी को देना चाहेगा ! अच्छा, विदा !''

जुलियें गाड़ी से कूद पड़ा और सड़क के दूसरे छोर पर खड़ी हुई अपनी घोड़ागाड़ी की ओर दौड़ा। लगता था कि मातिल्द को वह बिल्कुल भूल ही गया है जिसने मानो उसका अनुसरण करने के लिए दो-एक कदम बढ़ाए; पर इसी बीच कई दुकानदार जो उसे पहचानते थे, अपनी-अपनी दुकानों के दरवाज़ों से बाहर झाँकने लगे थे, जिससे लाचार होकर मातिल्द को जल्दी से बगीचे में लौटना पड़ा।

जुलियें वेरियेर के लिए चल पड़ा था। उसका इरादा था कि रास्ते में वह मातिल्द को पत्र लिख देगा, पर यह सम्भव न हो सका। उसके हाथ से काग़ज़ पर टेढ़ी-मेढ़ी लकीरों के अतिरिक्त और कुछ न बन पाता था।

वेरियेर में वह इतवार के दिन पहुँचा। वह सीधा स्थानीय बन्दूक बेचनेवाले की दुकान पर गया जहाँ उसके सौभाग्य पर उसे बहुत-बहुत बधाइयाँ दी गईं। सारे जिले में इसी बात की चर्चा थी।

जुलियें बड़ी कठिनाई से दुकानदार को समझा सका कि उसे जेबी पिस्तौल के लिए कारतूस चाहिए। उसके कहने से दुकानदार ने पिस्तौल में कारतूस भर दिए।

तीन घंटियाँ अभी-अभी बजी थीं। फ्रांस के गाँवों में यह सुपरिचित संकेत है जो सवेरे की विभिन्न घंटियों के बाद इस बात की सूचना देता है कि प्रार्थना शुरू ही होनेवाली है।

जुलियें ने वेरियेर के नए बने हुए गिरजाघर में प्रवेश किया। भवन की सारी ऊँची-ऊँची खिड़कियों पर लाल रंग के परदे पड़े थे। वह मादाम द रेनाल के स्थान से कुछ ही फीट पीछे जाकर खड़ा हो गया। उसे लगा कि वह बड़ी भक्तिभाव से प्रार्थना कर रही हैं। इस स्त्री

को देखते ही, जिसने कभी उसे इतनी तीव्रता के साथ प्यार किया था, जुलियें का हाथ कुछ इस तरह से काँप उठा कि शुरू में उसके लिए अपना इरादा पूरा करना कठिन हो उठा। उसने मन-ही-मन कहा कि यह मुझसे नहीं हो सकता। मैं इसके लिए एकदम अयोग्य हूँ।

उसी समय प्रार्थना में सहायता करनेवाले तरुण पुरोहित ने एक विशिष्ट विधि के लिए घंटी बजाई। मादाम द रेनाल ने अपना सिर झुका लिया जो क्षणभर के लिए उनके शाल की तहों में पूरी तरह छिप गया। जुलियें को अब वह इतनी साफ-साफ नहीं दिख रही थीं। उसने पिस्तौल निकालकर उनके ऊपर गोली चलाई जो उन्हें नहीं लगी। तब उसने दूसरी बार गोली छोड़ी जिस पर वह गिर पड़ीं।

36

दुखजनक बातें

मेरी ओर से किसी कमजोरी की आशा मत करो। मैं अपना प्रतिशोध ले चुका हूँ। मैं मृत्यु का भागी हूँ और इसके लिए प्रस्तुत हूँ। मेरी आत्मा के लिए प्रार्थना करो।

–शिलर

जुलियें निश्चल खड़ा था। उसकी आँखों की ज्योति जाती रही थी। जब उसे थोड़ा-सा होश हुआ तो उसने देखा कि सब लोग गिरजाघर के बाहर भागे जा रहे हैं। पुरोहित भी वेदी से जा चुके थे। जुलियें बहुत ही धीरे-धीरे कुछेक चीखती-पुकारती हुई स्त्रियों के पीछे-पीछे बाहर की ओर चला। एक स्त्री औरों की अपेक्षा अधिक तेज़ी से भागने का प्रयत्न कर रही थी; उसका जोर से धक्का लगने से जुलियें गिर पड़ा। उसके पैर भीड़ द्वारा उल्टी-पुल्टी कुर्सियों में उलझ गए। जब वह फिर से खड़ा हुआ तो उसे अपनी गरदन के ऊपर किसी कठोर पकड़ का अनुभव हुआ। पूरी वर्दी पहने हुए एक पुलिस के सिपाही ने उसे गिरफ्तार कर लिया था। यन्त्रवत् भाव से जुलियें ने अपनी जेबी पिस्तौल निकालने का यत्न किया किन्तु दूसरे सिपाही ने उसकी बाँहें पकड़ लीं।

उसे जेल में ले जाया गया। वहाँ उसके हाथों में हथकड़ी डालकर एक कमरे में अकेला बन्द कर दिया गया। दरवाजे के ऊपर दोहरा ताला पड़ा था। यह सब बहुत जल्दी ही हुआ और अभी तक उसे इस बात का कोई होश न था।

कुछ होश आने पर उसने मन-ही-मन कहा, हाँ, सचमुच सब कुछ समाप्त हो चुका है। पन्द्रह दिन में गिलोटीन–हाँ, इसी बीच मैं स्वयं आत्महत्या कर लूँ तो दूसरी बात है।

उसकी बुद्धि ने इससे आगे काम न दिया। उसे ऐसा लग रहा था मानो किसी ने उसके सिर को बड़ी जोर से किसी चीज़ के बीच दबा दिया हो। वह घूमकर देखने लगा कि कहीं किसी ने उसे पकड़ तो नहीं रखा है। कुछ ही क्षण बाद वह गहरी नींद सो गया।

मादाम द रेनाल घातक रूप से आहत न हुई थीं। पहली गोली उनकी टोपी में से गई थी और जैसे ही वह घूमीं कि दूसरी गोली छोड़ी गई। यह गोली उनके कन्धे पर लगी और

बहुत ही आश्चर्यजनक संयोगवश कन्धे की हड्डी से फिसलकर एक गौथिक खम्भे पर जाकर लगी थी। उनके कन्धे की हड्डी को चूर कर देने के साथ-साथ गोली ने खम्भे के पत्थर का बड़ा भारी टुकड़ा तोड़ दिया था।

जब बहुत देर तक कष्टदायक मरहम-पट्टी करने के बाद डॉक्टर ने, जो गम्भीर स्वभाव के व्यक्ति थे, मादाम द रेनाल से कहा कि "मैं आपकी जान बचाने का जिम्मा लेता हूँ," तो वह बहुत ही दुखी हुईं।

पिछले बहुत दिनों से वह सचमुच मृत्यु की कामना करने लगी थीं। अपने पाप-स्वीकारकर्ता के आदेश पर जो पत्र उन्होंने म. द ला मोल को लिखा था, उसने इस सुदीर्घ यातना से दुर्बल आत्मा के ऊपर अन्तिम आघात का कार्य किया। यह यातना जुलियें की वियोग की थी; स्वयं अपने आप वह इसे पश्चात्ताप कहा करती थीं। हाल ही में दिजों से आए हुए एक अत्यन्त ही धार्मिक और सदाचारी पुरोहित आजकल उनके आध्यात्मिक निर्देशक थे। उन्हें भी इस विषय में कोई भ्रम न था।

मादाम द रेनाल सोचती थीं, इस भाँति मरना पाप न होगा। शायद भगवान् मुझे मृत्यु से प्रसन्न होने के पाप के लिए क्षमा कर दें। यह जोड़ने का साहस उनमें न था कि जुलियें के हाथ से मरना तो सुख की चरम सीमा है।

डॉक्टर तथा अपने सब बन्धु-बान्धवों के जाते ही उन्होंने तुरन्त अपनी नौकरानी एलिजा को बुला भेजा।

"जेलर बहुत ही निर्दयी आदमी है," उन्होंने लज्जा से लाल होते-होते उससे कहा। "वह अवश्य ही उसके साथ कठोर व्यवहार करेगा और यह सोचेगा कि मुझे इससे प्रसन्नता होगी। यह बात मुझे सहन नहीं है। क्या तुम स्वयं, मानो अपनी ओर से, जाकर जेलर को यह पैकेट न दे आओगी ? इसमें कुछ धन है। जेलर से कहना कि धर्म इस बात की आज्ञा नहीं देता कि उसके साथ बुरा व्यवहार किया जाए, पर उसे जता देना कि वह इस धन का ज़िक्र कहीं किसी से न करे।"

इसी कारण जुलियें को जेलर के हाथों इतना मानवीय व्यवहार मिला था। यह जेलर वही म. न्वारू थे जिन्हें आदर्श सरकारी अफ़सर के रूप में हम एक बार म. आप्पेर के आगमन से इतना भयभीत होते हुए देख चुके हैं।

एक मजिस्ट्रेट साहब जेल में पधारे। जुलियें ने उनसे कहा, "मैं जानबूझकर हत्या करने का अपराधी हूँ। मैंने पिस्तौल खरीदी और अमुक दुकानदार से उसमें कारतूस भरवाए। अपराध संहिता की धारा 1342 बिल्कुल ही स्पष्ट है। मैं मृत्युदंड के उपयुक्त हूँ और उसी की मुझे आशा है।" मजिस्ट्रेट इस उत्तर से बहुत ही चकित हुए। उन्होंने तरह-तरह के ऐसे सवाल करने का प्रयत्न किया कि अपराधी अपने उत्तर में परस्पर-विरोधी बातें कह दे।

"पर आप यह क्यों नहीं देखते," जुलियें ने मुस्कुराते हुए कहा, "कि जैसा आप चाहते होंगे, मैं स्वयं अपने को अपराधी मान ले रहा हूँ। यकीन रखिए, आपको अपना शिकार प्राप्त करने में कोई असुविधा न होगी। मुझे दंड देने का पूरा-पूरा आनन्द आपको मिलेगा। अब यदि आप अपनी उपस्थिति से मुझे मुक्ति दें तो बड़ी कृपा हो।"

जुलियें सोचने लगा कि अभी एक कष्टदायक कर्तव्य मुझे और पूरा करना है। माद. द ला मोल को तुरन्त पत्र लिखना है। उसने लिखा :

'मैंने अपना बदला ले लिया। दुर्भाग्यवश मेरा नाम पत्रों में प्रकाशित होगा, इस दुनिया से मैं अज्ञात ही न भाग सकूँगा। दो महीने के भीतर ही मेरी मृत्यु निश्चित है। मेरी प्रतिहिंसा भयंकर सिद्ध हुई है, किन्तु उतना ही भयंकर तुमसे बिछुड़ने का दुख है। इस क्षण से मैंने तुम्हें लिखने अथवा तुम्हारा नाम लेने के लिए अपने ऊपर रोक लगा ली है। तुम भी कभी मेरा जिक्र न करना, मेरे बेटे से भी नहीं; मेरी स्मृति का सम्मान करने का एकमात्र उपाय मौन है। साधारण लोगों के लिए मैं सामान्य हत्यारा ही रहूँगा।...इस चरम क्षण में मुझे सच्ची बात कहने की आज्ञा दो—तुम मुझे भूल जाओगी। इस वज्राघात के कारण, जिसके विषय में मेरा अनुरोध है कि तुम कभी किसी व्यक्ति के आगे मुँह न खोलना, अगले कई वर्षों तक उन तमाम रोमांटिक और साहसिक प्रवृत्तियों की सम्भावनाएँ समाप्त हो जाएँगी जो मैं तुम्हारे स्वभाव में देखा करता था। तुम मध्ययुग के योद्धाओं के साथ रहने के लिए बनी थीं; उन्हीं के चरित्र की दृढ़ता तुम प्रकट करना। जो कुछ अवश्यम्भावी है, उसे चुपचाप और अपने ऊपर आँच आए बिना ही होने देना। तुम एक दूसरा नाम धारण कर लेना और किसी को अपना रहस्य न बताना। यदि सहायता के लिए किसी व्यक्ति की आवश्यकता हो तो मैं फादर पिरार को तुम्हें सौंपता हूँ।

और किसी व्यक्ति से, विशेषकर लुज अथवा केलुस जैसे अपने वर्ग के किसी व्यक्ति से, कभी कुछ न कहना।

मेरी मृत्यु के एक वर्ष बाद म. द क्रवाजन्वा से विवाह कर लेना। इस बात का मैं तुम्हें पति के नाते आदेश देता हूँ। मुझे कोई पत्र न लिखना। मैं उसका कोई उत्तर न दूँगा। यद्यपि मैं इयागो से बहुत कम दुष्ट व्यक्ति हूँ, कम-से-कम मुझे यही लगता है, तो भी मैं उसी के शब्द दोहराता हूँ : इस क्षण के बाद से मैं एक शब्द भी मुँह से न निकालूँगा।

मुझसे कोई भी मिलने अथवा पत्र लिखने न पाएगा। मेरे अन्तिम शब्द तथा अन्तिम प्यारभरे विचार केवल तुम्हीं को समर्पित हैं।

—जु. सो.'

इस पत्र को भेज चुकने के बाद जुलियें को थोड़ा होश हुआ और पहली बार उसे बहुत दुख का अनुभव हुआ। महत्त्वाकांक्षा ने जितनी आशाओं के अंकुर जमाए थे उन सबको एक-एक करके इन शब्दों द्वारा वह अपने हृदय से उखाड़कर फेंकता रहा : 'मुझे मरना है।' मृत्यु उसे अपन आप में इतनी भयंकर न लगती थी। उसका सारा जीवन दुर्भाग्य की एक लम्बी तैयारी के अतिरिक्त और कुछ न रहा था और जिस दुर्घटना को सबसे बड़ा दुर्भाग्य समझा जाता है, उसकी भी उपेक्षा उसने न की थी।

उसने मन-ही-मन कहा, हे ईश्वर ! क्या मैं इतना दुर्बल हूँ कि यदि आज से साठ दिन बाद मुझे किसी ऐसे व्यक्ति से द्वन्द्व-युद्ध करना पड़ता जो तलवार चलाने में अत्यधिक निपुण होता, तो केवल उसी के विषय में दिन-रात आतंकित होकर सोचता रहता।

वह एक घंटे तक यही सोचने का प्रयत्न करता रहा कि इस दृष्टि से उसकी स्थिति ठीक-ठीक क्या है।

जब उसने अपने हृदय का भाव स्पष्ट देख लिया और सत्य उसकी आँखों के आगे जेल के खम्भों की भाँति उजागर हो उठा तो वह पश्चात्ताप की बात सोचने लगा।

मैं क्यों कोई पश्चात्ताप अनुभव करूँ ? मुझे भी तो भीषणतम रूप में आहत किया गया है; मैंने प्राण लिए हैं, मैं मौत की सजा के योग्य हूँ। इतनी ही तो बात है। पर मैं मानव-जाति

से अपना हिसाब चुकता करके ही मरूँगा। मैं अपने पीछे कोई अपूर्ण दायित्व छोड़कर नहीं जा रहा हूँ, किसी का ऋणी नहीं हूँ। मेरी मृत्यु में उसके उपाय को छोड़कर और कोई चीज लज्जाजनक नहीं है। यह सही है कि उसके कारण वेरियेर के नगर-निवासियों की दृष्टि में मेरी स्थिति पर्याप्त लज्जाजनक होगी। किन्तु बौद्धिक दृष्टि से इससे अधिक घृणित जनमत और कौन-सा होगा ? इन लोगों की दृष्टि में महत्त्वपूर्ण बनने का केवल एक ही उपाय है कि मैं मृत्युदंड के लिए जाते समय रास्ते में भीड़ के ऊपर सोना बिखेरता जाऊँ। स्वर्ण के साथ जुड़कर मेरी मृत्यु उनके लिए उत्तम और शानदार हो जाएगी।

यह तर्कक्रम उसे स्वयंसिद्ध जैसा लगा। उसके बाद वह सोचने लगा कि मुझे इस धरती पर अब और कुछ नहीं करना है। इस विचार के बाद वह गहरी नींद में सो गया।

रात को नौ बजे के लगभग जेलर उसका भोजन लेकर आया तो उसने जगाया।

''वेरियेर में लोग क्या कह रहे हैं ?''

''म. जुलियें, इस नौकरी पर नियुक्त होते समय क्रॉस के आगे और राजा की अदालत में मैंने जो शपथ ली थी, उसके कारण मैं चुप रहने के लिए बाध्य हूँ।''

उसने और कुछ न कहा पर तो भी वहीं मँडराता रहा। इस अशोभन ढोंग के दृश्य से जुलियें को बड़ा कौतूहल हुआ। वह सोचने लगा कि अपनी आत्मा की कीमत के रूप में जो पाँच फ्रैंक वह चाहता है, उसके लिए अभी और प्रतीक्षा करनी चाहिए।

जब जेलर ने देखा कि घूस के किसी प्रस्ताव के बिना ही भोजन समाप्त हुआ जा रहा है तो उसने बड़े मीठे और मक्कारी-भरे ढंग से कहा, ''म. जुलियें, लोग भले ही इसे न्याय के विरुद्ध कहें, पर आपके प्रति मित्रता के कारण मैं आपको सब बातें बताने को मजबूर हूँ। मैं जानता हूँ कि म. जुलियें जैसे दयावान सज्जन यह जानकर बड़े प्रसन्न होंगे कि मादाम द रेनाल की हालत सुधर रही है।''

''क्या ! वह मरी नहीं ?'' जुलियें ने बेहद आश्चर्य से कहा।

''क्या मतलब ? आप यह बात नहीं जानते थे ?'' जेलर ने ऐसे बुद्धूपन के भाव से कहा जिसने तुरन्त ही सहर्ष लालच का रूप ले लिया। ''श्रीमान, आपके लिए यह बहुत उचित होगा कि कुछ न कुछ इस सर्जन को भी दें, जो न्याय और कानून के अनुसार कुछ भी नहीं बता सकता। पर श्रीमान् को प्रसन्न करने के लिए मैं स्वयं उनके घर गया और उन्होंने मुझे सारी बातें बता दीं।...''

''संक्षेप में ज़ख्म बहुत घातक नहीं है,'' जुलियें ने अधीर होकर कहा, ''तुम सौगन्ध खाकर कहते हो ?''

जेलर छः फीट ऊँचा-चौड़ा आदमी था, पर वह इस बात से डर गया और पीछे दरवाजे की तरफ हटने लगा। जुलियें तुरन्त समझ गया कि सच्चाई जानने का यह रास्ता गलत है। वह तुरन्त बैठ गया और उसने एक सोने का सिक्का म. न्वारू के आगे फेंक दिया।

ज्यों-ज्यों उस आदमी की कहानी से यह प्रमाणित होने लगा कि मादाम द रेनाल का जख्म घातक नहीं है, त्यों-त्यों जुलियें को अनुभव होने लगा कि उसके आँसू रोके न रुक सकेंगे। वह एकाएक बोला, ''यहाँ से निकल जाओ !''

जेलर ने तुरन्त आज्ञा का पालन किया। दरवाज़ा बन्द होते ही जुलियें सिसक उठा। हे ईश्वर ! वह मरी नहीं ! और वह घुटनों के बल बैठकर फूट-फूटकर रोने लगा।

इस चरम क्षण में उसे परमात्मा पर विश्वास हो आया। पुरोहितों की बेईमानी से क्या

आता-जाता है ? क्या वे किसी भी भाँति परमात्मा की सत्यता और उदात्त गरिमा को कम कर सकते हैं ?

अब जुलियें को अपने अपराध के लिए पश्चात्ताप हुआ। केवल संयोगवश ही उस क्षण वह उस शारीरिक त्रास और अर्धविक्षिप्त अवस्था से मुक्ति पा सका जिससे वह पेरिस से वेरियेर चलने के समय से ग्रस्त था।

उसके आँसू बड़े उदार कारण से निकले थे, अपने दंड के विषय में उसे कोई सन्देह न था।

तो वह जीवित रहेगी। वह सोचने लगा—वह मुझे क्षमा करने और प्यार करने के लिए जीवित रहेगी। अगले दिन सवेरे जेलर ने उसे बहुत देर से जगाया। "आपका हृदय सचमुच ही बेहद मज़बूत है, म. जुलियें," वह कहने लगा : "मैं यहाँ दो बार आ चुका हूँ पर एक बार भी आपको जगाने की इच्छा न हुई। हमारे क्योरे म. मास्लों ने आपके लिए ये बढ़िया शराब की दो बोतलें भेजी हैं।"

"क्या ! वह शैतान अभी तक यहाँ है ?" जुलियें ने कहा।

"जी हाँ, श्रीमान्," जेलर ने अपनी आवाज़ धीमी करते हुए उत्तर दिया। "पर इतने ज़ोर से न बोलिए, इससे आपको नुकसान पहुँच सकता है।" जुलियें जी खोलकर हँसा।

"भले आदमी, मैं जिस जगह पहुँच चुका हूँ, वहाँ केवल तुम ही नरमी और दया का बर्ताव बन्द करके मुझे नुकसान पहुँचा सकते हो। तुम्हें इसके बदले में पूरा मुआवजा मिलेगा," जुलियें ने कहा और बीच ही में रुककर अपना पिछला राजसी भाव धारण कर लिया। इस कार्य के औचित्य के रूप में तुरन्त ही उसने एक छोटा-सा सिक्का भी जेलर को दे डाला।

म. न्वारू ने फिर एक बार उसे पूरे विस्तार से वे सारी बातें सुना दीं जो मादाम द रेनाल के बारे में उसने सुनी थीं, पर माद. एलिजा के आगमन की बात नहीं कही।

उस आदमी से अधिक आज्ञाकारी और दासवृत्तिवाला होना कठिन था। एक विचार जुलियें के मन में आया। यह कुरूप राक्षस जैसा व्यक्ति अधिकाधिक तीन-चार सौ फ्रैंक पैदा कर लेता होगा क्योंकि इसकी जेल में ज्यादा आदमी नहीं हैं। यदि वह मेरे साथ स्विट्ज़रलैंड भाग चलने को तैयार हो जाए तो मैं उसे दस हजार फ्रैंक की ग़ारन्टी दे सकता हूँ। कठिनाई केवल यही होगी कि शायद उसे मेरी बात का भरोसा न हो। ऐसे नीच व्यक्ति से इस विषय में लम्बी चर्चा की सम्भावना से ही जुलियें विरक्ति से भर उठा और वह दूसरी बातें सोचने लगा।

उस दिन शाम को फिर कोई समय न मिला। आधी रात के समय एक घोड़ागाड़ी उसको ले जाने के लिए आई। उसके साथ जो पुलिस के सिपाही यात्रा कर रहे थे, उनसे वह बहुत प्रसन्न हुआ। सवेरे जब वह बजाँसों की जेल में पहुँचा तो उन्होंने कृपा करके उसे एक गौथिक शैली के भवन में ऊपरी मंज़िल में ले जाकर टिकाया। उसने अनुमान किया कि उस मकान का वास्तुशिल्प चौदहवीं शताब्दी के प्रारम्भ का होगा। वह उसकी शोभा और सुखद सुकुमार सुन्दरता की प्रशंसा करने लगा। एक बड़े भारी सहन के दूसरे छोर पर दो दीवारों के बीच खाली जगह में से बहुत ही भव्य तथा सुन्दर दृश्य दिखाई पड़ता था। अगले दिन उसका औपचारिक बयान ले लिया गया जिसके बाद बहुत दिनों तक फिर किसी ने उसे नहीं तंग किया। उसका मन शान्त और स्थिर था। अपने मामले में उसे हर चीज़ बिल्कुल सीधी और

साफ़ दीखती थी : मैंने हत्या करने का प्रयत्न किया था, इसलिए मुझे मौत की सजा मिलनी चाहिए।

इस विषय पर इससे अधिक वह न सोचता था। मुक़दमा, लोगों के सामने आने की परेशानी, अपनी ओर से मुकदमे की पैरवी, इन सब बातों को वह नीरस और तंग करनेवाली क्षुद्र औपचारिक आवश्यकताएँ मानता था जिनके बारे में ठीक मुकदमे के दिन ही सोचना पर्याप्त था। मृत्यु के विषय में भी उसका ध्यान इससे अधिक केन्द्रित नहीं होता था। उसके विषय में सजा सुनाए जाने के बाद सोचूँगा, वह मन-ही-मन कहता। जीवन उसे फिर भी कष्टदायक न लगता था, और वह हर विषय पर एक नए दृष्टिकोण से विचार करने लगा था। उसकी महत्त्वाकांक्षाएँ सब चुक़ गई थीं। माद. द ला मोल की बात भी वह बहुत कम ही सोचता था। पश्चात्ताप उसके मन में बहुत था, जिसके कारण प्रायः उसकी आँखों के आगे मादाम द रेनाल का चित्र खिंच जाता था, विशेषकर रात की निस्तब्धता में जो इस ऊँची इमारत में केवल समुद्री गरुड़ की पुकार से ही कभी-कभी भंग हो जाया करती थी।

वह नियति को धन्यवाद देता कि उसके हाथों मादाम द रेनाल की मृत्यु न हुई। कैसी विस्मयजनक बात है। वह मन-ही-मन कहता। मैंने सोचा था कि म. द ला मोल को अपने पत्र से उन्होंने मेरा सुख सदा के लिए नष्ट कर दिया है और उस पत्र की तारीख के पन्द्रह दिन के भीतर ही अब मैं उस विषय पर पलभर भी ध्यान नहीं देता जिसने उस समय मेरे समूचे मन को घेर रखा था—वेर्जि जैसे पहाड़ी गाँव में चुपचाप जीवन बिताने के लिए दो या तीन हज़ार लिव्र सालाना की आमदनी हो—उन दिनों मैं सचमुच सुखी था—मैं स्वयं अपने को तब समझ न सका था।

दूसरे ही क्षण वह एकाएक अपनी कुर्सी से चौंककर उठ खड़ा होता। यदि मैंने मादाम द रेनाल को मार डाला होता तो मैं स्वयं अपने भी प्राण ले लेता...यदि मैं अपने आप से घृणा नहीं करना चाहता तो इस बात पर पक्का यकीन होना बड़ा जरूरी है।

मेरा आत्महत्या करना ठीक होगा ? वह सोचता कि यही सबसे महत्त्वपूर्ण प्रश्न है। वे सब न्यायाधीश जो औपचारिकता से जकड़े हुए हैं, जो बेचारे दुखी अपराधी के पीछे बुरी तरह से पड़ जाते हैं और अपनी छाती पर केवल एक पदक सजाने के लिए योग्य से योग्य नागरिक को फाँसी पर लटकवा सकते हैं...मुझे उनके चंगुल से अपने आपको मुक्त कर लेना चाहिए। उनकी उन अपमानजनक बातों से अपना पीछा छुड़ा लेना चाहिए। जिन्हें वे व्याकरण की दृष्टि से अशुद्ध भाषा में कहेंगे और जिन्हें स्थानीय समाचार-पत्र ओजस्वी वक्तृता-कला का प्रमाण घोषित करेंगे...

पाँच-छः सप्ताह की जिन्दगी अभी और है। आत्महत्या ! हे ईश्वर ! कुछ दिनों बाद वह सोचने लगा कि नेपोलियन तो अन्त तक जीवित रहा था...इसके अतिरिक्त जीवन मुझे सुखद रहा है। मेरा यह निवास स्थान कितना शान्त है। और हँसते-हँसते उसने आगे सोचा कि यहाँ परेशान करनेवाले और जी उबानेवाले लोगों का बखेड़ा नहीं और फिर वह उन पुस्तकों की सूची बनाने लगा जो वह पेरिस से अपने लिए मँगाना चाहता था।

37
कैदखाना

एक मित्र का मकबरा।

–स्टर्म

उसे बरामदे में बड़े जोर की आवाज सुनाई पड़ी; यह मुलाकात का घंटा तो न था। समुद्री गरुड़ चीखता हुआ उड़ गया, द्वार खुला और वयोवृद्ध क्योरे शैलां ने अपनी छड़ी को कसकर पकड़े काँपते हुए प्रवेश किया और तुरन्त जुलियें को अपने हृदय से लगा लिया।

"ओफ ! दयामय ईश्वर, क्या यह सम्भव है, मेरे बेटे बल्कि राक्षस, मुझे कहना चाहिए !"

और बिचारे वृद्ध एक शब्द भी अधिक न कह सके। जुलियें को भय हुआ कि वह गिर न पड़ें। उसने ले जाकर उन्हें एक कुर्सी पर बिठा दिया। किसी जमाने में यह व्यक्ति कितना उत्साह और शक्ति से भरा रहता था। अब समय का भारी हस्त उसको दबाए हुए था। जुलियें को वह अपने पिछले युग की छाया से अधिक न लगा।

जब उनकी साँस कुछ ठहरी तो वह बोले : "परसों ही तो मुझे तुम्हारा स्त्रासबूर का पत्र और वेरियेर के गरीबों के लिए पाँच सौ फ्रैंक मिले थे। वह मेरे पास पहाड़ों में लिबरु नामक स्थान पर पहुँचा जहाँ मैं आजकल अपने भतीजे ज्याँ के पास रहता हूँ। कल मुझे इस वज्रपात का पता चला। हे प्रभु ! क्या यह सचमुच सम्भव है !" वृद्ध अब रो नहीं रहे थे। वह ऐसे दिखाई पड़ रहे थे मानो उनका मन शून्य हो गया हो। उन्होंने यन्त्रवत् आगे कहा, "तुम्हें अब अपने उन पाँच सौ फ्रैंक की आवश्यकता पड़ेगी, मैं उन्हें तुम्हारे लिए वापस ले आया हूँ।"

"मुझे ज़रूरत आपसे मिलने की थी, फादर !" जुलियें ने सिसककर कहा। वह बहुत ही भावविह्वल हो उठा था। "धन तो मेरे पास कुछ है।"

पर उसके बाद वह कोई समझदारी का उत्तर न पा सका। बीच-बीच में म. शैलाँ की आँखों से कुछ आँसू चुपचाप गालों के ऊपर बह जाते, तब वह जुलियें की ओर टकटकी बाँधकर देखते और अवाक्-सी अवस्था में उसका हाथ उठाकर अपने होठों से लगा लेते। वह मुखमुद्रा जो कभी इतनी जीवन्त रहती थी और जिस पर उच्चतम भावनाएँ इतने प्रबल रूप में प्रकट हुआ करती थीं, अब उसके ऊपर विरक्ति का भाव स्थायी रूप से अंकित था। शीघ्र ही एक किसान वृद्ध को ढूँढ़ता हुआ वहाँ आया। वह जुलियें से कहने लगा, "कहीं ये थक न जाएँ।" जुलियें समझ गया कि यह उनका भतीजा है। इस संक्षिप्त भेंट ने जुलियें को ऐसे तीखे दुख में डुबा दिया कि उसके आँसू तक न आए। उसे हर वस्तु उदासीभरी और सान्त्वनाहीन जान पड़ी; उसे लगा कि उसके वक्ष के भीतर उसका हृदय जमकर बरफ हो गया है।

अपने अपराध के बाद से यह उसके लिए सबसे कड़वा क्षण था। उसने अभी-अभी मृत्यु को अपने कुरूपतम रूप में सामने देखा था। महान आत्मा के साहस और उच्चता के सारे धर्म तूफान के आगे बादलों की भाँति बिखर गए।

यह भयंकर अवस्था कई घन्टों तक रही। मन के विषाक्त हो जाने पर आदमी को शारीरिक उपचार और शैम्पेन के एक गिलास की आवश्यकता होती है। जुलियें यदि ऐसे साधनों का सहारा लेता तो अपने आपको कायर अनुभव करता। सारे दिन वह अपने कमरे में इधर से उधर चहल-कदमी करता रहा। उस भयंकर दिन के समाप्त होते-होते वह कह उठा कि मैं भी कैसा मूर्ख हूँ ! मुझे भी यदि अपने बिस्तर पर पड़े-पड़े मरना होता तो इस वृद्ध व्यक्ति की दयनीय दशा को देखकर दुःखी अनुभव करना ठीक था; किन्तु भरी जवानी में मौत मुझे ऐसी दयनीय जराजीर्णता से बचा लेगी।

किन्तु जितनी भी युक्तियाँ जुलियें के मन में आतीं, उन सभी से उसे अपने ऊपर अन्य दुर्बल-हृदय व्यक्तियों की भाँति तरस आने लगता और वह इस भेंट के परिणामस्वरूप दुखी हो उठता।

अब उसमें किसी अनगढ़ भव्यता का किसी रोमन गुण का लेशमात्र न बचा था। मृत्यु उसे अपने ऊपर मँडराती हुई जान पड़ती थी और अब इतनी सहज न लगती थी।

यह मेरे लिए थर्मामीटर का काम देगी, वह मन-ही-मन कहने लगा। आज मेरा साहस गिलोटीन के लिए आवश्यक स्तर से दस डिग्री नीचे है। सबेरे उतना साहस मेरे पास था। जो हो, इससे क्या अन्तर पड़ता है ? आवश्यकता होने पर फिर प्राप्त हो जाए, यही काफी है। थर्मामीटर के विचार ने उसका जी हल्का कर दिया और अन्त में उसका मन किसी और बात में लग गया।

अगले दिन सबेरे नींद खुलने पर वह पहले दिन की भाँति ही अपने ऊपर लज्जित हो उठा। वह सोचने लगा कि मेरे मन की शान्ति, मेरा सुख दाँव पर है। उसने लगभग निश्चय कर लिया कि जिले के अटार्नी को लिख दे कि किसी को उससे मिलने न दिया जाए। पर फिर सोचने लगा कि यदि फूके आया तो ? यदि उसने बजाँसों आने का प्रयत्न किया तो वह कितना दुखी होगा।

सम्भवतः दो महीने से उसे फूके की याद तक न आई थी। वह सोचने लगा कि मैं स्त्रासबूर में कैसी मूर्खताएँ करता रहा। अपने कालर की बनावट के परे कोई बात सूझती ही न थी। फूके की स्मृतियाँ उसके मन में बहुत थीं और उन्होंने उसकी मनःस्थिति को थोड़ा नरम कर दिया। वह उत्तेजनावश इधर से उधर टहलने लगा। इस समय मैं निश्चित रूप से मृत्यु के स्तर से बीस डिग्री नीचे हूँ...यदि यह दुर्बलता बढ़ी तो आत्महत्या ही अधिक उचित होगी। यदि मैं रिरियाते पिल्ले की भाँति मरा तो मास्लों और वालनो जैसे लोगों को कितनी खुशी होगी !

फूके आ पहुँचा; वह सरल स्नेही व्यक्ति शोक से विक्षिप्त-सा था। उसके मन में बस यही विचार था कि अपनी सारी सम्पत्ति बेचकर किसी तरह जेलर को फुसलाए और जुलियें का जीवन बचा ले। वह विस्तार से म. द लवालेते के जेल से भागने की कहानी सुनाता रहा।

"तुम्हारी बात से मुझे दुख हो रहा है," जुलियें ने उससे कहा। "म. द लवालेते निरपराध थे, मैं अपराधी हूँ। अनचाहे ही तुम मुझे इस अन्तर पर विचार करने को बाध्य कर रहे हो। पर क्या यह वास्तव में सच भी है ?" एकाएक शंका और अविश्वास के भाव से उसने पूछा, "क्या तुम अपनी सारी सम्पत्ति बेच दोगे ?"

फूके इतनी देर में अपने मित्र को अपने विचार से प्रभावित होते देखकर बहुत ही प्रसन्न हुआ। वह उसे बहुत विस्तार से एक-एक फ्रैंक का हिसाब बताने लगा कि उसकी सारी

जायदाद से कितना धन मिल सकेगा !

एक छोटे-से देहाती ज़मींदार के लिए कितना महान उदारता का कार्य था ! जुलियें सोचने लगा। वह मेरे लिए अपनी छोटी-छोटी किफ़ायतों से बचाया हुआ धन त्याग करने को उद्यत है। उसकी इन सब बातों से उन दिनों मुझे कितनी लज्जा हुआ करती थी ! द ला मोल भवन में जिन सब सुन्दर नौजवानों से मेरी भेंट होती थी, उनमें से किसी में फूके के अजीब तौर-तरीके नहीं मिलेंगे। किन्तु बहुत ही अल्पवयस्क और धनी लोगों को छोड़कर, जो पैसे का कोई मूल्य अभी नहीं जानते, उन सुन्दर पेरिसवासियों में से कौन ऐसा त्याग करने में समर्थ होता ?

फूके की सारी व्याकरण की भूलें, उसके सारे फूहड़ रंगढंग नज़र से ओझल हो गए। जुलियें ने उसे हृदय से लगा लिया। पेरिस की तुलना में दूरस्थ प्रान्त कभी इतने उच्च न दिखाई पड़े होंगे। इतनी बड़ी श्रद्धांजलि उन्हें कभी न मिली होगी। अपने मित्र की आँखों में उत्साह की चमक से फूके प्रसन्न हो उठा; उसने इसे भाग निकलने की योजना के लिए जुलियें की सम्मति का सूचक समझा।

उदात्तता के इस दर्शन से जुलियें की वह सारी शक्ति फिर से लौट आई जो फादर शैलाँ के आकस्मिक आगमन के कारण उससे छिन गई थी। वह अभी भी बहुत अल्पवयस्क था, पर मेरे मन से वह एक स्वस्थ पौधे की भाँति था। अधिकांश व्यक्तियों की भाँति कोमल अंकुर से बढ़कर छोटे-मोटे वृक्ष का रूप ले लेने के बजाय, आयु के साथ-साथ उसे अधिकाधिक करुणावान विशाल हृदय प्राप्त होता, उसका सारा विक्षिप्त अविश्वास...किन्तु ऐसी सब व्यर्थ भविष्यवाणियों से क्या लाभ है ?

जुलियें के तमाम प्रयत्नों के बावजूद मुकदमे की जाँच-पड़ताल से सम्बन्धित पूछताछ बढ़ती जा रही थी, यद्यपि उसके सारे उत्तर ऐसे थे कि काम जल्दी से जल्दी खत्म हो। वह हर रोज यही दोहराता : 'मैंने हत्या की है, अथवा कम-से-कम पहले से सोच-समझकर हत्या करने का प्रयत्न किया है।' पर मजिस्ट्रेट तो सबसे पहले औपचारिकता का प्रेमी था। जुलियें के बयानों से पूछताछ किसी तरह कम नहीं हुई; उनसे तो मजिस्ट्रेट के अभिमान को और भी बल मिलता था। जुलियें यह नहीं जानता था कि उन्होंने उसे एक भयंकर तहखाने की कोठरी में रखने का निश्चय किया था, और केवल फूके के प्रयत्नों के कारण ही उसे धरती से एक सौ अस्सी सीढ़ी ऊपर इस सुन्दर कमरे में रहने दिया जा सका था।

जलाऊ लकड़ी के लिए फूके का जिन महत्त्वपूर्ण व्यक्तियों से सम्पर्क था, उनमें आबे द फ्रिलेर भी थे। लकड़ी के इस योग्य कारबारी की पहुँच सर्वशक्तिमान प्रधान विकार के पास भी थी।

म. फ्रिलेर ने उसे बताया कि जुलियें के चरित्र के उत्तम गुणों से और किसी ज़माने में शिक्षा-मठ की उसकी सेवाओं से प्रसन्न होकर उन्होंने मजिस्ट्रेट से जुलियें के पक्ष में बातचीत करने का निश्चय किया है। फूके की खुशी का ठिकाना न था और उसे अपने मित्र को बचाने की एक क्षीण-सी आशा दिखने लगी। श्रद्धापूर्वक अभिवादन करके बाहर जाते-जाते उसने प्रधान विकार से यह प्रार्थना की कि अपराधी की मुक्ति के लिए दस लुई पूजा में ख़र्च किए जाएँ।

फूके को बड़ा विचित्र भ्रम था। म. फ्रिलेर वालनो की जात के व्यक्ति न थे। उन्होंने उसका यह प्रस्ताव अस्वीकार कर दिया और उस किसान को यह समझाने का प्रयत्न भी

किया कि वह अपने पैसे को अलग ही रखे तो अच्छा है। यह देखकर कि अदूरदर्शी हुए बिना अपनी बात को समझाना कठिन है, म. द फ्रिलेर ने उसे सलाह दी कि वह इस रकम को गरीब कैदियों में बँटवा दे जिन्हें सचमुच ही हर प्रकार की वस्तुओं की आवश्यकता थी।

म. द फ्रिलेर सोचने लगे कि यह आदमी जुलियें बड़ा अजीब है, उसका कार्य समझ में नहीं आता; पर मेरे लिए कोई चीज़ दुर्बोध न होनी चाहिए। शायद उसे शहीद बनाना सम्भव हो सके। मैं पता लगाऊँगा कि आख़िर इस मामले की जड़ क्या है; शायद उस औरत मादाम द रेनाल को भी कुछ डराने का अवसर मिल सके। उसके मन में हम लोगों के लिए कोई इज्जत नहीं और मुझसे तो वह मन-ही-मन घृणा करती है। इसमें शायद कोई ऐसा उपाय भी हाथ लग जाए जिससे म. द ला मोल से समझौता हो सके। इस युवक के लिए उनके मन में बड़ी कमज़ोरी है।

उनके मुकदमे के काग़ज़-पत्रों पर कुछ ही सप्ताह पहले हस्ताक्षर हुए थे और फादर पिरार ने बजाँसों से चलने के पहले जुलियें के जन्मविषयक रहस्य का भी कुछ ज़िक्र किया था। यह सब ठीक उसी दिन हुआ जिस दिन उस अभागे युवक ने वेरियेर के गिरजाघर में मादाम द रेनाल की हत्या करने का प्रयत्न किया।

जुलियें को अपने और अपनी मृत्यु के बीच केवल एक ही अप्रिय घटना दिखाई पड़ती थी और वह थी अपने पिता से भेंट। उसने फूके से इस विषय में परामर्श किया कि ज़िले के अटार्नी से कहकर किसी प्रकार मुलाकातियों का आना बन्द हो सके। ऐसे क्षण में भी पिता के प्रति ऐसी घृणा देखकर फूके के सरल निश्छल हृदय को बड़ा गहरा धक्का लगा।

यह बात अब उसकी समझ में आने लगी कि उसके मित्र से इतने लोग ऐसी तीव्र घृणा करते हैं। पर उसके दुख का ध्यान करके उसने अपने विचार प्रकट न किए।

उसने कुछ रूखे स्वर में उत्तर दिया, ''पर यह एकान्त-निर्वासन का आदेश तुम्हारे पिता पर लागू न होगा।''

38
प्रभावशाली व्यक्ति

उसके रंग-ढंग इतने रहस्यपूर्ण हैं और उसका शरीर इतना
सौन्दर्यपूर्ण ! कौन हो सकती है वह ?

–शिलर

अगले दिन बहुत सवेरे जेलखाने के द्वार खुले। जुलियें चौंककर उठ बैठा।

आह, हे ईश्वर ! वह सोचने लगा। मेरे पिता जी आ गए ! कैसी अप्रिय स्थिति होगी !

उसी क्षण किसानों के-से वस्त्र पहने हुए एक स्त्री आकर उससे लिपट गई; जुलियें को पहचानने में कुछ कठिनाई हुई। यह माद. द ला मोल थीं।

''निष्ठुर कहीं के ! तुम्हारे पत्र से मुझे इससे अधिक कुछ पता न चल सका कि तुम हो कहाँ। और जिसे तुम अपना अपराध कहते हो, उसके बारे में तो मुझे वेरियेर में पता

चला। वह उच्च कोटि के प्रतिकार के अतिरिक्त और कुछ नहीं और उससे तुम्हारे वक्ष में धड़कते हुए हृदय के उच्चतम गुण ही प्रकट होते हैं।''

माद. द ला मोल के विषय में अपने सन्देहों के बावजूद, जिन्हें वह स्वयं अपने आगे भी निश्चित रूप से स्वीकार न करता था, जुलियें को वह बहुत ही मोहक जान पड़ीं। उनके इस व्यवहार और बातचीत में उच्च निःस्वार्थ स्नेह को न पहचानना कैसे सम्भव था ? कोई क्षुद्र और कुत्सित प्रवृत्ति का व्यक्ति उन्हें प्रकट करने का साहस नहीं कर सकता। उसे लगा, मानो वह अभी तक किसी साम्राज्ञी से प्रेम करता रहा हो। कुछ पल बाद जब उसने उत्तर दिया तो उसके शब्दों और विचारों में एक अपूर्व ऊर्जस्वल भावना की छाप थी। ''मैं भविष्य की रूपरेखा अपनी आँखों के आगे स्पष्ट देख रहा था। अपनी मृत्यु के बाद मैंने तुमसे म. द क्रवाजन्वा के साथ विवाह करने का अनुरोध किया था। मैंने सोचा था कि एक विधवा युवती का उच्च किन्तु थोड़ा-सा रोमान्टिक हृदय एक विशिष्ट, दुखपूर्ण और उदात्त घटना के कारण विस्मय-चकित हो साधारण दैनन्दिन दूरदर्शिता का पुजारी हो जाता और वह तरुण मार्कि का वास्तविक महत्त्व पहचान लेती। तुम एक प्रकार से लाचार होकर उन सब वस्तुओं को स्वीकार कर लेतीं जिन्हें दुनिया सुख कहती है—प्रतिष्ठा, धन-सम्पत्ति, उच्च पद-मर्यादा, इत्यादि। पर प्यारी मातिल्द, यदि तुम्हारे यहाँ आने का पता बजाँसों में लोगों को चल गया तो म. द ला मोल को इससे बड़ा भयंकर कष्ट होगा जिसके लिए मैं अपने आपको कभी न क्षमा कर सकूँगा। मैं पहले ही उन्हें बहुत दुख दे चुका हूँ ! वह अकादमी-सदस्य कहेंगे कि उन्होंने आस्तीन में साँप पाल रखा था !''

''यह तो मानना ही पड़ेगा,'' माद. द ला मोल ने अर्ध-क्रुद्ध भाव से कहा, ''कि मैंने भविष्य के प्रति ऐसी चिन्ता और इतनी रूखी दलीलों की आशा न की थी। मेरी नौकरानी भी इतनी ही सावधान रहनेवाली है। उसने अपने लिए एक पासपोर्ट जुटाया और मैं यहाँ मादाम मिशले के नाम से ही जल्दी में आई हूँ।''

''और क्या मादाम मिशले को यहाँ मेरे पास तक पहुँचने में बहुत आसानी हुई ?''

''ओफ ! तुम अभी तक वही श्रेष्ठ पुरुष बने हुए हो जिसने मेरा स्नेह जीता था। सबसे पहले तो मैंने सौ फ्रैंक एक मजिस्ट्रेट के सेक्रेटरी को दिए जो कहता था कि मेरा इस जेल में प्रवेश असम्भव है। किन्तु एक बार धन ले लेने के बाद उन विनम्र सज्जन ने मुझे लटकाए रखा और तरह-तरह की कठिनाइयों की चर्चा करने लगे। मैंने सोचा कि यह मुझे लूटना चाहते हैं।'' मातिल्द एकाएक चुप हो गई।

''फिर ?'' जुलियें ने पूछा।

''मुझसे नाराज न हो, जुलियें, प्रियतम,'' मातिल्द ने उससे लिपटते हुए कहा। ''हारकर मुझे अपना नाम इस सेक्रेटरी को बताना पड़ा जिसने मुझे सुन्दर जुलियें के प्रेम में पागल पेरिस की कोई वस्त्र सीनेवाली समझ रखा था।...सचमुच ये उसी के शब्द हैं। मैंने उससे सौगन्ध खाई कि मैं तुम्हारी पत्नी हूँ और मुझे तुमसे रोज मिलने की आज्ञा चाहिए।''

जुलियें सोचने लगा कि यह मूर्खता की चरम सीमा है, पर मैं इसे रोक नहीं सकता। म. द ला मोल इतने बड़े सामन्त हैं कि जनमत इस सुन्दर विधवा से विवाह करनेवाले तरुण कर्नल के लिए आसानी से कोई न कोई बहाना ढूँढ़ लेगा। मेरी मृत्यु से सब बात ढँक जाएगी। उसने आत्मविभोर होकर मातिल्द के प्रेम के आगे आत्मसमर्पण कर दिया। उसमें पागलपन था, आत्मा की महानता थी। मातिल्द ने गम्भीरता से उसके आगे प्रस्ताव किया कि दोनों

एक साथ ही प्राण दे दें।

प्रेम-विह्वलता के इन प्रथम क्षणों के बाद, जब उसकी जुलियें से मिलन-सुख की लालसा कुछ मिटी तो उसका मन अचानक तीव्र कौतूहल से भर उठा। वह ध्यान से अपने प्रेमी की ओर देखने लगी और वह उसे कल्पना से कहीं अधिक श्रेष्ठ दिख पड़ा। वह उसे बोनीफास द ला मोल का और भी अधिक वीरतापूर्ण अवतार जैसा जान पड़ा।

मातिल्द नगर के मुख्य वकीलों से मिली जो उसके खुल्लमखुल्ला घूस के प्रस्ताव से पहले तो नाराज़ हुए पर फिर अन्त में मान गए।

वह शीघ्र ही इस निष्कर्ष पर पहुँच गई कि बजाँसों में चोरी-छिपे के किसी भी महत्त्वपूर्ण सौदे में सब कुछ आबे द फ्रिलेर के ऊपर निर्भर था।

शुरू में मादाम मिशले के साधारण नाम के कारण उसे सर्वशक्तिमान जैस्विटपंथी से भेंट करने में भी बड़ी बाधा का सामना करना पड़ा। पर तरुण आबे जुलियें सोरेल को सान्त्वना देने के लिए पेरिस से आनेवाली प्रेम-विह्वल सिलाई करनेवाली युवती के सौन्दर्य की चर्चा शीघ्र ही सारे शहर में फैल गई।

मातिल्द बजाँसों की सड़कों में अकेली ही पैदल इधर से उधर आती-जाती थी; वह सोचती कि कोई उसे पहचान न सकेगा। कम-से-कम वह यह तो सोचती ही थी कि साधारण लोगों के ऊपर प्रभाव डालना उसके उद्देश्य के लिए बहुत उपयोगी तो होगा ही। अपनी मूर्खतावश वह यह कल्पना करती थी कि वह जुलियें को बचाने के लिए लोगों को दंगा करने के लिए भड़का सकेगी। वह यह भी सोचती थी कि उसके वस्त्र बहुत ही साधारण और दुखी स्त्री के उपयुक्त हैं; पर वास्तव में उसके वस्त्र ऐसे थे कि हर व्यक्ति की दृष्टि उसकी ओर आकृष्ट होती थी।

बजाँसों में चारों ओर उसी की चर्चा थी। आखिरकार एक सप्ताह तक प्रयत्न करने के बाद उसे म. द फ्रिलेर से भेंट का अवसर मिला। अपने सारे साहस के बावजूद धर्मसंघ के प्रभावशाली सदस्य के विषय में ऐसे आडम्बरपूर्ण, ढोंगी और धूर्त व्यक्ति की कल्पना उसके मन में थी कि बिशप के महल के द्वार पर घंटी बजाते समय वह काँप रही थी। वह लड़खड़ाती हुई-सी सीढ़ियों पर चढ़कर प्रधान विकार के कक्ष में पहुँची। बिशप के महल की निर्जनता ने उसे भय से जड़ीभूत कर दिया। वह सोचने लगी कि यदि बैठते ही कुर्सी मेरी बाँहों को जकड़ ले और मैं लोप हो जाऊँ तो मेरी नौकरानी किससे समाचार पूछने जाएगी ? पुलिस का कप्तान कोई परवाह ही न करेगा...इस बड़े भारी शहर में मैं एकदम अकेली हूँ !

कमरे के ऊपर पहली बार दृष्टि डालते ही मातिल्द का विश्वास लौट आया। सबसे पहले तो एक बहुत ही बढ़िया वर्दी पहने हुए नौकर दरवाज़ा खोलने के लिए मौजूद था। जिस ड्राइंगरूम में उससे प्रतीक्षा करने को कहा गया, वह ऐसे सुन्दर और सुरुचिपूर्ण ढंग से सजा हुआ था जो पेरिस के भी केवल बड़े से बड़े घरानों में ही मिलता है। अपनी ओर बढ़ते हुए म. द फ्रिलेर के स्नेहपूर्ण भाव पर दृष्टि पड़ते ही भयंकर अपराध की सारी आशंकाएँ उसके मन से दूर हो गईं। उस सुन्दर मुख पर उसे उस जोशीली और कुछ-कुछ डरावनी सदाचार-प्रियता का कोई चिह्न न दिखाई पड़ा जो पेरिसवासियों को इतनी अप्रिय है। बजाँसों के सर्वशक्तिमान पुरोहित के मुख पर हल्की-सी मुस्कुराहट का आभास इस बात की भी घोषणा करता था कि वह व्यक्ति भद्र समाज में उठने-बैठने का अभ्यस्त है और साथ ही सुसंस्कृत धर्माधिकारी तथा सुयोग्य प्रशासक भी है। मातिल्द को लगा, जैसे वह पेरिस में आ पहुँची हो।

म. द फ्रिलेर को मातिल्द से यह स्वीकार करा लेने में कुछ ही मिनट लगे कि वह उसके शक्तिशाली प्रतिद्वन्द्वी मार्कि द ला मोल की पुत्री है।

"सच बात यह है कि मैं मादाम मिशले नहीं हूँ," उसने अपने समस्त स्वाभाविक दर्प के साथ कहा, "और इस बात को स्वीकार करने में मुझे कोई आपत्ति नहीं, क्योंकि महाशय, मैं आपसे म. द वेर्ने के जेल से भाग सकने के विषय में परामर्श लेने आई हूँ। पहले तो उन्होंने साधारण मूर्खता से अधिक कोई अपराध नहीं किया है; जिस स्त्री पर उन्होंने गोली चलाई थी वह जीवित है। दूसरे, छोटे-छोटे अफसरों के लिए मैं पचास हजार फ्रैंक यहाँ इसी समय नकद और इससे दूनी रकम का वचन देने को तैयार हूँ। अन्त में, म. द वेर्ने के रक्षक के लिए मेरी और मेरे परिवार की इतनी कृतज्ञता होगी कि उसके लिए कुछ भी करना असम्भव न होगा।"

म. द फ्रिलेर यह नाम सुनकर कुछ चकित हुए। मातिल्द ने उन्हें युद्ध-मन्त्रालय के कई पत्र दिखाए जो म. जुलियें सोरेल द ला वेर्ने के नाम लिखे गए थे।

"देखिए महाशय, मेरे पिता ने उनकी जिम्मेदारी अपने ऊपर ले ली थी। मैंने उनसे चुपचाप विवाह किया है क्योंकि मेरे पिता चाहते थे कि इस विवाह की अनुमति देने के पहले, जोद ला मोल परिवार के लिए बड़ी असाधारण है, म. द ला वेर्ने उच्च अफसर हो जाएँ।"

मातिल्द ने देखा कि इन महत्त्वपूर्ण बातों की जानकारी होने के साथ-साथ म. द फ्रिलेर के मुख से दया और हल्के विनोद का भाव शीघ्र ही गायब हो गया। गहरी कुटिलता के साथ-साथ एक प्रकार की धूर्तता का भाव उनके मुख पर झलक उठा।

उन्हें सन्देह होने लगा था; वह सरकारी काग़ज़ों को फिर से धीरे-धीरे पढ़ने लगे।

वह आश्चर्य से सोच रहे थे कि इस विचित्र रहस्योद्घाटन से मेरा क्या लाभ हो सकेगा ? अचानक ही इस समय उन सुप्रसिद्ध मादाम द फेरवाक के एक बन्धु से मेरा इतना घनिष्ठ सम्पर्क हो गया है, जो—के बिशप की सर्वशक्तिमान भतीजी हैं, और जिनकी सहायता से फ्रांस में लोग बिशप बना करते हैं। जिसे मैं अभी तक सुदूर भविष्य की बात समझा करता था, वह अप्रत्याशित रूप में ही आज मेरे सामने प्रस्तुत है। इससे मैं अपनी सारी आशाएँ पूरी कर सकता हूँ।

जिस परम प्रभावशाली व्यक्ति के साथ मातिल्द एक दूरस्थ कक्ष में एकदम अकेली थी, उसके मुख का भाव इस प्रकार अचानक बदलते देखकर पहले तो वह कुछ चौंकी, किन्तु पलभर बाद ही सोचने लगी कि इस अधिकार और स्वार्थलिप्सा में डूबे हुए पुरोहित के आत्मकेन्द्रित तथा रूखे हृदय पर यदि मैं कोई भी प्रभाव न डाल सकी तो क्या यह मेरा सबसे बड़ा दुर्भाग्य न होगा ?

बिशप बनने की इस आकस्मिक और अप्रत्याशित सम्भावना से चौंधियाकर और मातिल्द की बुद्धि से विस्मित होकर म. द फ्रिलेर पलभर के लिए कुछ बेखबर हो गए। महत्त्वाकांक्षा से उत्सुक होकर वह उत्तेजना के कारण सचमुच काँपने लगे थे। मातिल्द को लगा कि वह अब उसके चरणों में ही गिर पड़ेंगे।

वह सोचने लगी कि बात साफ है। यहाँ मादाम द फेरवाक के मित्र के लिए कोई चीज़ असम्भव नहीं। मन-ही-मन बड़ी तीखी ईर्ष्या होते हुए भी उसने साहस करके यह बताया कि जुलियें स्वयं मारेशाल का घनिष्ठ बन्धु है और लगभग रोज शाम को उनके घर पर—के बिशप महोदय से मिला करता था।

आख़िरकार आँखों में महत्त्वाकांक्षा की तीखी चमक के साथ और प्रत्येक शब्द पर ज़ोर देते हुए प्रधान विकार ने कहा, "इस ज़िले के सबसे महत्त्वपूर्ण व्यक्तियों में से लगातार चार या पाँच बार लाट डालकर छत्तीस जूरियों की सूची भी बनाई जाए तो भी यदि प्रत्येक सूची में आठ या नौ व्यक्ति, और वे भी उनमें से सबसे अधिक बुद्धिमान, मेरे मित्र न निकलें तो मैं अपने आपको बहुत ही अभागा समझूँगा। बहुमत लगभग अनिवार्य रूप से हर बार मुझे ही मिलेगा, निर्णय के लिए जितना आवश्यक है उससे कहीं अधिक। मादम्वाज़ेल, आप ही देखिए, मेरे लिए छुटकारा दिलाना इतना असान है।"

अचानक आबे द फ्रिलेर बीच में ही चुप हो गए, मानो उन्हें अपने ही स्वर पर आश्चर्य हो उठा हो। वह ऐसी बातें स्वीकार कर रहे थे जो सांसारिक लोगों के सामने कभी नहीं कही जा सकतीं।

दूसरी ओर मातिल्द भी उनकी बात सुनकर विस्मय से अवाक् हो गईं। उन्होंने उसे बताया कि जुलियें के इस विचित्र कांड में बजाँसोंवासियों के लिए सबसे अधिक आश्चर्य और दिलचस्पी की बात यह थी कि किसी ज़माने में उसने मादाम द रेनाल के हृदय में बड़ा गहरा प्रेम जाग्रत किया था और बहुत दिनों तक वह स्वयं भी वैसा ही अनुभव करता था। म. द फ्रिलेर को यह समझाने में कोई कठिनाई न हुई कि उनकी कहानी ने कितना तीखा सन्ताप उत्पन्न किया है।

वह सोचने लगे कि आख़िरकार मेरा बदला पूरा हुआ। अब इस जिद्दी लड़की को काबू में करने का रास्ता निकल आया; मुझे भय था कि कहीं कोई उपाय न सूझा तो क्या होगा। उसके विशिष्ट और कुछ-कुछ दुर्बोध-से भाव के कारण उस युवती का अपूर्व सौन्दर्य उन्हें और भी अधिक आकर्षक लगा जो इस समय लगभग याचिका की-सी मुद्रा में उनके आगे बैठी थी। उनका सारा आत्मसंयम लौट आया। मातिल्द के हृदय के भीतर कटार को और भी उमेठने में उन्हें तनिक भी संकोच न हुआ।

वह बड़ी लापरवाही के साथ बोले, "मुझे यह जानकर बहुत आश्चर्य न होगा कि म. सोरेल जिस स्त्री को किसी समय इतना अधिक प्यार करते थे, उसके ऊपर उन्होंने दो बार गोली ईर्ष्या के कारण चलाई। वह कम सुन्दरी नहीं है और पिछले कुछ दिनों से वह दिजों में एक फादर मार्किनो से बहुत मिलने-जुलने लगी है। यह आदमी जानसेनपंथी है और अपनी कोटि के सब व्यक्तियों की भाँति बिल्कुल नैतिकताहीन है।

बड़े इत्मीनान के साथ और एक प्रकार की इन्द्रिय-तृप्ति के भाव से म. द फ्रिलेर इस रूपवती लड़की के हृदय को त्रास देते रहे जिसकी दुर्बलता उन्होंने पकड़ ली थी।

मातिल्द के ऊपर जलती हुई आँखें गड़ाकर वह पूछने लगे, "म. सोरेल ने अपने इस कार्य के लिए गिरजाघर को ही क्यों चुना ? इस बात का इसके सिवाय और क्या कारण हो सकता है कि उस समय उनका प्रतिद्वन्द्वी भी वहीं पूजा कर रहा था ? यह तो सभी मानते हैं कि जिस व्यक्ति को आपकी छत्रछाया का सौभाग्य प्राप्त है, वह बुद्धिमान ही नहीं, बेहद चतुर तथा दूरदर्शी भी है। फिर उसके लिए इससे अधिक आसान क्या होता कि वह चुपचाप म. द रेनाल के बाग़ में छिपकर बैठ जाता जिसे वह भली-भाँति जानता है ? यह निश्चित था कि वहाँ न तो कोई उन्हें देखता, न वह पकड़े जाते, और न कोई उन पर सन्देह करता। वह आसानी से उस स्त्री को मार सकते थे जिसने उन्हें ईर्ष्यालु बनाया था।"

ऊपर से इतनी समझदारी की इन दलीलों ने मातिल्द को पूरी तरह से विक्षिप्तप्राय कर

दिया। उसकी आत्मा इतनी गर्वीली और विशिष्ट होने पर भी उस शुष्क दूरदर्शिता में डूबी हुई थी जिसे उच्च समाज मानव-हृदय की इतनी सच्ची अनुकृति समझता है। उसमें इतनी समझ न थी कि दूरदर्शिता की सम्पूर्ण उपेक्षा के उस आनन्द को समझ सके जो किसी उत्सुक ज्वलन्त आत्मा के लिए ऐसे प्रखर सुख का कारण हो सकता है। पेरिस के उच्च वर्ग में प्रेम बड़ी मुश्किल से दूरदर्शिता से अलग होता है और केवल पाँचवीं मंज़िल के लोग ही खिड़कियों से कूदकर प्राण देते हैं।

आख़िरकार आबे द फ्रिलेर को अपनी क्षमता का पूरा निश्चय हो गया। उन्होंने मातिल्द को यह विश्वास दिलाने का प्रयत्न किया (निस्सन्देह वह झूठ बोल रहे थे) कि जुलियें का मुकदमा जिस विशेष सरकारी वकील के हाथों में है, उससे वह जो चाहे करवा सकते हैं। चुनाव द्वारा छत्तीस जूरियों के नाम निर्धारित हो जाने के बाद वह कम-से-कम उनमें से तीस से प्रत्यक्ष और व्यक्तिगत अनुरोध इस विषय में कर सकेंगे। यदि म. द फ्रिलेर को मातिल्द इतनी सुन्दर न लगती तो वह उसके साथ पाँचवीं या छठवीं भेंट के पहले इतने स्पष्ट शब्दों में कभी न बात करते।

39

षड्यन्त्र

31 मार्च, 1676। जिस व्यक्ति ने हमारे घर में अपनी बहन की हत्या करने की कोशिश की, वह पहले एक व्यक्ति की हत्या कर चुका था और उसे छुड़ाने में उसके पिता को 500 स्वर्णमुद्राएँ खर्च करनी पड़ी थीं; पार्षदों को अपने पक्ष में करने के लिए गुप्त रूप से उनका वितरण करना पड़ा था।

—लॉक, फ्रांस में यात्राएँ

बिशप के महल से लौटने के बाद मातिल्द ने मादाम द फेरवाक के पास एक सन्देशवाहक भेजने में कोई संकोच न किया; बदनामी के भय से वह तनिक भी पीछे न हटीं। उसने मादाम द फेरवाक से प्रार्थना की कि वह बजाँसों के बिशप का लिखा हुआ एक पत्र म. द फ्रिलेर के नाम प्राप्त कर लें; बल्कि उसने उनसे स्वयं बजाँसों आ जाने की प्रार्थना की। एक अत्यन्त अभिमानिनी और ईर्ष्यालु स्वभाव की महिला के लिए यह बड़ा ही उच्च तथा उदारतापूर्ण कार्य था।

फूके की सलाह मानकर उसने जुलियें को अभी तक यह न बताया था कि वह क्या कर रही है। वैसे ही उसकी उपस्थिति मात्र से जुलियें को काफ़ी उद्विग्नता हो रही थी। मृत्यु के समीप पहुँचकर आज वह नैतिक प्रश्नों के विषय में इतना सजग हो उठा था जितना जीवनभर कभी न रहा था। उसे न केवल म. द ला मोल के कारण बल्कि स्वयं मातिल्द के लिए भी बड़ा भारी मानसिक सन्ताप हो रहा था।

वह अपने आपसे प्रश्न पूछता कि मैं उसकी उपस्थिति में कुछ खोया-खोया-सा, अनमना और कभी-कभी उकताया-सा क्यों हो उठता हूँ ? वह मेरे लिए अपना जीवन बरबाद किए

दे रही है और मैं उसका यह बदला दे रहा हूँ। क्या इसका यह अर्थ है कि मैं सचमुच ही हृदयहीन और निर्मम हूँ ? जिन दिनों वह महत्त्वाकांक्षी था, उन दिनों यह प्रश्न उसको बहुत कम परेशान करता, क्योंकि उन दिनों आगे बढ़ने में असफलता ही उसकी दृष्टि में एकमात्र अपमान की बात थी।

मातिल्द के सामने उसके मन की बेचैनी और भी तीव्र हो उठती थी क्योंकि मातिल्द के भीतर इस समय विचित्रतम और अत्यन्त ही उन्मत्त प्रकार का प्रेमभाव जाग्रत हो रहा था। वह उसे बचाने के लिए असाधारण से असाधारण बलिदान करने के अतिरिक्त और किसी विषय पर बात ही न करती थी।

एक ऐसी भावना में बहकर, जिसका उसे गर्व था और जो उसके अहंकार से कहीं अधिक प्रबल था, वह यह नहीं चाहती थी कि उसके जीवन का एक भी क्षण ऐसा हो जो किसी न किसी असाधारण कार्य से भरा हुआ न हो। स्वयं अपने लिए अधिक से अधिक विपत्ति से भरपूर और अजीब से अजीब योजनाओं के ऊपर ही वह जुलियें से देर तक बातचीत करती रहती। जेलरों को इतना धन दे दिया गया था कि उसे जेल में कोई भी वस्तु मँगाने की छूट थी। मातिल्द के विचार केवल अपनी प्रतिष्ठा के बलिदान तक ही सीमित न थे; उसे इस बात की तनिक भी चिन्ता न थी कि सारे समाज को उसकी स्थिति का पता चलेगा अथवा नहीं। उसकी ज्वरग्रस्त साहसिकता से उत्तेजित कल्पना में भयंकर विचार चक्कर काटते रहते। राजा की गाड़ी के मार्ग में कहीं घुटनों के बल बैठकर जुलियें को क्षमा कर देने की प्रार्थना करना, हजार बार मृत्यु का खतरा उठाकर भी सम्राट् का ध्यान अपनी प्रार्थना के लिए आकर्षित करना आदि बातें भी उसके दिमाग़ में मँडराती रहतीं। राजदरबार में अपने मित्रों की सहायता से उसे इस बात का भरोसा था कि पार्क द सैं-क्लू के जो द्वार जनसाधारण के लिए बन्द हैं, वहाँ प्रवेश करने की अनुमति उसे मिल सकेगी।

जुलियें क़ो लगता कि वह ऐसे प्रेम के लिए तनिक भी योग्य नहीं; सच बात यह थी कि वह वीर-पूजा से उकता चुका था। इस समय तो वह सरल अकृत्रिम और लगभग सकुचाते हुए-से स्नेह द्वारा ही विचलित हो सकता था। इसके विपरीत मातिल्द के अभिमानी मन में सदा एक दर्शकवृन्द का विचार बना रहता, फिर चाहे वह दर्शकवृन्द साधारण लोगों का हो या दूसरे प्रकार का।

अपनी इस तमाम यातना के बीच, अपने प्रेमी के जीवन के विषय में समस्त भय और आशंका के बीच—जिसकी मृत्यु के बाद स्वयं जीवित न रहने का उसने निश्चय कर लिया था—उसके मन में एक गुप्त-सी आकांक्षा यह थी कि वह अपने प्रेम की प्रबलता और अपने प्रयत्नों की उच्च उदात्तता से सारे संसार को चकित कर दे।

इस समस्त वीर-पूजा से प्रभावित न हो सकने के कारण जुलियें बहुत उद्विग्न हो उठा। यदि उसे पता चलता कि मातिल्द उस भले आदमी फूके के स्नेहपूर्ण किन्तु अत्यन्त ही समझदार और सीमित मन को कैसी-कैसी विक्षिप्त योजनाओं से परेशान करती रहती है तो उसे कितना अधिक क्रोध होता ! फूके की समझ में ही न आता था कि मातिल्द के इस प्रेम में कौन-सा दोष ढूँढ़े। वह स्वयं भी जुलियें को बचाने के लिए अपनी सारी सम्पत्ति को लुटाने और अपने जीवन को संकट में डालने तक के लिए तैयार था। मातिल्द जितना सोना लुटा रही थी, उसे देखकर वह भौंचक्का रह गया था। अन्य प्रान्तवासियों की भाँति फूके के मन में भी धन के प्रति सम्मान का भाव था और उसे इस भाँति खर्च होते देखकर

पहले-पहल वह बहुत ही प्रभावित हुआ था।

धीरे-धीरे उसे पता चला कि माद. द ला मोल की योजनाएँ अक्सर बदलती रहती हैं। अन्त में उसे एक शब्द सूझ गया जिसके द्वारा वह उसके चरित्र के दोष को व्यक्त करने में सफल हो सका : वह बहुत अस्थिर मति की लड़की है। इस विशेषण से 'जिद्दी' केवल एक ही कदम आगे है। कस्बों में इससे बड़ा दोष और दूसरा नहीं।

एक दिन जब मातिल्द जेल से चली गई तो जुलियें सोच में पड़ गया। कितना अजीब है कि ऐसे उत्कट प्रेम का, और वह भी ऐसा जिसका लक्ष्य मैं स्वयं हूँ, मेरे ऊपर कोई प्रभाव नहीं पड़ रहा है ! दो महीने पहले ही तो मैं उसके लिए पागल था ! मैंने कहीं पढ़ा था कि मृत्यु पास आते ही आदमी हर चीज़ से विरक्त हो जाता है, पर अपने भीतर अकृतज्ञता का अनुभव और उसे दूर न कर सकने की चेतना कितनी भयंकर है ! तो क्या मैं अहंकारी हूँ ? इस बात को लेकर वह अपनी तीव्र से तीव्र भर्त्सना करने लगा।

उसके हृदय की महत्त्वाकांक्षा मर चुकी थी। उसकी राख से एक और भाव उठ खड़ा हुआ था जिसे वह मादाम द रेनाल की हत्या का पश्चात्ताप कहता।

सच बात यह थी कि मादाम द रेनाल से उसे बड़ा ही उत्कट प्रेम था। जब भी वह एकदम एकान्त में और किसी विघ्न-बाधा की आशंका के बिना उन्मुक्त हृदय से वेरियेर तथा वेर्जि में बिताए हुए दूरागत सुखी दिनों की स्मृतियों में डूब जाता तो उसे बड़े अनोखे ढंग का सुख अनुभव होता। वे दिन कितने जल्दी उड़ गए थे, किन्तु उस समय की छोटी से छोटी घटना भी उसे बेहद मोहक और लुभावनी जान पड़ती। पेरिस की सफलताएँ कभी उसे याद न आतीं; उनसे वह तंग आ चुका था।

यह प्रवृत्ति दिनोंदिन प्रबल होती जा रही थी और अब मातिल्द की ईर्ष्यालु आँखों को भी कुछ-कुछ दीखने लगी थी। उसे स्पष्ट दीखता था कि उसकी और एकान्तप्रियता की टक्कर है। कभी-कभी अपने भीतर आतंक के भाव से वह मादाम द रेनाल का नाम लेती। वह देखती कि सुनकर जुलियें काँप उठा है। उस क्षण से उसके प्रेम की न तो कोई सीमा रही, न कोई मात्रा।

वह मन-ही-मन अधिक से अधिक निश्छलता के साथ कहती कि उसकी मौत के साथ-साथ मैं अपने प्राण दे दूँगी। मेरी जैसी उच्च घराने की लड़की के मृत्युदण्ड-प्राप्त प्रेमी के प्रति ऐसी लगन दिखाने से पेरिस के ड्राइंगरूमों में लोग क्या कहेंगे ? ऐसी भावनाओं को समझने के लिए हमें योद्धाओं के युग में लौटना होगा; चार्ल्स नवें और हेनरी तृतीय के युग में ऐसे ही प्रेम से लोगों का हृदय धड़कता था।

कभी-कभी प्रबलतम भाव-विह्वलता के क्षणों में जब वह जुलियें के मस्तक को अपने हृदय से चिपटा लेती तो उसका मन इस भयंकर विचार से आकुल हो उठता : क्या यह प्यारा मस्तक इस भाँति गिरने के लिए है ? और फिर एक प्रकार के सुख-सिक्त वीर-भाव से अनुप्राणित होकर वह सोचने लगती कि उसके चौबीस घंटे के भीतर ही मेरे जो होंठ इस समय इन प्यारे, घुँघराले बालों पर लगे हुए हैं, बरफ के समान शीतल हो जाएँगे।

वीरता और विक्षिप्त तथा भयंकर भावनाओं के इन क्षणों की स्मृतियाँ उसे अपने लौह-बन्धन में जकड़े रहतीं। आत्महत्या का विचार अपने आप में इतना आकर्षक होने पर भी अभी तक उस स्वाभिमानिनी के लिए सर्वथा अपरिचित था। अब उसने वहाँ प्रवेश करके अपना एकछत्र साम्राज्य स्थापित कर लिया था। मातिल्द बड़े गर्व के साथ सोचती कि मेरे

पूर्वजों का रक्त मेरे भीतर अभी ठंडा नहीं पड़ा।

"मैं एक कृपा की याचना तुमसे करना चाहता हूँ," एक दिन उसके प्रेमी ने उससे कहा, "अपने बच्चे को पालने के लिए तुम वेरियेर में किसी नर्स को रखना। मादाम द रेनाल उस नर्स पर नज़र रखेंगी।"

"यह तुम मुझसे बड़ी कठोर बात कह रहे हो..." कहते-कहते मातिल्द का मुख पीला पड़ गया।

"सचमुच, और मैं तुमसे हज़ार बार माफी माँगता हूँ," जुलियें ने अपने सपनों से जागते हुए कहा और उसे अपने हृदय से कसकर लिपटा लिया।

मातिल्द के आँसू सूख जाने के बाद जुलियें ने फिर अपने मन की बात का ज़िक्र किया, पर इस बार अधिक सूक्ष्मता के साथ। उसने बातचीत को बड़ा उदासीभरा और दार्शनिक-सा रूप दे दिया था और उस भविष्य की चर्चा करने लगा था जो जल्दी ही उसके लिए बन्द होने वाला था। "मातिल्द प्रिय, यह तो तुम्हें मानना पड़ेगा कि मेरा-तुम्हारा प्रेम एक आकस्मिक घटना है, यद्यपि वह ऐसी आकस्मिक घटना है जो उच्च स्वभाव वाले व्यक्तियों के साथ ही होती है।...मेरे बेटे की मृत्यु वास्तव में तुम्हारे परिवार के गौरव के लिए बड़ी अच्छी बात होगी और नौकर-चाकर यही अनुमान भी लगाएँगे। दुख और लज्जा में उत्पन्न इस शिशु के भाग्य में उपेक्षा ही जुटेगी।...मुझे आशा है कि एक दिन, जिसे मैं आज निश्चित करने को आतुर नहीं हूँ, पर जिसे भविष्य में देख सकने का साहस मुझमें अवश्य मौजूद है, तुम मेरी अन्तिम सलाह को मान लोगी और मार्कि द क्रवाजन्वा से विवाह कर लोगी।"

"क्या इस भाँति बदनामी के बाद भी ?"

"बदनामी तुम्हारे जैसे नाम को नहीं छू सकती। तुम विधवा कहलाओगी और वह भी एक पागल आदमी की विधवा, बस इतना ही। बल्कि मैं यह भी कहूँगा कि मेरा अपराध धन के लालच से न होने के कारण उससे कोई बदनामी नहीं होगी। शायद उस समय तक कोई बुद्धिमान दूरदर्शी विधान-निर्माता तत्कालीन जनमत का लाभ उठाकर मृत्युदंड को ही बन्द करा दे। तब शायद कोई स्नेही व्यक्ति उदाहरण के रूप में कहे—'अरे माद. द ला मोल के पहले पति को ही ले लो—वह पागल था, पर दुष्ट और धूर्त नहीं। उसका सिर काटना कितना वाहियात था !...' तब मेरी स्मृति लज्जा की बात न रहेगी, कम-से-कम थोड़े दिनों बाद।...तुम्हारे साथ विवाह होने के बाद म. द क्रवाजन्वा, समाज में तुम्हारी स्थिति के कारण, तुम्हारी सम्पत्ति, बल्कि तुम्हारी प्रतिभा के कारण, ऐसा कार्य कर सकेंगे जो अपने आप कभी उनके लिए सम्भव न होगा। उनके पास अपने कुलीन परिवार और साहस के अतिरिक्त और कोई पूँजी नहीं और केवल ये गुण किसी व्यक्ति को आदर्श बनाने के लिए 1729 में भले ही पर्याप्त रहे हों, आज एक शताब्दी बाद सर्वथा अपर्याप्त हो उठे हैं। उनके आधार पर महानता का दावा झूठा होगा। यदि आज किसी को फ्रांस में नई पीढ़ी का नायक बनना है तो कुछ और गुणों की भी आवश्यकता होगी।

"जिस राजनीतिक पार्टी में तुम अपने पति को ले जाओगी, उसको भी तुम एक दृढ़ता और साहसिकता प्रदान करोगी। तुम मादाम द शब्रज और फ्रौन्द की मादाम द लौंगविल जैसी महिलाओं की उत्तराधिकारिणी हो सकती हो...पर प्रिय, आज इस क्षण जो दिव्य अग्नि तुम्हें प्रेरित कर रही है, वह उस समय कुछ-कुछ ठंडी हो चुकेगी।"

बहुत-सी प्रारम्भिक बातों के बाद जुलियें ने आगे जोड़ा, "मुझे यह कहने की आज्ञा दो

कि आज से पन्द्रह वर्ष के भीतर तुम्हें मुझसे यह सारा प्रेम एक मूर्खतापूर्ण कार्य ही लगेगा, जो चाहे क्षम्य हो पर होगा मूर्खतापूर्ण ही...''

एकाएक वह चुप हो गया और फिर अपने सपनों में डूब गया।...उनके मन में फिर वही विचार घुमड़ने लगा जिसने मातिल्द को बुरी तरह आघात पहुँचाया था : पन्द्रह वर्ष के भीतर मादाम द रेनाल मेरे बेटे को प्यार करने लगेंगी और तुम मुझे भूल जाओगी।

40

मन की शान्ति

उस समय मैं पागल था इसीलिए आज मैं समझदार हूँ। ओ दार्शनिक, तुम जो चीजों को क्षणिक दृष्टि से देखते हो, कितना संकीर्ण है तुम्हारा परिप्रेक्ष्य ! तुम्हारी आँखें सतह के नीचे चलनेवाले भावावेगों की क्रियाओं को देखने के लिए बनी ही नहीं हैं।

—गोएठे

इन चर्चाओं में मुकदमे की जाँच-पड़ताल से बाधा पड़ गई, उसी के बाद जुलियें को अपने वकील से भेंट करनी पड़ी। हर प्रकार की चिन्ता और उद्वेग से मुक्त तथा स्नेहभरे सपनों से परिपूर्ण जीवन में ये क्षण ही सर्वथा अप्रिय थे।

''वह हत्या थी और पहले से सोच-समझकर की गई हत्या,'' जुलियें ने मजिस्ट्रेट और वकील दोनों से यही कहा, ''सज्जनो, मुझे दुख है कि इससे आपका काम बहुत ही हल्का हो जाएगा।''

इन दोनों व्यक्तियों से छुटकारा पाने के बाद जुलियें सोचने लगा कि मुझे तो साहसी होना चाहिए, कम-से-कम इन दोनों व्यक्तियों से अधिक साहस दिखा सकना चाहिए। वे इस प्रकार के दुखपूर्ण अन्त को सबसे बड़ा आतंक, सबसे बड़ा दुर्भाग्य मानते हैं; मैं इस विषय में गम्भीरतापूर्वक चिन्ता ठीक मृत्यु के दिन ही करूँगा।

यह इसीलिए कि मैंने इससे भी बड़े दुर्भाग्य का अनुभव किया है। जब मैं पहली बार स्त्रासबूर गया था और जिन दिनों मैं सोचता था कि मातिल्द ने मुझे भुला दिया है, उन दिनों मैंने इससे कहीं अधिक तीव्र यातना सहन की थी...किन्तु जिस अपूर्व घनिष्ठता के लिए मैं एक दिन ऐसा विह्वल और व्याकुल था, उससे आज मैं कितना उदासीन हो उठा हूँ !...वास्तव में इस लावण्यमयी नारी की समीपता की अपेक्षा अकेले रह जाने में कहीं अधिक सुख अनुभव होता है...

वकील कायदे-कानून वाला आदमी था। वह जुलियें को पागल समझता था और अन्य सब लोगों की भाँति इस बात में विश्वास करता था कि उसने ईर्ष्यावश ही पिस्तौल हाथ में ली थी। एक दिन उसने जुलियें को यह सुझाने का साहस किया कि यह आरोप, चाहे सच हो अथवा झूठ, बचाव के लिए एक अच्छी दलील बन सकता है; किन्तु यह सुनते ही बन्दी पलक मारते क्रोध और क्षोभ की रुद्र मूर्ति बन उठा।

जुलियें ने क्रोध से उबलते हुए चीखकर कहा, "मैं आपको चेतावनी दिए देता हूँ कि अपनी ख़ैर चाहते हैं तो ऐसी नीचतापूर्ण झूठी बात को फिर मुँह से न निकालें।" बेचारे वकील को पलभर के लिए तो लगा कि अब स्वयं उसकी ही जान गई।

वह मुकदमे की तैयारी करने लगा क्योंकि तारीख पास आती जा रही थी। बजाँसों में और सारे जिले में इस प्रसिद्ध मुकदमे के अतिरिक्त और किसी बात की चर्चा ही न थी। जुलियें को इस सबका कुछ पता न था क्योंकि उसने सबसे कह रखा था कि ऐसी बातें उसके सामने न कही जाएँ।

एक दिन फूके और मातिल्द ने उसे यह बताना चाहा कि शहर में ऐसी अफवाहें फैल रही हैं जिनसे उसके बचाव की कुछ आशा हो सकती है; किन्तु जुलियें ने पहले ही शब्द पर उनकी बात काटते हुए कहा था :

"मुझे अपने सपनों की आदर्श जिन्दगी का आनन्द उठाने दो। तुम्हारी ये छोटी-छोटी चिन्ताएँ और परेशानियाँ, भौतिक अस्तित्व की ये बातें जो कमोवेश मेरी भावनाओं को ठेस ही पहुँचाती हैं, मुझे मेरे स्वर्ग से नीचे घसीट लाएँगी। हर व्यक्ति यथासम्भव अच्छी तरह मरता है। मैं स्वयं भी अपनी मृत्यु की बात अपने ढंग से सोचना चाहता हूँ। मुझे दूसरे लोगों की क्या परवाह ? दूसरे लोगों से मेरे सम्बन्ध शीघ्र ही एकदम समाप्त हो जाएँगे। दया करके मुझसे ऐसे लोगों के बारे में और कुछ न कहो, मजिस्ट्रेट और अपने वकील से मिलना ही कुछ कम नहीं है !"

वह सोचता कि सचमुच मेरे भाग्य में शायद स्वप्नदर्शी की भाँति मरना ही लिखा है। मेरे जैसे अदना आदमी को दुनिया हफ्ते-दो हफ्ते में भूल जाएगी। इस समय ढोंग रचाने से बड़ी मूर्खता और क्या होगी ? तो भी यह कितना विचित्र है कि आज जब जीवन का अन्त इतना निकट दिखता है तभी मैं जीवन की कला सीख पाया हूँ।

इन अन्तिम दिनों में प्रायः वह जेल की ऊपरी मंज़िल पर एक छोटे-से चबूतरे के ऊपर टहलता रहता था। मातिल्द ने उसके लिए एक आदमी भेजकर हालैंड से कुछ बढ़िया सिगार मँगवा लिए थे जिन्हें वह पीता रहता था। उसे इस बात का तनिक भी सन्देह न था कि शहर की अनगिनत दूरबीनें उस चबूतरे पर उसके प्रकट होने की प्रतीक्षा करती रहती हैं। उसके विचार दूर वेर्जि में खोए रहते थे। उसने स्वयं फूँके से मादाम द रेनाल की कोई चर्चा न की थी। पर दो या तीन बार उसने कहा था कि अब वह बहुत जल्दी से स्वास्थ्य-लाभ कर रही है। ये शब्द उसके हृदय में जैसे गूँज उठते।

जहाँ जुलियें का मन लगभग पूरी तरह सदा विचारों की दुनिया में खोया रहता वहाँ मातिल्द एक अभिजातवर्गीय व्यक्ति की भाँति वास्तविकताओं में उलझी हुई थी। उसने मादाम द फेरवाक् और म. द फ्रिलेर के बीच व्यक्तिगत पत्र-व्यवहार की घनिष्ठता को इस स्तर तक पहुँचा दिया था कि 'बिशप पद' का जादू-भरा शब्द लिखा जा चुका था।

नियुक्तियों के अधिकारी बिशप महोदय ने अन्य सब बातों के साथ-साथ पुनश्च करके अपने पत्र में यह भी लिखा था कि 'वह बिचारा सोरेल बस गरम मिजाज का पागल आदमी है! मुझे आशा है कि वह हमें फिर से प्राप्त हो सकेगा।'

इन पंक्तियों को देखते ही म. द फ्रिलेर लगभग हर्ष से पागल हो उठे। उन्हें कोई सन्देह ही न था कि वह जुलियें को बचा लेंगे।

छत्तीस जूरियों के चुनाव के एक दिन पहले उन्होंने मातिल्द से कहा, "यदि यह

अनगिनत जूरियों की सूची बनाने का जैकोबिन कानून न होता, जिसका केवल एक ही उद्देश्य है कि भले घराने के लोगों के हाथ से सब अधिकार छीन लिए जाएँ, तो मैं फैसले का पक्का जिम्मा ले सकता था। फादर न--को तो मैंने छुड़वाया ही था।''

अगले दिन जब नाम घोषित हुए तो म. द फ्रिलेर को यह देखकर बहुत खुशी हुई कि उसमें पाँच नाम बजाँसों के धर्मसंघ के लोगों के थे और नगर के बाहर वालों में म. द वालनो, म. द म्वारो और म. द शोलाँ के नाम थे। उन्होंने मातिल्द से कहा, ''इन आठ जूरियों की ओर से तो मैं आश्वासन दे सकता हूँ। उनमें से पहले पाँच तो निरे यन्त्र हैं। वालनो मेरा अपना ही आदमी है, म्वारो को सबकुछ मेरी कृपा से मिला है और शोलाँ बुद्धू है जिसे हर चीज़ से डर लगता है।''

अखबारों ने जूरियों के नाम छापकर सारे जिले में फैला दिए और मादाम न रेनाल ने अपने पति की अकथनीय खीज के बावजूद बजाँसों आने का निश्चय कर डाला। म. द रेनाल उनसे केवल इतना ही वचन ले सके कि वह बिस्तर छोड़कर न उठेंगी जिससे गवाही देने की परेशानी से बची रहें। वेरियेर के भूतपूर्व मेयर ने कहा, ''तुम मेरी स्थिति नहीं समझतीं। अब मैं उदारपंथी गद्दार हूँ, कम-से-कम लोग यही कहते हैं। इसमें कोई सन्देह नहीं कि वह शैतान वालनो और म. द फ्रिलेर जिले के अटर्नी को तथा न्यायाधीशों को इस बात के लिए तैयार कर लेंगे कि मुझे अधिक से अधिक मुसीबत में डाला जाए।''

अपने पति का यह आदेश मादाम द रेनाल ने बिना किसी कठिनाई के मान लिया। उन्होंने सोचा कि मेरे अदालत में हाज़िर होने से लगेगा कि मैं प्रतिशोध चाहती हूँ।

अपने पति तथा अपने आध्यात्मिक गुरु से तमाम वायदों के बावजूद बजाँसों पहुँचते ही उन्होंने अपने हाथ से छत्तीसों जूरियों को पत्र लिख भेजा :

'महाशय, मैं मुकदमे के दिन अदालत में हाज़िर होना नहीं चाहती, क्योंकि मेरी उपस्थिति से म. सोरेल के विरुद्ध प्रभाव पड़ने की आशंका है। पर मुझे संसार में एक ही चीज़ की, और वह भी बहुत ही प्रबल इच्छा है कि उन्हें छोड़ दिया जाए। कृपया इसमें तनिक भी सन्देह न करें कि यदि मेरे कारण एक निरपराध व्यक्ति को मृत्युदंड मिला तो इस भीषण विचार से मेरा शेष जीवन न केवल विषाक्त हो जाएगा बल्कि निस्सन्देह छोटा हो जाएगा। जब मैं स्वयं जीवित हूँ तो आप उन्हें मौत की सजा कैसे दे सकते हैं ? नहीं, इसमें कोई सन्देह की सम्भावना नहीं कि समाज को किसी व्यक्ति से, विशेषकर जुलियें सोरेल जैसे व्यक्ति से, उसका जीवन छीन लेने का कोई अधिकार नहीं। वेरियेर में सभी जानते हैं कि वह बीच-बीच में रास्ते से भटकते रहे हैं। इस बिचारे गरीब युवक के बड़े-बड़े शक्तिशाली शत्रु हैं; किन्तु उसके शत्रुओं में भी (और वे कितने हैं) ऐसा कौन है जो उसकी अद्भुत प्रतिभा और अगाध विद्वत्ता पर सन्देह कर सके ? महोदय, आपको निर्णय किसी साधारण व्यक्ति के विषय में नहीं करना है। पिछले कोई अठारह महीनों से हम सब जानते हैं कि वह धार्मिक, सदाचारी और कर्तव्यपरायण जीवन बिताता रहा है; किन्तु वर्ष में दो-तीन बार उसे खिन्नता का ऐसा दौरा-सा आता है जो लगभग विक्षिप्तता जैसा होता है। सारा वेरियेर नगर, वेर्जि के हमारे सब पड़ोसी, मेरा समूचा परिवार और स्वयं उपजिलाधीश महोदय तक उसके आदर्श सदाचार की साक्षी देंगे। उसे पवित्र बाइबल शुरू से अन्त तक कंठस्थ है। क्या धार्मिक सिद्धान्तों से हीन व्यक्ति इतने दिन पवित्र धर्म-ग्रन्थों को सीखने में लगाएगा ? मेरे बेटे स्वयं ये पत्र लेकर आपके पास पहुँचेंगे। वे अभी बालक ही हैं; आप उनसे इस विषय में प्रश्न पूछकर देखिए,

वे आपको इस युवक के विषय में विस्तार से ऐसी सारी बातें बताएँगे जिनसे आपको विश्वास हो जाएगा कि उसे इस भाँति मृत्युदंड देना कैसा अमानुषिक कार्य है। इस भाँति मेरा प्रतिशोध लेने के बजाय आप मुझे ही मृत्यु का दंड दे देंगे।

'उसके शत्रु इसके विरुद्ध कौन-सी बात रख सकते हैं ? उसकी क्षणिक विक्षिप्तता के कारण, जिसके चिह्न कभी-कभी मेरे बालकों ने भी अपने शिक्षक में देखे हैं, जो चोट मुझे लगी थी वह इतनी मामूली थी कि दो महीने के भीतर ही मैं गाड़ी से यात्रा करके वेरियेर से बजाँसों आ सकी हूँ। महोदय, यदि मुझे यह अशंका हुई कि ऐसे निरपराध व्यक्ति को कानून की बर्बरता से बचाने में आपको तनिक भी हिचक है तो मैं स्वयं अपना बिस्तर छोड़कर, यद्यपि ऐसा न करने की मेरे पति की आज्ञा है, आपके पास आऊँगी और आपके पैरों पर गिरकर प्रार्थना करूँगी।

'कृपया यही घोषित कीजिए कि यह कार्य पहले से सोचकर नहीं किया गया था और आपको एक निरपराध व्यक्ति की जान लेने का पछतावा न होगा, इत्यादि, इत्यादि।'

41
मुकदमा

देश इस प्रसिद्ध मुकदमे को लम्बे समय तक याद रखेगा। अभियुक्त के प्रति सरोकार असाधारण स्तर तक पहुँच गया : कारण यह था कि उसका अपराध हैरतअंगेज था, फिर भी घृणास्पद नहीं था। अगर होता, तो भी यह नौजवान इस कदर खूबसूरत था ! उसका भविष्य उज्जवल हुआ होता, पर उसके इतनी जल्दी होने वाले अन्त ने सहानुभूति को और बढ़ा दिया था। क्या वे उसे मृत्युदंड देंगे ? महिलाएँ अपने संगी पुरुषों से पूछती थीं, और उत्तर की प्रतीक्षा करते हुए वे पीली पड़ जाती थीं।

–सैं-बोव

अन्त में जिस दिन का मादाम द रेनाल और मातिल्द को इतना भय था, वह नज़दीक आ पहुँचा।

नगर की असाधारण अवस्था को देखकर उनके मन में आतंक और भी बढ़ा। यहाँ तक कि फूके का दृढ़ हृदय भी अविचलित न रह सका। सारा प्रान्त इस रोमांटिक मुकदमे को देखने के लिए बजाँसों में उमड़ पड़ा था।

कई दिनों से सरायों में तिल धरने को जगह न थी। अदालत के अध्यक्ष के पास प्रवेश-पत्र के लिए आवेदनों का अम्बार लग गया था। नगर की हर महिला मुकदमे के समय मौजूद रहना चाहती थी; जुलियें की तस्वीरें सड़कों पर बिक रही थीं, इत्यादि-इत्यादि।

मातिल्द इस चरम क्षण के लिए–के बिशप का अपने हाथ से लिखा हुआ पत्र रखे थी। ये बिशप महोदय फ्रांस की चर्च के संचालक थे और बाकी बिशपों को नियुक्त करते थे। उन्होंने स्वयं जुलियें की रिहाई की माँग करने की कृपा की थी। मुकदमे के एक दिन पहले

मातिल्द इस पत्र को लेकर सर्वशक्तिशाली प्रधान विकार के पास पहुँची।

भेंट के बाद जब वह आँसुओं-भरी आँखें लिए कमरे से चलने लगी तो म. द फ्रिलेर ने उससे कहा, "मैं जूरी के फैसले का आपको आश्वासन देता हूँ।" इस समय उन्होंने अपनी छद्म उदासीनता छोड़ दी थी और लगता था जैसे वह स्वयं विचलित हैं। उन्होंने आगे कहा, "इस बात की जाँच के लिए बारह व्यक्ति नियुक्त हुए हैं कि आपके बन्धु का अपराध स्पष्टतः सिद्ध होता है अथवा नहीं, और विशेष रूप से वह पहले से सोचकर किया गया था अथवा नहीं। उनमें से छह तो मेरे ऐसे मित्र हैं जिन्हें मेरी सफलता की हृदय से कामना है और मैंने उन्हें यह बात बता दी है कि मेरा बिशप बनना न बनना उनके ऊपर निर्भर है। "बैरन बारों द वालनो को मैंने ही वेरियेर का मेयर बनवाया है। वह अपने मातहत अफसर म. द म्वारो और म. द शोलाँ से जो चाहे करवा सकते हैं। यह सही है कि दुर्भाग्यवश इस मामले में दो जूरी ऐसे आ गए हैं जिनके मतामत का कोई भरोसा नहीं। किन्तु उग्र उदारपंथी होने पर भी महत्त्वपूर्ण अवसरों पर वे चुपचाप मेरे आदेशों का पालन करते हैं और मैंने उनसे भी कहलवा दिया है कि वे म. द वालनो के साथ ही मतदान करें। मुझे पता चला है कि छठे जूरी बहुत ही धनी हैं और बड़े भारी उदारपंथी बनते हैं, उन्हें युद्ध-मन्त्रालय से किसी बड़े भारी ठेके की आशा है। इसलिए वह भी मुझे अप्रसन्न करने का साहस नहीं कर सकते। मैंने उन्हें भी सूचित करवा दिया है कि मेरे अन्तिम आदेश म. द वालनों के पास हैं।"

"और यह म. द वालनो कौन हैं ?" मातिल्द ने व्यग्रतापूर्वक पूछा।

"यदि आप उन्हें जानतीं तो आपको अपनी सफलता में कोई सन्देह न रहता। वह कड़ी ज़बान के व्यक्ति हैं, उद्धत, असंस्कृत और मूर्खों के जन्मजात नेता। 1814 में उन्हें भिक्षावृत्ति से मुक्ति मिली और आज मैं उन्हें जिलाधीश बनानेवाला हूँ। उनमें यह भी सामर्थ्य है कि दूसरे जूरी यदि उनकी इच्छानुसार मतदान न करें तो उनकी कसकर पिटवाई करा दें।"

मातिल्द को थोड़ी-सी तसल्ली हुई।

उसी दिन शाम को एक और बहस उसे करनी थी। जुलियें ने यह निश्चय कर रखा था कि मुकदमे में वह अपने पक्ष में कोई बयान ही न देगा। उसे मुकदमे के परिणाम का पक्का निश्चय था, इसलिए वह जिरह के कष्टदायक समय को यथासम्भव संक्षिप्त रखना चाहता था।

"मेरी ओर से सारी बातचीत मेरे वकील करेंगे," उसने मातिल्द से कहा, "जो हो, मुझे अपने शत्रुओं के लिए एक तमाशे की भाँति बहुत देर तक वहाँ उपस्थित रहना पड़ेगा। तुम्हारे कारण मेरी इतनी जल्दी सफलता से ये कस्बेवाले बड़े हक्का-बक्का हैं और विश्वास करो, उनमें से एक भी ऐसा नहीं है जो एक ओर तो मेरे लिए मृत्युदंड की कामना न करता हो और दूसरी ओर मेरे सजा के लिए जाते समय झूठे आँसू बहाने का ढोंग न रचे।"

"यह तो बिल्कुल ठीक है कि वे तुम्हें अपमानित देखना चाहते हैं," मातिल्द ने कहा, "पर यह मैं नहीं विश्वास करती कि वे हृदयहीन हैं। बजाँसों में यहाँ मुझे और मेरे दुख को देखकर सब स्त्रियाँ पसीज उठी हैं, बाकी काम तुम्हारा सुन्दर चेहरा पूरा कर देगा। यदि तुम न्यायाधीश के सामने एक शब्द भी कह दो तो अदालत में उपस्थित सारे लोग तुम्हारे पक्ष में हो जाएँगे।" वह ऐसी ही बहुत-सी बातें कहती गई।

अगले दिन सवेरे नौ बजे जब जुलियें अपनी जेल से उतरकर अदालत के बड़े कमरे

के लिए चला तो पुलिस बड़ी कठिनाई से भारी भीड़ पर काबू पा सकी। जुलियें भली-भाँति सोया था; वह बहुत शान्त था और उन ईर्ष्यालु व्यक्तियों की भाँति एक प्रकार की दार्शनिक करुणा के अतिरिक्त अन्य कोई भाव उसके मन में न था। वह सोच रहा था कि ये लोग हृदयहीन नहीं हैं पर शीघ्र ही उसके मृत्युदंड की सराहना करेंगे। इसलिए भीड़ में पन्द्रह मिनट तक रुकने पर जब उसने देखा कि उसकी उपस्थिति ने दर्शकों के हृदय में बड़े स्नेह और करुणा का संचार किया है तो उसे इस बात पर बड़ा आश्चर्य हुआ। उसने एक भी व्यर्थ वाक्य न सुना। वह मन-ही-मन कहने लगा कि ये लोग, मैंने सोच रखा था, उससे कहीं कम द्वेषी हैं।

अदालत में प्रवेश करने पर उसके स्थापत्य की शोभा और सुन्दरता की ओर उसका ध्यान पहले गया। उसकी शैली शुद्ध गौथिक थी और बहुत-से सुन्दर छोटे-छोटे खम्भे अत्यधिक निपुणता के साथ पत्थर में काटकर बनाए गए थे। उसे लगा, वह लन्दन आ पहुँचा है।

किन्तु शीघ्र ही उसका सारा ध्यान उन बारह अथवा पन्द्रह स्त्रियों की ओर चला गया जो कठघरे के ठीक सामने बैठी थीं। न्यायाधीश और जूरियों के स्थान के ऊपर तीन छोटी-छोटी गैलरियाँ उन्हीं से भरी थीं। दर्शकों की भीड़ की ओर मुड़ने पर उसने देखा कि मुख्य हॉल के ऊपर की गोल गैलरी भी स्त्रियों से भरी है। उनमें अधिकांश युवतियाँ थीं और वे उसको अत्यन्त ही सुन्दर जान पड़ीं; उनकी आँखें उत्सुकता से चमक रही थीं। बाकी अदालत में भीड़ का कोई ठिकाना न था। लोग दरवाजों पर धक्का-मुक्की कर रहे थे और सन्तरी किसी भी तरह उनको चुप न रख पाते थे।

सबकी नज़रें जुलियें को ही ढूँढ़ रही थीं। जब उन्होंने उसे कैदी की ऊँची-सी बेंच पर बैठते देखा तो एक प्रकार के विस्मय और आत्मीयता-भरे मर्मर शब्द से उसका स्वागत किया।

उस दिन उसे देखकर लगता था कि वह बीस वर्ष से भी कम का होगा। उसने बहुत ही सादे पर सुरुचिपूर्ण कपड़े पहन रखे थे; उसके बाल बड़े सुन्दर लग रहे थे; मातिल्द ने स्वयं अपने हाथ से उसका शृंगार किया था। जुलियें का चेहरा बहुत ही पीला था। वह कठघरे में अभी बैठा ही था कि उसने चारों ओर से लोगों को कहते सुना। "राम-राम ! अभी कितनी कम उम्र है उसकी !"..."अरे, अभी तो यह बालक ही है !"..."देखने में वह अपनी तस्वीर से कहीं अधिक सुन्दर लगता है !" इत्यादि।

"कैदी !" उसकी दाईं ओर बैठे पुलिस के सिपाही ने कहा, "वहाँ ऊपर गैलरी में वे छह महिलाएँ बैठी हैं न ?" जूरियों के स्थान के ऊपर आगे निकली हुई एक छोटी-सी गैलरी की ओर सिपाही ने इशारा किया और आगे बोला, "वह जिलाधीश की पत्नी हैं। उनके ठीक बगल में ही मार्किज द म–हैं। वह महिला तो तुम्हारी बड़ी दोस्त हैं। मैंने उन्हें मजिस्ट्रेट साहब से बातचीत करते सुना था। उनके पास ही मादाम देर्विल हैं।"

"मादाम देर्विल !" जुलियें ने कुछ आश्चर्य से कहा और उसका माथा एकदम लाल हो उठा। वह सोचने लगा कि यहाँ से जाने के बाद वह मादाम द रेनाल को सूचित कर देंगी। उसे अभी तक मादाम द रेनाल के बजाँसों में आगमन का पता न था।

गवाहों की जाँच होने लगी। इसमें कई घंटे बीत गए। सरकारी वकील का भाषण शुरू होते ही जुलियें के सामने छोटी-सी गैलरी में बैठी हुई दो महिलाएँ रो पड़ीं। मादाम देर्विल ने वह भाव प्रकट नहीं किया, जुलियें सोचने लगा। किन्तु उसे लगा कि उनके गाल एकदम

लाल हो उठे हैं।

सरकारी वकील लच्छेदार किन्तु अशुद्ध भाषा में अपराधी की बर्बरता का बखान करने लगा। जुलियें ने देखा कि मादाम देर्विल के पास बैठी हुई महिलाओं ने इस पर बहुत तीव्र असन्तोष के चिह्न प्रकट किए। बहुत-से जूरी जो स्पष्ट ही महिलाओं के मित्र जान पड़ते थे, उनसे आकर बातें करने लगे और उन्हें आश्वासन देने लगे। जुलियें ने सोचा कि शायद यह शुभ शकुन है।

उस समय तक उसके मन में मुकदमे में भाग लेनेवाले तमाम व्यक्तियों के प्रति केवल घृणा ही थी। सरकारी वकील की निरर्थक व्याख्यानबाजी से उसकी खीज का भाव और भी बढ़ा, पर धीरे-धीरे उसका जड़ीभूत हृदय इतने सब व्यक्तियों को अपने मामले में दिलचस्पी लेते देखकर पिघलने लगा।

अपने वकील के शान्त संयत भाव से उसे प्रसन्नता हुई। बैरिस्टर के बोलना शुरू करने के पहले जुलियें ने बहुत ही धीमे से उससे कहा, "लच्छेदार शब्दावली नहीं !"

"बोसे से चुराई हुई उस शब्दावली से आपका हित ही हुआ है," उसके वकील ने कहा और सचमुच उसके वकील को बोलते पाँच मिनट भी न हुए थे कि सब स्त्रियों के रूमाल उनके हाथों में थे।

इस बात से प्रोत्साहित होकर वकील ने जूरियों से बहुत ही शक्तिशाली भाषा में अपनी बात कही। जुलियें काँप रहा था; उसे लगा कि आँसू निकलने वाले हैं। हे भगवान् ! उसने सोचा, मेरे शत्रु क्या कहेंगे ?

वह अपने इस भावावेग से परास्त होने को ही था कि सौभाग्यवश उसकी दृष्टि बारों द वालनो की उद्धत मुखमुद्रा पर पड़ी।

वह सोचने लगा, इस शैतान की आँखें कैसी चमक रही हैं ! इस ओछे क्षुद्र व्यक्ति के लिए कैसा विजय का अवसर है ! यदि मेरे अपराध का केवल एक यही परिणाम होता तो भी मुझे इसका पश्चात्ताप होना चाहिए। भगवान् जाने, वह मादाम द रेनाल से मेरे बारे में क्या कहेगा ?"

इस विचार ने बाकी सब विचारों को मिटा दिया। थोड़ी ही देर बाद जनता की समर्थन-भरी आवाज़ों से उसे कुछ चेत हुआ। उसके वकील ने सफाई की वक्तृता अभी-अभी समाप्त की थी। जुलियें को याद आया कि इस समय उससे हाथ मिलाना चाहिए। वक्त बहुत जल्दी बीत रहा था।

वकील और मुजरिम के लिए कुछ जलपान लाया गया। ठीक उसी समय जुलियें का एक विचित्र परिस्थिति पर ध्यान गया। एक भी महिला भोजन के लिए न गई थी।

"सच कहता हूँ, मैं तो भूख से मरा जा रहा हूँ," उसके वकील ने कहा, "और आप ?"

"मैं भी," जुलियें ने उत्तर दिया।

"देखिए," वकील ने उस छोटी-सी गैलरी की ओर इशारा करते हुए कहा, "वह जिलाधीश की पत्नी भी अपना भोजन यहीं साथ ले आई हैं। हिम्मत रखिए, सब ठीक ही चल रहा है।" मुकदमा फिर शुरू हुआ। जिस समय अध्यक्ष ने अपना अन्तिम भाषण शुरू किया तभी आधी रात के घंटे बजे और उसे अपनी बात भी बीच ही में बन्द करनी पड़ी।

उस निस्तब्धता और चारों ओर संशय के बीच घड़ी के घंटों की गूँजती हुई आवाज़ अदालत में भर गई।

जुलियें सोचने लगा, मेरे जीवन का अन्तिम दिन शुरू हुआ। शीघ्र ही वह अपने कर्तव्य के विचार से प्रेरित हो उठा। अब तक उसने अपनी भावनाओं को वश में रखा था, और एक भी शब्द न कहने के निश्चय का पालन करता आया था, पर जब अदालत के अध्यक्ष ने उससे पूछा कि उसे और कुछ कहना है तो वह खड़ा हो गया। अपने सामने उसे मादाम देर्विल की आँखें दिखाई पड़ीं, जो दीये की रोशनी में उसे विचित्र रूप से चमकती हुई लगीं। क्या वह रो रही हैं ? अपनी बात आरम्भ करते-करते वह आश्चर्य से सोचने लगा। उसने कहा :

''श्रीमान् जूरियो, मैं अपने भीतर तिरस्कार के प्रति तीव्र घृणा से लाचार होकर ही इस समय बोलने को बाध्य हुआ हूँ, यद्यपि मैंने पहले सोचा था कि मृत्यु सामने होने पर मैं इसकी उपेक्षा कर सकूँगा। सज्जनो, मुझे आप ही के वर्ग में जन्म लेने का सौभाग्य प्राप्त नहीं है। मैं अपने जीवन की निम्नता के विरुद्ध विद्रोह करनेवाला किसान हूँ।

''मैं आपसे दया की भीख नहीं माँगता,'' जुलियें ने आगे कहा। उसकी आवाज़ धीरे-धीरे और भी दृढ़ होती जा रही थी। ''मुझे कोई भ्रम भी नहीं है; मैं जानता हूँ, मौत मेरी प्रतीक्षा कर रही है। यह दंड समुचित ही होगा। मैंने ऐसी महिला की हत्या करने का प्रयत्न किया जो सब प्रकार से सम्मान और आदर के योग्य हैं। मेरा अपराध जघन्य है और पूर्व चिन्तित भी। इसलिए सज्जनो, मैं मृत्युदंड के उपयुक्त हूँ। पर यदि मेरा अपराध कम होता तो भी मेरे सामने उपस्थित व्यक्ति, पलभर भी कम उम्र होने के कारण मेरे ऊपर दया की बात सोचे बिना ही मुझे दंड देकर सदा के लिए उन नौजवानों को सबक सिखाना चाहते जो साधारण परिवार में जन्म लेकर और गरीबी से त्रस्त होकर भी अच्छी शिक्षा का अवसर पा जाते हैं और इस भाँति जिसे अमीर लोग घमंड के कारण 'सभ्य समाज' कहते हैं, उसमें उठने-बैठने का सौभाग्य हासिल कर लेते हैं।

''सज्जनो, मेरा अपराध यही है और उसका उतना ही कठोर दंड भी मिलेगा क्योंकि मेरे अपराध पर विचार करनेवालों में मेरे वर्ग का कोई नहीं है। जूरियों में कोई भी धनी किसान नहीं, केवल मुझसे क्रुद्ध मध्यवर्ग के ही सब व्यक्ति हैं।''

बीस मिनट तक जुलियें इसी भाँति बोलता रहा; उसके हृदय में जो कुछ भी था, वह उसने कह डाला। सरकारी बकील, जो अभिजात वर्ग का कृपाकांक्षी था, बीच-बीच में अपनी जगह से उछला पड़ता था; किन्तु जुलियें की बातचीत थोड़ी-सी विचारात्मक होने के बावजूद सभी महिलाओं की आँखों से आँसू बह रहे थे। मादाम देर्विल ने अपनी आँखें रूमाल से ढँक रखी थीं। समाप्त करने के पहले जुलियें ने फिर एक बार अपने कार्य के पूर्व चिन्तित होने का, अपने पश्चात्ताप का तथा किसी समय मादाम द रेनाल के प्रति अनुभव की हुई अगाध श्रद्धा और स्नेह का उल्लेख किया। मादाम देर्विल के मुख से चीख निकली और वह बेहोश हो गईं।

जिस समय जूरी अपने कमरे में जाने लगे तब एक बजा था। कोई भी स्त्री अपने स्थान से न हटी थी। बहुत-से पुरुषों की आँखों में भी आँसू थे। बातचीत पहले तो बहुत उत्तेजनापूर्ण थी, पर धीरे-धीरे जब जूरियों का फैसला आने में बहुत देर होने लगी तो भीड़ के ऊपर साधारण थकान के कारण एक तरह की क्लान्ति-सी छा गई। वह बहुत ही गम्भीर क्षण था; रोशनी अब पहले मद्धिम हो गई थी। जुलियें भी बिल्कुल क्लान्त हो चुका था। उसने अपने चारों ओर लोगों को यही वाद-विवाद करते सुना कि यह देर शुभ है अथवा अशुभ। यह

देखकर उसे बहुत खुशी हुई कि सब लोग उसकी भलाई ही चाहते थे। जूरियों के लौटने में देर हो रही थी, तो भी एक भी स्त्री अदालत से गई नहीं थी।

जैसे ही दो का घंटा बजा, बड़ी हलचल-सी सुनाई दी। जूरियों के कमरे का छोटा-सा द्वार खुला। वारों द वालनो गम्भीर नाटकीय चाल से आगे बढ़े, बाकी जूरी उनके पीछे-पीछे थे। वह पहले खाँसे और फिर बोले, "अपनी आत्मा और विवेक को साक्षी करके कहता हूँ कि जूरियों के सर्वसम्मत निर्णय के अनुसार जुलियें सोरेल हत्या का और पूर्वचिन्तित हत्या का अपराधी है।" इस निर्णय से मृत्युदंड अनिवार्य था। पलभर बाद उसकी भी घोषणा कर दी गई। जुलियें ने अपनी घड़ी की ओर देखा; उस समय सवा दो बजे थे। वह सोचने लगा, आज शुक्रवार है।

हाँ, पर वालनो के लिए जो मुझे मौत की सजा दे रहा है, यह बड़े सौभाग्य का दिन है।...मेरे ऊपर इतनी कड़ी निगरानी है कि मादाम द लवालेत की भाँति मातिल्द मुझे बचा न सकेगी।...इसलिए तीन दिन के भीतर इसी समय मैं उस महान अज्ञात रहस्य को जान जाऊँगा।

उसी क्षण उसने एक चीख सुनी और वह इस लोक में लौट आया। उसके चारों ओर बैठी हुई स्त्रियाँ सिसक रही थीं; उसने देखा कि सब चेहरे एक चौकोर गॉथिक खम्भे के पीछे एक छोटी-सी गैलरी की ओर मुड़े हुए हैं। उसे बाद में पता चला कि मातिल्द वहीं छिपी बैठी थी। चीख दोबारा सुनाई न पड़ी तो सब लोगों की दृष्टि फिर जुलियें की ओर घूमी। अब पुलिस के सिपाही उसके जाने के लिए रास्ता साफ कर रहे थे।

जुलियें ने सोचा कि उस शैतान वालनो को हँसने का कोई मौका नहीं देना चाहिए। कैसी झूठी और बनावटी शोक-मुद्रा में उसने वह निर्णय सुनाया जिसकी सज़ा मौत है ? वह बेचारा अदालत का अध्यक्ष इतने दिनों से न्यायाधीश है, पर मेरी सज़ा सुनाते समय उसकी आँखों में भी आँसू आ गए थे। मादाम द रेनाल के कारण उस पुरानी प्रतिद्वन्द्विता का बदला लेकर आज वालनो को इतनी खुशी होगी !...तो अब मैं उन्हें कभी न देख सकूँगा ! सब समाप्त हो गया !...मैं जानता हूँ कि अन्तिम विदा भी अब हम लोगों के लिए असम्भव है।...यदि मैं किसी प्रकार उन्हें बता सकता कि अपने अपराध के लिए मुझे कितनी ग्लानि है तो मैं कैसा सुखी होता !

केवल ये शब्द : मैं सोचता हूँ, मुझे उचित ही दंड मिला है।

42
कालकोठरी

लौटकर जेल में पहुँचने पर जुलियें को उस कोठरी में रखा गया जिसमें मृत्युदंड पानेवाले कैदी रखे जाते हैं। साधारणतः उसकी दृष्टि छोटी से छोटी वस्तु पर जाती थी, पर इस समय इस ओर भी उसका ध्यान न गया कि अब उसे जेल के ऊपरवाले कमरे में नहीं ले जाया जा रहा है। वह केवल यही सोच रहा था कि यदि अन्तिम क्षण के पहले किसी भाँति उसे मादाम द रेनाल से मिलने का सुख मिल ही गया तो वह उनसे क्या कहेगा। उसे लगा कि वह जल्दी

ही उसको बीच में टोक देंगी। वह ऐसे शब्दों की तलाश करने लगा जिनको कहते ही उसका सारा पश्चात्ताप तुरन्त प्रकट हो जाए। अपनी इस करतूत के बाद मैं उन्हें कैसे यह विश्वास दिला सकूँगा कि मैं उन्हें और केवल उन्हें ही प्यार करता हूँ ? क्योंकि चाहे महत्त्वाकांक्षा के कारण हो अथवा मातिल्द के प्रेम के कारण, अन्ततः उनकी हत्या का प्रयत्न तो मैंने किया ही था। बिस्तर में पड़ते समय उसने देखा कि चादरें किसी मोटे कपड़े की बनी हुई हैं। अब उसकी आँखें खुलीं। आह ! मैं कालकोठरी में हूँ, वह सोचने लगा। ठीक ही है।...

काउन्ट आल्तामिरा ने एक बार मुझे बताया था कि मृत्यु के कुछ समय पहले डैंटन ने अपनी गूँजती हुई आवाज़ में कहा था, ''कैसी अजीब बात है कि 'गिलोटीन करना' क्रिया के रूप सब कालों में नहीं बनते। यह तो कहा जा सकता है कि मुझे 'गिलोटीन किया जाएगा', 'तुझे गिलोटीन किया जाएगा', पर यह नहीं कहा जा सकता कि मुझे गिलोटीन किया जा चुका है।''

जुलियें आगे सोचने लगा कि यदि दूसरा जीवन हो तो क्यों नहीं ? हे ईश्वर ! यदि मुझे ईसाइयों के भगवान से मिलना पड़ा तो मेरी ख़ैर नहीं ! वह अत्याचारी है और इसलिए प्रतिशोध के विचारों से भरा रहता है, उसकी बाइबल में भयंकर दंड के अलावा और किसी बात का उल्लेख ही नहीं। उससे मैं कभी प्रेम न कर सका। मुझे कभी यह विश्वास भी न हो सका कि सच्चे हृदय से कोई उससे प्रेम कर सकता है। उसके पास कोई करुणा नहीं। (यहाँ जुलियें को बाइबल के बहुत-से अंश याद आए।) वह मुझे कोई अत्यन्त भयंकर दंड देगा।...

पर यदि मेरी फेनेलों के ईश्वर से भेंट हुई, वह शायद मुझसे कहे : 'तेरे बहुत-से पाप क्षमा कर दिए जाएँगे, क्योंकि तूने बहुत प्रेम किया है।...'

मैंने क्या सचमुच बहुत प्रेम किया है ? ओह ! मादाम द रेनाल से मैं अवश्य प्यार करता था, पर मैंने उनके साथ अत्यन्त दुष्टतापूर्ण व्यवहार किया है। दूसरी चीज़ों की भाँति प्यार में भी मैं सरल अकृत्रिम खरे सोने को छोड़कर झूठी चमक के पीछे दौड़ता रहा।...

पर क्या-क्या सम्भावनाएँ थीं ! हसार का कर्नल युद्ध छिड़ने पर दूतावास का मन्त्री, शान्तिकाल में। फिर उसके बाद राजदूत–क्योंकि शीघ्र ही मैं कामकाज की अच्छी जानकारी हासिल कर लेता...और यदि मैं बिल्कुल बुद्धू ही होता तो भी मार्कि द ला मोल के दामाद को किस प्रतिद्वन्द्विता का डर होता ? मेरी तमाम मूर्खतापूर्ण भूलें क्षमा कर दी जातीं, या उन्हें भी गुण ही समझा जाता। मैं प्रतिष्ठित और श्रेष्ठ व्यक्ति होता और वियना अथवा लन्दन में मौज की ज़िन्दगी बिताता।

नहीं, यह नहीं, महाशय–तीन दिन में आपको गिलोटीन मिलनेवाली है !

अपनी इस वाक्चातुरी पर जुलियें दिल खोलकर हँसा। वह सोचने लगा, वास्तव में आदमी के भीतर दो अलग-अलग व्यक्ति होते हैं। यह द्वेषपूर्ण विचार किसे सूझा था ?

उसने बीच में टोकनेवाली आवाज़ को उत्तर दिया, ठीक है, ठीक है, मेरे मित्र, तीन दिन के भीतर गिलोटीन ही सही। म. द शोलाँ देखने के लिए एक खिड़की किराए पर लेंगे, शायद फादर मास्लों को साथ में खर्च में साझीदार कर लें। पर इस काम में इन दोनों महानुभावों में से कौन किसको ठगेगा ?

रोत्रु की पुस्तक 'वांसस्लास' से एक अंश अचानक उसके दिमाग में दौड़ गया।

'लेडिसलास : मेरी आत्मा तैयार है।'

'राजा (उसका पिता) : फाँसी का तख्ता भी तैयार है, अपना सिर उस पर रख दो।'

वह सोचने लगा, उत्तर कितना सुन्दर है, और उसे नींद आ गई। सवेरे किसी ने उसके कन्धे को जोर से दबाकर उसे उठाया।

"क्या अभी से ?" जुलियें ने अपनी मुरझाई हुई आँखें खोलते हुए कहा। उसे लगा था, जैसे वह बधिक के हाथों में हो।

पर यह मातिल्द थी। वह सोचने लगा—अच्छा हुआ, उसने मेरी बात नहीं समझी। इस विचार से उसका सब संयम लौट आया। मातिल्द इतनी बदली हुई लग रही थी मानो छः महीने से बीमार हो। सचमुच उसे पहचानना भी कठिन था।

"उस शैतान फ्रिलेर ने धोखा दिया।" वह हाथ मलते हुए बोली। क्रोध के कारण उसके आँसू नहीं निकल रहे थे।

"कल जब मैं बोलने खड़ा हुआ तो अच्छा नहीं लग रहा था ?" जुलियें ने उत्तर में कहा। "मैं उसी समय सोचकर बोल रहा था, और जीवन में पहली बार ! यह सच है, वह जीवन में शायद अन्तिम भी सिद्ध हो।"

उस समय जुलियें मातिल्द के चरित्र के साथ उसी भाँति खेल रहा था जैसे कोई कुशल वादक अपने पियानो के परदे छेड़ रहा हो। उसने आगे कहा, "यह सही है कि मुझे उच्च परिवार में जन्म लेने का सौभाग्य प्राप्त नहीं, पर मातिल्द ने अपनी उदात्तता से अपने प्रेमी को भी अपने स्तर तक उठा लिया है। क्या तुम सोचती हो कि बोनीफास द ला मोल अपने न्यायाधीशों के सामने इससे अधिक उत्तम व्यवहार कर पाता ?"

उस दिन मातिल्द उतनी ही अकृत्रिमता से स्नेह-विह्वल थी जितनी कोई भी गरीब लड़की कभी हो सकती है; पर वह उससे एक शब्द भी अधिक सरल भाषा में न कहलवा सकी। एकदम अनजाने ही जुलियें उस सब यातना का बदला ले रहा था जो वह इतनी बार उसे दे चुकी थी।

जुलियें सोचने लगा कि हम कोई नील नदी के उद्गम के विषय में नहीं जानते। नदियों की इस साम्राज्ञी को क्षुद्र धारा के रूप में देखने का सौभाग्य किसी मनुष्य को नहीं मिला है। उसी भाँति कोई मानव-दृष्टि जुलियें को दुर्बल न देख सकेगी, और विशेषकर इसलिए भी कि वह ऐसा है ही नहीं। किन्तु मेरा हृदय बड़ी आसानी से विचलित हो जाता है। साधारण से साधारण बात को भी सत्य की भाँति कहते ही मेरी आवाज़ भावावेग से काँपने लगती है और मेरी आँखों में आँसू तक आ जाते हैं। पाषाण-हृदय लोगों ने कितनी बार इस दुर्बलता के लिए मेरा तिरस्कार न किया होगा ! वे सोचने लगते थे कि मैं दया की भीख माँग रहा हूँ, और यह मैं कभी नहीं सहन करूँगा।

कहते हैं, फाँसी के तख्ते के आगे खड़ा होकर डैंटन अपनी पत्नी की याद से विचलित हो उठा था; किन्तु डैंटन ने तुच्छ और दुर्बल-हृदय जाति को बल दिया था और शत्रु को पेरिस पहुँचने से रोका था।...यह केवल मैं ही जानता हूँ कि मैं क्या-क्या करता। दूसरे से अधिक से अधिक यही कह सकते हैं कि मैं शायद बहुत कुछ कर दिखाता।

पर मातिल्द के बजाय यहाँ कोठरी में यदि मादाम द रेनाल होतीं तो क्या मेरा अपने ऊपर इतना वश रहता ? उस समय मेरा दुख और पश्चात्ताप इतना अधिक हो जाता कि वालनो तथा पास-पड़ोस के अन्य बुजुर्गों की दृष्टि में वह केवल मौत के जघन्य भय जैसा ही जान पड़ता। ये दुर्बल-हृदय प्राणी जो अपनी आर्थिक स्थिति के कारण प्रलोभन की पहुँच

के बाहर हैं, कितने घमंडी होते हैं। "देखो, बढ़ई का बेटा होना क्या चीज़ है !" म द म्वारो और म. द शोलाँ, जिन्होंने अभी-अभी मुझे मृत्यु का दंड दिया है, यही कहते। आदमी चाहे विद्वान् और चतुर भले ही हो जाए, पर हिम्मत !...हिम्मत ऐसी चीज़ नहीं है जो सिखाई जा सके। मेरी इस बेचारी मातिल्द को भी नहीं, जो इस समय रो रही है, बल्कि जिससे अब और रोया भी नहीं जाता। उसकी लाल आँखों को देखकर वह सोचने लगा।...और उसने उसे कसकर अपनी बाँहों में बाँध लिया। उस वास्तविक शोक को देखकर वह अपनी सारी दार्शनिकता भूल गया। वह मन-ही-मन कह उठा कि शायद यह रातभर रोती रही है, किन्तु एक दिन इस स्मृति से उसे कितनी लज्जा आएगी ! वह सोचेगी कि यौवन के शुरू में मैं अपने भोलेपन के कारण एक नीच तुच्छ व्यक्ति के बहकावे में आ गई थी।...वह आदमी क्रवाजन्वा इतना दुर्बल तो है ही कि उससे विवाह कर ले, और मुझे विश्वास है कि वह उन्नति करेगा। मातिल्द उसके द्वारा अवश्य कोई न कोई महत्त्वपूर्ण कार्य करवा सकेगी। एक कविता की पंक्तियाँ उसके दिमाग़ में कौंध गईं। कैसी अजीब बात है ! मौत की सज़ा सुनने के बाद से अनगिनत पंक्तियाँ मुझे याद आ रही हैं। निश्चय ही यह मानसिक ह्रास का चिह्न होगा।

मातिल्द बहुत ही क्षीण आवाज़ में उससे कहे जा रही थी, "वह यहीं है, दूसरे कमरे में।" आखिरकार जुलियें का ध्यान उसकी बात की ओर गया। वह सोचने लगा कि उसकी आवाज़ सचमुच क्षीण हो गई है, पर उसके स्वर में इस लड़की का सारा राजसी स्वभाव अभी तक प्रकट होता है। उसने अपना स्वर इसलिए धीमा कर रखा है कि क्रुद्ध न हो उठे।

"कौन है ?" उसने धीमे से पूछा।

"वकील, अपील के ऊपर तुम्हारे दस्तख़त कराने के लिए ?"

"मैं अपील नहीं करूँगा।"

"क्या ? अपील नहीं करोगे !" उसने अपना स्वर ऊँचा करते हुए कहा। उसकी आँखें क्रोध से जल रही थीं। "क्यों नहीं ? बताना ज़रा !"

"क्योंकि इस क्षण मैं अनुभव करता हूँ कि अधिक हँसी उड़वाए बिना ही मर जाने का साहस मुझमें मौजूद है। यह आश्वासन मुझे कौन देगा कि दो महीने बाद इस सील-भरी कोठरी में इतने दिनों रह चुकने पर मेरा मन ऐसा ही बना रहेगा ? मुझे पहले से ही पुरोहितों के साथ, अपने पिता के साथ, भेंट की सम्भावना दीख रही है।...मैं इससे अधिक अप्रिय स्थिति की कल्पना नहीं कर सकता...मुझे मर जाने दो।"

इस अप्रत्याशित मतभेद से मातिल्द के स्वभाव का सारा उद्धत अंश उभर आया। बजाँसों जेल में मुलाकातों के समय से पहले वह आबे द फ्रिलेर से मिल न सकी थी। इसे लेकर उसके मन में जो गुस्सा था, वह जुलियें के सिर पर टूटा। वह उसके पीछे पागल थी, पर अगले पन्द्रह मिनट तक वह तरह-तरह से उसके चरित्र को दोष देती रही और इस बात के लिए पछताती रही कि वह क्यों उसके प्रेम में पड़ी। द ला मोल भवन के पुस्तकालय में एक दिन जिस भाँति उसने जुलियें के ऊपर अपमानजनक बातों की वर्षा की थी, वही घमंड का भाव इस समय फिर प्रकट हो उठा।

"भगवान् को यह चाहिए था कि तुम्हें पुरुष बनाता।" जुलियें ने उससे कहा।

वह सोच रहा था कि लोगों की तरह-तरह की अपमानजनक और बदनामीभरी मनगढ़न्त बातों का लक्ष्य बनकर, और सान्त्वना के रूप में केवल इस पागल लड़की की कहा-सुनी के साथ, इस गन्दी जगह में दो महीने और जीवित रहना नितान्त मूर्खता है।...तो फिर ठीक है,

परसों मैं उस आदमी के साथ द्वन्द्व-युद्ध लड़ूँगा जो अपनी अद्‌भुत निपुणता के लिए प्रसिद्ध है।...(उसकी आत्मा के भीतर शैतान ने कहा, सचमचु बहुत अद्‌भुत है, उसका निशाना कभी नहीं चूकता।)

बहुत ठीक, यही पक्का रहा, यही उत्तम भी है। (मातिल्द की ओजस्वी वक्तृता अभी चल रही थी।) जुलियें ने मन-ही-मन कहा, नहीं, हे ईश्वर, नहीं, मैं अपील नहीं करूँगा।

यह निश्चय कर लेने के बाद वह फिर सपनों में डूब गया। डाकिया सदा की भाँति छः बजे अख़बार लाएगा। म. द रेनाल के पढ़ चुकने के बाद आठ बजे एलिजा चुपचाप मादाम द रेनाल के कमरे में प्रवेश करके अख़बार को उनके पलंग पर रख देगी। बाद में उनकी नींद खुलेगी; अचानक पढ़ते-पढ़ते वह कुछ व्यथित हो उठेंगी; उनका सुन्दर हाथ काँपने लगेगा; पढ़ते-पढ़ते वह इन शब्दों तक आ पहुँचेंगी...दस बजकर पाँच मिनट पर उसकी जीवन-लीला समाप्त हो गई।

उनके गरम-गरम आँसू बह निकलेंगे, मैं उन्हें जानता हूँ। इस बात से कोई अन्तर न होगा कि मैंने उनकी हत्या का प्रयत्न किया। सब कुछ भुला दिया जाएगा, और मैंने जिस स्त्री के प्राण लेने की कोशिश की, एकमात्र वही मेरी मृत्यु के लिए सच्चे दिल से रोएगी।

ओह ! कैसा विरोधाभास है ! वह सोचने लगा, और अगले पन्द्रह मिनट तक, जिस बीच मातिल्द निरन्तर उसे भली-बुरी सुनाती रही, वह केवल मादाम द रेनाल की बात ही सोचता रहा। अपनी इच्छा के बावजूद, और बीच-बीच में मातिल्द की बात का उत्तर देते हुए भी, वह अपनी स्मृति को वेरियेर के शयन-कक्ष से न हटा सका। वह देखने लगा कि 'गाजेत द फ्रांस' नारंगी रंग के बिस्तर पर पड़ा है; उसने देखा कि वह बर्फ जैसा गोरा हाथ व्याकुल भाव से अखबार को पकड़े हुए है; उसने देखा कि मादाम द रेनाल रो रही है।...वह उस सलोने मुख पर लुढ़कते हुए प्रत्येक आँसू को आदि से अन्त तक देखता रहा।

माद. द ला मोल ने जुलियें से कुछ भी मनवा सकने में असफल होकर अन्त में वकील को अन्दर बुलवा लिया। संयोगवश वह 1796 में सेना का कप्तान था, और इटली में मानवेल के साथ-साथ लड़ा था। उसने जुलियें के निर्णय का विरोध किया। जुलियें ने उसके सम्मान का ध्यान रखकर उसे अपने सारे कारण समझाए।

"यह मानता हूँ कि आदमी आपकी तरह से भी सोच सकता है।" वकील महोदय ने, जिनका नाम म. फेलिवानो था, अन्त में उससे कहा। "पर आपके पास अपील करने के लिए अभी तीन दिन हैं और यह मेरा कर्त्तव्य है कि मैं यहाँ प्रतिदिन आपसे पूछने के लिए आऊँ। अगले दो महीनों में यदि इस जेल के नीचे कोई ज्वालामुखी प्रकट हो जाए तो आपकी जान बच सकती है। किसी रोग से भी तो आपकी मृत्यु हो सकती है।" उसने जुलियें की ओर देखते हुए कहा।

जुलियें उससे हाथ मिलाकर बोला, "धन्यवाद, आप सज्जन आदमी हैं। मैं सोच देखूँगा।"

और जब आख़िरकार मातिल्द वकील के साथ चली गई तो उसकी अपेक्षा वकील के लिए उसके मन में कहीं अधिक मैत्री-भाव था।

43
पुराना प्रेम

एक घंटे बाद अचानक बड़ी गहरी नींद से वह चौंककर जागा। उसे लगा कि उसके हाथ पर टपटप आँसू गिर रहे हैं। ओफ़, फिर मातिल्द आ गई। उसने अर्द्ध-जाग्रत अवस्था में सोचा। वह अपने वचन की पक्की है, अब वह प्यार की कोमल भावनाओं द्वारा मेरा निश्चय डिगाने के लिए आई है। ऐसे करुणाजनक वार्तालाप की सम्भावना से त्रस्त होकर वह आँखें मूँदे ही पड़ा रहा। अपनी पत्नी से भागते हुए बैलफैगौर की पंक्तियाँ उसे याद पड़ीं।

उसे एक विचित्र-सी आह सुनाई दी; उसने अपनी आँखें खोल दीं—मादाम द रेनाल वहाँ बैठी थीं।

"ओह, तो मृत्यु के पहले एक बार तुम्हारे दर्शन हो गए ! क्या यह कोई भ्रम है ?" वह चीख उठा और उनके पैरों पर गिर पड़ा।

"पर मुझे क्षमा कीजिए, मैडम," उसने तुरन्त ही होश में आते हुए कहा। "आपके लिए तो मैं बस एक हत्यारा ही हूँ !"

"जुलियें, मैं तुमसे अपील के लिए अनुनय करने आई हूँ। मैं जानती हूँ कि तुम नहीं करना चाहते।..." सिसकियों से उनका गला रुँध गया, वह आगे कुछ न बोल सकीं।

"क्या आप मुझे क्षमा करने की कृपा करेंगी ?"

"प्रियतम, यदि तुम चाहते हो कि मैं तुम्हें क्षमा कर दूँ तो तुरन्त अपने मृत्युदंड के विरुद्ध अपील कर दो।" उन्होनें उठकर उससे लिपटते हुए कहा।

जुलियें ने चुम्बनों से उनका मुख आच्छादित कर दिया।

"क्या तुम अगले दो महीनों तक रोज़ मुझसे मिलने आओगी ?"

"सौगन्ध खाती हूँ, ज़रूर आऊँगी, रोज। मेरे पति ने मना कर दिया तो दूसरी बात है।"

"तो मैं अपील कर दूँगा !" जुलियें ने उसे देखकर कहा। "सच ! तुमने मुझे क्षमा कर दिया ? क्या यह सचमुच सम्भव है ?"

उसने उन्हें अपनी बाँहों में कस लिया, उसका होशहवास जाता रहा था। उनके मुँह से एक हल्की-सी चीख निकली। वह बोलीं, "और कुछ नहीं, बस कुछ दर्द होने लगा था।"

"गोली कन्धे में लगी थी न !" जुलियें ने आँखों में आँसू भरकर कहा। वह थोड़ा-सा पीछे हट गया और उनके हाथ को जलते हुए चुम्बनों से भर दिया। "पिछली बार जब वेरियेर में तुम्हारे सोने के कमरे में मुलाकात हुई थी तो इस बात की किसने कल्पना की थी ?"

"यही कौन कह सकता था कि मैं वह लज्जाजनक पत्र म. द ला मोल को लिखूँगी ?"

"सच कहता हूँ, मैं सदा तुम्हें प्यार करता रहा, तुम्हारे सिवाय किसी को मैंने कभी प्यार नहीं किया।"

"सचमुच ?" मादाम द रेनाल ने खुशी से भरकर कहा। जुलियें घुटनों के बल उनके सामने बैठा था। वह उसके ऊपर झुक गईं और देर तक वे दोनों एक साथ चुपचाप रोते रहे।

जुलियें ने अपने जीवन में पहले कभी ऐसे क्षण का अनुभव न किया था। बहुत देर बाद जब वे प्रकृतिस्थ हुए तो मादाम द रेनाल कहने लगीं, "और वह लड़की मादाम मिशले,

बल्कि माद. द ला मोल–मैं तो सचमुच इस विचित्र प्रेम-कथा पर विश्वास करने लगी हूँ !"

"वह बस ऊपर से ही सच है," जुलियें ने उत्तर दिया। "वह मेरी पत्नी है, पर मेरे हृदय की स्वामिनी नहीं।"

और इस भाँति सौ बार बीच में टोकते हुए बहुत कठिनाई के साथ उन्होंने एक-दूसरे को वे सब बातें बता दीं जो वे न जानते थे। म. द ला मोल को लिखा गया पत्र उस तरुण पुरोहित का काम था जो मादाम द रेनाल का धर्मगुरु था। पत्र को बाद में उन्होंने अपने हाथ से नकल करके भेज दिया था। "धर्म ने मुझसे कैसा जघन्य काम करवा लिया है !" वह कहने लगीं, "फिर भी मैंने पत्र के अधिक भयंकर अंशों को हल्का कर दिया था।"

जुलियें के हर्षातिरेक से यह स्पष्ट प्रकट था कि उसने उन्हें पूरी तरह क्षमा कर दिया। ऐसे पागल प्रेम का अनुभव उसने पहले कभी न किया था।

"तो भी मैं अपने आपको धार्मिक मानती हूँ," बातचीत के दौरान में मादाम द रेनाल ने कहा। "मैं सच्चे दिल से भगवान् में विश्वास करती हूँ; उतने ही सच्चे दिल से मैं इस बात में विश्वास करती हूँ और सचमुच यह सिद्ध भी हो चुका है कि जो पाप मैं कर रही हूँ, वह बड़ा भयंकर है। किन्तु दो बार मुझ पर पिस्तौल चलाने के बाद भी जैसे ही मैं तुम्हें देखती हूँ..." यहाँ उनके लाख रोकने पर भी जुलियें ने एक बार फिर उनके मुख को चुम्बनों से आच्छादित कर दिया।

"मुझे छोड़ो तो सही," उन्होंने कहा। "भूलने के पहले मैं तुमसे गम्भीरतापूर्वक बात करना चाहती हूँ। तुम्हें देखते ही मेरा कर्त्तव्य-बोध गायब हो जाता है। तुम्हारे प्रति प्रेम के अतिरिक्त और मेरे भीतर कुछ नहीं बचता, बल्कि 'प्रेम' शब्द बहुत ही अपर्याप्त है। मैं तुम्हारे लिए कुछ ऐसा अनुभव करती हूँ जो मुझे केवल भगवान के लिए ही करना चाहिए–आदर, प्रेम और आज्ञाकारिता, सब एक साथ, मिश्रित।...सच पूछो तो मैं जानती नहीं कि तुम्हारे प्रति मेरे हृदय में कौन-से भाव हैं...यदि तुम मुझसे जेलर के हृदय में छुरा भोंकने को कहो तो कुछ सोचने के पहले ही मैं यह अपराध कर बैठूँगी। जाने के पहले तुम इस बात को मुझे ठीक-ठीक समझा दो, मैं अपने हृदय को स्पष्ट देखना चाहती हूँ। दो महीने में तो हमको फिर एक-दूसरे से विदा लेनी ही होगी।...पर हाँ, क्या सचमुच हमें विदा लेने की आवश्यकता होगी ?" उन्होंने मुस्कुराते हुए उससे पूछा।

"मैं अपना वचन वापस लेता हूँ," जुलियें ने उछलकर खड़े होते हुए कहा। "अगर तुम विष, छुरा, पिस्तौल, कोयला अथवा किसी अन्य उपाय द्वारा अपने जीवन को समाप्त करने का अथवा उसे किसी जोख़िम में डालने का प्रयत्न करोगी तो मैं अपील नहीं करूँगा।"

मादाम द रेनाल के मुख का भाव एकाएक बदल गया। प्रेम-विह्वलता का स्थान अनमनी एकाग्रता ने ले लिया।

"यदि हम लोग यहाँ और इसी समय मर जाएँ तो ?" उन्होंने आख़िरकार कहा।

"कौन जानता है, अगले जीवन में हमें क्या मिलेगा ?" जुलियें ने उत्तर दिया। "शायद यातनाएँ, शायद कुछ नहीं। हम लोग ये दो महीने अधिक से अधिक आनन्द के साथ क्यों नहीं बिता सकते ? दो महीने तो बहुत होते हैं। मुझे इतना सुख और कभी न मिल सकेगा।"

"इतना सुख कभी न मिल सकेगा ?"

"कभी नहीं," जुलियें भाव-विह्वल स्वर में बोला। "मैं तुमसे ऐसे ही बात कर रहा हूँ जैसे अपने मन से करता हूँ। इसमें तनिक भी अतिरंजना नहीं।"

"इस तरह से कहना तो मुझे आज्ञा देने के बराबर है।" उन्होंने एक दबी हुई उदास मुस्कुराहट के साथ कहा।

"अच्छी बात है ! तो सौगन्ध खाओ, मेरे प्रति अपने प्यार की सौगन्ध खाकर कहो कि किसी प्रत्यक्ष अथवा परोक्ष उपाय से अपनी जान लेने का प्रयत्न न करोगी।...याद रखो, तुम्हें मेरे बेटे के लिए जीवित रहना होगा। मातिल्द तो मार्किज द क्रवाजन्वा होते ही उसे भाड़े के आदमियों के हाथों छोड़ देगी।"

"मैं सौगन्ध खाती हूँ," उन्होंने कुछ नीरस स्वर में उत्तर दिया। "पर आज मैंने तुम्हारे अपने हाथों लिखी हुई अपील लेकर जाने का पक्का निश्चय कर लिया है। मैं स्वयं उसे जिला अटर्नी के पास ले जाऊँगी।"

"पर इसमें तो तुम्हारी बदनामी होने का डर है।"

"जेल में तुमसे मिलने आने के बाद," उन्होंने बहुत गहरी पीड़ा के स्वर में कहा, "मैं सदा के लिए, बजाँसों और फ्राँसकौंते भर में, बदनामी उड़ानेवालों की कहानियों की नायिका बन चुकी हूँ। शील-सदाचार की सीमा मैं लाँघ आई हूँ।...मैं अब ऐसी स्त्री हूँ जो अपना सम्मान और लज्जा गँवा बैठी है।...यह सच है कि यह सब तुम्हारे ही लिए किया है।..."

उनके स्वर में ऐसी उदासी की गूँज थी कि जुलियें ने उन्हें एक सर्वथा नए सुख के भाव से हृदय से लगा लिया। यह प्रेम की विक्षिप्त विह्वलता न थी, गहन आन्तरिक कृतज्ञता थी। उसे पहली बार अनुभव हुआ कि उन्होंने उसके लिए कितना बड़ा त्याग कर डाला है।

निस्सन्देह किसी उदार हृदय व्यक्ति ने म. द रेनाल को उनकी पत्नी के जुलियें से मिलने की सूचना दे दी। तीसरे ही दिन उन्होंने गाड़ी भेजी और उन्हें तुरन्त वेरियेर लौटने का आदेश दिया।

इस निर्मम विछोह से दिन का प्रारम्भ जुलियें के लिए बहुत ही अशुभ हुआ। दो-तीन घंटे बाद उसे पता चला कि किसी धूर्त पुरोहित ने, जो बजाँसों के जैस्विटपंथियों के ऊपर प्रभाव न डाल सका था, उस दिन सवेरे से जेल के दरवाजे के आगे अड्डा जमा दिया है। वर्षा जोरों से हो रही थी और वह व्यक्ति वहाँ शहीद के भाव से खड़ा था। जुलियें इस सब बेवकूफी के लिए तैयार न था। इससे वह बहुत ही क्षुब्ध हुआ।

अगले दिन सवेरे जुलियें ने उससे मिलने से इन्कार कर दिया, पर उस आदमी ने यह प्रतिज्ञा कर रखी थी कि वह जुलियें का पाप-स्वीकार प्राप्त करेगा ही और इस भाँति बहुत-सी रहस्य-भरी बातें जानकर बजाँसों की युवतियों में अपने लिए नाम पैदा कर लेगा।

यह आदमी गला फाड़-फाड़कर चिल्लाता रहा कि वह दिन-रात जेल के द्वार पर ही बैठा रहेगा। "भगवान् ने मुझे इस अधार्मिक व्यक्ति के हृदय को द्रवित करने के लिए भेजा है।" लोग तो ऐसे तमाशे के लिए तैयार ही रहते हैं; उनके चारों ओर भीड़ जमा होने लगी।

"हाँ भाइयों," वह उनसे कहता, "मैं यहाँ दिन-रात धरना दूँगा। मुझे भगवान् का आदेश मिला है। मुझे इस नौजवान सोरेल की आत्मा को बचाने का भार दिया गया है। आप भी मिलकर मेरे साथ प्रार्थना कीजिए, इत्यादि-इत्यादि।"

जुलियें को बदनामी से और किसी भी कार्य द्वारा अपनी ओर ध्यान आकर्षित करने से बड़ी घृणा थी। वह सोचने लगा कि चुपचाप दुनिया से भाग निकलने का कोई अवसर ढूँढ़ा जाए अथवा नहीं; पर उसे अभी भी मादाम द रेनाल से फिर मिलने की आशा थी, और उसके प्रेम का कोई पारावार नहीं था।

जेल के दरवाज़े एक बहुत ही चालू सड़क पर थे। इस कीचड़सने पुरोहित के भीड़ इकट्ठा करने और बदनामी फैलाने के विचार से जुलियें को बहुत ही कष्ट हो रहा था। इसमें तो कोई सन्देह ही नहीं कि हर क्षण वह मेरा नाम ले रहा होगा ! यह स्थिति उसे मृत्यु से भी अधिक कष्टदायक जान पड़ी।

दो-तीन बार घंटे-घंटे भर बाद उसने सन्तरी को, जो उससे हमदर्दी रखता था, यह देखने के लिए बाहर भेजा कि वह पुरोहित अभी जेल के दरवाज़े पर बैठा है अथवा नहीं।

"वह कीचड़ में घुटनों के बल बैठा है," सन्तरी हर बार लौटकर उसे बताता। "वह गला फाड़-फाड़कर प्रार्थना कर रहा है और आपकी आत्मा को बचाने के लिए मन्त्र पढ़ रहा है।"

'धूर्त शैतान कहीं का !' जुलियें सोचने लगा। उसी समय उसने सचमुच एक गहरी गूँजती हुई आवाज़ सुनी; इकट्ठी भीड़ उसके साथ-साथ मन्त्र-पाठ कर रही थी। जब उसने स्वयं सन्तरी के होंठों को मन्त्रों का उच्चारण करते देखा तो उसका धीरज बिल्कुल जाता रहा। सन्तरी ने कहा, "लोग कहते हैं कि आपका हृदय सचमुच कठोर हो चुका है तभी आप इस बेचारे धर्म-गुरु की सहायता लेने से इन्कार कर रहे हैं।"

"हे मेरे देश ! कैसी बर्बर अवस्था में तुम अभी तक पड़े हो !" जुलियें ने क्रोध से विक्षिप्त अवस्था में चीखकर कहा और वह सन्तरी की उपस्थिति को भूल जोर-जोर से अपने विचारों को व्यक्त करता रहा।

"यह आदमी अख़बार में एक लेख चाहता है, जो अब उसे मिलना निश्चित है। ओफ ! ये शैतान कस्बेवाले ! पेरिस में मुझे ये सब मुसीबतें न उठानी पड़तीं। उन लोगों का ढोंग और कपट कहीं अधिक सूक्ष्म है।"

"इस पुरोहित को अन्दर ले आओ," आख़िरकार उसने सन्तरी से कहा। उसके मुख पर पसीने की धार छूट रही थी। सन्तरी ने क्रॉस का चिह्न बनाया और खुश होकर बाहर चला गया।

पुरोहित बेहद कुरुप व्यक्ति था और कीचड़ से गन्दा भी हो रहा था। बाहर की वर्षा और सर्दी के कारण जुलियें की कोठरी अधिक अँधेरी थी और सीलन भी बढ़ गई थी। पुरोहित ने जुलियें का आलिंगन करने का प्रयत्न किया और उसके आगे दयनीय भाव से व्यवहार करने लगा। स्पष्ट ही यह नीचता और पाखंड की हद थी। जुलियें को इतना अधिक क्रोध जीवन में कभी न आया था।

पुरोहित के आगमन के पन्द्रह मिनट बाद जुलियें को लगा कि वह एकदम कायर हो उठा है। पहली बार मृत्यु उसे बड़ी डरावनी जान पड़ी। वह सोचने लगा कि मरने के दो दिन बाद ही उसका शरीर कैसे सड़ने लगेगा, इत्यादि-इत्यादि।

वह किसी प्रकार दुर्बलता प्रकट करके, अथवा पुरोहित को पकड़कर अपनी जंजीर से उसका गला घोंटकर अपना क्रोध प्रकट करने ही वाला था कि एकाएक उसे बड़ी बढ़िया बात सूझी। उसने पुरोहित से कहा कि वह चालीस फ्रैंक की पूजा रोज उसके नाम से कर दिया करे। उस समय अभी दोपहर ही थी, इसलिए पुरोहित जल्दी से बाहर चला गया।

44
सत्य क्या है ?

पुरोहित के जाते ही जुलियें चीखकर रो उठा और उसके आँसू अपनी मृत्यु के लिए थे। धीरे-धीर उसके मन में विचार आया कि यदि मादाम द रेनाल बजाँसों में होतीं तो वह अपनी दुर्बलता उनके आगे स्वीकार कर लेता।

जिस समय वह अपनी इस प्रियतमा की अनुपस्थिति के लिए बेहद दुखी हो रहा था उसी समय उसने मातिल्द के पैरों की चाप सुनी। वह सोचने लगा कि जेल में होने का सबसे बड़ा अभिशाप यह है कि आदमी अपने कमरे के द्वार कभी बन्द नहीं कर सकता। उस समय मातिल्द ने जो कुछ भी कहा, उससे उसकी खीज और भी बढ़ी।

वह उसे बताने लगी कि मुकदमे के दिन ही म. द वालनो को जिलाधीश नियुक्त होने का परचा मिल गया था। उसे जेल में रखकर उन्होंने म. द फ्रिलेर को अँगूठा दिखा दिया और जुलियें को मौत की सजा सुनाने का आनन्द उठाया।

''म. द फ्रिलेर अभी-अभी मुझसे कह रहे थे, मध्यवर्गीय धनिकों के क्षुद्र अहंकार पर आघात करने में आपके बन्धु का क्या उद्देश्य था ? जाति का जिक्र किया ही क्यों जाए ? आपके बन्धु ने ही उन्हें यह सुझा दिया कि अपनी पार्टी के हित में उनका कर्त्तव्य क्या है; उन मूर्खों को यह बात पलभर के लिए भी न सूझी थी और वे सब आँसू बहाने को तैयार थे, पर जातिगत हित का विचार आते ही वे ऐसे अन्धे हो गए कि आदमी को मृत्युदंड देने में भी न हिचके। यह तो आप मानेंगी कि म. सोरेल इन सब मामलों में बहुत ही अनाड़ी हैं। यदि हम उनकी क्षमा-याचना के प्रार्थना-पत्र के आधार पर उन्हें न बचा सके तो उनकी मृत्यु एक प्रकार आत्महत्या ही होगी...''

मातिल्द जुलियें को वे सब बातें तो बता न सकती थी जिनका अभी स्वयं उसे भी अनुमान न था। वास्तव में इस ओर से पूरी तरह निराश होकर म. द फ्रिलेर अब यह सोच रहे थे कि किसी प्रकार जुलियें के उत्तराधिकारी बन सकें तो उनकी महत्त्वाकांक्षा पूरी हो सकती है।

क्रोध और झल्लाहट से आपा खोकर जुलियें ने मातिल्द से कहा, ''जाओ और मेरी ओर से पूजा करा दो, और मुझे पलभर चैन लेने दो।''

मातिल्द जुलियें के इस चिड़चिड़ेपन का कारण समझती थी। मादाम द रेनाल से उसे बहुत ईर्ष्या होती थी और उसे अभी-अभी पता चला था कि वह वापस लौट गई हैं। उसकी आँखों में आँसू भर आए।

उसका शोक सच्चा और हार्दिक था; जुलियें भी यह बात समझता था पर इससे उसका चिड़चिड़ापन और भी बढ़ा। उसे एकान्त की तात्कालिक आवश्यकता अनुभव हो रही थी, पर समझ में न आता था कि वह किस भाँति प्राप्त करे।

अन्त में जब किसी भी भाँति उसका दिल न पसीजा तो मातिल्द उसे अकेला छोड़कर चली गई। उसके जाते-जाते ही फूके आ पहुँचा।

''मुझे सचमुच एकान्त की ज़रूरत है,'' उसने अपने इस वफ़ादार मित्र से कहा और उसे कुछ हिचकिचाते देखकर आगे बोला, ''मैं अपना क्षमा-याचना का प्रार्थना-पत्र तैयार कर

रहा हूँ...और देखो–यदि तुम मुझे प्रसन्न करना चाहते हो तो मृत्यु का ज़िक्र मेरे सामने न करो। यदि उस दिन मुझे किसी विशेष सेवा की आवश्यकता पड़ी तो मैं स्वयं ही तुमसे कहूँगा।''

आख़िरकार जब जुलियें को एकान्त मिला तो उसने अनुभव किया कि वह पहले से भी अधिक हताश और अधिक दुर्बल अनुभव कर रहा है। उसकी क्लान्त आत्मा में जो भी थोड़ी-बहुत शक्ति बची थी, वह माद. द ला मोल और फूके से अपनी मनःस्थिति छिपाने के प्रयत्न में चुक गई।

शाम होते-होते एक विचार से उसे कुछ सान्त्वना मिली। यदि आज सवेरे जब मृत्यु मुझे इतनी भयंकर दीख रही थी, मुझे मौत के लिए तैयार होने को कहा गया होता तो लोगों की नज़रों का ध्यान करके मेरे स्वाभिमान को प्रेरणा मिली होती। मैं अपनी मुद्रा ऐसी बनाने का प्रयत्न करने लगता मानो कोई लजीला छैला किसी ड्राइंगरूम में प्रवेश कर रहा हो। इन कस्बेवालों में समझदार लोग शायद मेरी दुर्बलता का अनुमान कर लेते, पर उसे कोई देख न पाता।

और उसे लगा कि उसकी यातना थोड़ी हल्की हुई। वह मन-ही-मन कुछ गुनगुनाता हुआ सा कहता रहा कि मैं इस समय कायर हूँ किन्तु इसका कभी किसी को पता न चलेगा।

अगले दिन सवेरे एक और भी अप्रिय घटना उसके साथ घटनेवाली थी। बहुत दिनों से उसके पिता के मिलने के लिए आने की बात थी। उस दिन सवेरे जुलियें के नींद से उठने के पहले ही श्वेतकेशी वृद्ध बढ़ई उसकी कोठरी में आ मौजूद हुआ।

जुलियें को बड़ी दुर्बलता अनुभव हुई। उसे लगा कि अब बहुत ही अप्रिय भली-बुरी बातें सुननी पड़ेंगी। इन कष्टदायक विचारों के साथ-साथ उस दिन उसे इस बात के लिए भी बड़ा पछतावा हो रहा था कि उसे अपने पिता से कोई प्रेम नहीं है।

जेल का सन्तरी आकर उसके कमरे में थोड़ी सफाई करने लगा। जुलियें सोच रहा था कि नियति ने इस धरती पर हम दोनों को एक दूसरे के बहुत समीप रखा किन्तु हमने जितना सम्भव था, एक दूसरे को दुख ही दिया। अब यह मेरी मृत्यु के समय अन्तिम आघात देने के लिए आ पहुँचे हैं।

कोठरी में एकान्त होते ही वृद्ध ने अपनी डाँट-डपटकर शुरू कर दी। जुलियें का अपने आँसू रोक सकना असम्भव हो उठा। कैसी लज्जाजनक दुर्बलता है ! वह क्रोध में सोचने लगा। अब यह हर जगह मेरी कमज़ोरी का गीत गाते फिरेंगे। वालनो तथा वेरियेर में राज करनेवाले उस जैसे ढोंगी-पाखंडियों को इससे कैसा सन्तोष होगा ! फ्रांस में आज इन्हीं लोगों का बोलबाला है। उन्हें समाज में हर तरह की सुविधा मिली हुई है। यह ठीक है कि उनके पास धन भी है और हर तरह के सम्मान की भी कोई कमी नहीं; किन्तु मेरे हृदय में उच्चता और उदात्तता का राज है।

किन्तु इनकी साक्षी ऐसी है जिस पर सब विश्वास कर लेंगे और यह कुछ बढ़ा-चढ़ाकर ही सारे वेरियेर को विश्वास दिलाएँगे कि मौत को सामने देखकर मैं भयभीत हो उठा था। सब लोग यही समझेंगे कि इस साहस की परीक्षा में मैं कायर सिद्ध हुआ। जुलियें की हताशा का कोई ठिकाना न था। उसकी समझ में न आता था कि अपने पिता से कैसे पीछा छुड़ाए और इस क्षण किसी तिकड़म से चालाक बूढ़े को धोखा दे सकना उसके बूते के बाहर था।

उसका मन हर तरह की सम्भावनाओं पर जल्दी-जल्दी विचार करने लगा।

"मैंने कुछ रुपया बचाकर रखा है !" जुलियें ने एकाएक कहा।

यह बड़ी प्रतिभा की सूझ थी जिसने तुरन्त ही बूढ़े के चेहरे का भाव और जुलियें की अपनी स्थिति को बदल दिया।

"उसका मैं कैसे उपयोग करूँ ?" जुलियें ने कुछ शान्त होते हुए आगे कहा।

अपने शब्दों के प्रभाव को देखकर हीनता का भाव उसके मन से पूरी तरह गायब हो गया।

बूढ़ा अब इस सारे धन को हथियाने के लिए बेचैन था; जिसका थोड़ा-सा अंश जुलियें अपने भाइयों को देना चाहता था। बूढ़ा बड़े विस्तार से और कुछ उत्तेजित भाव से बातचीत करने लगा। अब जुलियें को उसे डाँटने का मौका मिल गया।

"भगवान् ने मुझे अपने वसीयतनामे के बारे में एक प्रेरणा दी है। मैं एक हजार फ्रैंक अपने भाइयों को और बाकी आपको दे जाऊँगा।"

"यह तो बहुत ठीक है," बूढ़े ने कहा, "यह बाकी धन मुझे ही मिलना चाहिए; पर जब भगवान् ने दया करके तुम्हारे हृदय को छुआ है और यदि तुम भले ईसाई की भाँति मरना चाहते हो तो तुम्हें अपने सब कर्ज चुका देने चाहिए। तुम्हारे पालन-पोषण और तुम्हारी शिक्षा में जो कुछ खर्च पड़ा था, वह मैंने ही तो कर्ज के बतौर तुम्हें दिया था। उसका तुमने कोई ख्याल नहीं किया।...

तो यह है पिता का प्रेम ! जब आख़िरकार जुलियें अकेला रह गया तो उसने बड़ी गहरी पीड़ा से कहा। शीघ्र ही जेलर आ पहुँचा।

"श्रीमान्, परिवार के लोगों से भेंट के बाद मैं सदा यहाँ रहनेवालों के लिए बढ़िया शैम्पेन की बोतल लाया करता हूँ। जरा दाम तो ज़्यादा हैं, एक बोतल के छः फ्रैंक, पर उससे दिल को चैन मिलता है।"

"मेरे लिए तीन गिलास ले आओ," जुलियें ने बच्चों की भाँति उत्सुक भाव से कहा, "और बरामदे में जिन दो कैदियों के चलने की आवाज मुझे सुनाई दे रही है, उन्हें भी बुला लाओ।"

जेलर दो और कैदियों को ले आया जो किसी नए अपराध के लिए सजा पाकर आए थे। वे दोनों गुंडे बहुत ही खुश-मिजाज थे और अपनी धूर्तता, साहस और ठंडे दिमाग के लिए सचमुच अद्वितीय थे।

उनमें से एक जुलियें से कहने लगा, "अगर आप मुझे बीस फ्रैंक दें तो मैं आपको अपनी जिन्दगी की कहानी सुना दूँ। फड़क उठेंगे।"

"पर तुम झूठी बातें बना करके सुनाओगे ?" जुलियें ने कहा।

"आपकी सौगन्ध खाकर कहता हूँ, नहीं," उसने उत्तर दिया। "यह मेरा दोस्त जो मेरे ये बीस फ्रैंक स्वयं हथियाने के लिए बेचैन है, कुछ भी झूठ बोलते ही फ़ौरन आपको बता देगा।"

उसकी कहानी बड़ी ग्लानिकारक थी। उसके वीर हृदय में केवल एक ही लालसा थी–स्वर्ण की।

उनके जाने के बाद जुलियें वही व्यक्ति न रहा। अपने प्रति उसका सारा क्रोध गायब हो चुका था। मादाम द रेनाल के जाने के बाद से जिस कायरता से विषाक्त दुख ने उसके भीतर अपने दाँत गड़ा रखे थे, उसने अब अवसाद का रूप धारण कर लिया।

वह सोचने लगा कि जैसे-जैसे मेरा बाहरी दिखावट से मूर्ख बनना कम होने लगा था वैसे ही वैसे मुझे यह सूझना चाहिए था कि पेरिस के ड्राइंगरूमों में या तो मेरे पिता जैसे ईमानदार लोग इकट्‌ठे होते हैं या इन कैदियों जैसे धूर्त गुंडे। और ठीक भी है; इन ड्राइंगरूम के लोगों को कभी भी सवेरे उठकर यह सार्थक प्रश्न अपने आपसे नहीं पूछना पड़ता : 'आज का भोजन कैसे मिलेगा ?' और वे ऊपर से पवित्रता का दम्भ करते हैं ! और कभी उन्हें ज़ूरी बनने का मौका मिले तो भूख से बेचैन होकर चाँदी की चम्मच चुरानेवाले को वे बड़े घमंड से सजा सुनाते हैं !

पर कोई राजदरबार का मामला हो अथवा किसी मन्त्री की गद्‌दी हासिल करने अथवा गँवाने का प्रश्न हो तो ये सब ईमानदार ड्राइंगरूम वाले ठीक वे सब अपराध ही करते हैं जो दो कौर भोजन की आवश्यकता के कारण इन पक्के अपराधियों को करने पड़े होंगे।

नैसर्गिक नियम जैसी कोई चीज़ नहीं। ये शब्द केवल एक प्राचीन प्रकार की बकवास हैं और उस सरकारी वकील के ही उपयुक्त हैं जिसने मुझे उस दिन सजा दिलाई और जिसके पूर्वज चौदहवें लुई द्वारा ज़ब्त की हुई सम्पत्ति से अमीर बने हैं। दंड के भय से किसी व्यक्ति को कोई काम करने से रोकनेवाले कानून के सिवाय और कोई कानून नहीं। कानून के जन्म से पहले, शेर की शक्ति को छोड़कर अथवा भूख और सर्दी से, संक्षेप में अभाव से, दुखी होनेवाले प्राणी की आवश्यकताओं को छोड़कर, अन्य कोई वस्तु नैसर्गिक नहीं होती...नहीं, दुनिया जिन लोगों का सम्मान करती है, वे केवल ऐसे गुंडे हैं जिन्हें रँगे हाथों पकड़े जाने का सौभाग्य प्राप्त नहीं हो सका। जिस सरकारी वकील को मेरे ऊपर आरोप लगाने के लिए नियुक्त किया गया है, वह अपनी दौलत बेईमानी से इकट्‌ठी करता है।...मैंने हत्या करने का प्रयत्न किया, और मुझे सजा मिलना उचित है, किन्तु इस अकेले कार्य के अतिरिक्त मुझे सजा देनेवाला वालनो समाज के लिए सौ गुना ख़तरनाक है।

और सचमुच अपने तमाम लालच के बावजूद मेरे पिता इन सब लोगों से कहीं अधिक भले हैं, जुलियें उदासी के साथ किन्तु किसी प्रकार के क्रोध के बिना ही कह उठा। उन्होंने कभी मुझे प्याार नहीं किया। अब मेरी इस लज्जाजनक मृत्यु से उनके नाम पर अधिक से अधिक बट्‌टा लगेगा। अपने उस धनाभाव के भय के कारण, मानव स्वभाव की दुष्टता के उस अतिरंजित दृष्टिकोण के कारण, जिसे लोग लालच कहते हैं, उन्हें मेरे इन तीन-चार सौ लुई में सान्त्वना और सुरक्षा का बड़ा भारी आधार दीखने लगता है। रविवार को भोजन के बाद वह वेरियेर में अपने ईर्ष्यालु पड़ोसियों को अपना स्वर्ण दिखाया करेंगे। उनकी नज़रें उनसे कहा करेंगी—'तुम में से ऐसा कौन है जो ऐसा मूल्य मिलने पर अपने बेटे को गिलोटीन पर चढ़ा देने के लिए तैयार न हो जाए ?'

भले ही ये सब विचार दार्शनिक दृष्टि से ठीक हों, पर इनके कारण आदमी को मरने की ही इच्छा होती है। पाँच लम्बे दिन इसी भाँति बीत गए। मातिल्द के साथ वह बहुत विनम्र और कोमल व्यवहार करता। वह भली-भाँति समझता था कि वह बड़ी तीखी ईर्ष्या से दुखी है। एक दिन जुलियें ने सचमुच आत्महत्या का विचार किया। मादाम द रेनाल के प्रस्थान से जिस गहरी निराशा के गर्त में वह जा गिरा था, उससे उसका धीरज टूट रहा था। वास्तविक जीवन की अथवा कल्पना की कोई चीज़ उसे अच्छी न लगती थी। व्यायाम के अभाव में उसका स्वास्थ्य बिगड़ने लगा था और अब वह एक जर्मन विद्यार्थी की भाँति दुर्बल तथा शीघ्र उत्तेजित होनेवाला व्यक्ति दिखाई पड़ता था। उसका वह पुरुषोचित स्वाभिमान कम होता जा

रहा था जिसके बल पर दुखी मनुष्य अपने हृदय को घेरनेवाले ओछे विचारों को प्रबल निश्चय द्वारा ठुकराते रहते हैं।

मैंने सत्य से प्रेम किया है...पर वह अब कहाँ मिलेगा ?...सब जगह मुझे ढोंग या कपट दिखाई पड़ता है, बड़े से बड़े सदाचारी व्यक्ति में भी, बड़े से बड़े महापुरुष में भी। ग्लानि से उसके होंठ सिकुड़ गए। नहीं, आदमी किसी पर भरोसा नहीं कर सकता।

मादाम द–ने जब गरीब अनाथों के लिए चन्दा इकट्ठा करते समय मुझसे कहा था कि अमुक-अमुक राजा ने उन्हें दस लुई दिए, जो बिल्कुल झूठ था। पर मैं क्या कह रहा हूँ ? सेंतेलेना में नेपोलियन !...विशुद्ध पाखंड, रोम के राजा के पक्ष में घोषणा !

हे ईश्वर ! यदि ऐसा व्यक्ति, और वह भी ऐसे अवसर पर जब अपने दुर्भाग्य को देखकर उसे अपने कर्त्तव्य की सबसे अधिक याद आनी चाहिए थी, पाखंड पर उतर सकता है तो और किसी से क्या आशा की जा सकती है ?

सत्य कहाँ है ?...धर्म में ?...हाँ, उसने तीव्रतम तिरस्कारभरी कड़वी मुस्कुराहट से कहा, हाँ, मासलों, फ्रिलेर, कास्तानेद जैसे लोगों के मुख में।...शायद सच्चे ईसाई धर्म में, जिसके पुरोहितों को सम्भवतः प्रारम्भिक धर्म-गुरुओं से अधिक धन नहीं मिलता ! किन्तु सें-पाल को तो कानून बनाने का, भाषण देने का और लोगों से अपने विषय में चर्चा सुनने का आनन्द प्राप्त हुआ था।...

ओफ ! यदि कहीं सच्चा धर्म होता...मैं भी कैसा मूर्ख हूँ ! मुझे तो एक रँगा हुआ, काँच का खिड़कीवाला सदियों पुराना गॉथिक गिरजाघर दिखता है। मेरा दुर्बल हृदय तो ऐसे पुरोहित का स्वप्न देखता है, जो इन खिड़कियों में दिखाई पड़े।...मेरी आत्मा उसे समझ सकती है, मेरी आत्मा को उसकी आवश्यकता है।...पर मुझे मिलता है चिकने-चुपड़े केशोंवाला अहंकारी मूर्ख, कोई शवालिये द बोव्वाजि, और वह भी अपनी खूबियों के बिना।

किन्तु एक सच्चा पुरोहित, एक मासीलों, एक फेनेलों...मासीलों ने दुबुआ को बिशप बना दिया था। सें-सिमो के संस्मरणों के कारण फेनेलों मुझे इतना अच्छा नहीं लगता किन्तु तो भी वह सच्चा पुरोहित था।...तब प्रेमी आत्माओं को इस धरती पर कोई सामान्य मिलन-स्थान प्राप्त हो सकेगा।...हमें दूसरों से विच्छिन्न न होना चाहिए। यह भला पुरोहित हमें भगवान् के बारे में बताता। पर कौन-सा भगवान् ? बाइबलवाला भगवान् नहीं, वह तो छोटा-मोटा अत्याचारी है, क्रूर और प्रतिशोध का प्यासा...किन्तु वोल्तेर का भगवान् न्यायी, दयालु और अनन्त...।

बाइबल उसे कंठस्थ थी, इस समय उसकी स्मृतियों से वह क्षुब्ध हो उठा...वह सोचने लगा कि कैसे दो-तीन व्यक्तियों के इकट्ठे होते ही आदमी भगवान के इस महान् नाम में विश्वास करने लगता है, पुरोहितों द्वारा उसका इतना दुरुपयोग होने के बाद भी ?

एकान्त में जीवन बिताना।...कैसी यातना है !

उसने अपनी भौंहें मलते हुए कहा, मैं मूर्ख और अनुदार होता जा रहा हूँ। मैं यहाँ इस कोठरी में अकेला हूँ; किन्तु इस धरती पर मुझे एकान्तवास नहीं करना पड़ा। कर्तव्य का प्रबल विचार सदा मेरे साथ रहा। जिस कर्तव्य को सही या ग़लत मैंने अपने लिए निर्धारित कर लिया था, वह एक वृक्ष के भारी-भरकम तने की भाँति सदा मेरे सामने मौजूद रहा है, जिसका सहारा हर तूफान में भी मुझे सुलभ था। मैं इधर-उधर डगमगाया, मेरे पैर काँपे। आख़िरकार मैं भी तो इन्सान ही था...पर कभी मेरे पैर उखड़े नहीं।

इस कोठरी की सीलन-भरी हवा ही मुझे एकान्तवास की बात सोचने को लाचार कर रही है...

और फिर ढोंग की निन्दा करते-करते ढोंग रचने से क्या लाभ ? मेरी इस निराशा का कारण मृत्यु अथवा यह कोठरी अथवा इसकी गीली हवा नहीं है—उसका कारण है मादाम द रेनाल की अनुपस्थिति। यदि मैं वेरियेर में होता और उनसे मिलने के लिए हफ्तों तक भी उनके मकान के तहख़ानों में रहने को बाध्य होता तो क्या मुझे किसी बात की शिकायत होती ?

अपने समकालीनों के प्रभाव से बिल्कुल मुक्त होना बड़ा मुश्किल है, उसने तीखी हँसी हँसते हुए ज़ोर से कहा। मौत अब केवल दो कदम दूर है, तब भी अपने आप बात करते-करते भी मुझसे ढोंग नहीं छोड़ा जाता।...

शिकारी जंगल में गोली छोड़ता है, उसका शिकार गिर पड़ता है, वह उसे पकड़ने के लिए झपटता है। इस झपटने में उसके जूते की ठोकर एक-दो फीट ऊँचे चींटियों के ढूह पर पड़ती हैं, चींटियों का घर नष्ट हो जाता है, वे और उनके अंडे इधर-उधर बिखर जाते हैं।...बड़ी से बड़ी दार्शनिक चींटी भी कभी उस विराट काली डरावनी वस्तु को—शिकारी के जूते को—नहीं समझ सकेगी, जिसने ऐसे अचानक ही अकल्पनीय गति से, इतने भयंकर धड़ाके के बाद और ऐसी लाल आग की लपटों के साथ उनके घर को ध्वंस किया।...

जीवन, मरण और काल की अनन्तता भी ऐसी ही है। यदि किसी की इन्द्रियाँ इतनी विराट हों तो उनका समझना बहुत सरल हो।

गर्मी के दिनों में कुछ मक्खियाँ सबेरे नौ बजे जन्म लेती हैं और शाम को पाँच बजे मर जाती हैं। वे 'रात्रि' शब्द को कैसे समझ सकती हैं ? उन्हें पाँच घंटे का जीवन और मिले तो वे देखने और समझने लगेंगी कि रात का क्या अर्थ है।

यही हाल मेरा है। मैं तेईस वर्ष की उम्र में मर जाऊँगा। मुझे मादाम द रेनाल के साथ रहने के लिए पाँच वर्ष का जीवन और मिलना चाहिए।

वह मैफिस्टोफेलीस की भाँति हँसने लगा। इन बड़ी-बड़ी समस्याओं पर विचार करना भी कैसी मूर्खता है !

पहली बात तो यह है कि मैं किसी से कम ढोंगी नहीं हूँ।

दूसरे, मेरी जिन्दगी के इतने थोड़े-से दिन बचे हैं तो भी मैं जीना और प्यार करना भूला जा रहा हूँ...हाय ! मादाम द रेनाल मेरे पास नहीं हैं। शायद उनके पति अब उन्हें अधिक बदनाम होने के लिए बजाँसों न आने देंगे।

इसी से मुझे इतना अकेला अनुभव होता है। किसी ऐसे न्यायी, दयालु और सर्वशक्तिमान ईश्वर के अभाव में नहीं, जिसे न राग-द्वेष है, न लालच है, और न जिसमें प्रतिशोध की इच्छा है।...ओफ ! यदि वह उपस्थित होता।...ओफ ! मैं उसके पैरों पर गिर पड़ता। उससे कहता कि मैं मृत्युदंड के योग्य तो हूँ, पर ओ महान् ईश्वर, ओ दयालु ईश्वर, मुझे मेरी प्रेयसी लौटा दे।

रात बहुत बीत चुकी थी। घंटे-दो घंटे चैन की नींद के बाद फूके आ पहुँचा।

अब जुलियें इतना दृढ़ और सशक्त अनुभव कर रहा था मानो उसे अपना हृदय स्पष्ट दिख रहा हो।

45
अन्तिम भेंट

"सचमुच मैं बेचारे फादर शा-बर्नार के साथ ऐसी गन्दी चाल नहीं चल सकता कि उन्हें यहाँ बुला भेजूँ," उसने फूके से कहा। "उसके बाद तीन दिन तक उन्हें अन्न न पचेगा। कोई जानसेनपंथी ढूँढ़ निकालो, जो म. पिरार का मित्र हो और किसी षड्यन्त्र में न फँस सके।"

फूके बड़ी अधीरता से इस गुंजाइश की प्रतीक्षा कर रहा था। कस्बों में जनमत को सन्तुष्ट करने के लिए जो कुछ आवश्यक है, उसे जुलियें ने उचित रीति से ही पूरा किया। आबे द फ्रिलेर की कृपा से और पाप-स्वीकारकर्ता के मामले में अपने अनुपयुक्त चुनाव के बावजूद, जुलियें अपनी कोठरी में जैस्विटपंथियों के संरक्षण में ही था। यदि वह समझदारी से काम लेता तो भाग निकलना असम्भव न था। पर कोठरी की घुटन का प्रभाव पड़ने लगा था और उसकी तर्कशक्ति क्षीण होती जा रही थी। उसे एक बार फिर मादाम द रेनाल के लौटने से बड़ी प्रसन्नता हुई।

"मेरा पहला कर्तव्य तुम्हारे प्रति है," उन्होंने उससे लिपटते हुए कहा। "मैं वेरियेर से भाग आई हूँ।"

उनके प्रति जुलियें की भावनाओं में क्षुब्ध अहंकार का अब कोई लेश भी न था। अपनी सारी दुर्बलताओं की बात उसने उन्हें कह सुनाई। उनका व्यवहार उसके साथ स्नेह और ममता से पूरम्पूर था।

उस दिन शाम को जेल से निकलते ही उन्होंने उस पुरोहित को अपनी चाची के घर बुला भेजा जो जुलियें के साथ जोंक की तरह चिपक गया था। उसकी एकमात्र इच्छा यह थी कि बजाँसों के भद्र समाज की नवयुवतियों में अपनी धाक जमा ले। इसलिए मादाम द रेनाल ने उसे आसानी से इस बात के लिए मना लिया कि वह जाकर ब्रे-ला-ओ के गिरजाघर में पूजा करे।

जुलियें के प्यार की उन्मत्त नियन्त्रणहीनता को शब्दों में व्यक्त करना कठिन है।

खुले हाथों धन लुटाकर और अधिकारियों के बीच अपनी चाची की धार्मिकता और सम्पत्ति के प्रभाव का सदुपयोग तथा दुरुपयोग करके मादाम द रेनाल ने दिन में दो बार उससे मिलने की अनुमति प्राप्त कर ली।

यह सुनकर मातिल्द की ईर्ष्या तो विक्षिप्तावस्था तक जा पहुँची। म. द फ्रिलेर ने उससे कहा था कि उनकी भी प्रतिष्ठा इतनी अधिक नहीं है कि वह सब कायदे-कानून की उपेक्षा करके उसे अपने मित्र से दिन में एक बार से अधिक मिलने की अनुमति दिला सकें। मातिल्द ने मादाम द रेनाल के पीछे आदमी लगा दिए जिससे उसे उनके हर काम का पता चलता रहे। म. द फ्रिलेर ने मातिल्द को यह समझाने में अपनी सारी धूर्तता और चतुराई खर्च कर डाली कि जुलियें उनके योग्य नहीं है। पर इन सब यत्नों के फलस्वरूप जुलियें के प्रति उसका प्यार और भी बढ़ गया, और उसकी लगभग प्रत्येक दिन उसके साथ कहा-सुनी हो जाती।

जुलियें की यह बहुत इच्छा थी कि जैसे भी बने, वैसे अन्त तक इस बेचारी लड़की के साथ उचित ही व्यवहार करे जिसने उसके कारण इतनी भारी बदनामी उठाई थी। पर प्रत्येक क्षण वह मादाम द रेनाल के प्रति जिस उच्छृंखल प्रेमावेग का अनुभव करता था, उसके आगे

कोई वश न चलता था। जब अपनी दलीलों के थोथेपन के कारण वह मातिल्द को इस बात का विश्वास दिलाने में असमर्थ रहा कि मादाम द रेनाल का आना सर्वथा निर्दोष है, तो वह मन-ही-मन कहने लगा : अब तो इस नाटक का अन्त अनिवार्य रूप से बहुत ही समीप है। अब यदि मैं अधिक अच्छा बहाना नहीं खोज पाता तो लाचारी है।

माद. द ला मोल को खबर मिली कि मार्कि द क्रवाजन्वा की मृत्यु हो गई। म. द तालेर ने मातिल्द के गायब होने के विषय में अप्रिय बातें कह दी थीं। म. द क्रवाजन्वा उनके यहाँ यह अनुरोध करने गए कि वह अपने शब्दों को वापस ले लें; किन्तु म. द तालेर ने कुछ ऐसे गुमनाम पत्र उन्हें दिखाए जिनमें बहुत-सी बातें ऐसी थीं कि बेचारे मार्कि के लिए सत्य से इन्कार करना असम्भव हो गया।

ऊपर से म.द तालेर ने कुछ भद्दे मज़ाक भी कर डाले। दुख और क्रोध से पागल होकर म. द क्रवाजन्वा ने ऐसी भयंकर क्षमायाचना की माँग की कि उस करोड़पति ने द्वन्द्व-युद्ध करना ही पसन्द किया। अन्त में मूर्खता की विजय हुई और स्त्री के प्यार के लिए एक सर्वथा उपयुक्त व्यक्ति की चौबीस वर्ष से कम उम्र में ही मृत्यु हो गई। जुलियें के मन की जैसी दुर्बल अवस्था थी, उसमें इस मृत्यु का बड़ा विचित्र और अस्वास्थ्यकर प्रभाव पड़ा।

"बेचारे क्रवाजन्वा ने," उसने मातिल्द से कहा, "सचमुच बड़े संयम और सम्मान का व्यवहार हमारे प्रति किया। वह चाहता तो तुम्हारी माँ के ड्राइंगरूम में तुम्हारे असंयत व्यवहार के बाद मुझसे घृणा करने लगता और मुझसे झगड़ा भी कर बैठता। तिरस्कार के बाद होनेवाली घृणा साधारणतः बड़ी प्रबल होती है।"

म. द क्रवाजन्वा की मृत्यु से मातिल्द के भविष्य के विषय में जुलियें की सारी योजनाएँ उलट-पुलट हो गईं। बहुत दिनों तक वह उसे यह समझाता रहा कि उसे म. द लुज से विवाह कर लेना चाहिए। वह कहता, "वह कुछ शर्मीला आदमी है, बहुत अधिक जैस्विटपंथी भी नहीं। निस्सन्देह वह तुमसे विवाह का प्रस्ताव करेगा। बेचारे क्रवाजन्वा की अपेक्षा उसकी महत्त्वाकांक्षा दिखावटी कम है, और स्थायी भी अधिक है। उसे जुलियें सोरेल की विधवा से विवाह करने में अधिक हिचक न होगी।"

"और ऐसी विधवा के साथ जिसे महान् आवेगों से नफ़रत है," मातिल्द ने रुखे स्वर में उत्तर दिया। "क्योंकि उसने अपनी ज़िन्दगी में यह भी देख लिया है कि छः महीने के बाद उसका प्रेमी उसी स्त्री को अधिक प्यार करता है जो उनके सारे दुर्भाग्य की जड़ है।"

"तुम अन्याय कर रही हो। मादाम द रेनाल के आने-जाने से मेरी अपील में पैरवी करनेवाले पेरिस के बैरिस्टर को कुछ बड़ी उपयोगी बातें कहने को मिल जाएँगी। वह ऐसा चित्र खींचेगा कि हत्यारे को उसी व्यक्ति का सम्मान मिल रहा है जिसकी उसने हत्या करनी चाही थी। इसका बड़ा प्रभाव पड़ सकता है और शायद एक दिन तुम मुझे किसी बड़े भावुक नाटक के नायक के रूप में देखोगी," इत्यादि, इत्यादि।

मातिल्द इस समय ऐसी ईर्ष्या से त्रस्त थी जिसके प्रतिशोध की कोई सम्भावना न थी। उसे अपने भयंकर दुख का कोई अन्त न दीखता था क्योंकि जुलियें यदि बच भी गया तो उसका हृदय फिर से जीत सकने की आशा उसे न होती थी। किन्तु इस सबके बावजूद अपने इस बेवफा प्रेमी के प्रति और भी अधिक प्यार अनुभव करने के कारण उसकी लज्जा और दुख तीव्रतर हो उठा था। इन सब बातों ने मातिल्द को एक ऐसे क्षोभपूर्ण मौन के गर्त में ढकेल दिया था जिससे न तो म. द क्रिलेर का प्रेम-प्रदर्शन और न फूके की दो टूक बात

ही उसे निकाल पाती थी।

उधर जुलियें तो मातिल्द द्वारा छीने हुए समय के अतिरिक्त केवल प्रेम के सहारे जीवित था और भविष्य का कोई विचार भी पलभर उसके मन में न आता था। ऐसे अकृत्रिम और चरम प्रेमावेग का एक विचित्र परिणाम यह हुआ कि मादाम द रेनाल भी उसी की भाँति उल्लास और उत्साह से तथा सारी दुनिया के प्रति एक प्रकार की उदासीनता से भर उठीं।

जुलियें उनसे कहता, ‘‘अतीत में जब वेर्जि के जंगलों में भ्रमण करते-करते मेरे लिए इतना अधिक सुखी होना सम्भव था, तब मेरी प्रबल महत्त्वाकांक्षा मुझे कल्पना-लोकों में बहका ले जाती थी। अपने होंठों के इतने समीप तुम्हारी इस सुन्दर बाँह को अपने हृदय से लगा लेने के बजाय मैं भविष्य की कल्पनाओं में तुमसे दूर हट जाता था, गौरव की खोज में अनगिनत लड़ाइयों की कल्पना में खोया रहता था—नहीं, यदि तुम यहाँ इस जेल में मुझसे मिलने न आतीं तो मैं सच्चे सुख को पहचाने बिना ही मर जाता।’’

इस शान्तिपूर्ण जिन्दगी में बाधा डालनेवाली दो घटनाएँ घटीं। जुलियें का पाप-स्वीकारकर्ता जानसेनपंथी होते हुए भी जैस्विटपंथियों के षड्यन्त्र से बच न सका और अनजाने ही उनका सहकारी बन गया।

एक दिन वह आकर जुलियें से कहने लगा कि यदि वह आत्महत्या के भयंकर पाप का भागी नहीं होना चाहता तो उसे अपनी क्षमायाचना के लिए कोई प्रयत्न बाकी न उठा रखना चाहिए। पुरोहित-वर्ग का पेरिस में न्याय मन्त्रालय के ऊपर बड़ा अधिक प्रभाव था। इसलिए उसे एक सरल-सा रास्ता सुझाया गया : वह इस प्रकार अपने धर्म-परिवर्तन की घोषणा करे कि जनसाधारण का ध्यान उसकी ओर आकर्षित हो जाए।

‘‘जनसाधारण का ध्यान आकर्षित हो जाए !’’ जुलियें ने दोहराया। ‘‘मैं आपका मतलब समझ गया। फादर, आप भी वही पुरानी तिकड़म का उपयोग करना चाहते हैं।’’

जानसेनपंथी पुरोहित ने बड़ी गम्भीरता की मुद्रा से कहा, ‘‘आपकी तरुणाई, भगवान् का दिया हुआ आपका आकर्षक चेहरा, आपके अपराध का अभी तक रहस्यमय उद्देश्य, आपको बचाने के लिए माद. द ला मोल के साहसिक प्रयत्न—संक्षेप में हर बात से, यहाँ तक कि जिसकी आपने हत्या करनी चाही थी, उसकी आपके प्रति अद्भुत मित्रता के कारण भी, आप बजाँसों में नवयुवतियों के नायक बन गए हैं। आपके लिए वे सब कुछ, राजनीति तक, भूल गई हैं।

‘‘आपके धर्म-परिवर्तन की अनुगूँज उनके हृदय में भी होगी और उसकी वहाँ बड़ी छाप पड़ेगी। धर्म के लिए आपकी अधिक से अधिक देन हो सकती है। इस क्षुद्र कारण से हिचकिचाना अनुचित है कि ऐसे अवसर पर जैस्विटपंथी भी यही रास्ता अपनाते ! इस भाँति इस मामले में भी वह धर्म की क्षति ही करनेवाले हैं ! ऐसा मत होने दीजिए...आपके धर्म-परिवर्तन के फलस्वरूप जो आँसू बहेंगे, उनसे वोल्तेर के दस संस्करणों का विषाक्त प्रभाव भी धुल जाएगा।’’

‘‘और यदि मैं अपने आपसे घृणा करने लगा तो मेरे पास क्या बचेगा ?’’ जुलियें ने बड़े रुखे स्वर में कहा। ‘‘मेरे मन में बड़ी महत्त्वाकांक्षाएँ थीं; उनके लिए मैं अपने आपको अपराधी नहीं मानता। तब मैंने समय की आवश्यकता के अनुसार कार्य किया। अब मैं आज के लिए चिन्तित रहता हूँ, कल का विचार नहीं करता। किन्तु जहाँ तक मैं देख सकता हूँ, यदि मैंने अपने आप को किसी कायरता के काम में बहक जाने दिया तो मेरे दुख का कोई

ठिकाना न रहेगा।..."

जिस अन्य घटना ने जुलियें को बहुत ही प्रबल रूप में विचलित किया, वह मादाम द रेनाल से सम्बन्धित थी। किसी न किसी चालाक मित्र ने इस संकोची सरल प्राणी को यह समझा लिया था कि उन्हें सैं-क्लू जाकर सम्राट चार्ल्स दशम् के चरणों पर गिरकर प्रार्थना करनी चाहिए।

जुलियें से बिछुड़ने के चरम त्याग के बाद अब लोगों के लिए तमाशा बन जाने की उन्हें तनिक भी परवाह न थी। पहले यह उन्हें मृत्यु से भी भयंकर दुर्घटना जान पड़ती।

"मैं महाराज के पास जाऊँगी, और खुल्लमखुल्ला स्वीकार करूँगी कि तुम मेरे प्रेमी हो। इन्सान का जीवन, विशेषकर जुलियें जैसे इन्सान का जीवन, बाकी सब बातों से ऊपर है। ऐसे अनगिनत उदाहरण मिलते हैं जिनमें जूरी अथवा राजा की दयालुता के कारण अभागे नौजवानों को प्राणदान मिला है।"

"मैं तुमसे मिलना बन्द कर दूँगा," जुलियें ने चीखकर कहा, "मैं तुम्हारे लिए अपनी जेल का दरवाज़ा बन्द करा दूँगा, और फिर अगले दिन निराश होकर आत्महत्या कर लूँगा। नहीं तो तुम मेरी सौगन्ध खाओ कि ऐसा कोई काम न करोगी जिससे लोगों के सामने हम दोनों तमाशा बन जाएँ। यह पेरिस जाने का विचार तुम्हारा अपना नहीं। मुझे उस शैतान स्त्री का नाम बताओ जिसने यह तुम्हें सुझाया है।

"इस जिन्दगी के बाकी थोड़े-से दिनों में सुख को यों नष्ट न करो। हमारा अस्तित्व छिपा रहना ही ठीक है। मेरा अपराध इतना अधिक उजागर है। माद. द ला मोल की पेरिस में अधिक से अधिक पहुँच है। विश्वास करो कि इन्सान से जो कुछ सम्भव है, वह सब कर रही हैं। यहाँ कस्बे में सब धनी और प्रभावशाली व्यक्ति मेरे विरुद्ध हैं। तुम्हारे इस कार्य से ये सब लोग जो समझदारी को सबसे बड़ी चीज़ मानते हैं, और जिनके लिए जिन्दगी इतनी आसान है, और भी कुढ़ जाएँगे।...हमें मासलों, वालनो, उनसे भी अधिक योग्य व्यक्तियों को हँसने का मौका नहीं देना चाहिए।"

कोठरी की विषाक्त वायु जुलियें के लिए असह्य हो उठी थी। सौभाग्यवश जो दिन उनकी मृत्यु के लिए निश्चित हुआ था, उस दिन चमकती हुई धूप ने सारी प्रकृति को उल्लास से भर दिया और वह स्वयं बड़ा साहस अनुभव कर रहा था। खुली हवा में बाहर निकलकर उसे बड़ी ही प्रसन्नता हुई, ठीक वैसी ही जैसी बहुत दिन तक समुद्र में रहनेवाले मल्लाह को सूखी धरती पर पैर रखकर होती होगी। वह मन-ही-मन कहने लगा कि ठीक है, सब कुछ ठीक है...मेरा साहस जवाब नहीं दे रहा है।

उस मस्तक को ऐसा काव्यात्मक सौन्दर्य पहले कभी नहीं प्राप्त हुआ था जैसा कटकर गिरने के क्षण में उसमें दिखाई पड़ा। अतीत में वेर्जि के वनों में बिताए हुए मधुरतम क्षण बड़ी आकुलता के साथ उसके मन में उमड़ आए।

सब कुछ सहज और शोभन रूप में सम्पन्न हुआ, उसने कृत्रिमता का कोई भी चिह्न न प्रकट किया।

दो दिन पहले उसने फूके से कहा था, "उस समय मेरी भावनाएँ क्या होंगी, यह तो मैं अभी नहीं कह सकता। यह गन्दी सीलनभरी कोठरी बीच-बीच में मुझे ऐसा विक्षिप्त कर देती है कि अपने ऊपर मेरा वश नहीं रहता। पर भय मेरे भीतर तनिक भी नहीं है; किसी को मेरा चेहरा उतरा हुआ न दीखेगा।"

उसने पहले से ही इस बात का प्रबन्ध कर दिया था कि अन्तिम दिन फूके मातिल्द और मादाम द रेनाल को सवेरे ही वहाँ से ले जाए। उसने उससे कहा था, "उन्हें अपने साथ एक ही गाड़ी में ले जाना। ऐसा प्रबन्ध करना कि घोड़े लगातार सरपट दौड़ते रहें; वे दोनों या तो एक-दूसरे से लिपट जाएँगी या एक दूसरे के प्रति तीखी घृणा प्रकट करेंगी। हर हालत में बेचारी स्त्रियाँ इस भयंकर शोक से पलभर के लिए अपने आपको मुक्त कर सकेंगी।"

मादाम द रेनाल से जुलियें ने इस बात का पक्का वचन ले लिया था कि वह मातिल्द के बच्चे का पालन करने के लिए जीवित रहेंगी।

एक दिन उसने फूके से कहा, "कौन जानता है ? शायद मौत के बाद भी इन्सान को अनुभव होता हो। मेरी बड़ी इच्छा है कि मृत्यु के बाद उस ऊँची पहाड़ी की छोटी-सी गुफा में विश्राम करूँ—विश्राम कहना ही ठीक है—जहाँ से वेरियेर दिखाई पड़ता है। मैंने तुम्हें पहले भी बताया है कि कई बार रात भर इस गुफा में बिताने और फ्रांस के समृद्धतम प्रान्तों की ओर ताकते रहने के बाद मुझे अनुभव हुआ है कि मेरा हृदय महत्त्वाकांक्षा से प्रज्ज्वलित हो उठा है; उस समय मैं उसी में पागल था।...संक्षेप में वह गुफा मुझे बहुत ही प्रिय है, और इस बात से कोई इन्कार नहीं कर सकता कि वह ऐसी जगह बनी है कि किसी दार्शनिक को भी उसकी चाह हो, तुम तो जानते ही...हो कि बजाँसों के जैस्विटपंथी हर चीज़ से पैसा बनाना जानते हैं। अगर तुमने होशियारी से काम लिया तो वे मेरे अस्थि अवशेष तुम्हारे हाथ बेच देंगे।"

इस दुखद सौदे में फूके को सफलता मिली। वह अपने कमरे में अकेला अपने मित्र के शव के पास रातभर बैठनेवाला था। तभी अचानक मातिल्द को वहाँ देखकर उसे बड़ा आश्चर्य हुआ। कुछ ही घंटे पहले वह उसे बजाँसों से कोई बीस मील दूर छोड़कर आया था। उसका चेहरा विक्षिप्त था। उसकी आँखें पथराई हुई-सी थीं।

"मैं उसे देखना चाहती हूँ।" वह बोली।

फूके में इतना भी साहस न बचा था कि कुछ बोल सके अथवा कुर्सी से उठ सके। उसने उँगली से फर्श पर एक बड़े भारी नीले लबादे की ओर इशारा किया। जुलियें के अवशेष उसी में लिपटे हुए पड़े थे।

वह विक्षिप्त-सी गिरकर घुटनों के बल बैठ गई। बोनीफास द ला मोल और मार्गरित द नावार की स्मृति ने निस्सन्देह उसे अतिमानवीय साहस प्रदान कर दिया था। काँपते हुए हाथों से उसने लबादे को अलग हटाया। फूके ने अपनी आँखें फेर लीं।

उसने मातिल्द के कमरे में तेजी से इधर-उधर घूमने की आवाज़ सुनी। वह बहुत-सी मोमबत्तियाँ जला रही थी। आख़िरकार फूके को उसकी ओर दृष्टि घुमाने का साहस हुआ तो उसने देखा कि उसने जुलियें के सिर को अपने सामने एक छोटी-सी संगमरमर की मेज़ पर रख लिया है और उसके मस्तक को चूम रही है।...

मातिल्द अपने प्रेमी के साथ उस समाधिस्थल तक गई जो वह अपने लिए निश्चित कर गया था। अर्थी के साथ बहुत-से पुरोहित भी थे। और अपनी गाड़ी में काले वस्त्र पहने अकेली बैठी हुई वह सबके अनजाने में ही अपने घुटनों पर उस व्यक्ति का सिर रखे थी जिसे उसने इतनी अनन्यता से प्यार किया था।

जुरा पर्वतमाला के एक उच्चतम शिखर के पास उस छोटी-सी गुफा में लोग आधी रात के समय पहुँचे। गुफा को अनगिनत मोमबत्तियों से भव्य रूप में आलोकित कर दिया गया

था। वहाँ बीसियों पुरोहितों ने अन्तिम संस्कार पूरा किया। मार्ग के छोटे-छोटे पहाड़ी गाँवों के निवासी भी जुलूस के पीछे-पीछे चले आए थे; इस विचित्र आयोजन का असाधारण रूप उन्हें बरबस खींच लाया था।

मातिल्द सिर से पैर तक शोक-सूचक वस्त्रों में उनके बीच आकर खड़ी हो गई और पूजा समाप्त होने के बाद उसने कई हज़ार फ्रैंक उनके बीच बिखेर दिए।

जब फूके और वह अकेले रह गए तो उसने इस बात की हठ की कि अपने प्रेमी का सिर वह अपने हाथ से दफनाएगी। फूके शोक से लगभग पागल हो उठा।

मातिल्द ने अपने प्यारभरे यत्न से इस अनगढ़ गुफा को बहुत धन लगाकर इटली के बहुमूल्य संगमरमर से सजाया।

मादाम द रेनाल ने भी अपना वचन पूरा किया। उन्होंने स्वयं अपने प्राण लेने का कोई भी प्रयत्न न किया, किन्तु जुलियें की मृत्यु के तीन दिन बाद उन्होंने अपने बच्चों को अन्तिम बार हृदय से लगाया और प्राण त्याग दिए।

●●●